박인환 문학전집 2

산문 · 번역

지은이

박인환(朴寅煥, Park In-hwan) 1926년 강원도 인제에서 태어났다. 조선청년문학가협회 시부가 주최한 '예술의 밤'에 참여하여 시 「단층(斷層)」을 낭독하고, 이를 예술의 밤 낭독시집인 『순수시선』(1946)에 발표함으로써 등단했다. 이후 신시론 동인으로 활동하며 김경린, 김경희, 김병욱, 임호권과 동인지 『신시론』 1집(1948)을, 김경린, 김수영, 양병식, 임호권과 동인시집 『새로운 도시와 시민들의 합창』(1949)을 발행하여 해방기 현실에서 새로운 문학적 감수성을 펼쳤다. 한국전쟁 직전에는 후반기 동인을 결성했으며, 김경린, 김규동, 김차영, 이봉래, 조향과 『주간국제』 9호에 '후반기 동인 문예'(1952)를 기획했다. 한국전쟁 이후에는 한국자유문학자협회와 한국영화평론가협회의 임원을 지냈으며, 개인시집 『선시집』(1955)을 펴냈다. 1956년 심장마비로 급서했다.

엮은이

엄동섭(嚴東燮, Eom Dong-seop) 중앙대학교 대학원에서 「해방기 시의 모더니즘 지향성 연구—신시론 동인을 중심으로」로 박사학위를 취득했다. 저서에 『탈식민의 텍스트, 저항과 해방의 담론』(공저), 『신시론 동인 연구』, 『원본 진달내꽃 진달내꼿 서지 연구』(공저) 등이 있고, 「해방기 박인환 시의 변모 양상」, 「한국전쟁기(1951.1~1953.12) 간행 창작시집 목록」 등의 논문을 발표했다. 현재 창현고등학교 교사로 재직 중이다.

염 철(廉哲, Yeom Chul) 중앙대학교 대학원에서 김기림과 박용철의 1930년대 시론을 대비하여 박사학위를 취득했다. 저서에 『1930년대 문학과 근대 체험』(공저), 『한국 문학권력의 계보』(공저) 등이 있고, 「박인환 시의 진정성」, 「새로운 『박인환 전집』의 기획과 진행 과정」, 「박인환의 최초 발표작 「斷層」에 대하여」, 「박인환 시의 문헌학적 고찰」 등의 논문을 발표했다. 현재 경북대학교 교양교육센터 초빙교수로 재직 중이다.

김낙현(金洛炫, Kim Nak Hyeon) 중앙대학교 대학원에서 「趙基天 詩 硏究」로 박사학위를 취득했다. 저서에 『억압과 망각, 그리고 디아스포라』(공저)가 있고, 「조명희 시 연구」, 「장편서사시 『白頭山』의 창작토대」, 「장편서사시 『생의 노래』 연구」, 「『先鋒』에 수록된 고려인 시의 전개양상」 등의 논문을 발표했다. 현재 중앙대학교 다빈치교양대학 교수로 재직 중이다.

근대서지총서 7

박인환 문학전집 2—산문·번역

초판 인쇄 2020년 9월 10일 **초판 발행** 2020년 9월 21일
지은이 박인환 **엮은이** 엄동섭 · 염철 · 김낙현 **펴낸이** 박성모 **펴낸곳** 소명출판 **출판등록** 제13-522호
주소 서울시 서초구 서초중앙로 6길 15, 2층
전화 02-585-7840 **팩스** 02-585-7848 **전자우편** somyungbooks@daum.net **홈페이지** www.somyong.co.kr

ISBN 979-11-5905-558-4 04810
978-89-5626-442-4 (세트)

값 48,000원

Complete Works of Park In-hwan's Prose and Translation

근대서지총서 7

박인환 문학전집 2

산문·번역

엄동섭·염철·김낙현 엮음

소명출판

머리말

2015년 8월 『박인환 문학 전집 1 : 시』를 펴내고 곧이어 출간하려던 『박인환 문학 전집 2 : 산문 · 번역』이 여러 가지 사정으로 만 5년이 지나서야 빛을 보게 되었다. 그 사이에 『박인환 전집』(실천문학사, 2008)을 출간했던 맹문재가 『박인환 번역 전집』(푸른사상, 2019)을 간행함으로써 조금은 김이 샌 느낌이 없지 않다. 그렇지만 2008년에 나온 『박인환 전집』의 산문 편에 실리지 않은 작품이 문학 4편, 영화 14편, 미술 1편, 수상 5편, 수기 4편, 설문 2편, 기사 7편 등 총 37편이나 된다. 이 작품들이 박인환의 문학 세계를 총체적으로 파악하는 데 반드시 필요하다는 판단 때문에 『박인환 문학 전집 2 : 산문 · 번역』을 출간하기로 결정하였다.

연번	작품명	출전	발표연월일	비고
1	김기림 장시 『기상도』 전망	신세대 4-1호	1949.1.25	문학
2	조병화 시집 『버리고 싶은 유산』	조선일보	1949.9.27	
3	이상 유고	경향신문	1953.11.22	
4	사건의 핵심[1]	민주경찰 44호	1954.11.15	
5	로렌 바콜에게	신경향 2-6호	1950.6.1	영화
6	〈종착역〉 감상-'데시카'와 '셀즈닉'의 영화	조선일보	1953.12.19	
7	로버트 네이선과 W. 디터리 -영화 〈제니의 초상〉의 원작자와 감독	영화계 창간호	1954.2.1	
8	1953 각계에 비친 Best Five는?	영화계 창간호	1954.2.1	
9	몰상식한 고증-〈한국 전란의 고아〉	한국일보	1954.9.6	
10	존 휴스턴	신영화 2호	1954.12.1	
11	〈심야의 탈주〉	신영화 2호	1954.12.1	
12	최근의 국내외 영화	코메트 13호	1955.4.20	

연번	작품명	출전	발표연월일	비고
13	1954년도 외국 영화 베스트 텐	신태양 4-6호	1955.6.1	
14	영화 감상을 위한 상식	희망 5-11호	1955.11.1	
15	영화 상식	주간희망 창간호-13호	1955.12.26~ 1956.3.19	
16	1955년도의 총결산과 신년의 전망	영화세계 7호	1956.1.1	
17	한국 영화의 신구상	영화세계 9호	1956.4.1	
18	J.L. 맨키위츠의 예술 〈맨발의 백작부인〉을 주제로	예술세계 2호	1956.6.1	
19	정종여 동양화 개인전을 보고	자유신문	1948.12.12	미술
20	고 변 군	경기공립중학교 학우회지 7호	1940.6.20	수상(隨想)
21	실연기	청춘 창간호	1951.8.1	
22	제야유감	신태양 2-16호	1953.12.1.	
23	천필	민주경찰 41호	1954.7.15	
24	크리스마스와 여자	신태양 4-12호	1955.12.1	
25	삼팔선 현지 시찰 보고(상,중,하)	자유신문	1949.4.26~28	수기(手記)
26	서울 재탈환	사정보 14호	1951.4.9	
27	산 산 산	경향신문	1951.11.21	
28	환경에의 유혹	여원 2-2호	1956.2.1	
29	남북요인회담 요청이 일부에서 농숙한 모양인데 이에 대한 기대는 어떠하십니까	새한민보 14호	1947.11.15	설문
30	설문	국제보도 33호	1954.5.25	
31	지하호에 숨은 노유 하루바삐 국군의 입성만을 고대	경향신문	1951.2.13	기사
32	'콩가루 자루' 메고 식량이라면 모조리 탈취	경향신문	1951.2.13	
33	1월 말 현재 서울의 물가 소두 한 말에 이만 이천 원	경향신문	1951.2.13	
34	도로 연변은 거의 파괴 상 노량진 근방 산밑은 약간의 피해	경향신문	1951.2.13	
35	피아 영등포 한남동 간 대치 적은 병력 보충에 급급	경향신문	1951.2.20	
36	병기창 방화범 일당 판명 주범은 정지한	경향신문	1952.1.3	
37	예년에 없는 한해 송피나 먹도록 해 주오	경향신문	1952.1.6	

박인환의 산문 중에서 번역을 제외하고 분량 면에서 가장 많은 비중을 차지하는 영역은 영화평론이다. 박인환은 1948년 1월부터 1950년 6월까

1 그레이엄 그린의 소설 「사건의 핵심」은 번역문에 가깝지만, '세계 명작 해설'이라는 컬럼 명이 붙어 있는 점, 번역문 사이사이에 박인환의 의견이 서술되어 있다는 점 등을 고려하여 '문학 평론' 부분에 배치하였다.

지 2년 5개월 동안 총 6편의 영화평론만을 발표한다. 하지만 한국영화평론가협회 상임간사 취임을 전후한 1953년 11월부터 1956년 3월 사망하기까지 약 2년 5개월 동안에 그는 『영화계』(1954년 2월 1일 창간), 『신영화』(1954년 11월 1일 창간), 『영화세계』(1954년 12월 1일 창간) 등을 통해 28편 — 유고를 포함하면 32편이나 되는 — 의 영화평론을 열정적으로 발표한다. 맹문재가 편한 『박인환 전집』에는 이 중 절반에 가까운 13편이 실리지 않았다.

그러나 이 13편은 영화에 대한 박인환의 이해 수준 및 해석 기준을 파악하는 데 매우 중요한 의미를 지닌 자료이다. 특히 「영화상식」(『주간희망』 1955.12.26~1956.3.19, 10회 연재)과 같은 글은 주목할 만하다. 「영화상식」에 수록된 '비스타 비전'(『주간희망』 창간호, 1955.12.26), '금룡상을 제정'(『주간희망』 2호, 1956.1.2), '영화 법안'(『주간희망』 3호, 1955.1.9), '영화 구성의 기초'(『주간희망』 4호, 1956.1.16), '몽타주'(『주간희망』 5호, 1956.1.23), '아메리카의 영화잡지'(『주간희망』 6호, 1956.1.30), '시나리오 ABC'(『주간희망』 8호, 1956.2.13), '다큐멘터리 영화'(『주간희망』 11호, 1956.3.5), '세계의 영화상'(『주간희망』 12호, 1956.3.12), '옴니버스 영화'(『주간희망』 13호, 1956.3.19) 등의 항목을 통해 영화지식에 해박했던 박인환의 면모를 잘 엿볼 수 있기 때문이다.

이 밖에도 박인환이 공식적으로 발표한 최초의 글 「고故 변邊 군君」(경기공립중학교 『학우회지』 7호, 1940.6.20)과 같은 수필은 친한 친구의 죽음과 대면하는 청소년기 박인환의 내면세계를 이해할 수 있게 한다. 또한 「38선 현지 시찰 보고 상, 중, 하」(『자유신문』, 1949.4.26~28)와 같은 수기는 한국전쟁 직전에 박인환이 직면한 현실과 그에 대한 박인환의 인식을 읽어 내는 데 도움을 준다. 나아가 해방기에 현실 참여적 경향을 강하게 드러냈던 박인환이, 전쟁 직전에 「1950년의 만가」와 같은 작품을 쓰게 된 이유를 이해할 수 있게 하는 자료이다.

한편, 『박인환 문학전집 1 : 시』 간행 이후 「가을밤 거리에서」(『국민일보』, 1948.10.25)와 「대하大河」(『국도신문』, 1956.1.29)가 새로 발굴되었다. 또한 「서적과 풍경」의 일문 최초 발표본 「書籍と風景」(『시학』 7-5호, 1952.5)

및 1954년 5월 25일 『국제보도國際報道』에 실린 「목마와 숙녀」의 최초 발표본, 「삼일절의 노래」의 최초 발표본 「삼일절의 시」(『향학』 2호, 1956.3)도 새로 찾았다.

연번	작품명	출전	발행연월일	비고
1	가을밤 거리에서	國民日報	1948.10.25	
2	書籍と風景[1]	詩學 7-5호	1952.5	최초 발표본(일본어)
3	木馬와 淑女[1]	國際報道	1954.5.25	최초 발표본
4	大河	國都新聞	1956.1.29	
5	三·一節의 詩	向學 2호	1956.3.1	최초 발표본

이 작품들은 『박인환 문학전집 1 : 시』의 개정판에 수록하는 것이 바람직하겠지만 현재로서는 이른 시일 안에 개정판을 낸다는 기약을 하기 어렵다. 그래서 『박인환 문학전집 2 : 산문 · 번역』 5부에 『박인환 문학전집 1 : 시』의 '보유' 형식으로 게재하였다.

아쉬운 점은 박인환이 번역한 『慾望의 이름이라는 電車』의 원본을 확인하지 못해 이 전집에 수록하지 못했다는 점이다. 박인환은 1955년 극단 신협의 제38회 공연 작품인 「慾望이라는 이름의 電車」를 번역하였다. 사후에 출간된 번역 소설집 『離別』의 판권지에는 『慾望의 이름이라는 電車』가 역서로 기록되어 있다. 다만, 현재로서는 이것이 공연 대본인지 아니면 단행본으로도 출간되었는지조차 확인할 수 없는 상황이다. 또한 『박인환 문학전집 1 : 시』 머리말에서 밝힌 대로 「자본가에게」, 「낙하」, 「세 사람의 가족」, 「부드러운 목소리로 이야기할 때」등의 최초 발표본과 제목만 남아 있는 「검은 준열의 시대」 등과 같은 작품이 여전히 발굴되지 않은 상황이다. 언젠가 이 자료들이 모두 발굴되어 조금 더 완전한 형태의 '박인환 전집'이 간행되기를 바란다.

이 전집을 출간하기 위해 근대서지학회 회원들(김현식, 박태일, 서상진, 신현수, 오영식, 이순욱, 이윤정, 최철환)과 아단문고에서 원본 자료의 일부를 제공받았다. 도움을 주신 분들의 호의에 감사드린다. 어려운 상황에서도 출판을 독려해 주신 소명출판 박성모 사장님, 그리고 편집자 장혜정 대리님께도 고마운 마음을 전한다.

2020년 8월 엮은이들

차례

머리말 3

{제1부 평론}

문학

시단詩壇 시평時評 18
『신시론』 1집 후기 20
김기림 시집 『새노래』 평 22
사르트르의 실존주의 24
김기림 장시 『기상도氣象圖』 전망 35
『새로운 도시와 시민들의 합창』 서문 장미의 온도 39
신간평 조병화 시집 『버리고 싶은 유산遺産』 40
현대 시의 불행한 단면 42
조병화의 시 51
S. 스펜더 별견瞥見 55
이상李箱 유고遺稿 60
현대 시와 본질 62
버지니아 울프 인물과 작품 64
사건의 핵심 70
1954년의 한국 시 83
현대 시의 변모 93
고전 『홍루몽紅樓夢』의 수난 99
학생 현상 문예 작품 선후감選後感 대체로 만족 104
『선시집選詩集』 후기 105
시에 대한 몇 가지 생각 107
스코비의 자살 111

영화

아메리카 영화 시론試論 116
아메리카 영화에 대하여 126
전후戰後 미美·영英의 인기 배우 128
미美·영英·불佛에 있어 영화화된 문예 작품 134
로렌 바콜에게 142
그들은 왜 밀항하였나? 145
자기 상실의 세대 156
〈종착역〉 감상 159
〈제니의 초상〉 감상 161
로버트 네이선과 W. 디터리 영화 163
1953 각계에 비친 Best Five는? 171
한국 영화의 현재와 장래 172
한국 영화의 전환기 182
앙케트 185
영국 영화 186
몰상식한 고증 192
〈물랭루주Moulin Rouge〉 194

존 휴스턴 198
〈심야의 탈주〉 203
〈챔피언Champion〉 205
외화外畵 본수本數를 제한 208
최근의 외국 영화 수준 211
최근의 국내외 영화 215
1954년도 외국 영화 베스트 텐 223
시네마스코프의 문제 225
산고 중의 한국 영화들 227
회상의 명화선名畵選 234
서구와 미국 영화 242
영화 감상을 위한 상식 245
영화 상식 250
1955년도의 총결산과 신년의 전망 262
현대 영화의 감각 276
회상의 명화선名畵選 279
한국 영화의 신구상 286
이태리 영화와 여배상女俳像 303
J. L. 맨키위츠의 예술 307
회상의 명화 309
절박한 인간의 매력 314

연극

황금아Golden Boy 318
테네시 윌리엄스 잡기雜記 320

미술

정종여鄭鍾汝 동양화 개인전을 보고 326

사진

보도 사진 잡고雜考 330

{ 제2부 수필 }

수상隨想

고故 변邊 군君 338
코 342
실연기失戀記 343
제야유감除夜有感 344
원시림에 새소리, 금강金剛은 국토의 자랑 347
천필泉筆 350
즐겁지 않은 계절 356
크리스마스와 여자 357

시평時評

자유에서의 생존권 362
여성에게 371
여자여! 거짓말을 없애라! 373
미담이 있는 사회 375
직언 춘추直言春秋 378

수기

삼팔선 현지 시찰 보고 394
서울 재탈환 408
산·산·산 411
서울역에서 남대문까지 412
암흑과 더불어 3개월 414
꿈같이 지낸 신생활 420
환경에의 유혹 423
밴 플리트 장군과 시 426

기행

19일간의 아메리카 432
서북 미주의 항구를 돌아 439
미국에 사는 한국 이민 451
몇 가지의 노트 457

서간

이정숙에게 464
사랑하는 아내에게 466
사랑하는 나의 정숙이에게 468
정숙, 사랑하는 아내에게 470
정숙이 472
정숙이 473
무제 474
정숙이 475
정숙이 477
무제 478
무제 479
이봉구 형 480
이봉구 학형 482

{ 제3부 기타 }

전기

칭기즈 칸成吉思汗 486

설문

남북 요인 회담 요청이 일부에서는 농숙濃熟한 모양인데, 이에 대한 기대는 어떠하십니까? 502
5월 달에 당신은? 503
설문 504

좌담

남성이 본 현대 여성 506

기사

서울 돌입! 524
과감 6185부대 526
본사 세 특파원 서부전선에서 맹활약! 지하호地下壕에 숨은 노유老幼 527
'콩가루 자루' 메고 529
1월말 현재 서울의 물가 소두小斗 한 말에 2만 3천원 530
도로 연변은 거의 파괴상破壞相 531
6185부대 한강 연안 대기 533
혁혁한 전과 534
아군 진격 뒤이어 535
칠흑의 강물 건너 536
극도로 시달리는 식량난 주민은 거의 기아상태 537
피아彼我 영등포 한남동 간 대치 539
짓밟힌 '민족 마음의 고향 서울' 540
의복과 총을 바꾼 오랑캐 도취품盜取品 메고 시가를 행보 541
영등포 노량진은 불변 543
중공군 서울 퇴각? 544
장비 없이 출전한 오랑캐 '수류탄에 볶은 쌀가루'뿐 545
거창 사건 수遂 언도! 547
주범은 정지한鄭芝漢 548
예년에 없는 한해旱害 549

{제4부 번역}

시

도시의 여자들을 위한 노래(정본) 554
都市의 女子들을 위한 노래 (원본) 557

소설

새벽의 사선死線(윌리엄 아이리시) 560
우리들은 한 사람이 아니다 (제임스 힐튼) 570
바다의 살인(어니스트 헤밍웨이) 583
백주白晝의 악마(아가사 크리스티) 598
자랑스러운 마음(펄 벅) 612
이별(윌러 캐더) 625

기행

소련의 내막內幕(존 스타인벡) 824

{제5부 『박인환 문학전집 1 : 시』 보유}

가을밤 거리에서 (정본) 908
가을밤거리에서 (원본) 910
書籍と風景[1] (원본) 912
서적과 풍경 (번역본) 915
목마와 숙녀[1] (원본) 918
대하大河 (정본) 920
대하大河 (원본) 922
3·1절의 시詩 (정본) 924
삼일절의 시詩[1] (원본) 926

{부록}

작품 연보 931
작가 연보 946
인명 색인 1013

일러두기

[작품 배열 원칙]

1. 제1부 평론(문학, 영화, 연극, 미술, 사진), 제2부 수필(수상隨想, 시평時評, 수기, 기행, 서간), 제3부 기타(전기, 설문, 좌담, 기사), 제4부 번역(시, 소설, 기행)의 순서로 구성하되 각 부의 작품은 발표 순서에 따라 배열한다.
2. 제5부에는『박인환문학전집 1 : 시』 출간 이후 새롭게 발굴한 시의 보유 편을 싣되, 각 작품은 발표 순서에 따라 배열한다

[표기 원칙]

1. 표기법은 현행 국어 어문규정을 따르되, 다음과 같은 경우는 원본대로 표기한 후 각주에 해설을 덧붙인다.
   ① 문맥상 의미가 분명하지 않은 단어
   ② 인명이나 용어를 정확하게 알기 어려운 경우
   ③ 현재 잘 쓰지 않는 단어
2. 인쇄 시 결락되었거나 인쇄 상태가 나빠서 원본의 글자를 전혀 확인할 수 없는 경우에는 □로 표시한다.
3. 원본의 인쇄 상태가 나쁘거나 일부가 인쇄되지 않았어도 문맥을 가늠할 수 있는 경우는 교열한 후 각주에서 원본의 표기 사항을 밝혀 준다.
4. 오기 또는 오식이 확실한 경우는 교열한 후 각주에서 원본의 표기 사항을 밝혀 준다.
5. 문장이 부자연스러운 경우는 작가의 의도나 언어 관습을 존중하여 따로 교열하지 않는다.
6. 속기로 정리된 좌담이나 대담 등은 작가의 의도를 정확하게 알기 어려워서 따로 교열하지 않는다.
7. 한자어는 원칙적으로 한글로 적되, 문맥상 정확한 의미를 알기 어려운 동음이의어, 현재 잘 쓰지 않는 단어, 고유 명사(인명, 도서명, 작품명은 최초 등장 시 모두 표기하고 지명, 단체명 등은 선택적으로 표기함) 등은 한글 뒤에 한자를 병기한다. 단, 한 작품에서 동일한 한자어는 최초 등장 시에만 한자를 병기한다.
8. 한자로 표기된 숫자는 구체적인 연도나 횟수를 나타낼 경우에는 모두 아라비아 숫자로 표기한다.
9. 외국어와 외래어 표기에서 원어를 밝혀 적을 필요가 있는 경우에는 원본대로 표기한다.
10. 서양의 저서명, 작품명, 논문명 등은 이탤릭체로 표기한다. 단, 영화명은 정자로 표기한다.
11. 원본의 부호와 상관없이 작품명과 논문명은 「」로, 단행본명, 중장편 소설명, 잡지명, 신문명은 『』로, 공연 작품명(연극, 영화, 악곡 등)은 〈 〉으로 통일하여

표기한다.

12. 단체, 조직, 학교 등의 고유명사는 모두 붙여 쓴다.
13. 원본의 부호 사용 여부에 상관없이 문맥에 맞게 쉼표와 마침표를 적절히 사용하되, 각주에서 따로 밝히지는 않는다.
14. 원본의 부호와 상관없이 직접인용은 " "으로(인용문임이 분명하지만 " "가 없는 경우에도 " "를 표기함), 작가가 강조하려고 했던 어휘나 구절은 ' '로 통일하여 표기한다. 간접인용은 문장부호를 사용하지 않는다.
15. 문장 속에 포함된 인용문은 중간 부분에는 마침표를 찍지만, 인용문이 끝나는 부분에는 마침표를 찍지 않는다. 단, 인용문이 독립적으로 제시된 경우에는 마침표를 찍는다.
16. 원본의 기호와 상관없이 본문에 대한 추가 설명은 모두 ( )로 표기한다.
17. 연도는 원본의 표기와 상관없이 모두 네 자리 숫자로 표기한다.
18. 연월일 등의 기간을 표시할 때는 ~을 사용한다.
19. 본문에 부기된 [숫자]는 발표 지면(원본)의 면수를 표기한 것이다.
20. 출전은 본문의 마지막에 원본대로 표기한다.
21. 국내외 인명은 색인에서 한글명과 함께 한자 또는 영어 명, 생몰 연도, 국적, 활동 분야 등을 간략하게 해설한다. 단, 본문의 독해에 필요한 저서나 작품, 고유명사 등은 각주에서 간략하게 풀이한다. 단, 번역 작품의 저자는 독자의 이해를 돕기 위해 각주에서 조금 더 자세하게 설명하기로 한다.

제1부 평론

문학

시단詩壇 시평時評

시단을 엄정하게 비판한다는 것이 시인의 진보를 조장시킨다고 몇 사람들은 말하여 왔으나 시가 오늘까지 존재하고 인식되어 온 수십 년간의 시의 비판의 빈곤은 이루 말할 것이 없는 것이다. 이러한 빈곤성을 또다시 되풀이하느냐 안 하느냐, 여기서 나는 지금까지 발표되어 온 시를 근원부터 보지 않을 수가 없게 되었다. 해방 이후 우리들이 쓴 시 작품은 수천 편에 달하였다. 감격과 정열과 희망의 노래, 그리고 부패와 참혹과 탈락에의 반항의 노래로서 잡지와 신문, 단행 시집 이루 말할 수 없게 시의 범람이었던 것이다. 그러나 우리 머릿속에 감명 있게 남아 있는 시는 과연 몇 편이나 될까? 나는 질과 양의 문제를 제론提論하는 바는 아니나마 우리들은 정리할 수도 없게 지나치게도 많은 작품을 써 온 것이다. 끊임없는 노래, 이것은 시인의 영원한 정열일 것이나 자연 발생적 시인과 필연적 시인과의 정신적 거리는 너무도 멀다.

오늘날 남부 조선의 시인들은 소위 순수 문학을 부르짖는 시인들을 제외하고서는 모두들 커다란 사회 혼란 속에서 헤매고 있다. 그들은 아름다움을 노래하기보다도 험악한 현실의 반항을 스스로 노래하였다.

현대시가 지금까지 봉착하지 못한 시대에서 누구를 막론하고 피 흘리며 싸우고 있는 것이다. 여기서 뛰어나온 시, 가장 주관이 명백하고 유행에서 초탈한 시, 공통된 감정을 솔직하게 전하여 주는 시, 이러한 시만이 거부할 수 없는 조선의 현대시일 것이다. 그럼에도 불구하고 지난날의 레토릭과 스타일의 세계에서 벗어나지 못하는 시인들이 있다는 것은 그들이 암만 새로운 의욕과 정치성에 몸소 겪고 있다 할지라도 그들은 현대의 시인으로서는 완전한 의미의 퇴보를 하고 있는 것밖에는 아무것도 아닌 것이다.[4]

최근에 발표되는 작품을 읽어 볼 때 너무도 혼돈한 분위기 속에 들어가는 감感을 가지게 된다. 이것이 바로 오늘의 시단의 숙명이라고 할 수 없다면 모든 시인들은 쇠퇴하고 있는 것이다. 시처럼 새로움을 문제하는 문화적 체계는 없을 것이다. 그런데 이 새로움은 시간이 갈수록 어떠한 회의 속에서 방황하고 있다. 엄밀한 의미에서 요즘의 시인들은 자기가 무엇을 하는 길이 옳으냐는 것을 해득치 못하고 있다. 시대 조류만을 감수하고 시의 전진해 온 역사를 망각하고 있다. 오늘의 시가 갈망하고 있는 것은 가장 현실적이면서도 그 시대를 극복한다는 것이다. 그런데 요즘의 시인은 이러한 시 입문의 정리定理도 파악 못하고 사회적 명성과 자기도취에서 의식 만으로의 편견으로 태만의 단계를 걷고 있다.

일찍이 우리의 시는 봉건과 특권에 작별을 하고 민족적인 창조 정신 속으로 들어갔으나 지금까지의 작품을 볼 때 암담하기 짝이 없다. 창조 정신이란 곧 인민의 것이요, 여러 가지의 우리의 소유임에 틀림없다. 물론 오늘같이 압제 밑에서 살고 있는 시인들이므로 완전한 시의 기능을 보일 수는 없으나 시의 자유정신의 유동은 이와는 반대되는 것이다. 우리는 형상적 생명에 현실적 정신을 부합시키지 못하고서는 처음부터 시를 쓸 자격이 없는 것이다.

처음부터 시단을 부인하지 못한 나로서는 주관만 세워 가지고 시단과 타협할 생각이었다. 그러나 조선 시단이 가장 젊은 세대의 시인의 독점 아래서 움직이고 있다는 것을 생각할 때 기쁜 반면, 시의 시련의 필요성을 주창하고 싶다. 안일하게 지낸다는 것이 생활에 위기를 빚어내듯이 시의 위기 직전에는 감상적인 안일성이 있다. '시단 시평'이라는 제題를 들고 이러한 글을 쓰게 되었다. 재래적인 시인의 나열만으로, 작품의 인용구 만으로서는 도저히 엄정한 성질의 시평時評이 되지 못한다. 시대 조류 속에서 똑바른 세계관과 참다운 시정신을 망각하고서는 현대 시의 필수 조건을 잃어버리게 되는 것이다.[5]

『新詩論』 1집(1948.4.20)

『신시론』 1집 후기

어느 날 다방에서 T. S. 엘리엇의 「황무지」의 번역에 관하여 이야기하고 있는 분을 쳐다보았더니 그는 내가 잘 아는 C씨의 친우인 김경희金景熹 씨라는 것을 알게 되었다. 며칠 후 전기前記 다방에서 잡담 비슷한 동인지의 말을 하고 있었는데 우연히도 나타나신 분이 장만영張萬榮 씨다. 장 씨는 곧 당신네들이 새로운 시 운동을 끝끝내 하신다면 넉넉지 못한 재정이나마 힘자라는 데까지 협력을 하여 주겠다는 믿을 수 없는 선의의 말이었다. 그리하여 그 길로 임호권林虎權 씨, 김경린金璟麟 씨를 찾았다. 얼마 되어 김경린 씨가 부산에 내려가 김병욱金秉旭 씨에게 연락을 하였다. 참으로 우연한 소 사건이었다. 이리하여 '신시론新詩論'[1]이라는 제호題號는 탄생하였다.

『신시론』은 절대로 상업 잡지가 아니다. 시와 문화의 새로운 발전을 위해서 상기上記의 시인들이 먼저 동인이 되고 거기에 새로운 시와 시론의 기고를 기재할 뿐이다. 그러므로 동인이 되고 싶으신 분은 이러한 점을 이해하시고 극력 참가하기 바란다. 그러나 그 전에 작품을 산호장珊瑚莊[2]

---

1 1947년 김경린, 김경희, 김병욱, 박인환, 임호권이 결성한 시 동인회이다. 1948년 4월 『신시론』 1집을 간행한 후 동인들 간의 사상적 대립으로 김경희와 김병욱이 동인회에서 탈퇴하고 김수영金洙暎과 양병식梁秉植이 새로운 동인으로 가담하였다. 1949년 4월 『신시론』 2집 격인 합동 시집 『새로운 도시와 시민들의 합창』을 발행했으나 1949년 말 김경린과 박인환이 조향 등과 후반기를 결성함으로써 자연스레 해체되었다.

2 시인 장만영이 1947년 12월부터 1960년대 말까지 운영한 출판사이다. 장만영은 산호장을 통해 산호문고 시리즈(1947~1948)와 시동인지 『신시론』 1집(1948) 및 김기림의 『기상도』 재간본(1948), 장만영의 『유년송』(1948), 김철수의 『추풍령』(1949), 조병화의 『버리고 싶은 유산』(1949), 『하루만의 위안』(1950), 『인간고도』(1954), 김규동의 『나비와 광장』(1955), 박인환의 『선시집』(1955), 김광균의 『황혼가』(1957) 등의 시집을 간행함으로써 모더니즘 시운동을 견인하였다.

내 『신시론』 편집부로 보내주면 고맙겠다.

날이 갈수록 우리들의 문학적 운동의 중량은 증대하여 하나의 가속도로서 새로운 시의 바다로 진행할 줄 믿는다. 나는 『신시론』을 일종의 선입감으로서 보든가, 전연 이해하지 못하고 있는 사람을 문제하지 않는다. 시의 청춘은 항시 그러한 사람들을 무시하고 앞으로 나가는 것이다.

이번 제1집은 짧은 시간과 여러 가지의 불충분한 점으로서 최초의 플랜대로 되지 못했으나 실망하지는 않는다. 마라톤의 스타트는 속력의 볼륨을 말하고 있지 않다.(박인환)[16]

『新詩論』 1집(1948.4.20)

신간평 김기림 시집 『새노래』 평

침체한 시대에서 성장해 온 김기림金起林 씨는 시집 『새노래』를 우리에게 던지었다. 『기상도氣象圖』 이후 조선의 시 문화의 새로운 발전을 위해 애써 온 씨는 낡은 이미지의 형식을 깨뜨리고 언어의 구성에 그의 지혜를 바쳐 온 것이다.

씨는 『태양太陽의 풍속風俗』 서문에서 "나는 항상 나의 시정신의 유동과 발달을 위해서는 새로움을 지향해 전진하겠다"라는 뜻의 말을 쓰셨는데, 에즈라 파운드에서 출발하신 씨는 에즈라 파운드마저 부인하여 왔던 구시대의 보수적인 시의 사고를 씨의 현학衒學한 입장에서 우리에게 노래하여 주며 요구하고 있다. 어느 한 시대에 있어서 씨는 완전한 의미의 서구적 지성의 혼혈 시인이었다. 그리하였으므로 해방된 오늘 선두에 나서 침해된 문화를 재건시키기 위하여 선전성과 자극성의 시를 파운드의 이태리에 있어서의 비극을 심각히 상기想起하여 가며 로브라우의 개념에서 말하고 있다. 그러나 지난날 조선의 시의 기사騎士였던 씨는 아직도 무수한 무기를 가지고 있으니 그것은 사회학적, 정치학적, 과학적 인식에 있어서의 시적 구성의 위력威力이다. 시정신의 퇴각에 이반하여 『새노래』는 건축에서 보는 몽타주적인 표현을 모든 시의 요소로 하고 있다.

오늘날 조선과 세계의 진실한 코스는 결정되어 있으므로 『새노래』의 시에 있어서의 존재는 그리 중요한 것이 못 된다. 시간의 제한에서 막연한 사색을 가치 있게 본다면 이 시집은 지리학 편견을 타파할 수 없을 것이다.

씨는 어느새 풍토화되어 버렸다. 지적 정서를 아직도 상실하지 않은 시인 김기림 씨는 시사時事 문제를 정리 못하고 있는데 이것이야말로 가장 위기한 내일을 초래할지도 모른다.

파운드가 지적하여 왔던 대학 교육이 오늘날 동일의 위치에서 벗어났다면 『새노래』는 우수한 프로페서용이며 시의 초보를 벗어난 시인의 유쾌한 매혹의 대상이 될 것이다.(아문각雅文閣 발행 정가 200원圓)

『朝鮮日報』(1948.7.22)

사르트르의 실존주의

정치나 경제뿐만 아니라 문화면에 있어서 전쟁이 던져 주는 영향은 재언할 바도 없이 막대한 것이었다. 그것은 형태의 여하를 막론하고 전후戰後의 불안을 반영 또는 표현하고 있다고 볼 수 있다. 제1차 대전이 끝난 다음 대전이 야기시킨 정신적 고민은 일부의 시인으로 하여금 자기自棄와 파괴의 속에 몸을 던지게 하였다. 루마니아의 청년 트리스탕 차라가 명명한 다다이즘은 "폭풍과 같이 구름과 기도의 장막을 파괴하여 참화, 화염, 해체의 장대한 광경을 준비한다"는 운동이었다. 이 운동은 여러 동지의 응원을 얻어 기관지 『문학』을 출판하게 되어 구라파 문단의 일각을 차지하게 되었다. 그러나 이러한 다다이즘의 운동은 결국에 있어 자기들의 최저 대항선도 만들지 못하고 1922년에 다다이즘에 속하여 있던 유능한 시인들의 반항 정신으로 해체를 면치 못했다. 다다이즘에 속하였던 앙드레 브르통은 '초현실주의 제1선언'을 발표하고 기관지 『초현실주의혁명』을 출판하며 초현실주의의 발전적 논리와 이론적 지도자로서 일파一派를 주창하였는데, 여기에 모인 사람은 태반이 다다이즘 운동을 하였고 또는 그 아류에서 헤매던 필리프 수[87]포, 루이 아라공, 폴 엘뤼아르, 프랜시스 피카비아 등이었다. 이들은 제1차에 있어 인간 해방과 세계 재건을 위해 선악, 미추, 가정, 조국, 종교 등의 모든 기존 가치와 교의敎義를 파괴하여 문학적으로는 이지와 논리를 배격하고 잠재의식에서 우러나오는 자동 기술自動記述 속에서 절대를 탐구하기로 하였다. 그리고 이 운동은 출발점을 프로이트의 정신 분석, 마르크스의 이론과 헤겔 변증법에 두었다. 초현실주의 운동은 국제적 코스를 찾기 위해서 우선 영국으로 건너가고 미국 그리고 일본과 조선까지도 도달하였다. 제2차 대전 전 서반아 화가 살바도르 달리의 출현은 전 세계의 회화인으로 하여금 경탄치 않을 수가 없었다. 그리고 영국의 전위 회화의 지도자 허버트 리드는 '예술과 무의식'에 관하여 그의 초현실주의적 입장을 공개하였던 것이나, 그들의 매니페스토의 기억은 루이 아라공이 극좌작가연맹 AEAR[3]에 가입함으로 말미암아 위기와 망각의 기로에 서게 되었다. 아라공은 불란서 인민전선정부가 수립된 1936년에 「아름다운 지역*Les Beaux Quartiers*」을 발표하여 새로운 휴머니즘과 새로운 코뮤니스트의 방향을 지침하고 휴머니즘적 이론에서 빅토르 위고의 작품에 지시되었던 사회성의 재인식을 대두시키었다. 그는 르노도상[4]을 받은 다음 일로一路 모스크바로 출발하였다. 같은 1938년에 폴 니장은 「음모*La Conspiration*」를 발표하였다. 아라공은 「아름다운 지역」에서 "수염투성이의 알만이 축제의 날 사람 많은 곳에서 그의 친구 앙드리앙과 만났다. 이 친구는 군인이 되어 있었다. 그리하여 앙드리앙이 관계하고 있는 우익 단체와 연결이 되어 있는 비넬의 공장에 소개받기로 되었다. 알만은 대단한 기쁨으로 그곳의 직공이 되고 보니 그 공장은 스트라이크 중이었다. 그는 자기도 모르는 사이에 스트라이크를 방해하는 사람이 되어 있었다. 그러나 3일 후 그 반동적인 역할을 완전히 의식하였을 적에 그는 곧 공장을 뛰어나와 동맹 파업 본부를 찾아갔다. 그때 벌써 노동자 측은 실패하고 있었으나 투사들은 이 젊은 동지의 참가로 미래에 대한 빛나는 이상을 가질 수가 있었다. 지금이야말로 알만은 자기가 지금까지 먹지도 못하고 방황하던 파리의 '아름다운 지역'에서 멀어져 가려는 의욕을 확실히 느끼게 되었다"라고 말하고 있다. 아라공은 지금까지의 자기의 문학적 생활환경을 이러한 아름다운 지역에 두고 자기뿐만 아니라 모든 초현실주의의 사람과 부르주아 계급에서 사는 사람과 반동적인 요소를 다분

---

3 1932년에 결성된 국제혁명작가동맹UTER의 프랑스 지부인 혁명예술가협회Association of revolutionary writers and artists의 약칭이다.

4 프랑스 최초의 신문인 『가제트』를 발간한 르노도Theophraste Renaudot를 기념하기 위해 1925년 제정된 문학상이다.

히 가지고 있는 사람들도 인간의 이성적인 의욕에서 지금까지의 위치를 벗어난다면 살 수 있다는 것을 명시하고 있다.

지금까지 기술한 것은 1차 대전 후 사회적인 불안과 동요 속에서 가장 [88] 현저한 문화 곧 문학의 운동을 말하였는데, 지금 표제에 건 '사르트르의 실존주의'는 제2차 대전 후 구라파뿐만 아니라 미국에서 특히 논의되고 환영을 받고 있는데 말하자면 2차 대전 후의 최대 문학 운동이라고 할 수 있다. 소련의 작가 일리야 예렌부르크는 "세계의 중심을 이루는 것은 '생제르맹'가街이고 또 거기에 있는 두 개의 카페이다. 그중의 하나 '카페레 두 마고'에는 백발을 휘날리는 '초현실주의자'들이 여명餘命을 아끼고 있고, 다른 한 개 '카페 드 폴로르'에는 전자의 적인 '실존주의자'들이 진을 치고 있다"라고 하였다. 그러면 오늘날 불란서 문학계의 초점이며 제1차 대전 후 발생한 다다이즘과 초현실주의와 같이 제2차 대전 후 새로 나타난 J. P. 사르트르가 제창한 실존주의existentialism는 어떠한 것이냐? J. P. 사르트르는 1905년에 출생하여 그가 처녀작 「구토*La Nausée*」를 1938년에 발표하기까지는 노르망디의 르 아브르의 중학교 교원이었다. 그는 일찍이 데카르트, 야스퍼스, 키르케고르 등의 철학을 전공하였다. 그리하여 그는 이 소설에서 허무에서 존재로의 정신의 변태變態를 미묘하게 그려 냈다. 그의 「구토」를 처음 읽은 사람은 "여기에는 생, 사, 자아, 시간 등 여러 가지의 철학적인 문제가 취급되어 있음을 안다. 이것은 현상학적인 소설이다"라고 말하였다. 사르트르의 출세작인 이 소설은 일기체로 써져 있는데 그 주인공은 세계 각국을 여행한 다음 로르봉 후작의 연구에 몰두한다. 로르봉 후작은 마리 앙투아네트는 그를 '원숭이'라고 불렀다. 외교, 정치, 실업 각 방면으로 활약하고 러시아 체재 중에는 폴 1세의 암살에도 힘을 쓴 사람이다. 사르트르는 아래와 같은 것을 쓰고 있다.

"가장 좋은 일은 하루하루의 일기를 쓰는 것이다. 물품을 명료하게 보기 위하여 일기를 쓰는 것이다. 암만 가치 없게 보이는 것이라도 세심히 정신을 기울여 분류해야 된다. 이 책상, 거리, 사람들, 담배 주머니 등을 내가 어떻게 보고 있는가를 쓸 필요가 있다. '그것들은 변화한다.' 그 변화의 범위와 성질을 정확하게 한정하지 않으면 안 된다. 그러나 일기를 쓰기 위해서 만사를 과장하며, 항상 주목하며, 사실을 강요하는 위험이 있다는 것을 나는 알고 있다."

"무엇인가 변화하였다. 내 자신이 변화한 것이 아니면 이 방, 이 거리, 이 자연이 변한 것이다. 변한 것은 내 자신이라고 생각하는 법이 간단하다. 그러나 이것은 가장 불유쾌한 사고의 방법이다. 지금까지 건드려 보지 못했던 근소한 변태變態가 무수히 내 마음속으로 스며들고 그것이 갑작스럽게 표면에 나타난다. 그러했으므로 내 생활의 외관은 이렇게 불[89]통일하며 지리멸렬하게 되었다."

"즐거운 마음으로 이야기하고 있는 젊은 사람 속에 끼어 나는 벌써부터 눈앞에 있는 비어 컵을 보지 않으려고 노력하고 있다. 그대로의 비어 컵이다. 그러나 무어라고 말하면 좋을까? 여기에는 다른 무엇이 있다. 나는 물속에 공포의 쪽으로 점점 끌려가는 감感을 갖는다. 처음으로 고독이 나를 괴롭게 한다."

"오늘 아침 도서관에 가는 도중 길가에 떨어져 있던 종잇조각을 집을까 했으나 집지 못했다. 그것이 지금까지 나를 괴롭히고 있다."

"나의 얼굴의 미추美醜는 아무래도 좋다. 조각彫刻과 다르니깐 미추 같은 것은 문제가 안 된다. 그러나 오래도록 보고 있으니 대단히 재미있다. 자기의 눈, 코, 이마를 보고 있으면 어린 시절 아주머니의 말씀, '거울만 보고 있으면 얼굴이 원숭이처럼 됩니다'라는 것이 생각난다."

"아, 안 되겠다. 안 되겠다. '구토'가 난다. 이번에는 카페에서 일어났다. 지금까지 카페는 나의 유일한 피난소였다. 이러다가는 이제는 갈 곳이 없다. '철도의 집'으로 가보니 마담은 없었다. 여급의 마들렌이 무엇을 먹겠느냐고 물을 때 나는 '구토기嘔吐氣'가 났다."

"나는 또 어제의 명상을 계속하고 있다. 모험이라는 생각이 없었다 하면은 또다시 생활할 필요가 있다. 생활을 하고 있을 때에는 어디로 여행을 하여도 항상 모든 것은 동일한 것이다. 배경이 변하고 인간이 출입할 뿐이다. 그러나 생활을 이야기할 때에는 모든 것이 변화한다. 모든 사건이 어떠한 의미를 가지고 온다. 시간을 역행하면서 이야기를 하면은 대수롭지 않은 사건이라도 모험적으로 된다. 모험 같은 것은 없어지고 남은 것은 '이야기'뿐이다."

"카페 마블리의 내부를 유리창 밖에서 들여다보니깐 손님들이 가득 찼다. 내 머리와 같이 갈색 머리의 카운터의 여자가 있었다. 이 여자는 악성惡性의 병이 들어서 그 육체가 부패되어 갔다. 그 여자를 보고 있으니 전신에 악감惡感을 느끼게 되었다. 저것이다. 저것만이 오늘 하루 동안 나를 기다리고 있었다. 카운터에서 미소하고 있는 여자의 얼굴! 모든 것이 정지되었다. 나의 생활도 정지되었다. 나는 행복스러웠다. 그러나 곧 괴로운 회한뿐이 남았다."

"물과 같이 투명한 추상적인 사념으로서 자기를 세탁하고 싶다. 모험의 감정은 사건에서 발생치 않는다. 시간의 흐름을 느끼게 하는 데서 온다. 보통 여자를 보고 여자가 늙어 간다고 생각하여도 그 나이 먹는 것을 보지 못한다. 그러나 어느 때 그것을 보고 자기도 함께 늙어 가는 것을 느끼게 된다. 그것이 모험의 감정이다. 그것은 시간의 비가역성의 감정이다."

"모든 것이 현재의 것이 아니면 존[90]재치 않는다. 과거는 존재치 않는다. 사물이나 사상思想에서도 동일하다. 지금까지 나에게 있어서는 과거는 피난소였으며 별도의 생활 방법이었고 휴가와 무위의 상태였다. 로르봉 후작은 나의 마음속에 살아 있고 움직이고 있다. 나는 그를 위해 살아왔다. 그는 존재하는 데 내가 필요하였고 나는 자기의 존재를 느끼지 못하기 위하여 그가 필요하였다. 그러나 지금에선 그는 죽어 버렸다. 허무에 돌아가고 말았다. 그의 두 번째의 죽음을 맞이했다. 로르봉 사건은 끝났다. 참으로 열렬했던 연애 사건 모양 과거는 죽어 버렸다. 이 앞으로서는 어찌할까. 우선 움직이지 않을 것이다. 대기하여 있던 '물상物象'이 급히 모여 나에게 뛰어든다. 그것은 나의 육체 속을 흐른다. 지금 '물상'은 바로 나다. 해방되었던 존재가 내 가슴 위에 역류한다. 나는 존재한다. 하나 만일 사색하지 말고 지낸다면 더욱 좋을 것이다. 사상은 참으로 소용없다. 육체보다 소용없다. 사상에는 언어가 있다. "나는 존재한다"고 하는 것은 나다. 육체는 혼자서 자란다. 사상은 내가 지속하지 않으면 안 된다. 나는 존재한다. 존재한다고 생각한다. 나는 생각하고 싶지 않다. 나는 생각하고 싶지 않다고 생각한다. 나는 생각하고 싶지 않다고 생각하면 못쓴다. 어디까지 가도 같은 사상이다. 나의 사상은 나다. 그러므로 나는 정지할 수 없다. 나이프로 손은 상하게 했다. 백지 위에 피가 흐른다. 그러나 그 피는 벌써 나의 피가 아니다."

"그는 대전 중(1차 대전) 포로였다는 것을 처음으로 말한다. 그때의 생활로서 그는 인간을 사랑할 줄을 알게 되고 누구든지 형제처럼 포옹하고 싶어졌다고 말한다. 그때부터 그는 군중 속에 있는 것을 즐겨하고 전연全然 모르는 사람의 장식葬式에도 참렬參列할 때도 있다는 것이다. 지금은 사회주의의 단체에 가입하고 있다고 떳떳하게 말하였다. 나는 벌써 혼자가 아니라고 그는 행복스러웠다. 그는 인도주의자다. 나는 비인도주의자는 아니나 인도주의자도 아니다."

"나는 존재의 비결, 나의 '구토'의 열쇠, 내 자신의 생명의 열쇠를 찾아냈다. 바람에 흔들리는 나뭇가지를 쳐다보는 사이에 모든 존재의 탄생을 배웠다. 운동이라는 것은 절대로 존재하지 않으나 그것은 추이推移, 두 개의 존재의 중간, 미약한 시간이다. 허무는 머릿속의 관념에 지나지 못한다. 거대한 속에 흔들리며 존재하고 있는 관념에 지나지 못한다. 허무는 존재의 앞에는 나타나지 않았으니깐 다른 많은 존재의 다음에 나타나는 것처럼 일종의 존재다."

"나는 변하지 않는다고 그 여자는 말했으나 그 여자는 확실히 변화하였다. 변하지 않는 나는 그 여자[91]가 어느 정도 변화하였다는 것을 말하는 도정표 같다고 말한다. 그 여자는 늙었다. 피곤한 모습을 하고 있었다. 런던에서 무대에 선 일이 있다고 한다. 지금은 여행만을 하고 있는 모양이다. 패트런도 있다는 것이다. 책상 위에 그 여자의 옛날부터의 애독서인 미슐레의 『불란서사佛蘭西史』가 놓여 있다. 그러나 그 여자의 옛날부터의 이상이었던 '최상의 시간'의 실현은 불가능하다는 것을 안 모양이다. 그는 그 자신으로 '존재'를 발견한 것이다. 옛날의 애니(그 여자의 이름)는 소멸하고 말았다. "나는 흰 눈까지 변하였어요"라고 그 여자는 말한다. 이상형의 소녀가 현실적인 여자로 되고 말았다. "나는 생창피를 당하고 있어요"라고 말할 때 그의 얼굴은 눈물도 연민도 없었다. 말라 버린 절망을 나타내었다. 그렇다. 이 세상에는 모험도 '최상의 시간'도 없는 것이다. 우리들은 두 사람 모두 꿈을 잃어버렸다. 두 사람이 다 같은 도정道程을 하여 왔다. 다 함께 변한 것이다. 그러나 나에게는 그 여자를 설복시킬 힘이 없었다. 우리들은 말없이 차를 마셨다. 두 사람은 말할 것이 없어지고 말았다."

"나는 자유다. 나에게는 벌써 아무 생존 이유도 남지 않았다. 나는 어떠한 강렬한 구토 때에라도 애니이면 구원하여 줄 것으로 믿어 왔다. 그 희망도 사라졌다. 로르봉 씨도 죽었다. 나의 과거는 죽었다. 나는 고독하며 자유다. 이 고독은 어느 정도 죽음에 흡사하다."

"최후에 또 한 번 저 재즈의 레코드를 들려주는 '철도의 집'에 가서 마담과 작별하였다. 그 흑인녀의 절망적인 노래가 지금까지 알지 못하였던 일종의 즐거움을 알려 주었다. 오늘부터 이 시간부터 모든 것이 시작된다. 나는 소설을 쓰자."

「구토」에 나타난 사르트르가 암시하는 것은 실존이란 무동기無動機, 불합리, 추괴醜怪이며 인간은 이 실존의 일원으로서 불안, 공포의 심연에 있다는 것이다. 이 심연에서 구원을 신에게 찾는 것이 키르케고르이나 무신론자 사르트르는 행동에 의한 자유를 찾지 못하고서는 구원은 없다고 한다. 이러한 것을 최근 미국에서는 '신이 없는 키르케고르'라고 말하고 있다. 그리고 사르트르는 '완전한 순간'이라는 것을 귀중하게 알고 있다. "우리들은 기계적 인간도 아니며 악마에 시달린 것도 아니다. 가장 불행한 것은 우리들은 자유인 까닭이다." 사르트르는 이렇게 말하는데 실제에 있어 자유라는 것은 중량의 부담이었다는 것을 사르트르는 사무치게 느끼었던 것이다. 사르트르는 오직 육체 자체의 사고만을 이야기 하는 것처럼 보이나 실은 이지理知 이상의 지적인, 혁명적인 의미가 있다고 보는 사람도 많다. 사르트르의 사상과 문학이 불란서에 발생한 필연은 패전 후의 불란서의 고민의 제상諸相이었고 사르트르[92] 개인의 철학 전공과 프란츠 카프카(1883~1924)의 작품 영향도 있다. 그는 「변신」에 있어 철저적인 허무주의의 경향을 그렸고 장편 『아메리카』는 그가 죽은 다음 막스 브로트의 손으로 발표되었다. 스티븐 스펜더는 그를 평하여 "카프카의 인간적 경우는 연옥煉獄에서 낙원에 도달한다. 그러나 주인공은 동일하다. 그의 죄악과 무지와는 그의 소신 속에 있다. 어디엔가 인간의 행동이 심판되는 옳은 규칙이 있다고 그는 신망하고 있다"라고 말한다. 불란서에서는 지금까지 암흑은 철저한 암흑 사상을 만들고 고민은 철저한 고민의 작품을 만들었다. 근대에서 확립된 '인간'이 작품 위에 그 모습을 완전히 묘사된 나머지 사르트르에 이르러서는 도대체 인간의 존재는 무엇이냐, 인간의 존재는 우연이냐 필연이냐, 인간은 자유인가 그렇지 않으면 자유스럽지 못한가, 이 끝끝내 파고들어 간 정신은 불란서 파국의 속에서 실존주의를 발생시켰다. 그리고 같은 1938년에 공쿠르상을 받은 앙리 트루아야Henri Troyatt의 『거미*L'Araigne*』도 불란서 청년의 정신적 말로와 지식 계급의 회의와 무의지와 반항과 자살을 그린 작품이었다. 그가 현실을 그리는 것은 현실의 추醜와 불합리를 표현하는 데 있다. 그의 성性적 묘사, 추악, 폭로는 그의 철학적 현실관의 이면이라고도 볼 수 있다. 사르트르는 「구토」를 발표하기 전 『상상』이라는 순철학적인 저서가 있었고 『N. R. F』[5] 지에 두 편의 중편 소설을 발표하였다. 그 후 서반아 내전을 주제로 하여 「벽*Le Mur*」이라는 작품을 발표하였는데 주인공 파블로 이비에타와 라몬 그리스의 반 프랑크전을 묘사하였다고 한다. 사르트르는 이 외에도 여러 가지 희곡

5 '『N. R. F』'는 1909년 프랑스에서 창간된 문예 잡지 『신프랑스평론Nouvelle Revue Francaise』의 약칭이다.

을 발표하였다. M. 체—보[6]의 말을 옮기면 "사르트르의 근작 〈분묘가 없는 사자死者〉가 앙투안 좌座에서 상연되었는데 이것은 반독 항거 부대의 작품이다. 이 희곡은 우선 민병과 항거 부대에 반의反意를 보이고 있으나 민병이 참혹하게도 항거 부대를 전멸시킨다. 무대에서 상당히 오랫동안 병정을 때리는 장면이 나온다. 극장 내는 막 떠드는 비난의 소리로 소란해진다. 사르트르 파는 사르트르를 변호하여 "독일병과 파르티잔에서라도 그들이 체포한 불인佛人 포로를 이렇게까지 학대했는가 안 했는가. 제군에게 질문하고 싶다"라고 떠들었다. 물론 이 질문에 대해서 "그렇다. 독일인은 그러한 학대를 하였다"라고 대답하지 못한다. 그러나 연극적인 입장에서 말한다면 이러한 문제 제공은 악취미인 것이다. 그러나 철학자 사르트르는 죽게 되며 또는 벌써 그 형을 받은 인간 속에 나타나는 여러 가지의 반동(리액션)을 연구하려고 한다. 그가 취급하고 있는 문제는 심리적이며 형이상학적이며 거기에는 정치적인 그 아무것도 없다. 사르트르는 이 무서운 분위기 속에서 긴 회화會話[93]로 이것을 표현하고 있는데 이 자체는 훌륭한 아름다움이라고 볼 수 있다. 그리고 때때로 연극의 유일의 가치라고도 볼 수 있는 감격도 보이고 있고 이 무서운 희곡 외에도 여러 가지 활발한 소 희극小喜劇을 우리에게 던져 주었다. 이 작품들에서는 철학이 작품을 해독害毒시키지 않고 처음으로 사르트르의 탁월한 극작가로서의 가치를 발휘하고 있었다"라고 한다.

근착近着의 『뉴욕 타임스 매거진』은 '실존주의자 햄릿'이라는 제題 아래 사르트르의 신작 〈더러운 손*Le Mains Sales, Dirty Hand*〉, 〈정열의 범죄*Crime Passionel, Crime of Passion*〉 등이 파리와 런던에서 인기 집중에 있다고 하고, 뉴욕의 다음 시즌은 그의 작품 〈붉은 장갑*Red Gloves*〉[7]이 상연될 것을 전하고 있다. 이것

6 정확한 인명을 알기 어려워 원문대로 표기한다.

7 1948년 파리에서 초연된 〈더러운 손〉은 그해 12월 미국 뉴욕에서 〈붉은 장갑〉이란 제목으로 각색되어 상연되었다. 우리나라에서는 1951년 극단 신협에 의해 처음 공연되었는데, 그 작품명이 〈붉은 장갑〉인 것으로 미루어 보아 미국의 각색 작품이 수용된 것으로 짐작된다. 연출을 담당했던 이진순의 다음 증언을 통해 한국에서 공연될 당시의 상황을 살필 수 있다. "[1951

은 햄릿형의 코뮤니스트의 생활과 내면을 주제로 한 것이다.

이러한 점으로 생각할 때 사르트르의 실존주의는 구라파와 미국에서 히트하고 있다는 것을 알 수 있는데 불란서에 독일의 진격으로서 나타난 사르트르의 작품이 어찌하여 미국과 같은 전승국가에서 환영을 받고 있는지? 이것은 전쟁을 하였던 데서 정신적 불안과 혼미한 세상世相이 풍속화적으로 지적하고 있다는 데 공통성이 있고 아메리카인의 독자적 문화배경의 저위低位를 말하고 있다. 실존주의의 운동은 현재 사르트르를 제외하고서는 어느 정도인지는 모르나 금년 5월 10일의 『라이프』지가 소개하고 있는 비엔나 출생의 화가 헨리 코르너Henry Koerner는 현재 미국에서 회화 위에 실존주의의 여러 가지 요소를 가미시키고 있다. 사르트르는 1946년 11월 1일 소르본대학에서 열린 국제연합 교육과학문화기관인 유네스코 대회에서 일장의 연설을 하였다. 이날은 '카페 되 폴로르'가 대학에 장소를 옮긴 감이 적지 않았다. 사르트르는 요지 아래와 같은 말을 하였다.

"작가가 자기의 작품을 우수한 것으로 하려는 것은 그것을 단순한 울부짖음에서 창조의 역域까지 높이겠다는 욕망에서 오고 이때 작가는 당연 집필하기 위한 자유를 필요로 한다. 그와 동시에 독자의 그 작품에 관한 비판의 자유도 불러 본다. 문제는 문학이 존재할 수 있는 곳은 자유의 풍토에서 뿐이며 그 이외에는 모두가 선전宣傳이다. 일부의 부유富裕[8] 유식계급부터 애독되고 기독교라는 강고한 이데올로기에 의하여 지지되었던 15세기의 작가는 과도기적 시대에 있어 시민계급(부르주아지)의 대표자였던 18세기의 작가에 비한다면 그 책임은 경輕한 것이었다. 그러나 오늘날의 상태는 대단히 변화하였다. 아직도 작가는 시민계급에 속하고 있고 그

년] 12월은 한국에서 초연된 사르트르 작, 김광주 역, 이진순 연출, 강성범 장치로 〈붉은 장갑〉(원명 〈더러운 손〉)을 대구 문화관에서 공연하기로 되어 있었으나 공보처의 검열 문제로 일시 중지하고 동월 부산으로 내려가 부분적으로 수정을 하여 부산극장에서 공연하였다. 〈붉은 장갑〉은 전시 피난 수도임에도 불구하고 극장 밖까지 인산인해로 관중이 몰려 왔다." (이진순, 「한국연극사 2(제3기 1945~1970년)」, 『한국연극』 26호, 1978. 2, 52쪽)

8 원본에는 부□富□로 표기되었다.

들로 하여금 읽히고 있는데 하나 지금 이 계급은 그 이데올로기의 붕괴기에 직면하고 있다. 그리하여 이데올로기의 재건이[94] 작가의 의무로 되고 책임으로 되었다. 그러나 그들은 사회의 가장 중요한 부분 즉 농민, 노동자층까지 도달하지 못하고 있다. 노동자의 사회는 가끔 사상의 자유를 부인한다. 그러므로 작가는 그들을 대상으로 하는 한 선전가로 될 수밖에 없다. 이 의미에서 작가는 노동자의 사회를 거부할 뿐만 아니라 같은 의미에서 현존의 다른 계급까지도 거부하게 된다." 이 일문一文으로서 충분히 사르트르의 사회관과 사상도 알 수 있다. 또다시 예렌부르크는 말하기를 이런 것은 모두 시대착오이며 과거의 변태적인 현상에 지나지 않는다고 한다.

다다이즘이 부서진 후 초현실주의가 나타나고 쉬르레알리스트의 혁신 시인들은 불란서 전통을 지키기 위하여 건설적인 노동자의 계급으로 달려갔다. 그것은 문학인뿐만이 아니고 화가 피카소, 알베르 마르케도 참가하였다. 루이 아라공, 엘뤼아르는 대 독전對獨戰에 있어 영웅적인 투쟁을 하여 온 초현실주의 최초의 사람이었다. 그러한 그들의 반파시즘 항전이 격렬하였을 적에 나타난 J. P. 사르트르는 철학적 회의와 현대 인텔리겐치아의 취약한 정신과 사고의 입장에서 실존주의를 내세웠다. 앞으로 이 고독한 실존주의 주창자는 어떠한 방향으로 전진할 것인가. 혼란한 불란서뿐만 아니라 미국에 있어 실존주의는 과연 존재하며 육체를 만들지? 예렌부르크가 말한 반동적인 무신론자들은 오늘 자유의 포물선 상에서 괴기한 절망을 바라볼 날도 머지않았다.[95]

『新天地』 3-9호(1948.10.1)

서평 김기림 장시 『기상도氣象圖』 전망

가장 단적인 새타이어의 시인 김기림 씨는 그의 새타이어의 정신을 제일 먼저 개념에 대한 파괴 운동으로 개시하였다.

1936년 속도와 쉬르레알리슴의 시인 이상李箱 씨는 유형화되어 버린 현대 시의 기술과 사고를 완전히 회전廻轉시키기 위해 김기림 장시 『기상도』를 위요圍繞하고 있는 로브라우 세계에 포탄처럼 던지고 지구의 끝으로 도주하였다.

1948년 겨울, 시와 서적의 조직학적 연구가 장만영 씨와 시와 서적의 조형적 설계자 김경린 씨는 이데아와 앰비셔스를 위해 혼미한 시의 세계에서 또다시 두 번째의 모험을 감행하였던 것이다.

『기상도』는 조선의 시적 활동이 처음으로 전통(완전히 전통이 없는지도 모른다)의 중압에서 이탈한 말하자면 문명 비판적인 인식의 세계관[9] 위에 형성되어 있다. 우리들이 관념으로 사랑하던 시의 형식과 사고를 김기림 씨는 에즈라 파운드 그리고 T. S. 엘리엇의 복합작용으로서 반작용을 일으켜 놓고 어떠한 새로운 정통을 발견하기로 노력하였다. 그러했으므로 『기상도』는 가장 국제적인 조선 시의 선조인 것이다.

새타이어와 연애하고 있는 모더니스트 김기림 씨는 요리인(니그로)—전쟁—무솔리니—송미령宋美齡 etc 이러한 하이브라우의 보캐뷸러리로 시의 음악과 이미지의 기구를 매그로—그[10]처럼 자연스럽게 연결시킬 수 있는 실력[70]을 가졌으며 동반구와 서반구의 시의 거리를 기상대의 예보처럼

9 원본에는 '世食觀'으로 오기되었다.
10 정확한 용어를 알기 어려워 원문대로 표기한다.

거지반 정확하게 우리들에게 보도하여 주었던 것이다.

세계 선수 김기림 씨는 시와 육체의 건강과의 밀접한 관련성을 『기상도』에서 주창하였으며 시적 인식에 있어 생리의 위치를 사색한 조선 최초의 시인인 것이다.

1930년대 신영토新領土 집단의 시인들과 시의 호흡을 동시에 하여 온 김기림 씨는 그때 사회주의 경향에 흐르기 시작한 S. 스펜더, 데이루이스,[11] 조—지 파—카[12]들과 정신적 교류를 주고받았다. 어느 시대에 있어서도 시인은 진리를 지각할 수 있는 시적 시각과 모순의 속에서 통일을 찾아내는 것이 시적 상상의 성질인 것처럼 그는 시인의 투시력을 『기상도』에서 자랑하였다. "너무 흥분하였으므로 내복만 입은 파시스트. 그러나 이태리에서는 설사제泄瀉劑는 일체 금물입니다. — 독재자는 책상을 때리며 오직 단연히 — 단연히 한 개의 부사만 발음하면 그만입니다"라는 윈손이 부러져 더욱 알레고리를 품기는 형용을 해가며 그의 사상적 입장을 문화적 체계에 옮겨 시로서 표현하고 있는 것인데, 그는 이러한 데서 새로운 세계도世界圖를 찾았고 신구사상新舊思想에 대해서도 적극적인 풍자의 묘사를 하였다. 이와 연대를 같이 하여 S. 스펜더가 오스트리아에 있어서 파시스트와 코뮤니스트의 대립을 그린, 코뮤니스트에 대한 관심을 나타낸 그의 시집 『*Vienna*』(1935)를 발표하였다는 것은 참으로 좋은 대조일 것이다.

그러하므로 『기상도』는 시대의 현실에 대한 에르네적[13] 정신의 반응으로 볼 수 있는 것이다. 이것은 씨의 사회 관심이 지니는 필연적 결과이다. 그의 사고는 항상 사적표射的標를 향해 유동하였다. 시의 새로운 정신

---

11 원본에는 'D. 르이스'로 표기되었다. 한편 『시학입문*Poetry For You*』 번역서(장만영 역, 정음사, 1955)에는 그 저자명이 'C. D. Lewis'로 적혀 있고, 박인환 역시 평론 곳곳에서 그 인명을 'C. D. 루이스'로 표기하고 있다. 하지만 'Day-Lewis'는 더블 네임이므로 'C. Day-Lewis'로 적는 것이 마땅하다. 이 전집에서는 모두 '세실 데이루이스'로 적기로 한다.

12 정확한 인명을 알기 어려워 원문대로 표기한다.

13 정확한 용어를 알기 어려워 원문대로 표기한다.

이 구성과 기교의 정신에 있었던 시대에 있어 그는 청춘의 타협으로『기상도』를 공개하고 no-man's-land 행의 국제열차를 타고 엘리엇의 사보텐 랜드荒蕪地에서 기묘한 토속의 노래를 부르며 오든, 데이루이스, 스펜더와 함께 또 하나의 황무지를 찾기로 약속하였다.

『기상도』는 오늘날 완전한 현[71]대 시의 바이블(또는 고전)로 되어 버렸다. 지금부터 13년 전 그가 처음으로 문화적 재산으로 이것을 사회에 기증하였을 적에 아마 누구 한 사람 이것에 박수한 사람은 없었을 것이다. 그 이유는 명확하다. 데이루이스가 문학에 있어서의 혁명에서 말한 바와 같이 현대의 정치, 경제, 과학과 문학(특히 시)은 밀접한 관계를 가지고 있다는 것처럼『기상도』는 그때까지 조선 시에 있어 처음으로 실험된 이러한 것이었으므로 그때까지 보수적 시의 전통과 그 인습에서 벗어나지 못했던 시대인 만큼 당연한 일이라 할 수 있다 그러므로『기상도』는 도화역자道化役者**14**의 노래도 고독한 상인의 웃음, 시민의 망향곡도 아니었던 것이다. 그는 민주 정신에 불탄 현대의 마르코 폴로 모양 미지의 토지로, 신영토로 시의 편력을 한 조선어를 말하는 코즈모폴리턴이었고『기상도』는 그의 보고報告와 이매지네이션을 조화한 김기림 씨의 사랑의 일기였던 것이다.

조선에 있어 참다운 현대 시가 존재하고 있다면 그것은『기상도』외 몇 시집과 현존하는 몇 시인들의 작품일 것이다. 우리의 자연 발생적(센티멘털) 시와 무시학적無詩學的 시의 홍수 속에 끼여 김기림 씨만이 처음으로 새로운 시와 그에 따르는 모든 요소를 혁신 또는 창조하였다는데 중요한 의의와 가치가 발견된다.

곤란한 물질 타격을 받아가며 오늘날의 시집으로서 출간된『기상도』는 아마 이렇게 혼란된 시대와 무질서한 시의 운동에 있어 커다란 경

---

14 '어릿광대'를 뜻하는 일본식 한자어이다.

종을 울릴 것이다. 지금 『기상도』가 복간되었다는 것은 진정한 시의 발전을 위해 모든 사람들이 희구하였던 고전 부흥(이것은 재래적 의미가 아님)의 소리에 응낙하여 출판된 것이라 하겠다.

새롭게 의상을 바꾸게 해준 장만영 씨와 이 시집의 의상 고안과 배치에 관해 전력을 다한 건축가이며 시인인 김경린 씨는 초지初志하였던 구성, 기술을 인쇄 난, 인쇄 잉크 난, 용지 난 등으로 수성遂成치 못한 것은 참으로 유감이라 할 수 있다. 이유는 커버에 있어 카—르 샴페그리아[15] 씨의 벽화 선택이 이 시의 이미지와 전연 이반되어 있고, 사진의 레이아웃의 부정확성, 그리고 제자와 사진의 색채 조화가 이미 현대의 정신에서 작별한 것이었다. 표지에 있어서는 컬러 페이퍼의 반대 위치, 그 다음 본문 인쇄의 활자와 활자 간이 너무도 폭이 넓은 점이다.

(산호장 발행 사백 원)[72]

『新世代』 4-1호(1949.1.25)

15 정확한 인명을 알기 어려워 원문대로 표기한다.

『새로운 도시와 시민들의 합창』 서문 장미의 온도

나는 불모의 문명, 자본과 사상의 불균정不均整한 싸움 속에서 시민 정신에 이반離反된 언어 작용만의 어리석음을 깨달았었다.

자본의 군대가 진주한 시가지는 지금은 증오와 안개 낀 현실이 있을 뿐……. 더욱 멀리 지난날 노래하였던 식민지의 애가이며 토속의 노래는 이러한 지구地區에 가라앉아 간다.

그러나 영원의 일요일이 내 가슴속에 찾아든다. 그러할 때에는 사랑하던 사람과 시의 산책의 발을 옮겼던 교외의 원시림으로 간다. 풍토와 개성과 사고의 자유를 즐겼던 시의 원시림으로 간다.

아, 거기서 나를 괴롭히는 무수한 장미들의 뜨거운 온도.[53]

『새로운 都市와 市民들의 合唱』(1949.4.5)

신간평 조병화 시집 『버리고 싶은 유산遺産』

오늘의 젊은 세대들의 공동 체험일 수 있는 인식의 불안과 절실한 환상과 그에 따르는 모순을 어느 하나의 지성의 □□의 지점에서 발견할 수 있는 시인이 있다면 이는 우리 시단을 위해서 참으로 즐거운 일일 것이다. 지금까지 우리 시단은 무수한 선배들의 반역과 □□과 그들의 복합 작용적인 무수한 장해로 말미암아 참으로 불건전한 관념의 비애 속에 허물어지고 말았던 것인데 이에 시집 『버리고 싶은 유산』을 짊어지고 그 불합일된 질서 없던 시의 세계의 한촌寒村에서 작별하여 시의 수도首都를 향해서 출발한 시인 조병화 씨는 어떠한 공동 체험을 여태껏 하여 왔으며 그의 □□과 그가 본 지대의 모순은 어떠하였나?

이 시인은 강력한 태양 아래서 정신의 발관을 두려워하였다. 그의 솔직한 표현력을 두뇌의 장난으로 밖에 생각지 않고 어느새 그가 애착하여 온 사물의 관찰에 애정을 기울였다. 그는 자기를 위요하고 있는 평범한 해안에서 절망의 기억을 다듬으며 밀려드는 파도에 사고의 불안을 느끼는 것이었는데 그가 직면하고 있는 사회 현실은 끊임없는 물결과 거품과 바람과 순수한 체험의 중첩이었다.

그는 남모르는 전설인 줄만 알고 이를 애인에게 꿈과 같이 말하였다. 그는 미개지에서 사유의 평등을 주장하는 한 편호자便豪者[16]스러운 노스탤지어를 손 가는대로 기록도 하였으나 후문에 의하면 세계의 레코드는 그보다 가속도였다는데 유쾌한 비명을 울리고 최초의 피처避處에서 이동

16 정확한 용어를 알기 어려워 원문대로 표기한다.

하기로 결정하였다.

시인 조병화 씨의 처녀 시집은 그가 진정으로 우리 시단에 방자放資하는 그의 편력의 재산이다. 그는 이러한 순간과 과거를 청산하기 위해서 '무수한 장해'를 무릅써가며 재산목록 작성에 노력하여 왔다. 그는 앞으로 우리 대한大韓으로 하여금 세계의 한촌으로 만들기를 싫어할 것이다. 그가 꾸준히 지켜온 '정신의 존엄과 그 영토'를 마음속으로 탈출하여 나간다는 것은 그의 희망일 뿐만 아니고 이 시인의 출발을 축복하는 우리들 젊은 세대의 공통된 희망일 것이다.

(장정 김경린 발행 산호장)[17]

『朝鮮日報』(1949.9.27)

17 조병화는 장만영이 운영한 출판사 산호장에서 시집 『버리고 싶은 유산』(1949), 『하루만의 위안』(1950), 『인간고도』(1954) 등을 간행하였다.

현대 시의 불행한 단면

시인은 시인인 동시에 다른 사람들과 같은 것을 먹고 동일한 무기로 상해를 입는 인간인 것이다. 대기大氣에 희망이 있으며 그것을 듣고 고통이 생기면 그것을 느낀다. 인간으로서 두 개의 세계에 처함으로써 그는 시인으로서 두 개의 불火 사이에 서 있는 것이다. 그러나 시인은 민감한 도구이지 지도자는 아니다. 관념이라는 것은 그것이 실제적인 정신에 있어서 상식으로 되지 않는 한 시인의 재료로는 되지 않는다. 십자로에 있는 거울鏡처럼 시인은 서서 교통을, 위험을, 제군들이 온 길과 제군들의 갈 길 — 즉 제군들 자신의 분열된 정신 — 을 나타내는 것이다.(C. 데이루이스)

우리들의 가난하고 정력적인 그룹 후반기後半紀의 발전과 그 사회적인 효용을 위하여 『주간국제』지가 의욕하고 있던 대담한 특집 계획을 나는 처음부터 찬성하였다. 과거나 현재나 또는 미래에 대하여 아무 자신도 가지고 있지 않는 나와 우리의 멤버는 오직 경의와 이에 문화적 의의가 더욱 존재하고 있다면 감사할 뿐이다.

'후반기'에 속하는 시인의 대부분은 1920년대에 이 불안의 세계에 태어났다. 이들의 어떠한 한 사람도 그들이 성장되고 사고하는 방법이 그 기반을 황폐한 정신적 풍토에 두었다는 것을 부인치 않는다. 그리하여 우리들의 최초의 결합과 종말의 목표는 항시 동일한 지적 불안에서 이루어지고 있는 것이다. 1922년 구라파의 공황을 초래한 제1차 대전이 끝난 후 현대 문명과 사회의 불안정, 거기에 붕괴되어 가는 낡은 서구 문화와 그 전통을 그려 낸 T. S. 엘리엇의 「황무지」는 발표되었다. 하버드대학 시 산타야나에게 철학을, 배빗에게선 문학을, B. 러셀에게서는 논리학을 배운 엘리엇은 1913년 런던에 이주하여 시와 평론을 쓰기 시작하였는데 그가 착안한 최초의 것은 현대의 어둠과 현대 문명을 이끌어 온 구라파 문명의 종말에 대한 의구이었으며, 동 작품이 『크라이티어리언』[18] 지에 게재되자 건조된 지성의 리리시즘은 전쟁으로 피폐한 인간(청년)에게 큰 공감을 주었던 것이다. 그리하여 현대 시의 불행은 시작되었다. 여기서 나는 우리의 지금까지의 옳은 역사와 이념이 영광보다도 불행에 더욱 친밀하였다는 것을 자랑하고 싶다.

재래의 시의 형식과 사고를 전면적으로 거부한 엘리엇은 현대의 불모와 파멸되어 가는 인간의 풍경에서 새로운 세대의 시의 방향을 가리키었다. 암흑과 불안과 정신적인 반항은 외형에 있어서는 혼란된 관념처럼 생각되었으나 그는 세계의 제 경향을 그의 전통의 완고한 암석과 대비시켜 측량하고 현대가 지니고 있는 일체의 결함이 더욱 인간 앞에 명확히 나타나 있는 것을 지적하였다.

"우리의 문명 속에 있는 시인은 우리들의 문명이 현재와 같은 것처럼 난해하지 않으면 안 된다. 우리들의 문명은 많은 변화와 복잡을 포함하고 있다." 현대와 같이 예기치 않은 변화와 복잡이 연속되고 있는 세계에 있어서 엘리엇이 말하고 있는 평론과 그의 시작詩作은 구라파 현대 문명(문학)에 커다란 투영이 되었다. 아메리카인이었으나 대전 후의 서구의 모든 문화를 몸에 걸치고 예리한 비판적 정신과 창조력으로서 현대의 지적 환멸을 노래한 「황무지」는 그 수법에 있어서 시의 전연 새로운 기축機軸이었을 뿐만 아니라 과거의 시에 대한 이단, 또한 일체의 권위에 대한 반역이기도 했다.[24]

> 강을 덮었던 장막은 걷히고
> 마지막 간당거리는 나뭇잎이 습한 강기슭에 내려앉는다

---

18 T. S. 엘리엇이 1922년 10월에 창간한 영국의 문예지이다.

바람은 소조蕭條[19]히 황토 벌판을 불고
수령水靈은 어디론지 떠나 버렸다
고이 흐르라 정든 템스여 나의 노래가 끝날 때까지
물 위엔 산 병甁도 샌드위치 꺼풀도
비단 손수건도 마분지 상자도 궐련[20] 토막도
또 무슨 여름밤의 증거품도 보이지 않는다[21]

이인수李仁秀 역

웨스턴 여사의 '성배 전설'에 관한 『의식儀式에서 로맨스에』라는 서책을 기초로 한 동同 시는 그의 황폐의 관념을 종합하는 동시, 1차 대전에서 오늘에 이르는 세계 문명을 예언도 하고 그 사회의 성장을 축도縮圖함으로써 타락된 종교, 공허한 문자로서 일세一世를 속이고 있는 철학, 부패한 도덕, 정신적인 지적인 확실성이 소실되고 있는 불안과 공포의 생사에 부딪치고 있는 오늘의 절망적인 현상을 노래하고 있다. 여기서부터 현대 시의 과제와 그 비극적인 숙명은 발족되고 있다.

"엘리엇의 소리는 구라파에 있어서의 많은 동 시대의 사람들에게 말하고 있는 것처럼 생각된다. 그의 작품은 현대 세계에 최대의 영향을 줄 것이다."(S. 스펜더)

T. S. 엘리엇에서 발단되었다고 볼 수 있는 현대 시는 그 후 수많은 공감자와 유능한 문명 비평가를 성장케 하였다.

물론 엘리엇 이전에 영국에 있어서는 T. E. 흄(흄은 1908년에 'The poet's club'을 창설하였다), E. 파운드, H. D.,[22] 올딩턴 등이 있었으나 이들은 새로이 이미지즘imagism 운동을 하였다.

---

19 원본에는 '소條'로 표기되었다.
20 원본에는 '궐'이 생략된 채 '□煙'으로 표기되었다.
21 원본에는 '는'이 생략된 채 '않□다'로 표기되었다.
22 미국의 시인인 힐다 둘리틀Hilda Doollitle의 약칭이다.

1907년 영국의 요크셔에서 출생한 W. H. 오든은 홀트의 그레셤 스쿨을 거쳐 옥스퍼드의 크리스천 칼리지에서 교육을 받았다. 그는 일찍이 다른 시인과 다름없이 T. S. 엘리엇의 영향을 받고 S. 스펜더, W. 루이스, 세실 데이루이스, 루이스 맥니스, 마이클 로버츠,[23] 윌리엄 엠프슨, 렉스 워너, 찰스 맛티—, 죠—지 파—카[24] 등과 '뉴 컨트리' 운동을 전개하였다. 이는 1930년대에 개시되었던 것인데 모더니스트의 평론가 G. W. 스토우니는 다음과 같이 언급하고 있다. "엘리엇에 의하여 발견되고 엘리엇 혼자만이 살고 있던 사보텐 랜드(황무지)에서 기묘한 토속의 노래를 부르며 넥타이를 풀고 칼라를 뿌리면서 자전거를 타고 오는 일단의 시인들이 있다. 그 선두에 서 있는 것이 W. H. 오든이며 그의 말소리를 들으니[25] 'no man's land'행의 열차는 언제 출발하느냐는 것이다."

엘리엇이 어드바이저 격으로 있는 런던의 FAF[25]에서 거의 대부분의 저서를 출간한 '뉴 컨트리' 파의 지도적 역할을 하여 온 W. H. 오든은 시를 기능과 수법 이전의 문제인 사회적 효용의 입장에서 재검토하여 엘리엇과는 단절된 입장에 있었으나 그의 불안과 전통 문명에 대한 비판, 순수한 표현과 새타이어의 정신은 일관성이 있는 것이다.

그 시대에는 시인이나 작가들이 모두 좌경하였으나 오든은 코뮤니즘의 교의에 완전한 일치를 보이지 않았고 1937년 그는 구호救護 자동차의 운전사로서 스페인 혁명에 참가하여 동 혁명을 제재로 한 92행의 시를 썼다. 동 작품이 영국황제금패시상英國皇帝金牌詩賞을 받게 됨으로써 오든의 지위는 확고하게 되었다. 지금까지 써온 그의 작품은 처녀 시집 *Poems*(1931) 이래 『이방인이여 보라!』, 『스페인』(1937), 『사死의 무도舞蹈』, 『신년의 편지』와 10여 권이 있으나 그중에서도 가장 현대시의 관점과 시인의 사회적

23 '뉴 컨트리파New Country Group'라는 명칭은 마이클 로버츠가 오든, 스펜서, 데이루이스, 맥니스 등의 시를 묶어서 펴낸 공동시집 *New Country*(1933)에서 유래하였다.

24 정확한 인명을 알기 어려워 원문대로 표기한다.

25 T. S. 엘리엇이 편집장을 역임한 영국의 출판사 Faber and Faber의 약칭이다.

견해를 예리하게 표현한 것은 1948년 퓰리처상을 받은 장편 시집『불안의 연대』인 것이다

뉴욕 맨해튼의 주장酒場이 배경이며 세 사람의 남자와 한 사람의 여자 사이에 벌어진 대화가 시의 줄거리로 되어 있는『불안의 연대』는 현대에 있어서 인간은 항시 자기 모르는 곳에 불안과 비극을 가지고 있으며 급격히 변동하는 현실에 있어서 인간의 죽음이란 언제나 친절한 우인과 같이 찾아온다. 또한 적당한 조건하에서는 몇 사람의 사상적인 교류는 너무도 적확하게 더욱 신속하게 행하여지나 이것도 불안 앞에서는 허물어지고 만다는 일상적인 현대 인간의 환상과 그 절망을 노래하고 있다.

등장하는 사람은 사회적으로 성공하려는 꿈을 버린 선박 회사의 퀜트, 캐나다 공군의 젊은 군의軍醫 멀린, 영국 출신이며 백화점 사입계仕入係에 근무하고 있는 로제타, 대학 도중途中에서 해군 장교를 지망한 호남아 엠블, 이 네 명인바 그들이 주장에서 술을 마시는 동안 라디오의 뉴스는 지구상에서 벌어지고 있는 전쟁(제2차 대전)을 알려 준다. 전황 뉴스는 네 사람의 생각을 전쟁으로 끌고 간다. 그리하여 그들은 서로 이런저런 이야기를 하기 시작한다. 네 사람은 심리적으로 접근되었다. 주장의 문을 닫을 시간이 되어 로제타는 자기의 아파트에 세 사람의 남자를 초청한다. 로제타와 엠블은 이미 사랑의 매력을 느끼고 있다. 나머지 두 사람은 술의 힘을 얻어 양인兩人의 연애를 축복하며 돌아간다. 그러나 로제타가 퀜트와 멀린을 전송해 주고 방에 돌아와 보니 애인인 엠블은 침대 위에서 차갑게 잠이 들었다. 그는 죽었다.

그리하여 우리는 로제타가 다음과 같이 노래하는 것을 들을 수가 있다.

신부의 베드 위에서
그대는 사랑을 넘고 장님이 되어 코를 골고 계십니다
내가 진실로 그대 것이 아니었으므로

그대는 너무 겁 내여 마음을 흐리었었습니까
내가 만족할 때까지 힘 있게 춤추었던 그대여
그대는 언제까지나 그와 같은 유쾌한 황제가 될 수 있겠습니까
아마 그렇지는 못할 것입니다
하나 그대는 훌륭합니다. 네 그러하지요?
아직도 왕후의 시체와도 같으시니까
그대가 또다시 지배할 때까지
그대를 관에 눕히기로 합니다
그리고 사랑하는 그대여
우리들 두 사람을 위해서 잠을 이룹시다 꿈을 꿉시다
그대가 눈을 떠서 커피를 마실 때
나는 옷을 입고 있을 것입니다……

오든의 시는 이와 같은 비극에 그치고 있으나 그는 이 시를 냉안冷眼한 풍자의 목적에서가 아니고 인간의 모든 사건을 엘리엇이 말한 바와 같은 '변화와 복잡'의 연속으로 보았던 것이다. 황폐와 광신과 절망과 불신의 현실이 가로놓인 오늘의 세계에 있어서는 「황무지」적인 것이나 『불안의 연대』나 그 사상과 의식에는 정확한 하나의 통일된 불안의 계통이 세워져 있다고 해도 과언은 아닐 것이다. 우리가 현대의 사회(정치 문화)를 어떤 불모의 황무지적 관념으로 별견瞥見할 적에 거기에 필연적으로 구상되는 것은 현대에 와서 인간의 가능이 모든 도피성을 동반하고 있는 것이며, 이것이야말로 우리의 힘(특히 어떤 천성적인 비극을 걸머지고 살아 나가는 시인의 힘)으로서는 필사적[26]인 전력을 경주하여도 빠질 수는 없다. 오든은 그의 사회적인 책임은 시를 쓰는 데 있고 인간에 성실하려면 이 세계 풍조를 그대로 묘사하여야만 한다고 생각하고 있는 것이다. 이는 오든뿐만이 아니라 현대 시의 발전을 위하여 한국의 일각에서 손가락을 피로 적시며 시의 소재와 그 경험의 세계를 발굴하고 있는 '후반기' 멤버의 당면된

최소의 의무일지도 모른다.

"우리들은 대전大戰의 음영 아래서 자라났고 우리들에게는 전전戰前의 번영과 안정된 구라파의 기억은 없다. 그 무렵의 경기 좋은 이야기는 우리들에게 있어서 역사 교과서의 자료[26]일 뿐이다. 지금 우리에게는 아무 안정도 없다." 뉴 컨트리의 유능한 이론가이었던 마이클 로버츠의 상기의 말을 옮기지 않아도 현대 시를 이끌어 온 여러 영국의 시인은 이와 같은 정신 반항으로 시를 영위하여 왔다.

S. 스펜더, 그도 불행한 단면의 하나의 인물로 1909년에 출생하여 시집 『비엔나』, *Poems* 등을 출간함으로써 사회적 위치는 확립되었다. 그 후 『조용한 중심』, 『폐허와 비전』, 최근에 와서는 『헌신의 시』(1947), 『존재의 단端』(1949) 등이 있고 평론으로서는 『파괴적 요소』 외 수 권이 있다. 『파괴적 요소』는 제1차 대전 후의 구라파 사회를 파멸적 요소의 축적으로 보고 파멸적 요소에 일관되었던 영국 작가들을 계열로 취급하여 논평하고 있으나, 오든을 주도로 하고 있는 현대 사회주의 작가, 시인(주로 뉴 컨트리 파)들이 여하히 파멸적 요소와 싸우며 주체적으로 해결하려고 하는 것은 제3부에 기술되어 있다. 엘리엇과 D. H. 로렌스, W. B. 예이츠 등은 제2부이며 이들은 구라파의 파멸적 요소에 침투된 강렬한 개성으로서 취급되어 있는데 S. 스펜더는 그 당시에 있어서는 공산당에 입당하였으므로 엘리엇과는 단절되었던 시기이었다. 그래서 그는 폴 발레리와 R. M. 릴케에 대해 "개인의 순수도純粹度의 문제이었던 시대는 지났다"라고 언급한 적이 있다. 스펜더는 또한 다음과 같은 말을 듣게 되었다. "몰락된 양가良家의 자제." 하나 스펜더는 그 후 공산당을 탈당하여 「신은 무릎을 꿇는다*The God that Failed*」를 발표하였는데 『존재의 단』에 수록되어 있는 「사람이 만든 세계」에 다음과 같은 구절이 있다.

---

26 원본에는 '료'가 생략된 채 '資□'로 표기되었다.

구원의 별조차 없는 어두움 속에서 우리는 있다 그 속에서 우리들은 듣는다
우리들이 지불한 것을
우리들이 만든 세계가 또다시 찾아가는 것을

화폐 철 불火 묘석
이들은 몸에서 살肉을 뜯어 가는 것이다.
펄떡펄떡 움직이는 공포의 혓바닥으로 귀를 괴롭히는 것이다

오든과는 다소 사상적 입장을 달리했으나 엘리엇이 파괴되어가는 세계 문명에 대해 종교적 구제 방법을 구한 데 반하여 그는 정치적 또는 심리학적인 구제를 구했다. 그들은 열심히 희망에 넘쳐 미래의 무한의 가능성을 직시하였다. 인간관에 있어서도 르네상스 이후 인간에게 절대적인 신뢰를 주었던 휴머니즘을 감상주의와 개인주의에 타락된다고 부정하고 인간에의 신뢰를 회복하려고 하는 '뉴 휴머니즘'을 취하였다. 그들은 시작詩作 이외에 정치와 사회에 큰 관심을 경주하여 시인이란 그 사회의 사람들을 계몽하여 지도하는 특별 임무를 지닌 사회적인 책임 있는 인간이라고 생각하였다. 그들은 순수한 개인적인, 지방적인 전통적인 주제를 전연 선택지 않고 폐쇄된 공장, 황폐한 도시, 고대 탑문塔門과 같은 인간의 역사의 진전의 표상이 되는 것을 주제로 하였는데 이와 같은 독자獨自의 표현과 이미지는 1930년대와 1914년의 '복잡과 변화' 많은 세계에 있어서 현대 시만이 가질 수 있었던 자랑이었다.

오늘에 와서 뉴 컨트리 파의 작업은 일종의 '공동 의식의 집단'으로 우리에게 커다란 시사만을 줄 뿐만 아니라 인생의 처지가 사회와 정치 앞에 지극히 위기롭게 된 이 불안의 세계에 있어서 시와 이에 부수되는 일체의 문명 기구를 절실한 자유 인간의 조건으로 하였다.

현대 시가 그 불운의 생명을 오늘에 이끌어 오기까지에는 허다한 박해를 입었다. 항시 구세대의 유산과 개념적 순수에 굴복하여 온 고립주의와

자연 발생주의의 침해를 입었으며 사고의 규준이 틀린 이들은 난해하다는 것을 스스로의 자랑과도 같이 말하였는데 이들의 지적 빈곤은 현대 시에 있어서는 무식으로밖에 취급할 수 없다.

광범한 견지에서 현대 시를 논의할 시[27] 폴 발레리, R. M. 릴케, A. 랭보의 세계와 그 방법에 관해서도 언급할 수 있으나 우리들의 현실의 시야에 전개되어 있는 모순과 살육과 허구와 황폐와 참혹과 절망을 현대의 문명을 통해서 반영할 적에 우리들로 하여금 강요케 하는 것은 '황무지적 반동the waste land's reaction'이며 전후적戰後的인 황무지 현상과 광신에서 더욱 인간의 영속적 가치를 발견하는 데 현대 시의 의의가 존재된다고 생각된다. 그러므로 우리의 그룹 '후반기'의 대부분의 멤버는 T. S. 엘리엇 이후의 제 경향과 문제를 어떻게 정리하느냐는 것이 오늘의 과제가 될 것이며, 나의 표제 '현대 시의 불행한 단면'도 엘리엇의 영향을 입은 두 사람의 현대 시의 개척자 오든과 스펜더의 단편斷片을 소개하는 데 조그마한 가치가 있는 것이다.[27]

『週刊國際』 9호(1952.6.16)

27 원본에는 '논의할지'로 오기되었다.

조병화의 시

조병화의 작품을 대할 때마다 나는 이상스러운 경쾌한 기분을 느낀다. 그의 로브라우의 정신이 시에 있어서 놀랄 만큼 정확히 묘출描出되어 있는 것과 직감이나 소재, 테마나 사고가 우리의 체험과 신변 그리고 시정과 일상의 생활에 기반을 두고 있는 까닭에 쉽게 공감할 수 있다. 그리하여 그의 대부분의 시작들은 주제가 그러한 것과 같이 독자로 하여금 매혹의 정을 초래시키는 것인데 이것은 시로서의 완성을 의미하는 것과는 달리 하나의 중대한 의의를 완수하고 있다고 나는 생각한다.

그의 초기의 작품은 소묘의 형식을 취한 '바다'를 주제로 하였으나 최근 내가 받은 그의 제3시집 『패각貝殼의 침실寢室』은 '바다'의 시대를 경과하는 동안에 얻은 존귀한 현대의 감수성과 표현상의 기술로써 근대 사회의 문명 형성의 발상지이며 상징인 도시와 그곳에 사는 인간의 제상諸相을 노래한 것이 중요 작품으로 되어 있[15]다.

그러나 그의 출발의 영향은 전 작품에 큰 음영을 주며 반대로 이와 같은 이유 때문에 그의 시의 입장은 유리하게 전개된다. 예를 들면

초침을 따라
전쟁이 짓밟고 간 나의 피부는

「비치파라솔」에서

여자들이 모두 빨간 입술들을
긴 목 위에 앉혀놓고
만국기 아래 상품들처럼 나열한다

와 같이 통속적인 평이한 언어의 작용을 연속하면서도 그는 그의 시적 표현을 효력 있게 만든다. 물론 어디까지 그의 두뇌나 정신이나 감각을 지배하는 것은 천성적인 시인으로서 비극인 까닭에 그의 정신에 부수되는 일체의 고민은 인간으로서의 내성과 견문에 대한 진지한 비판이 진실한 형태와 시기時機에 있어서 시로써 형성된다고 나는 오래도록 생각하여 왔다. 물론 이와 같은 처지는 비단 조병화뿐만의 것은 아니다. 그의 시 「미시즈와 토스트」, 「나 사는 마을」, 「위치」 등은 이 시인만이 관념적인 비판으로 일상의 소재를 정리하고 있는 것이라고 나는 믿어진다.

그는 시에서 철학이나 문학을[28] 이야기하기보다 다른 우선 '인생'[16]을, 아니 '인간'을 발견하는 데 주력하고 인간과의 대항적인 배열은 회화繪畵로 선택하였다. 그리하여 회화 속에는 '도시', '바다', '수목'과 같은 고정된 미의 반영과 실신한 사람이 중얼거리는 이야기처럼 아무 '맥'은 없으나 아름답게 들리며 이에 독자는 공감하게 된다.

현대에 있어서 더욱이 전시 하 피난 온 부산의 불모의 육지에 있어서 조병화뿐만 아니라 대부분의 시민은 그들의 정신을 각종의 불안 때문에 콤플렉스의 경지에 빠뜨리고 말았다. 그의 시의 각 절은 특수한 몇 편을 제외하고서는 '착란'의 릴레이를 한다. 낡은 시의 전통 만에 젖은 독자는 "이것은 시가 못 된다"라고 공격할지 모르나 나는 이러한 것이 도리어 그의 우위로 될 것이며 현대 시만이 가질 수 있는 모험적인 시험이라고 믿는다. 원래 시에는 하등의 일정한 표현의 규정이 있지도 않으며 새로운 세대의 의욕적인 시인은 자기 마음대로 시를 변형할 수 있는 권리가 있다고 확신한다. 그리하여 『패각의 침실』은 전체의 시의 구도가 각종 각색인 것처럼 그는 전절前節과 연관되지 않는 다음 절을 콤플렉스의 정신으로 묘

28 원본에는 '文字을'로 오기되었다.

출할 수가 있고 또한 이에 능숙하여졌다.[17]

지금 그의 시집을 통독하여 보니 (물론 잡지 신문에서 읽은 일이 있으나) 이 시인은 절망하면서도 미래에 대하여 그가 늙어 가는 것이 싫은 것과 같이 대단한 애착을 가지며 절망 자체가 무척 즐거운 것처럼 믿고 인생과 대결하고 있다.

> 그것은 꼭 타야 할 최종 열차를
> 놓쳐 버린
> 우울과 같은 것
> 권태와 같은 피곤

그는 아무 불평도 한탄도 없이 인간이 사는 사회가 우리의 현실이 아름답지 못하다는 것을 즉각적으로 판단한다. 이것은 시인으로의 조병화의 건전성을 노정시키는 방법인바 나는 처음 말한 바와 같이 그의 사고와 체험이 일상의 생활에 부동한 기반을 두고 있는 데서 생기는 요인이라고 한편 생각한다.

대상은 말만 들어도 시와 같고, 이야기는 즐겁고, 표현은 어떤 지적인 경쾌미를 주고……. 조병화는 그의 사람됨이 원만한 것과 같이 시를 쓰는 데 탁월한 묘법이 생긴 것 같다. 도시에 사는 사람이 우울을 견디지 못하여 주점에 가는[18] 시를 씀에 있어 도시의 불안이나 주점의 복잡을 그는 몇 마디의 간결한 언어로 종결지어 버린다.

"눈 내리는 주점에 기어들어 나를 마신다."

이러한 표현이야말로 도시에 사는 누구나 체험할 수 있는 일이 아닐까?

지금 병화는 그가 가지는 시대 의식과 비판의 정신으로 현대 시의 새로운 영역을 개척하고 있다. 일상적인 언어(국어체 실현)에서 일어나는 제상을 그리 중대히 고심하지도 않으며 (그는 간접적인 자기 분열이라고 하나) 오직 천성의 비극에 진실하기 위하여 시를 쓰고 있다.

'생의 종말적인 광장'이라고 대단히 문학적인 용어로 이룬 표현은 역시 시가 못 되며 그는 현대의 지식인이 느끼는 솔직한 고발을 평이한 표현으로 노트한 것이 좋은 시가 되었고 또한 이 집결체가 제3시집 『패각의 침실』이란 이름으로 세상에 나타나게 되었다.

병화의 이름이 시의 역사에 남을 것과 같이 그의 대부분의 시의 독자는 현대에 있기보다도 미래에 있어야 할 것이다.[19]

『週刊國際』 13호(1952.9.27)

S. 스펜더 별견瞥見

시의 사회적 효용을 위하여

우리나라 문학인에겐 금시초문에 가까운 영국의 시인 스티븐 스펜더Stephen Spender에 관한 최근의 소식을 유네스코에 참석했던 오영진吳泳鎭, 김말봉金末峯 양씨에 의하여 알게 되었다. 지극히 경하스러운 좋은 이야기라고 필자는 생각하는 바이다. 왜 그러하냐 하면 나는 오래전부터 S. 스펜더 씨의 시 작품과 그 문예 비평, 또한 그의 시인으로서의 사회적 참가에 크게 공명共鳴한 나머지 해외의 시인으로서는 그의 오랜 친우인 W. H. 오든과 아울러 가장 존경했고, 건방진 표현이긴 하나 크게 영향을 받은 바 있다고 스스로 자부했기 때문에 그가 오늘날 유네스코 문학분과위원회장으로 활약했다는 것은 웬일인지 필자의 자랑인 듯싶어서 즐겁기 한이 없었다.

S. 스펜더는 1909년에 영국에 태어났다. 1933년에 런던에서 사화집 『뉴 컨트리』가 출간되었는데 이것은 제1차 세계대전 중에 성장한 영국의 작가 급及 시인의 젊은 집단이었던 뉴 컨트리파의 최초의 앤솔러지이며 기중其中[29]에서 C. 데이루이스, 크리스토퍼 아이셔우드, W. H. 오든과 아울러 S. 스펜더가 주요 멤버(집필자)였다는 것은 오늘날 동同 앤솔러지로 하여금 현대 시 발전의 정신적 기반으로 자타가 인정하게 된 요인이 되는 것이다.

동 앤솔러지에 우리의 S. 스펜더는 「시와 혁명*Poetry and Revolution*」이란 에세이를 발표하고 있다. 이것은 그들의 젊은 세대가 대결하였던 제1차 대전

29 '기중其中'은 '그중'으로 교열하지 않고 원본대로 표기한다.

후의 과제와 사회주의 시인으로서 시를 쓰게 된 후 직면한 최초의 과제에 대한 해답이라고 볼 수 있으며 동시에 뉴 컨트리파 시인의 입장을 제시하는[30] 대표적 매니페스토라고 할 수도 있었던 것이다. 여기서 S. 스펜더는 다음과 같은 내용의 의사를 표시했으며 이는 논리적 근저로써 결정되어 있다 해도 과언이 아니다.

> 시를 쓴다는 행위가 순수한 개인의, 그리고 개인의 순수도의 문제였던 시대는 떠나가고 있다.

> 시를 쓴다는 행위는 지주나 상인이나 자본가의 행위와 동일 평면, 이것이라고 고찰하며 이것이야말로 우리들의 전형적 형태이다.

그럼으로써 S. 스펜더는 제1차 대전 후의 구라파에 발생한 수많은 시의 무브먼트가 거의 시의 기능과 수법에 관해서 노력을 경주했을 때 이와는 반대로 '기능과 수법 이전의 문제'인 '사회적 효용'이란 견지에서 재검토할 것을 주창하였다. 여기에서 S. 스펜더는 그들의 선배인 엘리엇이나 E. 파운드 등의 의견과 단절하게 되었다.

S. 스펜더의 이론적 우인友人이었고 또한 동 앤솔러지의 편집자인 M. 로버츠는 뉴 컨트리 일파一派의 전체적 동향에 관해서 "우리들은 대전의 그늘 아래서 자라났으므로 우리들에게는 전전戰前의 번영과 안정되었던 유럽의 기억은 없다. 그전의 경기 좋은 이야기는 우리들에게 있어서는 역사 교과서의 자료에 불과하다. 오늘 우리들에게는 하등의 안정도 없다"라고 말하였다. S. 스펜더는 W. H. 오든 등과 이러한 불안의 시대를 어떤 정신적인 배경으로 믿고 사회주의에 경사된 대개의 시인이 취한 명확한 선전(프로퍼갠더)적인 방향은 부정하면서 신사회주의적 시를 썼으나 그는 어

30 원본에는 '提示이'로 오기되었다.

디까지 재래의 프롤레타리아 예술에 대해서 동의하지 않았다.

그는 프롤레타리아의 예술은 오리지널리티가 없고 오직 관념주의적 선전성과 부르주아 예술의 형식을 차용하고 있다고 비난하였다.

이러한 혁명적 시인 S. 스펜더는 1939년의 독소獨蘇 불가침조약의 협정을 보고 "과거 10년간의 좌익적인 서적은 완전히 무의미하게 되었다"라고 외치며 그가 오랫동안 정치적으로 신봉할 수 있었던 공산주의적 이념에서 탈피하게 된 것은 지극히 그가 민주주의적인 사회주의자였다는 것을 반증할 수가 있다. (여기에 관하여 그는 *The God that failed*(을유문화사 역)란 서책 속에서 자기가 1936~1937년까지 영국 공산당원이었다는 것을 말하고 또한 전향하게 된 동기를 발표하고 있다.)[상 1953.1.30]

과거의 시에 대한 스펜더의 혁명은 그로 하여금 1차 대전 후의 가장 위대하고 박력 있는 사회주의적 시인으로서 오랫동안 그의 지위를 확립하게 하였으며 T. S. 엘리엇에 의하여 발견된 '황무지'는 뉴 컨트리파의 시인들에 의하여 그 개발을 보게 된 것이다.

스펜더는 1933년에 그의 처녀시집 『비엔나』를 발간했으며 이는 전통적 부르주아 예술과 새로운 사회 혁명 사이에서 있었던 시인의 입장을 명시하고 있다. (김기림 씨의 장시 『기상도』는 스펜더의 『비엔나』에서 크게 영향을 받고 있다.)

스펜더는 시에 대하여 다음과 같이 말한 적이 있다.

"시는 혁명가가 강력히 반대하는 관념주의라는 지적 활동을 가진다."

사회주의에서 공산주의를 신봉하게 되었던 스펜더는 전기前記한 바와 같이 독소 협정 이후 영국 공산당을 탈퇴하였으나 그는 서반아 내란 당시는 W. H. 오든 등과 스페인에 의용군으로 진출하였다. 2차 대전 중 그는 오든, C. 아이셔우드의 도미渡美에 따르지는 않고 그들의 대부분의 서적을 출판한 파버F&F의 "작가가 기여할 수 있는 국민적 봉사는 글을 쓰는 것이다"라는 뜻을 받들며 폭격하의 영국에서 거주하였다.

그는 2차 대전은 "가장 특별한 혼란이다. 이런 속에서 각국 측은 자국의 통제를 상실하기 전에 상대국에 먼저 혼란을 초래시키기 위해서 싸우고 있다. 나에게 무엇을 하라고 다른 사람들이 말하지는 않으나, 내 자신을 저작에 아마는 나의 유작집에 제공할 수 있을 것이다"(*Time*, Oct. 30. 1939) 라고 비창한 결심을 하였다.

『조용한 중심』, 『폐허와 비전』 등의 시집은 대전 중에 발간되었으며 이에 수록된 시편 등은 감상주의와 개인주의에 타락된 인간을 구제하고 순수한 개인적인, 지방적인, 전통적인 주제를 부정한 작품이다.

『헌신의 시』[31](1947) 다음에 출간된 『존재의 단端』(1949)이란 시집 속에서 스펜더는 "외부의 피부를 두들기며 그 속에 아직도 정신이 있는지 없는지를 물어본다. 우울은 스며들고 우리들의 수단이 우리들의 목적이 된다"라고 노래하면서 오늘의 세계에서 인간이 지니는 애절한 비극을 한탄한다.

구라파에 나치즘과 파시즘의 격렬한 바람이 불기 시작했던 시절, 이러한 불길한 정세에 직면한 시인들의 당연한 관심은 사상에 또는 정치, 경제상의 문제에 경주했다. 더욱이 영국의 젊은 지식적인 시인이 택한 것은 공산주의에 가까웠던 급진적 사회주의의 입장이며 더욱이 이들의 공동의 집결체는 뉴 컨트리파였으며 그중에서도 스티븐 스펜더는 어떠한 다른 시인보다 급진적이었다.

이들의 그 문학적인 전반의 사고思考는 T. S. 엘리엇, E. 파운드 등에 영향되었으나 두 사람이 붕괴되어 가는 세계에 대하여 종교적인 구제 방법을 구한 데 반하여 이들은 정치적 또는 심리적인 것을 구했다.

"시인이란 그 사회와 사람들을 계몽하여 인도하는 특별 임무를 지닌 책

31 원본에는 '『회身의 詩』'로 오기되었다. 원 시집명은 *Poems of Dedication*이다.

임 있는 인간들이다"라고 생각한 뉴 컨트리파의 시인들은 여러 가지 정세의 변동에 처해서는 언제나 실제 행동을 했다. 그 후 1938년의 뮌헨 회담, 1939년 12월의 스페인 프랑코 총독의 취임, 스페인에 대한 영불英佛의 불간섭 정책 등 불순한 정치적 플레이를 목격한 이들은 시인이 생각하고 있는 것과 같이 정치는 단순하고 정직한 것이 못 된다고 반성하며 정치에서는 손을 떼고 각자의 갈 길을 택한 것인데 여기서 스펜더는 공산당을 탈퇴하고 오든은 아메리카로 출발하게 된 것이다.

오늘날 현대 시의 지배적 요소를 가진 T. S. 엘리엇의 영향 아래 자라난 뉴 컨트리파의 대표적 시인 S. 스펜더는 1930년대에서 현재에 이르기까지 영국에서 가장 문제 되는 시인일 뿐 아니라 그의 현대 문명에 대한 통렬한 비판적 시 작품은 전 세계에 공감을 주었다. 그리하여 이것이 일본에 있어서의 '신영토新領土' 이후의 현대 시로 전개되었고 한국에 있어서는 김기림 이후의 새로운 시로써 그 결실을 보게 된 것이다.

영국의 대표적 모더니스트 시인 S. 스펜더가 지난 유네스코 회의에 문학분과위원장으로 선출되었다는 것은 전 세계의 문학인이 얼마나 모더니스트의 시와 스펜더의 문학에 경의를 표하고 있는가를 입증하고 있다.

[하 1953.1.31]

『國際新報』(1953.1.30~31)

이상李箱 유고遺稿

고 이상 씨의 이 미발표 유고는 그 가족(누구인지 알 수 없다)의 손에서 또 다시 고 윤곤강尹崑崗 씨의 손으로 넘어간 것이었는데 윤 씨는 당시의 『시학』 지에 싣기 위하여 김정기金正琦 씨(시학사 주간)에게 주었으나 계속 발간을 보지 못하여 여기 20년이라는 세월을 김 씨의 세간살이 한구석에 잊어버린 채 있었던 것이다.

1934년이면 이상 씨가 처음으로 우리글로 작품을 발표하기 시작한 해이며 당시 그는 25세이었다.

그해 가을에는 구인회九人會에 입회했으며 난해시 「오감도烏瞰圖」를 중앙일보에 발표했다. 원래 이 시에는 제題가 없는 것을 우리들은 「이유 이전理由以前」이라고 붙이기로 했다. 왜냐하면 그의 감상 단편 「19세기식」의 '이유理由'의 전문은 다음과 같은 것으로서 이 유고 직후에 쓴 것이 명백하기 때문이다.

나는 내 아내를 버렸다. 아내는 "저를 용서하실 수는 없었습니까" 한다. 그러나 나는 한번도 '용서'라는 것을 생각해 본 일은 없다. 왜? "간음한 계집은 버리라"라는 □칙에 □감을 가지는 내가 아니다. 간음한 계집이면 나는 언제든지 곧 버린다. 다만 내가 한참 망설여 가며 생각한 것은 아내의 한 것이 간음인가, 아닌가 그것을 판정하는 것이었다. 불행히도 결론은 늘 "간음이다"였다. 나는 곧 아내를 버렸다. 그러나 내가 아내를 몹시 사랑하는 동안 나는 우습게도 아내를 □□하기까지 하였다.

"될 수 있으면 그것이 간음은 아니라는 결론이 나도록" 나는 나 자신의 □□ 앞에 애걸하기까지 하였다.

끝으로 지금은 □□한 김정기 씨의 맏아들 즉 시인 김호金浩 군(시집 『수

액樹液』의 저자)의 호의로써 그의 유고가 세상에 또다시 나타나게 된 것을 우리들은 즐거워하여야만 될 것이다.(朴寅煥)

『京鄕新聞』(1953.11.22)

book review 현대 시와 본질

병화炳華의 「인간고도人間孤島」

조병화가 시를 쓰고 그 시집을 낸 것은 나와 처음 만나던 해부터이며 그 후 6, 7년간에 이미 네 권의 좋은 시집을 냈다. 참으로 읽기 쉬운 시, 아름다운 시, 정서의 노래 그리고 인간의 향수를 알려 주는 그의 여러 작품을 나는 언제나 읽고 남에게 권한다. 그래서인지 그는 나와 친하고 터놓고 이야기하는 친구다. 그가 시인이 된 것은 물론 그의 어떤 천성에서 기인되는 일이라 할 수 있으나 내가 보기에는 고난苦難한 현대의 사회나 그 제상諸相이 준 것 같다. 병화는 시에서 언제나 대상과 그 그림자를 표현하고 있으며 어두운 투영은 항상 병화의 가슴을 찌르고 있는 것이다. 바다나 명동이나 또는 비 오는 포도鋪道에 그는 고절孤絶된 그의 의식의 상태를 발견하고 집에 들어가서는 몰래 그 흐름과 감정 또는 마음의 애수를 시라는 형태로서 기록하는 것인데 이것이 맛이 나고 슬프고 공감을 우리에게 주는 데는 그의 재능의 힘이 있는 것 같다. 봉래奉來와 경린璟麟이는[32] 원래부터 병화를 잘 알고 있지만 간혹 나와 모이면 '통속적', '쉽게 쓴다', '감상적'이라고 한다. 나도 이에 동의하고 있는 한 사람이지만 역시 좋은 점으로 돌릴 수밖에 없다. 아무나 다 알게 쓰기 위해서는 통속적일 수도 있고 그의 기품과 생활은 그를 쉽게 쓰게 만들지도 모른다. 나는 건전한 그리고 낭만적인 센티멘털이 너무 우리나라 시에 없는 것을 걱정할 때도 있다. 그런 견지에서 병화의 시는 "가랑잎 내리는 오후의 잡초원 같은 내 가슴에", "인생은 짧고 고독은 길고", "지구 저쪽 야간열차 속에서 전쟁에 혼자된 여인의 찬 기침 소리가 들린다"는 등 참으로 순박한 그리고 건실한

---

32 이봉래와 김경린을 지칭한다. 원본에는 '奉來와 璟麟□는'으로 표기되었다.

페이소스가 짙다.[33] 시를 쓴다는 것은 그의 마지막 인간에 대한 성실이고 우리가 그의 시를 읽을 때 시에 이중으로 나타나는 그의 인간상을 본다. 그는 시에서 사교도 하고[34] 연애도 하고 울기도 하고 멋도 내고 그런가 하면 철학자처럼 명상도 하고 아버지처럼 고민도 한다. 이런 것을 조금도 속이거나 가리지 않고 독자에게 터놓는 것이 병화의 자랑이며 그것을 시의 기교나 표현으로 만들어 내는데서는 그가 아마 우리나라에서는 제일 가는 지도 모른다. 「인간사장人間砂場」, 「남포동」, 「통근 버스」와 같은 그의 신변의 현상에서 착상한 시는 모두 그 수준에 있어 훌륭한 것이며 아직까지의 시의 사고의 개념에서는 찾을 수 없는 독자의 세계를 만들고 있다고 보는 것이 타당할 것이며 나는 병화가 그의 마지막 페이지를 위하여 「사랑이 가기 전에」 같은 시를 쓴 데 대하여 머리를 숙이는 것이 예의가 될 것 같다. 병화는 후기에서 대단히 힘든 말을 했으나 그까짓 소리를 우리는 들을 필요는 없고 그저 심심할 때에 또는 실패나 인생이 외로울 때에 그의 시를 읽는다는 것은 하나의 정신적 위안을 주지나 않을까. 그리고 우리나라 현대 시의 어떤 발전의 수준을 병화의 시집 『인간고도』에서 쉽게 찾을 수 있다는 것을 부언하고 싶다.(박인환)[11]

『詩作』 2집(1954.7.30)

33 원본에는 '긴다'로 오기되었다.
34 원본에는 '하'가 생략된 채 '社交도 □고'로 표기되었다.

버지니아 울프 인물과 작품

> 여성들이 좋은 소설을 쓰기 위해서는 최소한의 생활비와 자기가 전유할 수 있는 방이 보증되어야 한다

버지니아 울프는 1920년대에서 30년에 걸쳐 신심리주의의 문학이 낳은 극히 중요한 여류 작가이다.

그는 총명하고 남성에게 지지 않는 교양과 재능을 구비하고 특이한 작품을 남겼으나 결국 여류 작가였기 때문에 더한 의의를 가지고 있었다고 생각된다.

울프의 문학적 경력을 살펴보기로 하자. 그의 부친은 유명한 문예 비평가인 레슬리 스티븐이다.

스티븐은 일시 『콘힐 매거진』지의 주필을 하고 19세기 후반의 영국 문단에 일 세력을 보유하고 있었으므로 그 살롱에는 당시의 일류 문학자, 예술가가 출입하고 소녀 시대의 울프는 그러한 가정의 분위기에서 감득한 것이 적지 않았다.

1904년 부친이 사망하고 그는 언니가 되는 버네사와 같이 런던의 중심부인 블룸즈버리에 거주하게 되면서부터는 이 두 사람의 젊고 아름다운 영양의 주위에는 새로운 지식인이 모이게 되어 '블룸즈버리 그룹'을 만들었다

미술 비평가인 클라[132]이브 벨, 정치 경제 평론가인 레너드 울프, 소설가인 E. M. 포스터, 전기 작가인 리턴 스트레이치 등은 누구나 이 일군一群에 속하고 그들의 활동으로 인하여 블룸즈버리라는 것은 하이브라우를 의미하게 되었다.

(특히 블룸즈버리 그룹은 그 귀족적 성격으로 인하여 일부에 반감을 가지게 된 것도 사실이며 윈덤 루이스는 그들을 비웃고 있다.)

그동안 규수 화가인 버네사는 클라이브 벨과 결혼하고 버지니아도 1921년에 레너드 울프와 결혼하였다.

그리고 울프 부처는 런던 교외인 리치먼드에서 호가스 프레스[35]라는 조그마한 출판 서점을 경영하기로 되었다.

이 호가스 프레스에서는 문학 급 문화 비평에 관한 진보적인 양서가 많이 간행되었다.

예를 들라면 후에 뉴 컨트리파라고 하는 새로운 시인들의 출발점으로 된 앤솔러지 『신서명新署名』(1932)도 이곳에서 나온 것이다.

또한 그중에 뉴컨트리파의 신진 시인으로 서반아 전선에서 전사한 줄리안 벨은 벨 부처의 아들로 즉 울프의 조카이다. 버지니아 울프의 저작도 대개는 호가스 프레스의 출판이고 가끔 버네사가 표지의 도안도 그리고 있다.

울프는 20세부터 소설을 썼으나 약한 신체이므로 조금씩밖에는 쓰지 못하였고 본래 양심적인 탓으로 처녀작을 발표한 것은 34세이다.

그러나 그 후부터는 차차로 창작력이 강해져서 일작一作 일작으로 새로운 경지를 개척하여 20세기의 영문학에 오리지널한 실험의 족적을 남기게 되었다.

소설은 전부가 11편이고 그 외에 대소의 에세이가 약 10권이나 달하고 있다.

습작 시대의 『항해』(1915)와 『밤과 낮』(1919)은 그[133]리 주목할 것은 없으나 전자에는 생생한 감수성이 보이고 후자에는 제인 오스틴의 영향이 많다.

「월요일이나 화요일」에서 돌연히 하나의 변화를 보였다. 이것은 스케

---

35 1917년 버지니아 울프와 그녀의 남편 레너드 울프가 설립한 출판사이다.

치류의 단편을 모은 것이며 외계에 있어서의 사소한 현상이 내면의 심리에 어떠한 파문을 던지고 그것을 모자이크 같은 시적 산문으로 실험한 것이다.

이것을 하나의 테마에까지 가지고 간 것이 『제이콥의 방』(1922)이다.

주인공인 제이콥의 유년 시대에서 청년기의 여러 가지 경험하는 도정을 제이콥 자신이 아니고 제이콥의 존재로 흔들리는 공기로 가득 찬 제이콥의 방으로 인하여 암시하려고 하였으나 결과는 성공하지 않았다.

그러나 그 후의 『댈러웨이 부인』(1925)과 『등대燈台로』(1927), 이것으로 인하여 울프는 그 아름다운 유연한 형식을 연마할 수가 있었다.

『제이콥의 방』은 제임스 조이스의 『젊은 날의 예술가의 초상』에 닮은 형적[36]이 있으나 『댈러웨이 부인』은 명백히 『율리시스』의 일 베리에이션으로 볼 수가 있다.

52세의 대의사代議士 부인 클라리사 댈러웨이의 하루에 일어나는 것을 내부적인 드라마를 중심으로 하여 전개시키는 방법은 이곳에서 잘 성공하였다.

즉 개인의 순간순간에 업혀 가는 충동, 기억 정서를 나타내는 것으로 그 성격, 그것에 축적된 과거가 차차로 풀리어 나타나는 것이다.

『율리시스』보다는 훨씬 스케일이 작으나 울프는 울프의 스타일로 그의 한계 내에서 그 특이성을 발휘하고 있는 것이다.

울프의 유수와 같이 아름다운 그리고 투명하고 서정적인 스타일은 결국 『등대로』에서 완벽에 달하였다고 볼 수가 있었다.

특히 『시일時日은 지나간다』의 1장은 20세기 영문학 중에서도 드문 아름다운 산문이다. 그것과 『등대로』의 청려함은 전면에 넘치는 플라토닉한 이념에서 동경이라고 할까, 청명한 정신에 인한 것이 많을 것이다.

그러한 의미에서 『등대로』는 울프 문학의 최고봉이라 할 수 있다.

---

36 '사람이나 사물이 뒤에 남긴 흔적'을 뜻하는 한자어이다.

조이스의 영향도 물론 있으나 『댈러웨이 부인』과 『등대로』에 있어서의 과거에의 회상적인 수법은 마르셀 프루스트에 배운 것이라고 상상된다.

또한 이와 같은 2개의 작품과 그 후의 『올랜도』(1928) 등에 보이는 '시간의 관념'에는 베르그송 철학이 들어 있는 것을 어떤 비평가는 지적하고 있다.

또한 그의 전려典麗한 스타일은 어디서 온 것일까? 「월요일이[134]나 화요일」에서 일변한 그것은 생각건대 1915년 전후에 영미 시단에 대두한 이미지즘에서 온 것이라고 생각된다.

또한 『등대로』에서 볼 수 있는 리리시즘은 빅토리아 시대 문학에서 들어온 것일지도 모른다.

울프는 지적인 여성으로서는 전 시대의 깊은 인습을 버리고 자유스러운 생각을 하는 두뇌를 가지고 있으나 일면에서는 이와 같은 빅토리아 시대 후기의 로맨틱한 심미주의를 부활시키고 있는 것이다.

그의 실험의 이면에는 이와 같은 영문학의 전통도 숨어 있는 것을 알아야 할 것이다.

『등대로』에서 일전하여 『올랜도』, 『파도』(1931), 『플러시』(1933)와 계속하는 세 편의 작품은 일견 기발한 그의 재기를 대담하게 제시하고 있는 것이다.

『파도』는 여섯 명의 남녀의 유년 시대에서 중년에까지 인생 경로를 모놀로그의 배치에 의한 희곡적 형식으로 표현한 것으로 재미있는 착상이나 조금 무리한 것이라고 생각된다.

또 『올랜도』와 『플러시』는 '전기傳記'라고 되어 있으나 두 개가 다 허구의 전기, 즉 전기의 형식을 빌린 소설인 것이다.

『올랜도』의 주인공은 엘리자베스 시대의 귀족으로 현대에까지 살아 있으나 아직 30여 세밖에는 되지 않았다. 그리고 이 인물은 도중에 남성에서 여성으로 전신하여 그 일생에 양성의 생활을 하는[37] 것이다.

---

37 원본에는 '아는'으로 표기되었다.

이러한 성 의식 외에 이 작품에서는 영국 3백 년에 걸친 지적 문화의 역사가 들어 있고 그것을 올랜도의 반생 30년과 결합시킨 '시간의 교류'가 기획되어 있다.

이와 같이 유동적인 시간을 염두에 둔 것은 확실히 베르그송이즘이다.

『플러시』는 시인 브라우닝의 부인으로 된 엘리자베스 베렛의 애견을 주인공으로 하여 제종의 문헌을 인용해 가며 개犬의 심리를 창조하고 있다.

그 후 울프는 만년이 되어 『세월』(1937)과 『막간幕間』(1941)의 대작을 내놓았다.

거기서는 그의 심리주의적 수법은 일층 원숙하여 또 심화되었다고 볼 수 있을 것이다.

비평가에는 『막간』을 격찬하는 사람도 있으나 『세월』이 더 큰 가치를 가진 것으로 생각된다.

『세월』은 『댈러웨이 부인』에서 얻은 테크닉을 더 한층 확대하여 스포트라이트에 나타나는 등장인물은 50명에 달하고 470페이지에 걸치는 장편이다.[135]

영국의 상중층上中層 계급에 속하는 퇴역 대좌의 일가가 차차로 생장하여 가는 계보를 연대기적으로 1880년에서 시작하여 현대에 이르게 하고 있다.

이것은 말하자면 근대 영국 사회의 일 파노라마인 것이다.

평면적인 사실寫實과 외측의 서술은 일체 피하고 인물 각자의 의식 중에 깊이 잠입하여 상호의 연결과 조응 중에 인생의 도형을 묘출한 것이다.

전에는 심리주의의 초점을 개인에게 두고 있었으나 이곳에서는 그것을 집단적 취재에 옮기어 작자 자신은 자연 중에 숨어 세월이 흘러가는 것을 보고 있는 감이 있다.

『세월』은 확실히 울프 문학의 일대 집성이라고 하여도 좋다.

울프의 에세이에 대해서는 상세한 것을 기술할 여지가 없으나 그 작품과 불가분의 것이 적지 않다.

초기의 『베넷 씨와 브라운 부인』(1924)에서는 베넷, 웰스, 골즈워디 등 남성의 선배 작가를 '유물론자'라고 공격하고 또 『보통 독자』(1925) 중에서도 그의 새로운 소설론을 제시하고 있다.

그중 가장 흥미 깊은 것은 『자기 하나만의 방』(1929)이며 여기서는 영국의 과거에 있어서의 여류 작가의 고뇌를 설명하고 부인이 좋은 소설을 쓰기 위해서는 최소한의 생활비와 자기가 전유할 수 있는 방이 보증되어야만 한다라고 말하고 있다.

울프는 제1차 대전 후의 새로운 지각을 가진 여성의 대표적인 일인이다.

그리고 그가 『3기니』(1938)를 쓰고 남성이 일으키는 전쟁에 어찌하여 여성이 참가하여야 하는가라고 항의하였음에도 불구하고 제2차 대전은 일어났다.

런던은 밤낮 공습을 받고 섬세한 그의 신경은 그것에 이길 수가 없었는지 1941년 템스 강에 투신하여 버렸다.[136]

『女性界』 3-11호(1954.11.1)

사건의 핵심

그레이엄 그린

우리나라에서는 영화 〈제3의 사나이〉로서 널리[38] 알려진 그 원작자 그레이엄 그린은 1949년의 여름 소설 『사건의 핵심』을 발표하여 영미 문단에 큰 센세이션을 일으켰다.

그는 원래 스토리 작가로 템포가 빠른 이야기를 구성해가고 있으며 현존의 작가 중에서 그 이상 정신적으로 민감한 사람은 없으며 잉글랜드류의 명문가名文家인 것이다.

이러한 것은 그의 『힘과 권력』에도 나타나고 있으나 그것을 가장 높이고 강하게 한 것은 이 『사건의 핵심』인 것이다.

이 작품에는 그린의 성격이 잘 나타나고 있을 뿐만 아니라 그가 자기의 독자층을 완전히 잡은 것도 이 작품 때문이었다.

그린은 소위 대중작가도 아니며 소수의 지식층만이 읽는 하이브로우의 작가도 아니다. 그의 소설에는 스토리가 있고 탐정소설에서 배운 테크닉이 있다. 그러한 것이 이 『사건의 핵심』의 큰 매력이 되며 그 때문에 많은 대중에게 인기를 얻고 있다.

더욱 이 작품의 또 하나의 매력은 가장 내적인 것이 작품의 본질이라고 할 수가 있다.

그린은 이 작품에 의해 근대문학의 전형적인 테마 — 종교를 포함한 개인의 정신적인 고뇌와 갈등 — 를 강력히 표현하고 있다. 그리고 이러한 일은 그린으로 하여금 20세기의 영미 작가 중에서 가장 걸출된 적어도 특이성이 있는 작가의 위치에 올려놓게 되었다.[128]

---

38 원본에는 '넓혀'로 표기되었다.

그린은 가톨릭교도이다. 『사건의 핵심』에서 그는 한 사람의 가톨릭교도가 연애 문제를 통해서 가책 없이 자기비판을 하는 것을 그리고 있다. 이런 의미에서 같은 영국의 가톨릭 작가 에블린 워와 일맥상통되고 있는 것은 워의 『브라이즈헤드 재방기再訪記』와 비교하면 잘 알 수 있다. 단지 그린의 입장은 가톨릭교도 이외의 사람에게도 확실히 이해되며 공명共鳴을 주는 보편성이 있는 것이 특징이다.

1

사건의 중심인물은 제2차 세계대전 중에 아프리카 서안의 영국 식민지에 주둔하는 경찰관인 스코비란 45, 6세의 남자이다. 이 소설은 그의 생애의 최후기인 6개월간의 사건을 그린 것이다.

가톨릭교도 — 출생했을 때부터의 세습적인 것이 아니고 처 루이스와 결혼하기 직전에 생각하는 바 있어서 개종했다 — 스코비는 15년 전에 아프리카 서안의 영 식민지에 부임한 전형적인 경찰관이며 토인에게도 존경을 받고 여하한 물적 유혹에도 빠진 일이 없는 공정 무사한 인물로서 상관의 신용도 영국인들 간의 평판도 대단히 좋았다.

그런데 1941년의 여름, 어떤 일련의 사건이 이 남자로 하여금 소위 정도에서 벗어나게 한다. 이 일련의 사건이란 서로 상호의 관련이 있는 것이 아니다. 그러나 스코비에게 있어서는 큰 '죄'를 범하게 하는 것이었다.

경찰관으로서의 스코비가 밀매상의 거두 시리아인인 유세프에게서 돈을 차용한 것은 죄에 가까운 일이였으나 가톨릭교도로서의 그에게서 보면 더욱 근원적인 죄가 그의 처 루이스와의 관계에서 엿볼 수 있다. 유세프에게서 빌린 200파운드는 스코비가 이젠 도저히 동거할 수 없는 지경으로 애정을 잃은 처를 여행시키기 위한 여비이었다.

스코비가 유세프에게[39] 돈을 빌리는 것도 그린은 매력 있는 인간 묘사

39 원본에는 '스코비는 유세후에서'로 표기되었다.

를 해가며 독자를 끌고 가고 있다. 유세프가 그에게 돈을 빌려준 것도 단순히 사욕에서뿐이 아니었다. 두 사람은 성격적으로 매력을 느끼고 있었다. 유세프와 스코비의 관계는 동류하게 느끼는 공명이 아니고 스코비의 극단적인 청렴과 인간성에 직관이 빠른 이 무학無學에 가까운 시리아인이 아무 뜻 없이 반해 버린 것이며 가장 재미있는 인간 대조를 우리는 발견한다.

스코비가 빠진 제2의 죄의 관념은 그에게 있어 가장 근본적인 아내 루이스에 대한 기만이다. 그리고 이것이 처음부터 끝까지 이 소설의 주제이다.[129]

제3의 도덕상의 실책은 포르투갈 선의 선장이 교전국인 독일에 사는 딸에게 보낸 편지를 검사 시 발견하였음에도 불구하고[40] 이를 고발하지 않고 내버려두고 그 편지를 태워버린 일이다. 이것은 영국의 경찰관으로서는 명확한 실수였다. 스코비는[41] 과거 12년간에 이러한 일을 한 번도 하지 않았다. 사세些細한[42] 아무도 모르는 이러한 일도 그에게 있어서는 깊은 고뇌의 하나였다.

스코비의 제4의 죄악감은 헬렌 롤트라는 젊은 미망인과의 관계에서 일어났다. 표면적으로는 보통 있는 삼각관계이긴 하나 실제의 삼각관계는 신神, 그것과의 관계였다.

이와 같은 현실에 있을 수 없는 순결성을 가진 인간을 그리고 현실에 타당할 수 있도록 잘 나타내고 묘사하고 있다는 것은 그린의 수완이다.

2

그 타당성의 요소의 하나는 윌슨이다. 더 정확히 말하면 윌슨이라는 영국 정부에서 파견한 다이아몬드를 취급하는 스파이에 대해 스코비가 취

---

40 원본에는 '不拘고'로 표기되었다.

41 원본에는 '스코비의'로 표기되었다.

42 '사소하다'의 동의어이다.

한 태도이다.

사건이 처음 벌어질 때 윌슨은 부임한 참이며 토지의 유일한 영국 호텔 베드퍼드의 베란다에서 철로 만든 난간에 기대여 거리를 내다보고 있다.

마침 일요일로서 가톨릭 사원의 종이 울리고 본드가街를 화려한 옷을 입은 여자들을 데리고 흑인들이 줄이어 사원을 가고 있었다. 윌슨의 해에 타지 않은 흰 피부는 그가 이 토지에서 새로운 존재라는 것을 말하고 있었다. 또 그의 오연한 백인적 태도는 토지의 여자들에 대한 흥미가 조금도 없다는 것을 나타내고 있다. 베란다의 바로 앞은 여학교이다. 영화배우와 같이 검은 머리를 지진 여학도들이 왔다 갔다 한다. 윌슨의 눈은 그들의 존재를 무시하고 있다.

"실례이지만, 윌슨 씨가 아닙니까."

뒤에서 소리가 났다.

"그렇습니다."

"나는 해리스라고 합니다. 잘 부탁합니다."

좁은 식민지에서는 그것을 구성하는 한 사람 한 사람의 영국인이 내각의 각료와 같은 중대성을 가지고 있었다. 적어도 중대성을 가지고 있는 것처럼 태도를 취했다.

"이곳에 오랫동안 계십니까, 윌슨."

"18개월이나 됩니다. 니거[43]와의 생활엔 이젠 아주 싫증이 납니다. 이곳 니거는 본격적인 흑인도 없습니다. 나는 인종적 편견에서 말하는 것이 아닙니다. 사실[130] 이곳 흑인 때문에 경찰관들도 골머리를 앓고 있으니까요. 경찰관이라면 스코비가 통하지요. 혹시 스코비 씨를 아십니까? 그 자는 흑인들을 사랑하고 있습니다."

"더욱 시리아인들이 귀찮게 굴지요."

"시리아인이라니…."

---

43 '니거(nigger)'는 흑인을 속되게 부르는 영어이다.

"이곳은 마치 세상에서 말하는 바벨의 탑입니다. 서인도인, 시리아인, 영국인, 스코틀랜드인, 아일랜드인, 불란서의 승려들까지."

"시리아인은 무엇을 하고 있습니까."

"돈을 벌고 있습니다. 상점이란 상점은 거의 시리아인이 배경입니다. 다이아몬드도 그들이 쥐고 있습니다."

"다이아는 상당히 있습니다."

"독일인이 비싸게 사갑니다."

"스코비에게는 아내가 있겠지요?"

"그럼요. 만일 내가 그의 처와 같은 것을 데리고 산다면 나는 니거의 여자들과도 자겠습니다. 그 여자는 도시의 인텔리로 그림을 잘 그린답니다. 나는 스코비를 불쌍한 놈으로 여깁니다."

이런 회화에서 윌슨은 아직 보지도 못한 스코비의 처에게 흥미를 갖는다. 런던 출생인 윌슨은 자신[44] 엉터리 시를 쓰는 것이 도락道樂이며, 사람들 앞에서 확실히 눈에 대울[45] 개성을 나타내는 것을 꺼리고[46] 있는 인물이다.

얼마 후 좁은 식민지의 사교계에서 윌슨은 대망의 스코비의 처 루이스와 만나게 되는 기회를 얻었다.

스코비가 처를 런던에서 데려왔을 때 환영회가 열렸다. 루이스는 이곳 사회에서도 인기 있는 존재는 아니었다. 최초의 파티에서 윌슨을 알게 된 루이스는 곧 그에게 접근되어 갔다.

스코비는 조금도 사랑하지 않는 처에 대해서 도리어 무거운 책임감을 갖고 있었다. 인기가 없는 루이스의 상대가[47] 되어준 유일의 남자로서 윌슨에게는 일종의 호의를 가지고 있었다.

---

44 문맥상 의미는 '스스로'이다.
45 문맥상 의미는 '눈에 띌'이다.
46 원본에는 '꺼리키고'로 표기되었다.
47 원본에는 '상대로'로 표기되었다.

어떤 날 사무소에서 윌슨을 만났을 때 그는 루이스를 위하여 그를 만찬에 초대했다.

윌슨은 처에게 전화를 걸고 있는 스코비의 표정을 바라보고 있었다. 마치 연극의 대사를 읽고 있는 것처럼 표정과 말이 분리된 회화이다. 윌슨이 본 눈에는 틀림이 없었다.

"루이스는 당신과 시에 관해서 이야기하고 싶어합니다. 오늘 오후 좀 선선해지거든 오지 않겠소. 숲속을 당신과 루이스가 산보하는 동안에 나는 칵테일을 만들어 놓겠으니까. 그리고 저녁 식사도 꼭 하시도록 부탁합[131]니다."

이런 후로 스코비는 거의 계획적이라 생각할 수 있는 정도로 윌슨과 처를 접근시켰다.

3

그러기 위해서는 또 하나의 직접적인 이유가 있었다. 스코비는 루이스에게 약속한 여비를 은행에서 조달하지 못했다. 은행의 지배인 로빈슨에게 보기 좋게 거절당한 후 돈의 조달은 당분간 가망이 없었다. 연극과 같이 그날그날을 마주 앉아서 처와 지낸다는 것은 내심 스코비에게는 힘이 들었다.

더욱 좋지 않은 일은 이런 심정을 루이스가 알고 있으나 그렇다 하여 두 사람이 모두 그것을 솔직히 인정한다는 것은 도저히 할 수 없는 일이다. 가톨릭교도로서 특히 세속적인 야심이 많은 루이스에게 있어서는 불가능했으며 그렇다 하여 그에게 다른 남자가 있는 것도 아니었다.

스코비에게는 다른 중요한 이유가 있었다. 10년 가까이 직무 때문에 자기 쪽에서 루이스와 별거하고 있는 그에게 있어서 이제 지금에 와서야 루이스에게 감정적으로 불필요한 존재라고 해도 도리어 그것 때문에 책임을 느끼지 않으면 안 된다. 루이스를 상심케 할 권리는 자기에게는 없다.

이러한 생각과 영국적 가톨릭교도의 관습이 스코비의 처에게 대한 행위를 익숙한 연극처럼 만들고 있는 것이다.

야반夜半에 열대지의 폭서로 스코비는 눈을 뜨는 수가 많았다. 시계의 젠마이[48]처럼 쪼그리고 옆에서 자고 있는 루이스에게 손 하나 댈세라 조심하며 어두움 속에서 눈을 크게 뜨고 생각에 잠긴다. 가장 위험한 것은 오전 2시경이다. 그 시간에 루이스가 눈을 뜨지 않게 하기 위해서는 참으로 노력이 필요했다. 처의 코 고는 소리를 엿들으며 조용히 하고 있다. 3시 반이 되면 이젠 걱정이 없다. 밤이 새고 항구의 초계哨戒 시간이다.

루이스는 스코비를 '티키'라는 애칭으로 부르고 있었다. 부부간의 공기가 흐르면 스코비는 자기를 부르는데 티키를 썼다. 루이스의 감정을 풀기에[132]는 이것이 가장 적절했다.

루이스가 자기가 먼저 여행을 하겠다고 꺼낸 것은 그가 이 거리의 사교계에서 인기가 없다는 것을 깨달았기 때문일 것이다. 문제는 여비이다. 은행에서 차용하지 못했으니 제2의 수단을 생각하여야 한다. 가장 좋은 방법은 윌슨을 루이스에게 접근시키는 일이다.

그러나 이런 스코비의 계획도 그리 잘되지 않았다. 루이스가 윌슨의 열熱에 응하지 않았다. 어떠한 날 밤 윌슨은 예例의 산보를 할 때 루이스에게 자기의 사랑을 고백했다. 루이스는 그리 감동하지 않았다. 그래서 윌슨은 우정[49] 스코비를 티키라고 불렀다. 루이스의 손은 그의 뺨을 쳤다.

"스코비를 티키라고 부르는 것은 나 혼자뿐이어요. 쓸데없는 말버릇하지 말아요."

윌슨에 대한 루이스의 마음에는 이외에도 부정적인 것이 있었다. 그는 윌슨이 어딘지 수상한 그림자를 가진 존재인 것을 눈치채고 스코비에게 주의하라고 했다.

"그 사람은 이곳에 동무가 아무도 없다고 하지만 커미셔너도 알고 있으며 신부님과도 친해요. 어디선지 자주 만나고 있는 것 같아요." 루이스는

---

48 '태엽'을 뜻하는 일본어이다.
49 '일부러'의 강원도 사투리이다.

간혹 이렇게 말했다.

스코비는 할 수 없이 마음을 먹고 시리아인 유세프에게서 일정한 금리로 200파운드를 빌려 루이스를 여행에 출발시켰다.

루이스를 멀리하기 위해 시리아인에게서 돈을 구면具面했다고[50] 생각한 월슨은 약점을 잡고 어떤 날 스코비에게 도전했다. 그것은 무더운 불쾌한 저녁때였다. 뒤에서 부르기 때문에 스코비는 몸을 돌렸다. 상당히 취한 월슨이 서 있다.

"내가 그날 밤 루이스에게 키스한 것을 아십니까?"

"식민지의 스포츠지요. 그것은…"

스코비는 월슨을 노하게 하고 싶지가 않았다. 그가 말하는 것을 아무뜻 없는 것으로 생각하고 다음 날 아침 서로 만나면 기분 상하지 않게 하기 위해서였다.

일기가 더우면 누구나 조금 머리가 이상해진다. 새로운 영국인에게 잘 있는 일이라고 스코비는 자기에게 타일렀다.

"그 여자는 자네에겐 너무 과해." 월슨은 아직도 도전해 왔다.

"우리들이라고 하는 것이 적합하네. 자네와 나 사이에서는…"

스코비는 조용하게 대답했다.[133]

4

이런 일이 있은 얼마 후 영국을 내항內航하는 기선汽船이 난파되어 승객이 구조되었다.

스코비는 그 구조 감독을 했다. 승객 속에는 아직 20세가 되지 않은 헬렌 롤트라는 여자가 있었다. 신혼한 남편은 난파 시 죽고 자기는 1개월여 표류로 거의 빈사 상태로 육지에 구출됐다.

스코비는 그리 아름답지도 못한 이 여자가 힘을 잃은 손에 절수切手[51]

50 '구면具面하다'는 사전에 없는 단어이다. 문맥상 의미는 '빌리다' 혹은 '꾸다'이다.
51 '우표'를 뜻하는 한자어이다.

앨범을 꼭 쥐고 그의 안전에—그리고 그의 생애에—나타난 순간이 죽는 날까지 잊히지[52] 않았다.

난파의 일행에는 병자가 많았다. 토지의 영국인 부인들이 여러 가지 일을 보아주는 것을 스코비는 지도하는데 여념이 없었다.

4, 5세의 계집애가 열병으로 죽게 되었다, 그는 매일 병실에 찾아가 책을 읽어 주었다. 마지막 날 그는 손수건으로 토끼를 만들어 보여 주었다. 토끼 귀를 흔들면서

"자, 어서 자자"라고 타이르는 스코비에게

"그만 하세요"라고 간호부가 쉰 목소리로 말했다. "이 애는 벌써 죽었습니다."

이러한 항구에도 독일군의 공습은 점점 빈번해졌다. 최초의 경보가 있던 밤 스코비는 영국인 바라크의 일대를 순찰했다. 하급 관사의 한 집에서 불빛이 보였다. 그는 내려 퍼붓는 비를 맞으며 차에서 내려 그 집으로 가까이 갔다.

소리를 쳐도 풍우 때문에 들리지 않기 때문에 그는 노크를 했다. 나타난 것은 헬렌. 병원 생활이 싫어서 겨우 부탁하여 집을 구했다는 것이다. 그 여자는 너무 여위어서 17, 8세밖에 되어 보이지 않았다. 스코비는 권하는 대로 앉아서 여러 가지 이야기를 했다 절수를 줄 약속도 했다. 여학교를 갓 나온 헬렌은 학교 이야기만 했다.

"나는 그리스어는 참 못했어요. 바질[53]을 읽는 것도 힘이 들었고…"

"바질은 라전어羅典語가 아닌가?"

스코비는 우스웠으나 참았다.

"아, 그래요. 나는 호머를 이야기한 거에요. 고전은 참 싫어."

"바스켓볼 이외에는 무엇을 잘했소."

"수학이에요."

---

52 원본에는 '잊어지지'로 표기되었다.

53 '바질(Vasil)'은 기원후 3세기 로마제국의 시인이다.

스코비는 이 여자에 너그러운 기분으로 대할 수가 있었다. 그도 어린애와 같은 투로 스코비가 참으로 좋다고 말했다. 두 사람이 친우 이외의 어떠한 것도 될 수 있다는 것을 스코비는[134] 잘 알고 있었다. 그 여자의 남편이 죽은 것도 아직 얼마 되지 않으며 자기에게는 처가 있다. 그 여자의 부친은 런던에서 목사 일을 보며 거기에 헬렌의 취미는 절수(스탬프) 컬렉션이다.

근 30년이 연령이 들린다.[54] 스코비는 절수를 모아서는 헬렌을 찾았다. 헬렌은 미인은 아니었다. 키는 크나 어딘지 약하다. 아직 세상을 잘 모르는 이 여자에 대해 점점 책임을 느끼게 되었다.

그는 아름다운 것이나 강한 것에 대해서는 하등의 감정도 갖고 있지 않았다. 자기가 만일 돌보아주지 않으면 냉담한 세상에서 의지할 곳 없는 이 여자를 볼 적마다 스코비는 깊은 동정으로 애정을 갖게 되었다.

헬렌과 스코비는 이러한 데서 출발한 연애 관계에 들어갔다. 식민지의 사람들이 얼마 되지 않는 영인英人 사회에서는 남들의 입에 오르기 쉽다. 스코비는 매일 밤 헬렌과 만나고 나서는 자기 집에 돌아왔다. 어린애처럼 생각했던 헬렌도 교제해 보니 여성 특유의 간지奸智와 질투심을 루이스에 못지않게 가지고 있는 것을 알았다. 때때로 눈을 감고 헬렌이 하는 말을 듣고 있으면[55] 루이스와 구분할 수 없는 것처럼 생각되었다.

스코비는 어느 사이 헬렌에 대한 마음과 루이스에 대한 마음이 근본적으로 동일하다는 것을 느꼈다. 사랑이 문제가 아니라 책임의 문제로 되고 있었다.

스코비는 자신의 감정의 비극을 자각했다.

5

루이스가 돌연 여행에서 돌아왔다. 어느 사이 헬렌과의 사랑을 듣고 온

---

54 문맥상 의미는 "두 사람은 근 30년 연령 차이가 난다"이다.
55 원본에는 '있으며'로 오기되었다.

것이다. 아내의 귀택歸宅은 사태를 더욱 복잡하게 했으며 루이스는 입에서 말을 떠지 않았으나 스코비에게 감시의 눈초리를 게을리하지 않았다.

어느 날 헬렌은 스코비에게 편지를 보내왔다. 어린애와 같은 사랑의 고백과 각서도 버리고 그를 사랑하겠다는 의미의 것이었다.

스코비에게 있어서 동정과 정렬이란 거의 같은 뜻의 말이었다. 그는 자기가 잘못으로 이끈 두 여성의 행복을 지킬 책임이 있다고 믿었다. 더욱이 헬렌은 루이스와 달라서 자신을 버리고 부당한 사랑을 받아들이고 있다. 그 여자만에게 희생을 강요하고 자기만이 안한安閑할 수는 없다. 스코비는 자기의 존재가 이 두 여성에게 불행과 절망 이외의 어떠한 것도 주지 못한다는 것을 생각했다.

금후 백 년을 더 산다 하더라도 헬렌과 자기와의 관계에는 변함이 없을 것이다. 자기가 죽으면 처[135]는 윌슨의 사랑을 받아들일 수도 있고 헬렌에게는 그 여자를 좋아서 따라다니는 영국인 젊은 장교가 있다.

스코비는 차차 자기의 입장이 어떠한 것을 아는 거와 같은 마음이 들었다. 문제는 어떻게 하여야만 자살이라고 남들이 알 수 없는 자살을 하느냐는 것이다.

가톨릭에서는 자살은 죄이나 스코비가 그 동기를 숨기려고 한 것은 그 때문이 아니라 루이스의 마음을 상하게 하는 것을 피하기 위해서였다.

그래서 병이 난 것처럼 그는 일기를 썼다. 일기를 쓰는 습관은 전에서부터 해 온 일이니 남에게 의심 받을 이유가 없다. 두통과 불면을 일기에 쓰기 시작했다. 동시에 의사에게서 수면제를 매일 필요량만 얻어 가지고 모아 두었다. 십 일간만 모으면 코끼리라도 죽을 수 있는 칼모틴[56]이 모인다.

자살 결행의 당야當夜. 스코비는 몰래 헬렌의 집을 찾았다. 헬렌은 없었다. 무엇인가 써놓고 가고 싶다. 절수의 앨범 이외는 아무것도 없는 쓸쓸

56 '칼모틴(Calmotin)'은 브롬발레릴 요소의 상품명이다. 냄새가 없는 흰색의 결정성 가루로 진정과 최면 작용이 있어서 불면증, 신경쇠약, 구토, 천식 등을 치료하는 데 쓰인다.

한 그 방을 그립게 훑어본 후 스코비는 그 앨범을 손에 들었다. 발작적으로 조지 6세의 절수 위에 그는 '아이 러브 유'라고 쓰고 말았다. 이 절수에서 그 문자가 지워지지는 않을 것이다. 비참한 웃음을 띠며 그 후 20년간 그 여자의 입술이 다른 사람의 것으로 된다.[57] 오늘밤부터 자기와 헬렌은 묘지를 사이에 두고 생활을 하게 된다고 생각했다.

스코비는 저녁 식사를 루이스와 전과 다름없이 함께했다. 최후까지 눈치를 채지 않도록 해야 한다. 그는 건강이 좋지 않으니 사직한 후 영국에 돌아가 루이스와 함께 전원 생활을 하자고 했다. 루이스는 즐거워하며 여러 가지 시적詩的인 계획을 세웠다. 가공의 집과 마을을 그리기 위해서 스코비는 모든 의지의 힘을 썼다. 최후까지 연인과 같은 따스한 말씨를 쓰고 잘 자라는 밤 인사를 한 후 스코비는 처가 침실로 들어가는 것을 보고 있었다. 그리고 모아 두었던 치사량의 칼모틴을 한꺼번에 마셔 버렸다.

이 소설의 마지막 페이지에는 신부神父 랭크와 루이스와의 의미 깊은[58] 대화가 있다.

랭크, "스코비와 같이 잘못한 짓을 한 남자를 평하기에는 좀 이상한 표현일지 모르나 내가 생각하기에는 그는 진실로 신을 사랑한 사내다."

루이스는 약이 올라서

"남편이 사랑한 것은 다른 어떤 것도 아니에요."

그레이엄 그린이 스코(118항에 계속)[136](136항에서 계속)비라는 남자는 이러한 것이다. 세속적으로는 믿기 어려운 순결한 혼을 가진 이러한 인간이 가톨릭의 전통 속에 존재하고 있는 것은 사실이다. 거기에 스코비는 근대인이 직면하지 않을 수 없는 유혹과 용감히 싸우고 있다. 스코비의 자살은 파양破壤도 허망에의 도피도 아니라고 본다. 왜냐하면 그린은 이 소설 속에서 스코비의 인간에 타당성을 주기 위하여 가장 힘을 경주하고 있다.

---

57 문맥상 의미는 "그 여자의 입술이 다른 사람의 것이 될 것을 상상했다"이다.
58 원본에는 '의미짚은'으로 오기되었다.

그리고 그는 확실히 그것에 성공하고 있으며 인간의 혼의 순결성을 지킨 이 사나이를 떳떳하게 긍정시키고 있다.

스코비의 직업이 식민지의 경찰관이라는 데서 내가 여기에 소개하는 것이 아니라 그는 인간의 본능적인 양심과 죄의 의식 때문에 고민한 인간이기 때문이다.

끝으로 그레이엄 그린의 작품의 대부분이 영화화된 것처럼 〈사건의 핵심〉 역시 1953년에 제작되었다.[118]

『民主警察』 44호(1954.11.15)

1954년의 한국 시

『시작詩作』 1·2집에 발표된 작품

저널리즘과의 작별과 시의 우위적인 독립을 위하여 『시작詩作』지는 계간의 형식으로 1954년에 걸쳐 본 호를 합해 3집을 발간했다. 제1집 '주장'란에 본지는 어디까지나 시인들의 지도적인 역량과 의욕과 작업에 의하여 결정될 것이며 순수한 공동체로서 조직되어야 한다고 기록되어 있으며 이것은 성실한 시의 잡지로서의 정당한 주장이라는 것을 나는 수긍하는 바이다. 따라서 제1집과 제2집에 발표된 시는 현재 한국에서 활약하고 작품 활동을 지속하고 있는 전 시인의 반수에 가까운 26명이며 이는 즉 금년도에 있어서의 한국 시의 경향과 수준을 제시하고 있는 것이다.

제1집

신석정辛夕汀 「황篁」이라는 시는 관념적인 서정의 세계를 벗어나지 못했다. 이 시인의 시는 언어의 뉘앙스만 위하여 현대나 그 속에 사는 인간의 위치가 전연 막연해지고 만다. "난 밋밋한 대와 나란히 서서 쏟아지는 태양의 파란 분수를 마시는 것이 좋다"라는 구절은 시의 난해성도 못되며 이 시인이 얼마나 자신의 사념의 혼란 속에서 정리를 못하고 있는가를 말한다. 그것은 즉 다음 구절 "대에 섞인 나를 나는 잊어버리고 대 대랑 산다"에서 그치는 것처럼 어떤 관념의 정신이 그의 시의 표현을 복잡화시키고 읽는 사람이 무엇을 읽었는지를 모르게 한다.

유치환柳致環 나는 이분의 요즘 시가 그전에 써진 어떠한 작품보다도 확연한 시대 의식을 가지고 있는 데 대단한 관심을 갖는다. 더욱이 「돌아오지 않는 비행기」는 그의 대표적인 작품의 경향을 말하고 있는 것이다. 물론 시의 스타일로서는 어색한 부분이 한두 군데가 아니다. "어느 지점에 불시착을 하였단 말인가", "위대한 ×국 해군의 힘마저 빌려 반드시 있어야 할 범위 안을……" 등 신문 기사의 한 토막 같은 내레이션은 시의 경우로서는 피할 수도 있을 것이다. 그리고 양식良識한 이 시인은 그의 지금까지의 작가적인 권위로서 우정 이렇게 쓸 수도 있으나 역시 표현의 방법이 낡다. 하나 후반의 절창은 이 작품이 얼마나 아름답고 현대의 절망이 우리에게 얼마나 가열한 정신적인 충격을 주고 있는가를 말하고 있다.

김용호金容浩 「어느 환상(4)」은 그분의 작품으로서는 실패작이다. 전쟁 후 이분은 과거의 여러 환경에서 많이 탈주했[7]다. 그러나 시의 사념은 훌륭해도 표현의 방법이 유치하다. "용호야 용호 용ㅎ 용요 ㅇ…… 다시 우우우…… 하고 내게로 달려오는 나…… 어느 것이 내냐!" 결코 현대 시는 이러한 것이 아니다. "공중에서 분해하는 나의 육체에 홍소의 만가를 보내는 악마의 합창대가 있었다"라는 마지막 구는 이 시인이 대단히 로브라우하다는 것을 말하고 있다.

함윤수咸允洙 「거머리」는 상징화된 형식으로 한국의 현실과 그의 심경을 표현하고 있다. 시인의 슬픔과 인생의 애수가 간략한 몇 줄로서 이렇게 노래할 수 있다는 것은 이 시인이 얼마나 실력이 훌륭하다는 것을 좌기左記하는 것이다. "오랜 세월 두고 그리던 곳 언어와 풍습이 같을 뿐", 이 한 구절만 해도 이 시가 내포하고 있는 정신이 무엇을 의미하고 있는가를 짐작한다.

이설주李雪舟 시란 적어도 우리나라 시는 이분의 「독백」과 같은 것에서 출발하지 않았을까? 이러한 출발이 좋은 뜻에서나 나쁜 뜻에서나 지난날 있었던 것만은 사실이다. 마치 보들레르의 시를 읽는 것과 같이 처참하고 불길하다. 어떤 의미에서 쓴 것인지 알 수 없으나 현대적인 시의 감각이나 사유에서 볼 때 무척 떨어져 있는 것을 느끼는 반면에 한 편의 시로서 충분히 세련되어 있다고도 할 수가 있다.

정진업鄭鎭業 나는 이분의 시를 많이 읽어 보았다. 별로 우수한 것이 없었다. 하지만 「혼」은 좋은 시다. 이것은 잘 정리되어 있으며 언어의 배열이나 이미지가 아름답다. "이렇게 못 잊어 그리다가 저렇게 애태우며 죽어 갔다는 것이다…… 근시안이던 그 소녀는……" 시인에게 있어서 절실한 체험을 노래할 적에 왕왕히 빠지기 쉬운 설명적인 수법을 잘 피하고 있으며 읽는 사람에게 감동을 주게 하는데 "아아 들려오는 소리 피울음 소리"는 너무 생生것이 되어 감상에 흐르고 있는 느낌도 있다.

홍윤숙洪允淑 신진 여류 시인으로서는 그의 작품이 단연 훌륭하다. 그에게는 여성으로서의 유달리 섬세한 관찰력이 있으며 느끼고 있는 것을 잘 표현할 줄 아는 힘이 있는 것이다. 물론 이러한 것이 시인으로서의 최초의 무기라고 할 수 있는데 전연 이러한 것도 없이 달려드는 시인이 많은 요즘에 와서는 문제가 된다. 「하나의 약속을」은 전반적으로 완성된 작품이라고 할 수는 없다. 무척 산만한 곳도 감상에 기울어진 점도 있다. 그러나 무엇을 이야기하겠다는 것만은 역력히 느낄 수 있는 것이다. 이 작품은 내가 본 그의 수 편 중에서 그리 좋은 작품은 아니나 이 여류 시인의 다감성은 놀랄 만한 것이 있다.

김춘수金春洙 「인인隣人」은 릴케의 영향을 많이 받은 이 시인의 과정을 알려 준다. 물론 그의 시에 깊은 사념은 없다. 하지만 그가 생각하고 표현하고 있는 것은 서구적인 리리시즘과 상통되고 있다. 이러한 시인의 태도는 무척 진실한 것이며 꽃과 같이 곱다. "죽을 적에도 우리는 모두 하나하나로 외롭게 죽어 가야 하기 때문입니다" 이러한 노래는 어떤 인간에게 있어서나 고독을 간직하고 있을 때에는 공통된 심리이며 이를 쉽게 더욱 알아들을 수 있게 노래하는 이 시인을 우리나라에서는 별로 찾기 힘이 든다. "그들이 나의 이웃이 된 것은 그들에게 죽[8]음이 있기 때문입니다" 나는 여기에 많은 공감을 가지며 너무 안이하게 이 시인이 생각하고 있다면 자칫 통속성으로 흐르지 않을까 걱정이 된다.

김수돈金洙敦 「오후」의 전반과 후반은 의미가 통하지 않는다. 일시적 콤플렉스라고 할 수도 없고 어떤 시감詩感에서 이렇게 되었는지 궁금하다. 그는 이미지의 투영에 그저 자신을 내던지고 만 것 같다. "나의 주증酒症 같은 순수가 첫날밤의 홍치마 자락에 구토질을 해도 막아 낼 약 한 톨이 없다" 암만 잘 생각해도 나는 모르겠다. 그 책임은 누구에게 있는 것일까? 이러한 때 시의 의미보다도 이해가 앞설지 모른다.

박기원朴琦遠 이렇게 험난한 시대에 「생명」과 같은 시를 쓰는 이 시인은 한편 부럽다. 지금으로부터 10년 전 작품인지 20년 전 작품인지 그 시대성을 전연 찾지 못하는가 하면 인생주의에 빠진 이 시에는 황홀한 시인의 환상이 잘 그려져 있다. "사뿐 등촉 밑에 앉으면 숨결은 부드러운 육향肉香 …… 나비는 훨훨 새벽바람에 떠났어도 파란 생명은 화심花心에 커 가고 있다" 젊은 시인들이 잘 모르는 우리말을 곱게 다듬어서 시를 쓴다는 것도 무척 즐거운 일일 것이다.

양명문楊明文 「거리」는 애절한 노래다. 솔직한 말과 감정이 흐르는 시다. 그러나 시인의 반성은 이러한 데 있다. 그대로 마음먹고 느끼고 있는 것은 시의 안이성을 의미할 뿐이다. 이분은 바리톤 가수처럼 굵은 목소리로 노래할 줄 알면서도 음조를 모르는 때가 많다. 그것은 비극이다. 이 시에서도 그런 데가 많이 있는 것은 할 수 없는 일이다. 끝에 가서 더 높은 데로 올라가 고향을 생각하는 것은 너무도 시의 효과를 노린 것 같은 느낌이 있으나 월남한 이 시인의 현실성을 말한다.

김규동金奎東 여러 가지 견지에서 이 시인은 문제를 제기시킨다. 여기에 발표된 「헬리콥터처럼 하강하는 POESIE는 기관총 진지를 타고」는 아마 난해할 것이다. 현대 시는 왜 난해하냐 하면 그것은 현대의 제상諸相이 복잡하고 난해하기 때문이라고 나는 생각한다. 그는 자기의 환상과 현실을, 신념과 망각을, 과거와 미래를 그리려고 노력했다. 하지만 그의 자동기술법이 트리스탕 차라 류의 다다이즘으로 변한 것은 유감된 일이며 이런 방식 때문에 그의 작품이 실패할 때가 있다. (나는 여기서 말하고 싶은 일은 최근 일부의 시인들이 현대 시는 다다이즘이나 쉬르레알리슴의 사고와 표현 방법을 하는 줄로 생각하고 있는데 이것은 그 시인이 얼마나 무식하다는 것을 말하는 것이다) 그의 이 시에는 보통 사람이 전연 상상치도 못할 기발한 점이 많다. 그리고 그것은 이채로운 것이며 비약적이다. 그러나 성공한 시가 못 된다.

장수철張壽哲 「종점에서」는 그것이 비단 시의 제목이 아니라도 우리는 적막과 고적을 느낀다. 이 시에서 그는 역시[9] 이러한 것을 그리려고 했고 그 데생은 정확하다. 하지만 이러한 주제와 대상은 지금까지 많은 시인들에 의하여 노래가 불려 왔으며 누구의 마음 한구석에도 간직되어 있는 것이다. 너무도 시적인 시라고 하면 그는 나를 욕하지 않을 것이다.

박화목朴和穆 그는 너무 시를 쉽게 생각하고 있다. 단지 하나의 반항 정신이나 실존 의식이 뚜렷하면 시가 되는 줄 생각하고 있는 모양이다. 처음에 시작되는 구절과 "이런 경각頃刻에 내가 만나고 싶은 여인이여…… 피아노의 81건鍵을 자재自在로이 튀기어서 저 베토벤의 월광 소나타를 울리라"는 몹시 모순된 상념인 것 같다. 시에 있어서의 시인의 희망은 감상에 지배되는 것이며 이미 그러한 시대는 지났다. 나는 여기서 S. 스펜더의 말을 빌리고 싶지는 않으나 왜 많은 자기의 말을 다 쓰려고 하는지 모르겠다. "단음부들의 선율은 정치가나 권세 잡은 자들을 감동케 못 한다"라는 좋다. 그러나 잡음과 같은 여러 이야기는 시의 권태를 의미할 뿐이다.[10]

장호章湖 「신문」이란 시는 이분의 이름을 독자에게 오래 기억하게 한다. 시가 성장하는 동안, 적어도 한국과 같이 보수적인 토지에서 이러한 시가 나타난 것은 그 표현에는 아직 미숙할 점이 있으나 반가운 일이다. 그것은 시의 혁명을 초래할 수도 있으며 낡은 세대와 시인에게 보내는 매서운 도전이기도 하다. "혹은 너는 테러리스트 불덩어리 같은 너의 초호初號 활자는 시방 메마른 늑골[59] 앞에 주먹을 내어민다" 언어의 박력과 구성을 아는 시인이 별로 없는 오늘의 한국에서 이 시인의 장래가 많이 촉망된다.

김영삼金永三 「꿈의 시간」은 아름다운 착상이다. 그리고 무척 시각적인 이미지로 구성되고 있다. 하나 "달러를 치러야 하는 애정을……" 운운은 도리어 어색하여 새로 시를 쓰는 분들이 벗어나지 못하는 약점이다. 그는 현실의 비극을 그리기 위하여 생생한 이펙트를 그대로 가지고 왔으나 하늘이 푸른 것을 다 알고 있는데 그대로 하늘이 푸르다고 쓰는 것이 얼마나 우스운가를 모르[11]고 있다. "반영되는 거울 속 미지수—꿈의 시간에서 이별한 애정을 설명시킨다" 이런 구절은 이 시가 우위성에 가깝다는 것을 말한다. 여하간 새로운 시의 방향을 그가 모색하고 있는 것만은 틀림없다.

59 원본에는 '肋骨'로 오기되었다.

제2집

김현승金顯承 「러시아워」는 시대 풍자를 위한 시가 아닐까? 그렇지 않으면 이 시인의 언어를 위한 새타이어의 세계인가? 오래 시를 쓰면 확실히 매너리즘이 생긴다. 멋쟁이 말과 재미있는 수식사로 이루어진 이 시는 영화의 해설문 같다. 내가 이런 표현을 했다고 실력 있는 이분은 조금도 겁내지 않을 것이며 도리어 건방진 놈 하고 웃을지 모르나 나는 조금도 우습지가 않다. 시인이 시를 쓸 적에 먼저 제목을 붙인다면 이러한 시가 생길지 모른다. 여하간 김 시인은 관찰력이 강하고 언어의 위트를 살리기에 애를 썼다. "수도首都의 결손 부대…… 즉흥에 넘치는 맥주의 거품…… 그러나 우리들의 구매력은 1943년제의 헬멧을 쓰고" 그저 멋있는 말이라고 하기에는 좀 긴박한 세상이 되었다.

김차영金次榮 그의 여기에 실린 시는 참으로 놀라운 작품이다. 아마도 지금까지의 다른 어떠한 사람의 것보다도 훌륭한 작품일는지 모르겠다. 그는 시에 있어서 모든 문화적인 체계를 조리 있게 세우고 있으며 그리하여 철학도 얘기하고 사회학도 얘기하고 사랑도 하고 눈물도 흘린다. 「마법의 꽃은 사탄에 의하여 꺾이었다」, 건방진 제목이다. 하지만 그의 시가 가지는 훌륭한 가치 때문에 건방질 수도 있고 그는 입술을 다물고 목을 끄떡거릴 수 있다. "그의 청춘은 육체에서 좌절되었고 바람과 세월과 고통이 거기 구배句配져 갔다.[60]…… 그것은 영원이었다. 나의 현실에서는 하늘이었고 바다이었고 푸른 초원이었다…… 나는 갠지스 강의 그 정적을 젊음으로 거부하였었다…… 그러나 5월은 갔다. 카리에스를 앓던 소녀도 갔다. 단조短調 화현和弦의 교착도 사라지고 헤라클레이토스의 말처럼 그냥 만물은 흘렀다. 나는 태양계의 습성으로 오늘에 서식하고 있었다. 에

---

60 문맥상 의미는 '기울어져 갔다'이다.

피쿠로스의 유혹도 아베 마리아의 노래도 이제는 없다" 제한된 매수임에도 불구하고 나는 그의 시의 절반을 인용했다. 우리들이 손쉽게 엿볼 수 있는 것은 현대인으로서의 냉철한 감정의 억제이다. 그는 비극을 말함에 있어 조금도 이성의 동요를 느끼지 않고 있으며 흥분된 기색이 없다. 인간에게 있어서의 영원은 알 수 없는 것이다. 그러나 우리가 하늘을, 바다를, 초원을 영원이라고 할 때 시의 영원성은 어떠한 것이냐고 반문할 사람이 있을 것이다. 나는 서슴지 않고 이러한 시라고 대답하겠다. 그는 비단 이 작품뿐만이 아니라 다른 작품에서도 좋은 기재氣才를 보이고 있다.

이경순李敬純 「나 돈키호테 탄생일」은 그의 작품으로서는 대단히 재미있는 시다. 시인이 늙으면 세상일이 우스꽝스럽게 보이고 자신을 자학할 수도 있고 희화화하게 되는 모양인데 아마도 그렇게 되기도 힘이 들 것이다. 하지만 이 시는 읽으면 읽을수록 심각한 생각이 든다. 차츰 허무해지고 눈물이 흐를 것 같다. "인생이란 때 묻은 봇짐을 짊어지고" 여기에는 인생의 희비가 섞여 있는가 하면 시를 천직이라고 생각하고 사는 시인의 허탈한 정신이 잘 그려지고 있다.[12]

구상具常 나에게 타일러 보는 폐허의 꿈 아닌 꿈이라는 결구로 끝나는 이 시는 현실에 대한 영탄과 비분과 절망을 그의 종교적인 관념에서 써 보려고 했다. 하나 "주여 나를 건지소서" 한마디 외친 또 다음 순간 "어느 유화에선가 영화" 운운, "해방과 휴식 속에 내가 편히 누웠다" 이런 구절은 개념의 세계에서 벗어나지 못하고 있는 것이 아닐까? 그가 시에서 말하는 그의 의미의 심연을 알기 위하여 나는 몇 번씩이나 이 시를 읽고 겨우 결론적으로 알게 된 것은 내성과 탈피의 과정에 이 시인이 봉착하고 있다는 것이었다. 형식이 유치한 것은 할 수 없는 일이긴 하나 더욱 눈에 걸리는 것은 '해방'과 '불弗'의 대조는 너무 통속적이다.

박훈산朴薰山 언어의 질서라는 것을 생각하며 읽어 보았다. 그러나 이 시인의 비애는 잘 형상화되지 못하고 있다. '질서와 형상' 이것이야 말로 현대 시의 중요한 모멘트라고 하겠다. 그럼으로 해서 이 작품이 우리에게 주고 있는 것은 곱게 화장한 여자의 외형 같은 것에 지나지 않으며 그가 무엇을 생각하고 체험해 왔는지는 전연 알 수가 없다. 이 시인의 시작詩作의 역사는 그를 중견의 위치에 둔다. 하나 그의 작품이 언제나 완성을 피하고 있는 것은 표현의 자유를 얻지 못하고 있는 데 기인되는 것 같다. 여기서 말하는 자유는 에스프리의 문제이다. 무척 압축된 상태를 그리면서도 평이한 언어로 자신을 객관화시키려고 애를 썼다. 그러나 역시 다음에 오는 느낌은 요약해서 상기上記와 같은 것이다.

유정柳呈 한때 이 시인은 사상으로 많은 편력의 세월을 보냈다. 그 때문에 우리들은 그의 작품을 접하지 못했고 그가 현재 어떠한 것에 사색의 정열을 기울이고 있는지 참으로 궁금했던 것이다. 그리하여 그는 우리에게 대한 응답의 한 방법으로 「아베 마리아」란 시를 제시해 주었다. 나는 이 시를 조용하게 낭독을 하면서 속으로 눈물을 흘렸다면 독자는 어떻게 이 작품을 생각할 것인가? 여하간 고난과 신음의 시대를 벗어나 이 시인은 운명의 곤란을 막연할지 모르나 마리아에게 고백하고 있다. 사상적으로 전향한 서구의 시인들이 가톨릭교에 귀의하듯이 이 시에 넘쳐흐르고 있는 것은 정신적인 귀의의 고백이다. 우선 복잡을 순화시키고 마음의 뉘우침을 냉정히 표현했다. 그가 애태우며 그리워하던 모든 것이 사라지고 현재는 막막한 무형의 존재로 남아 있으나 마음의 구원만은 변함이 없고 즐겁다. 물론 형용에 있어 사고 이상의 쓸데없는 언어가 많다. 그리고 다소 감상적인 것을 면할 수 없다 하더라도 이 시인의 새로운 도정을 바라보고 축복하기 위하여 우리는 이 시를 다시 한 번 읽어 볼 필요가 있는 것이다.

정영태鄭永泰 「잠을 위한 서곡」은 그의 근작으로서는 성공에 가까운 작품이다. 이 시인은 가장 현대적인 감각과 사고를 하고 있으나 아직 그에게는 표현상의 기술이 부족하다. 물론 그의 시를 위한 언어는 그 누구보다도 새롭고 인상적이다. 말하자면 언어의 투영이 아름답다. 그러나 시의 전부는 이러한 것이 결정짓지는 못하는 것이다. "뢴트겐 사진처럼 희끄무레한 황혼"에서 시작하는 이 시는 상기한 어떤 애로隘路적인 것을 제외하고서는 제법 현대적인 불안과 시인의 위치를 잘 나타내고 있다.

김상화金相華 시에 있어서의 스타일을[13] 자기적인 것으로 가지고 있는 몇 사람 안 되는 시인 중에 이 시인은 속한다. 그는 새타이어와 위트를 자랑한다. 그것이 무척 효과적으로 작품을 이끌고 간다. 그러던 그가 요즘에 와서 더욱 새로운 것을 향해 과거의 작품에서 탈피하려고 할 때 그 과정기의 작품은 많은 곤경에 빠지기 쉬우며 자신도 모르는 언어와 씨름을 하게 되는 것이다. 시에 있어서의 보캐뷸러리는 마치 사진에 있어서의 '노출'과 같이 중요하다는 것을 부언하고 싶다.

김남조金南祚 씨의 「설목雪木」과 임하수林河守 씨의 「무덤 앞에서」는 신인의 작품으로는 괄목할 작품이다. 모두 잘 정리되어 있으며 그들이 무엇을 이야기(시에서 노래한다와는 별도로)하려는 의욕이 잘 그려져 있다.

나는 끝으로 제1집과 제2집을 통독한 후에 결말적으로 느낀 것은 최근의 시인들이 과거와 결별하고 새로운 시대와 그 제상에 대하여 간단없이 대결하는 데 애를 쓰고 있다는 점이며 전전戰煎(6·25)의 시인보다도 그 후에 나타난 시인들의 작품이 훨씬 내용적으로 우수하다는 것이다. 이들에게는 오늘의 사회와 현실이 빚어내는 반향이 무엇이라는 것을 잘 체득하고 있는 것 같다. 시에 있어서의 새롭고 젊은 세대에 대한 영광을 동학同學하는 필자가 여기서 바치게 되었다는 것은 참으로 즐거운 일인 것이다.[14]

『詩作』 3집(1954.11.20)

시단 시평 현대 시의 변모

독자 최근에 와서 우리들이 읽는 시의 형태와 내용이 그전보다 몹시 변모하고 있는데 이것은 시의 발전과 어떠한 관련이 있는 것입니까.

평론가 원래 평론가는 시와 소설에 관해서 운위할 자격이 없습니다. 왜냐하면 평자의 식견과 독자성이 확연치 않으며 인간에게 있어서 그 개성과 소양이 항시 보편성을 지니고 있다고는 볼 수 없고 더욱 심한 자에 이르러서는 파당성派黨性과 개인감정에 치우치는 일이 많으므로 결국 시가 어떠하다, 소설의 가치가 갑, 을이라고 단정한다는 것은 극히 위태로운 일이라고 믿는 것이 독자로서 현명한 일이며 그러하므로 내가 앞으로 말하는 것 역시 극히 위태한 상태의 발언이라고 믿으시고 하나의 참고로서 들어 주시면 감사하겠습니다. 요즘의 시는 물론 많은 변모를 했습니다. 정지용鄭芝溶 씨 이후에 거의 10여 년을 지속해 온 자연 발생적인 사상과 스타일을 벗어나고 있는 것이 사실입니다. 그 현저한 예로서는 박목월朴木月 씨와 유치환 씨의 경우가 가장 단적인 사실이 되어 있고, 김광섭金珖燮 씨와 노천명盧天命 씨의 시가 새로운 양식으로 내용을 갖추고 있는 것은 『동경憧憬』이나 『창변窓邊』의 시집과 최근의 작품을 대조하면 손쉽게 판단할 수 있습니다. 더욱 말하자면 박목월 씨의 지난날의 시는 일본의 근대 서정파의 영향이 많았는데 그 당시는 그러한 영향도 좋았으나 민족적인 감정과 정서의 지배를 오늘에 와서 물리칠 수는 없을 것입니다. 하는 수 없이 그의 시는 많은 혁명을 일으켜야 하며 현대의 불안이나 절박감이 크게 반영되지 않을 수 없습니다. 이것은 시의 생명이며 숙명적인 과제이므로 과거의 형태에서 벗어나는 것만이 최후의 도정일 수밖에 없고 '오늘'은 이미 시에 있어서는 내일을 의미치 못할 것입니다. 그러나 시는 다른 예술보다 그 독자를 미래에 구하고 있는 까닭에 오늘이 영원한 내일이 되도록 애를 쓰기 위해서는 언제나 다시 머무를 수 없는 비약을 해야 할 것입니다. 그것은 행위로서의 창작이며 표현으로서의 새 정신이 요망됩니다. 한국의 문화적 체계에 있어 가장 진전되고 있는 것은 시의 상태이며 그것은 즉 현실에의 비판, 사회적 관심, 인간적인 내성內省이 시인에게 있어 조리 있게 처방되어 간다는 것을 좌증左證하는 일입니다. 일제日帝 시時의 시의 방법은 지금은 사멸되었습니다. 해방 후에 『청록집靑鹿集』과 같은 형태의 시는 이미 나타나지 않았고 6·25 이후—격동과 분발의 시기를 겪은 오늘의 시의 사유와 그 전과는 많은 구분이 되어 왔습니다. 구상具常의 「폐허廢墟에서」는 그의 전前 작품과는 완전히 이질적인 것이며, 유치환 씨의 「바닷가에 서서」는 인간을 객관화하고 시대 의식을 잘 정리하고 있는 작품이기 때문에 형태와 내용이 불가피 변모하는 수밖에 어찌할 방도가 없습니다.

독자 소위 모더니스트에 대한 비난은 그 원인이 어디 있으며 그들의 작품이 난해한 이유는 무엇입니까.

평론가 내 자신 여기에 관해서 각별한 주의를 하고 있습니다. 최근 새로 시를 쓰는 대부분이 김기림 씨와 이상 씨의 영향이 많습니다. 저는 이분들이 지금 살아 있지 않는다고 해서 말하는 것이 아니며 그분들의 업적에 지대한 존경을 표하는 한 사람이지만 이분들을 시대적으로 오늘에 있어서는 유물적 가치밖에 없다고 생각합니다. 단지 '신기'와 '곡예'에 무한한 애착을 느끼었고 그 '신기'에는 정신과 행위가 동반되지 않았습니다.

'곡예', 이것은 몸부림에 불과했으며 의식으로서 우러난 것이 아니라 남들을 그저 웃기고 울리고 하려는 순간적인 기분이 만든 것이라고 하겠습니다. 이상 씨에는 한국적인 오리지널리티는 있었으나 기림 씨는 외국문학의 소개와 그들의 시의 스타일을 이식한 데 지나지 않습니다. 그 무렵과 같이 고집과 보수가 횡행하던 시대에 있어서 그들은 작은 혁명가이며 저항자라고 훌륭히 여기나 시의 가치는 오늘에서 보면 높은 것이 못

됩니다. 기림 씨는 더욱이 시를 과학에 접근시키려고 애를 썼는데 시를 과학과 혼합시키고 과학이 시를 지배하는 듯 말한 것은 유치천만이며 큰 착각입니다. 시는 과학이 있기 이전에 독자적이며 우위한 경지를 이루고 있었다는 것을 내가 여기에 말하지 않아도 여러분이 더 잘 알고 있을 것입니다. 이런 몇 가지 사태를 오늘의 세대가 좋아한다든가 영향을 받는다든가 해서는 곤란하며 기림과 이상에게 그 반역 정신만 본받으면 그것만으로서 훌륭합니다. 모더니스트라고 하면 반드시 트리스탕 차라, 폴 엘뤼아르, 앙드레 브르통을 중심으로 한 다다이즘이나 쉬르레알리슴의 운동을 지지하는 분도 있는데 이것 역시 위태로운 일이며 그들이 한 자동기술법의 시대도 1936~9년을 전후하여 자연 소멸되고 말았습니다. 우리들은 전통과 정통을 구분하는 분간력을 우선 체득하여야 하며 저는 정통을 택하는 한 사람입니다. T. S. 엘리엇 이후 뉴 컨트리파의 운동과 에즈라 파운드나 H. D.가 바라다보고 분석한 현대의 제상은 하나의 정통적인 세계관으로서 그 후에 많은 시인들에게 큰 영향을 주었습니다. 아직도 훌륭히 일하는 W. H. 오든, S. 스펜더, 죽은 딜런 토머스, 이디스 시트웰 등 현대의 정치와 사회의 심연에서 허덕이는 인간의 정신과 행위를 노[222]래한 이들이 훨씬 오늘의 시인이 아닌가 생각합니다. 이에 반해서 최근의 모더니스트의 일부 시인은 아직도 기림 씨나 이상 씨, 트리스탕 차라, 앙드레 브르통의 기교와 수법이 현대 시의 새로운 형태인 줄 알고 자기들이 가지고 있는 훌륭한 사상과 언어를 도리어 그들과 교환하는 어리석은 일을 하고 있습니다. 그 때문에 혼란되고 자신의 질서가 부조리화되고 읽는 사람에게 큰 콤플렉스를 초래시킬 때가 많습니다. 물론 현대 시인으로서 이러한 과정은 누구나 한번은 경험하게 되는 법인데 그런 경험으로서의 작품을 발표한다든가 발표해 주는 편집자의 책임이 논의될 수도 있는 일입니다. 여하간 대부분의 신인이 이러한 결함에 있으면서도 감상주의에 빠지지 않고 냉철한 주지적인 작품을 목표로 하고 있다는 것은 현재의 비난이 앞으로의 찬사가 될 수 있는 일이며 한국의 현대 시가 더욱 진전해 갈 수 있는 가능성을 내포하고 있다고 나는 생각합니다.

독자 지난 1년간에 있어 문제 될 수 있는 시인은 어떠한 분입니까.

평론가 1954년은 한국의 시단을 위해서 행운의 1년이라고 우선 말하고 싶으며 본지(『신태양』)의 문예란 특집에서 7월호 이후 매월 4, 5편의 시를 게재했다는 것은 우리로서는 경하해야 될 것입니다. 그리고 이설주 씨와 김용호 씨가 공편한 『연간시집年刊詩集』(1953년판), 『현대시인선집現代詩人選集 상—하권』, 『한국애정명시선韓國愛情名詩選』이 간행된 것과 김종길金宗吉 씨가 역편譯編한 『20세기영시집二十世紀英詩集』은 우리 시단에 하나의 정리와 자극이 되었습니다. 그리 문제될 것은 못 되지만 60이 넘은 오상순吳相淳 씨가 그의 건재를 의미하는 수 편의 작품을 발표했습니다. 물론 관념주의와 자아에 가득 찬 작품이긴 하나 늙으면 시를 못 쓰는 우리나라 시인으로서는 독보적인 존재이며 프로페서널적인 면을 따지면 그리 저급한 작품은 아닙니다. 김광섭, 모윤숙毛允淑, 노천명 제씨의 활동도 즐거운 일입니다. 기중 노 여사는 시감적時感的이며 감상주의에 젖은 몇 편도 있었으나 "논개 치마에 불이 붙어"를 이야기한 「곡 촉석루哭矗石樓」는 옛날의 면목을 일신하는 것이며 김광섭 씨의 대부분의 작품이 성공된 리리시즘의 경지를 이루고 있는 것 역시 후진인 여러 시인에게 좋은 교시를 준 것이라고 보는 바입니다.

유치환, 박목월, 구상, 이경순 제씨들은 무척 시대감각이 예민해진 작품을 발표했습니다. 구상의 허탈된 정신, 목월의 탈피 등은 그들을 좋아하고 모방하여 온 여러 사람들에게 큰 경종이 될 것이며, 『청마시집青馬詩集』의 간행을 모멘트로 하여 유 씨는 새로운 세계를 발견하고 사색의 한계를 정하지 않을 수 없을 것입니다. 왜냐하면 그는 너무도 시사적인 주제를 택하였기 때문에 시가 생경한 채로 불완전한 소화를 한 일이 허다했습니다. 다음에 크게 문제 되는 것은 김차영 씨와 박태진朴泰鎭 씨입니다. 다른 분들은 이 두 사람에게 큰 관심을 두지 않고 있으나 그것은 너무 신인을 무시하는 행위이며 편견의 노출입니다. 김 씨와 박 씨의 시작詩作의 태도는 전연 다르지만 구극적究極的으로 도달하고 있는 시의 사념은 같은 것이며 현대의 불안과 모순을 냉철한 이성으로 노래하고 자기 언어로써 표현한 이와 같은 시인은 별로 드물 것입니다. 지금 저에게 그분들에 관한 자료가 없어서 구체적으로 말할 수는 없으나 몇 편 안 되는 두 분의 시는 오래도록 미래에 독자를 가질 것입니다. 조병화 씨와 김춘수 씨의 작품은 언제나 천편일률적이면서도 그리고 통속적이면서도 '맛'이 있는 인생주의가 풍기고 있습니다. 『인간고도人間孤島』는 조 시인의 절정이 되지 않을까 생각하면서도 그의 신작 시를 대할 때마다 저는 차가운 미소를 띠는 것은 그의 시에 페이소스가 있는 때문입니다. "고독하다…외롭다"는 그의 전용어가 많이 나오는 것은 결코 그가 고독하지도 않고 외롭지도 않다는 반증이며 진실로 그러한 사람은 마음속에 간직해 두는 것이라고 봅니다.

이상로李相魯 씨, 전봉건全鳳健 씨는 다른 각도에서 현대를 고찰하고 있기는 하나 자신의 것으로 소화되지 못하고 있는 것이 불만입니다. 더욱이 전 시인은 너무 객관적으로 통찰하고 있기 때문에 외국시를 번역해서 읽는 기분이 생기는 것은 저의 이해력이 부족한 탓이라고 돌려도 좋습니다. 김규동 씨, 이활李活 씨는 다른 기회에 미루기로 하고 시집 『서정抒情의 유형流刑』의 신동집申瞳集 씨의 절망감은 하나의 신풍新風이 되겠습니다. 부산에서 발행된 『현대문학』에 조향趙鄕, 노영란盧映蘭, 장현章鉉, 정영태 제씨가 모두 우수한 작품을 발표했습니다.

「어느 날의 MENU」(조), 「로터리의 어느 날」(노)은 현대 시의 대표작들이며 그의 표현의 기법은 놀라운 것이 있습니다. 지난 1년 동안을 회고하는 다른 사람들의 시감時感에 김경린 씨와 박인환 씨를 드러낸 사람이 있는데 사실 이 두 사람은 별로 훌륭하고 가치 있는 작품을 발견치 못했으며 평자가 얼마나 잠재의식적이라는 것을 말하는 태만된 일입니다.

끝으로 고원高遠 씨가 주재하는 순시지純時誌 『시작』이 3집까지 나온 것과 『현대예술』지가 3집에 걸쳐 신인들의 작품을 소개한 것은 시가 새로운 세대로 그 중극적中極的인 역할을 전환하고 있다는 데서 의의 있는 일이며 김종문金宗文 씨가 T. S. 엘리엇의 『시와 극劇』, 칼 사피로의 『나의 약설約說』을 번역한 것 역시 우리가 축원해야 될 일입니다.[223]

『新太陽』 3-2호(1955.2.1)

고전 『홍루몽紅樓夢』의 수난
작품을 둘러싼 사상의 대립

지나간 수개월 동안 모택동 치하의 적색 중국에서는 널리 알려져 있는 고전 소설 『홍루몽紅樓夢』의 평가를 둘러싸고 격렬한 '사상 투쟁'이 전개되어 문화계에 일대 파문을[61] 야기시키고 있다. 처음에 『홍루몽』 학자 유평백兪平伯을 지탄하였으나 목표는 일전하여 대만과 미국을 왕래하고 있는 문학 혁명의 선구자 호적胡適 박사에게 화살이 옮겨져 "20년 동안 학술 사상지를 이끌고 온 호적파의 부르주아 관념론을 매장하자"라는 소리에 집약되었다.

거의 300년 동안이나 중국을 비롯하여 우리나라 및 일본에까지도 많은 독자의 심금을 감동시킨 동양의 대표적 고전 『홍루몽』이 공산 치하의 중국에서 탄압받게 되었다는 것은 참으로 놀라운 일이며 유평백과 호적과 같은 훌륭한 자유주의 학자에 대해서까지 비난의 화살을 그들이 내던졌다는 것은 공산주의의 새로운 반동이며 중국의 오랜 민족적 사상을 말살하고 전체주의적인 사상으로 전환하려는 포악한 정책이라고 대외적으로도 큰 반향을 일으키고 있는 것이다. 앞으로 소개코자 하는 것은 중공에 있어서의 『홍루몽』 연구 비판의 일단이며 그 수난의 기록이다.

『홍루몽』은 중국의 유명한 장편 소설로서 지금으로부터 약 290년 전 청조의 성세 건륭 연간에 조설근曹雪芹이 80회까지 쓰고 그 후 40회를 고악高鶚이 썼다고 한다. 가보옥賈寶玉이라고 하는 귀족의 공자와 그를 둘러싼 열두 명의 미녀가 대관원大觀園을 배경으로 전개되는 화려하고도 애처로운 그 이야기는 『삼국지』와 아울러 가장 훌륭한 소설로 널리 알려졌다.

---

61 원본에는 '파를'로 표기되었다.

문장이 살아 있는 구어체였기 때문에 다른 문어의 소설보다도 훨씬 보급의도가 높았고 글자를 아는 사람이면 누구나 즐거이 이것을 읽고 소설을 단순한 부녀자의 오락품으로만 생각했던 남자들 사이에서도 "이야기를 할 때 홍루몽의 말을 하지 않으면 암만 시서詩書를 읽었어도 마음이 풀리지 않는다"고 말이 되어 왔다.

또한 일반 서민 대중의 속에도 극이나 애기책으로 되어 많은 애호를 받았다.

따라서 이 소설에 관한 고기考記도 옛날부터 많아져 '홍학紅學'이라는 학문까지 성립되었을 정도였는데 중화민국 초년의 문학 혁명 시대에 호적 박사가 미국에서 배운 실기주의實記主義의 입장에서 새로운 조명을 비추어 『홍루몽 고기紅樓夢考記』를 저술하고 연정 소설로서만 취급되어 왔던 이 소설을 작자 조설근이 자신의 일신상의 일을 묘사한 훌륭한 사실寫實 소설로서 여기어[62] '신홍학'을 수립했던 것이다.

유평백은 이 호적의 사상에 크게 영향을 입은 사람이다. 청 말의 대학자 유곡원兪曲園(소주蘇州의 한산사寒山寺의 유명한 풍교야박楓橋夜泊의 시비를 쓴 필자)의 손자이며 시인, 산문가로서도 일가를 이루고 있는데 『홍루몽』에 관해서는 지금으로부터 32년 전인 1923년에 『홍루몽 변紅樓夢辨』을 저술하고 있다.

연경, 북경, 청화의 각 대학의 교수를 역임, 중일 전쟁 때에도 북경에 남아 대일 협력을 거부해 왔고 해방 후엔 모택동 정권에 끌려서 지금은 북경대학 부속의 문학연구소에 있어서 고전을 연구하고 있다.

50년 말에는 구저를 증보 수정하여 『홍루몽 연구』를 출판했는데 호적 박사가 문학에서 떠난 이후 중국 최고의 『홍루몽』 학자로서 자타가 인정하고 있는 그는 요즈음 여러 신문 잡지에 『홍루몽』에 관한 글을 많이 썼다. 『신건설』이란 잡지의 3월호에 발표된 「홍루몽론」은 그 대표적인 저작이었다.

---

62 원본에는 '여기에'로 표기되었다.

그런데 이 최고 권위자에 화살을 쏜 반역자가 나타났다. 지난 해 가을 『문예보』 18호에 「홍루몽 간론紅樓夢簡論 그 외에 관해서」라고 제題한 논문이 게재되었다. 서명한 자는 이희범李希凡과 남령藍翎이며 원래 이것은 산동대학의 『문사철월간』에 전재된 것으로 유평백의 연구를 정면으로부터 비판한 것이다.[상 1955.3.18]

필자들에 의하면 『홍루몽』이라는 소설은 가보옥과 임대옥林黛玉의 연애 비극을 통해서 봉건 통치 계급의 더러운 내막, 잔인, 퇴폐, 위선을 표현한 것으로서 현실에 대한 작자의 격렬한 분노가 나타나 있다. 그런데 유평백은 이러한 작자의 의도를 완전히 무시하고 『홍루몽』의 좋은 점은 『수호전水滸傳』이 너무 사회에 대해서 분노하고 있는 데 비하여 "노하고 있으나 미워하지 않는다"는 온아한 풍격을 갖고 있는 점이라고 하고, 또한 작품에 나타나는 인물들은 모두 작자의 색즉시공의 관념을 구체화하고 있는 것이라는 것은 완전한 부르주아 관념론이라는 것이 그 논지이다. 이 두 사람은 다시 『광명일보』에 유평백을 비난한 글을 발표했다.

이것에 대하여 『인민일보』에는 종락鍾洛이란 자가 「『홍루몽』 연구의 잘못된 관념에 대한 비판을 주요시하자」라고 제하여 유兪의 홍루몽관은 호적의 실증주의 철학의 영향 하에서 생긴 것이며 두 사람의 신진의 비판은 "30여 년래 고전문학 연구 분야 있는 호적파의 부르주아적 입장과 관점 방법에 대해서 내던진 귀중한 제1탄"이라고 칭찬했다.

또 그 후 수일 후의 『인민일보』에는 시인 원수박袁水拍이 「문예보의 편자에게 질문한다」라고 제하여 『문예보』는 이·남의 논문을 전재하는 데 있어서 편자의 소개문을 쓰고 "필자들의 의견은 아직 주도하지는 못하나"라고 한 것과 동지가 그전에 유평백의 『홍루몽 연구』를 양서로서 소개한 것은 호적파의 부르주아 사상에 사로잡혀 권위주의에 빠진 증좌라고 규탄했다.

『문예보』는 곧 이 질문서를 전재하는 동시에 주간 풍설봉馮雪峰(노신魯迅

과도 친근했던 지도적 문예 비평가)이 자기의 발설문을 쓰고 "자기는 오늘까지 호적파의 부르주의 관념론적 관점이 고전 문학 연구의 영역에 침범하여 마르크스 레닌주의 관념 및 방법의 발전과 승리를 초래하고 있다는 것을 전연 몰랐다"라고 고백하여 아주 머리를 숙이고 말았다.

물론 이것으로서 문제가 수습된 것이 아니라 더욱 확대되었다.

지난해 10월 말부터 『인민일보』를 위시한 각 신문과 잡지는 매일처럼 『홍루몽』에 관한 문학자의 의견을 게재하고 한편 각 대학 문화 단체에서는 토론회를 열고 이른바 검토를 했다.

10월 24일에 개최된 중공작가협회 고전문학부의 토론회에서는 유평백의 조수를 하고 있는 왕패장王佩璋이라는 여자가 최근 유평백의 이름으로 쓴 『홍루몽』 관계의 논문 중에는 자기가 쓴 것이 있다고 고백하는 등 허위적인 일막이 벌어졌었는데 이것에 관련하여 12월 8일의 『성도일보』(향항香港에서 발행되는 국부계國府系 신문)는 「유평백 청산의 내막」이라고 제하고 이번 사건은 정진탁鄭振鐸을 중심으로 하는 47명의 작가출판사의 그룹이 유평백을 숙청시키기 위하여 꾸며 낸 연극이며 왕패장[63] 여사는 공산당원은 아니나 신민주주의청년단원이며 북경대학을 졸업한 후 유의 사상을 조사하고 행동을 감시하기 위하여 조수로서 파견된 것이다. 작가출판사에서 발행된 『홍루몽』의 신판이 개편된 것이 많은 것을 지적했기 때문에 유와 함께 함정에 빠진 것이라고 자세한 것을 전하고 있다.[중 1955.3.19]

소위 토론회 중에서도 가장 대규모적이었던 것은 문련 주석단과 작가협회 주석단과의 합동 토론회이며 지난해 10월 31일부터 12월 8일까지 사이에 8회에 걸쳐 개최되었으며 곽말약郭沫若을 비롯하여 노사老舍, 정령丁玲, 모순茅盾 등 그들의 저명한 문학자가 전부 출석하고 12월 8일의 회에서 대체의 결론을 내렸다.

---

63 원본에는 '평패장'으로 오기되었다.

이날 곽말약은 「우리들의 잘못을 시정하기 위하여」 "단연히 부르주아 관념론에 대한 사상 투쟁을 전개할 것, 광범한 학술상의 자유 토론을 전개하여 건설적 비판을 내릴 것, 되도록 신인의 역량을 양육하자"라는 '3점三點의 건의'를 하고 제2점에 대해서 "서로 다른 의견이 있어도 아직까지 충분한 토론이 이루어지지 못했다"는 것을 지적하고 그 원인은 "우리들 속에는 권위에 굴종하지 못하는 마음이 있다. 마르크스주의를 배운 지 얼마 되지 않으나 자기의 의견을 충분히 말할 필요가 있다"고 했다. 이 발언은 지금까지 나타난 일련의 의견과 대조하여 볼 때 극히 암시적인 것이며 문학 이론 전반을 정치와 압력에 의하여 공산주의적 방향으로 끌고 가려는 그들의 흉계가 잘 표시되고도 남음이 있다.

더욱 부언하고 싶은 것은 이 토론회에 유평백도 출석하여 발언도 하였다 한다.

여하간 이러한 중국 공산주의자의 『홍루몽』에 대한 비판은 자유주의적 사상으로 볼 때 극히 어리석은 해석이며 그 작품에 대한 큰 모욕이라고 할 수밖에 없다. 호적 박사는 오늘날의 자유중국의 가장 대표적인 문학자인 동시 사상가이며 그의 사상의 흐름을 많이 받은 유평백의 『홍루몽』 연구도 훌륭한 것이다. 공산주의자들은 『홍루몽』을 중심으로 한 자유 토론의 공기를 많이 양성해 놓고 그것에 의하여 공산주의 사상을 국민에게 널리 보급시키려는 목적을 가지고 있다는 것은 틀림없는 일이다.[하 1955.3.20]

『自由新聞』(1955.3.18~20)

학생 현상 문예 작품 선후감選後感 대체로 만족

대학, 고등학교의 응모 작품을 보면서 나는 즐거웠다. 우선 시를 구상하고 쓰는 정신이 순수하다는 것이다. 하지만 몹시 힘든 일은 습작기의 작품에서 우열을 분간한다는 일이다. 대체적으로 대학생의 작품보다 고교생의 작품이 좋았다는 것은 그들이 아직 혼탁되어 있지 않으며 사물의 관찰과 사고의 방식이 '자기의 것'으로 되어 있는 까닭 같다. 그중에서도 이영순李英順 양의 「어린 시인에게」는 미숙한 수사적인 것을 제외하고서는 내 마음에 꼭 들었다.

우선 부드럽고 묘사가 섬세하고 시의 근저[64]에 흐르는 감정이 곱다. 그래서 나는 이것을 서슴없이 특선으로 했다.

다음 가작으로는 이희철李禧哲의 「항구港口에서」, 이중한李重漢의 「가로街路 3」, 이제하李祭夏의 「꽃」을 들었다. 물론 「어린 시인에게」에 비해서 손색이 없는 작품이긴 하나 부분적으로 표현에 있어서나 이미지에 있어서 결함이 있는 것이다.

이 외에도 손세일孫世一의 「기도祈禱의 장章」, 유창렬柳昌烈의 「묘猫」, 오석봉吳錫逢의 「하나의 손실」, 장윤우張潤宇, 이경순李京淳의 작품도 선정에 있어서 나를 괴롭힌 것이긴 하나 좀 더 앞으로 노력해 줄 것을 바라는 바이다.[215]

『新太陽』 4-8호(1955.8.1)

64 원본에는 '근정'으로 오기되었다.

『선시집選詩集』 후기

나는 10여 년 동안 시를 써 왔다. 이 세대는 세계사가 그러한 것과 같이 참으로 기묘한 불안정한 연대였다. 그것은 내가 이 세상에 태어나고 성장해 온 그 어떠한 시대보다 혼란하였으며 정신적으로 고통을 준 것이었다.

시를 쓴다는 것은 내가 사회를 살아가는 데 있어서 가장 의지할 수 있는 마지막 것이었다. 나는 지도자도 아니며 정치가도 아닌 것을 잘 알면서 사회와 싸웠다.

신조치고 동요되지 아니한 것이 없고 공인되어 온 교리치고 마침내 결함을 노정하지 아니한 것이 없고 또 용인된 전통치고 위태에 임하지 아니한 것이 없는 것처럼 나의 시의 모든 작용도 이 10년 동안에 여러 가지로 변하였으나 본질적인 시에 대한 정조와 신념만을 무척 지켜 온 것으로 생각한다.

처음 이 시집은 '검은 준열의 시대'라고 제題하려고 했던 것을 지금과 같이 고치고 4부로 나누었다. 집[238]필 연월순도 발표순도 아니며 단지 서로의 시가 가지는 관련성과 나의 구분해 보려는 습성에서 온 것인데 도리어 독자에게는 쓸데없는 일을 한 것 같다.

여하튼 나는 우리가 걸어온 길과 갈 길 그리고 우리들 자신의 분열한 정신을 우리가 사는 현실 사회에서 어떻게 나타내 보이며 순수한 본능과 체험을 통해 본 불안과 희망의 두 세계에서 어떠한 것을 써야 하는가를 항상 생각하면서 여기에 실은 작품들을 발표했었다.

끝으로 뜻 깊은 조국의 해방을 10주년째 맞이하는 가을날 부완혁夫琓爀

선생과 이형우李亨雨 씨의 힘으로 나의 최초의 『선시집』을 간행하게 된 것을 감사하는 바이다.

1955년 9월 30일

저자[239]

『選詩集』(1955.10.15)

시에 대한 몇 가지 생각

『사랑이 가기 전에』와 『동토童土』에서

나는 최근 박청허朴聽虛 씨의 시집 『동토童土』와 조병화 씨의 제5시집 『사랑이 가기 전에』를 읽었다. 이 두 시인은 나와 일상에 있어서도 친근한 사이며 술좌석에서도 여러 번 어울린 바도 있기 때문에 시집을 읽기 전에 그 인간과 태도를 잘 아는 사이다. 이것이 무척 시를 읽는 데 도움이 된다는 것은 비단 이 두 분에만 한정할 것은 아니겠으나 여하간 시의 바탕이라고 할 수 있는 것을 나는 잘 안 것이 이번엔 큰 도움이 되었다. 요즈음 시에 대해서 많은 논평이 가해지고 있다. 생각하는 시, 생각하지 않고 읊는 시, 자연 발생적인 시, 과학을 기초로 하고 쓴 시, 무시학적無詩學的인 시, 비역사적인 시, 그러나 그 어떠한 것이 좋고 나쁘다는 것을 말하기 전에 나는 시에 있어서의 성실과 체험이 중요할 것이며 시를 쓰는 스타일적 부문이 다르다 하고 비난하기보다도 그 시인이 처해 있는 정신적 환경이나 생활 의식을 좀 더 존중해 주었으면 원하는 바이다. 그 하나의 실례로서 우리는 김소월金素月이나 한하운韓何雲의 시가 좋다고 말한다. 생각하는 시도 아니며 자연 발생적이고 참으로 무시학적인 작품들임에도 불구하고 왜 좋아하는가? 한 사람은 죽었으니까, 그리고 또 한 사람은 불치의 병에 걸렸기 때문이라고 말할 수 있는 사람은 결코 없을 것이다. 내가 생각하기에는 어느 시대나 어느 계급에 사는 사람에게도 시로써 호소할 수 있는 것은 그 시가 가지는 이미지나 일루전이 중요하며 기교에 있어서는 직유, 은유, 의인법, 형용사들이 많은 작용을 한다. 그리고 우리들이 되도록 시에 희망할 것은 시가 사회와 현실에서 격리되어 가지 않도록, 또한 상아탑적인 경지에 너무 머무르지 말고 그 주제를 개인보다도 넓은 것으로 바꿔 줄 것 등이다. 결국 시에 대한 판단은 어떠한 부문에 국한할 수는 없는 것이며 C. 데이루이스의 말을 빌리자면 좋은 시란 실제 인생이 잘 알고 있는 가까운 측에서 잘 알지 못하는 측에 걸린 다리와 같은 것이다.

먼저 『동토』를 읽고 나서 나는 이 시인도 무척 고독한 인간이라는 것을 느끼는 동시 시에 있어서 언어를 제대로 구사하고 있는 데 놀랐다. 고독한 인간의 언어, 우리들은 이것이야말로 시라고 말하여야만 되는가? 나는 여기에 대해 솔직히 동의는 못 하지마는 역시 고독이라는 순간은 시에 있어서 그리 쉽게 감추어지지는 못하는 모양이다.

이 시인은 자기가 가지는 유달리 창의적인 언어는 없지만 무척 세련되고 우리의 생활에서 보편화되고 있는 말을 그때그때 적합하게 쓰고 있으며 그것이 고운 감각적 정서의 세계를 구조構造하고 있다. 한 구절 인용하면

> 등불이 없는 곳에서 앙상한 가지를 펴고 밤을 스며 넣는다
> 발을 멈추고 비스듬히 등 대어 보면 체온이 밤과 같이 차다(「가로수」에서)

이고 그 인간을 아는 나로서는 그 정서적 감흥이 무척 '순백하고 고운 것'에서 우러나오고 있다는 것이다. 시를 쓴다는 것은 이 불안한 조류 속에서 절망의 도주가 못마땅하여 펜 끝에 자세를 바로 갖추어 본다는 것이라고 이 시인은 말하고 있으나 도리어 시풍이나 표현에 있어서는 의식적으로 절망하고 있는 데가 많다. 결코 시인은 지도자나 네거리에 선 교통순경은 되지 못한다. 나는 시란 모순의 확대일 경우도 있지 않은가 하고 생각한다. 너무도 의식이 정상적이고 이해에 빠르면 그 시는 수신책收身冊의 문장이 될 것이며 읽는 자가 몹시 권태로울 것이다. 한 권의 몇 편 안 되는 시를 읽고 그 시인이 무엇을 생각하고 있고 앞으로 어떠한 방향으로 나갈 것이라고 나는 속단할 수 없으나 이 시인의 본연의 모습은 여기에 여실히 나타나고 있다.[상 1955.11.28]

그는 혼자 흐느껴 울기도 하고 깊은 사념에 빠지기도 하고 또 깊은 사

념에 빠지기도 하고 또한 공포 관념에 사로잡히기도 했다. 인간을 그린다. 인간은 사회에 살고 있으며 인간은 절망과 대결하고 있다고 누구나 잘 알면서도 그것을 솔직히 시로써 대치시키려면 못 하고 마는 것인데 이 시인은 자기의 지나간 성실한 체험과 정서적 에스프리로써 대체적으로 가다듬고 표현하고 있다.

조병화 씨의 『사랑이 가기 전에』. 그가 나에게 시집을 보낼 때 그는 다음과 같은 말을 적어 주었다. "한 사람의 벗도 없이 쓰러진다는 것은 대단히 고독한 것이다." 그는 어느 시인보다도 고독하다. 그리고 그는 외롭다는 것을 자랑스럽게 말한다. 그러나 그는 꾸준히 시를 써 왔고 시를 쓰는 것만이 그의 고독을 풀어 주는 열쇠인 것이다. 이 시집은 인간으로서의 그를 가장 단적으로 말하고 있으며, 노래하는 시가 될 것이며, 사랑하는 사람만이 지닐 수 있는 불행한 시가 될 것이며, 우리나라에 있어 현대인으로 완성한 최초의 연애시라고 할 수가 있다. 그의 이 시집에는 좀 더 많은 주석이 있어야 하겠지만 그는 '여숙旅宿'이라든가 '막간의 자리'라는 몇 마디로써 끝 장을 이루고 있다.

이 시인은 요즘 세간에 유명해졌다. 시를 쓴 역사가 그리 오래 되지 않았음에도 불구하고 널리 읽히고 또한 아직도 건전하다면 거기에 어떤 다른 본질적인 요소가 있을 것이다. 내가 보기에 그는 몇 가지 것을 가지고 있는 것 같다. 먼저 인간과 그같이 지성이 찾고 있는 향수 — 물론 정신면에서 — 와 고갈된 우리의 의식이 찾는 페시미즘을 잘 자기 것으로 소화하고 있는 것이 아닐까? 역시 시인에게서 압제할 수 없는 것은 향수와 페시미즘이며 결코 우리는 이것을 배격할 수는 없을 것이다. 그는 현대인으로서는 지나치게 절망하고 울고 회상하기 때문에 또한 많은 비난도 받지만 그것이 자기가 시나 문학과 대결하는 마지막 것이라면 우리는 여기서 그의 선의의 인생과 세계를 찾아 주는 것이 옳은 일일 것이다.

불행을 노래한, 아니 사람을 노래한 시집 속의 몇 편의 시, 그중에서도 나에게 깊은 공감을 주는 것은 「가을은 당신과 나의 계절」, 「내 마음 깊은 곳에」, 「마침내 안개가 개이듯이」 등이며 옛날 처음 시를 읽을 때 읽던 사람들의 것과 같았다. 하지만 이 시인이 자기의 절정이라고 이름 붙인 만큼 여기에는 생명이 크게 흘러야 하겠고 좀 더 신선한 감각도 있어야 한다는 것을 나는 말하고 싶다. 좀 더 구상화하면 우리들은 라이너 마리아 릴케, 프랑시스 잠의 노래를 귀에 오래 담았기 때문에 같은 사랑의 시, 쓸쓸한 시일 경우 이 시인은 좀 더 관념에서 벗어난 오리지널리티한 것을 체득했으면 좋겠다.

그저 어필을 위한 시의 시대는 시를 발전시키기 곤란하며 더욱 개인의 의식 강매는 문학의 보편화에 있어 위험한 일이다. 끝으로 아마 이 시집은 이 시인을 새로운 전환기로 이끌 것이며 시인을 부드럽고 원만한 상태에서 다시 출발시키는 모멘트가 될 줄로 믿는다. 여러 가지 견지에서 주목할 시집임에는 틀림이 없다.

(필자 시인)[하 1955.11.29]

『朝鮮日報』(1955.11.28~29)

스코비의 자살

영국인 경찰관 스코비Scobie는 제2차 세계대전 중 아프리카 서안에 있는 영국 식민지에 근무하고 있었다. 연령은 15년 전부터 경찰 생활을 하여 사십 오륙 세가 되었다.

그는 자기 아내와 결혼하기 직전 가톨릭교도로 개종하였고, 부임 이래 전형적인 그의 경찰관으로서 생활은 토인에게서도 존경을 받게 되고, 여하한 물적 유혹에도 떨어진 일이 없는 그의 공정 무사한 인격은 상관의 신용을 얻게 되는 하나의 원인이 되었다.

그런데 어떤 일련의 사건이 지금까지의 그의 생활과 정도正道에서 벗어나게 한다. 물론 상호 관련이 있는 것은 아니나 적어도 스코비에게 있어서는 커다란 죄를 범한 것과 다름이 없다. 경찰관으로서의 스코비가 암취인暗取人의 왕자인 유세프Yusef로부터 200파운드를 빌린 것인데, 그 돈은 동서同棲 생활을 계속할 수 없는, 이미 애정이 사라진 아내를 여[235]행시키기 위한 여비로서 쓴다. 유세프는 어떤 이해관계로서가 아니고, 그의 극단적인 청렴성과 인간성에 반하여 빌려 주었을 뿐이다. 그 다음의 도덕상의 실책은 포르투갈 선의 선장이 그 당시의 교전국인 독일에 사는 딸에게 편지를 보내는 것을 검사, 발견한 후에도 이를 고발하지 않고 단지 소각한 일이다. 이것은 영국 경찰관으로서 직책상 할 수 없는 일이었다. 마지막에 일어난 일은 기선이 난파되었을 때 헬렌이라는 젊은 여자를 구했다.

신혼新婚한 그의 남편은 그때에 죽고, 헬렌은 병원에 입원시켰다. 여러 차례 문병하는 동안 스코비는 헬렌이 절수切手 수집을 좋아한다는 것을 알았기 때문에 스코비는 자기도 절수를 모아다 주었다. 그는 여자의 아름다움이나 강한 것에 대처해서는 아무 감정도 갖지 않았으나, 만일 자기가 이 여자를 돌보아 주지 않으면 냉담한 사회에서 아무 의지할 수 없는 헬렌을 볼 때마다 깊은 동정과 애정을 느끼게 되고, 어느 틈에 연애 관계에 들어가고 말았다. 아내나 헬렌에 대한 마음에는 근본적으로 동일한 것이 있고, 이것은 사랑의 문제가 아니라 책임의 문제이며, 자신의 감정의 비극을 자각하였다. 여행에서 아내가 돌아오고, 헬렌으로부터는 사랑의 고백을 쓴 편지를 받은 스코비는 사태의 복잡과 그가 잘못하여 이끈 두 여성의 행복을 지켜야 한다는 책임 — 그리고 자기의 존재가 이 두 여성에게 불행과 절망 이외는 주지 못한다는 것 — 을 깨닫고 자살하는 길 — 가톨릭교에서는 자살도 죄이긴 하나 — 을 택하였다.

자살 결행의 밤, 스코비는 헬렌을 찾아갔으나, 마침 나가고 없으므로 조지 6세George Ⅵ(1895~1952, 영국의 왕)를 그린 절[236]수 위에 '아이 러브 유'라고 쓰고 집에 돌아와 아내와 평상과 다름없이 저녁을 들었다. 그리고[65] 아내가 자기의 죽음을 사전에 알아채지 못하게 하기 위하여 영국에 가서 전원생활을 하자는 말을 하고, 어두운 밤중 그전부터 모아 두었던 치사량 칼모틴calmotin을 한꺼번에 마셔 버렸다.

이것은 영국의 작가 그레이엄 그린Graham Greene의 소설 「사건의 핵심The Heart of the Matter」에 나오는 주인공 스코비의 자살의 내막이다. 세속적으로는 도저히 믿을 수 없는 순결한 혼을 가지고 있는 인간이 경찰관이나 가톨릭의 전통 속에 존재되어 있는 것은 사실이다. 거기에 스코비는 직면하여야 할 모든 유혹과도 용감히 싸웠고, 그는 인간으로서, 더욱이 경찰관으로서 성실하였고, 책임 있는 일을 하였을 뿐이나, 매수枚數의 제한을 받아 나는 그가 '성실하고도 인간으로서의 타당성'을 이야기하고[66] 있는 것을 거의 다 옮길 수 없으나, 이 소설의 최후 페이지에는 신부神父와 그의 아내와의 의미 깊은 대화가 있다. 스코비와 같이 잘못한 짓을 한 남자를 평하기엔[67]

---

65 원본에는 '그로'로 표기되었다.
66 원본에는 '일하기고(원문의 방점 있는 넉 자는 오식으로 생각됨—편집자)'로 표기되었다.
67 원본에는 '평評하엔('엔' 앞에 '기'자가 빠진 듯함—편집자)'로 표기되었다.

좀 이상할지 모르나, 내가 본 데서는 그는 참으로 신神을 사랑하였다. 그의 아내는

"남편이 사랑하였던 것은[68] 그 아무도 아니었어요."

나는 최근 개인의 내적 고민과 심리의 갈등에 애쓰는 여러 경찰관에게 스코비의 비극을 이야기해 준다.[69] 이것은 문학이나 종교의 세계에만 있는 것이 아니고, 모든 움직이는 사회에 흔히 있는 일이다.[237]

『歲月이 가면』(槿域書齋, 1982.1.15)

68 원본에는 '것을('을'은 '은'의 잘못인 듯함—편집자)'로 표기되었다.

69 박인환은 한국 전쟁 이후 외국문학 번역에도 많은 관심을 기울였다. 그중 하나가 명작 해설 형태로 초역된 그레이엄 그린 원작의 「사건의 핵심The Heart of the Matter」(『민주경찰』 44호, 1954.11)이다. 「사건의 핵심」과 「스코비의 자살」의 내용을 대비해 보면 후자는 전자를 재축약한 글이 분명하다. 하지만 「스코비의 자살」의 원 출전이나 『세월이 가면』에 수록된 경위에 대해서는 밝혀진 것이 없다.

영화

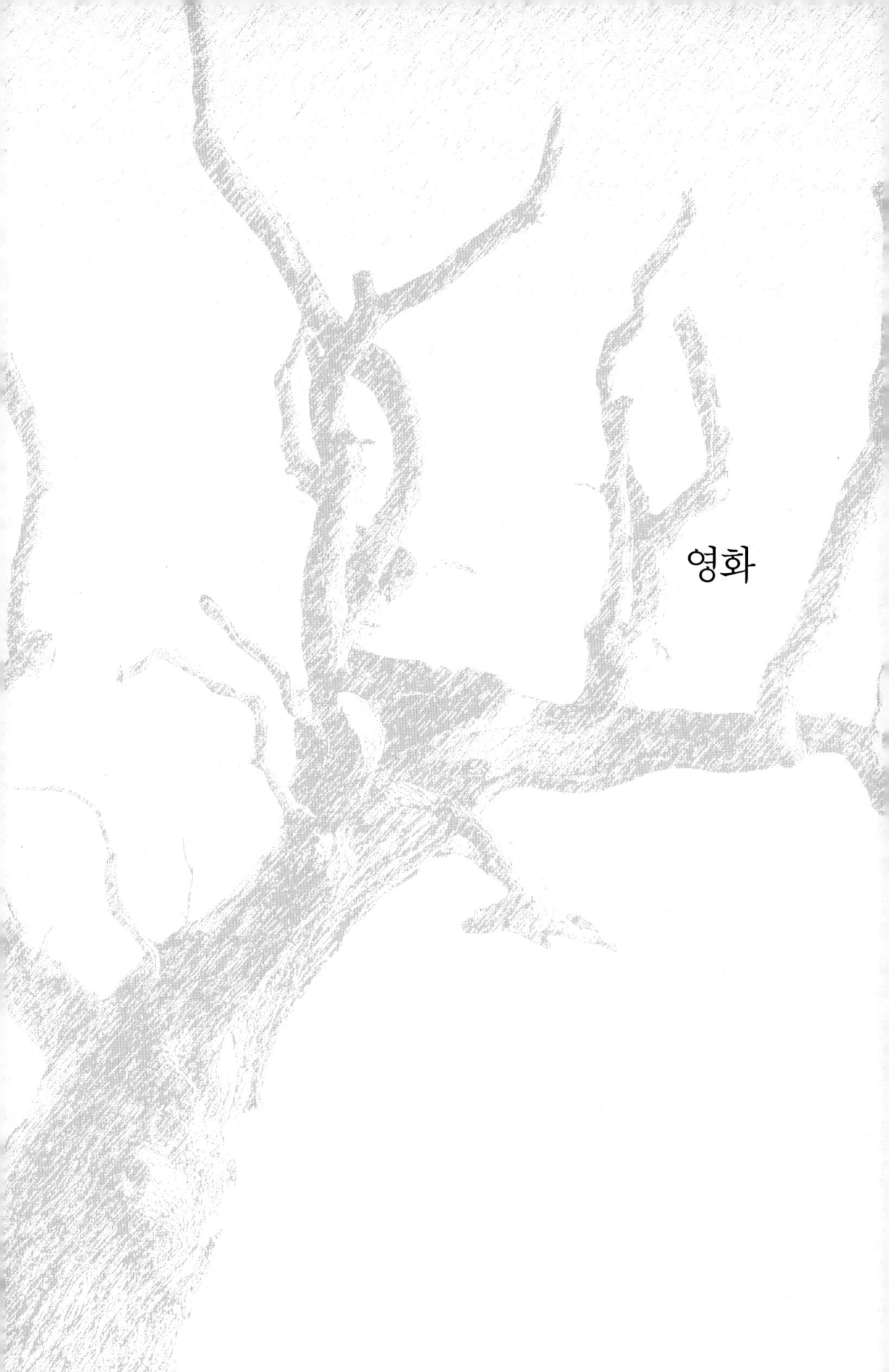

아메리카 영화 시론試論

우리들은 너무나 가혹한 견지에서 아메리카 영화를 감상하며 비판하여 왔다. 아메리카인의 습성과 기질을 잘 알지도 못하고 관념적인 관찰만 하여 왔다. 이것은 단지 우리들의 지식의 빈곤에서만 온 것이 아니라 어떤 종種의 사회제도가 주는 계급의식에서 유달리 지나치게 한 것이다. "아메리카 문학의 연구자는 예외적으로 그 연구의 제 조건이 좋다. 최초서부터 하려 해도 불근不僅[1] 350년의 역사를 알면 되고, 그 대상의 지리적 고립과 통일에 관한 문헌도 비교적 완비되어 있다. 또 발전 그 자신이 직선적이며 아메리카 생활은 야성적인 개척의 세계에서 고도로 기계화된 문명으로 급속히 움직이며 세계 어느 나라에 비할 수 없는 변화를 하고 있다." 이 글은 어떤 아메리카 문학사를 『런던 타임스』의 문학 주보文學週報가 비평한 것이다.

1. 콜로니의 세계

그러나 우리들이 아메리카 영화를 이해하기 위해선 아메리카 영화의 역사가 아니고, 차라리 그 배후의 아메리카 문화와 사상의 유동을 아는 것이 오늘의 영화 관상觀賞에 좋은 도움이 될 것이다. 우리들은 350년을 연구하지 않아도 오늘의 아메리카에서라도 우리와는 먼 거리의 정신적 풍속을 발견한다. 요즘 신문이나 잡지에서 읽을 수 있는 아메리카의 사회현상, 그리고 유나이티드 뉴스의 경마장 풍경, 새로운 형型의 자동차 경주 등으로서도 아메리카의 측면을 알 수 있다. 사상을 알려고 하는 것은

1 문맥상 의미는 '불과'이다

약간 힘들지는 모르나 트루먼 대통령의 의회 보고 연설이 절대적인 찬성 리裡에 그치고 그다음 날이면 아메리카 시민은 모두들 이 연설이 가진 의의를 잊어버린다. 아메리카는 350년의 새로움을 가질망정 더한층 복잡하다. 여기에 오늘의 아메리카의 비극이 있다. 콜로니의 세계의 전형적인 절망이 있다. 아메리카가 신세계였으므로 기다릴 만한 전통을 가지지 못했으므로 아메리카 영화의 이면은 더욱 비참한 것이다. 우리는 콜로니 문명을 절대적으로 알지 못하면 아메리카, 즉 콜로니의 세계를 말할 수 없다. 오늘의 아메리카[146]의 표정, 그 비극성은 다른 어떤 예술보다도 늦게 영화에 나타났다. 무엇보다도 오늘의 감촉이 민감한 영화에서 가장 늦게 나타났다.

2. 오락성

아메리카 영화의 숙명, 즉 오락성을 새삼스럽게 말하고 싶지 않다. 아메리카 영화는 오락 영화로선 세계 어느 나라보다도 단연 우수하다. 그것이 비교적 재미있고 기교 있게 되어 있다는 것은 아메리카 영화의 제작 기구와 필요적인 관계를 맺고 있는 까닭이다. 여러 가지 작품이 비슷비슷하다는 것도 결과로선 오락성이 비슷하다는 것밖에 없다. 전통이 없는 아메리카에서 영화가 기성 예술에게 방해당하지 않고 자유스럽게 진행된 것은 극히 자연스러웠으나, 오락 이상의 것을 추구한 사람들에게는 불만을 주었다. 완성기 이후의 영화가 그 예술적 완성을 본 것은 차라리 아메리카가 아닌 다른 나라에서 하였다고 보는 것이 당연할지도 모른다. 2차대전 전 〈꺼져 가는 등불〉, 〈평원아平原兒〉, 〈잃어진 지평선〉 등은 서정시적인 데도 있으며 대체로 꿈과 로맨스를 그린 작품이었다. 이 무렵의 아메리카 영화는 무난한 오락성을 가지고 있었다. 꿈을 그리고 사랑을 표현한다는 것은 영화가 처음부터 지닌 커다란 특징이었다. 리스킨, 캐프라의 지난날의 작품을 생각할 때 역시 꿈이나 로맨스라는 것은 아메리카 영화의 특징이 아닐 수 없다. 요는 꿈의 종류와 그 수법이겠으나 영화를 오락으로서 볼 때에는 건전하고 아름답고 즐거운 꿈을 그린다는 것이 가장 충실한 사명이라 하겠다. 그러나 천편일률의 로맨스, 결말적인 해피엔드에선 거기에 얼마나 아름다운 꿈이 그려 있다 할지라도 몇 번 지나면 관객은 완전히 권태할 것이다. 아메리카 영화는 무슨 일이 있다 하여도 예술성보다 오락성을 가지고 있지 않으면 관객을 실망하게 한다. 관중층에게 만족하게 하려면 고답적인 영화는 벌써 실패다. 문학적이다, 과학적이다 하더라도 물론 오락성이 필요하지만 아마 우리들은 기상천외의 생각을 하지 않는 한 아메리카 영화에서 재래적 예술성은 찾아보지는 않을 것이다. 해방 후 서울에서 상영된 영화를 보더라도 우리는 영화 수법이나 제재가 예전 것보다 이상하게도 달라진 것을 지적할 수 있었다. 이것은 만일에 그들 영화 제작자들이 예술성을 도모하여 만들었다 할지라도 우리는 능숙하게 그 예술성을 알지 못하고 있다. 왜냐하면 우리들의 일상생활과 경험과 사고방식이 너무 이반되어 있고 우리는 아메리카 영화의 과거의 성격을 신경이 마비될 지경 잘 알고 있는 까닭이다. 우리들이 모르는 곳에 아메리카 영화는 오락과 함께 예술성을 동반하고 있다. 그러나 그 예술성 자체를 분명히 모르는 것은 날이 갈수록 우리가 더 많은 영화를 접견하면 완전히 알게 된다고 믿고 싶다. 그렇다 해서 모든 아메리카 영화가 단순한 의도 아래 스타 중심으로 오락성의 작품만을 기계적으로 제작한다면 그 경향이 심할수록 할리우드는 정서 없[147]는 예술가의 집단이 될 뿐이요, 영화인은 공업적 생산가 외의 아무것도 아닐 것이다.

3. 문학과 영화

아메리카에서는 소위 베스트셀러는 대반大半 영화화되는 모양이다. 아메리카의 영화 회사에서는 새로 출판되는 작품을 보는 부문이 따로 있어 가지고 그 작품을 영화화하면 어느 정도의 흥행 가치를 얻을 수 있는가를 제일 먼저 염두에 둔다. 『라인 강의 감시』의 원작자 릴리언 헬먼도 신진 극작가로 유명하기 전까지는 그런 일을 했다. 흥행 가치만 있다면 어떤 예술적 소설이라도 저속하지 않을 정도로 영화화한다. 외지外誌를 보면 마거릿 미첼의 명작 『바람과 함께 떠난다*Going with the Wind*』는 영화화된 작품으로선 미증유의 역사적 대작으로 소설보다도 떨어지지 않는다고 한다. 이 소설의 영화화는 여러 가지 점에서 흥미가 있는 것으로 출판되기도 전에 1,037페이지의 대작을 영화사로 먼저 보냈다. 영화사에서는 5만 불을 지불한 다음 영화를 만들기 시작했다. 이런 모양으로 아메리카의 소설은 베스트셀러만 된다면 내용은 여하튼 간에 모두 영화화된다. 소설만 많이 읽게 되면 그 내용이 영화화하기에는 힘든 것이라도 영화사 내의 전 기능을 가지고 촬영 개시로 옮기는 것이다.

이러한 때에는 그 작품의 선전 가치에 커다란 매력을 느끼는 것이다. 예를 든다면 존 스타인벡의 『노한 포도*The Grapes of Wrath*』, 『다람쥐와 사나이*Of Mice and Men*』, 펄 벅의 『대지*Good Earth*』, 크로닌의 『성채城砦, *The Citadel*』, 에리히 마리아 레마르크의 『개선문*Arch of Triumph*』, 드라이저의 『아메리카의 비극*An American Tragedy*』, 브롬필드의 『비는 온다*The Rains Came*』, 힐턴의 『굿바이 칩스 씨*Good-bye Mr. Chips*』, 다프네 듀 모리에의 『레베카*Rebecca*』, 존 허시의 『아다노의 종*A Bell for Adano*』, 헤밍웨이의 『탈출*To Have and Havenot*』, 헤밍웨이의 『누구를 위하여 종은 울리나*For Whom the Bell Tolls*』, 허비 앨런의 『앤터니 애드버스*Anthony Adverse*』, 레이첼 필드의 『땅 위의 모든 것과 천국도*All This and Heaven Too*』, 싱클레어 루이스의 『공작부인*Dodsworth*』 등이 있다. 여기에 쓴 작품 〈아메리카의 비극〉, 〈대지〉, 〈비는 온다〉, 〈공작부인〉 등은 조선에서도 상영되었는데 놀랄 만한 사실은 영화는 소설의 일부분만 나타내고 있다는 것이다. 〈땅 위의 모든 것과 천국도〉, 〈누구를 위하여 종은 울리나〉, 〈탈출〉 같은 작품도 근일 중 상영될 것이다. 외지外誌의 평을 보면 상기한 영화는 소설이 가지고 있는 표현의 반도 없다는 것이다. 영화에는 소설의 골격만 앙상하게 남길 뿐이요 영화로서의 특별한 조합은 도저히 만들기 힘든 모양이다. 이제부터 아메리카 영화도 소설을 영화화하는 중. 차차 그 표현의 범위도 넓어질 것이고 그들이 이러한 문학 작품을 추종하는 동안에 문학에 떨어지지 않을 만한 영화를 만들 것이다. 또 거기에 문학 자체가 아메리카의[148] 현재의 생활과 인간 정신의 심각한 면을 그리기 위하여 애쓰고 있는 까닭에 아메리카의 소설로부터 영화화된 작품은 아메리카의 생활의 표현으로서 보통의 영화보다도 대단한 흥미가 있을 것이다. 이러한 의미에서 아메리카 영화와 아메리카 문학과의 관계는 흥미 있는 아메리카의 단면을 장차는 나타낼 것이다. 문학과 영화는 아메리카뿐만 아니라 세계 어느 나라에서든지 밀접한 관계인 것이다. 좋은 문학 작품과 좋은 영화는 어느 시대에도 필요하다. 천학淺學한 나는 베스트셀러만 이야기하였는데 아메리카 영화에는 베스트셀러 외의 소설을 가지고 영화를 만든 작품이 허다하다는 것도 말하겠다.

4. 예술성

물질문화가 극도로 발전하고 전통의 배경은 없는 아메리카는 예술의 온상은 되지 못한다. 그러나 구라파의 예술가들이 걱정하고 있는 탈피의 고뇌는 없다. 현재의 레벨은 작으나마 아메리카는 아메리카로서의 자신의 예술을 만들고 있다. 구라파의 영화와 아메리카의 영화의 예술을 우리는 평가할 때(구라파의 영화, 이것은 주로 불란서 영화를 말한다) 구라파 영화는 내향성이고 아메리카 영화는 외연성extensive이라 한다. 현대의 아메리카 문학의 특색을 문학자들이 표현할 때 '외연적 방법'이라는 용어를 쓰는 것처럼 아메리카 영화는 외연성과 밀접히 관련되어 있다. 아메리카 영화에서 불란서 영화의 내향성을 찾고 그것이 보이지 않는다는 이유로 예술을 부정하는 일은 틀린 일이다. 그러나 구라파의 예술 유산과 주지主知를 더 많이 알고 있는 우리로선 간혹 이러한 생각을 하게 된다. 이것은 아메리카의 문화뿐만 아니라 아메리카의 영화에 접할 때에는 더욱 주의할 문제다. 그러나 그렇다고 해서 우리는 아메리카 영화를 전적으로 훌륭한 예술이라고는 할 수 없다. 이유는 사회 기구의 혼란과 개인의 윤곽이 똑똑치 못한 데다 예술을 창조하려는 근본적인 예술가의 정신이 없다.

아메리카 영화는 단지 아메리카의 중요한 산업의 하나다. 그러므로 영화 제작의 기구는 벌써 현대 아메리카 사회의 조직과 혼란을 표현하고 있다. 모든 아메리카의 예술가들이 무질서하게 동요하는 기계 문명에 도전하는 것을 보더라도 자본주의가 부서지지 않는 한 아메리카 영화는 참다운 의의의 진실한 예술성은 갖지 못할 것이다. 예술적인 영화를 만들고 아메리카 영화의 발전에 지금까지 힘써 온 사람 중에 예술적 앙양성昂揚性을 가진 아메리카 영화 작가들이 몇 명이나 되는가. 지금까지 아메리카 영화의 예술적 작품은 모두들 구라파의 영화 작가들의 것이었다. 에른스트 루비치, 프랭크 캐프라, 요제프 폰 스턴버그, 루벤 마물리안, 루이스 마일스톤, 프랭크 로이드, 프리츠 랑, 에드먼드 굴딩, 로베르 플로레, 그리고 최근에 이르러 줄리앙 뒤비비에, 앨프레드 히치콕 등. 그러나 아메리카 영화의 제작 기구 속에 구라파의 예술의 전통을 꽃피게 할 수 없을 것이다. 영화 작가 자신이 외연적인[149] 아메리카의 사회에서 생활하고 구라파 예술의 전통에는 미련을 가지지 말고 예술가로서의 고매한 정신을 잊지 말 것이다. 그다음 처음부터 아메리카 영화 기구의 기계성을 극복하고 새로운 독자獨自의 예술을 만드는 것이다.

(주) 외연적 방법 : 프리스토리의 말을 옮기면 현대 아메리카 문학은 "전연 객관적인 양식의 소설, 전연 서술과 대화로 된 인간의 마음을 조금도 보이지 않는 소설"이고 "말하자면 토키의 시나리오와 같이 대화와 서술이 주동이고 장소가 빈번하게 변화하는 것"이다.

5. 향수와 판타지

수년 전에 본 싱클레어 루이스 원작인 〈공작부인〉(원명은 도즈워스 Dodsworth)은 1929년의 베스트셀러 소설을 시드니 하워드가 각색한 다음 윌리엄 와일러가 감독하였는데 이 영화는 여러 점으로 보아 절대로 우수한 아메리카의 영화였다. 주인공 도즈워스(월터 휴스턴 분)는 오랫동안 자동차

제조로서 사회에 공헌하여 왔다. 자기의 일이 얼마나 사회 문화 발전에 도움이 되었다는 것을 철과 같은 신념으로 믿고 왔다. 그는 공장을 양도한 다음 잠시의 위로를 위하여 구주 여행을 떠난다. 내용은 이 영화를 본 사람이면 누구나 다 잘 알 줄 안다. 무식한 처 프랜(러스 채터튼 분)은 여러 가지 행동에서 아메리카 여성의 진실을 잊어버린다. 코트라이트 부인(메리 애스터 분)은 그러한 아메리카 여성을 상실하지 않았다. 그러면 아메리카인의 진실이란 무엇이냐? 싱클레어 루이스는 그것은 구대륙의 전통을 벗어나 신대륙에 희망을 찾고 영국에서 건너온 아메리카인의 조상들이 가지고 있던 건전한 건설의 정신, 자유한 문명을 건설하려는 의지라고 하고 있다. 문명이 건설함에 따라 이 건전한 정신은 상실되었다. 도즈워스는 기선 갑판 위에서 20대의 청년처럼 건강히 흥분되어 "아, 비숍의 등대입니다. 그야 나는 이 여행이 처음이니까요. 나는 저 등대를 보니 웬일인지 영국에 관하여 여러 가지를 읽던 생각이 떠오릅니다. (…중략…) 그리고 존 오스틴, 올리버 트위스트, 그리고 셜록 홈스. 영국, 어머니와 같은 영국, 아 나의 모국"하고 말한다. 영국을 그리워하는 마음, 이것은 기계문명 속에서 시달린 아메리카인의 향수다. 도즈워스는 건전한 아메리카 정신을 구현한 것이고 그의 처 프랜은 향수를 잊은 아메리카의 자칭 문명인을 대표한 것이다. 캐프라와 리스킨의 이상향의 꿈처럼 기계문명과 물질문명에 골머리가 난 아메리카인은 간혹 현실 사회에서 떠나고 싶어 한다. 그리고 〈오페라 하트〉, 〈잃어진 지평선〉은 옛 작품이었으나 그 영화적 가치는 항상 높이 평가할 수 있을 것이다. 해방 후 상영된 작품 중에도 이러한 제재와 표현 방식을 새롭게 갖추어 만든 작품도 있었으나 그 수법이 너무도 유치하며 도저히 상기한 영화의 수준이 되지도 못했다. 나는 막연히 향수라 하였으나 이 노스탤지어가 말하는 것은 현대 문화[150]와 부패되는 아메리카 물질 정신에 대한 합리적인 비판일 것이며 혼란된 사회 제도를 혐오하고 반항한다는 슬로건일지도 모른다. 그들의 향수와 이상은 아메리카 영화인만 아니라 솔직한 아메리카 대중의 것인지도 모르겠다.

이 향수와 좀 다른 데서 나는 판타지의 세계를 그리고 있는 요즘의 아메리카 영화의 진로를 재미있게 본다. 그러나 그들이 의도하고 있는 점은 너무도 소극적에 지나지 않다.

제2차 대전 중 아메리카는 물질과 정신 양면에서 다소나마 타격을 받았을 것이다.

물질과 정신이 일상생활에서 차츰차츰 부서져 간다는 것은 아메리카인으로서는 가장 쓸쓸한 현상이었다. 그러나 그들은 전시 중 모든 인적, 물적 국력을 쏟아 냈다. 아메리카 영화도 역시 힘 도와 일을 하였다. 일선의 병사를 위한 영화, 대외 선전 영화, 반나치 영화, 총후 생활 영화로서－그런데 일방 아메리카 시민의 생활고는 심해 가고 정신적 위기는 어느 곳에서도 볼 수 있었다. 전쟁이 주는 현실이란 몇 년 전의 따스한 생리적 기억이 아니고 살아 나갈 앞날의 생활적 빈곤이다. 이러한 여유 없는 경지에 빠진 아메리카인은 한두 사람이 아닐 거다. 불안과 혼란은 "우리들은 20세기의 문명의 세상에서 살고 있는 것이에요" 하는 사람이면 누구나 느끼는 실망일 게다. 그러므로 아메리카 영화는 내향성을 무시치는 못하고 외연적이면서도 생활과 정신의 두 가지를 표현하려고는 애써 본 모양이다. 여기서 처음으로 그들은 예술 유산의 정다움을 알고 사회상의 비참을 똑바로 볼 줄 알게 되었다.

아메리카 영화 예술가는 관념적이나마 재래 예술의 본질인 외면 묘사에만 고집固執되지 않았다. 그들은 판타지를 그려냄으로써 불건강한 생리를 돕고 물질의 허식으로 된 아메리카의 사회에서 도피하였다. 판타지는 가까운 의미의 생활에의 반항이다. 향수와 판타지, 이것은 시대의 유동으로 변화된 아메리카인의 가장 큰 꿈이요, 현실에 대한 예민한 감수성은 현실 사회의 표면적 현상인 결함을 폭로하고 있다.

6. 감상

아메리카 영화를 감상하는 데 가장 중요한 것은 우리들의 의식을 빼기지 않는 것이다. 아메리카가 자본주의 문명이 극도로 발달한 나라라는 것은 누구나 다 잘 아는 일이다. (일본의 어떤 영화 평론가는 아메리카 영화를 감상하는 데 제1 조건은 그 영화 제작에 있어 최대의 주체가 된 작자를 알지 않으면 못쓴다 했다. 물론 이것도 영화를 알기에는 중요한 것이지만 우리는 수많은 영화 제작자를 전문적 이외에는 알 수는 없다.) 전기한 바와 같이 아메리카 문명은 우리의 생활과 사고와는 너무도 떨어져 있고 아메리카의 영화 정책은 될 수 있는 한에서 국가 정책과 동행하고 있는 것이다. 우리는 아메리카인의 기계화되고 모노폴리화된 영화 가치보다도 흥행 가치에 중점을 둔 영화로 잠시간은 재미있게 보내나 그 고(이하 186항에 계속)[151](151 항에서 계속)화考書가 우리에게 주는 한 가지 의문은 자기 계급이 어디 있는지 똑바로 생각하라는 것이다. 1년에 수백의 영화를 만드는 할리우드의 예술가의 제작 양심은 어떻게 하면 관객에게 감명 깊을 수 있게 할까, 또는 그들을 어떻게 하면 잘 울릴 수 있는가 하는 데 경향하고 있다. 지금까지 생각해 온 단순한 아메리카니즘도 아닌 면에 비통속적인 예술도 있는 한편 관객의 신념을 쉽사리 부수게 하는 오락도 있는 것을 우리는 날카롭게 판단하지 않으면 못쓴다. 아메리카 영화에 있어서는 탄압을 당한 몇 명의 예술가의 영화 외에는 모두 우리의 사상보다도 퇴보된 것을 그리고 있다.

영화의 제재와 주인공을 모두 자본주의 문명과 사회에 충실하게 하고 그것을 옹호하는 데 전력을 다한다. 우리의 선입감이 아메리카 영화라면 곧 예술 또는 오락이라고 믿는데 그 제작자 자체는 미안하게도 경제를 위한 산물로 알고 있다. 허위와 속악한 점도 구라파의 영화에서는 볼 수 없게 많다. 옛날 영화에는 혁명을 취급한 것, 농업 개량과 경영에 관한 것, 인종 문제와 지리적 해방 또는 노동자의 생활을 그린 영화도 간혹 있었으나 요즘에는 겨우 인간 생활과 죽음의 신비 정도의 영화를 만들고 만족하는 모양이다. 나는 또다시 아메리카 영화가 영화 예술과 오락의 발전을 위하여 새로운 단계로 들어가고 기계 문명의 지반을 벗어나기를 급하게 애쓰라는 것을 말하고 싶다. 그러면 아메리카 영화를 불안 없이 자본주의 문화일지언정 사랑하는 마음으로 감상할 수 있을 것이다.[186]

『新天地』 3-1호(1948.1.1)

설문 아메리카 영화에 대하여

해방 후에 보신 미국 영화 중에서 가장 감명이 깊었던 영화

〈운명의 맨해튼〉.

이런 것은 수입하지 말았으면 좋겠다고 생각하신 영화

엉터리 투우사, 루팡 등장, 도깨비 소동과 같은 저속하고 비문화적인 것 또는 양키―난치기亂痔氣며 비도덕, 외잡猥雜한 영화.

대전 전의 영화와 특히 달라졌다고 느끼신 점

우선 시나리오의 빈곤.

반파쇼 운동.

미美 국가와 국민 생활 선전의 노골.

판타지로 인한 일상생활의 윤택을 의도한 점.

귀하가 좋아하시는 스타는 누구

리타 헤이워드

험프리 보가트

조안 폰테인

헨리 폰다

미국 영화에 대한 귀하의 비판

지나치게 개인주의적이며 관객의 의식을 자본주의 문명으로 끌고 가려고 애쓰고 있다. 그러므로 예술의 진실성이란 없다고 본다. 콜로니 문화의 특수 면인지 몰라도 비지적非知的이고 흥행 가치에 너무 중점을 두고 있다. 자세한 비판은 다음 기회로 민다.[156]

『新天地』 3-1호(1948.1.1)

전후戰後 미美 · 영英의 인기 배우

어느덧 취미와 심심풀이로 보고 온 해외 영화, 특히 아메리카, 불란서, 영국의 영화 등에서 나는 하나의 교양과 지성의 영역이 어느 사이에 확대되고 환영처럼 나타나며 사라진다는 것을 알게 되어 오늘의 불안한 지구의 사면斜面에서 남모르는 향수를 느끼며 고독을 즐길 수 있게 되었다. 루이스 마일스톤의 '비'가 줄줄 내리는 폐허의 길목에서 목사의 기도 소리와 함께 가느다란 세인트루이스 블루스의 애조哀調, 거기에 한없이 죽음의 연기를 풍겼던 조안 크로포드의 모습! 모든 것이 떠나고 오고 가는 대로 나는 영화의 끊어진 한 토막에서 또 하나의 기억을 더듬는 것이다.

게리 쿠퍼

헨리 그리스[2]라는 아메리카 영화 평론가는 그를 위하여 다음의 몇 마디를 우리에게 전해 주었는데 그것은 "검은 레이스와 금색의 의상을 입은 키가 크고 매력 있는 블론드 소녀가 화장실[3]의 문을 열고 나왔을 적에 그 소녀는 침실의 불란서풍 도어를 열고 들어온 키가 큰 점잖은 남자를 찾아낸다." 그는 영화 도시에서 가장 선량한 시민의 한 사람인데 그의 초연한 태도가 그의 명성을 올리게 했고 동시에 많은 적을 얻었던 것이다. 그의 무표정한 얼굴은 그의 가슴속에서 유동하는 심적 표정을 간혹 나타내는 것인데 그의 23년간의 여행은 참으로 의연하게도 로맨틱 히어로로 만들고 전연 나이를 먹지 않은 것 같다. (그러나 그는 지금 48세.) 최근의 그의 작품으로는 앤 쉐리던과 공연한 〈선인善人 샘〉[4]이 있다.

---

2 정확한 인명을 알기 어려워 원문대로 표기한다.

3 원본에는 '北粧室'로 오기되었다.

험프리 보가트

1899년 1월 23일 뉴욕에서 출생한 그는 1차 대전 후 무대를 거쳐서 영화계에 발을 디뎌놓았는데 그의 출연 작품 〈하상河上의 별장〉, 〈각국의 여자〉, 〈화석化石의 삼림〉, 〈데드 엔드〉 등에서 냉정한 인간의 반항을 보이었던 그는 어느덧 인기 스타가 되어 버려 〈카사블랑카〉, 〈탈출〉, 〈빅 슬리프〉, 〈황금Treasure of the Sierra Madre〉과 같은 명작에서 우리의 기대를 어그러뜨리지 않고 있으나 〈화석의 삼림〉과 〈데드 엔드〉의 낭만의 그 소리 없이 불꽃을 던지었던 그는 로렌 바콜과의 결혼 생활에서 새로운 연기의 세계를 발견하고 있는 모양이다. 그와 동 연대를 두고 영화에 나타났던 조셉 칼레이아(〈골든 보이〉), 로이드 놀런, 1930년까지 뉴욕의 나이트클럽급 홀의 댄서로서 그 후 무대에 나왔다가 영화계에 진출하였던 세자르 로메로의 활동을 알 수 없다. 지금 미스터 보가트의 눈부신 인기는 나로서는 참으로 슬픈 일의 하나다.

빅터 머추어

린다 다넬과 공연하였던 〈광야의 결투〉에서 그는 병든 의사와 희망을 잃은 전형의 인간 타입을 우리에게 보여 주었다. 그는 무거운 입술로 셰익스피어의 비극을 서슴없이 읊으며 절망의 황지荒地를 찾아가는 것인데 그가 아메리카 영화에 출현되었던 날 지금까지의 모든 연기자는 패배의 손을 울렸다. 그의 지적인 행동과 그의 이성의 음성은 새로운 아메리카 영화의 방향을 가르쳐 줄 것이다.

잉그리드 버그먼

아메리카에 건너가 처음으로 출연하였던 영화가 지금은 이미 세상을 떠난 〈화석의 삼림〉, 〈치인痴人의 사랑〉, 〈로미오와 줄리엣〉에 나온 레슬

---

4 원본에는 '善人삼'으로 표기되었다. 영화의 원제는 〈Good Sam〉이다.

리 하워드와 공연하였던 그레고리 라토프 감독의 〈간주악〉이었다고 나는 기억하는데 해방 이후 우리가 본 그의 작품은 〈카사[65]블랑카〉, 〈아들사 형제〉, 〈가스등〉의 세 편에 불과하였으나 이 외의 출연 영화로서는 어니스트 헤밍웨이 원작인 〈누구를 위하여 종은 울리나〉에서는 게리 쿠퍼와 공연하여 명연을 하였고 〈사라토가 트렁크〉, 레마르크의 〈개선문〉, 〈잔 다르크〉에 주연하여 그의 이름이 일약 세계적으로 되었는데, 최근의 외신은 또 하나의 빅뉴스를 전하고 있다. 즉 이태리의 명감독 로셀리니와의 연애 관계로 센세이션을 야기시키고 있다. 그는 그레타 가르보의 뒤를 이어 스웨덴에서 도미渡美한 운명의 명우인 것이다.

•

비브카 린드포스

그레타 가르보의 뒤를 이은 여우로서는 이미 잉그리드 버그먼의 위치는 부동한 것인데 또다시 그를 따라 비브카 린드포스의 이름이 최근에 클로즈업되어 있다. 그도 또한 스웨덴 출생이며 가르보, 버그먼처럼 스톡홀름 왕립연극학교의 출신이다. 연극학교 졸업 후 8년간에 걸쳐 스웨덴을 비롯하여 구라파 각지의 무대에 서는 한편 15본本의 영화에 출연하였다. 1945년 워너[5]에 주목되어 다음 해 1946년 동사와 장기 계약을 하고 할리우드에 건너가 우선 맹렬히 영어 공부를 시작하고 약 1년간은 이 훈련에 소비하였다. (어학적 소질을 가진 그는 모국어 이외에 4개 국어로 자유롭게 말할 수 있다.) 그리하여 1947년 〈폭풍의 청춘〉에 출연하였던 로널드 레이건과의 상대역으로서 필립 와일리의 철학적 소설 〈밤서부터 밤에〉의 주연으로 스타트하였는데 스크린 데뷔는 이 영화보다 먼저 공개되었던 제2회 작품 〈승리자에게〉(데니스 모건 공연)였다. 이 제2작에 대해서 영화 잡지 『버라이어티』지는 "버그먼풍의 스웨덴 방언을 가진 미모의 재능"이라고 평하고 있다. 북구인 같은 경선硬線과 특장 있는 그의 얼굴은 버그먼보다도 가

---

5 워너 브라더스 픽처스Warner Brothers Pictures Inc.의 약칭이다.

르보 직계를 연상시킨다. 금년 28세. 스톡홀름에서도 일류의 변호사로 이름난 폴케 로가르 씨와 결혼하고 있다.

로렌스 올리비에

〈헨리 5세〉와 〈햄릿〉 등 셰익스피어의 명작을 영화화한 로렌스 올리비에의 이름은 오늘날 영국에 있어서는 윈스턴 처칠이나 애틀리 수상의 이름보다도 높이 평가되고 있다. 올리비에는 1944년 말부터 45년의 전시 중에 촬영된 총천연색인 〈헨리 5세〉를 제작, 연출, 주연하였고 또다시 〈햄릿〉을 제작, 감독, 주연한 것으로 그는 20세기 영화계의 혹성惑星으로 되어 버렸다. 그는 금년 42세. 영국 도킹에 출생. 15세 때에 무대에 데뷔한 이후 영미의 무대에서 활약하고 1925년에는 독일 영화에 의하여 스크린에 나타났다. 출연 영화에는 조선에서도 상영되었던 런던 필름사의 〈무적함대〉 등이 있으며 〈헨리 5세〉는 그의 최초의 감독 작품으로 그 성과를 나타낸 것은 참으로 경이라고 할 수 있다. 〈헨리 5세〉나 〈햄릿〉[6]은 셰익스피어 극에서도 〈오셀로〉와 함께 최고급에 속하는 것이며 그 훌륭한 성량과 당당한 체격을 가진 올리비에 이외의 사람은 이를 성과 있게 할 수 없다고 한다. 아메리카에서는 〈헨리 5세〉의 아쟁쿠르의 전투 장면처럼 색채적으로도, 연출적으로도 인상을 받은 일은 없다고 하며 또한 진보적인 비평가들에 의하여 1946년도의 가장 우수한 영화라고 추상推賞되어 동년의 아카데미 특별상이 수여되었다. (올리비에 자신은 또 이 영화를 제작한 공적에 의해 '서卿'라는 칭호를 받았다.) 그는 계속하여 〈햄릿〉을 1948년에 완성하였는데 여기에서는 또다시 독창적 신경지를 개척하고 흑과 백의 화면에 동판적銅版的 중후감을 나타내어 또다시 아카데미상을 획득하였다. 올리비에는 올드빅 극장에 프로듀서 겸 배우로서의 관계가 있고 그의 부인은 〈바람과 함께 사라지다〉, 〈안토니오와 클레오파트라〉 등의 명화

---

6 원본에는 '은세헨'으로 오기되었다.

에 출연하였던 비비언 리이다. 아메리카에서도 귀재 오손 웰스가 〈맥베스〉를 작년에 완성하였다.

진 시먼스

상기한 로렌스 올리비에의 최근작 〈햄릿〉에 데뷔한 진 시먼스는 18세의 언소한 몸으로 햄릿의 순정한 애인 오필리어의 중역을 무난히 성공하여 일약 스타로 되었다. 그는 그 후 인디펜던트 사에서 〈푸른 산호초〉에 도날드 휴스턴과 공연하여 더욱 인기를 얻었다.

제임스 메이슨

조선에서도 상영된 〈처녀의 애정〉, 〈요부 바바라〉에 출연한 그는 오늘의 대표적인 영국 배우일 뿐 아니라 그의 독특한 성격은 오늘의 세계 영화에 큰 충동을 주었다. 그의 출연 영화는 〈안개 낀 밤의 전[66]율〉, 〈비련의 여자 화니〉 등이 있는데 〈안개 낀 밤의 전율〉은 「거꾸로 된 글라스」의 개제改題로 그의 부인 파멜라 켈리노와 공연한 영국에서 만든 최후의 작품이었다. (그들은 현재 할리우드에 이주하여 메이슨은 아메리카 영화에 간혹 출연하고 있다.) 이것은 불란서 순연巡演 중에서 찾아낸 소설을 켈리노 여사가 각색하여 로렌스 헌팅턴이 감독한 살인 심리를 묘사한 일종의 스릴러. 계획적 살인은 정신 이상자에 가능하다는 주제를 좀 하이브라우의 수법으로 영화화했다.

나의 일상생활의 중요한 취미와 방편의 하나로서 남들의 이해보다도 오해를 받아 가며 보고 듣고 한 영화의 여러 부문에서 특히 인기 배우에 관해서 쓸 것을 요구당한 나의 공허감은 이루 말할 수 없는데 지정된 매수란 편집에 있어 지극히 정확한 작용을 하는 관계상 더욱 연장시킬 용기를 갖지 못하고 이 외에도 수십 명에 달하는 영화인(배우에만 한함)의 잡고雜考는 다음 기회에 밀기로 한다. 기억이란 참으로 어리석은 것으로서 미칠 듯이 좋아했던 폴 무니, 루이제 레이너, 폴 루카스, 클로드 레인스, 헨리 폰다, 마르크스 4형제, 그리고 전후에 알게 되었던 리타 헤이워드, 오손 웰스와 그리고 시인 장 콕토의 발견으로 그의 세 편의 영화에 주연한 최고 인기 배우 장 마레의 편모片貌는 쓰지도 못하고 그치기로 했다. 아마 지금쯤 아메리카의 제일 인기자인 빙 크로스비는 뉴욕 교외 브루클린에서 야구 연습을 할 것이다. 그리고 그의 파이프에서는 무럭무럭 유쾌한 노래의 연기가 흐를 것이다.[67]

『民聲』 5-11호(1949.11.1)

미美 · 영英 · 불佛에 있어 영화화된 문예 작품

졸고 「아메리카 영화 시론」(1948년 『신천지』 신년호)에서 '문학과 영화'라는 서브타이틀 아래 1947년까지 아메리카에서 영화화한 베스트셀러 작품에 관한 것을 언급한 바 있으므로 이와 중복되지 않기 위해 최근의 문학 작품의 영화화에 대해서만 쓰기로 한다.

근 10년간에 이르러 아메리카를 비롯한 영, 불 양국의 영화 회사에서는 문예 작품의 영화화를 계획하여 거액의 원작료를 지불해 가며 영화화하였다. 영화에 흥미를 가진 사람이면 누구나 다 잘 아는 M. 미첼 여사의 소설 『바람과 함께 사라지다』의 영화화, 특히 이 남북 전쟁을 배경으로 한 무명작가의 장편이 영화화됨으로써 전 세계적으로 그 명성을 울리게 되었는데 이외에도 펄 벅 여사의 『대지』, 존 스타인벡의 네 가지 소설 『노한 포도』, 『다람쥐와 사나이』, 『웨이워드 버스』, 『진주 훈장』(『베니의 훈장』은 영화를 위한 원작), 어니스트 헤밍웨이의 『소유한 자와 소유치 못한 자』, 『전장아 잘 있거라』, 『누구를 위해 종은 울리나』, 레이첼 필드의 『당위의 모든 것과 천국』[7]도, 그리고 전후에는 레마르크의 『개선문』, 존 허시의 『아다노의 종鍾』 등 문학 작품의 영화화는 영화 제작자의 유행병처럼 그 유례는 허다한데 이것은 아메리카뿐만 아니라 역시 영, 불에서도 성행되고 있다.

그러면 어떠한 이유로 문예 작품의 영화화가 성행되고 있는가 하면,

1. 베스트셀러는 적어도 수십만 부 이상이 발매되고 있으므로 그 작품

7 원 소설명은 *All That Heaven Allows*이며, 『천국이 허락한 모든 것』이 적절한 번역이다.

의 애독자와 일반은 영화화되면 원작과의 비교 또는 궁금해서도 모두 영화를 본다. (그러나 작품을 읽은 관객은 모두 실망하고 마는 것이 지금까지의 예이다. 특히 레마르크의 「개선문」은 아메리카 영화 유사 이래 최대의 선전에도 불구하고 실패로 돌아갔다.)

2. 베스트셀러가 아니라도 원작자의 네임 밸류로 인기를 얻을 수 있다.

3. 시사성을 띠고 있는 문학 작품은 적어도 일부의 관객들에게 그 흥미를 돋운다.

이상의 이유는 상업주의적 처지에서 오는 것인데 이와 별도인 예술적인 처지에서 본다면,

1. 영화인 자체가 가지고 있지 못한 표현의 범위를 문학 작품에 있어 추종할 수 있다. 특히 리얼리티한 영화 표현은 이러한 데서 얻는 영향이 많다.

2. 현대 생활과 인간 의식(정신)의 심각성을 묘사하고 있는 문학 작품은 영화화되면 언제나 재래의 외연적인 영화보다는 감명 깊은 인상을, 즉 내연성을 관객에게 제공하게 된다. (싱클레어 루이스의 『공작부인』과 릴리언 헬먼의 『라인 강의 감시』 등을 들 수 있다.)

3. 고전 작품이 주는 흥미와 아울러 고전에의 음미. 〈노트르담의 꼽추〉, 서 로렌스 올리비에의 감독으로 압도적인 성공을 올린 셰익스피어의 〈햄릿〉, 〈헨리 5세〉, 오손 웰스의 〈맥베스〉, 최근 조선에서도 상영되었던 불란서 영화 〈카르멘〉 등.

그런데 최근에 있어서 할리우드는 1948년 여름부터 불황 시대에 들어가고 말았다. 제작 코스트의 절하, 촬영 일자의 단축 등 여러 가지의 대책을 세우게 되었는데 그 결과 베스트셀러의 영화화는 참으로 감소되어 버렸다. 우선 수십만 달러를 던져 가며 문학 작품인 원작의 판권을 사는 경쟁이 없어졌다. 한때 큰 화젯거리로 된 고액의 원작료의 소문이 전연 들리지 않는다. 단 하나의 예외는 어니스트 헤밍웨이의 단편 소설 「킬리만자로의 눈雪」을 12만 5천 달러로 사서 단편 소설 영화화권映畫化權의 기록

을 만든 정도이다.

따라서 새로운 베스트셀러가 영화화된다는 말도 전연 없어졌다. 1, 2년 전에 본다면 거짓말 같은 현상인 것이다. 그러나 『타임』지 금년 5월 9일 호의 보도에 의하면 제작 본本수는 1월 말의 주 23본에서 36본으로 증가하고 있으며 엑스트라는 15퍼센트가 더욱 채용되어 할리우드의 실업자는 300명 이하로[8] 되었다고 한다. 그러므로 할리우드에는 하여튼 경기회복의 징조가 나타날 것 같은데 그러나 본격적인 원작 매입 경쟁은 당분간 나타날 것 같지도 않다.

금년에 들어 문예 작품이 영화화된 중요한 것을 보면 다음의 네 가지뿐이다.

윌리엄 위스터 헤인스의 『명령 결단*Command Decision*』(MGM)[9], 윌라드 모틀리의 『아무 도어라도 노크해라*Knock on Any Door*』(컬럼비아), 로버트 네이선의 『제니의 초상*Potrait of Jennie*』(셀즈닉), 스타인벡의 『레드 포니*Red Pony*』(리퍼블릭).[79] 이 외에도 오래된 작품으로 오스카 와일드의 『윈더미어 부인의 부채』(20세기 폭스의 〈부채The Fan〉), 루이자 메이 올컷의 『연소한 여자』(MGM의 〈리틀 우먼Little Women〉)의 재영화화나 대중적인 소설의 영화화는 다수 있었다.

〈황금〉, 〈키 라르고〉의 2작으로 할리우드의 제1급 감독으로 된 명배우 월터 휴스턴의 아들 존 휴스턴은 로버트 실베스터가 1947년에 발표한 『러프 스케치Rough Sketch』를 〈우리들은 타국인이었다We were Stranger〉라고 개제하여 발표하였는데 이것은 기대에 어긋났다고 한다.

도리어 가톨릭 작가 그레이엄 그린이 자작의 단편 소설을 자신이 각색하여 캐럴 리드가 감독하였던 〈떨어진 우상Fallen Idol〉이나 W. 서머싯 몸의 네 개의 단편 소설을 모아 네 사람의 감독이 합작한 〈사중주Quartet〉와 같은 영국 영화와 레몽 라디게의 대표작을 스크린에 옮긴 클로드 오탕라라 감독의 불란서 영화 〈육체의 악마Le Diavle au Corps〉가 뉴욕 비평가들 사이에

---

8 원본에는 '以上로'로 오기되었다.
9 메트로-골드윈-메이어 사Metro-Goldwyn-Mayer's Inc.의 약칭이다.

서 문제되고 있다.

문예 작품이 나타날 때마다 문제되는 것은 할리우드의 제작면製作面을 지배하는 '제작 법규'의 간섭이다. 아메리카 영화가 문제되는 제재를 영화화할 때에는 꼭 이것에 저촉된다. 예를 들면 전기前記의 〈명령 결단〉의 원작에서는 항공대 사령부 내에 있어서 작전 목표의 대립을 보고 여러 가지의 확집確執이 터지게 되는 모양이 대담하게 표현, 묘사되고 있는데 영화에서는 이러한 장면이 전연 없어지고 만다.

또 〈아무 도어라도 노크해라〉에서도 그러한 실례가 일어나 저널리즘을 떠들게 했다.

이 원작은 앤드루 모턴이라는 명성 있는 변호사가 경관을 죽인 죄로 문초되어 있는 닉 로마노라는 청년의 변호를 담당하는 이야기다. 모턴은 시카고 빈민가에서 출생하여 고생 끝에 변호사의 지위를 얻게 된 인물로서 그는 빈민가에서 자라나는 소년들에게 얼마나 악의 유혹이 많으며 얼마나 불행한 생활에 시달리고 있는 자들이 많다는 가를 자신이 통감하였던 것이다. 그러하므로 혹은 이 재판에는 실패하여 자기의 명성이 손상될지도 모른다고 생각하나 그래도 이 사건의 변호를 맡는다. 그는 빈민가의 진상을 세상 사람들에게 호소하여 세론世論의 환기를 일으키려고 했다. 영화는 법정에서 모턴이 진술함에 따라 닉 로마노가 차차 악의 길로 빠지게 되는 과정을 플래시백의 수법으로 그려 나간다. 모턴의 진술은 사람들에게 큰 감명을 주는데 로마노가 범한 죄는 명백하다. 그가 전기의자가 있는 곳으로 가는 데서 이 영화는 끝난다.

모틀리의 원작은 1947년에 발표되어 베스트셀러로 되고 『옴니북』 지에도 요약되어 있는데 그 이상의 반향을 일으킨 것은 『룩』 지가 동년 9월 30일 호에 이 소설을 사진 설명의 형식으로 발표하였던 것이다. 센세이셔널한 저널리즘에 나타나게 되었다면 그뿐이나 참으로 박력이 가득 찬 수 장의 사진은 문자 이상의 생생하고 강력한 인상을 주고 있다. 그리고 영화가 완성되자 『룩』 지는 또다시 이 영화를 꺼내 들어 동지同誌에서 한 사진 설명의 장면 중 영화가 하지 못한 2, 3의 장면이 있다는 것을 지적하고 있다. 이것은 모두 '제작 법규'에 저촉되었던 장면이다.

그러나 이 '제작 법규'의 존재로서 아메리카 영화가 필요 이상으로 불건전한 것에 빠지지 않는다는 큰 효용이 있는 것도 인정하지 않을 수 없다. 그러나 이에 반하여 〈어머니의 기억〉을 만든 조지 스티븐스가 파라마운트 사에서 시어도어 드라이저의 『아메리카의 비극*An Amercian Tragedy*』을 제작한다고 전해지고 있는데 이것은 재미난 일이다. 이 소설은 1931년 요제프 폰 스턴버그가 영화화하였을 때에도 내용의 처치에 관해서 참으로 문제화된 일이 있었다. 그런데 이번에는 어떻게 될 것인지 그 결과가 주목된다.

상기한 아메리카 이외에 영국에서도 문예 작품이 영화화되고 있다. 올리비에의 〈햄릿〉과 〈위대한 유산〉을 제외하고서도 H. G. 웰스의 소설 『폴리 씨의 생애*The History of Mr. Polly*』가 투시티스 필름 회사에서 앤서니 펠리저Anthony Pelissier 감독 아래 존 밀스 주연으로 영화화되었는데 이것은 폴리라는 사랑스러운 남자가 불만한 시골 생활을 보내는 동안 결국에는 시골 선술집의 바텐더가 되어 행복을 찾게 되는 웰스 초기의 전형적인 작품으로 은은한 견실을 특징으로 하는 영국 영화엔 좋은 재료라고 생각된다.

또한 영국에서는 탐정 소설(탐정 소설을 문예 작품이라고 하기는 곤란하지만)의 영화 진출이 심한데 작가들에는 아직 이름이 높은 사람들은 적고 스릴러의 대가 앨프레드 히치콕이 또다시 귀영歸英한 데도 기인될 것이다. 특히 조르주 심농의 소설을 영화화한 〈Newheaven－Dieppe〉, 존 할로우의 〈Appointment with Crime〉 등이 있다. 전기한 그레이엄 그린의 소설 『브라이튼 록*Brighten Rock*』이 최근 영화화되었는데 이것은 소년 소매치기단을 주제로 한 사회 소설인 것이다.

불란서에서는 오래도록 문학 작품의 영화화 이외에 문학인의 영화 진출이 많았다. 최근의 예를 들면 시인 장 콕토, 그는 『비련』과 같이 영화를 위해 원작을 쓰고 또한 〈미녀와 야수〉에서는 감독까지 하였는데 그 원작도 아마 콕토의 작품일 것이다.[80] 그러나 최근 파리에서 봉절封切한 영화

중에서 가장 이색 있는 것으로서는 베르코르의 중편 소설로 유명한 '심야판深夜版'의 제1권인 『바다의 침묵』(1942)을 영화화한 것을 필두로 들지 않을 수 없다. 연출가 장 피에르 멜빌은 원작자가 조직한 레지스탕스의 투사 루이 아라공, 시인 폴 엘뤼아르, 그 외 20여 명으로서 구성된 심사회에서 엄중한 심사에 합격하여 이를 널리[10] 공개하기로 되었다. 주연은 하워드 버넌, 장 마리 로뱅, 니콜 스테판였다. 세 사람의 등장인물 중에서 두 사람은 전연 말을 하지 않는 이 원작을 충실하게 영화화하는 것이 얼마나 곤란하였던가를 상상할 수 있을 것이다.

곤란한 점에서는 이와 동일하게 난해難解인 아르투르 랭보의 시 「취선醉船」이 기획되어 촬영은 랭보의 고향 샤를빌을 중심으로 진행되고 있다. 연출은 알프레드 숌므, 음악은 로버트 버그먼, 촬영은 로저 모리드가 각각 담당했다.

실존주의자로 이름난 장 폴 사르트르의 『더러운 손』이 영화화되고 〈승부는 결정되었다〉라는 영화를 사르트르 자신이 제작한 모양인데 그 원작이 문학 작품인지 아닌지는 모르겠다. 지난번 처음으로 희곡을 발표하고 성공하여 관중에게 놀란 소설가 프랑수아 모리아크가 "나도 영화를 쓰겠다"라고 말하였다. 그뿐 아니라 예술을 단지 '자신'만에 두고 아무 보상도 구하지 않는데 진의를 느끼고 있던 앙드레 지드까지 그의 『전원 교향악』의 영화화가 너무도 아름다웠던 까닭인지 최근엔 손수 시나리오를 쓰는 데 열중되어 있다. 연출가 안드레 카야트가 『로미오와 줄리엣』에 취재한 〈베로나의 연인들〉, 여류 감독 재클린 오드리가 콜레트의 소설 『지지』를 각각 완성하였다.

이상 간단히 문예 작품의 영화화에 대해서 뉴스 정도로 기술하였는데 영화의 원작을 문예 작품에 의거한다는 것은 영화 원작자와 원작 시나리

10 원본에는 '넓히'로 표기되었다.

오 라이터의 빈곤에서 초래되는 것이라고 일언一言할 수는 없다. 이것은 문학과 영화의 적극 협조이며 문학의 영화적 진출을 의미하는 것보다 영화에게 흡수되는 문학이라고도 할 수 있는데 아직까지 문학 작품의 세계와 표현보다는 영화가 뒤떨어져 있을 뿐만 아니라 단지 소설의 스토리만 앙상하게 나타낼 때가 많았다.

상업적이든 예술적이든 '어떠한 의욕' 아래서 문예 작품의 영화화는 외국에 성행되고 있다. 그리고 영화화된 영화는 언제나 새로운 영화의 발전을 의미하였으며 그것은 간혹 명작으로 될 때가 많았다. 영화에 미치는 문예 작품의 위대성보다는 문예 작품을 영화화하는 영화인의 재능이 더욱 앞으로의 문제를 제시할 것으로 믿는 바이다.

부기 장 폴 사르트르의 〈승부는 결정되었다〉는 파리의 봉절관에서 겨우 3주일간 상영되고 모습을 감추어 거리의 영화관에는 나오지 못한 채 단기 흥행의 레코드를 작성하였다. 배우들 때문은 아니다. 전부가 두뇌의 트릭에 불과한 이 영화에 관중은 권태만 느끼었던 때문이다. 그들은 관념의 장난作亂에는 함께 어울리기를 싫어했다.

또한 G. 그린의 〈떨어진 우상〉은 『뉴욕 타임스』지 상례의 보슬리 크라우더 선정에 의해서 1949년 영화 베스트 텐의 하나로 되었다. 이 외에도 지면 관계로 기입치 못한 작품들이 많은데 특히 열거한다면 다음의 문예 작품이 영화화되었다.

〈안나 카레니나〉 레프 톨스토이 원작, 줄리앙 뒤비비에 감독, 비비언 리 주연(20세기 폭스 사).

〈스네이크 핏〉 『리더스 다이제스트』 기재, ○○○○○ 원작,[11] 아나톨 리트박 감독, 올리비아 드 하빌랜드 주연(RKO[12] 사).

---

11 원본에는 원작자 이름이 밝혀져 있지 않지만, 소설 『스네이크 핏』의 원작자는 메리 제인 워드 Mary Jane Ward이다.

12 Radio Keith Orheum의 약칭이다.

〈보바리 부인〉 귀스타브 플로베르 원작, 빈센트 미넬리 감독, 제니퍼 존스·제임스 메이슨 주연. 이 영화에서 제임스 메이슨은 귀스타브 플로베르의 역을 담당했다.(MGM 사)[81]

『民聲』 6-2호(1950.2.1)

인기 여우에게 보내는 편지[13] 로렌 바콜에게

바콜에게 내가 친애에 넘친 편지를 쓴다 해도 바콜은 이와 같은 편지를 읽을 수도 없을 뿐만 아니라 우리나라와 같은 세계의 한촌寒村에서 이러한 사실이 있다는 것도 당신은 모를 것이니 나는 혼자 더욱 유쾌한 미소를 띠우는 바입니다. 예전부터 자기가 생명을 걸고 아끼는 것은 타인에게는 비밀로 하는 것이 관습으로 되어 왔고 일방적 애정이란 참으로 숭고한 어떠한 존엄성을 정신적으로 내포하여 왔으니 나는 이 이상 나의 처지를 바콜과 이 글을 읽을 우리나라 독자에게 제시할 필요는 그리 없다고 생각하는 바입니다. 그리고 내가 지금까지 의식하여 온 바콜에 대한 열광적인 애정이란 흔히 시정에서 발생하는 단순한 연애 의식이 아니라는 것을 오해와 추측을 일삼는 시민들을 위해 명확히 부언하지 않을 수 없습니다. 단지 영화 감상을 최대의 교양 급 취미로 여겨온 나는 바콜에 대한 선량한 애호자의 처지를 좀 더 친밀감으로 끌고 가기 위해서 '내가 세상에서 가장 사랑받는 여우'로 선택한 것이니 이는 서로 하등의 이해관계는 없을 것으로 믿는 바입니다. 그러므로 '정신과 희망' 이외의 어떠한 것을 나는 욕망할 수 있겠습니까? 나는 『채털리 부인의 연인』의 작가 D. H. 로렌스와 같은 강렬한 열정의 윤리도 소유치 못했고 만일의 경우 나에게 불의의 용기와 사회(국제)적 영예가 생겨 어떠한 모험을 한대도 바콜은 노팅엄대학 교수 어네스트 위클리의 부인 프리다[14]와는 달리 전연 다른 성격의 여

---

13 '인기 여우에게 보내는 편지' 특집은 「잉그리드 버그만」(이태우李台雨), 「리타 헤이워드」(이진섭李眞燮), 「로렌 바콜」(박인환), 「마를레네 디트리히」(강문수姜文秀), 「그리어 가슨」(유한철劉漢徹), 「조안 폰테인」(박계주朴啓周) 등 6편으로 구성되었다.

14 D. H. 로렌스는 1912년 노팅엄대학 시절의 은사인 어네스트 위클리의 부인인 프리다와 사랑에 빠져 독일과 이탈리아 등을 전전하며 애정의 도피 생활을 하였다. 그러다가 『아들과 연인

성으로 나는 보고 있습니다.

처음 바콜을 발견하였을 때의 나의 환희는 하늘을 나는 천사와도 같았고 연못가에서 사랑을 고할 때와도 같은 치밀어오는 즐거움을 느끼었습니다. 수만리를 떨어져 사는 비극으로 지상紙上에서 사진으로 볼 수밖에 없었는데 그 사진을 촬영한 사람은 현대 아메리카 사진 예술가로서는 제1인자인 필립 할스먼이었습니다. 그는 윌리키-,[15] 버그만, 미술가 달리의 긴 수염이 특징인 얼굴과 음악가 레오폴드 스토코프스키 그리고 당신의 허즈번드 험프리 보가트 등 여러 인상적이며 사실적인 프로필을 보여주는 한편, '로렌 바콜'의 이름은 룩LOOK이라는 설명문을 걸고 오늘의 근대적 시각을 상징하고 있는 불안의 의혹에 넘친 지성적인 눈과 황폐한 현대문명에서 떠나간 과거에의 노스탤지어를 회상케 하는 당신의 원시적(야성적이라는 것이 지당할지도 모름)인 자태를 소개하였던 것입니다. 나는 그 무렵 우리들의 비상업적인 동인시지 『신시론』의 표지 구성에 부심하였을 때인 만큼 동인들과 당신의 포트레이트(이는 할스먼 작품이라는 데 더욱 의의가 있었다)를 우리 잡지의 겉장으로 하자고 주장하였는데 이들의 대부분은 영화 잡지가 아닌 순수한 시지의 표지를 여배우의 얼굴로 조화시킨다는 것은 저속한 일이라고 거부했으나 수일 후 당신의 얼굴이 발산하는 페시미스틱한 어떠한 영감이 우리의 시정신과 흡사하며 우리의 문명 비판적 시각이 당신의 근대적인 눈의 모색과 복합이 빚어내는 환상의 감정과 공통된다는 데 의견의 일치를 보고 우리 잡지는 바콜의 얼굴과 함께 인습의 거리에 나타났습니다. 일반은 물론 여러 문화인의 비난의 소리는 높았고 표지에 대한 공격은 전개되었습니다. 이 잡지는 이 호로 절명되어 버렸고 비난이 고조할수록 나의 당신에 대한 애호감은 가일층加一層 점고漸高되었습니다. 이것이 당신을 처음으로 우리나라에 소개한 나에 대한 박해이었습니다.

Sons and Lovers』(1913)의 성공으로 두 사람은 1914년 영국으로 돌아와 정식으로 결혼하게 된다.

15 정확한 인명을 알기 어려워 원문대로 표기한다.

나는 여러 영화 잡지에서 당신의 모습을 접하였습니다. 영국의 심리 작가 그레이엄 그린의 소설『*Confidential Agent*』의 영화화에서 샤를르 보와이에와 공연한 로즈 컬렌으로 분粉한 당신, 〈키 라르고〉의 여러 장면 외에도 『라이프』,『룩』지 등에서 원색사진이 게재되어 있는데 그때그때 나는 새로운 매혹魅惑을 느끼지 않을 수 없었습니다. 48년도의『무비 랜드』와『스크린 가이드』는 당신과 보가트의 단란한 향기로운 가정생활 스냅을 나에게 보여주었고 더욱 놀랄 만한 일은 당신을 가리켜 늙은 보가트의 베이비라는 것이었습니다. 여하튼 두 사람의 결혼은 허리우드의 전 이목이 집중된 센세이션이었고 이후에 도래한 것은 문자 그대로의 행복이었습니다.

내가 처음으로 본 당신의 출연 영화, 즉 어니스트 헤밍웨이의 야심작 『가지고 있는 자와 갖지 못한 자』(개제하여 〈탈출〉)를 본 후 무조건하고 이 영화를 선전하였습니다. 그 이유를 다시 말할 필요는 없고 내가 생각하여 온 당신의 모든 성격이 참으로 정확하게 묘사되어 있다는 점도 큰 이유이었습니다. 영화의 스토리 백그라운드는 원작과는 전연 다르고 프로파간다에 경주傾注되었는데 주인공 해리 모건의 사랑의 상대로 출연하는 당신의 병적인 연기와 그 성적 매력은 전후에 나타난 어떠한 인기 여우보다도 나의 우울한 불안을 위안하여 주었습니다. 그러한 데서 나의 당신에 대한 끊임없는 애호감은 더욱 견지해져 갑니다. 굿바이 미시즈 보가트.

(필자 시인)[48]

『新京鄕』 2-6호(1950.6.1)

그들은 왜 밀항하였나?[16]

악극계의 혜성 손목인 · 신카나리아 · 박단마 등 10여 명 '문제의 밀도일 진상기'

지난 6월 19일, 20일부 각 신문은 2면 기사에 '저명 연예인 밀도일密度日' 이란 타이틀로 어트랙션계의 혜성 손목인孫牧人, 영화인 안경호安慶浩, 악극계의 프리마돈나 신카나리아, 박단마朴丹馬 등을 위시한 5, 6명의 도일을 대대적으로 보도함으로써 사회로 하여금 큰 센세이션과 아울러 비난의 소리를 높이게 하였다.

과연 이들은 밀항을 한 것인가? 또는 다른 지방(국내)에 남몰래 가 있는 것이 아닌가? 이와 같이 의혹을 품는 자들도 있을지 모르나 필자는 오래 전부터 그들의 여러 가지 사정을 사적으로 규지窺知하고 차마 방조는 못했으나마 마음의 동정만은 해 오던 터이므로 편집자의 의뢰에 따라 몇 마디의 글을 쓰게 된 것이며 이 글이 일반 사회에 발표될 시기에는 적으나마 이들의 행동에 대해서 동의를 표하여 줄 것을 바라 마지않는다.

영화인 안경호와 한국 악극계의 지배자 손목인은 틀림없이 수명의 동료와 함께 도일하였다. 물론 신문에 보도된 바와 같이 이들은 암야를 이용한 선편船便 밀항이었다. 이들이 부산 제○부두에서 출항할 적에 그 밤의 모험의 여행을 축복한 자나 더욱이 앞으로의 성공을 바란 자는 나와 K라는 친구와 R씨뿐이었다.

6월 10일 밤 부산의 거리는 유달리 흐렸다. 배를 타기 전에 적어도 저녁밥만은 취하여야 할 안과 손은 발걸음이 떨어지지 않는 땅 위를 걸어가며 발작적인 우울과 불안에 잠겼다. 밥은 목을 넘어가지 않았다. 가슴을 치

16 필자명이 '博人環'으로 표기되었다.

밀며 눈물이 흘렀다.

부산아 잘 있어라. 이런 감정보다도, 폭풍과 거센 파도를 헤쳐 가며 일본으로 간다는 생각보다도 이들을 한없이 괴롭힌 것은 집안사람과 조금 전까지 같이 앉아 이야기하던 친한 사람들이 걱정되는 것이었다. 서울에 잔류시키고 일본으로 떠나기 위하여 3개월여 전부터 하부下釜하였다. 그는 자기 스스로도 그렇게 생각하고 있지만 소위 어떤 학구적이나 예술적인 견지에 있어서의 완전한 영화인은 아니다.

해방 후 어떤 우연과 심각한 민족정기 때문에 영화를 제작하려고 했고 그럭저럭하는 사이에 영화에 취미라기보다도 일종 변태적인 정력을 경주하였다.

더욱이 극영화엔 흥미를 가졌으나 하나의 작품도 만들지 못했으며 단지 초보자로서 습득하여야 할 기록(다큐멘터리)적 장면을 촬영하였던 것이다.[17]

안은 일부의 오해와 편견에 의한 불평의 대상자이기도 했으나 여하간 그가 처음 필자와 만났던 금년 2월부터 현재까지 나는 별로 특기할 만한 그의 결점을 발견치 못했다.

부산에서 일본으로 떠나기 약 한 시간 전 그는 나를 만나서 다음과 같이 이야기하는 것이다.

"서울에 남겨 둔 식구들은 아마 지금쯤은 죽었을 것이오. 하나 제 목적만은 관철할 작정이며 더욱이 우리의 일이 완성되기 위해서 물심양면으

17 안경호는 1948년부터 1949년까지 기록영화 〈민족의 절규〉 3편을 완성했고, 한국 전쟁기에도 그 속편을 몇 편 더 제작한 것으로 알려져 있다. 해방기에 제작된 〈민족의 절규〉 3편에 대한 제작 경위는 다음의 기사를 참고할 만하다. "국민문화영화사에서 한국 독립 기록영화 〈민족의 절규〉 제3편을 완성하여 검열도 통과되었으므로 불일不日 개봉 공개하기로 되었는데 본 영화는 전7편으로서 완료할 예정인데 제1, 제2편은 이미 되어 있으며 이번 것은 그 제3편이라 한다. 본편 제작에 있어는 안경호 씨의 노력이 다대한 바 있었다는데 그 제작 스태프는 다음과 같다. 기획 강일매姜一邁, 제작 안성호安晟浩 · 문동건文東建, 음악 임백규林白圭, 구성 지도 김광섭金光燮, 해설 지도 양우정梁又正, 촬영 편집 아나운서 안경호"(「한국 독립 기록영화 〈민족의 절규〉 완성」, 경향신문, 1949.6.13).

로 진력하여 주신 분의 기대에 어그러짐이 없도록 하여야 하겠습니다."

안은 다른 악극인들처럼 가족에게 일언도 하지 않고 떠난 것은 아니다. 그는 작년부터 도일의 계획을 착착 준비하였으며 나아가 그의 부인은 남편이 하는 영화는 국가와 민족을 위하여 지극히 이로운 것에 틀림없다고 믿어 왔던 것이다.

그러므로 부인은 자기의 치마저고리, 반지, 기타 생활비마저 절약하여 서라도 남편인 안이 8·15 해방 후 꾸준히 영위하여 오는 기록 영화 제작에 조력하였다.

세 번째의 밀항 도일

안은 지난 6월 10일의 도일을 합쳐 해방 후 세 번째의 밀항이다. 6·25 사변 전 2차에 걸친 밀항은 그의 정신과 행동에도 큰 충동을 주었다. 일본에 상륙해서[76]라도 거류민중 같은 것도 하나 없고 그렇다 해서 일본 특히 동경의 지리에 밝지 못한 그는 발 한 걸음을 옮겨 놓은 것도 극히 주의하여야 하는 것이다. 이유 단순하다. 만일 그가 일본 경찰이나 무허가 입국을 취체取締하는 기관에 발각된다면 아무 소기의 목적도 수행치 못하고 추방되기 때문이다.

그래서 조바심이 나고 공포심도 생긴다. 그전이나 지금이나 일본에 입국하는 데는 두 가지 방법, 즉 공식과 비공식의 수단이 자연적으로 취하여지게 되는데 안은 언제나 '공식적 입국'에는 완전 실패하였다.

지루한 20여 종의 서류 수속과 장구한 시일을 '여권'을 얻기 위해 소비하였으나 그는 한 번도 여권을 만져 보지 못했다. 대한민국 외무부의 절차가 끝났다 하더라도 스캡[18]의 입국 허가증査證을 입수치 못하여, 이뿐만 아니라 외무부 내에 그의 일본행을 반대하는 직원이 확실히 있다고 그는

---

18 1945년 10월 2일부터 샌프란시스코 강화조약이 발효된 1952년 4월 28일까지 일본을 점령, 통치한 연합군최고사령부Supreme Commander of the Allied Powers의 약칭이다. GHQGeneral Headquarters라고도 한다.

언젠가 필자에게 말한 적도 있다.

이와 같은 이유로 밀항의 수단을 선택하는 것이 출발 자체에 있어서는 간소하며 편의한 처사이었다.

15톤(대개가 그러하다) 정도의 선박이 상용되는 밀항선이었다. 안은 3만 피트 이상의 촬영된 필름을 생명처럼 거느리고 지난번 두 차례나 일본으로 갔었다. 그곳에서 상기하였던 이외의 제 악조건을 극복하면서 영화의 현상, 녹음, 편집, 음악, 자막 등 현대 기록 영화로서의 제반 조건을 구비시키는 것이다. 그리하여 겨우 완성되었던 것이 6・25 이전의 〈민족의 절규〉 제1부 급 제2부인 바 이것은 최초의 목표는 고사하고 그의 미숙한 촬영 기술로서 어떤 기술적 수준에서는 영화 이전의 것이었으나 여기서 특기하여야 할 것은 해방 후 영화인의 대부분이 좌경하여 '조선영화동맹'이란 괴뢰 단체를 만들고 공산주의 사상의 침투만을 획책한 영화(기록) 제작에 급급하였으나 분연 안은 민족진영을 위한 유일한 아마추어 카메라맨으로서 제1보를 내디디었다.

일본영화제작소 같은 데서 왜정 시 근무한 경험이 있던 전문적 카메라맨은 안을 영화인이라고 부르기를 싫어한다. 그 이유를 필자는 이해한다. 하나 그는 어떠한 시대에 있어서의 선각자가 취하여 온 것처럼 가장 초보적인 데서부터 카메라를 움직이기 시작했다.

해방 후 좌우의 격심한 대립, 이승만 박사의 귀국, 그의 최초의 군중 앞에서의 연설, 공산주의자와 민족진영을 대표한 이 박사와의 역사적인 회견(이것은 민족진영과 공산당과 합작을 의미한 것은 아니다), 반탁 운동의 전개, 미소공위의 개막과 그 결렬의 시계時季, 유엔 한위韓委의 내한, 5・10 한국 최초의 자유선거, 민국 정부의 수립과 맥아더 장군의 내한 등등을 수록한 〈민족의 절규〉는 필자가 보기에는 한국 독립 후 처음으로 이루어진 장편 기록 영화라고도 할 수 있고 후세의 국민들이 한번은 필견必見하여야 할 산 역사와 민족의 생생한 기록이 될 수 있는 것이다.

이와 같은 영화가 그 당시나 현재의 한국의 기술로써는 도저히 완성시킬 수 없기 때문에 안은 두 차례나 무시무시하게도 밀[77]항(도일)하였던 것이다. 다소 사회와 몇 개인의 재력이 도입도 되었는지는 모르나 그를 아는 몇 사람의 이야기를 들은 바에 의하면 그 자신의 사재와 현재는 조방朝紡 사장으로 있는 강일매姜一邁 씨의 절대한 원조였다고도 한다. 여하간 이것은 문제가 되지 않으며 금반의 그의 제3차의 밀항이 결국 신문의 사회면에 대대적으로 보도됨을 계기로 영화, 연예계는 물론 일반 사회에까지 큰 파문을 초래케 하고 있다.

'제3차의 밀항'. 신문은 손목인, 신카나리아의 도일을 안보다도 더욱 주요하게 취급했으나 역시 금반 사건의 주동은 안인 것이다. 손이나 신은 오래전부터 우리나라 대중 악계의 대표적 존재이었고 거기에 그들의 사회적 지위가 다소(?)나마 있었던 까닭에 신문의 착안점을 정확하였다고 볼 수 있으나 어느 하나의 신문치고 그 밀항의 이유를 상세히 취재 못 하고 있다. 그들은 확실히 부산에서 배를 타고 떠났다. 그렇다면 적어도 이들이 고국을 등지고 그 지긋지긋한 일본에까지 간다면 여기에는 커다란 사유가 있을 것이다. 부산에서 제주도를 한 번 가려도 반년이나 일 년 가까이 이것저것 등으로 생각하는 자가 있는데 더욱이 가족을 피난지인 살풍殺風의 도시 부산에 남겨 두고 어째서 일본으로 간 것일까? 필자와 독자의 관심은 이에 초점을 발견하여야 할 것이다.

출발은 힘들다

필자는 지난 3월 어느 날 친우 K를 만났다. 그는 오랫동안 보지 못하였던 나를 만나자 자네의 힘이면 될 수 있는 일이 있으니 꼭 힘써 달라고 애걸하듯이 부탁하는 것이었다. 그 부탁인즉 사실 간단하였다. 하나는 일본 ○○상선회사에 보내는 의뢰장의 초안과 공보처와의 연락을 취해 달라는 것이었다.[19] K의 말을 들은즉 안이 '좋은 영화'를 이미 촬영 완료하였

---

19 박인환이 경향신문사와 대동신문사를 거쳐 대한해운공사로 이직한 시기는 1952년 하반기 무렵이고, 안경환 등이 도일한 때는 1952년 6월 10일이다. 그렇기 때문에 박인환은 당시 대한

는데 이것을 일본에서 완성하여야만 되고 더욱 〈민족의 절규〉의 프린트가 6·25에서 9·28 사이 공산군에게 탈취되어 그것이 현재 한국에는 단 1권도 없는바 겨우 6·25 전 일본에서 완성 시 원판을 두고 온 것만이 남아 있는 즉 이를 다시 제작하여야만 된다는 것이다. 대단히 좋은 일이다. 나는 우선 이렇게 생각하고 안이란[20] 어떤 인물인가 물은즉 그의 대략의 경력을 알려 주는 것이다. 정력 하나로 꾸준히 일하는 초보적 영화인, 영화의 예술성 같은 것은 전연 모르고 건국 초창기의 현실의 움직임을 될 수 있는 한까지는 기록하려고 애쓰는 순진한 청년, 이런 선입감적 개념을 버리지 않기로 하고 그 후 안과 처음 만났다. 장소는 부산시 만성여관 2호실에서 K와 세세지사世世之事를 주고받고 하는데 안은 서울에서 아침에 출발하여 그날 밤 하차하자마자 우리 두 사람 앞에 나타났다.

"지금까지 촬영한 것은 어느 정도나 됩니까."

"약 3만 피트는 될 것입니다. 그리고 이것은 모두 천연색 필름입니다."

"중요한 기록 장면은 어떤 것인지요."

"〈민족의 절규〉는 □□의 것으로서 9·28 서울 수복 전 자신이 국군 각 사단과 미8군 사령관의 허가를 얻어 유엔군에 종군하면서 촬영한 전선 묘사와 평양에서 이 대통령을 시민이 환영하는 장면이라든가 초산楚山 진출에 따르는 압록강의 유구한 흐름, 또한 피비린내 나는 청진 진격, 그 후의 철수 작전 등 최선을 다해서 촬영한 것들입니다."

"영화를 완전히 제작하려면 얼마나 걸립니까."

"현재로서는 이것이 천연색이기 때문에 한국에서는 현상조차 할 수 없고 가부간 일본에 가지 않으면 안 되겠습니다. 제작비 ○천만 원을 어떤 독지가가 부담하겠다 하여 공보처의 추천을 받아 외무부에 여권을 신청하였으나 함흥차사입니다. 여하간 일본에 꼭 가는 길밖에 없는데 절망입

해운공사 사장(1952.5~1953.5)으로 재직하던 처삼촌 이순용을 통해 간접적인 도움을 제공했을 것으로 추정된다.

20 원본에는 '安□란'으로 표기되었다.

니다.”

대개 이러한 정도의 이야기를 한 후 안과 헤어졌다. 안과도 친한 K는[21] 그 후도 나에게 여러 번 찾아와 영화의 제명을 지어 달라고 했으나 그 내용을 잘 모르기 때문에 이것조차 그들의 뜻을 이루어 줄 수가 없었다. 안과 K는 계획과 활동을 계속하였다. 그리하여 그는 부산 제○부두에 도착하고 있는 일본○○상선회사 군수품 수송선의 사무원인 일본인 우좌미宇佐美란 자를 이용하기로 했다. 우좌미에게 K는 영화 완성을 위한 일본행의 절실성과 당신들이 이 일에 조력하여 준다면 이는 하나의 한일 친선이 될 것이며 우리 영화, 문화계에도 큰 성과를 초래시키는 것이라고 역설하였기 때문에 순진한 우좌미는 다소의 의향을 표시하였다.[78]

그 후 ○○상선회사 본점에 한국 정부 모 고관은 비공식인 그의 개인의 자격으로 안과 영화 완성에 필요한 인원의 도일을 원조해 주기 바란다는 서한을 수교手交하였으며 동 서한을 접수한 상선회사에서는 모 고관의 이름만 듣고서도 감격하여 한국에서 임시로 채용한 직원이란 명목으로 안과 수인數人의 도일 급 일본에서의 2개월간의 체류를 승낙하였던 것이다. 동 상선 회사는 미군의 서플라이를 동란 이래 담당하고 있는 관계상 직원(선원)은 GHQ(총사령부)의 징용원이며 한국인도 다소 근무하고 있으므로 한국인에 한해서는 일본 상륙을 2개월 이내로 제한하고 있다 한다.

그리하여 안과 수명數名은 형식상에 있어 ○○상선회사의 임시 직원이 되었으며 그리하여 그들이 도일한 것은 밀항이 아니라는 견해도 성립되는 것이다.

일본에 떠나는 것은 작정되었으나 돈이 제일 문제이다. 독지가 M씨는 한국은행권밖에 없으므로 이것을 그대로 가지고 갈 수는 없고, 그래서 외화(정부보유불)와의 환산에 갖은 각도로 노력했으나 어찌 되었는지 나는 잘 모른다. 당시의 내무 장관 장석윤張錫潤 씨도 이에 진력하였던 것인데

21 원본에는 '安과도 親□ K는'으로 표기되었다.

시일 관계로 실패한 것 같다. 그렇다면 도떼기시장이나 40계단 아래 달러 상인으로부터 미불美弗 혹은 일화日貨(350 대 1의 비율)와 교환하였을 것이다.

한국 전체의 죄

안과 손 등 그의 일행의 도일을 신문은 끝까지 비난하였다. 물론 사회의 공기公器이란 신문이기 때문에 일반 사회 자체도 "적어도 예술인이 조국을 버리고 더욱이 이런 난시에 일본으로 도망치다니"하며 욕설을 퍼부었을 것이며 몇 사람들로부터 내 자신도 직접 들은 적이 있다. 하나 나는 이들에게는 하등의 죄가 없다고 단정하고 싶다.

안은 그다지 영화가 무엇인지, 예술이 더욱 어떠한 것인지 알지도 못하던 사람이다. 그가 해방 후 민족적인 어떤 충동으로[79] 카메라(촬영기)를 들고 마음 옮기는 대로 촬영하였다. 6·25 전까지의 어떤 결정結晶이 〈민족의 절규〉 1부, 2부이며 이것 역시 일본에서 완성했고 한국에서 상영되자 기술상으로는 큰 성과를 거두지 못했으나 크게 자랑할 것이란 해방 후 최장편의 민족 독립 기록영화이라는 것이다.

안은 그리 학식이 많은 사람 같지도 않았다. 그러므로 대 사회 관계에 있어 오해를 받기 쉬운 사람이다. 그는 9·28 후에도 초지初志를 관철하여 카메라를 들었다. 갖은 방법으로 인간으로서 할 수 있는 최선을 기울여 천연색 필름으로 약동하여 싸우며 이겨 나가는 국가와 민족의 생생한 모습을 캐치하는 데 청춘의 중요한 시일을 바친 것이다. 필름은 안의 이름을 기억하는 이승만 대통령이 손수 주신 것도 있다는 데는 놀라지 않을 수 없었다.

원래 우리 정부가 수립되기 전부터 일인日人이 남기고 간 영화 촬영소와 기구와 시설은 공산주의 영화인에게 빼앗기었다. 물론 대부분의 영화인이 좌경되었을 때이긴 하나 영화 하나를 현상하기 위해서, 녹음 편성하기 위해서 일본으로 갔다는 것은 안뿐이 아니라 현재 국방부 정훈국 소속 촬영대에서도 그러하지만 한국에는 완비한 시설이 전무한 것이다. 문교부나 공보처나 외무부는 냉랭한 태도이다. 문교부에 예술과가 있으나 국민은 그런 과가 있는지조차도 모르며 그들의 사무나 행정 역시 전연 백지이고 외무부는 이런 영화를 만들기 위하여 도일하는 목적도 인정치 않아 주며 혹시 외부의 권고라 할까 압력이 가하여질 때 겨우 한국 정부 측의 승인을 허락하나 일본 정부의 입국 허가증(사증)조차 얻어 주지 못하는 애달픈 실정이다.

무역 상인 등은 자유로이 일본에 간다. 특권 계급이라든가 다소 금력과 권력 있는 자는 일본에 갈 수 있다. 그러나 예술인은 충분한 이유, 문화적 의의, 민족 예술에의 도움을 목표하였음에도 불구하고 거부뿐이다. 불행한 것은 이들임이 틀림없다. 안은 영화를 만드는 데 대중음악인 손목인의 원조가 필요하였다. 영화에 있어서 음악 효과가 차지하는 힘은 참으로 크며 "대한민국건국사"라고 가제假題한 동 기록 영화는 어디까지나 한국에서의 제 사건과 장면을 기록하고 있는 관계상 한국인 음악적 정서가 절대 필요하였다. 순수 음악인을 선택할 수도 있었으나 안의 지적 수준으로서는 손을 가장 지당한 것이라고 보았으며 손의 간단한 대답이 마음에 들었다.

"안 형! 내 힘껏 해 봅시다. 일본도 오래간만에 구경할 겸 영화 자체의 의의가 크니깐 손목인의 전 실력을 발휘하겠소."

안, 손은 2개월간에 중대한 사업을 완수하지 못하면 돌아오지 않겠다고 친지에게 맹세하였으며, 오는 8·15 전까지에는 여하한 난관이 있더라도 동 영화를 제작 동반하여 해방과 독립의 기념으로서 국민에게 공개할 것이라고 스스로 약속하였다. 부산을 벗어나 험악과 곤란만이 있을 일본으로 그래도 사나이가 하는 일이라고 막연한 자신만을 가지고 떠나야 할 밤, 안, 손은 자기들의 심경이나 입장을 모르고 뒤에 남아 있는 사람들이 입으로만 말하기 좋아서 이러니저러니 빈정대는 모습을 생각하였고 더욱 돈 한 푼 제대로 집에 내던지지 못한 까닭에 가족들이 혹시나 굶어 죽지나 않을까 걱정이었다.

부산을 떠난 2일 후 이들은 일본 신호神戸[80]항에 무사히 도착하였으며 태연히 상륙하여 현재 일에 착수하고 있다는 제1신을 K에게 보내어 왔다.

신카나리아와 그 외의 일행은 한국에서 24시 노래하고 춤추며 무대 위에 섰댔자 제대로 밥도 먹을 수 없는, 그러한 처참한 현실과 이 이상 타협할 힘마저 잃어서 손목인 등이 떠났다는 소문을 듣고 일본에 간 것이 어느 정도 확실해졌는데 결국 손 등이 귀국할 시엔 필히 돌아올 것이 아닌가 생각된다.

그러나 안은 신카나리아 등의 밀항과는 전연 관련이 없을 뿐 아니라 그는 자기가 영화를 만들기 위해서 도일하는 것만을 밀항의 선량한 이유로 그 전부터 생각하고 있었으므로 영화 이외의 밀항이나 그를 기획하고 있는 자는 무시하는 태도이었다.

기록 영화에 미친 사나이 안경호, 그는 벌써 일본에 3회나 밀항하였다. 그리하여 그가 남긴 것은 〈민족의 절규〉 1, 2부며 이번엔 총천연색 영화 〈대한민국건국사〉(아마 이렇게 제목이 될 것이다)를 선물로 가지고 돌아올 것이다.

밀항을 하지 않으면 안 되는 그들의 입장, 명예와 모험과 욕설과 곤란이란 희비 4중주를 인생의 숙명으로 알고 살아가는 이들에겐 밀항이라든가 신문의 비난쯤은 문제가 아니다.

밀항했다고 떠들어 대는 인간과 이들과의 인생관이나 목적의식엔 이미 머나먼 거리의 차이가 있는 것이고 일본에서 여기서 발행된 신문을 보고 코웃음을 쳤다는 것도 알려져 왔다.

여하간 영화만 완성해 가지고 가자, 여권 하나 제대로 내주지 못하는 조국일망정 예술가에게 우대는 고사하고 헌 신발처럼 취급하는 한국일망정 우리의 초지와 힘과 정성을 기울여 영화를 완성해 가지고 간다는 것이 제2신이며 또한 안은 다음과 같이 부언하였다.

“지금 우리들이 고생하고 있는 이야기를 전하지는 않습니다. 하나 일은 진행 중입니다. 이것만이 무한히 기쁜 일입니다. 끝으로 부탁이 있는바 서울에 있는 가족들이 혹시 죽지나 않았나 그곳에서 문의해 주십시오. 참 걱정됩니다. 공보처장 이(이철원李哲源) 선생에게 영화는 우수하게 될 것이라고 전해 주십시오.”[81]

『財界』 창간호(1952.8.1)

자기 상실의 세대

영화 〈젊은이의 양지〉에 관하여

〈어머니의 회상〉을 발표함으로써 전후의 아메리카 영화감독으로 특이한 위치를 차지하고 있는 조지 스티븐스은 근 4년간의 시일을 두고 이 영화 제작에 그의 대부분의 정력을 경주하였던 것이다.

즉 1949년의 여름 그가 시어도어 드라이저의 명작 소설 『아메리카의 비극』을 선정함에 있어 제1차 전후의 로스트 제너레이션의 비극과 제2차 대전 후의 세상世相에 공통되는 문제는 결코 다름이 없다는 것을 통감한 끝에 그 영화화를 결정하였다. 드라이저는 이미 누구나 다 아는 바와 같이 아메리카 문학의 역사에 있어서 종시일관하여 타협할 줄 모르는 자연주의의 투장鬪將이었으며 그는 이 세상에 있어서의 생존은 전연 의미와 이유를 가지지 않는 것이라고 확신하며 생활의 결정적인 힘은 물리, 화학적인 반동이라고 믿고 생의 영위는 인간이란 선인과 악인이 아니라 강자와 약자만이 구분되는 것이라고 결론하였다.

그럼으로써 물질적 자연주의가 구극적究極的으로 도달한 것은 현대 아메리카에 있어서의 약자의 고립과 그 결말의 비극성이다. 가난한 목사의 아들로 태어난 조지 이스트먼(원작은 Clyde Griffths)은 남들과 같이 행복을 꿈꾸며 어떻게 하든지 출세하려고 한다. 그리하여 그는 도시에 나가 마침 커다란 회사의 사장인 그의 숙부의 힘으로 세속적인 출세의 제1보를 내디디는 것이다. 그 후 이스트먼은 사교계에서 그 지방의 명가의 딸 안젤라와 사랑하게 된다. 하나 그전의 여자 앨리스의 존재는 그의 출세와 지금의 지위에 큰 장해를 초래할 우려가 있었으므로 살해할 것을 결심한다. 그러나 살인은 하지 않았는데 우연한 배의 침몰은 그로 하여금 모살謀殺의 판결을 받게 한다. 원작이나 영화나 그 스토리에는 변함이 없다.

스티븐슨은 현대에 있어서 적어도 가난한 자의 입장과 그가 살아 나가는 데 형성되는 비극의 경우는 주동적인 것이나 그 반대의 것이라 할지라도 '참으로 알맞은 경우'라고 생각하고 있다. 전후에 있어서 젊은 세대는 자기를 발견할 만한 아무 체험도, 조건도 구비되지 못했다. 그저 어떤 야욕과 주제넘은 욕망 때문에 자기는, 진실한 인간성은 점차 상실되어 가고 이는 하나의 불길한 공통된 세대로서 불리게 되는 것이다.

조지 이스트먼은 결코 한 사람이 아니라 물질의 지배와 그 환경 속에 사는 세계 어떤 나라에서도 손쉽게 찾을 수 있는 전형적인 청년이다. 그는 의식의 확립도, 애정의 조정도 모르며 단지 현재에서 미래에 걸칠 출세와 사랑의 한 줄기 길을 택하면 인간은 즐거운 것이라고 믿었다.

그리하여 그는 전기의자를 향하여 걸어갔다.

〈젊은이의 양지〉는 좋은 원작을 얻고 훌륭한 제작 스태프의 손으로 전후의 가장 우수한 영화로서 우리들 앞에 나타났다. 1925년 즉 이 원작이 발표되던 해와 오늘날 근 20년이 흘렀다. 그러나 그때와 지금, 현실의 냉혹과 정신의 상실은 동일하다. 몽고메리 클리프트는 조지 이스트먼이란 역에서 어떤 상징적인 불행한 현대의 청년으로 관객을 압도적으로 끌고 가고 있다. 감독 조지 스티븐스는 드라이저 이상의 냉엄한 태도와 이 현대 사회의 비극을 동정이나 감상도 없이 무서울 정도로 묘사하고 있는 것이다. 〈젊은이의 양지〉는 현대 아메리카 영화의 앞으로의 진로에 큰 지표가 될 것이며 지금까지의 저속한 영화 문화의 향상을 말하는 것 같다. '자기 상실의 세대'의 좋은 관념은 영화에 있어서나 또는 우리들에게 처하여서나 항시 부단한 자기반성을 권유할 것이며 이것은 마치 조지 이스트먼이 살인은 결코 하지 않았으나 지금까지의 스스로의 경우가 살인한 것과 다름없었다 — "한 여자가 죽어 갈 때 구출할 수 있었음에도 불구하고 또 다른 여자만을 생각했다" — 는 것을 통감하고 처음으로 참다운 인간으로 돌아가듯이 요즘에 와서의 아메리카 영화 제작의 의도는 〈젊은이의 양지〉를 계기로 좋은 길을 걷고 있는 것 같다.

『京鄉新聞』(1953.11.29)

영화평 〈종착역〉 감상
'데시카'와 '셀즈닉'의 영화

아메리카 부인 '메리 포브스'는 로마 시가를 구경하고 오늘은 필라델피아에서 그를 기다리는 어린애와 남편에게로 돌아가기 위해서 로마 중앙역을 향하고 있었다. 그러나 그의 가슴에는 무겁고 어두운 것이 남아 있었다. 그것은 로마에서 알게 된 조반니라는 청년과의 강렬한 사랑의 모습이었다.

파리 행 열차의 발차發車는 가까워졌다. 플랫폼은 모든 인생의 축도縮圖, 시간에 지배되는 분주한 역구내의 분위기는 그대로 인생의 한 토막이며 연애와 사회와의 관계를 묘사하고 있다. 승복僧服, 농아 생도, 병정들, 합창하는 단체, 신혼여행의 전송, 그리고 임산부의 부부, 배경의 이러한 조화로서 단순한 연애가 우리의 가슴을 찌른다. 청년도 메리를 찾아서 플랫폼을 방황한다. 그리하여 그는 여자에게 로마에 더 머물 것을 경원敬願한다. 그러는 사이에 열차는 떠났다. 다음 열차까지는 한 시간 반이 있다. 청년은 그의 행복의 설계와 지나간 짧은 사랑을 상기시킨다. 두 사람은 삼등 열차의 구석을 찾아 뜨거운 포옹을 했다. 이 광경을 본 경찰은 경범죄로 연행한 후 일체의 고백을 듣고 석방, 메리는 열차에 탄다. 발차, 청년은 더 찾을 수 없어서 열차에 뛰어오르나[22] 그 순간 밀려 내려 멀리 떠나가는 열차를 언제까지나 바라본다.

〈구두닦이〉, 〈자전거 도적〉의 이태리 명감독 비토리오 데시카와 셀즈닉의 합작, 거대한 제작자 즉 아메리카의 상업주의와 이탈리안 리얼리즘 예술의 타협으로 좋은 극치를 보이고 있다. 떠나는 여자를 정거장에서 찾

22 원본에는 '뛰□오르나'로 표기되었다.

아 만나고, 흥분하고, 격분하여 여자를 때리고, 헤어지고, 또 마음을 돌리어 또 찾고, 최후의 뜨거운 포옹을 하고 참으로 강인強靭한 신□神□이다. 처음부터 끝까지 긴박하다. 데시카는 완전한 의미에 있어서 명 연출을 하고 있다. 명확히 〈밀회〉의 흥행적 성공을 의식하여 기획되고 있으나 명장 데시카는 감미한 연애 영화로서만 그치지 않고 하나의 사회의 표정을 그린 것이나 다름이 없다. 그 속에는 풍자와 인정이 넘쳐흐른다.

세트는 하나도 사용하지 않고 실제의 로마 중앙역을 심야 육백 명의 엑스트라를 동원하여 2개월간이나 촬영하였다 한다. 부유하나 평범한 주부인 메리(제니퍼 존스)나 청년(몽고메리 클리프트)은 모두 호연이며 데시카와 셀즈닉의 합작 영화로서가 아니라 우리들에게 적합한 영화 감상의 견식이 있다면 최근에 와서 보기 드문 우수작이라 하겠다. 끝으로 그 여자는 가정에 돌아가 남편에게 지나간 사랑을 고백할 것인가 하지 않을 것인가, 물론 영화에서는 취급되지 않고 있으나 틀림없이 하나의 잊을 수 없는 아름다운 꿈과 추억으로서 마음에 숨겨 둘 것이다.

『朝鮮日報』(1953.12.19)

〈제니의 초상〉 감상

로버트 네이선의 『제니의 초상』은 그의 대표적인 소설이며 우리나라에서도 허백년許柏年 씨의 번역으로 출판 소개된 이색의 작품이다. 이것을 영화 제작자 D. O. 셀즈닉은 W. 디터리의 시정詩情과 환상적인 낭만의 수법을 빌려 영화화하는 데 성공하였다. 천성의 재능을 가지고 있으나 그 재능을 자극시키는 인스피레이션을 가지지 못한 청년 화가는 20년 전에 죽은 소녀와 시간의 관념을 초월하며 사랑하게 된다. 즉 1934년의 겨울, 뉴욕 센트럴파크에서 화가는 소녀와 만나나 소녀는 20년 전에 이미 죽었으므로[23] 1934년에 살아 있는 것은 아니다. 인스피레이션을 찾고 있던 화가에 그 모습을 보이고 있으며 그 이외의 사람에게는 보이지 않는다. 말하자면 애덤스(화가)가 창조한 환상적인 영원한 여성인 것이다. 이것을 "이 작품의 진실은 스크린 속에 있는 것이 아니라 여러분의 마음속에 있다"라고 처음에 해설하고 있다. 애덤스와 만난 제니는 "부모는 하마스타인 극장에 출연하고 있다"라고 말하나 그 극장은 지금은 없어졌으므로[24] 관객은 이 작품이 가지는 이상한 분위기에 끌려가 버린다. 이 장면으로서부터의 디터리의 수법은 환상적인 것이 되며 우리들은 스크린에서 눈을 돌릴 수 없는 지경에 빠진다. 애덤스는 1년간에 여러 번 제니와 만나게 되는데 그때마다 제니는 놀랄 정도로 성장되어 있다. 즉 이러한 과거와 현재와의 교착을 설명하기 위하여 애덤스의 모놀로그가 여러 번 삽입되어 있다. 결국 모놀로그를 합해서 작품 전체가 애덤스의 1인칭으로 되어 있는 형식을 취하고 있다.

---

23 원본에는 '죽고 있으므로'로 표기되었다.
24 원본에는 '없어지고 있으므로'로 표기되었다.

영화의 클라이맥스는 뉴잉글랜드의 해안 등대에서 애덤스와 제니가 파풍波風에 휩쓸리는 장면이다. 그날은 1934년의 10월 5일이며 제니는 20년 전의 10월 5일 그곳에서 파풍으로 세상을 떠났던 것이다. 그날 애덤스는 틀림없이 제니와 만나게 될 것을 확신하면서 농무에 싸인 바다에 배를 이끌고 제니가 탔던 배를 만나는 것인데 역시 모진 풍파로써 실신하고 만다. 그리하여 애덤스가 또다시 정신을 차렸을 때에는 제니의 모습은 사라지고 말았던 것이다. 현대의 인간이 살아 나가는 데 있어서 어떤 인스피레이션이 나타나지 않는다 하면 공허한 오늘의 현실은 더욱 냉랭한 것이 되고 우리들은 '꿈'을 잃은 것과 다름이 없을 것이다. 〈악마의 황금〉, 〈욕망의 사막〉, 그리고 〈여수旅愁〉를 감독한 W. 디터리의 시적 정서는 이 영화에서 더욱 그의 예술의 향기를 우리들에게 풍겨 주고 있으며 이 사랑의 줄기찬 환상시幻想詩는 테마의 음악으로 쓰고 있는 드뷔시의 곡으로서 더욱 가슴을 찌르는 것이라 하겠다. 끝으로 알리고 싶은 것은 로버트 네이선은 '내셔널 인스티튜트 오브 아트 앤드 레터스'의 회원이며 연기에는 조셉 코튼과 제니퍼 존스 외에 에델 베리모어, 릴리안 기시 등이 출연하고 있는 것이다.

『太陽新聞』(1954.1.9)

로버트 네이선과 W. 디터리 영화

〈제니의 초상〉의 원작자와 감독

〈제니의 초상〉은 아메리카 영화로서는 이색의 작품이다. 제작은 1947년에 시작했으나 발매는 1949년 1월이다.

데이비드 O. 셀즈닉의 두 사람의 스타 제니퍼 존스와 조셉 코튼이 출연하여 윌리엄 디터리에 감독시킨 작품이라는 것은 말할 것도 없다. 이 영화의 이색 작품으로서 주목되는 것은 로버트 네이선의 소설이 원작으로 되어 있다는 점이다.

로버트 네이선은 이미 허백년 씨의 번역으로 우리나라에서도 소개된 작가이다.

그는 1928년 『사교司敎의 처妻』라는 소설에서 교회 건설의 기금 모집을 하던 청년이 사교의 아내를 사랑한다는 것과 그 청년은 실에 있어서는 천사이었다는 내용을 그려서 이것도 영화화되었다.

대체로 네이선의 소설에는 이와 같은 이상한 내용의 작품이 적지 않다. 1947년에 『불가사의한 항해』가 영화화됨에 따라 할리우드의 제작자들은 갑자기 네이선의 작품을 영화화하는 경향이 많아졌는데 그 이유는 이와 같이 좀 다른 작풍이 프로듀서의 흥미를 끌게 한 것이다.

이제 〈제니의 초상〉을 말하기 전에 네이선의 소설 중에서 영화화된 것을 열기列記하면,

『초부樵夫의 집』(1927년)

『사교의 처』(1928년)

『또다시 봄』(1933년)

『불가사의한 항해』(1936년)

『제니의 초상』(1939년)

이 다섯의 작품이다.

처음으로 영화화된 것은 『또다시 봄』이며 이것은 1935년의 일이었다. 『또다시 봄』은 네이선의 출세작으로 당시 베스트셀러가 되고 2년 후에 영화로 되었다. 그 후 1936년에는 네이선은 '내셔널 인스티튜트 오브 아트 앤드 레터스'의 회원으로 선출되었다. 그리하여 일류 작가로서의 그의 지위는 확립된 것이다. 『제니의 초상』은 그 후 3년 후인 1939년에 집필한 것이며 네이선의 가장 성숙한 시대의 작품이다.

천성적인 재능을 가지고 있으나 그 재능의 자극이 되는 인스피레이션이었던[25] 청년 화가는 어떤 소녀와 사랑하여 그 아름다운 힘에 끌리어 결국엔 걸작을 완성한다. 이것이 테마이다.

이런 테마는 예술가를 취급한 다른 작품에도 흔히 있는 테마이며 특히 이상한 것은 없다. 그러나 『제니의 초상』이 이색 있는 소설로 되어 있는 것은 화가가 사랑하는 소녀는 이미 20년 전에 죽었으며[26] 두 사람의 교섭이 시간의 관념을 넘어서 그려져 있다는 것이다.

화가 애덤스는 소녀 제니와 뉴욕 센트럴 파크에서 처음으로 만난다. 그것은 1934년의 일인데 제니는 이십년 전에 죽었으므로[27] 1934년이란 해에는 실제 살아 있는 것이 아니다. 인스피레이션을 구하고 있던 애덤스 앞에 그는 환영과 같이 나타나는 것이며 다른 사람은 그 모습을[28] 볼 수가 없다.

말하자면 제니는 애덤스의 머릿속에서만 그려지는 존재이며 그가 창조한 심미하고 아름다운 영원한 여성이라고 할 수가 있다. 거기에 제니는 애덤스 앞에 나타날 때마다 성장되고 있으며 애덤스와 손을 잡고 스케이팅도 하며 허드슨강 부근을 서로 이야기하며 산보도 했고 수도원에도 안

25 문맥상 의미는 '인스피레이션이 없던' 혹은 '인스피레이션이 부족했던'이다.
26 원본에는 '죽고 있으며'로 표기되었다.
27 원본에는 '죽고 있으므로'로 표기되었다.
28 원본에는 '고습을'로 오기되었다.

내한다.

『사교의 처』에서도 그러했듯이 네이선의 작품에는 이와 같이 현실을 떠나서 묘사한 것이 적지 않다. 현실을 초월한 이상을 추구하여 거기서 미와 진리를 찾으려고 한다. 그리고 그려져 있는 세계와 인물은, 특히 목적을 위해 그려져 있는 세계와 인물이 아니고 보편적인 일상의 사회와 그곳에 살고 있는 평범한 인물들이다. 이와 같은 영화의 예는 아메리카 영화계에서도 많이 제작했으며 장 콕토의 〈미녀와 야수〉, 〈오르페〉에서 실험된 것이다.

하나 〈제니의 초상〉에서는 〈미녀와 야수〉나 〈오르페〉에서와 같이 시추에이션이나 세트에 현실을 부정하는 것은 하나도 없다. 뉴욕의 마천루가 보이는 센트럴 파크의 설풍경雪風景 속에서 돌연 20십년 전 죽은 소녀가 나타난다. "이 작품의 진실은 스크린 속에 있는 것이 아니라 여러분의 마음속에 있다"라고 해설이 나온다.

과거와 현재와의 교착을 설명하기 위하여 애덤스의 모놀로그가 수 개소에 삽입되어 있다. 모놀로그라 하여도 애덤스의 그때그때의 심경을 말하고 있는 것이며 결국 이 모놀로그를 합해서 작품 전체가 애덤스의 1인칭으로 되어 있는 형식이다. 따라서 애덤[23]스가 나타나지 않는 장면은 거의 없으며 관객은 1인칭의 소설을 읽고 있는 것과 같은 인상을 받는다. 이와 같은 제재를 취급하는 데는 당연히 생각할 수 있는 형식이나 〈제니의 초상〉은 그러한 것 중에서도 성공한 일례일 것이다.

영화의 클라이맥스는 뉴잉글랜드의 해안 등대에서 애덤스와 제니가 풍파에 휩쓸리는 장면일 것이다. 그날은 1934년 10월 5일이며 20년 전에 제니가 죽던 바로 그날이 된다. 애덤스는 틀림없이 제니와 만나게 될 것을 확신하면서 짙은 안개가 덮인 바다로 배를 타고 나가 거기서 제니와 그가 타고 오는 배를 찾으나 폭풍은 더욱 심해지고 파도는 밀려든다. 그리하여 배는 가라앉고 실신한다. 애덤스가 다시 정신을 차렸을 때 이미 제니의 스카프만이 남아 있었다. 제니가 인스피레이션을 구하고 있던 애덤스가 창조한 여성이라면 스카프만이 애덤스의 손에 남아 있었다는 이유는 맞지 않는 일이나 이 장면에서는 그와 같은 것을 생각할 수는 없다. 우리는 이미 20년의 4개월이[29] 넘은 애덤스와 제니의 사랑을 인정하고야 마는 것이다. 소설의 아다브테—숀[30]과 시나리오의 구성이 좋은 때문이다.

특히 우리들은 이 작품을 감독한 윌리엄 디터리의 환상적인 아름다운 그 연출의 수법을 말하지 않을 수 없다.

디테리는 원래가 아메리카인이 아니다. 그는 독일에서 아메리카로 1930년에 건너 왔다. 그는 지방 순회의 극단에서 출발하여 1910년 즉 그의 17세 때에 하이델베르크의 극장에서 직업 배우 생활을 하다가 극단의 원로 막스 라인하르트와 알게 되어 그 아래서 무대감독도 겸한 시대를 보냈다.

1930년이 되어 그는 아메리카 영화 〈바다의 야수〉의 독일어판을 감독하여 자신이 주역에 출연하여 대호평을 받고 W. B 사[31]의 초청으로 할리우드에 건너가 최초의 아메리카 작품인 〈최후의 탐정〉을 담당했다. 후년後年 그의 작품의 특징으로 된 '강력한 터치와 정확한 화면 처리'를 하여 주목을 끌게 되고 그 다음에는 케이 프란시스의 희극영화 〈남자가 필요하다〉(1932년), 〈보석 도적〉(1932년)을 발표하였는데 이것은 '지극히 경묘輕妙한 터치'를 나타내어 격찬을 받게 되었다.

그 후 디터리는 〈풍운의 국제연맹〉(1933년), 〈새벽의 사막〉(1933년), 〈유행의 왕자〉(1934년), 〈듀바리 부인〉(1934년), 〈화조火鳥〉(1934년) 등 연이어 제작하여 유능한 활동을 보였고 1935년에는 은사 막스 라인하르트가 제작한 W. 셰익스피어 원작인 〈성하盛夏의 밤의 꿈〉을 공동 연출했다. 그 시대의 작품 수준은 〈보석 도적〉에까지는 이르지 못 하였다. 하나 "스토리를 형성하는 기본 아이디어에 불필요한 일체의 것을 버리고 직절直截하

29 원본에는 '4월을'로 표기되었다.
30 정확한 용어를 알기 어려워 원문대로 표기한다.
31 워너 브라더스 픽처스Warner Brothers Pictures Inc.의 약칭이다.

게 묘사한다"라는 그의 신조를 잘 나타내고 있었다 한다.

그가 대감독으로서 형刑하게[32] 된 것은 1936년에 감독한 〈과학자의 길〉 때문이다. 인류의 은인이라고 할 수 있는 루이 파스퇴르의 전기 영화이다. 그는 최초 각본을 읽었으나 마음에 들지 않았다. 실전實傳에는 충실하지만 극적으로 약했다. 그래서 그는 기본 아이디어에 필요한 일체의 것을 버린다는 주의主義를 실행하여 철저하게 뜯어고쳤다. 그 결과 발표된 작품은 일부의 평자한테서는 사실史實에 충실치 못하다는 비난도 받았으나 극적으로는 절대한 감동을 주어 흥행적으로도 대성공이었다.

원래부터 디터리는 사회라는 것에 깊은 관심을 가지고 있다 한다. 어렸을 때의 환경(그는 가난한 집의 아홉째의 아들로 때어나 목수 일을 하였다)이 그렇게 했을는지 모르나 사회 도의나 정의에 관심을 크게 두고 있다. 〈과학자의 길〉은 그러한 그의 작가적 정신과 성격을 처음으로 나타낼 수 있는 기회를 만든 작품이다.

〈과학자의 길〉은 주연자 폴 무니에게 1936년도 아카데미 주연상을 획득케 하였고 이 성공에 힘을 얻은 디터리는 플로렌스 나이팅게일의 전기 영화 〈백의의 천사〉(1936년)를 케이 프란시스 주연으로 제작, 그 다음 해에는 〈졸라의 생애〉(1937년)[33]를 만들었다. 공개 당시의 아메리카의 평판은 훌륭한 것이었고 1937년 아케데미 작품상을 받았다. 더욱이 드레퓌스로 나온 조셉 실드크라우트는 조연상의 영광을 입었다.[34] 이것은 〈과학자의 길〉과 같이 드레퓌스 사건을 배경으로 문호 에밀 졸라의 정의감과 휴머니즘을 단적으로 그린 작품이었다.

다음 1938년 그는 월터 와그너에게 초청되어 〈블록케이드〉를 감독, 이것은 매들린 캐럴과 헨리 폰다가 공연하는 서반아西班牙 내전을 배경으로

---

32 '刑'은 '모범이 되다'의 의미를 지니므로 문맥상 의미는 '출세하게'이다.

33 원본에는 〈소라의 생애〉로 오기되었다.

34 실제로 폴 무니가 〈과학자의 길〉로 남우주연상을 수상한 것은 1937년, 조셉 실드크라우트가 〈졸라의 생애〉로 남우조연상을 받은 것은 1938년이다.

한 것이며 1939년에는 폴 무니와 베티 데이비스가 공연하는 멕시코의 토인 정치가 베니토 파블로 후아레스의 전기 영화 〈유아레즈〉를, 그리고 〈노틀담의 꼽추〉를 감독하였다. 하나 평자들은 그의 전前 작품만치 평가하지 않았다. 그리하여 그는 전의 작풍으로 돌라가 〈위인 에를리히스 박사〉(1940년)를 제작하였는데 이것은 당시의 나치스 폭학暴虐에 대한 분노를 표시한 것이며 유대계 독일 의사의 야애惹哀와 그 싸우는 모습을 그리고, 역시 동년 통신왕 로이터의 활동을 그린 〈로이터 사로부터의 지급보至急報〉(1940년)를 발표했다.

이상과 같은 전기 영화에 있어서의 그의 노력과 성공은 그의 지위를 부동不動한 것으로 하였다. 그는 그렇다 하여 전기 영화만에 재능이 있는 것이 아니라 인간의 성격과 애정의 방법에 있어서도 독자적인 기능을 가지고 있다. 그것도 다른 아메리카에서 성육成育한 작가의 밝은 작품이 아니라 어딘지 중후한 힘[24]과 침착한 작풍에 의해서이다.

1941년에는 프로덕션을 설립하여 〈악마의 황금〉을 제작하였다. 이것은 그의 일면을 말해 준다. 즉 물질보다도 정신의 중요성을 설득하고 있다. 자기 프로덕션의 제2작 〈싱커페이션〉(1942년)은 아메리카에 있어서 재즈 발달을 그리려고 했으나 실패작이 되고 1943년에는 MGM 사에서 〈무기 없는 싸움〉을 감독했다. 이것도 제17대 아메리카 대통령 A. 존슨의 전기 영화.

이곳 MGM에서 로널드 콜먼과 M. 디트리히 공연共演으로 〈키스밋〉(1944년), 다음 〈사랑의 10일간〉(1944년)은 도리 쉐어리 제작의 셀즈닉 인터내셔널 영화로 귀환 장교 조셉 코튼과 진저 로저스의 러브 스토리, 담담한 이야기 속에 거칠고 섬세한[35] 맛을 내고 있다. 이 정신이상자의 연애를 드라마틱하게 취급한 것이 〈러브 레터〉(1945년)이다. 『시라노 드 베르주라크』 스타일의 대필의 러브 레터를 쓰는 취미와 기억상실증을 조합시켜 흥미 있

35 원본에는 '거슬고 삼세한'으로 오기되었다.

게 전개시킨다. 여기에도 조셉 코튼이 등장하는데 압도적인 것은 제니퍼 존스의 이싱한 아름다움과 대담한 연기이다. 그리고 그는 〈제니의 초상〉을 감독하고 할 월리스와 함께 〈아름다운 피고〉(1948년), 〈욕망의 사막〉(1949년)을 만들었다. 〈욕망의 사막〉에서는 버트 랭커스터, 클로드 레인스, 폴 헌레이드 등의 공연으로 남자와 정욕의 세계를 그 일류의 강력한 터치로 그려내고 있다. 또한 이태리에 가서 할 월리스의 작품 〈여수旅愁〉(원명은 〈구九 사건〉)를 감독했다. 이것은 일一 아름다운[36] 이태리 풍경을 배경으로 한 아메리카의 중년 기사技師와 젊은 피아니스트의 애달픈 사랑을 그린 조용한 러브 스토리인 것이다. 여기에는 프랑소와 로제이와 무대에서 이름이 높은 제시카 탠디가 출연한다.[37] 이것에 있어[38] 이태리 파니리아 영화[39] 〈분화산의 여자〉를 안나 마냐니 주연으로 감독하였는데 여기엔 〈여수〉의 감상 같은 것이 있다.[40] 스토리가 주는 인권 옹호의 문제도 그리 추구치 않고 그치고 말았다.

〈제니의 초상〉은 상기한 바와 같이 현대의 대표적 작가 네이선의 원작이 주는 이색성과 건실하고도 대담한 터치, 그리고 인간의 정서를 파악하고도 남음이 있는 W. 디터리의 낭만적인 연출 수법으로 특이 작품이 되어 우리들 앞에 나타난 것이다. 더욱이 화가[41] 애덤스엔 조셉 코튼, 제니에는 제니퍼 존스가 출연하고 있으며 왕년의 명우 에델 베리모어와 릴리안 기시가 중요한 역으로 나오고 있다.

테마음악으로서는 드뷔시의 〈아마색亞麻色 머리의 소녀〉, 〈목신의 오후의 전주곡〉, 〈조용한 사원〉 등이 사용되어 스토리의 환상적인 분위기

36 원본에는 '이것은 日 아름다운'으로 오기되었다.
37 디터리 감독의 작품에서 프랑소와 로제이와 제시카 탠디가 같이 출연한 영화는 〈여수〉(1951)가 아닌 〈셉템버 어페어September Affair〉(1950)이다.
38 문맥상 의미는 '이것에 앞서'이다.
39 1947년에서 1956년까지 존속한 이탈리아 영화 제작사이다.
40 원본에는 '것이다'로 표기되었다.
41 원본에는 '映家'로 오기되었다.

를 높이는 데 도움이 되었다.

끝으로 조셉 코튼의 애덤스는 극의 핵심을 이루는 명연기로서 1949년도의 베니스 영화제에서 주연상을 받았다는 것을 부언하여 둔다.[25]

『映畵界』 창간호(1954.2.1)

1953 각계에 비친 Best Five는?

1. 〈젊은이의 양지〉(조지 스티븐스 감독)
2. 〈군중〉(F. 캐프라 감독)
3. 〈종착역〉(데시카 감독)
4. 〈영양令孃 줄리〉(스웨덴 감독)[42]
5. 〈여수〉(W. 디터리 감독)

작품 제작의 연대는 다르다. 〈젊은이의 양지〉는 현대 영화 기술의 종합적인 결정이라 할 수 있다. 〈군중〉의 사회성은 시대의 구분 없이 인간의 이상을 묘사하고 있고 〈종착역〉과 〈여수〉는 아름다운 애정과 페시미즘을 우수한 감독에 의하여 그려주는 것이 아닐까. (시인)[36]

『映畵界』 창간호(1954.2.1)

---

42 〈영양 줄리〉는 스웨덴의 극작가 스트린드베리August Strindberg의 희곡 〈Feoken Julie〉(1888)를 스웨덴의 영화감독 알프 셰베리가 1950년에 제작한 영화이다.

한국 영화의 현재와 장래
무세無稅를 계기로 한 인상적인 전망

한국 국산 영화에 대한 입장료 무세無稅를 국회에서 가결하자 이는 곧 국무회의에서 토의되고 아마 본문이 발표될 시기에는 법령으로서 공포될 것으로 믿어진다.

국산 영화에 대한 입장료 무세는 전 세계에서 우리나라가 최초이며 이것은 현재 곤란에 처하고 있는 우리나라 영화계의 제반 실정 및 앞으로의 발전을 위하여 큰 서광이 될 것이며 문화 전반의 향상을 위해서도 참으로 즐거운 일이 아닌가 생각하는 한 사람이다.

물론 매스커뮤니케이션으로서의 영화의 처지는 실로 의의 깊은 바가 있으며 외국에서의 현대 문화 및 예술의 분야에 있어서 영화의 발전은 참으로 경이할 바가 있다. 아메리카는 더 말할 것도 없고 불란서, 영국, 이태리의 전후의 작품은 오늘날까지 찾아보지 못한 예술적인 향상을 하였다. 그리하여 우수한 작품은 국내에서 대중의 지적 양식과 아울러 오락을 주었을 뿐 아니라 널리 해외에까지 수출되어 외화 획득을 하는 한편 그 나라의 문화 선전에도 큰 도움을 거두었다는 것은 우리나라에 있어서의 실례를 보아도 확연히 나타나 있는 일이다.

그리하여 무세라는 절대적인 좋은 조건과 환경 하에 놓인 우리나라 영화계는 지금까지의 악조건과는 앞으로의 방향이 전혀 달라지고 말았다. 즉 영화 제작비에 있어서 수지 균형을 계획 여하에 따라 충분히 계정할 수 있게 되었고 지금까지 보아 온 영리상의 결손도 다소 또는 전부를 면할 수 있게 되었다. 그뿐만이 아니라 제작비의 증대는 좋은 훌륭한 작품을 만드는 데 하나의 모멘트가 될 것이다. 그럼으로써 한국의 영화는 시장이 좁다. 그리고 촬영소가 없다는 이외에 거의 구비된 처지에서 앞으로

의 희망을 걸머지고 있다. 하나 여기서 문제 되는 중대한 난관을 나는 말하지 않을 수가 없다.[145]

즉 한국 영화의 최대의 결함이며 위기를 자아낼 몇 가지의 일을 우선 해결하지 않고서는 한국 영화는 현재보다 제작에 더 박차를 가할 수는 없을 것이다.

그것은 촬영소나 시장보다도 앞서야 할 영화의 가장 주요한 요소인 제작자, 감독, 시나리오, 촬영, 연기자들의 문제이다.

제작자의 문제

우리나라에서는 현재까지 제작자는 영화에서 문제시되어 오지 않았다. 대개의 작품은 영화감독이 구상하고 그 비용을 여기저기서 주선하였다. 그보다도 비용을 지출하는 자를 '물주'라고 부르고 이들은 영화에 대한 아무 식견도 없는 자가 대부분이었다.

여기에 처음부터 한국 영화의 애로가 있는 것이다.

구미의 예를 들기 전에 지금 전 세계 영화는 제작자 중심으로 나가고 있다.

훌륭한 제작자 아래서 좋은 작품이 나오기 마련이고 이들은 영화제작의 계획을 위해서는 작품 선택에서 배우들에까지 이른다. 그런데 한국은 그렇지 못했다.

이것은 단적으로 말하면 영화의 기업성이 전혀 없었다는 것을 의미하여 감독이나 연기자가 비용에까지 골몰해서는 도저히 '예술'을 할 수 없었다는 것도 증언될 수 있다.

그러므로 영화 제작자의 출현이 가장 긴급한 일이다. 아메리카에서의 새뮤얼 골드윈, 셀즈닉, 스탠리 크레이머, 영국의 알렉산더 코다와 같은 제작자는 그들의 작품뿐만이 아니라 영화 자체의 시스템을 전혀 변환시키고 말았다. 그리고 이들은 현대 영화의 새로운 창조자인 동시에 훌륭한 기업가로서 영화가 가진 상업주의도 앙양시킬 사람들이다.

한국에 지금까지 몇 사람의 제작자가 있었다. 현재도 일을 하는 최완규崔完奎 씨와 김관수金寬洙 씨 및 이재명李載明 씨 등. 그러나 좋은 작품을 제작한 사람은 거의 없다 해도 과언이 아니다. 최 씨가 감독 최인규崔寅奎 씨와 전창근全昌根 씨를 중심으로 〈자유 만세〉, 〈독립 전야〉 및 〈죄 없는 죄인〉 등을 8·15 직후에 제작하였고 작년에는 아직 미개봉인 김성민金聖珉 감독의 〈북위 41도〉를 제작했다.

하나 지금까지의 악조건은 제작자로서의 최 씨가 충분한 역량을 발휘치 못하게 하였다. 김, 이 씨는 완전한 의미에서 현재 일을 못 하고 있다. 더욱이 6·25 이후 이분들은 작품 하나도 만들지 못했다.

그럼으로써 역시 앞으로의 활동에 기대할 수밖에 없는데 여기서 제일 먼저 영화 제작에 착수할 분은 역시 최 씨일 것이다.

제대로 촬영소도 가지고 있지 못한 제작자라면 해외에서 볼 때 우습기 짝이 없을 것이니 한국의 현재의 실정에서는 어찌할 수 없다. 그래도 세트니 로케이션을 하여 영화를 만들고[146] 그 비용을 순수한 영화 제작을 위해 지출할 수 있는 사람은 제작자가 될 수 있는 일이다.

상기한 세 분 외에 요즈음 〈코리아〉를 제작한 정화세鄭和世 씨가 새로이 나타났다. 그분의 과거는 영화와 그리 관련은 없지 않으나 한국 영화에는 신입생이다. 그런데 35밀리로 해외 소개를 겸하여 〈코리아〉를 완성했다. 이것은 전란 후의 최대의 작품이며 그 질로서도 한국 영화에 플러스를 주고 있다.

지성적이며 영리주의에도 어둡지 않은 정 씨는 아마 제작자로서의 야심을 크게 품고 있는 것 같다. 그리고 자본에 있어서도 현재 제1위를 차지하고 있지 않을까 생각된다.

지금까지의 제작자들의 역량에 비하여 그 우열을 여기서 가릴 수는 없으나 앞으로 우리나라 영화의 희망을 걸머지고 있는 사람의 하나다.

이분들 만으로서도 한국 영화는 충분한 일을 할 수 있으나 더 발전하기 위해서는 수많은 좋은 제작자가 요청된다.

대개 한 작품에 실패하면 다음 작품을 제작할 자력資力이 없어서 그대로 멈추는 일이 한두 가지 예가 아니다. 적자를 내지 않는다는 법은 없고 한국처럼 시장이 좁아서는 영화 제작은 사업 중에서도 큰 모험이며 여기에는 문화와 예술적인 도덕도 절대 필요하다. 이러한 것을 겸유해 가며 '사업이라는 이름으로서의 영화 예술'을 한다는 것은 용이한 일이 못 된다.

지금까지의 제작자의 실패는 과세에 있었다고 돌리고 이제부터는 재출발을 하여야만 지금까지의 제작자는 그 성과를 바랄 수 있을 것이다.

단순한 사업도 아니고 예술도 아닌 영화 제작은 특수한 사업임엔 틀림이 없다. 그래서 아무나 그 제작에 손을 뻗치지 못했다.

하나 중대한 난관인 결손이라는 것을 모면할 수 있다는 징조가 생길 오늘날 자신 있는 자가 제작자로서 많이 나타나기를 바라는 사람은 나 혼자가 아니다.

감독의 문제

영화감독은 영화의 근본적인 것을 터치하고 있다. 제작자가 계획하면 감독의 손에 의하여 작품의 질과 수준이 결정된다.

지금 제1선에는 안종화安鍾和, 이규환李圭煥, 전창근 씨 등이 있다.

이들은 과거에 있어서 좋은 작품을 많이 감독했다. 하나 큰 시간 공백이 이들을 지배하고 있으며 기술면뿐만이 아니라 사고와 독창성을 다루는 영화에 있어서 과거의 힘은 소용없는 것이 되기 쉬운 시대가 되었다. 낡아 빠진 수법이나 연출 방법엔 아마 누구 하나 보러 가는 사람은 없을 것이다.

아메리카에 있어서도 〈모로코〉나 〈탄식하는 천사〉의 요제프 폰 스턴버그, 그리고 루이스 마일스톤[147]의 오늘날의 영화는 수준 이하의 것으로밖에 취급되지 않는데 하물며 한국 영화에서의 지난날의 명성이 그 무슨 소용이 될 수 있을까.

관객의 영화를 대하는 식견은 날이 갈수록 높아 가고 감독의 기능은 전과 다름이 없을 때 그 반응의 판단을 동자童子라도 할 수 있다.

영화감독은 수지의 문제뿐이 아니라 예술이냐, 아니냐는 문제를 결정한다.

이규환 씨는 무세 소리를 듣고 맨 처음으로 메가폰을 들었다. 그것이 〈춘향전〉의 영화화다.

여기서 좀 생각하기로 하자.

왜냐하면 『춘향전』은 우리나라의 대표적인 고전인 뿐만 아니라 누구나 그 로맨틱한 이야기의 줄거리를 다 알고 있다. 그래서 관객은 선전하지 않아도 한번은 와 볼 것이라고 착안한 데서 착수한 것 같은데 이것은 그리 훌륭한 영화 작가의 계획이 아니라고 나는 생각한다.

전후 이태리의 사정과는 다를지 모르지만 우리 영화 작가들이 어찌하여 안이성에만 사로잡히는지 모를 일이다.

동란을 겪는 사이 우리 주변에서는 많은 사건과 감동적인 현상이 일어났다. 영화는 적어도 어떤 시대적 욕구와 사념을 그 속에 묘사하여야 되고 솔직히 말하여 〈춘향전〉의 이야기는 골머리가 날 정도로 듣기 싫게 되었다.

무세 제1착의 제작인 까닭에 나는 〈춘향전〉의 완성과 그 가치가 좋을 것을 바라 마지않지만 적어도 감독자는 '새로운 세대'에 알맞은 것을 주제로 하여 지금까지의 한국 영화와는 방향이 다른 신선한 작품을 만들기를 바란다.

전창근 씨는 우리가 이해할 수 있는 특이한 감독이다.

지금까지의 작품으로서 쉽게 운위할 수 없지만 타성적인 작품을 만들지는 않을 것이다.

속히 작품에 손을 대는 분은 아니지만 우리의 기대를 역시 그에게 주지 않을 수 없다.

8·15 해방 후 김소동金蘇東 씨를 비롯해서 신경균申敬均, 한형모韓瑩模, 이만흥李萬興, 신상옥申相玉, 김한일金漢日 씨 등 일련의 신진 감독이 나왔다.

지금까지 대개가 1, 2편의 극영화를 만들었으나 문제시될 작품은 하나도 없고 그러한 까닭에 그 기능이나 역량도 미지수이지만 역시 앞으로의 한국 영화는 이분들이 그 결정적인 사명을 걸머지고 있다.

그중에서도 가장 착실한 분이 김소동, 신상옥 씨다.

김 씨는 최근에 와서 작품에 손을 대지 않고 있으나 제대로 영화의 이론과 실제를 파악하고 있는 분은 별로 없을 듯하다.

신 씨는 현재 작가 중에서 제일 연소하다. 〈악야惡夜〉는 별로 가치가 없었고 신작 〈코리아〉는 한국 영화의 새로운 시도이며 그중 춘향전의 신이라든가 영화 편집 기술상 좋은 성과를 거두[148]고 있다.

여하간 이들 감독은 한국 영화의 주요한 포스트를 잡고 있으며 신진이라는 견지에서나 그들의 의욕에 있어서도 그 장래를 우리들은 축복하여야만 될 것이다.

좋은 제작자와 손을 잡고 연출하는 것 외에는 걱정할 것 없이 일을 한다면 구태의연한 선배 작가보다는 의의 있는 일을 충분히 할 수 있다고 나는 생각하는 바이다.

이들보다도 앞으로 더 실력 있고 훌륭한 작가가 나올지도 모르나 영화감독은 일조일석에 될 수는 없고 그저 현재의 몇몇 작가들이 진실한 한국 영화 발전을 위하여 진지한 노력을 아끼지 않는다면 차라리 그것을 다행한 일이라고 생각하겠다.

이 항의 마지막으로 이용민李庸民, 이병일李炳逸 씨를 기억하기로 하자. 두 분은 일제 시부터 현재까지 가장 충실한 일을 하여 왔으며 이용민 씨의 위치는 앞으로 한국 영화의 대외적인 자랑이 될 것이다. 이병일 씨는 오랫동안 할리우드에 체재하여 아메리카의 영화 기술을 체득하고 왔다. 앞으로 촬영소의 창설도 계획하고 있고 좋은 작품엔 감독도 하겠다는 것이 그의 구상의 하나인 것 같은데 아마도 우리들은 이 두 분의 눈부신 활동에 관심을 집중하게 될 것이다.

시나리오의 문제

한국에는 시나리오 작가가 한 사람도 없다. 6·25 전에 최영수崔永秀 씨가 계셨으나 납치되었고 오늘날까지 영화에 '각색'으로 되어 있는 사람은 모두 신인인데 이름을 기억할 만한 사람이 하나도 없다.

그러기 때문에 거의 알려지지 않고 시나리오뿐만이 아니라 영화의 양식, 장면의 전개 등도 모르는 사람이 시나리오를 썼다. 심지어 영화가 감독에 의하여 촬영된 후 녹음 시에 할 수 없으니까 시나리오라는 명색의 것을 쓴 것이 한두 가지가 아니다. 지극히 서글프고 창피한 일이며 이것은 즉 어제까지의 한국 영화의 질적 수준을 좌기左記하고도 남음이 있다.

나는 영화를 제작하는 데 제일 먼저 조건은 시나리오에 있다고 본다.

우선 시나리오의 가부에 의하여 좋은 영화의 구분이 성립되는 것이다. 여기서 그것이 오리지널리티한 시나리오일 경우도 있고 다른 원작을 어댑테이션한 시나리오도 있는데, 여하튼 〈제3의 사나이〉나 옛날의 〈페페르 모코〉[43]나 〈무도회의 수첩〉처럼 시나리오는 중대한 영화의 요소이다.

한국 영화 제작자나 감독들도 서로 '시나리오의 빈곤'을 한탄하지만 그들에게도 그 모순이 있는 것이다.

제작자나 감독이 영화 제작 활동을 간단間斷없이 해 왔다면 시나리오 작가도 그리고 작품도 나왔을 것이다.

내가 아는 일본인은 예전에 시나리오 공부를 했으나 영화가 나오지 않 [149]을 곳에서 시나리오를 쓴다는 것이 스스로 어리석은 일이라 생각해서 펜을 버리고 말았다. 즉 이것도 웃지 못 할 현실이다.

앞으로의 영화에 좋은 시나리오를 바라는 것은 얼마간은 가망 없는 일일지 모르나 여기에는 많은 소설가와 시인의 참가가 필요할 것이다.

일본은 그다지 그렇지 않아도 영, 미에서는 소설가, 극작가들이 시나리오 작가로서 많은 협력을 하고 있고 또한 우수한 작품을 발표했다.

---

43 〈망향望鄕〉(1937)으로 알려진 프랑스의 영화이다.

영화의 숙명을 해결하는 최선의 길은 좋은 시나리오에 있으며 이 시나리오를 감독이 어떻게 처리하느냐에 달려 있다.

몇 사람의 시인과 평론가가 시나리오를 써 보려고 노력한다는 이야기를 듣고 반가워했으나 역시 지금 활동하지 않고 있는 오영진 씨 같은 분을 중심으로 '시나리오 연구회' 같은 것을 만들어서 집필하는 분이 많이 나온다면 이 황무荒蕪에 가까운 시나리오 분야는 다소 개척될 수 있지 않을까.

시나리오가 없는 영화를 바란다는 것은 처음부터 이야기가 되지도 않고 무모한 노릇이다.

신문이나 잡지에서도 시나리오 모집을 해서 기중 우수한 것이 있으면 영화 제작자에게 선택시켜 주는 것도 한국 영화 문화를 위하여 힘써 주는 방도인 것으로 나는 생각한다.

배우의 문제

영화 관객의 대부분은 출연하는 배우를 보러 갈 때가 많고 영화의 표면상의 전 역할은 배우의 부문이다. 그러기 때문에 전기前記한 어떠한 것과 마찬가지로 배우도 중요하다.

한국 영화를 말할 때 배우가 없다는 소리를 들은 적이 한두 번이 아니다. 이것도 지금까지 한국 영화의 부진에서 기인되는 일이다.

즉 영화가 없는 연기자가 있을 수 없고 지금까지의 영화 연기자는 그들의 생계조차 유지할 수가 없었다.

전택이田澤二, 송억宋億, 구종석具宗石,[44] 황남黃男, 이집길李集吉, 김일해金一海 씨 등이 오늘날까지의 영화에 출연했고 최은희崔銀姬, 김신재金信哉 씨 등이 히로인이 되었다. 하나 그들의 연기력이란 보잘 것이 없는 것이다. 감독의 지도 방법도 그리하였지만 처음부터의 소양이나 영화에 대한 체험

44 원본에는 '구종길具宗吉'로 오기되었다.

상의 부족이 이들로 하여금 마이너스를 주게 하였다. 이것은 비단 각 개인의 문제가 아니고 한국 영화의 지나간 족적을 말하는 것이라 하겠다.

'무세'를 계기로 영화 제작이 활발하여지면 자연히 배우들도 발전할 것이며 새로운 지망자들도 나타날 것이다.

그리하여 배우에 대한 문제는 이 정도로 논급하여 둔다.

한국 영화의 새로운 출발의 시기는 드디어 왔다. 그렇다 하여 무작정 영화를 만든다면 과거와 미래의 차이는[150] 별다름이 없을 것이며 외화의 침입 아래 국산 영화는 고경苦境에 빠지고 우리나라 영화는 또다시 그늘진 문화의 구석에서 멸시받게 된다.

여기서 나는 영화인의 반성과 그들의 참다운 준비의 시간이 필요하다는 것을 이야기하고 싶다.

이태리의 영화인은 파시즘 치하에서, 불란서의 영화인은 레지스탕스 운동을 하면서도 다음날에의 계획을 버린 적이 없었다. 그래서 이들은 〈무방비 도시〉니 〈자전거 도적〉, 그리고 〈정부 마농〉이나 〈패배자의 최후〉와 같은 작품을 세상에 내놓았다.

이러한 예를 우리나라 영화인도 본받아 새 세대의 한국이 영화, 아니 전 세계 사람이 즐거이 볼 수 있는 영화를 목표로 하여야 될 것이다.

감독이나 배우가 물주를 구하는 시대도 지났고 시나리오를 녹음을 하기 위해서 쓰는 일은 또다시 없기 바란다.

좋고 참다운 제작자가 나와야 하며 영화인은 이들을 찾기에 힘을 경주하여야 한다.

그래서 건실히 조직된 기구 아래서 마음 놓고 '사업'도 '예술'도 하여야만 된다.

이것이야말로 영화계의 당면 과제이며 한국 영화의 장래를 지금보다 우위한 처지에 올려놓는 가장 적합한 일이라 할 수 있을 것이다.

이때 낡아 빠진 인습에 젖은 영화인은 물러 나가고 영화계에 참다운 신풍新風 불 것이다.

(필자 시인)[151]

『新天地』 9-5호(1954.5.1)

한국 영화의 전환기
영화 〈코리아〉를 계기로 하여

오랜 진통의 시기는 떠나고 한국 영화는 바야흐로 소생할 수 있는 시기를 맞이할 수 있게 되었다. 그것은 입장료 무세無稅에서 온 전 영화인의 감격과 이에 따르는 정신적 변동이다.

물론 장래에 관하여 확언할 수는 없으나 지금까지 경제적 고통에서 신음하고 그늘진 문화의 변경에서 허덕이던 영화인은 좋은 조건의 하나를 획득할 수 있게 되었고 이 조건은 영화 제작의 하나의 모멘트임이 틀림없으므로 제작은 지극히 용이한 상태가 된 것만은 믿을 수 있는 일이다.

나는 수일 전 영화 〈코리아〉의 러시와 그 음악 및 해설 녹음을 구경했다. 촬영은 근 20개월간을 두고 했으나 전체적인 완성은 '무세'가 결정된 최근의 일이며 그리하여 이 영화는 참으로 의의 있는 시기에 상영될 최초의 35밀리 장편이다. 감독은 전에 〈악야惡夜〉를 만든 신진 신상옥 씨다. 나는 그의 전前 작품이 실패된 작품으로 지금까지도 기억하는데 〈코리아〉에서는 면목을 일신하고 있다. 먼저 35밀리인 관계로 화면이 선명하며 내용과 대상이 보는 사람의 감흥을 돋운다. 그 테마는 우리들이 자랑할 수 있는 신라 시대에서 이조에 이른 문화적인 유물과 춘향전 및 처용處容의 노래를 소개한 것이다.

그리고 현대에 와서의 제 사건을 단편적으로 삽입시키고 있다. 그러므로 순전한 극영화도 기록 영화도 아닌 지금까지의 영화의 양식에서는 완전히 다른 파격적인 스타일을 가지고 있다. 나는 이 영화의 예술성의 우열을 여기서 말하는 것보다는 영화가 표현한 대상의 세계가 한국 사람의 절실한 감정과 우리들에게서 점차 사라져 가는 옛날에의 추모를 다시금 사로잡아 주고 있다는 데 경의를 표하고 싶다.

신상옥 씨는 지금까지 미지수의 작가이었으나 그중 춘향전 연출은 확실히 오리지널한 수법을 구사했으며 여러 석불과 건물의 촬영에 작가로서의 높은 심미안을 발휘하고 있다.

김동진金東振 씨의 음악은 이 영화의 압권이 될 것이다. 그는 영화 음악이 가지는 특수한 묘사 방법으로써 화면 전개를 돕기 위하여 새로운 작곡과 편곡을 했다. 대개의 우리 영화가 외국 음악의 레코드로 효과를 한 데 반하여 훌륭한 시도였다는 것을 말하고 싶다.

〈코리아〉에는 영화로서 이해치 못할 몇 점도 있다. 즉 시각적인 표현에만 빠져 그 사념과 메커니즘을 통한 작용이 없고 장편영화의 주요한 조건인 플롯(여기서는 스토리의 윤곽)이 관객을 끌고 가기에는 다소 박약하다. 그리고 구상이 명확한지 또는 애매한가에 달려 표현은 완전할 수도 있고 불순할 수도 있다는 부알로의 시론詩論처럼 내가 보기에는 신 감독의 전체적인 구상이 명확하지 못하다. 그래서 사물에 대한 통찰력이 외향적인 데 그치고 있는 감을 느꼈다. 이것은 자칫하면 그림엽서와 같은 인상을 줄 우려도 있는 것이다.

하나 〈코리아〉는 고난의 시기에서 온갖 저해를 무릅쓰고 우리의 앞에 나왔다. 프로듀서 정화세 씨는 이 작품이 처음이다. 오는 새 시대의 영화가 바라던 의욕적이며 양식 있는 제작자의 한 사람으로서 이 영화를 사회에 던졌다. 그리고 시련의 첫 계제를 여기서 얻고자 하는 모양인데 그의 전도에 영광 있기를 바라는 사람은 비단 나 한 사람뿐만이 아닐 것이다.

너무 〈코리아〉에 관해서만 썼다. 이것은 황무지에 가깝던 한국 영화계에 오래간만에 나타난 35밀리 신작이며 작품 자체에도 문화적인 의의가 있으니깐 할 수 없는 일이다. 한국 영화는 〈코리아〉에서도 증명된 바와 같이 바야흐로 그 전환기에 들어갔다. 이젠 화면이 어두운 16밀리로 제작하지 않아도 제법 수지를 균형시킬 수 있게 되었고 영화인이 이제까지의 우울했던 기분도 청신하게 전환하여야 한다. 영화 제작에서의 낡은 관념의 하나인 선전 목적이나 계몽 목적 하에서만 만든 시기와의 작별이 필요하게 된 것이다.

영화 작가로서의 또는 연기자로서의 창의성과 예술성을 자유롭게 표현하여야만 되고 항상 말하던 안이한 향토성과도 이젠 손을 끊어야 한다.

한국적이라고 자랑하던 것, 말하자면 다 쓰러져 가는 농촌에서 지주에게 딸을 빼앗기는 농부의 서러움이나 강가에 배가 있고 수양버들 밑에서 울고 있는 처녀의 이야기……. 이러한 일련의 개념성을 버리고 새 시대가 욕구하는 현실과 미래에 걸친 참다운 인간 사회를 우리 영화인은 필름에 기록하고 표현하여야 할 것이다.

영화를 만들 좋은 때가 왔다고 입으로만 떠들지 말고 좋은 제작자를 발견하고 오랜 울적한 심정을 작품으로서 청산하는 일만이 한국 영화인들에 남은 사명일 것이다.

영화 〈코리아〉는 아마 앞으로 많은 시비의 초점이 될 것이나 우리의 지나간 문화재와 정서를 다시 한 번 상기시키는 데 도움이 되었고 전환기에 든 한국 영화계에 한 점의 푸른 시그널이 될 것이다. (사진은 〈코리아〉의 일 장면)

『京鄕新聞』(1954.5.2)

앙케트

1. 좋아하는 남우

국내 : 없다

국외 : 험프리 보가트(미) 헨리 폰다(미) 장 마레(불)

2. 좋아하는 여우

국내 : 물론 없다

국외 : 미셸 모르강(불) 엘리자베스 테일러(미) 다니 로방(불) 조안 크로포드(미)

3. 좋아하는 감독

프랭크 캐프라(미) 캐럴 리드(영) 앙리 조르주 클루조(불) 존 휴스턴(미 · 영)

4. 인상에 남는 영화

〈제3의 사나이〉(영) 〈젊은이의 양지〉(미), 〈정부 마농〉(불) 〈밀회〉(영), 〈자전거 도적〉(이伊), 〈지상으로부터 영원히〉(미 – 미봉절未封切)

5. 인상에 남는 연극

없습니다[88]

『新太陽』 3-4호(1954.8.1)

영화 감상 특집[45] 영국 영화

영국 영화는 제2차 대전 후 많은 우수한 작품을 제작함으로써 영화 예술의 발전을 돕고 있다. 확실히 전전戰前의 영화와는 그 기법이나 제작 계획에 있어 다른 각도로 발을 디디고 있다.

영화 제작의 조직으로서는 구라파 대륙 제국諸國과 미국 영화의 중간이라고 할 수 있는 회사 시스템을 가지고 있으나 그중에는 자유로운 독립 프로덕션제를 만들고 있으므로 따라서 작품에는 제작자나 감독의 개성이 나타나는 것이 많다. 그러한 예는 런던 필름에서 캐럴 리드가 감독한 〈제3의 사나이〉나 데이비드 린의 〈밀회〉와 〈올리버 트위스트〉 같은 데서 찾아볼 수가 있다. 이러한 영화(우리나라에서 상영된 것만 가지고 말함)는 제작자와 감독의 개성만이 아니고 2차 대전 후의 영국 영화의 질적 수준을 향상시키고 나아가서는 예술적인 작품을 자국의 영화로서 찾으려는 의욕이라 할 수 있다.

영국 영화는 미국과는 달리 스타 시스템(배우 중심)의 작품이61 적다. 물론 비비언 리나 로렌스 올리비에와 같은 이름난 스타도 있으나 그들은 국민적인 예술 작품을 만들어서 그 가치로 해외에 수출하려고 하고 있으며 그 결과는 좋은 성과를 거두었다.

스타 시스템을 취하지 않으면 자연 영화는 감독과 시나리오의 중심이라고 할 수밖에 없다. 이것은 영국 영화의 하나의 전통적인 습관이며 특히 독립 프로덕션에서는 제작비를 절약하기 위해 배우 중심은 생각지도

45 영화 감상 특집은 「한국 영화에 대하여」(이정선李貞善), 「미국·영화에 현금現今」(이화랑李火浪), 「영국영화에 대하여」(박인환), 「불란서 영화 소고」(유두연劉斗演), 「한국, 외국영화에 대한 불만」(김소동), 「외국영화가 상연되기까지」(변순제邊順濟) 등 6편으로 구성되었다.

못한다.

전기한 국민성國民性적인 영화는 즉 그들이 일반적으로 보아 다른 예술과의 교섭이 깊고 진실을 자유롭게 표현한다는 정신이라 할 수 있고 인간 탐구를 위하여 온 구라파 문화의 표현일 것이다. 민족의 전통에서 벗어난 어떠한 작품도 예술이라고 볼 수 없는 영국 영화의 모토는 미국 영화의 경우와는 좋은 대조가 될 것이다.

2차 대전 중에서부터 후에 걸쳐 영국에서는 많은 대미對美 친선을 의도한 작품을 만들었다. 우선 우리들이 본 것 중에서도 〈비수悲愁〉, 〈천국의 계단〉 등이 있는데 이것은 영국인의 선의의 정신을 단적으로 말하는 동시 영국 영화의 시장 확장을 위한 것이라 하겠다. 대전 중 영국인은 지금까지 그 인간 생활이나 문화 전통상 미국을 그리 좋아하지 않았으나 많은 군사 및 경제적 원조로써 승리를 얻었다. 그래서 영화는 국민적 감사의 뜻을 표현하였고 이런 영화는 미국에서 환영을 받았다. 별로 미국에서 상영되지 않았던 영국 영화도 많이 수출되고 그 때문에 얻은 수입은 영국 영화 발전에 도움이 되었다는 것은 내가 말하지 않아도 누구나 생각할 수 있는 일이다.

현재 영국 영화는 순수로운 기술면으로 볼 때 미국 영화보다는 떨어진다. 하나 그들에게는 소화하고 예술화할 능력이 있는 것이다. 물질적인 기술을 커버할 수 있는 유능한 인재가 많이 있는 것이다. 비단 영화가 기계 예술이라고 해도 기계를 움직일 수 있는 것은 사람의 지능이며 그러한 면에서 영국 영화에는 우수한 사람들이 전후에 속속 모여들었다.

우리나라에 해방 후 처음 소개된 영국 영화는 게인즈버러[46] 제작인 〈카라반〉, 〈요부 바바라〉 등이었는데 그리 좋은 작품이라고 할 수 없었다. 그러나 전전의 영화와 다른 점을 쉽게 찾을 수 있었으니 그것은 작품

---

46 게인즈버러 픽처스Gainsborough Pictures의 약칭이다.

이 가지는 '어두움'이었다. 전후의 영국인은 승리 거두었으나 오랜 전재戰災에 시달린 심리적인 암흑의 세계는 벗어날 길이 없었다.

그 후 대개의 여러분들이 보았을 것으로 믿는 데이비드 린 감독의 〈밀회Brief Encounter〉는 전후 세계 각국의 작품을 통해서도[62] 우수한 작품이다. 영국 영화를 유명하게 한 기법의 하나인 나라타주를 전면으로 활용하여 훌륭한 구성을 하였을 뿐 아니라 격정에 넘치는 두 기혼 남녀의 사랑의 이야기는 보는 사람을 감동케 한다. 감독 린은 그 후에도 〈위대한 유산〉, 〈올리버 트위스트〉, 〈초음 제트기〉 등을 만들었으나 아마도 〈밀회〉가 그의 최고 작품이 될 것이며 이것은 전후의 영국 영화의 수준을 상징하고 있다 해도 과언이 아니다. 더욱 말하고 싶은 것은 스토리의 문제다. 평범한 사랑의 줄거리를 린은 강인한 연출로써 깊이 파고들어 가 조금도 그 긴박감을 풀리지 않게 하고 불란서나 미국 영화에서 흔히 묘사되는 육체의 세계를 피하여 어디까지나 순수한 감정과 이지적인 애정으로 그린 점이다. 이것은 영국의 국민성과 도덕관념의 전통을 높이 나타낸 것으로 나는 생각하고 있다.

다음은 영국에서 가장 특색 있는 프로덕션으로 이름난 아서스 사[47]가 1948년에 제작한 〈분홍 신The red shoes〉의 반향이다. 안데르센의 동화에서 취재하여 일관성 있는 스토리로 전개되는 이 발레 영화는 전후 최대의 기획성을 가진 색채 영화로서 미술과 음악은 아카데미상을 받았다.

지금까지 영국 영화는 시장 관계로 그리 대작을 만들지 않았으나 유명한 프로듀서 J. 아서 랭크는 〈분홍 신〉을 계기로 영국 영화의 세계 진출과 미국 대회사 시스템과의 대항을 시도하여 성공했다. 제작, 감독을 한 마이클 파웰과 에머릭 프레스버거는 42년에 아서스 프로를 결성하여 제작, 연출, 각본에 대한 책임을 분담하고 〈흑수선〉, 〈천국에의 계단〉, 그 후엔 〈호프만 이야기〉 등의 명작을 발표하였다.

---

47 아서 랭크 오거니제이션Arthur Rank Organizaton의 약칭이다.

〈분홍 신〉은 웅장하고 호화로운 데서 다른 나라에서는 볼 수 없는 무대를 만들고 발레의 장면 구성은 전인미답의 기이한 연출을 했다. 음악 연주 지휘를 한 토머스 비첨은 말할 것도 없이 영국이 낳은 현대 최대의 지휘자이며 그는 이어 〈호프만 이야기〉의 음악 연주까지도 맡아보았다. 〈분홍 신〉과 아울러 〈천국의 계단〉의 색채 영화는 영국 영화의 색채 기술의 우수성을 자랑하고도 남음이 있으며 그 촬영자 잭 카디프는 원색과 중간색을 교묘히 사용하여 색채를 가진 영화에 새로운 세계를 창조하는 데 성공했다. 그리하여 최근에 상영된 〈판도라〉의 아름다움도 역시 그의 노력의 성과이며 카디프의 영향은 미국에까지 미치고 있는 것이다. 여하간 〈분홍 신〉을 처음으로 한 상기한 영화는 프레스버거와 파웰의 현대적인 아방가르드 정신이며 가장 정통적인 영화 예술의 결정이라 할 수 있다.

〈헨리 5세〉와 〈햄릿〉(아서 랭크 제공)은 영국 영화만이 제작할 수 있는 셰익스피어 작품인데 그것이 모두 훌륭한 영화로서 우리들 앞에 나타났다. 〈헨리 5세〉에서는 테크니컬러의 성질을 인공에 의한 배경으로 완전히 살리겠다는 착상이 성공했으며 아마도 로렌스 올리비에는 〈햄릿〉보다도 이 영화에 의하여 불후의 이름을 남길 것이라는 의견도 있는[63] 것이다. 하나 연기에 있어서는 역시 〈햄릿〉을 평가하지 않을 수 없다. 올리비에는 세계적으로 영국을 대표하는 연기, 연출, 제작자이며 그는 〈햄릿〉의 비극적인 심리 연출을 흑백 영화로 제작한 데 성공한 단 한 사람이다. 이 영화 역시 전후의 영화 중의 금자탑이며 영국 영화의 위치를 높이었다. 그리고 〈햄릿〉에는 펠릭스 아일머, 배질 시드니, 노만 울란드와 같은 우수한 무대 배우가 출연하고 있는데 이것을 셰익스피어 작품에 있어서는 중요한 일이며 영화배우만의 영화가 아니며 스타 중심의 영화에 그리 찬동치 않는 영국 영화의 특징이라고 생각할 수 있는 것이다.

지난 3일에 상영된 〈제3의 사나이The 3rd Man〉는 아마도 근래의 최고 작품이 될 것이다. 알렉산더 코다의 런던 필름사에서 캐럴 리드가 감독한 그레이엄 그린 원작, 시나리오인 이 작품은 영화 예술의 모든 극치를 종합하고 있다. 패전 후의 빈(비엔나)의 혼돈된 사회와 인간을 배경으로 전개되는 화면은 시각적인 숏과 숏의 집적으로도 긴박감(스릴러적 수법)을 두텁게 하고 있다. 미국의 셀즈닉도 제작자의 한 사람으로 참가한 탓인지 지금까지 취하여 오지 않았던 스타 시스템을 한 것도 이색스러운 점이며 더욱 이 영화는 실지로 현지에 가서 촬영하였다. 인상적인 빈의 풍경, 거기서 살아가는 인간과 그들의 성격 묘사의 치밀성, 아마도 영국 영화만이 그려 낼 수 있는 경지가 아닌가 나는 믿는다. 그레이엄 그린은 현대 영국의 대표적인 작가이며 캐럴 리드는 〈떨어진 우상〉과 아울러 〈제3의 사나이〉 두 편을 감독했다. 여기서 우리들이 쉽게 알 수 있는 것은 문학과 영화의 제휴인바 이처럼 잘 융합된 작품은 이번이 처음이 될 것이다. 얼마 전 미국에서 영국을 건너간 존 휴스턴의 〈물랭루주〉를 보았다. 이것은 환락의 거리 파리 몽마르트르에서 그 비애로운 생애를 보낸 화가 로트레크의 전기 영화인데 그 색채 처리나 연출에 있어서 또 다른 영국 영화의 신경지를 발견하였다. 존 휴스턴은 〈아프리카 여왕〉, 〈악마를 치워 버려라Beat the Devil〉 등의 문제작을 영국으로 건너간 후 만들고 현재는 데이비드 린, 리드와 아울러 가장 대표적인 지위를 차지하고 있는 기이한 작가이다. 앞으로 이 세 사람의 활동이 영국 영화의 운명을 걸머지고 있다고 나는 생각한다.

제한된 매수 관계로 자세히 쓸 수 없었으나 영국 영화는 앞으로 어떠한 나라의 영화보다도 예술적으로 발전할 것이다. 나는 여기서는 좋은 작품을 예로 하여 좋은 부면만 적고 말았다. 좋은 면을 살펴보는 방법을 우리들은 우선 배워야 할 것이다. 끝으로 〈전율의 7일간〉의 존 불팅, 〈시저와 클레오파트라〉의 가브리엘 파스칼, 처妻 안나 니글을 주연작으로 하는 허버트 윌콕스, 〈탈주병〉의 랜스 컴포트, 〈판도라〉의 앨버트 루인 등의 감독의 이름을 기억하기로 하자. 이것은 스타 중심이 아닌(요즘은 차차 그런

경향이 적어졌으나) 영국 영화를 감상하기 위해서는 감독의 연출 여하가 큰 역할이 되기 때문이다.[64]

『現代女性』 2-7호(1954.8.1)

영화 시평 몰상식한 고증
〈한국 전란의 고아〉

나는 영화를 볼 적마다 그 작품이 지니고 있는 문화성이나 시대성을 잘 생각해 본다. 물론 이러한 것만을 살펴보는 것이 영화 비평의 기준이라고 할 수는 없으나 적어도 단순한 오락의 경우를 제외하고서는 어떠한 작품에서도 무시할 수 없는 일이기 때문이다. 최근 아메리카의 영화 〈한국 동란의 고아〉라는 작품을 보았다. 원래 이름 없는 개인 프로덕션에서 더욱 무명에 가까운 사람들이 만든 작품이기 때문에 보지 않으려고 했으나 우리에게 관심 있는 이번 동란을 배경으로 전개되는 것이라고 하므로 하나의 호기심으로 보고 크게 놀라고 참으로 불쾌하기 짝이 없었다. 아메리카 영화는 겨우 만능적인 상업주의에 흐르고 있다고 할 수 있으나 이 영화처럼 비양심적인 작품은 해방 후 처음 접한다. 영화는 소재를 지나간 동란에 두고 있으면서도 한국의 풍물적인 배경은 전연 그리지 못하고 전쟁이 하는 것을 하나의 유희나 스포츠처럼 불성실하게 묘사하고 있다.

사건의 절반은 절간(사원)에서 벌어지고 있는데 그 사원은 참으로 가상적架想的 구기嘔氣가 생길 정도의 유치한 세트이며 이것은 그들 제작 시스템이 한국에 관해 아무런 상식도 없이 만들었다는 것을 단적으로 말한다. 당내堂內의 불상은 마치 아메리카 인디언 제로니모와 같은 모습이며 벽에 써진 한자나 우리 국문은 그 자체字體를 온 세계의 어떠한 나라의 문자에서도 찾을 수 없다. 물론 우리의 입장과 제작자의 의도와는 구분되어 있는 것이라 하겠으나 다른 나라에서 상연된다면 모르되 한국의 풍속을 이와 같이 왜곡시켜 놓은 것을 우리나라 관객이 본다는 것은 지극히 불쾌한 일일 것이다. 나는 아메리카의 영화가 얼마나 무식한가를 새삼스럽게 느끼었다. 이와 같은 몰상식한 영화 작가가 있으므로 아메리카 영화는 많은 오해를 받고 그 문화성의 진의에까지도 의심을 받게 된다. 더욱이 금반今般 전란으로 많은 한국 풍경과 전선의 양상이 소개紹介되었음에도 불구하고 이 영화에는 어느 한 곳도 참고 되어 있지 않다. 겨우 의복이 비슷하나 그것도 3,4년 전의 옷차림이며 오늘날 갓을 쓰고 전선을 헤매는 자는 게릴라대隊에도 없다. 더욱 고아로 분한 소년은 한국의 불쌍하고 순진한 고아가 아니라 때에 젖은 거의 교활에 가까운 중국 소년이라는 것을 쉽게 알 수 있었다. 이러한 것이 영화의 실패를 전부 나타내고 있지는 않으나 이 영화는 처음부터 논의의 대상이 되지 못한다. 나는 이 영화를 보고 참으로 울분했다. 더욱이 원명原名인 〈철모鐵帽〉를 〈한국동란의 고아〉로 고친 것을 알 때 시사성을 노려 대중을 처음부터 기만한 업자의 비양심을 꾸짖고 싶다.

이러한 영화에서는 예술이라는 것은 고사하고 조그마한 문화성도, 시대성도 엿볼 수 없으며 그저 널리 알려진 한국 전란을 이용한 가치 없는 상품에 지나지 않는다.

(박인환)

『韓國日報』(1954.9.6)

감상과 비평 〈물랭루주Moulin Rouge〉

현대 세계 영화계에서 우수한 영화감독 5명을 선정한다 하면 그 속에 반드시 존 휴스턴을 뽑지 않을 수가 없다. 우리나라에는 존 휴스턴의 작품은 특히 최근에 겨우 소개되었다. 즉 그의 감독 제1작은 〈말타의 비보秘寶〉[48]인바 이것은 그 주제를 대실 해밋의 동명 원작에서 얻은 것이다.

해밋은 내가 여기서 설명하지 않아도 널리 알려진 하드보일드에 속하는 탐정 작가이며 휴스턴이 그의 처녀작으로 〈말타의 비보〉를 영화화하였다는 것 역시 그가 하드보일드의 정신을 지니고 있다는 증좌이며 결국 작품에 나타난 것도 그러한 세계임은 다시 말할 필요가 없다.

휴스턴은 그 후 〈황금〉, 〈아스팔트 정글〉, 〈아프리카의 여왕〉 등의 작품을 감독했다. 이러한 작품의 성공은 그로 하여금 최일선의 작가적 지위를 주었을 뿐만 아니라 정확한 영화 기법에 의한 연출 수법은 할리우드의 최대의 예술가로 만들어졌다.

나는 〈말타의 비보〉를 접한 후 무조건에 가까울 정도로 휴스턴을 지지하여 왔으며 그의 작가적인 이질성이 마음에 들었다. 그러던 차에 화가 로트레크의 전기에 취재한 〈물랭루주〉를 보게 되었다. 원작은 피에르 라뮈르의 『물랭루주』이며 1950년의 베스트셀러인 것을 영국의 프로듀서 제임스 울프가 그 무렵 영국에 있던 휴스턴에게 말하자 그는 즉시에 승낙하였다고 한다. 그래서 휴스턴은 뉴욕에 돌아와 주역으로 생각했던 호세 페레에 전화를 걸었더니 페레 역시 "그 역은 내가 할 역이다"라고 즐거워했다. 휴스턴은 이 영화에 나오는 여우들은 될 수 있는 한 불란서의 여우

48 〈말타의 매The Maltese Falcon〉(1941)로 알려진 영화이다.

를 쓸 것을 희망했으며 색채도 로트레크의 색조를 내는 데 고심하여 그것도 성공되어 있다.

환락의 거리 몽마르트르를 배경으로 파리의 풍속과 로트레크의 비참한 사랑과 예술의 생애를 그린 이 영화는 휴스턴이 아니면 도저히 그려낼 수 없는 훌륭한 작품이라고 나는 우선 말하지 않을 수 없다. 그것은 먼저 경이적인 색채 처리일지도 모른다. 되도록 중간색을 내는 데 애를 썼으며 참으로 단순화되고 로트레크의 그림처럼 회색을 기조로 하고 있는데 이것은 엘리엇 엘리소폰이 색채 감독을 한 탓도 있겠지만 영국의 색채영화의 전통을 잘 표현하고 있는 것이라 하겠다. 엘리소폰은 미국『라이프』지의 컬러 사진을 담당하고 있는 사람이다.

이 영화의 주인공인 로트레크는 19세기 불란서 화단에서 가장 중요한 위치를 차지하던 화가이었다. 귀족의 아들로 태어나 어려서 기형아로 되고 파리에 나가서는 매일처럼 물랭루주에서 지냈다. 그는 물랭루주에서 일하는 댄서나 그 분위기를 사랑하고 어떤 자학적인 기분으로 폭음한 끝에 창가娼家에서 밤을 보냈다. 그는 여자의 진실한 사랑에는 거의 접하지 못했으나 항상 자기는 마음과 행동으로 상대의 여자를 사랑했다. 영화는 물론 실재의 로트레크를 다소 극적으로 그리고 있다. 즉 라스트 신 전람회는 1901년 그가 죽은 후에 개최되었으며 재세在世 중에는 루브르 박람회는 없었다. 또 한 가지 그의 전기를 읽으면 세간적世間的인 일의 대부분을 창가에서 명령했다고 한다. 중요한 서류에 서명할 필요가 있어도 법률가를 우정 창가에까지 불렀으며 그는 모자를 쓴 채 나체로서 수 명의 여자 나체를 묘사하였다 한다. 여하튼 이러한 실재와 영화는 개별의 것이겠으나 나는 감상을 위한 참고로서 적을 뿐이다.

이 영화의 훌륭한 신은 한두 곳이 아니다. 처음 캉캉 춤의 오랜 묘사에서 물랭루주를 소개하는 방법은 압도적인 것이라 하겠다. 담배 연기와 조명의 효과로[105] 그려진 주장酒場의 분위기는 아직까지의 영화에서 보지 못한 훌륭한 것이며 마리(콜레트 마르샹)가 뛰어나가 버린 후에 2층에서 내려다보는 몽마르트르의 뒷길의 표현은 로트레크의 색조에서 본 위트릴로의 몽마르트르 풍경을 그대로 나타내고 있다. 그리고 원화인지 복사인지는 몰라도 수많은 작품으로 몽타주되는 장면은 참으로 효과적이며 이러한 한 가지 예로서 미루어 보더라도 이 영화 제작 스태프가 얼마나 성실하게 노력하고 있다는 것을 알 수 있다.

이 영화의 중요한 특징의 하나는 서민성의 묘출描出일지도 모른다. 로트레크는 혈족 결혼 관계에서 온 탓인지 어려서부터 체질이 약했다. 그것이 최초에는 응접실로 가는 낭하廊下에서 쓰러져 왼편 다리를 부러뜨리고 바른편 다리는 개천溝에 빠져 부러졌다. 부친은 그 때문에 불구의 자식을 싫어했고 로트레크는 그림을 그리기 위해 퇴폐한 파리의 거리거리를 헤맸다. 4척 8촌의 몸과 고독한 정신은 결국 서민의 생활이나 인간을 그리게 하였다. 물랭루주의 댄서들이 그러했고 창녀들이 그러했고 그를 둘러싼 모든 것이 서민들이었다. 휴스턴은 처음부터 서민의 세계를 그리려고 하지는 않았으나 자연 물랭루주를 표현하기 위해서는 그들의 현실과 생활이라는 것이 나타나지 않을 수 없었다. 영화 음악이 거의 샹송이라는 것도 로트레크와 물랭루주와 밀접한 관계가 되어 샹송은 서민의 노래인 것이다. 이 시대에는 '6인조'[49]의 선생이었던 에릭 사티가 활동하고 있었고 그 '6인조'의 한 사람인 조르주 오리크가 음악을 담당하고 있는 것도 우연한 일이 아니며 시대의 감정이나 분위기를 잘 나타내고 있다.

존 휴스턴은 원래 미술 공부를 하기 위하여 21세 때 파리에 갔었다. 그는 화가로서 입신치는 못했으나 영화감독으로서 오늘날 로트레크와 물랭루주 그리고 파리를 그리는 데 성공했으며 그가 지금까지 영화에서 그려 낸 인간, 즉 인간의 행위가 목적에 달하기 전에 중도에서 좌절되어 버

---

49 루이 뒤레Louis Durey(1888~1979), 다리우스 미요Darius Milhaud(1892~1974), 아르튀르 오네게르Arthur Honegger(1892~1955), 조르주 오리크Georges Abel Louis Auric(1899~1983), 제르맨 타유페르Germaine Tailleferre(1892~1983), 프랑시스 풀랑크Francis Jean Marcel Poulenc(1899~1963) 등 몽파르나스에서 활동한 프랑스의 작곡가 6명을 가리킨다.

리는 것은 로트레크의 경우나 자기의 화가로서의 중단된 입장이나 거의 같다는 것도 재미있는 일일 것이다. 〈말타의 비보〉에 있어서 주인공 험프리 보가트가 자기가 사랑하던 여자가 살인범이라는 것을 알고 이를 경찰에 연락하고 형이 끝날 때까지 기다릴 수 없으며 아마 얼마동안 지나면 너와 나의 사랑을 잊을 수 있을 것이라고 말하는 것과 같이 주인공을 역경에 두고 그리는 수법은 한층 주인공의 강인성을 묘사하는 것으로 볼 수 있으며 이러한 것이 역시 하드보일드의 정신의 일단일 게다.

호세 페레는 무대에서 세련된 연기로 전체적으로 좋으나 예술가의 내면적인 고뇌는 그리 잘 나타내고 있지 못하다. 이와 반면에 앙리 드 툴루즈 로트레크와 깊은 정치적情痴的인 생활을 한 마리 샤를레로 분한 콜레트 마르샹과 그와 대조적인 미리엄(수잔 플론)은 모두 인상 깊은 연기를 하고 있으며 여기에서도 존 휴스턴의 정확한 연기 지도는 빛나고 있다. 〈물랭 루주〉는 존 휴스턴의 작품 계열에서 볼 때 확실히 이질의 것에 속하기는 하나 그의 작가적인 기량은 잘 나타나고 있는 것이다.[106]

『新映畵』 창간호(1954.11.1)

작품과 인물 연구 존 휴스턴

전후 아메리카 영화감독 중에서 가장 주목할 만한 세 사람 작가를 들기 위해서는 프레드 진네만, 엘리야 카잔, 존 휴스턴을 가리키지 않을 수가 없다. 물론 이 세 사람은 각자 다른 개성과 수법을 자랑하는 전후의 신인이다. 그러나 나는 그중에서도 존 휴스턴의 지위를 높이 평가한다. 왜냐하면 그는 지금까지의 할리우드 영화의 이단자이며 영화 예술에 있어서 혁명을 일으킨 귀재인 까닭이다. 어느 시대나 새로운 작가는 지금까지의 영화에 신풍을 일으켜 왔으며 그들의 예술이 새로운 스타일의 것이기 때문에 이단시되는 것은 지당한 일이었으나 존 휴스턴은 그러한 의미의 통속적인 이단자가 아니고 어디까지나 그의 정신과 영화에 대한 작가적 태도가 하이브로우한 데서 견지를 달리 하고 있기 때문이다.

아메리카 영화는 세계 어떠한 나라보다도 많은 작품을 제작하고 있기 때문에 거의가 상업주의에 흐르고 그러므로 해서 우수한 작품은 별로 없다. 혹시 높이 평가할 수 있는 작품이 있다 해도 그 우열의 차는 서구 영화의 경우와 많은 차위差位를 나타내고 있는데 존 휴스턴은 처음 출발부터 상업주의에의 반역자로 자처한 최초의 작가이었다. 그의 지론은 우수한 예술성을 가진 작품에는 틀림없이 많은 관객이 모인다는 것이며 이러한 예술에의 욕구가 작가적인 양심이 아니면 안 된다는 것이다. 이러한 그의 신념은 거의가 작가의 공통된 입장이기도 하나 끝까지 그 신념을 지키고 오늘에 이른 작가는 제작자 중심인 아메리카에 있어서는 별로 없는 일이며 〈키 라르고〉의 제작자 제리 왈드와 싸운 것도 그러한 견해의 대립이 심각하였기 때문이다.

존 휴스턴의 왕년의 명우 월터 휴스턴의의 장남으로 1906년 미조리주의 네바다에서 출생했다. 어렸을 때 무대 배우인 아버지를 따라다니느냐고 제대로 교육을 받지 못했고 그래서 소년기에는 권투 선수 노릇도 해보았고 무대 생활, 군대 생활도 했다. 한때는 화가가 되기 위하여 파리에도 갔으나 21세 때에는 문필 생활로 평생을 보낼 것을 결심하기도 했다.

1930년 그는 처음으로 할리우드로 가서 주급 150불로 새무얼 골드윈사[50]에 입사했으나 6개월 만에 파면을 당했다. 이마도 아버지 덕택에 할리우드의 문을 연 성싶다. 그 당시 그가 처음으로 손을 댄 시나리오는 윌리엄 와일러 감독의 〈북해의 어화漁火〉이다. 오늘날 윌리엄 와일러는 할리우드 최대의 감독이며 그가 우연하게도 존 휴스턴의 제1작을 그의 시나리오로 채용했다는 것도 지금의 휴스턴으로 보아서는 참으로 우연한 일인 것이다. 그는 그 후 구라파를 방랑하다가 1938년에 다시 아메리카에 나[20]타나 워너 사의 시나리오 라이터로 입사하게 되어 비로소 본격적인 일을 하게 되었다. 〈놀라운 클리터하우스 박사〉로부터 시작하여 이듬해에는 〈유아레즈〉, 1940년에는 윌리엄 디터리의 〈위인 에를리히스 박사〉, 1941년 〈하이 시에라〉, 〈요크 상사上士〉 등의 시나리오를 썼고 비로소 그가 감독의 메가폰을 든 것은 대실 해밋의 원작을 자기 각색한 〈말타의 비보秘寶〉인 것이다.

우리나라에서 처음으로 봉절된 그의 작품은 그의 처녀작인 상기한 〈말타의 비보〉이며 아직도 그 후에는 다른 작품은 소개되지 않고 있다. 그러므로 일반은 별로 존 휴스턴을 알지 못할 것이나 여기서 문제되는 것은 〈말타의 비보〉 하나만으로서도 충분히 그의 작가적 소양을 엿볼 수 있다는 것이다. (필자는 우연한 기회에 그의 〈황금〉과 신작 〈물랭루주〉를 보았다. 〈물랭루주〉에 관해서는 본지 전호前號에 그 감상 노트를 썼다.) 원래 소설가 대실 해밋은 하드보일드한 탐정 작가이다. 하드보일드하다는 것은 인물, 사건이 모

50 미국의 영화 제작자 새무얼 골드윈Samuel Goldwyn이 설립한 영화사이다.

두 난폭하고 행동적이며 템포가 빠른 표현 방법에 의하여 그려지는 것을 말하며 이러한 해밋의 원작을 처녀작으로 선택하여 그것을 각색까지 해가면서 영화화한 휴스턴 역시 하이보일드파에 속하는 감독이라고 하지 않을 수 없다.

인물이나 사건이 난폭하고 행동적이기 때문에 그 종말은 비극적일 때가 많다. 비극은 즉 허망으로 통하며 이러한 것을 즐거이 그리는 휴스턴은 그 정신에서부터 다른 작가와 달리하고 있는 것이다.

〈말타의 비보〉는 에나멜로 새까맣게 칠을 한 무한한 값과 4백년의 비밀을 품은 비보 '황금의 매'를 둘러싸고 이것을 수중에 넣으려는 사람들의 모든 지력과 암약과 투쟁이 전개되는데 그들이 찾아낸 '말타의 비보'는 실은 위조품이었고 결국에 남은 것은 세 건의 살인 사건뿐이었다는 풍자적인 스토리인데 휴스턴은 서스펜스와 스릴에 찬 활기 있는 사건 전개와 최후까지 종말을 알리지 않는 구성 방법으로 그의 훌륭한 재기를 나타내고 있다.

마지막으로 스페이드(험프리 보가트)가 진정으로 사랑했던 브리지트(매리 애스터)가 친우를 살해한 범인이라는 것을 알고 이를 경찰에 고발한 후 그를 체포시키면서

"얼마 동안은 당신 생각을 할 것이다. 하나 곧 잊을 수도 있겠지. 아마 20년 형이 언도될 것이다. 나는 탐정이라는 직업상 범인을 찾지 못하면 앞으로의 수입에도 지장이 있으니 당신을 고발하는 것이니 언짢게 생각지 말아 달라. 혹시 기회 있는 대로 만나자"라고 태연히 말하는 장면은 단적으로 이 영화와 존 휴스턴의 하드보일드한 정신을 잘 나타내고 있다.

휴스턴은 종래의 영화 수법은 전연 쓰지 않고 참신한 연출 기법에 의해 하나하나의 숏과 신을 구성한 것이며 그러기 위해서는 놀랄만하게 정확한 빈틈없는 시나리오를 만들고 있는 것이다.

〈말타의 비보〉가 세상에 나타나자 이 무섭고 놀랄만한 신인의 등장에 전 이목이 집중했다. 그리하여 그는 일조에 할리우드를 대표할 수 있는

감독이 된 것이며 그의 오늘날의 지위와 명성의 토대를 닦게 된 것이다.

휴스턴은 시나리오 작가로서의 오랜 시련의 결과 감독으로 성공하게 되었다고도 할 수 있으나 그 비범한 재능은 선천적인 것이라고 할 수 있다. 아버지 월터 휴스턴은 아메리카 영화사상映畵史上의 인물이며 당시에도 의연히 활약하고 있었고 그의 예술가로서의 유다른 혈맥이 아들 휴스턴에게 흐른 것이라고 일부에서는 말했다.

존 휴스턴은 워너 사에서 전후 〈황금〉을 다시 감[21]독했다. 이 작품 역시 황금을 찾기 위하여 광산을 헤매이는 광부들의 이야기나 결말은 수포와 같이 허망이다. 월터 휴스턴을 비롯하여 험프리 보가트가 주연하고 있으며 이 영화의 성공으로 그해의 아카데미상을 받게 되었다. 이어 에드워드 G. 로빈슨과 험프리 보가트를 공연시킨 셔우드 앤더슨의 〈키 라르고〉를 감독했다. 그리 성공한 작품은 아니다. 〈키 라르고〉의 부진과 제작자 제리 왈드와의 싸움을 계기로 휴스턴은 MGM 사로 옮겼다.

1950년대 스타 시스템을 취하지 않은 〈아스팔트 정글〉이라는 영화를 감독했다. 이 영화도 역시 살인 범죄자를 중심으로 한 일종의 스릴러이며 각 연기자의 개성을 충분히 나타나게 하는 동시 그의 하이보일드의 감정을 잘 묘사했으며 전편에 흐르는 서스펜스와 참혹한 스토리의 전개는 보는 사람으로 하여금 경탄케 하였다. 종말엔 한 사람도 남지 않고 마지막 고향의 목장이 그리워 찾아가는 주인공마저 그곳에서 죽게 한다. 휴스턴은 주인공을 언제나 감정적인 센티멘탈한 경지에 두면서도 그의 감정을 잘 억압시키며 거기에 감독으로서의 개인적인 동정이나 간섭은 일절 하지 않는다. 그래서 너무나 냉혹할 정도이며 몰인정할 때가 많으나 이러한 것이 그의 작가적 개성인 동시 특징인 것이다.

〈아스팔트 정글〉에는 무명했던 시절의 마릴린 먼로가 출현하고 있다. 존 휴스턴은 먼로의 미모와 자체姿體를 잘 살리고 그로 하여금 연기할 수 있는 여우로서의 제1보를 밟게 하였다. 오늘날 먼로는 그가 가장 숭배하고 존경하는 감독을 한 사람만 들라면 서슴지 않고 존 휴스턴의 이름을 부르는 것도 역시 다른 뜻에서 오는 것이 아니라 〈아스팔트 정글〉에서의 훌륭한 연기 지도와 그의 유달리 다른 예술가적인 인간성에 많은 매력을 품고 있는 까닭이 아닐까?

얼마 후 그는 독립 프로 〈호라이즌〉을 만들었다. 하나 별로 기억에 남을 만한 일을 하지 못하고 영국의 로물루스[51] 프로의 작품을 만들기 위하여 미국을 떠났다. 여기서 좀 생각해 볼 것은 그가 미국을 벗어난 것은 상업주의 만능인 그 제작 기구에 싫증이 생겨서 반항적인 의도로 떠난 것이 아닌가 한다. 나는 이것이 별로 틀림없다고 믿고 있다.

캐서린 헵번과 험프리 보가트를 주연시켜 제2차 전시 아프리카를 배경으로 한 작품 〈아프리카의 여왕〉을 도영渡英 제1작으로 하고 이어 피에르라 뮈르 원작인 〈물랭루주〉를 완성했다. 〈물랭루주〉는 전호에서 소개하였으니까 여기서는 지면 관계로 생략한다. 그러나 이 영화의 훌륭한 색채 처리는 영국 영화의 색채 효과의 정통을 잘 살렸을 뿐 아니라 색채 영화사상에 남을 획기적인 일을 했다.[22]

『新映畵』 2호(1954.12.1)

51 로물루스 필림Romulus Films의 약칭이다.

감상과 비평 〈심야의 탈주〉

놀랄만한 영화 작가 캐럴 리드는 우리들을 또 새로운 경탄에 빠뜨리기 위하여 영화사상 가장 무서운 인간 심리를 묘사한 작품을 우리에게 제시하였다. 그 작품은 바로 〈심야의 탈주〉이다.

〈제3의 사나이〉에서 처음으로 소개된 캐럴 리드는 대전 후의 영국 영화뿐만 아니라 전 세계에서도 굴지屈指할 수 있는 감독이다. 〈제3의 사나이〉는 1949년에 제작되었으나 이 영화는 1946년서부터 1947년에 걸친 작품이므로 우리들은 그 순서를 달리하여 리드의 작품을 접했다.

총기 밀수의 제목으로 투옥된 후 탈옥하여 다시 범행을 저지른 조니 맥퀸(제임스 메이슨)의 생애에 있어서의 최후의 8시간을 그린 이 영화는 처음부터 시적인 비극을 지니고 있다. 조니와 그의 동료들은 아일랜드의 혁명가들이다. 자금을 얻기 위하여 공장 금고를 습격하고 나오다 조니는 현기증으로 인해 시민을 무의식중에 사살한다. 그때 자기도 가슴에 총탄을 받고 자동차에서 떨어져 길 위에 쓰러진 후 겨우 정신을 차리고 도주는 했으나 마지막에는 애인 캐슬린(캐슬린 라이언)의 손에 안겨 함께 세상을 떠난다.

이러한 것이 영화의 스토리의 골자이나 리드의 작품에서는 스토리는 하나의 의의적인 요소만을 지니고 있을 뿐이다. 물론 F. L. 그린의 원작과 그의 시나리오도 훌륭한 것이다. 조니를 찾기 위한 성聖 머피 놀란 등 3인의 노력과 죽음으로 끝나는 결말 등등. 하나 영화는 스토리의 지배는 전연 받고 있지 않다. 마치 리드의 연출 수법과 작자적인 독창성을 돕기 위한 과정에 지나지 않는다. 이처럼 말하지 않을 수 없게 이 영화는 전개되고 있다.

리드에게 있어서의 긴박감이나 스릴은 히치콕의 것과는 문제가 안 된다. 히치콕은 스릴러의 분위기를 위한 것이고 리드는 영화의 전 분위기가 자연히 스릴과 긴박의 감정을 이끌어 가고 있다.

처음부터 끝까지 나는 화면에서 조금도 눈을 돌릴 사이가 없었다. 화면이 자아내는 긴박감은 그저 관객의 정신의 정신을 사로잡고 무의식중으로 신과 신과의 인물이 나의 의중의 사람으로 된다. 리드는 냉혹한 터치로 감정을 설명시키고 있지 않다. 그는 묘사와 구성 이외에는 아무 필요를 느끼지 않는다.

롱으로 엮은 도시, 밀의를 하는 방의 물物 배치, 캐슬린의 미행과 나이트클럽의 질바춤,[52] 방공호 내에 피신한 조니와 그의 현기증이 주는 환상, 어린애들의 장난과(19페이지로 계속)[93](93페이지에서 계속) 공간에 뛰어드는 구형 풋볼의 숏, 비와 눈이 내리는 가두의 풍경……. 회화적인 인상을 주는 숏의 하나하나가 집적되어 전편을 이루고 있다.

나는 어느 모에서는 〈제3의 사나이〉 보다도 더욱 성공된 작품이 아닌가 생각된다. 그것은 우선 이 영화에서는 어떠한 결함도 찾지 못하는 까닭이다. 인물의 하나하나가 거의 개성 있는 그리고 영화의 중요한 부면을 맡고 있는가 하면 이들은 다음 장면을 전개시키는 역할을 한다. 연기도 참으로 탁월하며 기중에서도 제임스 메이슨, 로버트 뉴턴, 화가 셸로 분한 F. J. 맥코믹은 일세의 명연을 하였다.

리드는 새삼스러운 말이나 현대의 불안한 사회에서 인간에 놓여 있는 위치나 그 경우, 그리고 생과 사의 심각한 문제를 그린[53] 최대의 작가가 아닌가 본다. 그것은 〈제3의 사나이〉 보다도 더 절실한 윤락된 인간들을 등장시키면서도 그들의 의지는 하나도 꺾이지 않고 마지막까지 아름답게 나타내고 있다. "나에게는 태산을 움직일 만한 신념이 있었다"라고 말하는 조니의 말은 리드의 심정과 변함이 없을 것이다.

(박인환)[19]

『新映畵』 2호(1954. 12. 1)

---

52 정확한 용어를 알기 어려워 원문대로 표기한다

53 원문에는 '번그린'으로 오기되었다.

〈챔피언Champion〉

다른 외국영화가 아메리카 영화에 전연 추종하지 못하는 몇 가지 소재 중에서 권투 영화는 더욱 가망이 없는 것 같다. 그렇다고 해서 나는 〈챔피언〉을 권투 영화로서 생각지 않으며 어디까지나 하나의 운동선수를 통하여 본 미국 사회에 대한 냉혹한 비판이라고 말하고 싶다. 물론 여기서 말하는 비판이란 반드시 그 사회와 구조가 옳고 그르다는 것을 지탄하는 것이 아니라 〈챔피언〉은 물질문명의 일 단면을 밋지 켈리(커크 더글러스)가 가난한 부랑자에서 챔피언이 되고 죽을 때까지의 여러 경우를 밟으며 잘 묘사하고 있다.

이 영화는 1949년에 스탠리 크레이머에 의해서 제작되었다. 그리고 감독은 마크 로보슨, 커크 더글러스가 주연을 했다. 거의 이름이 없었던 이들은 〈챔피언〉의 반향으로 크게 주목되었다. 더욱이 우리들이 화면으로 보아서는 알 수 없으나 스탠리 크레이머는 그 무렵의 다른 영화의 제작비보다 훨씬 적은 3분의 1로써 이 작품을 완성했다면 그는 확실히 천재적인 제작자이다. 이러한 예로 미루어 보아도 작품의 우열은 배우도 원작도 감독도 아니라 어디까지나 프로듀서의 손에 달린 것이다. 돈을 적게 들이고서도 〈챔피언〉은 전후 아메리카의 대표적인 영화의 하나로 되고 말았다. 이 영화의 테마는 아마도 처음부터 성공을 약속하고 있는 것 같다. 왜냐하면 폭주하는 야간열차 속에서의 난투에서 시작되는 첫 신은 인상적인 타이틀백과 아울러 관객의 마음을 압도적으로 끌고 간다. 기차에서 굴러 떨어진 케리의 그 후의 분방한 애욕과 야망의 행상行狀이 마크 로브슨의 날카로운 연출 수법으로 전개되는가 하면 라스트 신의 권투 장면은 이 영화가 단순한 복싱 영화로서 드높이 평가받아야 될 것이다. 밥을 먹기 위해서 권투를 하고 돈을 벌기 위해서는 챔피언이 되어야만하고 거기에 따라 본능이 욕구하는 또 하나의 것, 즉 사랑의 이름으로서의 여성과의 관계에 있어 케리는 돈과 비교해서 여성을 버리기로 했다. 그는 헤어진 아내에게도 자기의 욕망을 차리기 위해 그 여자와 친형과의 행복도 짓밟았으나 결국엔 챔피언으로서 영광과 갈채에 싸인 순간을 즐기며 그는 죽었다. 이 영화의 원작은 링 라드너의 동명의 소설이나 칼 포먼이 영화를 위해 각색을 했다. 대사는 별로 좋지 못한데 이것이 이 영화의 유일한 실패의 하나일지도 모른다. 그러나 전체적으로 볼 때 아메리카 영화가 너무도 외향적으로 흐르는 경향이 심한 데 비해서「챔피언」은 인간의 심리와 사회의 이면에 흐르는 보이지는 않으나 커다란 감정의 흐름을 그리는 데 애를 썼다. 그래서 여기에 나오는 인간은 모두가 적나라하며 그 사람들이 처음부터 무엇을 의식하고 목적하고 있다는 것을 쉽게 알 수가 있다. 그런 의미에서도「챔피언」은 가장 전후적인 아메리카 영화다. 말하자면 전후적인 의식이라 할까 사상을 가장 많이 함축시킨 작[39]품이다. 케리에게는 어떤 인륜적인 도의도 책임도 없었다. 그에게는 지극히 현실적인 야심만이 있었던 것이다. 그것은 즉 냉혹한 물질문명에 시달린 인간, 더욱 가깝게 예를 든다면 아메리카의 사회상을 상징시키고 있는 것 같다. 나는 이 영화를 보고 우선 놀란 것은 전언前言한 바와 같이 스탠리 크레이머라는 신예 제작자는 이 한 편만으로서도 충분한 가치를 발휘하고 있다는 것이고 마크 로브슨이란 감독도 대단히 실력 있는 연출가라는 점이다. 이 영화에서 느낄 수 있는 스릴과 긴박은 역시 연출의 힘이 아니고서는 이룰 수 없는 일이다. 케리와 엠마(루스 로먼)의 해변가의 신은 잊을 수 없이 아름다웠다. 아마도 〈지상에서 영원히〉의 애변愛邊 신도 여기에다 좀 더 격렬한 것을 가미시킨 것 같다.

우리나라에는 〈정열 광상곡〉 외에는 소개되지 않았던 커크 더글러스는 참으로 훌륭한 연기를 하고 있다. 더욱이 그의 형으로 분한 아서 케네디는 브로드웨이의 성격 배우로서도 이름이 알려져 있었을 뿐 아니라 여기서도 좋은 역할을 다하고 있다. 그리고 루스 로먼, 마릴린 맥스웰, 롤라 알브라이트 등 세 사람의 여우도 이 영화의 출연을 계기로 이름을 알리게 되었다.

여하간 「챔피언」은 제작 연도는 좀 오래되었으나 최근의 우수작이며 아메리카가 지니고 있는 우리가 알지 못하는 다른 비극을 다시 제시하고 있다.[40]

『映畵世界』 창간호(1954.12.1)

외화外畵 본수本數를 제한

'영화심위' 설치의 모순성

최근의 신문 보도를 보건대 외국영화 수입에 있어서 우선 1955년도에는 100본本으로 제한하고 이에 대한 기술적 내지 행정적 조치로서 선 수입(DP)제와 수입의 가부를 정할 수 있는 영화심사위원회를 설치한다는 것이다. 이와 같은 문제가 금년에 들어 대두되었다는 것은 그 결과적 성과의 가부를 고사하고 지극히 다행스러운 일이라고 일부 식자 간에는 말이 되고 있다. 그러나 하나의 계획이 세워졌다 하여 필자는 경솔히 찬의贊意를 표하기에는 오늘날까지의 제 사정으로 미루어 보아 서슴지 않을 수 없다. 물론 수입 본수本數의 제한은 가능한 일일지 모르나 선 수입과 영화심위의 설정은 도저히 불가능하다고 본다. 왜냐하면 한국과 같이 좁은 시장과 다른 나라에 비해 참으로 염가로 매각되는 국가에 대해서 외국영화 배급 회사가 DP를 결코 하지 않을 것이며 민간인으로 구성될 영화심사위원회는 선수입이 되지 않는 영화를 심의하기 위해서는 시나리오나 콘티뉴이티를 의존할 수밖에 없는데 시나리오와 콘티뉴이티에 대한 깊은 이해와 충분한 지식이 없는 '극작가 · 소설가 · 미술인' 등이 심의 위원이 된다는 이 위원회는 실제에 있어 하나의 모험적인 판단밖에 내리지 못할 것이다. 더욱 구체적으로 기술하면 시나리오는 일반인이나 문화인을 위해서 써진 것이 아니다. 시나리오의 유일한 독자는 영화감독과 프로듀서의 이름으로 불리는 일군의 제작자인 것이며 시나리오와 대중과의 사이에는 감독이란 중개자가 완고한 자세로 서 있는 것이다. 즉 어떤 영화를 만들기 위한 소재로서 감독과 제작자에 이미지를 주기 위한 방도에 불과하며 극단히 말하면 영화의 전문가가 아니면 정확한 영화적인 이미지를 포착하면서 시나리오를 읽을 수가 없다. 더욱 콘티뉴이티의 경우는 감독이 시나리오를 기본으로 각 장면마다의 등장인물, 움직임, 대사, 음향, 카메라의 위치와 각도 등을 설정하고 이에 따라 연출하는 대본인 것을 기술적으로도 완전한 문외인이 심의 위원이 되어 읽고 그 작품의 우열과 가치를 결정짓는다는 것도 극히 난센스한 일이다. (콘티뉴이티를 읽고 그 영화의 윤곽을 다 알 수 있는 영화인도 별로 없다.)

외국영화의 수입 본수를 상・하반기로 나누어 각 50본으로 제한한 것만은 상공 당국의 의도 여하를 막론하고 필자는 찬성한다. 본수 제한에 따라 업자들은 지금까지 해 온 과거의 재상영 작품이나 흥행적으로도 예술적으로도 그리 도움이 되지 않는 프로그램 픽처 등은 자연 수입하지 않을 것이며 현재로선 아직 희망적인 관찰일진 몰라도 앞으로 우리나라에서 상영되는 외화의 질적인 향상이 도모될 것이라고 보는 바이다. 더욱 국산 영화의 기업적인 편의와 국내 무대 예술의 발전을 위해서라도 외화의 무제한 수입과 범람은(국내 경제나 문화적으로 미루어 보더라도) 그리 좋은 현상이라고 할 수가 없다. 그러면 본수 제한에 대한 당국과 업자의 기술적인 조치는 어떠하여야만 되며 이에 대한 구체적인 방책은 있는 것인가? 필자는 그 어떠한 당사자도 아니기 때문에 이에 대한 아무 구상도 가지고 있지 않으나 선수입이 불가능하고 일반 문화인으로 구성될 것이라는 영화 심위가 전기한 바와 같이 탈선적인 것이기 때문에 앞으로 많은 애로가 초래될 것이라고 생각한다. 그러나 여기서 주제넘게 제의하고 싶은 것은 선수입이나 심위의 설정보다 더욱 중요한 일은 수입 본수 제한을 위요圍繞한[54] 업자와 당국 간의 합리적인 절충인 것이다. 27사의 배급업자로 구성된 협의체인 '배협配協'은 지난날의 실적을 참작하여 국가 지역별로 본수를 계정하고 아메리카의 경우에 있어서는 이를 더욱 사별社別로 구분하여 수입 본수를 정하는 것이 다른 외국의 예를 빌리지 않아도 현명한 일일 것이다. 이러한 조치가 취하여지면 계약의 여하에 따라 업자들은 그 책정

54 원본에는 '圍요한'으로 표기되었다. 문맥상 의미는 '둘러싼'이다.

안에서 영화를 수입할 수가 있을 것이며 이는 즉 경제의 자유 경쟁의 원칙을 존중하는 방도이기도 하다. 행정적으로 영화를 관리하는 당국은 '배협'에서 수입을 원하는 작품을 신중 검토하기 위해서는 지금까지의 무정견無定見한 영화 정책의 폐단을 시정하고 문화와 영화 전반에 걸쳐 광범위한 전문적 지식을 겸비하고 있는 권위 있는 인사를 선출하여 DP가 되지 않는 작품을 시나리오나 콘티뉴이티 그리고 다른 각도에서도 잘 분석하여 행정적 책임을 지고 수입 추천하여야 할 것이다. 심위가 민간단체의 성격을 띠는 데 반해서 이러한 협의적인 기관은 많은 반관성半官性을 지니게 하여야 하며 재언한다면 '영화에 대한 전문적 지식'을 가진 사람들만의 모임이 되지 않으면 안 될 것이다.

끝으로 필자는 최근까지 그 구성과 발견이 알려져 온 영화심의위원회보다도 더욱 광범위한 견지에서 일반 문화인과 교육자 및 종교인 등으로 구성되는 '영화사상윤리규정위원회' 같은 것이 따로 발족되어 국내외 영화가 간혹 범하기 쉬운 사상적인 과오, 도덕 및 풍속에 대한 문란과 인간의 윤리성을 유린하는 행위를 방지하기 위한 순전한 민간 조직이 출현하기를 또한 원하고 싶다. 이러한 순수한 단체가 다방면으로 노력한다면 법적으로 하등의 근거가 없는 '영화 검열제' 같은 것도 자연 폐지될 것이며 자유로운 영화 문화의 발전을 위해서도 즐겁고 좋은 분위기가 양성될 것이라고 믿는다. (영화평론가협회원)

『京鄕新聞』(1953.1.23)

최근의 외국 영화 수준

최근에 상영된 수개 외국영화를 중심으로 하여 그 작품의 성격과 예술성 그리고 대사 번역 및 검열 제도에 관해서 A(일반 관객)와 B(영화 평론가)의 대화 형식을 빌린 질의의 골자를 나는 여기에 기록하기로 했다.

A 최근에 상영된 우수한 영화는 대개 어떠한 작품들입니까?

B 엄격한 의미에 있어서의 좋은 영화는 전연 없다고 할 수 있으나 좀 에누리를 한다면 줄리앙 뒤비비에가 영국에서 감독한 〈안나 카레니나〉, 〈챔피언〉으로 우리나라에도 알려진 마크 로브슨의 〈열풍〉, 이것은 작가 제임스 A. 미치너의 소설집 『낙원에 돌아간다』에 수록된 「모건 씨」의 영화화입니다. 그리고 레오니드 모기라고 전에 〈창살 없는 감옥〉으로 센세이션을 일으킨 감독이 이태리에서 제작한 〈내일이면 늦으리〉라는 작품 정도가 아닐까요.

A 〈내일이면 늦으리〉는 저도 보았는데 무척 기대에서 어그러졌습니다.

B 확실히 그러합니다. 레오니드 모기란 감독에 저는 너무 기대는 하지 않았습니다. 왜 그러냐 하면 작가에게 있어 그 사람의 의식으로서의 예술성은 어떤 구분이 있는 것 같고 모기는 역시 전전적戰前的인 작가라는 데 그치고 말았습니다. 그는 이 영화에서 사춘기에 있는 소년 소녀의 생태를 묘사하는 한편 성교육에 대한 봉건적인 전통의 지배가 주는 무서운 비극이 어떠한 것이라는 것을 말하고자 했습니다.

이 영화가 그리려고 한 의도는 참으로 훌륭한 데가 있고 우리들 역시 배워야 할 점이 많았습니다. 그러나 영화가 관객에게서 멀어져 가기 쉬운 계몽성을 이 영화는 너무 많이 지니고 있으며 그 연출의 구성 방법이 대단히 낡습니다.

〈자전거 도적〉, 〈종착역〉의 명감독 데시카가 이 영화에 나오는데 그는 전에는 영화배우였던 관계상, 우리나라에서는 전후에서야 겨우 그를 알았으나 배우로서의 그의 명성은 참으로 오래 되었습니다. 여기에서도 좋은 연기를 보여 주고 있습니다. 즉 교원으로 분한 그의 한마디 한마디의 대사가 이 영화의 제작 의도입니다.

물론 별다른 연기는 아니나 이탈리안 리얼리즘의 위대한 감독을 화면에서 직접 보게 된 것은 기쁜 일입니다. 모기는 전부터 많은 소녀들을 데리고 좋은 영화를 만들었는데 이 작품에서도 수십 명의 소년 소녀를 자유자재로 연출시키고 있으며 그것이 무척 평상적인 것엔 놀라지 않을 수 없었습니다. 다만 작품의 성과가 그리 훌륭하지 못했으며 스토리나 구성이 참으로 개념적이라는 데 나는 불평이 있습니다.

A 〈열풍〉은 어떻습니까. 게리 쿠퍼가 출연한다지요.

B 마크 로브슨의 전작 〈챔피언〉에 비하면 소재도 완전히 다를 뿐 아니라 작품 가치에서도 훨씬 떨어집니다. 그렇지만 이 영화를 보고 저는 하나 감동을 했습니다. 그것은 아메리카인들이 무척 미개적인 토인을 이해하고 그들의 전통을 살리려고 애를 쓰고 있는 모습이 솔직히 그려지고 있습니다. 별로 이름도 없는 제작소의 작품인 까닭에 출연하는 배우들은 쿠퍼 외에는 거의 무명의 사람들이나 로브슨은 현지 로케이션에서 그곳 토인들을 잘 구[37]사하고 있습니다. 음악은 참으로 훌륭합니다. 〈하이 눈〉으로 널리 알려진 디미트리 티옴킨이 역시 테마 뮤직 송을 아름답게 효과적으로 취입시키고 있습니다. 이 영화에서 그의 음악을 뽑아 버린다면 아마 이 작품의 가치는 반감될 것입니다. 여하간 나는 〈열풍〉은 근래의 아메리카 영화로서는 그 소재가 이색적인 것이며 작가 제임스 A. 미치너의 남태평양을 주제로 한 소설을 이해하기에도 좋은 교시를 주는 것이 아닌가 생각합니다.

A 최근의 외국영화의 수준은 어떻습니까? 물론 우리나라에서 상영되

는 것을 기준으로 해서…….

B 영화업자와 영화의 수준을 말하여야만 되는데 여기에는 우리나라의 영화관과 관객의 경우가 지배적인 요소를 갖게 됩니다. 업자들은 대중에게 어필될 것을 수입하기에 급급하고 있으나 대중이 많이 보는 작품은 예술성이 무척 떨어집니다. 한국에서는 서부 활극이나 권총 난사극이 제일 인기가 좋고 너무 예술적이면 손님이 없습니다. 그 때문인지 최근의 양화洋畵 수준은 오락 본위에서는 몰라도 작품 가치에서는 대체로 전보다 훨씬 저락되었습니다. 기중에서도 제작 연도가 오래된 우수한 작품도 있습니다. 말하자면 〈심야의 탈주〉, 〈파리의 아메리카인〉 같은 것인데 이러한 것은 우연한 일이며 흥행 성적이 좋지 못했습니다. 나는 간혹 이렇게 생각할 때가 있습니다. 문명국가 중에서 우리나라가 제일 너절한 외국영화를 가장 시일이 늦게 상영하는 것이 아닌가? 사실 그렇습니다. 우리나라 정부나 민간단체에서는 뚜렷한 영화 정책이 없고 외국 문화를 청취하는데 스스로의 양식良識, 아니 준비가 되어 있지 않습니다. 영화를 수입하려면 공보처의 추천이 필요하고 상영되기 전에는 검열을 받아야 하는데 이것이 문자[55] 그대로 무궤도적이며 비문화적인 까닭에 전에 상영된 〈한국전란의 고아〉나 〈카스바의 사랑〉과 같은 것이 나타나게 됩니다.

A 〈카스바의 사랑〉은 저도 보고 대단히 분개했습니다. 도대체 지워 버린 자막이 많고 해서 전후의 흥미를 모르겠고 그 때문인지 이 영화가 무엇을 그리고 있는지 알 수가 없었습니다.

B 저도 동감합니다. 영화의 광고문과 작품을 보고 겨우 안 것은 어떤 유부녀가 어린애를 낳고 싶어서 자기 남편의 전처 아들, 즉 자기 아들을 육체적으로 사랑하게 된다…… 운운의 것인 것 같으며 검열 시 대사(슈퍼임포즈)에 나오는 '아버지'에 관한 것과 그리고 부자간이라는 것을 암시하는 것은 전부 삭제한 모양입니다. 그러나 여기서 문제 되는 것은 이처럼

55 원본에는 '文學'으로 오기되었다.

많은 대사를 삭제해야 할 작품을 어찌해서 수입 추천을 했으며 전후의 연결성이 없는 대사의 흥미조차 모를 이런 영화를 공보처가 검열 통과시킨 의도를 알 수가 없습니다. 일부 사람은 많은 대사를 삭제했다 해도 원어(불란서어)에서 직접 들을 수도 있겠으나 불란서 영화의 경우 그 일부 역시 참으로 적다고 저는 생각합(48항으로 이음)[38](38항에서 이음)니다. 더욱 〈카스바의 사랑〉은 그 예술적인 가치도 전연 없습니다. 그 영화의 스토리와 한국의 양습良習과는 너무도 거리가 멀고 그 영화 자체가 저급 프로그램 픽처에 불과합니다. 나는 이와 같은 작품이 우리나라에 어떠한 문화적인, 도덕적인 해독을 끼친다는 것을 잘 알고 있습니다. 그럼에도 불구하고 이런 작품이 공공연하게 상영되고 있다는 것은 관계 당국의 무지와 무책임한 것을 좌증하고도 남음이 있습니다. 여하간 이런 작품이 앞으로 들어오지 않았으면 하고 원하는 것은 비단 나 혼자가 아니겠지요.[48]

『映畵世界』 4호(1955.3.1)

소개와 전망 최근의 국내외 영화

국내 영화

금년 초에 들어 세 가지의 한국 극영화가 봉절되었다. 즉 이규환 감독의 〈춘향전〉과 한형모 감독의 〈운명의 손〉, 신상옥의 〈꿈〉 등이며, 더욱 특기할 만한 것은 〈춘향전〉의 흥행 성적이 아직까지의 한국 흥행사상 최고의 수입을 올린 것이다.

세 가지의 작품이 그 흥행적 가치를 떠나서 작품의 질적 수준으로 볼 때, 전연 논의의 대상이 되지 못하는 우열愚劣한 것이었다는 것은 참으로 유감된 일이었으며 이러한 불만은 한국 영화가 앞으로 봉착하게 될 큰 난관을 의미하고 있는 것이다.

현재 한국에는 훌륭한 영화감독이 없다. 물론 이규환, 전창근, 안종화, 윤봉춘尹逢春 제씨의 이름을 들 수 있으나 우리들이 크게 기대할 만한 작품적 활동을 이분들은 하지 못하였고 윤봉춘 씨가 〈고향의 노래〉에서 그 역량을 다소 발휘하고 있으나 전적으로 그를 믿기에는 이르지 못했다.[56] 과거 중국에서 영화 작가로 이름을 높혔던 전창근 씨가 메가폰을 든 〈불사조의 언덕〉이 요즈음 촬영 중에 있다. 해방 후 전 씨가 감독하는 본격적인 극영화이기 때문에 우리들의 관심은 자영 이 작품에 집중되고 있는데, 과연 어떠한 작품으로 나타나게 될는지 참으로 궁금한 일이다. 필자는 본지면을 통하여 우수한 작품이 되기를 원하는 바이다.

이규환 씨의 〈춘향전〉은 흥행 면을 떠나서는 그리 가치 있는 작품이 아니다. 이미 다른 비평가들이 논급한 바와 같이 전[90]연 시대 영화로서

56 원본에는 '이루지 못했다'로 표기되었다.

양식화되지 않았고 작가의 의식에 표현에 있어 혼돈되어 있기 때문에 많은 결함이 눈에 띈다. 이 씨가 지나간 연대에 있어서 〈임자 없는 나룻배〉나 〈나그네〉와 같은 명화를 만들었다면 〈춘향전〉의 그는 완전히 상실된 연대의 작가에 불과할 것이다. 물론 우리나라의 영화 제작이 감독의 창의성을 그대로 나타낼 수는 없는 형편이다. 참으로 많은 쇄신이 가로놓여 있고 촬영소 하나 없는 고장에서 더욱 하등何等의 촬영 시설 없이 영화를 만든다는 것은 기적에 가까운 일이긴 하나 나는 전후의 이탈리안 리얼리즘의 이름으로 전 세계에 알려진 〈자전거 도적〉, 〈구두닦이〉, 〈무방비 도시〉와 같은 일련의 작품들이 제작된 것을 상기하지 않을 수 없는 것이다. 결국엔 많은 애로가 있다 할지라도 작가로서의 감독의 역량은 작품 전체를 좌우하게 하는 것이다. 윤봉춘 씨와 이규환 씨의 두 작품을 보고 내가 단적으로 느낀 것은 이분들이 시대 의식에 큰 착각을 일으키고 있는 점이다. 토키 영화의 생명인 다이얼로그를 거의 천시에 가까울 정도로 취급하고 있으며 몇 장면의 표현에 있어 무성영화 시대의 기법을 그대로 쓰고 있다는 것은 작품의 손실을 고사하고서라도 관객에 큰 모욕을 주는 일이다. 결국 새로운 영화예술에 대한 자신의 노력을 태만히 하고 있는 증좌이다. 안종화 씨는 참으로 긴 침묵의 시기를 보냈다. 듣건대 〈황진이〉를 영화화하는 모양이나 여하튼 작가적 활동은 기간期間 전연 하지 않았으니 무어라고 운위해야 좋을지 모르겠다. 아메리카에 있어서 과거의 명장들 요제프 폰 스턴버그나 프랭크 캐프라 등이 제1선의 감독의 자리에서 물러난 것과 같이 우리나라에서도 그러한 일이 생기지 않는다고 단언하지는 못할 것이다.

과거에 훌륭한 작품을 발표했다고 해서 오늘의 훌륭한 작가는 아니다. 더욱이 영화예술에 있어서는 격심하기 한이 없다.

신춘의 '춘향전 붐'은 한국 영화계에 큰 자극을 주었다. 널리 대중에게 알려진 고전물이나 사화史話가 관객 동원에 힘이 된다는 것을 제작자들은 알게 되고 이것을 이용하려는 그들의 기업으로서의 영화 제작 의욕은 참으로 컸다. 그리하여 이것을 계[91]기로 〈황진이〉, 〈단종 애사〉, 〈왕자 호동〉, 〈별〉 등이 현재 계획 중에 있으며 아마 이 글이 발표될 무렵에는 기중에 촬영을 개시한 것도 있을 것이다. 그러나 이것과는 달리 〈출격 명령〉을 감독한 신진 홍성기洪性麒 씨의 〈열애〉, 이강천李康天 씨의 〈피아골〉, 박남옥朴南玉 씨의 〈미망인〉(이것은 16밀리), 박계주朴啓周 원작인 〈포화 속의 십자가〉, 〈자유 전선〉, 〈반半 처녀〉 등이 완성 및 녹음 중에 있다는 것은 한국 영화가 그 제작을 하나의 발전적 궤도에 올려놓고 있는 것을 말한다. 이러한 움직임은 지금까지 문화의 그늘 지대에 앙상하게 남아 있었던 영화가 그 소생의 제1보를 내디디고 있는 셈이 된다. 여하간 해방 10년 후의 최초의 일이며 경하스러운 일이다.

그러나 냉정히 최판最判할[57] 때, 영화가 단순히 많이 제작된다고 해서 우리는 조금도 즐겁지 않다. 영화인은 지금까지 무위도식을 하던 자이니 비로소 일자리을 얻어 생계를 해나가게 되어 실직의 상태를 면하였으나 아무 내용도, 의의도, 가치도 없는 작품이 쏟아져 나온다는 것은 불쾌하기 짝이 없으며 큰 소모 작용에 불과할 것이다. 갑자기 우수한 영화가 나오지는 않는 일이지만 우리나라에선 생산되지도 않는 고가의 필름이 그저 인물과 풍경의 촬영으로 그치게 된다며는 서글픈 일이다. 남들은 과도기적 현상이라고 하나 결코 그러한 피난 용어는 예술에는 타당치 않는다. 혼란과 역경 속에서 좋은 작품을 만들어 내는 것이 더욱 의의가 있는 일이 아니겠는가. 지금까지의 작품을 개괄적으로 볼 때 겨우 〈고향의 노래〉 정도가 조그마한 면목을 세웠을 뿐 다른 작품들은 보잘 것이 없었다. 그 중요한 원인은 감독자의 의식과 역량 부족도 있었으나 시나리오의 책임이 크다.

내가 여기서 솔직한 말을 하자면 시나리오도 없이 겨우 몇 줄의 플롯만 가지고 영화 촬영을 완성한 일을 알고 있다. 그 감독은 천재가 아니면 최

57 문맥상 의미는 '판단할'이다.

대의 무식자이다. 지금까지 우리나라에서는 시나리오에 큰 관심을 두지 않았으며 녹음 역시 애프터 레코딩[58]인 관계로 시나리오나 다이얼로그는 귀찮은 존재이었다. 요즘에 와서야 이런 경향이 무척 변하고 "좋은 시나리오가 있어야지"라는 소리[92]를 하루에도 몇 번씩 듣게 되는데, 상식적인 말이긴 하나 좋은 시나리오는 좋은 영화를 만들 수 있으나 나쁜 시나리오는 좋은 영화를 만들 수 없다는 것을 명심하여야 될 것이다. 이청기李清基 씨가 〈황진이〉, 이정선李貞善 씨가 〈왕자 호동〉, 유치진柳致眞 씨가 〈별〉과 〈단종 애사〉의 시나리오를 집필하게 되었다는 것은 아직 자세히 알 수 없으나 앞으로의 한국 영화의 시나리오 분야에 다소의 플러스는 될 것이다.

〈춘향전〉의 흥행적 성공은 전기한 바와 같은 사화물의 영화화에 품은 그날이 되었으나 대부분의 제작자의 심경은 훌륭한 예술보다도 훌륭한 수입을 만들자는데 결집되고 있는 것도 한국에서는 어찌할 수 없는 일이다. 왜냐하면 우리나라의 협소한 시장과 동원 인원을 가지고 영화 산업의 수지를 밸런스 시킨다는 것은 결코 쉬운 일이 아니다. 〈춘향전〉은 최초의 고전극 영화이었고 거기에 대중의 호기심이 자연 따라가게 되었다. 그러하기 때문에 기적적인 성황을 이룬 것이다.

모든 새로운 기업가들은 그리 큰 자본을 가지고 영화를 만드는 것이 아니라 수공업적인 과정으로서 제작을 하게 된다. 환언하자면, 기업의 빈곤을 처음부터 의식해 가면서 착수했다. 한 편의 작품에 평[93]균 1천 3,4백만 환圜이나 소요되기 때문에 그 금액을 다시 찾아내기에는 한국은 너무도 시장이 좁고 자칫하면 결손을 보기 쉬운 일이다. 그 예로서는 〈운명의 손〉이었다.

그런 고로 예술에의 욕구는 이차적인 것이 되며, 그저 대중에게 많이 알려진 고전소설이나 사화를 영화화하자는데 목적의 전부라 하겠다. 그

---

58 원본에는 '아후래코(아프레코, 'after+recording'의 일본식 약자)'로 표기되었다.

러나 나는 예술성이 없는 제작을 위한 제작은 앞으로 반드시 실패할 것으로 관측하는 한 사람이다.

〈꿈〉이나 〈춘향전〉을 보고 나온 관객은 '속았다', '너절하다', '재미가 없다'는 뜻을 말한다. 영화의 관객 — 외국영화와 국산 영화의 관객의 질은 다르겠지만 — 은 그리 우열愚劣한 자들도 아니며, 오락성도 없고 예술적 가치도 없는 영화를 그리 오래 보지 않을 것이다. 한국 영화에 대한 동정적인 호기심이 '춘향전의 붐'의 원인이었다고 이것이 바로 다른 작품에 해당되지는 않을 것이다. 그러한 까닭에 앞으로 나올 작품들은 지금까지의 작품이 빠져 있는 안이성을 떠나서 보다 나은[59] 예술과 오락을 지닌 작품이 되어야 할 것이며 그렇지 못할 경우 이들 작품은 흥행적으로도 큰 타격을 면치 못할 것이다.

과거의 한국 영화의 짧은 역사를 회고하여 볼 때 그 작품의 질적 수준이 그리 외국에 떨어지지 않았다. 우리에게는 좋은 소질이 많이 있었으며 민족적인 정서나 감정이 그것을 제대로 표현만 한다면 다른 나라보다도 훌륭한 것이 아닌가 자부한다. 제대로 정비되어 있는 기재 하나 없이 우리들은 몇 가지의 극영화를 만들었다. 그 재능과 정열을 살려간다면 한국 영화의 빈곤한 상황은 타개될 것이며 해외에의 진출도 가능한 일이 될 것이다.

지금 일본 영화가 많이 동남아시아에 진출되고 있다. 이것이 곧 우리 영화의 진출을 의미하지는 않아도 우리 영화가 지금의 수준에서 다소라도 향상된다면 영화의 시장은 비단 한국 내에 그치지는 않을 것이다. 그 구체적인 예로서 동남아에서 하나의 작품을 제작하는데, 미불美弗로 평균 4~7만 불이 소요되나 그 회수가 불가능하기 때문에 로열티가 싼 일본 영화를 수입시키고 있다. (미, 영의 영화는 로열티가 엄청나게 비싸다.) 만일 우리의 영[94]화가 7천불에서 1만 불 정도로 수출된다 해도 현재의 제작비의 대

59 원본에는 '낳은'으로 오기되었다.

부분은 그것에서 회수될 것이며, 그러한 해외 진출이 주는 영향을 '춘향전 붐'보다 더 큰 제작에의 자극을 우리에게 줄 것이다. 나는 〈꿈〉이나 〈춘향전〉이나 〈출격 명령〉 같은 것이 지금 해외에 진출한다는 데는 반대하는 한 사람이다. 그 이유는 미숙하기 짝이 없고 작품으로서도 실패되고 있는 영화가 한국 영화의 대표작인 것처럼 외국에 알려질 때, 앞으로 우리나라 영화에 대한 그들의 인식이나 선입감은 참으로 나빠질 것이며 차후로 제작될 우수한 영화의 진로까지도 저해될 것이다.

산업으로서의 영화는 결코 불가능한 일이 아니며 현재 제작 진행 중에 있는 영화들이 그 가능의 여부를 좌우할 것이다.

어디까지나 '훌륭한' 영화가 되지 않으면 안 될 것이고 보다 좋은 예술성과 오락성을[60] 지닌 작품으로 등장되기를 바라마지 않는다. 그러기 위해서는 영화인 전체의 더 한 층의 분발이 필요할 것이다.

외국영화

금년도에는 100본本의 외국영화가 수입될 것이다. 상·하반기 각 50본의 수입이 허가되어 있으며 상반기 분은 이미 그 쿼터가 다 사용되었다. 외국영화의 수입 제한에 따라 그 작품의 질적 문제를 검토하기 위하여 영화심의위원회가 발족되고 있다. 즉 유두연劉斗演, 이헌구李軒求, 전창근, 정화세, 안종화 씨 등으로 구성되어 있으며, 이들은 외국영화의 우리나라에 있어서의 상연을 좌우하는 권한을 가지고 있다. 여기서 공정히 심의 통과된 작품만이 수입되기 때문에 '심위원'의 책임은 참으로 무겁다.

그러나 앞으로 상연될 외화의 질적 수준은 문제가 되지 않을 정도로 저락될 것이다. 1954년의 아메리카 영화는 대작은 거의 시네마스코프와 비스타비전의 양식으로 전환되었고 우리나라의 어떠한 극장도 시네스코나 비스타비전을 받아들일 시설을 하지 않았다. 물론 이외의 작품들도 우수

---

60 원본에는 '□樂性을'로 표기되었다.

한 것이 많으나 수입 가격이 고가인 까닭에 영화업자들은 자연 저가의 작품밖에 수입하지 않는다. 더욱 '예술적'인 작품은 한국의 관[95]객 수준에 맞지 않고 흥행적으로도 위태하기 때문에 손을 내미는 자가 거의 없다 해도 과언이 아닐 것이다. 그러므로 제작 연대가 오래된 싼 작품이 한국에 밀려들어 오게 되며 우리는 하는 수 없이 이런 삼류 작품밖에 보지 못하는 것이다. '심위'는 수입업자가 아닌 고로 삼류 작품의 심의 이외에는 하지 못한다. 결국 우수 영화의 수입을 목적으로 노력할 수는 없게 된다.

기중 몇 가지의 좋은 작품이 상연될 가능이 있다. 존 휴스턴의 〈아프리카의 여왕〉, 스탠리 크레이머 제작인 〈탐정 이야기〉, 아나톨 리트박의 〈회상〉, 〈분홍 신〉의 멤버가 제작한 〈호프만 이야기〉, 영이英伊 합작인 〈로미오와 줄리엣〉, MGM에서 존 포드가 감독한 〈모감보〉, 막스 오퓔스의 〈마담 드…〉 등이다. 그러나 이런 작품이 곧 외국영화의 전반의 움직임을 반영시키는 것도 아니며 한국에 있어서의 외화의 수준을 확보할 것이라고 단언할 수 없다. 〈아프리카의 여왕〉에는 캐서린 헵번과 험프리 보가트가 주연하였으며, H. 보가트는 영화의 출연으로 그해의 아카데미 연기상을 받았고, 〈탐정 이야기〉는 아메리카의 시정 생활과 그 속에 사는 인간의 비극을 그리고 있다.

〈회상〉은 높은 경지의 작품은 아니다. GI[61]와의 사랑 때문에 센강에 투신하는 여자의 애화를 그린 것이다. 〈로미오와 줄리엣〉은 천연색영화의 색채의 우수성으로 널리[62] 알려졌고 〈모감보〉는 삼각연애의 심리 구사에 성공한 작품이다.

이상 제한한 매수에 지극히 추상적인 전망에 그친 감이 있으나 한국 영화의 금년은 시련과 고난의 시기가 될 것이다. 이런 고난을 겪고 극복해 나가면서도 작품의 질적 수준이 향상된다면 아는 다음의 좋은 활로를 개

61 미국 육군 병사의 속칭이다.
62 원본에는 '넓히'로 표기되었다.

척하는 일이 될 것이며 한국 영화계에 큰 서광을 가져오게 할 것이다.

외국영화에는 그리 큰 기대를 가질 수 없고 혹시 우수한 작품이 수입된다면, 수입업자의 공로를 우리들은 치하하여야만 될 것이다.[96]

『코메트』 13호(1955.4.20)

한국영화평론가협회 선정 1954년도 외국 영화 베스트 텐

제1위 〈제3의 사나이〉

제2위 〈파리의 아메리카인〉

제3위 〈오르페〉

(10점 만점)

후보 작품명	제작	국내 배급	점수 합계	등위
말타의 비밀	미국	국제영화	3	
제3의 사나이	영국	대한영교映敎	95	1
황색 리본	미국	신한문화	2	
격전지	미국	국제영화	3	
햄릿	영국	동남영화	42	4
죄 많은 여인	독일	신영新映사	1	
열사熱砂의 비밀	미국	불이不二무역	0	
애상의 나그네	불란서	국제영화	25	10
밤마다 미녀	불란서	세기영화	36	5
다시없는 기적	불란서	남화南和상사	25	10
심야의 탈주	영국	미양美洋실업	34	6
흑수선黑水仙	영국	동남영화	20	
챔피언	미국	신부信夫영화	34	6
푸른 화원	미국	불이무역	15	
파리의 아메리카인	미국	불이무역	63	2
황혼	미국	불이무역	23	
물랭루주	영국	미양실업	30	8
레베카	미국	동양영화	2	
패배자의 최후	불란서	동남영화	16	
하이 눈	미국	동양영화	28	9
오르페	불란서	수도영화	47	3

이상과 같이 채점되었는데 투표한 영화 평론가의 명단은 다음과 같다.

허백년, 유두연, 이진섭李眞燮, 이정선, 박인환, 박태진, 이청기, 이철혁李喆爀, 김소동, 오영진, 이봉래 등 제씨 들이었다.[111]

『新太陽』 4-6호(1955.6.1)

영화 시평 시네마스코프의 문제

시네마스코프(시네스코)에 대한 일반의 기대가 컸던 만큼 〈성의聖衣〉와 〈원탁의 기사〉는 더 많은 실망을 주었다. 물론 만곡彎曲된 대大 스크린, 입체적인 음향의 효과가 지금까지의 평면 영화보다 뛰어나게 다르다는 점도 들 수 있겠으나 영화가 지닌 본질적인 예술성은 그것만으로 흡족하지는 못한 것이다. 스크린이 양면으로 퍼졌기 때문에 관객은 자연스러운 시각도로서 화면을 볼 수가 있고 넓은 스크린을 채우기 위해서는 웅장한 배경이나 많은 인물들이 등장되어야 하므로 지금까지의 영화보다는 훨씬 스펙터클한 것을 볼 수가 있으나 시네스코가 숙명적으로 결함을 가지고 있는 것은 이러한 우위성과는 다른 내면적인 문제인 것이다. 즉 시네스코는 흥미와 오락 본위의 세계에만 그칠 것이 아니라 좀 더 나아가 깊은 인간성과 사회성을 어떻게 하면 묘사하느냐는 점이다. 〈성의〉와 〈원탁의 기사〉는 20세기폭스 사와 MGM 사에서 모두 시험적인 도정으로 처음 만든 작품들이다. 그 때문인지 시네스코로서는 더욱 많은 약점을 지니고 뚜렷이 작품의 주체성이 나타나 있지가 않다. 비단 스크린이 크기 때문이라고 돌리지 않아도 이 두 작품에서는 결코 내면의 세계를 그리려고 하지도 않았으며 어디까지나 흥행성에만 급급하였다는 것이 노골적으로 나타나 있다. 왜 우리들은 같은 시설과 같은 시간에 예술성이 없는 졸렬한 작품만을 보아야 하는가? 물론 제작 순이 있으니 차차 이어 볼 수가 있다고 답할지 모르나 그것은 업자의 패배가 되고 마는 이야기다. 처음으로 소개되는 시네스코 작품이 우수한 작품일수록 관객들은 앞으로 좋은 인상을 갖고 다른 시네스코를 안심하고 감상할 수도 있지 않은가. 이번 두 작품 때문에 앞으로 들어올 수 있는 다른 우수 작품은 몹시 해를 입게 될지도 모르는 일이다.

나는 우리나라에 시네스코가 여하간 공개된 일을 기뻐하는 한 사람이지만 더욱 빛나게 하기 위해서는 이 두 작품보다 기술적으로, 내용적으로 발전된 작품이 상영되었다면 그것을 소개한 업자나 본 관객의 노고가 헛됨이 없었을 것이라고 생각한다.

다시 본지本旨에 들어가 시네스코는 화면이 넓기 때문에 생기는 막을 수 없는 공간이 많다는 점이다. 이것은 영화의 리듬을 정지시키며 관람성에도 좋지 못한 자극을 준다. 또 하나는 공연히 웅장성이 너무 심해서 부자연한 분위기를 초래시킬 때가 많으며 최소한의 제작비로 최대한의 효과를 거두어야만 되는 영화 기업의 첫 취지에도 어긋난다는 점이다. 그 때문에 '구경거리적' 요소만이 시네스코의 전부라고 부르게 된다면 전체의 영화를 아끼고 그 예술성을 옹호하려는 사람들은 얼마나 실망하여야만 되는가! 나는 이러한 위구危懼와는 다른 우수한 몇 작품, 즉 〈스타 탄생〉, 〈해저 이만 리〉, 〈쇼보다 훌륭한 직업은 없다〉 등을 보고 다소 걱정은 덜 했으나 시네스코가 타개해 나아갈 문제는 결코 한두 가지가 아니다. 텔레비전과 비할 때 전연 그 실감성은 논할 바가 아니다. 그러나 텔레비전과의 대항만이 아니라 지난날의 흑백 영화의 빛과 그림자의 예술성에는 지금까지의 시네스코 수법으로는 도저히 따르지 못할 것이다. 광대한 서부의 원야原野, 웅대한 나일 강이나 스핑크스의 상像, 그것은 단지 그림엽서의 가치에만 그치고 말 것이다. 이번 두 작품은 실패작이긴 하나 그 창의성의 의의는 있다. 그리고 영화사상 최초의 시네스코 작품으로 오래도록 이름이 남을 것이다. 하지만 우리들은 새로운 의장意匠으로 나타난 시네스코의 시스템이 음향의 완성에만 그치지 말고 그 소재나 배경을 구함에 있어서도 많은 창조적 의욕을 갖추어 주기를 바란다. 다른 평면 영화보다 훨씬 떨어지는 불선명한 화면의 문제도 여기에 따르는 큰 난관임이 틀림없다. (필자 영화 평론가)

『朝鮮日報』(1955.7.24)

산고 중의 한국 영화들
〈춘향전〉의 영향

8·15 이후 오늘까지 국산품이 천대받고 있는 것이 한두 가지가 아니지만 그중에도 국산품 영화처럼 천대받은 것도 드물 것이다. 다행히 6·25 이후 당국의 국내 영화 진흥에 안목을 두어 국내 영화의 면세에 단안을 내린 이후 한국 영화는 일로 활기를 띠기 시작했거니와 방금 제작 중의 영화의 중간보고를 한다.

지난 2월 상순부터 서울 국도극장을 위시하여 전국 각지에서 선풍적 대인기를 얻은 이(이철혁) 제작 〈춘향전〉은 여러 가지 견지에서 한국 영화 제작에 큰 충격을 주었다. 그중에서도 가장 큰 영향은 한국 영화가 제작되더라도 절대 결손을 보지 않을뿐더러 많은 이윤을 올릴 수 있다는 것, 이것은 즉 기업으로서의 영화 제작 사업이 위태로운 것이 아니라는 것을 일반에게 알리게 되었다.

사실 정확한 숫자로서 〈춘향전〉은 1,700만 환의 제작비를 투입한 것이 불과 5개월간의 흥행으로써 제작비의 근 6배에 가까운 이윤을 올리게 되었고 그러한 성과는 한국 영화 흥행 사상 초유의 일이었다.

또 한 가지 〈춘향전〉의 성공 원인은 그 스토리가 우리나라 전 국민에게 잘 알려져 있는 누구나 사랑하고 자랑삼는 대표적 고전이라는 데 있다.

그리하여 영화 기업에 관심을 갖고 과거에 제작 경험이 있는 업자들은 내남없이 일반 대중에 많이 알려져 있는 고전이나 소설의 영화화를 계획하게 되었다.

또 한 가지 요즘에 계획되고 촬영 중에 있는 작품의 대부분이 고전이나 이조 시대의 것이라는 것은 영화 제작에 있어 자연적인 배경이나 풍물을 많이 이용할 수 있기 때문이다. 창경원이나 비원, 경희루, 남원, 경주 등 과거의 고적이나 건물이 많이 남아 있는 곳이면 영화의 절반은 거기서 촬영될 수 있으며 촬영소 하나 없는 고장에서 여러 장면의 세트를 만들기도 힘이 드는 일이며 세트에 또한 막대한 경비를 투입할 수 없기 때문이다. 다시 본론에 들어가 〈춘향전〉 이후 계획된 작품은 〈왕자 호동〉, 〈단종 애사〉, 〈젊은 그들〉, 〈양산도陽山道〉, 〈구원久遠의 정화情火〉, 그리고 중단되다시피 된 〈황진이〉 등이며 이것은 모두 이조 시대가 아니면 그 이전의 시대에 전개되던 일반 대중에게 널리 알려져 있던 작품들인 것이다.

제작 중의 작품들

물론 그렇다고 하여 전부의 작품이 고전은 아니다. 대체의 흐름이 고전을 영화화하면 흥행적으로 좋은 성과를 거둘 것이라는 희망적인 관찰이지 그것이 반드시 앞으로 좋은 결실을 줄 것인지의 여부는 필자로서도 모르는 일이다. 즉 이청기의 오리지널 시나리오 〈교차로〉(가제), 이만흥의 〈결혼 진단〉, 박계주 원작의 〈포화 속의 십자가〉, 이원경李源庚 시나리오의 〈격퇴〉 등은 현대를 소재로 한 것이고 배경만은 이조 말엽이지만 그 인물의 시대감각을 현대에서 구한 유두연 오리지널 시나리오 〈망나니〉(가제) 같은 것도 있는 것이다. 제약된 매수를 고려하여 앞으로 각 작품에 대한 제작 보고를 적어 보기로 한다.

〈양산도〉

지난번 〈꿈〉을 제작한 변순제邊順濟[63]가 제2회의 작품으로 제작하는 야심작이다. 이조 중엽 어느 시골에서 일어난 수동이라는 사냥꾼 총각과 어

---

63 원본에는 '邊㬋濟'로 오기되었다.

떤 처녀와의 비련을 그리고 있는데 시나리오는 이운방李雲芳, 이태환李泰煥, 김기영金綺泳의 세 사람이 합작을 했고 〈죽음의 상자〉의 신예 김기영이 연출을 담당했다. 출연에는 한국 무용으로 알려진 김삼화金三和와 영화엔 이번이 처음인 연극배우 김승호金勝鎬, 고운봉高雲峰 등인바 거의 그 촬영은 끝날 무렵이 되었다. 제작자 변순제는 지난번의 작품 〈꿈〉이 홍콩香港으로 수출하게 되는 것을 계기로 이번에 이 작품을 만드는 만큼 내년도의 동남아시아 영화제에는 반드시 이 작품이 출품되도록 갖은 노력을 경주하고 있으며 풍부한 대중성과 독특한 예술성을 영화에서 그려 보겠다고 한다.

〈교차로〉

우리나라에서 처음으로 계획되는 1인 2역의 영화로서 우리들의 생활 주변에 있는 모든 종류의 인간상을 풍자하며 비판하려는 영화 평론가 이청기의 오리지널 시나리오이다. 이야기는 어느 여배우 집에서 하녀 절도 사건이 발생한다. 회사 사장의 딸인 현숙은 부모의 정략결혼의 강요로 집을 나와 애인이며 부친 회사의 부장인 영철과 같이 부산으로 도피할 것을 약속하고 다음날 역에서 기다리게 된다. 그런데 영철은 뜻하지 않은 교통사고로 늦었고 현숙은 폼[64]에서 그를 기다리다가 전全 형사에게 여배우 집 하녀로 오인 받고 체포된다. 한편 하녀는 사장의 딸로 인정되어 현숙의 대역을 맡게 된다. 경찰서에 구금된 현숙은 범행을 부인하면서도 신원을 밝히지 않으나 그 후 여배우와 하녀의 양아버지의 증명으로 범인이 아니라는 것을 알게 되고 그 후 여배우의 집 진범인이 체포되는데, 하녀의 양아버지의[113] 유서로서 하녀 옥희와 현숙은 쌍둥이였다는 것이 판명되는 것이다. 무척 멜로드라마틱하지만, 값없는 허영과 천한 사치를 탐내 허덕이는 경박한 여성 옥희와 진지하고 아름답게 살려는 현숙의 대비는

---

64 문맥상 의미는 '플랫폼platform'이다.

이 영화의 의도를 잘 살리고 있다. 이번 새로이 발족한 금성영화사의 제1회 작품이며 연출은 〈춘향전〉의 이규환 감독의 조수였던 유현목兪賢穆이 담당하고, 현숙과 옥희의 1인 2역은 역시 〈춘향전〉의 인기 스타 조미령趙美鈴이 분하는 것이다. 이외에도 서월영徐月影, 노재신盧載信, 이택균李澤畇, 염석주廉石柱 등의 이름난 연기자들이 경연을 하고 있다.

로케 장면은 끝나고 세트 촬영은 현재 경찰박물관 아래층에서 하고 있으며 그 완성은 9월 상순경이 아닐까 한다. 여하튼 많은 시대물 속에 끼어 현대와 그 사회의 축도를 그려 보고 또한 풍자하려는 의욕을 높이 평가해도 좋을 것이다.

〈왕자 호동〉

무척 난산을 거듭하고 있다. 제작을 발표한 지가 5개월이 지났는데 이제야 겨우 본격적인 촬영을 개시한 모양이다. 사실은 처음 이 작품의 연출을 이규동李奎東 감독이 담당했었으나 그분의 역량 부족 때문에 전연 제작이 진척[65]되지 않으므로 연출자를 비롯한 일부 스태프를 퇴진시켰다고 한다. 결국 이러한 조치는 우리 영화계 초유의 일이며 그 제작자와 계획이 얼마나 무제도했다는 것을 말한다. 그리하여 시나리오를 쓴 이정선은 실질적으로 이 작품에 전적인 책임을 지고 새로이 조정호趙晶鎬[66]를 연출자로, 촬영에는 김명제金明濟를 각각 기용함으로써 최근에야 비로소 카메라가 움직이기 시작했다. 〈왕자호동〉의 이야기는 여기에 적지 않아도 소설로, 연극으로, 그리고 사화로서 널리 일반에 알려져 있으며 그 스케일의 웅대성을 재현시키기 위해 수천의 엑스트라와 수백의 마필이 앞으로 동원될 것이라고 한다. 완성은 10월경이 될 것이다.[67]

---

65 원본에는 '진첩'으로 오기되었다.

66 원본에는 '조정섬趙晶纖'으로 오기되었다.

67 하지만 실제로 〈왕자 호동〉은 〈왕자 호동과 낙랑공주〉로 제목을 바꾼 후 김소동이 감독하고 김학성金學成이 촬영하여 1956년에 완성, 개봉되었다.

〈단종 애사〉

금년도에 있어서뿐만 아니라 우리나라 영화사상 최고의 스태프와 캐스트가 모인 가장 주목할 수 있는 작품이다. 이광수李光洙의 원작을 극작가 유치진이 각색하였고 연출에는 과거 〈복지만리〉로 알려진 노장 전창근이 담당하고 있다. 특히 주목할 것은 문예 평론가로 이름 높은 유동준兪東濬과 영화 평론가 유두연 양인이 처음으로 제작 및 기획에 참가하였다는 점이다. 어린 단종을 둘러싸고 벌어지는 피비린 정쟁, 수양을 물리치고 다시 단종을 복위케 하려다 죽는 집현전 학사 6신臣의 숭고한 의리는 역사적 사실로서 널리 알려져 있는 애처로운 이야기인데 이를 제작하는 삼일영화사는 현재 한국에 있는 최고 스태프와 연기자를 총망라함으로써 2천만 환의 제작비를 투입하고 있는 것이다. 간단히 중요한 연기자를 소개한다면 조미령, 〈춘향전〉의 인기 스타 이민李敏, 〈구원의 애정〉의 나애심羅愛心,[68] 윤일봉尹一峰, 영화계의 베테랑 서월영, 김일해金一海, 석금성石金星, 극계의 중진 유계선劉桂仙, 주선태朱善泰, 그리고 중진으로서는 송억, 조항趙恒, 최남현崔濟鉉, 구종석具宗石의 10여 명이며 연출자 전창근은 수양대군으로서 〈자유만세〉 이후 최초의 연기 출연을 한다. 특기할 것은 전국 800여 명의 응모자 중에서 선출된 황현진黃賢鎭[69]과 과거 명성을 날린 노재신의 딸 엄앵란嚴鶯蘭이 단종과 왕비 송 씨로서 데뷔하게 되는데 이 두 신인의 등장은 이 영화를 더욱 빛내고 있다.

촬영은 지난 5월부터 비원과 경복궁에서 개시되었으며 현재 세트에 들어가 있고 카메라는 역시 베테랑 한형모가 맡아본다.

내가 생각하기에는 우리 역사상의 가장 드라마틱한 소재로 최고의 스태프와 캐스트를 집결시킴으로써 한국 영화의 수준을 획하려는 것 같으

---

68 박인환의 시를 쓰고 이진섭이 작곡한 후, 전오승이 편곡한 〈세월이 가면〉(1956)을 최초로 취입한 가수이기도 하다.

69 〈단종 애사〉에서 단종 역을 맡은 배우는 황해남黃海南이다. 황현진은 그의 본명으로 추정된다.

며 그 기획자의 말을 빌리면 새로운 예술적인 표현이나 영화적 스타일을 따르려는 것이 아니고 영화 기법(연출・연기 그 외의 매커니즘의 분야)의 스탠더드 작품을 만들려고 한다는 것이다. 그리고 소재로서 이 작품의 내용은 우리 민족의 희로애락을 가장 직접적으로 공감[70]할 수 있고 도의적 미풍이 일관돼 있기 때문에 누구나 볼 수 있는 국민 영화를[114] 제작한다는 것이다.

촬영이 끝나고 녹음이 완성되어 일반에 공개되기까지는 적어도 앞으로 2개월은 요할 것이다.

〈망나니〉

이 작품은 지난 6월부터 평내리坪內里에서 로케가 개시되고 7월에 들어서는 청량리에서 세트가 끝났다. 유두연의 오리지널 시나리오를 김성민이 연출하였고 복혜숙卜惠淑, 전택이, 이민, 노경희盧耕姬 등이 출연하는 현대의 시대감각을 지난 이조 시대가 배경이 된다. 절박된 인간의 단면을 그려 보자는 것이 시나리오의 가장 큰 의욕이며 인간이 죽음에 처해졌을 때 생으로서 그 반응은 어떠한 것인가를 측량하고 있다. 작품으로서는 소품의 영역을 벗어나지 못할 것이나 김성민의 예리한 연출 기법은 한국 영화로서 새로운 경지와 스타일을 충분히 형성해 줄 것이다. 9월까지는 완성될 것이다.

〈포화 속의 십자가〉

오래전부터 제작되고 있던 이 작품은 겨울의 몇 신 때문에 지금 중단되고 있으나 크게 우리는 주목하여야 할 것이다. 왜냐하면 박계주의 원작도 그러하려니와 연출을 맡은 이용민의 존재이다. 원래 그는 카메라맨으로서 일본에서 너무도 명성이 높았다. 그는 시각으로서의 영화 표현을 위한

---

70 원본에는 '공갈'로 오기되었다.

기법을 누구보다도 잘 알고 있으며 이 작품은 그에게 있어 본격적인 최초의 극영화이기 때문에 모든 역량이 총 결정되어 있음이 확실할 것이다. 출연은 〈피아골〉의 신진 김진규金振圭, 김신재이며 완성은 오는 12월경이 될 것이다.

이 외에도 육군 본부에서 제작하는 김만술金萬術 소위[71]의 전투를 그린 〈격퇴〉 및 〈구원의 정화〉 등이 있으나 생략하기로 하고 끝으로 한국 영화는 현재 제작 중에 있어서도 많은 발전을 하고 있음에 틀림없다는 것을 말하고 싶다.

전기한 바와 같이 여러 기업가는 그들의 의도가 영화예술로서 순수한 것이 아니라 할지라도 영화 제작에 자본을 투자할 충분한 준비를 갖추고 있으며 〈춘향전〉 이후에 발표된 〈피아골〉, 〈열애〉, 〈죽음의 상자〉는 여하간 습작기적 성격을 벗어났다. 앞으로 제법 규모가 완비된 스튜디오라도 하나 있으면 전 영화인은 열정을 더욱 기울여 내용과 질에 있어서 그리 손색없는 작품을 많이 만들 것이라고 믿는 바이다. 그리고 상기한 영화들은 지금의 제작 진행의 성과로 보아 앞으로 한국뿐만이 아니라 해외에까지도 진출될 충분한 가능이 엿보이고 있다.[115]

『新太陽』 4-9호(1955.9.1)

71 김만술 소위는 1953년 이승만 대통령의 반공포로 석방 이후 휴전회담이 결렬되면서 전개된 서부전선의 대표적인 고지쟁탈전인 베티고지 전투의 지휘관이었다.

회상의 명화선名畵選

〈철로의 백장미〉〈서부전선 이상 없다〉〈밀회〉

사일런트 시대로부터 오늘에 이르기까지 영화사상에 불후의 이름을 남긴 명작 영화를 엄선하여 여러 각도로 그 요소를 분석하고 다시 그 새로운 감동을 본지 상에 재영再映시키고자 한다.

무성 시대

〈철로의 백장미La Roue〉(불, 1921)[72]

제1부 흑의 교향악

멀리 저쪽으로 선명히 뻗혀 있는 철도 연선을 따라 철도 기관수 시지프(세브랑 말스)의 집이 있다. 아내를 잃고 쓸쓸하게 아들 엘리(가브리엘 드 그라본)와의 두 사람만의 생활이다.

어느 날 열차 전복 사건이 일어났다. 그때 시지프는 어머니를 잃어버린 귀여운 계집애를 발견하고 집으로 돌아왔다. 그 애의 이름은 노마라고 했다. 레일[73] 옆에 핀 백장미와도 같은 아름다운 노마는 얼마 후 처녀(이비 클로즈)가 되었다. 노마는 시지프를 자기의 친아버지로 알고 있었으나 아름다운 노마를 보고 있으며는 시지프의 마음은 이상하게 동요되는 것이었다. 한편 엘리도 청년이 되었다. 바이올린의 제작에 심혈을 경주하는 열정은 아름다운 노마에게 기울어지는 감정을 억제하는 것과 같은 격렬한 것이었다.

---

72 〈철로의 백장미La Roue〉이 개봉된 때는 1923년이다.

73 원본에는 '레르'로 오기되었다.

가난한 이 집안에 어느 날 쟈크 드 에르센(피에르 마그니어)이 찾아왔다. 철도 기사인 에르센은 노마를 자기 아내로 준다면 시지프의 궁빈을 원조하겠다는 난제를 꺼냈다. 가난한 생활에 시지프의 마음은 아름다운 노마에게 끌리면서도 에르센의 말에는 지고 말았다.

노마가 없어지고 만 집안은 불이 꺼진 것과 같았다. 시지프는 절망 끝에 스스로 노마호라는 기관차를 제차기로 충돌시키고 자기는 분출하는 증기 때문에 실명하고 만다.[227] 여기서 나타내고 있는 정확히 계산된 피트 수에 의한 플래시백을 사용한 표현은 긴박감의 집중과 아울러 제1부의 종국으로서 상징[74]적인 인상을 주는 것이다.

제2부 백의 교향악

노마가 없는 일가는 알프스에 가까운 눈이 쌓인 산록, 지선支線의 종점에 있는 쪼그만 바라크로 옮겼다. 모형을 손에 들고 쓸쓸하게 보고 있는 시지프의 눈에는 물론 멀리 있는 알프스산은 보이지 않는다. 그러나 여기서 나타내는 알프스의 원경의 투명한 아름다운 화면은 시지프의 심경을 잘 이야기하고 있다.

한편 에르센과 노마의 생활은 제대로 되어 가지 않았다. 어느 여름의 하루, 호텔에 피서로 온 노마는 참을 수 없는 향수에 엘리가 있는 곳으로 갔다. 두 사람의 사이를 오해한 에르센은 엘리를 산 위로 끌고 올라가 말다툼을 했다. 격투, 눈 깜짝할 사이에 엘리는 발을 헛디뎌 절벽에서 떨어졌다. 겨우 잡은 나뭇가지에 생명을 걸친 순간, 이제는 또다시 만날 수 없는 노마의 모습이 가슴속에 하나하나씩 나타났다. 어렸을 때의 두 사람의 매일, 백장미, 노마의 얼굴, 달리는 기관차, 흰 연기, 실명한 시지프의 얼굴, 한없는 회상을 가슴에 품고 엘리는 그 마음을 누구에게도 알리는 일 없이 깊은 골짜기로 떨어져 갔다. 이 회상의 묘사 방법도 전의 열차 전복

74 원본에는 '상증'으로 오기되었다.

과 같이 플[228]래시백에 의하여 그려져 있으나 전과는 다른 분위기를 만든 우수한 장면이다.

그 무렵 시지프도 보이지 않는 눈으로 몽블랑 산을 바라보면서 첫가을의 산을 올라가고 있었다. 잠시 동안 즐겁게 원무圓舞하는 사람들의 환성을 들으며 피곤한 몸을 쉬고 있었을 때 자기의 몸에서 갑작스럽게 힘이 빠져나가는 것을 느꼈다. 앉아 있는 시지프의 뺨을 부드러운 솜털과 같은 산바람이 스치고 간다. 옆의 농작물의 싹이 조용하게 흔들리는 초원에서 시지프의 숨은 끊어져 갔다. 제2부에 있어서의 산의 묘사는 제1부의 레일과 똑같이 극의 발전에 절묘한 배경으로 되어 있으며 역시 상징적으로 묘사되어 있다.

1차 대전 후 고경[75]에 있던 불란서 영화는 21년 아벨 강스의 이 작품으로 세계의 주시를 다시 받았다. 여기서 나타낸 플래시백의 신선하고 강렬한 표현은 사일런트 시대에 있어서의 강스의 명성을 불후하게 한 동시 그 시대의 불란서 영화의 최고봉을 나타내는 것이다.

각본 · 감독 아벨 강스
촬영 L. H. 버렐
작품 파테 사社

토키 이후

〈서부 전선 이상 없다All Quiet on the Western Front〉(미, 1930)

제1차 구라파 대전이 한창 격화하고 있었던 독일의 어느 거리, 전선으

75 문맥상 의미는 '苦境, 즉 괴로운 처지'이다.

로 향하는 대부대가 환호의 소리에 배웅되어 이 거리를 지[229]나간다. 거리의 학교에서는 노교사 칸토레크가 학생들에게 애국심을 고취시키고 있었다. 순진하고 혈기가 왕성한 젊은이들은 우국의 히어로이즘에 끌려 입대를 지원한다. 파울(류 에이레스)을 비롯하여 앨버트(윌리엄 베이크웰), 켐메리히(벤 알렉산더), 겁쟁이라고 불리었던 벰(월터 로저스) 등 수 명은 같은 부대에 배속되어 전에는 거리의 우편배달부였던 힘멜스토스(존 레이) 상사의 가혹한 훈련을 받은 후 전장으로 나갔다. 처음 날아온 포탄의 세례에 겁을 먹은 그들을 고참병인 카친스키(루이스 울하임)가 위로해 준다. 철조망을 치러 나갔던 밤 그들은 최초의 전투를 체험하는데 벰은 참호병에 걸려 광기로 호를 뛰어나가고 켐메리히도 발에 포탄을 맞는다. 참호 생활의 여러 날이 지났다.

파울과 친구들은 야전 병원으로 켐메리히를 위문했으나 발을 절단하여 중태에 빠진 그는 군의의 치료도 효력이 없이 죽어 갔다. 그가 남긴 좋은 구두를 멀러(러셀 그리슨)가 얻어 신은 것도 잠시 동안 멀러도 전사하고 만다. 그들이 욕망했던 구두는 지금엔 주검을 약속하는 불길한 상징으로 변했다.

어느 날 밤 교회 부근의 격전에서 파울은 부상하고 포탄이 만든 구덩이 속에 포화를 피했는데 그때 뛰어든 불란서 병(레이먼드 그리피스)을 정신없이 찌르고 만다. 빈사의 불병佛兵의 호주머니에서 떨어지는 처자의 사진을 보고 파울은 전쟁에의 의문과 인간적인 고뇌에 빠지고 만다.

진지에 돌아온 파울은 어느 날 전우들과 운하를 건너 정찰에 나가서 대안對岸의 불란서 처녀들에게 이성異性의 향기를 느낀다. 파울은 그 후 바른쪽 복부에 부상을 입고 보양을 위해 고향의 거리에 돌아왔다. 거기서 본 것은 전과 다름없이 학생들에게 조국의 위기를 설복하는 노교사와 수설없는[76] 전쟁론을 떠들고 있는 부자들의 모습이었다. 병이 든 어머니(베릴

76 문맥상 의미는 '횡설수설橫說竪說하며'이다.

머서)와 하나밖에 없는 여동생을 남겨 두고 또다시 전선에 나갔다. 그래서 오래간만에 그 인간적인 카친스키에게 재회하나 그 즐거움도 잠시간 카친스키는 날아온 총 한 방으로 쓰러진다.

우울한 전선의 며칠. 오래간만에 날이 청명한 어느 날. 포성도 웬일인지 잠잠하고 참호에서 진흙물을 퍼내는 셔블 소리. 누가 부는지 하모니카의 소리마저 들려온다. 참호의 총안銃眼으로 파울이 내다보니까 연약한[77] 나비 한 마리가 날고 있다. 무심히 뻗치는 파울의 손. 그때 불란서의 저격병[78]이 쏜 일탄은 파울의 생명까지 빼어 갔다.

하나 그날 사령부에 도달된 보고에는 "서부 전선 이상 없다"였다.

1930년에 제작되어 그해의 아카데미상을 받은 이 영화는 지금까지도 전쟁 영화의 결정판이 되어 있다.[79] 그것은 할리우드가 과거 수십 년간에 만든 가장 양심적인 작품이며 전쟁의 성격과 그 비극을 훌륭히 비판하고 있는 것이다. 그때까지 할리우드가 취급한 전쟁은 거의 예외 없이 로맨스의 배경이며 자극적인 구경거리 그것뿐이었다. 원작자 에리히 마리아[230] 레마르크는 지금도 역시 활동하고 있으나, 이 소설로 일약 세계적인 존재가 되었고 전쟁 문학으로서 뿐만이 아니라 현대 문학의 큰 고전이 되어 있다.

영화사상에서 본다 해도 이 영화는 하나의 기념비적 존재라고 할 수가 있다. 음音을 획득하고 얼마 되지 않은 영화가 그 효과적인 제재를 전쟁에 구해서 여기에 나타낸 화면과 음향의 교착 정리는 그 후의 아메리카 토키에 다대한 공헌을 한 것이다. 루이스 마일스톤은 이 한 작품으로 인해 불후의 이름을 영화사에 남길 것이다.

---

77 원본에는 '연락한'으로 오기되었다.

78 원본에는 '조격병'으로 오기되었다.

79 실제 이 영화가 제3회 아카데미상 작품상과 감독상을 수상한 것은 1931년이다.

원작 에리히 마리아 레마르크
제작 칼 레믈리 부자
감독 루이스 마일스톤
각색 맥스웰 앤더슨, 조지 애봇, 델 앤드루스
촬영 아서 에드슨
작품[80] 유니버설 사

전후 작품

〈**밀회**Brief Encounter〉(영, 1945)

밀퍼드 역의 차실茶室, 두 사람의 남녀가 조용하게 차를 마시고 있다. 거기에 수다스러운 부인이 나타나 얼마 후 남자는 일어서 나갔다. 발차의 소리. 여자의 새파란 얼굴.

여자는 부인에게 부축되어 기차를 타고 집에 돌아왔다. 남편인 프레드(시릴 레이몬드)는 다른 때와 마찬가지로 크로스워드 퍼즐에 열중하고 있다. 이 남편과 지금 헤어진 남자와……. 로라(셀리아 존슨)는 털[231]실을 손에 들고 라디오에서 흘러나오는 라흐마니노프의 피아노 협주곡을 들으며 그 눈은 먼 곳을 바라보고 있다.

나는 선량한 비즈니스맨의 아내, 딸과 아들을 기르는 어머니로서, 행복한 가정의 주부로서 남편에게 사랑을 받으며 평화로운 날을 보내고 있었다. 목요일 나는 기차로 밀퍼드의 거리에 나가 오전 중에 일을 마치면 오후에는 편히 쉬고 저녁 기차로 돌아온다. 이것이 나의 유일한 즐거움이었다. 6주일 전 돌아가는 기차를 기다리고 있으려니까 눈에 모연[81]이 들어

80 원본에는 '삼을'로 표기되었다. 영화의 해설 방식을 참조하면 영화 제작사를 지칭하는 부분이므로 '작품'으로 교열한다.
81 문맥상 의미는 '먼지'이다.

갔다. 친절하게 모연을 꺼내 준 의사가 있었다. 다음 목요일 거리에서 인사를 했다. 그다음 주 식당에서 우연히 함께 앉았다. 그는 알렉(트레버 하워드)이라고 하며 나와는 반대 방향의 거리에서 목요일마다 이곳 병원에 일을 보러 온다고 한다. 오후 함께 영화를 보고, 그분은 아내에 관해서, 나는 남편에 대해서 이야기를 했다. 헤어질 때 다음 주를 약속했었으나 불근신不謹愼한 일이었을까? 하나 네 번째의 목요일 그분은 오지 않았다. 보람 없는 하루였다. 돌아올 때 뛰어 달려왔다. 가을 햇볕을 맞으며 식물원을 산보하고 보트를 탔다. 즐거운 기분. 남편과 함께 있었을 때 이런 감정을 맛본 일이 있었는지? 그리고 물에 젖은 옷을 보트집에서 말리고 있었을 때 우리들은 열렬한 사랑을 고백했었다. 그날 밤 집에 돌아오니까 귀여운 아들애가 자동차에 치여 경상을 입고 있다. 어떠한 가르침[82]이라고 생각하면서도 목요일이 되면 나는 그분과 만나지 않을 수 없었고 드라이브를 하여 교외에서 개울 돌다리에 기대어 허락되지 않는 행복에 몸을 맡기었다.

밤, 그분이 친구의 아파트에 끌고 가는 것을 일단 거절은 했으나 역시 끌리어 그분과 함께 가까이하고 있는 순간에 친구의 돌연한 귀가로 나는 때마침 내리는 비를 맞으며 뒷문으로 도망쳐 나왔다. 허둥지둥 정신없이 걸어서 역에서 작별의 편지를 쓰고 있는데 그분은 다시 나를 찾게 되었다. 2주일 후에 아프리카의 케이프타운의 병원으로 부임하게 되니깐 다시 한 번의 기회를 원하는 것이었다. 그리고 오늘 최후의 목요일. 두 사람은 전주前週의 석교에 또다시 섰다.

시간은 물의 흐름처럼 사라져 간다. 역에서 이별을 애석하고 있으면 그 수다쟁이 부인이 방해를 하고, 작별할 시간이 왔다. 그분은 나의 어깨를 꽉 쥐고 떠나 버렸다. 발차의 벨 소리. 나는 기다렸다. 그분이 혹시나 다시 한 번 돌아오지는 않을까 하고. 그러나 틈을 보아 폼에 나가자 급행열차에 몸을 던지려고 했다. 하나 죽을 수 없었다. 이것뿐이에요 나의 이야

82 원본에는 '가리킴'으로 표기되었다.

기는…….

남편은 아내의 모습에 눈치를 챘다. 아내는 아무 말도 하지 않았으나 남편은 모든 것을 양해했다.

캐럴 리드와 함께 전후의 영국 영화를 대표하는 데이비드 린의 작품이며 시나리오 구성의 시험으로 영화에서 표현하기가 곤란한 심리 묘사를 대단한 나라타주로 끌고 가면서 설명에 떨어지지 않은 것은 주목할 일이다.

원작 노엘 코워드
감독 데이비드 린
촬영 로버트 크라스커
작품 시네길드 사[83] [232]

『아리랑』 8호(1955.9.1)

83 영국의 영화감독인 로널드 님Ronald Neame이 설립한 영화사이다.

서구와 미국 영화
〈로마의 휴일〉, 〈내가 마지막 본 파리〉를 주제로

우리들은 오랫동안 진부한 미국 영화만을 보아 왔었으나 금년 가을 시즌이 되자 두 가지의 주목할 만한 우수한 작품 〈내가 마지막 본 파리〉(리처드 브룩스 감독)와 〈로마의 휴일〉(윌리엄 와일러 감독)을 보게 된 것은 참으로 반가운 일이다. 이 두 작품은 모두 최근의 미국 영화의 대표작이며 소재와 내용은 다르나 그 작품이 전개하는 배경의 땅이 구라파, 거기서도 파리와 로마에서 시종일관되어 있다는 것은 지극히 흥미로운 일이다.

1922년 독일의 저명한 감독 에른스트 루비치를 미국은 불렀다. 그의 뒤를 이어 폴라 네그리, 빌마 뱅키, 그레타 가르보, 디트리히 등이 있었다. 이것은 셔우드 앤더슨의 『어두운 웃음』이나 더스 패서스의 『1919년』에서 발견하는 것처럼 구라파에 대한 인피어리어리티 콤플렉스(열등감)라고까지는 할 수 없으나 문화적으로는 낡은 오래된 전통에 대해 많은 열등적인 기분이 남아 있었다. 그것은 비단 영화 부면만이 아니고 필라델피아의 오케스트라나 뉴욕 메트로폴리탄 오페라 등이 외국에서 지휘자와 연주가를 불렀고 거트루드 스타인과 헤밍웨이를 비롯한 많은 미국의 문학청년들은 몽파르나스에서 방황했다. 르네 클레르의 〈유령 서쪽으로 간다〉에서 스코틀랜드의 고성古城을 돈을 사 가지고 미국으로 건너가는 것은 그러한 일면을 그려 낸 것이라 하겠다. 하지만 미국인의 전통에 대한 욕구는 오늘에 와서 완전히 열등감에서 벗어나고 있다는 것을 우리는 알아야 할 것이다. 그것은 조지 거슈윈의 〈랩소디 인 블루〉나 〈파리의 아메리카인〉과 같은 음악을 그 후에 만들어 냈고 싱클레어 루이스의 「애로스미스」나 「도즈워스」, 드라이저의 「아메리카의 비극」이 나왔다는 사실이다.

1940년대에 이르자 구라파는 고독해졌다. 2차 대전을 겪으며 그들은 미국의 청춘의 힘을 빌리지 않을 수 없었고 저명한 예술인의 대부분은 미국에 건너가 새로운 예술을 발견하여야만 하였다. 몽파르나스를 헤매던 문학청년은 이젠 전 세계의 주목을 끄는 노벨 문학상 수상자가 되고 어느 사이 에른스트 루비치나 그레타 가르보, 디트리히는 영화계에서 사라지고 말았다. 즉 아메리카인은 미국 예술의 새로운 발전에 대해서 자신을 갖고 더욱 우월감을 갖게 된 것이다.

〈로마의 휴일〉이나 〈내가 마지막 본 파리〉는 이러한 전통에 대한 자신과 우월감을 그대로 나타내고 있는 것이라고 생각한다. 〈내가 마지막 본 파리〉의 주인공 찰스는 작가로서 가정인으로서도 처음엔 실패하고 만다. 하지만 그가 파리에서 방황한 소득은 수년 후 그에게 큰 도움이 되었다.

(계속)[상 1955.10.9]

자유로운 분방과 쾌락, 그리고 파탄은 파리가 풍기는 오랜 향기인 것으로 알던 미국인은 그것을 다시 회상하고 후회할 때 거기서 새로운 힘을 찾게 되는 모양이다. 〈로마의 휴일〉에서의 신문기자 조 브래들리 역시 밤에는 포커나 하고 아침 여덟 시 반의 출사出社 시간을 어기는 것쯤은 보통, 앤 왕녀와의 인터뷰에도 나가지 않는 그러한 사람이었으나 "로마에의 방문은 나의 생애가 끝날 때까지 나의 기억에서 영원히 사라지지는 않을 것입니다."라는 말을 왕녀의 입을 통해 나오게까지 만들어 놓았다.

두 작품의 성공은 물론 감독자인 와일러나 브룩스의 힘이겠으나 역시 미국 영화, 미국 예술의 힘이라고 하고 싶다. 〈로마의 휴일〉에 비할 때 〈파리〉는 떨어진다. 하지만 거기서는 파리에서 살고 있는 미국인 전통 속에 있는 이단자의 모습이 잘 묘사되어 있으며 그것은 미국인이 아니면 도저히 솔직한 반성을 스스로가 그리지도 못하는 일이다. 오래도록 미국 영화는 남의 것을 가지고 많은 좋은 자기의 것으로 만들어 냈다. 즉 처음에 말한 것과 같이 훌륭한 구라파의 예술인을 불러다가 미국 영화의 예술적인 지반을 닦고 이제 와서는 자기 자신의 완성의 길로 지향하고 있는 것이다.

지난번의 영화 〈내가 마지막 본 파리〉(MGM)에서도 조지 거슈윈의 음악에 맞추어 모던 발레를 추는 장면에 불란서 후기 인상파 화가 앙리 루소, 위트릴로, 드가, 르누아르 등의 화풍과 색채가 그대로 조화되어 나온다. 이러한 독창적인 스타일은 구라파를, 그리고 전통이라는 것을 미국이 완전히 이해하고 배웠다는 것을 의미하는 새로운 증좌이다. 〈로마의 휴일〉에서도 베스터 사원의 '진실의 입'이나 도포리노의 '소원의 벽'의 여러 신과 대화들도 결국 이러한 것이 아닌가 생각된다.

구라파, 정신과 문화의 기원지로 알려진 파리와 로마에 오늘날 미국의 카메라는 마음대로 진출해서 지난날 그들이 보고 헤매고 배우고 하던 것을 다시 관찰하고 있다. 과거라는 것이 회상을 위하여 있는 것처럼 마치 파리와 로마는 미국인이 그 쾌활한 기질로 새로운 자기의 것을 발견하기 위해서 있는 것 같다. 〈로마의 휴일〉의 그 소재를 다른 곳으로 옮길 수도 없고 〈내가 마지막 본 파리〉 역시 어디까지나 배경은 파리여야만 한다. 앤 왕녀는 어빙이 준 기념사진을 들고 눈물을 참고 퇴장했다. 그는 구라파의 모국某國으로 돌아갈 것이다. 넓은 응접실에 혼자 남은 조 브래들리도 걸어 나온다. 무거운 발걸음으로. 이것은 〈내가 마지막 본 파리〉의 주인공 찰스의 경우처럼 미국인은 미국으로 돌아가는 것이다. 구라파에 한없는 매혹과 잊지 못할 회상이 남아 있다 하더라도 미국인에게는 이젠 오랜 전통과는 다른 새로운 우월 감정이 앞서게 되었다. 그리하여 이 두 작품은 어디까지나 미국인이 아니면 제작할 수 없는 일이며 오랜 전통에서 새로운 자기의 예술을 찾고 있는 미국의 모습인 것이다. (필자 시인 영화비평가)[하 1955.10.11]

『朝鮮日報』(1955.10.9~11)

영화 감상을 위한 상식

영화 감상을 위한 방법이라는 것은 단지 그 영화를 보고 어떻게 느끼느냐는 법 밖에는 없다. 말하자면 센스感覺이다. 이것이 제일 중요한 일이며 처음부터 자기의 센스를 가지고 작품을 자세히 그리고 친절히 보아야만 하는 일이지만 구태여 그 방법을 위한 몇 가지 이야기를 적자면 아래와 같은 것이 아닐까 나는 생각한다.

얼마 전까지 영화는 감독의 것이 되어 왔다. 좋은 감독은 훌륭한 영화를 만들어 왔고 너절한 감독은 좋은 영화를 만들지 못했다. 비단 얼마 전까지의 일이 아니라 이것은 현재도 미래도 그러할 것이겠으나 감독이 중요시되던 감독 중심 제도라는 것이 차차 없어지기 시작했다.

영화 회사는 감독 한 사람의 실력에만 의존할 수가 없어서, 더욱 영화 감독은 예술가이기 때문에 그들의 마음대로 쓰기도 곤란했고 그들은 회사의 기업성과 간혹 어그러지는 일이 많았으므로 이 감독을 연출가라고 개칭하고 프로듀서(제작자) 아래에 속하게 하였다. 프로듀서는 회사에 월급제로 속하는 사람이 대부분이며 이들은 회사의 기업과 그 영리 정책을 대변하면서도 영화 예술에 눈이 밝은 분이어야만 되는 법이다. 그래서 감독은 제작자 밑에서 연출의 부문에만 종사하게 되었던 것이다. 감독 제도의 폐단을 시정하는 것은 감독에만 영화 제작을 맡기면 자기가 생각하는 독자적인 예술에만 치중하기[84] 쉽고 또한 자기 영화를 훌륭하고 화려한 것으로 만들기 위하여 막대한 경비를 쓰는 법도 있지만 제작자 중심으로 옮긴 후부터는 감독은 제작자로부터 많은 제약을 받게 되었다. 그러하므

84 원본에는 '취중하기'로 오기되었다.

로 영화를 감상하기 위해서는 그 영화를 누가 제작했느냐는 것을 알아야 한다. 이 제작자 제도가 가장 심한 나라는 아메리카이며 그 다음은 영국, 일본이다. 불란서에서는 그다지 제작자 중심이 아닌 것도 아직까지 불란서가 영화감독 각자의 예술의 개성을 존중하고 있다는 좌증이며 이것은 곧 불란서 영화에 예술적인 특성이 뚜렷이 남아 있다는 것을 이야기한다.

그렇다고 하여 제작자 제일주의로 나아가고 있는 아메리카 영화가 예술적으로 뒤떨어지고 있다는 것은 아니다. 아메리카에서 이 제도로 전환한 이후에는 다소 실패한 일이 많았으나 그 후 이름 높은 훌륭한 제작자가 속출해서 지금은 조금도 손색없는 시스템이 되었다.

즉 D. O. 셀즈닉, 하워드 휴스, 스탠리 크레이머, 세실 B. 데밀, 도어 쉐어리 등 제일급의 제작자가 나왔다. D. O. 셀즈닉은 〈바람과 함께 가다〉, 〈레베카〉, 〈제니의 초상〉, 〈백주의 결투〉와 같은 명작을 내놓았고, 스탠리 크레이머는 가장 염가의 제작비로서 〈챔피언〉, 〈하이눈〉, 〈검객 시라노〉, 세실 B. 데밀은 연출도 겸하여 〈삼손과 데릴라〉, 〈지상 최대의 쇼〉, 도어 쉐어리는 M.G.M의 거의 대부분의 명작을 만들었다 해도 과언이 아니다. 영국에서는 유명한 알렉산더 코다와 에머릭 프레스버거와 마이클 파웰의 두 콤비 제작자가 대표적인 프로듀서이다. 제작자는 영화에 있어서는 모든 일, 연출자, 시나리오, 배우의 선택에까지 그 권한이 있으며 제작 경비에까지 결정권이 있는 것이다.

그러므로 일반 대중은 영화를 보고난 후부터 영화배우의 이름이나 감독의 이름을 외우는 것도 좋으나 그 프로듀서가 누구라는 것을 더욱 기억하여야 한다. 그 작품이 우수한 것이라면 더 중요하게 된다. 그래서 제작자의 이름이나 감독의 이름을 잘 알고 있으면 다음 작품도 안심하고 가
[262] 볼 수도 있고 그들의 예술적인 경향도 잘 알게 되는 것이다.

대체적으로 훌륭한 제작자는 우수한 연출자나 배우를 선정하게 되며 그 반대도 역시 같다. 더욱 연출자나 배우들도 훌륭한 프로듀서와 함께 영화를 만들 것을 원하며 그러기 위해서 무척 애를 쓰고 있는 예가 한두

가지가 아니다.

한국의 사정은 국산 영화가 적기 때문에 영화 관객의 대부분은 외국 영화를 볼 때가 많다. 그리고 그러한 외국 영화를 볼 때에 우리들에게는 어찌할 수 없는 핸디캡이 있는 것이다.

그것은 무엇이냐 하면 외국 영화를 즐겁게 보기 위하여 영화를 보는 것이 아니라 읽지 않으면 안 된다는 것이다. 영화의 말을 알아듣지 못하는 이상 자막을 읽는다는 것은 할 수 없는 일이며 실상 자막을 읽고 영화를 따라다니고 있는 것이다. 그러므로 영화를 한번 보고 그 작품을 감상했다고 할 수가 없고 이것은 단지 '보았다'는 것밖에 되지 않는다.

그러므로 진실로 영화를 감상하기 위해서는 그 작품이 읽고 난 후 따라가면서 보았을 때의 인상이 좋았으면 적어도 두 번만은 보아야 한다. 아니 두 번 이상이라도 좋으니 좋은 작품일 경우에는 여러 번 보는 것이 영화 감상의 식견을 높이게 한다.

그 하나의 예로서는 장 콕토의 〈오르페〉나 캐럴 리드의 〈제3의 사나이〉 같은 것이 있다. 이 두 작품은 그 작가의 사상이나 예술적 경향이 다르지만 영화에 있어 그의 예술성과 이론을 마음대로 구사한 작품이다.

나는 외국 영화를 전문으로 감상하는 분부터서도 콕토의 〈오르페〉는 이해할 수가 없다는 소리를 들었다. 몇 번 보았느냐고 물었더니 한번 보아서 뭔지 모르기 때문에 그 이상 보지 않았다는 것이다. 이것은 영화를 감상하는 태도가 아니다. 다른 제작자나 연출가가 만든 것이라면 몰라도 시인으로 연극으로 현 불란서의 대표적인 존재인 콕토의 작품을 모를 수는 없을 것이다. 여기서 다시 말하고 싶은 것은 자막을 읽고 화면을 따라가는 방법과는 다른 방법, 즉 자막을 읽은 후에 느끼는 센스인 것이다. 그 센스를 갖지 못하고서는 도저히 화면을 따라갈 수도 없을뿐더러 이해도 못할 것이다. 콕토의 지금까지의 예술의 세계를 이해해 온 분이면 몰라도 처음 콕토를 대하는 분이면 더 난처했을 것이다.

즉 읽는 것도 아니며 보는 것도 아니며 단지 느끼는 것이다. 느낀다는 감각성이 문제가 되는 것이다.

제작자와 마찬가지로 콕토와 같은 개성이 뚜렷한 영화 연출자가 있을 경우에는 그 연출자를 잘 이해할 필요가 있다. 그것은 이름으로서가 아니라 어디까지나 그 사람이 지니고 있는 예술성과 영화적 감각이다.

스릴러 영화의 대가 앨프레드 히치콕, 아메리카의 서부극 영화의 대가 존 포드, 사회와 인간과의 문제를 풍자적으로 그리는 찰리 채플린, 하드보일드파에 속하는 존 휴스턴, 치밀한 인간 묘사와 연극 연출에서 많은 영향을 받은 엘리아 카잔, 낭만주의와 페시미즘의 세계를 그리는 마르셀 카르네, 세속 묘사의 일인자 자크 베케르, 절박한 주제의 앙리 조르주 클루조 등… 이들은 제작자가 아니라도 그들의 이름으로서 충분히 예술이 되고 상품이 되는 영화인 것이다.

물론 실패작도 있었으나 대체적으로 성공된 작품들이매 그들의 개성적인 독특한 성격을 영화에 잘 나타내고 있다. 제작자는 여러 경향의 작품을 여러 감독의 손에 의해서 제작하고 있는데 반하여 연출가는 자기 독특한 것이 있다. 그러므로 상기한 위의 몇 사람에 대해서는 잘 그 예술을 이해하고 자주 감상하는 것도 영화 감상의 좋은 방법이 된다.

시나리오는 영화의 교과서라 한다. 시나리오가 제작자와 연출가의 손에 의해서 채택되면 연출자는 그것을 콘티台本化하고 곧 배우가 결정되어 촬영이 개시된다. 하지만 채택되지 않는 것이 많다. 역시 시나리오도 제작자의 지배하에 있는 것이다. 그러나 훌륭한 시나리오는 훌륭한 작품이 되고 그중 몇 사람은 영화의 전반적 가치를 좌우한다.

그러므로 영화의 감상에 의한 하나의 방법으로 시나리오를 읽으면 훨씬 도움 되는 수가 많으나 우리나라에서는 아직 시나리오가 잡지 같은데 소개되지 않으니까 큰 문제가 된다. 시나리오를 읽으면 영화를 보기 전에 그 작품이 지니는 이미지를 알 수가 있으며 더욱 영화로서의 의도를 완전히 파악할 수가 있다. 물론 연출자가 아니기 때문에 전부를 안다는 것은 힘이 드는 일이나 그 연출자의 성화적인 성경만을 그전에 알고 있다면 시나리오가 실린 지면紙面 위에 영화의 각 신이 전개될 수도 있는 것이다. 이것도 역시 이미지를 정리하는 센스가 중요한 역할을 한다.[263]

『希望』 5-11호(1955.11.1)

영화 상식[85]

비스타 비전

파라마운드 사의 기술부가 완성한 것으로서 대형 스크린 영사映寫로서 생기는 화면의 선명도의 저하를 피하기 위하여 촬영을 표준형의 두二 코마[86] 분의 사이즈로 찍고 그 후 다시 표준형 프레임에 축사 프린트한다. 따라서 네가[87]와 포지[88]의 면적 비는 약 2.66 대 1로 되고 화면은 종래의 와이드(대형) 스크린영화에서는 볼 수 없는 정도로 선명해진다.

또한 파라마운트에서는 스크린의 크기와 인간의 시각이라는 것을 고려해서 가장 자연스러운 1 대 1.85의 화면을 취했다고 한다. 그러나 극장의 구조에 의하여 1 대 1.33, 1 대 1.66, 1 대 1.75 혹은 시네스코의 비율로서 상영하고 싶을 때에는 영사기용의 마스크에 의해 영사되도록 구성되어 있다. 그리고 먼저 말한 두 코마 분의 촬영은 네가를 수평으로하여 찍는 특수 카메라를 사용하며 그러기 위하여 비스타 비전 촬영기가 새로 발명되었다.

---

85 박인환은 사망 직전까지 『週刊希望』에 「映畵 常識」을 10회 연재했다. 연재 내용은 '비스타 비전'(창간호, 1955.12.26), '금룡상을 제정'(2호, 1956.1.2), '영화 법안'(3호, 1956.1.9), '영화 구성의 기초'(4호, 1956.1.16), '몽타주'(5호, 1956.1.23), '아메리카의 영화잡지'(6호, 1956.1.30), '시나리오 ABC'(8호, 1956.2.13), '다큐멘터리 영화'(11호, 1956.3.5), '세계의 영화상'(12호, 1956.3.12), '옴니버스 영화'(13호, 1956.3.19) 등이다.

86 한 점에서 나온 빛이 렌즈나 거울에 의하여 상像을 만들 때, 광선이 한 점에 완전히 모이지 아니하고 상이 흐려지거나 비뚤어지거나 굽거나 하는 현상을 뜻한다.

87 필름에 맺혀 있는 이미지가 실제 피사체의 모습과 반대의 형태인 네가티브 필름(음화 필름)의 총칭이다. 줄여서 네가라고 부른다. 이 네가티브 필름을 인화하여 실물과 동일한 색조의 포지티브 필름을 만든다.

88 필름에 맺혀 있는 이미지가 실제 피사체의 모습과 동일한 형태인 포지티브 필름(양화 필름)의 총칭이다. 줄여서 포지라고 부른다.

입체음향 재생 장치에는 퍼스펙타 사운드[89]를 채용하였는데 이것은 폭스 사의 3개 이상의 마이크로폰과 4본本의 자기녹음磁氣錄音 사운드트랙을 사용한 완전 입체음향 재생 장치가 아니고 MGM나 워너 사에서 쓰고 있는 1본의 광학적 사운드트랙을 특수한 재생 장치로 3개의 확성기를 쓰게 되는 간편한 것이다. 그러므로 영면映面은 다른 와이드 스크린보다 훨씬 선명하지만 폭스 사의 시네스코가 갖는 완전 입체음은 들을 수가 없다.

파라마운트에서는 1954년말에 공개한 〈화이트 크리스마스〉를 제1작으로 1955년부터는 전면적으로 비스타 비전 영화로 전환하고 있으며 영국에서도 J. 아서 랭크 솔하率下에 있는 전 프로덕션이 비스타 비전화化를 성명聲明했다. (박인환)[25]

『週刊希望』 창간호(1955.12.26)

금룡상金龍賞을 제정

지난 1년 동안에 우리나라에서 제작된 극영화 편수는 이규환 감독의 〈춘향전〉을 비롯해서 10편이 된다. 이와 같이 많은 작품이 35밀리로 제작된 것은 8·15 해방 이후 처음이며 그 직접적인 원동력은 국산 영화에 대한 무세無稅가 87년[90] 초에 시행된 때문이라고 할 수가 있다. 그러나 활발해진 영화 제작과는 달리 한국 영화사와 함께 살아온 배우 이금룡李錦龍 씨가 영화 〈열애〉에 출연 도중에 작고하였다. 특이한 성격배우로서 스크린에 군림하여오던 동同 씨의 죽음은 우리나라 영화계에 큰 쇼크를 주었으며 그의 업적은 참으로 컸다 하겠다.

---

89 퍼스펙타Perspecta는 1954년 파인사운드사Fine Sound Inc.에서 발명한 입체음향 재생 방식이다.

90 단기 4287년은 서기 1954년에 해당한다.

그리하여 그가 소속하고 있었던 대한민국배우협회의 몇 사람이 주동이 되어 사회 문화계의 권위자를 심사 위원으로 한 '금룡상'이 제정되었는데 이것은 고 이 씨에 대한 기념상紀念賞인 동시 우리나라에서 가장 빛나는 영화상이다.

즉 대한민국평론가협회상이 87년부터 발족되고 있으나 이것은 동 협회원 12명으로 구성하고 있는데 비하여 '금룡상'은 심사 위원이 근 40여 명에 가깝고 시상의 범위도 평론가협회상에 비하여 넓다. 현재까지 심사위원회는 개최되지 않았으나 지난 1년 동안의 10편의 작품 중에서 가장 주목을 끌고 있는 것은 고려영화제작소의 〈망나니 비사悲史〉와 백호영화제작소의 〈피아골〉이며 이 두 작품에 출연한 여우 노경희와 〈망나니 비사〉에 있어서 전택이, 〈피아골〉의 주인공 김진규, 이예춘이 연기상의 물망에 오르고 있으며 감독상에는 이강천, 김성민으로 충분한 대상이 된다. 여하간 한국 영화의 발전을 위해 '금룡상'이 제정된 것은 기쁜 일이며 동상을 계기로 우리나라 영화가 더욱 진작될 것을 믿는다. 그리고 작년에는 〈열애〉의 이집길도 역시 병몰病歿하였다.(박인환)[25]

『週刊希望』 2호(1956.1.2)

영화 법안

지난번 국회 문교분위에서는 문교부 안을 중심으로 해가지고 우리나라 최초의 영화 법안을 만들었다. 이것은 전4장 36조에 걸친 것인데 제1조에 명기되어 있는 것은 본법은 영화 사업의 육성 발전을 촉진하고 영화 문화의 질적 향상을 도모하여 민족 예술의 진흥에 기여케 함을 목적으로 한다고 되어 있다. 여하튼 선진 외국에서 거의 제정 시행되고 있는 영화법과 다름없이 이 영화법도 자국 영화의 육성 발전을 위한 하나의 방도를 위한 것이며 거기서도 더욱 우리 정부가 최대의 혜택을 국산 영화에 부여하고 있는 것은 이 영화 법안과는 달리 '무세無稅'라는 것이다. 이 무세 정책은 이미 87년 5월부터 시행되어 왔으며 다른 국가에서는 그 예가 전연 없는 일이다.

이번 영화 법안에서 가장 주목을 끌고 있는 것은 문교부 장관의 제청으로 대통령이 위촉하는 각계 대표 15인으로 구성되는 '영화위원회'와 영화 제작에 금융의 편의를 도모하기 위하여 정부에 '영화금고'를 설치하는 것과 영화 제작의 기술적 편의를 위한 '국립영화촬영소'를 설립하는 일이다.

영화위원회는 그 기능에 관해서 아직 밝혀져 있지 않으나 영화금고의 대부貸付, 외국의 일반 영화 수입에 대한 제한과 검열의 기준을 정할 수 있게 되었으며 영화금고는 적당한 담보물 없이는 자금을 대부치 못하나 원금은 연 2할 이내의 이자를 합하여 1년 이내에 변제하여야 된다. 그러나 이 영화금고 때문에 외국영화 수입업자는 많은 타격을 자연 입게 되었으니 그것은 100분지 10에 해당하는 수입 부가금과 상영 부가금으로서 입장료의 100분지 1의 금액을 금고에 납부하게 되어 있다. 이것은 국산 영화와 문화영화에는 예외로 하고 있다. 영화 법안은 그 후 국회 재정분위에 회부되었으나 최근에 알려진 바에 의하면 영화금고와 국립촬영소 설치 등이 예산 편성상 거부되었다 한다. (박인환)[25]

『週刊希望』 3호(1956.1.9)

영화 구성의 기초

영화를 보기 위해서 또는 영화가 어떻게 구성되어 있는가를 알기 위해서는 그 기초를 잘 파악하여야만 된다. 먼저 35밀리(이것이 표준이다.) 영화의 운행 속도는 1초간 24프레임駒이다. 16프레임이 1척呎이니깐 24프레임은 1척 2분의 1, 따라서 1분간의 운행 척수呎數는 90척이 된다. 이것은 세계 공통의 표준이다.

그러면 1프레임의 크기는 필름 자체의 횡폭橫幅은 35밀리이고 카메라의 노출구를 통해서 대상물에 노출되는 은화隱畵(네가티브)의 1프레임은 횡 22.04밀리, 길이 16.03밀리이며 다음에 영사기의 영사창(아파추아)을 통해서 스크린에 확대 투영되는 양화陽畵(포지티브)의 1프레임은 횡 20.96밀리, 길이 15.24밀리가 표준이다.

35밀리 양화필름의 그 외의 다른 면은 감광막 면(에멀전 사이드), 우측의 음향 트랙, 필름 운행을 위한 퍼포레이션孔이다.

제작의 실제에 있어서는 영상을 카메라의 영상 음화에, 음향은 녹음기의 입향立響 음화에 각각 다른 2본二本의 필름에 동시화 모터에 의해 운행되어 촬영 및 녹음되는데(후시 녹음後時錄音 포스트 레코딩, 음악 스코어링, 더빙 같은 것은 별도로 하고) 영상과 음향이 완성된 두 음화는 편집된 후 1본의 양화필림에 프린트되어 영화는 완성된다. 우리들이 영사에서 보는 영상의 모든 것은 이와 같이 양화필림이 투사 확대된 것이며 영상은 모두 약 4 대 3의 비율의 구형矩形[91] 프레임 속에 들어가 있다.

또 한 가지 알아둘 것은 극영화는 몇 가지의 시퀀스(국면sequence 연속적인 장면이 나타내는 사건 진행의 일시적 단위)에, 그리고 그 시퀀스에는 여러 가지의 장면scene이, 또 그 장면에는 몇 가지의 화면shot으로 분해된다. (박인환)[25]

『週刊希望』 4호(1956.1.16)

91 '직각사각형'을 뜻하는 한자어이다.

몽타주

남편은 신문을 보고 있고 아내는 편물을 하고 있다. 실내에는 전등이 켜져 벽에 걸려 있는 시계는 8시 5분 전이다. 이따금 말을 주고받고 하다가 아내가 "여보 8시가 되었어요" 하는 말에 남편은 시계를 한번 쳐다본 다음 일어나서 문밖으로 나간다. 이런 간단한 영화 장면이라도 촬영할 때의 카메라의 위치는 하나가 아니다.

대화를 하고 있을 때 부부 사이에 오고가고 하는 표정, 실내 전체의 분위기, "여보 8시예요" 할 때의 시계와 시계를 보는 남편의 얼굴, 이런 자세한 것을 표현하려면 롱숏이니 클로즈업 그리고 카메라의 각도도 여러 번 변해야 한다. 이럴 때 단 한 대의 촬영기를 이동해 가면서 찍는다는 것은 대단히 불편할 뿐더러 배우의 연기를 몇 번이나 커트해야 하고 또 되풀이시켜야 하기 때문에 연기를 하는 배우의 기분을 지속시키기가 어렵다. 그래서 때에 따라서는 촬영기가 3대, 4대 각각 다른 거리, 각도에 위치되어 촬영은 개시되고 배우의 연기는 계속된다. 이와 같이 많은 카메라로 여러 각도에서 촬영한 필름 가운데서 필요한 부분과 필요 없는 부분을 갈라내어 하나의 완성된 필름을 구성하게 되는데 이 필름의 취사선택을 맡아보고 있는 부문을 몽타주 계係라 하고 그것은 수많은 영화 제작 부문 가운데에서 중요한 부문으로되어 있다. 하나의 카메라의 위치에서 박혀진 화면을 프레임이라 하는데 이 프레임의 하나하나가 긴밀하게 구성 연결된다는 것은 영화 제작에서 중요한 수법에 속하고 그만큼 몽타주의 센스 수완은 영화의 가치를 좌우한다. 원래 몽타주란 원판 피사체가 다른 사진이나 그림을 서로 혼성시켜 하나의 화면을 구성하는 것인데 회화, 예술사진 특히 현대의 추상파니 표현파니 하는 경향의 작품. 즉 자연에서 얻기 어려운 신, 형체 구성을 만들려는 것이다. 표현을 종횡무진히 하는 영화에 있어서는 특히 이 몽타주의 방법은 트릭이나 오픈세트에 자주 활용되어 여간 흥미 있는 것이 아니지만 그것은 다음 기회로 미루겠다.[92][25]

『週刊希望』 5호(1956.1.23)

아메리카의 영화 잡지

最近 서울 시내의 각 다방이나 가두에서 표지를 찢고 팔고 있는 아메리카의 영화 잡지를 우리는 많이 접한다. 어떤 이유에서 표지를 찢어버렸는지 알 수는 없으나 그중에서 눈에 많이 띄는 것은 143만부 발행의 *PHOTO PLAY*와 127만부의 *MODERN SCREEN*이다. 이처럼 많이 팔리는 영화 잡지는 전 세계에 없으며 내용은 스타의 경력, 가정 탐방기 등이 주로 취급되어 있으며 개개個個[93]의 영화에 관해서는 별로 취급하고 있지 않은 것이 아메리카 팬 잡지의 특징이다. 부수가 많은 것은 전기前記의 두 잡지는 편집이 훌륭한 것 때문이며 이외에 *MOTION PICTURE*로 예전부터 유명하고 그 다음에는 *SCREEN LAND*와 *SILVER SCREEN*은 스냅 사진이 많은 것이 특색이다. 부수가 훨씬 적은 잡지에는 *MOVIE LIFE*, *FILM LAND*, *MOVIE FAN*, *MOVIE PIX*, *MOVIE PLAY*, *MOVIE SPOTLIGHT*, *MOVIE STAR PARADE*, *MOVIES*, *PREVIEW*, *SCREEN*, *SCREEN FAN*, *SCREEN STARS*, *SCREEN WORLD*, *3－D MOVIE*가 있으나 대동소이. 이 외에도 지방에서 발행되는 소부수의 팬 잡지도 적지 않다. 이상 잡지는 대체로 월간이며 15~25센트 정도. 영화 평론을 중심으로 한 권위 있는 기사를 게재하고 있는 것은 내셔널 보드 오브 리뷰[94]의 기관지 *FILMS IN REVIEW*(3불 50센트)와 캘리포니아대학에서 발행하고 있는 계간지 *QUARTERLY OF FILM RADIO AND TELEVISION*(4불)이 있으며 전자는 계간적인 데 비하여 후자는 매스커뮤니케이션의 연구지적인 성격을 갖고 있다.

---

92 원본에는 '밀겠다'로 표기되었다.

93 원본에는 '□箇의'로 표기되었다.

94 전미 비평가 위원회National Board of Review of Motion Pictures의 약칭이다.

영업자 지誌로서는 *VARIETY*와 *MOTION PICTURE HERALD*의 2대 주간지가 유명하다. 이것은 전년에 예약하지 않으면 직접 구독할 수가 없을 것이다.(전자가 11불, 후자가 10불) 이외에 일간지에는 *HOLLYWOOD REPORTER*, *DAILY VARIETY*, *FILM DAILY*의 3종이 유명. 가격은 연 20불 전후이다. (박인환)[25]

『週刊希望』 6호(1956.1.30)

시나리오 ABC

시나리오는 영화의 설계도이다. 어떤 위대한 감독이 "참으로 훌륭한 시나리오에서 참으로 나쁜 영화가 된 일은 있지마는 그 反對는 한 번도 없다"라고 말한 적이 있다. 간혹 그 예외가 있을는지는 몰라도 이 말은 원칙적으로 틀림이 없는 것이라고 생각한다.

영화의 시나리오는 연극의 각본보다도 중요하다. 시나리오에도 대화 — 영화의 특수한 대화 — 가 있으나 시나리오에는 카메라가 기록하지 않으면 안 되는 이미지(영상)와 음音의 명확한 예정이 있는 것이다. 거기에 색채가 추가되기 때문에 영화의 시나리오는 모든 예술 중에서 인간의 생활에 가장 가까운 것으로 된다. 아메리카의 小說(포크너, 케인, 콜드웰)을 보면 그것이 얼마나 영화적으로 구성되어 있는가를 알 수 있다. 즉 새로운 취미의 문학이 영화에서 나타나고 있는 것이다.

시나리오는 직접적으로는 영화를 위해서 써져야 한다. 모든 무대의 기억을 멀리하지 않으면 안 되고 영화가 구하는 총합과 속도만을 염두에 두고 영화가 구하는 시간의 단축을 지도 원칙으로 해서 영화를 생각하지 않으면 안 된다. 문학에서, 낡은 예술형식에서, 미사여구에서, 뮤직홀에서 벗어나지 않으면 안 된다. 다큐멘터리의 간결한 스타일로서 여러 가지의 내용을 포함하는 영화를 만드는데 노력하여야 한다. 우리나라에서는 영화의 작자를 존중하는 법을 알아야 한다. 아메리카에서는 제작 예산에서 원가의 2할이 각본비며 출연료는 7분分에 지나지 않는다는 것을 기억할 필요가 있다. (시나리오의 검토에는 4개월 내지 6개월의 시간이 걸린다. 그리고 우리나라의 시나리오 대代는 2분分에 부과하다.)

시나리오는 대체로 3백 내지 6백의 장면과 대화를 전문으로 하는 작가와 기술에 정통精通한 작가들이 서로 긴밀하게 협력하지 않고서는 좋은 것을 만들 수 없다. 이번 항은 불란서영화비평협회원으로 알려진 로 즈가[95]의 저서에서 많은 참고를 얻은 것을 부기한다. (박인환)[50]

『週刊希望』 8호(1956.2.13)

다큐멘터리영화

다큐멘터리라는 뜻은 불란서어의 '기록에 의한, 도큐망테르'에서 생긴 말로서 1920년 말 그리어슨에 의해서 처음으로 쓰게 되었다.

현실을 있는 그대로 필름에 기록하는 말하자면 실사實寫는 영화의 창시와 함께 시작되었으나 그것을 재편집함으로써 단순한 재생에 그치지 않고 새로운 현실을 창조하게 되고 그 후 작가의 세계관이 크게 반영됨에 따라 다큐멘터리영화는 비로소 극영화에서 구별되는 새로운 장르가 되었다.

초기 : 1897년 불의 뤼미에르가 만든 기병의 마상 시합[96]의 실사는 영국에 큰 영향을 주어 당대의 대표적 영화 작가는 육해군 후원하에 많은 실사를 제작했다. 또한 불인 모터셔[97]는 토이기土耳其에서 노서아로 들어

95 정확한 인명을 알기 어려워 원문대로 표기한다.
96 원본에는 '馬山試合'으로 오기되었다.

가 일본과 일로전쟁을, 1906년에는 아테네의 올림픽을 촬영했다. 그러나 이것은 실사에 지나지 않았는데 폰팅H. G. Ponting의 〈스콧의 남극 탐험〉(1912년)은 최초의 본격적인 다큐멘터리영화로서 기억되고 있다.

플라허티 : 그는 1년여의 촬영과 6개월간의 편집으로 〈북극의 괴이〉(1922年)를 제작했는데 이것은 에스키모의 생활과 식량에 대한 투쟁에서 인간이 자연을 정복해 가는 모습을 그렸다. 1934년 그는 영국에 건너가 북아이랜드의 고도孤島 아란에서 자연과 싸우는 인간을 묘사한 〈아란〉을 만들었다. 그 후 아메리카 농림성의 위탁으로 〈토지〉(1942년)를 제작했으나 너무도 내용이 비참한 생활을 주제로 했기 때문에 공개 금지가 되었다.

최근 : 제2차 대전과 함께 각국은 선전을 목적으로 다큐멘터리영화를 많이 제작했다. 아메리카에서는 로치몽의 〈마치 오브 타임March of Time〉 시리즈 외에 〈싸우는 귀부인〉(1945년), 영국의 〈버마의 승리〉, 불의 〈저항의 일기〉 등이 유명하다. 〈제3의 사나이〉」의 캐럴 리드도 대전 중에는 다큐멘터리영화를 만들었으며 월트 디즈니의 〈사막은 살아 있다〉도 특이한 다큐멘터리 작품이라고 하겠다. (박인환)[50]

『週刊希望』 11호(1956.3.5)

세계의 영화상

오는 3월 하순에는 세계적으로 가장 주목되는 미국의 아카데미 영화상이 수여되며 세계 각국에서도 많은 영화제(상)를 개최하게 되는데 그 중요한 것을 추리면 다음과 같은 것이다.

아카데미 상 : 오스카상이라고도 불리는 이 상의 본명은 영화예술과학

97 프랭크 모터쇼Frank Mottershaw(1882～1932)는 프랑스가 아닌 영국의 영화감독, 촬영감독이다.

아카데미로서 1920년 더글라스 페어뱅크스를 중심으로 발족하여 현재 회원은 약 2천명, 12부회部會로 나누어져 있으며 매년 아메리카 영화의 수준을 높이는데 공헌이 된 작품, 훌륭한 영화인, 외국영화의 우수작을 표창하고 있다. 매년 2월 중까지는 전년도의 각 부문에서 5명의 후보를 선출하고 이에 대한 회원의 투표로써 결정되는데 발표는 수여식 날이 아니면 하지 않는다.

베니스 국제영화제 콩쿠르 : 1932년 오월 베니스 시 주최로 열리는 베니스 국제종합예술제의 영화 부문으로서 설정되어 1932년은 콩쿠르의 준비회로 했고 1934년도를 제1회로 하고 그 후 각 부문별로 순위를 정해서 상장을 수여한다. 출품 자격은 개최일부터 1년 이내에 제작된 각국의 극영화, 기록영화, 만화영화.

칸느 국제영화제 콩쿠르 : 1946년 불란서 정부 중앙영화센터에 의하여 설정되어 외무성, 상업성, 칸느 시의 후원 아래 개최되는데 조직 위원이나 심사 위원에 불란서 일류의 문학인과 영화 비평가 및 예술인이 참가하고 있다. (박인환)[48]

『週刊希望』 12호(1956.3.12)

옴니버스영화

옴니버스라는 것은 승합마차라는 뜻으로서 불란서어 옴니뷔스에서 영어화된 말이다.

원칙으로서 감독, 배우가 각기 독립해서 출연, 연출하는 단편 극영화가 여러 개 합쳐서 구성되는 영화이다.

영화계에서 이 형식이 유행되기 이전에 이미 출판계에서 시도되어 1930년 전후의 불황 시대에 전 세계적으로 탐정 소설집, 전집 서적 등이 기획, 발간되어 성공을 거두었다.

옴니버스영화는 기획의 진부성을 타개하기 위한 소산이며 더욱 제작 비용이 싸게 들면서도 호화로운 배역을 늘어놓을수가 있는 이점이 있다.

옴니버스영화의 최초는 영국의 소설가 서머싯 몸의 원작을 아나킨, 크랍트리, 해럴드 프렌치, 랠프 스마트의 네 사람이 제작한 〈4중주〉(1948년), 이어서 불란서의 안드레 카야트, 조지스 램핀, 드레빌, 클루조 감독의 〈200만 명이 돌아왔다〉(1949년), 모파상 원작 『필리포*Filippo*』를 드레빌, 이브 알레그레, 오탕라라, 로셀리니, 림, 라콩브 감독의 〈일곱 개의 대죄〉(1952년)가 있으며, 아메리카에서는 라인하르트, 미넬리 감독의 〈세 가지의 사랑의 이야기〉(1952년), 오 헨리 원작을 코스터, 해서웨이, 네골레스코, 혹스, 킹 감독의 〈인생 모양〉(1953년) 등이 있으나 아직 우리나라에는 본격적인 옴니버스영화는 소개되지 않았으며 근일 〈세 가지의 사랑의 이야기〉가 처음으로 소개될 것이다. 끝으로 말할 것은 옴니버스영화에서는 감독과 출연자의 개성과 특기를 손쉽게 분간할 수 있다는 점이다. (박인환)[49]

『週刊希望』 13호(1956.3.19)

3인 정담회鼎談會 1955년도의 총결산과 신년의 전망

영화 평론가 박인환, 유두연, 문학평론가 이봉래
사회 본사
장소 향원鄉苑

사司 바쁘신 데도 불구하시고 이렇게 참석해 주셔서 대단히 감사합니다. 우리 영화가 금년에 들어서면서부터 활발한 작품 활동을 함으로써 예년에 비해 많은 작품을 수확한 것 같습니다 그리고 외화 상사에서도 우수한 작품을 수입하여 우리 영화계가 좀 더 활기를 띠었던 것 같습니다 이러한 우리 영화계를 작품 본위로 결산을 해보는 것이 퍽 뜻이 있을 것 같아 여러분을 모시고 좋은 말씀을 듣기로 하겠습니다. 그럼 우선 여러 영화의 전체적인 질에 대해서 말씀해 주십시오.

전체적인 질

유劉 어떻습니까? 작년을 기준으로 하면 퍽 뒤떨어지지…….

이李 질이 떨어져? 예술성, 문학적인 수준은 뒤떨어졌는지 모르지만 작품이 가지고 있는, 가령 시네마스코프가 들어왔다든지 이러한 면에서는 장족의 발전이 있었다고 봅니다.

사 그럼 주로 한국 영화에 대해서 말씀해 주십시오.

유 한국 영화에 대해서는 나는 말하지 않겠소, 왜냐하면 나는 현재 작품 활동을 하고 있으니까, 그만 두겠습니다.

박朴 별로 한국 영화는 좋은 것은 없으나 아마 그 가운데서 지금 이야기 된다면 김성민 씨가 감독한 〈망나니의 비사悲史〉 그리고 역시 이규환 씨가 한 〈춘향전〉이 어떠한 수준에 달했다고 할까요. 그 외 것은 전연 논할 가치가 없다고 생각합니다.

이 금년도 영화 제작에 대해서 내가 생각하는 것은 시나리오 부분 몇 가지일 것입니다. 이청기 씨가 한 〈춘향전〉[98], 유두연 씨가 한 〈망나니의 비사〉 이것이 오리지널리티를 가지고 있는 데에 더 가세한데 부과하며 자기의 가치를 그리고자 했다는 것도 그것이 현대화했고 우리가 살아나가는 세대에 호응한 그러한 사조 같은 것을 시나리오의 부분에서 그리려고 했다는 것을 이야기하고 싶습니다.

유 그런데 나는 시나리오가 나왔다는 것은 특이한 현상이며 영화는 하나의 기업으로서 되도록이면 신문의 연재소설, 장편소설이라든지 현대에서 부닥친 사회성이라든지, 현대성이라든지 이런 것을 그린 것입니다. 다만 이야기하고 싶은 것은 어떠한 영화 기업자도 영화에 있어서 새로운 예술성을 확립하겠다고는 하지 않습니다. 왜냐하면 그것은 영화 제작에 있어서 사람들이 예술을 따라간다고 하는 것은 하나의 기적이거든요. 밥 먹고 살기가 어려운데, 기적입니다

박 그다음 내가 이야기하고 싶은 것은 한국 영화에 관해서 진지한 논평이 금년도에 가해진 것이 있는데 이것은 이강천 감독의 〈피아골〉의 문제로, 대체적으로 영화에 대한 관심에서 사상 면이나 표현 면에 있어서도 결국 한국 영화를 위해서 지극히 좋은 일이라고 생각합니다. 여기에 있어서는 문제의 해명이 되지 않았어요. 앞으로 우리나라 영화를 내용 면에서 우리 영화가 제작을 완전히 해나가는데 문제의 해결이 되리라고 생각합니다. 우리 한국 영화가 비단 무세無稅라고 하여 사회의 영향을 끼친 것이 아니고 〈피아골〉에 있어서 많은 대중에게 한국 영화에 대한 논의 관심을

98 원본에는 '春香街'로 오기되었다.

갖게 된 것은 영화 저널리즘을 위해서 좋은 일이라고 생각합니다.

이 〈양산도〉라든지 〈젊은 그들〉이라든지는 한국 영화에 발전성을 줄 수 없는 것이 사실이라고 봅니다.

유 그것은 한국 영화가 위선爲先 있다. 한국 영화를 본 사람이 2,3만 명 동원된다는 것으로 앞으로 작품에 예술성을 주면 하나의 공이 될 것입니다.

이 한국 영화가 된다는 것은 먼저 국산품 영화를 보아야겠다는 데 지나지 못하지요.

유 물론이지요. 아직도 애용이라는 것이 없거든 외국영화를 보[44]다가 우리 영화인 〈양산도〉, 〈젊은 그들〉을 보고 아이고, 한국 영화는 저런 것이로구나, 이런 잠재의식이 생기면 앞으로 곤란하거든요.

박 감독 중심제이냐 또는 출연자 중심제이냐 할 때 우리나라에는 제작가 아닌 사람이 제작을 하는데 결국 영화 제작하는 사람이 흥행도 생각하고 좀 더 작품의 질적 수준을 높이는 데 이런 적극적인 기본 정신을 가지고 하는 것이 절대로 필요합니다.

이 말이 나왔으나 하는 말이지 〈양산도〉라든지 〈젊은 그들〉은 솔직히 말해서……. 그만하고.

사 그러면 대개 금년 55년도 제작된 것은 시대 영화가 많은데 시대 영화가 우리나라에서 보급된다고 할까요. 대중한테 주는 영향은 어떤지요.

박 이제 그럼 제가 이야기 하나 할까. 구라파, 미국에서는 신문이라든지 베스트셀라라고 하는 대중에게 많이 알려져 있는 작품을 제작하는데 한국 영화도 대중에게 많이 알려져 있는 〈단종 애사〉, 〈춘향전〉, 〈젊은 그들〉이 그러할 것이고. 그러나 앞으로 시대 영화가 성공한다고 생각 못하겠습니다. 왜냐하면 영화란 것이 그 원작자가 쓴 작품보다도 그만도 못한 것이 많아요. 철저한 계획과 플랜을 세워 가지고 성실하게 해야 앞으로 대중에게 호평을 받게 될 것입니다.

이 비단 영화뿐 아니라 문학계에도 그래요. 왜냐하면 역사소설이라든지 시대극이 제일 하기 좋아요. 일본 말에 고마가시[99]가 들거든요.

박 그런 것도 아마 로케 하는데 불국사, 경회루, 비원이라든가에는 오픈세트를 안 해도 적당히 이용해 먹을 수 있거든. 결국 앞에 말한 것이 역시 무엇을 만들지 간에 작가 의식이 중요한 것 같은데요.

이 시대극, 이것은 누구든지 매력이 있어요. 특히 오늘날처럼 현실이 복잡하고 귀찮은 때는 많은 노스탤지어가 들거든.

박 나는 그렇게 생각이 않은 것이 미국 영화에 있어서 웨스턴, 그다음에 일본 영화에 찬바라,[100] 한국 영화에서 시대 영화만을 우리 양식良識으로서 만들 수 있으나 역시 앞으로 좋은 것이 그냥 이름이 알려졌다든가 양산도 노래 같은 것을 가지고 돈벌이 하려고 하지만 아직도 수지가 안 맞을 것입니다.

이 유 씨는 말 안 하는구먼.

유 다들 하는데 뭐.

사 그러면 다음은 작품의 경향에 대해서.

박 작품은 경향도 시대 영화에 흐르고 말았습니다. 무슨 주류적인 경향이 없습니다.

사 한국 영화에 있어서 연기자의 발전이나 독특한 점이 없습니까.

이 금년의 배우들은 좋았습니다. 〈망나니의 비사〉의 노경희, 전택이 씨 등은 장족의 발전이 있습니다.

유 연기자도 좋았고 집단적으로 연기자의 좋은 분위기를 만들었다는 것은 하나의 중요한 한국 영화의 표현이라고 생각됩니다.

박 〈피아골〉의 김진규, 이예춘, 노경희가 제일 좋았습니다.

이 우리나라 국산 영화를 따져보면 전반적으로 시대에 흡흡吸吸하였고[101] 별로 볼만한 영화가 없습니다. 그런데 한편에 있어서 발전할 만한

---

99 '남의 눈을 속임ごまかし[誤魔化し]'을 뜻하는 일본어이다.

100 '시대극じだいげき[時代劇]'을 뜻하는 일본어이다.

101 사전적 의미는 '구름이 움직이는 모양'이며, 문맥상 의미는 '부응하지 못했고'이다.

어떠한 가능성이 있지 않아요?

유 그런 것을 나는 이렇게 생각해요. 한국의 영화관에 가는 사람이 있지요. 생전 처음 간 사람이 있으며 아직도 그런 가능성이 한국 영화에 남아 있어요. 今年에는 그런 면에서 관객과 영화와의 사이에 좋은 바로미터를 가져야 하지요. 그런 의미에서 아까 이야기한 것입니다.

박 제가 이야기하고 싶은 것은 〈젊은 그들〉 이나 〈양산도〉 같은 영화를 만들려면 그런 엉터리 영화에는 세금을 붙였으면 좋겠어요.

이 그것은 제제除制를 시켜야 되요.

박 영화 장사만은 세금 안 내거든요. 모처럼 여러 사람이 국회로 문 [45]
교부로 이리저리 뛰어다니면서 무세 제도를 만들어 놓으니까 이것을 악용하는 것이 너무 많아요.

이 영화는 일종의 투기가 되고 말았습니다.

유 영화를 만드는 제작비하고 원비를 회수하는 가능성을 강력히 당사자들은 생각 않을 수 없지요. 왜냐하면 비용을 덜 들이고 작품을 만들자니까요.

박 5, 6백만 환을 가지고 만들고 있으니 전창근 감독의 〈단종 애사〉 는 2천만 환이 들었다는데 5,6백만 환의 회수가 곤란하면 그럼 2,3천만 환 들인 것은 회수가 안 될까요.

유 그것은 별개 문제이다.

박 싸게 들거나 많이 들거나 좋은 영화를 만들어야 합니다.

이 저 역시 그래요. 아무렇게나 한다는 것은 이것은 영화 보는 사람에게 커다란 사기입니다.

유 다른 이야기 합시다

사 그럼 1955년도에 한국에서 상연된 외국영화에 대해서 특히 미국 영화에 대해서 말씀해 주세요.

유 미국 영화를 통해서요. 에… 썩 좋은 작품이 몇 개 있는 반면에 전반적인 수준은 퍽 저열하다고 봅니다.

이 나도 동감입니다.

박 역시 그렇습니다. 금년도 〈스타 탄생〉, 〈로마의 휴일〉, 그다음 〈최상 최대의 쇼〉, 그다음 〈내가 마지막 본 파리〉, 〈7인의 신부〉, 〈킬리만자로〉, 그다음 〈성의聖衣〉 등 몇 가지 들어왔는데.

박 금년도에 본 것은 굉장히 나쁜 미국 영화가 많이 들어왔어요. 굉장히 좋은 것은 손해를 보고 나쁜 영화는 많이 벌었습니다. 그래서 좋은 영화는 들어오지 않아요.

사 그런 점은 차차 나아졌다고 보는 데요.

이 나아진 경향은 하나도 없습니다. 오히려 나빠져 갑니다.

유 재미나는 것은 한국은 세계 각국으로부터 제작 연도가 형편없이 광범위한 기간을 둔 작품이 1년 동안에 들어오거든요. 그래서 한국의 영화 구경하는 사람들은 퍽 재미나는 구경을 합니다.

이 그럼요 1940년도부터 1955년도 것을 한꺼번에 보는데.

박 한국에 있어서 제작 연도와 관객 문제에 있어 가지고 진지하게 이야기하게 된다면요, 즉 기중에서 〈스타 탄생〉, 〈성의〉, 〈애천愛泉〉, 〈랩소디〉, 〈내가 마지막 본 파리〉, 〈7인의 신부〉 이라든지 이런 것은 머 즉시 들어온 셈이죠.

유 우리 하나하나 문제되는 작품을 놓고서 재미나는 이야기나 해 봅시다. 나 참 이 〈진주眞珠〉 라는 영화는 멕시코 영화인데 이것 참 한국의 우리 영화하는 사람은 많은 참고가 될 것입니다.

이 나는 보긴 일본에서 보았는데 아마 6년쯤 되었을까. 그때 진지하게[102] 〈진주〉가 나온 뒤에 일본에서 평이 이만저만하지 않았어요.

유 많은 감명을 받았습니다.

박 〈진주〉가 우리나라에서 많은 교과서적인 역할을 했다고 봅니다. 그런 영화를 만들 수 있다는 것이 나는 멕시코 문학이라던가, 존 스타인벡

102 원본에는 '直摯하게'로 오기되었다.

원작이 주는 힘이 굉장히 큽니다. 아마추어적인 입장에서.

이 나는 참 나이브한 점이 좋아요. 그런 의미에서 이태리 영화에서 소박한 점이 많았지요.

유 나는 한국 사람이 체득하고 있는 하나의 인생관이라고 할까, 행복이란 것이 물질이 갖다 주는 것이 아니라고 주제가 말하고 있는데 이런 것은 가슴에 와요.

이 동양적인…….

유 거기에는 페드로 아르멘다리즈가 나오는데 여러 외국영화에 나옵니다. 〈보르지아 가의 독약〉이라고 하는 것이 나왔는데 거기서는 〈진주〉에서 풍기는 인간의 냄새가 안 나와요.

박 〈진주〉의 연기자 문제인데 역시 자기 나라 배우는 자기 나라 감독이 잘해주어야지요. 페르난데스가 미국에 끌려와서하면 좋은 것을 못 만들거든요.

유 작품에서 〈황혼〉 어때요.

이 〈황혼〉은 작년도 것입니다.[46]

박 순서적으로 한 번 해 봅시다. 〈회상〉 이야기 합시다.

이 〈회상〉 좋습니다.

유 극히 소품이지만 강력한 느낌을 준다는 것보다도 수채화적인 탐탁한[103] 면이 있지요.

이 그런 것으로 말한다면 수채화한 맛이 있어. 트라멜 이런 것이 있어요.

이 우리 한국에서도 보는 그런 풍경이지요.

유 미국 영화가 외국하고 합작하면 영화로서 대단히 좋을 것 없다고 생각합니다. 또 성공된 것이 없습니다.

이 리트박이 불란서에 가서 만든 것이지요?

유 커크 더글러스가 출연한 것은 그때 그가 거기에 가 있을 때 초청 해

103 원본에는 '담탁한'으로 표기되었다.

다가 만든 것이지요. 좋은 것은 〈지상 최대의 쇼〉의 세실 B. 데밀 그 사람인데 그것은 확실히 미국 사람 아니면 갖지 못하는 것이며 그중에서도 활동사진을 60년간 한 사람이니까요.

이 그런 점에서 제임스 스튜어트가 마감에 끌려가지 않아요.

유 그런 것도 있지요.

박 나 거기에 나오는 찰턴 헤스턴의 역이 참 좋았습니다.

유 하여튼 그의 대표작이고 그 영화에서 그의 뚜렷한 기둥을 세웠다고 할까.

이 압도적입니다

박 세실 B. 데밀이 잘 한 것은 역시 배우들을 적합하게 잘 쓴다는 것, 눈이 좋다는 것, 〈지상 최대의 쇼〉에서 느끼는 글로리아 그레이엄이라든지 그다음 찰턴 헤스턴이라든지 모두 우리는 강력한 인상을 받았습니다.

유 그것은 미국의 데밀이 아니면 못해요. 왜냐하면 자기가 제작을 담당하고 젊어서부터 감독이라는 난경難境을 지나서 그 사람은 영화의 귀신이거든.

이 그 영화에서 그 나라 동물이 많이 나오지 않습니까. 자칫하면 그저 동물에 눌리어 그들의 연기가 눈에 띠지 않겠는데 역시 그 사람은 동물을 잘 쓸 줄 알더구먼요.

박 간단간단히 합시다.

사 〈킬리만자로〉 거기 대해서.

유 나는 썩 좋지 못하게 보았습니다.

박 내가 좋은 것은요, 영화에 있어서 해스백 그런 것 역시 좋지 않아. 역시 그것은 원작보다도 문학성도 영화로서는…….

이 에바 가드너, 거기서 잡년 노릇을 하는 것이 제일 좋습니다.

유 그것은 나는 좋게 생각되지 않아.

이 고릴라가 나온다든지 하는 것은 신기하더군요.

유 〈모감보〉를 보면 동떨어지고 있지 않아요.

이 소설 자체로 영화를 만든다는 것은 어려운 것이지.

사 문학작품을 영화화하는데 여러분 말씀을 좀…….

박 그런데 영화는 문학보다 뒤떨어졌다 이것이 과거의 통념시되어 왔습니다. 1936년의 소위 〈도즈워스 공작부인〉이 시작됐어요. 본격적인 시작이 됐어요. 대체적으로 문학작품의 영화화에서 베스트셀러는 외국에서 베스트셀러로 문학으로 하지 않는 모양입니다. 역시 베스트셀러는 우리나라에서만 그냥 이야깃거리입니다. 우리나라에서 말하면 조흔파, 김내성 씨의 소설 같은 것입니다.

이 톨스토이 저작한 『전쟁과 평화』, 스탕달이 쓴 『적과 흑』이라든지 이런 것이 역시 좋은…….

박 미국보다 좀 더 진지한 문학작품을 취급하고 있는 것 같군.

이 작년 이야기지만 『햄릿』, 셰익스피어 원작이 있지 않아. 이런 것은 아직 그것은 원작에 손색이 없다고 할 수 없어요.

유 이거 너무 교과서 만들면 잡지가 안 팔려.

사 그럼 교과서는 안 되지요.

박 내가 보기에는 작가로서 제일 성공한 것은 리처드 브룩스가 나는 잘 그렸다고 봅니다. 영화에 있어서 소위 자기 입장에 놓여 있는 〈내가 마지막 본 파리〉라든지 아직 나오지 못했지만 그린의 〈정사情死의 종말〉에서 밴 존슨은 거기에서도 가장 좋은 연기를 했습[47]니다.

유 〈내가 마지막 본 파리〉에 밴 존슨이 나왔는데 그 작품 자신의 카리스마가 볼 만하지만 아주 너절한 이야기를 가지고 그러한 세계를 그린 것은 역시…….

이 아주 원시적 이야기입니다.

유 감독이 어떻게 하면 오늘의 감각으로 하면서 하나의 카리스마한 것으로 아주 딴것으로 만들고 있습니다. 거기에서 역시 그래요.

박 금년도 우리나라에 소개된 것에 리처드 브룩스 감독이 한 영화가 있지요.

유 나는 리처드 브룩스 감독이 앞으로 미국에서 좋은 일을 상당히 하리라고 기대됩니다.

유 금년도에 존 포드 작품의 하나인 〈모감보〉, 〈아이랜드의 연풍戀風〉, 이것은 존 포드가 아니면 역시 못하는 것이오. 우리나라 말로 무엇이라 합니까. 고담古談의 맛이 난다고 할까요.

박 내가 생각하기에는 〈모감보〉라는 영화는 도리어 작가들 자신의 작으로 만들면 좀 더 좋은 영화가 되었으리라고 생각해요.

이 존 포드의 그 작품은 과장된 점이 많았어요.

유 화면이 움직이는 장면은 사람은 별로 움직이지 않고 자연을 그렇게 잘 이용했어요.

이 거기에 나오는 인물이 너무 유형적입니다.

박 벌써 정거장에서 처음부터 너무도……. 너무도 판에 박은 듯한 이야기 같아.

박 유두연 씨, 〈스타 탄생〉은 특성이 없어.

유 나는 제일 좋다고 생각지는 않지만 다섯 손가락 안엔 들어가. 요전에 본 것과 대조해 보면.

이 너무 내세우기 위해서만 그러한 감도 없지 않아 있고 시네마스코프도 되지 않았습니다. 완전히 어떠한 기업성이라 할까. 이런 것이 눈에 띄어.

박 불란서 영화를 볼 때 그 사람의 생활에 있어서 음악이 주는 것이 여러 가지 생활 주는,[104] 미국 영화는 하나도 한국의 관객을 위해서 하지 않았습니까.[105] 역시 그런 주디 갈랜드라는 음악하고는[106] 미국 영화에서 대단히 성공했다고 생각해요.

이 우리 한국인의 입장에서 보는 것이 어떨까요.

박 그것이 중요한 것입니다. 비평될 하나의 인간으로 보는 것, 세계성

104 문맥상 의미는 "불란서 영화는 사람의 생활에 있어서 음악이 주는 것이 여러 가지입니다"이다.
105 문맥상 의미는 "하지만 미국 영화는 한국의 관객을 위해 하나도 그렇게 하지 않았습니다"이다.
106 문맥상 의미는 "그런데 주디 갈랜드의 음악은"이다.

으로 시야를 가짐으로.

이 그러면 아직 미국을 제외하고는 나는 이상以上에 보았던 것하고 대조를 하면 이것은 주디 갈랜드 하나의 미국의 비극입니다. 뮤지컬한 것이 주제로 보아서 이전 것이 지금도 생각나게 하는 것은. 이번 것도 제작과 제임스 메이슨의 연기가 훌륭해.

유 나는 주디 갈랜드의 연기 중에 화장실에서 눈물을 흘리는 장면은 참 잘해.

이 해수욕 나가는 것? 그 사람이 자살하려고 나가는 것을 내버려 둔 것은 우리 상식으로 있을 수 없는 일이지. 아주 설명 부족이야.

박 나는 미국 영화로 〈7인의 신부〉에서 1시간 반 동안이나 화면을 조금도 비우지 않았다는 것은 비상해.

이 볼 때 그저 흥미가 있지 않아.

박 〈7인의 신부〉는 미국적인 희극영화지.

이 그 외도 한번 보았지만 레드 스켈턴이 있지.

유 에스더 윌리엄스와 하나 한 것이 있는데…….

유 희극영화 이야기 나왔는데 한국서 희극을 받아들이고 볼 거요.

이 밥 호프 영화에서 참 재미있는 말이 나왔더라. 칼싸움을 하다가 칼이 부러지니까 아, 메이드 인 재팬(일본도日本刀)이라고 하지 않아. (일동 웃음)

유 음악영화로는 〈랩소디〉란 것이 있었습니다.

박 역시 그것도 음악이 주는 거야

이 거기에 높은 고전음악이 나오니까 어떤 우월감에서 좋다고 하지. 음악영화로서는 성공한 것이 못 되어.

유 음악영화로서 〈멜바의 연가〉, 〈랩소디〉, 로맨스 노래로부터 오페라.

박 그것은 콤마파의 노래지

유 노래보다 음악적인 것이 많이 있지요.

박 아니 그런데 유 씨, 우리나라[48]에는 불란서 영화가 안 들어오는 정책이 있소? 〈인생 유전〉 빼놓고 전연 못 보았어요. 〈외인부대〉에서 지나 롤로브리지다 젖가슴 내놓는 것이 참 좋았어요.

유 영화의 작품 수준보다도 페르난델이 〈금단의 열매〉에서 나잇살 먹은 자식이 젊은 계집애를 따라다니는 게, 그것은 페르난델이 아니면 안 되는 맛이 있지 인상을 줍디다.

박 그런데 이태리 영화로 말하면 막걸리의 탁한 맛이 있어. 산뜻한 맛이 없어.

이 그것도 맛이지.

박 그런데 형태를 찾아볼 수 없이 끊어 놓으니 그렇게 끊을 영화를 왜 수입 허가를 합니까.

유 문교부로 물어 보십시오.

박 그렇게 잘라 버리고 무엇을 보라고 돈을 내고 들어갑니까.

유 〈보르지아 가의 독약〉의 마르틴 캐롤도 크리스티앙 자크가 자기 여편네 몸뚱이를 팔려고 했었는데[107] 그것도 고만 잘리었으니.

박 그 다음에 재미나는 것은 커크 더글러스의 〈율리시스〉. 이태리 영화가 가진 국제성이라고 할까, 이태리 영화가 가진 스펙터클한 이 작품을 난 좋게 보았는데.

여우女優 이야기

이 〈신사는 금발을 좋아한다〉.

유 미국 영화에 마릴린 먼로가 본격적으로 등장한 것입니다.

박 그다음 그레이스 켈리, 오드리 헵번, 매기 맥나마라라는 여자 배우 있습니다. 그다음 진 피터스라는 女子…….

박 영화는 〈로마의 휴일〉이 좋고, 이 영화를 만들었다는 작자 의도가

107 문맥상 의미는 "크리스티앙 자크가 감독한 〈보르지아 가의 독약〉에서 (페드로 아르멘다리즈가) 자기 여편네인 마르틴 캐롤의 몸뚱이를 팔려고 했었는데"이다.

현재 소위 세계 평화를 부르짖는 미국 사람들이 세계 평화를 위해 어떠한 위치에 있다는 것을 소개하고, 그다음 그네들이 본질적으로 가지고 있는 어떠한 휴머니티한 것 즉 공주와 사랑이 통할 수 있는 미국의 신문기자와 자기가 찍은 5천 불짜리 사진을 로마의 기념으로 공주에게 준 사진사, 이 것을 볼 때 미 국민이란 것이 영화에 나타나서.

이 그것은 구라파인이 그렇게 할 것이지 미국 정신이지.

박 그런데 우리는 이태리 영화를 볼 때 그들의 그 아름다운 배경을 볼 수 없었는데 오히려 미국 사람이 그 어떠한 점을 잘 나타냈어요.

이 우리나라의 좋은 풍경을 외국이 더 잘 볼 수 있고 우리가 미국에 가서 미국 사람의 모르는 것을 더 잘 볼 수 있습니다.

박 말론 브란도도 금년이 처음이지. 그것은 셰익스피어를 미국 사람이 고치고 잘 만들었다는 소위 무대를 모르는 듯한 점이 있어요.

유 그런데 썩 잘 만들어.

박 맨키위츠가 이것을 사변事變 이후 처음이지요.

이 거기에 제임스 메이슨은 끼지 못하더구먼요.

박 말론 브란도가 압도적이야.

유 금년에 재미있는 영화들이 들어왔어. 〈호프만〉에 〈황금 마차〉, 이것은 영화의 소위 예술성을 논한다면…….

박 〈황금 마차〉 이것은 나도 좋아서 내리 보았는데 그놈이 영화로서의 양식良識이란 것을 꽉 잡았습디다.

사 어디 중국 영화는 어때요.

유 중국 영화 이야기는 그만둡시다.

이 나는 부산에서 중국 영화 〈신견첩혈기神犬喋血記〉라는 영화를 보았는데 머 중국보다는 우리가 낫습디다.

박 그것은 아무것도 아니야.

유 돈도 많고 물질도 많이 들었으나 속은 텅텅 비었습니다.

사 금년에 시네마스코프 외국영화가 많이 들어왔죠.

박 영화 50년사에서 불란서도 함께 시네마스코프란 것은 영화 역사상 기술상에 획기적인 것이라고 생각합니다.

이 시네마스코프로 성공될 영화와 안 될 영화가 있어요.

박 〈성의聖衣〉 이래 금년에 공개됐는데 우리나라에서는 〈성의〉 보다 〈원탁의 기사〉가 성공했어요. 나는 시네마스코프로 발달했으면 좋겠어.

유 내가 좋아하는 것은 모두 망하고 싫은 것은 자꾸 잘 되는 것이 사실은 사실이야.

사 그럼 이상으로 오늘 정담회鼎談會를 마치겠습니다. 대단히 감사합니다.

【주】 속기사의 미숙으로 잘못된 곳이 많음을 사과합니다.

속기 한국속기기술학원[49]

『映畵世界』 7호(1956.1.1)

현대 영화의 감각
착잡한 사고와 심리 묘사를 중심으로

영화를 보는 사람의 생각에 따라 그 작품이 지니고 있는 감각은 여러 가지로 변하는 것이지만 본질적인 그 영화의 센스를 알지 못하고 자기의 주관만을 이야기하는 것은 편견일 따름이다. 현대에 와서 영화의 역사 50년에 있어 최근 10년간의 영화의 발달은 과학 및 기술의 진전을 제외하고서라도 그 감각의 발전은 참으로 놀랄 만한 것이었다.

종합적인 예술로서의 영화의 사명은 다른 장르의 예술이 그러한 것과 같이 그 시대성을 파악하기 위해서는 그 현실적인 제諸 요소인 감각성을 지니지 않으면 안 되는 것이다. 가까운 예로서는 지난번 재상영된 줄리앙 뒤비비에의 〈무도회의 수첩〉을 다시 한 번 볼 때 15, 6년의 세월이 걸린 이 작품이 지금 우리에게 준 매력은 단지 옴니버스의 구성이나 왕년의 명우名優들인 앙리 장송과 몇 사람이 훌륭한 대사를 외우는 것뿐이며, 그 감각성은 현재의 우리와는 참으로 먼 것이라고 할 수밖에 없는 것이다. 그러나 그 작품이 처음 공개되었을 때 즉 15,6년 전의 이 영화는 감각성에 있어 가장 첨단을 가는 것이었고, 그때의 강렬한 인상은 아직도 우리에게 남아 있으나, 막상 영화를 다시 대하고 나니 그때와 같은 감명은 사라지고 말았다.

2차 대전 이후 외국 영화계에는 몇 사람의 놀랄 만한 현대적 감각을 지닌 영화 작가들이 나타났다. 대전 전부터 저명했던 르네 클레르, 줄리앙 뒤비비에, 에른스트 루비치, 스턴버그와 같은 작가들은 죽지 않았으면 대체적으로 작품 활동을 하지 못한 데 비하여 캐럴 리드, 르네 클레망, H. G. 클루조, 이브 알레그레, 장 콕토, 아태리의 데시카, 로셀리니, 아메리카의 존 휴스턴, 조셉 맨키위츠, 엘리아 카잔 등 (물론 이외에도 많으나) 가장 현대적 감각의 작품을 발표했었다.

그럼 영화에 있어서 현대적 감각이란 무엇이냐? 몇 마디로 말할 수 있다면 먼저 그것은 현대의 인간이 지니고 있는 착잡한 사고나 심리의 표현이고, 불안과 공포에 허덕이는 사회와 그 심상 풍경을 영화가 어떻게 묘사하느냐 하는 데 있는 것이다.

〈제3의 사나이〉에 있어서 캐럴 리드는 황폐한 전재戰災의 고도古都 빈을 배경으로 그곳에서 전개되는 정치적 갈등과 인간의 교착交錯한 단면을 제대로 묘출描出시키고 있으며, 또한 영화 기술로서 시퀀스 속에 있는 경면景面들을 형성하는 숏 등을 정확하게 나타나게 하여 놀랄 만치 치밀한 감각으로 이 작품을 만들었다. 더욱이 작품은 전후적戰後的인 사회와 인간의 심리를 압축시켰으며, 영화의 기법에 있어서도 지금까지의 어떠한 영화보다도 가장 훌륭한 예술성을 가진 것이다.

다시 말하자면 영화의 감각은 즉 예술적인 가치로서의 현대성이며, 그 예술성이 과연 현대의 제 요소를 어떻게 함축시키고 있느냐가 논의될 따름이다.

이러한 것과는 달리 장 콕토의 〈오르페〉도 현대 영화의 하나의 감각성을 말하는 것이다.

천국에서 들려오는 숫자의 방송放送, 유리 속으로 사라져 버리면 천국으로 가고 또한 사자死者가 다시 소생된다는 것과 같은 몹시 비현실적이나 이것은 작가의 의도를 우리가 센스로 이해하여야만 된다. 이러한 때 필요한 것은 관객의 작품을 보는 감각성이며 영화뿐만이 아니라 현대의 시나 회화에 있어서도 동일한 일이다.

살바도르 달리의 쉬르리얼리즘 회화나 피카소의 제 작품을 결코 우리가 설명하지 못하는 것처럼 콕토의 영화를 또한 그의 감각을 우리는 설명할 수가 없으며, 단지 마음으로 또한 각자의 이성으로 어떻게 느끼고 받아들이느냐는 데 있는 것이다.

존 휴스턴의 처녀작 〈말타의 비보秘宝〉와 〈아프리카의 여왕〉은 현대인의 하드보일드한 심정과 템포를 알려주고 있다.

현대의 문명은 속도의 문화라고 누가 말한 것처럼 휴스턴은 비정한 인간의 마음을 영화의 속도 속에서 계산하고 있으며, 신의 전개가 참으로 빠른 템포로써 이어 나가고 있다.

H. G. 클루조의 절박한 막다른 길에 이르는 인간의 심리 묘사, 로셀리니의 리얼리즘적인 강인성, 맨키위츠의 현대 사회 생활에 대한 풍자, 엘리야 카잔의 강력한 터치에 의한 연출 기법 등 현대 영화의 감각은 결국 이러한 데서 찾을 수 있는 것이다.

또한 영화는 아메리카 영화에서 본다면 그 국민의 생활양식이나 기계문명을 표현할 때가 많은데 이것도 역시 하나의 현대적 감각이라고 우리는 볼 수 있으나, 역시 여기서 요청되는 것은 그 속에 사는 인간이나 사회의 움직임이 현대성을 더욱 지녔을 때 그것은 영화로서 성공할 수 있는 것이다. 현대 영화의 감각을 말하기 전에 우리는 먼저 영화를 보는 눈 다시 말하자면 스스로의 감각성을 가져야 되며, 이것만이 그 영화의 감각의 세계를 분동分棟할[108] 수 있는 힘이 될 것이다.

『國際新報』(1956.1.27)

108 사전적 의미는 '여러 집채로 나누다'이며, 문맥상 의미는 '분석할'이다.

회상의 명화선名畵選

〈선라이즈〉〈어느 날 밤에 생긴 일〉〈자전거 도적〉

사일런트, 토키, 테크닉컬러, 입체영화, 시네마스코프, 시네라마 이렇게 급속도로 발달해 온 영화의 지난날의 명작을 감상하는 것도 의의 있을 것이다.

무성 영화

〈선라이즈sunrise〉(미) 1927

우선 먼저 두 개의 자막이 나온다. 하나는 이것은 남자와 그의 아내를 노래한 것이라는 것과 또 하나는 인생—태양이 오르고 기울어지는 곳, 도시 전원의 구별 없이 평등한 인생, 때로는 괴롭고 때로는 달콤하고 서러운 것은 인생이라는 뜻이 세워져 있다.

휴가의 계절. 어떤 호숫가에 있는 벽촌僻村의 빈약한 선창가船着場에 아름다운 도시의 여자(마거리트 리빙스턴)가 나타났다. 그의 풍만한 육체, 세련된 미모와 태도에 씩씩하고 거기에 순정한 시골 사나이(조지 오브라이언)가 순식간에 정신을 팔고 만다.

그는 농업과 어업에 종사하면서 아름다운 정숙한 아내(자넷 게이너)와 출생한 지 얼마 안 되는 어린애도 있다. 도시의 아름다움은 알지 못하나 평화롭고 행복하게 언제나 웃으며 살아오는 두 사람이었다. 그러나 '도시의 여자'가 온 지 한 달도 지나기 전에 집과 배는 모두 고리대금업자의 담보로 되고 말았다.

오늘도 남자는 여자와 만나기 위하여 집을 나갔다. 대지를 덮는 연기와 같은 안개, 갈대밭 아래에 물결치는 호수(해리 올리버의 세트, 로셔, 스트러스의 카메라의 훌륭한 기술의 협화로서 성공한 이동 촬영은 현실의 세계처럼은 생각되지 않는 서정적인 분위기를 시각에 호소하며 그 비류가 없다[109])에서 만난 두 사람은 관능의 황홀에 취해 빠지고 여자는 남자를 도시에 유혹하고 그에게 아내를 살해할 것을 권유한다.

호숫가의 맨 가운데, 아내를 떨어뜨리려고 남자의 눈은 악마와 같이 번쩍거린다. 아내를 쳐다보는 눈, 미소에서 우울로 공포에 움직이는 아내의 얼굴, 물, 노, 남편의 눈, 아내의 얼굴이 차차 급격하게 컷백 되는 클로즈업에 의하여 화면에 나타난다. 사일런트 말기의 심리 묘사에 있어서 거의 최고의 커팅의 전형일 것이다. 그[163]러나 머리를 숙이고 그는 아내를 죽이지 못한다.

대안對岸에 머물렀을 때 아내는 그가 무서워서 도망친다. 전차, 그리고 거리.

"겁내지 마라!"

남편은 아내에게 여러 번 이야기했다.

떠들썩한 카페테리아에서 두 사람은 마음에 없는 점심을 먹기 시작했다. 공포로 빵도 잘 먹지 못하는 아내 옆에서 미안한 얼굴로 아내를 바라다보는 남자의 눈에는 이미 '도회의 여자'는 잊어버리고 있었다.

때마침 결혼식에서 신랑 신부에게 말하는 목사의 말이 남자의 가슴을 찌른다. 회한의 눈물이 얼굴에 흐르는 것을 보고 비로소 아내는 마음을 편하게 갖는다. (그러나 거리에 나가서부터의 할리우드적인 코미디 릴리프는 확실히 멜로드라마화되어 버리고 전반의 서정을 잊어버리고 있다.)

즐겁게 놀고 돌아오는 길 갑자기 폭풍우가 불어 아내가 행방불명이 되었다. 남자는 밤이 늦어서 혼자 헤엄쳐 돌아왔다. 마을 사람들이 떠들썩하는 것을 본 도회의 여자는 그것이 그의 소행인 줄 알고 아내가 구조되었다는 것을 남자에게 고했다. 지금은 노해 버린 그는 도회의 여자의 목

---

109 사전적 의미는 '比類, 서로 견주어 비교할 만한 것'이며, 문맥상 의미는 '비교할 만한 것比類이 없다'이다.

을 비틀어 떼밀었다.

하룻밤 동안 아무것도 모르고 잠만 자고 있는 아내. 기도를 계속하는 남편. 얼마 후 밤이 밝아서 빛나는 해가 뜰 때(선라이즈)에 아내는 눈을 뜨고 빙그레 웃었다. 행복은 또다시 돌아왔던 것이다. 마침 그 무렵 자기의 소행이 어떠한 비극을 만들었다는 것도 모르며 도회의 여자는 혼자서 그 마을을 떠나갔다.

사일런트의 말기 독일에서 아메리카로 건너간 F. W. 무르나우의 최초의 작품이다. '다카메라의 눈'의 열렬한 신봉자인 무르나우는 시각에 의하여 스토리를 완전히 이야기할 것을 시험한 순수 영화 작가이다. 이 작품의 전반에 나타난 순수성은 할리우드가 만든 사일런트 영화의 최고봉이며 영화가 걸어 나갈 하나의 방향을 시사하고 큰 영향을 주었으나 무르나우는 그 기대를 남긴 채 1931년에 세상을 떠났다.

원작 헤르만 주더만
각색 칼 마예어
감독 F. W. 무르나우
촬영 찰스 로셔, 칼 스트러스
(폭스 사 작품)[164]

토키 시대

〈어느 날 밤에 생긴 일It Happened One Night〉(미) 1934

아메리카의 천만장자의 딸 엘리 앤드루스(클로데트 콜베르)는 바람둥이 아버지의 간섭을 물리치고 아무것도 모르고 비행가인 킹 웨슬리와 약혼을 한다. 몹시 놀란 아버지는 딸에게 설득[110]했으나 엘리는 단식까지 한 후 틈을 보아 요트에서 마이애미의 바다에 뛰어들었다. 아버지는 필연코 상금을 걸어서 자기를 찾을 것이 틀림없을 것이라고 통쾌히 생각하면서…….

뉴욕으로 가는 버스 정류장에는 탐정들이 모여들었으므로 엘리는 어떤 노파에게 대신 차표를 사 달라고 하고 교묘히 몰래 버스를 탔다. 그때 엘리는 처음으로 피터 워렌블(클라크 게이블)과 만난다. 피터는 독신인 신문기자로 친구인 편집장과 싸워서 신문사를 뛰쳐나온 길이었다. 원래부터 두 사람은 전혀 알지 못하는 인간이었으나, 처음부터 좌석 때문에 운전사와 싸우고 밀고 들어가 버스가 움직이려고 할 때에 피터의 무릎 위에 엘리의 엉덩이가 떨어져도 서로 흘겨보는 사이였다. 이렇게 하여 2천 마일의 여행이 시작되었으나 피터는 신문기자의 센스로 그가 보통 사람과는 다르다는 것을 눈치챌 수 있었다. 교만한 태도, 화려한 복장에 피터는 불만을 느꼈으나 그와 반면에 엿볼 수 있는 그의 유기[111]와 천진난만한 아름다움에 마음이 끌렸다. 그리고 도중 엘리가 가방을 도난당했을 때, 버스[165]를 늦게 탔었을 때, 싫은 사람한테서 말을 걸렸을 때, 그는 어딘지 모르게 엘리를 비호했다.

거기에 엘리가 상금 1만 불의 문제의 사람이라는 것을 알았을 때, 그는 비행가 킹은 엉터리니깐 아버지 있는 곳으로 돌아가라고 쓸데없는 충고까지 했다. 그리고 그의 아버지와 킹을 욕했다. 비가 와서 다리가 무너져 두 사람은 조그마한 바라크에서 자지 않으면 안 되게 되었다. 그는 제리코의 성벽이라고 말하고 모포로 침대를 막았다. 조야하고[112] 염치없는 남자였으나 세상에서는 무엇이 존중한가를 점점 알려 주는 믿음직한 그에게 엘리는 참다운 애정을 느끼게 되었다.

하는 수 없이 아버지는 킹과의 결혼을 승낙하고 엘리는 뉴욕에 도착했다. 그러나 엘리는 즐겁지가 않았다. 피터는 자기를 싫어하고 있다. 거기에 아버지한테 엘리에 관한 경제적 문제로 편지를 보낸다는 것은, 그는

---

110 원본에는 '세득'으로 표기되었다.

111 문맥상 의미는 '乳氣, 어린애 같은 모양'이다.

112 원본에는 '조아하고'로 표기되었다. 문맥상 의미는 '粗野하다, 천하고 상스럽다'이다.

모든 것을 체념하고 킹과 결혼할 것을 결심했다. 그 결혼의 당일, 처음으로 아버지로부터 피터가 그를 사랑하고 있다는 것과 1만 불의 상금 대신 엘리를 태워 보내 준 자동차의 가솔린을 사기 위해 판 외투와 넥타이의 대금 39불 60센트만을 청구했다는 것을 들었을 때 엘리는 결혼식장을 뛰쳐나가 피터의 가슴속에 뛰어들었다. 두 사람이 밤을 보낸 그 시골집에서 오늘 밤은 구약 성서의 고사故事를 본받아 제리코의 성벽을 허물기 위해 장난감 나팔 소리가 요란하게 들렸다.

이 영화의 테마는 아메리카 영화에 보통 있는 것에 지나지 않으나 인공적인 풍속 취미에 떨어지는 일 없이 또 솔직하고 명랑하게 조금도 불유쾌한 기분을 주지 않았던 것은 리스킨의 교묘한 시나리오와 캐프라의 유창한 연출의 성과이다.

도회적인 훌륭한 연기로 아카데미상을 받은 게이블과 콜베르의 연기도 잊을 수가 없다. 그 외에 작품, 감독, 시나리오 상도 받고 있다.

원작 새뮤얼 홉킨스 애덤스

각본 로버트 리스킨

감독 프랭크 캐프라

촬영 조셉 워커

(컬럼비아 사 작품)

전후 작품

〈자전거 도적Ladri di Biciclette〉(이伊) 1948

타이틀백의 이동하는 무브 신이 직업을 얻기 위해서 직업소개소에 모여드는 사람들이라는 것은 이 영화가 생활의 시詩를, 생의 자각에 서 있는 커다란 인간성을 표현하고 있으며 인상이 강한 퍼스트 신으로서 우선 성공하고 있다.

직원에게 불리어서 안토니오는 이날 겨우 실업에서 구조되어 광고 포스터를 붙이는 일거리를 얻게 되는데 그러기 위해서는 어떻게 하든지 자전거가 필요했다. 그것이 없으면 직은 다른 사람에게 빼앗기는 것이다. 그러나 그의 자전거는 벌써 오래전 생활고로 전당포에 들어가 있다. — 이것은 전작 〈구두닦이〉에서 '말'이 어린애들의 꿈이며 희망의 상징이었다는 것처럼 자전거에서 노동자의 생활의 의욕과 희망의 상징을 찾아보는 훌륭한 구성이라고 할 수가 있다. — 남편에게서 이 이야기를 들은 아내(리아넬라 카렐)은 보료 같은 것은 필요 없다고 베드에서 들어내고 그것과 교환으로 자전거를 전당포에서 찾는다.[166]

이렇게 하여 네 사람의 가정에는 희망의 촉광이 비치기 시작한다. 아내는 점쟁이 여자한테 사례를 하러 가겠다고 하나 남편은 점쟁이 때문에 취직한 것은 아니라고 한다. (후에 자전거를 잃어버린 안토니오가 여기저기 찾아다니다가 피로해서 또다시 들르는 의미 깊은 복선이다) 여기서부터 다음 날 아침에 걸쳐서 데시카의 속으로부터의 눈은 참으로 투명하며 괴로운 생활 속에 있는 인간적인 따스함과 깊이를 한 과장도 없이 묘사해 나간다. 이 일각의 즐거움도 눈 깜짝할 사이 안토니오가 포스터를 붙이고 있는 동안에 자전거를 도난당한다. 경찰에 가도 상대도 해주지 않고 친구들과 협력하여 자전거 시장을 찾았으나 소용없었다. 실망, 고뇌, 노여움의 미묘한 심정이 안토니오의 표정에 확실히 나타나 있다. 그리고 그와 그의 아들 브루노(엔조 스타이올라)는 죽어라고 자전거를 찾기 위해 거리를 헤맨다. 영화의 대부분은 이 묘사로 차고 범인을 아는 거지 노인을 따라 교회에, 지푸라기라도 잡는다는 생각으로 점쟁이 여자에게 창굴로[113] 겨우 범인을 잡으나 증거가 없기 때문에 도리어 그 한패들로부터 위해를 받을 뻔했다.

---

113 문맥상 의미는 "영화의 대부분은 이 묘사로 차있는데, 범인을 아는 거지 노인을 따라 교회에도 가고 지푸라기라도 잡는다는 생각으로 점쟁이 여자를 찾아가 그녀의 도움으로 창굴娼窟에서"이다.

노인을 따르는 경과 묘사는 부자간의 절실한 애정을 그리고, 브루노의 귀여운 유머러스한 연기와 안토니오의 어른으로서의 절박한 연기와의 콘트라스트는 관객 심리의 완벽한 파악으로 되어 작품의 흐름에 깊은 인간미를 가하는 데 큰 요소라고 할 수가 있을 것이다. 절망의 구렁텅이에 빠져버린 아버지는 할 수 없이 남의 자전거를 훔치려고 한다. 이 전후 풋볼 경기장의 환성, 길가에 정신없이 쓸쓸하게 앉아 있는 아버지와 아들, 경기장의 자전거 정류장, 부자 앞에 오고 가고 하는 자전거 돌아가는 차륜의 클로즈업, 훔치려고 그 거취에 고민하는 안토니오의 표정, 어린애의 피로한 얼굴색. 이러한 것이 훌륭한 효과적인 몇 코마와 편집에 의하여 클라이맥스의 감격적인 신을 제출한다. 훔친 자전거를 타고 도망치려고 하나 그 자리에서 여러 사람들에게 잡히고 만다. 굴욕, 회한, 상심, 자실,[114] 그 아버지를 꽉 옆에 기대서서 쳐다보는 브루노의 얼굴. 뺨에 눈물이 흐르는 아버지의 얼굴. 아들의 손을 잡는 아버지의 손. 그것을 다시 잡는 아들의 손. — 벌써 보는 사람은 화면의 주인공 자신이며 아버지와 아들의 눈물은 참으로 보고 있는 사람의 눈물이다. — 아마도 그들 두 사람은 자전거를 찾지 못할 것이다.

자전거가 없는 내일부터의 생활은……. 어두움이 다가오는 로마의 거리에 많은 사람의 파도 속으로 아버지와 아들 두 사람의 모습은 사라져 간다.

각색 케사르 자바티니 외 5명

감독 비토리오 데시카

촬영 카를로 몬투오리

음악 알렉산드로 치코니니

(E·N·I·O 사 작품)[167]

『아리랑』 2-3호(1956.3.1)

114 문맥상 의미는 '自失, 자기의 존재를 잊을 정도로 얼이 빠짐'이다.

한국 영화의 신구상
영화 전반에 걸친 대담

작가 김영수金永壽
만화가 김용환金龍煥
사회 영화 평론가 박인환
장소 동화백화점 지하 식당

박 일본에서 오신 김영수 선생님과 미국에 갔다 오신 김용환 선생(코주부) 두 분을 모시고 영화 전반에 걸친 좌담회를 개최하고자 합니다. 우선 우리나라에서 생산되는 영화보다 외국영화가 많이 상영되는데, 그렇다면 그 영화를 우리가 감상하고 받아들이는 데 대해서 어떠한 방법이 서 있으면 어떨까 하는데 기其 문제에 대해서 김영수 선생이 말씀하여 주십시오.

외화를 받아들이는 방법

김(영) 이것은 하나의 커다란 문화 정책이 설립된 다음에 논의되어야 할 문제라고 생각합니다. 왜 그런가 하니 가령 일례로 일본에서의 신조사新潮社, 개조사改潮社 여기에서 책을 발행하고 외국 문화를 받아드릴 때에는 이와 같은 문화적 체계를 세웁니다. 예를 들어서 불란서의 사르트르나 카뮈가 책을 쓰면 그 사람의 어떤 단편적인 서적이 들어오는 것이 아니라 그 사람의 전체적인 사상적 조류가 들어오는 것이다. 그래서 외국을 이해 못하는 사람이 외국 문학을 공부하게 되는 때에는 하나의 단편적인 하나의 필구筆具를 공부하는 것이 아니라 작자의 사상을 알게 되고 또 그 나라 문학의 조류 혹은 문화의 흐름을 알게 되는 것입니다. 이런 점에 있어서의 이와 같은 외국 영화를 들어올 때에는 가령 서부극, 연애극, 멜로드라마 이것을 무계획적으로 수입하지 말고 좀 더 거기에는 어떤 체계를 세워 가지고 미국 영화이면 미국 영화에 현재에 있어서의 어떤 조류, 이태리 영화이면 이태리 영화로서의 어떠한 조류, 이태리 영화를 얼추 개념적으로 체계를 세워 가지고 들어왔으면 좋겠습니다. 함부로 들어옴으로써의 그릇된 문화의 소개, 그것은 도리어 해독을 끼쳤으면 끼쳤지 우리나라의 문화에는 기여되는 바는 없다고 생각됩니다. 또 정부에서도 좀 더 개인 개인의 영화 수입자가 좀 더 문학적 양심을 보존할 것 이런 점은 어떠한 정책을 세워 가지고 이것이 하나의 통제 정책이 아니라 하나의 문화 정책을 세워 가지고 뚜렷한 지시, 지도 이것이 다시 말하면 하나의 한국 영화를 옹호하는 하나의 간접적인 원호[16] 방법으로 생각합니다.

김(코주부) 그렇다면 그것은 자본 문제가 아닐까 생각합니다. 무계획적으로 들어오라고 하지 말고 이쪽에서 어떤 필요한 영화에 있어서도 값이 비싸서 못 들어온다던지 결국 그 영화 수입자들의 자본 문제라고 생각합니다. 그런데 그 말씀에 나도 일면적으로 이해합니다.

박 그러나 가령 오락물 또는 우리가 보아서 과히 이롭지 못한 영화들 갔다가 수입한다는 것보다는 〈Gone with the wind〉 이런 것 일편一編 들어오는 것이 좋을 줄 압니다. 예를 들면 보통 오락물은 싸게 들어오면 1,000불 내지 1,500불, 비싼 것은 5,000불입니다. 그래서 못 들여온다는 것입니다. 그런 것이 여기서 보고 싶어 하는 사람도 많고, 또 그런 것은 시시한 것보다도 큰 것을 들여오면 수지도 맞을 줄 알고, 그런데 예산도 과히 어긋나지 않을 줄 압니다.

김(코주부) 아, 그것은 옳은 말이에요. 내 말은 잡지로 치면 『아리랑』 잡지 그것이 제일 많이 나간다고 하는데…… 이것이 대중성을 노리는 잡지라고 하는 것인데 결국 우리가 좀 모양이 잡지 같고 좀 읽을 만한 것은 안

나간다는 것입니다. 그런데 우리가 보통 영화도 그렇다고 생각하지만 그것은 범위가 작을 줄 생각합니다. 그러니까 일반 대중적인 이것은 일반 영화업자가 다 알고 있어요. 그리하여 장사가 된다, 주판이 맞는다 하는 그것은 역시 포인트. 그런데 좀 낫고 오락적인 이러한 측에 들지 않나. 그러니깐 사람들이 주산을 맞기 하기 위해서는 그러한 좋은 영화, 정말 유익한 영화를 가져올 때는 정부에서 세금을 좀 어떻게 완화해 준다던지. 그런 방법을 안다는 이상 영화업자들은 영원히 일을 못하게 될 것입니다.

박 그런데 저 지난번에 모 영화업자가 스탕달의 〈적과 흑〉을 수입하려다가 우리나라의 문교부에서 그것을 보이콧 당했다 합니다. 그런데 그것 아마 김 선생님은 일본에서 보셨을 것입니다. 그것이 과연 우리나라의 현재 처지에서 마이너스 될까요. 어떻게 될까요?

김(영) 제가 여기에 와서는 한국 영화를 하나밖에 못 봤습니다. 그 외에는 못 보았고 글쎄…… 영화의 윤리 규정 면을 모르니깐 말할 수 없지만, 가령 요즘의 일본에서는 D. H. 로렌스의 〈채털리 부인의 사랑〉이 상영되는데 제가 보기에는 스탕달의 〈적과 흑〉이 그렇게 일반에게 보이여서는 해독을 끼치리라는 생각 아니 하는데…… 그런데요 우리나라에서 그 영화를 통제하는 윤리 규정 면을 말씀해주셨으면 좋겠습니다. 만약 심하다면 기其 부분적인 면을 커트하고[17] 될 수 있지 않은가요?

박 그다음 외국영화는 이 정도 말씀하시고 그다음에 우리나라 영화가 작년에 10여 편 생산되었고 금년 들어서는 적어도 제가 생각하기에는 한 20여 편 나올 것 같은데요. 소위 인제 미국 영화에 있어서의 웨스턴 물, 일본에 있어서의 찬바라(칼싸움), 불란서에 있어서의 문예 작품의 경향, 이런 것을 볼 때 우리나라에서도 어떤 하나의 스타일, 어떤 양식을 만들었으면 좋겠는데 우리나라에서는 앞으로 어떤 양식을 만들면 좋을까요?

한국 영화의 양식

김(영) 저도 그 점에 있어서 많이 생각해 보았습니다. 지금 말씀하신 게 퍽 좋은 타이틀이라고 생각합니다. 우선 우리나라 영화는 요즘에 제일 제가 느낀 것은 양식의 상실이라고 생각합니다. 왜냐하면 우선 이태리 영화이면, 전후 이태리면 말하자면 세계적으로 보아서 세계적 코멘터리의 확립, 뚜렷이 업적을 남겼습니다. 또 재즈 영화면 미국, 이와 같은 어떤 그 나라 독특한 양식이 있다고 생각합니다. 우리나라 영화에 있어서는 나는 하나 보았습니다마는 전부 어떠한 이상한 멜로드라마적인 것으로 전체적이 되고 흐르고 있지 않나? 또 제가 모 영화인을 만나서 시나리오 이야기를 들었지만 이것이 아니면 아니 되겠다고 그런데 그것을 지금 말씀드린 바와 같이 저속된 흥행적인 오락적인 멜로드라마가 되어 보입니다. 이러지 말고 우리나라도 좀 더 스튜디오도 완비 안 되고 전기 사정도 좋지 않으니까 어떻게 우리가 오픈세트를 가지고 이태리적인 반기록적인 양식을 갖추면 어떨까 생각합니다. 오늘의 한국 영화가 그전에 나운규羅雲奎 시대의 〈아리랑〉 작품을 능가할 수 있는 하나의 기반이 되지 않을까 생각합니다.

박 그런데 우리나라 영화가 지난번 세계에서도 없는 무세無稅라는 것이 되었지 않습니까. 도리어 이 무세 바람에 영화업자들은 대체적으로 전연 논의되지 않는 영화를 만들어가지고 도리어 무세를 악용하는 경향이 있습니다. 최근 가까운 예로는 〈양산도〉야말로 참 볼 수가 없었어요. 나운규 이전의 활동실진實眞[115]입니다. 〈젊은 그들〉이라는 것이 있었는데요. 그것은 자꾸만 이런 게 있는데 즉 과거로서 소재를 잡는 것, 소위 이조 말엽이라든가 최근에 만든 영화를 보면 〈춘향전〉, 〈단종 애사〉, 〈젊은 그들〉 또 이 〈양산도〉 그 다음에 〈왕자 호동〉 전부 이런 데에서 하는데 과

---

115 문맥상 의미는 '활동사진'이다.

연 이것이 우리나라 영화의 스타일이 될까요.

김(코주부) 그런데 〈춘향전〉 이후에 시대극을 많이 했는데 대개 보면 〈단종 애사〉 같은 것을 그 시대가 이조 초기인데 이왕 그렇게 만들 바에는 스타일은 조금 다를지 모르지만 이조 말엽 한참 거꾸러져 가는 한국에서 그때의 이준 열사든지 이완용 역적들이든지 이조 말엽 한참 일본과 대적하는 것, 그 정변 등 뭐 그 당시의 민비가 살해당하고, 갑오경장 그런 것을 만들었으면 오히려 그것이 퍽 좋은 것 같아요.

박 지금 코주부 씨가 말한 것은 제일 중요한 영화 제작 태도를 채택할 겁니다. 현재에 있어서는…….

김(영) 영화를 만드는 태도부터 고쳐야 하겠습니다. 또 조금 전에 말한 바와 같이 세금이 없으니깐 막 만든다 하는 그런 리理야 없겠지만 혹시 있다고 하면 우리[18]나라 영화의 큰 마이너스에요. 그 때문에 참 아까 사회자가 말한 바와 같이 볼 수 없는 영화, 〈아리랑〉 이전의 영화가 제작된다는 것은 이것은 우리 영화인 전체가 부끄러움을 느껴야 될 줄 압니다. 그러면 이런 한 면을 어떻게 제거하느냐. 여기서는 한국 영화가 가질 수 있는 양식을 확고히 수립하지 않으면 안 됩니다. 지금 우리가 감독이 혹은 시나리오 라이터가, 연기자, 카메라맨이 우선 일을 하기 전에 먼저 자기들이 만들 수 있는 영화 스타일, 한국 영화의 하나의 새로운 형식Form을 확고히 가지지 않으면 한국 영화는 영원히 이대로 질식 상태에 빠지지 않을까 생각합니다.

김(코주부) 그것은 대개 과거의 우리의 기성 영화인, 좀 기초 있고 배운 사람들이 없어지고 남은 사람도 얼마 없고 대개 신인들이 많이 나와서 하기 때문에 아직 기초적 지식도 없고 기술적 빈약과 자본 빈약으로써 할 수 없는 일도 일종의 과도적 시기로 보아서 할 수 없는 일이 아닐까 생각합니다.

김(영) 하면, 거기에 또 문제가 한 가지 발생합니다. 왜 그러냐 하면 신인이 나올 때는 어떤 패기가 있어야 됩니다. 과거에 우리 영화사를 볼 때 어떠한 걸작이 나왔다고, 그러면 이것을 잡아먹을 만한 어떤 패기가 어떤 의욕을 나타내야 될 줄 압니다. 가령 영화를 볼 때 어떤 장면이나 스토리가 미완성하여도 어떠한 그 신인으로써 패기가 보인다는 데서 그를 평가할 수 있습니다. 그러나 처음부터 끝까지 참 그야말로 우리가 타개하지 않으면 안 될 만한 만약 그러한 졸렬한 장면과 사상이 흐르고 있다면 이런 영화는 지금 말한 세금이 없기 때문에 만든 것이라고 밖에 볼 수 없어요. 머 이런 말을 들어도 어떠한 항의는 없으리라고 생각합니다.

김(코주부) 머 세금이 없어졌으니깐 다행이고 또 많이 만드는 것은 좋은데 (일동 웃음) 한 가지 것은 3년 걸려서 하였다니깐 3년을 계속해서 했으면 좋을 텐데 결국 하다가 말다가 이렇게 끌어서 3년을 하였는데도 그래도 그것이 하나의 영화가 된다는 것은 기적이라고 생각합니다. 그런 의미에서 〈양산도〉가 잘못 되었더라도 생각되었다는데 대해서는 오히려 우리는 치하를 해야 하지 않을까 합니다.

김(영) 말하자면 퍽 휴머니티한 말씀인데 코주부의 좋은 말씀이고, 하나 3년 걸린 작품이 석 달 걸린 작품보다 반드시 좋다는 것은 비평의 극론極論을 할 수 없는 것입니다.

김(코주부) 그렇지만 3년이 걸렸다지만 실지로 일한 것을 하면 두 달밖에 안 걸렸으니까요. (웃음)

우리 영화 해외 진출 문제

박 그 다음에 말씀입니다. 저 한국 영화의 시장을 넓혀야 되겠다는 말씀입니다. 칸느에도 내보내고 동남아세아에도 내보내야겠다 이런 얘기들이 있는데 김영수 선생, 현재 한국 영화의 수준으로 예술적인 가치, 흥행적인 가치로 보아서 한국 영화도 해외로 나갈 수 있을까요?

김(영) 전 뭐 한국 영화를 다 못 봐서 얘기할 수 없는데 어떻습니까. 이

점은 저 코주부 선생이…….

김(코주부) 저도 잘 모릅니다만 뉴욕에 가보니깐 실지實地로 본 이야기인데 일본 영화 〈지옥문〉 말이오. 천연색인데 이것을 일류 극장에서 1년을 계속해서 상영되었는데 그 마지막 날 내가 보았는데 이것은 천연색으로 기술이 괜찮다고 보는데 스토리는 시원치 않다고, 보는 사람이 다 이야기하는데 이것은 일본이 외적으로 선전하기 위하여 특별히 기술면만을 중점을 두어서 만들어서 좋다지만 그렇지만 스토리는 우리가 역사를 보아서도 아는 바와 같이 재미가 없어요. 일본의 평안조平安朝 시대 것입니다. 임林 대사[116] 이야기가 한국에서 20세기 폭스 사장이 한국에 오지 않았소. 그 이유로 그것은 한국에 대한 계기로 해서 한국에 본격적인 영화 발전을 한국 사람의 작품을 쓰고 본격적인 한국과의 타협하는 영화를 만들 기회가 아닐까 하는 이야기를 해요. 그래서 그 원작을 한국 작가들에게 부탁하겠다. 그리고 실지로 촬영하게 될 때에는 배우도 한국 배우를 써서 합작을 해서 일하겠다. 이렇게 폭스 사장이 본격적으로 하기 위해서 한미재단에 일을 일임했답니다. 그런 모든 일을 한미재단의 책임자가 임 대사를 찾아와서 몇 번 원작에 대해서, 우선 첫째 원작이니깐 교섭을 했는데 도무지 진척進陟[117]이 아니 됩니다. 소식이 없고 그런데 그 전에 재빨리 아[19]는 사람은, 아직 두어 사람 그것을 직접하고 있는 사람도 있는데 그런데 결국 거기서 절실히 느낀 것도 한국 영화를 절실히 요망하고 있데요.[118] 우리가 한번 가보아도 자꾸 왜놈들은 상영을 잘 하고 있는데 우리들 것은 아무것도 없더군요.

김(영) 지금 말씀 하신 것에 한미 합작에 말씀이 나오시는데 그것은 다음으로 밀고 코주부가 직접 해외에 나가셔서 그저 우리 영화를 요구하는 것을

116 임병직 주 유엔 대사(1951~1960)를 가리킨다.

117 원본에는 '進涉'으로 오기되었다.

118 문맥상 의미는 "그런데 그 이후로는 소식이 없습니다. 아직 한국 영화를 절실히 요망하고 있는 두어 사람이 그 일을 직접하고 있다고는 합니다"이다.

보고 듣고 오셨으니까 우리 영화도 응당 해외에 나가야 되겠지요. 또…….

김(코주부) 로스앤젤레스 일본 타운에 잠깐 가서 보았는데 거기에는 극장이 두 곳이 있는데 일본 사람이 경영하는 일본 극장으로 전부 일본의 흑백영화들이요. 모두가 현대물 같은 것인데 일본 사람을 위해서 오는 모양인데 다이얼로그는 모두 영어로서 넣고, 일본 사람 중에서도 일본 말을 모르는 사람이 있으니깐. 그런데 이것을 내가 한두 편 보았는데 한국보다 무엇 그렇게 잘된 것 없는 것도 들어올 거요. 그런 의미에서 일본 사람을 주로 해서 그렇겠지만 그것도 외국에서 보면 아주 헌 영화, 옛날의 것, 한국에서 1년 전에 본 것을 뉴욕 한복판에서 다시 하는 것을 보았는데 그러니깐 그것은 역시 영화가 부족한 것 같으니깐 우리나라도 원만한 수준만 올라가면 그것을 외국에 보내도 되지 않을까 생각합니다.

김(영) 좋습니다. 대단히 희망적인 말씀입니다. 지금 말씀하신 한국 영화가 해외로 진출할 가능성이 있느냐? 해외로 진출해야 되겠다고 생각합니다. 그것은 그 점에 그치지요. 지금 현상을 가지고 해외에 진출 가능성이 있느냐 하는 것은 영화인, 새로 나온 신인한테는 너무나 부담이 과한 우리의 요구가 아닐까요?

박 좀 싹이 나왔으면, 싹이 커서 꽃이 피고 열매를 맺는 것을 기다리는 것이 어떨까요?

김(영) 그러니 우리는 문화의 성숙을 너무 조급히 기다리면 왕왕이 실수가 있다고 생각합니다. 가령 지난번 본 모 영화의 감독과 시나리오 라이터를 위해서는 이름을 밝히지 않겠는데 하여간에 영화 문법은 우리가 알아야겠어요. 그리고 그 영화의 스토리도 크리시스도 몰랐습니다. 이 영화는 어떻게 만드나 저도 의구를 가지고 보았습니다. 그래서 3분지 1이라는 영화 스토리는 벌써 우리들의 관객과 스크린과의 호흡은 긴밀히 계속되는 감정은 3분지 1은 필름은 그냥 돌아갔습니다. 이런 영화가 한국에서 좀 더 완전하고 성숙된 영화로 성장하길 바라서, 그 다음에 우리는 해외로 나갈 시장을 찾는 것이 우리들의 하나의 길이라고 생각합니다.

합작영화의 가능성

박 아, 저, 조금 전에 코주부 선생께서 합작영화에 관한 말씀이 나왔는데 저도 코주부 선생이 미국에서 누구에게 편지를 보낸 것 때문에 합작영화에 관한 것을 알았습니다. 20세기 폭스의 스커러스 사장이 한미재단을 통해서 100만 불을 기증했다는 말을 들었는데 최근 20세기 폭스와 일본하고 〈죽가竹家〉 등의 문제 때문에 많은 물의를 일으켰는데요. 앞으로 합작영화의 소위 우리나라와 외국과의 합작영화와의 가능성이 있느냐 없느냐에 대해서 말씀하여 주십시오.

김(영) 한미 합작영화가 성립될 조건은 세계에서 지금 특히 동남아세아에서는 우리 한국보다 절대성이 있는 나라는 없습니다. 우리는 직접으로 전쟁을 체험하고 있고 현재 제일 중요한 지구상의 반도를 차지하고 있습니다. 그러니까 우수한 기술자가 우리나라와 합작영화를 만든다는 것은 이것은 새로운 영화 세계에 하나의 방법이라고 생각합니다. 그런데 제가 체험한 바에 의하면 한미 합작영화 혹은 이러한 성질의 영화는 과히 그 출발 스타트는 퍽 좋습니다. 하나 이것이 결과를 맺을 때 다시 말하면 그 작품이 되었을 때 볼 것 같으면 우리가 의외에 느끼지 않았던 불합리성이 많습니다. 가령 예를 들면 일본에서 제가 본 몇 개의 일본과 외국과의 합작영화를 보았어요. 예를 들면 가령 일본의 그 예식 때 입는 옷 같은 것을 잠옷으로 입는다던지 혹은 실내에서는 신을 벗는 것을 신을 신고 방으로 뛰어 들어간다던지 이런 것은 그 나라의 생활 풍속을 완전히 무시하고 혹은 무지한데서 나왔다고 봅니다. 그러니깐 우리가 어떤 스토리만 제공함으로써 한미 합작영화가 된다고 생각하는 것은 속단[119]입니다. 좀 더 우리는 적극성을 띠어서 여기서도[20] 어떤 발언권을 가지고 여기서도 협조할 수 있는 감독이 나가고 또 여기서도 연기자가 나가서 직접 우리 생활

---

119 원본에는 '속담俗談'으로 오기되었다.

풍속이 완전히 포함된 영화가 되어야만 비로소 한미 합작영화는 된다고 생각합니다.

김(코주부) 그러나 그것은 영원히 안 될 것입니다. 왜 그러냐 하면은 진짜로 합작영화라면 자본도 같이 내고 발언도 같이 하여야 될 터인데 지금 일본과의 합작영화를 보더라도 자본은 모두 미국이 내고 또 우리 한미 합작도 물론 그렇게 될 테니깐 그것은 머 그 사람도 영리적으로 하는 만큼 또 관객층을 어디로 두느냐하면 대부분의 10분지 8이 외국 사람일 테니까 즉 미국이니깐 미국에서 대부분 그 수지를 맞춘 다음에 그 몇 번째가 한국에 맨 끝으로 돌아올 터이고 그 사람은 그런 견지에서 만드니깐 그건 우리가 정말 반 이상의 자본을 내고 그렇게 안 하는 이상 그것은 고칠 수 없어요. 그러나 역시 우리 한국 배우가 나오고 한국 무엇이 나온다면 한국의 선전이 되느니만큼 다소 그런 것이 있더라도 우선 첫째 한미 합작이니 이런 합작영화를 만들어야 좋은 것 갔습니다.

박 한미 합작이 잘되면 이제 대체적으로 세트 같은 것은 미국에서 하고 현재 로케이션은 한국에서 하게 되는데요. 사실 우리나라에서 영화 제작을 한다는 금액하고요 소위 미국 사람이 만든 것은 천양지판이 아닙니까? 그러기 위해서는 앞으로 우리나라에서도 무슨 합작영화를 할 때에는 단순히 미국 자본에 의해서 하지 말고 미국에서 하는 것은 미국 사람이 내고 국내에서 하는 것은 국내 사람이 자본을 내서 영화를 만든다고 하면은 좀 나아지지 않을까요.

김(영) 물론 훨씬 나아지겠죠?

김(코주부) 그런데 내가 뉴욕에서 들은 이야기인데 그때 최순주崔淳周 씨가 왔을 때 하는 이야기가 임 대사랑 모두 있을 때에 폭스 사장이 한국에 왔을 때 대통령을 만났데요. 그때 물론 영화업자들도 모두 있었는데 대통령께서 여러 가지 이야기를 했을 때 대통령의 말씀이, 그때 폭스 사장이 이렇게 말씀한 모양이에요. 합작영화를 만들려도 한국에는 아무것도 없다 하니깐 이 대통령께서 우리도 영화에 대한 중요성을 느끼고 있다. 그래서 정부에서 큰 영화를 만들겠는데 정부에서 대통령 자신이 10만 불을 내겠대요. 10만 불을 낼 터이니깐 민간에서 10만 불을 낼 사람이 있으면 반관반민으로 영화 회사를 하나 만들자 이렇게 결정이 됐대요. 그래서 홍찬洪燦 씨가 관계하고 있는 모양으로 미국을 가게 되었는데 그것이 그렇게 되느냐가 문제입니다.

김(영) 그런데 아까 코주부 하신 말씀하신 가운데 여하간 방대한 자원으로 만들고 거기서 또 돈 내는 자가 외국이고 하느니만큼 우리가 한국 스토리만 제공하고 또 한국 옷을 입은 배우가 나갔다고 해서 우리는 국내의 손님이 든다고 말씀하셨는데 나는 거기에 반대합니다. 왜 그런가 하니 만약 그렇다면 우리가 그릇된 선전을 함으로써 다시 말하면 우리 옷이 그대로 스크린에 있고 또 그 이야기가 벌어지는 것이 우리 한국이라고 해서 우리가 어떠한 만족을 느끼게 된다면 이것은 우리가 너무나 참 열등적인 졸렬한 일이라고 생각합니다. 좀 더 우리는 여기서 우리가 자본은 없지만 우리가 감독을 협조로 내고 배우를 제공한다, 어떤 보수도 그만 바라지도 않고. 우리 과거 전부 우리 영화에는 그야말로 가난했으니까. 그러나 미국 사람에는 몇 만 불 몇 10만 불을 받는 것은 바라지 않습니다. 하나 정신적인 면, 또 문화적인 면은 우리가 강경히 발언해야 될 줄 생각합니다. 만약 그릇된 선전 영화인 경우에는 우리 한국 영화인들은 이것을 거족적으로 항거하고 발언해야 할 줄 생각합니다.

김(코주부) 물론 그래야겠지요. 그런데 한국을 전혀 모욕하거나 그것을 우리가 상식적으로 생각해 봐도 되지 않을 줄 알아요. 그 사람들의 계획하는 것은 그 사람들의 실제대로 하는 것이니까 그 계획을 이동해서 우리가 나가자는 것이지 무엇이던지 그 사람들의 이야기를 듣자는 것이 물론 아니지요.

김(영) 제 생각엔 이렇습니다. 개인적으로 문총文總에서 스토리를 모집했는데 그런 형식을 취하지 말고 제 희망을 문총에서 한미 합작영화를 제작할 때면 스토리 집필 위원이 나가지고 그 사람들의 여러 우수한 두뇌가 모여서 어떤 훌륭한 스토리를 꾸며 가지고 이것을 그야말로 한미 합작영화 즉 그 글자가 주는 인상 그대로 한국과 미국이 국가를 대표한 문화인끼리 집단적 교류, 집단적인 양식의 교류가 필요할 줄 압니다.

김(코주부) 물론 그것은 이상적이고 좋은데 가령 미국에서 벌써 한국의 스토리를 작가들에게서 부탁하겠다 해서 그것이 한국에 통지해서 작가들의 손에 들어올 때까지 두 달이나 걸렸어요. 그런데 거기서는 대단히 급했거든요. 두 달이 걸리니까 거기서도 생각을 하고 이게 두 달이나 걸리니까 이런 걸 제대로 밟아서는 안 되겠다 해서 그러니까 아무라도 빨리 오는 것을 많이[21]해서 한국 사람이 만든 걸 어떻게 하자 이런 게 있어요. 그런데 요새 알다시피 이런 것은 대단히 힘들 거요.

박 그럼 다음에 우리나라 영화인, 시나리오 라이터, 감독 또는 배우들에게 아픈 소리 한마디 해 주십시오.

한국 영화 작가에게 진언進言

김(영) 아픈 이야기는 코주부가 하시지. (웃음)

김(코주부) 뭘…….

김(영) 과거에 그전에 모두 주먹구구식으로 의장 또는 우정, 의리에 의하여 만들던 영화는 이제는 다 영화제작 정신은 버리고 좀 더 세련된 문화인의 감정을 가지고 영화를 만들겠다는 제작자가 나서야 될 줄 압니다. 그다음 시나리오 라이터에게 제가 말씀드리고 싶은 것은 지금은 북한에 납치되어 가서 소식을 모릅니다마는 최인규 군에게 이런 재미있는 에피소드가 있습니다. 제가 그때 무슨 시나리오를 갔다가 400자 원고지로 200매 써 간 적이 있어요. 이 친구가 하루 밤을 읽고 나더니 저하고 만나서 저 보는 데서 그 친구가 20매를 떼어 냈습니다. 하구 그 친구 말이 이 20매가 있게 되면 이 전체 시나리오의 템포가 바꾸어진다고 말했어요. 그래서 저는 그 즉시로서는 불쾌했습니다마는 그런 것을 다시 읽어 보고 또 떼어 낸 시나리오를 읽어 볼 때는 과연 그것은 템포가 지루했습니다. 이러한 자신 있는 감독, 중간의 한 페이지를 자신 있게 빼낼 수 있는 감독이, 또 자신 있게 첨가할 수 있는 감독이 있어야 할 줄 알아요. 이것은 단순히 영화를 아무거나 만들어서 팔아먹겠다는 말하자면 장사치의 상업심을 떠나서 좀 더 커다란 영화 예술가로서의 교양과 지식이 있어야 할 줄 압니다. 이러한 개인심 또는 말하자면 그 영화를 만들겠다는 열의와 의지가 불타는 무서운 신인이 많이 나와 주셔야 할 줄 압니다.

김(코주부) 나는 별로 할 말은 없는데 저 지금 요새의 감독이 이미지가 부족하다고 생각해요. 가량 배우를 선정하는데 〈춘향전〉도 그러했고 〈꿈〉이란 것도 그렇게 봤는데 그 성격이 전혀 맞지 않는 이런 배우가 많이 나온 것 같아요. 그리고 그 카메라맨들의 카메라아이[120] 결정하는 걸 말이에요. 가만 보면 전혀 그 회화적인 그림의 구도가 아주 안 되게 있고 어떤 건 순전하게 앗품[121]을 해가지고 해석하는 게 있고 뭐 그뿐이오.

김(영) 저 일전 본 영화에서 얻은 감상 또 하나 있습니다. 제목은 둘째 쳐 놓고 카메라 앵글이 틀려요. 하여간 본래 그 배우는 키가 작아요. 될 수 있으면 키를 크게 뵈기 위해서는 카메라는 언제든지 통 앵글에 삼각대를 벗어나야 합니다. 그런데 전부가 하이 앵글 말하자면 머리 위에서 카메라를 대기 때문에 전부 난쟁이로 보여요. 더군다나 층대를 내려갈 때 카메라가 위에서 파트업하기 때문에 여배우는 아주 난장이로 뵙니다. 그 여배우에게는 아주 치명상적인 소행입니다. 또 하나는 가령 바스트 숏을 찍을 때 이것이 전부 이마부터 갈라집니다. 이것은 카메라 파인더를 볼 줄 모르는 카메라맨 또 카메라가 그저 장면[122]이 롱숏에서 미디엄 숏 혹은 바스트 그리고 업으로 들어갈 때는 어떤 영화적인 문법 순서가 있습니다.

---

120 "카메라로 찍었을 때의 상태를 상상, 판단할 수 있는 카메라맨의 능력"을 뜻한다.
121 정확한 용어를 알기 어려워 원문대로 표기한다.
122 원본에는 '□면'으로 표기되었다.

이것을 전부 파악해서 떼어 버리는데 이러한 카메라맨, 이러한 감독은 많이 앞으로 공부해야 할 줄 압니다.

영화와 만화

박 그 다음에 말씀입니다. 우리나라에 비로소 월트 디즈니의 만화영화가 들어오는 모양인데 그러한 문제에 대해서 김용환 선생이 이번 우정 월트 디즈니의 스튜디오도 찾아보고 했으니까 만화영화와 그 영화가 주는 어떤 차이점, 문제, 그 다음에 우리나라에서 만화영화의 제작 문제에 대해서 좀.

김(코주부) 지금 우리나라든지 일본에서도 그런 것 같은데 일[22]본에서 전전戰前에는 그렇지 않았는데 결국은 작가가 없다는 건데 이건 이번 돌아올 때도 봤는데 일본 천연색 만화영화를 봤는데 그림이 아주 형편이 없어요. 움직이는 것은 다소 괜찮은데. 요새 장편을 안 만드는 것은 왜 그러냐 하니까 요새 작가가 없대요. 그전에 그리던 작가가 모든 수입 면으로 봐서 현재 책에 그리는 만화가 수입이 좋다고 해서 모두 그리로 전환을 해 버리고 그리지 않는다고 그래요. 그런데 미국 같은 데 보면 장편도 물론 많이 나오고 단편도 각 영화에 소요물所要物로 나오지 않아요? 그런데 그 월트 디즈니의 스튜디오를 낱낱이 다 봤는데 우리나라에서 그것을 만들자면 미국에서 만드는 것과 일본에서 만드는 내용의 3분지 1이면 될 것 같아서, 뭔고 하니 제일 돈 드는 것은 인건비에 돈이 드는데 단편짜리 하나 만드는 데는 3개월이 보통 걸리는데 어떤 장편을 만들려면 2년, 3년 이렇게 걸린단 말에요. 그런데 외국에서는 그 한 사람의 만화가를 써서 하기 위해서는 상당한 보수를 줘야 하는데 그러니 우리나라에서는 재주는 많이 있지만 만화를 소화시킬 만화 출판물이 없고 하니 만화가들이 그냥 놀고 있다고 볼 수 있어요. 놀고 있는 것은 아니지만[23] 만화가를 양성시켜서 이 사람들을 전부 포섭해서 다 재주들이 있는[123] 사람들이니까요 얼마든지 인건비를 싸게 해서 만화영화를 만들 수 있어요. 그리고 극영화도 많이 만들면 좋지만 만화영화는 국제적 성격을 많이 띠고 있으니까 잘만 되면 외국 수출하기도 퍽 수월하고 하니까 좌우간 하나 만들어 보고 싶어.

박 제가 보기에요 소위 영화에서 만화영화 같은 건 말씀입니다. 우리가 언어를 몰라도요 만화영화를 보면 즐길 수 있잖아요. 그런 의미에서 우리나라에서도 만화영화가 가능성이 있을까요?

김(영) 현재에 경제 상태를 보아서 당분간은 절망 상태입니다. 왜 그런가 하니 지금 말씀하신 코주부가 한 장편영화를 만들려면 한 만화가한테 2년이나 3년 동안의 생활 보장을 하여야합니다. 자유롭게 그림을 그릴 수 있는 환경을 만들어 주어야 되고 또 충분한 자료를 요하며 그 사람이 자유롭게 일할 수 있는 자유로운 환경을 주어야 합니다. 이런 것은 멜로드라마만이 상영하고 있는 현 우리나라 영화계에 저는 당분간 절망이라고 생각합니다. 그러니깐 이러한 준비는 해 두어야겠죠. 그런데 이런 것을 더군다나 언어가 다르고 풍속이 달라도 그 나라의 인종을 이해할 수 있고 풍속을 이해할 수 있는 것은 음악이나 만화나 직접 시각적인 면 이런 것을 제일 강점을 듭니다. 이런 것은 한 개인의 영업 심리만을 의존하지 말고 좀 더 국가적인 어떠한 해외 선전 정책 같은 것이 수집되어 가지고 여기에 좀 더 희생적으로 경비를 주자는 것이 제일 바른길이라고 생각됩니다. 그런데 그 장편을 만들려고 지금 별안간 어린[124] 단편도 안 되었는데 그 장편을 만들라는 것은 안 될 말이고 단편부터 단편을 하면 사실 얼마 안 드는 이 만화의 수료手料가 단편이라도 좋을 것이지만 외국으로도 갈 수 있으니까 수지 타산이 맞을 게고. 그리고 만화영화는 지금 만화영화뿐만 아니라 외국에서도 텔레비전에 굉장히 만화를 쓰고 있습니다. 일본도 그렇고 우리나라도 되면 조금씩 써 가지고 이 교육영화, 어떠한 과학영화

123 원본에는 '있□'으로 표기되었다.

124 원본에는 '어리운'으로 표기되었다. 문맥상 의미는 '비교적 쉬운'이다.

든지 이것에 있어서는 반드시 그림이 필요하거든요. 그리고 만화적으로 이렇게 설명하는 것입니다. 그래서 선화善畵의 연구소 이런 것을 하나 만들어서 그곳에서 만화영화도 만들고 선화로서 의원依願하는 여러 가지 해부 관계든지 이런 것이 있지 않소. 그런 것도 할 수 있고 이런 무엇이 될 줄 알아요? 이런 것을 모두 몰라서 기업가 같은 이가 그 방법을 착안 안 하고 있는데 역시 이것이 하나 되면 괜찮습니다. 코주부 빨리 그 선화라는 것을 만드시고 일을 시작하십시오.

김(코주부) 내가 저 독지가가 있으면 한 얼마나 필요할까. 얼마 좀 필요하면 되겠어요?

박 한 20만 불 쯤 있으면?

김(코주부) 한 10만 불만 누가 투자하면 머 국제에 내놓아도 부끄럽지 않을 것을 만들 자신이 있습니다.

박 그런데 저 김영수 선생께서 앞으로 많은 시나리오를 써 가지고 그 시나리오를 혼자 이용해 잡수시지 마시고 그것을 어떻게 좀 달러를 확보해 가지고 코주부 김용환 선생과 같이 그 선화 연구소랄까 이런 것을 설치하실 용의는 없으십니까?

김(영) 물론 있습니다. 뭐 코주부가 발 벗고 나선다면 그저 물론 우리는 다 그저 총동원 태세를 하고 있습니다.

좌석제의 문제

박 그다음 말씀입니다. 최근 우리나라 영화계에서는 좌석제 문제 때문에 굉장히 물의를 일으키고 있는데 제가 보기에는 미국도 일본도 별로 좌석제를 하지 않는 것 같은데요. 이 문제에 대해서 어디 저 코주부 선생께서 한번 말씀해 주십시오.

김(코주부) 좋은 영화관에서만이 좌석제가 되고 있어요. 그리고 보통 삼류 극장에는 좌석제가 없는 것 같아요. 역시[125] 많을 때는 서로 야단들입니다.

김(영) 하루 온종일 좌석제입니까? 아침부터 저녁까지?

박 그렇습니다.

김(영) 그런데 일본만 보더라도 일류 영화관도 처음에 가령 오전에 돌리는 영화는 자유석을 합니다. 표 사 가지고 아무데나 가서 앉을 수 있어요. 그런데 여기는 첫 번부터 좌석제이니까 어떻게 좋은 자리가 텅 비어 있는데도 저 구석에 가서 영화를 49도의 각도에서 보게 되니까 얼굴이 찌그러지고 이상하더군요. 그러니깐 첫 번에 사람들 들어올 때는 자유석으로 하고 그다음 사람이 밀리고 들어올 때는 지정석을 하는 것이 합당하지 않을까 생각합니다.

박 대단히 좋은 말씀입니다. 이것으로 끝마치겠습니다. 대단히 고맙습니다.[24]

『映畵世界』 9호(1956.3.1)

---

125 원본에는 '亦足'으로 오기되었다.

이태리 영화와 여배상女俳像

이 원고는 고 박인환 씨가 작고 직전 본사의 청탁에 의해서 집필한 것이다. 지금은 유고遺稿가 된 글을 여기에 실으면서 다시금 그의 명복을 빈다. (편집부)

최근의 이태리 영화의 성공은 절반은 여배우들의 힘이고, 그들은 하룻밤에 세계적인 스타가 되었다. 이태리 영화가 성공한 이유의 다른 절반은 아름다운 여성을 발견하고 카메라 앞에서 그들의 동작을 하나하나씩 지도하고 그리고 여러 번에 걸쳐서 다른 더 매력이 있는 여성의 목소리를 애프터 레코딩(후에 녹음한다는 뜻)하는 영화감독의 수완이다.

그러한 감독의 한 사람인 에마누엘 카스트 씨는 다음과 같이 말하고 있다.

"우리들은 아름다운 꽃이라면 보자마자 꺾어 둡니다. 오피스에서도, 상점에서도, 공장에서도, 농원으로부터라도 또는 길거리에서라도 꺾습니다."

이러한 정도로 이태리 영화에서는 여배우가 소중하여 세계 영화 수출에 있어 영국, 불란서를 능가하고 아메리카의 다음가는 제2위에 약진했다.

숫자상으로 말하면 이태리에서는 1948년에는 극영화 54편을 만들었는데 1953년에는 극영화 145편, 기록 영화 400편, 뉴스 영화 370편으로 약진하고, 1,700편 이상의 프린트를 85개국에 수출했는데 그중의 3분지 1은 색채 영화이다.

숫자는 이 정도로 하고 이태리 영화를 성공시킨 일반의 이유, 즉 아름다운 여배우는 어떻게 탄생되는지를 살펴보자.

이태리는 미인 콘테스트의 나라이다. 젊은 여성의 대부분이 미스 이태리가 아니면 적어도 미스 로마가 되고 싶다고 꿈꾸고 있다.

미인 콘테스트라는 것은 세계 일반으로 특히 영화감독들에게 여성의 재색才色의 전부를 나타내는 찬스를 준다. 1946년의 미스 로마는 참으로 아름답고 신체가 튼튼하였다. 이것이 그 후 유명하게 된 실바나 망가노이다.

그를 비롯해서 지나 롤로브리지다, 실바나 팜파니니, 소피아 로렌, 루시아 보세, 지안나 마리아 카날레, 풀비아 프란코 등도 미스 이태리가 아니면 미스 로마의 영관榮冠을 받은 후 스타로 된 사람들이다. 오늘의 이태리 여배우들 중에서 미인 콘테스트의 우승자가 아닌 사람은 겨우 엘레오노라 로시 드라고, 로산나 포데스타, 레아 파도바니의 세 사람밖에 없다.

지금 참고삼아 바스트, 웨스트, 히프 등으로써 이태리 여배우를 미로의 비너스와 비교하여 보면 다음과 같이 된다. (단위 인치)

	비너스	망가노	팜파니니
바스트	37	36	37
웨스트	26	25	24
히프	38	35	36
신장(피트)	5.4	5.6	5.8

미인 콘테스트는 별로[126] 하더라도 이들 스타들은 어[160]떻게 해서 최고의 지위를 얻게 되었을까.

실바나 망가노

25세, 자색 눈, 밤색 머리. 시칠리아의 철도 공안관을 아버지로, 어머니는 영국인이다.

1946년 미스 로마의 영관을 획득한 후 영화계에 들어가 잠시 동안 바이플레이어(단역)를 하고 있다가 〈쓰디쓴 쌀〉에서 일약 스타로 되었다. 그의 특징은 곡선미, 그의 넘치는 것과 같은 육체감은 할리우드를 놀라게 했다. 그 후 〈율리시스〉에 출연.

126 '별도로'의 오식이다.

실바나 팜파니니

녹색의 눈, 검은 머리. 미인 콘테스트에서 우승하자마자 곧 영화계에 들어갔다. 그가 어떻게 영화계에서 성공했는지는 비너스와의 비교표를 보면 명확하다.

지나 롤로브리지다

구라파 제일의 미녀라고 하는 그는 길거리를 걸어가다가 감독의 눈에 발견되어 어떤 영화에 단역을 얻고 배우로서의 스타트를 시작했다. 그러나 그가 오늘에 이른 것은 1947년 미스 로마가 된 이후의 일이다. 당년 27세, 유고슬라비아 인의 의사와 결혼하고 있다.

이태리 영화를 성공시킨 다른 절반의 이유, 훌륭한 감독을 이해하기 위해서는 전쟁 말기까지 소급[127]하지 않으면 안 된다. 당시 큰 스튜디오는 파괴되어 있지 않으면 군에 등용되어 쓸 수 있는 영화 시설은 시대에서 뒤떨어진 낡아 빠진 것밖에 없었다. 세트를 만들려고 해도 손쉽게 돈이 없다. 그래서 감독들은 그들의 영화의 대부분을 야외에서 촬영하고 자연의 세트를 쓰고 통행인을 엑스트라로 했다.

이 때문에 제작비는 참으로 쌌고 또 그들은 거액의 샐러리[161]를 요구하는 유명한 여배우를 쓰지 않고 무명의 아름다운 여성을 사용했다.

그런데 그들에게 연기가 없으면 어떻게 하느냐, 그래서 숙련한 감독의 훌륭한 수완과 훈련에 의해서 연기를 극복해 나갈 수가 있었다.

진실을 그리는 영화를 억압하고 있었던 파시스트의 검열에서 해방된 감독들은 사회의 부정과 이태리가 제2차 세계대전에서 한 역할을 나타내려고 노력했다.

그래서 나타난 것이 〈무방비 도시〉, 〈구두닦이〉, 〈자전거 도적〉 같은

---

127 원본에는 '삭급'으로 오기되었다.

훌륭한 것이며, 그들의 작품은 신선하고, 그 자연스러운 리얼리즘은 돈을 많이 들인 온실에서 자란 할리우드의 작품과는 대조적인 것이었다.

아메리카에서는 간혹 작품의 내용보다도 그 작품을 만드는 데 얼마만한 비용이 들었다는 것이 선전상에서는 중요시되고 있다.

오늘날 이태리 영화는 날로 약진하고 있다. 불과 10년 동안에 그들의 영화는 세계 제2위의 자리를 잡고 우리나라에서도 몇 사람의 이태리 영화감독과 망가노, 팜파니니, 지나 롤로브리지다의 이름을 모르는 사람이 없다.

지중해에 임하고 남부에 자리 잡은 기후 청명, 풍물 가경인 이태리에는 많은 미인들이 속출되고 이들은 이태리 영화를 장식한다.

물론 작년의 눈雪이 금년의 눈으로 될 수는 없으나, 각지에서의 미인 콘테스트가 계속되고 훌륭한 감독이 그 역량을 발휘하는 동안 이태리 영화는 약진할 것이다.[162]

『女苑』 2-6호(1956.6.1)

J. L. 맨키위츠의 예술[128]

〈맨발의 백작 부인〉을 주제로

스페인 마드리드의 술집의 댄서였던 마리아(에바 가드너)는 영화 제작을 하겠다는 커크(워렌 스티븐스)의 교만한 태도에 분개하여 일축하였으나 과거엔 저명했던 감독 해리의 솔직한 인간성에 끌려 〈어두운 새벽〉이라는 영화에 출연한다. 그 후 부친이 어머니를 살해한 사건에 증언대로 나서 어머니의 비행을 말하고 부친의 정당방위를 항변했기 때문에 이것이 도리어 선전이 되어 스타로서 이름을 떨치게 된다.

커크의 편집적이며 이기적인 사랑에 싫증을 느낀 그는 파티 석상에서 커크를 욕지거리한 남미의 3대 부호인 브라바노(마리우스 고링)와 유람 여행을 떠난다. 브라바노의 현금을 집어가지고 집시에게 던져준 것이 문제가 되어 마리아는 죽은 동물과 같은 여자라는 욕설을 받았다.

이때 나타난 이태리의 백작(로사노 브라지)의 구애를 계기로 그와 결혼하고 만다. 그러나 이상의 남편으로 믿었던 그는 2차 대전의 부상으로 성적 행위가 불능하였기 때문에 마리아는 그 육욕의 관능을 만족시키기 위하여 다른 남자(백작가의 하인)와 관계를 맺었다. 헌데 어느 날 그 밀회의 현장을 목격한 백작은 증오의 격분으로 마리아와 남자를 사살했다.

우리나라에서는 〈줄리어스 시저〉로 알려졌고 또한 〈이브의 모든 것〉(미공개)으로 뉴욕 브로드웨이의 극단의 생활을 풍자한 다채로운 표현력을 가진 맨키위츠가 1954년 그 독립 제1회 작품으로 스스로 시나리오도 써서 자유롭게 만든 것이 이 작품이다. 자기의 자유의사대로 제작하게 된 그는 그 풍자의 화살을 할리우드에 향한 것은 당연한 일이며 이 작품의 무대가 직접 할리우드는 아니지만 영화 제작계를 비롯해서 현 사회의 이

---

128 필자가 '고 박인환'으로 표기되었다.

면을 통렬하게 비판하고 있는 것은 지금까지의 할리우드의 자본가의 손에서만 움직이고 있는 다른 작가들에 비할 때 참으로 이채로운 반역자이며 레지스탕스라고 하겠다.

마리아는 가난한 댄서로부터 일약 대스타가 되는, 말하자면 동화에 나오는 신데렐라인데 — 물론 이것은 현실에서 유리되어 있고 너무나도 달콤한 성질이긴 하나 — 이 신데렐라는 구두보다도 맨발을 좋아한다.

즉 빈곤하게 전쟁(스페인 내란)의 혼란 속에서 자라난 그는 진흙에 덮였던 맨발의 안심감을 잊을 수 없었고 또한 진흙 속에서 맛본 남자의 냄새를 잊을 수 없었다.[47]

『藝術世界』 2호(1956.6.1)

회상의 명화[129]

〈백설 공주〉〈정부情婦 마농〉

토키 시대

〈백설 공주〉 1937년 월트 디즈니의 작품

아주 옛날에 눈과 같이 흰 피부와 장미와 같은 붉은 입술과 흑단黑檀과 같은 까만 머리를 가진 공주가 있었습니다. 그는 참으로 아름다웠으며 백설 공주라고 불리었습니다. 그의 아름다움을 시기한 계모인 여왕은 그에게 다 떨어진 옷을 입히고 궁전의 소제를 시켰는데, 어느 날 그 앞을 지나가던 왕자님은 아름다운 공주를 보고 사랑을 느꼈습니다.

허영심이 강한 여왕은 매일처럼 마법의 거울을 보며 "이 세상에서 가장 아름다운 사람은 누구지"하고 묻고 "그것은 당신이오"라고 대답하는 것을 제일 낙으로 삼아 왔는데, 어느 날 거울은 "백설 공주만이 세상에서 가장 아름다운 사람이오"라고 대답했기 때문에 몹시 화를 낸 여왕은 부하들에게 백설 공주를 죽이도록 명령했습니다. 그러나 부하들은 아름다운 공주를 차마 죽일 수 없어서 공주를 깊은 숲으로 도망치도록 하였습니다.

어둠침침한 숲 속에서 하룻밤을 새운 공주는 다음 날 아침 친절한 동물들의 안내로 작은 집에 도착했습니다. 그곳은 일곱 명[29]의 난쟁이들이 살고 있는 집이었습니다.

---

129 원본에는 〈백설 공주〉와 〈정부情婦 마농〉에 대한 해설 뒤에 〈자유 부인〉과 〈유전流轉의 애수〉에 대한 신영화 소개가 이어지고 있다. 기간의 전집에서는 〈자유 부인〉과 〈유전의 애수〉에 대한 소개 글까지 더불어 수록했다. 그러나 '회상의 명화'라는 제목과 두 영화의 개봉 일자(〈자유 부인〉 1956년 6월 9일, 〈유전의 애수〉 1956년 7월 25일)를 염두에 둔다면 〈자유 부인〉과 〈유전의 애수〉는 박인환의 글이 아니라고 판단되어 제외한다. 박인환은 두 영화가 개봉되기 3개월 전에 이미 사망했기 때문이다. 필자 이름 역시 '고 박인환'으로 기록되어 있다.

잠시 후 그날의 일을 끝마치고 돌아온 난쟁이들은 공주의 지난날의 서러운 이야기를 듣고 몹시 동정하여 공주를 끝까지 감추어 주기로 했습니다.

공주가 숲 속에서 난쟁이들과 함께 즐거운 나날을 보내며 살고 있던 어느 날 궁전에 사는 여왕은 마법의 거울로부터 "난쟁이들의 집에서 살고 있는 백설 공주만이 세상에서 가장 아름다운 분입니다"라고 또다시 들었습니다.

더욱 화를 낸 여왕은 흉계를 꾸며 지하실에서 능금에 독은 쳐 가지고 보기도 흉한 노파의 모습으로 변장하여 숲 속으로 들어갔습니다.

난쟁이들이 일을 하러 나간 후 집에 혼자 있던 공주는 독이 든 줄도 모르고 능금으로 파이를 만들어 한 입 먹자마자 그 자리에 쓰러져 죽고 말았습니다. 이것을 보고 껄껄거리며 웃던 여왕은 신이 나서 궁전을 향하여 돌아갔습니다.

한편 참새들로부터 위급한 소실을 들은 난쟁이들은 두 손에 방망이를 들고 여왕의 뒤를 추격했습니다. 참새는 여왕이 도망친 방향을 가리켰습니다. 높은 산의 절정에서 더 도망칠 길이 없어 여왕은 떨어져 죽었습니다. 악의 보답은 끝났습니다.

하지만 백설 공주는 죽고 말았습니다. 집에 돌아온 난쟁이들은 눈물을 흘리며 매장하려고 했으나 너무도 그의 죽은 얼굴이 아름다워 땅엔 묻을 수 없어서 황금으로 만든 관 속에 입관시키고 꽃으로 장식했었습니다.

어느 날 왕자님이 지나가다 사랑했던 공주가 죽었다는 것을 알고 너무도 슬퍼 불연지중[130] 공주에게 키스를 했습니다. 바로 그때입니다. 공주는 깊은 잠에서 깨어나듯이 홀연히 일어나 왕자님의 품안에 안기었습니다. 독이 든 능금은 가장 사랑하는 사람의 키스로서만 풀릴 수 있습니다. 난쟁이들에게 작별을 한 두 사람은 왕자님의 궁전에 돌아가 오래도록 행복하게 살았습니다.

---

130 사전적 의미는 '不然之中, 그렇지 않은 중(사이)에'이며, 문맥상 의미는 '무의식중에'이다.

미키 마우스, 도널드 덕을 창조해 낸 월트 디즈니는 1937[30]년 주위의 반대를 무릅쓰고 이 〈백설 공주〉를 제작하여 만화 영화의 장편화라는 위업을 성취했다. 유명한 그림의 동화는 그에 의하여 훌륭히 시각화되고, 모든 사람이 함께 즐길 수 있는 아름다운 한 편이 되었다. 실리 심포니스[131] 이후의 음악과 동작의 일치, 일곱 명의 난쟁이와 동물들의 묘사 방법 등은 참으로 보는 사람으로 하여금 놀라지 않을 수 없게 한다.

그는 그 후에 〈밤비〉, 〈신데렐라 공주〉 등의 만화와 〈판타지아〉와 같은 음악 영화, 〈남부의 노래〉와 같이 배우와 만화를 혼합시킨 영화를 속속 발표하여 아메리카뿐만 아니라 세계 영화계에서 독자적인 지위를 차지하고 있다. 최근에 우리나라에 소개된 (해방 후 처음으로) 〈사막은 살아있다〉는 순전히 동물만을 취급한 장편 기록 영화이다.

제작 월트 디즈니
각색 시어스
음악 프랭크 처칠
미술 찰스 필리피

전후 작품

〈정부情婦 마농〉 1949년 불佛 아르시나 사 작품

마르세유의 항구. 구라파의 전화[132]를 피해 조상의 성지 이스라엘로 향하는 유대인을 실은 화물선에서 두 사람의 젊은 밀항자가 발견되었다. 선장 앞에 끌려 나온 로베르 데 그리외(미셸 오클레르)와 마농 레스코(세실 오브리)의 두 사람은 그들의 심문에 대답하면서 말했다. 1944년 노르망디

131 실리 심포니스Silly Symphonies는 월트디즈니 사에서 제작한 단편 애니메이션 영화의 시리즈이다.
132 문맥상 의미는 '戰禍, 전쟁으로 인한 피해'이다.

전선에서 마기(반나치 부대)에 가입해 있던 로베르는 독일 병에게 정조를 팔았다는 이유로 촌민들로부터 사형私刑을 받을 뻔한 마농을 구원해 주었다. 첫눈에 그 야생적인 매력에 빠져 버린 그는 역시 그를 사랑하게 되었던 마농과 함께 지프차를 훔쳐 가지고 탈주했다. (이 신은 감독 클루조의 예민한 감각이 유감없이 발휘되어 있으며, 시가전이나 폭격의 묘사와 더욱 참혹한 사형의 표현에 놀랄 만한 박력을 보여 주고 있다.)

파리에는 마농의 오빠 레옹(세르주 레자니)이 있었다. (해방 직후의 혼란한 파리의 생활이 클루조의 능란한 짧은 숏으로서 생략적으로 소개된다.)

로베르를 사랑하면서도 화려한 생활을 동경한 마농은 여러 번 그를 반역했다. 그리고 로베르는 이러한 마농의 행실에 깊은 마음의 상처를 입어 가면서도 암만해도 그에게서 떠날 수가 없었다.

오빠 레옹은 마농을 아메리카에서 온 갑부에게 다시 보내려고 계획하고 방해자인 로베르를 교묘한 방법으로 끌어내 와 그를 영화관 사무실에 잡아 가둔다. 그러나 먼저 사정을 눈치 차린 로베르는 틈을 보아 레옹을 전화선[31]으로 교살시키고 도망쳐 나온다. (이 장면의 영화 신은 훌륭한 분위기를 나타내고 있다.)

로베르로부터 도망쳤다는 전화를 받은 마농은 그를 버릴 수가 없어서 바로 뒤를 따라 혼잡한 정거장의 밤 기차 속으로 뛰어 들어가 로베르의 품에 안긴다.

이야기를 다 들은 선장은 그들을 유대인들 속에 숨겨 준다. 해변가에 상륙한 그들은 트럭의 고장 때문에 걷지 않으면 안 된다. 아름다운 오아시스에서 한시름 잊었으나, 전도에 사막과 암산岩山이 가로막혀 있다. 하도 피곤하여 찬미가의 합창도 끊어지려고 한다. 그때 돌연 기묘한 소리와 총성이 일어났다. 숙명적인 적인 아라비아 병의 습격이다. 짐을 버리고 그들은 도망친다. 기관총을 연사하면서 낙타를 몰고 달려드는 아라비아 병, 완전 전멸의 운명이다.

기병대가 개가를 울리며 떠나간 후 유탄에 부상을 입은 마농은 로베르의 품속에서 숨을 끊었다. 절망 속에 혼자 남은 로베르는 마농의 시체를 생전 그가 사랑했던 오아시스까지 옮겨 주려고 쳐들어 올린다.

빛으로 줄을 만든 사구砂丘, 그 절정에서 시체를 끌어 내리고 두 발을 잡고 거꾸로 끌고 나간다. 그 동요에 또다시 뜬 흰 눈동자의 무서움. 피로와 환상에 기진맥진한 로베르는 하는 수 없이 시체를 버리고 쓰러지고 만다. 최후로 있는 힘을 다하여 마농을 모래 속에 묻고 이별의 입을 맞추자 뺨은 댄 채로 움직여지지 않았다. (격정적인 작품에 알맞은 처절과 미의 라스트 신이다)

아베 프레보[133]의 유명한 소설 『마농 레스코』가 이 작품으로서 훌륭히 현대화되어 있다. 그러나 이처럼 보는 사람에 따라 좋고 나쁘다는 차이가 많은 작품도 보기 드물다. 그것은 감독 앙리 조르주 클루조의 작가로서의 성격에 의한 것이라고 생각된다. 클루조는 이 영화를 만들기 전에는 〈밀고〉, 〈범죄 하안〉의 명작을 발표했고 최근에는 〈공포의 보수〉, 〈악마와 같은 여자〉를 제작했는데 이들 작품은 모두가 전후 불란서 영화에 있어 대표작으로 되어 있다. 절박한 상태에 놓여 있는 인간의 심리 묘사, 박력적인 숏, 분위기의 조성 등 그는 영화가 갖고 있는 모든 기능을 충실히 구사하고 있는 불란서 전후파 감독의 제일인자이다.

각색 클루조, 장 페리
감독 H. G. 클루조
촬영 아르망 티라르
음악 폴 미스라키[32]

『아리랑』 2-7호(1956.7.1)

133 본명은 프레보 데그질Prevost d'Exiles이다.

절박한 인간의 매력

영화에 나오는 주인공이나 바이플레이어by-player 중에서도 내가 좋아하는 성격은 건실한 또는 애정 문제에 얽힌 사람보다는 역시 인간의 정기적인 형태에서 벗어나 다소 부정의 길을 걷고 있는 것이 마음에 든다. 물론 이러한 상태에 있어서 영화 속의 인물들은 자신이 저지른 과거와 현재에 대하여 무척 고민도 하고, 그것을 숨기려고 애도 쓰니깐 관객인 우리들은 이들을 동정할 경우도 많은데, 그것을 동정이나 찬성의 입장을 떠나서라도 나는 지극히 좋아하는 것이다.

지금은 죽고 스크린에서 사라진 존 가필드의 영화 〈사랑의 공포〉를 볼 때 나는 한없이[134] 그에게 매력을 느낀다. 영화는 별로 우수한 것은 아니었으나, 경찰관을 실수로 죽이고 마침 숨은 집이 범죄 후 풀pool에서 만난 여자의 집이다. 그 집에서 지낸 2일간 그는 어떻게 하든지 도망치려고 애를 쓰는데, 여기에 어떤 절망 속에서도 희미한 생에 대한 희망을 그려 보는 인간의[238] 발악적인 마지막 고뇌가 나의 가슴을 찌른다.

〈제3의 사나이The Third Man〉에서도 해리 라임Harry Lime으로 나오는 오선 웰스Orson Wells도 잊을 수 없는 주인공의 하나다. 모순과 무질서, 그리고 강하고 남을 속이는 자만이 잘살 수 있는 현대를 축소한 듯한 것도. 비엔나에서 라임은 돈을 벌기 위해서는 페니실린을 위조하여 그것을 사용한 여러 부녀자가 생명을 위태롭게 한들 무슨 상관이 있겠느냐고 자신의 행동을 긍정하면서도 옛날 친구에 대한 우정에는 변함이 없다. 대차륜大車輪에서 친구와 만나기 위해 위험함도[135] 겁내지 않고 웃음을 띠고 태연히 걸어오는

134 원본에는 '한□이'로 표기되었다.
135 원본에는 '위협함도'로 표기되었다.

라임의 모습이나 어두운 언덕에서 담배를 피워 물고 레스토랑을 내려다보는 라임은 오랫동안 내 마음에 그 인상적인 표정을 투영해 주는 것이다.

마지막 그가 두 손을 맨홀에서 내밀고 아래서 총을 겨누고 있는 조셉 코튼을 바라볼 때의 냉정한 체념에 가까운 얼굴은 모든 불길했던 인생의 최후적인 순간의 모습을 그가 혼자서 상징해 주는 것이 아닐까.

〈황금의 관冠〉에서의 루카(클로드 도팽)와 만다(세르주 레자니)도 근래에 본 중 가장 인상적인 인물이다. 나는 이 영화를 볼 때 마치 그들과 함께 그룹이 되어 19세기 말엽의 파리의 뒷골목을 함께 걸어 다니고 행동하는 것과 같은 느낌을 받았다. 정욕과 음울이 지배하는 분위기 속에서 서로 갈등하는 인생의 어느 한 단면은 언제나 잊을 수 없는 나의 마음 한구석의 세계이다. 이 영화의 피날레finale, 즉 경찰서 내에서 추격해 온 루카를 향하여 총을 쏘는 만다, 그리고 그가 쓰러진 후 모자를 벗고 땀을 씻는 만다의 얼굴……,[239] 이것은 오랫동안 다른 영화가 묘사치 못한 훌륭한 장면이라고 할 수 있는 것이다.

이 외에도 많은 감명적인 인물과 장면이 있으나, 여기에 그것을 다 적을 수도 없고 단지 몇 가지의 예만 들었으나, 앞으로 내가 보고 싶은 것은 〈공포의 보수報酬〉이다. 그 시나리오를 읽은 후 나는 오랫동안 정신이 없었다. 모두[136] 등장하는 인물은 다른 세상에서 버림받고 인간의 마지막 토지를 찾아온 사람들이며, 그들은 그곳에서 또다시 떠나기 위하여 갖은 최선을 노력했으나, 끝끝내 그 절박된 것을 뛰어넘지 못하고 죽고 마는 것이다. 이런 인물의 등장은 내가 지금까지 기다리고 바라던 영화의 세계인 것이다.[240]

『歲月이 가면』(槿域書齋, 1982.1.15)

136 원본에는 '보다'로 표기되었으며, "모다 즉 '모두'의 오식인 듯함"이라는 편집자 주가 달려 있다.

연극

연극평 황금아Golden Boy

일체의 악조건 하에 극단 '신청년'의 의욕적인 멤버는 1930년대에 있어 아메리카의 극계와 사회에 일대 풍미를 야기하였던 클리퍼드 오데츠의 문제작 〈골든 보이黃金兒〉를 상연하였다. 이와 같은 대담한 레퍼토리 선정에 대하여 우선 경의를 표한다.

하나 구각舊殼을 벗기 위해 노력을 경주하는 한국의 새로운 연극인들에게 하나의 의견을 제기할 수가 있다. 그것은 아직 연극인의 수준이 불행한 편견과 사고와 표현에 잠재하고 있다는 것이다.

광고문에도 나타나 있는 바와 같이 브로드웨이에서 140회의 속연續演 기록을 가진 현대극의 최고봉인 동 작품은 오데츠의 원작의 힘뿐만이 아니라 전체의 조건이 결정됨으로써 현대극의 최고봉을 만들 수 있었던 것인데 아직껏 번역 작의 상연 경험이 희소한 한국 연극인, 특히 '신청년'의 멤버에게는 〈골든 보이〉와 같은 내면적인 작품의 상연 시도는 지난至難한 것이었다고 단언하고 싶다.

연출가 이진순 씨는 (단시일이란 것도 있다) 재래적인 효과 구성에만 애를 썼을 뿐 원작이 의도하는 사회 현상, 인간의 정신을 탐구하는 데는 너무도 경시한 감이 있다. 물론 출연자의 빈곤과 이들의 연기 부족이 가장 그로 하여금 곤궁의 경境에 빠뜨리게 하였는데, 제대로 연기자를 선택할 자유조차 없는 것이 한국 연출자의 실정이라면 이도 역시 그대로 묵과하여야만 할 것인가. 무대 장치는 회전 무대로 겨우 그 효과는 거두었으나 음악은 전연 제로에 가까울 정도이다. 어느 연극마다 쓰는 차이콥스키의 〈비창〉, 그런가 하면 전연 작자가 틀린 음악으로 안이한 효과를 거두려는 음악 담당자(김용환)의 태도는 일종의 불성실에 가깝다. 본 작품이 현대 아메리카의 표면을 묘사하고 있다는 것을 잘 모르는 모양이다. 연기자 중 로라(유계선)은 전연 작품의 인물이 아니라 유계선 개인이 되었고, 그의 매너리즘은 그리 쉽사리 버리지 못할 것이다. 조(박경주)는 오버액션인 까닭에 성격과 개성의 혼동을 처음부터 초래했으며, 자아에 가까운 무대 연기를 하는 것만은 앞으로 삼가야 할 것이다. 푸젤리(정민), 무디 아버지(서월영) 등은 거의 무난하였으나, 원작과 컬럼비아 영화 제작 〈골든 보이〉(윌리엄 홀든, 바바라 스탠윅 주연)를 본 나로서는 의상 등에도 큰 불평이 많다. 여하간 제 악조건을 무릅쓰고 이와 같은 아메리카의 대표적 작품을 상연한 극단 '신청년'의 숨은 정력에 박수를 올리기로 한다.

『京鄕新聞』(1952.4.21)

테네시 윌리엄스 잡기雜記

그의 작품 세계를 이해하는 길

1947~1948년도의 시즌에 상영된 희곡 중에서 퓰리처상에는 테네시 윌리엄스의 「욕망이라는 이름의 전차」가 선택되었다. 이 작품은 또한 뉴욕 극평가 서클상도 받고 있으며 그 후 아메리카의 최고의 작품으로 되었다.

테네시 윌리엄스는 1944~1945년도의 시즌엔 「유리의 동물원*The Glass Menagerie*」이라는 희곡을 상연하여 일약 이름을 높였으며 동 작품은 브로드웨이의 초연부터 563회 속연이란 성공을 이루었다.

윌리엄스는 1914년 미시시피 주에서 생출生出했다. 본명은 토머스 래니어 윌리엄스Thomas Lanier Williams이며 펜네임의 테네시는 선조들의 고난과 고투로써 개척된 테네시 주에서 따왔다. 13세 때까지 행상인이었던 부친이 정직定職이 없었으므로 세인트루이스에 이전하였다. 「유리의 동물원」의 무대처럼 낡고 더러운 아파트 생활이 시작되었다. 소년의 윌리엄스의 의식 속에 흐르던 그 소재가 후년 발현의 기회를 만들었다고 할 수 있다. 이러한 생활 속에서도 그는 미주리 대학에 학적을 두게 되었다. 그러나 그는 성실한 학생은 아니었다. 글을 쓰는 것과 연애를 하는 것으로써 1년이 경과되었다. 이 태타怠惰한 방탕아에게 정죄淨罪적인 길을 주기 위하여 그의 부친은 자기가 근무하던 양화洋靴 회사의 창고 수위를 시켰다. 피로한 몸으로서도 밤의 대부분은 시작詩作과 극작劇作에 그의 마음은 경주되고, 그 결과 건강은 나빠지고 직職에서는 떠나지 않을 수 없게 되었다. 상업의 세계에 대한 불평의 생활에서 또다시 아카데믹한 교육을 동경하였던 그는 건강의 회복을 기다리고 아이오와의 칼리지 생활로 전향했다.

이곳에서 그는 연극 연구의 기회를 놓치지 않았다. 이미 방탕 학생이 아닌 그는 열심히 극작과 무대 기교를 공부했으며, 특히 아이오와 대학의 극장은 훌륭한 회전 무대와 근대적인 조명 시설을 가지고 있었으므로 그에게 큰 역할을 주었던 것이다. 연극 연구자로서 대학의 과정을 끝마친 그는 그 후 수년간을 다시 방랑 생활로 보냈다. 웨이터, 안내인, 급사 등 각종의 직업을 바꿔가면서도 그는 시와 희곡을 쓰는 것을 멈추지 않았다. 그리하여 그의 이름은 점점 각지의 소극장과 공공 극장에서 알려지게 되었다.

1936년에는 최초의 희극 「카이로 · 상해 · 봄베이」, 1937년에는 탄갱부를 주제로 한 「태양에게 촛불을」과 간이 숙박소가 무대인 「퓨지티브 카인드」 등이 소도시의 소인素人 극단에 의하여 상연되고 있다.

1930년에는 그룹 시어터(1931년에 시어터 길드의 젊은 사람들로서 결성되어 30년대에 활약한 극단. 그중에는 프랑코트 톤과 연출가 해럴드 클러먼이 있었으며 조셉 코튼과 클리퍼드 오데츠, 엘리아 카잔 등이 여기서 육성되었다)의 연극 콩쿠르에 「아메리칸 블루스」란 일막물로서 일등상을 받았다.

1940년 록펠러 재단의 장학금을 받게 됨으로써 비로소 그는 연극에 전심할 수가 있었다. 그 결과 생긴 것이 「천사의 싸움」(이것도 최근 영화화되었다)이다. 이것은 시어터 길드에 의해 미리암 홉킨스 주연으로 보스턴에서 상연되었으나 불평不評으로 끝나고 뉴욕에는 등장하지 못했다.

1942년 주 17달러의 영화관 안내인을 하고 있던 그에게 MGM 사가 라나 터너를 위한 시나리오를 청탁해 왔다. 주 250달러로 6개월간의 계약이 성립되었다. 완성된 시나리오는 채택되지 않았으나 남은 4개월간 그는 조용하게 산타모니카의 연변沿邊에서 일을 할 수가 있었고 그곳에서 쓴 것이 「유리의 동물원」이다.

1945~1947년에 「욕망이라는 이름의 전차」를 발표하기까지 전기한 작

품 외에 「봄날의 폭풍」, 「나이팅게일의 이야기가 아닌 이야기」, 「지붕 위의 계단」, 「나를 만지신 분은 그대」, 「여름과 연기煙氣」 등의 희곡을 썼으며, 시집으로는 『아메리카 청년 시인 5인집』(1944년)과 『25차분車分의 면화』라는 단막극집이 출간되고 있다.

금년도에 들어서는 역시 퓰리처상을 받은 「뜨거운 지붕 위의 고양이」가 브로드웨이에서 히트되고 있으며, 『스톤 부인의 로마의 봄』이란 소설은 새로운 감각의 관능 묘사로 세인의 이목을 집중시키고 있다.

테너시 윌리엄스는 자기의 소전小傳을 끝을 맺기 위하여 다음과 같이 말한다. "나에게 정주지가 있다면 그곳은 뉴올리언스에 있다고 하겠다. 1838년 이후 간혹 있지 않았을 때도 있었으나 대체로 그곳에서 살아왔기 때문에. 그리고 이 거리는 전국의 어느 토지보다도 훨씬 많은 재료를 나에게 제공해 주었다. 나의 거주는 프렌치 쿼터의 로열가街란 부근에 있다. 이 거리의 동일 노선에 두 계통의 전차가 예전에 달리고 있었다. 하나는 '욕망', 또 하나 다른 것에는 '묘지'라고 씌어 있었다. 이 두 계통의 전차가 로열가를 왕래하는 것이 이상하게도 나의 눈에 띄었는데, 그러는 동안 갑자기 이것이 프렌치 쿼터에 사는 사람들의 생활에 대해서 웬일인지 비외卑猥[1]한 상징적인 의미를 갖고 있는 것처럼 느껴졌다."

윌리엄스의 전 저작은 뉴 디렉션스[2]에서 간행되고 있다. 그것을 주재하는 제임스 라플린은 우리나라 시인 김경린(현재 체미 중)의 친우이며, 1948년 여름 필자가 처음으로 「욕망이라는 이름의 전차」의 명성을 들은 것도 김경린 씨로부터였다. 참고삼아 뉴 디렉션스 사의 어드레스를 여기

1 문맥상 의미는 '卑猥하다, 천하고 난잡하다'이다.
2 뉴 디렉션스New Directions Publishing는 1936년 에즈라 파운드의 조언에 의해 제임스 라플린이 창립한 출판사이다.

에 적기로 한다.

New Directions, 347 Adams Street Brooklyn, N.Y.

(필자는 「욕망이라는 이름의 전차」의 역자)

『韓國日報』(1955.8.24)

미술

정종여鄭鍾汝 동양화 개인전을 보고

동양화가 정종여는 현 우리 화단에 있어 가장 빛나는 화가의 한 사람이다. 그가 오랜 시작試作[1]을 거쳐 이 황막한 토지에서 수난을 무릅써가며 그의 작품을 공개하였다는 것은 오직 그의 자랑일 뿐 아니라 또한 우리들의 기쁨이라고 할 수 있다.

현대인의 모든 감각을 소지하고 있는 그는 "우리 동양화가 시대성에 뒤떨어졌다"는 것을 지적해 가며 그 반면反面에 있어 동양화가 가지고 있는 봉건 정신을 위기에서 구출한 최초의 용사이며, 동양화의 전통과 1948년의 현실과의 무기적無機的 거리를 그의 예민한 렌즈로 측량하고 있는 것이다.

조명이 어두운 (전기가 없는 관계) 화랑 속에서 우리들의 눈을 현혹시키는 작품 〈서울의 밤거리〉, 〈위진威振〉, 〈을축도乙丑圖〉, 〈돌아온 사람들〉 등은 특히 현대 시와 새로운 이미지를 강력한 힘으로써[2] 우리들에게 시위적인 계시를 하고 있다. 그는 청춘이 시들어질 적에 정열과 정력의 '붓'으로 또 하나의 광대한 동양화의 책원지策源地를 만들고 그곳에서 사회와 현실, 전통과 정통에의 최단 연결선을 구상하고 있는 것이다. 어떤 몇 사람은 "정종여는 동양화가가 아니다"라고 말하고 있는데 참으로 그들이야말로 생활과 현대적 사고를 망각한 고립의 사람들이라 하겠다.

1948년에 열린 수많은 회화전에서 아마 이후에까지 우리들에게 준열한 자극을 줄 수 있는 화전畵展은 정종여 개인전일 것이다. 이것은 이번 겨울 시즌뿐만이 아니라 금년도의 최대 수확인 것이다.

---

1 원본에는 '試작'으로 표기되었다.

2 원본에는 '휠무로서'로 표기되었다.

동양화가 정종여는 최근 보기 힘든 속도인이다. 그는 그의 독자적인 유동하는 센스를 가지고 있다. 앞으로 새로운 동양화의 정통을 만들 것을 원하여 마지않는다. (박인환)

『自由新聞』(1948.12.12)

사진

보도 사진 잡고雜考

며칠 전 조선에 있어서의 유능한 잡지를 편집하는 R 씨는 필자에게 아래와 같은 이야기를 하였다. "나는 잡지에 있어서의 컷의 불필요성을 말하고 싶다. 이유는 컷 대신 사진을 사용하는데 오늘보다 좋은 용지를 쓰게 된다면 사진 사용의 중요한 난관을 타파할 수 있다." 이 현대적 감각의 편집자는 오랜 경험에 비추어 시각적인 이미지가 사진에 있어 처음으로 유기적으로 움직인다는 것을 명심하고 있는 모양이다. (여기에 있어서의 컷은 화가에 의한 그림을 말함)

무역과 교통이 발달되고 지식과 민주 사상이 고도화됨에 따라 뉴스에 대한 관심은 급속도로 높아졌다. 철도의 부설, 각국 간의 통상 조약의 체약締約, 우편 사업의 확대, 전신술電信術의 발명으로 민중은 사회상 그리고 정치상의 사건에 관심 이상의 것을 갖게 되었다. 사진이라는 것이 없을 때에는 회화에 의한 보도와 스케치 판화로써 이를 알려 주었으나 이러한 것은 대반大半 화가의 상상이었다. 그 기록적 가[60]치는 적었다. 신문과 잡지가 간행됨에 따라 기사의 진실성이 요구되어 그 뉴스 밸류를 높이기 위해서 판화를 쓰게 되었다. 그러나 여기에서도 기사와 삽화도 작자의 개성에 좌우되었던 것이다.

사진에 의한 보도도 사진가의 그 사건에 대한 태도와 사건의 선택, 그 판단의 능력과 지위, 그 외 여러 가지 점에 사정은 있기는 하나 사진이 가진 기록적 가치는 다른 것보다도 크고 일반에게는 의심당하지 않는다. 사진에 의한 보도의 진보 단계는 사진술과 인쇄술의 기술적 발달의 계단과 결부되어 있다. 역사적인 가치 있는 보도 사진이 처음으로 촬영된 해는 1842년의 일이다. 이해 3월 5일부터 8일까지 함부르크 시에 화재로 도시의 대반이 타 버렸는데 독일에서도 유명한 다게레오[1] 사진가 헤르만 비오브는 이 소적燒跡을 촬영하였는데 비오브는 46매의 사진을 40 프레드릭 몰[2]로 함부르크 역사학회에 제공하기로 했으나 동 학회에서는 이 사진의 역사적 가치는 인정하기는 했으나 그만한 비용을 지불할 수 있게 이 사진이 영속할까를 걱정하여 비오브의 신청을 거절하였다.

17세기에는 세계의 사건을 보도하기 위하여 영국에서는 1622년, 불란서에서는 1631년에 신문지가 발행되었다. 출판의 자유를 선언한 불란서 혁명 전후에 『모닝 포스트』 지가 1772년에, 『타임스』 지는 1791년에 창[61]간되었다. 그리고 신문에 그림을 처음으로 쓰기로 생각하였던 것은 『옵서버』 지의 윌리엄 클레멘트였다. 이리하여 구라파나 아메리카에 있어서 현재의 일류 신문은 그 대다수가 19세기에 창간되었다. 그리고 신문에 들어간 그림은 유명한 인물의 초상과 역사상의 사건과 극장의 뉴스, 군함의 뉴스, 그리고 스포츠나 만화와 같이 민중이 즐거워하는 것이었는데 그중에서도 눈에 띄는 것은 영국[3] 여왕과 황태자의 초상과 함부르크의 대화大火, 셰익스피어의 주택의 경매와 멕시코의 전쟁의 그림이었다. 그러면 어찌하여 신문과 잡지에 사진이 이용되지 못하였나?

문제는 이것을 받아들일 민중의 마음이 적었으며, 그렇지 않으면 이 시기에는 보도 사진의 지반地盤이 없었다고 본다.

1854~1955년 크림 전쟁 중에 그때의 영국[4] 육군 대신인 발 듀어 경에게 카메라를 전지戰地에서 사용하면 어떠냐고 제안한 자가 있었다. 그리하여 브랜든과 도슨 양兩 소위가 선발되어 종군 사진가로서 출발하였다. 크림 전쟁에서는 많은 사진이 촬영되었다. 그중에서도 유명한 것은 로저 펜튼이 촬영한 것이다. 펜튼은 귀국한 후 159매를 신문에 발표하였다. 크

---

1 프랑스의 루이 자크 망데 다게르Louis Jacques Mandé Daguerre가 1837년경 개발한 초창기의 사진술로 은판사진법銀板寫眞法이라고도 한다.

2 정확한 용어를 알기 어려워 원문대로 표기한다.

3 원본에는 '美國'으로 오기되었다.

4 원본에는 '美國'으로 오기되었다.

림 전쟁의 사진은 쇼 레페바[5]에서도 간행되었다. 그리고 F. 비토도 보도 사진가로서 유명한데 1857년의 인도 내란에 종군하여 여러 가지로 촬영하고 있다.

이러한 동안 사진술은 기술적인 부면部面에서 장족의 발달을 하게 되었다. 지리학과 측량을 위한 공중 촬영, 천체 사진, 현미경 촬영 등으로 우리의 생활과는 분리할 수 없게 되어 버렸다. 그리하여 세계 각지에는 사진 협회가 결성되었다. 세계 최초의 사진 전문의 신문은 1847년부터 1849년까지 아메리카 보스턴에서 발행된 『다게레오 타입』 지였다. 구라파에서는 1851년에 불란서에서 발행된 『르미엘』 지가 오래되었다. 1844년에 처음으로 사진을 신문과 잡지의 삽화로서 사용하였을 때에는 사진 그것 자체를 본문의 지면에 붙이지 않으면 안 되었다. 사진과 본문의 기사와 함께 인쇄한다는 방법은 1880년까지는 전연 없었다. 사진을 기계적인 방법으로 인쇄하기는 1880년에 뉴욕 시의 S. H. 호건이 처음으로 실용적 성과를 얻었다. 사진에서 직접 얻은 이 세계 최초의 인쇄 사진은 호건이 발명하고 그리고 자신의 손으로 제작한 스크린에서 인쇄한 것으로 1880년 3월 4일의 『뉴욕 데일리 그래픽』 지에 게재되었다. 1893년 호건 씨는 『뉴욕 헤럴드』 지의 미술 부장이었다. 이리하여 신문의 뉴스 밸류는 고도로 증대되어 갔다. 19세기의 후반 이래 신문은 커다란 세적世的 세력의 하나이었다. 1855년으로[62]부터 불과 10년밖에 경과되지 않은 1865년의 런던의 신문 발행 부수를 본대도 그 전의 25년간에 있어서의 전 신문의 발행 부수의 6배로 되어 있다. 그리고 세계의 신문지는 모두가 그 기사 속에 또는 부록으로 많은 사진을 쓰게 되었다. 최근 신문에 대한 수요는 증대되어 가 영국의 유명한 신문으로 특히 사진과 회화를 많이 쓰고 있는 발행 부수를 조사하여 본다면 『데일리 스케치』 지 85만, 『데일리 미러』 지 136만, 『선데이 픽토리얼』 지 100만 내지 200만, 『뉴스 오브 더 월드』 지 330

5 정확한 용어를 확인하기 어려워 원문대로 표기한다.

만, 『피플』 지 300만, 『데일리 익스프레스』 지 225만 등이며 영국에서 발행되는 신문지 부수는 일간 신문 약 1,900만, 일요 신문 1,600만이다. 각 신문지 1부에 평균 10매의 사진이 게재된다 하더라도 매주 사진은 13억이라는 숫자가 되는 것이다. 아메리카의 신문 발행 부수는 일간 약 4,000만, 일요 신문 3,000만이다. 삽화 신문 최고最古의 하나인 『새터데이 이브닝 포스트』 지는 지금 필라델피아에서 발행되는데 약 300만의 독자를 가지고 있다. 불란서에서는 『파리 수아르』 지가 180만, 『프티 파리지앵』 지 152만, 『□□날』 지가 95만이 가장 많은 숫자이다. 그리고 소연방에서는 『프라우다』지 300만, 『이즈베스티야』지 200만이며, 일본에서는 『조일朝日』, 『일일日日』, 『독매讀賣』 등이 100만 이상의 발행 부수를 가지고 있다. 이러한 신문지의 발행 부수에서 우리들은 오늘 세계 중의 신문과 잡지가 어느 정도의 사진을 산포散布하는가를 알 수 있다.

'독도 사건', '제주도 사건' 등에 여러 가지 기사가 현지의 참상을 알려주었는데, 우리는 한 장의 독도 사건의 사진을 보는 것이 더욱 우리로 하여금 분노를 얻게 하였다. 그러나 제주도 사건은 어째서 그러했는지 별로 현지를 촬영한 사진을 보지 못했다. 각 잡지와 신문 특파원은 붓이 움직이는 최대한 능력으로 참극을 묘사했으나 만일 글을 읽지 못하는 사람이면 무엇을 알 수 있겠나. 저기에 정확한 보도 사진이 겸하였다면 우리는 더욱이 상황을 알고 눈앞에 볼 수 있었을 것이다. 보도 사진이 조선에 있어서 개척해 나갈 앞날은 문자 그대로 다난할 뿐이다. 신문, 잡지는 용지 관계 그리고 인쇄 관계로써 초지初志를 일관치 못할 것이며, 모든 것이 완성되었다 하더라도 그때에는 사진 촬영자가 없다. 단순히 예술 사진을 촬영하고 있다 하여 보도 사진의 촬영은 할 수 없다. 보도 사진의 저널리즘 정신과 예민한 보도 센스, 레이아웃에 있어서의 구성적, 조형적 능력은 그들로 하여금 시간의 속도와 시간적 추이를 요구할 것이다. 보도 사진은 세계 사회상 커다란 모험을 주고 있지만,[6] 조선에 있어서는 예외 없이 실패하고 있다. 특히 신문지에 나타나는 보도 사진의 부정확성이며, 편집자

는 사진의 배치에 있어서라도 회화의, 펄프의[7] 선線을 재고할 필요를 가져야 할 것이다.[63]

『民聲』 4-11호(1948.11.20)

6 원본에는 '있고'로 표기되었다.
7 원본에는 '펄무의'로 표기되었다.

제2부 수필

수상隨想

고故 변邊 군君[1]

1학년 1반 박인환

금년 7월 17일은 변 군이 익사한 날이다. 7월 18일, 나는 야외 교련을 마치고 집으로 돌아왔다. 양복은 땀으로 흠뻑 젖었다. 집안에 들어가자 어머니와 숙모가 무슨 일이라도 있는 듯이 서로 이야기를 하고 있다가, 내가 들어가자 황급히 대화를 멈추었다. 나는 이상한 생각이 들어서 재빨리 어머니에게 물어보았다. 어머니는 아무 말도 하지 않았지만 숙모가 '저…, 변 군이 익사했기 때문에 휘문중학교[2]에서 학교장學校葬을 한 거야' 라고 말했다. 나는 거짓말이라고 생각하고 '정말입니까?'라고 되물었다. 그러자 어머니는 고개를 끄덕였다. 뭐라고 말할 수 없이 슬픈 일이구나. 변 군은 나의 유일한 친구이고, 나도 그의 최선의 친구였다. 나는 우왕좌왕하지 않고 곧장 집을 나왔다. 그리고 휘문중학교에 가서 그가 죽은 것에 대해 물어봤다. 그곳에 계시던 선생님이[38] 눈물을 머금은 채 자세히 가르쳐 주었다. 나는 힘없이 그의 학교를 나왔다. 그리고 변 군의 집으로 서둘러 갔다. 그의 집에 도착하자, 갑자기 눈물이 나서 어떻게 할 방법이 없었다. 마음속에서 뜨겁게 치솟는 눈물을 억누르면서 집으로 들어갔다. 툇마루 쪽을 들여다보니, 그의 어머니는 얼굴이 붉어지고 평소보다 부어 있었다. 아마 슬픔 나머지 울었기 때문일 것이다. 나는 툇마루 근처까지 다가갔다. 그의 어머니는 나를 보자마자 내 손목을 쥐고, 땅바닥에 무릎을 꿇은 채 울기 시작했다. 나는 안타까움에 말도 하지 않고 지금은 죽은

---

1 원문은 일본어로 표기되었으며, 번역은 엮은이가 직접 하였다. 참조의 편의를 위하여 번역문 뒤에 원문을 첨부하였다.

2 1904년 설립된 '광성의숙'에서 출발하였으며, 1938년부터 휘문중학교로 개칭하였다. 이 글이 쓰인 1940년에는 5년제 과정으로 운영되었다.

변 군의 방을 들여다보았다. 책상 위에는 가방과 곤충 채집기 그리고 페인트 상자가 주인을 기다리는 것처럼 가로놓여 있었다.

뭐라 말하기 어려운 슬픈 장면이었다. 잠깐 동안 침묵이 흘렀다. 얼마간 그의 어머니를 위로했지만 울기만 할 뿐이다. 나도 끊임없이 눈물이 나온다. 변 군의 집에 있던 어떤 사람이, '당신이 여기에 와 있으면, 어머니가 더욱 슬플 수도 있으니까 어서 돌아가요'라고 말했다. 나는 그곳에 조금이라도 더 머물고 싶었다. 옛날처럼 이야기하고 있는 것 같은 느낌도 들고…. 하지만 이제 또 변 군의 집으로 찾아갈 기회가 없다고 생각하는 것은 당연한 일이었다. 하는 수 없이 발길을 밖으로 돌렸다. 그러자 변 군의 어머니는 '윤식潤植이 대신 네 모습이라도 보고 싶다'라고 말하면서 내 뒤에서 절규했다. 나는 모교의 선생님께 알려야겠다는 생각이 들어서 학교에 갔다.

내가 2층으로 올라가려는데, 뒤쪽에서 '박 군, 변 군이 죽은 것을 알고 있나?'라는 소리가 들렸다. 나는 작은 소리로 '예'라고 속삭였다. 선생님은 어느새, 졸업생을 한 명 잃어버렸다고 말하면서 울고 계셨다. 집에 돌아오니 저녁을 먹을 힘조차 없었다. 그날 밤에는 조금도 자지 않고, 변 군과 함께 산책을 하고 있는 꿈을 꾸었다. 그리고 이삼 일 지나서 마침 나는 변 군의 집 앞을 지나갔다. 예전이라면 물론 그 집에 들어갔을 터이지만, 이제는 변 군이 없는 집에는 다시 들어갈 기력이 생기지 않았다. 그리고 마음을 단단히 먹고, 변 군의 일은 조금도 생각하지 않는 기분이었다고는 해도, 남의 친한 친구를 보면 그의 미소 짓는, 얌전한 얼굴이 자연스럽게 내 눈에 어린다.[39]

『京畿公立中學校 學友會誌』 7호(1940.6.20)

故邊君

一年 一組 朴寅煥

今年七月十七日は邊君が溺死した日だ．七月十八日，私は野外教錬をすまして家に歸っ[3]て來た．洋服は，汗でびっしょ[4]りである．家の門に入ると，母と叔母とが何事かもあったよぅに，互に話をしてゐたが私が入ると急に止める．私は不思議に思って，あわただしく母に尋ねて見た．母はなにも言はぬが叔母が言ふ‘あのうね…邊君が溺死したので，徽文中學校で校葬をしたのです’と言ふ．私は嘘であると思って‘本當ですか’と又聞いた．すると母は首を前方にふった．なんと言ふ悲しいことであらう！ 邊君は私の唯一の親しい友達であり私も彼の最善の友達であった．私は右往左往ともせずすくさまに家を出掛た．それから徽文中學校に行って彼の死んだわけを聞いて見た．そちに居らっしゃ[5]った先生も[38]涙をぐんてくわしく教へて下さった．私は力なく彼の學校を出た．それから邊君の家へと急いた．彼の家に來て見ると，急に涙が出て何うにもしようがなかった．心にかたくこみ上る涙を押へながら家に入った．縁側の方をのぞいて見ると，母は顔があかくなって普通の場合より肥ってある．多分悲しみの餘りに泣いたからであらう．私は縁側の近くまで寄って行った．するとその母は私を，見ると共に，腕を握り，膝を土の上にかゞめて泣き出した．私は餘りの悲しさに口もきかず今は亡き邊君の部屋をのぞき込んだ．机の上には，鞄と昆蟲採集器又

3 원본에는‘ょ’가 아니라‘よ’로 표기되었다. 이하‘ょ’로 표기해야 할 것‘よ’로 표기한 부분에 해서는 따로 밝히지 않기로 한다.

4 원본에는 음‘っ’가 아니라‘つ’로 표기되었다. 이하 촉음으로 표기해야 할 것을‘つ’로 표기한 부분에 해서는 따로 밝히지 않기로 한다.

5 원본에는‘ゃ’가 아니라‘や’로 표기되었다. 이하‘ゃ’로 표기해야 할 것을‘や’로 표기한 부분에 해서는 따로 밝히지 않기로 한다.

はペンキの箱が主人を待つが如く横にたふれてゐる. なんと言ふ悲しい場面であらう. そしてしばらくの間は, 沈黙で過ぎた. その母にいくらか尉めても泣くばかりである. 私もたへまなく涙が出る. 邊君の家に居る或る人が, '貴方が, こちに來てゐますと, 母はもっともかなしくなるから, お歸りなさい'と言ふ. 私は, 其所に短時間はゐたくなかった. 昔の如く話しをしてゐるよぅな氣がして…. もぅ又と邊君の家へ訪ねて來る機會は無いだらぅと思ふと最ともであった. しかだなく足を外の方に向けた. すると邊君の母は '潤植の代りにお前の姿でも見たい' 言ひながら私の後の方で叫ぶ. それから母校の先生に告げたいと思って行った.

私は二階に上らうと思ふと, 後の方で, '朴君, 邊の死んだのを知とるか'と言ふ. 私は小さく 'はい'とさゝやいた. 先生は最早や, 卒業生を一名なくしたと言ひながら泣いてゐらしゃった. 家に歸って夕飯を食べる力さえ無かった. その日の晩にはちょっとも寢れず, 邊君と一緒に散步をしてゐる夢を見ました. それから二三日經つて私は邊君の家のに通りかゝった. 前なら勿論それの家に入った筈であったものが, 今はない邊君の家には, 又と入る氣力がなかった. それから私は, 心を堅くして, 邊なんかの事はちよっとも考へない氣分であっても, 他人の親しい友達を見ると, 自然と彼の微笑するそやさしい顔は, 我が目に映る.[39]

『京畿公立中學校 學友會誌』 7호(1940.6.20)

여성미의 본질 코[6]

내가 결혼하기 전 나의 아내 된 사람과 처음 만났을 때 제일 먼저 내가 좋아했던 것은 그의 코였다. 무어라 표현할 수는 없으나 그의 얼굴과 조화되어 있는 것이 우선 좋은 조건이었다. 최근 아메리카 통신은 송미령宋美齡의 코를 세계 제일이라고 전하고 있는데, 보도 사진에서 본 그의 코는 그리 좋은 것인지 알 수 없다. 우리 두 사람이 결혼한 다음 가까운 거리를 두고 아내의 코를 볼 수 있었는데, 이것은 마치 현미경 렌즈로 눈을 촬영한 것처럼 징그럽다. 아마 나의 눈은 어느 기한을 두고 관상觀賞하는 것이 변하는 모양이다. 우뚝하고 콧대가 서고 날카로운 코를 지적이고 잘생겼다고 하는 모양이다. 그러나 주관적이라고 남들이 욕해도 좋다. 나는 사람의 코는 결코 타고난 천성의 형태를 유지해 가면서 얼굴과 조화될 것이다. 역설로서 송미령의 코를 그대로의 형태로 입술을 자랑하는 리타 헤이워드의 코의 위치에 옮겨 놓으면 그래도 역시 그의 코는 세계에서 제일이라고 할 수 있을까?[28]

『婦人』 4-3호(1949.4.30)

6 '유-모어 미학 여성미의 본질'이란 기획물의 일환으로 이봉구李鳳九의 「머리」, 양미림楊美林의 「몸매」, 최영수崔永秀의 「눈섶」, 박계주朴啓周의 「눈」, 김영수金永壽의 「입」, 정비석鄭飛石의 「귀」, 김용호金容浩의 「가슴」, 윤태웅尹泰雄의 「손」, 채정근蔡廷根의 「허리」, 정인준鄭寅俊의 「다리脚」, 김막인金漠人의 「발」 등과 함께 게재되었다.

로트 레아몽 백작의 『말도로르의 노래』를 읽고, 얼굴은 마레이유 바탕과 같은 여자. 그는 일본 물랭루주의 무대에서 남아南阿의 여왕[7] 조세핀 베이커의 〈MAYARI〉[8]를 독득獨得한 그 성랑聲量으로 노래 불렀다. 우리들이 처음 만났을 때 그는 나에게 나르시스와 같은 소년이라고 말하며, 우리들은 어떤 형이학적形而學的인 자살을 목표로 사랑하자고 요구하였던 것이다. 그리하여 1945년 12월 22일 우리 두 사람은 각자의 내면의 길이 분열되었다는 것을 깨닫고, 그는 어떤 나의 친우와 함께 행운의 여정을 택했던 것이다. 그러나 나는 그들을 원망하지 않았다. 오직 내 눈앞으로 무수한 행복의 날개들이 떠다니며 펄떡이는 것은 묵시할 수 없었던 것이다. 그 후 지금까지 6년, 나는 그들을 보지 못했다. 그동안 나는 결혼했다. 그러나 나의 결혼생활이 공허할 때마다 나는 '노리짱'을 연상한다. 그리고 다방에 나와서는 언제나 그가 노래하던 마야리의 레코드를 듣는다. 그러면 그는 더욱 그리워지는 것이다.(필자—시인)[13]

『青春』 창간호(1951.8.1)

---

7 '남아프리카공화국의 여왕'이라는 뜻이다. 조세핀 베이커는 원래 미국에서 태어났지만 그녀가 흑인이라는 이유로 이와 같은 비유적 표현을 쓴 것으로 보인다.

8 〈MAYARI〉는 조세핀 베이커가 부른 노래이다.

제야유감除夜有感

해가 바뀌는 밤. 또는 암흑이 가고 광명이 오는 밤…. 눈이 내리는 사이를 교회의 종소리가 들려오는 밤. 제야는 외롭다. 어렸을 때, 그땐 전쟁 같은 것은 없었다. 그리고 아무 마음의 괴로움도 그리 느끼지 못했던 행복한 시절…. 제야는 즐거웠더라. 왜? 나이를 먹으면 학교에도 빨리 갈 수 있고 더욱이 이 밤이 지나면 새 옷을 입고 뛰어다닐 수 있으니. 그러나 이와 같은 꿈의 시대는 제야의 종소리처럼 나의 마음에 쓸쓸한 여운만 던지고 떠나가 버렸다.

진실로 해는 바뀌는 것일까?

진실로 암흑이 가고 광명이 오는 것일까? 이것은 참으로 믿어지지 않는 일이다….

일 년을 보내는 최후의 밤, 나는 무한한 회상과 회개 속에서 잠을 이루지 못한다(못할 것이다). 지나간 가혹한 일 년이 나의 짧은(혹은 길지도 모르는) 생애에 있어서 과연 어떠한 부분이 되었을 것인가. 이 일 년은 '마이너스'냐 '플러스'냐 할 때 나에게 성실한 답변을 해 주는 시간은 바로 제야이다. 요즘에 와서는 교회의 종소리도 들리는 것 같지도 않고 눈도 내리지도 않는 것 같은 건조하고 준열한 연대가 되어 버렸으나 역시 이 밤은 인간의 생활과 그 발전(후퇴)에 있어서 어떠한 의의를 자아내는 것이다. 눈을 감는다고 하자. 가슴(마음)에 두 손을 대고 잡념을 버리고[9] — 더욱이 문학적 잡념 — 조용히 명상하기로 하자. 그러면 모든 것은 전개되며, 모

9 원본에는 '비리고'로 오기되었다.

든 것은 종말이 된다.

오욕汚辱의 회상回想…. 인생은 바로 이것이다. 제야의 망명객…. 나는 바로 이것이[94]다. 무슨 암흑이 떠날 것이며 도대체 광명이란 어디서 오는 것이냐. 1899년 12월 31일 밤, 즉 19세기 마지막 제야, 당시의 인간들은 종을 치면서

"오! 절망과 고뇌와 암흑의 19세기는 가고, 우리들 인류에게 드디어 20세기의, 광명이 온다"라고 신에게 말하였다.

허나 이에 반하여 20세기는 19세기 이상의 절망과 고뇌의 것이 되어 버렸다.

제1차대전 노서아의 적색 혁명. 온 지구地球를 피와 초연礁煙으로 둘러싼 2차대전. 더욱이 우리 한국으로 말하면 일제의 압정과 최근에 와서의 전란 등 이루 말할 수 없는 참상이 19세기 이상으로 전개되었다. 광명을 예언하던 자들은 지금은 그리 세상에 남아 있지 않을 것이다. 제야가 지나고 신년, 신년이 반드시 즐거울 것이라고, 나에게 단언할 사람은 정치가 외에는 없을 것이다.

제야, 너무도 문학적이며 허망한 밤이다, 그렇게 즐거웠던 밤이었건만 이제 와서는 왜 증오의 언사言辭로서 나는 이 밤의 이야기를 하여야만 하는가. 우리들에게 무슨 죄가 있어서 일 년이 가는 이 쓸쓸한 밤에 생각만 하여도 지긋지긋한 지나간 일월日月을 회상도 하고 반성을 하여야 된다는 말인가. 일 년의 피로를 풀기 위해서도 초저녁부터 잠을 이루어야 할 것인데, 왜 나는 한잠도 자지 못한단 말인가(참! 잘지도 모르는 일이지만). 위선과 허위 속의 인생.

밤은 역사를 꾸민다…. 이러하루로[10] 제야는 역사를 바꾼다…. 참으로 엄청난 소리를 나나 요즘 사람들은 말하기 좋아하는 세상이 되었다. 풍랑

10 인쇄 상태로 보아 '이러한투로'로 읽을 수도 있지만, 문맥상 '이러한 하루로'로 해석하는 것이 적절할 듯하다.

과 황폐의 시대에 있어서 청년들은 그 야망의 힘을 토대로 함부로 의욕하는 방향에 질주할 수 있으나, 과연 우리들에게 내성內省과 자각을 촉구하는 시간이 올 수 있느냐?

어두움이 길게 내리고, 이웃에 발자국 소리가 멈출 때, 제야는 고독하게 우리들에게 스며든다(올 것이다). 정다운 사람처럼 그 떨리는 손을 우리의 가슴속에 집어넣으며 "일 년은 불행했습니다." 그렇지 않으면 "지나간 일 년은 그 이유가 없습니다." 아니 "우리는 서로 미우면서도 사랑했지요"라고 속삭이는 것이다(속삭일 것이다). 그럴 때 나는 눈물이 난다(날지도 모른다).

지나간 불□과 절망과 환상의 상징처럼 제야의 표정은 심각하다(심각하다고 생각한다[11]). 그래서 준비 없는 나는 공포에 부딪힌 물상物象처럼 떨며 고백할 수밖에 없다. "그대여 용서하시오. 과거는 흘러간 물(센강[12]에 흐르는 물). 세월은 가고 그대와 나만이 남았습니다." 이것이 부족할 경우에는 "그대여 용서하시오. 내가 지금 이 밤과 함께 빛나는 내일 새해를 맞이할 수 있는 것은 지나간 일 년의 덕택입니다."

떠나는 것은 결코 외로울 수는 없으나 제야는 그 짧은 숙명으로 외롭게 떠나는 것이다. 이것을 우리는 어떠한 방식으로 미화하여야만 되느냐. 그것을 시인은 지금까지 어떠한 방식으로 노래할 수 있었단 말인가.(필자 시인)[95]

『新太陽』 2-16호[13](1953.12.1)

---

11 원본에는 '생각하다'로 표기되었다.

12 프랑스의 북서부를 흐르는 강이다.

13 新太陽은 1952년 8월에 창간된 잡지로 1952년 12월호까지는 1권 1호~1권 5호로, 1953년 1월호부터 12월호까지(3월호 결간)는 2권 5호~2권 16호로, 1954년 1월호 이후부터는 3권 1호 등과 같이 권, 호수가 조금 복잡하게 매겨진다. 즉, 1952년과 1953년의 호수는 해당 월이 아니라 통권 호수를 가리킨다.

내 고장 자랑, 강원도 편 원시림에 새소리, 금강金剛은 국토의 자랑

나는 한 번도 남들 앞에서 내 고향 자랑을 해 본 일이 없다. 왜냐하면 우선 나는 내 고향에 관해서 잘 알지 못할 뿐 아니라 강원도라고 하면 내가 말하지 않아도 누구나 먼저 알고 있는 것은 그 유명한 금강산을 연상하기 때문에 금강산에 비중될 수 있는 다른 자랑거리를 나는 발견하지 못했다.

나는 인제에서 태어났다. 1년에 한두 번씩 지방 순회극단이 온다는 것이 내가 자라날 무렵의 마을 최대의 즐거운 일이며 그 다음엔 학교 운동회 이 정도밖에 내 고향에서는 일이 없었다. 장마철 4, 5일간 비가 내리면 춘천에서부터의 산길이 무너져 자동차는 근 한 달 가까이 통행치 않아 교통 통신은 완전히 차단되고. 이것뿐이랴. 말뿐인 방파제는 아무 힘없이 파손되어 대홍수는 마을을 덮어 나는 예배당 종각 위에 올라가 우리 집은 물론 소, 돼지, 사람 들이 떠내려가던 것을 본 생생한 기억이 남아 있다.

내가 소학교 3학년 때 우리 담임선생이 간성으로 전근되었다. 나는 근 60명에 가까운 학급생을 데리고 읍에서 한 20리나 될 관제리까지 전송을 했다. 돌아오는 길 소양강 아니 한강 상류인 마을 앞강은 오대산에 그 원천을 두고 청명히 또는 줄기차게 흐르며 맑[142]은 강물 아래로 수없이 생선水魚이 약동하는 것을 보았다. 그래서 그날 오후 이웃 동무들과 강가에 가서 고기잡이를 하고 밤늦도록 '달아 달아 밝은 달아 이태백이 놀던 달아'를 우렁차게 부르며 돌아왔다.

목사님이 애국가를 가르쳐 주신 덕택으로 나는 8 · 15 해방 날 그것을 외울 수 있었으나, 그분은 형무소에 잡혀 갔다. 그래서 우리들은 손목에 수갑을 차고 경춘 버스를 타고 떠나는 목사님을 보고 울었다. 이것은 역시 지금으로부터 20년 전 일이다.

나는 아직 나를 자랑할 수 없으나 확실히 강원도는 순박하고 순수하고 그리고 인간의 정서를 말하는 곳 같다. 아니 강원도의 산은 푸르고 강물이 맑고 달은 밝다. 10리도 못 가서 물이 흐르면 울창한 원시림에서는 끊임없이 새소리가 들린다. 겨울이면 구르몽의 '시몽'보다도 흰 눈이 내린다. 밤이 새어 창을 내다보면 어젯밤 눈은 오랜 절실과 같이 이어 내리고 있다. 그러나 우리는 추위도 모르고 눈사람을 만들었다.

봄이 온다. 긴 겨울을 보낸 마을 사람은 봄이 온 것을 무한히 즐기며 산으로 들로 천렵[14]을 나가 집을 비워도 도적을 맞은 사람은 하나도 없었다.

세월은 잡을 수 없고 인생은 늙었다. 나는 간성에서 기차를 타고 고성을 지나 금강산 구경을 했다. 비로봉, 그것은 인간의 건실한 존엄성을 상징하며 외금강 푸른 물결과 접립摺立[15]한 바위는 수난에 살던 우리들 가난한 민족의 저항하는 정신을 소리 없이 지니고 있다. 이처럼 강원도의 모든 풍물은 고난과 질곡과 박해에 억눌린 우리 민족의 슬픈 표정을 간직한 것과 다름이 없었으며 이것은 즉 강원도만이 가질 수 있었던 최후적인 한국의 유물이라 해도 과언이 아닐 것이다.

별로 강원도에서는 출중한 인물이 나오지 못했다. 해방 후 두 명의 장관과 몇 명의 차관급이 강원도 태생이 되었다. 하나 그 벼슬과 같은 것이 무슨 소용이 있으랴! 그저 남을 해치기 싫고 그렇다 하여 짧은 인생에 과분한 욕심이 없는 강원인의 근성을 나는 배반할 수가 없다.

민족적인 동란의 화재禍災는 온 강원도가 받았다. 어질고 가난한 내 고향 사람은 오랜 조상이 살던 집을 포화에 날리고[16] 양구, 화천, 금화, 고

14 원본에는 '철렵'으로 오기되었다.
15 원본에는 '습립'으로 오기되었다.

성, 춘천, 횡성, 원주, 홍천과 같은 도읍은 언제 인간이 살던 토지인가 하고 반문할 정도로 회진[17]으로 사라졌다.

얼마 전 나는 강원도를 찾았다. 내가 살던 집, 학교, 군청, 어디서 그 자취를 찾으랴. 그저 산과 물은 전과 다름이 없으나 그 외 모든 것은 모진 화열에 휩쓸리고 선량한 아직 때에 젖지 않은 사람들은 한없이 맑은 푸른 하늘만을 바라보고 있었다.

갈대만이 한없이 무성한 토지가
지금은 내 고향
산과 강물은 어느 날의 회화

인간이 사라진 고독한 신의 토지
거기 나는 동상처럼 서 있었다.[18] [143]

『新太陽』 3-4호(1954.4.1)

---

16 원본에는 '살리고'로 오기되었다.
17 '재와 먼지'를 아울러 이르는 말이다.
18 박인환의 시 「인제」의 일부분이다.

천필泉筆

나는 지금까지 만년필을 천필이라고 부른다. 물론 남들 앞에서 이야기할 때 '천필'이라고 하면 알아듣는 사람은 별로 없다. 그러나 나의 가냘픈 취미인 동시에 나의 언어상의 멋이다.

어느덧 실없는 글줄을 쓰는 것이 직업이었고, 글을 쓴 후에는 원고료를 받게 되는데, 대개의 원고는 천필로 쓴다. 그래서 천필은 내 수입을 도와주는 벗이라 할 수 있다.

세월이 흐르는 동안 나의 나이도 늘고 키도 컸다. 이러한 변화와 수반하는 듯이 천필도 여러 가지가 되었다.

얼마 전 갈 가에서 잃어버린 것은 '파카 51'인데, 요즘 산 것은 '워터맨'이며, 이것을 또 잃어버린다면 다소 값은 차이가 있으나 '세퍼'라는 것을 살 작정이다.

이유는 간단하다. 나의 딸의 이름이 세화世華이며, 그 계집애의 애칭이라고 할까 또는 닉네임을 우리들은 '세퍼'라고 부른다. 그러니 나에게 딸이 옆에 있는 것처럼 '세퍼' 친필을 사면 오래 함께 있어 줄 것이 아니냐.

원래 수필이라는 것은 심심할 때 쓰는 것이 아닌가 생각하고 있다. 별로 할 일이 없고, 그렇다 하여 책장을 뒤적거리는 것도 싱겁고 할 때, 수필을 쓰는 것으로 나는 믿어 왔다. 오늘 저녁은 유달리[19] 달이 밝아 창가에는 별이 졸고 이런 투로 쓰면 어딘지 서정시의 첫 줄이 될 것 같고, 심심할 때 술을 마시는 것은 너무 이유가 없는 것 같으니 이제부터 '천필'이라는 제목으로 수필을 쓰자고 마음먹으면 좋은 글을 쓸 것만 같다.

---

19 원본에는 '음달리'로 오기되었다.

부산에서 살 무렵이다. 며칠 동안 집에서 앓았다. 괜히 쓸데없는 짓 말하자면 남의 심부름만 하고 저녁 때 대포 몇 잔을 먹은 것이 몸살이 되어 그 좁은 방에서 드러누웠더니 용돈이 없고 심지어는 담배꽁초를 말아 먹을 정도로 주머니가 서늘하다. 하는 수 없이 집의 사람(즉 나의 아내)을 회[86]사에 보내 월급에서 얼마만 선불해 달라는 청을 올렸더니 얼마 후 내 아내는 집에 돌아오는 즉시로

"여보, 참 좋은 것을 당신에게 선사할게. 놀랄 정도로 싸게 샀어."

"도대체 뭘 가지고 그래."

"파카 만년필을 샀어."

나는 뛰어 일어났다. 한 이삼 개월을 천필이 없어서 연필로 지내는 형편에다가 무슨 건방진 생각인지 파카 외에는 다른 것은 살 의사가 없었다. 이왕이면 '최고'를 가져야지 그렇지 않으면 차라리 연필로! 이런 주의主義였다. 그래서 아내에게 "여보, 다음 달 월급을 받으면 꼭 파카를 사겠소." 이런 뜻을 몇 번씩 선언[20]은 했으나, 막상 월급봉투를 받고 나면 가불이 절반에다가 외상을 지불하고 보면 겨우 담뱃값 정도이다. 이런 지나간 실정을 잘 아는 아내는 자기가 파카를 사 가지고 왔다.

나는 그의 말을 듣고 참으로 감사했다. 그레이트[21] 파카 천필을 뺏는 듯이 손에 쥐었다.

그러나 어찌 세상은 한심할 것인가?

내 아내가 사 가지고 온 것은 일본 놈이 상표만 따 가지고 만든 '이미테이션'[22]이다. 우선 모양이 조잡할뿐더러 잉크도 제대로 나오지 않으며, 펜이 갈라지지가 않아 글이 써지지 않는다.

예를 든다면 미제 GMC 트럭과 일산 트럭과 같은 것이다.

"여보, 왜 똑똑지 못하게 속고 사오는 것이야."

---

20 원본에는 '신언'으로 오기되었다.
21 원본에는 '그랫'으로 표기되었다.
22 원본에는 '이어테이숀'으로 오기되었다.

내 말이 떨어지자마자 아내는 울었다.

이어 그는 당신이 너무 천필 걱정만 하는 것을 들으니, 하도 딱해서 언제나 돈의 여유만 있으면 자기가 사서 주려고 한 참에 회사에서 돈을 가지고 오는 길, 어떤 사람이 파카 천필을 사라는 소리를 듣고 만사를 제하고서라도 꼭 사자고 흥정했다는 것이다.

그 후 나는 아내에게 아무 말도 하지 않았으나, 그의 심정을 듣고서는 대단히 미안한 말을 했다는 것을 느꼈다.

글을 쓸 때 확실히 천필은 모양이 없다. 우선 글씨체가 마음먹은 대로 되지도 않고 무거워서 손이 아플 때도 있다. 그 반면에 펜으로 쓰면 곱게 된다. 그것은 중학교 때 영습자英習字는 반드시 펜으로 쓰기로 되었다. 그리고 펜에서 잉크가 없어지면 병에서 찍는 것은 귀찮은 일이 아니라 좋은 기분이다. 펜을 잉크병[87]에 찌르고 다음 글줄의 문구나 의도를 생각하는 잠시는 천필의 경우에서는 도저히 맛보지 못하는 노릇이다.

그런데 왜 천필을 갖고 싶어 하는지, 천필로 글을 쓰려고 하는지 내 자신도 모를 모순이다.

값이 고가가 되어서?

모양이 좋아서?

인간은 필요 없는 것을 희망도 하고 무엇이나 소유하려는 욕구에서 역사를 꾸며 왔다는 유명한 말이 있듯이, 나도 딴 사람처럼 하나의 관념의 인습에 사로잡히고 있는 것을 스스로 깨달을[23] 때가 있다.

일제 파카 사건 후, 속은 것이 원통하여 진짜를 하나 샀다. 이왕이면 본전을 뽑자고 집에 온 후 이삼일을 들여서 긴 원고를 썼다. 쉽게 천필 값이 나왔다. 그런데 얼마 후엔 잃어버렸다.[24] 그러나 아무 걱정도 원통하지도

---

23 원본에는 '을'이 누락되었다.

24 원본에는 '잊어 버렸다'로 오기되었다. 이후에 나오는 '잊어버릴, 잊어버리고, 잊어버리는지' 등도 모두 '잃다'라는 뜻으로 사용된 것이므로 이와 같이 표기한다.

않고 내 것이 남의 수중에 들어가 그분이 요긴하게 쓴다면 다행이라는 생각이 들었다. 천필이 없어지니깐 펜을 쥐게 되고 잉크 찍는 맛이 도리어 재미있다.

요즘 가지고 있는 천필은 워터맨이다. 아주 구식이나 늙은 사람이 구수하게 말하는 것처럼 어딘지 매력이 있고, '시크'한 데가 있다. 해방된 다음 해 『세계미술전집』을 팔아 가지고 2천원을 주고 산 것도 워터맨인데, 지금 파카 같은 것이 진출하여 값이 무척 내렸다. 겨우 1천환만 주면 쓸 수가 있다. 허나 이것마저 얼마 가면 틀림없이 잃어버릴 것이다. 그러면 당분간은 펜을 사용하겠지만 역시 천필을 살 것이다. 그땐 세퍼로…. 이런 생각을 글을 쓰는 지금 생각하고 있다.

천필은 확실히 편리하긴 하다. 잉크를 한 번 넣으면 오래 쓸 수도 있고, 길 가에나 다른 곳에서도 언제나 메모 내지 서신을 적을 수 있고…. 그러나 오늘날까지의 나에게 천필의 효용은 그다지 좋지 못했다. 수없이 잃어버리고, 속고, 친구에게 빼앗기고, 귀찮은 소지품이다.

나뿐만이 아니다. 어찌 많이 사람들이 잃어버리는지 양복 겉저고리[25] 겉주머니[26]에 끼우지 못하고 일일이 안주머니에서 꺼냈다 뺏다 하는 것은 참으로 비극이다. 아마 전 세계[27]에서 그런 풍습을 가진 나라는 우리나라뿐일지도 모른다. 겉주머니에 끼우면 어느 사이 없어졌는지도 모르게 사라지고 마니 할 수 없이 그런 치사스러운[28] 보호법을 취할 수밖에 없다는 것이 비극의 이면 상이라는 것은 내남없이 알고 있다.[88]

심심풀이로 수필을 쓰기 위해 '천필'이라는 글을 지금 쓰면서 요다음에 일선에 가는 일이 있다면 워터맨은 내가 아는 병사나 경찰관에게 선사하

25 원본에는 '웃조고리'로 표기되었다.
26 원본에는 '곁주머니'로 표기되었다. 이하 '곁주머니'는 모두 '겉주머니'로 표기한다.
27 원본에는 '전서계'로 오기되었다.
28 원본에는 '치사로운'으로 표기되었다.

고 세펴를 구할 작정이다.

천필은 전쟁하는 나라에서는 일선용으로 하는 것이 좋을 것이다. 왜냐하면 후방에서는 펜으로 일일이 잉크를 찍어서라도 글을 쓸 수가 있으나 일선 병사들은 펜과 잉크를 거추장스럽게 가지고 다닐 수는 없을 것이며, 그러니 천필을 내가 선사한다면 격무의 틈을 타서라도 어느 곳에나 기대앉아 쉽게 어머니와 아내에게 글을 쓸 것이다. 결국엔 잃어버릴 바에야 차라리 그런 분에게 주는 것이 의의 있는 일일지 모른다.

세월이 바뀌고 천필도 각종 색색으로 되고 사람의 마음도 제각기 마음먹는 대로 하는 그러한 시대에 나는 살아가면서 하필 '만년필'을 '천필'이라고 부르며, 하고많은 중에서 '천필'에 관한 나의 의견을 적어야만 되는지 자신도 모를 일을 내가 스스로 겪고 있다. 이런 짓이 나의 자유의사인지 정신의 이상인지 판단해 줄 사람이 지금 이 나라에 남아 있을 것인가.

나의 딸 이름이 '세화'라 해서 나는 '세펴'란 이름의 천필을 사야만 되어[29] 버리는 것이라면 차라리 고생하는 자에게 주겠다는 나의 심정은 순수한 감정에서 볼 때나, 결과적으로 □론한다 하더라도 하나의 자가당착[30]이며 이율배반임이 틀림없다.

글 쓰는 자에게 있어서의 만년필 '천필'의 위치나 대상과 동일하게 실업가에겐 금전, 정치인에겐 권력과 같이 우리는 필요 이상의 것을 소망하기 때문에 쓸데없는 부질한[31] 현상이 연이어 일어나고 있으며, 이런 '현상'은 안주머니에 있어야만 되는 만년필 '천필'의 비극적인 경우와 다름이 없다는 것을 말하고 싶다.

그저 펜으로 잉크를 찍어 써도 19세기의 문학과 예술은 오늘날까지 살아왔고, 영습자처럼 글씨는 아름다울 뿐이다.

29 원본에는 '되고'로 오기되었다.
30 원본에는 '자아동착'으로 오기되었다.
31 박인환은 '부질하다'라는 단어를 '부질없다'라는 뜻으로 사용하는 경우가 많다.

오늘날 우리는 이 혼란 속에서 어떠한 것이 옳은 기준인가를 발견하는 데 힘을 써야 할 것이다.[89]

『民主警察』 41호(1954.7.15)

즐겁지 않은 계절
신록에 부쳐서

우리들이 신록이라고 즐거워할 시절은 이미 지났다. 그 무엇이 우리를 변하게 하고 즐겁게 한단 말이냐. 나무가 푸르고 강엔 물이 흐르고 집과 산 위에 해가 지고 달이 뜬들 이것이 어떠하단 것이냐.

이것은 자연의 흐름 그 속에서 우리는 옛날을 이야기할 수가 없고 문학과 인생이 시든 이런 시대에 살면서 또한 신록을 노래할 것인가.

풍경은 우리의 마음에서 고갈되어 갔다. 눈에 보일지[32] 모르나 그것은 의미가 없었다.

우울하다기에는 늙었고, 외롭다는 소리를 들어 주는 사람이 없다. 그저 이러한 계절이 온다면 얇은 유리잔 속에 든 진피즈를 마시면 된다.

올리브의 가냘픈 향기!

신록은 떠나는 것이다. 간직할 수 없는 허망이다.

『서울신문』(1955.5.29)

32 원본에는 '뵈이지'로 표기되었다.

크리스마스와 여자[1]

크리스마스라고 하지 않아도 여자……라고 생각할 땐 나는 눈 내리는 시베리아 들판으로 유형流刑되는 카투사[2]를 생각한다. 또 눈이 내린다. 내 가슴에 가볍게 눈이 내린다 하면 크리스마스를 역시 연상케 하는 것이다.

실상 나와 크리스마스와 여자와는 웬일인지 나에게 인연이 깊은 것 같은 것은 지나친 나의 리리시즘의 정신이라고 하여야만 되겠다.

겨울날 밖에는 눈바람이 쌩쌩 부는데 따스한 방안에서 처음 만나는 여자와 손이라도 잡고 시인 구르몽의 시론의 이야[74]기라도 하고 싶다. 그리고 이야기가 멈출 때 양주라도 한 잔 마시며 창밖 풍경을 내다보는 것도 정서적일지 모르나 요즘과 같이 준열한 시대에서는 요만한 낭만도 있을 성싶지가 않다.

겨울은 외로운 계절이다. 무척 마음을 상하게 하는 밤들이 이어 온다. 그럴 때 여자를 만나 크리스마스 이브의 종소리를 들으면 잠들지도 못하고 그러면서도 고요한 거리……. 절대[3] 눈이 내려야 하는 거리를 걷는다면 얼마나 좋을 것인가?

공상이나 잡념을 그만두고[4] 좀 더 절실한 이야기를 하고 싶다. 암만 마음속으로 크리스마스와 여자에 관한 달콤한 얘기를 한댔자 기분이 어울리지는 못할 것이다.

---

1 목차에는 제목이 '크리스마스와 여인'으로 나와 있다. 이 글은 '즐거운 성탄절을 위한 특집'으로 기획되었으며, 크리스마스와 파티(이용상), 크리스마스와 선물(박기원), 크리스마스와 설야雪夜(김규동), 크리스마스와 가정(이태영) 등 4편의 글과 함께 실려 있다.

2 톨스토이의 소설 『부활』에 나오는 인물이다.

3 문맥상 '반드시'를 뜻한다.

4 원본에는 '고만두고'로 표기되었다.

지금으로부터 ×년 전 그곳은 부산이었다. 부산의 크리스마스 이브는 눈이 오지 않았다. 이것부터가 우습다. 내가 일을 보고 있었던 회사[5]는 가톨릭계였기 때문에 나를 빼놓은 사원의 대부분은 초저녁부터 교회에 가는 것이다. 나는 혼자 이 집 저 집의 아는 주점을 찾아다니며 술을 마시고 혹시 산타클로스 할아버지나 만나면 용돈이나 달라고 싶은 심정이 되었다.

밤은 깊어졌다. 교회의 앞을 지날 때 요란스럽게 그러면서도 부드러운 찬미가가 들린다. 마치 술 취한 나를 비웃는 듯이…….

골목길을 지나 막 다음 골목으로 빠지려고 할 때 한 소녀가 울고 있었다. 보통 때 같으면 물어볼 필요도 없었지만 술의 힘을 빌려 왜 우는가를 물었다. 아버지가 돌아가셨다는 것이다.

크리스마스 날 밤의 죽음.[6] 나는 술이 활짝 깼다. 집이라고는 말뿐 판잣집 속 희미한 등불 아래에서 그의 어머니도 역시 흐느껴 울고 있다.

그래서 지나가는 행인의 친절로 주머니 속에 있던 돈을 모조리 꺼내어[7] 조위금으로 털어 버렸다. 그의 아버지가 무엇을 하던 사람인지, 그 소녀의 이름이 무엇인지 알 필요도 없이 나는 그들이 거절하는 것을 뿌리치고 산타클로스 할아버지의 역할을 했을 따름이다.

세월이 갔다. 벌써 4~5년은 되는 것 같다. 그 소녀는 성숙했을 것이며 또한 미인이 되었을 것이다. 지금까지 솔직히 말하면 이런 제목으로 글을 쓰라고 청탁을 받기 전까지 그런 일을, 또 소녀를 조금도 생각지도 않았으며 사실상 잊어버리고 말았다.

크리스마스와 여인하면 무슨 신비스럽고 아기자기하고 흐뭇한 이야기가 있을 것 같아 이런 제목이 주어졌을 것이다.

그러나 막상 크리스마스와 여인을 관련해서 생각해 보려니 역시 구미를 돋울[8] 만한 이야기가 나오지 않는다.

---

5 '경향신문사'를 가리킨다.

6 원본에는 '주검'으로 표기되었다.

7 원본에는 '끄내'로 표기되었다.

그저 잊어버린 기억에서 몇 해 전, 산타클로스 할아버지였던 이 기억이 가물가물[9] 떠오르는 것이다. 그리고 그 밖에 별다른 여인도 추억도 떠오르지 않은 채로 나는 좋다.

크리스마스 날 밤 아버지를 여의고 흐느끼던 그 낯모르는 소녀의 애처롭던 모습을 생각해 내는 것만으로도[10] 나에게는 흡족한 것이다.

올겨울의 크리스마스에는 눈이 오셨으면 원한다. 나는 그다지 흥취가 일어나지 않을 것이다. 좀 힘이[11] 펴져 집에 양주나 몇 병 사다 놓고 좋은 친구와 술을 나눌 때 그때의 소녀가 — 아니 지금은 성장한 여자가 되어 점잖고 출중한 청년과 함께 크리스마스 날 밤에 작고한 아버지의 이야기나 하며 걸어가는 것을 들창으로 바라다보았으면 좋겠다.

이것은 나의 지나친 환상도 아니며 가능성 없는 이야기도 아니다.

크리스마스와 여자……. 너무도 즐겁고 너무도 서러운 이야기가 되고 말았다. 시베리아로 간 카투사의 청춘의 날과도 같이…….[75]

『新太陽』 4-12호(1955.12)

8 원본에는 '도꿀'로 표기되었다.
9 원본에는 '가무레가무레'로 표기되었다.
10 원본에는 '것만으로서도'로 표기되었다.
11 원본에는 '심이'로 표기되었다.

시평時評

내외 시사 자유에서의 생존권
동부 백림伯林 반공 폭동의 진상

사건의 개관

지난 6월 16일 동백림東柏林[12]의 건축 노동자들을 중심으로 한 10여만의 노동자들이 돌연 소요와 반정부 데모 및 제네스트[13]를 감행한 것은, 전 세계로 하여금 또다시 그 이목을 '철의 장막'에 집중케 하였다. 17일에는 폭동은 더욱 악화되어 소련 당국은 이를 진압하기 위해 무장 부대 1개 사師를 출동, 반공 데모 참가자 중 총탄 그 밖에 의하여 5명이 사망, 적어도 150명이 부상하였다. 그 후 격화된 자유 시민군群은 소련군 1개 연대, 동독 인민경찰대 1만여 명과도 충돌이 생겼는데, 새로이 출동한 소련군 1개 사 1만 명은 소비에트 점령 지구 내의 제 기지에서 동백림 경계선에 도착하고, 중전차 200대를 동원시켜 소비에트가 구주歐洲[14] 지역의 도시에서 폭동 진압, 계엄령의 유지를 위해서 사용한 전차·화기·보병으로서는 전후 최대의 것이다(AP). 계속하여 제네스트는 소비에트 점령 각 지구에도 파급되고, 철도 노동자가 동백림에 동정同情하여 직장을 방기함으로써 동독 통신망은 마비 상태에 빠졌다. 계엄령 포고에도 불구하고 17일 야중夜中에는 알렉산더 광장 및[15] 포츠담 광장, 그리고 스탈린 가街(구 프랑크푸르트 가)에서, 맹렬한 충돌이 발생하여 소련병과 경찰대는 여러 차례에 걸쳐 데모대에게 발포하였다. 또한 반공주의자들은 포츠담[45] 광장 부근의 정부 창고를 위시하여 카바레 하우스·화타란드에 방화하였다. 18

12 '동베를린'을 가리킨다.
13 '동맹 파업'을 뜻하는 'general strike'를 가리키는 것으로 보인다.
14 '유럽'을 가리키는 한자어이다.
15 원본에는 '급及'으로 표기되었다. 이하 '급'은 모두 '및'으로 표기한다.

일에는 백림 근교 포츠담과 바벨스베르크에도 계엄령을 포고하였으며, 동백림에 있어서의 10만 인의 반공 소동에 호응하여 브란덴부르크, 몰가우, 할레, 드레스덴, 헤닝스, 물후, 켐니츠, 츠비카우, 라이프치히 및 비타펠트에도 폭동이 발생하였다.

17일 동백림에서는 엄중한 야간 외출 금지령이 포고되어 있는 거리의 정막靜寞을 뚫고 군대・전차가 밤새도록 이동하였다. 그리하여 동백림 일대는 18일 평상의 상태에 복귀하였다. 소비에트 군사령관에 의하여 외출금지령은 18일 오전 5시에는 해제되고, 동시에 백림—서독일 간의 100여 마일의 자동차도로도 재개되었다. 이와 때를 같이하여 서백림西伯林[16]의 라디오 방송은, 동백림의 데모를 지도한 것으로 알려진 스트라이크 위원회의 위원을 체포하라는 명령이 내렸다고 보도하였다. 또한 반동 폭동을 조직하였다는 이유로 소비에트 군사령부에서 고발된 독일인 1명은, 18일 소비에트군에 의하여 즉시 총살형에 처하였다. 서백림의 독일 적십자사 부로스 박사는 17일 하루 동안에 동백림에서는 16명이 사망되었으며 부상자는 200명이 넘을 것이라고 발표하였다. 그 후 100여 명 이상의 동백림 시민은 데모에 참가하였다는 밀고로써 18일 투옥되었다. 그러나 대부분의 시민은 정부의 직장 복귀 명령에도 불구하고 집에서 나가지 않고, 정부 측의 공식 성명서도 동백림의 공장에서 18일 조업을 재개한 것은 극히 일부이라는 것을 인정하고 있다. 마그데부르크에서의 상황은 17일 인민경찰대와 대부분이 텔만 국영 중기계 공장의 직공으로 이루어진[17] 1만 3천 명의 노동자 간에 충돌이 발생하여 사망자 7명 내지 20명(추정)을 내었다. 노동자들은 정치범을 수용하고 있는 하르바 슈테데타 가의 형무소로 쇄도하여, 소련 당국은 전차를 출동시키고 이곳에도 계엄령을 포고한 것이다. 이러한 각지의 폭동은 계엄령 하에도 불구하고 19일에 이르기까지 산발적인 치안 교란이 발생하였다. 그 후의 정보에 의하면 동백림 폭

---

16 '서베를린'을 가리킨다.

17 원본에는 '이룬'으로 표기되었다.

동에서만 사자死者 40명과 중상자 125명이 생긴 모양이다. 더욱이 전기前記한 1명의 총살자, '외국 정보기관의 앞잡이'로서 영웅적인 최후를 남긴 실업失業 페인트공 케트링을 위하여 서백림 매호每戶에서는 조기弔旗를 달았다.

이것으로 일단락을 지은 감을 주던 동백림 폭동은 7월에 들어 또다시 재연되었다. 서부 독일 방송은, 7일 베를린 시내(소 점령 하)에서 노동자의 강력한 시위가 전개되고, 이들은 과반過般 데모에서 체포된 수만의 동지들의 석방을 요구하였고, 시위 노동자들과 동부 백림 인민 경찰대 간에는 충돌이 발생하여 경찰 당국은 7일 하오부터 비상경계를 선포하였다고 보도하였다.[46]

사건의 핵심

폭동 발생의 원인에 대해서 소비에트 공산당 기관지 『프라우다』는 18일 지상紙上에 "백림에서의 외국의 앞잡이들의 모험은 실패하였다"라고 보도하고 있으며, 동독 정부 측 방송은 17일 아침 군복을 입은 미국 장교가 16일 동백림 지구의 폭동을 선동하였다고 비난하였다. 이것은 17일 저녁에 발간될 『노이에스 도이칠란트』(통일사회당 기관지)의 기사의 전문全文을 방송한 것이다. 동독 측의 선전은 극력 외부에서 조종된 것처럼 인상을 주려고 하고 있는데, 이것은 상식과 그 현실에서 벗어난 것이라고 볼 수밖에 없다. 데모 참가의 노동자가 '전독全獨의 자유선거' 등 지금까지 서독 측이 요구하여 오던 슬로건을 절규한 것과 같은 것은 확실히 서독의 영향을 받고 있는 것이나, 물가의 등귀騰貴나 저율低率한 임금 등 동독 정부의 실정을 직접 공격하고 있는 것은 폭동 발생의 진정한 동기가 동독과 이것을 관리하는 소련의 최근 정책 그 자체에 있다고 할 수 있다. 통일사회당에서는 동백림의 폭동이 동독 전역에 파급된 사실을 시인하는 동시, 금후로는 당은 노동자에 대해서는 더욱 공정한 태도를 취하겠다는 요지의 성명을 발표하고 있는 것은 정책 실패를 자인하고도 남는다.

동독 정부는 작년 7월 서독 측의 평화 공세와 구주군歐洲軍 조약에 조인하는 것을 계기로 하여 공산주의 체제를 강행하는 정책을 내세우고, 사회주의 경쟁에 의한 공업 생산의 증진, 협동조합 조성에 의한 농업 생산의 증대 등의 방책을 취하게 되어 사실로서 생산은 현저히 증가되었다. 일본 『요미우리신문讀賣新聞』이 인용하고 있는 UN 통계에 의하면 52년도의 전년 비比 공업 생산은 체코의 18% 증增, 다음에는 동독의 16% 증이 세계 제2위인 것이다. 그러나 이것은 노르마[18]의 인상이나 잔업의 강화, 휴일의 폐지 등으로써 이루어진 노동자의 봉사로써 얻는 것이다. 농업의 협동조합화—집단화 정책도 각국에서의 예와 같이 농민 특히 부농의 이익을 무시한 공산주의 정책이다. 또 경제의 공산주의화에는 중소 업자는 언제나 압박을 받는다. 동독 5개년 계획의 성공적 수행이라는 공산 측의 선전에도 불구하고 동독에서의 탈출자는 연일 수백 수천에 달하였다. 동독 정부도 요즈음에 와서 이와 같은 공산주의 강행 정책을 시정하고자 지난 6월 11일에는 중소 업자의 옹호, 몰수된 농업 경영의 구舊소유자에의 반환, 동서 교통 제한의 완화, 3년 이상의 경범죄자의 복권, 식량 기타 물가의 인하 등 중요 결정을 발표하고, 그 후에도 기독교 교회에 대한 억압 조치를 정지, 식량 판매의 제한을 해제하였으나, 이것은 민심을 수습하기에는 너무도 늦은 정책이 되고 말았다.

AP 통신사의 돈 휴즈 씨는 공산주의 국가에 일어난 폭동에 대하여 다음과 같이 그 이유를 말하고 있다.

"우선 생각나는 것은 소련 치하의 인민이[47] 소련이 하는 일에 전연 만족하고 있지 않다. 이와 같은 첩적疊積된 불만과 억압의 분노가 폭발한 것이다. 나는 동독과 함께 미·영·불 관리 하에 있는 서독도 보고 왔는데, 소련 지구의 사람들에게 참으로 생기가 없으며 웃음이 얼굴로부터 사라지고 있다. 복장도 참으로 더러우며, 미국 관리 지구에서 한 벌에 50불弗

18 노르마는 "개인이나 공장에 할당된 표준 노동량이나 생산의 최저 책임량. 또는 각 개인에게 부과된 노동량"을 가리킨다.

하는 양복이 소련 지구에서는 국영의 사정가査定價로서 250불이나 된다. 대체로 독일인은 '나는 독일인이다'라는 자부심을 가지고 있다. 소련이 자유를 빼앗아 버린 지금과 같은 관리 방식을 취하고 있는 한 폭동은 더욱 확대될 것이다. 거기에 비밀경찰의 경비가 심한 것은 이루 말로 할 수 없으며, 아파트 같은 곳에서는 라디오마저 전부 관리인의 손에 의하여 조정되어, 소련의 선전 이외에는 아무것도 들을 수 없는 지경이고, 우편은 전부 검열을 받는다. 인민들이 폭동화한 것은 이제는 '직접 생존권'의 문제에까지 자유가 억압된 탓이라고 나는 믿는다."

이러한 증언은 "민중의 생활 상태를 개선하는 동독 정부의 시책에 대하여 서백림의 파시스트와 그 외 반동분자가 조작한 민주 지구 질서 파괴를 목적으로 한 수단이다"라는 소비에트 각지各紙의 보도와는 정반대의 것이 되는데, 그 판단은 내가 여기서 말하지 않아도 독자 각인에게 있는 것이다.

하여간 인간에게 있어서의 '생존권'과 같은 자유를 박탈된 인민에게 경제적인 고통이 가중되었을 때, 필연적으로 발생하게 되는 것은 정부에 대한 반항, 즉 '폭동'이다. 과거 수개월간의 생산 노르마—말하자면 임금의 기준이 되는 표준 수입량의 인상이 맹렬히 운동되었다. 그리고 노동자는 동일한 임금으로 10%를 더 생산할 것을 명령받았다. 동독의 재군비再軍備가 인플레를 방지시키기 위해서는 이와 같은 조치가 필요해졌다. 그러나 이와 같은 기업은 여러 공장에서 완전히 실패되고 인플레적인 과정이 노동자의 노르마 인상을 반대하는 데 박차를 가했던 것이다. 여기에 서독측의 '자유 독일 통일 선거'의 운동과 서방측의 선전은, 그들의 가슴—적어도 억압과 폭정 하에 있는—에 나날이 충격을 주는 것이 되었다. 동독의 시민은 히틀러 시대보다도 더욱이 제2차 대전 중보다도 경제적으로나 정신적 모든 면에서 심대한 딜레마에 봉착하고 말았다. 이러한 현실적이며 심리적인 일상과 생활의 빈곤은 BBC, 그리고 '미국의 소리', '자유 구라파' 방송의 진리를 수반하는 '선동'에 끌려 나가기가 쉬울 수밖에 없다. 더욱 '자유 구라파' 방송이 지금까지 일하여 온 업적은 실로 큰 것이며, 이 방송의 주파는 장막 내에서 가장 환영받고 있는 사이클이 되어 왔었다. "공산 독재와의 싸움을 게을리 하지 말라"고.

사건의 반향

공산당은, 아니 통일사회당은 공업 노동자 계급의 권리를[48] 대표하여 통치하고 있다고 하는데, 그 공산당이 공업 노동자 계급으로부터 공공연한 폭력적인 대규모의 반대를 받았다는 것이 지금까지의 노서아[19] 혁명사상 있을 수 있는 것일까? 동백림의 폭동이 서백림 방송과 신문 통신으로 전 세계에 알려지자, 이는 최대의 관심사로서 동서의 이목은 동독에 새로이 집중되었다. 이 사건이야말로 자유세계 인민의 가슴을 통쾌히 하는 것이었다. 철의 장막을 통하여 한 줄기 섬광과 같이 나타나, 만일 철의 커튼 그 속에서 사는 수백만의 인민이 동서 간의 외교적 싸움에 의하여 참을 수 없는 전제정치가 종말을 고하느냐 또는 화해할 수 있는 희망을 줄 수 있을 것이라고 믿었을 때 어떠한 일이 나타난다는 것을 제시하고 있는 것이다. 소비에트는 계엄령을 포고하고 전차와 기관총의 힘을 빌리지 않으면 아니 되었다. 질서가 회복하기까지에 미 · 영 · 불 3개 점령국은 이러한 장막 내의 광경을 보고 있는데, 그 앞에서 민주 평화주의를 주창하던 1국은 유혈의 참慘을 범하여야만 되었다. 제2차 대전 이후 이에 필적할 만한 사건은 구라파에서는 발생된 일이 없었다. 그러므로 사건의 반향은 다른 어떠한 사태보다도 충격적인 것이었다.

아메리카에서는 장막의 내막을 시사示唆할 뿐만 아니라 동서 간의 냉전을 중심으로 하는 금후의 국제 정국에도 영향을 줄 수 있는 중대한 사건으로서 관심을 표명했다. 아이젠하워 대통령은 철의 커튼 내의 낙원을 말하던 공산 측의 선전이 얼마나 허위적인 것이었는가를 증명하는 데서 의

---

19 '러시아'를 가리키는 한자어이다.

의 깊은 일이라고 하고, 일반은 2주일 전의 체코의 폭동 사건과 결부시켜 이것을 소비에트 권내에 있어서의 불안을 나타내는 동시 소비에트 권내에 있어서의 최초의 '대중 봉기'를 의미하는 것이라고 보고 있다. 『뉴욕 헤럴드 트리뷴』지는 "이 사건과 함께 동독에 있어서의 소비에트의 정책은 변동이 올 것이다. 그것이 보다 '탄압의 방향'으로 갈 것인지 보다 '자유의 길'로 갈 것인지는 모르나, 동백림의 폭동은 스탈린 사후의 선전 및 정치・정책의 가치를 갑자기 반감시켰다"라고 논평하며 "세계 역사의 새로운 하나의 시기는 동백림의 가로街路에서 시작되었다 해도 과언이 아니다"라는 결론을 내리고 있다.

영국 관변官邊 측은 이번 사건은 참으로 규모가 큰 자연발생적인 것이라고 평가하면서, 사태의 추이 여하를 막론하고 소련 지도층의 두통거리임은 틀림없으며, 문제는 동독에 국한한 것이 아니라 모든 위성 제국에 있어서 '스탈린적 제도'의 강요에 대한 반동의 현상이라고 관찰하였다. 최초의 사태를 경시하였던 소련 측도 용이치 않음을 알고 준엄한 태도를 취했으며, 문제는 금후에 걸려 있을 뿐 아니라, 말렌코프 이하 크렘린 지도자들이 이 미묘한 사건의 뒤처리를 세계정세와 부합시켜 어떻게 할 것인가가 주목되고 있다.

서독에서는 이 역사적인 민족의 날을 기념하기 위[49]하여 '독일 통일 기념일'로 정하고, 서백림 시민 약 2만은 동백림 노동자에 대한 동정 대중집회를 개최하였다. 서독 주재 코넌트 미 고등판무관은 "공산 측이 최근 동백림에서 취한 조치를 연장한다면 이는 백림에 관한 4국 협정의 '직접 침범'이다. 만일 소비에트 당국이 그 발표와 같이 진실로 동백림 시민의 상태를 개선한다면 현재(6월 20일)까지 포고되어 있는 계엄령을 철회하여야 한다"라고 언명하였다. 그러나 동백림 방송은 '서방측의 선동자'들을 비난하면서, "이번의 사건은 작은 일이며 동독 정부가 이것 때문에 새로운 정책으로 변동한다는 일은 없다. 도리어 이 정책은 국제정세의 완화와 독일 통일의 회복에 기여하는 것"이라고 궤변하고 있다. 허나 금반今般 사건의 뒷수습과 민심을 안정키 위한 동독 정부 당국과 소비에트는 그 당황한 태도를 취하고 있다. 즉 소비에트의 세묘노프 주독駐獨 고등판무관은 기독교민주동맹 서기장 오토 누슈게 부수상 및 2년 전에 정계에서 자취를 감추고 있었던 자유민주당수首 헤르만 케스트너 씨와 3시간에 긍亘한 회담을 하였다. 기독교민주동맹 및 자유민주당 측에서 전한 바에 의하면 소비에트는 통일사회당만의 지도권을 인정하는 것을 그만두고 민중으로부터 많은 지지를 받는 정권을 수립할는지 모른다고 한다. 이 때문에 동독 그로테블 내각의 퇴진은 확실시되며, 동독 중공업상相 프리츠 셀포맨은 이미 파면되었을 것이라 한다. 동독 ADN 통신은 '적의 스파이'들이 작센안할츠의 탄전 지대의 중심 도시 아하다아슈타트 연탄 공장에 방화하였으며, 범인은 아직 체포되지 않았다는 것을 명백히 하였다. 그리하여 동독 주재 소비에트군 30개 사師의 대부분은 아직도 폭동이 일어났던 여러 도시의 경계를 엄중히 하고 있으며, 비밀경찰은 반항 운동자의 용의자를 찾기 위하여 가택 수사를 계속하고 있다.

그러나 이와 반면에 동독은 동백림 시를 정상한 상태에 돌려야 한다는 서방측 3국 판무관의 요청을 들은 듯이, 폭동을 진압하기 위해서 시가에 진출하였던 2개 사의 일부를 교외로 옮겨 놓고, 일부 도시에서는 야간 통행금지령이 해제되었다. 동독 정부는 6월 28일 과거 48시간 간에 36개[20]의 공장, 상점이 구소유자에게 반환되고, 재산을 빼앗겼던 농민 수백 명이 자기들의 토지로 돌아가게 되었다고 발표하였다. 또 경제 위반으로 할레에 투옥되었던 700명이 특사되었다. ADN 통신은, 정부는 생활 개선을 약속하고 노동자의 평정화平靜化를 위한 갖은 진력을 하고 있으며, 수백의 공업 시설이 개인에게 반환되고 있다는 것을 보도하고 있다. 이와 같은 처사는 6월 11일에 발표된 중요 결정에 의거한 것이기는 하나 폭동 후에서야 겨우 이행을 보게 되었다. 동백림에서의 폭동이 발생한 지 25일 되

20 원본에는 '개'가 누락되었다.

던 7월 12일 자정에는 동同 시의 계엄령이 군 당국에 의하여 정[50]식으로 해제되었다. 그 이유는 말하고 있지 않으나 '상태의 개선'을 위한 군 당국으로서의 최초의 조치가 될 것이나, 다른 공업 도시 마그데부르크, 할레, 에르푸르트 각지의 계엄령은 12일 현재에 있어서는 해제되지 않고 있다.

사건의 결론

동백림 사건은 일 지구地區에 국한되었던 것이 아니라, 동독 일대와 파란波蘭[21] · 헝가리 등지에도 파급되었다. 이러한 일련의 폭동은 동서 냉전간에 있어 서방측의 큰 승리이며, 동구東歐 측의 일대 패배와 공산 치하의 '자멸'을 초래한 것이라고 할 수가 있다. 소비에트는 그 정책에 있어 완전히 실패하고, 동독 인민 대중은 '자유'와 '전독 자유선거 통일'을 피의 저항으로써 쟁취하겠다는 의욕을 세계에 알려 주었다. 지난 11일 미국이 소비에트에게 강경히 요구한 바와 같이 그 기본적인 부정의不正義를 그대로 고집하면서, 경제적인 개혁으로써 반항적인 노동자들을 유화한다면 이는 또다시 새로운 위기에 봉착될 따름이다. 결국 소련은 그의 모든 위성 국가에서 한 바와 마찬가지로 그들의 정권이 인민의 동의 없이 수립되었다는 것을 스스로 폭로하고 말았다. 그리하여 이와 같은 폭동은 앞으로 그 위성국에서 간단없이 발생될 것이며, 이것은 하나의 철의 장막 내의 '내란'의 성질로 변할 수가 있다.(대한해운공사 조사역調査役)[51]

『首都評論』 3호(1953.8.1)

21 폴란드를 가리키는 한자어이다.

여성에게

세상이 혼돈되어 갈수록 우리들은 마음의 질서를 위하여 살아가기를 원하게 됩니다. 물론 거짓말도 남의 욕도 하지 않아야 할 것이며 과분한 욕망이나 물욕적인 것은 아예 하지 맙시다. 우리가 태어나서 오늘에 이르기까지 간단없이 외부의 압력은 지속되고 어두운 지구의 부분에서는 살육과 인간의 지혜롭던 결정結晶은 붕괴되고 말았습니다. 이러한 경련적 도정道程은 더욱 우리들의 신변에까지 침투되어 사람들은 멸시의 감感으로 우리 세대를 로스트 제너레이션 또는 아프레게르라고 부르고 있는 것입니다. 이것은 지극히 불쾌한 우리의 처우를 말하며 일종의 불길한 위기를 처음부터 지니고 이 세상에 태어난 것과 다름이 없습니다.[22]

지금은 복잡하고 난해한 시대입니다. 혼란 속의 청춘. 이처럼 형용하고 볼 때 우리들은 조심하여야 할 일이 한두 가지가 아닙니다.

처세에 있어서나 사업에 있어서나 더욱이 여성과의 애정의 구분에 있어서도 결혼에 있어서도, 마치 쓰라린 체험 위에 가냘프게 세워진 형상과도 같이 우리는 열화熱火 속에서 나온 '유리硝子컵'과 같은 존재라고도 할 수 있습니다. 그러나 정신적인 체험은 비밀이 하나의 재산인 것과 같이 우리가 발전하여 가는 데 좋은 요소이며, 복잡한 세계에 있어서 우리의 마음은 다감하나 순수하며 허식이나 위선은 가치가 없는 것입니다. 여하간 우리가 성장하여 온 풍토와 환경은 그것이 전쟁적인 것이나 전후적인 것이라 할지라도 망각할 수도 배반할 수도 없는 중대한 현상이며, 이런 속에서 형성되어 가고 있는 우리의 연대는 무의식중에 혼돈과 불안과 대결하

22 원본에는 '없'이 누락되었다.

고 있고, 나아가서는 반개성적인 자아와 저항하고 있다고 생각합니다.

이 참으로 우열愚劣한 사회에 있어서 우리들은 외부의 사념이나 조건 그리고 규격적인 지배를 벗어나 마음의 질서가 지니는 자율적인 사고와 행위에 의해서 호흡할 것을 나는 원하는 바입니다.(필자=시인)

『京鄕新聞』(1954.1.8)

여자여! 거짓말을 없애라!
현대 여성에게 보내는 메시지

요즘 여성들은 너무 거짓말을 하기 좋아합니다. 물론 그들에게 있어서는 진실한 이야기일 줄 아오나 적어도 남자인 나에게 있어서는 솔직한 말로서는 들리지 않는다 하면, 나는 거짓말로서밖에 믿을 수 없습니다. 내가 알고 있는 지난날의 역사, 확실히 알 수는 없으나 지금으로부터 1954년 전의 여성들은 남자에게 언제나 자기의 적나라한 모습을 보임으로써 마음과 육체의 엔조이[23]를 느낄 수 있었고, 남자들은 그들 여성의 이야기를 듣고 한없이 울었다고 합니다. 그러나 물질의 문명이 발달하는 반면 정신의 소재는 그 처우處遇가 상실되고 인간의 지혜의 균형은 어느덧 그 평등을 스스로 잊게 되었습니다. 십자군에 출정한 병사들은 아무 생각도 없이 자기 아내의 정조에 가죽甲皮으로 만든 수갑을 채웠으나 너무도 선량과 양심을 겸비한[24] 여성은 그대로 남자들이 하는 대로 맡길 수밖에 없었고, 조금도 그들의 기대에 어그러진 여성이 되지 않을 것이라고 자부했으나 싸움의 승패는 좀처럼 결정되지 않았습니다. 2, 3개월이면 돌아올 줄로 믿[108]은 남자들은 1년이 지나 2년이 되고, 더욱 5년이 되어도 돌아오지 않았습니다. 그동안 여자들은 자기들의 생리적인 육체의 욕구마저 극복할 수 있었으나 남편이 떠날 때 11, 12세밖에 되지 않았던 소년들은 여드름을 짜는 17, 18세가 되었고, 이들의 위험한 연령은 여자의 정욕을 마음에 맞도록 할 수 있는 나이가 되었습니다. 그래서 5, 6년을 참은 여성들은 자기의 남편이 죽은 것으로밖에 믿어지지 않았습니다.

그리하여 여자들은 돌아온 남편에게 자기의 지난날을 속일 수밖에 길

---

23 영어 'enjoy'를 일본식 발음으로 표현한 것이다.

24 원본에는 '경비한'으로 오기되었다.

이 없었습니다.

"여보 나는 당신이 떠날 때나 지금이나 그 순결은 변함이 없어요."

"가죽과 자물쇠는 어디 갔소?"

요즘 여성(나는 여기서 기혼의 여성을 대상으로 한다)들은 항상 남편의 경제적인 불신으로 말미암아 거짓말을 한다. 물론 그 거짓의 비극의 원천은 남성에게 있으나 적어도 이지와 분간分揀[25]에 명철한 여성은 남성의 사회적 내지 생활적인 현실을 판단하지 않으면 안 될 것이다.

물론 거짓말을 하는 여성에게 그들로서의 어찌할 수 없는 비애의 개재介在를 도피할 수 없을 것인데, 배가 고파도, 젖이 나오지 않아 어린 젖먹이가 울어도 남자를 한없이 믿는 정신만 쏟고 있다면 거짓을 말하려 해도 그것을 허용 못하는 것은 자기의 최후적인 의지, 즉 양심이 허용치 않을 것이다.

나는 여자들이 거짓말을 하기 전에 남자들이 성실할 것을 강조하면서 이 메시지의 붓을 던지는 바이다.[109]

『女性界』 3-4호(1954.4.1)

25 원본에는 '분간分間'으로 오기되었다.

미담이 있는 사회

나는 우리나라 사회와 가정과 그리고 사람과 사람과의 접촉에 너무 미담이 없는 것처럼 생각된다. 이것은 지극히 쓸쓸한 일이며 휴머니즘이니 인간의 정의니 하는 요즘의 세상에서는 허망한 일이다. 신문 같은 것이나 잡지를 보면 언제나 살인, 이혼, 체포 등 말만 들어도 싫증이 나는 일만 보도되지, 도무지 미담이라는 것은 없다. 이처럼 우리나라의 모든 현상이 전락되고 윤락[26]만 되어 간다면 언제 어느 사이 나와 우리들 주변의 사람이 그러한 것에 휩쓸려 들어갈 날이 올는지 모르겠다. 참으로 생각만 해도 몸서리가 친다. 남의 좋은 일을 이야기하기 싫어하는 사람도 많다. 그저 다른 사람의 나쁜 점과 잘못을 제 자랑처럼 떠들어 대는 사람들이 남의 좋은 일을 이야기하는 사람보다 물질적으로 정신적으로 아무 걱정 없이 잘살고 있는 사회가 우리나라인 것을 나는 무척 부끄럽게 생각한다면 과연 나의 편을 지지해 줄 사람이 몇 사람이나 지금 남아 있는 것인가? 신문에서는 죄가 없는 사람도 마치 판사가 형을 언도한 것처럼 욕하고 때리고 보잘것없는 강도 사건을 대서특기[27] 말한다면 우리는 과연 좋은 사회를 만들기 위하여 어떠한 보람을 거기서 찾을 수 있단 말인가? 아[264]름다운 일과 아름다운 이야기가 없는 사회는 문화가 퇴화되고 사람들의 마음은 겨울날의 나무처럼 허전해지고 낙엽처럼 버석버석 고갈되어[28] 갈 것이다. 나는 이렇게 되는 것을 가만히 바라볼 수가 없다.

어느 날이든지 거리에 나가 차를 한잔 마시면서 남의 좋은 이야기를 듣

26 원본에는 '윤략'으로 오기되었다.
27 원본에는 '대서특히'로 오기되었다.
28 원본에는 '고달되어'로 오기되었다.

고 다른 사람들이 좋은 아름다운 행위를 했다는 것을 알게 된 후면 발걸음이 잘 걸리고 가슴의 무거웠던 짐은[29] 사라지고 만다. 그래서 나는 이런 이야기를 다정한 친구나, 집에 돌아오면 아내와 어린 것을 모아 놓고 이야기해 준다. 마치 자기가[30] 한 일을 말하듯이. 눈물이 날 것 같고 가슴은 조니 워커나 진피즈를 한잔 마신 것처럼 시원해진다. "얼마나 신나는 일이냐! 얼마나 눈물겨운 일이냐! 이 세상에서도 남을 위하여 좋은 일을 한 사람이 있단다. 너도 커서 그런 사람이 되렴" 하고 어린것에게 이야기할 때 그들의 눈은 신기해서 샛별처럼 빛난다. 아, 희망은 아직 남아 있는 사회이다.

그동안 나는 이런 이야기를 들었다. 마약 중독으로 고통받는[31] 친구를 위하여 그가 저지른 여러 사람에 대한 피해를 보상해 주기 위해서 애쓰는 시인 구상具常의 일, 어머니가 죽어 혼자가 된 어린것을 데려다 기르는 여류 수필가 전숙희田淑禧 씨의 자비심, 목마른데 물 한 모금을 마신 것처럼 기분이 좋은 일이다. 사람들이 자신을 위한다는 것은 모든 인간의 본능이지만 남을 위해서 일해 준다는 것도[32] 본능에서 벗어나는 일은 아닐 것이다. 그러나 자기를 위해서 남을 해치고 욕하는 풍습이 오늘의 사회에 만연되고 있다. 이런 짓은 비단 우리나라 사회에서만 있는 일이 아닐지라도 전쟁이 끝나고 사회와 가정의 모든 일이 핍박해진 한국에서는 더욱 격심하다. 하지만 우리들이 보이지 않는 이런 압[265]축된 불길한 환경에서 그대로 지배되고 스스로 긍정해 간다면 우리의 미래는 그저 암담해져 갈 것이다. 좋은 내일이 차라리 오지 않는다면 우리들은 오늘 죽어야 한다. 내일이 없이 오늘이 있을 수 없다. 간혹 오늘을 위하여 살아간다고 자포자기하는 사람이 있지만[33] 그러한 허무의 정신은 구시대에 이미 사멸되고

29 원본에는 '침은'으로 오기되었다.
30 원본에는 '자기'로 표기되었다.
31 원본에는 '고통하는'으로 표기되었다.
32 원본에는 '것은'으로 표기되었다.
33 원본에는 '있건만'으로 표기되었다. 하지만 '-건만'은 "앞 절의 사태가 이미 어떠하니 뒤 절의

말았다. 좋은 앞날은 결코 우리의 것이 되지 않을지 모르나, 우리들은 비록 비참과 고통의 연속에서 산다 하더라도 다음 세대의 사람들을 위하여 우리는 좋은 사회와 가정을 만들고 이끌어 나가야만 할 것이다.

삭막하고, 폐부에 찬바람이 스며들면 들수록 우리들은 남의 좋은 이야기를 해야 되고, 좋은 이야기를 하기 위해서는 서로가 좋은 행위를 해야 한다.

내가 지금까지 쓴, 무척 수신 시간의 말과 같고 상식적인 이야기, 그러나 우리에게서 제일 멀어져 가고 있는 것은 보편적인 상식이다. 미담을 할 수 있는 상식이 우리에게서 사라져 가는 세상이 돼 있고 사회의 무형의 제도가 변해 가고 있다. 신문이나 잡지에서 좋은 이야기를 보도해 줄 때 세상은, 아니 사람의 마음은 밝아지고 우리들의 살아가는 보람이 있을 것이다.[266]

『家庭』 창간호(1954.12.24)

사태는 이러할 것이 기대되는데도 그렇지 못함을 나타내는 연결 어미"이므로 문맥상 적절하지 않은 표현이다.

직언 춘추直言春秋[34]

사회 전반에 걸친 비판 · 건의 · 의견(무순 · 무수정 · 무가필)

공동집필

박영준朴榮濬(작가) · 황성수黃聖秀(민의원) · 이상로李相魯(시인) · 정준鄭濬(민의원)

정충량鄭忠良(여류　평론가) · 박인환朴寅煥(시인) · 김수선金壽善(민의원) · 애독자(투고)

새 교육 요목이 발표된 지 반년도 못 되어 700여 종의 새 교과서가 검인정을 받기 위해 문교부에 제출되었다 한다.

미리부터 연구했던 것을 정리하여 교과서로 만들었을 것이 사실이겠지만 한 사람이 중 · 고등 도합 6권을 저술 발행했다면 한 달에 한 권을 저술한 것이 된다. 게다가 문선채자文選採字한 시간을 빼면 한 달도 걸리지 않은 셈이 되지 않는가?

교과서가 풍부하면 각 학교에서 적의適宜한 것을 예의銳意 선택할 수 있는 좋은 현상을 초래할 것이지만 발행 출판사의 무리한 경쟁이 학생들에게까지 악영향을 주지 않을까 생각된다.

출판에는 교과서가 제일 호경기라는 설이 출판업자의 입에서 나온다 할지라도 학자들은 그 호경기란 말에 너무 구미를 당기어 하는 것 같은 인상을 피교육자들에게 보이는 것은 어떠할지?

---

34 이 글은 8명이 공동 집필한 것이어서, 박인환이 직접 쓴 부분이 어디인지를 알기 어렵다. 한편, 글 중간에 있는 '○'는 글의 내용상 분류에 해당하는 것으로 보이기 때문에 원본대로 표기한다.

어떤 여학생이 진학 못 함을 비관하여 자살하려는 것을 여女 의대생들이 구출하여 여러 가지 원조를 아끼지 않았다는 미담이 신문에 보도된 일이 있다. 신문 기사 가운데서 이러한 미담을 발견한 지가 너무 오래서 그런지 그 기사를 읽자 보통 이상의 감격을 느꼈다.

아름다운 미담이 적지 않을 것 같다. 그런데도 독자들은 미담에 대한 굶주림을 느낌은 무엇 때문일까?

악을 증오함으로 악을 구축驅逐할 수도 있겠지만 미와 선을 조장하여 그를 존숭케 하는 모럴의 무게도 생각해야 하지 않을는지?

사실 독자들은 악의 폭로에 흥미는 느낀다 할지라도 선의 찬양에 굶주리고 있다.

저널리즘은 아름다움의 찬양에 좀 더 많은 지면을 제공해 주었으면….[35]

○

최근에 와서 많은 국산 영화가 제작・상영되고 있다. 그렇다고 해서 이러한 현상이 바로 한국 영화의 발전이라고 속단할 수가 없을 뿐 아니라 지금까지의 작품의 질을 보면 도리어 예술적으로 많은 마이너스를 주고 있다. 재작년 국회와 정부에서는 국산 영화의 보호 육성을 위해서 흥행에 대한 무세無稅를 시행하여 왔다. 이러한 조치는 전 세계 어느 나라에서도 찾아볼 수 없는 처사였기는 하나 도리어 이러한 관대한 혜택을 영화 제작업자가 악용하여 내 수중에 돈만 들어오면 이젠 살게 되었다는 비양심적인 심산으로 영화를 제작하는 경향이 최근에 와서 심해진 감이 있다. 그러하므로 여기서 먼저 예술적으로도 오락적으로도 훌륭한 제작 기획을 세울 것을 영화업자에게 요청할 수 있으나 반드시 '무세'주의로서만 임하

---

35 '여학생의 자살'을 다룬 이 글은 박인환이 쓴 「미담이 있는 사회」(『家庭』 창간호, 1954. 12. 24)와 똑같은 주제를 다루고 있다.

지 말고 당국에서는 민간과 조직한 심사 위원회를 만들어 가지고 조악한 작품에 대[78]해서는 얼마간의 세금을 부과하는[36] 것이 진정한 의미에 있어서 우리나라 영화를 발전시킬 수 있는 길이라고 생각된다.

지금 우리나라의 각 신문과 잡지에 게재되는 '신간 평'은 광고문에 지나지 않는다. 암만 선의로 보더라도 좋은 작품이라고 할 수가 없는 것을 근래에 보기 드문 양서라고 평해 놓는다면 과연 독자들은 이것을 어떻게 판단하여야만 되는가. 특히 일류지一流紙 같은 데서 이와 같은 서평을 싣고 있는 것은 큰 수치이며, 그 난을 담당하는 자의 양식을 다시금 생각하게 한다. 여기서 외국의 '북 리뷰'의 권위성을 다 열거할 수는 없으나 신간 평이 대중에게 주는 영향은 참으로 크며 그 평론이 하나의 비판의 기준으로서 사회적으로 넓게 작용한다는 것쯤은 알아 둘 필요가 있다. 책 한 권을 증정하면서 "좋은 서평 하나 써 주시오" 하고 아무 부끄럼 없이 말하는 저자가 우리나라의 문화계에는 너무도 많다.

어떤 민의원 의원은 출마 시의 선거 자금으로 모 여인에게서 거액의 돈을 차용하였다. 그 후 2년이 가까운 오늘날까지 그 의원은 돈을 갚지 않고 있기 때문에 모 여인은 사방에서 주워 모은 돈 때문에 밥도 먹지 못할 지경으로 곤경에 빠지고 말았다. 의원에게 돈을 갚아 달라고 가면 무슨 분위分委 때문에 오늘은 연회가 있고 오늘은 틈이 없어서 하는 식으로 만나볼 틈조차 없다 하니 10만의 선량이 이와 같아서는 서글픈 일이다. "왜 고소를 하지 않습니까?" 하고 물은즉 민의원인 그 인사의 정치적인 명예만은 손상시키고 싶지 않다고 한다. 선엔 선으로 갚으랬다고 이처럼 생각해 주는 채권자에게 양심적인 보답을 할 수는 없을까.

---

36 원본에는 '부과시키는'으로 표기되었다.

○

새 포도주를 낡은 가죽 부대에 넣지 아니하나니 그렇게 하면 부대가 터져 포도주도 쏟아지고 부대도 버리게 됨이라. 새 포도주는 새 부대에 넣어야 둘이 다 보전되나니라. 이 말은 지금으로부터 1,940여 년 전 크리스트가 한 말로서 전진을 모르는 인간에게 준 교훈이다. 크리스트가 생존하여 있던 그 사회상이 극도로 타락하였고 정체된 사회이었다. 그러면서도 완고한 보수주의자들의 무지한 힘은 모든 혁신 운동을 억압하여 사회의 전진을 방해하였다. 모든 민중들도 시달릴 대로 시달려서 무기력한 생활을 계속할 뿐이었다.

나는 오늘의 우리 사회상을 바라볼 때에 위대한 사회 혁신 운동자였던 크리스트의 신념과 교훈을 상기하면서 현실을 슬퍼하는 자이다.

우리 사회가 완고한 보수주의[37]로서 지배되고 있음을 여러 가지로 예증할 수 있는데, 지면 관계로 다른 이야기는 고만두고 대다수 국민이 음력 과세를 하였다는 한 가지 사실만을 가지고 말하여 보기로 한다. 왜 이중 과세過歲를 하지 않으면 안 되며, 왜 음력 과세를 하여야만 되는가? 음력 과세 폐지를 위한 국민운동이 벌어진 지 오래되었고, 해마다 이 운동을 위하여 국비도 상당히 소비되어 적지 않은 효과를 보이는 듯하더니, 금년에 있어서는 정부에서는 무슨 까닭인지 이 문제에 대하여 전혀 방임적 태도이었고 국회에서까지도 구정舊正 전후 3일간을 휴회를 하는 등 신시대에 역행하는 행동을 감행하여, 정부와 사회 지도자들이 완전히 국민에 대한 지도력을 잃고 만 것과 같은 감이 불무不無하였다.

세계는 쉴 사이 없이 전진하고 있다.

그리고 모든 것이 과학화하여 가고 민주화하여 가고 있다.

그러나 우리 한국 사회만은 전진을 모르고 쓸데없는 고집으로써 진보

---

37 원본에는 '보수 주위로서'로 오기되었다.

와 개혁을 방해하고 비과학적 비민주적 방향으로 국민을 몰아넣고 있고, 국민들이 무의식중에 후진성이 많은 골짜기를 향하여 후퇴하고만 있으니, 뜻있는 자의 가슴을 아프게 하고 있다.

○

요새 거리를 다니다 보면 큰 빌딩을 비[79]롯해서 판잣집 같은 작은 점포에 이르기까지 언제 이렇게 되었는가 생각될 만치 사방에서 건설된다.

동란 시 유령의 거리라고 외국 기자가 평하도록 황폐하였던 서울 거리가 다시 도시의 면모를 갖추어 재건되는 모습이 경하[38]되면서도 한편 불안감이 따르는 것은 어찌 된 셈인지.

때에 따라서는 언제든지 헐어 버릴 수 있는 판잣집을 미관상 좋지 않다고 사후 대책도 없이 헐어 젖히는 당국은 세계 문화 도시로 약진할 2, 30년 후의 대서울 건설의 시발점이 될 오늘, 어떤 사정私情이 허용됨으로 장차 도시 건설에 지장이 있어서는 안 된다는 것을 명심해야 될 것이다.

특히 도시 건설에 선행될 상하수도 확장과 설비는 자금을 요한다. 인구 50만 때의 서울이 150만의 서울로 연장되어, 오래되고 좁은 상하수도 설비에 인구는 반비례로 팽창되매 각지에서 수도관이 파열되어, 대로에 때아닌 홍수를 이루고 하수도 때문에 집집에서 싸움이 벌어지는 원시적 비극의 봉쇄는 상하수도 공사 완비에 좌우되며 이 비극이 가시는 데에서[39] 비로소 대도시의 면목을 갖추게 된다.

교외로 나가면 성냥갑 같은 재건 주택을 많이 발견하는데, 이는 겉모양도 볼품이 없지만 내부도 아무런 개선이 없이 재래식의 것을 축소시킨 것이다.

여태껏[40] 당국은 생활 개선을 강조하였다. 또한 그것이 후생 사업의 견

38 '경사스러운 일을 치하함'을 뜻한다.
39 원본에는 '데'로 표기되었다.

지에서 이루어졌다고 해도 아무 개선도 없이 집 장수의 방식 그대로 답습한 것은 행정의 빈곤 내지 기계적 행정의 소치가 아닐까 생각한다.

재래의 불편한 가옥 제도는 여성의 많은 노동력이 희생되고, 그래도 부족하면 중류 계급으로 식구나 좀 많으면 2, 3인의 하인을 두는 것을 보면 한심스러울 지경이다.

최소의 금액으로 최대의 능력을 발휘할 수 있는 주택, 그것이 아무리 작아도 문화적이고 편리하고 하인이 필요 없고 집을 비워도 안심할 수 있는 주택 양식을 당국은 솔선해서 시범하되 재건 후생 주택은 좋은 시험 재료가 될 수 있다.

이것의 좋은 설계는 현상 모집해도 좋고, 건설 위원회에서 사계[41]의 권위를 망라해서 연구 종합한 것도 좋다. 하여튼 주택 양식의 개혁은 능률적인 활동을 위해서 시급한 문제다.

○

신문 또는 잡지사는 업무·공무계工務系 부문 이외의 사원 중에는 많은 문필인이 참획參劃하고 있으며, 또 그래야만 됨은 이미 하나의 상식이다. 그 구성 분자인 문필인들 중에는 정치·경제·법률·사회·문화·종교 그 밖의 학문을 전공한 평론가 혹은 작가를 비롯하여 일반 기자에서 수습[42] 기자에 긍亘한다. 그 문필을 기능으로 하는 사원(편집계)들은 타계(업무·공무) 사원이나 한가지로, 한 사원으로서 각기 부과된 직분에서 그 신문(또는 잡지) 제작에 필요한 응분의 지혜와 노력을 제공하는 것이다. 그 노력의 제공은 궁극에는 '노동 계약'의 한계 안에서인 것이어야 한다. 그런데 문제는 현하 본방本邦의 굴지의 지紙를 자랑하는 몇몇 사社에서 규지

40 원본에는 '여지껏'으로 표기되었다.
41 '해당되는 분야'를 뜻한다.
42 원본에는 '견습'으로 표기되었다.

할 수 있는 사실은 그것이 정도의 차이는 있으나 근무 이외의 정신 소산인 글을 타사지他社紙에 발표함을 정식으로 싫어하고 내지는 금하는 것이다. 혹 착각을 한다면 근사한 일로 알지도 모를 일이지만…. 한 신문 사원 된 도의로나 일반적인 글의 발표 통념상 그것이 복무의 범주에서의 취재 보도 기사나 논설 등이라면 응당 자사지에 그리고 자사지를 위하여 제공되어야 한다. 그러나 그 복무 이외의 소산이며 비보도 기사인 평론・작품 종種일 경우 그것의 비자사지 발표를 싫어하고 못 하게 함은 어떠한 관념에서일까.

우선 실제에 돌입하여 볼 때 사측으로서 말할 법한 이유의 예를 들어보자. 언필칭 '사원 된 도리상' 또는 '하나의 관례상' 혹은 '그 글을 발표함으로 사회에 유익한 것이라면 자사지를 빛냄이 좋지 않으냐'는 것에서 같은 일간지에는 발표치 말라는 것이다. 그러나 글의 가치 판단과 수용(취급)에는 각각 주관이 다르고 사정이 개재한[80]다. 즉 아무리 자사원의 것이라고 무조건 수용되지도 않을 뿐더러 신문 제작상의 형편, 더 쉬운 것은 필자와 담당자와의 개인 관계 등등으로 자사지에 발표치 못할 때, 그러면 일단 노작勞作된 글은 그 '정식 기휘忌諱'[43]나 '금지'의 구속으로 썩어야 할 것인가. 왜냐면 일간은 금지, 주간이라야 없음이나 마찬가지, 그렇다고 월간에다란 내용에 따라서 그 발표 시효를 상실하고 말게 되기 때문이다. 결국 만약에 일간은 일간끼리, 주간끼리 월간끼리 각 그 사원의 글을 타지면에 발표치 못하는 어떠한 관습(불문율의 발표 구속)이 엄연하다면 거기 종사하는 평론가・작가의 생명 신장은 어찌 될 것인가. 사적인 사원과 공적으로 한 사람의 문필가를 혼동할 것인가. 우리는 여기서 사람의 의무에 관하여 생각하게 하노니, 대저 '인간에 있어서 모든 고상한 동기・이상・관념・감정—이러한 것들도 만약에 그것이 평범한 일상생활 중 인간에게 과하여진 모든 의무의 보다 좋은 이행을 위하여 인간을 전진시키고 힘

43 원본에는 '휘'가 한글로 표기되었다.

을 북돋움이 없다면 가치 없는 일'이 아닐 수 없다.

다시 본지本旨로 돌아가서 그러한 제약(구속)은 ① 고용 계약, ② 인간의 기본 자유, ③ 저작권법 등등에 언급되는 것이다. 하기는 그러한 기능의 인人이기에 입사(계약)되었지만 그 사람의 일체를 월급으로 산(독점) 것은 아닐 것이다. 부재다언不在多言하고 비근한 예로 그 전부를 말할 수 있으니 모 언론(문필)의 대선배는 말하기를

"나는 월급을 지금 시세로 20만 환 준대도 그런 무리한 부자유는 싫다. 가령 내가 10만 환 월급에 원고료로 5만 환밖에 수입되지 않는대도(즉 5만 환 손해)…."

어허! 그러나 막다른 길은 자본주의의 기업자 대 월급쟁이(문필 직업인)의 무력無力이라는 비애인 것이다.

결론적으로 지적하고 싶은 것은 다른 기업체도 아닌 문화 기관이라는 신문사이매 우리가 한 사社, 한 사회의 관례나 전통이라 할지라도 작게는 사원을 위하여 그 사회(민중)를 위하여 이로운 것이라면 존중하여야 하겠지만 그렇지 못하다면 멀리멀리 강물에 띄워 버리거나 깊이깊이 파묻어 장사 지내지 않으면 아니 될 것이다.

○

우리 삼천만 동포들이 한 사람도 빠짐없이 감격에 넘쳐서 눈물로써 기쁨을 표시하였던 8·15 해방도 어언간에 10년이란 세월이 흘러갔다. 10년이란 세월이 결코 짧은 것이 아니다. 인간 사회에 있어서 어떠한 일이라도 10년간 노력을 하면 대개는 성공의 토대를 장만할 수 있는 것이다. 그러나 우리의 형편은 아직 국정 백반[44]에 걸쳐 앞길이 캄캄하고 막막한 생각이 든다.

---

44 '여러 가지나 온갖 것'을 뜻한다.

그렇다고 해서 누구를 원망한다든지 또는 '10년 공부 나무아미타불' 하고 비명과 탄식으로 자포자기할 필요도 없으며 또한 후손을 위하여서도 그렇게 할 처지에 있지도 않다.

우리는 냉철히 그 원인을 규명하며 시정할 것은 작은 일이건 큰일이건 시정하여 내일에 대하여 희망을 붙이고[45] 꾸준히 노력해야만 이 나라 이 민족으로서 자손들에게 죄를 범하지 않을 것이다. 그래서 나는 그 여러 가지 원인 중에 가장 중요하고 큰 원인 두 가지를 들추어서 참고로 할까 한다. 그 하나는 정치 제도의 불비라고 생각하며, 또 하나는 권력에 아첨하여 모여든 똥파리 정리 문제라고 생각한다.

옛날 군주 제도 시대에는 선량하고 어진 인군[46]을 얻게 되면 백성들은 국태민안의 격양가를 부르게 되었다. 이러한 인군은 권력을 남용하지 않고, 백성이 잘 살 수 있도록 주야로 걱정을 하고, 인재를 천하에 구하여 좋은 신하로 하여금 선정을 하도록 노력하였기 때문이다. 그와 반대로 국운이 어질지 못하여 일단 폭군을 만나게 되면 만백성은 일조일석에 폭군의 권세 밑에 신음하고 비참하기 비할 바 없는 생활을 감내해야 하며 동족상쟁의 처참한 비극을 연출하여 결국 나라를 망치고 만다. 이것은 누구의 잘못도 아니다. 물론 직접적 원인은 폭군의 출현에 있었지마는 그보다 더 큰 원인은 군주 제도라는, 한 사람에게 절대 권력을 가지게 한 정치 제도의 죄악이다.[81]

그래서 민주 정치를 하려면 어떠한 한 사람에게 권력을 집중하여서는 군주 제도와 같은 결과를 가져오게 될 것은 명백하기 때문에 권력을 분산해야 한다. 권력이 한 사람에게 집중되면 어진 사람보다 권력을 탐내는 똥파리가 모여들게 된다. 그래서 국민 생활은 도탄에 빠지게 되고 국운은 쇠퇴해진다. 그러니 우리는 어떻게 하더라도 정치 제도를 바로 고쳐서 누가 그 자리에 나아가더라도 권력을 남용할 수 없도록 국민이 참으로 주권

45 원본에는 '부치고'로 표기되었다.
46 '인군'은 '임금'의 동의어이다.

을 행사할 수 있도록 제도를 정비하고, 권력에 따라 모여든 똥파리를 정리 정화하여야 살 수 있을 것이다.

○

무관심, 불안정, 부주의로 인해서 매양 당돌한 변조를 이루어 가고 있는 우리들의 지성은 오늘날에 와서는 과격한 '남용증'에 도취하고 있는 것 같다. 기실 우리들의 지적 생산이나 소비가 본질적인 불가피한 인간 행위에 입회하지 않고 그것을 기피하고 있는 동안에는 남용 없는 질서의 건설이란 퍽이나 어려운 일일 것이다. 실로 오늘날과 같은 남용증 종류에 의한 무리한 발전은 인간에게 근거 없는 희망과 권리의 환상을 갖게 하고, 여러 가지의 기만과 타산적인 행동을 취하게 하여 완전히 오산하는 인간을 만드는 결과가 되는 것이다. 이제 이와 같은 남용증의 몇 개의 흑점을 지적하면, 첫째로 권리 남용증이다. 권리의 본질적인 기능의 음미는 고사하고 우리들의 주위는 온통 권리투성이다. 천재가 창안한 모든 권리를 망라하고 있다. 실로 이러한 현상은 권리의 생산이 참신한 권리 수요의 정점에서 출발하여 창조되지 않고 있는 까닭인 것이다.

둘째로 시간 남용증이다. 우리들은 너무나도 많은 시간을 남용하고 있다. 국사國事를 논하는 의사당에서나 건설에 바쁜 관청에서나 개인의 사생활에서도 엄청난 시간을 남용하고 있다. 옛날 스티븐슨이나 고갱과 같은 예술가는 구주歐洲에서 시간이 없는 섬으로 떠났고, 데카르트는 암스테르담의 부둣가에서 언제까지나 시간이 없는 꿈을 가졌었지만[47] 우리들은 1초의 20분지 1을 계산하는 현실에서 살고 있는 것이다. 우리들이 남용하는 시간의 총량을 측정할 수만 있다면 시간에 대한 관념의 식역識閾이 분명히 상승되리라고 생각되는 것이다.

47 원본에는 '가졌었지만' 다음에 '그들의'가 첨가되어 있다. 하지만 이는 문맥상 삭제하는 것이 맞다.

이상 말한 두 가지 남용증만이라도 지양될 수만 있다면 빈곤에 타락한 우리들의 지성을 본래의 우리의 것으로 복귀시킬 수 있으리라고 나는 굳게 믿는 바이다.

○

고려 충신 정몽주는 여조麗朝에 바친 절개를 지키다가 선죽교에 피를 흘렸다.

성삼문을 비롯한 사육신은 죽음을 무릅쓰고 하나의 군주만을 섬기었다.

민충정공은 조국의 운명과 함께 자결함으로 그의 의충義忠을 끝내 지키었다.

비록 기생의 몸이었으나 논개는 끝내 변절치 않고 왜장을 끌어안아 남강 물속으로 뛰어들었다.

또한 작중 인물이긴 하나 퇴기 월매의 딸 춘향이는 이도령에게 바친 절조를 지키기 위해서 투옥되고 혹형을 당했다.

이렇게 절조는 죽음과 맞서는 문제이며, 사람이 절조를 지키기란 그리 쉬운 일이 아니다.

그러나 끝내 절조를 변치 않은 사람은 오랜 날을 두고 수많은 사람의 입을 통하여 길이 찬양을 받으며 청사靑史에 살 수 있는 것이다.

그런데 이러한 선조의 피를 그대로 물려받았을 우리 세대 중에서는 왕왕히 추악한 변절자를 찾아볼 수 있으니 통곡할 노릇이다. 비록 그 행위가 나라를 팔아먹고, 겨레를 팔아먹는 행위는 아니라도 여하튼 간에 변절자는 욕먹어 마땅한 노릇이다.

10만 선량이 투표자에게 변절하는 것은 더욱더 나쁘다.

××당 공천으로 당선된 의원이 하루아침에 반대당인 ××당으로 옮겨 앉고, 투표자에게 버젓이 공약했음에도 실제 행동은 그와 정반대의 방향으로 나가는 등사等事[82]는 결코 가볍게 보아 넘길 수 없는 변절 행위가

아닐 수 없다. 눈앞에 닥쳐오는 사소한 이권 때문에 공약을 스스로 파기하고, 10만 유권자 앞에서 추악한 연극을 연출하는 변절 의원은 길이길이 유권자의 타기唾棄를 모면하지는 못할 것이다.

○

스스로 노력하지 않고, 남의 힘으로 살아 보려는 친구가 많다. 요즈음 세상처럼 '백(배경)'이 성행하고 위력을 발휘하던 세상도 없으리라.

'하늘은 스스로 돕는 자를 돕는다'라는 금언은 차라리 외면하고 돌아서야 할 지경으로 '백'을 내세우는 친구는 활개 치며 잘 살고, '백' 없는 자는 폐물廢物처럼 천대 속에 살아야 한다는 것은 우리 사회의 거짓 없는 한 '단면도'이기도 하다.

이러한 기현상이 언제부터 우리 사회에 좀먹어 들어왔는지는 알 수 없으나 '백'에서 오는 여독餘毒은 이만저만한 것이 아니다.

초등학교[48] 아동이 학부형 명함의 위력을 믿어 수험 공부를 태만히 하고, 부정不正 업자가 금전으로 부정 취득을 획책하고, 무능한 인사가 '거물급'의 추천으로 일조一朝에 요직에 앉는 등사는 '백'이, 이 세상에서 보여주는 위력(?)의 하나일 게다.

그러나 이 '백'이 사회에 당장에 미치는 이러한 여독보다도 이러한 기현상이 앞으로 더 계속된다면 우리 민족의 장래는 어떻게 될 것인가? 모두가 일하지 않고 '백', '백'만을 연호하는 무기력한 민족이 되고 말지도 모른다.

○

요즈음 서울 시내에서만도 하루 평균 4, 5건에 달하는 교통사고가 일어

48 원본에는 '국민학교'로 표기되었다. 이하 '국민학교'는 모두 '초등학교'로 표기한다.

나고 있다. 그리고 이 교통사고의 태반이 인명의 피해를 수반하고 있으니, 이렇게 사람이 차에 치여 죽기로 든다면, 불원不遠한 장래에 인류가 스스로 조작해 낸 문명의 이기, 자동차로 말미암아 멸망하고 말지도 모른다.

좌우간 이렇게 사람의 생명을 위협하는 교통사고의 원인을 살펴보면, 그 원인의 태반이 기계 고장에서 온 것이 아니고 운전사[49]의 과실過失에서 오는 것이고 보니 더욱 한심스러운 이야기다.

어린아이를 길가에 내보내 놓고, 다시 돌아와야 살아온 줄 알 만큼 빈번하게 일어나는 유아 역사轢死 사고라든가, 횡단보도라 할지라도 눈치코치 살펴 가며 뛰어 건너지 않으면 안 된다는 사실 등등—실로 전율을 금치 못하는 교통사고가 인간의 과실에서 오는 것이니 인류의 비극은 이런 데서 시작하는 것이리라.

날이 궂은 날, 길가를 걷다가 지나가는 자동차의 위력(?)으로 흙탕물의 세례를 받는 것쯤 예사이고, 그것으로서도 미흡한지 이런 꼴을 돌아보며 너털웃음까지 치고 가는 운전사가 있음에는 벌어진 입이 다물어지지를 않는다. 앞으로 운전사에게 운전면허를 내줄 때에는 엄격한 기술 시험도 있어야겠다는 것은 물론, 그의 사람됨도 심사할 필요가 있지 않을까?

○

이 땅의 어두운 현실을 직시하고 그래도 '바른말'을 해 주고, 국민의 답답하도록 가려운 곳을 긁어 주는 곳은, 뭐니 뭐니 해도 국회와 언론이 있을 뿐이다. 물론 그렇다고 해서 국회의 모든 의원이 그렇다는 것은 아닐 것이며, 신문이나 잡지의 모두가 그렇다는 것은 천만 아니다.

그중에는 벙어리 의원도 있는가 하면, 10만의 선량이라 하기에는 차마 부끄러운 분도 있고, 무관無冠의 제왕이라 하기에는 정말 어처구니없는

49 원본에는 '운전수'로 표기되었다. 하지만 '운전수'는 '운전사'를 낮잡아 부르는 말이므로, '운전수'는 모두 '운전사'로 표기하기로 한다.

양반이 있다.

헐벗고 굶주린 국민이 그래도 기대할 수 있고 의지할 곳이 그 밖에 어디 있는가? 그러니 더욱 국회와 언론에의 기대는 큰 것이다. 그 기대를 저버리고 국민의 호소야 아랑곳없다는 듯이 꿀 먹은 벙어리처럼 웅숭그리고 있는 의원이나, 남의 등이나 쳐 볼까 하는 극소수의 기자들은 숫제 그 자리를 물러나거나 펜대를 꺾어 던지거나 하시라. 그리고 어엿하고 떳떳한 민족의 횃불이 되어 주기를 바란다.[83]

『新太陽』 5-4호(1956.4.1)

수기

삼팔선 현지 시찰 보고

절망의 삼팔선상三八線上 / 이북以北 산천도 눈물로 젖어

삼팔선 상上서 본사 특파원 박인환 발

1945년 가을 이승만李承晩 박사를 중심으로 발회하였던 독립촉성중앙협의회獨立促成中央協議會[1]는 '4대연합국四大聯合國[2]과 아메리카 인민에게 보내는 질의서'에서 "우리 한국은 양단된 신체와도 같고, 이와 같은 신체로서 어떻게 생존하며 적당한 활동을 할 수 있느냐? 우리들은 카이로 선언에서 발표된 전 민족적 생활을 통일체로 조직할 수 있는 기회의 허용을 단연 요구한다"라고 주장하였고, 1947년 여름 암살된 자유주의자 여운형呂運亨 씨는 그 전 해 6월 미소공위美蘇共委[3]의 결렬에 뒤이어 "38도선을 군사상의 선이며, 우리들 조선 사람들의 선은 아니다. 남북 좌우 일체가 되어 국민운동으로서 양군[4]의 철퇴[5]를 요구하자"라고 하였으나 그 뜻도 이루지 못한 채 지구에서 떠나 버렸다. 김구金九 선생은 "현하 민족 존망인 이 때, 서북西北 동포들도 모두 우리 민족이다. 남북 협상에서 좋은 결과를 거두지 못하면 삼팔선상에서 죽음[6]으로 보답하겠다"라고 말하였으나 이 역시 가열한 현실에 부서져 버리고 말았다. 해외에 망명하였던 지도자들이 해방된 고국으로 찾아들었을 때 악독한 식민 정책 하에서 앙상하게 쪼

---

1 1945년 10월 23일 각 정당 대표 200명이 참석한 가운데 결성된 정치 단체로, 이승만이 초대 회장을 맡았다.

2 4대연합국은 '미국, 소련, 영국, 프랑스'를 가리킨다.

3 모스크바 삼국 외상회의의 결정에 따라 한국의 임시정부 수립을 지원할 목적으로 미소 점령군에 의하여 설치되었던 공동위원회를 가리킨다.

4 원본에는 한자를 노출하지 않고 '량군'으로 표기하였지만 문맥상 의미는 양군兩軍이다.

5 '거두어 가지고 물러남'을 뜻한다.

6 원본에는 '죽엄'으로 표기되었다. 이하 '죽엄'은 '죽음'의 의미가 분명한 경우, 모두 이와 같이 표기한다.

들렸던[7] 민족과 산천과 문화와 거기에 운명의 일一 선이 '민족의 교수선' 이라는 참혹한 이름으로서 동포의 가슴 위를 모진 채찍처럼 지나가고 있는 데는 놀라지 않을 수 없었던 것이다. 그 후 우리들의 일상생활에서는 삼팔선이란 버리려야 버릴 수 없는 비극의 제 요소를 품고 있다. 국토는 문자 그대로 양단되고, 이에 따르는 수없는 혼란과 정치, 경제, 문화의 부패는 이를 열거할 필요조차 느끼지 않는다. 이러한 폭풍 속의 제월이 벌써 4년. 가난한 몸부림에서 목메어 외치는 '철폐하자 삼팔선'의 소리는 끝가지 헛되어, 이북에서는 소련 세력 하의 공산 정권이 소위 보안대와 인민군을 창설하고, 이남以南에서는 5・10 선거후 정식으로 대한민국 정부가 수립되어, 더욱 삼팔 장벽은 굳어 갔다. 그러는 동안 소군[8]이 철퇴한 후 인민군은 대한민국 정부가 육성되어 감에 따라 삼팔선을 넘고 접경지대의 경찰지서 또는 국군, 양민 촌락을 침입 습격함으로써 이남 민생을 혼란케 했고, 그들의 이데올로기에 밸런스 된 비열한 도전을 일삼았다. 남한의 신문은 연일[9] 이러한 민족 상실의 슬픈 보도를 인민에게 보내었는데, 아[10] 민족의 한 사람의 피를 보면 자기의 가슴속에서 뻗쳐 나온 것처럼 진하고 순수한데, 그들은 무엇을 위하여 총을 들고 싸우며 죽이고 누구 때문에 목숨을 버리었던가? 이 역시 민족의 교수선이 빚어낸 오늘의 세계의 신비이며, 우리의 애달픈 해방의 선물이 아닐 수 없다. 그러면 비극과 분열의 주동자인 이 운명의 선, 국가를 사랑하는 민족의 이름으로서 원망과 함께 철폐하려고 갖은 노력을 아끼지 않았던[11] 38도선을 영영 우리의 현실에서 떠나가지 못하는가? 오늘 이처럼 불안정한 시대에서 국가 보존과 인민의 자유를 사수하기 위하여 밤낮 헤아릴 수 없이 접경지대를 경비하고 있는 대한민국 국군과 경찰관은 어떠한 고초를[12] 겪고 있으며,

---

7 원본에는 '쪼들끼였던'으로 표기되었다.

8 '소련군'을 뜻한다.

9 원본에는 '연'이 '인'처럼 보인다.

10 '우리'를 뜻한다.

11 원본에는 '않었는'으로 표기되었다.

접경지대의 주민은 어떤 방법의 생활과 생각으로서 위험한 시간을 보내고 있는가를[13] 알고자 하는 이러한 욕망에서 기자는 공보국장 이정순李貞淳 씨 인솔 하에 '삼팔선위문단'의 선량한 일원으로 강원도 춘성군春城郡 내 접경 요처를 방문할 기회를 갖게 되었다.

주민은 해방을 怨望
사상엔 동족도 없나?

삼팔선 현지 상황

멀리 희미한 안개 속에 산이 보이었다. 아침의 생생한 공기, 달리는 자동차, 모두가 움직이는 가운데서 우리가 찾아갈 곳을 생각해 보니 한없이 슬픔에 잠긴다. 우리들이 목적한 현지는 춘천부에서 20킬로 떨어진 무진강毋津江 경비소와 또 한 곳 26킬로가 되는 추전秋田 제2경비소인 바, 우선 오전 중에는 무진강을 찾고, 오후 중에는 추전으로 향할 계획이었다. 강원도만의 독특한, 평풍[14]처럼 겹쳐진 산과 골과 물, 이러한 준험한 산 밑 아래 자동차길, 자동차에서 내려다보이는 푸른 강물은 유구의 전설도 오늘의 현실도 모르는 듯이 묵묵히 흐르고만 있었다. 무진강은 수원을 금강산에 두고 이북인 금□□천 등지의 산협지대를 거쳐 한강에 합류하는 강인 바 물 위에 떠내려가는 푸른 잎사귀에 슬픈 이북 동포의 소식이나 전하여 있지 않은가? 우리는 바야흐로 이 강줄기를 타고 속력을 내었다. 쌀쌀한 바람이 귓속으로 스며든다.[15] 동승하였던 춘성군 내무과장인 이윤□李潤□ 씨의 설명을 들으면 가까이 보이는 저 산이 이북의 산이라 한다. 해방이 되기 전만 해도 저곳에서 만든 숯이 춘천에 들어왔으나 지금은 틀

12 원본에는 '고추를'로 오기되었다.
13 원본에는 '?'로 표기되었지만 '를'을 넣는 것이 자연스럽다.
14 '병풍'이 변한 말이다.
15 원본에는 '슴에든다'로 표기되었다.

렸다고 웃음을 띠우는 그의 얼굴은 서글펐다.

연도에는 촌락민들이 서서 우리들에게 즐거운 환영의 손짓을 던진다. 먼지로 온 얼굴은 꺼매지고, 경비소에 도착하면 우리들을 무엇을 볼까 하는 생각만이 앞설 뿐이다. 이 무진강 경비소는 사북면 인람리仁嵐里에 있는데 추전 경비소와 아울러 경비상 가장 중요한 요소의 하나이다. 약 한 시간 20분 후 우리들은 차를 사북면 사무소 앞에 두고 경비소를 향하여 걸어갔다. 도중에서 본 바와 같이 주민들은 우리에게 경례를 함으로써 일행을 환영하였다. 경찰관들은 전시태세와도 같이 무장하고 호국단원들도 역시 총을 메고 거리를 거니는 것이다. 도저히 도시에 사는 사람으로서는 상상도 할 수 없는 경비 상태이다. 면소에서 약 200미터를 걸어가면 거기에 미군 병사[16](컨윗그)[17]가 있는데, 미군이 철퇴한 다음부터는 우리 경찰 병비원의 숙소로 사용하고 있다 한다. 병사 옆에 꿇어앉은 노파가 있었다. 기자는 내려가 그를 잡고 연고를 물은 즉, 입맛을 읽었는지[18] 그는 아무 말도 하지 않고, 그 옆에 있는 박득춘朴得春(46)이라는 남자가 눈물 어린 얼굴로 "우리 집 가족 여섯은 삼팔선에 가장 가까운 저기 뵈는 저 집 옆에서 농사를 짓고 살고 있었는데, 지난 14일 밤 인민군이 내습하여 내가 이곳 경비원에게 밥을 지어 주었다는 이유로 불을 놓아 눈 깜짝할 사이에 타 버리고 말았습니다. 그래서 갈 곳이 없는 우리 식구는 솥을 들고 경비대원들의 옷을 빨고 역시 밥을 짓고 하루하루를 죽지 못해 연명할 따름입니다.

"모금것[19]을 생각하면 꿈인가 지옥인가 합니다."

그는 흐느껴 울며 "저 노인은 내 장모인데 올해 예순 여덟입니다. 우리들은 지금까지 이곳을 지상에서 제일 좋은 낙원으로 믿어 왔는데 해방인

16 문맥상 의미는 '군대가 집단으로 거주하는 집'이다.
17 '컨윗그'의 원형이 무엇인지를 알기 어렵다.
18 문맥상 '잃었는지'가 적절한 표현이다.
19 정확한 의미를 알기 어렵다.

지 무언지가 꿈 밖에 나타나 생사람을 잡았습니다. 그럭저럭 작년까지도 견딜 만했으나 미군이 떠난 후부터는 소란스럽게 종소리가 들리고 여러 차례나 침입해 왔습니다. 이북에 논마지기가 얼마 있었는데 작년까지는 서로 교섭하여, 나는 이북 땅에 들어가고 그쪽에서는 내려와 농사를 하였지요. 그것도 금년에 들어서는 옛일로 되었습니다. 저기 뵈는 보리밭은 내 것이었습니다." 눈에 뵈는 강 건너 보리밭에는 파란 새싹이 곱게 자라고 있었다. 올여름 보리농사 때에는 그 누가 보리를 깍저[20] 갈 것이냐? 주인의 손에 안겨 온 병아리새끼 그리고 그의 하나의 재산인 돼지는 꿀꿀대며 풀을 뜯고 있었다. 경비소에서 약 100미터 되는 곳에 길이 300미터가 되는 무진교 毋津橋가 걸려 있는데, 다리 초입에 기관총을 장비한 경비대원이 바로 앞산을 핏대 선 눈으로 쳐다보고 있다. 미군이 있었을 적만 해도 소군이 그 다리를 건너와 양담배 등를 얻어 가지고 갔다는데,[21] 지금은 넘을 수 없는 운명의 다리인 바, 일부러 죽고 싶은 사람 이외는 누구 하나 이곳을 건너갈 수 없다. 다리의 중심은 서로의 위치에서 불과 사정거리밖에 안 되므로 바람에 날려 온 먼지와 낙엽만이 지나갈 뿐이다. 다리가 끝나는[22] 바로 앞산 눈앞에 클로즈업 한 몇 개의 나무가 무심히 자라고 있는, 침울하고 점잖던 그 산이 이북이었다. 산비탈 아래 5~6호의 집이 있는데 그것은 이남의 땅 위에 있음에도 불구하고 주민은 수십 년 간이나 살아온 집을 공포의 풍운에 못 이겨 버리고 어디론지 떠나 버렸다 한다.

오직 그들에게 있어서는 안정할 것을 향해 떠나는 것만이 희망이었다. 그러나 안정한 지대와 집은 어느 곳에 있으며, 그것을 해결할 경제적인 문제는 막연할 따름이었다. 요 지난 14일만 해도 면전에 배치되어 있는 인민군 7개 소대 500명 중 300명이 회평리回坪里(호수 113)란 곳에 내습하여

20 문맥상 의미는 '수확하여'이다.
21 원본에는 '데'가 누락되었다.
22 원본에는 '끝이는'으로 표기되었다.

수 개소에 방화하고 부락민 30명을 납치하여 갔는데, 그 후 소식은 요요할 뿐이다. 우리들이 경비소 언덕을 걷고 있을 때 이북에서 우리를 향하여 발사하는 세 방의 총리가 잔잔한[23] 강물과 고요한 산 속의 맑은 공기를 뚫고 울려 왔다. 물론 맞을 사람은 하나도 없으나 참으로 전지에 나온 운과 무서움이 설렌다. 보초소 좁은 구멍을[24] 통해 망원경으로 보이는 산봉우리[25]에 펄럭이는 인공기…. 아, 우리 민족은 완전히 분열되었구나! 하루바삐[26] 삼팔선을 넘어 통일을 하라고 누구에게나 애원하고 싶은 마음만이 간절하게 복받쳐 오른다. 그러나 이런[27] 감정이 나의 순간의 충□이라면 나는 이미 민족의 한 사나이라는 빛나는 자격을 상실하였을 것이다.

[상 1949.4.26]

북천北天을 바라보며

향수에 우는 경비대원

눈앞에 나타난 여러 면을 살펴볼 때 지금까지 우리들이 도시의 한복판에서 몇 가지의 고생 또는 눈물만으로 신경을 소모해 왔다는 것이 무척 어리석었고, 그와 동시 안일하기 짝이 없었다. 조금 전 소실된 집을 가까이 바라보며[28] 며칠 후 기아로 죽어갈지도 모르는 늙은 장모와 다섯의 가족을 거느리면서도 목숨을 험악한 곳으로 끌고 가는 농부 박득춘은 어디가든지 가혹한 현실을 참고, 참지 못하면 박차고 나가겠다는 단순한 의욕이 나를 괴롭혔다.

돌아오는 길, 우리는 20여 호의 쓰러져 가는 '공포의 집'들이 나란히 서

23 원본에는 '잠잔한'으로 오기되었다.
24 원본에는 없지만 '을'을 넣는 것이 자연스럽다.
25 원본에는 '산둥우'로 표기되었다.
26 원본에는 '빠비'로 오기되었다.
27 원본에는 '이러'로 오기되었다.
28 원본에는 '바라며'로 표기되었다.

있는 길 복판에다 자동차를 멈추고 그곳 주민들에게 실정을 듣기도 했다.

"언제 인민군이 내습하여 올지 모르므로 이 마을 사람들은 옷도 벗지 못하고 잔다든가, 또는 이북뿐만 아니라 아주 가까운 접경지대에 사는 관계로 가재만 겨우 끌고 나온 사람이 수없이 많아 한 집에서 두세 세대가 가 살고 있는데, 여름이 가까워 오면 이런 길 가에서 시원하게 살 수 있다"는 슬픈 풍류의 말을 하며, 우리를 부럽게 여기는 노인은 심화삼沈和三(69)이라는 이미 칠순이 가까운 분이었다. 자동차는 또다시 그곳을 떠나 마을 밖까지 나왔는데, 어리를 뒤로 돌려 촌락을 바라본즉 자동차의 먼지로 어디가 어딘지 분간조차 할 수 없고, 오직 눈앞에 선하게 어리는 것은 쓸쓸한 물결에, 두견새 소리에, 세월을 등지고 고향을 지키는 황토 냄새[29]를 풍기는 사람들의 힘찬 얼굴들뿐이었다.

연도에 국군의 젊은 병사 2명과 함께 30여 명의 농부들이 괭이를 들고 지나가므로 안내자인 군 내무과장 이 씨[30]에게 물어 본즉, 삼팔 접경 산악으로 참호 또는 도치카를 파러 가는 길이며, 이 마을 사람은 오늘까지 중노동을 하여 온 관계로 5~60리씩 떨어진 동리에서 왔다는 바, 그들은 밤에는 일단이 되어 합숙을 하고 5~6일간을 산을 파다가 다른 마을사람과 교대를 한다는 것이었다. 액 40분 후 차는 소양강 북안 신북新北의 거리를 지나자 각돌[31]을 뿌린 좁은 길 위를 바람처럼 질주한다. 추전 경비소까지 도착하기에 약 두 시간이 걸리었다. 이곳 추전 경비소는 보안과장 김만□金萬□ 씨의 해설에 의하면 교통상의 요처로서 춘천과는 70리, 그리고 이북에 있는 양구와는 불과 30리밖에 안 되므로 전략상 참으로 중요한 곳이라 한다. 1월 23일 이후 지금까지 50여 회의 전투가 벌어진 곳이며, 인민군은 매월 24일 경 달月이 전연 뜨지 않는 어두움을 이용하여 내습한다는 것이었다. 이북 인민군이 소지하고 있는 무기는 주로 '따발총' '소련

29 원본에는 '새' 자가 가로로 누운 채 인쇄되었다.
30 춘성군 내무과장을 가리킨다.
31 '자갈'을 뜻하는 강원도 방언 '자각돌'을 가리키는 것으로 보인다.

식 장총' '기관총' '기관포' 등이다. 경비대의 장비도 절대 그들에게 지지 않는다고 자신 있는 말을 하는 젊은 지서 주임 이근□李根□ 씨는 매일 밤처럼 북쪽에 빛나는 별만 볼 때면 고향에 두고 온 가족들의 생각이 나서 운다는 것이다. 이곳에 있는 경비대원의 대다수는 서북인들이었다. 그들은 고향을 가장 가까운 곳에 바라보며 하루 빨리 삼팔선이 철폐되면 고향에 돌아가 좋은 새나라의 일꾼이 되겠다는 의지의 투사들이었는데, 어딘지 전투에 시달린 피곤한 모습을 하고 한 대의 담배를 굶주린 듯이 피워 물고 연기를 탄식과 함께 토하는 것은 마치 외국 영화에서 본 '외인부대'를 연상케 한다.

최전선인 275고지를 시찰키 위하여 우리는 강을 건너기로 했다. 저오의 대안을 굵은 철사로 연결시켜 작은 나룻배는 돛대도 노도 없이 철사를 밀고 우리를 싣고 갔다. 강변은 돌과 모새[32]로 황무지를 이루어 약 10분간 건너니 20여 호의 농가와 우차를 끌고 오는 가족을 만났다. 그 가족의 가장 원봉희原鳳喜(30)는 수일 전까지 이 골에서 농경작을 하여 왔는데, 그의 홀아버지가 이북 인민군과 정보 기타 여러 가지의 간첩 행동을 했다는 혐의로 체포된 다음 그는 아내와 어린 아들을 이끌고 마을에서 떠나는 것이었다. 그는 여러 차례나 마을을 돌아보았다. 충혈된 눈으로 우는 어린 애를 달래면서 새 출발의 첫걸음을 하는 것이었는데, 눈앞에 놓인[33] 강은 누가 건너 줄 것이며, 떠난대야 어디로 가는 것일까?

도 내무과장과 걸어가는 길목에 67명[34]의 늙은 농부들이 우리를 향하여 인사를 한 후 "나리, 도청에서 나오셨나요?[35] 이래서야 어떻게 삽니까? 집에 좀 들어와 보십시오. 젊은 자식들은 밤낮의 경비로 인하여 병이 들어 누워 있지 않습니까? 농사지을 봄도 만나고 해서 마음을 좀 놓았더니

32 '아주 잘고 고운 모래'를 뜻한다.
33 원본에는 '놓'이 누락된 채 표기되었다.
34 6~7명으로 읽는 것이 더 자연스러울 듯하지만 원본대로 '67명'으로 표기한다.
35 원본에는 '나오셨나구요'로 표기되었다.

일할 놈들이 하나 둘씩 병든 걸 보고서야 어찌 산단 말입니까?"라고 한탄하니 내무과장은 천연스럽게 "걱정 마시요. 얼마 아니면 삼팔선도 깨지고, 여기 이 손님들이 찾아오신 것도 삼팔선이 깨질 첫 징조[36] 아니오" 하고 대답을 한다.

공포와 적막의 선
임자 잃은 공가空家와 농토

나선계단螺[37]旋階段처럼 산 밑에서 깎아 올린 길을 10여 분간 땀을 흘리고 올라가니, 날려갈 듯이 바람이 분다. 20여 명의 무장 경비대원이 참호 속 또는 토치카[38] 속에서 총을 겨누고 이북을 바라보고 있는데, 이북이라야 바로 그□을□□□ 내려가면 그뿐, 불과 2백 미터의 거리밖에 안 된다. 조망되는[39] 곳은 모두 이북의 땅이었다. 이곳과 대위하고 있는 앞산 위에 인민군의 토치카가 보이고, 헌옷을 입은 인민군의 보행을 순간 확인할 수 있었다. 이곳에서 볼 수 있는 □□이란 이북의 토지에도 20호의 집이 있었으나 그들 역시 모두 집을 버리고 떠났다. 망원경으로 집 마당을 살펴보아도 개미 한 마리 찾을 수 없는 죽음의 적막의 가옥들이 바람 속에 고독히 서 있을 뿐이었다. 서쪽 다리를 건너 보이는 긴 납작집이 옛날의 추전 소학교라는 바, 수업은 벌써 오래전부터 그치고 소학생들은 부형을 따라 떠나 버렸다. 넓은 운동장에는 회오리바람에 먼지가 돌고, 그 한구석 운동기구는 평화의 날 주인이 찾아올 것만 기다리고 있는 듯 쓸쓸하기 짝이 없다.

산 위를 우리들이 올라온 것을 눈치 채었는지 3발의 총소리가 귓등을 지난다. 이곳 경비대원은 응전의 총도 쏘지도 않고, "이런 것은 보통입니

36 원본에는 '증조'로 표기되었다.
37 원본에는 한글로 '라'라고 표기되었다.
38 콘크리트 등으로 견고하게 만든 방어 진지로, 그 안에 강력한 중화기를 갖추고 있다.
39 원본에는 '조'와 '되'라는 글자가 잘 보이지 않는다.

다. 약 30분 전만 해도 중기관총의 소사가 있었습니다. 그리고 밤이면 강 위에 탄환의 불꽃이 끊일 새 없이 피고 흩어지고 합니다. 원래 장거리사격이란 명중치 않으므로 그들은 우리에게 신경전을 하는 모양입니다. 새벽이면 재미있지요. 서로 잘 잤느냐, 어젯밤[40] 무엇을 했느냐는 말도 주고받으니깐요. 여러분, 우리와 같이 목숨을 걸고 있는 놈은 하루 세끼의 밥을 먹고 총 쏘는 것만이 현재의 즐거움인데, 이런 것이 못 되고 있습니다. 하루 4홉의 배급 쌀로서는 배가 고파 도저히 일할 수 없습니다. 그래서 가난한 촌락민들이 그 가난 속에서도 쌀을 한 공기 두 공기 모아 우리에게 밥을 지어 주는데, 미안해서 목에 넘어가지 않습니다. 중앙에서는 이러한 제일선 벽촌에 있는 우리들을 안중에도 두고 있지 않는 모양입니다"라고 솔직한 말을 들려주는 것이다.

우리는 올라간 길을 내려왔다. 역시 강을 건너 추전 지서 앞에서 대기하고 있는 자동차에 몸을 올려놓고 혼동된 정리하여 했으나 흔들리는 자동차 충돌 때문에 술 먹고 비틀거리는 그러한 무감각의 몇 분 후, 겨우 우리들이[41] 본 현실과 우리들이 생각하였던 것과는 절대적인 차이가 있다는 것을 깨달을 수 있었다. 일□ 우리의 자동차는 숙박지 춘천을 향하여 달렸는데, 해가 서산에 넘어갈 무렵 내평內坪 못미처의 언덕 위로, 아까 보았던 추방된 부락민, 신개지를 찾아가는 농부 원봉희 일가의 장난감 같은 살림 도구와 그의 울던 아이, 두 부부의 힘없는 행진이 계속 되고, 언제부터 흘렀는지 모르나 오대산에 수원을 둔[42] 상류 한강의 맑은 물결이 바위를 지난다. 오직 강물은 북에서 남으로 자유롭게 흘러갈 따름이었다.(사진 상上은 토치카 하下는 강을 건너는 광경)

[중 1949.4.27]

---

40 원본에는 '제어밤'으로 오기되었다.

41 원본에는 '이'가 누락되었다.

42 이중환의 택리지에는 북한강의 수원지가 오대산이라고 나와 있다. 하지만 1987년 국립지리원의 실측 조사 결과, 북한강의 수원지는 강원도 태백에 있는 '검룡소'로 바뀌었다.

부역賦役과 기부금에[43]
주민 생활 극도로 피폐

민간 실정, 고산면古山面 편

(1) 주민의 부역이 너무 과중한 것

정기 임시 도로 수선과 기타 부역 이외에 현재까지의 출동 인원은 50,950명으로서 이것을 매 호로 나누어 보면 평균 34명으로, 농경의 지장은 물론이며, 더구나 본 면은 대부분이 하루 품팔이[44] 노동 또는 제탄사업□ 작업자 등으로서 그 날 그 날의 생계가 곤란케 되어[45] 비명이 자자하다. 그리고 지금까지 각 작업에 동원되었던 인원은 다음과 같다.

가, 상수내□□□上水內□□□ 도로 10,000명

나, 오□□□□吾□□□□ 도로 12,000명

다, 부□富□ 토치카 2,300명

라, 275 고□비高□陴 구축 3,500명

마, 제2 경비소 진지 구축 500명

바, 삼팔선 경계 입목立木 제거 작업 5,300명

사, 내평리內坪里 토치카 3,000명

아, 오□성吾□星 토치카 2,500명

자, 신안新案 각 지서 신축 및[46] 증축 및 잡□ 8,000명

---

43 원본에는 '기부금어'로 오기되었다.
44 원본에는 '품사리'로 표기되었다.
45 원본에는 '곤란되케여'로 오기되었다.
46 원본에는 한자 '及'으로 표기되었다. 이하 '及'은 모두 '및'으로 표기한다.

(2) 경제적인 부담이 과중한 것

본 면은 산악지대로서 농경지가 협소하여 대부분이 세궁민[47]이며 품팔이꾼[48] 산물 사업장의 노동자인데, 여기에 따라 생계에 있어 풍부하지 못함에도 불구하고 제반 공과금 외에 경제적인 부담을 열거하면 대략 다음과 같다.

가, 삼팔 경계선 경찰관에 대한 식량 보충의 부담

나, 신축 지서 및 신축 □□□

다, 삼팔 경계선 경찰관용 된장 □출□炪 식량 기타 부식물副食物(김치 짠지 등) 제공

라, □□군에 대한 경비 부담

마, 청년대원 합숙 훈련비 부담

(3) 식량 중점 배급 대상자 수의 감소로 인한 주민의 생활난 상태는 다음과 같다.

금번 식량 임시법 실시는 현하 양곡 매상 부진으로 말미암아 목하 중점 배급 정책을 취하고 있는 것을 부득이한 사정으로 확신하나, 전기한 바와 같이 본 면은 산악지대로 농경지가 극히 협소하여 세궁민이고 또한 임산林産 지대라는 관계로 이에 종사하는 중・경 노동자 및 이북으로부터 월남한 이재민과 세궁민 등이 총 인구의 3분지 1 이상을 점령하고 있으며, 더구나 삼팔 최전선인 추전 □위리□爲里피난민 등은 자경 농지를 내던져 버리고 면내 각 리로 유리 분산하여 품팔이꾼으로 전환하고 있는 현상으로, 이것은 재언할 필요도 없이 전부가 중점 배급의 대상자이여 절대적 수배[49]를 요하는 것이다. 이들 대상자 인구가 확보되지 않는 한 다수의 전출자가 예상되며, 따라서 민심의 혼란이 야기되어 곤란을 면치 못한다는

47 원본에는 '세국민'으로 오기되었다. '세궁민'은 '매우 가난한 사람'을 가리키는 말이다.
48 원본에는 '품사리꾼'으로 표기되었다.
49 '배급을 받다'를 뜻한다.

것을 절실히 느끼게 된다. 아울러 삼팔 경계 전선인 본 면이니만큼 아직 민심의 질서가 안정되지 아니한 오늘, 만일 이러한 불미한 사태가 전개된다면 본 면이 민□한 불상사가 아니□ 그 영향은 타 면에까지 넓게[50] 미칠 것으로 보인다.

(4) 민심의 동향

민심의 동향은 이상에 열거된 부역 부담의 과중, 경제적 부담의 과중, □□□에 있어서의 불안정 등으로 □□자가 격증할 것은 물론 민심의 질서가 혼란되어 행정상 지장이 막대할 것으로, 사수하여야 될 삼팔 경계선 경비상에도 영향이 있을 것이며, 만약 다수의 이동자가 생길 때에는 면내는 공허지로 변할 것이다.

사북면史北面 편[51]

(1) 교육시설

해방 전의 초등학교 2개소 중 1개소가 이북에 편입되어 취학기관이 적어졌으므로 작년 총 공비 100만원에 일부[52] 800명을 면 부담으로 2교실을 축조하였다.

(2) 경비기관

경비 지서 ○개소, 경비소 ○개소, 경찰 인원 ○○명에 대한 설치 부담은 다음과 같다. ○ 지서 신축, ○ 지서 수선에 대한 총 공비 100만원과 노동자 ○○○○명을 면에서 부담하고, 1 경비소 신축에 대한 노동자 300명

50 원본에는 '넓히'로 표기되었다.
51 (2)와 (3)에 쓰인 '○'는 원본대로 표기한 것이다.
52 '일용직 근로자'를 뜻한다.

을 부담하였다.

(3) 삼팔 경계에 관한 시설

(작년 12월 이후 금년 3월말까지) □서방호 창호 진지 축성에 대한 경비 ○만원과 인부 출동 ○○명 그리고 호국청년을 매일 ○명 내지 ○○명씩 교대하여 지서 주위 및 요처를 철야 방위하므로 면 농업 생산에 막대한 지장을 보고 있는 한편, 상주常駐 경찰관 및 임시 응원대의 부족 식량을 면 부담 또는 면민들이 부담으로 한 금액이 16만원에 달하며, 지서 연료용, 경호소, 야경소 등유燈油를 부담한 것이 총액 30만원이다.

(4) 면민 전체의 생활 상태

경지 협소한 산간지대인 본 면은 주민의 대부분이 화전민이며 3~4개월분 식량도 충분치 못하여 식량 배급네만 의존하는 반면에 공장 기타 사업장이 없으므로 노동 임금까지 취득할 도리가 없어 3, 4회씩 배급미도 살 수 없는 형편이다. 그리고 오직 면민 전체가 희망하고 요구하고 싶은 것은 1. 삼팔선 경비를 강화하는 제비용을 국비 지변으로 할 것, 2. 삼팔선 주민에 대한 구호 대책을 수립하고 상시 안착을 강구할 것, 3. 면사무소 건축비를 속히 보조하여 이를 촉진할 것과 공무원에 대한 대우를 개선하여 주는 것이라 한다.(이상 면 보고서에 의함)

[하 1949.4.28]

『自由新聞』(1949.4.26~28)

서울 재탈환

서울이 아국 군 6185 부대에 의하여 재탈환되었다는 것을 나는 병석에서 들었다.

지난 2월 초순에서 월말에 걸쳐 나와 그 외 2명의 공료는 탱크대의 사진砂塵이 자욱하고 쉴 새 없이 포성이 요란한 서부전선, 특히 안양과 과천 부근에서 보낸 일이 있었다. 기총 소사로 어린애를 업고 쓰러져 있는 어머니의 참혹한 시체가 있는가 하면 보기 좋게 사살된 중공군의 산적山積된 최후의 광경은 내가 평생 잊을 수 없는 충동적인 것이었다.

2월 9일 저녁 한강 최전선에 도달한 국군 장병은 매일처럼 서울 돌입의 상부의 명령만 기다렸으나 상부에서는 전연 그러한 명령을 내리지 않아 종군했던 우리 일행도 기다리는 지루함에 그대로 대구로 귀환하지 않으면 안 되게 되었다. 그리하여 나는 언제 다시 볼지 모르는 서울을 전망코자 노량진 부근에 갔다. 한강은 의연히 유구한 역사와 함께 흐르고 있었다. 전쟁에 죽어 간 어머니와 어린이들이 얼마든지 있다는 것도 모른다. 정든 서울을 버리고 100여만의 서울 시민이 이 강물을 건너 남으로 떠났다는 것은 더욱 모르는 모양이었다. 구舊 시가市街의 일부는 화염으로 흑연黑煙이 가득하고 수천의 건물들은 어딘지 창백한 음울한 표정을 노정하고 있다.

서울아, 다시 요 다음에 너를 보자! 우리들 언제 너를 포옹할 것인가? 마음속으로 이러한 생각을 하며 내가 편승한 차는 움직이지 않는 내 가슴을 끌고 혼잡한 대구로 달렸다. 그러나 내 정신과 나의 기억은 서울의 아롱거리는 모습을 망각할 수 없었다.

얼마 안 되는 여독旅毒으로 나는 어린애처럼 울며 앓았다. 병석에서 서울이 재탈환되었다는 호외를 보고 나는 하루 바삐 서울로 가고 싶었다.

그리하여 4일 후 나는 약 1개월 전에 서울을 전망했던 지점에 도달할 수가 있었다. 수십 수백의 트럭과 기외其外 차량은 마포 강에 가설된 다리를 넘고 서울 시내로 향하고 있다. 피난민은 장사진을 이루고 영등포에서 서울로 가는 공로公路를 보행한다. 나는 생각하였다. 나도 그러하지만 저들은 무엇 때문에 서울로 가는지, 설혹 집이 남아 있다 하더라도 그 무시무시한 죽음의 도시로 누가 기다리기에 가는가. 그러나 1초라도 속히 아현동 고개에서 서대문을 지나 광화문통 그 네거리에서 바라보이는 중앙청이며 북악산 종로 거리가 보고 싶었다.

어려서부터 밤낮을 가리지 않고 헤매던 거리, 애인과 팔목을 잡고 꿈길처럼 다니던 사랑의 거리. 아, 가난한 우리 민족의 영원한 수도 서울이여…. 어느 틈에[53] 나는 우리 집 대문 앞에 서 있었다.

집이란 말뿐이지 가재家財는 겨울바람에 날아가 버렸는지 없다. 그러나 벽에 건 마티스(불란서의 화가)의 여인은 여전히 향기로운 얼굴로 나를 맞아 준다. 그대 얼마나 고독하였으며 고생하였는가.

이곳저곳에 흩어져 있는 나무 조각을 모아 80여일 만에 방에 불을 땠다. 주인의 귀가를 환영하는 듯이 방은 따뜻해진다. 어린애를 깔리던 요를 펴고 한잠을 이루고자 했으나 사방에서 하늘은 터지고 집은 날아갈 듯이[54] 중포성重砲聲이 진동하기 시작했다. 어떤 쓸 데 없는 공포와 집에 돌아온 흥분은 나로 하여금 지난날 행복했던 서울에서의 생활을 회상케 한다.

특히 이 방에서 나와 나의 처의 처음의 생활이 시작되었다. 우리들은 앞으로 닥쳐 올 미래를 설계하며 라디오를 듣고, 책을 보고 그러는 사이 어린애를 낳았다.[55] 어린애는 나무처럼 자랐다. 쌀이 없어도, 돈이 없어

---

53 원본에는 '에'가 누락되었다.

54 원본에는 '날러가라듯이'로 표기되었다.

55 원본에는 '낳다'로 표기되었다.

도 이 방에 우리 가족들이 모이면 즐거움이 있었고, 밖에 비가 올 때면 사랑하는 친우들이 모여 와 밤이 새는 것도 모르게 문학과 회화에 관한 한없는 이야기를 했다—. 그러나 이것은 모두 꿈같은 옛말. 작년 12월 엄동 출생하여 불과 2개월밖에 안 되는 계집애에게 옷도 입히지 못하고 화물차 지붕에서 4일씩 자면서 우리는 서울을 도망쳤다. 자유가 그리워 남으로 갔다. 집이 있는 서울과 자유 있는 곳. 아 자유 너는 인간의 본능인가.

충무로의 회신灰燼을 뚫고 내가 탄 차는 달린다. 영양부족인 어머니가 맨발인 어린애를 데리고 잿더미[56] 속에서 그릇을 찾는다(저 그릇에 무엇을 담을 것인가).

경찰서 마당에서 양洋쌀을 배급한다고 수백 명의 부인들이 모여들었으나 그 절반은 헛수고를 했다. 수송 관계로 인천에 있는 구호미가 아직 서울에 입하入荷되지 못하고 있다.

70여세를 넘은 할머니는 나를 보고 자기 아들이 국민병[57]으로 나갔는데 그 애는 지금 어디 있으며, 잘 있을 것이냐고 묻는다. 나는 홀로 서울에 남아 있던 그가 자식을 걱정하는 마음의 쓰라림을 알 수 있었다.

동대문시장은 싼 물건으로 번창하다. 자동차에서 내린 '남방의 손님'들이 물건 사기에 바쁘다. 여자들의 구두와 옷감을 사는 경찰관, 거울을 사 가는 군인들, 기외其外 병정 구두를 싸게 사서 즐거워하는 사회부 구호반원. 어디서 전쟁을 하는지, 서울 선착先着의 의의는 결코 이런 것이 아닐 것이다.[2]

『司正報』[58] 14호(1951.4.9)

56 원본에는 '재텀'으로 표기되었다. 이는 '재를 모아 놓거나 버리는 곳'을 의미하는 '재터'로 표기할 수도 있다. 하지만 문맥상 '불에 타서 폐허가 된 자리를 비유적으로 이르는' '잿더미'가 더 적절한 것으로 보인다.

57 1950년 12월 21일 공포된 '국민방위군 설치법'에 따라 소집된 군인을 가리킨다.

58 한국전쟁이 한창이던 1950년 12월 4일 창간된, 헌병사령부의 기관지이다.

전선 화첩 1 산 · 산 · 산

산과 산속으로 우리들은 걸어갔다. 오래도록 이 산에는 인간의 슬픈 생활이 영위되어 왔다 한다. 그러나 지금 산과 산 사이에는 아무것도 남아 있지 않다. 철鐵의 삼각지대三角地帶의 중요한 거점으로 알려진 이 무명고지에는 어제까지의 가열하고 또한 인류 사이에 처음으로 처참하였던 역력한 전적만이 남아 있었고 몇 개 안되는 집과 수목들은 적군의 어떤 중대中隊 병력과 함께 우리의 '네이팜'탄의 간단없는 폭격 하에 아마 이 세상에는 없다.

우리는 이러한 산과 산불은 낙동강 이북 여하한 곳에서 찾을 수 있었다. 전투가 치열해[59] 갈수록 우리의 젊은 용사들은 피와 청춘을 이러한 고지 탈환전에 아낌없이 바쳐 버리고 말았다. 마치 깎다 말은 머리와 같이 군데군데 큰 흠집을 남기고 수천 년의 역사와 함께 적류[60]하여 온 암석들은 하나의 흙덩어리로 화해 버렸다.

지금은 침묵의 산들. 그러나 이들은 우리들의 자유의 부단한 정신을 내포하고 있으며 여러 사병들이 마지막 웨치고 떠나버린 그 이야기를 우리에게 전한다. 멀리서 삭풍만이 불어오는 이 정막의 산들을 바라며 멈추는 발걸음으로 용사들이 영원에의 길로 걸어갔던 좁은 길을 뒤돌아 사단 CP에 돌아오니 뉴스는 전한다. "8군 사령부가 확인한 바에 의하면 한국군 사단이 철의 삼각지대(금성 동남방)에서 벌어지고 있는 작전에 공격의 주동이 되어 있다"라고. 내 눈앞에는 조금 전의 그 산과 산들이 또다시 '클로즈업'되는 것이다.

『京鄕新聞』(1951.11.21)

59 원본에는 '전두가 지열해'로 오기되었다.
60 원본에는 '류'가 누락되었다.

서울역에서 남대문까지
추억의 서울

수도 서울의 표정. 서울역의 웅장한 건물과 그 앞 광장의 일부에는 폭격으로 인한 처참한 상흔을 입고 있다.

이 폭격은 국군이 3일간의 전투에서 단장斷腸의 후퇴를 한 1950년 6월 28일이 20일 지난 7월 16일의 유엔군 전폭기의 폭격 때문이었다.

장안을 뒤흔드는 B29의 폭음이 들리자마자 유엔군의 전략 폭격은 개시되었던 것인데, 이것은 서울에 유잔留殘하였던 수십만 시민에게 커다란 환락을 주었다.

용산에 있던 탄약 저장소는 수 시간에 걸쳐 폭발되었다. 이 요란한 폭음 때문에 서울의 일부 시민은 국군이 노량진 방면에서 반격 작전을 개시하였다는 소문까지 만들었다.

나는 이 폭격이 있던 다음 17일, 소설가 김광주 씨와 함께 유엔군의 통쾌한 폭격 구경을 하러 나갔다.

우리 두 사람은 밀짚모자를 쓰고 남대문을 빠져 서울역 부근으로 갔다.

그렇게 사람들이 군집했던 서울역 광장은 쓸쓸하고 이곳저곳에 파편이 산재하고 있는가 하면, 시체는 치워 버렸으나 북한 괴뢰군의 모자가 수삼數三 남아 있었다.

남대문은, 그렇게 서울 시민에게 매혹의 대상이었던 남대문은, 적 치하의 고통을 반영하는 암담한 자체姿體로밖에는 나에게는 보이지 않았다.

9 · 28, 미 해병대의 분전으로 말미암아 서울이 재수再收되자 아메리카의 주간지 『타임』을 나는 입수하였다.

오래간만에 보는 미지美誌이기 때문에 반가이 뒤져 보니, 거기 『라이프』 지[61]의 특파원 데이비드 더글러스 던컨David D. Dancan의 전선 사진이 크게 게재되어 있었다.

이는 서울역에서 남대문을 향하여 진격하는 탱크대隊와 그 후속인 해병들이 백열한 시가전을 하는 감격적인 장면이었다.

남대문 쪽에서 괴뢰군이 발사하는 초연이 희미하게 보이는가 하면, 7월 16일의 폭격으로 파인[62] 서울역 광장에 엎드려 적을 향하여 M1총을 겨누는 사병과 탱크대병隊兵의 씩씩한 자체가 캐치되어 있었다.

아마 내가 알기에도 서울역전에서 남대문에 이르는 시가전은 좀 치열했던 모양이다. D. D. D. 씨의 사진이 말하는 듯이……. 그리하여 역전에서 남대문에 이르는 현대적 건물의 대부분은 파괴되었고, 이 슬픈 지구地區의 모습은 그대로 전화戰火로 말미암아 회신灰燼된 서울의 상징이라 할 수 있다. 마치 서울역의 과거의 변화가 서울의 표정이었던 아름다웠던 시절과 같이…….[51]

『新太陽』 1-4호(1952.11)

61 헨리 루스가 1936년, 미국에서 뉴욕에서 창간한 시사 화보 잡지이다. 보도사진 분야에서 선구적인 역할을 했으며, 국제 사건에 대한 사진을 비중 있게 다루었다.

62 원본에는 '파지어진'으로 표기되었다.

전란 수기 암흑과 더불어 3개월

불과 3일간의 싸움을 하고 우리 군대는 서울을 떠났다. 한 밤을 자고 나니 비는 개고 듣지도 못한 탱크 포성이 서울을 진동시켰다.

불길한 감정을 품고 새벽 거리로 나갔다. 정막을 뚫고 탱크의 막진하는[63] 요란한 소리가 나의 의식을 빼앗아 갔다.

자유가 사라진 죽음의 고장 서울.

얼마 되지 않아 나는 축 늘어진 어깨와 비틀거리는 의식을 가다듬고 집으로 돌아오는 길, 괴뢰군의 수 발의 총성을 들었다.

그것은 패주한 국군 용사를 향해 난사하는 발악의 총성이었다.

길 위에 쓰러진 자유의 군대…. 이름 모를 젊은 군인이 눈앞에[154]서 죽는 것을 본 적이 이것이 처음이다.

살육과 체포, 납치는 서울 도처에서 벌어졌다. 가옥에 대한 불법 침입과 물품 강제 압수는 매일 밤이면 밤마다 일어났고, 젊은 청소년은 소위 인민군대라는 이름으로서 잡혀 갔다. 그리고 이들의 대부분은 그 후 죽었다.

정막보다도 무서운 공포.

말(言語)과 행동을 잃은 시민은 그저 눈을 뜬 시체라고 형용하는 수밖에 없다.

6월 28일 아침, 나는 울었다.

이제부터 나와 같은 자유인은 어떻게 살아간다는 말이냐. 어제까지의 모든 희망과 꿈은 다 사라졌다.

---

63 문맥상 '맥진하는'이 올바른 표현이다.

우리가 믿었던 정부와 군대는 아무 소리도 없이 도망쳐 버리고 불[155] 쌍한 자유 시민만이 이 죽음의 도시를 지키기에는 너무도 힘이 들었다.

지나간 죽음뿐만 아니라 간단없이 아무 죄 없는 사람이 또다시 쓰러져 간다. 나와 알지 못하는 청년이 아니라 친척집에서 이웃집에서 사람이 끌려가 사직 공원이나 미아리 밖에서 총살된다.

이것뿐이라면 좋았다. 어제까지 우익을 가장했던 사람이 급진적인 공산주의자가 되었고 범죄 전과자들이 인민 위원장이 되어 노력 동원을 강요한다.

전향을 신문 지상에 공포한 문학자와 미술가 들이 해방의 날이 왔다고 거리에 날뛰며, 이곳저곳에서 김일성이의[64] 초상화를 그리고는 만화가들이 의기양양하게 뛰어다녔다.

괴뢰군을 위해 빵 가게를 연 여류 소설가는 며칠 전까지는 공산주의 반대자이다.

무서운 기만과 표변의 계절은 무더운 날씨와 함께 우리의 주변을 휩쓸고 말았다.

호흡은 하나 정신의 내부는 기절 상태이며, 입에서 말소리는 들려오나 그것은 의미가 없다. 친한 친구와 손을 잡을 때 싸늘한 냉기가 표정을 긴장시킨다. 이런 일은 비단 나만의 경험이 아[156]닐 것이다.

나에게 있어서 지금 6・25를 회상할 적에, 참으로 좋은 체험을 했다고 생각한다. 그 전까지는 막연한 공산주의에 대한 비판만 해 왔고, 이북에서 남하한 사람들의 이야기는 솔직한 것으로 듣기에는 나의 하나의 편협된 개념이 수긍치 못했다.

허나 6・28부터 불법 침입한 공산군은 수도 서울을 휩쓸고, 방비력이 약한 우리 군대는 남으로 쫓겨 가, 남한의 대부분이 그들의 치하에 임시

---

64 현대 국어 어문규정에 따르면 '김일성의'가 맞지만, 지은이의 심리적 태도를 드러내기 위해 원본대로 표기한다.

나마 굴욕 당했다. 그들은 입으로는 인민의 복리와 자유를 외쳤으나, 실은 이것은 허위이며 몇 사람의 상부 특수층을 위한 착취에 불과했다.

인권은 전연 유린되고 사유 재산은 몰수되었다.

언론과 집회의 자유, 이런 말이 있다는 것을 그들이 아는지 모를 지경으로 개인의 모든 의사는 박탈되었다.

나는 처음에는 그저 어리둥절했다. 한 일주일 동안은 명[157]동에 나와 차를 마시고 단파 방송에서 청취한 뉴스…. '유엔군이 참전했다'는 것을 알고 미국의 현대 과학 무기의 사용은 공산군을 여지없이 무찌르고 앞으로 수일간이면 서울이 다시 탈환될 것이라고 믿고 살았다. 허나 나의 믿음은 하나의 수포가 되고 날이 갈수록 우리의 판도는 좁아져 괴뢰군의 남진은 계속된다.

가두 검색과 가택 수색은 연일 심해, 서울은 그들의 모든 거점으로서 등장되어 갔다.

7월 18일 소설가 김광주 씨와 만났다. 그래서 우리 두 사람은 반가웠다. 앞으로 살아가기 위한 방도를 이 이야기 저 이야기 하며 그 전날 유엔 공군에 의하여 폭격된 서울역과 용산 일대를 두 사람이 산보했다. 그것은 우리 자유 군대가 처음으로 서울 시민에게 힘의 위력을 알려 준 것이며 많은 가옥이 파괴되고 민간인이 사상되었다 할지라도 괴뢰군에게는 큰 손상을 준 것이었다.

여기저기 아직 연기가 솟아올랐다. 사람들이 울며불며 오고가고 했으나 행복과 자유를 찾기 위해서는 부수되는 현상으로밖에 해석하여야 한다.

"폭격의 위력은 실로 위대하다."

우리는 이러한 말을 주고받으며 마음 한구석 든든한 희망을 품고 집에 돌아갔다.

24시간을 무사히 보낼 때마다 지금까지 믿어 본 일이 없었지만[65] '하나

---

65 원본에는 '없던'으로 표기되었다.

님, 감사합니다'라고 속으로 기도했다.

'내일도 무사하기를.'

나의 아내는 잠을 자지 않아 가면서 대문 소리만 나도 숨으라고 했다. 자기 친구 집에 가서 우정[66] 방송 소리를 듣고 와 "유엔군은…" 어떻게 하고 있다는 뉴스를 알려 주었다.

집에 좀 늦게 돌아와도 걱정을 하고 마음을 졸였다는 것이다. 지금 생각해도 그때 나에게 해 준 일이 고맙다.

7월 달도 흐지부지 지나고 마음의 고통만이 늘었다. 집에서 시를 한 편 썼다. 제목은 「검은 준열의 시대」[67]라는 것이다. 그러나 시가 나를 위로해 주는 것도 아니며 자유를 가지고 오지 못했다.

물자와 금전의 결핍으로 온 가족이 영양 부족이 되었다. 하는 수 없이 선풍기, 트렁크, 양복, 그 외 것을 들고 남대문시장에서 내 자신이 장사를 했다.

장만영 형이 이 광경을 보고 비통한 표정으로 지나가는 것이다.

"우리 서로 무사합시다."

소설가 이봉구, 시인 김경린, 김광균 씨 등은 그동안에 있어 가[158]장 친했고 자주 만난 사람이다.

"이렇게 자유가 그리웠던 시절이었다"라는 시인 경린의 고백은 아직까지도 내 귀에 남는다.

거리에 나가면 골목길을 걷고, 집에 오면 다락 속에서 책을 보았다.

혹시 아는 사람을 만나도 악수 이외는 다정한 말, 나의 진실한[159] 뜻을 전해 본 일이 없다. 스스로 판단하는 것은 '내 양심이 준 자유를 마음속으로 간직하고 내일도 모레도 유지한다면 반드시 기다리던 날이 오겠지.'

---

66 '일부러'의 강원도 방언이다.

67 제목만 남아 있을 뿐, 아직까지 그 실체를 확인하지 못한 작품이다.

이것을 믿고 살았다.

8월 말경 친구 세 사람과 서울을 탈출하여 부산으로 갈 것을 약속하고, 30일 날 아침에 출발했다.

내 아내는 그 달이 만삭이어서 혹시 어린애를 낳으면 이름을 어떻게 지어야 하는가를 물었다. 그리고 우리의 결혼 기념 반지를 팔아 도중의 여비로 쓰라고 주었다. 내가 집을 나올 때 무슨 일이 있더라도 무사히 살아서 만나자고 말하는 것이다. 아마 집에 들어가서는 울었을 것이다.

동대문에서 기동차[68]를 타고 광나루에 내린 다음 하루에 100리를 걸었다.

그 다음 날은 80리, 폐허가 된 집터에서 자고 나서는 아직도 안개 짙은 새벽길을 떠나 70리를 지나고, 9월 23일 결국엔 소위 보[160]안대원에게 세 사람이 잡혀 이천 보위부에서 밤새도록 취조를 받은 후 겨우 석방되었다. 그간의 경위를 여기에 적을 필요는 없고, 다시 서울에 오는 수밖에 도리가 없었다.

그 후부터가 더욱 곤란이었다. 집에 있기에는 너무 대담해서 여기저기 아는 집을 찾아다니며 잠을 잤다.

반가워 맞이해 주는 집도 있고, 위험하기 때문에 귀찮은 표정으로 대해 주어도 별수 없이 들어갔다.

유엔군의 폭격은 날이 갈수록 치열해지고 괴뢰군은 아마 당황한 모양이다. 인원 보충을 위해 집집에서 젊은 사람을 군대에 끌어가 편입시키고 매일처럼 노무 동원을 한다.

'잘살게 해 준다'는 것은 결국 고통과 압박을 준다는 뜻에 그치고, 이들의 슬로건은 자체의 허위성을 말하는 것이었다.

15일, 인천 상륙을 고하는 방송을 들었다. 허나 2, 3일이면 탈환될 것으로 믿었던 희망은 10여 일이 지났다.

참으로 지지한 작전이다.

---

68 '가솔린 기관 또는 디젤 기관 등의 내연 기관을 장치하고 그 기관의 동력을 이용하여 운행할 수 있는 철도 차량'을 뜻한다.

그간 많은 인명이 그들에게 빼앗겨 갔다. 발악한 그들은 방화, 약탈을 하고 서울은 생지옥이다.

형무소에 수감된 사람이 대부분 피살되었다는 소식과 아울러 유엔군이 한강 도하 작전에 성공했다는 것을 알았다.

포성과 기총의 요란함은 온 장안을 부수는 듯 진동하였으며, 밤은 낮과 같이 밝다. 중요한 시가지가 불타오른다.

9월 25일 아침, 아내는 폭격 아래서 계집애를 낳았다. 불과 100미터 앞은 불바다다.

그래서 나는 딸의 이름을 '세화'라고 부르기로 했다. "세상이 평화롭게 되었다"는 뜻에서이다.

그 후 이틀 후, 서울은 굴욕과 박해의 치욕[69]에서 해방되고, 우리는 갈망하던 자유를 찾았다. 지나고 나니 좋은 경험을 했으나 자유를 찾기 위해서는 수만의 사람이 죽고, 도시가 불타 버리고, 마음마저 황폐한 세상이 되어 버렸다.[161]

『女性界』 3-6호(1954.6.1)

69 원본에는 '치혹'으로 표기되었다.

꿈같이 지낸 신생활

나는 최근 불란서의 문학적 철학자 알랭의 이러한 한 구절을 외우고 있다.
"욕망이라는 것은 애정의 하위에 있는 것이며 아마도 애정에 이르는 길은 아니다"라는 것을.

나는 이 말을 무척 좋은 명언이라고 생각했기 때문에 이 글의 서두에 서슴없이 올리는 것이다.

대체적으로 결혼을 할 때 그것이 연애결혼이나 또는 중매결혼의 경우에 있어서도 누구나 처음에는 애정을 품고 느끼게 되는 것이다. 하지만 인간에 있어서 더욱 부부간에 있어서 애정의 '순수한 상태'는 오래 지속하기가 힘이 들며 자칫하다가는 애정의 하위인 욕망으로 변하기 쉬운 일이다. 그럼에도 불구하고 처음부터 무의식적인 욕망에서 결혼을 하였다면 그것은 현실이 아닌 우상에 대한 결혼이라고 나는 단언하고 싶다.

어떤 사람들은 결혼 1개[130]월간을 꿈같이 보냈다고 할지 모른다. 참으로 달콤한 도원경의 신비에 싸여 30일간을 한 시간에 못지않게[70] 즐겁게 보냈다고 할 때 나는 여기에 대해 말할 수 없는 불만을 느끼게 되는 것이다.

적어도 그 사람들이 진실한 애정으로 그 결혼이 이루어졌다면 장래에 대해, 피차의 상대에 대해, 가정에 대해, 경제적인 문제에 대해 진실한 상의와 비판을 서로가 가져야만 될 것이다.

결혼 1개월간은 계획의 시기에 지금까지 독신자로서 걸어왔던 것에 대한 참다운 반성의 시기여야만 한다.

육체적인 향락 같은 것엔 조금도 신심을 사용할 필요도 없고 어디까지

70 원본에는 '멋지않게'로 오기되었다.

나 앞으로 애정을 유지해 가기 위해 서로가 계획하고 검토를 해야만 한다.

모든 것이 출발이 중요한 것처럼 미지의 남녀가 한 가정을 이루어 나가기 위해 서로 합친 이상 그것은 가장 엄숙한 출발이어야 한다. 먼저 자기의 성격과 지나온 여러 일을 솔직하게 고백하고 청산하고 정리해 가면서 상대방의 장단점을 잘 골라야만 되며 그러기 위해서는 성실한 진실성을 나타내야만 되는 것이다.

나의 경우를 여기에 적는 것은 무척 쑥스럽다. 물론 현실의 억압과 자신의 과오로써[71] 7년이 지난 오늘날 그때의 계획은 마음대로가 아니라 거의 실패에 돌아갔지만 결혼 1개월간의 이상은 참으로 높았던 것이다.

4월의 어느 날 무척 태양이 곱게 내리쪼이고 분수가 하늘을 찌르는 듯이 힘 있게 솟아오르던 오후에 결혼식이 끝났다. 지금 막상 생각하면 우리 두 내외가 진지한 생각을 했는지 안 했는지는 몰라도 아마 성실하게 상대방을 아끼고 좋은 일을 서로 많이 해 가자는 것을 맹세했는지도 모르겠다.

시기도 좋았으나 신혼여행 같은 것은 가지 않았다. 결혼식에 비용이 들어서 더 무리할 필요가 없었다. 하지만 우리들은 도리어 이것이 좋았다 (지금 아내는 간혹 신혼여행을 가지 못한 것을 후회하지만). 낮에는 나는 볼일로 돌아다니고 밤에는 구경도 가고 책도 읽고 또한 그전 이야기를 했다. 책을 읽은 이야기에서 많은 합의점을 찾았다. 그 후 세월은 잘 가는 법이다. 7년이 지났으니깐. 1개월은 눈 깜짝할 사이, 요즘 말로는 제트기처럼 지나갔다. 무엇을 했을까? 무엇을 계획했을까? 처음에 쓴 말을 했다면 좋겠다. 아마 했을 것이다.

나는 이 글을 쓰면서 우리의 과거와 현재가 욕망이나 타성이 아니라는 것을 믿는다. 그러면 애정의 존재가 아닌가 생각한다. 1개월간에 있어서, 부부 생활의 출발기에 있어서 불성의한 생각은 조금도 없었기 때문에 지

71 원본에는 '과오로서'로 오기되었다.

금까지 이끌어 온 것이 아닌가 믿는다.

꿈같이 지났다는 것은[72] 역시 좋지가 않다. 꿈이 아닌 것으로 변형된 성실한 시간이었다고 본다.

"…욕망은 애정의 하위…." 결혼 1개월은 욕망에만 사로잡혀서는 안 된다고 본다. 위대한 문학자의 좋은 명언을 여러분도 동감하고 외워 두는 것이 좋을 것이다.[131]

『女性界』 4-10호(1955.10.1)

72 원본에는 '것을'로 오기되었다.

환경에의 유혹
회상 우리의 약혼시절

1947년 초겨울에 약혼을 하였습니다. 4, 5개월간의 교제 끝에 두 사람은 앞으로 결혼을 함으로써 지나간 과거에 성실할 수 있다는 믿음 밑에 그 약속으로 약혼을 한 것입니다.

실상 약혼이라는 것은 생각지 않는 의무와 책임을 마음에 초래시키는 것 같습니다. 그 전까지 막연히 사랑을 속삭이던 입에서 이제는 결혼을 하면 어떻게 하자든가 또는 생활에 있어서의 경제적 문제는 이렇게 타개해 가면 좋을 것 같다고 말하게 되었습니다.

그 다음 해 4월에 결혼을 하기까지 약혼 시절을 5, 6개월 보낸 것 같습니다. 그러는 동안 우리는 하루도 빼놓지 않고 매일 만났습니다. 지금 생각해도 그렇게 매일 만난 것이 몹시 신기롭고[73] 힘든 일이었다고 마음속으로 웃고 있습니다.

우리는, 적어도 나로서는 앞으로 아내가 될 사람에게 나의 환경이라는 것을 알게 할[74] 필요가 있었고, 상대편에서도 그것을 원했기 때문에 친구들과 선배에게 소개도 하고 인사도 시켜서 여럿이 함께 어울려 유쾌한 시간도 보냈습니다.

그 당시 가까이 지낸 분은 박영준朴榮濬, 이봉구李鳳九, 송지영宋志英 씨 등이며 박 선생은 우리 결혼식에 들러리를 섰습니다. 지금도 내 아내는 이 분들을 제일 좋아하며 그때 여러 가지로 듣고 이야기해 주신 것을 잊지 않고 있습니다.

우리는 지금 경제적으로 그리 풍유한 편이 못 됩니다. 하지만 내 아내

73 원본에는 '신기스럽고'로 표기되었다.
74 원본에는 '아르킬'로 표기되었다.

는 그러한 장려[75]가 되어도 참고[76] 살아갈 것을 약혼 시절에 이미 각오한 모양이고,[245] 이는 정신의 존귀성을 지니고 살아가는 사람들의 행복을 부러워할 줄 알아야 되는 것을 상기한 여러분한테서 배웠는지도 모르겠습니다.

나는 그 무렵 책을 많이 읽었습니다. 그리고 다 읽고 난 책은 반드시 상대[77]에게 빌려 주고, 남자를 이해하고 함께 살아가려면은 내가 본 책은 반드시 읽어 달라고 권했습니다. 며칠 후면 독후감을 이야기하는 것입니다. 그것이 화제가 되어 우리는 서적의 인물이나 작가의 의도와 사상에 관해서 참으로 진지한 의견도 교환하였습니다. 물론 다른 약혼자들도 그러할 줄 아오나, '좋은 일을 나도 했구나' 하고 자찬을 합니다. 얼마 전 내 아내는 "요즘 나는 당신과 거리가 멀어진 것 같소" 하기에 나는 "당신은 어린애도 기르고 살림이 고된 까닭에 책을 보지 못해서 그런 게 아니오" 라고 대답을 하였습니다.

우리는 그때 아폴리네르의 시를 많이 읽었습니다. "미라보 다리 아래 센 강은 흐르고 나의 청춘이 흐른다 세월은 흐르고 나는 남는다"라는 그것이 좋아서 밤이면 함께 거닐 때 서로 암송도 했었다. 나는 그를 되도록이면, 정서의 세계에 접근시키려고 애썼고, 그러한 것을 아내 될 사람이 또한 즐겼기 때문에 무척 마음이 행복했었습니다.

남보다 유달리 오랜 약혼 기간이었기 때문에 피차 상대를 알기에 참으로 도움이 되었습니다. 그때보다 내가 달라진 것은 술을 많이 마시게 된 것뿐이고 아내는 의외에도 살림에 열심인[78] 사람이 되었습니다.

나는 지금 회상하건대 약혼이라는 것은 반드시 있어야 하며, 그 기간이 참으로 중요한 시기라고 생각합니다. 남자 된 사람은 대체적으로 앞으로

75 '걱정거리'를 뜻한다.
76 원본에는 '참아'로 표기되었다.
77 '약혼자'를 가리킨다.
78 원본에는 '열심한'으로 표기되었다.

자기가 어떤 생활과 의견으로서 살아갈 것을 미리 알아채어서, 그것을 형성할 환경과 정신적인 풍토[79] 속에 끌어들여야 하면, 또한 서로 융합해 가지고 속히 이해의 길을 찾는 것이 좋을 것 같다고 생각합니다. 약혼 시절의 글은 한 20년 후에 쓸까 했더니 불과 7, 8년이 된 오늘 그 일단을 적게 되었습니다.[246]

『女苑』 2-2호(1956.2.1)

79 원본에는 '품토'로 오기되었다.

밴 플리트 장군[80]과 시

어느 날 나는 무심히 찻집에서 친우들과 떠들어 대며 차를 마시고 있었다. 그 얼마 전 제8군 사령관 밴 플리트 대장의 영식令息 제임스 중위가 북한 폭격에 참가하였다가 원인 모를 행방불명이 되었고, 또한 제임스 중위는 밴 장군의 외아들로서 장간의 환갑을 축하하기 위하여 한국 전쟁[81]을 방문한 후 공군 장교인 그는 역시 한국에 있어서의 공군 작전에 참가하게 되었으나, 신문의 보도와 같이 그는 또다시는 돌아오지 않았던 것이다.

이와 같은 제임스 중위의 불상사는 한국에 있어서의 커다란 뉴스였을 뿐만 아니라, 일반 시민에게도 큰 감명을 주었다. 우리나라 신문은 대대적인[82] 보도를 하였고, 이 대통령도 밴 장군에게 위로의 서간을 보내었다는 것도 알려졌다.

그리하여, 다방에 모여 앉은 우리들은 제임스 중위 행방불명에 관한 외신의 이것저것, 또한 육군은 템포가 늦어 공군을 지망[241]하였다는 그의 현대적 감각, 이혼한 그의 아내는 현재 뉴욕 브루클린 근교에서 이 비보悲報를 들었을 것이라는 AP의 기사가 참으로 감명적이었다는 것을 주고받았다.

더욱이 화제의 발전은 한국 고관의 자식들은 전사는 고사하고 일본으로 도피하거나, 그렇지 않으면 병정마저 기피하여 버리는데, 외국에서는 이

---

80 원본에는 "밴 플리트Van Fleet ; 1951년 4월 11일, 미 제8군 사령관에 임명되어, 1953년 1월 24일, 후임 테일러 장군이 오기까지 한국에서 근무함. 1951년 11월 21일, 명예 서울시장이 됨. 1952년 5월 27일, 이승만 대통령 방문. 1953년 3월 8일, 미 상원 군사위 증언에서 한국전에 원자 병기 사용 주장함. 같은 해 9월 19일, 한・미 재단 이사장에 취임"이라는 편집자 주가 달려 있다.

81 원본에는 '원문대로. 전장의 오식인 듯함'이라는 편집자 주가 달려 있다.

82 원본에는 '대대○인'으로 표기되었다.

런 일이 있기보다도 솔선,[83] 자제들이 전쟁에 참가하여 공산군과 싸우고 있고, 또한 전사를 하는 데는 경탄치 않을 수 없었다고 이야기를 하였다.

이러한 우리들의 대화 도중, 공보원에 있다는 V. 브루노 씨가 찾아왔다. 그는 나와 처음 만나 반가이 악수하면서 '시'를 한 편 써 달라는 것이다.

한 편의 시란 지금까지 우리들 화제의 중심이었던 밴 플리트 장군에게 보내는 헌시라는 것이다.

나는 우연히 생기는 일체의 현상에 놀란 일이 한두 번이 아니나, 밴 장군에게 보내는 시를 써 달라는 데도 좀 놀랐다.

시인이 대통령을 위해서, 국무총리를 위해서 시를 썼던 시절은 이미 지났다.

옛날엔 궁정 시인이나 계관 시인도 있었던 것인데, 현대에 와선 시인(개인) 자체가 사회적 지위를 확립함에 있어서 어떤 권력 있는 자의[84] 관력官力에 아부하던 시대는 지났다고 생각된다. 그래서 다소 고민하였다. 밴 플리트 장군의 환갑을 한국 정부와 미 대사관에서 공동으로 경축하는 식석式席에서 무초 미 대사가 장군에게 바치[242]는 시를 쓴다는 데 대해서…. 허나 결국엔 시를 썼다.

그 이유는 우리 한국 인민의 자유와 행복을 보장하기 위하여 침략자와 싸우는 미 제8군 사령관인 밴 플리트 장군에게 한국의 시민[85]의 하나인 나는 시인으로서보다도 인간으로서 최대의 경애와 감사의 마음으로 보답하여야 할 것이며, 더욱이 이역 수만 리 황폐한 싸움의 터전에서 초연硝燃과 파성破聲의 요란함을 받아 가며, 아들 제임스 중위의 행방불명(거의 전사일 것이다)이란 괴로움을 참아야[86] 할 심정인 장군의 환갑 축회를 마음껏

83 원본에는 '졸선'으로 표기되었으며, "원문대로. '솔선'이 '졸선'으로 오식된 듯함"이라는 편집자 주가 달려 있다.
84 원본에는 '자이'로 표기되었으며, "원문대로. '의'의 오식인 듯함"이라는 편집자 주가 달려 있다.
85 원본에는 "원문대로. '시민의'가 탈자된 듯함"이라는 편집자 주가 달려 있다.
86 원본에는 '잠어야'로 표기되었으며, "원문대로. '참아야'의 잘못인 듯함"이라는 편집자 주가 달려 있다.

축하하는 것도 한국사람 된 도리일 것이다.

브루노 씨는 나를 데리고 모 중국 요릿집으로 갔다. 조용한 방 한구석에 앉아 나는 근 80행에 달하는 시를 썼다.

브루노 씨는 원래가 화가라 하며, 시에 대해서도 제법 견식이 높았다.

"당신의 시도 좀 E. E. 커밍스(1894~1962, 미국)와 같은 조자調刺의 맛을 띠었으면 좋겠소."

그는 제언했으나 그리 반갑지 않았다.

내가 쓴 시의 제목은 「당신은 지금 얼마나 행복하십니까」인데, 이를 영역英譯으로 옮긴 것은[87] 'WHANGAP還甲'[88]으로 되어 있고, 또한 시구에, "북한 어느 이름 모를[89] ○○곳에서 제임스 중위가 당신의 오늘을 축하하듯이 우리도…."

이런 구절은 삭제하였다. 왜 그 구절을 마음대로 고쳤느냐고 브루노 씨에게 물은즉, 환갑 축하식에서 그런 소리가 나오면 다소 마음이 쓰라리게 될 것이라고 한다. 일리 있는 것이라[243]고 긍정하였다.

보잘것없는 나의 헌시는 영문으로 완역되어 도안 문체로 청서淸書되고, 이것을 밴 플리트 장군에게 무초 대사가 바친 것을 그 후에야 알았다.

시를 써 보느라고 여러 해 동안 애를 썼고, 더욱이 천성의 비극의 하나로 시에 뜻을 바친 이상, 나는 시를 쓰는 데만은 성실하려고 했다. 그러나 살아 있는 그 누구에게 헌시는 해 본 적이 없다. 대수롭지 못한 몇 줄의 글 나부랭이[90]라 할지라도 내 시의 정신을 그리 쉽사리 남에게 바치기 싫었고, 반면 자존심이기도 했다.

밴 플리트 장군은 무척 즐거웠던 모양이다. 몇 번이나 읽었다고 한다. 전연 이름 모를, 알지도 못하는 한[91] 한국의 젊은 시인이 보내 준 시 한 편

---

87 원본에는 없지만 '은'을 넣는 것이 자연스럽다.

88 원본에는 'WHAMOAP還甲'으로 표기되었으며 "원문대로. 'WHANGAP'의 오식인 듯함"이라는 편집자 주가 달려 있다.

89 원본에는 '이름'으로 오기되었다.

90 원본에는 '나부래기'로 표기되었으며, '나부랑이'라는 편집자 주가 달려 있다.

에 장군의 전고戰苦가 위로되었고, 환갑 축하회가 빛났다면 유엔 장병의 용전분투勇戰奮鬪로, 그들의 피의 대가로 우리가 안정하고, 자유롭게 살 수 있는 터이므로, 나는 시민의 한 사람으로서 참으로 당연한 일을 했다고 생각한다.[244]

『歲月이 가면』(槿域書齋, 1982)

91 원본에는 '일一'로 표기되었다.

기행

19일간의 아메리카

미국의 웅대성, 삼림이 말하는 듯 / 무성한 수목엔 감탄을 불금不禁

사실에 있어서 위대한 나라로 온 세계에 알려진 아메리카를 겨우 19일간의 체재滯在로써, 더욱이 워싱턴 주와 오리건 주의 일부 도시만을 본 필자가 운위한다는 것은 지극히 난센스한 일이다. 그러나 19일간이나 단 하루일지언정 나에게는 내 스스로의 인상과 감명이 있을 것이며, 10년이나 20년을 지내도 진실한 아메리카의 진상을 파악하기 힘이 든다면 차라리 단기간의 견문이 다른 각도의 의의를 갖고 있는 것이 아닌가 생각도 된다. 솔직한 말로서 나는 아무 계획도 기대도 없이 '남해호南海號'라는 배로 떠났다. 시를 쓴다는 것이나 영화 평론을 한다는 일이 이 나라에서는 생활적인 직업이 되지 못하여, 나는 대한해운공사[1]의 그늘진 책상 옆을 몇 개월간을 나갔다. 물론 고정된 수입도 없이 막연히 생활은 어떻게 되겠지 하며 친우들이 말리는 것도 뿌리치고 월급의 날을 기다렸다. 그러한 어느 날, 별로 일 같은 일도 하고 있지 않았던 나에게 배를 타고 아메리카를 한번 가 보는 것이 어떠냐는 사장의 말이 떨어졌다. 꿈같은 일이라고 하기에는 너무도 우스운 일이었다.

모든 일을 선의로 해석하자는 것이 나의 금년에 들어서의 신조였다. 회사에 하루 종일 나가 있는댔자 신통한 일도 없고, 잠시나마 이곳을 벗어나는 것은 별로 불쾌한 일은 아니다. 그러면 떠나자. 여기저기서 빚을 얻어 가지고 몇 푼의 미화美貨로 바꾸고, 3일 후인 3월 5일에는 부산항과 작별을 했다.

---

1 '대한해운공사'는 1949년 8월 해운 및 수출입에 관한 업무를 관장하기 위하여 출범한 국영기업이다. 이후 1968년 7월 민영화되었다.

그 익일인 6일에는 일본 신호항神戸港[2] 기항, 9일 야반夜半에 내가 탄 배는 태평양으로 나갔다.

14일간을 고독과 풍랑과 싸우며 나는 나로서 22일 아침에 워싱턴 주의 수부首府인 올림피아의 거리를 바라다볼 수가 있었다. 어찌 된 셈인지 어떤 목적인지 나도 모르는 사이에 아메리카에 오고, 배의 한 인원이 된 의무로서 그 후 기항한 터코마, 에버렛, 아나코테스, 포트앤젤, 포틀랜드와 그 부근의 도시, 촌락 10여 개소를 구경했다. 교통비가 비싸서 먼 곳은 갈 수도 없고, 세부에 걸쳐 관찰한다는 것은 내 자신이 피하고 말았다. 여기서 말하고 싶은 것은 아메리카의 도시의 성격이나 구조는 인구의 비례에 따라 참으로 균형되어 있다. 터코마는 시애틀의 축소판이며, 건물의 높이가 인구를 말할 뿐이다. 도심 지대에는 회사와 백화점이나 극장이 있고, 그 테두리에는 공장과 학교, 교외로 나가면 주택지, 이러한 구조가 어느 곳이나 단일한 성격으로서 나타나고 있는 것을 나는 보았다. 여하튼 이런 이야기는 많은 사람의 입으로 우리나라에 이미 전해지고 있고, 제약된 매수로 상식적인 이야기는 되도록 피하는 것이 좋을 성싶다.

삼림

우선 놀라운 것은 산이 푸르다. 우리나라와 같이 붉은 산만 보던 나로서는 무서울 정도로 산의 수목들이 무성한 데 감탄하지 않을 수 없다. 헴록Hemlock, 유Yew의 이름으로 알려지고 있는 북서부의 수목들은[3] 거대한 아메리카의 자원임에 틀림이 없다. 우리들이 싣고 온 것도 결국 재목이었다는 뜻에서가 아니라, 가는 곳마다 삼림의 바다였다. 웨스턴 유의 평균 길이는 40피트이며, 100피트의 헴록은 온지대溫地帶에서는 200피트에까지 이르고 있다. 아나코테스에서 약 10여 마일 떨어진 곳에 있는 워싱턴 주립공원의 삼림의 아름다운 우아한 모습은 참으로 잊을 수 없는 것이다.

---

2 '고베 항'을 가리킨다.

3 원본에는 '樹들木은'으로 오기되었다.

그리하여 내가 가 본 어떠한 도시의 대부분도 거의 재목 공장이 아니면 펄프 제작 회사의 간판을 내걸고 있었다.

여기서 생각되는 것은 '오늘의 아메리카의 원동력은 삼림에 있지 않은가?' 느껴지는 것이다. 최근의 아메리카 영화가 사진砂塵의 서부극에서 삼림과 하천의 서부극으로 옮겨진 것과 같이 재목은 집을 만들고, 예전의 다리橋가 되고, 철도의 침목이 되고, 지류紙類로 변했다. 건물과 철도와 신문, 서적은 문명국으로서의 아메리카와 결부시킬 수 있으며, 오늘의 서부 영화가 도달한 풍물도 이러한 데 있지 않은가 한다. 창해와 같은 삼림은 아메리카의 웅대성을 말하는 동시 그 민족성을 나타내고 있다.

질서

민주주의는 자유와 질서의 발달을 의미한다는 말을 들은 적이 있다. 그렇다고 하여 과연 어느 정도의 자유가 아메리카에 보장되어 있는지 단기간의 견문으로써 나는 알 수 없으나, 그 질서의 확립에는 확실히 동의하는 바이다. 자동차가 보행하는 사람을 먼저 보내고 지나간다든가, 오전 2, 3시 보행하는 사람이나 달리는 차 하나도 없는 교차점에서 두 가지의 신호등을 지킨다는 것도 쉽게 거리에서 볼 수 있는 질서라고도 할 수 있지만, 그들은 일상의 어느 한 잠시간도 마음의 질서를 버리고 사는 것 같지 않다. 판매원이 없어도 그 대금을 놓고 신문을 들고 가는 것은 물론이고 노동자가 시간을 조금도 어기지 않고 작업에 열중한다는 것도 질서의 정신이다. 백화점은 폐점 시간이 단 1분이 지나도 어떠한 고가高價의 물품도 판매치 않으며, 버스의 출발은 시간의 단 1분도 늦지를 않는다.

약속 시간의 엄수

우리나라 사람은 필히 배워야 될 일이다. 나는 내가 머무르고 있는 동안 매일 신문을 샀으나, 단 하나의 범죄 기사를 보지 못한다. 영화나 책에서 보고 들은 범죄의 나라 아메리카와는 판이할 지경이다. 백화점과 귀금

속상 그리고 은행의 문이 철문을 내리고 있는 것도 한 번도 보지 못했으며, 겨우 조그마한 열쇠로 짤깍 잠글 뿐이다. 쇼윈도에는 많은 물건을 그대로 진열해 놓고 낮보다도 밝은 전등을 조명시키고 있다. 그러나 어떠한 사람도 유리를 깨뜨리지 않고 그저 보고만 갈 뿐이다. 거리의 청결도 그들의 질서를 말한다. 한국에서는 가는 곳마다 벽에 포스터가 더럽게 붙어 있으나 아메리카에서는 한 장의 광고 포스터도 보지 못했다. 겨우 영화 포스터가 그 극장 쇼윈도에 몇 장 걸려 있을 뿐이지, 참으로 거리의 벽들이 깨끗하다. 이러한 예는 아메리카의 자랑이며, 그들이 여러 면에서 질서의 관념을 버리지 않고 있다는 것을 말한다. [상 1955.5.13]

동양인에 대한 감정 호전 / 정신 면面의 과대평가 불요不要

정신적 연령

나는 별로 상류 계급에 속하는 인사들과 접하지 못했다. 그럴 필요도 없었을 뿐 아니라 그런 여유와 환경이 되지 않았다. 그래서 배에 나와서 작업하는 노동자, 식당 주인, 서점의 주인, 자동차 회사의 세일즈맨, 중학교의 선생, 도서관장, 오일 회사의 사무원 등 중류 계급이 아니면 하류에 속하는 사람들밖에는 모른다. 아메리카인들은 독서를 하는 것 같지가 않다. 신문을 사도 겨우 1면(정치, 해외, 외교, 그 외 오스카상 수여식 같은 톱뉴스가 게재된다)을 훑어보고 대부분은 광고란을 보는데, 그것은 물가의 저락低落과 생활품의 변동이 어떻게 되었는가에 대한 관심이다. 다시 말하자면 그들은 새 지식이나 문학 또는 철학에 정신을 돌리지 않아도 인생을 즐겁게 보낼 수 있는 시대와 생활 속에서 살고 있다는 것이다. 우리나라와 같이 일상의 생활이 빈곤하고 항상 마음의 불안이 있는 곳에서는 국민이 신문을 열심히 읽는다든가 소설을 보고 하면서 자기의 새로운 지식을 얻는 것이 다시없는 즐거움이 되는데, 그들은 이에 반하여 아침에 일어나면 좋은 음식으로 식사를 하고, 좋은 자동차로 각자의 직장에 나가 즐겁게 일하고, 하루의 일이 끝나면 친구들이나 가족과 춤을 추든가 영화관에 가서 시간을 보낸다. 집에 돌아오면 텔레비전의 음악 소리를 보고 들으면 잠잘 시간밖에 남지 않는다. 이런 것은 너무도 평면적인 관찰이고 예에 불과한지 모르나, 아메리카인은 여하튼 상식적인 것밖에 모르고 사는 것이다. 상식적이란 결코 소홀히 할 수 없는 것이지만, 우리는 상식에서 어떤 정신적 연령을 찾지는 못할 것이다. 자기가 맡은 일에 대한 것 외에는 알 필요도 없고, 그 외의 더 이상의 것을 안다는 것은 그들에게 있어서는 정신의 소화消化이다. 나는 그들이 정신적으로 연령이 어리다고 여기서 말할 수는 없으나, 우리 한국의 어떤 일부의 대표적인 사람과 그곳 일부의 동일한 자격의 인간을 비한다면, 오히려 우리들이 정신적으로 지식적으로 높은 위치에 있지 않은가 생각한다. 물론 아메리카 전반의 대가大家의 문화 수준은 우리가 비할 수가 없으나, 그러나 우리들이 조금도 정신적으로 뒤떨어져 있다고는 믿고 싶지가 않다. 그들이 노래하고 춤추고 자동차로 드라이브를 할 때 우리들은 열심히 지식을 흡수한다면 아메리카 문화와 다른, 새로운 문화가 우리나라에 생기고 사회와 가정의 생활이 높아질 것이다.

전쟁에 대해서

만나는 사람마다 한국과 미국 사람은 '죽음의 친우'라고까지 해서 나는 참으로 감격하고 말았다. 더욱이 내가 간 워싱턴과 오리건 주는 태평양 연안인 관계인지 몰라도 거의 대부분의 청년이 지난번의 싸움에 출정했었다. 현재 트럭 운전사가 된 R이라는 청년은 서울에서 온 나를 만난 것이 기쁘다고 함께 술을 나누었다. 그리고 돌아가면 영등포[4]에 사는 어떤 여자를 꼭 찾아가, 지금도 사랑하고 있다고 전해 달라는 것이다.

그는 한국에서 다시 전쟁이 일어나면 다 가게 되고, 그 여자를 만날 수

4 원본에는 'YOUNGDONGPO'로 표기되었다.

있는데, 그러나 사실은 전쟁은 싫다는 것이다. 만나는 사람마다 휴전이 되어 얼마나 좋으냐고 물으나, 내가 우리나라의 통일은 북진하는 길밖에는 없고, 전쟁만이 한국을 완전한 통일된 나라로 만들 것이라고 하는 데는 쓴웃음을 지을 뿐이다. 아메리카는 근래 수년간 몹시 물가가 앙등되었다 한다. 그 원인은 한국 전쟁 때문에 세금TAX이 많아진 까닭이라고 한다. 지극히 피상적인 생각 같으나 사실일 것이다. 거기에 전쟁에 나간 청년은 많이 돌아오지 않았다. 그들 청년의 가족, 친척, 지기知己들 거의가 다 이곳 주민들이다. 다시 전쟁이 없으면 하고 원하는 사람은 나와 만난 사람의 전부라고 해도 거짓말이 아니다.

한국인인 나와 그들 간의 의견의 오직 하나의 중대한 차이는 '전쟁'에 관한 것뿐이었다.

동양인에 대한 감정

여기서 동양인이라고 하는 것은 한국인과 일본 사람과 중국인이다. 내가 간 지방에는 일본 이민이 많이 살고 있으나 한국인은 별로 많지가 않다. 그러나 미국 사람들이 제일 좋아하는 것은 한국 사람이다. 함께 전쟁을 했다는 것도 그 원인이 되어 있고, 이승만 대통령과 같은 훌륭한 지도자를 가진 국민은 동양에서 제일 행복하고 좋은 민족이라고 한다. 일본인에 대해서는 아직도 2차전[5] 때의 적개심을 갖고 있으며, 심지어 포틀랜드의 어떤 고물상에서는 일본 선원에게 출입을 금지시키고 있는 데가 많다. 우리들도 간혹 일본인인 줄 알고 멸시에 가까운 시선을 받은 적이 있으나, 한국 사람이라고 안 후부터는 많은 환대를 받았었다. 중국인은 미국 사람의 관념으로서는 전부 공산주의자가 된 것처럼 생각하고 있다. 사실 대만에 사는 수백만과 그 외 외지에 나가 있는 천여만의 화교들이 자유 진영에 남아 있으니 그렇게도 생각할 것이다. 일본서 온 이민들은 종전終戰이

5 '세계 제2차 대전'을 가리킨다.

되자 수용소에서 나와 당분간을 고생했으나, 재빨리 그전의 토지와 가옥을 찾고 사업에 종사한 관계상 지금 그들의 생활은 많이 향상되고 있는 모양이다. 그러나 직접적으로 어떤 억압을 그들에 주고 있지는 않으나 일본인에 대한 감정이 전쟁이 끝나고 10년이 되는 오늘날에도 의연히 나쁘다는 것은 일본인 전체가 그리 좋은 민족성을 가지고 있지 않다는 데 기인될 것이다.

불과 19일간의 아메리카를 보고, 더욱 수매數枚의 글로 적는다는 것은 나로서는 몹시 위태로운 모험이 아닐 수 없다. 결론적으로 말하면 아메리카에는 많은 선량한 사람이 좋은 나라와 화회和會를 만들기 위하여 살고 있으니, 그러기 위한 첫걸음으로 서로 즐거운 개인과 가정생활을 하고 있다는 것이다. [하 1955.5.17]

『朝鮮日報』(1955.5.13~17)

아메리카 잡기雜記 서북 미주의 항구를 돌아

떠나기까지

지난 3월 5일 부산을 출항하여 아메리카로 향하는 기선 남해호를 타기까지 나는 불과 1주일간의 여유가 있었다. 즉 2월[6] 25일 저녁, 필자가 생활을 위하여 근무하고 있던[7] 대한해운공사海公 사장은 월급날인 그날의 월급 대신에 한번 미국 구경을 하지 않겠느냐는 말을 던졌다. 참으로 영문 모를 이야기에 잠시 놀랐다. 하지만 박 형처럼 문학을 전공하는 분으로서 한번은 태평양을 넘어[8] 미국의 풍물을 보는 것이 도움이 될 것이라는 사장의 부언에는 많은 그의 진의를 엿볼 수 있었다. 사실 그 무렵 나는 무척 우울했다. 돌아온 지금 역시도 그때와 다름은 없으나 우두커니 회사에 나가 어떠한 부서에도 소속되어 있지 않은 '책상', 그것도 회사에서는 제일 낡은 물품을 앞에 놓고, 남들이 일하는 것을 보고 있는 것 외에는 할 일이 없는 일을 근 3개월간 지속해 왔다. 이것은 참으로 어리석고 그리고 용이한 일이 아니었다. 하지만 회사에 나가는 길밖에 어찌할 도리가 없다. 몇 줄의 시나 영화 평론을 들고 이 신문, 저 잡지사를 돌아다닌댔자 생활을 영위해 나갈 수도 없고, 더욱이 우리나라에서는 문필은 사회적인 직업으로 알아주지 않았기 때문에 어떤 큰 회사의 사원이라는 것이 도리어 체면을 만든다면 어찌 나로서는 피할 수 없는[9] 일이 아니겠는가? 여하튼 남궁 사장[10]과 개인적인 친면이 있기도 해서 해공에 나가기로 했던 것이

6 원본에는 '2월은'으로 표기되었다.
7 원본에는 '있고'로 표기되었다.
8 원본에는 '넘고'로 표기되었다.
9 원본에는 '있는'으로 표기되었다.
10 '남궁 사장'은 당시 대한해운공사의 사장이었던 '남궁련'을 가리킨다.

다. 2, 3만 환만 회사에서 얻으면 이 험난한 세상에서 겨우 가족의 생계는 해결되겠지, 분야는 다르지만 전에도 근무해 본 일이 있는 회사니깐 좀 실무를 배워 가지고 안정해 보자는 이런 '각오'로 지난해부터 3개월 이상을 그 책상 옆을 지켰다. 그러나 사령도 없었을 뿐만 아니라 도대체 일거리를 주지 않는다. 추운 겨울날 남들은 땀을 흘리면서 사무를 보는데, 나는 떨면서 옛날 신문철이나 뒤적거려야 한다. 그분들을 보기에도 미안하고 내 자신도 무척 처량해진다. 그러나 이러한 몇 달을 보낸다는 것도 나에게 이처럼 해 주고 있는 사장에게 어떠한 뜻이 있는 것처럼 나에게도 생각이 있었다. 물론 사령이 없으니 월급도 나오지는 않았다. 겨우 사장의 호주머니 돈을 얻어 쓴 일이 몇 번 있었고….

그러나 한 1년 동안은 지속할 힘이 나에게는 있었다.

이러한 상태 하에 2월 말 미국에 갔다 오라는 것이다. 꿈이라고 할 수는 없으나 평상적인 일은 절대 아니다. 그래서 머릿속이 어찔해졌다. 사실 선박 회사의 직원이 해외에 간다는 것은 쉬운 일이다. 남들처럼 몇 달을 걸려 여권을 만들 필요도 없고, 승선 발령서 한 장만 받으면 선원 수속을 하여 그 선박의 직무를 형식적으로 얻으면, 일본이나 비율빈이나 독일이나 세계 어느 곳이고 배가 기항하는 곳이면 마음대로 함께 갈 수가 있었다.

그래서 나도 이와 똑같은 절차를 밟았다. 원외員外 사무장이란 직함으로 선원수첩을 해사국에서 얻고, 3월 3일부터 남해호의 한 인원이 되었다. 원래는 4일 밤 부산을 떠날 것인데, 배의 전[180]기사電氣師가 개인적인 사정으로 출항 시까지 승선하지 못했기 때문에 5일 정오에 기선은 기적을 울렸다.

기적 소리는 언제 들어도 처량한 것이다. 해방 후 처음으로 고국을 떠나는 나로서, 더 말하자면 심리적으로 무척 고통을 당하고 있던 나는 이 기적소리가 귀에 들리자 무한한 정막에 사로잡혔다. 그전까지 혼란한 이 나라를 탈출해 봤으면 속이 시원해지겠다고 늘 생각했으나, 막상 떠나게 되니깐 마음이 서운해지는 것이었다. 허나 마음 한구석으로는 즐거운 기분도 있었다.

한국의 시인은 태평양을 건너 미국에서 무엇을 보았나? 술, 여자, 유학생!

일본

배는 현해탄을 6시간에 걸쳐 16마일의 속도로 달리고 있었다. 몹시 롤링[11]이 심하여 머리가 아프다. 그러나 뱃멀미는 별로 하지 않는 셈이다.

저녁 8시경 시모노세키와 모지 간을 지났다. 사방은 어둡고 거대한 남해호는 이 암흑을 조용히 뚫고 나가고 있다. 멀리 일본의 촌락에서 불이 빛난다. 그 불은 나에게 잠을 가리키는 것이다.

새벽 5시경 나는 처음으로 세토 나이카이瀬戸內海의 풍물을 접할 수가 있었다. 바다는 아직 잠든 듯이 조용하다. 현해탄의 노기에 비하면 이것은 천사의 얼굴이다. 많은 섬과 어선들이 좁은 바다에 아름답게 떠 있고, 멀리 선 붉은 태양이 점잖이 모습을 나타낸다. 배의 진로에 따라, 태양은 바다에서 떠오르는 것 같고 또는 섬의 산봉우리에서 하늘에 올라가는 것 같다.

태양의 빛은 바다에 반사되어 푸른 물결은 어느 사이 붉게 물들고 있다. 마치 천연색 영화와 같은 아름다움이다. 여러 서적과 사람들이 이 좁은 바다의 우아한 미를 이야기한 것과 더욱 다름이 없는 인상적인 풍경이다. 이러한 몇 시간이 지나고, 배는 더욱 육지와 접근되어 기항지 고베神戸를 향하고 있었다.

일본의 해안 도시들이 눈에 환히 나타난다. 많은 공장의 굴뚝에서는 검은 연기가 오르고, 새벽부터 화물차는 짐을 재하고[12] 달리고 있다. 움직이는 나라.

고베에 가까울수록 공장과 도시의 모습은 웅대하다. 여러 섬과 항구를

---

11 '배나 비행기가 좌우로 흔들리는 일'을 뜻한다.
12 '싣고'를 뜻한다.

향하여 경쾌한 속력으로 떠나고 있는 신조 화물선은 아담하기 짝이 없으며, 우리의 배 부근에는 작은 어선들이 수백 척씩 일단이 되어 어로에 열중이다. 대강 두 사람씩 탄 2, 3톤의 어선들은 전부 합치면 수천 척이 될 것이다. 그들은 덱에 매달린 나에게 손짓을 한다.

오전 11시, 부산을 떠난 후 23시간 후 남해호는 고베에 입항했다. 가와사키 조선 공작소 앞 독에는 2, 3만 톤 급의 조선 중인 배들이 4, 5척이 있다.

이미 모든 풍경은 한국과는 딴판이다. 우리들은 해방이 되어 혼란한 몇 년을 보내고 다소 안정되어 생산에도 힘쓰며 살아가려고 할 때에 불의의 전쟁이 발발되고, 국토는 황폐화한 고장이 되고 말았는데, 일본은 그저 건설과 재건에 힘을 썼다. 고베와 오사카大阪의 거리는 완전히 복구되고, 새로운 고층 건물이 많이 신축되어 있다.

4일간은 일본 구경을 했다. 고베, 오사카, 교토京都 등지를 편리한 전차를 타고 왔다 갔다 했다.

우선 크게 눈에 띈 것은 파친코라는 영업이다. 그것이 일본 국민에게 도움이 되는 일인지 어떤지는 알 수 없으나, 이 세 도시의 도심 지대에는 파친코밖에 없다. 교외에서는 공장이 움직이고, 환락가에서는 파친코 소리가 요란하다. 남녀노소를 막론하고 전 시민이 모여들고 있는 감이 있는데, 어떤 큰 영업장소에는 천여 명 이상을 수용할 수 있다는 이야기를 들었다. 고베의 메인 스트리트의 대부분은 술집이다.(물론 파친코도 많고) 아침 일찍부터 밤 한두 시까지 술을 팔고 있으나 일본은 최근 불경기가 되어 우리와 같은 한국인이나 외국 사람이 오면 대환영을 받게 된다. 간사스럽고 애교가 많은 일본 여자들의 교태에 빠진 남해호의 선원들은 즐겁게 밤을 보내지 않을 수가 없다.

나는 기선 속에서 바라다본 육지의 세계와 상륙한 후의 육지의 내부가 참으로 다르다는 데 놀라지 않을 수 없었다.

술과 파친코가 문제가 아니라, 일본은 기묘한 새로운 형태의 현실을 만 듣고 있다. 그것이 건전한 것인지 불건전한 것인지 내가 판단하기에 4일간이란 일자는 참으로 짧다. 하지만 내가 만난 몇 사람의 상류층(지식적으로)의 사람들은 무척 비관적인 전망을 하고 있다.

일본인은 술집과 상인을 제외하고 대체로 한국에 대하여 또는 한국인에 대하여 좋지 않은 감정을 가지고 있다. 아직 그들은 어리석은 우월감을 버리지 않고 있으며, 내가 욕설까지 한 어떤 일본 관리는

"이 대통령의 인기는 나쁘지요?"

라고 나에게 건방진 태도로 말했다. 그래도 나는

"적어도 그 국민에게 그 나라 원수의 얘기를 할 때, 너는 조그마한 경의도 없이 참으로 실례로운[13] 말을 하고 있지 않는[181]가. 너희들의 민주주의는 그러한 것인지 모르나 우리 국민은 대통령을 시정적인 인기에 비해 볼 바도 없고, 더욱 너희들에게 우리 대통령의 훌륭한 얘기를 한댔자 알아듣지도 못할 것이다."

라고 말했다.

물론 이러한 것은 내가 겪은 단 한 사람이었으나, 대체적으로 여러 사람이 우리를 대하는 태도가 멸시적이라는 것엔 틀림없다.

앞에 있을 때는 웃고 좋은 낯을 보이나 뒤돌아서면 달라지고 있는 것이 일본인인 것이다. 이러한 단적인 예는 한일 회담이나 최근 하도야마의 대공對共 정책에서도 쉽게 볼 수가 있다. 생산은 훌륭히 하고, 예술적이고, 많은 좋은 점이 있으나, 결국 일본은 대수롭지가 않은 것 같다. 더욱 미국을 보고 난 후인 지금,[14] 일본을 생각할 때 일본이 낳은[15] 토이玩具가 세계적으로 우수한 것처럼 일본은 토이의 나라밖에 되지 않는다. 파친코로 소란스러운 거리는 '장난감' 자동차가 왔다 갔다 하는 것을 상기시키며, 아

---

13 '실례로운'은 현대 국어 어문규정에 맞지 않는 표현이지만 이를 대체할 다른 표현을 찾기 어려워 원본대로 표기하였다.

14 일정상으로는 일본 여행이 앞서지만, 이 글을 쓰는 시점이 미국 여행을 끝마친 후이기 때문에 가능한 표현이다.

15 원본에는 '난'으로 표기되었다.

직 성숙지 않은 토이의 주인공들이 남의 흉내만 내고 있는 것 같다.

태평양에서

여행자의 기분으로 여하튼 즐겁게 술을 마시고 구경을 다닌 4일간의 일본을 뒤에 남기고 남해호는 9일 밤 고베를 떠났다.

배는 13일간 태평양을 건넜다.

며칠 동안은 갈매기도 있었다. 온몸이 흰 것도 있고 전부가 까만 것도 있고 그렇다가는 동체만 희고 날개가 까만 여러 가지의 갈매기(조류학적으로 이름은 다를 것이나 나는 그것을 모른다)들이 날아왔다.

하늘은 거의 어느 날치고 갠 날이 없다. 구름과 안개에 가려 태양은 보이지도 않고 차갑다. 그래서 바람을 차고 진행하는 배의 덱에도 추워서 잘 나가지도 못하고 좁은 실내에서 담배를 피우거나 책을 읽는 수밖에 없다. 그 덕택으로 나는 테네시 윌리엄스의 「욕망이라는 이름의 전차」[16]를 세 번이나 읽었고, 다른 10여 권의 책을 독파할 수가 있었다.

같은 선내에서의 수일간의 생활이 지나자, 나는 처음으로 만난 선원들과 친교[17]를 얻게 되었다. 선원 생활 35년이 되는 스토커 영감, 20년이 되는 보승, 그 외 20여 명의 고급 선원들과 이야기를 하게 된다. 책을 읽지 않으면 잠자고, 깨면 식사를 하고, 그 후엔 여러 선원들과 접하며 그들의 지난날의 환희와 비애에 잠겼던 체험의 이야기를 듣는다. 그래서 덕택에 많은 인간의 세계를 알게 되었다. 지금 생각해도 다행한[18] 일이다.

사실 선원들에게서 사회에 나와, '육지에 올라와' 배울 만한 것을 얻을 수는 없다. 그들은 육지의 사회, 아니, 현실적인 사회와 격리되어 있고, 그들은 육지를 무서워하고 있다. 배에서 담불 소지를[19] 하고, 덱에 페인트

16 테네시 윌리엄스가 발표한 희곡 작품이다. 박인환은 극단 신협의 제38회 공연을 위해 이 작품을 번역한 것으로 보이지만 아직까지 실물이 확인되지는 않았다.

17 원본에는 '친고'로 오기되었다.

18 원본에는 '다행된'으로 표기되었다.

19 '담불'은 배의 후미에 있는 창고를 가리키는 말이다. 따라서 '담불 소지'는 '창고 청소'를 의미

를 칠하고, 엔진에 기름을 주입시키는 일 외에는 모르는 그들은 육지에 올라가면 고아와 다름이 없게 된다.

외국 항구에 들어가 여자들을 껴안고 술을 마시면 그것으로 족하고, 1년에 두세 번 돌아가는 부산에 가서, 첫날 어린것과 아내를 만나면 벌써 바다와 외국의 항구가 그리워질 뿐이다. 그러나 선원들에게는 도저히 육지의 사람들이 가지고 있지 않은 좋은 점이 있다. 그것은 '순진'과 '버릴 수 없는 외로움'이다. 나는 이것에 매력을 느꼈다.

7시 반의 아침 식사가 끝나면 그들은 각자가 맡은 작업을 한다. 자기의 집을[182] 거드는 것처럼 선내의 일을 한다. 갈매기들이 머리 위를 오고 가는 것을 보고 휘파람을 불며 적적함을 푼다. 롤링이 몹시 심해도 조금도 겁내지 않고 갑판 위를 뛰어다닌다. 기관부의 선원들은 기름으로 젖어 버린 작업복을 입고 기계와 기계 속 요란한 엔진 소리도 귀에 들리지 않는 듯이 책임 맡은 일을 소정의 시간까지 이행해 나간다. 그들은(몇 사람은) 내실에 가끔 들어와서는 옛날이야기를 하는 것이다. 앞으로 어떻게 하겠다는 것은 거의 생각지 않고, 그저 과거에 살고 있는 것이다. 쉽게 말해서 선원들에게는 희망보다도 회고가 앞서는 것이다.

남해호의 고급 선원들은 아직 젊다. 해양대학을 나온 26, 27세 정도가 대부분이다. 그들은 젊어서 그런지 또는 학교를 나오자마자 배의 사람이 되어서 그런지 아직 인간적으로도 미숙한 점이 많다. 하지만 훌륭히 배를 운항시키고 있는 것이다. 기술적으로 뒤떨어지지 않기 위해서는 열심히 항해에 관한 서적을 읽고, 컴퍼스와 해도를 가지고 한국민의 손으로 태평양을 용이하게 항해하고 있는 것이다.

남해호가 180도선(일부 변경선)을 지나, 며칠 후 아메리카 대륙에 가까워지자 바다는 잠잠해지고 속도는 평균 17~18마일로 달리고 있다. 샌프란시스코와 캐나다 방송이 보내는 경쾌한 재즈 뮤직이 스피커를 통해 선내

한다.

에 퍼진다. 삼각파[20]로 인한 피칭[21]의 공포에서 벗어난 나는 배에서 배급주는 맥주를 마시고 잠이 들었다.

이젠 저기압도 없다는 말을 선장이 했다. 2, 3일이면 아메리카에 도착한다. 배의 입항을 앞둔 청소 작업도 끝나고, 여러 사람들은 머리를 깎고, 깨끗이 면도를 한다. 웅대한 자연, 그저 푸른 파도와 푸른 하늘과 그 외엔 아무것도 없는 태평양을 건너서 온, 세계의 한촌 한국 사람은 아메리카에 간다는 것이 무한히 즐거운 일인 것처럼 생각하고 있다. 과연 무엇이 우리들을, 아니, 나를 기다리고 있을 것이며, 무엇을 나는 보아야 할 것인가.

21일 밤 10시 5분 정각에 케이프 플래터리의 등대가 보였다. 이것이 처음 본 아메리카의 불빛이다. 배는 캐나다 밴쿠버 섬과 아메리카 워싱턴 주 사이의 해협을 달리고 있다. 나를 비롯하여 여러 사람들이 덱에 나가 담배를 피우고 있다.

아메리카 상륙

22일 아침은 하늘이 높이 개고, 우리들의 배는 내가 처음으로 보는 아름다운 풍경, 조용한 바다와 수목이 우거진 산과 그림처럼 고운 집들이 환히 보이는 좁은 해협을 지난 후, 오전 11시 45분 정각 아메리카 최초의 항구 올림피아에 입항하였다. 인구 3만 가량의 이 작고 깨끗한 도시는 워싱턴 주의 주부[22]이며, 그 청사는 우리나라의 중앙청과 비슷한 스타일의 건물이다. 세관에서 배에 올라와 몹시 까다로운 서치(수색)를 했다. 그들이 목적하고 있는 것은 혹시 아편이나 귀금속을 숨기지 않았는가 하는 데 있으며, 중국선 같은 데서는 그러한 물품이 적발될 때도 있는 모양이다. 그러나 우리들의 배에서는 그 여하한 것도 나타나지 않았으며 한국 선원

20 '진행 방향이 다른 둘 이상의 물결이 부딪쳐서 생기는 불규칙한 물결'을 뜻한다.
21 '배나 비행기 따위가 앞뒤로 흔들리는 것'을 뜻한다.
22 '주 정부가 있는 도시'를 뜻한다.

들은 아편을 밀수시킨다는 것은 생각조차도 하지 않은 일이다. 그만큼 선량한 사람들이다.

상륙 허가증이 하부되었다. 그것을 가지고 있으면 남해호가 미국에 있는 동안에는 어디든지 갈 수가 있으며, 어떠한 곳도 들어갈 수가 있다. 그 후의 일이지만[183] 사실 미국에서 어떠한 사람도 우리의 허가증을 보자는 사람도 없었고, 제복을 입은 경찰관은 시애틀에서 교통정리를 하는 몇 사람 외에는 본 일이 없다.

올림피아에 2일간, 터코마, 시애틀, 에버렛, 아나코테스, 포트앤젤, 포틀랜드 등, 나는 여러 곳을 돌아다녔다. 올림픽 국립공원, 워싱턴 주의 주립공원 등, 가 볼 수가 있는 데까지는 아침 8시부터 밤 한두 시까지 발목이 닳도록 왔다 갔다 했다.

술

제일 많이 간 곳은 역시 술집이다. 태번이란 곳에선 맥주와 와인을 팔고, 칵테일에 들어가면 위스키나 브랜디를 마실 수 있고, 카바레에서는 춤을 추거나 좋은 여자들을 만날 수도 있다. 대체적으로 미국의 맥주는 우리의 입에 맞지가 않는다.

한국이나 일본에 와 본 일이 있는 사람을 만나면 오비O·B 맥주와 일본제 맥주를 찾는다. 그만큼 미국 맥주는 신통치가 않다. 심지어 광고문에 '이 맥주는 물이다' '칼로리가 없다'까지 쓰여[23] 있는데, 원인인즉슨 가정[24]에 맥주를 침투시키기 위해서는 주부(여자)가 애용하여야 되고, 맥주에 칼로리가 많으면 몸이 비대해지니깐 여자들이 피하게 된다. 그러니 하는 수 없이 몸이 퉁퉁해지지 않는 맥주를 많이 팔아야 하고 선전하여야 한다. 우리나라에서도 많이 볼 수 있는 블루리본, 버드와이저 같은 것은 미국에서 최고의 맥주이며, 한 병에 그것도 여기 사이다 병 정도의 것이

23 원본에는 '써'로 표기되었다.
24 원본에는 '가령'으로 오기되었다.

30~40센트 되니깐 참으로 비싼 것이라 하겠다.

우리들이 말하는 양주, 위스키나 브랜디는 작은 잔으로 75센트에서부터 1달러를 받는다. 대개 술값은 어느 곳이나 비슷하나[25] 양주만은 각 주에서 직영하는 판매소에서 팔고 있는데, 한 병에 평균 6, 7불이니깐 우리나라에서 양주를 사 먹는 편이 되니 돈이 적게 든다. 미국에서도 대개 칵테일에 들어와 위스키를 마시는 부류면 대체적으로 수입이 많은 사람들이거나 중류 이상에 속하는 사람들이다. 나는 사실 미국에 가면 싸게 좋은 술을 많이 먹자고 생각을 했으나, 이에 반하여 한국에서보다도 2, 3배에 가까운 돈을 쓰게 되었다. 하지만 술집의 구조나 분위기가 참으로 좋았으니 그게 그 값이다.

여자들

미국의 여자들은 대체적으로 건강하고 인물이 곱다. 물론 좋은 옷을 입고 있다. 나는 한국에 온 미국 여자들밖에 그전까지 보지를 못했으니깐 대수롭지 않을 것이라고 생각을 했는데, 직접 그곳에 가서 가장 놀란 것은 그들이 참으로 곱고 아름답다는 것이었다. 백화점에 와서 물건을 사는 여자들, 거리를 보행하는 여자들, 칵테일이나 카바레에 나와 술을 마시고 춤추는 여자들…. 모두가 개성적인 미에까지는 이르지 못했으나 제법 조화가 된 화장을 하고 화려한 옷을 입고 있다. 그래서 그들은 훨씬 광채를 띠고 있는 것이다.

가정부인들도 심심하거나 생각이 나면 혼자서 술집에 들어가 맥주를 마시고, 좋은 친구를 만나면 춤을 춘다. 여학생들은 술집에까지 발을 뻗치지 못하나 카페에 들어가 커피나 아이스크림을 먹고 담배를 피운다. 그러한 여자들이 대체적으로 우리가 생각했던 것보다도 건전하고 잘생겼다. 내가 가장 의아하게 생각한 것은 미국에선 어린 중학생이나, 여학생

25 원본에는 '비슷하여'로 표기되었다.

까지도 모두 담배를 피우는 것이며, 그 부형들이 묵인하고 있다는 것이다. 어느 일요일 우리의 배 구경을 온 13, 14세 정도의 소년 소녀들이 모두 담배를 피우고, 한국제 담배를 좀 달라는 것이다. 그래서 '공작' 담배가 교제용으로 환대를[184] 받았다.

어느 기회에 알게 된 미스터 몬은 그의 딸 도나 캠벨을 나에게 소개해 주었으며, 그의 집에도 여러 번 가 보았다.

자동차 회사의 세일즈맨인 몬은 제법 생활을 윤택하게 하고 있고, 도나는 귀여운 칼리지 걸이다. 우리들은 호숫가를 산보도 했고, 함께 살롱에서 음악도 듣고, 리처드 라이트의 소설 얘기도 했다. 그래서 무척 친해진 줄만 알고 나는 그에게 영화 구경을 함께 가자고 했더니, 먼저 혼자 가서 기다리라는 것이다.

"당신은 내일이면 떠날 사람이고, 나는 이 거리에 오래 살 사람이니, 함께 다니는 것을 사람들이 보면 자기에게 좋지 않다."

라고 도나는 말하는 것이다.

유학생과 이민들

나는 5, 6명의 유학생과 세 가정의 이민 가족을 만났다. 유학생들은 우리들을 보고 참으로 기뻐하며 한국 이야기를 묻는다. 한국 소식은 그곳 신문에는 보도되지 않는다 해도 과언이 아니다. 그들은 많은 향수에 젖어 빨리 한국에 돌아갔으면 하고 원하고 있으나 학교의 졸업이 남았기 때문에 기다리는 수밖에 없을 것이다. 기숙사에 있다는 세 사람은 우선 책을 사고 용돈을 쓰는 데 큰 걱정이며, 일반 가정에 하숙하고 있는 학생은 자동차가 없어서 곤란을 받고 있다고 한다.

처음 도착하여 입학할 때에는 환영도 받았고 파티에도 여러 번 초대되었으나 지금은 그렇지도 않고, '돈'이 모자라 마음이 안정되지 않는다고 한다. 더욱 놀란 것은 그중의 한두 사람은 학교에 가지도 않고, 야간 공부에서 노동을 하고 놀고 있는 것 같았다.

미국에서 공부를 한다는 것은 참으로 용이한 일이 아니다. 더욱 외국에서 간 사람들에게 있어서는 학교보다도 빠지기 쉬운 여러 가지 것이 있다. 학생들은 단순히 미국에 와 있다는 어리석은 우월감에 사로잡히고, 미국에서 돌아가면 한국에서는 무엇이든지 할 수가 있다는 생각만으로 그날그날을 보내고 있지 않을까.

이민 가족들은 우리를 우정 찾아왔고, 나는 그분들의 차로 그들의 농장과 집 구경을 했다. 포틀랜드에서 한 30마일 떨어져 있는 그레셤에는 10여 년 전 몬태나 주에서 나와 사는 박 씨, 김 씨, 황 씨의 세 가족이 있다. 대체적으로 그들은 하류 계급의 생활 상태이며, 25에이커의 스트로베리 농장을 가지고 있는 박 씨 부인은 한국에 오고 싶으나 여비가 없다는 것이다. 2세들은 얼굴과 그의 부모만이 한국인이지 그들에게, 다른 한국적인 것은 도저히 찾을 수도 없으며, 우리들 한국인이 찾아가는 것도, 그의 어머니가 우리들을 만나러 오는 것도 반갑게 여기지 않는다.

그리고 한국에서 30년 전에 이민했다는 현재의 집주인들도 한국에 나가면 장관이 아니면 높은 벼슬자리, 큰 이권이 반드시 있을 것이라고 믿고 있는 모양이다. 그리고 독립 운동에서 많은 돈을 거출했다는 것과 자기들은 왜놈과 싸운 후에, 살 수가 없어서 미국으로 왔다는 것이다.

이민들이 우리를 찾아오는 심정은 두 가지 이유가 있다. 첫째는 한국사람이 만나고 싶은 것, 둘째는 자기들이 한국에 사는 사람보다 훌륭하게 생활하고 있다는 것을 자랑하고 싶은 것.

끝으로 그곳에 사는 이민들은 서로 대립되어 잘 만나지도 않는 모양이다. 일본인들은 잘 합심하고 있는 데 비하여 한국인들은 정치적인 견해의 차이로 이웃에 살면서도 만나지도 않는다. 여기 관해서 구체적으로 적을 필요도 없지만 한국인은 어디 가든지 정치에 관심이 많고 잘 분열되는 모양이다.[185]

『希望』 5-7호(1955.7.1)

특종 기사 미국에 사는 한국 이민
그들의 생활과 의견

지금으로부터 30, 40년 전, 일본 제국주의의 대륙 침략이 치열의 고도에 달하였을 때 많은 우리나라 사람들은 제물포와 부산항을 떠나 태평양 저편을 향해 배에 몸을 실었다.

물론 이들의 대부분은 빈곤한 농민들이었으나, 그중에는 일상의 생계에는 풍유한 소작인도 있었고, 또한 일제의 발호에 항거한 끝에 하는 수 없이 그리운 조국 강산을 등지고 망명의 길을 낯선 나라로 택한 사람도 있었다.

오늘날, 우리들은 이들을 미국으로 간 이민이라고 부른다. 미국뿐만 아니라 멕시코, 브라질로 간 사람들도 있으나, 여하튼 그들은 대지大志를 품고 거센 파도를 거쳐 새로운 세계로 향해 갔었다. 마치 메이플라워호에 몸을 맡긴 영국의 청교도와도 같이 박해와 굶주림에 시달리며, 더한 고초가 기다릴지도 모르고 혹시나 희망이 있을지도 모르는 미지의 땅을 찾아간 것이다.[322]

태평양의 중심에 자리 잡은 하와이 섬에 많은 사람은 내렸다. 그들은 미개발의 땅을 갈고, 갖은 고난을 무릅쓰고 이 섬을 개척한 끝에 지금에 와서는 그곳으로 하여금 지상 낙원이라는 이름을 듣게 하였는데, 그리고 수천 명에 달하는 한국 사람들이 지금도 제일 많이 거주하는데, 필자가 찾아간 곳은 하와이가 아니라 미국 본토 오리건 주의 한국 이민의 일 촌락이었다.

불과 며칠간이 되지 않는 짧은 기간에 더욱 일 촌락의 세 세대만 보고, 미국에 있어서의 한국 이민에 관해 글을 쓴다면 지극히 편견적일지 몰라도 나는 그들의 생활과 의견을 솔직히 보도함으로써 아마 그것이 전체를 축소한 하나의 진실한 모습이 아닐까 하고 감히 붓을 들게 된 것이다.

찾아가기까지

오리건 주 최대의 도시 포틀랜드는 태평양에서 컬럼비아 강을 따라 150마일을 올라가야 한다. 태평양 연안에서는 굴지의 도시로 알려진 포틀랜드는 농업과 상업의 도시로서 춘하추동 일기가 청명하고, 교통도 무척 발달된 인구 50만의 조용한 거리[323]이다.

나는 이곳에 이르자마자 어느 식당에서 점심을 먹었다. 바로 그때 문을 열고 25, 26세쯤 되어 보이는 동양 여성이 들어온다. 그리하여 유심히 나의 눈은 그 여성에게로 쏠리고, 그도 역시 나를 쳐다보는 것이다. 직감적으로 나는 그가 한국 사람이 아니라면 일본인으로 알고 곧 말을 걸었다. 잠시 후 우리들은 참으로 공통적인 화제를 발견할 수 있었다. 그것은 한국과 대통령 이승만 박사에 관한 것이었다.

그는 한국 이민의 제 2세이다. 그림과 얘기로밖엔 한국을 알지 못하면서도 한국을 제2의 자기 고향으로 그리워하는 메이 박이라는 여성인 것이다.

함께 커피를 나누고 나서 우리들은 그 식당을 나와 메이 박의 자동차를 탔다.

그는 나에게 함께 자기 집으로 가자고 한다. 그리하여 나는 그것은 참으로 좋은 제안이며, 오래도록 내가 보고 싶고 알고 싶던 일의 하나라고 대답했다.

1953년형의 시보레는 45마일의 속도로 포틀랜드의 거리를 빠져나왔다 자동차의 핸들을 잡은 그의 얼굴은 미소로 가득 찼고, 휘파람을 불며 가끔 나를 쳐다본다. 그래서 나도 웃음을 띨 수밖에 없었다. 지난 4월 5일의 포틀랜드의 하늘은 구름 한 점 없이 곱게 개고, 수목과 정원의 잔디는 눈부실 듯이 푸르다. 포틀랜드에서 20마일 떨어져 있는 그레셤Gresham[26]까지의 연도에는 연이어 집이 있고, 어느 한 극장에서는 한국 전쟁을 주제로

한 파라마운트 사 영화 〈도고리의 다리〉[27]라는 것을 상연하고 있는데, 그는 차를 멈추더니 어제 저 영화를 온 가족들이 다 함께 구경했고 집에 와서는 한국 레코드를 틀었다는 것을 말한다.

우리들은 오리엔탈 부락이라는 곳을 지나고 한 5분 만에 그의 집 현관 앞에 이르렀다. 이 마을을 오리엔탈 부락이라고 한 것은 그곳 부락의 개발은 전부 동양인들의 손으로 이루어졌기 때문이고, 현재도 중국인 일본인 들의 몇 세대가 살고 있다는 것이다.

처음 만나고

그때 시간은 오후 두 시였다. 멀리 마운틴 후드라는 유명한 산이 보인다. 그 산봉우리에는 흰 눈이 내려 쌓이고 백열과 같은 태양을 반사하는 그 모습은 참으로 절경이라고밖에 표현할 수가 없다. 이 산은 미국에서 가장 알려져[324] 있는 것의 하나이며, 우리 한국 이민의 세 세대는 그러한 좋은 풍경을 바라볼 수 있는 즐거운 곳에 영주의 집과 농장을 거느리고 있다. 메이 박은 지금으로부터 3년 전에 작고한 박용현 씨의 둘째 딸이다. 그는 박용현 씨의 미망인 즉, 그의 어머니, 멜슨 박 여사를 나에게 소개해 주었다. 그 부인은 나의 손을 힘 있게 쥐더니 즉시로 눈물이 글썽거린다.

"참 잘 오셨습니다. 반갑습니다."

떨리는 목소리로, 그러면서도 정확한 우리말로 이야기한다.

박용현 씨의 부처는 지금으로부터 32년 전에 한국을 떠났다는 것이다. 일본 놈에게 쫓겨 망명의 길을 미국으로 택하고, 처음 이른 고장은 이 오리건 주 서북쪽 몬태나 주이며 그곳에서 19년간 갖은 노동과 고초를 겪고, 겨우 얼마 안 되는 자금을 만들어 가지고 오리건으로 이주한 것은 13년째

---

26 원본에는 'Greshman'으로 오기되었다.

27 장진호 전투를 소재로 1953년 미국에서 제작된 영화이다. 마크 롭슨 감독이 연출하고, 윌리엄 홀덴과 그레이스 켈리가 주연을 맡았다. 우리나라에서는 〈원한의 도곡리 다리〉라는 제목으로 개봉되었다.

가 된다고 한다.

박 씨는 그가 생존하는 동안 한시[325]도 한국을 잊은 적이 없으며, 열렬한 동지회 회원이었던 그는 조국 광복을 이룩하기 위해 가난한 생계에서도 푼푼이 돈을 모아 혁명 운동에 거출했다는 것이다. 부인은 죽은 남편을 위해, 그를 나에게 잘 인식시키기 위해, 눈물을 흘리며 이야기한다.

"혹시 장석윤 씨를 아십니까?"

하고 나에게 묻는다.

"잘 알고말고요. 내무부 장관을 지낸 후, 지금은 국회의원입니다."

라고 내가 대답했더니 단번에 눈물을 씻으며 즐거워하는 것이다.

그전에 장석윤 씨와 함께 몬테나에 살았으며, 그는 용현 씨의 가까운 친구요, 동지였다는 것이다. 장 씨는 태평양 전쟁이 일어나자 미군 지원병으로 떠나고, 그 후 전혀 소식을 몰랐다고 한다.

나는 박 씨 부인의 안내로 응접실 겸 침실로 들어갔다. 집은 그리 크지 않은 목조이며 시가 6천 불이라고 한다.

벽에는 이승만 대통령의 사진이 결려 있고, 그 옆에는 이 대통령으로부터 죽은 박 씨에게 보낸 감사장, '대한민국의 건국을 위하여 귀하는 많은 노고와 자금을 거출한 데 대해서 참으로 감사하다'는 요지의 글을 적은 것을 나란히 걸었다.

생활과 의견

그들은 미국에서 최하 중류의 생활을 하고 있다. 그러므로 식생활에는 조금도 걱정이 없다.

직원은 스트로베리(딸기)를 전문으로 하는 농업에 종사하고 있다. 25에이커의 농장을 가지고 있으며, 앞으로 한 5에이커의 땅을 더 구입할 작정이라고 한다. 이곳의 토지 매매 시세는 1에이커[28] 당 500달러라고 하니

---

28 원본에는 '한 에이커'로 표기되었다.

소유하고 있는 토지만 해도 1만 3천 불에 가깝다. 부인은 아침 일찍이 일어나 세수도 하지 않고 트랙터를 몰고 농장에 나간다(집은 농장 가운데 있다). 해가 뜰 때까지 부지런히 밭을 갈고, 그 후에 식사를 끝마치면 역시 밭에 나가 씨도 뿌리고 김도 맨다는 것이다.

일 년 열두 달, 하루도 쉬지 않고 일을 하는 것만이 이 부인의 전부이며, 또한 이렇게 일하는 것은 한국과 자식을 위한 것이라고 한다.

박 씨에게는 딸 넷하고 지금 17세가 되는 아들이 하나 있다. 딸들은 모두 하이스쿨과 칼리지(대학)를 마쳤으며, 아들은 지금 하이스쿨에 다니고 있다. 부인은 30여 년의 미국 생[326]활을 보내도 한국말을 잊어버리지 않고 있으나 2세들은 '어머니', '아버지', 이러한 몇 마디의 한국말을 알 뿐 그 외는 전혀 말하지 못한다. 그러나 메이 박과 그의 언니(이름을 잊었다)는 우리말을 거의 전부 알아들었다.

부인은 자식들이 훌륭하게 되어 한국에 나가서 나라에 도움이 될 수 있는 인물이 되기를 바라면서 살아간다는 것이 자기의 제일 큰 희망이라고 말하는 것이다. 그러나 그들은 어머니와 아버지한테서 들은 한국에 대해 그리 큰 애착심을 갖고 있는 것 같지는 않으며, 역시 세계에서 제일 좋아하고 사랑하는 고장은 미국이라고 나에게 솔직하게 말하였다. 메이 박은 나에게 이런 말을 했다.

"아버지는 한국 땅에 돌아가서 죽겠다고 하셨고, 어머니는 언제나 우리들이 한국에 갈 수 있느냐고 하지만 우리는 그 이유를 모르겠어요."

박 씨 부인의 분에 넘치는 접대를 받고, 해가 질 무렵 나는 그곳을 떠나야만 되었다.

부인은 한국에 돌아가면 장석윤 씨한테 자기 남편이 작고한 소식을 전해 달라고 나에게 부탁을 하고, 죽기 전에 꼭 한국에 돌아온다는 것이었다.

"한국이 좀 더 편해지고 살기 좋아진다면 될 수 있는 한 나오십시오."

하고 필자가 마지막으로 말하자, 부인은

"그것만이 나의 꿈이며, 애들도 전부 데리고 나갈 작정입니다."

라고 쓴웃음을 지었다.

날은 어두워지고 내가 탄 시보레는 포틀랜드에 들어왔다. 나는 메이 박과 그의 남동생을 데리고 어느 카페로 들어가, 그들에게는 맥주를 사 주고 나는 위스키를 마셨다. 모든[29] 아메리카의 여자들처럼 담배를 피우는 메이는 역시 미국 여성이 틀림없는 것이, 5센트짜리를 뮤직 박스에 집어넣고 〈파파 러브스 맘보〉[30]라는 음악을 듣는다.

"한번 코리아에 오시오."

"글쎄 돈 많은 좋은 남자와 결혼하기 전에는 힘이 들어요."

"그 전에라도 한번 와 보시지. 좋은 곳입니다."

"여비만 해도 몇 천 달러가 될 텐데, 어떻게요?"

나는 이제 할 말이 없어서 그곳을 일어나야만 되었다.[327]

『아리랑』 11호(1955.12.1)

---

29 원본에는 '모두'로 표기되었다.

30 미국의 가수 페리 코모가 부른 노래이다.

몇 가지의 노트[31]

아메리카에는 전통이 없다, 또는 경박하다, 역시 우리들을 매혹시키는 곳은 서구라고 하는 사람이 많다. 하지만 이것은 어디까지나 정신적인 면에서만 하는 말이지 그 외의 아무것도 아니다. 실상 우리들의 개념으로서의 전통이란 무엇일까. 여기에 대해서 동양 사람인 우리들은 하루 이틀에 서구적인 전통이 없다는 것을 곧 아메리카에 말할 수는 없을 것이다.

아메리카, 나는 이곳에 대해 아직까지 어떻다는 것을 확정確正하게 말할 수 없다. 아메리카에 사는 사람들 역시 자기의 나라가 무엇을 지니고, 어떠한 인상을 남에게 주고 있는가를 모르고 있을 것이다.

여하튼 아메리카는 광대한 곳이다. 마천루와 바벨의 탑과는 관련이 없건만 그들이 원대한 야욕을 품고 있다는 것을 솔직히 말한다.

지금 회고하면 아메리카는 야욕에 불탄 이단자의 나라다. 구라파가 잠자고 그들이 발전에의 꿈을 버렸을 적에 아메리카의 사람들은 그곳을 벗어나 새 나라를 만들었고, 그들은 꺾지 못할 청춘의 힘을 그대로 지니고 있다.[176]

전통이 없다? 경박하다? 하는 소리를 아메리카가 듣지 못할 리 없으며, 도리어 많은 그러한 비난을 받아 가며 살아가려는 것이 아닐까.

결국 서구를 노년기로 본다면 아메리카는 청년기이며, 청년이 가지는 자랑스러운 힘으로써 생활하며 사고하며 행동하는 것처럼 나에게 보였다.

그들은 물론 전통을 무시하거나 자기만족에만 살고 있지 않다. 한 걸음 더 나가 좋은 현재와 그 생활의 환경을 만들고, 그것으로 하여금 다음 세대의 사람으로부터 비판을 받으려고 한다.

---

31 이 글에는 「19일간의 아메리카」, 「서북 미주의 항구를 돌아」, 「미국에 사는 한국 이민」 등의 미국 기행문들과 내용과 표현 면에서 거의 동일한 부분이 많다.

내가 타고 떠난 배는 우리나라에서 가장 크고 훌륭한 리버티 형型의 화객선이었다. 이것은 2차 대전 중에 미국에서 건조한 수송선이며, 현재 한국 해운계에서는 큰 자랑거리다. 하지만 아메리카에 도착하자마자 놀란 것은 시애틀을 지나 터코마에서 워싱턴 주의 수부인 올림피아 항에 이르는 해상에 수백 척씩 계선船繫하여 놓은 천여 척의 리버티 형의 수송선이다.

이것을 볼 때 우리의 빈약성은 고사하고 아메리카가 가진 놀라운 힘에 먼저 경탄하여 버렸다. 그 후 다른 서적에서 본 바에 의하면 허드슨 강에도 천여 척이 계선되어 농작물의 그레인[32] 창고로 선창船艙을 사용하고 있다는 것이다.

캐나다와 서북쪽으로 접경을 이루고 있는 워싱턴 주 북방은 무성한 삼림으로 알려져 있다. 헴록, 유의 수목들은 요즘에 와선 재목이 되는데, 웨스턴 유의 평균 길이는 40피트, 100피트의 헴록은 온지대에서는 200피트에까지 이르고 있다. 그리하여 내가 가[177] 본 여러 도시의 대부분도 거의 재목 공장이 아니면 펄프 제작 회사의 간판을 내걸고 있었다. 그래서 생각되는 몇 가지 일 중 아메리카의 원동력 속에는 이러한 삼림의 힘도 크지 않을까 하는 점이다. 최근의 아메리카 영화가 사진砂塵과 암석의 서부극에서 삼림과 하천의 서부극으로 옮겨진 것과 같이 재목은 집을 만들고, 예전의 다리가 되고, 철도의 침목이 되고, 펄프는 지류로 변했다. 건물과 철도와 신문, 서적, 도서의 발달은 현재의 문명국으로서의 아메리카와 결부시킬 수 있으며, 창해와 같은 삼림은 아메리카의 웅대성을 말하는 동시 그 민족성을 나타내고 있다.

민주주의는 자유와 질서의 발달을 의미한다는 말을 들은 적이 있다. 사실 개인과 사회에 있어서의 자유나 질서는 가장 중요한 일이며, 내가 단

32 '곡물'을 뜻하는 영어이다.

기간의 견문으로 느낀 것은 그들의 참다운 질서의 확립이다. 자동차가 보행하는 사람을 먼저 걸어가게 하고 지나간다든가 밤 한두 시 보행하는 사람이나 달리는 차 하나도 없는 교차로에서 적赤과 청青의 두 가지 신호등을 지킨다는 것도 쉽게 거리에서 볼 수 있는 질서라고도 할 수 있지만 그들은 일상의 어느 한 잠시간도 마음의 질서를 버리고 사는 것 같지가 않다. 판매원이 없어도 그 대금을 놓고 신문을 들고 가는 것은 두말할 것도 없고 노동자는 자기가 맡은 작업에 조금도 시간을 어기지 않고 열중한다. 백화점은 폐점 시간이 단 1분이 지나도 어떠한 고가의 물품도 팔지 않으며, 버스의 출발은 결정된 시간의 단 1분도 늦지를 않는다.

나는 그곳에 있는 동안 매일 신문을 샀으나 별로 큰 범죄 기사를 읽지 못했다. 범죄의 나라 아메리카라고 생각했던 것과는 너무도 판이하다. 백화점이나 귀금속상, 그리고 은행의 문이[178] 이곳처럼 무겁고 두꺼운[33] 철문을 내리고 있는 것도 보지 못했으며, 겨우 조그만 열쇠로 짤깍 잠글 뿐이다. 대낮보다도 눈부신 쇼윈도 속에는 많은 물건을 그대로 진열해 놓았으나 유리를 깨트리고 훔친다는 것은 할리우드의 시나리오 라이터나 소설가의 창작에 그치는 것 같다. 결국 아메리카는 경제적으로 개인과 사회가 이미 안정해졌기 때문에 거기에는 혼란이 적어졌으며, 사람들은 양심이 가리키는 질서의 즐거움을 맛보는 것이 생활에 있어서의 하나의 엔조이로 되고 말았다. 넓은 서점 속에서 남자 사무원이 혼자서 일을 보고 있고, 주점의 주인이 손님에게 술을 한잔 권할 땐 반드시 자기 주머니에서 돈을 꺼내 계산기에 집어넣는다. 그것은 탈세를 하지 않겠다는 질서의 정신이다.

여러 도시에서 많은 사람과 만났다. 그리 저명한 상류층의 사람이 아니라 노동자, 식당 주인, 서점의 주인, 자동차 회사의 세일즈맨, 도서관장, 오일 회사의 사무원 등, 아메리카의 사회를 구성하고 있는 중추층의 사람

33 원본에는 '두터운'으로 표기되었다.

들이다. 그들은 모두 선량하며 양심적이며 친절하기 짝이 없다.

중학교의 선생인 M 씨는 나의 사진을 한 장 찍어 주었는데, 내가 그것을 송부해 주었으면 고맙겠다고 부탁을 한즉, 한국에 돌아와 보니 이미 그 사진은 잘 포장되어 나의 집에 도착되어 있었다. 한국에서 근무해 본 일이 있는 K 씨는 자기는 이곳에서 만나는 한국 사람이면 누구나 후대하고 있다고 말하며 이 대통령을 극구 찬양한다. 아나코테스에서 만난 화란[34]계의 H 씨는 우정 영업도 그만두고 나를 데리고 워싱턴 주의 주립 공원으로 안내해 주는 등, 아메리카인은 내가 생각하기에는 세계 어느 나라의 사람보다도 친절한 것 같다. 그들이 흑인에 대한 인종 차별 때문에 많은 오해와 역선전을 듣기는 하지만, 본질적으로는 선량하며 서구 사람처럼[179] 인색하지가 않다. 여행자에게 고맙게 해 준다는 것은, 더욱 그것이 이해관계를 떠나서 그러하다면 그것처럼 반가운 일은 없을 것이다.

오리건 주에서 나는 어떤 한국인의 이민 가족을 찾았다. 포틀랜드에서 20여 마일 떨어진 곳에 있는 그레셤[35]이라는 곳이다. 오리엔탈 부락이라고 불리는 마을에 사는 세 세대의 한국 사람들—아니, 그의 가장인 부모만 빼놓고는 제2세부터는 아메리카 사람인데—은 지금 모두 생활에는 걱정이 없다. 마운틴 후드라는 백설이 휘날리는 유명한 산 밑에 자리 잡은 그들은 스트로베리의 농장을 경영하고 있으며, 그전까지는 백인의 소작인 노릇을 하였으나 이제 자기들의 것이라 한다.

여기서 놀란 것은 가장 한국적 현상인 분열 상태가 그대로 남아 있다는 것이다. 이들 세 세대는 이웃에 살면서도 서로 반목하고, 만나 보지도 않고 있으며, 내가 이 집에 들렀다 다른 집으로 가 보는 것조차 싫어하고 있다. 원인인즉 국민[180]회,[36] 동지회,[37] 흥사단[38]의 세 갈래로 독립 운동의

34 '네덜란드'의 한자어 표현이다.

35 원본은 영문으로 표기하였는데, 'Greshman'으로 오기되었다.

36 장인환과 전명운 의사가 스티븐스를 사살한 것을 계기로 샌프란시스코의 대한인 공립협회와 하와이의 한인합성협회가 통합해 1909년 2월 1일 결성한 단체이다.

37 이승만, 민찬호, 안현경, 이종관 등이 1921년 7월 하와이에서 만든 단체이다. 당시 상해 임시

단체가 다르다는 것이다. 적이 서러운 일이다.

나는 그중 30여 년 전에 도미하여 3년 전에 작고했다는 박용현 씨의 미망인이 사는 집에서 저녁 식사를 했다. 벽에는 이 대통령의 사진과 독립운동에 물심으로 많은 원조를 한 것을 감사한다는 우리 정부의 감사장이 걸려 있었다.

식사가 끝나자 미망인은 오래된 우리나라의 레코드를 틀고, 고국 생각이 난다고 눈물을 흘린다. 마치 불란서 영화 〈페페 르 모코〉[39]의 다미아와 같은 정경이나, 훨씬 감동적이다. 그는 오랫동안 침묵에 잠겨 아무 말도 없는데, 딸과 아들은 어머니의 그런 표정이 우습다는 듯이 그 옆에서 떠들고 있다. 피는 같으나 부모의 나라와 자기들의 나라가 다른 가족, 그들이 이루고 있는 농장, 참으로 기묘하다. 그리고 이민들의 아들들은 아메리카 시민으로서 떳떳하게 자기 나라를 위해 일을 보고 있으나, 늙은 사람들은 죽기 전에 아니 죽어서라도 뼈는 한국 땅에 묻히고 싶다는 것이다.

끝으로 박 씨에게는 딸이 넷이 있다. 모두 혼기에 있는데 결혼을 하지 못했다. 중국인이나 일본인에게 결혼을 시키고 싶지는 않고, 백인과 결혼을 한다는 것은 아주 빈곤한 자를 빼고서는 몹시 힘든 모양이다. 그래서 마땅한 한국 사람을 찾아보는 모양인데 제2세의 한국 청년을 찾기 드물다. 외견으로서는 단순하지만 참으로 복잡한 심정이 이들을 지배하고 있다고 나는 생각하였다. 역시 한국 사람에게 있어서는 자기 나라에서 살고 결혼하고 생활하는 것이 좋을 성싶다.[181]

『世界의 印象』(進文社, 1956.5.20)[40]

정부 부통령이던 이승만이 종신 총재로 추대되었다.

38 안창호의 주도로 1913년 5월 미국 샌프란시스코에서 결성되었다. 8도를 대표하는 청년들을 포함하여 25인이 발기인으로 참여했다.

39 줄리앙 뒤비비에 감독이 1937년에 만든 프랑스의 흑백영화로 장 가방이 주연을 맡았다.

40 『세계의 인상』(신세계문고 10)은 30인의 기행문을 묶어 놓은 책이다.

서간

이정숙에게

그날 저녁 9시 10분에 부산에 도착하였습니다.

나와 내 친우들은 아직도 사람들이 살아 있는 최후의 거리인 바닷가의 무덤을 걸어 각자의 목적지로 향하였습니다. 이 편지를 쓰고 있는 시간은 이 집에서 나만이 눈을 뜨고 있는 조용한 새벽입니다. 어젯밤 나는 소설가 김광주 씨와 어느 술집 지붕 밑 2층에서 폭음하였으나, 정신은 참으로 명백하였습니다. 그러므로 나는 김 씨의, 저의 내부來釜 환영을 즐겁게 받았으나, 지금 생각하니 나는 하루바삐 부산을 탈출할 생각입니다. 어디가 도시의 중립이며, 내 위치를 결정하여야 옳을지 도무지 분간 못하고 있습니다. 신문사 사장을 만났더니, "참 잘 오셨소. 여러 맹장猛將들이 내부하였으니, 나는 안심이오." 하고 그는 반야유[1]의 말을 하자 그만입니다. 그래서 "나는 곧 얼마 있다 가족 있는 곳에 가겠습니다"라고 확답하였습니다.

저는 부산에 방을 얻어서 내려온 것도 아니며, 무엇을 하러 왔[209]는지 도무지 모릅니다. 그저 어떤 불안 때문에 내려온 것 같은데, 그 불안의 정체는 언제까지나 신비로운 것이 될 것이며, 그것은 인식 못하고, 보지 못하고, 우리의 생명이 종막을 지을 것 같습니다. 김경린 씨를 만났습니다. 그와 오랫동안 문학에 대하여 이야기했습니다. 그와 함께 있을 때 나는 즐거웠습니다. 그리고 그만입니다.

앞으로 3일 후엔 대구에 가겠습니다. 신문사에 사표를 내고 가야 할지, 그것도 나 혼자서는 결단을 내릴 수가 없어서 여러 사람과 협의하겠으나, 지금의 심정은 그만둘 작정입니다.

---

1 '반쯤 야유가 섞인'을 뜻한다.

이순용[2] 장관께서는 참으로 요새 기분이 좋으십니다. 남들은 그만두실 것이라고 추측하나 내가 보기에는 좀 더 일할 것 같습니다. 참으로 훌륭한 분입니다. 얘기 한마디가 모두 격언 또는 그의 경험에서 우러나오는 것입니다.

오늘 이 편지 받으실 무렵 저는 어디 있을는지 모릅니다. 11시에는 이李 통신과장과 만나기로 했습니다.

세형[3]이보고 잘 이야기해 주시오. 아빠가 곧 대구에 돌아간다고. 참으로 사랑하고 있습니다. 누구라는 것은 당신이 스스로 생각하십시오. 다방에 오랫동안 나가 계시지 마십시오. 코티[4] 하나 사 보냅니다.

11월 5일 아침[210]

『歲月이 가면』(槿域書齋, 1982. 1. 15)

2 원본에 "이순용李淳鎔; 1951년 5월 17일에서 1952년 1월까지, 조병옥 씨 후임으로 6대 내무부 장관을 지냄. 1952년 1월에 3대 체신부 장관에 임명되다"라는 편집자 주가 달려 있다. 이순용은 박인환의 아내 이정숙의 삼촌이다. 원본의 편집자 주에 있는 경력 이외에도 1952년 3월 27일부터 2대 대한해운공사 사장, 1955년 2월 17일~1956년 1월 14일 초대 외자청 청장을 역임했다. 우리나라 초기 골프장 건설에도 중요한 역할을 담당하였다.

3 박인환의 장남으로 1948년 12월 8일 출생하였다.

4 프랑스제 향수를 가리킨다.

사랑하는 아내에게

그날 무사히 도착하였습니다. 그리고 지금까지 아무 변동 없이 지내고 있습니다. (…중략…)[5] 세화[6]가 아프다니 걱정입니다. 우선 음식 조심시켜야 합니다. 당신의 책임은 어린애들을 잘 기르는 것입니다. 아프다는 세화가 불쌍합니다. 그 귀여운 얼굴로 몸이 아파서 찡얼찡얼거리며 '아빠, 아빠' 하고 나를 부르고 있을 것이니 더욱 귀엽고, 더욱 애절합니다. 세화가 빨리 건강해지도록 오늘 저녁 자기 전에 하나님에게 기도 올리겠습니다. 세화보고 전해 주시오.

세화야, 아빠는 네가 보고 싶다. 참으로 귀여운 세화야, 아빠는 네 곁에 있어야 할 것인데, 가족이 무엇인지 나보다도 우리 가족을 위해 지금 너와 떨어져 있단다. 세화야, 세형이 오빠하고 즐겁게 놀도록 빨리 회복해라. 할머니가 너무 먹을 것을 많이 주더라도 먹지 말고, 잘 네 몸 조심해라. 아빠는 네가 몹시 아프다는 말을 듣고 손에 아무 맥이 없다. 그리고 눈물이 난단다. 너, 내 사랑하는 딸 세화야, 빨리 나아라. 그리고 어머니 걱정시키지 말아라. 세형이하고 잘 놀아라. 빨리 내[211]가 집에 돌아갈[7] 것이니 우리 다 함께 즐겁게 만나자.

세화 생각을 하니 또한 세형이 모습이 오고 갑니다. 그놈은 요즘 무엇을 하고 있습니까? 길가에 나가지 못하게 하시고, 직접 전해 주시오.

---

5 원본대로 표기하였다.
6 전쟁 중에 태어난 박인환의 딸이다.
7 원본에는 '돌'로 표기되었으며 '원문대로'라는 편집자 주가 달려 있다.

세형, 길가에 나가지 말고 집에서 엄마하고 있어라, 응.

(…하략…)[8]

박인환[212]

『歲月이 가면』(槿域書齋, 1982.1.15)

8 원본대로 표기하였다.

사랑하는 나의 정숙이에게

오늘 저녁 나는 당신에게 또다시 붓을 들었습니다.

나는 오늘처럼 우울했던 날이 없었습니다. 당신을 대구에 두고 나만이 부산의 거리(당신도 이 거리를 나와 함께 걸은 일이 있겠으나)를 헤매고 있는 것이 슬펐습니다. 나는 행운의 사람인데도 어째서 이다지도 쓸쓸한 것일까? 나는 나 혼자 여기 와서 우울한 것이 어디 있는가? 자문자답하여도 속이 시원하지 않습니다. 나는 당신과 떨어져 있는 것이 한없이 서럽습니다.

당신이 있는 곳에서 나는 살고, 나는 죽어야 합니다. 당신이 지금 내 옆에 없으니 울고 싶고, 웬일인지 죽을 것 같습니다.

방이 뭐냐, 돈이 뭐야?

나는 당신이 있는 곳이 한없이 그리워질 뿐입니다.

나를 당신은 욕하시오. 미워하시오.

당신이 말할 수 있는 모든 말로써 나를 꾸짖어 주시오. 나는 반가이 받아들이겠습니다. 당신이 내 곁에서 떨어진 것이 아니[213]라, 내가 당신 옆에서 떠난 것 같습니다. 허나 나는 당신의 품안에서 지금 울고 있는 것 같은 심정입니다. 사는 것이 무엇이기에….

나는 혼자서 바닷바람을 마시는지.

아! 용서하시오. 나는 너무도 무기력한 놈이 되고 말았습니다. 용기는 옛날에 팔아 버렸지요? 울고 웃으며 나는 이렇게 허무한 세상을 살고 싶지도 않습니다. 나는 지금 죽어도 좋으니, 웃음의 친구도 울음의 친구도 되고 싶지 않습니다. 오직 우울합니다.

절망입니다. 처자를 시골에 내던지고 죄진 자처럼 썩은 바다의 도시를 헤매고 있습니다. 아, 불행한 것이 나는 아니겠지요.

사랑하는 나의 정숙,

나는 지금이 곧 당신의 무릎을 껴안고 힘 있는 대로 당신의 목을 끌고 싶습니다. 당신 없이는 세상에서 죽을 수도 없습니다.

술 한 잔 먹지도 않고 멀쩡한 정신으로 지금 미친놈처럼 나의, 나 혼자만의 독백을 붓이 움직이는 대로 솔직하게 쓰고 있습니다. 당신과 함께 영원히 지내도록 하나님에게 기도합니다. 우리 가족이 함께 모여 살 수 있도록 나는 나의 모든 정열에 바라고 있습니다.

사랑합니다. 사랑합니다.

돈이 없어 죽겠습니다. 그러나 사랑은 돈이 아닙니다. 이것은 나의 무한한 유일의 재산이며, 영원한 당신의 것이올시다. 안녕히 주무십시오. 14일 아침에 대구에 떨어집니다.

박인환 12일 밤[214]

『歲月이 가면』(槿域書齋, 1982.1.15)

정숙, 사랑하는 아내에게

신문 편에 보낸 편지 받으셨습니까?

부산에서 나는 언제나 당신이 어린애들을 데리고 넉넉지도 못한, 경제적 박해와 싸우면서 미래만은 꼭 행복할 것이라는 막연한 희망만으로 살아가고 있다는 것을 생각하니, 더욱 당신이 측은히 그리워집니다. 행복을 위하여 살아가는 것이 남의 부인이 된 당신일 것이라고는 또한 믿어지지 않습니다. 우리 두 사람이 어린애들을 사이에 두고 사랑하고 있다면 현재나 미래가 비참의 연속이라 해도 무엇이 두려울 리 있겠습니까?

나는 이렇게 믿습니다. 더욱 비참하여라. 이것을 이겨 나가는 것이 우리들의 생활이며, 또는 진실한 행복일 것이다라고. 18만 환의 월급 때문에 처와 별거하며, 이곳에 와서 돌아다니는 것이 아닙니다.

부부 생활이 이해와 사랑으로 결속된 이상, 나는 사회인으로서도 결함이 없도록 진력하여야 한다고 생각하고 있으며, 당신도 나[215]의 성격을 그동안, 이것은 비가 많이 내려오던 1947년의 7월 하순부터, 알았을 것이므로 지극히 협조자라고 자신 있게 믿어지고 있습니다. 나는 지금 좋은 일을 하고 있다고 생각합니다(처자와 떨어져 있는 것은 나쁜 일이지만). 우선 신문사 일을 열심히 보고, 또는 문학 지망자라는 견지에서 남들은 나 같은 놈을 시인이라고도 합니다만, 사물의 판단과 남이 하고 있지 않은 새로운 것에 대한 정신적 의욕의 충만에 노력도 합니다. 그리고 끝으로는 이순용 장관을 위해 최후까지 같이 할까 합니다. 내려오던 날 밤(17일), 그다음 다음 날(19일), 오늘 밤(21일), 세 번 만나고 있는데, 3, 4일간의 대화가 의견의 일치를 보고 있습니다. 그분은 당신의 삼촌이라기보다 나의 존경하는 분입니다. 훌륭합니다. 태연자약합니다. '모든 것'이 호전 중입니다. 걱정하지 마십시오. 신은 그를 버리지 않았습니다. 나는 그분을 위해 스스로 일하고 있다고는 생각지 않고, 남에게도 절대 그러한 것을 나타내지 않으나 장관은 저에게 감사하고 있습니다. 한국에서 최초와 최후를 겸한 분입니다. 앞으로 2개월 후면 늦어도 2개월 반이면 좋은 소식이 있을 것입니다. 진리는 그의 뒤를 따르고, 그는 인간으로서 가장 성실한 분입니다. 당신은 좋은 삼촌을 모시었고, 나는 그를 1948년에 알게 된 데 대해 당신에게 감사 올립니다. 체신부 장관은 얼마 하지 않을 것이며, 다른 곳으로 가게 될 것입니다. 누구가 무어라고 모략하더라도 귀를 기울이지 마시고 믿으십시오.

돈도 없을 것이고, 걱정도 됩니다. 스웨터는 2만 5천원 ○을[216] 보았습니다. 다른 것을 사려고 돌아다녀도 좋은 것이 없으므로 큰일입니다. 정 없으면 돈을 보내겠습니다. 명일(23일) 아버지가 이곳에서 6시 반에 출발하여 10시에는 대구에 내릴 것이니, 그때까지는 어떻게 합시다. 요즘 잠은 장관 댁에 있습니다. 내 일은 모든 것이 순조로우니 걱정 마시오. 한편 '공짜' 방도 구하는 중이고, 가능성도 불일不日 내로 있을 것입니다. 내 걱정 말고 잘 있으시오. 많은 키스, 키스 보냅니다.

정 씨 부처가 신문사에 찾아와 만났습니다. 당신이 26, 27일[9]까지는 꼭 올라오라고 한다는 말 듣고 명심하고 있습니다. 당신의 장구한 건강과 세형, 세화의 충실한 발육 있기를 빕니다.

박인환

김기○ 씨가 이번, 부인과 함께 살게 되었습니다.

아카데미 아주머니 류 여사에게 안부 전하시고 친하게 지내시오. 다방에 너무 오래 있지 마시오.[217]

『歲月이 가면』(槿域書齋, 1982.1.15)

9 원본에는 '일'이 누락되었다.

정숙이

지금 막 고베를 떠나려고 합니다(9일 7시). 앞으로 적어도 20일간은 당신에게 편지 못 합니다.

잘 있으시오. 쪼끔도[10] 잊지 않습니다. 사랑합니다.

애들에게도 안부 전해주시오.

앞으론 더욱 행복하기를….

선창에서 눈부시게 고베의 네온이 보입니다.[11]

당신과 어린애들의 눈동자가 보입니다.[12]

밤에는 잠 잘 자시오.

9일 밤 7시

박인환 서[218]

『歲月이 가면』(槿域書齋, 1982.1.15)

10 '쪼금도'라고 표기하고, '원고대로'라는 편집자 주를 달았다.

11 '뵈입니다'라고 표기하고, '원고대로'라는 편집자 주를 달았다.

12 '뵈입니다'라고 표기하고, '원고대로'라는 편집자 주를 달았다.

정숙이

13일간의 항해를 오늘 밤으로 끝마치고, 내일 아침에는 시애틀에 도착합니다. 4, 5일간은 뱃멀미로 고생했으나, 지금은 좋아졌고, 걱정은 잠을 하루에 두세 시간밖에 자지 못해서 큰일입니다. 집안일은 어찌 되어 가는지 궁금하기 짝이 없으나, 알 길도 없고, 그저 낙관주의로 지내기로 했습니다.

세형, 세화, 세곤[13]이나 잘 놀고 있습니까? 밤마다 당신과 애들을 꿈에 보고 헛소리를 합니다. 참으로 보고 싶습니다. 미국에 거의 20여 일이나 머물다가 한국에는 늦어도 4월 말까지 돌아갈 것이니 그때 즐겁게 만납시다. 집안이 무척 그리워집니다.

배 속에서는 하는 일이 없어서 하루에 책을 두 권 가량 읽으며, 영어 공부도 제법 많이 했습니다. (…중략…)[14]

세형이 학교는 무슨 일이 있더라도 수송 초등학교[15]에 보내시오. 식모는 구했습니까? 얼마나 혼자서 애를 쓰는지. 이제 돌아가면 절대로 고생시키지 않을 작정이며, 당신의 애정을 잘 알게 되었[219]습니다. 내일 육지에 올라가 또 쓰겠습니다.

21일 밤[220]

『歲月이 가면』(槿域書齋, 1982.1.15)

13 박인환의 2남 1녀 중 막내이다.
14 원본대로 표기하였다.
15 원본에는 '국민학교'로 표기되었다.

무제[16]

그동안 안녕하십니까? 저는 별일 없이 이곳에 도착했습니다. 3, 4일간은 뱃멀미 때문에 꼼짝을 못 했는데, 얼마 후부터는 좀 괜찮습니다.

제 식구를 모두 내던지고 저 혼자 이렇게 편히 이곳에 오게 되니 참으로 죄송하옵니다. 그러나 좋은 시련과 체험이 되어 앞으로 살아가는 데 도움이 되면 좋겠습니다. 미국은, 더욱이 이곳은 캐나다 인접 지경이 되어서 대단히 춥습니다. 시애틀에 2, 3일간 있은 후 터코마, 올림피아 등을 거쳐서 포틀랜드, 그 후는 어찌 될는지 알 수가 없으나 두세 곳에 더 들른 후, 한국에는 4월 말이나 5월 초순까지는 돌아갈 것입니다.

그러면, 귀국한 후 뵈옵겠습니다.

안녕히 계십시오.

박인환 올림[221]

『歲月이 가면』(槿域書齋, 1982.1.15)

16 수신인이 누구인지 알기 어려운 편지이다.

정숙이

22일 새벽 네 시, 우리들의 배는 빅토리아 섬과 워싱턴 주의 좁은 해협을 통과했습니다. 그 지점은 붉고 푸른 등화燈火로써 배의 진로를 가리켜 주는 케이프플레터리라는 곳이며 캐나다와 미국과의 접경 사이를 배는 지나가는 모양입니다.

날이 밝자 유달리도 붉은 태양은 바다에 그 모습을 반사시키고 대안對岸을 두고 미국과 캐나다의 고요한 산과 집이 전망되어 옵니다.

유구한 삼림, 호수와 같은 조용한 바다, 적과 백으로 이룬 인간의 가옥, 벌써 연기가 흐르는 집도 있습니다.

배는 먼저 올림피아 시로 가기로 했습니다. 그래서 길게 뻗쳐져 있는 시애틀 항 앞을 지나가고 있습니다. 아침 여덟 시의 태양은 그 거리의 고층 건물을 내리쬐고 있고, 우리들은 추위도 모르고[222] 황홀히 그곳을 바라다봅니다. 해변 가에 꿈에 나타나는 집처럼 아름다운 미국의 농촌이 보입니다. 택시가 어느 집마다 그 뜰 앞에 한두 대는 꼭 있습니다. 한 한 시간쯤 시간이 지나간 후 정확히 말하자면 9시 35분, 배는 섬과 육지 사이에 가로놓인 길이 2천 미터가량 되는 다리 아래를 지나갔습니다. 그 웅장하고 우미한 다리의 모습은 뭐라고 표현할 길이 없습니다.

22일 오전 11시 45분에 올림피아에 도착했습니다. 이곳은 워싱턴 주의 수부首府이며, 인구는 그리 얼마 많지 않은 곳입니다. 비가 내리고 있습니다. 상륙 수속 때문에 하루를 배에서 자고 23일 상륙했습니다. 이곳에 2, 3일 있은 후 터코마, 에버렛을 거쳐 포틀랜드에 가겠으니, 그땐 꼭 당신의 편지 받았으면 합니다. 그동안 한 한 달 동안만 참아 주십시오.

집안에 아무 일 없기를 바랍니다.

2, 3일 내로 또 편지하겠습니다.

3월 23일

박인환[223]

『歲月이 가면』(槿域書齋, 1982.1.15)

정숙이

오늘은 3월 28일입니다. 그동안 올림피아와 터코마와 시애틀, 에버렛을 거쳐 오늘 포트 앤젤레스로 갑니다. 아무 일 없습니다. 당신 스프링과 사이즈를 몰라 양복지를 샀습니다. 어린애들 것도 모두 샀습니다. 집의 생각이, 더욱이 당신 생각이 간절합니다. 돈도 거의 떨어져서 마음이 쓸쓸합니다. 세형, 세화, 세곤이에게 뽀뽀합니다. 4월 5, 6일경 포틀랜드에 갔다가 8, 9일경에는 향한向韓이 될 것입니다. 또 편지하겠습니다.

영원히 사랑합니다.

이 사진은 시애틀 시입니다.[17] [224]

『歲月이 가면』(槿域書齋, 1982.1.15)

17 원본에는 '그림엽서의 뒷면을 말함. 화보 참조'라는 편집자 주가 달려 있다.

무제

28일 에버렛을 떠나 지금은 아나코테스라는 도시에 와 있습니다. 다음은 포트앤젤레스, 포틀랜드이며 4월 10일경에는 미국을 떠날 것이며, 한국에는 늦어도 4월 이십오륙 일경에는 도착할 것입니다. 이 편지가 들어갈 때에는 세형이도 학교에 다니게 될 것인데, 참으로 그 모습이 보고 싶으며, 보지 못하는 것이 가슴 아픕니다. 생활은 어떻게 하는지, 여기서 걱정한댔자 소용이 없으나, 미안합니다. 얼마 동안만 참아 주시고, 앞으로는 행복하게 지냅시다. 그리워 죽겠습니다. 많은 것을 보고 배우고 있습니다.

영원히 당신을 사랑합니다.

3월 30일[225]

『歲月이 가면』(槿域書齋, 1982.1.15)

무제

4월 3일 마지막 도시 포틀랜드에 도착했습니다. 여기서 3, 4일 있다가 한국으로 떠납니다. 그러하니 18일경 본사에 조회하면 부산이나 인천에 도착하는 일차日次를 알게 될 것입니다. 인구가 51만이나 되는 참으로 크고 화려한 도시입니다. 이다음에 돈을 많이 벌게 되면 당신과 다시 한번 함께 오고 싶습니다.

세형이는 학교에 가게 되었는지 궁금합니다. 여비는 오지 않았습니다. 내일 또 하겠습니다.

4월 4일

회사에는 한 17일경에 가서 물어보십시오. 황 경사한테 알아 달라고 해도 좋습니다.[226]

『歲月이 가면』(槿域書齋, 1982.1.15)

이봉구 형

오래간만에 인사드립니다.

폐허의 도시를 방황하는 명동의 집시—형이 『서울신문』 지상에 글을 쓴 것을 보고 새삼스러이 형과 또한 우리들 청춘의 영원한 묘지인 서울이 한없이 그리워집니다. 지난해 초겨울인가 만추인가 기억은 없으나 부산에서 유서를 써 놓은 그 이름 '명동 할렐루야'를 우리 부부는, 서울도 갈 수 없고 부산에도 내려갈 수 없었던 시절에 읽어 본 일이 있습니다.

요즘 죽지도 못하고, 그저 정신을 잃고, 바닷가의 무덤을 헤매고 있습니다. 부산은 참으로 우리와 같은 망각자가 살아 나가기에는 너무도 가열苛烈의 지구地區입니다. 저의 처와 어린 것은 그대로 대구에 남겨 놓고 나는 무엇이 그리워서, 또는 무엇이 그다지도 무서워서 부산을 걸어 다니는지 모르겠습니다.

서울은 참으로 좋은 곳입니다. 모든 수목과 건물이 삶 있는 자에게 인사하여 주는 곳이고, 만일 죽어 넘어진 것이 있더[227]라도 그 어떤 정서와 회상을 동반하여 줄 것입니다. 1946년에서 1948년 봄에 이르기까지 우리의 아름다운 지구地區는 역시 서울이었습니다. 그리고 서울은 모든 인간에게 불멸의 눈물과 애증을 알려 주는 곳입니다. 마치 형의 글 속에 나타나는 '갈대'와 '성 명동 사원의 종소리'가 울리는 것처럼….

봄이 오기 전에 나도 명동에 나타나겠습니다. 군복은 절대 입지 않고 돌아가겠습니다.

송영란 여사는 행복하신지? 그리고 박태진 씨고 안부를 전하여 주시오. 또한 듣는 바에 의하면, 옛날(6・25) 여인 소극장에 계시던 황경운 여사가 서울에 계시다는데, 혹시 만나시거든 살아 있어서 고맙다고 전언해

주시오. 좋은 시를 쓰셨던 분입니다.

끝으로, 이 형의 몸조심을 바랍니다. 체중이 느셨습니까?

16일 어於 부산

박인환

2, 3일 후 대구로 돌아가겠습니다.[228]

『세월이 가면』(槿域書齋, 1982.1.15)

이봉구 학형[18]

오래도록 뵈옵지 못했습니다. 언제나 생각이 나고, 또한 제弟가 올라가 뵈어야 하겠는데, 이토록 늦게 되었습니다. 가끔 편지나 해 주십시오. 신문사는 그만두고 지금 해운공사에 있습니다. 부산시 하면 편지가 오니 해 주십시오.

형의 건강을 빕니다.

인환[229]

『세월이 가면』(槿域書齋, 1982.1.15)

18 원본에는 '1953년 환도 전의 편지'라는 편집자 주가 달려 있다.

제3부 기타

전기

영웅 전기 칭기즈 칸成吉思汗

내가 죽더라도 싸움은 멈추지 말라고 외친 세계의 정복자 칭기즈 칸의 파ㅋ란 많은 생애의 전모!

시대와 환경

바이칼 호는 세계에서 가장 아름다운 호수의 하나이다. 어두운 삼림으로 덮인 높은 절벽, 거기에 수원水原을 뻗치고 있는 여러 급류, 넓은 호수를 뒤덮고 있는 안개, 상쾌한 공기, 고독과 정막, 이러한 모든 것은 여러 영웅적 인물을 출생시키는 데 적합한 곳이었다.

바이칼 호의 동쪽에 있어서는 토지는 다시 광야로 되고, 거기에 많은 산악이 있으며 아무르 강의 수원이[1] 되는 많은 지류가 있다. 이들 지류의 하나인 오논 강 연변에 후에 칭기즈 칸이라고 불리게 된 몽골 인 테무친이 출생했다. 때는 서력 1162년이었다.

바이칼 지방과 그 동쪽은 산과 숲이 많고, 여러 하류河流는 건조되어 있다. 참말로 몽골의 국경은 광대한 초원이며, 봄은 녹색, 여름은 회색, 겨울이 되면 거의가 다 짙은 회색으로 변하고 만다. 거기에는 강물의 폭도 넓고, 수목이라면 여기저기의 계류에 얼마밖에 되지 않는 느티나무의 고목이 있는 데 불과했다. 남방 저쪽에는 고비의 대사막이 있고, 그곳은 단지 모래와 먼지와 건조한 흙만이 있을 뿐이다. 이곳저곳에 사구가 있으며, 초록은 정류檉柳[2]와 가시덤불의 관목이 있을 따름이다.

사막은 편편하지 않고, 바람 때문에 기묘한 모습으로 되어 있어, 그 형

1 원본에는 '수원으로'로 표기되었다.
2 노송나무의 일종이다. 원본에는 '성류'로 표기되었다.

상은 초기의 독일 예술 영화의 환괴한[3] 세트를 연상시킨다.

중앙아시아의 광막한 전 지방에는 가장 오랜 시대부터 둥근 텐트에 살고, 양육羊肉을 먹고, 말젖馬乳을 마시는 방목 민족이 살고 있었다. 테무친[4]이 출생한 12세기경에는 원래부터 한 민족이었던 이 민족은 터키인, 퉁구스인, 몽골인의 세 가지의 주요한 부족으로 갈라져 있었으며, 각자 독특한 언어, 풍습을 가지고 있었다. 이 최후의 몽골 족에 관해서 12세기에 이르러 그 추장 카불 칸[5]이 중국의 금조金朝에 대해서 반역할 때까지 거의 아무것도 알려진 바가 없었다.

몽골족에는 하나는 산림 속에서 사냥을 하고, 하나는 광야에서 방목 생활을 영위하는 것이었다. 그 내상을 모르는 문명인에게 있어서는 그 상쾌한 공기 속에서 광막한 대원야에서 자유로운 행복된 생활을 보내는 것처럼 생각되지만 그들의 생활은[42] 절대로 자유롭지 못했다. 그들의 방랑 그 자체가 가장 복잡한 도시 생활과 같은 엄격한 규칙에 의하여 지배되어 있기 때문이다.

또한 행복이라는 것에 관해서는 그것은 주로 주관적인 일이기 때문에 얘기할 필요도 없다. 이들 유목의 민족은 양, 소, 사냥 말을 기르고 있었다. 낙타는 아직 이 무렵에는 그리 보이지 않았다.

춘하추동, 일 년의 각 계절마다 다른 목지가 필요했기 때문에 그들은 말과 소와 개와 텐트와 부녀자를 데리고 이류하는 것이다. 여름에는 강기슭에 텐트를 치고 겨울에는 남방의 고[43]비 지방의 호수 사이에, 가을과 봄에는 이 양쪽 지방의 중간에 일시적인 텐트를 치는 것이었다. 이 텐트는 유목민의 창조이며, 그 중심이었다. 손쉽게 세울 수 있으며 또는 옮길 수 있고, 그것은 아시아의 광야의 사나운 바람과 비에 대한 훌륭한 보호이었다. 사냥은 또한 중요한 경제적, 사회적인 기능의 하나일 뿐더러 유

3 '덧없고 괴이한'을 뜻한다.
4 칭기즈 칸의 본명이다.
5 칭기즈 칸의 증조부를 가리킨다.

목민의 모든 시가詩歌이기도 했다.

이러한 전형적인 몽골 인의 풍모는 어딘지 체구가 왜소하고, 머리는 둥글고, 골격은 튼튼하며, 갈색 빛의 눈은 풍우와 모래알 때문에 충혈되어 있으며, 얼굴에는 털은 적으나 수염이 있다. 머리는 깎지 않고 바늘과 같은 검은 머리는 편발編髮을 하여 양쪽으로 내리고 있다. 이齒는 빛나는 것처럼 희고, 여러 사람들과 함께 있을 때에는 쾌활하고 사교적이나 간혹 침울한 표정을 할 때도 있다. 그러므로 이 글의 주인공 칭기즈 칸이라 할지라도 아마 이 표준에서 그리 다르다고는 생각되지 않는다.

몽골 사회의 기초는 족장적 씨족이며, 그것이 또한 여러 가족으로 나누어져 있다.

동 씨족 사이에서는 서로의 결혼이 용서되지 않으므로 젊은 청년은 그가 속하는 씨족 이외에서 아내를 구하지 않으면 안 된다. 이러한 결혼의 습관이 지배하는 모든 사회와 똑같이 허용된 씨족 간에서 아내를 발견하다는 것은 참으로 어렵고, 그 때문에 쉴 사이 없이 습격과 약탈이 일어났다.

테무친이 출생한 12세기경[6]이 되니까, 옛날부터의 낡은 씨족은 이어 분열되고, 새로운 적은 씨족이 무수히 생겼다. 이들의 족장의 의무는 그들 여러 사람에게 식물과 의복을 주는 것을 필요로 했으나 천연의 산물은 적고 이와 같은 원시적 경제 사회에 있어서는 충분한 의식[7]을 찾아낸다는 것은 곤란했기 때문에 틈만 있으면 다른 씨족을 습격하고 약탈하려는 호시탐탐한 상태였다.

족장의 무용과 지모가 훌륭하면 훌륭할수록 그 부하는 안전했으며, 그러한 족장 아래에[8] 점점 많은 부하가 모여들었다. 즉 무용 황금의 시대였다.

그러나 이러한 부단의 투쟁 속에 사람들은 암암리에 일대의 영웅이 나

---

6 원본에는 '13세기경'으로 표기되었다. 하지만 정확한 출생 연도를 알기는 어려워도 칭기즈 칸이 12세기에 태어난 것만은 분명한 사실이다.

7 '옷과 식량'을 뜻한다.

8 원본에는 '아래에서'로 표기되었다.

타나, 전 몽골 민족을 통일하고 질서를 이루며 의식의 분배를 한층 더 풍부하게 해 줄 것을 기대한 것도 일면의 진리라고 하겠다.

중세기는 구라파에서도 가장 암흑의 시대로 되어 있는데, 이것을 동양의 그것과 비교할 때에는 아직 전자에 있어서 어딘지 젊고 씩씩한 것이 엿보인다. 이것에 반하여 아시아는 낡은 문화가 이미 퇴폐하고, 지배자는 토민의 고혈을 착취하는 데만 급급한 시대였다.

즉 테무친의 몽골 통일의 과업이 겨우 이루어질 때 중국에 있어서는 송조宋朝의 세력이 차츰 약해지고, 북방에서 궐기한 금조 때문에 그 북반北半을 빼앗기고 양자강 이남에 겨우 명맥을 유지하는 상태였다.

또 중앙아시아에 군림한 셀주크 대제국의 왕 무하마드는 용기는 있었으나 지모가 없고 자부와 탐욕만을 알았다. 칭기즈 칸이 몽골 통일을 이루었을 때 그는 이미 51세, 그리하여 66세에 죽을 때까지 겨우 15년간이었다. 그러나 그동안에 중국의 태반을 정복하고 서쪽은 멀리 인도, 코카서스 지방에까지 그 군대를 진출시킬 수 있었다. 이것은 원래부터 그의 군인으로서 또 정치가로서의 영재英才에서 온 것이긴 하나,[44] 또 그 당시 몽골을 둘러싼 각국의 정권이 부패하고 퇴폐에 빠진 것도 크게 도운 힘이라고 하여야만 될 것이다.

젊은 테무친

테무친 칭기즈 칸의 아버지는 예수게이 바투르(용감한 예수게이)라고 부르며, 예수게이는 즉 오랜 씨족에서 독립하여 모험을 구한 새로운 족장의 한 사람이었다.

그는 소수의 씨족을 그 통솔 아래 거느리는 데 성공했으나 아직 그렇게 중요한 인물은 되지 못했다. 어떤 날 오논 강변에서 사냥을 하고 있을 때 그는 메르키트 족의 한 사내가 오로노트 족의 한 소녀를 신부로 얻어 데리고 가는 것을 보았다. 예수게이는 소녀의 눈이 아름답고 더욱 자기들이 결혼할 수 있는 부족에 속하고 있는 것을 알았다.

그는 어린 처녀가 강가에 서 있는 것을 보았을 때 청년의 피가 온몸에 용솟음치는 것을 느끼고, 자기의 갑자기 생긴 목적을 두 형제에게 알리기 위해 급히 텐트에 돌아갔다.

온몸을 무장한 그들이 강변에까지 달려왔을 때 젊은 부부는 아직 그곳에 머물고 있었다. 신랑은 세 사람의 형제가 무기를 손에 들고 그들 쪽으로 달려오는 것을 보자 즉시로 그 목적이 어디 있는가를 짐작할 수 있었다. 신부도 역시 그러했다.

호엘룬이라고 부르는 그 처녀는 그들과 대항할 수 없다는 것을 알고 한시라도 바삐 이 장소에서 도망치라고 자기 애인에게 설복했다. 신랑은 어두운 눈초리로 잠시 호엘룬을 쳐다보았으나 말에 채찍을 치자 저쪽 산을 향하여[9] 떠나 버리고 말았다. 그리하여 그들은 힘도 들이지 않고 신부를 뺏을 수 있었다.

호엘룬은 최초의 남편의 아들을 가지지 않았으므로 예수게이는 자기의 장남이 틀림없이 자기의 피를 나눈 아들이라고 믿었다. 그는 부친이 그 추장의[10] 한 사람을 포로로 해서 타타르 인 약탈에서 돌아온 날에 세상에 나왔다. 그 전승을[45] 기념하기 위해 테무친이란 그 포로의 이름이 그 아들에게 수여되었다. 그 후에 호엘룬은 아들 셋과 딸 하나를 길렀다. 제2부인에 의하여 그는 또 두 아들을 얻었다.

예수게이는 자신의 힘을 확신했다. 장남에 대해서 적당한 신부를 찾아야 할 시기였다. 소년이 아홉 살 적에 부친은 어머니 쪽의 씨족인 오로노트 족의 텐트 속에 장래의 신부를 찾기 위하여 소년을 데리고 갔다. 도중 그들은 다이 세치엔이란 교활한 족장과 만났다.

그가 예수게이에게 인사하여 말하기를

"형제여 어디를 가는가?"

예수게이는 정직하게 그 목적을 말했다. 그러자 그 약은 노인은 다음과

9 원본에는 '행하여'로 오기되었다.
10 원본에는 '주장의'로 오기되었다.

같이 그에게 말했다.

"너의 아들은 눈은 불과 같으며 빛나는 얼굴을 하고 있다. 어젯밤 나는 한 마리의 독수리가 그 손톱에 일월日月을 포착[11]하고 내 손에 앉는 이상한 꿈을 꿨다. 일월은 단지 바라다보는 것인데, 흰 독수리가 이것을 포착하고 자기 손에 앉는다. 이것은 틀림없이 길징吉徵일 것이라고 나는 생각했다. 지금 자네를 만나서 처음으로 어젯밤 꿈을 해명하게 되었네. 나의 집안에는 예전부터 미인이 많다. 형제 예수게이여, 나도 또한 집에 나이 어린 소녀를 가지고 있다. 우선 따라와서 한번 보게."

예수게이는 소녀의 모습이 아름다운 것을 보고 급히 약속을 맺은 후 오랜 습관에 따라 아들을 약혼한 소녀의 가족에게 맡기고 일어났다. 이 풍습은 오랜 모계 족장 제도에서 온 것이다.

"이 애는 개를 무서워하니깐 조심해서 놀라지 않도록 해 달라"는 것이 예수게이의 최후의 말이었다. 그는 말을 타고 떠났으나 두 번 다시 아들을 볼 수는 없었다.

귀도歸途에[12] 그는 축연을 열고 있는 타타르 인의 캠프를 발견했다. 그는 그때 마침 배가 고팠다. 또 한편 유목민의 풍습으로서 도중에서 만난 사람들의 식사에 어울리지 않는다는 것은 예의에도 어긋나므로 그는 말에서 내려 축연에 들어갔다. 타타르 인들은 즉시 그가 그전에 자기들을 약탈한 원수라는 것을 알았으나 광야의 습관으로서 손님에게 향응을 거부할 수는 없어서 몰래 고기와 술에 독약을 넣었다.

3일 후, 이 병든 사내는 반사반생의 모습으로 겨우 자기들의 부락까지 돌아왔다. "아, 가슴이 아프다. 누구 없느냐?"라는 그의 소리에 늙은 부하 차라크의 아들 만리크가 달려왔다.

빈사의 사내는 아직 어린, 어린애들의 앞으로의 보호를 그에게 바라고,

11 원본에는 '포촉'으로 표기되었다. 이하 '포촉'은 '포착'으로 표기한다.

12 '귀도'가 '돌아가는 도중에'를 뜻하므로, 원본대로 '귀도'라고 표현할 수도 있다. 하지만 현대 국어의 일반적인 표현법에 어긋나므로 '귀도에'로 표기한다.

테무친을 집에 데려오도록 말했다.

만리크는 소년 테무친을 집에 데리고 돌아오는 데 애를 썼으나 그들이 왔을 때는 예수게이는 이미 세상을 떠나 버리고 말았다. 보호해 주는 사람도 없고, 다음에 남은 어린애들의 운명에 가슴을 아프게 하며…. 그것도 무리는 아니었다. 그의 통치는 그가 세상에 살아 있을 때에도 항상 온건하지 못했을 뿐만 아니라 부하들은 최초의 기회에 과부 호엘룬과 어린 애들을 버리고 떠나 버렸기 때문이다.[13]

과부는 희생제에 가담하는 것을 거절당했다. 그가 항의하니깐 여자들은 캠프를 떠나도록 그에게 명령했다. 그는 가족과 함께 그 씨족에서 쫓겨나고 말았다.

때는 봄이었다. 예수게이의 부하가 과부를 버리고 떠날 때 그들은 여름의 목지牧地를 찾아서 서서히 이동하고 있었다. 노인 차라크는 그들을 가지 못하도록 잡으려고 했으[46]나 그들은 난폭하게 그것을 거절하고 노인의 어깨를 상하게 했다. 소년 테무친은 노인을 텐트로 방문하고, 반은 노인이 입은 상처 때문에, 반은 공포 때문에 울었다. 과부 호엘룬은 지금은 남자보다도 힘이 센 여장부라는 것을 나타냈다.

말의 가죽으로 만든 깃발을 들고 호엘룬은 탈주자의 뒤를 따랐다. 정당한 권리에 의하여 과부 호엘룬은 지금이야말로 그들 모든 자의 두목으로서 통솔자인 것이다.

그들은 그의 명령에 복종하여야만 된다. 용감한 호엘룬은 탈주자의 몇 사람을 잠시 동안 잡고 있는 데 성공은 했으나, 한 사람 두 사람 그들은 몰래 도망치고 타이주트 족의 견고한 연합에 가입해 갔다.

4인의 형제, 2인의 이모異母 형제, 1인의 여동생, 어머니, 그리고 겨우 한 사람의 하인인 노파만이 지금은 예수게이의 캠프에 남아 있는 모든 것

13 원본에는 '떠났다'로 표기되었다.

이었다. 그들은 숲이 있는 강변에 살면서 모르모트나 들쥐를 잡고 생선을 먹으며, 때로는 나무뿌리나 풀을 먹지 않으면 안 되었다.

그들이 이처럼 겨우 연명을 하고 있는 동안에 적도 가만히 있지는 않았다. 그의 부친을 알고 있는 타이주트 족의 두 사람의 추장 탈크타이 길추크와 도도양 가드는 테무친이 살아 있는 동안은 불안심한 것을 알고 단숨에 그를 죽이려고 결심했다. 그래서 그들은 과부의 조그만 텐트를 습격한 것이다. "누구에게도 위독을 끼칠 생각은 없다. 단지 소년 테무친만이 필요하다"라고 소리를 지르면서.

테무친은 숲 속으로 도망을 쳤으나 결국 허기가 져서 숲에서 나올 때 그들에게 잡히고 말았다.

탈크타이는 소년의 목에 칼을 채우고 타이주트 족의 모든 텐트에서 하룻밤을 지내도록 명령했다.

어느 날 밤 그들은 오논 강변에서 축연을 열었는데 포로를 감시시키기 위해서는 겨우 한 명의 약한 청년을 남겼을 뿐이다. 테무친은 목에 건 칼로 감시하던 자를 찌르고 그를 기절시킨 후, 강으로 도망하고 머리까지 물속에 숙이고 말았다. 그들은 사방을 다 찾았다. 그를 친절하게 취급해 준 하인 소간 시라라는 자가 그를 발견했으나, 소년에게 동정하여 조심하라고, 안전해지면 알려 주겠다고 말했다. 탐색을 겨우 중단한 후, 소간은 이제 걱정 없다고 알려 주었다. 테무친은 이 무거운 목 칼을 쓰고서는 집에 돌아갈 수가 없어서 밤중에 몰래 소간의 텐트를 찾았다. 소간과 그의 아들 둘은 친절히 환영해 주며, 그를 양털 아래 숨겨 놓고 위기가 사라진 후에 소년에게 말과 식량과 활을 주고 도망시켜 주었다.

가난한 유랑의 생활을 보내는 동안 소년은 해마다 강장强壯해지고 용기와 지혜를 겸비해 갔다. 카살은 이미 사수射手로서 명성을 높였고, 테무친은 현교賢狡한 청년으로서 도전에 대응하는 데는 언제나 용감한 청년으로 알려져 있었다. 말 도둑이, 거세된 여덟 필의 말을 훔쳐 가지고 도망쳤을 때, 아주 완전한 파산이 그들을 휩쓸었다. 다행한 일로 베르그다이가 말을 타고 사냥을 나갔기 때문에 겨우 한 필이 남았을 뿐이다. 그가 돌아오자마자 테무친은 말을 타고 도둑의 뒤를 추격했다. 말 도둑의 뒤를 따랐다는 것은 교지[14]와 인내력을 필요로 하는 일이었다. 그러나 테무친은 훔친 말을 가지고 도망치는 것을 본 젊은 남자한테서 예기하지 않았던 조력을 얻었다. 그는 테무친에게 새로 백마를 주고, 두 사람은 3일간 기행을 했는데, 결국 어느 유목지에 도착하여 거기에 여덟 필의 거세[47]된 말이 있는 것을 발견했다. 그들은 그 말을 데리고 떠났다. 그것을 본 말 도둑들은 맹렬히 그들을 추격했다. 백마를 탄 한 도둑이 선두에 서서 활을 쏘기 시작했다. 테무친도 돌아서서 활을 쐈다. 얼마 후 밤은 어두워지고 추격은 중지되었다.

두 젊은이는 이 원정으로 원기 백배가 되고 영원한 우정을 맹세했다. 테무친은 그리하여 최초의 부하를, 그리고 그가 죽을 때까지 충실하게 그에게 일해 준 부하를 얻었던 것이다. 수일 후부터 그들은 또 민속하게 움직이는 기술을, 적이 숨어 있는 지점을 탐지하는 기술을, 그리고 결정적 순간에 습격하는 기술을 배우기 시작했다. 정복자는 어떠한 것도 빼놓지 않고 곤란한 청년 시대에 많은 것을 배웠다.

지금 그는 생애의 제2의 단계를 들어가고 있었다. 그는 다이 세치엔의 텐트에서 보낸 날을, 그리고 그와 약혼한 사이가 된 소녀 보르테를 생각했다. 그는 결혼해서 그 방면에 있어서도 자기를 주장할 만한 시기였다.

늙은 다이는 그를 친절히 맞아 주고, 여자를 그의 아내로서 주었다. 테무친은 자기의 텐트에 돌아오자마자 그의 맹우이며 부하인 보갈기를, 아내를 데리고 오라고 보냈다. 광야의 생활을 갈망한 젊은이는 까만 양의 채찍을 들고 말을 타고 달려갔다.

그는 지금 친구와 아내와 흑표黑豹의 외투를 가지고 있다. 이 흑표의 외

14 '교묘한 지혜와 재주'를 뜻한다.

투는 아내 보르테가 시어머니를 위해서 선물로서 가지고 온 것이다. 더욱 그는 네 명의 건장한 형제와 말과 양을 가지고 있다. 소년은 어느 사이 어른이 되고, 그의 귀에는 어머니의 복수의 말이 그칠 줄 모르는 음악처럼 들려오는 것이었다.

친구를 얻기 위해서 테무친이 당연히 최초로 간 곳은 그의 부친의 오랜 맹우 케레이트 족의 트그랄 칸이었다.

옛날, 이렇게 테무친은 말했다. "트그랄은 내 부친의 친구였다. 그래서 그는 나에게 부친과 같다. 그는 지금 푸른 소나무 숲의 테유라 강변에서 살고 있다. 나는 아내가 가져온 이 흑표의 외투를 그에게 준다."

트그랄이 그 외투를 받았을[15] 때 그는 즐거움을 숨길 수가 없었다.

"나는 너한테서 도망간 자들을 모아 너한테 가담하도록 하겠다. 너의 호의는 영원히 잊지 않는다."

그것은 젊은이가 줄 수 있는 모든 것이었다. 그의 번영의 최초의 상징, 아내가 지참해 온 흑표의 외투, 그것을 준 것이었다. 그런데 그 선물은 그 이상의 효과를 거둘 수 있을 정도로[16] 효과가 있었다.

이 소문은 갑자기 광야에 펼쳐지고, 수일 후에는 예수게이의 부하의 한 사람이었던 노인이 자식을 데리고 언덕에서 내려왔다.

"아들 제르미를 귀하에게 맡깁니다. 귀하의 말에 안장을 놓고, 귀하의 문을 확 열어젖히시오."

기사는 최초의 종사從士를 얻게 되었다.

최초의 성공 후, 최초의 그리고 최악의 패배가 있었다. 그것은 모든 일이 이 남자에겐 용이하게 성취되지 않았기 때문이다.

새벽 전의 희미한 빛에는 언제나 죽음과 같은 정막감이 있다. 이 정막감 속에 호엘룬의 하인인 노타는 전속력으로 달려[48]오는 말굽 소리에 눈을 떴다.

---

15 원본에는 '받았었을'로 표기되었다.

16 원본에는 없지만 '로'를 넣는 것이 자연스럽다.

"마나님, 마나님." 그는 주인을 깨웠다. "원수 타이주트 형제가 쳐들어오는 것에 틀림없습니다."

"어린애들을 일으키시오"라고 호엘룬은 말했다.

테무친과 그 형제는 순식간에 말을 타고, 두 사람의 부하는 그들을 따랐다. 그는 모친을 자기의 다른[17] 말에 태웠으나, 아내 보르테는 말이 없어 허둥지둥하는 판에 남게 되었다. 노 하녀가 그를 소가 끄는 귀비추우카(바퀴가 있는 차)에 태워, 그들은 단갈의 소류小琉를 따라 차를 달리고 있었다.

습격자는 타이주트 족이 아니고 옛날 예수게이가 호엘룬을 훔친 메르키트 족이었다. 그들이 오늘에서야 복수를 하게 되었다는 것은 차바퀴가 빠져 약탈자는 곧 그들을 따라갈 수가 있었다. 그들은 예수게이의 제2의 처, 즉 베르그다이의 모친을 이미 잡았고, 부자의 텐트에 양털을 자르러 가는 도중이라고 노파가 속이는 것도 뿌리치고 테무친의 신부 보르테를 그 자리에서 잡았다.

그들은 테무친을 발칸 산속까지 추격했으나 테무친은 깊은 숲 속에 몸을 숨겼다. 그들은 그의 처를 잡고 지난날 똑같이 약탈된 호엘룬의 오랜 원한을 풀었기 때문에 그를 산속에 남기고 두 여자 포로를 데리고 돌아갔다.

조심성이 많은 도망자는 3일간이나 산속에 숨은 후, 이제 안전하다고 생각했다.

테무친이 그동안에 생각한 것은 잃어[49]버린 처의 신상에 관한 것이 아니라 자기 자신의 보전이었다. 그는 태양을 향해 목에 핏대를 걸고, 손엔 모자를 올려놓고, 가슴을 두들기며 아홉 번이나 머리를 숙이며 예례배[18]를 했다.

"발칸은 우리의 가난한 목숨을 살렸다. 그러므로 본인은 여기에 희생제를 올리고 나의 자손들도 여기 따를 것을 맹세한다."

---

17 원본에는 '딴'으로 표기되었다.
18 '예배'를 가리키는 말이다.

그래서 그는 영원한 창공을 향하여 경례를 한 것이다.

오늘날까지 테무친의 이 도망을 기념해서 몽골에서는 '나도무'라고 부르는 대국민적 경기가 행하여지고 있다.

이 현명한 청년은 겨우 얼마 안 되는 수병을 가지고 아내를 구출해 내는 일을 착수했다. 메르키트 족은 보르테를, 호엘룬의 전 남편의 동생인 기르가에게 주었다. 몽골의 기록에 의하면 테무친은 케레이트 칸과 자무카 세치엔한테 가서 메르키트에의 복수에 가세해 줄 것을 구했다. 그들의 조력을 얻어, 메르키트의 캠프는 어느 날 밤 결국 테무친의 습격을 받고, 테무친은 환한 달빛을 온몸에 받으며 검은 텐트 사이를 뛰어다니며 아내의 이름을 미친 듯이 불렀다고 한다.

그러나 만일 우리들이 페르시아의 역사가 라시드를 믿는다면 사실은 이와 같이 로맨틱하지는 않았던 모양이다. 케레이트 칸은 계략을 써서 보르테를 데려왔는데, 그 여자가 남편의 텐트에 돌아왔을 때에는 예기에 반하여 자기라는 남자 애를 낳았다. 자기의 장남이 타인의 피를 받고 나왔고, 아내가 마치 내버린 노예와도 같은 모습으로 돌아온 것은 이 청년의 긍지에 있어서 큰 타격이었다. 그것은 신부에게 있어서도 역시 같았을 것이다.

그 여자는 그 후 세 아들과 많은 딸을 낳고, 다른 여자들이 이 정복자의 아내로 되는 것을 보았다. 그는 항상 제1 부인으로서의 명예와 지위엔 있었으나 부부간에는 벌써 서로의 존경의 마음은 사라지고 있었다. 후에 그 여자는 캠프의 음송吟誦[19] 시인과 공연하게 지내게 되어, 남편을 부끄럽게 했다. 일대의 영웅도 아내한테서는 행복했다고는 할 수가 없다.

만년

정복자 칭기즈 칸은 늙어 갔다. 그가 구라파의 온 나라에 준 공포는 조

19 원본에는 '금송'으로 오기되었다.

금은 그의 양심을 아프게 했다. 그는 여러 위대한 도시에서, 또한 교양이 있는 사람들 사이에서 자기가 참으로 무학문맹한 야만인이며, 자기의 병사들도 이와 같았다.

투쟁을 계속하려는 의지가 여하히 크더라도 인생은[20] 결국 끝나야만 했고, 수많은 세계의 대국을 차차 정복해 보았으나 아직 정복되지 않은 나라가 남아 있었다. 그는 죽고 싶지가 않았다. 그에게는 자기가 제정한 법률이 가장 훌륭한 것처럼 믿었고, 전 세계가 그것에 복종한다면 얼마나 행복할 것이냐고 생각했다.

헤라트에 있을 때 포로에게, 이마아무 인의 성자가 있었는데, 칭기즈 칸은 "자기의 위대한 이름이 후세에까지 남을 것인가?"라고 물었다. 그러자 성자는 "이름은 사람들이 남아 있는 곳에만 남습니다"라고 대답했다. 헤라트를 약탈한 기억은 그의 마음에 너무도 새로운 바가 있었다. 그는 강렬한 감정에 사로잡혀 활을 땅 위에 내던지고 격분해서 일어섰다. 그것은 그 답변이 그의 갑주 속에까지 찔러 들어오고, 그 자신이 자기에게 말해야 할 것을 주저하고 있었던 것을 말했기 때문이다.

또 같은 서장西藏 사이에 있어서, 그는 중국에 훌륭한 도교의 성[50]인이 있는 것을 듣고 우정 편지를 보내 불러왔다. 정복자와 성인이 만난 곳은 사마르칸트였다. 정중한 인사가 교환된 후 칭기즈 칸의 최초의 질문은 "성인이여, 불로불사의 약을 가지고 있느냐?"는 것이었다. 생명을 보전하는 수단은 있으나 불로불사의 약은 없다고 답했다.

서장에서의 귀로의 길은 1223년의 봄에 시작되었다.

1226년 단구트 왕에 대한 전쟁이 또다시 시작되었다. 칭기즈 칸은 이번엔 철저하게 그들을 정복하고, 중국 정복에 대한 기지로 하려고 생각했다. 중국에서는 무쓰가리의 사후 다시 금金이 몽골에 대해서 머리를 쳐들려고 했기 때문이다.

---

20 원본에는 '인생을'로 표기되었다.

그의 정신은 시야의 넓이와 본질적 파악에 있어서는 이전과 다름없이 명철했으나 육체는 이미 쇠퇴해 가고 있었다. 그 후 군대가 전선을 향해 진군해 가는 도중 그가 탄 당나귀가 들말野馬에 놀라 뛰는 바람에 그는 낙마해서 몹시 부상을 입었다. 그날 밤 열이 심해 드러누워서, 그는 자식들을 베갯머리에 불러 앉히고 말을 했다. "이번만은 나의 최후의 싸움이다. 나는 죽음이 가까워진 것을 알고 있다." 그러고 나서 자기가 건설한 대제국을 형제들이 친화하게 자기의 영토를 지키며 지배하도록 훈계했다. 탕구트 족은 패배하고 군대는 중국을 향했다. 칭기즈 칸의 병은 나날이 더하여 이젠 사기에 가까워졌다.

"내가 죽어도 전쟁을 그만두지는 말라. 또 절대로 근심하지 말라. 적에게 나의 죽음을 알아채지 못하도록 해라."

라고 그는 막료들에게 말했다. 수부가 떨어지거든 탕구트의 왕과 부하를 전부 죽이라는 것이 최후의 명령이었다.

1277년 8월, 현대의 감숙甘肅과 섬서陝西[21]와의 경계인 와이 강 부근에서 그는 죽었다.

칭기즈 칸 매장의 땅은 오늘날까지 불명이다. 아마 그가 청년 시대에 생명을 구하게 된 발칸 산이라고도 한다. 페르시아의 역사가 라시드에 의하면, 어느 날 그곳에서 산사를 할 때 어떤 한 가지의 아름답고 고독한 나무를 보고 그는 속으로 깊은 감동을 느끼고, 그 아래서 잠시 명상하며 앉은 후 일어섰을 때 "여기는 내 영면의[22] 땅에 적합하다. 잘 기억해 둬라"라고 말했다는 것이다.[51]

『野談』 5호(1955.11.1)

---

21 원본에는 '협서'로 표기되었다. '陝'은 '협' 혹은 '섬'으로 독음할 수 있는데, 여기서는 '섬'으로 독음하는 것이 맞다.

22 원본에는 '영민의'로 표기되었다.

설문

설문[1] 남북 요인 회담 요청이 일부에서는 농숙濃熟한 모양인데, 이에 대한 기대는 어떠하십니까?

1. 남북 요인 회담 요청이 일부에서는 농숙濃熟한 모양인데, 이에 대한 기대는 어떠하십니까?

설사 남조선에서 합의가[14] 된다 할지라도, 북조선에서 참가할 것 같지 않습니다. 북조선에서 참가를 해도 국내 문제인 동시에 국제 문제인 만큼 우리 민족만의 합의로 해결될 문제가 못 될 줄 압니다.[15]

『새한민보』 14호(1947.11.15)

1 이 설문에는 김준연(한민당 선전부장), 고재국(시민), 박인환(시인), 차명훈(명안 이비인후과 원장) 등이 참여하였다.

설문 5월 달에 당신은?[2]

여러분은 이 화려한 5월 햇빛 아래 무엇을 하시겠습니까?

1. 5월에 가장 생각나는 곳은?

—아직 계절에 사로잡힌 곳은 없으나 역시 서울입니다.

2. 5월에 입고 싶은 컬러는?

—좀 어두운 빛깔.

3. 만일 애인이 있다면 무슨 프레젠트를 하고 싶습니까?

—현재 애인이 있어도 프레젠트를 못 하는 저의 심정으로서는 어찌 이런 질문에 답할 길이 있겠습니까.

4. 만일 애인을 만난다면 어디로 가고 싶습니까?

—서울에서는 갈 곳이 없고 외국이라면 화가 고갱처럼 타히티 섬에 갈까요.

5. 5월에 꼭 하고 싶으신 일은?

—그저 좋은 시와 좋은 음악과 술을 마시고 싶습니다.[60]

『女性界』 3-5호(1954.5)

---

2 이 설문 조사에는 고제경, 장만영, 조흔파, 김광주, 김창집, 김용환, 오소백, 조병화, 송지영, 박인경, 김용호, 유호, 신상옥, 김경린, 이정희, 유두연, 박거영, 박인환, 김순복, 안동진, 서의돈, 강두순 김용묵, 구인회, 김연숙, 석계향, 홍현오 등이 참여하였다.

설문[3]

(가) 6 · 25 수난 속에 숨은 선생의 미공개의 비화는?

있습니다. 그것은 영원히 잊을 수 없는 일이며 나는 지금도 좋은 일을 했다고 생각됩니다. 바로 9월 3일 부산으로 탈출하려던 도중 체포되어 이천에 포송捕送된 후, 나는 거기서 미군 포로 두 사람과 몇 시간을 보냈습니다. 그때 흑인 대위가 몹시 부상을 입고 있는 것을 성의껏 치료해 주었습니다. 그 다음날 두 사람의 포로가 광나루에서 폭사되었다는 것을 9.28 후에 알았습니다.

(나) 6 · 25 수난을 통해서 보신 선생의 여성관은 어떻게 변하시었는지요?

저의 여성관이 변한 것이 아니라 여성 자체의 사념思念이나 행동이 달라졌다고 봅니다. 전前까지의 소극성이 적극성을 띠웠다고 일언一言하고 싶습니다.

(다) 6 · 25 수난 때와 같은, 놈들의 침략전이 만일 다시 감행되어 온다면 선생은 어떻게 싸우시렵니까?

싸우는 방법을 생각해 본 일은[4] 없으나 생명과 그 외 모든[5] 힘을 아끼지 않고 대결하겠습니다.[35][6]

『國際報道』 33호(1954.5.25)

---

3 이 설문에는 김창집(대한출판문화협회장), 박인환(시인), 성준덕(시사통신사 사장), 김정석(치안국 여경女警 계장) 등이 참여하였다.

4 원본에는 '일을'로 표기되었다.

5 원본에는 '모듣'으로 오기되었다.

6 이 설문 조사의 질문은 34쪽에 일괄적으로 제시되어 있다.

좌담

남성이 본 현대 여성

사회 홍명삼洪命三 ▌만화가 김용환金容煥 ▌작가 최인욱崔仁旭 ▌시인 박인환朴寅煥
영화평론가 유두연劉斗演 ▌카메라맨 박진식朴璡植 ▌속기 김종홍金宗弘

6 · 25 전후의 여성

사회 「남성이 본 현대 여성」, 여성의 결혼관이라든지 연애관, 교양, 에티켓, 유행 등등 여러 가지 각도로 예리한 비판과 그에 대한 견해를 말씀해 주시면 고맙겠습니다.

박인환 6 · 25 전이나 그 후 오늘날 여성들이 많이 변했다고들 하는데 여성 자체가 변했다기보다도[1] 사회가 변하고 현실과 생활양식이 변했으며 자기 자신이 변한 것과 주위가 변한 것을 모르고 도리어 여자만이 변한 것같이들 말하는 것 같습니다.

유두연 남자가 변했다기보다도 여자들이 변한 것이 눈에 띄지 않아요?

사회 어느 면으로 여성들이 변했다는 것이 눈에 뜨입니까?

유두연 거리에서 보면 여자[100]가 그전보다도 많이 눈에 띄는데, 이것은 눈에 띄도록 그 사람들이 행동을 하기 때문에 그런 것이라고 보아서, 그 사람들이 변했다고 보는 것입니다.

사회 그것은 복장이라든지 화장이라든지 그런 면에서인가요, 또는 윤리 문제에서입니까?

---

1 원본에는 '변했다느니보다도'로 표기되었다.

유두연 그런 것도 변했습니다. 이전과 요사이 눈에 띄는 여성들을 비교해 볼 때에 그 윤리관이라든지 연애관이라든지로 보아서 순전히 살기 위해서만이 아니고 전연 다른 면에서 한 개의 시대적인 풍조라 할까 그런 면으로 눈에 띈다는 것입니다.

미망인과 정조

사회 최 선생 어떻습니까?

최인욱 6·25를 기준으로 하는 것보다도 해방 후 민주주의가 들어옴에 있어서 여성들이 자연 사회 활동 등을 많이 하기 때문에 자연히 거리에 많이 나오게 될 수밖에 없었습니다. 특히 6·25 당시 불행히 남편이 납치를 당했다든지 전쟁 미망인이 되었다든지, 이런 사람들이 남자가 밖에서 하는 활동을 보충하려니깐 여자 자신이 자연 자기 생로를 타개하기 위해서 거리에 나가지 않으면 안 될 형편이 되었다고 봅니다. 여기에서 한 가지 여성의 윤리라든지 이런 것을 가지고 이야기할 필요가 있다고 봅니다.

나는 이렇게 봅니다. 정조 관념이라든지 그런 것이 적다고들 하는데, 인텔리이고 각성한 분이면 현대 민주주의적인 행동을 하려니깐 외국에도 많이 나가고 남성과도 자주 접촉을 하게 되는데, 그렇다고 해서 정조 관념이 희박한 것은 아닙니다. 오히려 교양이 낮을수록 풍기가 문란하고
[101] 좋지 못한 일을 많이 하는 것을 봅니다. 그러니까 교양이 낮으면서 옷치레만 잘하고 다니며 남자들과 접촉을 하는 것을 보고 이것이 전 여성들의 태도라고 보아서는 안 될 것입니다. 지식인이고 교양 있는 분들을 보면 그분이 남자들과 이야기도 하지만 그분들의 윤리는 한계라는 것이 있어 존경할 수 있는 깨끗한 분들을 많이 봅니다.

유두연 오늘 이 좌담회가 『여성계』에서 초대하여 저녁을 먹는 것이 아니라면 지극히 좋겠는데…. (웃음)

민주주의라고 하는 것을 한국 여성들이 잘못 착각해서 거리에 나가 다니는 것이 민주주의로 알고, 남자와 서로 접촉하는 것이 민주주의로 알고, 가정에서 해방되는 것이, 한국 여성이 가졌던 미속양풍을 짓밟는 것이 해방이요 민주주의인 것으로 잘못 생각하고 있지 않느냐 생각하는데….

김용환 민주주의 실천을 의식적으로 하려고 나서는 것이 아니고, 그럴 필요를 느껴서 그렇게 나오게 되는 것으로 알고 있는데, 아직 민주주의 훈련의 과정에 있기 때문에 여러 가지 착오가 있으리라고 생각하는 것입니다. 그러니 지식인만이 여성들을 대표하는 것이 아니고 무식한 층도 여성이니 그런 착오가 나타나게 되는 것으로 봅니다. 그러니 그 사람들을 나쁘다고 할 수는 없고, 요컨대 민주주의 훈련이 부족해서 그런 것이 아닌가 생각합니다.

최인욱 그전과 생활양식이나 근본 사상이 뒤바뀌었으니 여자에게 항상 그전대로 옛날 법도대로만 진행하라고 강요는 할 수 없는 것입니다. 여자들이 바람이 난다고 우리가 여자들을 바람이 났다고만 그러는 것보다도 그 반의 책임은 남자에게 돌려야 마땅할 것입니다. 행주치마만 두르고 부엌 구석에서 1년 내내 영화관 한 번도 가 보지 못하는 반면에 남자는 술도 마시고 극장에도 갑니다. 이럴 때 민주주의의 혜택을 받지 못하고 행주치마만 두르고 다니다가 이 사람들이 한번 다른 사람의 생활 형태를 보게 될 적에 그들은 자기가 지금까지 맛보지 못했던 세상을 거기에 발견하게 되는 것입니다. 이럴 때 남자가 그것을 이해하지 못하고 자꾸 억압하려고 하면 그럴수록 그것은[2] 더 반발을 하게 되는 것입니다.

김용환 민주주의 실행은 남자가 전 책임을 지고 지도하지 않으면 안 되리라고 생각합니다.

박인환 이런 것이 있습니다. 여자 자체가 변했다는 것보다도 여자 자기가 변했다는 것을 자의식으로 느끼고 있는 부류가 있습니다. 가령 내 친

---

2 원본에는 '그'가 누락되었다.

구가 여자하고 같이 다녔다 할 때 딴 여자들이 이것을 보고 같이 다니니깐 무슨 관계나 있는 모양이다, 이렇게 여자 자신이 도리어 생각하고 있는 것, 이것들이 여자 자체가 변했다는 것을 말해 주지 않는가 합니다.

현대 여성의 결혼관

사회 그러면 요사이 여성들, 즉 현대 여성들이 지향하고 있는 결혼관 이런 문제에 대해서는?

박진식 현대 여성의 결혼관[102]은 여성들이 아는 것인데….

유두연 현대 여성들의 결혼관에 대한 주의 주장, 즉 희망을 말하는 것이 좋을 것입니다.

박인환 요사이 여성들은 결혼을 너무 쉽게 합니다. 내 경험으로 보더라도 연애를 7, 8개월 하고, 약혼을 한 뒤에도 5, 6개월이 지나 결혼을 했는데, 지금은 전연 상대편에 대해서 알 시간도 가지지 않고 하루나 이틀 동안 교제를 하고 나서도 자기 자신을 맡기는데, 나는 그런 데 대해서 고려하여야 될 줄 압니다. 돈을 잘 쓴다든지 매끈한 양복을 입었다든지, 이런 것으로 결혼하려 드는 사람이 많은 것 같습니다. 그런 것은 우리 주변에서 많이 보는 것입니다.

김용환 요사이 여자가 결혼할 때에 자기 마음대로 교제해서 자유로이 결혼하는 것과 부모가 정해서 주선해 주는 결혼을 하는 분과 어떤 것이 많을까요?

유두연 부모가 결정해 주지 않더라도 부모의 축복을 받는 결혼, 자기의 친구들이 축복해 주는 결혼, 이것이 되어야 할 것입니다.

박진식 우리나라의 결혼은 역시 신분이나 환경이 같은, 즉 신랑 집과 신부 집이 평등치 않다든지 집안이 양반 쌍놈으로 다르다든지 하지 않아야 완전하고 오래가는 결혼이 되리라고 생각되는군요. 그런데 요사이 보면 그렇지 못한 결혼은 대개 오래가지 못합니다. 양반집에 쌍놈의 며느리가 들어가게 된다고 하면 시어머니나 이런 사람들이 쌍놈의 며느리가 들어왔다고 구박을 하고 그런 것이 있으니 아직도 우리나라에서는 곤란한 점이 많습니다. 그렇게 되면 나중에는 며느리도 자기 자신은 남편이 좋지만 분위기가 그렇게 되니 어떤 때에는 실망도 하게 되고 남편과의 사이도 나빠지게 되는 것입니다.

최인욱 우리가 봉건제도를 쓰는 것같이 양반 쌍놈을 가리는 것은 아닙니다만 가령 민주주의가 제일 발달된 영국과 같은 나라에서 민주주의를 한다고 해서 아무렇게나 결혼이 된다고는 보지 않아요. 민주주의가 발달된 영국에서는 자기 계급에 맞는 것을 찾는 것 같습니다. 그러니 우리가 함부로 결혼한다는 것은 깊이 고려하여야 되겠습니다.

유두연 전통하고 생활양식하고 같지 못한 데서 나오는 모순, 영국 같은 데서는 전통과 생활양식이 같기 때문에 그런 것도 자연스럽게 되는데, 우리나라의 생활양식은 우리가 수천 년 동안 진행하여 오던 전통이라는 것이 이것이 모순이 많습니다. 그러나 이런 데에서 문제가 생기지 않는가 느끼는 것입니다.

최인욱 요즘 전쟁 미망인 통계, 어느 정도인지 모르겠습니다만, 전쟁 미망인이라고 하는 것보다 과부라고 할 것이 좋겠습니다. 과부가 재혼하는 문제입니다. 나는 이것이 망발이 될는지 무어가 될는지 모르지만 과거에 우리 정조 관념이란 것이 처녀라야 한다, 처녀가 한번 결혼을 하게 되면 그것은 정조 관념이 없어지는 것이다[3] 그렇게 보았는데 나는 그렇게 보고 싶지 않아요. 어떤 사람이 어떤 남자와 결혼을 하였다고 나중에 부득이 이혼을 하였다든지 남편이 사[103]망하였다든지 그럴 때 그 사람이 그 과부가 다시 결혼을 할 때에는 그 사람의 정조 관념은 그대로 사는 것으로 보는 겁니다. 만일 유부녀가 다른 남편하고 관계를 맺는다고 할 것 같으

3 원본에는 '다'가 누락되었다.

면 그것은 정조의 파괴이지만 한 과부가 다시 결혼을 하게 될 때에는 그것을 정조의 파괴라고 할 수는 없을 것입니다.[4] 과부라고 해서 처녀보다도 급이 낮다든지 하는 것은 아닙니다.

박인환 정조라는 것은 하나의 개념의 문제라고 보는 것입니다. 우리가 남자와 여자의 평등을 항상 주장한다고 합시다. 그런데 여자의 입장으로서 자기가 결혼은 하였지만 딴 사람과 만일에 있어서 정조 같은 것을 서로 교환하였다고 할 적에 그 여자가 진정으로 사랑함으로 인해서 자기 몸을 다시 한 번 주었다는 것은 정조를 파괴한 것이라고 생각할 수 없습니다. 그런 의미에서 자기가 마음으로 진정으로 사랑하였다고 할 적에 나는 여기서 정조를 버렸다고는 생각하지 않습니다.

유두연 결혼과 연애 정조 이런 것에 대해서는 따로 한번 이야기가 되어야 되겠구만요. 그런데 과부 재혼하는 문제에 대한 정조관은 최 선생의 의견과 동감입니다. 특히 한국과 같은 현실에 거기에서 벗어나려면 희망을 발전하려면 과거에 가졌던 정조관은 최 선생의 말씀과 같이 되어야 될 것입니다.

사회 그러나 엄격한 의미의 정조라는 것은….

최인욱 물론 이것은 가톨리시즘 같은 데에서는 인정되지 않습니다.

박인환 정조라는 것은 개념인데 남편에게서 이혼은 당했지만 그 이혼이 부모의 책임이고 또 이에 억압을 당했기 때문에 자기는 남편과 살고 싶고 사랑하고 있지만 이혼을 당했을 때 진실하게 자기가 마음으로 사랑하는 남편에게 정조를 다시 주었다는 것은 정조를 파괴하였다고는 생각하지 않습니다. 에밀 졸라에 테레즈 라캉이라는 사람이 있는데 자기 남편의 친구하고 비교할 때 자기 남편은 항상 저녁때마다 술 먹고 들어오고 사랑은 하나도 없으며 학대만 하고 그리하여 나중에는 자기 남편의 친구하고 같이 살게 되는데 이것은 19세기의 이야기입니다만 우리 한국 사람은 이런

---

4 원본에는 '것입니다'가 누락되었다.

문제를 생각하지 않고 살기 때문에 사회에서 비난이 있는 것 같습니다. 진정으로 자기가 사랑하는 사람에게 몸을 주었다는 것은 정조의 파괴라고는 생각하지 않습니다.

정조 관념

사회 정조 관념이 없는 여자가 요사이 얼마나 많은지요?

박진식 전에 있었다는 대학 교수의 부부의 애기인데, 하루는 남편이 집에 들어가서 부인이 드러누워 있는 것을 보고 밖에서 한번 강간 식으로 해보자 하고 담을 넘어 들어와서 교제를 했는데 부인도 잠결에 별말을 못했답니다. 그러고 나서 남편은 다시 밖으로 나가 초인종을 누르고 자기가 돌아온 것을 알리자 여자는 갑자기 자기가 강간을 당한 줄만 알고 "당신이 들어오기 전에 욕을 보았으니 나는 이것을 죽습니다." 하고 고만 죽어버렸다는[5] 이런 이야기가 있습니다.

유두연 연애는 우리가 사는 데 있어서 기가 막히게 아름다운 보배와 같은 것인데 여[104]기에 대해서는 우리가 보배대로 있게 해 주어야 될 것입니다. 연애관에서 연애라는 것은 깨끗하게 닦아 주고 윤이 더 나게 이렇게 해서 연애라는 것을 보호하여야 될 것입니다.

박인환 연애에 대해서 딴 사람의 연애를 수호해 주려 하지 않고 도리어 이것을 파괴하려고 하는 그런 음악陰惡한 세상입니다.

유두연 깨끗하고 기막힌 그런 연애를 하는 것이 좋겠습니다.

사회 연애 보호법 같은 것을 만들었으면 좋겠군요. 경범죄 처벌법에 해당치 않을까요? (일동 폭소)

박인환 남의 연애를 방해하는 사람은 경범죄 처벌법에 걸리지 않느냐

---

5 원본에는 '죽어버렸다고'로 표기되었다.

그러시는데 그것은 참 좋습니다. 남의 연애를 성취시켜 주려는 사람은 거의 없고 남의 행복을 짓밟으려는 사람이 더 많지 않은가 생각합니다.

유두연 그런데 여기에는 연애냐 매춘이냐 이것이 중요할 것입니다.

박인환 남자가 있을 경우에는 그것은 연애가 아닙니다.

박진식 영하 40도도 춥지 않고 달밤에 같이 다니는 것도 좋습니다. 그러나 이것을 일단 내 아내로 삼겠다고 생각했을 때 아내로 삼기에는 너무나 애인은 아깝습니다. 이 깨끗한 것을 그냥 그대로 두고 싶습니다. 그러나 그러다가 딴 사람에게 뺏겨 버리는 것입니다.

유두연 사실 연애를 했을 때에는 영하 40도의 추위도 문제가 아닙니다.

현대 여성과 유행

사회 요즘 유행에 대해서 가령 검은 장갑이라든지 모자 심지어는 검은 벨벳 양복이라든지 이런 유행 문제에 대해서는 어떻게들 보십니까?

김용환 한국 여자들은 모자를 쓰지 않는데 왜 그럴까요?

박인환 모자만 써도 사실 멋없어요. 전체적인 밸런스가 맞아야 하지 않아요.

유두연 내가 본 가두 풍경은 전부 영점 이하입니다.

박진식 화장은 요새 좀 나아진 것 같은데…….

박인환 자기 몸에 맞도록 의복을 맡기는 것이 없고 대개는 기성품을 사 입는데 윗옷은 좋은 것을 입었는데 스커트는 그냥 형편없는 것을 입고 게다가 겉은 장갑을 끼고 와니(악어) 가방을 둘러메고 다니는데 더러는 또 일본에서 만드는 무슨 가죽 껍질 같은 것으로 만든 것을 들고 다니는 것도 있습니다.

사회 귀걸이는 어떻습니까?

유두연 귀걸이는 구라파에서는 평상시는 하지 않습니다. 무슨 파티라든지 특수한 행사가 있을 때만 하는 것이며 직장에서나 평소에는 하는 것이 아닙니다.

사회 목걸이는…….

박인환 유리로 만든 목걸이는 아주 틀렸습니다. 그리고 하이힐 이것은 자기의 몸과 비해 볼 때 밸런스가 맞지 않습니다.

유두연 유행은 한국 사람이 양복을 입게 된 때부터 시작되었고 또 전쟁 후 '빵빵걸'의 풍속이 그대로 상류 풍속인 줄 알고 잘못 수입했는데 이것을 시정했으면 좋겠지만 어려울 것입니다. 단지 희망입니다.[105]

최인욱 유행에 있어서 누가 벨벳을 입었다고 하면 무조건 벨벳, 나일론이라고 하면 전부가 나일론, 그래서 자기의 개성 문제는 하나도 살리지 못하고 누구 하나가 한다고 하면 전부 따라서 합니다. 이것이 무슨 유행입니까? 자기의 개성을 살리지 못하고 조화를 이루지 못한 것이 무슨 유행이겠습니까? 사실 영점입니다.

박진식 예를 들면 잠바를 입었다 하면 어느 정도 활동성이 있는 것으로 보여서[6] 좋은데 외국 사람들은 흔히 에리(옷깃)을 세우고 다닙니다. 외국 사람들은 목이 길기 때문에 에리를 세우고 다녀도 괜찮은데 우리 한국인은 목이 짧고 키도 작은 데다가 에리를 세우고 다니면 마치 꼽추 같기도 하고 좋지 않습니다.

박인환 내 친구가 자기 사랑하는 여자에게 선물을 하나 했는데 와니 가방을 보냈답니다. 그 후 그 여자와 만났을 때 와니 가방을 들고 오지 않았길래 그 이유를 들었더니 집에 두고 왔다고 그러더랍니다. 그런데 그 친구가 양품점에 가니깐 그 주인이 당신이 사 갔던 와니 가방은 얼마 전에 우리 집에 팔러 왔더라고 하더랍니다. 이것은 우스운 문제인 것 같지만 슬픈 문제입니다.

박진식 나는 이렇게 생각합니다. 없는 살림이니까 핸드백도 좋고 검은 장

6 원본에는 '보아서'로 표기되었다.

갑도 좋고 한데, 없는 살림에 돈이 좀 생기면 사기를 원하던 것 좋은 것을 하나라도 사게 됩니다. 이렇게 되면 전연 조화가 이루어지지 않습니다.

김용환 외국 불란서 같은 데 유행이 오게 되는데 우리는 이것을 보지도 않고 이만큼 양장을 하고 조화시키는 것은 특히 가칭할 만하다고 봅니다.

눈에 띄지 않는 곳

유두연 우리가 여성들에게서 환멸을 느끼는 것은 눈에 띄지 않는 핸드백 속의 콤팩트라든지 스커트가 바람에 나부낄 때에 속 슈미즈가 형편없는 것이 있습니다. 눈에 띄지 않는 곳에 잘 주의해 주시길 바라는 것입니다.

김용환 1주일분의 드로어즈를 가지고 매일 하나씩 갈아입을 정도가 되면 자연히 그렇게 될 것입니다.

유두연 우리 옛날의 품위 있는 가정의 여자는 속으로 들어갈수록 점점 더 좋은 것을 입었다는데 이것이 우리 여성들이 가져야 할 것이 아닐까요.

박인환 목욕을 자주 갔으면 좋겠어요. 우리 여편네만 보아도 한 달에 두서너 번밖에 가지 않습니다. 여름 같은 때에는 매일 갔으면 좋겠는데…….

사회 여대학생들이나 회사 같은 데 다니는 여자가 에로 잡지를 표지를 딴것으로 살짝 갈아 가지고 자기 직장에도 가지고 다니는 것을 볼 수 있는데…….

유두연 여자 대학생들이 학교에서 지정된 것을 지키지 않고 '빵빵걸'들이 입는 것을 입고 화장 방법도 '빵빵걸'같이 하는 화장을 하는 것 같은데 그것이 여자 대학생들이 '빵빵걸'을 겸했다는 이야기와는 다를 터인데 대단히 좋지 않습니다.[106]

유두연 학교 당국의 교육 방침이 나쁜 탓도 있습니다. 저는 유행도 풍속미와 합치된 미, 이것이 좋다고 생각합니다.

나일론 시비

사회 나일론 저고리나 치마에서는 여성미 즉 선에 의한 미가 나타나지 않는 것 같지요?

박인환 한국 여성들은 질겨서 나일론이지 모양을 내기 위해서 나일론은 아닌데 나일론을 무슨 모양을 내기 위한 것으로 알고들 있는 것 같습니다.

박진식 모양도 있기는 합니다.

김용환 그러나 요즘의 여자는 대체로 퍽 조화되었습니다. 그렇지 않은 사람도 있기는 합니다만 해방 후 우리가 양복을 많이 입었는데 거기에 비하면 비교적 배운 것도 없는데 괜찮다고 봅니다.

박인환 우리나라 여성들이 현재 입는 것은 외국에서는 가정에서 입고 있는 것 정도밖에는 안 됩니다.

최인욱 우리나라 여성들이 이브닝 가운 같은 것을 거리에서 입고 다니는 사람들이 있는데 이것은 구역질이 나서 보지 못할 정도입니다.

박진식 또 상의의 뒤에 단추가 달린 것을 입고 다니는 여성들이 있는데 외국에서는 처녀는 이것을 입지 않는 모양입니다. 처녀들은 입을 수가 없고 자기 남편이 이것을 입혀 준다는데 우리나라에서는 처녀나 대학생들도 이것을 입고 다닙니다. 이것은 난센스입니다만 외국 군인들은 이것을 볼 적에 부인인 줄 알고 히야카시를 하지 않을 것입니다. (일동 웃음)

김용환 양복을 잘 입고 다니는 것은 양갈보라고 보는데…….

박진식 또 머리 뒤에 꼬불꼬불하게 짧게 만드는 것은 외국에서는 아프리카 같은 데 있는 '빵빵걸'들이 하는 머리라고 해요. 왜냐하면 머리 뒤를 구불구불하게 하면 누웠다 일어났다 할 때에 편리하고 시간이 많이 걸리지 않기 때문에 (웃음) 보기에는[7] 시원하게 보이지만…… 그리고 구치베니[8] 같은 것도 자기 입이 큰 사람이 생긴 대로 바르고 있는데…… (웃음)

---

7 원본에는 '보기는'이라고 표기되었다.
8 '입술연지'를 가리키는 일본어이다.

자기의 입 생김에 적당히 맞게 했으면 좋겠습니다.

박인환 나는 여자들 눈이라든지 입이라든지 하나하나 떼어서 본 일이 없습니다. 그것은 하나의 인상이고 그 윤곽이 좋으면 미가 있는 것으로, 입 하나가 잘생겼다든지 코가 잘생겨서 송미령의 코라든지 하는 것은 문제가 아닙니다.

김용환 복장은 한복이 좋다고 생각하는데 이 한복을 입었을 때의 화장하고 양복을 입었을 때의 화장은 달라야 되는 것입니다.

유두연 이 한복만은 우리 한국 감(복지服地)으로 만드는 것이 좋겠습니다. 특히 요즘에 흔한 나일론보다도 여름 계절에 맞는 옥양목 같은 것을 좋은 하늘색으로 물들여서 해 입으면 좋으리라고 생각합니다.

한복예찬

박인환 한복을 입을 때는 여름이면 모시죠.

유두연 여름철에 모시는 남자가 느끼는 최고의 매력일 것입니다.

박진식 그것도[9] 좋기는 한데 그러면 어디 가서 앉을 수가[107] 있어야지요. 한 번 앉았다 일어서면 형편없이 쭈글쭈글해집니다.

유두연 매력은 매력대로 인정하여야지요. (웃음)

여성의 에티켓

사회 여성의 에티켓에 대해서….

박인환 여자가 다방에 가면 의례히 남자가 찻값을 내 주려니 하고 바라

---

9 원본에는 '그'가 누락되었다.

고 있는 것, 이것은 남녀평등을 주장하면서 경제에 있어서는 평등이 아닙니다. (웃음)

유두연 외국에서는 음식점 같은 데 가도 매춘부가 아니면 여자가 그 값을 치른다고 그럽니다. 매춘부라면 남자 편에서 다 낸다고 합니다.

최인욱 최근 우리나라 여자들은 자기의 선생인데도 불구하고 남자가 먼저 인사를 하여야만 여자는 그 인사를 받는 것인 줄만 알고 있는 것 같은데 그것은 도리어 여자로서 평등이 아니라 여자의 자기 자신의 수치가 아닌가 생각하는 것이 있습니다.

사회 다방에서 화장하는 것은?

유두연 매춘부만이 공중 앞에서 화장하는 것으로 봅니다.

박진식 여자의 화장은 불과 세 시간이 가지 못하는데 아침에 화장하고 나서면 저녁때에는 다 꺼집니다. 그럴 적에 화장이 꺼지려고 하면 잠깐 가까운 다방의 변소라든지에 들어가서 고치는 것도 좋고 다방도 좋고 하니, 공중 앞에서는 하지 않는 것이 좋은 것입니다.

유두연 에티켓 문제가 나왔는데 벨벳 치마를 입는 경우 공중 앞에서 치마를 들고 엉덩이를 까고 앉는데 이런 것은 (웃음) 주의하지 않으면 안 될 것입니다.

박인환 그 속치마가 더러울 때 더욱 말씀이 아닙니다.

박진식 남들이 한참 명랑하게 웃을 때에 입을 벌리고 있는 여성들이 있는데 이 입을 벌리는 습관은 보기 싫은 것입니다.

박인환 모 다방의 마담인데 이 문화인들이 많이 모이는 데서 남자들의 앞에 와 앉아서 남자의 호주머니에서 남자의 담배를 자기가 꺼내어 피는 것이 있습니다.

김용환 한국의 여성들은 애교가 없다고 그러는데 우리 여성들은 좀 더 여성다운 친절미를 가져야 될 것입니다.

김용환 어떤 친구의 집에 가서 부인에게 인사를 하려고 그러면 숨어 버리는 분이 있는데 이것은 옛날의 풍속이지만 그런 것을 고려하여야 할 줄 압니다.

최인욱 유부녀들이 다방 같은 데에서 '초대권이 두 장이 있으니 극장엘 갑시다' 하면 여자가 따라가는데, 나는 그 여자가 초대권을 받게 되었다 할지라도 자기가 돈 2백 환을 내고 표를 한 장 사서 들어가야 좋으리라고 생각하며, 또 그런 때에는 자기 친구라든지를 데리고 남자와 셋이서 다니는 것이 옳지, 될 수 있는 대로 다른 남자와 단 둘이서 극장에 간다, 거리를 다닌다 하는 것은 자성하여야 될 것입니다.

유두연 그런 것은 벌써 상대방에게[10] 무슨 약속이라도 준 것을 표시하는 것이 아닐까요?

박인환 극장에를 딴 남자[108]와 다닌다는 것은 여자들의 에티켓 문제입니다.

최인욱 내가 전에 초대권이 두 장이 있어서 어떤 친구의 부인하고 극장엘 가려고 차를 같이 타고 갔었는데 갑자기 을지로 입구에서 부인이 나를 치면서 저기 자기 남편이 온다고 그러면서 "그냥 지나갑시다." 그러는 것입니다. 나는 여기서 환멸을 느꼈습니다. 이렇게 우리는 민주주의를 할 필요는 없다고 봅니다.

여성과 취미

사회 요사이 여성은 어디에 취미를 두고 있습니까?

박인환 영화 구경이 많고 그리고 사교댄스이겠지요.

박진식 사교댄스가 많습니다.

유두연 치안국의 통계에 의하면 유부녀가 사교댄스에 나오는 수가 가장 많다는데요. 붙들려 가면 자기 남편이 와서 내가 우리 여편네가 건강이

---

10 원본에는 '게'가 누락되었다.

좋지 않아서 추라고 했다고 그런답니다. 물론 집에 가서는 치도곤이겠지요만…. (웃음)

박인환 사교춤은 취미로서 하나의 엔조이입니다. 나는 이 엔조이라는 말을 향락이라고 번역하고 싶지는 않습니다만 분명히 하나의 엔조이입니다.

유두연 마음대로 사교춤을 추기 위해서 자기의 아이들이나 남편을 속이고까지 가서는 안 되리라고 생각합니다.

박인환 그러면 정비석 씨의 『자유부인』이라는 소설에서 나오는 이야기 같군요.

박진식 우리나라에서는 이런 문제에 거짓말을 하지 않을 수 없을 것입니다. 아직까지도 초창기이기 때문에 그렇습니다.

박인환 여자나 남자나 자기가 하고 싶은 것을 하는 것이 자유가 아니라 자기가 하고 싶지 않은 것을 하지 않는 것이 자유라고 봅니다.

사회 여자들의 다방 출입은 어떻습니까?

유두연 이런 것은 혹 어떤 스캔들을 만들 수 있는 기회를 가지지 않을까 하는 이런 희망을 가지고 가는 사람도 있다는 것이 눈에 보이는 것입니다.

박진식 다방에서 보면 혼자서 여자들이 나와 여기저기 앉아 있는 것을 볼 수 있는데 진작 알았으면 같이 앉아서 차라도 한 잔 먹었으면 하게 그렇게 보입니다.

유두연 가정에 있을 만한 부인이 혼자서 다방에 나와 있다는 것은 특히 한국 가정부인은 그럴 시간을 가질 수 없을 터인데 이것은 취미가 아니고 타락이 되는 것이 아닐까요?

최인욱 이것은 남자가 여자를 민주주의적으로 잘 지도를 하지 못하기 때문에 그런 것입니다.

유두연 오늘은 될 수 있는 대로 남자를 옹호하고 여자를 규탄하는 입장에 서야 될 것입니다.[109] (웃음)

최인욱 가정 여자를 혼자서 다방에 나가게 한다는 것은 여자를 딴 남자에게 빼앗겨도 좋다는 것일 것입니다. 왜 남자가 여자를 컨트롤하지 못하고 그러는 것입니까?

유두연 자기 아내한테 생활을 의탁하는 것이 무력한 남자의 취미로 되는 것이 있습니다. 이런 것은 남자의 취미로 끝냈으면 좋겠는데 이것이 취미가 아니라 남자의 생활 태도로 되면 큰일입니다.

김용환 어떤 유명한 사람인데 그 내외간이 퍽 쓸쓸했던 모양입니다. 남자가 애정을 보이지 않아서 그랬는데……. 이 부인이 그러자 돈벌이를 시작했다나요. 무역도 하고, 자동차도 사고, 큰 집도 마련하고. 그러자 남편의 태도가 좀 달라져 갔답니다. 그래 자기한테 친절히도 해 주고 전차 같은 것을 타도 먼저 태워 주고 그러더라면서 그 여자가 하는 말이 "좌우간 여자도 돈을 가져야 된다. 그러면 애정도 도로 회복할 수 있다"라고 하는 이야기를 전에 들었습니다.

현대 여성과 돈

사회 돈 이야기가 나왔으니 여기에서 돈과 여성에 대하여 더 구체적으로 파 볼까요?

박인환 돈은 여자도 좋아하고 남자도 좋아하는 것입니다.

유두연 요사이 여자는 남자보다도 더 돈에 팔리는 모양입니다. 마릴린 먼로가 주연을 한 〈신사는 금발이 좋다〉[11]라는 영화를 보면 남자의 얼굴이 돈이나 보석이나 그런 것으로 보이는 것이 있는 것 같은데 이것이 아마 현대 여성들의 상징인 것같이 느껴집니다.

박인환 사회적인 지위나 그 사람의 인품이나 이런 것보다도 저놈이 돈이 있나 없나 이런 경향이 6·25를 통하여 특히 현저합니다.

---

11 하워드 혹스 감독이 1953년에 만든 미국의 영화이다.

유두연 그러기 때문에 여자들이 사람보다도 돈을 먼저 찾게 되니까 이것을 만들기 위하여, 모든 죄는 이 돈을 만들기 위하여 남자들이 짓게 되는 것입니다.

박인환 사회 질서의 문란은 여자들이 돈을 존귀하게 여기기[12] 때문에 생기는 것이지요.

유두연 돈과 사랑과 인간과의 투쟁이라는 것은 인간이 생길 때부터 오늘날까지 계속 되고 또 영구히 계속될 것입니다. 여기에서 여자가 농락당한다는[13] 데 비극이 생기는 것 같습니다.

박인환 전에는 정신문명이 있었는데[14] 해방 후 미국 사람들이 들어오고 따라서 물질문명이 그대로 수입되었습니다. 그런데 물질은 여자들이 전부 돈인 줄만 알고 있습니다. 물질문명의 극치는 돈이니깐 돈이면 다 해결이 되는가 보다 그런 모양입니다.

박진식 요사이 여자들이 남자를 테스트할 때에 돈을 표준으로 삼는 모양입니다.

사회 고맙습니다. 오늘은 이만 끝마치겠습니다.[110]

『女性界』 3-6호(1954.6.1)

12 원본에는 '존귀하기'로 표기되었다.
13 원본에는 '당'이 누락되었다.
14 원본에는 '었'이 누락되었다.

기사

서울 돌입!
본사 특파원 종군기

서울 한강 철교 부근에서 민재정, 박성환, 박인환 본사 특파원 12일발

11일 0시 40분 유엔군의 일원인 한국군 제6185부대는 보다 더 강력한 정찰 전투 부대를 서울시 남방으로부터 돌입시켰으며 이를 원호하기 위한 유엔군의 서울시 포격은 본격적으로 시작되었다. 한강 철교와 인도교 간의 해방되지 않은 부분을 타고 정찰대가 서울시에 잠입하기 직전 유엔군 원호 포격 부대는 한강 대안의 철로 연선에 잠복하고 있는 적들에 대하여 탱크포와 박격포의 지상 포격을 개시하고 동시 공군 부대는 저초공 비행을 감행하면서 폭격하는 일방 한강 전선 서울시 측에 연막을 펴고 정찰대 돌입을 용이케 하였다.

기자는 한강선 최전선 참호 속에서 한강 철교와 인도교 사이의 아직 해빙되지 않은 얼음판을 타고 다람쥐와 같이 대안對岸인 서울시를 향하여 돌진하는 국군의 씩씩한 모습을 보고 있다. 정찰 부대는 연막 속에 사라지자 배치를 완료하였다는 무전 보고를 해 왔으며 수분 후에는 용산 남방 ○○고지를 점령했다는 보고가 들어왔다.

이로써 서울시는 동 시가 남방으로부터 탈환되는 것이다. 서울 바로 남방을 향하여 진격하던 강력한 유엔 부대가 동 시가 동북방을 제압하며 한편 인천으로부터 북상하는 유엔군이 서북방으로 진격을 계속하고 있다.

그러나 11일 오후에도 서울시는 완전 탈환되지 못했다.

그런데 아방 측은 서울시 탈환보다도 적의 추격 섬멸에 주목적을 두고 있는 듯하다.

중공군과의 시내 접전은 아직 없었는데 적들은 도주하고 있는 듯하다. 적들은 10일 오후 3시경부터 서울 시내 남방 고지에서 한강 대안 유엔군

부대를 향하여 박격포를 사격해 왔으며 한강선에 잠복하여 직사포, 기관총 들을 사격해 왔으나 11일 공군 정찰대가 돌입한 이후에는 적들의 대안 사격은 없었다.

그런데 아국군 제 6185부대는 10일 오후 10시 30분 한강 남안에 도달하자 최초로 정찰대를 서울 시내에 돌입시킨 부대이며 서부 전선 유엔군에 편입되어 있는 국군 최전선 전투 부대이다. 기자는 적들의 직사포가 이타耳朶 밑을 지나고 적들의 박격포가 좌우에 작렬하는 속을 제일선 부대와 함께 서울을 향하여 진격하고 있다.

기자는 거년去年 9·28 당시의 그것을 환희의 감격이 있다고 하면 오늘의 그것은 비통한 분노 이외의 아무것도 아닌 것이다.

『京鄕新聞』(1951.2.13)

과감 6185부대

침착, 여유 있는 진공

서부 전선 ○○기지에서 본사 특파원 민재정, 박성환, 박인환 9일발 연착

서부 전선 유엔군과 협동 작전을 전개하며 서울을 향하여 북진하는 유일의 한국군 부대 6185부대는 65킬로[1]에 걸친 전 서부전선의 공습을 담당하고 동 전선의 유엔 각 부대와 보조를 맞추어 진격을 계속하였다.

서울을 향하여 진격하는 동 전선의 견실하고도 믿음직한 전진에는 중공군과 괴뢰 잔적들은 완전히 전투 의식을 상실케 하였던 것이다.

동 전선 한국군 대변인이 연명한 바에 의하면 한국군이 담당하고 있는 공습 전면의 적은 중공군이며 그 수는 약 3개 사단으로 추신된다고 하는데 이것은 물론 확실한 숫자는 아니라고 말하고 있으나 동수 내외의 적이 전면에 있는 것만은 거의 확실하다고 말하였다.

그리고 "언제 서울을 탈환하게 될 것인가"는 기자의 질문에 대하여는 답변을 회피하고 있으나 "그리 멀지 않은 시일 내에 서울은 재탈환될 것이며 유엔군과 아군의 견실한 점진 작전은 쉬지 않고 계속될 것이다."라고 말하였다.

서울 재탈환까지에 일대 섬멸전이 전개될 것인가 아닌가에 대하여는 군측은 언명을 회피하고 있는데 서울 동남방에서 격전이 예상된다고 하나 예정대로 진격할 것이라고 군측 대변인은 언명하였다. 요행히도 이 땅의 어느 기자에 앞서 최초로 서부 최전선에 종군하고 있는 기자들은 백설에 덮인 안양 포도원 앞을 지나 노량진 전면 관악산 ○○고지에 서서 허리로부터 아래를 포연 속에 파묻고 이마만 노출한 북악산을 바라보고 있다.

『京鄕新聞』(1951.2.13)

---

1 원본에는 킬로미터를 나타내는 한자 '천粁'으로 표기되었다. 이하 '천粁'은 모두 '킬로미터'로 표기한다.

본사 세[2] 특파원 서부전선에서 맹활약!

지하호地下壕에 숨은 노유老幼

하루 바삐 국군의 입성만을 고대

서울 한강철교 부근에서 민재정, 박성환, 박인환 본사 특파원 12일발

서울 시내의 금번 탈환전에 있어서의 피해는 지난 9·28 탈환전에 있어서의 피해보다는 훨씬 적다.

작년 9·28 서울 탈환전에 있어서의 폭격과 포격에 의하여 서울시는 거의 폐허화 되었던 것이며, 이제 금번의 탈환전에 있어서 피해를 입었다 해도 그것은 엎치고 덮친 격으로 별로[3] 전보다 황폐했다는 감은 주지 않는다.

그러나 기자의 시야 내에 들었던 집이란 집은 거의 다 울타리는 물론 문짝 하나 올바른 것이 없고 전부 없어져 버렸다. 고층건물은 아직 대부분이 있으나 벽만이 앙상하게 남아 있을 따름이다.

요要는 서울은 이미 지난해 9·28 탈환까지에 완전히 폐허가 되어 있었던 것이다.

서울 시내에는 금번의 폭격과 탈환 속에서도 아직껏 노유는 남아 있어, 지하호 속에서 국군의 입성을 기다리고 있었다고 한다. 그들은 지하 속에서 오늘인가, 오늘인가 조마조마한 심경으로 국군의 입성을 기다리고 있는 것으로서, 시내 일부에서의 사격 소리가 멈추자 비스듬히 밖을 내다보고 뛰어나온 것이다.

작년 9·28 탈환× 당시에 감격보다도 훨씬 다른 감격이 그들의 얼굴에 떠도는 것 같다.

그들은 전쟁에 훈련 받고 경험을 쌓은 민족 같이 거의 무표정에 가까운

---

2 원본에는 '三'으로 표기되었다.

3 원본에는 '별로히'로 표기되었다.

것이었다.

그러나 이것은 극도의 식량난에 의한 그들의 기아飢餓가 이러한 표정을 만들었는지도 모르겠다.

이것은 중공군과 인민 패잔병들은 식량을 획득하기 위하여 가가호호에 침입하여 식량을 약탈해 갔던 것이라 한다.

그들은 가가호호의 땅 속에 은닉해 놓은 쌀까지도 지극히 교묘하고 신기한 방법으로 이를 발견하여 탈취해 갔던 것이라고 하며, 동대문시장과 중앙시장에는 그들의 점령 기간 속에서도 매일같이 장은 섰다고 한다. 그러나 두 시장 모두 많을 때에는 200명 내의 사람들이 모였고, 보통 4~50명씩 장을 보고 있었다고 한다. 시내 지하호 속에 숨어 있던 노파는 기자에게 별항과 같이 말했다.

『京鄕新聞』(1951.2.13)

'콩가루 자루' 메고

식량이라면 모조리 탈취 / 노파가 전하는 뙤놈들[4]의 광상狂相

"우리 쪽 비행기는 거□□□□□ 왔습니다. 뙤놈들이 집집마다 뒤져서 쌀이 없는가고 졸라대는 것이었습니다. 양복장 □짝 속은 물론 뒷마당 울타리 밑까지를 파 보며 쌀을 감추어 두지 않는가 했습니다. 그리고는 식량이라면 무엇이든 모조리 가지고 가는 것이었습니다. 김장도 모두 퍼 가고 말았습니다."

이상과 같이 말하였다. 또 다른 노인 한 분은 다음과 같이 말하였다.

"뙤놈이나 괴뢰군들은 무기도 변변한 것이 없었으며, 지난번보다 더 초라하게 보였습니다. 뙤놈들은 콩가루를 □□에 □□지고 있었으며, 식량을 얻는 데 전 힘을 다하는 것 같이 보였습니다. 식량이라면 무엇이든 사정없이 탈취해 가는 것이었습니다."

이상과 같이 말했는데 적들의 목적은 전투 그 자체보다 식량 획득에 더 주력한 듯하다.

『京鄕新聞』(1951.2.13)

4 중국인을 낮잡아서 부르는 말이다.

1월말 현재 서울의 물가 소두小斗 한 말에 2만3천원

서부전선에서 본사 특파원 민재정, 박성환, 박인환 발

부득이한 사정으로 지난 1월 5일 서울서 물러나온 김용문金龍文(27)이란 청년은 다음과 같이 아군 재탈환 직전인 서울의 소식을 전하고 있다.

"서울 시내에는 괴뢰군과 중공군이 약 1만 명가량 있다고 볼 수 있습니다.

1월 3일 서울에서 정부 각 기관이 후퇴하자 수도는 불안과 공포의 도시로 변모해 버리고, 물가는 살인적으로 앙등하여 1월 말일 현재백미 소두 한 말에 2만 3천원이 되었습니다.

서울에 잔류한 시민의 수는 10만 미만인데, 모두가 노유, 그리고 병자들뿐입니다.

화폐의 환산은 공산군 군표 100원에 한국은행권 3천원으로 강제 교환되고 있으며, 소위 동 인민위원회, 그리고 민청民青[5]도 다시 조직되어 시민들은 그 마수로 하여[6] 생의 의식조차 완전히 상실하고 있으며, 각 동·반을 통하여 각종 물품과 인부를 악착하게 강제로 동원하고 있습니다. 그리고 보도 발표라 하여 대구를 점령하고 부산을 공격 중인데, 부산을 점령한 다음엔 다시 일본 본토 상륙작전을 개시할 것이라고 참으로 얼빠진 허위선전에 발광하고 있으나 시민들은 이러한 모략에는 귀도 기울이지 않고 다만 바라는 것은 대한민국의 국군이 하루 속히 돌아오기만 기다리는 것입니다."

『京鄕新聞』(1951.2.13)

5 좌익 청년 단체인 '남북민주청년동맹'을 가리킨다.

6 원본에는 '하여금'으로 표기되었다.

도로 연변은 거의 파괴상破壞相
노량진 근방 산 밑은 약간의 피해

서울 한강철교 부근에서 민재정, 박성환, 박인환 특파원 12일발

지난달 1월 15일 서부전선에서 유엔군이 처음으로 오산烏山을 탈환한 이후, 진격과 철수를 자유자재로 한 유엔군의 전술에 완전 패배를 당한 중공군은 이제 한강 북방 서울 북방으로 도주 중에 있는데, 이제 놈들의 더러운 발자국을 남겨 놓은 도로 연변의 풍경을 간단히 적어 보내기로 한다.

오산=건물이란 건물은 하나 올바로 서 있는 것은 물론 없고 거의 대부분이 도괴倒壞, 파괴되었다.

병점리餠店里=가옥 전부가 도괴되었다.

수원=북문의 누각 및 성벽의 절반은 포화에 날아가고 절반만 남아 있다. 북문과 남문 중간의 구시가지는 거의 전부가 파괴 내지 도괴되었다. 그리고 남아 있는 집이라 해도 문짝 하나 성한 집은 없다.

동남방에 있는 천주교당을 사이에 두고 적의 소탕전이 있었던 고로 천주교당 수녀원과 학교는 완전히 없어지고, 성당만 남아 있다.

눈물이 나오지 않을 정도로 비참한 광경이다. 3~4, 5~6 떼를 지어 다니는 피난민들은 극도의 식량난에 발걸음도 바로 움직이지 못하고 있으며, 믿음에 대한 회의懷疑 속에 죽지 못하여 사는 듯한 광경이다.

이 폐허 된 수원읍에 아침저녁이면 금번의 전란을 변하여[7] 남아 있는 성당에서는 여전히 미사를 울리고 아침저녁이면 종이 울린다.

안양=대부분이 파괴되었다.

과천=건물 피해는 적으나 그래도 큰 건물은 대부분이 없어졌다.

영등포, 노량진

---

7 '면하여'의 오식이다.

도로 연변의 건물로서 하나 성한 것은 없다. 대부분이 파괴 내지 도괴倒壞되었다. 그러나 산 밑의 건물들은 약간의 피해만 입었을 따름이다.

『京鄕新聞』(1951.2.13)

6185부대 한강 연안 대기

서울 탈환 명령을 고대 / 남안 일대에 강력한 포진 완료

서부 전선 한강 남안에서 본사 특파원 민재정, 박성환, 박인환 발

지난9일 한강 남안에 도달한 강력한 아국군 부대는 현재 연안 일대에 견고한 진지를 구축하고 대안의 적 방어 진지에 수시 맹포화를 가하고 있다.

연일 화염이 충천하는 수도 서울 구시가는 청명한 일기가 계속되는 이 진지에서 육안으로도 능히 그 전모를 파악하기에 족하다.

11일 오후 12시 40분부터 아군은 공군과 탱크대의 정확한 엄호 사격 아래 유력한 탐색대를 대안對岸 ○○킬로미터까지 도하시켜 적정을 탐지케 하고 있다. 동일 야반에는 최후 발악을 쓰는 적의 일대가 당돌하게도 기습을 기도하여 왔으므로 아군은 이에 십자포화를 퍼부어 15명 내외의 적병을 사살하고 잔여는 즉시 둔주遁走케 하였다.

그런데 서울 구시가 가까이 육박한 역전의 아군 장병은 지금까지의 쾌속적인 진격을 멈추고 적 진지 및 빙하를 흘겨보면서 시내 진격의 명령이 내리면 재빠르게 이를 도하할 수 있는 만전의 태세를 갖추고 있는 중이다. 아국군 부대의 대변인은 이에 대하여 다음과 같이 언명하고 있다.

"우리들은 명령 일하 전 서울시를 장악할 것이다. 그러나 우리는 시내 소탕보다도 한 놈의 적놈이라도 더 많이 살상하여야만 한다. 지금에 와서는 수도 완전 재탈환보다도 긴급한 문제는 구적仇敵을 어떻게 하면 더욱 많이 섬멸시키냐는 것이다."

『京鄕新聞』(1951.2.18)

혁혁한 전과
6185부대 용전

서부 전선 ○○기지에서 본사 특파원 민재정, 박성환, 박인환 발

지난 7일 밤 현지 적의 주력은 이미 분산되어 서울 지구로부터 동북방으로 둔주하고 있는 것 같다고 우리 제6185부대의 대변인은 말하고 있다. 그런데 그는 이어 지금 한국 부대가 소속되어 있는 ○○사단 전면의 적은 소위 중공국군 제 50군단과 괴뢰군 제 1군단의 패적이 반항하고 있다는 바 제 50군단은 제 148사단, 149사단, 150사단의 3개 사단이며 괴뢰군도 역시 제 8사단, 제47사단, 제17사단이라 한다. 적 제17사단은 기계화 부대로서 이는 우리 제 6185부대의 공격 목표가 될 것이라 한다.

그런데 서울을 지호간에 둔 이 가장 중요한 시기에 있어서 우리 부대가 담당한 사명이야 참으로 중대한 바가 있다. 즉 9일 오전 8시 30분에 총공격을 개시한 6185부대의 수색대는 적의 경미한 저항을 받아 가면서 최초로 한강 선에 도달한 후 후방 진지에 귀환하였다는 바 이 한강선은 서울 시내에서 불과 ○킬로미터 대안對岸이라고 한다. 한편 지난 5일간에 있어 6185부대의 종합 전과는 다음과 같다고 한다.

중공 포로 69명(장교 3명), 사살 확인 602명, 장총 111정, 경기輕機 6, 중기 5, 기관 단총 26, 수류탄 2,100개, 박격포 6, 박격포탄 500개.

『京鄕新聞』(1951.2.18)

아군 진격 뒤이어

기쁨에 피로에도 고사! 정든 땅 찾는 '종군 피난민'

한강 인도교 상에서 본사 특파원 민재정, 박성환, 박인환 발

아군 부대가 완전히 한강선에 도달했다는 보고를 도처에서 들은 수십만의 피난민은 북쪽으로 방향을 돌리고 있다. 이들 피난민의 대부분은 외모로부터 행장에 이르기까지 흡사히 걸인이 되고 말았다.

4, 5세밖에 안 되는 여아와 70여 세에 달한 노인들이 아침과 저녁의 식사도 변변히 얻지 못하고 서울로 향하고 있다. 서울에 가면 이들은 어찌 될 것인가?

정든 서울에의 향수는 이들의 전 생명인 것 같기도 하다. 멀리선 아군의 공습의 폭음이 울리고 간혹 분산된 적의 직사포가 터진다. 그러나 이들 피난민은 충혈된 눈과 피곤에 빠진 발을 화열에 덮인 서울로 돌리고 그대로 기아의 행진을 계속한다.

지프 앞에 퍼덕이는 본사 기를 바라보고 반가이 뛰어오며 "서울로 가십니까?" 묻는 아이 업은 여자는 도리어 남편이 가 있는 대구와 부산의 걱정을 하며 서울에 들어가면 또다시 가족들이 모여 살 수 있을 것이라고 즐거워한다.

온 민족의 수난을 혼자 몰아 받은 것과 같은 이들 수십만에 달하는 피난민은 신발도 없이 돈도 없이 남편도 없이 서울로 간다. 이들은 군의 진격에 뒤이어 따라 정든 땅을 찾아간다. 그리하여 우리는 이 피난민을 '종군의 피난민'이라는 칭호로써 부르기로 했다.

한 톨의 쌀도 볼 수 없다는 폐허의 도시, 서울 집은 허물어지고 남겨 둔 가재는 공산군에게 전부 약탈되었다는 서울로 이들은 무엇 때문에 돌아가는지 우리는 참으로 이해키 곤란하였다.

『京鄉新聞』(1951.2.18)

칠흑의 강물 건너
우렁찬 대적對敵 육성의 전파

한강 남안에서 본사 특파원 민재정, 박성환, 박인환 발

흘러나오는 멜로디, 싸늘하게 얼어붙은 대지에 꿇어앉아 마이크를 조절하는 대적 대공 방송반의 검은 그림자가 손톱 달빛에 어릿거린다.

여기 한강 인도교 남쪽 측에서 불과 ○○미터 떨어진 전방엔 원수놈들이 무모한 항전을 꾀하고 떼를 지어 엎드렸다.

"공산군 전사들이여 너희들은 무모한 항전을 하지 말고 지금도 늦지 않으니 무기를 버리고 항복하라. 너희들의 처자가 가엽거든……." 또렷또렷한 방송반원의 육성은 전파를 타고 칠흑의 강물을 더듬으며 용산 방면으로 흘러간다.

이때 적이 쏘는 직사포만이 방송 차의 주변에 우박같이 퍼부어지나 최전선 첨병밖에 들어서 있지 않은 이곳 다만 지형과 적의 집결지를 찾아 방송 효과를 좀 터뜨리려는 대원의 투지에 기자는 소리 없이 울지 않을 수 없다.

역력한 효과를 거두기에 힘이 드는 그들의 용사 방송반원의 신고를 후방 국민은 한 번 더 인식하여야 한다. 총탄과 싸우며 적을 정신적으로 위압 투항케 하는 우리들의 용사는 이리하여 수도 서울 완전 탈환을 앞두고서 진눈깨비 내리는 노량뜰 모래사장에서 치열히 대진하고 있다.

『京鄕新聞』(1951.2.18)

극도로 시달리는 식량난 주민은 거의 기아상태

한강 남안에서 본사 특파원 민재정, 박성환, 박인환 발

수원을 비롯한 서부 전선 일대의 각 부락도 쓸쓸한 모습이 하루하루 변모되어 활기를 띠고 있으나 모든 주택은 지난번 적군침입과 금번의 아군 재진격으로 말미암아 도로 주변의 모든 집들은 거의 파괴되었다.

모든 가재를 버리고 남하하였던 피난민은 1개월여의 피난 생활에 지쳐 그리고 아군의 손에 들어온 고향을 향하여 모여들어오고 수일 내에 완전 재탈환될 서울을 목표로 천안 지구 주변에 피난했던 주민들은 재빨리 한강 가까이까지 찾아와 원망스러운 강을 건너 불타는 서울 거리를 전망하고 있는데 이들 피난민이 다시 정든 서울에 들어간다는 것은 또 하나의 비극에 가까운 사실이 될 것이다.

즉 천안 이북 수원, 안양, 시흥, 영등포 등지에는 식량이 전부 중공군에게 깡그리 약탈되어 쌀 한 톨도 전혀 볼 수 없고 피난 중에 출생한 어린이와 그 어머니가 식량난으로 죽은 이야기까지 있는가 하면 주민의 대다수가 기아 상태에 빠져 적 공산군을 원망하며 죽음의[8] 날만을 기다리는 사실을 기자는 목격할 수 있었다.

이와 같은 비참한 식량난을 보고 우리 국군 장병들이 얼마 안 되는 군량미를 절약하여 최소한도로 구호의 손을 내밀고 있으나 지금과 같은 현상으로서는 도저히 해결치 못할 것이다. '돈이 있어도 쌀을 살 수 없다'는 것이 이곳 도시와 촌락 주민들의 소리이다.

서울에 돌아가고 싶다는 것이 모든 피난민의 간절한 희망일 것이다. 서울에 돌아간다 하더라도 서울 시내에는 하루의 식량도 없을 것이 이곳에

8 원본에는 '주검의'로 표기되었다.

서 알 수 있는 참상이다.

그러하므로 현재 남하한 피난민은 당분간 수송 기관이 복구되어 식량 사정이 확립될 때까지는 서울 귀환을 보류할 것이 지금의 형편으로 보아 선책일 것이다.

『京鄉新聞』(1951.2.18)

피아彼我 영등포 한남동 간 대치

적敵은 병력 보충에 급급

서부전선 한강 남안에서 본사 특파원 민재정, 박성환, 박인환 발

막대한 □□□…□□□[9]과 □□군에 격파되어 한강 북방으로 도주 당시에는 다만 소수의 북한 괴뢰군만이 ×동하던 것이 최근 수삼일 전부터는 재차 중공군이 출현하였다 한다.

현재 피아 대치 거리距離는 한강 인도교 영등포 □□□□□으로 연沿하는 선線으로부터 한강을 격하여 1천 미터[10] 내외의 거리로 대치하고 있는 것이다. 기자가 있는 한국군 최전선 진지에서는 아방我方 포화 및 공군기의 총폭격銃爆擊으로 인하여 연상燃上 수도 서울의 모습을 손에 잡힐 듯이 볼 수 있는 바, 최근 아방의 공중 공격 및 포화로 말미암아 수일 전까지 별 피해가 없다고 추측하던 '서울' 시내의 피해는 날로 확대되는 것으로 추측되고 있다. 그런데 한국군 한[11] 장교는 적의 병력 보충에 언급하여 이는 다만 '서울'을 수비하기 위한 병력 보충으로 보고 있으나 이도 역시 격파될 것은 의심할 여지가 없다고 말하였다.

『京鄕新聞』(1951.2.20)

---

9 인쇄 상태가 나빠서 1단 기사 내용 전체를 확인하기 어렵다.

10 원본에는 '米'로 표기되었다.

11 원본에는 '一'로 표기되었다.

짓밟힌 '민족 마음의 고향 서울'

수도 재탈환에 총궐기하자!

마포 강반에서 본사 특파원 민재정, 박성환, 박인환 발

네 번째 포화의 세례를 받고 있는 운명의 도시 대서울의 그 뒷모습! 삼천만겨레 마음의 고향은 아직도 오랑캐에게 짓밟히고 있다. 한국의 수도를 하루바삐 재탈환할 것을 손꼽아 기다리지 않는 자 어디 또 있을까. 한 놈의 공산 악귀라도 더 섬멸하기 위해 한 지역만의 탈환을 중요시 않는 금차 작전의 위대한 성격에 국민은 조바심할 필요는 없다고 본다. 그러나 그리운 내 마을 낯익은 내 집에 하루바삐 돌아가고 싶어 하는 160만 시민들의 성급한 심사에 일종 동정을 가지는 바다. 기자는 지난 1월 3일 이후 다시 한 번 변모되어 버리고 있는 대장안의 참담한 모습을 엿들어 이에 소개하는 한편 공산 악마를 이 잡듯이 무찔러 버릴 불타는 적개심을 북돋아 국민의 총궐기를 촉구하는 바이다.

『京鄕新聞』(1951.2.20)

의복과 총을 바꾼 오랑캐 도취품盜取品 메고 시가를 행보

아我 공군 감시에 허세 행사도 잠잠

마포강에서 본사 특파원 민재정, 박성환, 박인환 발 연착

거듭 실패한 공산 정치 놈들이 6·25 이후 두 번째나 서울에 불법 침입함으로서 말미암아 지난 1월 초순부터 서울에선 끔찍끔찍한 악마의 공산 탄압이 시작되었다고 한다. 판에 박은 듯이 놈들은 소위 서울시 인민 위원회니 구역 인위니 동 인위니 하는 것을 비롯해서 소위 민청 여맹이니 하는 것을 만들어는 보았으나 이들의 기관에서 활동할 분자는 거의 없다고 한다.

왜냐하면 우리 편에서 조직적 후퇴를 하였음으로써 지난 1월 3일 밤 이후에는 만부득이 서울에 남은 70, 80 이사의 노인들 외에는 대한민국의 자유 시민은 한 명도 없었던 까닭이다. 물론 의식적으로 숨어 있던 악질 분자가 놈들에게 협력한 것도 사실일 것이나 최근의 인구 동태는 불과 몇만 명이 안 된다고 한다. 적공산군이 침입하고서부터는 쌀을 비롯해서 온갖 식량은 전부터 약탈해서 어디로인지 운반해 갔고 의복과 피륙도 샅샅이 뒤져 놈들이 총탄 대신 짊어지고 다니더란 사실로 보아 장안의 모든 주택은 전부 대문이 열려 있고 방문짝도 거의 다 태워 버려 장작 대신으로 아궁이도 쓸어 갔을 것도 또한 틀림없다.

지난 2월 8일 놈들이 모종의 행사를 하였다고 하는데 6·25때 장안 도처에 세워 놓은 솔문松門도 불과 몇 군데밖에는 못 만들었다고 하는 것으로 보아 놈들이 뽐내던 기세로는 너무나 싱거운 현상이다. 더욱이 우스운 꼴은 한 달 이상을 두고서 데모 행진을 두 번밖에는 못 하였었다고 하는데 놈들이 밥 먹기보다도 좋아하는 이 짓을 왜 못 하였을까. 듣건대 우리 편 항공기가 24시간 서울 상공에서 가두를 감시하였던 까닭도 있지만 이번 침입 이후는 6·25 당시와 같은 '빨갱이'의 힘이 전혀 없어진 까닭일 것

이다. 작전 면에 있어 중대 오산을 한 그들은 민중과 완전히 유리되었고 삼천만 국민의 손에서 확실히 떨어져 나갔으며 원수가 되어 버린 까닭이다. 공산 독재 정치는 1월 재침입 이후 자유를 찾아 남하한 서울 160만 시민의 수도에 반비례해서 수도에서 완전히 녹아웃 당하였다. 북한 괴뢰 집단의 단장 격인 강도 김일성의 상판이 이번에는 한층 더 떨어져 악마 스탈린, 마적 모택동 다음으로 쓸쓸히 붙어 있었다고 하는 것도 추풍낙엽의 감을 갖게 한다.

아마도 이번에 수도를 재탈환한 뒤엔 장안에 집을 가졌고 세간을 두었던 시민은 새로운 각오와 굳은 결의를 하지 않고서는 안 될 줄 안다.

마적 떼에게 휩쓸린 만주 부락 이상으로 깨끗이 서울 가가호호는 소위 중공군과 김일성 괴뢰군에게 약탈당한 뒤 다시 적색당들에게 밀린 까닭으로 성하게 남은 집이라야 문짝 없는 네 기둥 집이 된 까닭이며 전기, 수도, 기타 모든 문화 기관은 100퍼센트 마비되었다고 하니 이제야말로 새 땅에 새살림을 한집에서 성姓 다른 동포 열 가구 이상 배치해서 자유와 희망의 서울시를 이룩하지 않아서는 안 될 것이다.

『京鄕新聞』(1951.2.20)

영등포 노량진은 불변
서울 시내는 이제부터

노량진에서 본사 특파원 민재정, 박성환, 박인환 발

12일 현재 시흥을 거쳐 영등포에 들어서니 폭격의 자취는 전연 없고 9·28 이전의 피해자뿐이며 금번 후퇴 후로는 전연 피해가 없는 데는 놀라지 않을 수 없었다. 노량진 방면 역시 피해는 전연 없는데 공산군의 약탈 피해는 다른 촌락과 동일하였다. 한강 인도교 상에서 전망되는 마포 및 용산 지구는 아군의 사격이 개시되고 있으므로 앞으로 다소 변모될 것 같이 보이나 아군 대변인은 되도록 서울의 건물 피해를 피하여 앞으로 진격할 것이라고 말하고 있다.

그러나 시흥, 안양 도로 연변의 주택은 지난번의 전투로 폐허화되었고 혹시 남아 있는 가옥이라 해도 공산군의 약탈로 가재는 사방에 흩어져 그 참상이야말로 필설로 표현키 어려울 뿐 눈물이 솟아날 것만이었다.

『京鄕新聞』(1951.2.20)

중공군 서울 퇴각?
괴뢰군만 최후 발악

서부 전선 과천에서 본사 특파원 민재정, 박성환, 박인환 발

19일 한국군 정보 장교가 전하는 바에 의하면 각 전선에 걸쳐 노도와 같이 적을 격파하면서 북으로 진격하는 아군의 맹위에 적은 분산적으로 후퇴하고 있으며 중공군은 광주, 노량진, 김포의 세 방면에서 포위된 서울에 대한 정식 퇴각령을 최근 명하였다 한다.

그리하여 중공 패적敗敵은 아군 중포 사격을 피하여 서울 동북방 공로公路를 이용하면서 야간 퇴각을 계속하고 있는데 최후 발악에 급급한 북한 괴뢰군은 아직도 그 잔여 병력으로써 희망 없는 서울 최후 방위를 기도하고 있다 한다.

또한 이 정보 장교는 언급하기를 중공군과 북한 괴뢰군 간의 공동 전선은 이와 같은 퇴각 명령의 불통일로써도 이미 분열되고 있으며 중공군은 북한 괴뢰군의 6·25 불법 남침의 동기와 그들의 잔인무도한 제 정책의 실정을 열거하면서 강력히 비난하고 있다 한다.

『京鄕新聞』(1951.2.21)

장비 없이 출전한 오랑캐 '수류탄에 볶은 쌀가루'뿐

서부 전선 ○○기지에서 본사 특파원 민재정, 박성환, 박인환 발 연착

공산 악귀의 정책에 대해 삼천만 대한 자유 국민은 소위 김일성 집단에 대해서는 너무나 또렷이 파악하여 왔고 놈들에게 시달려 왔거니와 모택동이란 천하의 악당에 이끌리는 소위 중공군이란 마적 떼의 정체는 지금까지 일종의 수수께끼였고 공포와 무자비의 대상으로서 대하여 왔었다. 2월 초순까지 소위 중공군이 강제 숙영하고 있었던 안양읍 2동리 김만영이란 촌노인에게서 들은바 젊은 중공군의 솔직한 고백을 소개하면 다음과 같다.

놈은 사천성에서 강제로 끌려 나와 북평으로 와서 며칠 훈련을 받은 뒤 수류탄 여덟 개와 볶은 쌀가루 닷 되를 얻었을 뿐 아무런 장비도 없이 만주로 강제 파견되었다. 그 뒤 소위 연대장이란 자가 "한국에 가면 돈도 많고 비단도 많고 또 어여쁜 여자도 얼마든지 있으니 너희들이 가서 싸움만 이기면 모든 것이 손에 들어올 것이요 일생을 호화롭게 지낼 수 있다."고 허무맹랑한 소리를 하여 무지한 중국 청년들을 속이고 있는 모택동 일당을 몹시 원망하더라고 한다. 더욱이 우스운 것은 제트기는 전부가 소련 비행기라고 거짓 선전한 결과 처음에는 놈들이 전연 겁을 안내고 숨지도 않았던 것이 의외에도 많은 습격을 당하고 놈들이 죽어 넘어감에 따라 그 뒤부터는 상관이 이야기하는 것을 도시 곧이를 듣지 않게 되어 제 놈들 편에서 쏘는 박격포로 우리 편에서 쏘는 것인 줄 알고 종일 숨어 박히게 되었다고 한다. 그리고 놈들은 하루바삐 일기가 풀려서 우리 국군과 유엔군이 반격을 대대적으로 해서 김일성이가 꺼꾸러져 놈들은 빨리 중국으로 돌아가기만 짐짓 고대할 뿐이라는 이야기를 하더라고 한다.

김노인이 이야기하고 있을 때 힐끗 방 벽에다 써 놓은 중공군의 필적을

보니 혼취론재 이로지도婚娶論財 夷盧之道[12]란 허울 좋은 구절이다. 학착약술책으로 무고한 백성을 속이는 공산 악당 공통의 죄악에 대해 한없는 통분과 한숨을 금키 어려웠다.

『京鄕新聞』(1951.2.21)

12 『소학』에 나오는 구절로, '시집가고 장가가는 데 재물을 논하는 것은 오랑캐의 도덕이다'를 뜻한다.

거창 사건 수遂 언도!

김종원에 3년 / 최고 무기無期 신 씨는 제외

대구에서 본사 특파원 박인환 16일 특전

언…도

김종원…3년 징역

오익경…무기징역

한동석…10년 징역

이종배…무죄

금년 2월 초순 거창군 신원면에서 일어난 부락민 학살 사건으로 인하여 내각의 일부까지 경질을 보게 된 거창 사건은 내외의 주시를 받으면서 근 10개월간 끌어 오던 바, 드디어 재작再昨 16일 오후 1시로서 결말을 짓게 되었다. 즉 16일 오후 1시부터 속개된 대구 고등 군법 회의에서는 김종원에게 3년 징역을 비롯하여 각 피고에게 다음과 같이 판결을 언도하였다.

김종원 3년 징역, 오익경 무기 징역, 한동석 10년 징역, 이종배 무죄.

구형은… 그런데 작 전한 바와 같이, 이에 하루 앞서 15일 오후 1시부터 공개된 동 공판정에서 검찰관 측으로부터 김종원에게 7년의 구형이 있었고, 각각 다음과 같이 구형하였던 것이다.

김종원 대령 7년 징역, 연대장 오익경 대령 사형, 대대장 한동석 사형, 정보 주임 이종배 소위 10년 징역.

『京鄕新聞』(1951.12.18)

주범은 정지한鄭芝漢
병기창 방화범 일당 8명

대구에서 본사 특파원 박인환 발

육군 법부감실에서는 지난 25일 육군 특무부대에서 이송되어 온 부산시 서면西面에 있는 국방부 제1조병창 폭발 사건에 관해 예의 심리를 거듭하여 오던 바, 근일에 있어 조사의 일단락을 보아, 오는 신년도 최초의 고등군사법회의를 제1조병창 사건으로 결정하기로 되었다. 즉 85년[13] 정월 3~4일경 서면 폭발 사건은 국민 앞에 공개되어, 개정될 것인 바, 이 어마어마한 제5열의 발광적인 사건은 북로당원이었던 정지렴鄭志렴(30)과 김병초金炳楚(27) 외 1명에 의하여 감행되었는데, 이들은 역시 과거에 북한 괴뢰의 남한 요인 살인 명령과 또한 남한에 있어서의 중요시설에 대한 방화급 폭발의 사명을 받았던 것이 금번 검찰과의 조사에 의하여 명확하게 되었다. 그리고 금번 기소된 피의자 2명 외에 정필모鄭必模(30)가 주동이 되었고, 나머지 5명은 11월 30일 제1조병창에서 근무했던 직월들이다.

정지한鄭志漢 남男 문관文官 30세
김병초金炳楚 동同 동同 27세
정필모鄭必模 동同 동同 30세
황세청黃世淸 동同 소위少尉 35세
황재천黃在天 동同 이등상사二等上士 23세
옥석찬玉石燦 동同 징용문관徵用文官 22세
송희빈宋希빈 동同 일등중사一等中士 22세
김병주金炳主 동同 군속軍屬 23세

『京鄕新聞』(1952.1.3)

13 단기 4285년을 가리키는 것이며, 서기로는 1952년에 해당한다.

예년에 없는 한해旱害

송피松皮나 먹도록 해 주오 / 북부 경북 도민들이 당국에 진정

대구에서 본사 특파원 박인환 발

지난 4284년도의 전국적인 한해로 인하여 각 도의 식량 사정은 극도로 악화일로를 걷고 있는 것은 현하의 실정이긴 하나 경상북도 북부 지대의 한재 농민의 비참한 정경이야말로 하나의 사회적인 문제를 야기하고 있소 대책을 요망하고 있다.

즉 경북 영양, 청송, 의성, 안동, 영천 등 북부 지대에서는 작년의 심한 한해로 말미암아 농작은 거의 되지 않아 세농층[14]을 비롯한 주민의 대부분이 기아 상태에 빠지고 있는 것이 최근의 경북 당국의 조사에 의하여 판명되었고, 심지어는 영양군 석보면石堡面 면민 일동은 당국에서 식량 배급은 안 줄망정 송피나 먹게 해 달라는 요지의 진정서를 내는 한편, 한국 정부 수립 이래 처음으로 그 처참과 눈물 없이는 듣지 못할 정식 송피 채취 허가원을 제출하고 있는 것이다.

이와 같은 경북도의 참상으로 지사 신申鉉燉 씨는 이 실정을 상세히 조사하여 긴급한 구호 대책이 있도록 중앙 요로와 협의할 것이나, 일반 도민도 이에 대한 최대한의 동족애를 발휘하여 줄 것을 요망한다는 요지의 담화[15] 등을 발표하고 있는 것이다.

『京鄕新聞』(1952.1.6)

---

14 매우 가난한 농민층을 가리키는 말이다.
15 원본에는 '화'가 누락되었다.

제4부 번역

시

도시의 여자들을 위한 노래 (정본)

알렉스 컴포트[1]

오 눈[雪][2]과 불타는 포화의 세계여
밤과 요동搖動하는 램프의 국토여
오 동포와 적의 밤이여

나는 그대와 만났다 그대는 또다시 돌아올 것이다
그대의 손은 고독에 빠져 있는 애인들과
모든 노래와 아직 출생하지 않은 어린애에의

복수復讐에 빛나는 별로서 가득 차 있다
포화 속의 '애애哀愛로운 공주'여
그 여자의 애인은 전사했다

그 여자의 애인은 전사했다 ——
모든 공동空洞의 자궁을 위해 헤어진 두 손가락을 위하여
복수는 불꽃이 되어 저편 별들을 향하여 비상한다

그 여자를 위해 불은 눈과 같이 차 광光[3]의 바람 속에서 나르는[4] 흰 새

---

1 알렉스 컴포트Alex Comfort(1920~2000)는 영국의 작가, 시인, 의사이며 대표적인 저서에 『섹스의 즐거움』이 있다.

2 원본에서 의미를 분명하게 하기 위해 '눈雪'으로 표기했기 때문에 이를 따라 적는다.

와 같이

또다시 내려올 것이다

그 여자를 위해 포화는 바람에 섞여 거리거리는

뛰어가는 발과 불의 흐름을 동반하고 빛나고 있다

그 여자의 애인은 전선에서 죽었다

그 여자를 위하여 눈[雪]은 흰 하늘에

조용하게 흐르면서 합치는 개울처럼 사랑의 사람이 된다

소녀들이 유행하는 조용한 노래를 부르는 들판에서

그들의 손가락과

불타는 지붕과 뛰어가는 발은

그 여자의 상실喪失[5]에 복수하려고 친한 형제들 모양 그 여자의 뒤를 따른다

그러면 높이날아가는 포화는 지금 또다시 그 여자를 뒤따를 것이다

이러한 '유다'들에 대한 여자들의 분노여

오 저 창백한 신부新婦신부는[6] 그 여자의 뒤를 따르고

---

3 원본에는 '차(光)'로 표기되었다. 이 시어가 포함된 시행의 문맥상 의미는 '그 여자를 위해 불은 눈과 같이 차가워서 빛의 바람 속에서 나는 흰 새와 같이'이다. 따라서 '차 광光'으로 표기하는 것이 맞다.

4 국어 어문규정에 따르면 '나는'이 맞지만 원본의 느낌을 살리기 위해 '나르는'으로 표기한다.

5 맹문재 본에서는 '喪失'의 한자를 '喪夫상부'로 오기했다.

6 원본에는 '新婦은'으로 표기되었지만 이는 '新婦는'의 오식이다. 맹문재 본에서는 '신부들은'으로 오기했다.

그 여자의 눈물로 빛나는 머리를 빨[7] 것이다!

7 원본에는 '빠를'로 표기되었지만, 문맥상 '머리를 감다'는 의미이므로 '빨'로 표기한다.

都市의 女子들을 위한 노래 (원본)

ALEX COMFORT

오 눈[雪]과 불타는 砲火의 世界여
밤과 搖動하는 램프의 國土여
오 同胞와 敵의 밤이여

나는 그대와 만났다 그대는 또다시 돌아올 것이다
그대의 손은 孤獨에 빠져있는 愛人들과
모든 노래와 아직 出生하지 않은 어린애에의

復讐에 빛나는 별로서 가득차있다
砲火속의「哀愛로운 公主」여
그女子의 愛人은 戰死했다

그女子의 愛人은 戰死했다 ——
모든 空洞의 子宮을 위해 헤여진 두 손구락을 위하여
復讐는 불꽃이되어 저편 별들을 향하여 飛翔한다

그女자를 위해 불은 눈과같이 차光의 바람 속에서 나르는 흰새와 같이
또다시 내려올 것이다
그女子를 위해 砲火는 바람에 섞여 거리거리는

뛰어가는 발과 불의 흐름을 同伴하고 빛나고 있다
그 女자의 愛人은 戰線에서 죽었다
그女子를 위하여 눈[雪]은 흰 하늘에

조용하게 흐르면서 합치는 개울처럼 사랑의 사람이 된다
小女들이 流行하는 조용한 노래를 부르는 들판에서
그들의 손구락과

불타는 집웅과 뛰어가는 발은
그女子의 喪失에 復讐할려고 친한 兄弟들모양 그女子의 뒤를 따른다
그러면 높이날러가는 砲火는 지금 또다시 그女子를 뒤따를 것이다

이러한 「유다」들에 대한 女자들의 憤怒여
오 저 蒼白한 新婦 은 그여자의 뒤를 따르고
그여자의 눈물로 빛나는 머리를 빠를것이다![22]

『詩作』 2집(1954.7.30)

소설

새벽의 사선死線[1]

윌리엄 아이리시[2]

오전 1시 10분 전

얼마 후에는 홀을 닫아야 할 시각이다. 그 여자는 남자와 여섯 번이나 춤을 추웠다. 그러나 그 여자에게 있어서 그는 도색桃色 댄스 티켓에 불과하였다. 더욱이 반쪽으로 자른 낡아빠진 티켓. 살적에는 10센트를 지불하여야 하나, 그 여자에게는 20센트 반밖에는 들어오지 않는 것이다……. 그 남자는 오늘 밤 어떤 자에게 쫓기는 것처럼 이 '홀'에 나타나 10달러를 던지고 백배의 티켓을 샀던 것이다.

홀의 문을 닫고 나오니 그는 아직 계단에 서 있었다. 여러 차례나 계단 아래를 내려다보고 있는데 비추어 다른 댄서를 기다리고 있는 성싶지는 않았다.

그 여자는 밤 깊은 거리에서 피곤한 듯이 한숨을 쉬었다. 얼마 걸어간 즉 뒤에서 그 여자의 팔을 잡으며 "바쁘십니까"라고 물어보는 남자가 있었다.

3일 전 밤에 함께 춤추었던 사나이다. 거기에 이번엔 택시가 한 대 정차하며 "함께 가시지요"라고 한다…….

남자는 강제로 그 여자를 차에 태우려고 한다. 거기에 또 다른 남자가 나타나 괴한의 빰을 때렸다. 조금 전에 계단 위에 서 있던 남자이다.

---

1 윌리엄 아이리시William Irish의 추리 장편소설. 원제는 『새벽의 마감*Deadline at Dawn*』(1944)이다. 이 소설은 국내에서 『새벽의 추적』으로 간행되기도 했다.(해문출판, 2009)

2 윌리엄 아이리시William Irish(1903~1968)는 1940년대 미국의 저명한 추리소설 작가이다. 본명은 Cornell Woolrich이며, 대표작으로 『환상의 연인*Phantom Lady*』이 있다.

여자로서는 별로 그에게 구원을 바란 것도 아니었으므로 그대로 가려고 했더니 남자는 집에까지 배웅해드리겠다고 한다.

"이젠 그 남자는 오지 않습니다……." 뿌리치며 걸어가는 그 여자의 뒤를 남자는 그대로 따라온다. 할 수 없이 그는 여자의 하숙집 문 앞에까지 와서 헤어졌다

남자는 퀸 윌리엄스라고 이름을 댔으나 여자는 자기의 이름을 알리지 않았다.

오전 1시 15분

겨우 자기 방에 돌아가 자유의 몸이 된 그 여자는 자기를 둘러싸고 있는 남자들에게서 해방된 한순간……. 그는 천국이라는 곳을 잘 알지는 못했으나, 만일 죽어서 천국으로 간다면은 남자들에게서 완전히 해방되어 혼자 조용히 있게 될 것이라고 생각하였다.

책상 위에는 어머니에게 보내는 봉투가 아직 속 알맹이인 편지를 쓰지 않았으므로 그대로 놓여 있었다.

……아이오와주 글렌폴스
앤나 콜먼 귀하

어머니의 반대를 무릅쓰고 뉴욕에 와서 이미 5년이 된다. 지금은 여배우가 되어 성공하였으므로 가까운 날 어머니에게 많은 송금을 할 수가 있지요……. 이렇게 거짓말로 가득 찬 편지를 쓰고 눈에 보이지는 않으나 그의 피로 물들인 1달러 지폐를 두 장 동봉하는 것이다.

창을 내려다보니 조금 전의 그 남자는 무슨 일로서인지 그대로 서 있다.

그 후 저쪽에서는 소리도 없이 경찰의 흰 자동차가 달려온다. 남자는 놀란 듯이 하숙집 문 옆에 몸을 피한 것 같았다……. 그 후 얼마 있어도 남자는 나오지 않는다. 이상스러워서 내려가본즉 남자는 층계 아래층 그러

고 있다. 너무 가엾어서 커피를 끓여 그 여자의 방으로 안내하였다.

책상 위에 놓은 봉투를 본 그는 놀란 듯이 그 이는 누구냐고 묻는다. "우리 어머니"라고 대답한즉 그도 역시 같은 마을이었다고 서로 이야기를 주고받는 사이 두 사람은 같은 마을의 더욱[74]이 이웃집에서 이곳에 와 있다는 것을 알게 된다.

여자가 5년 전에 뉴욕에 온 후 그가 글렌폴스로 이사를 하였으므로 서로 얼굴을 모른다. 윌리엄스는 1년 전에 뉴욕에 왔다.

"미스 브리키, 나는 오늘 밤이 아니고 어젯밤에 당신을 만나서 즐거웠습니다……." 이렇게 말하는 퀸 윌리엄스의 탄식에는 어떤 깊은 의미가 포함되어 있는 것처럼 그는 느끼게 되었다.

오전 1시 40분

방에서 나가기 위해 도어의 노브를 쥐었던 '퀸'은 다시 돌아와 저고리를 벗고 지폐 뭉치를 꺼냈다. 그는 그날 저녁 2500불을 훔친 것을 자백하며 이미 100불은 써버렸다고 한다.

그는 시골에서 뛰어나와 전기 조수가 되어 어느 날 주인과 함께 그레이브스란 집에 가서 자외선 램프 공사를 했다. 그 공사 때 목욕탕 벽에 구멍을 뚫으니 금고와 같은 것이 보였다. 그것은 옆방 벽에 들어가 있는 비밀 금고의 뒤편이었다.

그땐 이상스럽다고만 생각하였으나, 얼마 후 집주인이 심장병으로 폐점하여 퀸은 실업이 되었다. 그래서 배가 고픈 나머지 우연히 연상한 것이 그레이브스 집의 비밀의 금고였다. 퀸의 도구 주머니 속에는 어찌된 셈인지 현관의 열쇠가 들어있었다. 현관에 놓았던 그 주머니 속에 하녀가 다른 사람의 도구와 함께 열쇠를 집어넣었던 것이다. 그래서 그는 다른 전기기구의 수선이라도 할 셈치고 대낮에 그레이브스 집에 찾아가 벨을 여러 차례 눌러도 회답이 없다……. 그러는 사□ 찾□ 이웃집에 일이 있어서[3] 온 소년이 그 집 사람들은 약 1주일 전에 피서를 갔다고 알려주었다. 그는 또다시 밤에 방문한즉 턱시도를 입은 청년 신사와 야회복의 젊은 부인이 자동차를 타고 어디로 나가던 참이다. 어떤 사람이 그레이브스 집의 사람인지는 몰라도 그 모양으로서는 밤사이에는 돌아올 것 같지 않았다. 그래서 그의 마음에는 나쁜 생각이 생겼다. 목욕탕 쪽에서 벽을 뜯으니 뒤쪽 얇은 금고는 손쉽게 부술 수 있었다. 그는 두 개의 지폐 뭉치를 양복 속에 감추고 속히 뛰어나와 레스토랑에 들어가 자기의 공복을 채우려고 음식을 주문했으나 목을 넘어가지는 않았다. 그래서 이번엔 티켓을 사 가지고 댄스홀에 들어갔다.

틀림없이 아침이 되면 도난이 발각되어 그는 낮에 보았던 소년의 고발로서 체포될 것이다. 이젠 새벽까지의 생명이다. "어째서 어제 당신과 만나지 못했을까요." 퀸은 여자에게 애소하는 것이었다.

미스 브리키는 아침 6시에 아이오와행의 버스가 있으니 두 사람이 함께 고향에 가자고…… 그리고 재출발하자고 권고하였다. 그러나 퀸은 아이오와에서 내리자마자 수갑을 채우게 될 것이라고 한다.

"그러면 그 돈을 먼저 자리(금고)에 갖다 둡시다. 모자란 것은 내가 낼 것이니"

두 사람은 돈을 다시 갔다 두기 위해 또다시 밤거리에 나섰다. 하숙집 현관을 나올 때 두 사람은 처음으로 손을 굳세게 잡으며[75]

"나는 오늘 밤에 그대와 만나서 즐겁습니다."

오전 2시

시골에서 서로 이웃에 살던 두 사람은 뉴욕 7백만 인구 속에서 우연히 만나 정글의 대도시를 떠나 또다시 평화로운 시골로 돌아가려고 했으나…… 이 아름다운 희망마저 범죄의 도시는 무참히도 짓밟고 말았다. 또다시 그레이브스 집에서 나온 퀸의 얼굴은 공포에 떨렸다.

---

3 원본에는 제대로 표기되지 않았으나, 문맥상 의미는 '그러는 사이에 일이 있어서 찾은 이웃집에'이다.

금고가 있던 방에 턱시도를 입은 청년 신사가 시체가 되어 있었다.

이번엔 절도죄가 아니라 살인죄로서 체포될 운명이 되었다. 만일 진범인을 잡지 못할 경우에는 퀸에게 혐의가 농후해질 것은 물론이다. 그래서 버스가 떠날 6시까지 두 사람은 그들의 전 운명을 걸머진 범인 수사에 전력을 기울이기로 했다.

거기에 만일 다른 진범인을 잡지 못하면 입으로는 믿는다고 하나 그 여자의 마음속에는 의혹이 그대로 남을지도 모른다. 퀸이 돈을 훔쳐낸 그날 밤에 그 집주인이 죽었다는 점에서…….

오전 3시 5분 전

6시까지는 불과 세 시간밖에 남지 않았다. 이와 같이 짧은 시간에 뉴욕과 같이 광대한 도시에서 진범인을 체포한다는 것은 전문가인 탐정이라 할지라도 용이한 일이 아니다…… 더욱이 단서는 전무[4]에 가깝다.

1. 스티븐 그레이브스는 피스톨로써 심장을 뚫었다.[5] 그러나 피스톨은 발각되지 않는다.

2. 우선 범인의 제1혐의자는 그와 함께 차를 타고 나간 부인이다. 그러나 이 바바라란 부인의 초상은 그의 침실에 그대로 걸려 있다. 그 여자가 범인이라면 떼어놓았을 것인데.

3. 피워 물던 궐련卷煙이 두 개 남아있다. 거기에 종류가 틀리다. 주인과 손님이 서로 다른 종류의 궐련을 피웠다는 것은 두 사람의 감정이 격화되었다는 증거가 된다.

4. 의자 옆에 조금만 얇은 성냥(매치)이 떨어져 있다. 집어서 본즉 두 줄로 세운 매치가 왼쪽은 사용되고 바른쪽은 남아있다. 손님은 왼쪽 손을 쓰는 사람에 틀림없다. 거기에 그 성냥에서는 희미한 화장품 냄새가 난

4 원본에는 '절무'로 표기되었다.
5 원본에는 '뚤폈다'로 표기되었다.

다. 핸드백 속에 들어있던 것으로 생각된다.

5. 손님이 앉았다고 생각되는 의자 아래 조그만 갈색 단추가 떨어져 있다. 양복저고리 소매에서 떨어진 것 같은데 그 손님은 갈색 계통의 양복을 입고 있었던 것으로 추측된다. 주인의 양복을 조사한즉 대부분이 회색 계통이며 소수의 갈색 저고리의 단추는 모두 달려 있었다.

이와 같은 빈약한 재료로 두 사람은 범인의 추리를 하는데 퀸은 범인은 남자라고 하고 브리키는 여자라고 단정한다. 브리키는 매치에 화장품 냄새가 나는 것과 처음에 이 방에 들어왔을 때 다른 향수 냄새가 난 것으로서, 범인은 좀 진한 화장을 하는 습성의 여자라고 생각한다.

그러는 사이에도 시계는 쉬지 않고 움직인다. 두 사람이 서로 분배하여 각각 범인의 수색을 하기 위하여 나갈 때에는 세 시가 되었다. 퀸은 남자를 브리키는 여자를 찾으러……. 우선 퀸은 자기가 범인이라면 어떻게 할 것인지를 가정하고 근처의 약방에 들어가 흥분하였을 땐 어떠한 것을 먹게 되느냐고 물은즉 암모니아수를 먹는다 하며 그날 밤에도 어떤 남자가 그것을 사 갔다고 한다. 그 남자도 갈색의 양복을 입었으며 추운 듯이 양복 주머니에 두 손을 집어넣고 불불 떨고 있었다는 것을 약제사한테서 들을 수 있었다. 그리고 바로 이웃에 공중전화를 걸러 갔다고 하기에 퀸이 가본즉 젖혀진 전화번호 책 위에 암모니아수를 마신 빈 컵이 놓여 있고 거기 피 묻은 종이가 떨어져 있었다. 또한 컵을 놓은 자리 아래 어떤 병원의 전화번호가 있으므로 '틀림없다'라고 생각하고 자동차로 달려가 본즉 4층 대합실에 갈색 양복의 남자가 앉아 있었다.

퀸은 자세히 그 남자를 관찰한즉 양복저고리 아래 와이셔츠[6]을 입지 않았고 더욱이 피스톨을 찬 흔적조차 없다. 얼마 후 간호부는 그에게 나타나 "카터선생 어린애를 나셨습니다"라고 전한다. 퀸의 수사는 완전실

6 원본에는 '이샤쓰'로 표기되었다.

패이다.

브리키는 거리에서 기다리고 있는 자동차 운전수에게 오늘 저녁 한두 시간 전에 이 근처에서 어떤 여자를 태운 일이 있느냐고 물은즉 틀림없이 어떤 사람을 태웠다고 한다. 돈을 낼 적에 본즉 손에 결혼반지를 끼고 있었다. 왼쪽재비는[7] 것을 확증하였으므로 그 여자를 데려다 준 곳까지 간다. 겨우 그 여자가 있는 아파트 방문을 찾아 노크를 했다.

"그 사람을 피스톨로 쏜 것은 당신이 아니냐"라고 단도직입적으로 물으니 "죽었습니까"라고 반문하며 그 여자는 계속하여 "어젯밤에 친구에게 끌려 파티에 가니 좀 괴상한 곳이었습니다. 거기서 남자가 쓸데없는 짓을 하므로 피스톨로 쏘았는데 한발은 맞지 않고 한발만이 명중된 것 같습니다"라고 하며 현장으로 가보기로 한다. 현장을 본즉 남자는 죽은 듯이 쓰러져 있으며 술 냄새가 나는데 아직 호흡은 끊기지 않고 있다.

이와는 달리 퀸은 병원에서 나와 아직 영업 중인 술집을 찾아다니며 왼쪽 손을 쓰는 사람을 겨우 발견했으나 결국 이 남자도 전쟁으로 바른손을 잃은 귀한 병사이다.

오전 3시 45분

두 사람은 하는 수없이 그레이브스 집으로 돌아온다. 그때 마침 전화가 걸려오므로 퀸이 수화기를 들은즉 여자의 목소리.

"헬로우, 스티븐? 나는 오늘 밤 한잠도 잠을 못자고 있어요. 그런 기분으로 헤어졌기 때문에."

그 여자는 스티븐의 약혼[76]자 바바라였다. 바바라는 잠드는 어조로 듣고 있는 퀸에게 다음과 같이 계속하였다.

"어째서 당신의 음성이 그래요? 아직 성이 나셨습니까? 그러한 베로케 같은데 가지 않았던 것이 좋았을 것을 그 사람 정말 누구입니까. 그 옆은

7 문맥상 의미는 '왼손잡이'이다.

크림[8] 빛깔 드레스를 입은 키 큰 여자 말이에요.”

이 전화로 새로운 사실을 몇 가지 판명할 수가 있었다.

스티븐과 바바라는 열한 시까지 쇼를 구경하고 그 길로 베로케란 나이트클럽에 가 거기서 어떤 여자와 만났다. 그 여자는 핸드백 속에서 편지를 꺼내 스티븐에게 주었다. 이것을 바바라는 기분이 상하여 혼자서 가버렸다.

‘여자가 주었다는 편지’. 이것은 틀림없는 사건의 단서가 될 것이라고 믿은 퀸은 스티븐의 시체에서 그것을 발견하였다. 편지의 내용인즉 다음과 같았다.

“스티븐 그레이브스 씨 오늘 저녁 댁에 찾아가 조용히 상의할 일이 있습니다. 함께 오신 젊은 부인을 보내신 후 만나겠습니까? 당신은 저를 모르실지 모르나 나는 이미 당신들의 가족의 한 사람이라고 생각하고 있습니다. 틀림없이 집으로 찾아가겠으니 꼭 기다려 주십시오.

서명은 없었으나 틀림없이 범인은 그 여자라고 브리키는 즉각적으로 판단하였다.

편지의 내용은 협박적이며 이와 같은 여자는 어떠한 것이라도 할 수 있을 것이다.”

수 시간 전에 있었던 장소도 의복도 머리 빛깔도 알 수 있었다.

두 사람이 최후의 수사를 개시하려고 나갈 때 퀸은 물을 마시기 위해 목욕탕에 들어가 본즉 12,000달러의 수표를 발견했다. ‘아서홈스’의 서명이 있으며 스티븐이 뒷장에다 서명을 하였으나 무효인 까닭에 은행에서 반환해온 것이다.

진범인을 남자라고 단정한 퀸은 홈스가 틀림없는 하수인이라고 단정

8 원본에는 ‘그림’으로 표기되었다.

했다. 부도수표를 낸 닷으로 홈스와 그레이브스 사이에 언쟁한 끝에 사살에 이르렀다고……. 이 수표는 퀸이 돈을 훔쳐냈을 때 금고에서 목욕탕에 떨어트린 것이다. 퀸은 전화번호 책에서 아서홈스를 찾아내 그를 끌어내서 범행을 자백시키려고 했으나 반대로 수면제를 마시고 수표를 빼앗긴다.

오전 4시 30분

브리키는 나이트클럽 '존 브리스'를 찾아가 연필을 여자에게 빌려준 사용인을 만나 그 여자의 이름이 존프리스통이라는 것과 그의 주소를 알아가지고 '브리스'에게 범행의 고백을 받으려고 했으나 그 방에 숨어 있던 남자가 갑자기 뛰어들어 브리키는 수족을 포박당한다. 브리키는 그전에 책상 위에 놓여 있던 그들의 하숙료 계산서를 몰래 집어 양말 속에 감추었다.

두 사람은 문을 닫아걸고 어디로인지 도망하였다. 이젠 여섯시에 떠날 버스를 타지 못하게 되었다고 유폐된 그는 단념하였다.

잠시 후 그들 두 사람은 또다시 돌아와 계산서를 찾으므로 브리키는 계산서는 그레이브스 집에 떨어져 있었다고 거짓말을 한다. 그들은 브리키의 신체를 조사했으나 발견되지 않으므로 브리키를 동반하고 그레이브스의 집으로 간다.

오전 5시 25분

계산서는 좀처럼 발견되지 않는다. 중대한 증거물을 분실한 데 신경을 쓰게 된 정체불명의 남자는 브리키를 죽이려고 피스톨을 발사했다.

'쾅, 쾅'

그때 퀸은 비호같이 그에게 달려들어 격투 끝에 피스톨을 뺏어버리고 두 사람을 체포하여버린다. 이때 시각은 5시 45분.

경찰은 재빨리 살인이 있었다는 것을 통지하고 두 사람은 그레이브스의 집을 나와 그들이 타고 갈 버스 정류장으로 간다. 대형 버스는 마침 발차했으나 도중에 적신호에 걸려 잠시 멈추어 있는 틈을 타서 두 사람은 승차하였다.

× × ×

이 조금 전에 퀸은 그레이브스의 집에 돌아와 스티븐의 동생의 속달편지를 발견했다. 그 속달편지의 내용에 의하면…… 프리스톨이 그의 동생을 유혹하여 위선적인 결혼식을 거행한 것과 돈에 궁색하여 프리스톨이 형님에게 조르러 갈 것이니 조심하라고 경고하여왔다. 그래서 범인을 알게 되었다……. 그러면 그 범인은 누구일 것인가?[77]

『希望』 2-8호(1952.9.1)

우리들은 한 사람이 아니다

제임스 힐턴[9]

1913년 12월의 어느 날 밤 하루 종일 일을 해서 피로한 '데이비드'가 진찰실에서 마지막 파이프를 즐거이 하고 있을 때 한 소년이 그를 부르러 왔다. 극장에서 댄서가 부상하였으니 곧 와달라는 것이다.

그는 모질게 부는 북풍을 헤치며 극장으로 향했다. 그러나 극장에서는 아무도 부상한 사람이 있다는 것을 몰랐다. 그는 여우[10]에 홀린 것 같았으나 이 빈약한 극장에서 흥행하였던 빈약한 쇼의 단 한 사람의 댄서가 머물고 있는 여관을 물어 하여간 찾아가 보았다.

하숙집 좁은 방에서 어떤 젊은 여자가 베드에 걸터앉았다. 그 여자는 아무 말도 없이 축 내려뜨린 외팔을 눈짓했다. 손마디가 부러졌다.

"얼마 동안 휴양하지 않으면 안 되겠소."

그가 이렇게 말하니 그 여자는 머리를 끄덕거린다.

"당신은 무용을 합니다 그려."

역시 얼굴로 대답한다.

"영어를 몇 마디 알아듣습니까."

"조금은."

그 여자는 독일어로 대답했다.

그는 독일어로 말을 하려고 했으나, 학생시대 시험을 보기 위한 필요에서 배운 이 어학으로 지금은 대개 잊어버리고 말았으므로, 대화는 그리 쉽게는 되[72]지 않았다. 그래도 왜 자기를 부르러 보냈음에도 그가 극장에서 기다리고 있었지 않았다는 의심만은 풀렸다. 극장에서 초콜릿을 파

9 제임스 힐턴James Hilton(1900~1954)은 영국 출신의 미국 소설가이다.

10 원본에는 '여호'로 표기되었다.

는 소년이 그 여자를 동정하여 부탁도 하지 않았는데도 부르러 왔었다.

부러진 손목을 응급이 치료하고 월요일 아침에 또다시 올 것을 약속한 '데이비드'는 그곳을 나왔다. 집에 돌아오는 도중 그는 그 여자의 이름마저 몰랐다는 것을 알고 그 근처의 가게의 벽에 붙은 삐라를 본 즉 노도露都의 선풍旋風 댄서 '레니 아르가드레바나'라는 이름이 있다.

월요일 약속대로 하숙에 간즉 그 여자는 일좌一座의 일행과 다음 흥행지에 떠나고 그곳에는 없었다. 그리고 '데이비드'는 어떤 국적의 사람인지도 모르는 댄서의 일을 얼마 후에는 잊어버리고 말았다.

× × ×

신년이 왔음에도 불구하고 '데이비드'의 생활은 변함이 없었다. 만일 그가 의술에 흥미를 가지고 있지 않았다면은 그것은 지극히 권태로운 단순한 생활이었을 것이다. 그에게는 별로 한가로운 틈이 없었다. 그의 하루의 대부분은 병원에서의 일과 왕진에 소비했다. 그는 '제시카'와 함께 식사를 하고 밤에는 진찰실에 찾아오는 환자를 진찰하는 것뿐이다. 그리고 이런 집에서의 진찰이 끝날 무렵이면 대개 완전히 피로하여 그대로 베드에 들어가는 것이다.

일주일에 한 번씩 금요일에 그는 '산드마스'의 해안의 거리에서 완전한 하루를 보내는 습관이 있었다. 이 보양지保養地에는 병가病家가 몇 집 있었으므로 6월의 어느 금요일 아침, 그는 예전과 같이 7시 5분의 열차를 탔다. 그가 병가에 가는 것은 오후이다. 그리고 언제나 5시경에는 다 끝나므로 5시 반의 기차에는 시간을 맞출 수 있었다.

그런데 이날의 진찰은 평상시보담 시간이 걸렸다. 그 결과 급히 뛰어가면 탈 수는 있었던 5시 반의 기차를 타지 않고 그는 9시발의 차를 탈 생각으로 그때까지 시간을 보내기 위하여 해안통의 거리에 나갔다. 그는 아무 생각 없이 2펜스의 요금을 내고 바닷속에까지 걸려 있는 잔교를 걸었다.

잔교 끝에는 연예장이 있다. 마침 쇼를 시작하려고 한다. '데이비드'는 거기에 붙어있는 삐라에 '레니 아르가드레바나'의 이름을 발견하고 호기심을 가지며 속에 들어갔다. 몇 개의 노래와 춤이 끝난 후 쇼는 막을 내렸다. 노도의 선풍 댄서는 결국 나타나지 않았다.

문을 나오려고 할 때 '데이비드'는 화장실에서 무엇인지 떠드는 소리가 난 것을 알았다. 피에로로 분장한 남자가 그가 의사라는 것을 알고 화장실로 모시고 갔다. 화장실 문을 열어두었으나 아직 가스의 취기는 남아 있으며 긴 의자 위에는 의상을 입은 채 인사불성으로 된 '레니'가 드러누웠다.

× × ×

'데이비드'의 치료로 '레니'는 소생하였다. 그러나 지금까지의 일좌에서는 해고되고 거기에 손목의 부자유와 아픔으로 댄스를 할 수 없는 그 여자에게 있어서는 살아가는 것이란 죽음보담도 쓰라렸다.

그의 자살미수의 소문은 곧 온 거리에 알려지고 데이비드의 부조로 그가 하숙에 들어서자 주인 여사는 그 자리에서 "자살하려고 하는 사람은 유숙시킬 수 없으니 나가달라"고 거절하는 것이다. 할 수 없이 '데이비드'는 피로한 '레니'를 빅토리아호텔로 데리고 갔다. 호텔 숙박부에 이름을 적기 위해서 '데이비드'가[73] 이름을 부른즉 '레니' 크라우트라고 대답하므로 이상하게 생각했다.

'데이비드'는 잠이 잘 오지 않았다. 다음 날 아침 두 사람분의 요금을 내고 불행한 여자와 헤어질 수가 없다는 것을 그는 느꼈다. 그에게는 돈도 친우도 없었다. 손이 다친 것이날 때까지 일도 못할 것이다. 거기에 그는 영어로 말도 못한다. 어떻게 하면 좋을는지 잘 알 수는 없었으나 아무것도 원조하여 주지 않으면 안 된다는 것은 명확한 일이었다.

다음 날 아침 그는 '레니'와 함께 조반을 들고 그다음 '레니'가 마음 놓고 있을 수 있는 하숙을 찾아준 후 콜다브리에 돌아가는 기차를 탔다.

또다시 금요일이 돌아왔다. 그날 '산드마스'에서 '레니'와 만났을 때 '데이비드'는 요다음에는 '제럴드'를 데리고 와서 자기가 왕진하는 동안 그를 돌봐주도록 할 것을 생각했다. '레니'는 즐거워했다

"그런데 참 귀찮은[11] 애에요 아홉 살인데."

"괜찮습니다. 꼭 데리고 와주세요."

그리고 다른 금요일 그는 계획을 실행했다. 그가 걱정한 것과는 달리 '제럴드'는 곧 '레니'와 가까워졌다. 왕진을 끝마치고 돌아와 보니 둘은 도색아이스크림을 먹고 있다. '제시카' 같으면 "어디서[12] 만들었는지도 모르는 아이스크림 같은 것 먹으면 안 돼"라고 야단을 쳤을 것인데 '데이비드'는 단지 미소를 띠었을 뿐이다. 왜냐하면 그때의 '제럴드'는 보통스러운 소년처럼 보였다.

"무엇인지 무서워하지 않았어요."

"바닷가에 나가서 파도를 볼 때 제가 독일 말을 하니깐 웃지 않아요."

"나도 저 애가 발작을 한다는 등으로 웃기지요."

"더 어렸을 때 기차에 치였다고 말하였는데 사실입니까."

"별소리 다 했구만요. 그런 말을 했습니까. 아니 여러 가지 일을 상상해서 말한 것이겠지요. 거짓말을 한다기보담도 자기가 상상한 것을 그대로 믿어 버리는 것이지요."

× × ×

다음 금요일에도 '데이비드'는 또 '제럴드'를 데리고 '산드마스'에 갔다. 이날도 '제럴드'는 기분이 좋았다. 그러나 콜다브리에 가는 것을 싫어하며 그가 울었을 때 '데이비드'의 마음에는 불안이 생겼다. 무일일전無一一錢

---

11 원본에는 '구찬은'으로 표기되었다.

12 원본에는 '어서'로 표기되었다.

에 가까운 '레니'가 언제까지나 '산드마스'에 머물 수는 없었다. 또 댄스를 하지 못한다 하더라도 그는 어디서나 다른 일을 구하지 않으면 안 된다. 그렇다면 '제럴드'가 그를 따르게 된다는 것은 참으로 위험한 일이다.

이런 난처한 상태를 해결한 것은 실제가實際家인 '제시카'였다.

'제시카'는 '산드마스'에서 '제럴드'를 잘 봐주는 여자가 있다는 것을 알고 신분이 확실치 않은 독일인이라는 것을 걱정하면서도 1년의 60파운드의 약속으로 보모로서 '레니'를 고용하기로 했다.

'레니'는 '데이비드'의 집에 옮겨오고 그래서 '제럴드'는 참으로 좋아했다.

그는 피아노의 연습을 했다. 악보를 잘 읽지는 못했으나 그의 손은 잘 움직인다. '데이비드'는 교회의 풍금가風琴家 '짝가스'나 합창장인 '유울'에게 그 여자를 소개하려고 생각을 했으나 언제나 주저했다. 그것은 '제시카'가 뭐라고 말할지 몰라서 그랬던 것이다. 15년의 결혼생활 후에도 그는 직접 직업상에 관[74]한 이외에는 무엇이나 '제시카'에게 결정시키는 버릇이 되었다.

7월의 어느 금요일 '산드마스'에 돌아왔을 때 '데이비드'는 의외의 일에 놀랐다. '레니'의 전신前身을 알은 '제시카'가 그를 내보냈다. 그가 여러 가지로 말해도 '제시카'는 듣지 않는다.

"허나 '제럴드'가."

"그런 여자에게 '제럴드'를 맡길 수는 없어요."

"그러나 이달 한 달만 두지 않을 수 없지 않소."

"돈만 주면 두지 않아도 그뿐 아니에요."

"아니 돈의 문제가 아니야. 새로 일거리를 찾을 때까지 기다려주어야지. 불쌍하지 않아. 얼마 안 되는 돈을 주고 잘못도 없이 한다면."

"그러면 앞으로 2주일간만 두기로 합시다. 그 대신 '제럴드'를 돌보지는 못 하게 해요."

그리하여 '제럴드'는 숙부 집에 보내고 '레니'는 앞으로 2주일간만 '데이비드' 부모와 같은 울안에서 살게 되었다.

× × ×

어떤 날 밤 언덕 위에 산보를 나간 '데이비드'는 거기서 우연히 '레니'와 만났다. 두 사람은 아무 말도 없이 걸었다.

"무엇을 생각하고 계세요."

'레니'는 이렇게 물었다.

"당신과 당신의 장래에 관해서……."

"어디든지 일자리를 찾겠습니다."

"그러나 그런 극단에 들어가면 안 되오. 런던에 있는 훌륭한 극장에 나가야지."

'레니'는 미소를 띠었다. 두 사람의 세계는 달랐다. 두 사람의 사이도 달랐다.(그것은 46과 19이었다) 두 사람의 생활과 언어도 다르다. 그러나 이러한 상반은 두 사람의 마음이 서로 접촉하는데 조금도 방해는 되지 않았다.

그는 머리를 흔들었다.

"어떤 춤을 춥니까."

"언젠가 한번 보여드릴까 합니다. 참 엉터리예요. 페테르부르크의 학교에서 더 공부했었다면 좋았을 것을……."

그는 진실한 태도로 말했다.

"곤란한 일은 콜다브리에는 좋은 댄스학교도 없으니깐."

"그러나 저는 여기서 참으로 행복합니다."라고 '레니'는 대답했다.

× × ×

'레니'에게 허용된 2주일간이 앞으로 며칠밖에 남지 않았던 어느 날 '데이비드'는 바훠드에서 개최되었던 학회에 출석하여야만 되었다. 학회는 4일간 계속되었다.

그 첫날 그는 한 시간 동안의 틈을 타 그곳 지방 도서관에 가서 '레니'의 취직을 하여[13] 신문의 광고를 찾아보았는데, 다행히도 적당한 곳을 발견했으므로 그 자리에서 편지를 썼다.

"그간 말했던 건을 조사했습니다. 물론 집에 돌아가 상세한 것을 이야기하겠습니다마는 음악 선생이 되고 싶어 하던 당신의 생각이 충분히 가능하게 된 것이라는 것만 말해두겠습니다. 그러나 '제시카'에게는 아무 말도 먼저 하지는 마시오. 그렇게 되면 방해를 할지 모릅니다. 우리들이 그전과 같은 실책을 하지 않도록 주의를 하지 않으면 안 됩니다."

여기까지 썼을 때 그는 '제시카'가 이 편지를 먼저 빼서 볼[75]지 모를 것이라고 생각했다.

이미 그를 방해하기 위해서 '레니'가 어떤 사숙에서 독일어 선생을 할 수 있었던 것이 안 되고 말았다. '전과 같은 선책先策'이라고 쓴 것은 그것을 지적하는 것이다. 그러므로 만일 '제시카'에게 편지가 들켜도 아무 일 없게 문구를 바꿀 것이 필요해졌다. 그래서 그는 지금까지 쓴 편지를 찢고 이러한 막연한 문구를 쓴 것이다.

"어제 상담했던 것을 알아보았습니다. 현재와 같아서는 우리들이 생각했던 해결법이 가장 좋다고 생각됩니다. 물론 조력할 작정입니다. 상세한 것은 집에 돌아간 후로 밉시다. J(제인)에게는 아무 말도 하지 마십시오, 우리들은 그전과 같은 선책先策을 하지 않도록 주의하지 않으면 안 됩니다. 나의 뜻을 잘 알 것으로 믿습니다. 그러므로 이 편지를 읽으신 후에는 곧 찢어 버리십시오……."

그러나 '레니'는 이 편지를 찢어버리지 않았다. 그것은 그에서 받는 최초의 편지였기 때문에.

3일 후에 '데이비드'는 콜다브리에 돌아왔다. 소낙비에 깨끗이 씻긴 길을 걸으면서 그가 지나간 여하한 경치보담도 강하게 '레니'를 생각했다. 그 여자와 함께 지내는 것은 앞으로 하루밖에 없다.

---

13 문맥상 의미는 '취직을 위하여'이다.

집에 돌아오니 '레니'는 짐을 싸고 있다.

'제시카'가 마침 없는 것을 다행히 '데이비드'는 바이올린을 꺼내들고 '레니'와 〈모차르트〉를 합주했다. 그다음 '레니'는 춤을 추워보이겠다고 했다.

"춤을 추겠단 말인가? 여기서?"

"쇼팽의 전주곡을 아시지요? 그것을 바이올린으로 켜세요. 춤을 추겠으니."

"그런데……"

"지나가는 사람에게 뵈일까 바 그러세요. 커튼을 내리세요. 그동안 준비하겠습니다."

얼마 후 '레니'는 발레 의상을 입고 나왔다. '데이비드'의 바이올린에 맞추어 그는 춤을 춘다. 그래서 두 사람이 아무것도 잊고[14] 있는 동안에 전화의 벨이 요[76]란스럽게 울렸다.

'데이비드'는 곧 병가에 가게 되었다. 환자는 폐렴에 걸린 소년이다. 그는 베드에 걸터앉아 조그마한 손을 잡았다. 그러자 의식을 잃은 소년은 그의 얼굴을 쳐다보며 미소한 채 숨을 끊었다.

× × ×

자전거를 타고 집에 돌아오는 도중 그는 마을 사람들이 눈이 빠지게 신문을 읽고 있는 것을 보고 자기도 신문 한 장을 샀다. 그가 자전거에서 내려 그것을 보려고 할 때 누군지 말을 걸었다

"선생님, 암만해도 큰 일 나겠지요."

"그렇습니다. 차마 이렇게 될 줄은 생각지 않았습니다."

"마 어떻게 끝나겠지요. 해차海車가 움직이면."

---

14 문맥상 의미는 '모든 것을 잊고'이다.

신문은 동원령이 공포된 것을 보도하고 있었다. '데이비드'는 어느 때보다 급히 페달을 밟고 땀을 흘리면서 집에 돌아왔다. 그리고 방에서 짐을 꾸리고 있는 '레니'에게 바로 갔다.

"영국과 독일이 개전開戰할지도 모르니까 곧 나라에 돌아가지 않으면 안 돼."

"그러나!"

"아니, 어떻게 하든지 어디든지 가야된단 말이야. 잘못하면 여기서 체포될 것이니 우리들은 곧 나갑시다."

"우리들이라니요?"

"나는 당신을 구하겠소. 최종 열차에는 탈 수 없지만 마스랜드에서 12시 10분 전에 발차하는 것이 있으니깐 어떻게 해서든지 그것을 탑시다."

두 사람은 언덕 위에서 서로 만나 자전거를 타고 출발했다. 언덕길에 이르렀을 때, '데이비드'는 차에서 내려 그것을 밀고 가게 되었다.

"여긴 참으로 언덕이 심하거든. 그러나 이대로 가면 충분히 기차를 탈 수 있어. 어디 피로하지 않소."

"걱정 마세요. 그런데 좀 다리가 아파요."

"얼마 남지 않았소. 이 근처는 어디든지 잘 알지요. 이 토지에 온 지도 거의 15년이 되었소. 내가 개업할 무렵 당신은 아마도 어린애였을 것이오. 거기에 내가 이름도 모를 독일에 있었을 것이니까! 그 마을의 이름은 뭐라고 하오."

"도시입니다. 쾨니히스베르크라고 합니다. 양친이 모두 일찍 작고하셨지요. 저는 학교에 다녔는데 곧 그 학교에서 도망했어요."

"이젠 다 올라왔소. 또 타시오."

그러나 그 언덕 아래까지 왔을 때 뒤 타이어[15]가 터졌다. 그래서 두 사람은 목적한 기차를 타지 못했다.

---

15 원본에는 '뒷다이야가'로 표기되었다.

길가의 풀밭에서 하룻밤을 새[77]운 두 사람은 아침 기차를 타고 도중에서 다른 차를 갈아탄 후 런던을 향했다.

'레니'는 '데이비드'의 어깨에 머리를 기대고 잠이 들었다. 오후에서야 기차는 겨우 런던에 도착했다. 그런데 혼란된 군중에 끼어 플랫폼을 걸을 때 두 남자가 뛰어 달려 두 사람의 손을 잡았다.

× × ×

'데이비드'는 콜다브리의 형무소에서 이별의 날만 기다리고 있었다. 그가 '레니'와 함께 집을 나오던 날 밤 독약을 마신 '제시카'의 시체가 발견되었던 것이다. 모든 증거는 그를 하수인으로 그리고 '레니'를 공모자로 하였다. 보모의 경험이 없고 영어도 잘 모르는 거기에 지방 극단의 댄서로서 자살까지 하려고 했던 젊은 여자에게 그가 자기 아들을 돌보게 하였다는 것은 당연히 사람들의 의혹을 사게 했다. 거기에 '레니'가 가지고 있었던 그의 편지도 비밀의 계획을 협의한 것으로 해석되었다. 그 외의 의심되는 일은 세보면 얼마든지 있었다.

형무소의 생활은 생각한 것처럼 불쾌하지는 않았다. 사치스러운 취미가 없던 '데이비드'에게 있어 그곳 방은 그가 살던 집의 방과 그리 변함이 없었다. 그가 여러 번 원했던 것은 단 한 가지밖에 없었다. 그것은 '레니'와 면회 할 수 있는 허가이다. '레니'는 20마일쯤 떨어져 있는 미드체스터 형무소에 수감되어 있었다.

처형되는 바로 전날 '데이비드'의 소원은 의외에도 허용됐다. 여기에는 특별한 이유가 있다. 전시정보부의 주임이 '레니'의 과거를 의심하고 혹시나 독일 스파이가 아닌가 생각하고 '데이비드'와 면회를 시킨 후 두 사람의 대화를 숨어서 필기하자고 생각하였기 때문이다.

'레니'는 보통 때와 같은 옷을 입고 나와도 좋다는 것이 허락되었다. 그 최후의 밤에 입었던 옷이다. '데이비드'의 모습을 보고 그는 흐느껴 울었다. 그리고 '레니'의 최후의 말은 다음과 같았다.

"어떠한 일을 하셨다 해도 나는 당신을 사랑합니다. 전에도 그런 말을 했었지만 당신은 모르는 척하셨지요."

"도대체 언제 말했소."

"춤을 추던 바로 그날입니다."

"아, 이제 생각납니다. 어찌 된 셈인지 모르겠소. 그런데 '레니' 당신은 저 아무것도 하시지 않았지요?"

"하지 않았습니다. 당신은?"

"나도 하지 않았소. 내가 했다고 생각하십니까?"

"혹시나 하고 생각합니다."

"나도 그렇게 생각됩니다. 용서하시오. 어째서 그런 의심이 생겼는지……."[78]

"만일 그것이 사실이라면, 우리들은 아무도 하지 않았겠지요."

"그렇소. 허나 곤란한 것은 아무도 우리들을 믿어주지 않는다는 것이오."

"아무것도 잘못이 없음에도 불구하고 우리들은 사형이 됩니다."

"나도 알고 있소."

그리고 멀리 바라보면서 그는 말을 계속했다.

"우리들뿐만이 아닙니다."

"그것은 어떤 뜻입니까?"

"이러한 일은 항상 일어나고 있소. 죽는다는 것을 겁내면 안 됩니다. 죽음이란 최악은 아니니깐 단지 최후뿐이요."

"그래도…… 그러니 최악이지요……."

면회 시간이 끝나고 '레니'가 맨체스터에 호송되어 가고 있을 때 옆방에 있던 사람들은 필기를 대조해 보면서 그 결과가 실패라는 것을 자인했다.

"그놈은 의심하고 있다는 것을 알고 있었어. '우리들뿐만이 아니다'고 작은 소리로 말했지. 그것은 섣불리 말하지 말라는 것을 의미한 거야"라고 그중의 한 사람은 말했다.

× × ×

'데이비드'와 '레니'가 교수대의 이슬로 사라진 후 20년의 세월이 흘렀다.

수주일 전에 나는 고향인 콜다브리를 방문하였는데 그때 우연한 일로서 이 의사의 외아들 — 왕년의 '제럴드'를 알게 되어 그의 입에서 생각지 않았던 사실을 듣게 되었다.

대전大戰의 전야前夜 아홉 살인 '제럴드'는 숙부(삼촌)집을 빠져나와 자기 집에 돌아왔다. 그리고 아무도 모르는 사이 진료실에 들[79]어갔었다. 이 진료실은 그가 가장 좋아했던 놀기 좋은 장소였다. 그런데 그날 밤은 웬일인지 언제나 쇠[錠]를 잠가둔 약장이 열려 있었고, 그가 여러 가지 병을 꺼내어 장난감으로 하고 있을 때 저쪽에서 발자국 소리가 들린다. 그것이 어머니의 발자국이라고 직감한 그는 급히 약장을 닫고 남아 있는 병을 선반 위에 세워놓았다.

어머니는 그가 거기 있는 것을 보고 놀라면서도 다른 때처럼 야단도 하지 않고 선반 위에 있는 병에서 환약을 꺼내면서 "머리가 아파서 죽겠다. 곧 잘 테니 물을 한 잔 갔다 다오"라고 그렇게 말해두었다.

"즉 이랬던 것입니다. 모든 것은 참으로 액시던트였지요"

라고 그는 말했다.

그다음 더 설명을 들은즉 그는 그날 밤 야단을 듣지 않았던 것을 즐거워하면서 숙부 집에 뛰어갔다. 그의 모습이 다소 이상했다 하더라도 사람들은 언제나 발작의 상태로 돌렸다. 거기에 이 불행한 사건에 대해서 아무도 그에게 한마디도 전하지 않았다. 그는 단지 양친이 다른 토지에 옮겨갔다는 것만 들었을 뿐이다. 그리고 그 자신은 그 후 얼마 되지 않아 아메리카에 건너가게 되었다. 따라서 이 사건의 진상을 안 것은 몇 년이 지난 후였다는 것을 말했다.

그의 어조는 참으로 진실한 것이었다. 그는 그의 아버지보담도 더욱 불쌍한 '레니'에 대한 그리운 기억을 가지고 있는 것 같았다.

"그 여자는 내 마음에 있는 천국에 가장 가까운 분이었습니다"

라고까지 그는 말했다.

그러나 나에게는 그 사건에 관하여 그의 설명이 어느 정도까지 신용하여야 될지 유감하나 알 수가 없다.

먼 시골 도읍 콜다브리도 나의 소년시대에 비하면 참으로 변했다. 그리고 '데이비드' 뉴콜이 살고 있었던 그 비극의 집이 어떤 연쇄점의 터가 되기 때문에 부숴버리는 것을 나는 목격했다. 그리고 '데이비드'와 '레니'가 지금 어디 있는가를 생각했던 것이다.[80]

『新太陽』 3-5호(1954.5.1)

바다의 살인

어니스트 헤밍웨이[16]

봄

쿠바의 아침 공기는 참으로 선선하였다. 하바나의 항구에는 부랑자들이 큰 건물의 벽에 기대어 잠자고 있다. 해리 모건은 부두를 지나 카페 '샌프란시스코의 진주'에 나타났다. 얼음을 운반하는 아이스 웨건(얼음 배급차)도 나타나지 않은 새벽이다. 겨우 거지가 하나 일어나 광장의 분수에서 물을 마시고 있을 뿐이다.

그러나 카페 속에 들어간즉 이미 세 사람의 사나이가 해리를 기다리고 있었다.

"어떻습니까?"

"하기 싫어"라고 해리는 말했다.

"어젯밤에도 말한 것처럼 나는 할 수 없어."

"보수는 자네가 말하는 대로 낼 테니까."

"그런 뜻이 아니라 단지 나는 할 수가 없을 뿐이야."

다른 남자들은 모여와 그의 옆에 와 섰다. 이들은 어딘지 서글픈 표정을 하고 있다.

"1,000달러 정도면 어때."

영어를 잘하는 사내가 말한다.

"세 사람이면 3,000달러이네. 거기에 다음부터는 더 좋은 일거리도 있고……. 이런 일은 그리 없네."

그것은 세 사람의 중국인을 하바나에서 플로리다의 키웨스트까지 밀

16 어니스트 헤밍웨이Ernest Miller Hemingway(1899~1961)는 미국의 소설가이며, 대표작으로 『노인과 바다*The Old Man and the Sea*』, 『누구를 위하여 종은 울리나*For Whom the Bell Tolls*』 등이 있다.

항시키는 일이었다. 그러나 해리 모건은 "나로서는 할 수 없다"라고 거절했다. 어떤 한 놈은 성을 내면서 "차라리 저 자를 죽이자"라고 소리쳤다. 그러나 얼마 후 세 사람은 단념하고 카페에서 나갔다.

해리는 '훌륭한 젊은 놈이다 거기에 돈도 많이 가지고 있으니.' 이렇게 속으로 생각하면서 그들의 뒤를 바라다보고 있었다.[25]

해리에게 부탁한 세 사람이 카페의 입구를 나가 바른쪽 길을 돌아설 때, 돌연 광장을 지나서 세단형 자동차 한 대가 그들에게 가까이 갔다. 순간 상점의 유리창은 부서지고 술병은 늘어놓은 벽에 탄환이 날아온다. 파파 파 파 기총 소리가 들리면서 술병은 부서진다.

해리는 카운터 속에 뛰어들어가 그쪽을 내다보았다. 톰슨 건(기관총)을 쥔 흑인과 오버를 입고 자동총을 들은 운전수 같은 남자가 차에서 내리며 땅 위에 엎드린다.

젊은 남자들 중 한 사람은 이미 길 위에 쓰러졌다. 남은 두 사람은 옆집 앞에 있는 얼음 배급 차에 의지하며 응사한다.

흑인은 얼굴을 땅에 대는 듯이 조준을 정하자 얼음 배급차 아래를 향하여 난사했다. 그랬더니 젊은이 중 한 사람이 포도에 나오자마자 죽었다. 남은 한 사람은 차에서 뛰쳐나왔다. 그의 얼굴은 손수건처럼 창백했다. 그는 두 손으로 루거총을 힘 있게 잡고 운전수를 향하여 쏘았다. 더욱 뛰어가면서 두 번이나 흑인의 머리를 쏘았으나, 1피트 떨어진 곳에서 흑인은 그의 기총으로 그의 복부를 뚫었다. 젊은이는 고통스럽게 주저앉아 여러 번 일어나려고 애쓴다.

흑인은 기총을 버리고 운전수 옆에 있는 자동총을 돌려 젊은이의 머리에 또 한 방을 쏘았다. 그의 머리는 날아가 버렸다.

하바나의 흑인들은 밀수업자들을 싫어하고 있다.

해리는 그저 잡히는 대로 마개가 열린 술병에서 한 잔 마신 후 카운터 뒤에 있는 요리장(부엌)을 빠져 길로 나갔다.

광장에는 갑작스럽게 사람들이 몰려들었다. 그는 본체만체 그의 배가 있는 부두로 향했다.

× × ×

선상에는 이미 그의 배를 고용한 존슨 씨가 기다리고 있다. 해리가 바로 조금 전에 일어난 일을 존슨 씨에게 말하고 있으니, 술주정꾼인 해리[17]가 몸의 관절을 전부 빼버린 것 같은 모습으로 돌아왔다.

'알코올' 중독의 에디는 아무 소용도 없는 자이긴 하나, 존슨 씨와의 용선 계약을 꾸며[26] 주었으므로 해리는 그에게 하루 4달러씩 지불했다.

해리는 존슨 씨에게 낚시 도구 전부를 합쳐서 35달러에 제공하고 있다. 그러나 이미 3주 일이 되었는데, 존슨 씨는 처음에 100달러만 낸 후 한 푼도 내지 않고 있다. 해리는 다소 불안했으나, 결국 1개월분을 한몫으로 받는 것이 좋을 것 같아서 청구도 하지 않았다.

존슨 씨는 벌써 3주일이 되어도 아직 낚시의 요령을 파악 못했다. 해리는 여러 차례 그에게 알려주었으나, 성과는 좋지 못하다.

저녁때 이미 하루의 일에 피곤하여 석양을 등지고 만류를 헤쳐 가며 돌아갈 때이다. 존슨 씨는 두 다리 사이에 낚싯대를 세우고 먹이를 던지고 있었다. 돌연 1000파운드 이상이 되는 거대한 마린이 먹이에 뛰어들었다. 해리는 줄을 좀 풀라고 소리치려고 했으나, 그 순간 존슨 씨는 의자에서 공중에 뜨고 말았다. 그리고 낚싯대가 활弓처럼 휘자 존슨 씨의 복부를 콱 찌르고 바닷속에 추락하였다.

낚싯대와 도구 일체 전부 합쳐 300달러의 손이라고 해리는 불쾌히 생각했다. 존슨 씨도 찔린 배를 쥐면서 "낚시는 이젠 그만이다"라고 말한다.

해리는 3주간의 용선료와 도구 손료를 청구하니 '다음 날 은행에서 돈을 찾은 후 오후에 지불하겠다'고 말하며 자기의 호텔로 돌아가 버리고 말

17 원본에는 '해리'로 표기되어 있으나, 내용 전개상 해리가 아닌 '에디'가 맞다.

왔다.

그다음 날 해리는 오전 중 배의 소지와 수선을 하고 오후에는 키웨스트에서 기다리고 있는 아내와 딸 셋에게 값싼 선사품을 사 가지고 두세 군데 술집에서 몇 잔 마신 후 배에 돌아왔을 때는 대단히 유쾌할 정도로 취했다. 그는 도중에서 프랭키란 귀머거리에게 맥주를 사주었다. 프랭키는 먹을 것을 받은 개 모양 즐거이 해리의 뒤에 따라왔다. 배에 돌아온 그는 주머니에 겨우 50센트밖에 남아 있지 않았다.

때마침 은행 문을 닫는 3시 반경 그들의 머리 위를 여객기가 날고 있었다.

해리는 존슨 씨를 기다리는 동안 프랭키와 함께 할 수 없이 선중에 있는 맥주를 꺼내 먹었다. 그러나 존슨은 모습을 나타내지 않는다. 저녁때가 되자 그는 대단히 초조했다. 그래서 더 기다릴 수 없이 프랭키를 존슨 씨의 호텔로 보내본즉 존슨 씨는 이미 비행 편으로 마이애미(플로리다)로 떠났다. 3시 반에 출발한 것이니까, 도착된 지금 무전을 친댔자 소용없는 일이다.

그는 용선료와 낚시 도구를 완전히 손을 보았을 뿐만 아니라 어제 아침에는 3,000달러를 번 것을 놓치고 지금 수중에는 돈 한 푼커녕 가솔린 값도 없다. 집에서는 아내와 세 계집애가 그를 기다리고 있다. 돈 한 푼 없이 돌아간댔자 식구들을 굶기는 수밖에 없다. 그는 속으로 존슨 씨를 욕하고 그를 별렀다.

"프랭키, 뭐 운반할 것 없니. 돈이 필요해."

프랭키는 지금까지 술의 밀수 같은 것을 간혹 주선한 일이 있어서 그런 일에는 정통했다.

"아무것이라도 운반하지."

프랭키는 다짐하는 듯이 물은 후

"그럼 있다가 파라 주장에서 만나. 별로 걱정할 것 없어. 프랭키가 옆에 있지 않아."라고 말하고 나갔다.

× × ×

중국인

해리가 파라 주장에서 기다리고 있으니까, 얼마 후 프랭키는 미스터 신이라는 중국 신사를 데리고 왔다. 미스터 신은 한 250달러쯤 되는 파나마모를 쓰고 유창한 영어로 말한다. 두 사람은 교섭한 결과 한 사람에 100달러씩으로 20명의 중국인을 플로리다의 건너편에 있는 '토스가스' 섬까지 데려다 줄 것을 약속하고 약속금으로 200달러를 해리는 받았다.

중국인은 다음 날 밤 하바나 항외의 해안에서 배를 타고 타기 전에 잔금을 해리에게 주기로 하였다.

프랭키의 말에 의하면 쿠[27]바에는 중국인이 10만 가까이 있으나, 그중 여자는 단 세 명에 지나지 않는다. 따라서 중국인은 아메리카에 건너가고 싶어 하나, 아메리카에서는 중국인 이민의 입국을 금지하고 있으므로 중국인의 밀항은 돈벌이 하는 데는 좋으나, 흑인 노동자가 이것을 증오하여 밀수업자를 닥치는 대로 죽인다. '미스터 신도 얼마가지 않아 죽을 것이다'고 말하는 것이었다.

그날 밤 해리는 술 몇 잔을 프랭키에게 먹인 후 다음 날 새벽부터 준비를 시작했다. 우선 스탠더드 석유회사의 암벽에 배를 대고 양쪽 탱크에 가솔린을 채웠다. 그리고 배를 먼저 자리에 돌려놓으니까 주정뱅 에디가 초라한 모습으로 그를 기다리고 있었으며, 해리의 배로 아메리카에 데려다 달라고 애원하는 것이다.

그러나 맡은 일이 있기 때문에 이번만은 에디를 동승시킬 수가 없다.

해리는 불쌍했으나, 에디의 빰을 쳤다. 에디는 울상이었는데, 해리가 중국인에서 받은 돈에서 5달러 지폐를 한 장 주니까, 원기를 다시 내고 관절이 거꾸로 매달린 모습으로 거리를 향하여 돌아갔다.

배가 항외에 나가자 해리는 엔진을 끄고 시간이 될 때까지 완류에 그대로 배를 띠우기로 했다. 그리고 그가 일을 하기 전에 선실을 점검하려고 뒤에 있는 선실에 들어가 보니 거기 에디가 숨어 있다.

에디는 거리에 나가 술을 한 병 사 가지고 어느 틈에 들어와 이미 한잠 자고 있는 판이다.

해리는 그가 들은 니크아드 술을 한 모금 마신 후 에디를 죽이지 않으면 아니 되겠다고 생각하면서도 그가 불쌍해졌다. 그래서 선실에서 펌프 총과 윈체스터 총을 꺼내 실탄을 가뜩 채웠다. 그다음 또 침구소에서 스미스와 웨스턴 특 38호의 피스톨을 꺼내 허리에 찼다.

아름다운 석양도 저물고 사방은 어두워지자 선선한 바람이 불 때 해리는 배의 엔진을 움직였다. 배는 불을 끈 채 서서히 목적지에 다다른다. 9시경 해리는 에디에게 한 잔 먹이고 설명했다. "바크라나오에서 12명의 중국인이 배를 탈 테니까, 그자들을 선수 밑에 있는 방에 가둬 둬. 알았지?"

"괜히 술에 취하지 말고 잘 들어야해. 한 중국인이 12명을 데리고 오는데, 그자는 맨 처음과 마지막에 돈을 내기로 했어. 그러니 12명이 타고나서 마지막 돈을 낼 때에 너는 배에 엔진을 넣고 어떤 일이 있더라고 전진하는 거야."

"만일 선수의 중국인이 떠들어대든지 하면 이 펌프 총으로 쏘아 버려."

10시 반경 해리는 에디에게 힘을 주기 위해 술을 더 세 잔 먹였다. 11시 조금 전 약속한 장소에서 신호 등불이 비쳤다. 해리는 해변가까이 배를 몰고 엔진을 죽이자 붉은 빛과 푸른 빛이 일순 육지를 향해 커졌다. 얼마 후 미스터 신과 6명의 중국인을 태운 통선이 해리의 배의 뒤에 오고 해리는 미스터 신에게 "예의 것을 좀 보여주시오"라고 말했다.

미스터 신은 주머니에서 돈을 꺼내어 해리에게 주었다. 그는 자세히 돈을 세어본 다음 6명을 승선시켰다.

"여러분, 이쪽으로 오시오."

에디는 대단히 좋은 기분으로 중국인을 선수로 안내했다.

미스터 신은 "남은 사람을 데[28]리고 오겠소"하면서 배로 돌아갔다.

해리는 한잔하려고 술병을 드니까 이미 그것은 빈 병이다. 에디가 마셔

버렸다.

"알았지! 네가 할 것은 그자가 돈을 내면 배를 앞으로 내는 일이야."

해리는 또다시 설명하면서 새 병을 꺼내 들자 곧 미스터 신이 배에 돌아왔다.

"한 사람씩 조용하게 타시오."

해리는 말한다. 에디가[18] 중국인을 선실에 집어넣자, 그는 에디가 선수에 있는 것을 확인했다.

"미스터 신, 나머지 것을 주시오."

그래서 미스터 신이 주머니에서 잔금을 내려고 할 때, 그는 지폐를 손에 쥐고 순간 그의 목을 바른팔 손으로 잡아당겼다. 배는 앞으로 달리고 있다. 미스터 신은 숨이 막혀 공중에서 껑충껑충거린다. 그러나 잠시 후 그곳에 이상한 소리가 나면서 미스터 신은 움직이지를 못하였다.

해리는 처음엔 그저 그의 소지금만 뺏으려고 했으나 그는 죽고 말았다. 그래서 그의 시체에 무거운 철물 같은 것을 매달고 바닷속에 가라앉혔다. 해리는 사실 미스터 신에게 미안했다.

그 후 그는 에디에게 배를 또다시 해안으로 돌리라고 명령하고, 배가 수심 5피트가량 되는데 이르자 두 사람은 윈체스터 총과 펌프 총으로 중국인을 위협하면서, 선상에 끌어내고 '배에서 내리라'고 명령했다. 중국인은 잘 얘기를 듣지 않았으나 죽는 것이 무서워 한 사람씩 바다로 뛰어내렸다.

해리는 선수를 돌리어 키웨스트로 향했다.

남은 문제는 에디의 처분이다. 에디는 선원 명부에도 오르지 않았으므로 죽여도 별로 남들이 의심하지는 않을 것이다. 그러나 만일 그가 술이 취해서 떠들어대도 남들은 곧이듣지 않는다는 것도 생각났다. 그래서 할 수 없이 "이 사건을 딴 사람에게 말하면 네 목숨은 없다"고 에디를 협박했

18 원본에는 조사 '가'가 누락되었다.

다. 이미 배는 키웨스트의 등대를 바라보며 달리고 있다. 그의 주머니 속에는 1,000달러가 들어있다. 이만한 돈만 있으면 금년 여름은 잘 지낼 수 있다고 생각했다. 집에서는 아내 '마리'가 기다리고 있을 것이다.

× × ×

가을

그들은 밤중에 해협을 건넜다. 북서풍이 강하게 불고 바다는 몹시 출렁거린다. 새벽이 되어보니 신체의 여러 곳에 탄환의 자리가 남아 있으며 조종실의 유리창도 부서져 있다.

배 안에 실은 술병이 깨져 선내는 알코올 냄새가 가득 차 있고 흑인 하나가 술병을 베개 삼고 잠이 들었다. 그의 발목엔 총알이 맞아 피가 흐른다.

해리 모건 역시 한쪽 팔에 탄환이 맞았다. 그는 겨우 키웨스트를 뒤로 '맹그로브'가 무성한 쪽으로 배를 댄 후 약속한 다른 배가 오는 것을 기다렸다.

그들은 하바나 가까이 있는 '마리엘'에서 술을 실었다. 금주령은 철폐되었다 할지라도 '마리엘'에서 주류를 밀수한다는 것은 거의 공연한 비밀로 되었다. 그리 큰 돈이 남는 일은 아니나, 아메리카가 불경기여서 유람객이 적을 때의 키웨스트의 선주들에게는 충분한 장사이다. 그것은 쿠바에는 술이 너무 많아서 아무도 사지 않기 때문이며, 따라서 술의 밀수는 그 전처럼 위험한 것은 아님에도 불구하고 그것이 결국 공연한 취인取引이 아닌 고로 브로커 손에 넘어가는 도중 누구 하나라도 부정한 짓을 하면 나중의 재난은 술을 실은 선주가 입게 된다.

해리의 배가 쿠바를 떠나자마자 사격을 받게 된 것도 역시 이러한 원인에서 온다고 해리는 생각했다.

얼마 후 전면에 흰 칠을 한[29] 유람선이 나타났다. 선상에는 두 사람의 손님이 타고 있다. '윌리 선장의 배'라고 해리가 느낄 때 "워싱턴 정부의 손님이 의심하고 있다. 짐을 내던지고 키웨스트로 가라"하는 윌리의 소리가 들렸다.

해리는 사실 괴로웠으나 마지막 술병을 바닷속에 투하했다. 그다음 배에 엔진을 넣고 맹그로브의 숲을 지나 옆으로 달렸다.

그의 출혈은 점점 약해졌으나 이 길로 키웨스트에 들어가 치료를 받으면 혹시 그의 바른팔은 절단하지 않아도 괜찮을 것이라고 생각했다.

얼마 후 키웨스트의 거리가 보이자, 그의 마음은 언제나 다름없는 귀향의 즐거움으로 변했다.

그러나 해리는 불행했다.

그는 그의 바른팔을 잘랐고 그의 배도 워싱턴 정부의 관리의 명령으로 세관에 억류되었다.

× × ×

겨울

프레디의 주점에서 해리 모건은 변호사인 비리프스와 만났다. 비리프스란 사내는 친구에게 와이로를[19] 써서 그 남자를 고소시키고, 그래서 그 남자의 변호를 맡아본다는 일로서 지금까지 살아왔다. 그는 망명 쿠바인을 본국에 다시 잠입시키는 일이 있는데 하지 않겠느냐고 물었다. 해리는 왼팔을 자르고 자기 배까지 나포拿捕시킨 이후, 아내와 딸을 남과 같이 살리기 위해서는 어떠한 일이라도 할 작정이었다. 그래서 물론 비리프스의 제안을 거부 할 수 없다. 때마침 옛날 친구인 알버트와 만나 그 역시 지금은 실업 구제비로 1주일에 7달러 반을 받는 형편없는 생활을 한다는 것을 들었다. 해리는 알버트도 쿠바인을 밀항시키는 일에 한몫 끼게 하고, 옛날과 같은 화려한 생활을 시키겠다고 속으로 생각했다.

19 일본어 와이로わいろ는 뇌물이란 뜻이다.

이들 두 사람은 비리프스의 집에 가서 거기서 4명의 쿠바인을 기다렸다. 쿠바인은 해리의 배가 세관에 압수되어 있는 사정을 몰랐다. 해리는 교섭이 다 끝나면 그의 배를 세관 도크에서 몰래 꺼내려고 결심했다.

4명의 쿠바인을 교섭한 결과 200달러의 선임과 1,000달러의 보증금을 내놓고 성공할 경우에는 주겠다는 것으로 낙착했다. 결행할 날은 금명일 중인데 상세한 시각은 비리프스를 통해서 결정되는 대로 알리기로 했다.

해리는 서반아어를 잘 모르는 척했으나 쿠바인들이 서로 이야기하는 것을 들은즉, 그들은 단순히 서반아어[20]로 쿠바에 잠입하는 것이 아니고 그전에 키웨스트 은행을 습격하여 쿠바혁명의 자금을 조달하려고 계획하고 있는 것을 알았다. 따라서 해리는 이번 일이야말로 참으로 위험한 것이며, 자칫하면 생명이 날아가는 판이라고 생각했다. 거기에 겨울의 플로리다 해협 횡단은 그것만으로서도 모험이다. 허나, 그렇다고 하여 이번 일을 단념할 수는 없다. 그는 끝까지 참아가면서 이 위협을 돌파하려고 각오했다.

변호사 비리프스도 쿠바인의 은행 습격의 계획을 알고 있었다. 그뿐 아니라 그도 이 계획에 참가하여 이제부터는 그런 값싼 변호 사업은 내던지고, 큰돈을 가지고 외국으로 도망할 각오라고 해리에게 말했다.

해리는 처음에 세관에서 배를 끌어내면 그가 그전부터 살펴둔 남들 눈에 띄지 않는 해변에 감춰두고 쿠바인은 그곳까지 스피드 보트로 옮길 계획이다.

역시 그의 배를 몰래 끌어내는 일은 간단히 끝났다. 가솔린도 그가 사둔 그대로 남아 있었으며 발동기도 급유관을 빼놓을 것을 수선하니까, 배는 전과 다름없이 달렸다.

밤이 밝기 전 집에 돌아와 보니 아내 '마리'는 아직 잠들지도 않고 그를 기다리고 있다.

---

20 원본에는 서반어로가 불필요하게 표기되었다. 이는 원래 삭제되어야 한다.

해리는 배를 훔쳐내고 여행을 간다는 말을 하니 '마리'는 걱정스러운 표정으로 그의 곁으로 온다. 그러나 '마리'는 남편에게 절대의 신뢰를 하고 있었다. 이번에 돌아오면 딸들은 집에 두고 두 사람만이 '마이애미'에 여행하자고도 말했다. 그리고 '마리'는 신혼 당시의 즐거운 회상에 빠지고 하룻밤 동안 잠들지 못했다.

그러나 해리의 계획은 제대로 되지 않았다. 다음 날 아침 세관리가 배를 감춘 장소를 발견했기 때문이다.

프레디의 주점에 이 사실을 해리에게 알리려고 온 비리프스의 얼굴은 긴장과 흥분으로 가득 차 있다. 거기에 쿠바인은 저녁 5시에 출발한다고 한다. 해리는 할 수 없이 술집 주인 프레디의 배를 생각했다.

해리는 비리프스에게 쿠바인에게서 1,200달러의 돈을 달라고 하고, 한편 그는 프레디와 교섭하여 1,200달러의 보증금을 내고 그의 배를 빌려 쓰기로 했다.

얼마 후 비리프스는 그 후 커미션으로서 120달러를 빼고 1,080달러를 해리에게 주고 해리는 나머지 금액은 신용대부[30]로 한 다음 프레디에게 주었다.

해리는 그 길로 바로 집에 돌아갔다. 그리고 지붕 속에 감춰두었던 기관총(톰슨 건)을 꺼내서 실탄을 채우고, 또 절단된 바른팔에는 의수를 달고 총의 조종에 부자유롭지 않게 하였다. 그리고 프레디의 배를 탄 다음 기관실의 천장에 기관총을 건 다음, 왼손으로서도 그 조종 가죽끈을 매달고 사격을 할 수 있게 장치했다.

그다음 발동기를 검사하고 갑판에 올라가 보니 알버트가 허기진 초라한 모습으로 서 있다. 그는 실업 구제의 일이 1주일에 3일간밖에 없어서 아내에게 욕을 들은 후 씁쓸히 돌아왔다. 그래서 해리는 알버트에게 힘을 주는 뜻에서 가솔린과 술과 발동기의 플러그 등을 사 가지고 오라고 했다.

선상에서는 제일주립저축은행의 장대한 건물이 청명한 겨울 햇빛 아래 보였다. 해리는 웬일인지 모르게 마음이 떨렸다. 그러나 아직 예정 시각까지는 상당한 시간이 남았다. 해리는 프레디의 술집에 가 한 잔 들어 마시고 그와의 오랜 유의상[21] 프레디에게 사정을 이야기할 생각도 있었으나, 그의 얼굴을 보고 차마 그 말을 할 수가 없었다.

출항

배에 돌아와 보니 이미 가솔린도 가득 찼고, 기관의 시운전도 잘된다. 사정을 알지 못하는 알버트는 선실에서 낚시 도구 준비를 하고 있다.

바로 그때이다. 자동차의 타이어가 터지는 소리가 들리고 은행에서 어떤 남자가 총을 들고 달려 나오고 있다. 이어 남자 두 사람이 레더로 만든 슈트케이스[22]을 들고 나타나고 최후에 거대한 체구를 한 남자가 기관총을 가지고 나왔다. 그러자 은행의 비상경보인 '사이렌'이 요란스럽게 울리고 기총을 발사하는 소리가 겨울 하늘에 퍼졌다.

곧 포드 차에 나누어 탄 네 사람이 해리 앞에서 차를 내버리고, 그의 배에 뛰어올라 왔다. 거대한 쿠바인 '로베르토'가 해리에게 기관총을 내대며 배를 떠나게 하라고 명했다.

그때 알버트가 돌연 "배를 내면 안 돼. 이자들은 은행 강도다"라고 고함쳤다.

거대한 쿠바인은 알버트에게 기총을 겨누고 '쏘지 말라'고 애원하는 그에게 난사하고 말았다. 알버트는 그 자리에 쓰러지자마자 그대로 움직이지 못했다. 불쌍한 그는 죽고 말았다.

배는 차차 속력을 내며 제1방파제와 제2방파제를 나오니 대양의 파도는 크게 배를 요동시켰다. 해리는 수상경찰의 스피드보트의 추적을 겁내고 있었다. 더욱 잘못하면 수상경찰의 비행기가 날아올지 모른다. 그러나 얼마 후 그의 배를 진격하는 듯 배를 보니까, 그것은 속력이 느린 어선에

---

21 문맥상 의미는 '오랫동안의 관계상'이다.

22 원본에는 '스쓰케이스'로 표기되었다. 일본어 스쓰케이스スーツケース는 영어 suitcase로 여행용 소형 가방을 가리킨다. 이하 스쓰케이스는 모두 슈트케이스로 표기한다.

지나지 않는다는 것을 알았다. 또 비행기도 밤이 되면 날지 못할 것이니 그동안 될 수 있는 한 해상 멀리 나가지 않으면 안 된다. 그는 등대를 지나자 곧 진로를 하바나의 방으로 취했다.

배는 크게 흔들렸으나 제대로 달렸다. '로베르토'는 "너도 네 친구(알버트)과 같은 운명에 빠트린다"라고 말하며 해리를 적의 있는 눈초리로 보았다. 그는 기관총에 새로이 실탄을 채우고 술을 가지고 나와서 선실에서 혼자 마시기 시작했다.

한 젊은 쿠바인이 해리 옆에 와서 말을 걸었다. 그는 비리프스가 은행에서 '로베르토'에게 죽었다는 것을 말하고 '로베르토'는 혁명 때문이라는 구실로 너무 사람을 많이 죽인다고 비난했다.

해리는 점점 알버트와 비리프스를 위해서라도 '로베르토'에게 복수하여야 될 것이라고 생각했다.

이미 나머지 두 사람은 뱃멀미 때문에 가솔린 탱크 위에 있는 벤치에 쓰러져 있다. 해리는 소년에게 배의 조종을 부탁하고 '로베르토'의 옆으로 갔다. '로베르토'는 제대로 술에 취했고, 그 곁에는 피투성이가 된 알버트가 쓰러진 그대로 있다. 그는 '로베르토'의 말대로 알버트를 바다에 투하하기로 했다. 두 사람은 시체를 들고 투하하는 순간에 해리는 옆에 있던 '로베르토'의 기총도 동시에 발로 차버렸다. 이것을 안 '로베르토'는 성이 나서 해리를 죽인다고 했으나, 그를 죽이고 말면 배를 조종할 사람이 없으므로 목적지에 도착할 때까지 참으라는 다른 쿠바인[31]의 말을 듣고 할 수 없이 그만두었으나, 그는 끝끝내 분노에 불탄 눈으로 해리를 바라보았다.

해리는 새 술병을 내다가 자기가 한 잔 마신 후 잘못을 관대히 여겨 달라고 말하며 '로베르토'에게도 술을 권했다.

해리는 기관실에 내려가 발동기를 조절한 후 숨겨두었던 기관총을 만져보았다. 그러나 아직 시기가 빠른 것 같아서 그만두었다. 그리고 소년 대신 조종기를 잡았으나, 그 소년도 항해의 지식이 없는 것 같으며 배는 크게 원을 그리며 회전하고 있었다.

이대로 하바나의 방향으로 직행하면 배는 얼마 안 가 목적지에 다다를 것 같다. 다행히 쿠바인은 배의 지식이 없으니까, 저녁놀이 지나면 배를 그 쪽으로 흐르게 한다. 소년은 해리에게 쿠바 혁명에 관해서 말하고 혁명의 현 단계로서는 비상수단도 할 수 없고 또 쿠바 압제의 사실 등을 말했다.

이 소년을 죽이는 것은 불쌍한 일이라고 해리는 생각했다.

그리고 얼마 있다 밤이 어두워지자 배는 완류에 올라선 것을 알았다. '로베르토'는 선실의 의자에 앉고 다리는 또 다른 의자에 뻗치고 있으나 대단히 취해 있다. 해리는 선실 쪽으로 가서 새로 술병을 들어 마시고 그것을 가진 채 기관실로 달려갔다. 지금이야말로 참으로 좋은 기회다. 그의 위치에서 보면 소년은 그의 바로 앞 위에 서 있고, 뱃멀미가 난 두 사람은 바로 그 뒤의 벤치에 드러누워 있다. 그는 또다시 한 잔을 마셨다. 그러나 그의 마음은 점점 서늘해진다.

'주저할 것 없이' 그는 스스로 마음에 가로키면서[23] 기관총의 혁대를 풀었다. 그리고 안전장치를 제치고 방아쇠를 왼손으로 힘 있게 쥐자 소년의 뒤통수를 향해 쏘았다. 총구에서는 무서울 정도로 불을 토했다. 그리고 소년의 신체가 쓰러지기도 전에, 그는 방향을 돌려 좌우양향 위의 벤치를 향해 사격했다. 선실 쪽을 살펴보니 조금 전까지 있었던 '로베르토'는 어느 사이 의자에서 모습을 감추었다. 배 안의 위의 남자 하나는 머리를 떨어트리고 이미 절명이다. 그러나 다른 한 자는 신음하고 있다. 그자가 가진 피스톨을 잡으려고 기어오는 '로베르토'를 발견하자, 해리는 그를 향해 난사했다. '로베르토'도 결국 쓰러졌다. 해리는 비로소 큰 한숨을 쉴 수가 있었다.

그러나 그가 정신을 차려보니 기관실에는 가솔린이 상당히 흘러졌으며, 탱크가 뚫려졌다. '이건 큰일이다. 이대로 방치하면 불이 난다'…… 고 생각하여 해리가 기총을 들고 올라가자 배 안의 벤치에 있던 자가 급히

---

23 문맥상 의미는 '다짐하면서'이다.

몸을 돌리면서 피스톨을 발사했다. 해리는 복부를 힘 있게 맞은 것 같은 기분이 생겨 하는 수 없이 그 자리에 앉아버렸다. 그의 복부가 관통했다.

허나 정신을 차리고 기총을 다시 들고 그자에게 난사했다. 더욱 '로베르토'가 쓰러진 옆에 오자 그에게 대해서도 또다시 난사했다. 해리는 엔진을 정지시키기 위하여 숨이 가쁜 것도 무릅쓰고, 조종실까지 가서 전동기의 스위치를 절단했다. 그는 조종기에 기대면서 힘이 점차 그의 몸에서 떠나는 것을 느꼈다. 그는 셔츠를 벗고 복부의 상처를 살펴보니 외부에는 거의 출혈이 없다. 아마 심한 내출혈일 것이다. 그는 기절하기 전에 쿠바인이 가지고 온 돈을 모아두려고 생각했다. 선실에는 돈이 가뜩 들어 있는 슈트케이스가 떨어져 있다. 이것을 '마리'에게 전하고 싶다, 이것만 있으면 '마리'와 세 계집에는 편안히 살 수 있을 것이다. 이제 이런 모험적인 일은 그만두겠다. 이런 일은 너무 나에겐 짐이 무거웠다. 이번에 돌아가면 가솔린 스탠드라도 경영하며 성실한 사업을 하자.

선상의 시체도 치워버려야지. 그러나 그리 급히 서둘 필요는 없다. 그저 드러누워 물만 마시지 않으면 아마 살아날 수 있다. 그는 선실에서 배의 동요를 이겨가면서 정신을 차리자, 정신을 차리자 하고 스스로가 생각했다. 그러나 그러는 동안에 배가 흔들리는 대로 함께 몸을 맡겼다.

해리의 배가 표류 중에 유조선에 발견되어 수상경찰의 커터에 끌려온 것은 그다음 날이다. 키웨스트의 항구에는 여러 가지의 다른 인생을 실은 부호들의 요트가 나란히 서 있다. 그리고 키웨스트의 거리에서나, 또는 요트 위에서도 희비애喜悲哀 엉클어진 남녀노소의 알려져 있지 않은 생활이 해리의 비극적 생애와는 또 달리…… 그러나 그것과 같은 강렬성은 지니고 영위되어갔다.

해리 모건은 인사불성이 된 채, 병원에 옮겨지고 수술을 받자마자 그곳에서 숨을 끊었다.[31]

『新太陽』 3-12호(1954.12.1)

백주白晝[24]의 악마[25]

아가사 크리스티[26]

1

무대는 잉글랜드의 남단 데번주의 해안에서 그리 멀리 떨어져 있지 않은 작은 섬, 이 섬에는 18세기 말에 세운 주택이 있는데 1920년대가 되어 해수욕이 유행되니깐 기회를 잡는데 재주가 있는 주인은 그전부터 생각하여 왔던 것처럼 이 저택을 '호텔'로 개조하여 섬과 해안 사이에 '콘크리트'로 도[292]로를 건설하여 섬 전체를 호화로운 피서지로 만들었다.

계획은 예정대로 호텔의 수용력은 적다할지라도 손님들의 질이 좋다는 소문이 생기어 매년 6월부터 9월에 걸쳐서 부유한 손님들이 끊일 사이 없이 모여들었다. …… 어떤 해의 여름 더위도 고비를 지낸 8월 말경 호텔은 전과 다름없이 피서객으로 가득 찼다. 그 당시의 체류객의 이름을 순서 없이 들어보면 먼저

프아로가 있었다. 그도 남과 다름없이 피서할 줄을 알았다. 다음은

가드너 브처 … 아메리카에서 온 관광객이며 부인이 혼자서 떠들어대면 남편이 그것에 따라 이야기한다는 전형적인 아메리카 부부.

미스 브루스터 … 운동가형이며 고집이 센 중년의 독신 여자.

미스 단리 … 런던에서 일류 가는 드레스 메이커. 입지전적인 인물이면

---

24 원본에는 '백주'의 한글 표기를 '백정'으로 오기하였다.

25 『백주의 악마*Evil Under the Sun*』는 아가사 크리스티가 1941년에 발표한 장편 추리소설이다.

26 댐 아가사 크리스티Dame Agatha Christie(1890~1975)는 영국의 추리소설 여왕이라 불리는 작가이다. 데뷔작은 『스타일스 저택의 괴사건*The Mysterious Affair at Styles*』(1920)이며, 대표작으로 『움직이는 손가락*The Moving Finger*』(1942), 『비뚤어진 집*Crooked House*』(1949), 『예고살인*A Murder is Announced*』(1950) 등이 있다.

서도 어딘지 기품이 있어 보여 남에게 좋은 인상을 주는 여성.

바리 육군 … 소령 오랫동안 인도에 있었으며 지금은 편안히 영국에서 여생을 즐기고 있는 옛날이야기를 하기 좋아하는 퇴역 군인.

스티븐 레인 … 목사 보통사람과 다른 광신적인 목사.

레드펀 브처 … 결혼해서 얼마 되지 않는 젊은 부부. 남편인 패트릭은 언제나 스포츠맨과 같이 보기 좋은 체격이며 성질은 명랑하고 솔직하여 아무에게도 호의를 베풀지 않고서는 참지 못하는 인물. 아내인 크리스틴은 키는 크나 손과 발은 인형과 같이 귀엽고 살결이 너무 희여 어딘지 약하디 약한 느낌을 사람들에게 준다.

블래트 … 남의 생각은 전혀[27] 하지 않고 자기 혼자만 좋으면 제일이라고 생각하는 남자.

마셜 브처 … 부인은 알레나 스튜어드라고 이 년 전까지는 무대 생활을 하던 미모의 여성이며 항상 남자와 관계를 맺어 스캔들을 일으키고 있다. 남편 케네스는 젊고 아름다운 알레나의 남편으로서는 참으로 어울리지 않는 그리 말도 하지 않는 침울한 성질의 중년신사. 두 사람은 케네스가 전처와의 사이에 난 열여섯 살이 된 딸 린다를 동반하고 와 있다.

이상이 주요한 등장인물이며 프아로가 호텔 앞에 있는 테라스에서 가드너 브처 외 몇 사람과 세상 이야기를 하는 데서부터 시작된다. 프아로는 보통 때와 다름없이 기교한 이야기만을 해가며 상대방을 어리둥절하게한다.

해변가에서 일광욕을 하는 사람들을 손짓해가며 "마치 시체와 같다. 고기 칸 도마 위에 놓여 있는 고깃덩어리[293]와 꼭 같다." 또는 "이렇게 일기가 밝아서는 제 아무리 악마라 할지라도 손 하나 꼼작 못 할 것이다"라고 혼잣말을 해가면서도 "아니 청천백일 하에 어떠한 곳이라도 악은 있

27 원본에는 '전연'으로 표기되었다. 이하 모두 '전연'은 '전혀'로 표기한다.

다"라고 반대 의견의 말도 하는 것이다.

거기에 패트릭이 해수욕을 끝마치고 돌아오는데 그때 마침 알레나가 해변가에 서 있는 것을 바라보고서는 아내인 크리스틴이 부르고 있는데도 불구하고 자석에 끌린 쇠붙이와 같이 알레나를 향하여 걸어간다. 그것을 보고

"아 또다시 스캔들이 생긴다. 어찌할 수 없는 더러운 여자다. 크리스틴이 불쌍하다"라고 그 자리에서 보고 있는 사람들은 모두 생각한다.

단 한 사람 알레나를 전혀 쳐다보지도 않는 남자가 있었다. 남편인 케네스다. 그는 여러 사람으로부터 떨어진 곳에 앉아 파이프' 담배를 피우며 혼자 신문을 열심히 보고 있을 따름이다.

그 후 프아로는 미스 단리가 어딘지 좋지 않은 기색을 하고 있는 것을 보고 "케네스가 온 후 웬일인지 당신은 태도가 이상하다"라고 말을 걸면서 그 여자한테서 마셜브처에 관한 여러 가지 일을 듣는다. 그 여자는 집이 이웃에 있었기 때문에 어렸을 때부터 케네스를 잘 알고 있었다. 오랫동안 만날 기회가 없었는데 이번에 이곳에 와서 십오 년 만에 만나게 되었다는 것이며 "그 사람이 하는 짓은 잘 알 수가 없다"라고 단리는 말한다.

지금으로부터 십수 년 전의 일인데 한 여자가 남편을 살해한 혐의로 고발되었던 사건이 있으며 그 후 얼마 있다 그 혐의가 풀리어 여자는 석방되었는데 케네스는 상대로서 하필 그 여자와 결혼하였다.

결혼한 후 일 년이 지나 여자는 린다를 난 후 사망하였다. 그다음의 부인이 바로 알레나인 것이다. 그는 아내가 있는 남자와 관계를 맺었는데 상대방이 그 부인과 이혼을 하였으므로 그 전부터의 약속대로 자기와 결혼하는 줄로만 생각하였더니 언제까지 지내도 약속을 지키지 않으므로 알레나[294]는 자신의 입장을 잃어버린 것처럼 되고 말았다. 그때 알레나의 처지를 언짢게 여기고 아내로서 맞아들인 것이 케네스였다. 쓸데없는 말인지 또는 사람이 좋다고 할까요, 그것만이라도 참으로 어리석은 이야기가 되는데, 최근엔 알레나가 어떤 늙은 귀족으로부터 오만 파운드라는

막대한 재산을 받아 스캔들을 일으키었는데, 케네스는 이혼할 마음도 없고 전과 다름없이 유유히 지내고 있다는 것은 도대체 어찌된 셈인지 우스운 일이라고 프아로에게 말하는 미스 단리의 말투에는 어렸을 때의 친우에 대한 마음만의 것 이상의 어떠한 것이 숨어 있기도 했다.

그러한 알레나가 또다시 지금 새로운 남자 패트릭에 유혹의 손을 뻗치고 있는 것 같다.

그리하고 얼마간 있다 그 여자에게 가까이하지 말아달라고 애원하는 아내 크리스틴에게 패트릭이 너무 걱정하지 않아도 좋다고 대답하는 것을 프아로는 우연히 들을 수가 있었다.

그러한 일이 있었음에도 패트릭이 얼마 후 알레나와 밀회를 하는 것을……. 그때도 참으로 우연하게 프아로는 보았다. 이대로 진행하면 두 사람은 어떠한 짓을 할 것같이 생각되었다. 거기에 린다와 계모인 알레나의 사이가 그리 좋지 않은 것 같으며 여기에도 어떤 무기미한 공기가 흐르고 있다. 이것저것 생각하여보니 일은 단지 스캔들 정도에서 그칠 것 같지는 않았다.

2

그날은 구름 한 점 없이 맑은 아름다운 여름의 하늘이었다.

아침 일찍이 린다는 호텔에서 나와 대안對岸의 잡화점에서 어떤 물건을 사 가지고 남들이 보지 않게 자기 방에 돌아와 있는데 크리스틴이 들어와 "좀 있다가 함께 산보를 나갑시다"라고 말하였다. 그 대답을 하는 중에 무심히 들었던 바구니가 바닥에 떨어져 속에[295] 든 물건이 빠져나왔다. 양초이다. 양초 같은 것이 무슨 필요가 있어서 린다는 사 가지고 왔는지 모를 일이다.

프아로는 조반을 먹고 해안에 나가 아름다운 아침바다를 즐기고 있었다. 열시 지나 열한 시 전에는 아직 한 번도 방에서 나온 일이 없던 알레나가 바닷가에 나타나 프아로에게 부탁하여 보트를 물 위에 띄운 후 어느 사이에 바다 저쪽으로 나갔다. 그 태도로 보아 누구와 만나기 위해서 나간 것이 틀림없다.

만일 그 여자가 누구를 만나기 위해서 나갔다 하면 그 상대는 말할 것도 없이 패트릭일 것이라고 생각하고 있을 때 거기에 이외에도 당자인 패트릭이 우연히 나타나 알레나의 모습이 보이지 않는 것을 실망이라도 한 듯이 초조한 표정으로 해안을 걸어 다닌다. 이상스러운 일이기도 하다.

프아로는 그 모습을 못 본척하고 마침 와 있는 가드너 브처와 미스 브루스터를 상대로 전과 다름없는 이야기를 한다.

그 대화 중에서 미스 브루스터는 "오늘 아침 저는 수영을 하다가 잘못하면 머리를 깰 뻔했어요. 누가 호텔 창문에서 약병을 던지지 않아요?"라고 분개하여 말한 것이 묘하게 마음에 남았다.

열한 시 반이 가까워 알레나에 관해서는 잊은 듯이 패트릭은 미스 브루스터를 데리고 보트를 타고 나간다. 두 사람은 비크시커브라는 섬 서쪽에 있는 곳을 향하여 갔다. 거기는 낭비탈이 바다에까지 내려와 그 아래에 겨우 조그만 사장이 있을 뿐이다. 보트가 비크시커브에 이르자 사장 쪽을 보니 누군지 모래밭 위에 누워 있는데 아마 알레나일 것이다. 그러나 그 엎으로 누워 있는 자태가 어딘지 보통스럽지 않다. 급히 보트를 대고 패트릭이 큰 소리로 '알레나'하고 불러도 대답이 없다.

가까이 가보니 얼굴은 알레나가 언제나 사용하고 있던 넓은 모자로 덮이어 보이지 않으나 양쪽 팔이 부자연스럽게 펴지고 그 모습은 생명이 있는 것처럼은 생각되지 않았다.

패트릭이 모자를 들쳐 슬쩍 들여다보며 "어이 징그러워! 교살당했다"라고 말하는 소리를 브루스터는 떨어져 서서 들었다.

백일하의 살인! 미스 브루스터는 패트릭을 그곳에 두고 이 급보를 전하기 위하여 보트를 탔다.

3

지방의 경찰은 프아로의 조언을 얻어 즉시 사건의 조사를 개시했다.

알레나가 혼자서 보트를 타고 나간 것이 프아로의 증언에 의해 열 시 십오 분이 지난 후며 시체가 발견된 것이 미스 브루스터의 증언에 의하여 열두 시 오 분 전이었다는 것을 우선 알게 되었다.

이 두 가지의 시각 사이에 문제의 초점이 있다고 할 수 있다.

체류자의 한 사람 한 사람에 관하여 그간의 알리바이의 유무를 알지 않으면 안 된다. 만일 그중에 범인이 있다고 치면 누구나 즉시로 생각할 수 있는 것은 피해[296]자의 남편 케네스이다.

알레나는 전부터 악명이 높은 여자이며 지금 또 새로운 정부를 만들었다고 생각되니까 케네스에게는 살해의 동기가 있었다고도 할 수 있다.

그런데 그는 조사관이 아내의 추행을 끄집어내도 조금도 흥분도 하지 않을뿐더러 아내와는 아침에 잠시 만났을 뿐 그 후에 어디로 갔는지도 모르며 자기는 프아로 등이 있는 앞에서 헤엄을 치고 열한 시 십 분 전에는 방에 돌아와 열두 시 십 분까지 타이프를 쳤다고 대답하였다. 그 후에 조사해본 결과 그는 그의 말대로 한 것이 틀림없으므로 케네스는 완전히 혐의의 권외에 있다고 할 수가 있다.

케네스의 다음에 의심되는 것은 피해자에게 남편을 빼앗겼던 크리스틴인데 그는 약속에 따라 열 시 반경 린다를 데리고 섬 동쪽에 있는 해변가를 산보하고 일이 있었으므로 열두 시 십오 분경, 린다와 작별, 자기 혼자서 돌아왔으므로 알리바이는 성립된다고 대답한다. 그 시각은 시계를 가지고 가는 것을 잊었으므로 린다의 손목시계[28]로 확인하였다. 그러므로 그 점을 의심하려면 할 수도 있으나 여자의 약한 힘으로서는 알레나를 교살할 수는 없으며 거기에 또 육로로서 비크시커브에 가려면은 높은 낭떠러지[29]를 내려가지 않을 수 없고 그것은 암만 생각하여도 신경이 약한

28 원본에는 '팔목시계'로 표기되었다.

29 원본에는 '낭비탈'로 표기되었다. 이하 원본에 표기된 '낭비탈'은 '낭떠러지'로 표기한다.

그 여자로서는 할 수도 없는 일이다. 이 두 가지 점에서 크리스틴을 혐의자로 본다는 것은 무리한 일이 된다. 린다도 크리스틴과 행동을 같이 취했으므로 이것도 의심할 수는 없다.

패트릭은 사랑의 여러 가지 고민으로 또는 죽일 수 있었다고 생각할 수도 있으나 시체 발견자인 까닭에 이것도 혐의의 여지가 없다.

미스 브루스터 그 역시 같이 문제가 없다. 프아로와 가드너 브처는 더욱 문제가 되지 않는다. 나머지 네 사람 미스 단리와 바리 소령과 레인 목사와 블래트는 사건 발생 당시 각기 다른 곳에 가 있었으며 여하간 알리바이를 가지고 있지 않다. 범인은 이 네 사람 속에 있는 것일까?

여하튼 알레나가 혼자서 비크시커브에 간 것은 어떤 자와 만나기 위해서 간 것이 목적이었다는 것은 틀림없이 판단할 수 있고 제반 사정에 비추어볼 때 그 상대자가 섬에 있는 자라고 추측될 수 있으니 범인은 암만해도 호텔 체류자 속에서 찾아내지 않을 수가 없다.

가부간 알리바이의 유무를 조사한 후에 프아로와 경찰 사람은 호텔의 여러 방을 조사하였다. 린다의 방에 왔을 때 프아로는 난로 속에 종잇조각 핀 머리털로 생각되는 동물질의 것이 타다가 남아 있으며 촛농도 떨어져 있었다. 그다음 책상을 보니 여러 책 속에 마법에 관한 서적이 끼어있는 것을 보고 느끼는 점도 있었다.

방 조사를 끝마치고 미스 브루스터의 머리가 터질 뻔했다는 약병이 어느 방에서 던져졌는지 접대부에게 살펴보도록 했으나 결국 알 수 없었고 그 대신에 어느 손님인지 알 수 없으나 열두 시경 호텔 내의 목욕탕을 사용한 것이 명확히 되었다. 누군지 모르나 대낮 열두 시에 목욕을 했다는 것은 다소 이상한 이야기다.

그 후 일동은 실지 검증을 위해 비크시커브에 나갔다. 낭떠러지 아래에 있던 여러 물품이 경찰에 수집되[297]었다. 그중 손톱가위 신문조각 짧은 노끈 세 개 등이 모두 더럽혀 있지 않은 것을 보면 극히 얼마 전에, 틀림없이 오늘 아침에 누가 놓고 가지 않았으면 떨어트리고 간 것이 틀림이 없다.

그리고 이 낭떠러지 밑에는 용이하게 사람들에게 보이지 않는 동굴이 있었다. 일행은 그 동굴 속을 조사했다. 그 속에 들어가자마자 프아로는 향수 냄새가 코를 찌르는데 놀랐다. 이러한 냄새의 향수를 뿌리는 것은 그의 기억으로서는 미스 단리와 알레나 두 사람뿐이다. 그렇다면 두 사람 중의 한 사람 즉 전후의 사정으로 미루어보아 알레나가 이곳에 온 것이 틀림없이 된다.

프아로는 함석 상자가 떨어져 있는 것을 보니 '샌드위치'라고 써 있다. 열어본즉 그 속에는 소금 고추 겨자라고 씌어있는 깡통이 가득 차 있다. 고추라고 씌어있는 깡통을 들쳐보니 소금과 같은 흰 분말이 가득 찼다. 겨자통도 같다. 이상해서 손에 찍어 맛을 보니깐 찌르르하다. 마약이다. 일행은 마약의 밀수입이라는데 일치할 수가 있었다. 이 섬은 마약의 거래 장소일지도 모른다. 그렇다면 알레나를 교살시킨 자는[298] 피서객 이외의 자의 소행일지도 모른다.

4

검시정檢屍廷은 간단히 끝나고 이 주간의 휴정이 선고되었다.

린다는 아버지의 처지를 근심하고 있다. 최후의 혐의가 풀렸다 할지라도 살인죄로서 고발되었던 여자와 자진해서 결혼하였던 아버지인 것이다.

사람을 죽인다는 것이 그리 나쁘게 생각되지 않는 아버지가 아닌가 하고 생각하는 린다에게 미스 단리는 그런 일은 없을 것이며, 얼마 있으면 모든 것을 잊을 수 있게 될 때가 온다고 위안하여 주나 린다는 아니 잊어버릴 수 있는 시기는 절대 오지 않을 것이라고 이상한 뜻을 말한다.

프아로는 그러한 린다에게 신경을 쓰며 크리스틴에게 여러 가지 일을 엿듣게 하고 그날 아침 린다가 양초를 사 가지고 온 것, 마법에 관한 책을 읽고 있었다는 것을 알게 되며 그 후 린다와 단 둘이 되었을 때 아버지와 같은 심정으로 마음의 고민을 듣고자 하여 생각 없이 양초의 건을 말하니 린다는 공포로써 얼굴빛을 변하고 갑자기 뛰어나갔다. 과연 그 여자는 이 사건에서 어떠한 역할을 하고 있는 것일까.

그러는 동안 경찰은 알레나의 재산 상황을 조사하여 그가 어떤 자로부터 공갈을 받고 있었다는 증거를 찾아냈다. 전에 말한 바와 같이 알레나는 어떤 늙은 귀족으로부터 5만 파운드의 재산을 받았는데 최근에 와서 정체 모를 어떤 상대에게 그 돈을 보내 주고 있으며 지금은 겨우 1만 5천 파운드밖에 남아 있지 않다는 것을 알게 되었다.

공갈로 죽는 것은 공갈자 측의 소행이라는 것이 상식인 것인데 이번 처우에서는 피공갈자로 생각할 수 있는 알레나가 죽고 있다. 어떠한 사정인지 참으로 알 수가 없다. 경찰은 이 공갈문제와 마약 밀수입자를 찾기 위하여 맹렬히 수사하기로 했다.

그러나 프아로는 경찰의 방침에 동의하는 것도 아니며 '나의 길을 가련다'는 조로 과거 3년간에 일어난 교살 사건의 기록을 보겠다고 했다. 그대로 해주니깐 그는 열심히 그 기록을 보고 특히 그의 주목을 끄는 사건이 하나 있었다. 그것은 앨리스 코리건이라는 여자가 쓸쓸한 숲속에서 죽어 있었다는 사건이며 시체 발견자는 학교의 운동선생을 하고 있는 젊은 여성이었다.

사건의 대개의 윤곽을 설명하면, 선생은 하이퀸을 하고 오는 도중, 현장을 지나가다가 발견하였으며 그것은 네 시 십오 분경이며 거기에 죽은 직후이었을 것이라고 증언하였다. 후에 시체를 검사한 경찰의사도 죽은 것은 그 시각이라고 추정하였다.

피해자는 소금액을 가지고 그것을 생명보험에 걸고 있었으므로 혐의는 당연히 그 남편에게 있었으나 그에게는 알리바이가 있었다.

그의 행동에 관해서는 그날 세 시경까지는 확실히[299] 알고 있었고, 살해될 시각 전후에는 문제의 삼림 근처에 있는 약집에서 아내와 만나기 위하여 기다리고 있었다. 더욱 네 시 이십 오 분경까지 아내가 올 것을 기다리고 있었다는 것이 증명되었다. 그 삼림은 찻집에서 그리 멀지 않았으나 네 시 십오 분까지 그 찻집에 있었던 자가 네 시 십오 분경에 일어난 살인

범인일 수는 없다. 그래서 남편의 혐의는 완전히 풀리고 사건은 결국 미궁에 들어갔고 아직도 미해결이 되어 있다고 한다. 프아로는 이 사건의 기록에서 어떤 '힌트'를 얻은 것 같았다.

그다음 날 사건 이래 좋지 않는 기분을 일소하기 위하여 프아로는 피크닉을 제안했다.

목적지는 유명한 다트무어이다.

케네스, 바리 소령, 린다의 세 사람은 남았으나 나머지 사람은 모두 이 피크닉에 참가했다.

이날의 청유淸遊는 대단히 즐거웠으며 다행히 일기도 맑고 도중에 사고도 없이 이들은 오랫동안 해방된 기분으로 마음껏 하루를 즐기는 것이다. 단지 가는 길에 급류에 걸린 외나무다리를 건너기에 힘이 들었는데 가드너 부인은 건너기는 했으나 마음이 출렁 내려앉았고 미스 브르스터는 다리 중간에서 떨며 걸어오지 못해 남자들의 손을 빌려서야 겨우 건너왔다. 이 정도가 다소 변한 일이 있었다고 할까, 다른 사람들은 남자들은 물론 약한 크리스틴마저 쉽게 건너올 수 있었다.

하루의 향락을 끝내고[30] 일행이 호텔에 돌아와보니 그간 의외의 사건이 벌어져 있었다. 린다가 최면제자살催眠自殺을 기도했었다. 생명은 겨우 면했으나 쿨쿨 잠이 들어 의식이 없다. 그것만으로도 이상한 데다가 그는 유서를 썼고 그 문중文中에서…… 계모 알레나를 살해한 범인은 자기라고 고백하고 있다. 거기에 그 필적은 틀림없는 린다의 글씨이다.

이것으로서 사건은 해결이 된 것처럼 보인다.

그러나 프아로에게는 그렇게는 생각되지 않았다. 린다의 행동에는 확실히 의심할 수 있는 점이 있다. 그의 방에서 이미 마법에 관한 책, 묘한 종잇조각, 핀 그 외의 것이 발견되었으나 그것은 그가 계모를 미워하는 나머지 옛날 미신을 믿고 양초로 사람과 같이 만들고 그 심장부를 핀으로

30 원본에는 '끄치고'로 표기되었다.

찌른 다음 그것을 불에 태우면서 알레나를 저주했다고 생각되니까 린다에게는 충분한 살의殺意가 있었다고 인정할 수 있다.

더욱이 그에게는 기회도 있었다고 말할 수 있다. 이유는 그날 크리스틴은 열두 시 오십 분경에 린다와 헤어졌다고 하나, 그 시각은 린다의 손목시계로서 인정한 것이며, 가정으로 린다가 자기의 시계를 이십 분 빨리 해놓았다 하면 크리스틴과 헤어진 후 재빨리 걸어서 육로로 비크시커브에 내려 갈 수도 있고 알레나를 죽일 수 있었다는 데 적어도 시간의 점에서는 불합리한 것은 아니다.

도리어 완전 일치된다고도 할 수 있다. 이렇게 보면 린다를 범인으로만 정해도 틀림은 없다. 그러나 탐정 프아로가 생각하는 범인은 틀림없이 딴 사람인 것이다.

5

알레나 살인범의 수사도 거의 그 결말에 가까[300]워진다.

프아로의 취리의 방향을 나타내기 위해서 이상에 쓴 사건 중에서 그의 판단에 도움이 될 수 있었던 재료를 여기에 표로 해서 적어보기로 한다.

1. 알레나로 인정할 수 있었던 여자가 해변에 누워있었던 것이 발견된 것은 열두 시 십오 분경이었다.

2. 그 여자를 알레나라고 말한 것은 패트릭이며 미스 브루스터는 여자의 얼굴을 확인하고 있지 않다. 패트릭의 말만 그대로 믿었을 따름이다.

3. 알레나가 비크시커브'에 간 것은 그 태도로 보아 밀회를 목적으로 한 것이 틀림없다.

4. 프아로, 케네스, 가드너 브처에게는 알리바이가 있다.

5. 미스 단리, 바리 소령, 레인 목사, 블래트 네 사람은 알리바이가 없다. 그러나 동시에 범행할 동기도 찾아볼 수 없다.

6. 크리스틴과 린다는 여하간 알리바이는 있다. 그러나 두 사람이 열두

시 십오 분경에 헤어졌다는 것은 앞에서 말한 바와 같이 린다의 시계에 의한 것이다. 그 시계가 정확한 것인지 아닌지는 판연치 않다. 만일 이십 분 정도만 시계를 돌려놓았다 하면 두 사람 중 어떤 한 사람이 기회는 있었을 것이다.

7. 범행이 일어난 날의 아침 호텔 창문에서 약병을 던진 자가 있었다는 것은 무엇을 의미하는 것일까.

8. 같은 열두 시경 호텔 안 목욕탕을 사용한 것은 누구이며 그리고 무엇 때문일까.

9. 앨리스 코리건 살인 사건과 이번 사건과는 어떤 공통된 것이 있지나 않을까?

이처럼 해놓으면 독자는 대개 범인이 누구라는 것을 추리할 수가 있을 것이다.

× × ×

범인은 패트릭이며 공범자는 아내인 크리스틴이다.

패트릭은 앨리스 코리건 사건에 있어서 제일 먼저 혐의를 받은 남편인 남자이며 그때 그의 알리바이를 성립시킨 선생이라는 여자가 다름없는 현재의 처 크리스틴인 것이다.

두 사람은 알레나가 남자를 희롱시키는 요부라고 보고 남자 없이는 하루도 살수 없는 여자로 알고서 이러한 악계를 생각해냈다. 즉 패트릭은 요부의 유혹에 넘어진 남편, 크리스틴은 남편을 다른 여자에게 빼앗긴 아내로서 알레나에게 돈을 뺏고 있었으나 케네스가 처 알레나의 재산 상태의 변화를 알지 못할 때 부부는 전의 사건 때와 같이 교묘히 피차의 알리바이를 만들고 알레나를 죽이고 만 것이다.

프아로는 이 사건을 '타이밍'[31] 한 점에서 천재적이라고 한다.

그날 아침 크리스틴은 린다의 방을 찾아들어가 틈을 타서 린다의 시계를 이십 분 빠르게 해놓았다.

그 후 자기 방에 돌아와 천성적인 흰 피부에 약품을 발라 햇볕에 탄 것처럼 만든다. 그리고 약병을 창으로부터 바다에 내던진다. 그것이 미스 브루스터의 머리를 잘못하면 맞을 번 했다.[301]

열 시 반에 린다를 데리고 호텔을 나온다. 열두 시 십오 분 전(정확한 시계로서는 열한 시 이십오 분경)이 되어 린다와 헤어지고 호텔에 돌아가는 것처럼 하고 실은 비크시커브에 급히 달려가 까마득한 낭떠러지를 내려간다. 전신이 운동선생이었던 그에게 있어서 이 정도는 아무렇지도 않다. 피크닉을 할 때, 미스 브루스터가 잘 건너지 못했던 외나무다리를 남자에게도 지지 않게 쉽게 건너온 것을 보면 짐작할 수도 있다.

한편 알레나는 전날 밤 패트릭과 약속한 것처럼 지정된 시각에 비크시커브에 나간다. 그곳에서 남자가 올 것을 기다리고 있었더니 그에게 있어서는 그리 보면 좋지 못한 크리스틴이 바위 언덕을 내려온다. 보면 앞으로 귀찮을까 해서 낭떠러지 아래 있는 동굴 속에 일시 몸을 감춘다.

그 후 크리스틴은 해변 가까이 나가 모래 위에 드러누워 얼굴은 알레나 것과 똑같은 넓은 모자로 가리고 죽어 있는 모습을 한다.

그때 패트릭이 미스 브루스터와 보트를 타고 온다.

뛰어 달려온 패트릭은 넓은 모자로 가린 얼굴을 슬며시 보며 "어이 징그러워! 교살당했다"라고 말하므로 미스 브루스터는 눈앞에 보이는 햇볕에 탄 여자를 그 자리에서 알레나라고 생각했던 것이다.

그가 경찰에 급고하기 위해서 보트로 떠나자 크리스틴은 얼굴을 가린 넓은 밀짚모자를 준비하였던 가위로 잘라 처분하고(그 가위를 그 자리에 떨어트렸다는 것이 이 범죄에 있어서의 큰 실수였으나) 그다음 오던 길을 재빨리 걸어 호텔에 돌아와 목욕탕에 들어가서는 몸에 칠한 약을 씻어버린다.

---

31 원본에는 '다이밍'으로표기되었으나, 내용 전개상 '타이밍'이다.

혼자 해변에 남은 패트릭은 동굴 속에 있는 알레나를 불러내어 그 자리에서 교살…… 시체를 조금 전 처 크리스틴이 누웠던 장소에 옮겨놓고 경찰의 일행이 올 때까지 기다리고 있었던 것이다.

× × ×

이상으로 사건은 해결된 셈인데 린다가 그와 같은 유서를 남기고 자살하려고 한 것은 계모를 그전부터 미워하여왔는데 그 직후에 알레나가 무참히 살해되었으므로 이것은 자기의 저주가 이루어진 때문이라고 생각한 사춘기에 있는 소녀의 이상심리라고 설명할 수 있다.

또 그의 아버지 케네스가 남편 살해의 혐의로 고발된 여자나 알레나와 같은 여자와 가정을 이룬 것은 여자의 신상에 동정을 품고 자기의 힘으로 다소라도 행복해주겠다는 좀 보통 사람과는 다른 마음에서 우러난 일이었으나 최초의 결혼은 잘 몰라도 알레나와의 생활은 절대로 행복한 것이었다고는 할 수가 없다.

얼마 후 케네스는 어렸을 때부터의 친우 미스 단리와 또다시 결혼하게 되는데 그에게 있어서나 린다에게도 처음으로 참다운 행복이 돌아올 것이라고 생각할 수가 있다.[302]

『아리랑』 2-2호(1956.2.1)

자랑스러운 마음

펄 벅[32]

숲속에는 이미 봄이 찾아왔다. '마크'에게 기대고 있는 '수전'은 모든 것이…… 그 부근에 있는 수목이란 수목은…… 나뭇가지에서 재잘거리는 참새들이 모두 소리를 내면서 '수전'은 결혼한다'고 노래 부르는 것같이 들리었다.

'마크'는 겸손한 말투로 이야기한다.

"수전! 나하고 결혼해 주시렵니까."

'수전'은 명백하게 대답하였다.

"결혼하려고 하였습니다. 당신과 꼭 결혼하겠다고 믿고 있습니다."

그다음 긴 침묵이 계속되었다.

두 사람은 어렸을 때부터 친한 사이였다. '수전'은 인생에서 모든 것을 다 가지고 싶었다. 연애도 어린아이도 동무들도 또한 예술에 있어서의 성공도 가지고 싶었다.

그러므로 우선 결혼을 하고 싶었던 것이다. 얼마 후에 '수전'은 말했다.

"결혼을 한 다음에도 조각을 해도 좋겠지요? 물론 가정생활에 방해가 되지 않을 정도로 말이에요."

"무엇이든지 당신 마음껏 하세요. 그것은 나의 희망입니다. 당신은 이곳에서 제일가는 재원인데 나는 당신의 남편이 될 자격이 없는 것을 알고 있소."

"천만에 별 말씀을……."

---

32 펄 벅Pearl Sydenstricker Buck(1892~1973)은 미국의 여류소설가이다. 데뷔작은 첫 장편소설 『동풍·서풍』(1929)이며, 대표작으로 장편소설 『대지*The Good Earth*』(1931)가 있다. 『대지』는 그녀에게 1931년 퓰리처상과 1938년 노벨문학상 수상을 안겨준 작품이다.

'수전'은 웃으며 그의 말을 부인하고

"나는 가난한 대학교수의 딸이 아닙니까."

그리고 그에게 키스하고 서로 손목을 잡고 숲을 뛰어 내려갔다.

그다음 날 '수전'으로부터 약혼하였다는 이야기를 들은 그의 어머니는 결혼하면은 평생이 작정되는 것이므로 '수전'의 나이 20은 넘어도 조혼이라고 하였다.

아버지는 결혼 준비에 쓰라고 100불을 내놓았다.

"이것은 시를 20편쯤 살 원고료다. 사실이지 시로써는 밥을 먹을 수 없다. '수전' 너의 애인이 시인이 아니고 토지회사에 근무하고 있어서 나도 안심이 된다."

그의 아버지는 시인이라는 자신을 가지고 있으나 시로써는 살 수 없으므로[186] 이곳 대학의 교수가 되어서 대학 구내에 살고 있었다.

그는 사위가 될 '마크'가 그의 시학詩學 강의 시간에 출석치 않는 것을 탓하지 않으나 지금도 시의 원고료만은 일상 생활비로 하지 않는 결백성을 가지고 있는 것이다.

× × ×

발코니 옆에 서 있는 고목 그늘 밑에 달빛을 받으며 '수전'은 '마크'의 팔에 안기면서

"이제는 결혼식에 입을 옷도 거의 반 이상 끝이 났어요."

라고 속삭인다.

'마크'는 감개무량한 듯이 — 그러나 걱정스럽게 말한다.

"당신은 연극도 하고 노래도 부르며 그림도 그릴 줄 알고 또한 요리도 잘 만들고 또 조각도 잘하는데 나는 참으로 당신의 남편 될 자격이 없소."

그의 겸손이 도리어 '수전'에게는 마음에 들지 않았다. 자기에게 대해서 너무나 겸손을 하는 사람을 남편으로 생각하기는 싫은 것이다. 그의

그러한 마음을 없애기 위하여 다른 이야기를 하는 것이었다.

"당신의 얼굴을 조각해 볼까요? 참으로 아름답게 됩니다……."

'수전'은 그의 얼굴을 달이 떠 있는 쪽으로 돌리면서 그의 얼굴을 어루만진다.

그러는 동안 '수전'의 마음속에는 다른 새로운 충동이 일어났다.

달빛도, 또한 곁에 있는 고목도, 또한 '마크'까지도 없어지고 다만 진흙으로 어떤 형체를 만들어보고 싶어지는 것이다. 그러나 달빛 아래에 애인을 혼자 있게 하고 그의 얼굴을 흙으로 만드는 것은 아무리 생각하여도 우스운 일이다.

'수전'은 그의 얼굴을 가슴으로 끌어당겼다.

이 따뜻한 현실은 진흙보다도 훨씬 좋고 즐거운 것이라 생각이 든다.

× × ×

두 사람은 결혼식을 끝마쳤다. 지금까지 두 사람 사이를 가로막고 있던 벽은 식과 함께 사라지고 아침 서리처럼 사라진 벽 대신에 새로운 부끄러움이 생겼다.

신혼의 첫날밤을 보낼 산장으로 차를 달리려던 '마크'는 엔진 소리만 나고 차가 움직이지 않는 것을 알았다. 자동차 브레이크를 거는 것까지 잊어버[187]릴 정도로 '마크'는 어리둥절하게 되었던 것이다.

신혼여행에서 돌아온 두 사람은 어린 시절에 놀러 다니던 거리에 집을 사고 들었다.

창으로는 멀리 대학이 보인다.

'수전'의 아버지가 교수의 한 사람이며 두 사람이 함께 4년을 보낸 대학의 옥상이 푸른 나무 그늘 밑으로 보인다. 옛날부터 그리워하던 것은 모두 남아 있다. 그 앞의 길을 돌아가면 '수전'의 부모들의 집이 있다. 그 문을 열면 그곳엔 소녀시절이 남아 있다.

그러나 '수전'은 소녀시절에 미련이 없었다.

"나는 참 행복하다."

이렇게 속삭이는 말에는 열정이 들어있었다.

× × ×

출산 비용 때문에 판 조상彫像이 인연이 되어 이 지방에 피서를 하러 온 조각계의 거성인 반스에게서 공부하게 된 것은 장남, 존을 출산한 그다음 해였다.

"이와 같은 천성을 여자에게 부여한 것은 참으로 놀랄만하다"라고 감탄한 반스는 일주일에 2회씩 그를 가르쳤다.

그리고 조형미술은 사진과는 다르다. 인체 같으면 골격서부터 쌓아 올려야 한다. 금년 가을에 파리로 함께 가서 인체의 해부서부터 가르쳐주겠다는 말을 꺼냈다.

그러나 '수전'은 남편과 아이들이 있어서 파리엔 갈 수 없다고 거절하였다. 허나 반스는 재차 권고를 하는 것이다.

"당신에게는 풍부한 천성이 있습니다. 당신은 필요 없을지 모르나 그것은 버릴 수 없는 것이요, 그것을 버릴 권리는 없는 것입니다. 당신에게는 남편에게 대한 애정보다도 모성애보다도, 더 깊은, 욕망이 있을 것이요, 그 욕망을 만족시키지 않으면 행복할 수는 없을 것입니다. 여자로서도 행복해지지 못할 것입니다."

'수전'을 위해 9월 3일 자의 선표船票를 사서 주기까지 하였다.

그러나 그는 파리로 떠나지 않았다. 그는 가정생활에 변함없이 행복을 느끼고 있었다.

그해의 크리스마스에는 두 번째의 임신을 알게 되었다.

다음 해 정월에는 파리에 체류 중이던 반스에게서

"왜 그렇게 주저하십니까."[188]

라는 성을 낸 편지가 왔었으나 다만 그는 미소를 띠었을 뿐이며 그 편지를 버리고 말았다.

그날그날에 마음을 붙일 수 있는 그는 행복을 느낄 수 있게 태어난 것이다.

은사인 반스의 콜럼버스 상像에게 뉴욕시에서 5불을 증여하였다는 신문 기사를 읽었을 때와 또한 생각지도 않은 장소에 노란 장미꽃을 발견하였을 때도 같은 흥미가 솟아올랐다.

이렇게 매일에 불안을 느끼지 않은 그는 지식보다도 도리어 본능으로써 그의 현재에 만족하고 있는 생활의 평화 이상으로 깊은 평화를 느낄 수 있는 것을 알고 있다.

이 본능에서 점점 나무가 무성해지는 것 같이 그 자신이 생장하여서 창조욕이 강화되어 오는 것이다.

그는 큰일이 하고 싶었다.

반스가 귀국할 때까지 사람만한 군상群像을 만들고 싶었다.

그러기 위해서는 지금까지의 집은 좁은 것 같이 생각되었다.

거기에 큰아들은 점점 성장해 가고 7월에 낳은 계집애도 있고 해서 어떤 일이 있어도 넓은 집으로 이사를 하고 싶었다.

그러므로 거리를 남쪽으로 한 일 마일쯤 떨어지고 산기슭에 강이 보이는 오래 된 석조 집으로 가게 되었다.

그곳에 부속되어 있는 커다란 창고가 스튜디오로 사용되었다.

이곳에서 그는 앞으로 제작할 군상의 스케치를 시작했다.

남자와 여자 사이에 어린아이를 놓고 여자의 팔에 작은 애를 안고 있는 구상이다.

이 넷은 그의 세계의 단위였었다. 그리고 '민중'이라는 제목을 마음속으로 정해버렸다.

파리에 있는 반스한테서는 2년 동안에 2,3회 간단한 소식이 있었다.

최근에 온 엽서에는

"7월 5일 귀국 예정"
이라고 써서 보내 왔다.

× × ×

그는 매일 창고에서 일에 정진하고 있었다.[189]

용이하게 되지 않던 여자의 상도 제법 되어갔다. 팔에 껴안은 어린 것에서 약간 얼굴을 돌리고 있는 포즈이다. 남편이 집에 돌아오자마자 그는 곧 창고로 데리고 갔다.

남편은 한참 동안 들여다보고 난 후 물어본다.

"수전, 이 사람들은 누구요."

"누구라고 지적할 수는 없어요. 평범한 민중입니다."

"모두들 서로 얼굴을 보지 않고 있는 것은 웬일이오. 특히 여자가 어린 것을 보지 않고 있는 것은 이상하지 않소. 여자는 어린 것이나 남자 그 어떤 쪽이든 간에 바라보고 있는 것이 좋지 않소."

"글쎄? 나는 그 포즈를 만들기까지 무척 고생을 하였는데요."

"저 여자의 눈이 마음에 걸리는군. 가끔 내가 이야기할 때 당신이 저런 눈을 하는 때가 있었는데."

그러나 그해 여름 이 군상을 본 반스는 역시 사진과 같다고 하면서도 여자의 포즈만을 칭찬하였다.

그리고 어떤 병원의 입구를 장식하기 위하여 이러한 군상을 현상으로 모집하고 있다는 그곳으로 보냈다.

그리고 그를 뉴욕에 있는 어떤 해부 연구실로 다니게 하고 근육과 골격의 비밀을 알게 직접 해부의 메스를 들게 하였다.

× × ×

여름이 지나 가을이 시작되면서부터 반스는 또 그에게 파리로 가자고 권했다. 그러나 그는 다음과 같이 대답하[190]였다.

"모든 것을 내가 가지고 싶어 하는 것을 당신은 이해해 주십시오. 결혼을 하고도 어린아이를 출산하지 않으면 나의 생명의 일부분은 죽어버리는 것입니다. 남은 다른 일부분으로만 어떻게 훌륭한 일을 할 수가 있을까요?"

"감옥이 어떤 곳인지를 알기 위해서 일평생을 그곳에서 보낼 필요가 없지 않습니까. 그것을 생각하기에는 이틀 밤이면 되지 않습니까?"

그러나 '수전'은 그 말에 모른 체하고 말았다.

자기 남편에게도 말하여 모르는 점이 있는 것처럼 반스에게도 말로써는 모르는 점이 있는 것이다.

두 사람이 모두 자기를 이해하는 점은 단 일면뿐인 것이다.

그러나 반스는 다시 권한다.

"…… 파리로 가지 않으면 예술은 이해할 수 없다.

인간은 이기적인 존재이므로 남편도 아이들도 떨어져서 자기 혼자가 될 때가 필연코 올 것이다. 인생은 전부를 가질만한 시간도 없으며 한 가지는 버려야 하고 하나만 택하여야 한다"라고 역설하고 "모든 것을 다 가지려는 것은 도리어 불가능을 초래하는 것이다"라고 말한다. 그래도 그는 승낙하지 않으므로 "언제든지 파리에서 만날 날이 있을 것"이라는 말을 남기고 반스는 떠나버리고 말았다.[191]

× × ×

그 후 '수전'은 아직까지는 젊다. 얼마든지 기회는 있으며 급히 굴 필요는 없다고 생각하였다. 얼마 후에 남편이 돌아왔다.

그러나 피곤한 모양이다. 그는 걱정이 되었다.

그 이튿날 아침에 전보가 왔다.

'민중'이라고 한 군상이 당선되었다고 반스에게서 통지가 왔다. 그것 때문에 의논할 것이 있어서 출발을 연기하였으니 곧 오라는 것이다.

어딘지 모르게 괴로워하는 남편이 마음에 걸려 뉴욕으로 가지 못하고 있는 것을 남편은 억지로 정거장까지 전송을 해주었다.

그곳에서 즐거운 반나절을 지내고 돌아와 보니 남편의 병은 더 심해지고 있었다. 우물 물에 균이 있었기 때문에 '티푸스'가 되었다고 의사는 말했다.

오래된 집의 우물을 검사도 받지 않고 사용한 것이 원인이 된 모양이다.

자기의 창조욕을 위하여 그 집으로 이사를 하지 않았던들 남편의 병도 나지 않았을 텐데…… 하고 가책을 느끼며 입원한 남편을 성심껏 간호하였으나 그는 돌연 세상을 떠나버리고 말았다.

× × ×

그다음 해의 여름 녹음이 우거질 때 '수전'은 '마크'와 처음으로 사랑을 속삭이던 숲으로 갔다.

그리고 저녁때 발길을 돌리니 생각지도 않은 신혼 당시에 살던 집 앞으로 나왔다.

오랫동안 비어 있었음인지 정원에 잡초는 무성하고 더욱 작게 보인다.

그때는 어떻게 이런 작은 집에서 살았을까? 그러나 그때는 만족을 느끼고 살았는데…… 하고 생각하는 순간 이 거리도, 아는 사람들도, 이곳에서 지낸 세월도, 남편의 기억도, 모든 것이 이[192] 조금만한 집에 흡수되어가는 것 같이 생각이 들었다.

모든 것은 과거로 돌아가고 그와 두 아이들만이 장래를 향하여 남아 있다.

그 장래로 들어갈 수밖에 길은 없었다. 그는 파리로 갈 결심을 하였다.

× × ×

아이들은 두고 떠나라는 부모들의 의견도 듣지 않고 그는 애들과 식모를 데리고 대서양을 건너갔다.

남편의 보험금 중에서 반액과 '군상'의 상금을 합치니 일 년은 파리에서 살 수가 있었다.

그동안에 다음부터 지낼 수 있는 수입을 만들어 놓는 것이 그의 희망이었다.

자기를 위하여 또한 예술을 위해서가 아니라 내 자식들을 기르기 위하여 일하지 않으면 안 된다고 생각했다.

그를 파리에서 맞이한 반스는 지금까지는 당신을 여자로서 대우해왔으나 이제부터는 일개 여자로서가 아니라 한 사람의 조각가로서 생각하겠다고 하며 어떤 어려운 공부에도 굽히지 말라고 격려해 주었다.

제법 살만한 집을 빌린 '수전'은 소지금의 전부를 식모에게 맡기고 나머지가 일 개월 분의 비용밖에 되지 않았을 때 알려 달라고 하고 모든 것을 잊어버리고 남성들과 다름없이 공부하기 시작하였다.

반스의 소개로 다니게 된 불란서인 선생은 이런 말도 하였다.

"…… 예술가는 공부를 해서 되는 것이 아니다. 나면서부터 예술가는 예술가인 것이다."

× × ×

반스가 미국으로 돌아간 후 그의 친우이며 모던 아트의 조각을 하는 젊은 부호인 킨네아드라는 사람이 왔다.

여자라는 것을 잊어버리고 있던 그의 생활에 한 줄기 바람과도 같이 그는 날아 들어와서 그 정서적인 일면을 붙잡게 되었다.

두 사람은 결혼을 하고 미국으로 돌아갔다.

애정에 도취되어 그는 다시 대서양을 건너갔다.

어느 순간이고 생명에 넘쳐흐르지 않는 순간이 없었다.

새로운 빛나는 생명이었다.[193]

그는 명랑하게 웃고만 있었다.

바다는 청백색으로 뛰논다.

아이들도 행복하였으나 그는 잊어버릴 때가 많았다.

어느 날 밤 남편의 가슴에 기대어 뱃머리에 선 그는 말했다.

"태양과 달 그리고 푸른 바다, 모두 다 당신이 준비한 것 같군요."

그는 이 순간을, 두 사람이 달빛과 푸른 바다와의 결부된 모습같이 명확하게 기억에 남겼다.

× × ×

뉴욕의 하늘 높이 뻗어 있는 마천루를 보았을 때 이와 같은 행복이 육상에까지 계속할 것인가 하고 생각해본다.

그러나 더한층 호화스러운 생활이 지상에서도 전개되어 그는 사랑에 도취되었다.

그러나 어느 날 그는 물어보았다.

"나는 부모를 만나러 가야 하겠는데 왜 가지 못할까요. 그렇게도 사랑하고 있는 부모인데."

"당신은 부모를 만나고 싶은 것이 아니라 만나보아야만 한다는 것뿐이오. 자식은 부모를 싫어하는 것이 자연이니깐."

"그렇지는 않겠지요?"

"그렇다면 당신이 가지 않는 것은 무슨 때문이오? 나는 아버지와 별거하여도 만족하게 생각하고 있고 또 당신의 아이들은 당신하고 떨어져도 행복하게 있는 것은 웬일이오?"

이렇게 말하는 그의 얼굴은 완강하였다. 준엄하고 인정미가 없었다.

"당신은 참 인정이 없군요?"

"비인정하지 않고서는 아무것도 가질 수가 없소, 우리들 현대인이 가지고 있는 가장 좋은 것은 비인정하다는 그것뿐이오."

"왜 그러할까요?"

"미美에 대한 준엄한 애정이 그렇게 만드는 것이며 순수한 미일수록 비인정합니다."

그에게는 전혀 부드러운 점이라고는 하나도[194] 없었다.

애정의 절정에 이르러서도 그러하였다.

어떤 생애를 과거에 가졌으면 이렇게 되는 것일까?

'수전'은 알고 싶지도 않았다.

그도 또한 '수전'의 과거를 물어보지도 않았으며 이야기하지 않았다.

결국은 그것이 좋을지도 모른다.

지금까지 단순하고 통일돼 있었던 그의 생애는 모두가 빛나는 단편으로 되고 말았다.

어느 날 찾아온 반스는 그를 수상하다는 듯이 보고 있었다.

"웬일이세요?"

"당신은 죄악이라고 생각하지 않소?"

"죄악이라니요?"

"확실히 죄악이요, 당신의 생명은 차차 지나가는데 아무것도 하지 않는다는 것은 죄악이요."

"저는 이 생활에 만족하고 있어요."

"이것을 생활이라고 하시오? 그렇다면 아직 이야기하는 것은 무익한 일이오."

나중에 그는 남편에게 말했다.

"반스 씨는 옹색한 상자 속에서 살고 있는 모양이에요, 예술 때문에 생활을 죽인 것 같아요. 제일은 생활이고 그 후 예술이 오는 것이 아닐까요?"

× × ×

크리스마스에 '수전'은 부모의 집을 찾아갔다.

옛날과는 달리 집은 적막하였고 부모들은 서로 말도 잘 안 하고 딸에게도 깊이 물어보지 않는다. 그러나 안식은 있었다. 그것이 그는 기뻤다.

좋은 곡을 피아노로 치라고 한다. 그 후에 아버지인 노교수는 갑자기 말을 한다.

"나는 인생의 길을 어디선지 잘못 들었다. 본도本道라고 믿고 온 것이 막혀버려서 다른 데로 나갈 수 없었다. 구하고 있던 것을 최후까지 찾지 못하면 모든 것은 공허한 것이다."

그때의 아버지 눈에 나타난 공포는 그의 영혼을 각성시키는 광명이었다.

남편을 사랑하기 때문에 자기 자신을 잃어버리고 있었던 사실을 그리고 반스가 죄악이라고 한 말의 의[195]를 자각할 수 있었다.

손은 떨리고 눈은 어두워지고 노년은 온다.

세월을 따라서 창조의 길로 공부하자, 온 몸에 확신이 또다시 넘쳐흘렀다. 이 확신을 가지고 뉴욕에 돌아온 '수전'은 호화스러운 자기 집의 스튜디오는 사용하지 않고 다른 곳에 넓은 장소를 빌려서 큰 대리석을 쌓게 했다.

아메리카를 쌓은 민족적 요소를 돌에 나타내어서 그 후에 유명해진 〈아메리카의 행진〉이라고 제한 군상은 그때에 생긴 것이다.

그 당시의 군상 중의 하나로 〈춤추는 러시아인〉이라고 불리는 것은 그 무렵 뉴욕 전시를 열광시킨 러시아의 무희舞姬인 '소니아 프로와로프'의 댄스에 나타난 경쾌하고도 빠른 선을 그린 것이었다.

그 소니아와 남편이 어떤 관계에 있다는 것을 안 것은 그때이다.

아침 식사를 할 때 그는 남편에게 물었다.

"당신은 소니아를 사랑하고 계시지요?"

이 솔직한 질문은 근대인인 남편을 몹시 놀라게 했다.

그는 성을 내고 있는 것이 아니라 단순하게 사실을 알려고 하고 있다.

그리고 소니아와의 관계가 어떠하다 하더라도 명백히 설명해주기 전에는 나를 찾지 말라고 남편에게 말했다.

그해 11월 '수전'의 작품 전람회가 개최되고 있었을 때 '부친 위독'이라는 전보를 회장에서 받은 그는 그곳에서 바로 고향으로 달려갔으나 임종은 보지 못했다.

그러나 그는 비통한 감을 느끼면서도 죽은 아버지한테서 생명을 만들어 낼 것을 생각하고 자기 스스로 위안하였다.

아버지의 기억을 대리석에다 살리려는 것이다.

아버지의 관棺 위에 떨어지는 흙 소리를 들으면서 그의 마음의 눈은 그 완성한 모습을 보았다.

그것을 완성시키기 위해서 그는 큰 돌집 속으로 들어갔다.

이제는 뉴욕으로 돌아가지 않았다. 찾아온 남편하고는 헤어질 것을 상의했다.

돌아갈 적에 남편은 다음과 같은 말을 남기고 갔다.

"영원히 변하지 않는 것은 없으니 당신도 슬픔을 알 때도 있을 것이오."

그러나 그에게는 모든 것이 변하지 않고 존재하는 것이다.

모든 경험이 그의 소유로서 남아 있다. 때에 따라서 슬플 때도 있을 것이다. 허나, 슬픈 밤은 있어도 밤이 밝고 아침이 오면 그에게는 할 일이 있었다.

그러면 슬픔은 없다. 슬픔은 잊어버리게 될 것이요.

『女苑』 2-2호(1956.2.1)

이별

윌러 캐더[33]

제1부

1

'플래트' 강변에 있는 '해버퍼드'의 거리에서는 아직도 사람들은 '루시 게이하트'의 이야기를 하고 있다. 그렇다고 하여 언제나 하고 있는 것은 아니다. — 즉 생활의 흐름은 끝 일 줄을 모르며 우리들은 언제나 현재 속에 살고 있기 때문이다.

그러나 한번 그 여자의 이름을 입에 담으면 사람들의 얼굴과 말소리에는 웬일인지 부드러운 즐거움이 가득 차고, "그래 당신도 잘 알고 계시군요?"라고 하는 듯한 표정을 나타내 보이는 것이다.

여러 사람들의 눈 속에는 지금도 언제나 가만히 있지 않았던 그 여자의 모습이 남아 있다.

춤을 추든가 스케이트를 타고 있든가 그렇지 않으면 자기의 집에 돌아가는 작은 새와 같이 어떤 한 점을 바라보면서 재빠른 발걸음으로 걸어가는 그 여자의 모습이.

눈이 몹시 내리는 날에는 옛날 일을 잘 알고 있는 사람들은 창에서 밖을 내다보며 목[3]도리에 뺨을 대고 뒤를 바라보는 법도 없이 마치 바람과 보조를 마치고 있는 것과 같이 온몸을 바람에 맡기고 눈바람 속을 잘 뛰

33 윌러 캐더Willa Cather(1873~1947)는 미국의 시인, 소설가이다. 미국의 소설가이다. 시집 『4월의 여명』(1903), 『단편집』(1905)을 발간하여 주목을 끌었으며, 『오, 개척자여!』로 일류 여성 작가로 인정받았다. 그 후 『종달새의 노래』(1915), 『교수의 집』(1925), 『대사교의 죽음』(1927), 『바위 위의 그늘』(1931) 등을 발표함으로써 20세기의 중요한 작가가 되었다.

어다니었던 '루시'의 모습을 생각해보는 것이다. 거기에 무더운 여름에는 역시 똑같이 재빠른 발걸음으로 가로수 그늘 아래의 긴 길을 걸어가며 그늘도 하나도 없는 작은 공원을 지나가는 것이다. 8월의 백주에 태양이 숨막힐 것같이 번쩍이며 내려쬐이고 말은 힘이 들어 목을 굽히고 노동자들은 '좀 천천히 일을 하자'고 한시름을 잊고 쉬고 있을 때에도 그 여자는 천천히 갈려고 하지 않았다. "추우면 나는 더 힘이나요"라고 그는 간혹 말하였던 것인데, 그 반대로 더워도 역시 그와 같은 효과를 준 것과 같았다.

'게이하트'의 일가는 '해버퍼드'의 서쪽 큰 거리에서 반 마일쯤 떨어진 곳에서 살고 있었다. 사람들은 "좀 '게이하트' 씨네 집에 다녀온다"라고 말하였으며 여름철에는 그곳까지 간다는 것이 좀 먼 길이라고 그들은 생각하고 있었다. 그러나 '루시'는 하루에 몇 번식 그곳을 왕래하며 거기에 어떻게 보아도 억누를 수 없는 쾌활성의 표현이라고 생각할 수밖에 도리가 없는 그 독특한 발걸음으로 척척 걸어가는 것이었다.

뜰에서 일을 하던 늙은 할머니들이 먼 곳에서 그의 모습을 바라보는 때이면 — 그것은[4] 초여름의 산들산들 흔들리는 나무 그늘을 지나가는 흰 모습에 지나지 않았으나 — 그 걸음걸이에 '루시'라는 것을 언제나 손쉽게 알아차릴 수 있었다. 담이나 라일락이 우거진 숲이나 희미한 녹색의 포도넝쿨 아래 그리고 여러 갈래로 심어 있는 황수선 옆을 그가 지나갈 때 모든 것에 그가 즐거움을 느끼고 있다는 것을 알게 되었다 — 그 여자 자신의 여름 옷차림에도 주위의 공기에도 태양에게도 그리고 꽃 피고 있는 세계에게도 그의 성질 속에는 그 걸음걸이와 어딘지 비슷한 서로 통하고 있는 것이 웬일인지 즉시 주저할 것 없이 달려오는 즐거움과 꼭 같은 것이 있었으며 또 그 금갈색의 눈동자 속에는 그것과 같은 것이 있었다. 그것이 상냥스러운 갈색의 눈이 아니고 코로라도석(우리들은 호안석虎眼石이라고 부른다)과 같이 금빛의 환한 빛을 비쳐주는 눈이었다.

피부는 좀 까마쭉쭉했으나 입술과 볼은 진홍색과 작약을 닮은 붉은 — 깊은 비로드와 같이 붉었다. 그의 입모습은 마치 불타오르는 것과 같은 충동적인 것이었으므로 한번 그의 입에 오르기만 하면 모든 감정이의 그림자가 모습을 변하고 마는 것이었다.

'루시'의 사진은 그의 옛날 친구들에게는 아무에게도 가지지 못했다. 그들이 사랑한 것은 그의 즐거운 양기 있는 성격과 기품이었다.[5]

생명이 그 육체의 어느 곳에서든지 지금이라도 넘쳐 흘러나오는 것과 같은 느낌을 주었다. 그의 그 젊고 아름다움이 갖는 불가사의한 빛을 지니고 있었다.

해가 떠오른 처음 몇 시간에는 화원도 그러한 빛을 가지고 있는 것이다.

'루시'가 음악 공부를 하기 위해 '시카고'에 떠났을 때 '해버퍼드'의 거리에 남아 있는 우리들은 웬일인지 적적하였다. 그 당시 '루시'는 18세이며 음악에는 어떤 천재성을 가지고 있었으나 너무도 쾌활했던 그는 자기의 재능 같은데 진심으로 생각해본 일이 없었다.

'출세'라는 것은 꿈에도 생각하지 않았다. 음악은 생의 즐거움을 나타내는 자연의 형식이며 고향에 돌아오면 아버지를 돕기 위하여 돈을 버는 한 수단에 불과하다고 그 여자는 생각하고 있었다.

부친 '제이콥 게이하트'는 거리의 밴드(악대)를 인솔하고 있었으며 시계를 수리하는 일터 뒤에서 '클라리넷'와 '플루트' 또는 '바이올린' 같은 것의 교수를 했다. '루시'는 여학교 2년급이 되었을 때부터 초보의 사람들에게 '피아노'를 가르쳤다. 어린애들은 그가 자기들을 어린애 취급을 하지 않았으므로 '루시'가 참으로 좋았다. 그들은 어떻게 하든지 그를 즐겁게 하기 위하여 노력하고 더욱이 남[6]자애들은 더욱 그러한 생각이 많았다.

'제이콥 게이하트'는 시계 수선으로서는 제법 훌륭한 솜씨를 가지고 있었으나 장사에는 빠르지 못했다. '일리노이'주 '벨빌'의 독일 식민지에서 바바리아인을 양친으로 태어난[34] 그는 아버지 아래서 장사하는 법을 배웠다. 그는 젊은 시절에 '해버퍼드'에 이사를 하고 아메리카의 부인과 결

34 문맥상 의미는 '바바리아인'인 양친 밑에서 태어난 이다.

혼을 했다. 이 부인은 시집올 때에 반 섹션 가량 되는 훌륭한 토질의 밭을 가지고 왔다. 그는 부인과 사별한 후 이 농장을 담보로 해가지고 또 하나의 밭을 샀으나 허나 지금엔 그 모두가 저당에 들어가 있었다. 이런 일에 누이인 '폴린'은 걱정하고 있었으나 당자인 '게이하트' 씨는 별로 아무 생각이 없었다. 그는 이자의 지불에 대해서보다도 밴드의 소년들을 훈련해 주는 것에 더욱 애썼다. 그는 말할 것도 없이 마을에 있어서 좀 색다른 이단자이며 거리의 사람들은 그에 관해서 여러 가지로 놀려 댔으나 또 한편 자기들의 마을의 밴드에 우쭐했었다. '게이하트' 씨는 독일의 엉터리 시인의 낡은 은판 사진과 같은 풍채를 하고 있었다. 입술엔 수염과 턱 아래는 털을 기르고 이마 위에는 검은 머리털이 아름답게 흩어져 있었다. 그의 영리하게 보이는 눈은 '아니 이렇게 유쾌한 세상에서 무엇을 그렇게 걱정하는가?'라는 듯이 말하는 것 같았다.[7]

그는 매일의 생활을 처음부터 끝까지 즐기는 법을 알고 있었다. 아침 일찍이 일어나면 한 시간 정도 꽃밭에서 일을 하고 그다음 목욕탕에서 몸을 씻고 옷을 입는 것이었는데 마치 이제부터 그 누구를 방문이라도 하는 듯이 와이셔츠와 넥타이를 공을 들여 선택하는 것이다.

아침밥을 먹은 후에는 고급 궐련(시가)을 입에 물고 거리에 나가는데 담배의 향기를 단 한 순간이라도 놓치지 않으려고 애를 쓰는 버릇이 있었다.

집을 나오기 전에는 저고리에 꽃을 다는 법을 대개 잊지 않았다. '제이콥 게이하트'처럼 건강과 단순한 쾌락과 푸른빛이 들어간 금색빛 밴드의 제복 등으로 큰 만족감을 가지고 있는 인간은 없었다. 아마도 그는 '해버퍼드'에서 가장 행복한 인간이었을 것이다.

2

때는 1901년의 크리스마스 휴가가 끝날 무렵이며 '루시'가 '시카고'에 가게 된 후부터 세 번째의 겨울이었다.

크리스마스 휴가의 1주일간은 계속해서 좋은 절호의 스케이트 일기가 되었다. 그[8]는 싫증이날 정도로 스케이트를 탔다.

마지막 휴가의 날 오후부터 주말이면[35] 짐을 꾸려야만 되지만 그는 '해버퍼드'의 젊은 사람들의 한패와 함께 교외에 나가 '덕 아일랜드'의 북쪽에 있는 가늘고 긴 얼음판 위에서 스케이팅을 했다. 이 섬은 길이가 반 마일쯤 되며 강을 두 갈래로 분할하고[36] 있다라고 하기보다도 한 갈래의 긴 강을 본류에서 절단시키고 있었다.

'플래트'강의 본류는 이 섬의 남단을 흐르고 있으며 그것이 동결되는 일은 그리 없었으나 섬과 북단의[37] 사이를 흐르고 있는 얕은 이 강은 두껍게 얼고 거기에 얼음의 표면이 참으로 곱게 되어 있었다.

이것은 아직 관개灌漑가 되기 전의 이야기이며 홍수가 날 때에는 그것은 무서운 강으로 변했다. 봄이 되서 해빙이 될 무렵에는 양안의 연한 밭의 흙을 씻고 새로운 수류가 되어 하상河床을 영영 변모시키는 수도 있었다.

이 12월도 마지막인 어느 날의 오후 4시였는데 댕댕 방울 소리를 내면서 수우水牛의 모피 복으로 온 몸을 싼 남자를 태우고 한 마리의 좋은 말에 끌린 한 대의 경쾌한 눈썰매가 마을 쪽에서 길을 이곳에 향하여 급속도로 달려왔다. 그리고 벤손 씨의 옆을 돌아서자 스케이트장에 들어왔다.[9]

키가 큰 한 청년이 차에서 뛰어 내리고 이미 수대가 와 있는 눈썰매를 둔 곳에 말을 매달자 스케이트화를 한쪽 손에 들고 하안으로 온다. 그는 그 신을 신고 얼음 위를 달리고 있는 일단의 사람들을 잠시 바라보고 있었다. 그 사람들 중에서 그가 찾고 있는 사람을 찾아낸다는 것은 그리 어려운 일이 아니었다. 제일 잘하는 여섯 명만이 다른 사람들을 뒤에 남겨두고 섬의 일단을 향하여 바람처럼 달리고 있었다. 더욱 그중의 두 사람이 선두에 서서 달리고 있는데 그것이 짐 하드윅과 '루시 게이하트'이었다.

갈색빛과 다람쥐 빛을 혼합한 재킷과 털모자 그 자신만만한 스케이팅

---

35 원본에는 '중말이면'으로 오기되었다.
36 원본에는 '분활하고'로 오기되었다.
37 원본에는 '북안의'로 표기되었다.

으로 그의 눈에는 그것이 '루시'라는 것을 손쉽게 알 수 있었다.

긴 진홍빛 스카프의 양단이 바람에 날리어 두 장의 화사한 날개처럼 '루시'의 등을 살살 치고 있었다.

'해리 고든'은 그 여자의 뒤를 따르려고 열심히 얼음을 차고 나갔다. 그도 역시 스케이트의 명수이다. 중량이 권투선수와도 같이 느껴지는 몸집이 큰 사나이이며 발도 복서와 같이 가벼웠다. 그런데도 불구하고 네 사람의 일단을 지내고 짐 하드윅의 선까지 쭉 나왔을 때에는 아무리 그라해도 숨이 가쁜 것을 느끼었다.[10]

짐 군. 그는 소리쳤다.

"해가 지기 전에 '루시'와 한 바퀴만 돌게 해주지 않겠나?"

"좋고 말고 해리 나는 단지 자네를 위해서 그의 호위를 하고 있지 않은가."

그 청년은 뒤에 떨어졌다. '해버퍼드'의 청년들은 이러한 때에 별로 기분도 상하지 않고 '해리 고든'을 위해 손을 빼는 것이었다. 그는 이 거리의 부잣집 청년이었으나 교만한 점도 건방진 점도 없으며 오히려 '좋은 남자'로서 평판이 높았다. 장사에 있어서는 다소 무정한 때도 있었으나 야구팀이나 밴드에 대해서는 큰마음을 나타내고 있으며 '공공심이 풍부한 남자'로서 사람들에게 인심을 잃고 있지 않았다.

"그러나 해리 씨 당신은 오시지 않겠다고 하시지 않았어요?" '루시'는 그의 팔목을 잡으며 말했다.

"오지 못할 줄만 알았어요. 허나 여하간 오게 되지 않았습니까. 중역회의가 끝나고 여기까지 오느라고 플리커가 좀 땀을 흘렸지요. 이제부터가 오후에는 제일 좋은 때입니다. 자 함께 갑시다." 두 사람은 손을 잡고 투스텝의 타임으로 똑바로 달리고 있었다.[11]

저녁놀은 남쪽에 얕게[38] 가라앉아가고 있었다. 바라다보이는 전 시야의 눈에 덮인 평탄한 토지가 장미색의 빛으로 빛나기 시작하자마자 얼마

38 원본에는 '얕이'로 표기되어 있음.

후 그것이 등색에서 붉은 불꽃빛으로 깊어가는 것이었다.

섬에 심어 있는 버드나무의 검은 나뭇가지들이 울안에 있는 개나리처럼 무성하고 절이 많고 꾸불꾸불한 성장이 느린 것은 마치 그 나무들을 연상시키려고[39] 하는 것처럼 생각되는 치열한 사양을 받아서 청동과 같은 빛을 내고 있다.

태양이 기울러 가면서부터 몹시 바람이 불기 시작했다. 두 사람은 다른 사람들을 멀리 뒤에 남겨둔 채 달려왔다.

"이젠 돌아 안 가요?" 얼마 후 '루시'는 힘이 들어서 이렇게 물었다.

"아니 좀 더…… 나는 저쪽 바람이 불지 않는 두 갈래로 갈라진 곳까지 가보겠어. 주머니에 스카치 위스키를 가지고 왔으니깐 그것을 먹으면 몸이 좀 따뜻해질 거야."

"아 참 좋아라. 그러나 나는 좀 피곤해졌어요. 벌써 오랜 시간 이곳에 와 있으니깐."

섬의 일단은 물고기의 뒤꼬리처럼 두 쪽으로 분기되어 있었다. 두 사람이 그 한쪽의 초단을 빙그르 돌았을 때 '해리'는 그 여자를 꾹 껴안은 듯이 땅 위에 올려놓았[12]다. 그들은 하얀 백양나무를 자른 통나무에 걸터앉았는데 그곳에서는 검은 버드나무의 가지들이 그들을 위해 바람을 막아주었다. 서로 합쳐진 작은 가지가 백열전선과 같이 새빨간 빛을 내고 그 아래의 눈은 장미빛을 하고 있다. '해리'는 마개 위에 덮여 있는 금속성의 컵을 빼서 '루시'에게 위스키를 따라주었다.

그리고 자기는 그대로 병째 마셔버렸다. 붉고 둥근 석양이 중량 선수와도 같이 가라앉아 가고 있었다. 그것이 지평선에 접촉되자 광막한 평원 위에 선형扇形의 원형을 그리고 적赤과 금색의 광선이 확대되어 갔다. 두 사람은 자기들의 얼굴이 갑자기 환하게 비치게 되었으므로 서로 얼굴을 마주 쳐다보며 웃었다. 곧 빛은 꺼졌다. 동결된 강과 눈의 가면을 쓴 대초

---

39 원본에는 '염상시킬려고'로 표기되었다.

원(프레리)은 청록색으로 흐린 하늘 아래 초록색으로 변했다. 어느 곳을 바라보아도 초록색과 회색을 바른 담담한 평원과 얕은 언덕을 제외하면 아주 하나도 보이지 않았다. '루시'는 깊게 한숨을 쉬었다.

'고든'은 통나무에서 그를 끌어 일으키고 그다음 두 사람은 바람을 배후에 받으며 귀도에 올랐다. 강 위는 조용하고 푸른빛이 섞인 회색의 얼음이 쓸쓸하게 널려져[40] 있다. 스케이트를 하던 사람들은 이미 모두 돌아가고 말았다.

'해리'는 '루시'의 스케이팅을 하는 것을 보고 그가 피로해진 것을 알 수 있었[13]다. 그는 '해리'가 이곳에 오기 훨씬 전부터 와 있었으며 또 그와 함께 타기 위하여 특별한 노력을 했다. 그렇게 생각하니깐 '해리'는 그에게 미안하기도 하고 또 즐겁기도 했다. 그는 썰매를 둔 곳에서 좀 떨어진 지점인 땅에 그를 올려놓고 무릎을 꿇고 그의 스케이트화를 벗겨주었다. 그리고 자기의 신도 바꿔 신은 다음 '루시'의 몸을 덜렁 끼어들고[41] 발자국이 많이 있는 눈을 넘어 그의 소형의 썰매마차까지 데리고 왔다. 그 여자의 몸을 수우의 모피 복으로 감아 주었을 때 여자는 '해리'에게 고맙다는 인사를 했다.

"바람 때문인가 봐요. 나 참 잠이 와서 죽겠어요. 오늘 밤엔 도저히 짐을 꾸릴 수 없는데요. 내일도 있으니깐. 그리고 오늘 스케이트 참으로 즐거웠어요."

돌아오는 길에 '고든'은 자기는 아무 말도 하지 않고 썰매의 방울소리에 이야기할 것을 맡겼다.(이것은 음악적인 방울이며 '루시'를 즐겁게 하기 위하여 산 것이다) 그는 침묵을 지킬 때를 잘 알고 있었다.

'루시'는 몸이 따뜻해지니깐 참으로 기분이 좋아지고 웬일인지 잠이 올 것만 같았다. 그들의 썰매는 그림자와 침묵 속에 가라앉아가는 조용한 흰 나라 위에 남겨진 참으로 작은 움직이는 한 점에 불과했다. '루시'는 돌연

40 원본에는 '넓혀져'로 표기되었다.
41 문맥상 의미는 '껴안고'이다.

갑자기 놀라고 콱 쌓여 있[14]는 모피 아래서 몸을 움직였다. 저물어가는 저녁 하늘에 최초의 별이 반짝이는 것을 그는 보았다. 그리고 갑자기 자신에게 돌아온 것이다.

그 은빛의 일점은 어떠한 신호처럼 그에게 말을 걸며 지금 여기에 있는 것과는 다른 생활과 감정을 그의 가슴에 가르쳐주었다. 그것은 압도적인 힘을 가지고 달려들었다. '루시'의 생각은 오로지 한길 그 별에만 달려가 있었다. 그리고 별은 그것에 응하고 그 두 가지의 사이에 인식이 생겼다. 그렇게 되고 보니 아무도 모르는 황야에 있어서 역시 그 누군가 알고 있었다. 그 누군가 지금까지 쭉 알고 있었다! 영원히 그러할 것이다! 멀리 인간의 머리 위에 높이 존재하고 있는 것이 불러주는 그 즐거움이야말로 하나의 영원적인 것이며 단지 그의 무지와 그의 어리석은 마음에만 일어난 어떠한 것은 아니었다.

이러한 이해의 빛은 한순간밖에 지속되지 않았다. 그다음부터 모든 것이 또다시 혼돈해지고 말았다. '루시'는 눈을 감고 '해리'의 어깨에 기대면서 지금 자기가 잡으려고 했다가 저렇게도 멀리 달려가 버린 것에서 벗어나려고 했다. 그것은 너무도 반짝이며 너무도 예민한 것이었다.

그것은 사람을 상하게 하고 자기는 작은 갈 길을 잃고 헤매는 자에 지나지 않는다는[15] 자각을 가르쳐줄 뿐이었다.

3

그다음 날 밤 그것은 일요일의 밤이었는데 휴가로 돌아와 있었던 모든 청년 남녀가 각자의 학교에 돌아갈 때였다.

그중 대부분은 '링컨'에서 내리기로 되어 있으므로 '시카고'까지 그대로 가는 것은 '루시' 하나뿐이다. 서부에서 오는 기차는 7시 반에 '해버퍼드'를 출발하게 되었으므로 7시경까지는 거리의 남단에 있는 정거장을 향해 사방에서 썰매와 사륜마차가 몰려들었다.

플랫폼은 얼마 후 웬일인지 떠들썩해지고 젊은 사람들이 가득 찼다. 그들은 자기들의 고향의 거리에는 잠시라도 더 머물러 있을 수 없다는 듯이 선로를 내다보고 자기들의 시계를 들여다보고 있었다. 얼마 후 두 마리의 말에 끌린 마차 한 대가 질주해 와서 선로 직전에서 정지했다. 그러자 일단의 사람들이 갑작스럽게 떠들어대며 그 마차를 맞이하기 위해 달려가면서 말했다.

"왔고만…… 페어리 씨가!"[16]

"페어리 블레어!"

"야 페어리 씨!"

어여쁜 녹색 티롤 모자를 쓰고 노란 머리와 연하고 고운 육체를 한 작은 고양이같이 산뜻한 여자가 마차에서 내렸다. 그 여자는 회색 모피 외투를 벗고 높이 공중에 던져서 남자들이 받게 하고 여행복에…… 그것은 검은 비로드 재킷과 비색 조끼와 그 무렵의 유행으로서는 좀 짧은 정도의 스카프로 치장한 것인데…… 몸을 차리고[42] 홈에 달려갔다. 그때 마침 한 역원이 나와서 기차가 한 20분 가까이 연착할 것이라는 것을 알렸다. 그러자 떠들썩하는 소리가 군중 속에서 일어났다.

"아이 참 무슨 일이야."

"대체 우리들은 어떻게 하면 된담."

푸른 빛 모자가 어깨를 흔들며 웃어 댔다.

"아무 말 마세요. 군소리 말고 마을을 깨우러 나갔다 옵시다."

그 여자는 두 남자의 팔을 잡고 아무렇게나 외투를 입고 두 사이에 끼어 좌우로 몸짓을 해가면서 마치 두 개의 나무를 흔드는 것처럼 그 청년들을 밀면서 또는 발바닥을 끄는 것과 같은 스텝을 밟으며 조용해진 거리를 향하여 나갔다.[17]

이 여자는 귀엽고 특징이 없는 작은 얼굴을 하고 있었으나 그 눈은 참으로 반짝거리고 있었으며 앞만 뚜렷하게 내다보는 눈초리였으므로 아

---

42 문맥상 의미는 '몸을 단장하고'이다.

마 술이라도 마시지 않았는가 생각되었다.

그의 신선한 작은 입술은 절대로 보기 싫지는 않았으나 어딘지 장난꾸러기처럼 보였다. 그는 청년들을 암만 빨리 몰아쳐도 아직 모자란 것과 같이 생각하는 모습이었다. 돌연 그는 돌팔매로 맞은 것처럼 두 사람 사이에서 뛰쳐나가 큰 거리를 뛰기 시작했다. 그러자 청년들은 뒤를 이어 따라갔다. 모두가 다소 정신이상이 된 것처럼 느껴졌으나 그중에서도 그 여자가 가장 미치광이 같았으므로 여자가 선두에서 먼저 뛰고 그들이 그것에 따라 뛰고 있는 것이다. 일동은 거리의 버스를 지내보내기 위해 길목에 섰다.

버스는 인취선引取線까지 백했다.[43] '게이하트' 씨가 먼저 내리고 나서 두 딸들에게 일일이 손을 빌렸다. 언니인 '폴린'이 먼저 내렸다. 그는 키가 작고 좀 뚱뚱한 편이며 어머니 쪽 말하자면 외가인 프레스턴가의 사람들을 많이 닮은 블론드였다. 그는 '루시'보다 12세나 연상이 된다.(두 딸의 사이에 두 남자아이가 출생했으나 모두 어렸을 때 죽고 말았다) '루시'가 겨우 6세가 되었을 때 모친이[18] 세상을 떠났으므로 그를 길러준 것은 딴 사람이 아니라 언니 '폴린'이다.

'폴린'은 버스에서 내리자 아버지를 향해 빨리 트렁크를 체크해놓고 오라고 재촉하고 있었다.

"수하물 취급소는 언제나 혼잡하니까 바트 씨에게 맡겨두면 언제 체크될런지[44] 몰라요. 아버지 수하물은 이번 기차에 즉시 돌리도록 저 사람에게 틀림없이 말해두세요. 요전의 양그부인이 미니애폴리스에 가셨을 때에 부인의 트렁크가 24시간이나 여기에 그대로 남아 있었대요. 그래서 부인의 손에 화물이 들어간 것은……." 이렇게 말하는데 '폴린'의 지껄이는 소리를 듣고 있던 '게이하트' 씨는 얘기 도중에 가버리고 말았으므로 영[45]

43 문맥상 의미는 '후진했다'이다.
44 문맥상 의미는 '트렁크를 언제 받게될지'이다.
45 원본에는 '양그'로 표기되었다.

부인의 트렁크 이야기는 최후까지 다 들을 수는 없었다.

'루시'는 언니 옆에 서 있었으나 역시 언니가 지껄이는 소리는 듣고 있지 않았다. 그는 무슨 딴 것을 생각하고 있었다.

'폴린'은 그렇게 하는 것이 무슨 당연히 할 일을 한 것처럼 동생의 팔을 힘껏 잡으며 잠시 아무 말도 없었다.

"애야 저것 보아라. '해리 고든' 씨가 썰매를 타고 온다. 젠크 씨 댁의 머슴이 마부가 되고 저 사람도 오늘 밤에 동부로 가느냐?"[19]

"오마하에 가신다고 말하셨어요."

'루시'는 아무 뜻 없이 대답했다.

"그것은 잘되었다. 동반이 생겨서."

'폴린'은 어떠한 일에 놀라면 그것을 감추기 위하여 우정 호의를 나타내는 그때그때의 성의를 피력하며 말했다.

'루시'는 그 말에 대해서는 아무 소리도 없이 창 너머로 정거장의 시계를 바라다보았다. 그는 이처럼 움직일 것을 바라는 마음이 된 일이 없었다. 단 혼자 기차가 반들반들한 레일 위를 달려가는 것을 작은 정거장이 차차 뒤로 떠나버리는 것을 이처럼 욕망했던 일은 없었다.

예의 티롤 모자를 쓴 '페어리 블레어' 두 남자의 팔에 끌리어 숨 가쁘게 겨우 그들의 도망에서 돌아왔다. '게이하트' 자매의 옆에 이르자 그는 이렇게 말했다.

"루시 동부에 가요. 나도 참 함께 가고 싶어요. 당신네와 같은 음악가는 언제나 즐거워 보여요."

그와 외투를 입은 그의 지지자가 옆에 와 서니까 그는 곁눈질을 하면서 '루시'를 눈이 빠지도록 보았다. 이 두 사람은 '해버퍼드'에서 가장 인기가 있는 여자[20]들이며 페어리는 '루시'가 무척 얌전하고 무뚝뚝하며 어린애와 같을 것이라고 생각하였다. 그는 '해리 고든'을 만날 때마다 목을 뒤로 돌리며 "도대체 당신은 저따위 여자에게서 무엇을 구하는 것입니까"라고 하는 듯한 눈초리로 힐끗 그를 바라다보았다.

‘게이하트’ 씨는 돌아와서 딸에게 체크를 주자마자 하늘을 쳐다보고 말았다. 그는 실제 아무 데도 소용없는 것만 연구하고 있는데 천문학도 역시 그 하나이다. 얼마 후 조용한 겨울의 공기를 깨트리고 기적소리가 들려오니까 ‘루시’는 재빠르게 맨 앞으로 나갔다. 부친은 그의 손목을 쥐고 친절하게 앞으로 밀었다. 막내딸에게 너무 많은 애정을 나타낸다는 것은 총명한 일이 못된다. 길고 일렬의 흔들리는 불빛이 서쪽 평야에 나타나 잠시 후에는 헤드라이트의 흰 광선이 그 발밑에 뻗어 있는 강철 레일 위에 흘러나갔다. 서리霜에 쌓인 대형 기관차는 그들의 앞을 지나가서 정차하고 숨이 가쁜 듯이 식식 허덕거리었다.

‘폴린’은 동생을 왈가닥 안으며 입을 맞춰주었다. ‘게이하트’ 씨는 ‘루시’의 트렁크를 들고 자기가 먼저 앞서서 바른편에 있는 차로 향했다. 그는 딸이 앉을 자리를 찾고 가지고 갈 것을 모두 잘 정리해주자 다음에는 그곳에 벌떡[46] 서서 나에[21]게는 아름다운 것은 어떠한 거나 잘 알고 있다고 하는 듯 미소를 띠고 딸을 바라다보았다. 그는 아마도 아름다운 딸이 좋아졌으며 자기의 집에서도 그처럼 해주었다. 딸의 어깨를 왼팔로 껴안고 입을 맞출 때 그의 귀에 이렇게 속삭였다.

“루시는 참으로 좋은 계집애다.”

그다음 그는 유유히 차내의 출구를 향하여 걸어가서 침대차의 보이가 승강구의 계단을 막 오르려고 할 때 뛰어내렸다.

‘폴린’은 부친이 틀림없이 다음 역까지 끌려갈 것이라고 생각되어 이미 걱정이 시작됐다.

‘루시’의 차에는 ‘링컨’의 대학에 돌아가는 수명의 청년이 타고 있었다. 그들은 재빠르게 그의 자리에 와서 말을 걸었다. ‘해리 고든’이 들어와 통로를 지나갈 때 그들은 슬며시 일어나려고 했으나 그는 머리를 옆으로 흔들었다.

---

46 원본에는 ‘뻣덕’으로 표기되었다.

"나는 이제부터 식사를 하고 오겠소."

'루시'는 그가 지나가는 것을 어깨너머로 보았다. 얼마나 그 사람다운 일이냐? 물론 그 사람은 자기나 다른 학생들이 모두 출발에 앞서 일찍이 저녁밥을 온 집안 식구들과 함께 먹고 온 것을 알고 있을 것이다. 그러나 자기와 학생들을 식당차에 불[22]러 '디저트'나 '치즈 토스트'쯤은 사도 좋을 것인데 이러한 것도 '고든' 가를 오늘의 치부로 해온 그 본능적인 낭비소모를 싫어하는 일례가 아닌가.

'해리'도 간혹 필요에 응하여 제법 훌륭히 돈을 쓸 대도 있으나 그러한 필요를 고의로 만드는 법도 있었다. 그것은 용의주도한 계산에서 나타나는 것이었다.

'루시'는 그렇게 해줄 것을 마음으로부터 기다리는 젊은이들에게 전부의 주의를 경주했다. '해리'가 그보다 8년이나 연장인데 비하여 이 청년들은 거의가 모두[47] 그와 동갑들이다. '페어리 블레어'도 같은 차내의 다른 한 구석에서 조그마한 자리를 만들고 있었으나 그 여자가 간혹 웃는 경련적인 웃음은 — 그것이 산양이 메에 하고 우는 소리와 같으며 좀 추잡한 몸짓과 같은 느낌을 주는 기묘한 웃음이었는데 — 그것밖에 되지 않는 짧은 거리에서 충분히 들을 수가 있었다.

이와 같은 웃음이 일어나면 '루시'의 옆에 앉았던 청년들은 좀 당황한 빛을 나타내고 자기들의 정절貞節을 수호라도 하는 듯이 더한층 '루시'의 곁으로 가까이 오는 것이었다. '해리 고든'이 돌아와 청년들이 떠났을 때 좀 놀란 그 여자는 어딘가 쌀쌀한 태도로 그를 맞이했으나 상대방에서는 전혀 그러한 것을 눈치채지 못한 것 같다. 그는 의자에 앉자마자 '해버퍼드'의 거리에 세워질 새로운 가로등에 관[23]해서 말을 꺼냈다. 그와 그의 부친이 경비의 절반을 부담하게 되었다고 말하는 것이다.

'해리'는 일등침대차(폴먼)의 좌석에 기분 좋게 걸터앉고 있었는데 절대

47 원본에는 '모다'로 표기되었다. 이하 '모다'는 '모두'로 표기한다.

로 드러누웠다 일어났다 하지 않으며 어디까지나 신사답게 앉고 있었다. 그는 활동할 때나 휴식할 때에도 훌륭한 풍채를 흐트러트리는 법이 없었다. 놀랄만하게 자부심이 강한 남자인데 그러기 위해서는 신경질이 되거나 공세를 취하는 법이 없었다. 따라서 그 자부심은 그의 경우에서는 약점으로 되지 않고 오히려 일종의 장점으로 되었다. 이와 같이 점잖은 침착한 태도는 '루시'와 같이 덜렁대고 안정치 못한 인간에게 있어서는 웬일인지 참으로 믿음직한 느낌을 받게 하였다.

오늘 저녁은 '루시'로서는 단 혼자서 있고 싶은 마음이었으나 다른 날 같으면 어디서든지 '해리'를 만나도 즐거웠다_. 우편국에서 서로 만나도 거리를 걸어오는 그의 모습을 보아도, 그와 단 한마디를 이야기하기 위해서 발걸음을 멈춰도 그 생활력과 인생에 대한 언제나 변함없는 만족이 그의 마음을 이끌어주었다.

두 사람이 어떠한 일에 대해서 이야기해도 그것은 즐거운 일이였다. 그와 만나고 있으면 그에게는 어떤 절대적이 자유와 같은 것을 느낄 수 있었고 그리고 그를 둘러싼 모[24]든 것이 따스하게 생각되었다. 그의 음성과 날카로운 푸른 눈동자 상쾌한 기분을 풍기는 그의 피부 붉은 머리털 등 모든 것이 그러하였다.

세상 사람들은 그가 장사를 하는데 있어서 냉혹하다고 하며 채금債金으로 꼼짝달싹하지 못하게 된 인간의 약점을 찔러서 이용한다는 평판을 하고 있으나 그의 인품이나 태도에는 그러한 성질의 냄새를 풍기는 것과 같은 점은 조금도 없었다.

새로운 가로등의 문제를 그에게 터놓고 말하였을 때 '해리'는 '루시'의 손이 웬일인지 안정하지 못하고 몸이 이상스럽다는 것을 알았다.

"루시 웬일이요 왜 그렇게 안정하지 못하고 있소."

'루시'는 다시 점잖게 앉은 다음 생긋 웃었다.

"난 참 못난이에요. 언제나 여행만 하게 되면 그렇습니다. 아직 여행에 익숙하지 못한 탓인가 봐요."

"빨리 도착하고 싶어서 그러신가 봅니다. 틀림없이."

그는 잘 알고 있다는 듯이 말했다.

"이번 봄의 오페라는 어떻게 되오. 일주일쯤 가서 매일 저녁 당신과 함께 가보았으면 하는데 어떻습니까."[25]

"아 그것 참 즐거워라. 그러나 매일 밤 만나지는 못할 것이에요. 저는 요즘 가르쳐 주는 것이 있으니깐. 지난해보다는 훨씬 바빠요."

"그런 일이야 얼마든지 좋도록 꾸밀 수 있지 않소. 여하간 '아우어바흐' 선생을 찾아봅시다. 나는 선생과 대단히 친합니다. 당신과는 어렸을 때부터의 동무라고 선생에게 말해 두었지."

'해리'는 웃으며 몸을 더 가까이 내밀었다.

"루시 내가 처음 당신의 모습을 보았을 때의 일을 알고 있습니까? 그것은 옛날의 스케이트 링이었지. '해버퍼드'는 아마도 스케이트 링을 가지고 있는 최후의 거리라고 생각됩니다."

"그래도 그것은 벌써 오래전 이야기예요. 당신네 집 은행이 생기기 전에 옛날 링은 부셔버리고 말았지요."

"그래요 당신 아버지와 저는 호텔에 유숙하고 있었지요. 우리들은 거리를 보기 위하여 왔었습니다. 어느 날 오후 내가 링 부근에 갔을 때 피아노 소리가 들려왔다. 그래서 속에 들어가 보았다. 노인이 왈츠를 치고 있었지. 아마 〈마음과 꽃〉(아메리카에서는 극히 알려진 센티멘털한 무용곡—역자) 이라는 곡이었을 것이다. 여러 사람들[26]이 스케이트를 하고 있었으나 나는 그 자리에서 바로 당신을 찾아냈다. 당신은 머리를 길게 내려 달고 아직 13세 정도이었을 것이다. 짧은 스커트와 몸에 꼭 맞는 스웨터…… 이러한 복장이며 잘 스케이트를 타고 있었다. 이 세상에서 이처럼 아름다운 눈은 없다고 생각했다…… 아니 지금도 그렇다고 생각하고 있지."

그는 이렇게 끝에 말을 붙이고 무슨 중대한 양보라도 하는 것처럼 그 이마에 주름을 잡았다.

'루시'는 웃었다. '해리'는 남을 칭찬할 때에는 조심성이 깊은 사나이다.

"참 해리 씨는 말을 잘하세요. 그 옛날 링크[48]는 저에게는 참으로 즐거웠어요, 그것을 부숴버렸을 때 저는 한없이 쓸쓸했습니다. 그 무렵 언니는 저를 절대로 댄스에 보내지 않았습니다. 그러나 당신에 관한 일은 저 '해버퍼드'를 대표하여 투수(피처)로 나가기 전까지는 잘 모릅니다. 당신의 인커브에는 모두들 열중했지요 어째서 당신은 야구를 그만두셨지요?"

"좀 귀찮아지는데."

그는 어깨를 치키며 말했다.

"야구는 가장 좋아했던 스포츠인데…… 얘기는 다시 돌아가 그 오페라를 부탁합니[27]다. 4월 초의 2주일 간은 한번 저를 위해서 해방해주시지요. 지금 같아서는 언제쯤 가게 될는지는 아직 확실치 못하나."

젊은 '고든'은 말을 이어 나가면서도 '루시'의 얼굴을 가끔 바라다보았으나 거의 자기의 결심은 정한 것처럼 생각되었다. 그는 앞을 함부로 내다보지 않았으나 그렇다고 하여 덤비지도 않았다. 그렇게도 많이 훌륭하고 좋은 기회가 눈앞에 있는데 시계방 집 딸 같은 것과 결혼한다는 것을 생각하면 화도 났다. 그러나 지금까지 간혹 자신에게 말한 것처럼 이런 때 시계방 집이라는 것에 눈을 감지 않으면 안 된다고 생각했다. '루시'가 '시카고'에 가서 없던 두 겨울 동안 아버지의 용건으로 가 보게 된 여러 거리거리에서 여러 여자들과 놀기도 했다. 그러나 '루시'와 같은 여자는 단 한 사람도 없었다.

— 적어도 그 자신에게서는.[28]

내일은 다소 힘든 일을 잘 처리하지 않으면 안 된다. 그것은 세인트조지프시에 사는 아크라이트 가의 해리엇 아크라이트가 오마하의 친우를 찾아오기로 되어 있는데 그 여자로부터 찾아와서 함께 댄스에 데려가 달라는 전화를 받았다.

---

48 원본에는 '링그'로 표기되었다.

그는 아크라이트 양과는 꽤 깊은 데까지 교제하고 있었다. 이 여자의 마음에 들었다는 것은 시골 출신인 청년에게는 과분한 일이었다. 그 여자는 세인트조지프 시에서 상당한 신분이 있는 집의 딸이다.

부친은 거리에서 가장 오래된 은행의 두취이며 모친에게서 받은 큰 재산도 자기가 가지고 있다. 그가 26세가 되기까지도 아직 미혼이라고는 하지만 그것은 절대로 구혼자가 없는 때문이 아니다.

그 여자로서는 지금 황급히 자기 자신을 속박시키고 싶지 않았기 때문이다. 재산은 잘 관리되고 기분 나는 대로 여행도 할 수 있는 독립적은 생활을 그는 즐거워하고 있었다.

속세에서 벗어난 여자 — 이렇게 '해리'는 그 여자에 관해서 생각했다.

스타일도 나쁘지 않고 언제나 유유자적했으며 돈과 사회적 지위가 줄 수 있는 일종의 위신이라고 할 수 있는 것을 가지고 있었다. 그런데 좀 마음에 들지 않는 것은 얼굴이 잘 생기지 못했다.

그 여자의 가족들인 남자들과 꼭 같은 얼굴이다. 그것은 윤택이 없었으며 곱지 못한 목소리고 어떠한 일에도 조금도 불타오르지 않는 어딘지 코가 멘 목소리다.[29]

그 여자는 무엇을 말할 때에도 그 화제의 매력을 뺏어 가고 말았다.

그가 보낸 화사한 장미의 꽃에 감사할 때에는 언제나 그의 목소리가 우정 보내준 꽃을 더욱 가치 없는 것으로 하여버린다.

'해리'가 이와 같은 결혼이 그의 장래에 좋은 영향을 줄 것인가라는 공상을 즐거워한 때도 있었으나 자기가 해리엇를 사랑하고 있다고 마음에 믿는다는 것은 도저히 불가능했다.

실제로 기묘한 일이기는 하나 그의 깊은 가슴을 뒤흔들게 한 유일한 여자는 다른 그 어떠한 사람도 아니고 바로 이 '루시'였던 것이다. 그 자신의 마을에 살며 교회의 쥐와 같이 가난하고 칭찬 한마디 한 일도 없는 — 입을 열면 그를 놀려주기가 일쑤인 '루시 게이하트'뿐이었다.

그와 함께 있으면 웬일인지 인생이 달라진다 — 단지 그것뿐이었다.

거기에 그가 어른이 되었다는 것을 '해리'는 알게 되었다. 그동안 크리스마스의 휴가를 통해서 그 신체의 내부에 어떤 변화가 일어나고 있는 것을 그는 느끼었다. 아마 이전보다도 좀 수줍어지고 사양하는 버릇이 생겼다.

12월 말일 밤에 열린 무도회에서도 어딘지 좀 그에게서 몸을 멀리하려고 하는 것[30]을 알게 되었다.

— 단지 그에게서뿐만이 아니라 다른 어떤 사람에게서도 허나 그렇다고 해서 냉정하게 한다는 것은 아니다.

그 여자가 그때처럼 애교를 부린 일도 없으며 또 옛날 친구들에 대해서 그때처럼 정이 들은 농담을 한 일도 없었다.

그러나 어딘지 옛날과는 달랐다. 그날 밤은 처음부터 끝까지 그의 눈은 '해리'에게는 말하지 않았던 그 무엇 때문에 빛나고 있었다.

그 여자가 다른 사람들과 말을 하지 않는 순간에 그러한 눈초리가 그의 눈에 돌아오는 것이었다. 그것은 왈츠를 춤출 때에도 그 여자는 꼭 그의 어깨너머로 무엇을 보고 있었다 — 그때의 매혹적인 눈초리로 말하면…… 그러나 그곳에는 단지 공제共濟조합의 주단 위에 값싼 헝겊을 치고 조합 홀에서 춤추고 있는 옛날과 지금도 변함이 없는 친구들밖에 있지 않았는데.

그에게는 그 그믐날 밤의 일을 간단히 잊을 수가 없었다. 그 어떠한 것에 돌연 그는 부딪치고 말았다.

'루시'는 이미 철없는 즐겁고 귀여운 시골 처녀가 아니다. 그 어떠한 무엇에[31] 향하여 자기의 진로를 정해놓은 여자로 되어 있는 것이다. 그로서는 속히 결심하는 편이 좋다 — 그 여자에게 그가 전 주의를 경주하고 있는 이 기차 속에서 오늘 밤중이라도 빨리. 그러나 실은 그 여자는 그에게 주의를 하지 않고 있었으나.

보이가 '고든'의 짐을 가지러 오면서 기차가 오마하역에 도착한다는 것을 알려주었다. '루시'는 출구로 가는 좁은 길까지 '해리'를 전송하기 위하여 나가 기차가 정거하고 있는 동안 두 사람은 그곳에서 서로 수군수군거렸다.

그는 '루시'의 손을 잡은 채 얼마나 투명하고 음모 같은 것은 없다는 듯한 푸른 눈동자에 우정을 가득 채우고 여자를 내려다보았다. 그러자 곧 보이가 "여러분 승차해 주십시요!"라고 소리쳤다. '해리'는 여자의 뺨에 입을 맞추고 홈에 내렸다. '루시'는 기차가 서서히 역을 떠나가는 사이 창에서 그를 향하여 손을 흔들었다.

'고든'은 마차를 타고 호텔로 향했다. 그는 머플러(목도리)속에 턱을 박고 털거털거 뛰어가는 마차의 창에 기대여 가로등을 바라보면서 미소를 띠었다.

'그렇다! 아크라이트 양에 대해서 이제부터 얼마간만 교묘하게 대하지 않으면 안 된다……'라고 스스로 자기에게 일러주었다.[32]

그 여자의 마음도 점점 그림자가 흐려져가고 있었다. 그는 한번 모험할 셈치고 미美를 위하여 결혼해볼까 생각했다.

즉 다른 남자들이 부러워할 만한 아내를 얻을 것을 결심한 것이다.

× × ×

'루시'는 재빨리 옷을 갈아입고 침대 속에 들어가 불을 껐다. 이제야 겨우 자기 혼자가 되어 어두움 속에 조용하게 드러누워 기차의 진동에 몸을 맡기게 된 것이다.

— 그 진동은 도피와 변화와 기회에 관련된 또 전방에 전방에 달리는 인생에 관계되는 리즘이었다. 그러한 해방과 방기放棄의 의식이 그의 전신에 넘쳐 스며드는 것이었다. 마치 따뜻한 목욕물 속에 들어가 있는 것처럼 그는 그의 의식 속에서 펄덕펄덕하는 것과 같은 것을 느꼈다.

내일 밤 이 시간에는 '클레멘트 세바스찬'의 리사이틀音樂會에서 돌아올 것이다. 겨우 수 시간으로 셀 수 없는 정도의 거리를 넘어갈 수가 있는 것이다—. 겨울날의 시골과 순박한 이웃 사람들로부터 헤어져 상상도 할 수 없는 여러 가지 가능성[33]을 가지고 음音과 같이 공기가 진동하고 있는 도시에 나가게 되는 것이다.

'루시'는 마음속에 극히 독특한 '시카고'의 지도를 그리고 있었다. 연기와 바람과 소음 — 그리고 푸른 불이 반짝반짝거리는 안개 낀 광경, 그 혼란 속에서 우뚝 솟아오른 몇 개의 윤곽 — '세바스찬'이 스튜디오를 가지고 있는 '미시간' 통의 높은 건물 — 오후가 되면 그가 간혹 산보하는 그 가느다란 공원 — 어느 날 아침 그가 나오는 것을 본 교회의 현관 — 처음으로 그가 노래하는 것을 들은 음악당, 이런 감정의 거리는 명확한 구도와 같이 현실의 거리 속에서 솟아올랐다 — . 그것은 다른 것이 말살되어 있었기 때문에 하나의 아름다운 거리였다.

그 예술회관에서 내려오는 돌층계에는 언제나 오렌지빛이 물들은 붉은 햇볕이 가득 쪼이고 있는 것처럼 그는 생각하고 있었다. 그것은 '세바스찬'이 5시경 그 건물에서 나와 외투 깃을 올리기 위하여 청동으로 만든 사자 옆에 서서 담배에 불을 붙이고 자동차를 불러 타고 어디로 떠나기 전 길의 좌우를 맥없이 바라보고 있었던 바람이 세게 불던 어떤 11월의 오후가 그대로 나타났다.

'루시'는 매일처럼 꼭 같은 일로 '시카고'의 거리를 이곳저곳 돌아다니고 있을 때 그의 마음을 돌연 설레게 하는 또 웬일인지 자신도 모르게 그에게 즐거움을[34] 주는 것과 같은 지점에 발길을 멈출 때가 있었다. 오늘 밤 침대에 드러누운 채 그는 만일 '세바스찬'이 그곳에 없어도 그 거리에 돌아가는 것은 즐거운 일이라고 생각했다. 그렇다 '그 거리'에 돌아가자 — 그렇게도 많은 회상과 감동이 축첩된 그곳에 — 하나의 창이나 하나의 집 문이나 하나의 길목이 언제 어떠한 때 안개 속에서 마술적인 의미를 가지고 불연 중 떠올라 올지 모르는 그 장소에 돌아가자.

4

그다음 날 아침 '루시'는 '시카고'의 자기 방에서 짐을 풀고 의복 같은 것을 정리하고 있었다. 그는 좀 색다른 곳에 살고 있었다. 강에서 조금 옆으로 들어간 더러운 거리의 빵집 3층에 방 한 칸을 빌리고 있었던 것이다.

그는 처음에 '시카고'에 나왔을 때에는 학생 전문인 하숙집에 방을 빌리고 있었는데 그곳이 너무 모든 것에 개방적인 것이 마음에 들지 않았고 또 그곳을 경영하고 있는 남부 출신인 지금은 거의 윤락되어버린 어떤 부인이 마음에 들지 않았다. 살롱 쪽에서 말하는 큰 소리가 들려오지 않고 함부로 자기 방의 문에 노크하는 자가 없는 곳으로 단지 피아노를 상대로 단 혼자서 생활하는 것이 아니면 자기는 도저히 해나갈 수 없다[35]는 뜻을 그의 선생인 '아우어바흐' 교수에게 호소했다.

'아우어바흐'는 그를 자기 집에 데리고 가서 부인과 그것을 상의했다. '아우어바흐' 부인은 이러한 때에는 어떻게 하면 된다는 것을 잘 알고 있었다. 부인은 '루시'를 데리고 '슈네프' 부인이 경영하는 빵집을 방문했다.

'슈네프 베이커리'는 거리의 그 구역에 있어서는 옛날부터 독일의 상대로 되어왔다. 일층이 빵 가게와 독일요리 전문인 간단한 레스토랑으로 되어 있고 맨 위층에는 장갑 제조 공장이 있었다. 그 사이에 있는 2층부터 4층까지를 '슈네프' 가에서는 행상인이나 점원이나 정거장 근처에 사는 것이 필요한 역원과 같은 별로 오랫동안 체재하지 않는 손님들에게 빌려주고 있었다. 아래층의 베이커리의 식사는 겨우 먹을 만한 것이었으며 식사를 함께하는 상대 인이나 식탁의 사례 같은 것 때문에 골머리를 쓸 필요는 없었다.

그 누구나 자기의 작은 테이블을 가지고 있고 자기만의 것을 생각하고 자기의 신문을 읽는 것이다.

'루시'는 비로소 처음으로 이곳에 방 하나를 빌리고 세상에 나와 처음으로 남자와 같이 출입이 자유로운 생활을 즐길 수 있게 되었다. '루시'때문에 이렇다[36] 저렇다 소동을 일으키는 사람도 없었으며 그의 곁에서 언제나 서서 감시하는 사람도 없었다.

이것은 확실히 여러 가지의 불편한 일도 있었다. 먼저 유숙인은 레스토랑의 앞문 옆에 있어서 가두에서 곧 통하는 언제든지 열려 있는 계단에서 자유롭게 출입한다.

그것은 겨울의 바람이 살롱 쪽에서 위로 불어왔으며 — 도둑놈도 들어오려면 언제든지 들어올 수가 있었다.

그러나 지금까지 그러한 일도 없었던 것 같다. 또 방문객을 접대하기 위한 객실의 설비가 없었다. 그는 '아우어바흐'의 제자 중의 한 사람과 어디로 나가게 되는 일이 있게 되면 그 청년은 계단이 있는 옆에서 그를 기다리든가 또는 아래 레스토랑에서 그와 만나지 않으면 안 된다.

이날 아침 '루시'는 자기 자신의 것과 자기 자신의 의지에로 돌아온 것을 지금까지 없이 즐겁게 생각했다. 짐을 풀고서 그는 의복을 비롯한 몸치다꺼리를 여러 번 정리해 놓았다. 그러나 너무 손이 가서 곤란하다는 것은 하나도 없었다. 수하물의 배달부가 나간 후 문을 닫은 순간 그는 또 다시 자기 자신의 것을 찾아낸 것 같은 마음이 들었다.[37]

'해버퍼드'에 가 있었을 때에는 자기가 조금도 진실한 자기가 아니었던 것 같았다. 즉 그는 이미 오늘의 자기가 아닌 어떤 다른 인간처럼 느끼고 행동하려고 노력하고 있었던 것이다. 그것은 마치 어린애들이 내심으로는 이미 어린애가 아니면서도 단지 어른들을 즐겁게 하기 위해서 어린애와 같은 장난을 하는 것과 같은 일이다.

정거장에서 피부를 찢는 듯이 우박이 떨어지는 길을 걸어올 때 그는 자기가 없는 동안에 방안에 좀 두고 간 것이 사라지고 자기를 즐거이 맞아주는 것이 아닌가 하고 생각했다.

그것은 '클레멘트 세바스찬'의 노래를 처음으로 듣고 올라왔던 밤에도 여기에 있었고 또 우연하게 담 너머로 본 그의 모습을 소중하게 운반해 왔을 때에도 여기에 있었던 것이다.

이 네 개의 벽은 그에 관한 그의 모든 상념과 정감을 둘러싸고 있다.

그의 지나간 날의 회상은 그 하나하나가 어떠한 뚜렷한 윤곽을 가지고 있는 것이 아니고 모든 것이 하나로 조화되고 서로 합쳐 있었다.

그러한 것이 이 방을 실제보다도 더 크게 조용하게 안전하게 하고 있는

것 같았으며 또 이 방에 마음으로부터 엄숙한 기분을 주고 있었다.[38]

'루시'는 오늘 밤 '세바스찬'의 독창회에 가보기로 하였으므로 다른 때보다 일찍이 아래층 레스토랑에서 저녁을 먹었다. 3층에 또다시 올라가 보니까 아직 의복을 갈아입을 만한 정도의 시간은 되지 않았다. 거기서 그는 화장할 때의 옷을 걸치고 와사등瓦斯燈을 끄고 옆으로 드러누워 전의 일을 생각해보는 것이다.

그것은 아직 겨우 3개월 전 10월도 초순경이었다.

'아우어바흐' 선생은 선생의 옛날 친구인 '클레멘트 세바스찬'이 지금 '시카고'에 와 있으니 꼭 그 사람의 노래를 듣도록 — 아마도 이 사람은 그리 오랫동안은 체재할 수 없을 것이라고 — 그에게 말해주었다. 이 사람의 노래를 혹시 못 들어서는 안 되는 사람이라고까지 말했다. 그러나 '루시'에게는 돈이 없어도 갖고 싶은 것이 많이 있었고 대체로 바리톤 같은 목소리는 그리 마음에 드는 것이라고 생각하지 않았다.

그래서 그는 그의 최초의 독창회를 듣지 못해도 그리 유감이라고 생각지 않았다. 더욱이 다음 신문에 나온 비평을 보고 음악생 간의 평판을 듣고서는 호기심이 쏠리기는 했으나.

다음 주간에 '세바스찬'은 광산에서 일을 하다가 부상을 입은 사람들을 위해 자선[39] 음악회를 열었다.

'아우어바흐'는 그를 위하여 한 장의 입장권을 주었으므로 그는 혼자서 가보았다.

그는 대수로운 열의도 갖지 않고 도리어 하루 동안의 일로서 피로한 몸으로 가본다는 것은 고된 일이라고 생각하면서 바로 이 방에서 옷을 갈아입었다.

스팀을 밖에 내놓고 와사등을 끄고 아무 기대도 갖지 않고 아래층으로 내려왔다.

스테이지에 모습을 나타낸 순간 아직 노래를 시작하기 전부터 '세바스찬'의 풍채가 그의 흥미를 끌었다. 그는 젊지 않았다. 오히려 중년기이며 엄숙한 얼굴과 크고 어딘지 피로한 눈을 가지고 있었다.

참으로 몸집이 크고 키가 큰 믿음직하게 넓은 어깨를 가진 그는 많은 장소를 점령하고 거기에 그곳을 턱 차지하고 있었다. 폭이 넓은 검은 라사의 윗저고리와 흰 조끼를 입은 그의 토르소는 확실히 타원형을 이루고 있는데 이것은 이 사람에게 있어서 가장 옳게 알맞은 모습처럼 생각되었다.

그는 곧 혼잣말을 했다.

"그렇다 위대한 예술가는 확실히 이와 같은 모습이어야만 한다."

최초의 곡목은 그가 듣지도 못하고 보지도 못한 슈베르트의 노래였다. 그 노래하는[40] 식은 '세바스찬'의 노래의 방식 속에서도 가장 독특한 특징의 하나인 것이며 '루시'는 독일어의 가사를 한마디도 빼놓지 않고 들었다. 어떤 희랍의 뱃사공이 항해에서 돌아와 뱃사공의 수호성인 '가스톨'과 '폴룩스'의 신전 앞에 서서 그 별의 신의 가호에 대하여 감사를 올리는 것이다. 그는 그 이주二柱의 신의 고마운 수호의 빛에 의하여 '오이레 미르데 오이레 와첸eure milde eure wachen'(당신의 고마운 당신의 가호)에 의하여 자기의 작은 배의 노를 젓고 왔다. 그는 그러한 가호에 대한 감사의 뜻으로 이 여러 신들의 신전 입구에서 그의 돛대를 봉납하는 것이다.

그 노래는 종교적인 하나의 의식으로서 고전적인 정신으로 기원祈願이라기 보다는 하나의 예배로서 노래하게 되었다.

너무도 높은 존재에 대한 숭고한 인사였으므로 이 뱃사공이 기도를 올리는 말 중에는 어딘지 야비한 간원도 인식할 수 없었다.

"오 — 훌륭한 별이여 그대의 빛 속에 우리는 두려움도 없이 서서 그대의 영원한 생명 속에 우리는 무릎을 꿇다."

— 이와 같은 감명이었다. '루시'는 어떠한 노래일지라도 이처럼 고매한 스타일로 노래 부르는 것을 지나간 어떠한 때에도 들어본 일이 없었다.[41]

그 정온靜穩과 청명성 속에는 새벽과 흡사한 어떤 위대한 광명이 있었다. 이 기원의 노래에 이어 더욱 대여섯 가지의 슈베르트의 노래가 있었는데 모두 우울한 것뿐이었다.

그것을 듣고 있던 '루시'는 이 사람에게는 어딘지 깊은 비극적인 것이 있는 것처럼 생각되었다.

모든 노래가 갖고 있는 어두운 아름다움이라는 것이 마치 친절성이 손의 접촉 속에 숨어 있는 것처럼 이 사람의 목소리 그 자체 속에 존재하고 있는 성질의 것인 것처럼 생각되었다.

그것은 또 그것과 같은 단순한 것…… 말하자면 수면水面에 시시로 변해가는 햇빛과 같은 것이었다. 그가 이 첫 프로의 최후의 〈도플갱어分身〉(Der Doppelganger는 하이네의 시를 작곡한 것 — 역자)라는 노래 〈밤은 조용하고 거리는 잠들었다〉를 노래하기 시작하자 달빛은 어떠한 옛날의 독일의 마을 좁은 거리를 내려 비쳐주는 것처럼 생각되었다. 한 절마다 그 광경은 깊어갔다 — 낡은 인간이 살던 집 위에 잠든 조용하고 깨끗이 빛나는 달빛…… 그리고 밤하늘 그 어느 곳에 한 점의 쓸쓸한 검은 구름의 그림자가 있다. "그 옛날 여러 밤마다"(Der Doppelganger의 마지막 구절 — [42] 역자) 달은 떠나고 조용한 거리는…… 그리고 '세바스찬'의 모습도 사라졌다. 더욱이 '루시'는 그가 어느 사이 무대에서 사라졌는지를 전혀 눈치채지 못했으나.

검은 구름이 달을 뺏어 가고 말았다. 그리고 노래도 그의 모습을 말살시키고 말았다.

회색 비로드의 막幕 앞에는 발이 아픈 반주자 이외에는 아무도 남아 있지 않았다. 그리고 그 청년도 왼발을 절룩거리며 무대를 지나 나갔다.

그다음부터 다음 곡목에서는 그의 주의는 간혹 중단되기 쉬웠다. 때때로 열심히 귀를 기울이고 있었는가 하면 다음 순간에는 마음이 어딘지 멀리 헤매어가는 것과 같았다.

'루시'는 그때까지 느끼지 못했던 그 어떠한 것과 마주쳐서 허덕이고 있었다. 그것은 예술에 관한 고상한 새로운 개념이라고 할 것인가? 아니 그것보다도 훨씬 자신에 가까운 것이었다.

새로운 종류의 개성? 아니 그것보다도 훨씬 이상의 것이었다.

그것은 인생에 관해서의 하나의 발견 — 비극적인 힘으로서의 사랑의 계시啓示이었다.[43]

이미 사랑은 흙탕물과 같이 사람을 빠지게 하는 열정이 갖는 융화할 수 있는 정조情調는 지나고 말았다.

'루시'가 이 사람이 노래하는 데 귀를 기울이고 있으면 다른 외부의 세계는 지금까지 그의 신변에 다가오지 못했던 공포와 위험에 찼다. 어두운 전율과 같이 느껴졌었다.

프로그램의 주의서에는 앙코르에 대해서 다시 노래는 하지 않겠다는 것이 적혀 있었다. 마지막 곡목이 끝나고 가수가 박수에 답하기 위하여 몇 번이나 나왔다 들어갔다 한 후 무대 위의 불은 꺼졌다. 마침 '시카고'에 와 있었던 '뉴욕 오페라'의 베이스低音歌手가 이날 밤 우인들의 일행과 무대 옆에 있는 특별석을 자리 잡고 있었는데 그는 여러 번 "클레멘트! 클레멘트!"이라고 부르고 있었다.

끝으로 바리톤 가수는 오버는 손에 걸치고 모자를 들고 무대에 돌아왔다. 그는 동업인 바스 가수에게 인사를 하고 그다음 옆을 향하여 스테이지 도어 쪽에 한두 마디 무슨 말을 했다. 먼젓번의 절름발이 청년이 나타나고 두 사람은 박수갈채를 받아가면서 서로 무슨 말을 주고받는다.

'세바스찬'은 좀 어두운 곳에서 무대의 전면으로 나와 '바이런'의 〈이별의 노래〉[44]라는 옛날 노래를 부르기 시작했다. 그것은 가수로서는 거의 노력이 필요치 않을 정도의 단순한 그리고 슬픈 옛날 스타일의 소곡이었는데 그날 밤의 노래를 들은 자로서는 아마도 한평생 잊지 못할 것이다.

'루시'는 집에 돌아와 계단을 올라 자기 방에 들어갔으나 참으로 괴로워서 웬일인지 자기를 지키고 있던 장벽이 사라져버린 것과 같은 공포감이 났다.

하나의 창이 부서지고 밤의 추위와 어두움이 숨어들고 있었다. 외투를 몸에 걸친 채 그 자리에 앉고 몸을 떨면서 그는 그 최후의 노래의 말(가사)

을 몇 번이나 몇 번이나 입에서 외웠다.

그대와 나 헤어져 갈 때
다시 만날 날이 멀 것을 생각해
아무 말 없이 눈물만 흘리고
두 가슴은 한없이 아프더라

그대의 뺨은 파랗게 식고[45]
입 맞출 때에는 더욱 차더라
그렇다 그날의 이야기는
이 서러움을 위해서인가

그것은 마치 이 노래가 자기 자신의 생애에 어떠한 관련을 갖는 것 같이 생각되었다. 그는 이 노래를 잊으려고 노력했다. 그러나 암만해도 그 노래에서 벗어날 수가 없었다.

그것은 어떤 불길한 전도와 같이 그를 따라다니고 자기 마음 밖으로 쫓아낼 수가 없었다.

그 후부터 몇 주일간도 그 노래는 그의 머릿속에서 혼자서 노래 부르고 있었다. 그 처음날 밤 그가 가진 예감은 틀림이 없었다 — '세바스찬'은 이미 벌써 그 여자에게 적지 않은 파괴를 하고 말았다.

어떤 다른 사람들의 생애는 그들의 일신의 재산 때문에 일어나는 사건에 의하여 영향을 받고 있으나 그러나 다른 종류의 사람들에게는 그 각기의 감정과 사상 때문에 일어나는 것만이 그들의 운명을 짜고 결정해 가는 것이다.[46]

그다음 날 '루시'는 '파울 아우어바흐'에게 '세바스찬'의 이야기를 처음엔 서먹서먹하게 그리고 다음엔 대담하게 물어보았다. 어떠한 경력을 가진 사람인가? 어렸을 때에는 어떠했는지? 다른 성악가와 다른 것은 어떠한 때문인가?

"그렇지만……."

'아우어바흐' 교수는 태연히 대답했다.

"클레멘트는 참으로 보기 드문 훌륭한 예술가입니다."

이 설명을 듣고 있으려니깐 그는 속으로 화가 났다. 그러한 대답은 마치 "이것은 검은 말馬입니다. 또는 이것은 큰 나무입니다"라고 하는 것과 다름이 없었다. '아우어바흐'는 언젠가 그와 '세바스찬'을 만나게 해주겠다고 약속했다. 그러나 그것은 도저히 실현되기 쉬운 일 같지는 않았다.

그다음 크리스마스 휴가의 수일 전의 어떤 날 오후였는데 구석방에서 '루시'가 한 제자의 교습을 끝마치고 있는데 '아우어바흐'가 들어와서 그를 놀라게 할 만한 일이 있다고 말했다.

'세바스찬'이 내일 아침 10시경에 이 스튜디오에 올 것이라고 하는 것이다. 그의 반주자인 '제임스 모크퍼드'가 영국에 건너가 다리 수술을 하게 되어 의사는[47] 당분간 그를 오전 중은 베드에 드러누워 있는 편이 좋겠다고 말했다.

매일 일정한 일만 없다면 음악회의 약속만은 어떻게 할 수가 있다는 것이다.

그래서 '세바스찬'은 연습시간의 반주를 할 수 있는 사람을 찾고 있었다. 그는 내일 '아우어바흐'의 몇 사람의 제자 중에서 수명을 선택하고 엄밀한 시험을 해보기 위해서 오는 것이며 '루시'도 그를 위해서 피아노를 치는 기회를 얻게 되었다.

"그 사람은 자기에게 어떠한 것을 가르쳐주려고 하는 인간이 아니고 젊고 솔직하고 자기가 말하는 대로 할 만한 사람을 필요로 하고 있습니다. '루시' 씨 당신과 같은 사람이라면 꼭 마음에 들 것이라고 생각됩니다. 나도 당신을 추천해 놓았습니다."

그날 밤 물론 그는 전혀 잠을 이루지 못했다. 그는 지금까지 '아우어바흐' 선생에게서 선생의 우인들을 위해 반주해달라고 부탁을 받아도 신경질이 돼 본 일이 없었다.[49] 이것은 그가 야심을 갖지 않았기 때문이다—. 그것이 그의 최대의 결점이라고 선생은 말했다.

그런데 이번만은 달랐다. 만일 그가 '세바스챤'의 마음에 들지 않으면 두 번 다시 그와 만나게 된다는 것은 아마도 없을 것이다. 만일 그의 마음에 든다면…… 그러나 그[48] 가능성이 또 하나의 가능성 이상으로 그의 마음을 겁나게 하였던 것이다.

보통 성악가를 위해서라면 자기로서도 충분히 해나갈 수 있다고 생각했다. 그러나 그의 반주는 도저히 할 것 같지 않았으며, 그렇게 생각하는 자기 자신을 속일수도 없었다.

그날 아침 5시경이 되니 그는 그날은 스튜디오에 전혀 모습을 나타내지 않겠다고 결심하게 되었다. 그러한 모험은 사퇴하려고 생각하였기 때문이다.

조반을 마치고 나니까 용기가 생겼다. 오늘날에 이르기까지 그가 어떻게 해서 '아우어바흐'의 스튜디오까지 그날 가게 된 것인지 잘 생각나지가 않았다. 그러나 그는 어느 사이 그곳에 와 있었던 것이다.

문까지 가니까 '세바스챤'이 〈세빌리아의 이발사〉 중에서 〈라르고 알 팩토툼〉을 노래하는 것이 들려왔다. 피아노를 치고 있는 것은 '존 패터슨'에 틀림이 없었다. 그는 몰래 속으로 들어갔다. 그것은 그가 생각하고 있었던 것보다는 마음이 편한 입장이었다.

아리아抒情調가 끝나니깐 '아우어바흐'는 그를 소개했다. '세바스챤'은 마음을 놓을 수 없는 그러한 친절한 분이었다.

그는 '루시'의 손을 잡더니 똑바로 그의 눈[49]을 들여다보았다.

"'게이하트' 씨 곧 일을 시작하실까요? 그렇지 않으면 슈넬라 씨와 해볼 때까지 좀 기다리는 편이 좋지 않으실까요?"

---

49 문맥상 의미는 '신경질을 내 본 적이 없었다'이다.

"혹시 좋으시다면 지금 곧 해보았으면 합니다."

그는 똑똑히 말했다.

그는 웃었다.

"그렇게 해서 빨리 해버리고 싶으십니까. 너무 신경질이 되지 마십시오. 별로 큰 문제가 아니니까, 지금 것과 같은 아리아를 또 한 번 해보셔도 좋습니다. 내가 잘 생각대로 하지 못했으니깐요."

불쌍한 젊은 패터슨은 붉은 머리털이 가린 얼굴이 좀 붉었다. '세바스찬'의 말이 무엇을 의미하는가를 알았기 때문이다.

"당신은 피아노의 반주를 지금까지 해보신 일이 있습니까."

'세바스찬'은 그가 앉으니깐 이렇게 물어보았다.

"네 그러나 그런 기회가 없었습니다. 그러나 오페라를 들은 일은 있습니다."

노래가 끝나자 그는 악보를 뒤적거리었다.[50]

"이번엔 좀 전혀 다른 것을 한번 해보실까요."

그는 '마스네'의 〈에로디아드〉 중에서 〈순간적인 환상〉이라는 아리아를 찾아내서 그것을 그의 앞의 악보대 위에 놓았다.

그것이 끝나자 그는 '슈넬라' 씨를 불렀다. '루시'는 소파 한쪽 구석에 푹 쭈그려 앉아 자기가 범한 몇 가지의 과오를 생각하고 있었다.

얼마 후 '세바스찬'이 그 두 청년에게 고맙다는 말을 하고 '아우어바흐'에게 훌륭한 제자를 두었다고 말하는 것이 그의 귀에 들렸다.

"그러면 오늘은 이만하십시다. 가까운 날 또 한 번 아침 연습을 해보십시다. '게이하트' 씨만 좀 남아 계십시오. 조금 전에는 너무 신경을 쓰신 모양 같으시니 다시 한 번 해보시지 않겠습니까."

그와 '슈넬라'와 '패터슨'이 악수를 한 후 두 사람은 나갔다. 그다음 그는 '아우어바흐'의 팔을 잡고 '루시'가 앉고 있는 소파 쪽에 두 사람은 걸어왔다.

"파울 군 아마 전체적으로 보면 '게이하트' 씨가 가장 장래성이 있는 것

같구먼. 좀 미숙한 점도 있는 것 같으나 터치는 단연 훌륭합니다."

'아우어바흐'는 '루시'를 위해서 대답했다.[51]

"그 사람은 언제나 잘하는데 마스네를 할 때 잘못했을 때에 나는 참으로 의외로 생각했어. 악보는 잘 읽을 줄 아니까."

"아우어바흐 선생 저는 웬일인지 겁을 먹었어요."

'루시'는 힘없는 소리로 말했다.

더블 브레스트의 모닝을 입은 커다란 모습이 그의 앞에 서서 위로해 주는 것처럼 생긋 웃었다.

"사람이 겁을 먹을 때에는 나는 잘 그것을 알고 있습니다. 전에도 그런 일이 있었습니다. 요는 그러할 때에는 추한 소리를 내지 않을 것입니다. 그러한 짓을 하게 되면 저는 참으로 질색입니다. 휴가가 끝나면 꼭 한번 저의 스튜디오에 와주십시오, 그렇게 되면 한 시간 정도 함께 연습해보십시다. 그렇게라도 하지 않으면 만족한 결과를 얻지 못하게 되니까요. 당신은 언제쯤 휴가가 끝난 후 돌아오십니까?"

1월 3일이라고 그는 대답했다.

"그렇습니까. 그러면 1월 4일의 오전 10시에 '미시간' 통에 있는 저의 스튜디오에 오시도록 하실까요?" 그는 포켓에서 수첩을 꺼내 들고 기입했다.

"그럼 〈엘리야〉(멘델스존—의 오라토리오역자)의 악보를 가지고 가셔서 한번 쭉[52] 보시도록 하십시오." 그는 참으로 친절한 눈으로 또다시 그를 자세히 바라보았다.

"잘 계십시오. '게이하트' 씨 될 수 있는 한 휴가를 즐겁게 보내십시오."

그것이 지금까지 그와 만난 최후이었다.

오늘 밤 그는 그의 슈베르트의 프로그램 듣고 내일 아침 열 시에는 그의 스튜디오를 방문하게 되었던 것이다.

× × ×

'루시'는 베드에서 뛰어 일어났다. 이젠 거의 음악회에 갈 시간이 되었다. 그는 한 벌밖에 없는 야회복을 걸치고 크리스마스에 귀성歸省하기 직전에 산 비로드 외투를 입었다. 그것은 제법 마음에 들고 그리고 곱다고 그는 생각했다. 거기에 잘 어울리기도 했다 (그는 그것을 사기 위하여 주머니 속의 돈을 다 내던졌으나) 그러나 그리 따뜻하지는 않았다. 오늘 밤은 호숫가에서 차디찬 바람이 불어왔다. 그는 마차를 타려고 생각했다. 그렇다 하여 추위 같은 것이 겁나지는 않았으나 얇고 가벼운 외투를 벌거벗은 팔과 어깨 위에 감고 가솔린의 화염과 화물 궤도에 얼어붙은 전철기轉轍器를 녹이고 있는 노동자의 해머 소리가 들려오는 얼음과 같은 추위[53] 속을 뛰어나가는 흥분을 웬일인지 모르게 그는 사랑하고 있었다. 추위를 외투와 같이 몸에 걸치고 그 중심에 자기가 따뜻하게 싸이고 눈目을 뜨고 있는 것처럼 느껴지는 것 — 장미의 꽃이 곧 얼어버릴 것 같은 공기 속에서 자기의 혈액만은 식는 일 없이 순환하고 있다 — . 그것이 우선 무엇보다도 중요한 일이었다.

5

이날 밤의 독창회는 조그마한 곳으로 독일 사람과 유태 사람뿐으로 된 청중이 모인 중에서 시작되었다. '루시'는 너무 빨리 회장에 도착하였으므로 자기 자리를(그것은 아우엘 밧하 선생 근처였으나) 깊숙한 기둥 뒤로 옮길 수가 있었다.

그곳은 그가 혼자만의 기분으로 해줄 수가 있었다. 그는 지금까지 〈겨울의 여행〉[50](겨울의 旅行, 테이 윈인타)을 전부 다 통해서 들어본 적이 없었다.

그래서 그에게는 그것이 이때 처음으로 노래하는 것과 같은 어떤 새롭게 창조된 것처럼 생각되는 것이었다.

그리고 그가 그전 같았으면 작곡가 자신에게 주어야 할 명예의 대반을

---

50 슈베르트의 가곡이며, 우리나라에서는 〈겨울 나그네〉로 번역되기도 하였다.

가수에게 대해서 바치고 말았다.[54]

그는 끊임없이 이것은 하나의 해석이 아니고 그것 자체이며 하나하나의 노래의 배후에는 한 사람의 인간과 하나의 성격이 있다고 느끼고 있었다.

그 노래하는 모습은 그가 생각하고 있었던 어떠한 의미에 있어서도 극적인 것은 아니었다. '세바스찬'은 자기 자신을 이 노래의 우울한 청년과 함께 혼합시키지 않고 마치 이 청년이 현재라는 시간 속에 너무 가까이 접근시킬 수가 없는 하나의 지나간 생각처럼 표현시킨 것이었다.

그것을 듣고 있으니깐 가수와 가수가 환기시키고 있는 정경情景사이에는 긴 거리가 — 더욱 떨어져 있는 원경이 느껴지는 것이었다.

이날 밤 '루시'는 반주자에 대해서 어느 정도의 주의를 하려고 노력했다 —. 만일 그가 내일부터라도 이 사람의 대리를 맡아보게 된다면 확실히 그렇게 하는 것이 옳은 일이었다. 요 전번의 음악회에 있어서도 그러하였지만 반주자가 이처럼 교묘하게 가수에게 합친 피아노를 치는 것을 들은 일이 없다고 그는 생각했다.

간혹 "길 안내의 새가……"라고 하는데 그렇게 말한다면 그 청년의 짧고 뭉툭한 손가락에는 어딘지 기분이 좋지 않은 데가 있었다. 그는 그 청년을 존경했다. 그러나 웬일인지 그리 좋아지지는 않았다.[55]

이미 질투의 마음이 생겼는지? 아니다 그의 풍모 속의 어떠한 것이 그의 신경을 쓰게 하고 좋지 못한 기분을 갖게 했다.

그에게는 그림과 같은 — 너무도 그림과 같은 점이 있었다. 그는 때와 장소에 있어서는 붉은 머리와 잘 조화가 될 수 있는 참으로 흰 얼굴이었다. 거기에 오늘 이러한 올리브색의 비로드의 막을 배경으로 하고 그가 앉아 있으면 그의 눈과 코가 전혀 사라져 없어진 것처럼 생각되었다. 그의 얼굴은 말하자면 비로드에 향해 내던진 한 주먹쯤 되는 밀가루와 같은 것이었다.

머리는 귀에서부터 뒤는 좀 편평扁平한 느낌을 주며 그 붉은 머리털이 억세긴 하나 어딘지 맥이 없는 잔털을 주어서 모아 만든 둥근 가발을 쓰고 있는 것처럼 보였다.

미술관에서 이와 똑같은 곱슬머리를 한 석고상을 본 기억이 있다고 그는 생각했다. 웬일인지 모르되 그는 이와 같은 사내가 스테이지를 걸어서 건너가는 때의 모습이 참으로 싫었다. 발이 나쁘기 때문에 그 걸음걸이가 묘하게 힘이 없어 보이며 파도의 물결치는 사이에 표류하고 있는 것과 같고 꼭 헝겊 쪼가리가 걸어 다니는 것 같다고 그는 생각했다. 그러나 육체적 결함에서 사람을 나쁘게 생각한다는 것은 좋지[56] 못한 일이었으며 거기에 이 남자가 절름발이가 아니었다면 그는 내일 '세바스챤'의 스튜디오에 갈 필요가 없었을 것이다 — 아니 '세바스챤'에게 만날 기회까지도 절대로 없었을 것이다.

'제임스 모크퍼드'의 발이 나빴던 것이 그의 신상에 이렇게 가장 중대한 사건을 일으키게 한 원인으로 되었다는 것은 참으로 불가사의한 운명이다.

음악회가 끝나자 구식 연미복과 백색 모슬린의 넥타이를 맨 '파울 아우어바흐' 선생이 그의 옆으로 왔다.

"루시 씨 나는 이제부터 스튜디오에 돌아가려고 생각하는데 당신도 함께 가시지 않겠습니까?"

그는 주저했다.

"선생님 모처럼 말씀하시는데 오늘 저녁만은 실례하겠습니다. 저 '세바스챤' 선생님은 정말 내일 제가 가는 것을 기다리실까요. 어떠실는지?"

6

그다음 날 아침 '루시'는 '미시간' 통을 향하여 거리에 나갔다. 그는 행복하[57]였다. 허나 또 웬일인지 무섭기도 했다. 어떠한 하나의 것을 생각하려고 해도 주의가 집중되지 않았다. 웬일인지 정신이 자기의 마음에서 도망쳐 나가서 높은 건물의 맨 위의 일광이 내려 쪼이는 곳에서 이곳저곳으로 날아다니고 있는 것 같았다. 정각 10시에 그는 예술회관에 들어가 자기가 '세바스챤' 씨에게 면회하기로 약속되어 있다는 것을 문지기에게 알렸다. 그는 벨을 누르고 엘리베이터를 불러주었다. 그리고 그는 6층에 올라갔다. 유기로 된 노커를 들어 올리니까 '세바스찬' 자신이 문을 열어 주었다.

"기다리고 있었습니다."

그는 머리를 끄떡끄떡거리며 말했다.

"당신이 고향에서 돌아오셨다는 것은 알고 있었습니다. 어젯밤 저의 청중들 틈에서 당신의 모습을 보았으니깐요—. 더욱이 당신은 기둥 옆에서 듣고 계셨지요? 그 음악회를 어떻게 생각하고 계십니까?"

그는 '루시'의 오버를 벗기고 그곳에 걸어주었다.

"모자도 벗어버리는 편이 좋으실 것입니다. 그편이 훨씬 기분이 좋으실 것 같습니다."[58]

음악실은 현관에서 바로 얼마 안 되는데 있으며 그 사이에는 도어가 하나 있을 뿐이었다. '루시'는 그곳에 들어가 보니까 거기는 일광이 전면에 쪼이는 넓은 방이며 전체의 색채가 좀 어두운 빨간 색으로 통일되어 있는 것을 알았다. 주단도 커튼도 의자도 꼭 같은 색이다. 피아노는 앞에 창이 두 개 있는데 그 사이에 놓았다.

'세바스찬'은 그가 서먹서먹하여 특별히 아무것도 보지 않고 있는 것을 알았다. 아마도 또 겁을 먹고 있는 것일 게다.

"곧 시작해 볼까요? 이야기는 후에도 할 수 있으니까요. 〈엘리야〉를 좀 연습해 보십시다. 근근 센트 폴에 가서 오라토리오聖樂협회에서 그것을 노래하지 않으면 안 될 것이고 나는 참 오랫동안 그것을 보지 않고 있으니."

'루시'가 피아노 앞에 앉으니까 그는 악보를 대臺에 올려놓고 페이지를 들쳐주었다.

"내가 할 차례가 되기 전에 여기의 테너의 아리아를 다해 보십시다. 물론 나에게는 참으로 소리가 높으나 여하간 한번 이것을 노래하고 싶습니다."

그는 그 페이지를 손으로 가리키면서 노래를 시작했다.

"진심을 갖고 또한 구하면."[59]

× × ×

"전체에 대한 좋은 서곡이 아닙니까? 이번에 꼭 여기서부터 시작해봅시다."

그는 '루시'의 바로 뒤에서 몸을 꾸부리고 손으로 그곳을 가리켰다.

그는 칠피 구두를 신고 두 손을 실내복喫煙服 주머니에 넣은 채 노래하면서 이곳저곳을 걸어 다녔다.

'루시'에게는 자기 앞에 놓여 있는 악보 이외의 것을 생각할만한 여유가 없었다. 한 시간 반이라는 시간이 순식간에 지나갔다. 겨우 피아노와 노래가 잘 맞았다고 그가 생각했을 때 '세바스찬'은 그의 어깨에 손을 놓았다.

"'게이하트' 씨 오늘은 이것으로써 충분합니다. 처음의 테스트로서 참으로 훌륭합니다. 내일도 같은 시간에 시작하실까요. 그리고 하다가 틀리는 데가 있어도 절대로 동요하지 마십시오. 제일 중요한 것은 융통성이니까요. 더욱 템포는 재빨리 저의 암시暗視를 알아채도록 해주십시오. 제가 곡이 잘 맞지 않을 때가 있어도 제가 하는 대로 따라와 주시기 바랍니다. 이유가 있어서 그렇게 하는 것이니 — 아니 그것은 저의 독단인지도 모릅니다마는, 자 그러면 이쪽 불 옆에라도 앉아서 '포트 와[60]인'이나 비스킷이라도 잡수십시오. 많이 수고하신 것 같으시니까."

그는 일어나서 '세바스찬'이 가리키는 의자 쪽을 향했다. 그는 갑자기 피로한 것을 느꼈다. '세바스찬'이 무거운 커튼을 좀 내려놓았으므로 햇빛은 주단과 유기로 만든 화로에만 비치게 되었다.

그는 포도주가 든 병과 글라스를 올려놓은 쟁반을 가지고 와서 '루시'의 바로 건너편 쪽 의자에 앉아 화로에 발을 올려놓고 잠이 들려고 했다.

"'게이하트' 씨 당신은 지금까지 〈엘리야〉를 잘 노래 부르는 것을 들어본 적이 있습니까?"

'루시'는 지금까지 그 노래는 전혀 들은 일이 없다고 대답했다.

그는 혼자서 기분이 좋은 듯이 미소를 띠었다.

"멘델스존 같은 것은 요즘엔 별로 잘하지 않지요, 최근의 유행은 누구입니까? 드비쉬인가요? 여러 사람들은 대개 만찬회 같은 데서 무슨 얘깃거리로 하기 위해서 음악에 흥미를 갖고 있지 않나요?"

'루시'는 그런 문제에 대해서는 무어라고 말할 자격이 없다고 말했다. 도대체 그는 만찬회 같은 데 나가본 일이 없으며 '시카고'에서는 '아우어바흐' 교수와 그 2, 3명의[61] 제자들 이외에는 아무도 몰랐던 것이다.

"그러면 당신의 고향에서는 어떠합니까."

"저의 고향에서는 음악에 참으로 흥미를 가지고 계신 분은 저의 아버지뿐이라고 생각됩니다. 부친께서는 마을의 밴드를 지휘도 하고 클라리넷의 교수도 하시고 계십니다."

"부친님은 음악 선생이십니다 그려."

"그렇다고는 말할 수가 없습니다. 본직은 시계방입니다. 클라리넷과 플루트를 잘하시며, 바이올린도 조금은 하십니다."

"물론 독일인이시겠지요? 그것은 좋은 일입니다. 플루트를 부시는 독일인의 시계방 주인…… 이라는 부친을 가지고 계시다는 것은 즐거운 일이 아닙니까?"

'세바스찬'은 그가 어떻게 돼서 '시카고'에 나왔으며 '아우어바흐'에게 공부하게 되었는가를 물었다. 그 질문이 보통 남들이 하는 식의 질문이 아니라는 것, 그가 진심으로 '루시'의 생활에 관해서 그 무엇을 알려고 애쓴다는 것을 그는 느꼈다. 그래서 '루시'는 간혹 생기는 수치스러운 심경을 이겨나갈 수가 있었다.

이렇게 두 사람이 이야기하고 있을 때 밖의 도어가 조용히 열리자마자 풀을 진하게[62] 먹여서 빠닥빠닥한 흰옷을 입고 소리가 나지 않는 테니스화를 신은 자그마한 남자가 양복 걸이에 윗저고리를 몇 개인가 걸고 방을 조용하게 지나서 구석의 침실로 들어가 버렸다.

"저 사람은 나의 몸 심부름을 해주고 있는 '주세페'라는 자입니다."

'세바스찬'은 이렇게 설명했다.

"자 이곳에 좀 오셔서 그 사람이 얼마나 잘 나를 위하여 일을 해주고 있는지를 봐주십시오."

그는 도어를 열고 '루시'를 침실로 안내했다.

"주세페! 이 분은 모크퍼드 씨가 건강해질 때까지 나의 반주를 해주시게 된 분이요. 좀 우리들의 생활 형태를 보여드리려고 생각해서."

"그러십니까."

'주세페'는 반가운 듯이 웃으며 의상장에서 한 발 뒤로 물러나와 마치 자기가 화랑이나 또는 어떤 곳의 안내역인 것처럼 몇 줄로 걸어놓은 웃저고리와 바지를 가리키면서 설명했다. '루시'가 이것으로써 충분히 다 보았다고 생각했을 때 그는 손을 척 내밀고 화장대와 한 점도 틀린 것을 발견할 수 없는 윤곽을 한 침대 쪽을 가리켰[63]다.

"그렇습니다. 저 사나이는 어떠한 것이나 잘 정리해서 깨끗이 정돈해둡니다. 그 실례로서 저의 책상 서랍을 좀 열어보십시오. 마치 당신의 서랍과 같은 기분이 생기실 것입니다. 거기에 조반까지 만들어서 저에게 갖다 주니깐요."

'주세페'는 마치 작은 어린애들이 칭찬을 받을 때와도 같이 두 손을 배위에다 올려놓고 빙그레 웃었다. 이렇게 말하고 보면 얼굴까지 어딘지 소년과 같았다.

그러나 머리털은 얼마 없고 광택은 없으며 그 넓고 붉은 이마에는 왼쪽에서 바른편에 걸치어 깊은 주름이 파져 있는 것을 그는 보았다. 얼마 후 그가 화로에 새 석탄을 집어넣기 위해 음악실의 한편 구석에 갔었을 때 '루시'는 '세바스찬'에게 '주세페'는 오랫동안 그와 함께 있느냐고 물어보았다.

"나는 저 사나이를 여행 도중 런던에서 만났습니다. 원래는 플로렌스의 호텔에서 일을 하고 있었던 모양인데 나는 이처럼 잘 일을 해주는 인간을 아직 모르고 있습니다. 생각해보십시오. 저 남자의 이마에 주름살은 모두 타인의 양복과 구두와 조반 때문에 머리 골을 쓴 덕택으로 그리되었으니까요. 나에게는 전 세상에서 저 작은 사나이가 해주는 것과 같이 나를 위해서 일해 주는 친구는 한 사람도 없습니다.[64]

이렇게 말하는 그의 말투에는 어딘지 '루시'의 기분을 이상하게 하는 것이 있었다. 아 내가 '주세페'였었다면 그는 이렇게 소원하고 싶을 정도였다.

결국 예술가에게 있어서 도움이 되는 것은 그 예찬자보다도 오히려 이러한 인간이었을지도 모른다.

얼마 후 '루시'가 스튜디오에서 나와 보니까 작은 현관 사이에 놓여 있는 테이블 서랍 앞에 예의 이태리인이 서 있었다. 그는 이 서랍 하나하나씩을 열고 각각 흰 손수건 노란 빛깔이 나는 손수건 그리고 회색 손수건을 잘 접어서 집어넣는 것이었다.

이처럼 아름다운 질서 속에서 생활하기 위해서는 어느 누구나 성공해 가지고 돈을 많이 벌어야한다고 그는 생각했다.

점심을 끝마치고 자기 자신의 방에 돌아온 '루시'는 그리운 것과 같은 또는 불쌍하게 생각하는 마음으로 자기가 있는 방을 살펴보았다.

그는 커튼을 제치고 창을 마음껏 열어놓고 힘없이 베드 위에 몸을 내던지고 말았다 — 일어나서 있기에는 너무도 피로했으며 잠들기에는 심히 흥분하고 있었다. 그때에는 별로 느끼지 못했던 일들이 갑자기 한꺼번에 그의 머릿속에 나타났다.[65]

— 의자에 걸려 있었던 화장옷이라든가 화장대 위의 은제품, '주세페'가 침대 위에서 주름을 펴고 있던 그 해면과 같이 부드러운 모포라든가 테이블 서랍 속에 넣던 그 손수건 등이 '세바스찬' 자신의 기품을 흐리게 할 만한 것은 그 어떠한 것도 그의 신변에는 가까이 오지 못하는 것 같았다. 그는 그와 같은 생활을 하고 살고 있는 인간을 지금까지 알지 못했던 것이다.

'해리 고든' 확실히 부자이다. 그는 여러 대의 마차와 품질이 좋은 말과 썰매와 총을 가지고 있었으며 양복은 '시카고'에서 조제시키고 있었다. 그러나 그에게 있어서는 물건이 묘하게 눈에 띄며 그것이 하나도 그 자신의 일부로 되어 있지 않았다. 그의 외투는 만지기가 꺼칠꺼칠했으며 모자는 참으로 어색한 모습이다.

거기에 그 자신도 '루시'가 알고 있는 다른 모든 사람들과 마찬가지로 조야粗野했다. 물론 고향에서는 '멋있는 청년'이라고 불리고 있었으며 자기의 시골 거리에서는 버젓한 점잖은 신사였으나 큰 도읍에 나오면 마치 군중 속에서 자기가 무시당하는 것을 겁내고 있는 것처럼 일종 으스대는 법이 있었다.

그는 '세바스찬'이 뒤축이 없는 신발을 신고 옛날 비로드로 만든 재킷을 입고 햇[66]빛을 등허리에 쪼이면서 서 있었을 때의 모습을 생각했다.

이러한 사람이라면 전세계 어떠한 곳에 내놓아도 조금도 손색을 느끼는 일이 없을 것이다.

이 사람은 여러 가지 생활을 했으며 여러 가지 일을 정복征服해 왔으므로 자연히 생겨져오는 일종의 단순성을 구비하고 있었다.

여하튼 순식간이나마 그의 생활에 접촉했다 해도 그것은 깊은 반향을 가진 종을 두드리는 것과 같은 것이었다. 귀에 들리지 않는 것을 모두 느낄 수 있는 것이었다.

7

당분간 '세바스찬'이 거리에 있을 사이에는 '루시'는 매일 스튜디오에 나가기로 결정했다.

아침 그는 눈을 뜨면 하룻밤 중 황금의 구름을 타고 온 것과 같은 경쾌한 기분이었다.

잠시 동안 그대로 옆으로 드러누운 채 잠에서 깨는 육체적인 쾌감에 빠지고 난 후 그는 차가운 낭하를 뛰어가 자기와 같이 3층에 사는 다른 사람들이 일어나기 전에 물을[67] 끼얹는 것이었다.

아래층 식당에 내려가면 커피의 향기가 참으로 좋았다. 아침 일찍이 일어나는 사람들에게는 하늘빛 깅엄 복에 흰 에이프런을 한 '슈네프' 부인이 자신 차를 날라다주는 것이다. 부인은 '루시'에게 요즘은 어째서 전보다 아침 식사를 많이 먹게 되었느냐고 물었다. '루시'는 웃으며 그것은 전보다 돈을 많이 벌게 된 때문일 것이라고 대답했다.

"그것은 참으로 좋은 일입니다"

라고 베이커리 집 주부는 머리를 끄덕거리며 말했다.

아침밥을 먹고 '루시'는 3층에 올라가 방을 정돈했다. 그에게는 '주세페'와 같이 베드를 높이 부드럽게 잘 쌓아올릴 수는 도저히 할 수 없었다. 그러나 그것은 그가 수프링이나 모피와 같이 얇고 부드러운 모포를 가지고 있지 않았기 때문이다.

밖은 1월 달로서는 기적적인 일기였다. 그는 언제나 '미시간' 통을 향하여 아침 일찍이 걸어 나가 예술회관에 들어가기 전 한 시간쯤은 호숫가에 있는 유보도遊步道를 걷는 시간이었다.[68]

그해 1월에는 호수는 거의 얼지 않고 푸른 물결은 금빛 잔 파도를 일으키고 백주와 꼭 같이 그의 앞에 아름다운 모습을 자랑하고 있었다.

머플러(목도리)를 바람이 스치는 뺨 쪽에 대고 걸어 다니고 있을 때 만일 희망만 한다면 손에 들어오지 않는 것이 이 세상에서 하나라도 있다고는 믿지 못할 기분이었다.

수면水面을 거쳐서 부드러운 찬바람은 그의 온몸 속에 생명의 불꽃을 남김없이 일으키는 것 같았고, 또 그것은 모든 것을 삼켜버리는 불꽃과 같았다. '루시'는 때때로 숨을 쉬기 위하여 그 바람을 뒤로 향해서 받지 않을 수 없었다.

열 시에 그는 스튜디오에 들어갔다. 그리고 아침 늦잠을 자고 오정 때까지 외출을 하지 않는 남자에게 신선한 아침 공기를 갖다주는 것이었다. 그는 '세바스찬'이 담배를 한 대 피울 때까지 화로에서 손을 녹이고 있었다. 만일 '세바스찬'이 옷을 갈아입는데 시간이 걸릴 때에는 왼쪽 손에 수건을 들고 있던 '주세페'가 그의 노크에 대답하여 "주인은 지금 곧 나오십니다"라고 말하면서 그의 외투를 받아 못에 걸어주는 것이었다.

그는 '루시'를 이태리식으로 '세뇨리나 루치아'라고 불렀다. '루시'와 '세바스찬'이 일을 시작하면은 '주세페'는 노래가 겨우 들리도록 도어를 좀 열[69]어 놓고 침실에 들어가서 침대를 정돈했다.

어떤 날 아침 '세바스찬'이

"그것으로 만족하다.

나는 나의 조상과는 다르니깐"

이라고 노래를 끝마쳤을 때 '루시'는 그의 얼굴을 보려고 의자에 앉은 채 충동적으로 뒤를 바라보았다. 그는 비판적인 이야기는 일체 입에서 꺼내지 않기로 했다(그가 그러한 것을 좋아하지 않는다는 것을 알고 있었기 때문에……) 그러나 긴장을 풀기 위해서 간혹 어떤 육체적인 동작을 하지 않으면 안 되었다. 보니까 침대의 도어 옆에 '주세페'가 수줍게 두 손을 배 위에 놓고 머리를 좀 옆으로 돌리고 서 있었는데 그 예민한 얼굴과 똑똑하게 보이는 작은 눈은 조용하게 명상에 빠지고 있었다. 그다음 순간 정신을 바짝 차리고 '세바스찬'의 눈을 똑바로 바라보며,

"참으로 훌륭했습니다"

라고 목쉰 소리로 말을 했는가 하면 어느 틈에 현관을 향하여 모습을 감추고 말았다.[70]

'루시'는 새롭고 잘 익숙하지 않는 이 집에 와 있는 동안에 있어서 '주세페'를 마치 보호자처럼 생각하며 의지하고 있었다. '루시'는 거리에서 5, 6회 그와 만난 일이 있었는데 그것은 그가 기다란 회색 오버를 입고 높은 모자를 쓰고 어디로인지 심부름을 하러 가는 때였다.

'루시'의 모습을 보자마자 그는 모자를 벗었는데 그의 얼굴은 아니 전신은 두 사람이 이렇게 만나게 된다는 것은 참으로 놀라운 일이며 거의 초자연적인 것처럼 놀라움과 즐거움을 표현하는 것이었다.

'주세페'와 그와의 교제는 급속히 진행되었으나 '세바스찬'에 대해서는 최초의 날 이상으로는 진행되지 않았다.

그는 은근한 직업적인 태도의 그림자 속에 완전히 몸을 감추고 있었다 — 그리고 그 태도는 충분한 완성의 경지에 이르고 있었으므로 진실한 그가 아니면 참으로 방심 상태에 있을 때에는 그 태도만이 '세바스찬'이라는 인간을 밖으로 향하여 나타내고 마는 것이다. 그의 친절함에 '루시'는 당황하고 어느 정도 실망도 하였다.

'루시'가 얼마 전 거리와 공원에서 간혹 우연하게도 '세바스찬'을 만났을 때[71]에는 그의 얼굴은 가까이 갈 수 없는 것처럼 생각되었던 것이다.

때때로 '그는 그의 얼굴이 존엄하고 냉담한 것이다'고 생각한 일도 있었으며 그것이 우울한 얼굴로서 그의 마음을 졸이게 한 일도 한두 번이 아니었다. 그런데 스튜디오 안에서는 그와 같은 모습은 전혀 엿볼 수 없었다. 그는 미소를 띠고 '루시'를 맞이 해주고 오전 중은 쭉 친절하고 기분좋은 태도를 잃지 않았다. 그러나 지난날 몰라보았던 또 한 사람의 인간만이 그의 진실한 모습에 틀림이 없을 것이라는 마음을 지니고 그는 언제나 그와 헤어지는 것이다.

섬세한 우연적인 일들이 점점 그와 가까이 할 수 없었던 담垣을 부숴주었다.

어떤 때 '루시'가 '미시간' 통의 호숫가를 걸어와서 마침 예술회관 쪽을 향해 길을 건너가려고 할 때 무심코 시선을 올려다보니깐, '세바스찬'이 열려 있는 창가에 기대어 그가 오는 것을 바라보고 있는 것이 눈에 띄었다. 그는 조금 몸을 창밖으로 내밀며 손짓을 했다. 그 후부터 그는 거의 매일 아침처럼 창가에 서 있었다. 그 때문인지 집에 들어가면 문에서 그가 맞이해 주는 방법이 변해졌다. 그것은 마치 두 사람이 이어 거리에서 만나서 함께 스튜디오에 들어오는 것과 같았다. 그의 손을 잡을 때의 그의 눈에는 더한층 날카로운 흥미가 반짝이며 어딘지 '루시'가 그의 마음[72]을 즐겁게 할 수 있는 것을 무엇인가 가지고 온 것처럼 그는 그의 얼굴을 내려다보는 것이다. 실제로 어느 때에는 그와 꼭 같은 말을 한 적도 있었다. '루시'가 아무 생각 없이 모자를 벗어 현관 테이블 위에 올려놓으면 그는 그것을 다시 들어가지고 갈색 모피를 손으로 쓰다듬고 그다음 가느다란 빨간 날개털을 손톱으로 퉁긴다.

"저 '루시' 씨 나는 이 작은 빨간 날개털이 거리의 저 편에서 오는 것을 보는 것이 참으로 좋습니다. 나는 그것을 언제나 창가에 기대서서 찾고 있습니다. 그러므로 만일 그 빨간 날개가 오지 않는 일이 있다면 나는 참으로 실망할 것입니다. 당신은 추위 속을 걸어오는 것을 참 유쾌히 생각하시지요. 청춘 시대에는 인생의 즐거움은 발에 있다고 몽테뉴는 어디선지 말하고 있습니다. '루시' 씨 당신은 그 문구를 저에게 또다시 상기시켜 주셨습니다. 완전히 잊어버리고 있었는데."

그는 잘 우스운 이야기를 '루시'에게 해주었다. 그러한 것이 그의 항상 하는 습관은 아니었으나 '루시'의 웃음소리를 듣기 위해서 그렇게 하는 것이다. 더욱 그러한 것을 말하는 사람은 아니나…… (남을 칭찬하는 것은 거의 아름다운 자연의 표현에 대해서 슬픈 효과를 초래하는 것이라고 그는 믿고 있었다)[73]

그는 단지 자기의 즐거움을 위해서 그를 웃기는 것이었다. 아름다운 웃음이란 확실히 드물게 보는 것이다.

그는 '루시'가 가고 나면은 잘 눈을 감고 마음속으로 그 웃음을 흉내 냈던 것이다. '루시'가 가지고 있는 것 중에서 이와 같은 무의식적인 육체적인 반응처럼 그를 더욱 '루시'에게 끌고 가는 것은 없었다.

'루시'는 '세바스찬'의 외면적 생활에 관해서는 겨우 전화를 할 때의 이야기에서 알 수가 있었다. '루시'가 피아노를 다 치고 나면 추운 밖으로 나가기 전에 언제나 그는 '루시'를 잠시 동안 쉬어 가도록 해주었다. 그는 의자에 앉아서 말을 걸기 시작했는데 두 사람의 화제는 전화가 걸려오기 때문에 잘 중단되는 일이 있었다—. 이 빌딩의 교환수는 열한 시 반을 지나기 전까지는 그에게 전화를 연결시키지 않기로 되어 있었다. 옆에 앉아 있는 '루시'로서는 그가 전화를 하고 있는 말을 듣지 않을 수 없었기 때문에 그의 약속과 그의 사업상의 여러 문제와 그의 친구가 누구누구라는 것을 또한 알지 않을 수 없었던 것이다.

상대가 부인일 경우에는 저편 여자가 놀랄 정도로 그의 말은 친절하고 타일러 주는 투로 언제나 말했다. 그는 초대를 거절할 때에는 참으로 앞이 뻔히 보이는 것 같은[74] 거짓말을 손쉽게 말하고 그것을 가장 참말인 것처럼 보이려고 노력하는 모습이었다. 그러나 언제나 똑같이 상대편에서 듣기 좋은 말을 몇 마디 하는 버릇을 잊지 않았다—. "댁의 어여쁜 따님에게 모쪼록 잘 말씀을 해주십시오. 참으로 재미나는 책을 추천해주셔서 감사합니다"라는.

매일 전화가 걸려오면 그는 먼저 그의 음악회의 주선을 해주는 모리스 와이즈본으로부터 전화를 받게 되는 것이다. 두 사람의 이야기는 보통 때는 지극히 짧았으나 어떤 날 아침 와이즈본의 호출에 응한 '세바스찬'의 소리가 갑자기 변하는 것을 '루시'는 들었다.

"그것은 무엇입니까 모리스 군? 그 편지는 언제 왔습니까? 아니 나에게는 그 일에 관해서는 아무 말도 해오지 않았어. 우리들의 편지에는 사무적인 문제에 대해서는 탓하지 않기로 되어 있으니깐. 그것은 자네에게 일임시키고 있지 않은가? 그 여자가 말하여 온 돈의 액면만을 송금시켜 주게. 오늘 중으로 늦지 않도록…… 물론 됩니다. 심 계산을 연기시켜둘 수밖에 없는…… 좋아…… 그러면 점심때 공회당公會堂에서 만나도록 합시다. 그때에 소절수를 쓰겠으니깐……."

전화기에서 돌아오자, 그는 또 다른 담배에 불을 붙이고 먼젓번에 '루시'에게[75] 이야기하였던 그가 처음으로 '드뷔시'를 만났을 때의 이야기를 또다시 시작했다. 그러나 그 미소에는 어딘지 쓸쓸한 부자연한 데가 있었다. '루시'는 일어나 밖으로 나갔다.

돈을 보내 달라고 써 보내온 여자가 '세바스찬'의 부인이라는 것은 이름은 나타내지 않았다 해도 그에게는 확실히 알게 되었다. 그리고 그것은 창피한 일이라고 생각하였다. 그는 언제나 부인에 관해서는 기사騎士와 같은 태도로서 예찬하는 어조로 말했었다. 또 요 최근 동양에서 온 어떤 친구에게 대해서 '세바스찬' 부인은 '시카고'의 겨울의 기후가 싫으므로 그와 지금 함께 있지 않다는 의미를 그가 전화로 설명하는 것을 들었다. '루시'에게는 그들 부처가 지금까지 해온 일과 보아온 일들에 관해서 간혹 말할 때가 있으면 그는 참으로 그 회상이 즐거웠던 것처럼 갑자기 힘을 얻고 얼굴에 미소를 띠는 것이었다. 그러나 오늘 처음으로 지금의 두 사람 사이가 옛날과 같지 않다는 것을 '루시'는 확신한 것이다. 그가 불행한 것은 아마도 이 때문일 것이다.

그의 태도는 '루시'가 함께 있을 때에는 인생을 유유히 즐거워하고 있는 — 그[76]렇다 하더라도 어느 정도 인종하고 있는 것이었지만 — 사람의 태도이었다. 그는 전화를 걸어오는 사람들 중의 몇 사람에게는 참으로 호의로 대해주고 있었다. 거기에 또 '제임스 모크퍼드'에 대해서도 애착을 갖고 있는 것을 그는 알고 있었다. 그는 현재 어떤 때 '제임스 모크퍼드'는 "때가 변하는 데에 따라서 변하지 않는 소수의 친구의 한 사람"이라고 말한 적도 있다. 그러나 그에게는 어딘지 사람들에게 접근하는 것을 피하려고 주의하고 있는 점이 있었다. 그는 틀림없이 어떤 일에 — 그렇지 않으면 모든 일에 — 실망하고 있지 않은가 '루시'는 생각했다.

그를 위하여 반주를 시작해서 3주일 가까이 된 어느 날 '루시'는 참으로 우연히 보통 때는 그 친절한 태도가 감추어 두고 있는 그의 다른 반면을 보았던 것이다. 어느 저녁때 일이였는데 '주세페'가 '루시'의 방의 도어를 노크하고 '세바스찬'으로부터의 편지를 전해주었다. 그는 한 친구의 장례식에 참석하게 되었으니깐 내일 아침엔 스튜디오에 있지 않겠다는 것이다.

'루시'가 석간신문에 눈을 돌리니깐, 캘리포니아에서 돌아와서 얼마 되지 않는 불란서의 성악가 '르네 드 비뇽' 부인이 겨우 24시간밖에 알지 못하고 어젯밤 그 호텔에서 서거했다는 것을 알았다. 장례식은 '루시'가 사는 호텔[77]의 근처에 있는 조그만 가톨릭교회에서 거행되며 유해는 불란서에 보낸다는 것이다.

다음 날 아침 정각 조금 전에 '루시'는 몰래 그 교회에 들어갔다. 참여자[51]가 너무 많지 않았으므로 그는 좀 실내가 어두웠으나 '세바스찬'의 모습을 단번에 찾아낼 수가 있었다. 그는 왼손에 얼굴을 기대고 무릎을 꿇고 있었다. 부드러운 오르간의 주악奏樂이 시작되고 입구의 두 개의 문이 열리고 관棺을 멘 사람들을 안으로 들어오기 위해 문이 그대로 열려 있을 때, 그는 머리를 들고 자리에 앉은 채 몸을 돌리고 여섯 사람의 어깨에 실려 회당에 운반되는 관 쪽을 바라보았다. 승려와 향로를 가진 사람들의 일단이 그것에 따라 통로를 조용조용히 제단 쪽으로 걸어갔다. 행렬이 진행되는 동안 '세바스찬'의 시선도 그것에 따랐다. 그는 머리를 서서히 돌리고 '루시'의 마음에 어딘지 찬바람이 돌 것만 같은 눈으로 그것을 견송하는 것이다. 그것은 전율할 만한 눈초리며 고뇌와 절망 그리고 애원에 가까운 표정이었다.

모든 사람의 얼굴이 그 행렬 쪽을 향하여 진심으로 향하고 있었으나 그의 얼굴만이 격렬한 개인적인 감정 때문에 다른 얼굴 속에서 확실히 뛰어나고 있었다.

그는 자기 자신을 잃고 자기가 어디 있는지 또 자기 쪽을 바라보고 있는 사람들이 있[78]다는 것도 잊고 있었다.

어둡고 검은 절망의 파도가 회당 속에 쳐들어오고 그와 그 검은 관도 함께 통로의 저쪽으로 밀려나가는 것처럼 '루시'에게는 생각되었다―. 승려와 내회자들은 그러한 일에는 전혀 아무것도 느끼지를 못했으나, 이 부인에 대해서 특별히 친한 우인이었든가? 그렇지 않으면 그에게 있어서 무섭게 생각되었던 것은 주검 그 자체였단 말인가? 사랑하는 모든 것에서 멀리 떠나 이향異鄕의 호텔에서 죽어 갔다는 그런 것에 대해서였든가?

51 원본에는 '참열자'로 표기되었다.

식이 열리는 동안 그는 쭉 그대로 앉아 있었다. 때때로 손수건을 꺼내어 이마를 씻고 있었으나 관이 또다시 문밖으로 나가기까지에는 얼굴도 넓은 검은 어깨도 들려고 하지 않았다. 관이 그의 옆을 지나갈 때 잠시 동안 생기를 잃은 거의 반쯤 감은 눈으로 그것을 보고 있었다.

그는 제일 먼저 회당을 나간 단 한 사람이었다. '루시'가 밖의 석단石段까지 나왔을 때에는 그가 가로의 먼 저편을 어깨를 버쩍 세우고 똑바로 선 모습으로 걸어가는 것을 보았다.

또 지난 11월의 어느 날(그것이 어찌된 셈인지 벌써 오래된 옛날처럼 생각되는[79]지!) '루시'는 우연히 지나가던 어떤 교회당에서 — 그것은 참 큰 사원이었는데 — 그가 나오는 것을 본 일이 있었다. 그는 문에서 나와가지고 돌층계를 내려 보통 때처럼 차를 찾기 위하여 사방을 돌아보는 일도 없이 똑바로 북쪽을 향하여 걸어가 버렸다. '루시'는 그 얼굴의 표정에서 볼 때 틀림없이 그는 어떤 종교적인 예식을 끝마치고 나오는 것이라고 느꼈다. 그는 그 사원 속에 들어가 보았다. 거기에서는 별로 예식 같은 것을 한 것 같지도 않고 그 건물 속에는 10명의 인간도 없었다. 그러나 그에게는 틀림없이 그가 그 혼魂의 문제에 관련된 목적으로 그곳에 온 것이 틀림없다고 생각했다.

8

'세바스찬'과 '모크퍼드'는 주말에는 어디서나 독창회를 열기 위하여 거기에 나가는 것이 그 예로 되었었다.

'세바스찬'은 그 청년에게 전화를 걸고서 오후가 아니면 밤에 만날 약속을 하게 되어 있었다. 따라서 '모크퍼드' 쪽에서 오전 중에 이곳으로 오는 일은 없었다. '루시'에게는 그것이 고마웠다. 그는 음악회의 스테이지 이외에는 그에게 만난 일도[80] 그를 본 일도 없었다.

어떤 날 아침 '세바스찬'이 〈겨울의 여행〉 속의 노래를 몇 개 그에게 주면서 그것을 보아두도록 부탁하였을 때 그는 한숨을 쉬면서 머리를 옆으로 흔들었다.

"그러한 일을 해도 별로 소용이 없다고 저는 생각합니다. '모크퍼드' 씨가 그것을 치시는 것을 들은 후에는 저로서 되는 일은 겨우 그 악보만 보고 쳐 본다는 것뿐이어요."

'세바스찬'은 웃었다.

"그렇다면 지미는 그러한 것에 관해서는 좀 천재입니다 그려? 슈베르트 자신도 그 노래가 그렇게도 훌륭하게 연주되는 것을 들은 일이 없지 않을까요? 더욱이 머릿속에서는 있었는지도 모르지만…… 지미도 모차르트나 이태리의 작곡가의 것이 되면 특히 잘하지는 못합니다마는…… 그러나 좋은 독일 리드라면 그는 어떠한 것을 해도 잘합니다. 나도 그에게서 여러 가지 좋은 힌트를 받았습니다."

'세바스찬'이 '미네소타'나 '위스콘신'에서 열리게 되는 음악회의 약속으로 떠나려고 하는 날 '루시'는 작별 인사를 하기 위하여 스튜디오에 갔다. 그런데 도어를 열면서 "어서 들어오십시오"라고 말한 것은 다른 사람이 아니라 '모크퍼드'이었[81]다. '루시'는 망설이게 되고 혹시 될 수만 있다면 도망치려고 생각했다.

"어서 들어오십시오. '게이하트' 씨 당신이 '게이하트' 씨지요? 클레멘트는 잠깐 올스턴의 스튜디오에 나갔습니다. 자 어서."

그는 '루시'의 외투를 받아들고 그가 음악실에 들어가는 것을 기다리고 그의 뒤에서 절름거리며 따라 들어갔다.

그가 '루시'를 위하여 의자를 끌어당기고 석탄불을 쑤시고 있는 동안 '루시'는 처음으로 낮의 밝은 광선 아래서 이 남자를 보았다.

그는 대단히 젊은 남자 아니 이제 겨우 청년이라고만 생각하고 있었는데 오늘 아침은 별로 젊은 것 같지는 보이지 않았다. 도리어 늙어 보이고 몸짓이 긴장되어 보였다. 그 흰 피부까지가 단단하고 어딘지 '고무'와 같은 느낌을 주며 면도칼이 잘 들지 않은 곳에는 털이 노랗게 빛나고 있었다. 좀 동색銅色인 붉은 머리는 참으로 잘 머리에 꼭 붙어있으며 잘 만들어진 가발을 쓰고 있다고 해도 별로 의심할만한 사람은 없었을 것이다.

"'게이하트' 씨, 만나보게 되어 반갑습니다. 제가 없는 동안을 돌봐주신 예를 올릴 기회를 갖게 된 것을 기뻐하는 바입니다."[82]

그는 앉아서 '루시'의 머리 꼭대기서부터 발끝까지 유심히 바라보았다. '루시'도 그를 자세히 바라보았다.

문에서 만났을 때에는 광선을 배후에서 받고 있었기 때문에 그의 눈을 볼 수가 없었다. 그것은 아마도 밤색이라고 불러도 괜찮았을 것이나 오늘 아침은 명확히 녹색이다 — 어딘지 침착성이 적고 시원스런 녹색으로 빛나는 눈이었다. 서로가 찾는 것 같은 시선을 처음으로 다른 데 돌린 것은 '모크퍼드'였다. 그는 재빨리 소리도 내지 않고 일어나서 창의 커튼(일광을 막기 위한)을 내렸다. 그리고 의자에 돌아오면서 그는 말을 시작했다.

"저는 이곳저곳 의사에게 보인 결과 이처럼 낙오落伍해 버렸으니까 참으로 썩고 말았습니다. 우리들은 어느 사람이나 아메리카의 시즌을 즐거울 것이라고 예상은 하지 않았으니깐요. 그러나 그 사람은 당신과 대단히 의의 있게 지낸다니 참으로 좋습니다."

"그런 일은 저는 잘 몰라요. 경험이 없으니깐요. 그러나 저로서는 전력을 다하고 있는 것처럼 생각됩니다."

'루시'는 과연 이 자가 자기를 눈 아래로 보고 피호해 줄려고 하는지, 또는 단[83]지 서성대며 침착함을 잃고 있는지 판단할 수가 없었다. 마치 자기가 그에게 대해서 그러한 것과 같이 그쪽에서도 '루시'를 한번 보자마자 마음에 들지 않는 자라고 생각했을 것이라고 믿었다.

"아마 그 사람은 새 사람과 지내는 것을 웬일인지 좋아하는 모양이지요. 단지 좀 곤란한 것은 클레멘트는 인간적으로 잘 통하지 않는 자와는 전혀 일을 하지 못합니다. 임박해 가지고 급히 그러한 사람을 구하려고 해도 그렇게 쉽게 잘되지는 않으니깐요."

'루시'는 얼굴을 붉히었으나 아무 말도 하지 않았다. 그는 의자의 빨간 비로드 위에 놓은 손을 바라보았다. 그의 손가락은 거칠고 피아니스트로서는 이상하게도 짧았으나 그러나 손바닥은 놀랄만한 정도로 넓었다.

“그 사람은 당신을 칭찬하고 있었습니다.”

‘모크퍼드’의 푸른 눈이 흘깃 그를 보았다.

“거기에 당신 자신도 유쾌하게 일을 보시고 계시니 그 사람을 위해서도 나쁠 리는 없을 것입니다―. 적어도 눈앞에 있는 것이 바꾸어졌으니― 이곳에 온 후 그 사람에게는 마음을 위로해 줄 만한 것이 그리 없었으니 깐요. 사실인즉 그는 참으로 심심했[84]어요. 나는 그가 이곳에 오는 데는 전혀 반대했습니다. 그러나 그는 돈이 필요했으며 거기에 지금 같아서는 그는 어디 있어서도 역시 심심했을 것입니다. 그러나 당신네들은 우리들이 고국이나 구라파 대륙에서 알고 있는 것과 같은 ‘세바스찬’의 노래를 이곳에서 듣고 계시지 않다고 말씀드린다 해도 그것은 거짓말이 아니라고 저는 생각됩니다.”

“모크퍼드 씨 댁에서는 선생과 오랫동안 함께 계셨습니까?”

“그렇습니다. 가끔 떨어져 있었을 때도 있었으나 참으로 오랫동안입니다.”

그는 별 생각 없이 대답했다.

“중단 기간이 몇 번 있었습니다. ‘세바스찬’ 부인이 간혹 새로운 피아니스트를 좋아하셔서 클레멘트는 그 사나이를 철저하게[52] 시험해 보기로 했습니다. 지금까지는 아직 이렇다 할 인간이 발견되지 않았지요.”

"그럼 저 부인께서는 음악을 잘 아십니까?"

“그야 물론이죠! 로버트 레스터 경의 따님의 한 사람이니까요.”

이것이 상대에게 통했는지 어떤가를 확인하기 위하여 그는 ‘루시’를 다시 보았다. 아마 잘 알아듣지 못하는 것 같다. 그래서 그는 다음과 같이 말을 이었다.[85]

“그분은 우리들의 고국에서는 가장 훌륭한 지휘자의 한 분입니다. 그래

52 원본에는 ‘철저적으로’ 표기되었다.

서 반주의 피아니스트는 클레멘트와 마음이 맞지 않으면 안 되고 부인에게도 잘 보이여야 됩니다 —. 당신이 물어보시는 의미가 그러하시다면."

'루시'는 또다시 얼굴을 붉혔다.

"아니에요. 그렇지 않습니다. 저는 단지 부인이 그저 — 저 선생님의 그러한 일면에 큰 관심을 가지고 계신지 어떤지를 알고 싶었기 때문입니다."

"모든 방면에도 그렇다고 할 수 있지요. 부인께서는 부친의 집에 계실 때도 모든 것을 하고 싶은 대로 해 오셨으니깐요. 그것이 부인에게는 참으로 어울린다고 할까요?"

그는 강한 광선이 얼굴에 쪼인 것처럼 작은 코를 찡그리고 곁눈으로 보았다.

'모크퍼드'에게는 어딘지 일종의 매력이 있다고 '루시'는 생각했다.

그에게는 무대를 위하여 분장한 것과 같은 데도 있었으나 그래도 녹색 비단 와이셔츠와 녹색 넥타이를 제외하면 참으로 보통 사람과 같은 복장을 하고 있었다. 무대인과 같은 태도를 갖는 것을 자기로서는 도저히 막을 수가 없었던 것 같다. 즉 그는 그와 같이 세상에 나올 때부터 지니고 온 것 같다. 도대체 그 자신은 남들과 다르다는 것을 좋아하는지 어떤지를 '루시'는 알 수 없었다. 그의 태도는 음징과 '심[86]장'이 함께 붙어있는 것 같았으며 어떤 말이 정말인지 도무지 알 수가 없었다.

단지 한 가지 일만은 잘 알 수 있었다. 그것은 그가 '루시'와 함께 있는 것을 즐겁게 생각하고 있지 않다는 것이다. 그리고 확실히 '루시'도 그와 함께 있는 것이 싫었다.

그는 막 일어서려고 했다. 때마침 문 쪽에서 버석버석하는 소리가 들려왔다. 그러나 그것은 '세바스찬'이 아니고 기차표를 가지고 온 현관지기였다. 그는 차표를 '모크퍼드'에게 주고 몇 시에 기차가 떠나며 어느 때쯤 자동차를 부르게 된다는 것을 알렸다. 문지기가 나가자 바로 '루시'는 일어나서 이젠 이 이상 더 기다릴 수는 없다고 말했다. 그는 두 분의 즐거운 여로旅路를 빌며 그다음 요다음 찾아뵐 수 있는 날은 어느 때쯤 될 것이냐고 '세바스찬' 선생에게 알려주셨으면 고맙겠다고 말했다.

"틀림없이 당신에게 전보하겠습니다. 우리들은 8일간 동안은 돌아오지 못할 것입니다. 오라토리오聖樂를 2회 독창회를 세 번 가지게 되니깐요. 그 사람은 당신을 만나 뵈옵지 못해서 아마 크게 실망할 것입니다마는 또 그 사람처럼 약속을 잊어버리는 사람도 없을 겁니다."[87]

'루시'는 엘리베이터를 탔는데 앞으로 자기가 두 번 다시 이것을 타고 이곳에 올라올 수 있을 것인가를 생각했다.

그는 전부터 '모크퍼드'와 만나게 되는 것을 겁내고 있었으나 그러한 회견이 그의 용기를 꺾고 그의 감정을 상하게 할 것이라고는 도저히 상상할 수도 없었다. '모크퍼드'가 자기 일에 관해서 또 자기와 '세바스찬'과의 관계에 대해서 어딘지 비평적인 말을 한 것이 참으로 화가 났다. 제3자가 이러니저러니 두 사람만의 작은 세계에 들어온 것은 이번이 처음이며 그것이 어딘지 그의 마음에는 들지 않았다. 이렇게 되고 보니깐 그 사람들은 자기에게 관해서 서로 이야기를 한 것이 아닐까? 아마 그러했을 것이 자연하다. 그러나 그럼에도 불구하고 그의 기분을 상하지 않게 할 수는 없었다. 거기에 그의 마음을 뒤숭숭하게 흔들어 놓은 것이 또 다른 데 있었다. 젊지도 않고 늙지도 않은 또 보기에는 천하고 기분이 좋지 않은 이 불가사의한 남자에 대해서 그는 전적인 신뢰를 할 수 없다고 느끼었다. 만일 '루시'가 옆에서 부채질만 했다면 그는 틀림없이 '세바스찬' 부인에 관한 일을 아무 거리낌도 없이 다 말했을 것이다. 거기에 '세바스찬' 자신의 일도…… 싫을 정도의 친절한 어조로 말하고 있지 않았던가.[88]

이 자는 무서울 정도로 이기적이며 위선적이고 클레멘트라고 함부로 부르는 인간에 대해서 질투를 느끼고 있다는 것이 그의 인상이었다. '아, 저 하애빠진 얼굴을 내 마음 속에서 말살시킬 수 없는가'라고 그는 원하는 것이었다. 그는 거리를 급히 걸어가면서 다음에서 다음으로 자기가 범한 잘못이 생각되었다. '모크퍼드'는 그의 지금의 입장을 마치 방관자가 그것을 관찰하는 것처럼 보여주었다. '교육을 받지 못한 순진한 시골 처녀가 그를 대신하여 일을 하려고 하는 것은 원래부터 잘못이다'라는 것을 그는 그에게 알게 하였다.

그러면 어째서 전문가의 반주자를 고용하지 않는 것일까? 그러한 인간이 '시카고'에는 썩을 정도로 있다. 자기와 같은 자가 '세바스찬'의 반주를 한다는 것은 참으로 희극이다. 도대체 어떻게 돼서 그러한 일을 맡게 되었는지? 최초는 와달라고 부탁을 받았으므로 그분의 스튜디오에 갔던 것이다. 그곳에 가보니까 마음이 편했다. 그리고 재삼재사가 보았다. 그분은 즐거워했었으며 좋아도 했다. 또한 참으로 친절하게 해주셨다. 그분은 자기가 젊고 무지하고 너무 똑똑하지도 않은 점이 마음에 들었을 것이라고 생각했다. 그것은 모든 것을 가지고 있는 것과 아무것도 가지[89]고 있지 않은 것과의 사이에 생긴 우연적인 관계였다. 그리고 그것은 다른 아무도 알고 있는 것은 아니었다. '루시'는 말하자면 이 사람의 생활에 맨 가운데 떨어져 와서 그로서는 현재와 과거에서 자기가 주울 수 있는 것을 주었을 뿐이었다. 그가 '세바스찬'을 위해 반주한다는 것도 실은 흉내를 내는데 지나지 않고 그의 우정도 하나의 흉내일 것이다 — 아마도 이렇게 보면 거기에는 어떤 것 하나 진실한 것은 없었던 것이다 — '루시' 자신의 마음을 제외하고서는 — 허나 그것만은 확실히 사실인 것이다.

그날 오후 '루시'는 '아우어바흐'의 스튜디오에서 두 가지를 연습하지 않으면 안 되었다. 그가 그곳에 머물러 있는 동안 일기는 갑자기 변하고 음산한 겨울비가 내리기 시작했다.

그는 우중을 걸어서 돌아가는 것은 전부터 습관이 되었다. 그는 스튜디오를 나와 처음에는 똑바른 방향으로 걷고 있었으나 얼마 후엔 자기가 서쪽이 아니고 동쪽을 향하여 걸어가고 있다는 것을 알게 되었다. 그리고 곧 '미시간' 통의 맨 끝까지 와버렸다. 그는 '세바스찬'의 창가에 비치는 불을 바라보면서 예술회관 건너편 길을 오고[90] 가고 했다. 얼마 후 창의 불은 어두워졌다. 현관지기가 기선용 대형 트렁크를 어깨에 메고 나왔다.

그다음 그것을 자동차의 뒤쪽에 가죽끈으로 매달았다.

'세바스찬'과 '모크퍼드'가 그 뒤에서 내려와서 트렁크를 매다는 동안 비를 맞으며 서로 서서 이야기를 하고 있었다. 그리고 '세바스찬'은 문지기에게 팁을 주고 손을 끌어서 절름발이 사나이를 먼저 차에 태우고 자기도 그 후에 타고 어디론지 떠나버렸다. '루시'는 갑자기 실망하여 세계에서 자기만이 혼자 외롭게 남아 있는 것 같은 마음이 되었다.

그는 하는 수 없이 길을 건너 다시 돌아갔으나 혼잡한 가로와 비를 피하면서 자기 옆으로 뛰어가며 자기에게 혹은 부딪히는 사람 때문에 어느 정도 정신을 잃었다. 대도시에서는 누구나 자신도 모르게 고독해지는 수가 얼마든지 있다고 그는 생각했다.

그러나 만일 자기가 마음을 졸이고 있는다면 다른 어떤 인간이래도 역시 같을 것이다. 자기 혼자만이 고독하고 대초원(프레리)의 맨 끝에 있는 것은 아니다. 그는 지금까지 이와 같이 크게 실망하고 슬픈 사람들을 보지 못했다고 생각했다. 부랑인浮浪人이 말과 같이 쪼르륵 비에 젖어서 빈 집 처마 아래서 비를 보내고 있다. 그는 또[91]한 노인이 보도의 철창 안에서 일어나는 증기蒸氣를 받고 있는 옆을 지나갔다.

보통 때 같았으면 '루시'는 마치 풍선을 쫓아다니는 어린애들처럼 앞으로 앞으로 달리는 마음에 급히 서둘러서 이 거리를 지나가고 자기를 위해서나 남을 위해서도 추위 같은 것은 좀처럼 걱정하지 않았다. 그런데 오늘 밤에 한해서 이들 모든 사람들이 모두 자기의 친구들인 것처럼 생각되며 가냘픈 애정과 같은 것을 그들에 대해서 느끼는 것이었다.

9

'세바스찬'은 9일간이 지나도 돌아오지 않았다. 그리고 '루시'는 이젠 선생에게는 필요가 없게 되었다고 차차 생각하게 되었다.

그는 '아우어바흐'에게 보낸 편지 속에 동봉해서 소절수를 보내 주었으나 일언도 문구는 적어서 보내지 않았다 거기에 그것은 너무도 큰 금액이었기 때문에 그는 이젠 이것으로 끝나는 것이 아닌가 하고 느꼈다. 그는 그것을 현금으로 바꾸지 않고 책상 맨 위 서랍 속에 그대로 집어넣고 말았다.[92]

그의 신변은 점점 바빠졌다. 자기의 제자들에게 지금까지 대로의 시간을 그대로 했을 뿐더러 '아우어바흐' 선생에게서 4회의 연습을 받게 되었으므로 그는 굳은 결의를 가지고 연습을 시작했던 것이다. 그러나 그의 마음은 그곳에는 없었다. 아마도 선생은 자기보다도 적당한 피아니스트를 발견했을지도 모르며 또 '제임스 모크퍼드'가 다시 일을 시작하게끔 건강해졌는지도 모른다.

그날 스튜디오에 있어서 '모크퍼드'가 그의 오버를 들고 배후에 서 있었을 때 그가 테이블을 건너서 아무 뜻 없이 잠깐 거울을 보니깐, 그의 얼굴에는 이상한 미소가 띠 있는 것을 느끼었다 — 그것은 급한 일이 생기면 나에게는 숨겨둔 그 무엇이 있다고 하는 듯한 미소이었다.

'세바스찬'이 떠나고 난 후 열흘째 되는 아침 '루시'는 방이 어두웠기 때문에 보통 때보다 늦게 눈을 떴다. 밖에는 눈바람이 부는지 열어 둔 창의 아래 마루 위에는 눈이 내려 쌓였다. 그는 화장옷을 입고 비와 신문지로 눈을 쓸어 모으고, 히터를 꺼내 방이 따뜻해질 때까지 기다리려고 또다시 베드 속으로 들어갔다.

특별히 아무것도 생각지도 않고 옆으로 드러눕고 있을 때 방의 문을 노크하는 소리에 갑자기 놀랐다. 그러자 전보 배달의 소년이 '웨스턴 유니온!'(아메리카의 최대[93]의 전신회사) 이라고 소리를 쳤다.

고무 우비를 입은 소년이 나간 후 '루시'는 봉을 열기 전에 그 노란 봉투를 바라보며 서 있었다. 그는 그것이 '세바스찬'한테서 온 것에 틀림이 없다고 생각했다. 그리고 그것은 공교롭게 그가 세상에 태어나 처음으로 받은 전보였다.

목요일 아침 전과 같은 시간에

스튜디오에 오시기 바람 안녕히
세바스찬

목요일이라면 내일이다. '루시'는 전보를 거울에 붙이고 대단히 급하게 옷을 갈아입었다. 지금으로부터 몇 년인가 후에 아마도 '해버퍼드'에서 이웃 어린애들에게 피아노를 가르치게 될 때에는 이 일편의 종잇조각처럼 그의 일생의 이 시기를 눈에 보는 것처럼 불러서 재현시켜 줄 것은 없을 것이며 또 이것처럼 이 시대를 진실한 것으로 보여줄 것은 없을 것이라고 그는 생각했다.

그가 아래 식당에 내려가니깐, '슈네프' 부인은 만면에 미소를 띠우며 맞이해 주었[94]다.

"오늘은 틀림없이 조반을 많이 잡수시겠구만요? 전보 배달이 여기를 먼저 찾아왔어. 여하튼 나쁜 소식은 아니겠지요?"

"네 좋은 일이에요"라고 '루시'는 대답했다.

"그것은 참 기쁩니다. 자 많이 잡수세요. 나는 당신이 근심스러운 모습을 하고 있는 것을 보는 것이 참으로 싫어요."

부인은 자기의 에이프론으로 테이블을 닦고 그 위에 깨끗한 냅킨을 깔아 주었다.

그다음 얼마 지난 후 '루시'는 높은 오버슈즈를 신고 은행에 달려가 소절수를 현금으로 바꾸었다. 그다음 이번엔 데파트에 가서 스튜디오에서 입기 위한 새 양복을 샀다. 그것은 견직으로 만든 블라우스와 자수가 있는 재킷으로 된 고운 것이었다.

물건을 싼 보자기를 들고 집에 돌아오는 도중 꽃방에도 들러서 진달래를 한 아름 샀다.

그는 그날 오후 옷과 책상 서랍의 정리를 했다. 네 시에는 '아우어바흐'의 스튜디오에 나가 제자들의 연습을 보아주었다. 돌아왔을 때에는 방은 이미 어두웠었다.[95]

방의 공기는 창을 좀 열어두었기 때문에 청명하고 꽃의 향기가 가득 차 있었다. 겨울 경치의 거리에서 들어온 사람에게 있어서는 여기는 마치 봄과 같았다. 그는 좀 쉬기 위해서 회색으로 네모진 유리창을 앞으로 하고 어두움 속의 의자에 앉았다.

어제의 그는 병원의 대합실에서 기다리고 있는 인간과 같은 것이었다. 그것은 살아 있는 것이 아니고 단지 때가 지나가고 있을 뿐이었다.

그는 어떠한 일을 하고 있어도 마치 납이나 그 무엇을 매달아 놓은 것처럼 웬일인지 정신없이 무거운 것을 느끼었다. 오늘은 모든 것이 가벼운 감촉을 갖고 진정되어 있었다. 호흡하는 공기 속에도 일종의 따스함을 느끼었다.

어떤 가게에서든지 사람들이 친절하게 대해주는 것처럼 생각되었다. 인생은 언제나 이러한 것이라야만 되지 않은가?

잠시 후, 네모진 창마저 어두워졌으므로 그는 와사등을 켜고 피아노 앞에 앉아서 〈아름다운 물방아집의 딸〉[53](데이 슈네 뮤레린) 속에서 몇 개의 노래를 골라서 치기 시작했다.

그것은 '세바스챤'이 떠나기 전에 연습하고 있었던 곡목이다. 그 분은 이젠 이미 귀도에 올라 지금쯤은 기차의 침대 실에 들어앉아 저 북쪽의 광막한 눈나라[96]를…… 사람들의 말에 의하면 산림과 호수가 많이 있는 지방을 달리고 있을 것이라고 그는 생각하고 있었다.

10

거리에는 눈이 내려 땅이 질었다. 그래서 '루시'는 다른 날처럼 호숫가를 걸어서 가는 것을 그만두었다. 새 옷에 흙탕물이 튀면 곤란하기 때문이었다.

그는 똑바로 예술회관으로 향했다. 문지기에게 인사를 하고 또다시 엘

53 원곡은 〈아름다운 물방앗간 아가씨Die Schone Mullerin D〉이다. 〈아름다운 물방앗간 아가씨〉는 슈베르트가 1823년에 낸 가곡집이다.

리베이터를 탔을 때 그의 즐거움은 말할 수가 없었다.

"조지 씨 얼마 동안 뵈옵지 못했습니다. '세바스찬' 선생은 벌써 돌아와 계십니까?"

"네, 어제 아침 일찍이 돌아오셨습니다."

'루시'는 의외로 생각했다. 어제 돌아오셨다? 그러나 어제 온 전보에는 오늘 도착하시는 것처럼 쓰여 있었는데 — 아니 그렇지 않다. 전보에는 어느 날 도착하신다고 쓰여 있지 않았다는 것을 그는 생각했다. 틀림없이 그분은 '세인트폴'에서 기차를 타시기 직전에 전보를 치셨을 것이다. 발신 날짜에는 전혀 주의하지 않았다. 어제 이 건물에서 사람을 보낼 수도 있었을 것인데 얼마나 묘한 일이냐? 그러나 그처럼 하는 것[97]이 그분의 일할 때의 버릇인지도 모른다 — 라고 생각하고 있는 동안에 그는 이미 스튜디오의 입구에 와 있었다.

'세바스찬'은 보통 때와 마찬가지로 큰 사슴의 모피와 짧은 재킷을 입고 문을 열어주었다. 그러나 그는 떠날 때보다도 어딘지 훨씬 젊어지고 건강해 보였다. 그는 싱글싱글 웃으면서 안으로 들어오는 그를 맞이하고 그의 양편 어깨에 가볍게 손을 올려놓았다.

"아, 오셔 주셨습니다 그려. 좀 얼굴을 보여 주시오. 그리고 내가 없는 동안에 어떤 일을 하셨는지 들려주시오. 거기에 옷도 새로 만드신 모양입니다. 아주 잘 맞고 좋습니다!"

이렇게 하여 그가 '루시'를 입구의 홀에서 멈추게 하는 동안 그는 유난히 짙은 꽃의 향기가 사방에 가득 차 있는 것을 알았다. 음악실에 들어가 보니 찬장은 전에 놓아둔 장소에서 화로 옆으로 옮겨져 있고 그 위에는 크림빛 장미꽃과 무겁게 축 내려진 아카시아의 작은 가지가 많이 찔러 있었다. 큰 앵초색櫻草色 화병이 놓여 있는 것을 그는 보았다. 그는 감탄의 소리를 올리고 피아노 옆으로 가는 도중 그곳에 잠깐 발을 멈추고 꽃을 바라다보았다. 그것은 그가 지금까지 본 어떠한 것보다도 화려하고 사[98]치스러운 것이었다.

"실은 나의 옛날 친구이며 친절한 여자분이 어제 '시카고'에 오는 도중 하차해서 찾아왔습니다. 그리고 오늘 아침 정거장까지 가는 도중에 저를 위해서 이 꽃을 그대로 전부 사주었습니다."

'루시'는 미모사[54]의 꽃을 지금까지 꽃가게 쇼윈도 이외에서는 본 일이 없었으므로 그것을 신기한 것처럼 언제까지나 바라다보았다.

그것은 마치 남국의 화원을 그대로 덜렁 옮겨다 놓은 것 같았다.

"그분은 틀림없이 애인의 한 사람이었겠지요"라고 '루시'는 말했다.

'세바스찬'은 웃으면서

"아마 그러했던 모양입니다. 실제 있었던 것보다는 더 아름다운 생각에 잠겨 있는 것 같습니다. 그러한 일은 간혹 있으니까요. 거기에 그렇게 되기 위해서는 하나님의 덕택인지도 모릅니다."

그는 '루시'를 위하여 악보를 준비했다.

"오늘은 〈아름다운 물방아집의 딸〉[55]에서부터 시작하여 피로할 때까지 쭉 해봅시다. 나는 오늘 아침 참말로 일을 해보고 싶은 생각이 들었습니다."[99]

'세바스찬'이 이렇게 아름답게 노래하는 것을 그는 지금까지 듣지를 못했다고 생각했다. 그러나 서먹서먹해서 그렇다고 입으로 말할 수는 없었다.

그는 처음부터 끝까지 노래를 하고 나서 겨우 끝마쳤다. 그리고 그는 예의 포트와인을 가지고 와서 두 사람은 화로 앞에 앉았다.

그는 북쪽 나라에서 개최했던 음악회의 이야기를 시작하고 여러 음악 단체에서의 초대가 유쾌했다는 것을 말했다.

"가수들은 거의 잘못했으나 합창단의 사람들에게는 언제나 우정을 느끼게 됩니다. 나는 그런 사람들이 좋습니다. 특히 잘 노래를 불러줄 때에는, 바스의 가수도 좋습니다. 그들은 대개 독일인이 아니면 스웨덴 사람

---

54 원본에는 '미모자'로 표기되었다.

55 원곡은 〈아름다운 물방앗간 아가씨Die Schone Mullerin D〉이다. 〈아름다운 물방앗간 아가씨〉는 슈베르트가 1823년에 낸 가곡집이다.

입니다. 코러스단의 사람들은 실제 음악이라는 것에서 어떤 것을 — 인생에 있어서 무엇인가 그들의 도움이 될 수 있는 것을 구하고 있는 것 같습니다 — 단지, 이야깃거리가 될 것을 구하는 것이 아니고, 연관공鉛管工이나 양조업자라든가 은행원 그리고 부인복을 만드는 사람들이 무엇인가 얻는 것이 없다면 그러한 데를 출입하지 않습니다."

마침 그때 그의 대리인으로부터 전화가 걸려왔다. 그가 돌아오자 '루시'는 또다시 꽃을 바라다보았다. 그는 화병을 손에 들고 자기와 광선 사이에서 그것을 받[100]들고 섰다.

"어떻습니까, 아름답지 않습니까? 그것은 참으로 암시적입니다 — 청춘과 사랑과 희망 — 이것은 모두 얼마 있으면 지나가고 마는 것입니다."

그는 다시 화롯가로 돌아서서 책장 위에 아까 놓았던 담배를 입에 물었다.

그가 가만히 서 있는 그 순간에 '루시'는 홀 쪽을 빠져나가 외투와 모자를 입고 가겠다는 인사를 하기 위하여 방에 돌아왔다. 그는 아직 그 자리에 서서 담배를 피우고 있었는데 그것은 어느 때보다도 가까이 하기 쉬운 태도였다. 그러나 '루시'의 손을 잡았을 때 그는 확실히 다른 것을 생각하고 있었다.

"세바스찬 선생님."

그는 얼굴에 미소를 띠면서 물어보았다.

"선생님은 사랑함으로 인해서 즐거움을 느끼신 일이 있습니까?"

그는 머리를 조용히 옆으로 흔들며 눈썹을 찌푸리고 입술에 웃음을 띠었다.

"아니, 별로 그렇게."

그리고 재떨이를 찾기 위하여 뒤돌아서면서 그는 장난하는 것과 같은 말투로

"어째서? — 당신은 어떻습니까?"[101]

'루시'는 정신을 차리고 보니깐 벌써 도어의 문고리를 손으로 잡고 있었

다. 그는 우선 무엇보다도 밖에 나가고 싶었다. 그러나 웬일인지 그의 발은 멈추고 '세바스찬' 쪽을 바라다보았으나 그의 얼굴이 흐려서 보이지 않았다.

"네, 저는 느끼고 있습니다. 그리고 그 누구도 그것을 부술 수는 없습니다."

그는 자기의 소리를 들을 수가 있었다 — 그것은 숨이 따르지 않기 때문에 겨우 나오는 쉰 목소리였다.

방문을 열고 낭하에 나가자 그는 엘리베이터의 벨을 누르지 않고 그대로 5층에서부터 계단을 뛰어 내려갔다.

그는 어렸을 때 꾸중을 들으면 마치 상한 감정을 뒤에 남겨두고 가는 것처럼 '플래트' 강변으로 가는 시골길을 그냥 막 뛰어나간 일이 있었다. 이번도 똑같이 소중히 하려고 생각했던 새 옷에 흙이 튀는 것도 가리지 않고 급한 걸으므로 길을 걸어갔다. 그는 눈물을 흘리고 있었다. 그리고 누가 그것을 보더라도 할 수 없다고 생각했다. 그 스튜디오에는 두 번 다시 가지는 않을 것이다. 만일 자기의 감정을 억제할 수가 없다면 그곳에 가지 않도록 하지 않으면 안 된다.[102]

어떻게 생각해도 그분이 자기를 놀려 댔다는 것은 무정한 일이다. 그분한테서 그러한 일을 당하게 되었다는 것은 꿈에도 생각해 본 일이 없다.

그분은 돈이 많고 깨끗하고 교양이 있다. 그리고 자기가 가지고 있지 않는 모든 것을 가지고 있는 여자들을 상대로 해왔다. 그래서 기품이 높아지고 남자로서의 우월감을 만족시켜 왔던 것이다.

그분은 자기를 단지 재미있는 여자로서 생각하고 있을 따름이다. 그는 그 꽃을 본 순간 갑자기 치밀어 오르는 불안을 느끼었다. 눈알이 날아갈 정도로 비싼 장미꽃을 그분에게 보낼 수 있는 권리를 가진 미지의 여성에 대한 막연한 동경을 느꼈던 것이다.

오늘날까지 그 사람이 자기에 대해서 불친절한 태도를 취할 것이라고는 상상조차 할 수 없었다. 지금까지는 아마도 무관심했을지도 모르지마는 불친절하지는 않았다. 거기에 그분의 생각엔 틀린 점이 있었다. 그분이 좋다고 해도 별로 그러한 뜻에서는 아니었다. 자기는 그분에게서 아무것도 요구하고 있지 않다. 자기에게 대해서 특별히 생각해달라고 그분에게 희망한 일조차 없다. 그러한데 어째서 그러한 말을 그분은 말하시는 것일까?[103]

'루시'는 집에 도달하려는 한발 앞에서 돌연 걸어가던 것을 멈추고 그대로 서 있었다. 진흙을 내려다보았을 때의 그의 얼굴은 갑자기 놀랐다. 자칫하면 그분은 지금 자기가 생각하는 것과 같은 마음은 전혀 없었는지도 모른다. 왜냐하면 그분은 나의 생활에 관해서는 아무것도 모르고 계시니깐. 그렇다면 자기가 음악생 간에 어떤 애인이라도 있을 것이라고 그분이 생각했다 해도 그것은 지당한 일이다. '루시'는 아름다웠고 사랑에 빠지는 것이 극히 자연한 연령이기도 했다. 나이를 먹은 사람들은 간혹 아첨하는 투로 이런 소리를 젊은 처녀들에 말하는 것이다. 그의 어깨는 갑자기 힘이 나가서 이번엔 어슬렁어슬렁 걷기 시작했다.

만일 그렇다면 만사가 전과 같이 될 것이다 — 문턱에서 그러한 소리만 하지 않았더라면…… 어째서 나는 쓰라린 감정과 분노를 남들 앞에서 나타냈단 말인가? 나는 자기가 마음에 먹은 일은 무엇이든지 말하기 때문에 어느 날이고 그 때문에 우환을 볼 때가 있을 것이라고 '폴린'에게 여러 번 충언을 들은 일이 있지 않은가.

그가 방에 돌아와 한 30분도 지나지 않았을 때 메신저 보이가 한 통의 전보를 전해주었다. 답신료答信料는 이미 지불하고 있으니 답신을 기다리지 않으면 안 된다는 것이다. 그는 떨리는 손으로 봉투를 찢었다. 그것은 역시 '세바스찬'한테서 온 것이[104]며 5시에 공회당에서 차를 함께 마시고 싶은데 오지 않겠느냐는 문구이었다. 그리고 마지막에 '중요한 요건으로'라고 부언하고 있었다.

그로서는 지금 기분으로서는 그와 얼굴을 마주칠 용기가 없었다. 그런데 다행히 그것을 거절할 수 있는 적절한 이유가 발견되었다.

"섭섭합니다마는 5시에는 '아우어바흐' 선생의 대리로 연습을 보지 않으면 안 되겠습니다."

그는 서명은 하고 싶지 않았으나 메신저 보이가 꼭 서명이 필요하다고 말하며 듣지를 않았다.

속달부가 나간 다음 그는 손에 들은 노란 종이에서 이제 막 온 화장 체경 위에 있는 또 하나의 전보 쪽으로 시선을 옮겼다. 그동안에 어떠한 일이 일어났단 말인가?

그러나 그는 생각하는 것을 단념했다. 너무 피곤해서 생각할 수가 없었다. 아, 어떻게 되던 간에 운명에 맡기고 말자. 그는 옆으로 쓰러지고 두 시간 가까이 잠들고 말았다. 네 시에 일어나서 '아우어바흐'의 스튜디오에 나갈 때에는 그는 완전히 원기가 회복되었다.

'루시'는 그날 오후에 한해서 학생들을 오래도록 가르치었다. '아우어바흐' 선[105]생이 문 앞에 와서 가기 전에 자기 방에 좀 들려달라고 부탁했다. 그가 그곳에 가보니 '클레멘트 세바스찬'이 책상 옆에 앉아 그와 무슨 이야기를 하고 있는 참이었다. 그는 그가 들어가자 일어나서 손을 내밀었다. 그는 내일 할 일 때문에 그와 만나고 싶었다는 것, 또 그가 사는 곳에는 전화가 없으니까 '아우어바흐' 씨 댁에 오면 만나게 될 것이라고 생각했다는 것을 설명했다.

"나는 차를 밖에 기다리게 해두었습니다. 당신을 차로 모셔다드리는 편이 좋을 것 같아서 — 길에서 말할 수가 없으니깐요. 파울 군 이것으로써 이 젊은 부인이 어디서 살고 계시는가를 알 수 있게 되었소. 나는 번지로 짐작하면 '시카고' 강의 중간 부근이 아닌가 하는데."

두 사람이 차를 타자마자 그는 곧 요건을 말하기 시작했다.

"그래, 오늘 아침 당신은 그렇게 하고 나가버렸는데 도대체 어떠한 뜻입니까? 그러한 말은 누구든지 젊은 사람에게는 언제나 말하고 있는 것입니다. 그것은 아마 그리 좋은 일이 아닌지 모르지만 습관이 되고 말아서…… 우리들은 아주 익숙해지고 말았습니다 — 당신도 꼭 그러한 일에는 태연하게 되지 않으면 안 됩니다. 어째서 당신은 그렇게까지 노하셨습니까?"[106]

'루시'는 차의 창가에서 밖을 내다보고 있었다. 그는 무어라고 대답하여야만 좋을지 설명하기가 곤란했다.

"선생님, 그것은 저도 모를 일입니다. 실은 후에 참으로 부끄러워졌습니다. 아마 그것은 그때의 선생님의 말투가 저에게 이상하게 들렸는지 모릅니다. 저는 참으로 놀랐어요. 이젠 그런 일은 조금도 생각지말아주세요. 선생님이 별로 불친절하게 말씀하시지 않았다는 것은 잘 알고 있으니깐요."

"불친절? 별말을 다 하오. '루시' 씨 자 더욱 서로 신뢰하도록 합시다. 서로가 우리들의 아침 시간 위에 구름이 끼지 않도록 하지 않으면 안 됩니다. 우선 그러한 것을 하고 있을 틈도 없으니…… 출범의 날이 곧 다가옵니다. 우선 그러한 것을 한댔자 소용이 없으니깐요."

차가 길목을 돌아서자 베이커리의 푸른 불빛이 보였다. 곧 차는 정차했다.

"그러면 당신이 사시는 곳은 이 집입니까. 당신이 차를 찾으시러 나오시지 못하면 내가 나와서 여기서 함께 커피라도 마시기로 합시다. 제법 훌륭한 장소입니다 그려."

그는 리놀륨을 깔은 나무계단 아래까지 그를 따라와 모자를 왼손에 들고 루[107]시의 얼굴을 바라보며 잠시 그곳에 서 있었다. 그의 눈에는 그날 아침 '루시'가 느꼈던 그 원기 있는 모습 아직 그대로 남아 있었다.

"자, 내일 만납시다. 이번엔 부엉이처럼 얌전한 얼굴을 하고 있을까요. '루시' 씨에게는 농담은 통하지 않으니깐요."

다음 날 아침 도어를 열어준 것은 '주세페'였다. 그는 싱글싱글 웃으며 빠른 소리로 몇 마디 말을 했다. 요즘은 그에게도 '주세페'의 말을 어느 정도 이해하게 되었다. 그것은 어느 날 '세바스찬'이 이태리어의 사전을 주고 될 수 있는 한 공부해두는 것이 좋을 것이라고 말해주었기 때문이다. '주세페'의 설명에 의하면 '세바스찬'은 지금 병을 앓고 있는 이웃 방의 커닝햄 씨가 불러서 갔는데 곧 돌아올 것이라고 한다. 그때까지 그는 앉아서 몸을 녹이기로 했다. '주세페'는 꾸부리고 불을 붙였다[56]. 그다음 그는 소제를 하였는데 그러는 동안 당신은 이렇게도 젊은데 '세바스찬'과 같은 훌륭한 예술가와 함께 일을 할 수 있는 것은 얼마나 행복한 일이냐고 그에게 말을 했다. 지금 세상에서는 교육이 전부이며 만일 그의 부친이 그를 학교에 보내 줄 수가 있었다면 그는 지금쯤은 보이와 같은 일은 하지 않았을 것이라고 말했다. 이[108] 분과 같이 언제든지 미소를 띠고 있는 작은 사나이도 후회라는 것을 느끼는 것일까라고 '루시'는 처음으로 알게 되었던 것이다. 거기에 그는 예의 무기미한 감각으로서 어제는 무슨 문제가 틀림없이 있었을 것이라고 눈치를 채고 있었던 것이다.

11

2월도 말일이 가까웠던 어느 일요일의 오후 '루시'는 자기 방에 앉아서 옆 건물의 뒤편을 보고 있었다. 그것은 그의 창가에까지 가까이 와 있었으며 회색 칠을 한 창이 없는 벽이었다.

일요일은 1주일간 중에서 그에게 있어서는 사색할 시간이 많은 유일한 날이다. 토요일은 하루 종일 연습이 있었으나 일요일에는 아무것도 없었다.

그날 아침 그는 한 달이라는 세월이 아니 두 달 동안이라는 세월이 이처럼 빨리 지나가는 것인가 하고 생각하고 있었다. 생각하면 이상스러운 생활을 해온 것이다. 1주에 5일 동안은 두 시간씩 그와 다른 밖의 세계와는 완전히 떨어지고 '세바스찬'과 단 두 사람만의 시간을 갖는 것이었다. 그것은 말하자면 안개에 쌓인 조용한 산의 바위에[109] 두 사람이 앉아 있는 것 같았다. 두 사람은 '주세페' 이외에는 아무에게도 만나지 않았고 누

---

56 원본에는 '불었다'로 표기되었다.

구의 소리도 듣지 못했다. 아래의 거리는 완전히 그들의 안계眼界에서 말살되어 버리고 마는 것이다. 그리고 11시 반이 지나면 점점 거리가 촉수觸手를 그곳에 뻗치는 것이다. 전화가 짜르릉짜르릉 난다. 그리고 '루시'는 그가 다음 날의 예정을 꾸미는 것을 듣는 것이었다. 12시경 그는 엘리베이터를 타고 또다시 '시카고'의 거리에 내려가는 것이었다.

그 누구나 싫어하는 겨울의 기후가 그에게는 참으로 알맞은 좋은 기후였다. 껌껌하고 바람이 이는 아침은 그의 발이 그를 급히 서두르게 하는 저 따뜻한 세계를 도리어 한층 풍순豊醇한 것으로 하는 데 도움이 될 뿐이었다.

안개와 눈을 무릅쓰고 그가 거리를 건너갈 적에 더러운 가로는 회색빛 단애斷崖에 둘러싸인 좁은 개울과 같았다. 그리고 그곳에는 항상 햇볕이 쪼이고 그 자신은 흐르는 강물 위에 떠 있는 나뭇가지나 나뭇잎과 같이 생각되었다. 스튜디오에 이르자 곧 그 흥분과 투쟁감은 어디로 사라져버리고 그의 마음은 마치 지금까지 동요하고 있었던 저울이 급히 정지한 것 같았다.[110]

그 어떠한 것이 커다란 자연의 힘과 같이 그의 마음을 진정시키는 것이었다.

모든 것이 똑바른 관계로 되더라도[57] 쪼그마한 평화를 교란시키는 것과 같은 것은 어디로 쫓겨 가고 말았다.

생활은 어떤 단순한 고귀한 것에 — 그렇다. 그리고 즐거움에 넘쳐흐르는 것에 해체되고 마는 것이었다. 그것은 '세바스찬'이 잘 노래하는 슈베르트의 〈숭어〉[58] 속의 즐거움과 같이 때와 변화에서 초월한 것처럼 보이는 환희이기도 했다.

'루시'는 회색 벽을 배경으로 실과 같이 졸졸 떨어지는 비를 보는 것을

57 원본에는 '되도 라스고'로 오기되었다.
58 원본에는 『붕어』로 오기되었다.

그만두고 초라한 피아노 앞에 앉아 몇 번이고 몇 번이고 그 노래를 치는 것이었다. 그가 '세바스찬'과 더욱 밀접하게 연결시켜서 생각하는 노래는 이 외에도 여러 가지가 있었다. 그러나 이 노래만은 스튜디오 그것과 같이 생각되었으며 두 사람이 그곳에서 함께 지내는 그 시간과도 같았다.

그가 그 노래를 세계의 어느 곳에서 듣는다 해도 그것은 언제나 두 개의 큰 창의 사이에 피아노가 있고, 그의 뒤에는 석탄불이 활활 타고 있는 — 그리고 호수가 그의 눈앞에서 멀리까지 넓어져 있으며 '세바스찬'이 노래하면서 별로 생각 없이 이곳저곳을 왔다 갔다 하는 그 스튜디오 속에 그를 데리고 가는 것이었다.[111]

마침 이날 같은 일요일 '세바스찬' 자신은 참으로 좋지 않은 생각을 하고 있었다. 그는 이날에 한해서 출연할 계약을 하지 않았기 때문에 '시카고'의 자기 스튜디오에 들어앉았었다. 폭우가 빌딩을 심하게 때리는 이날은 마음이 쓸쓸한 처참한 하루였다.

그는 조간신문에서 그의 옛날부터의 친구이며 동급생이었던 자가 사보이의 사나토리옴에서 죽었다는 제네바 지급전을 읽었던 것이다. 그는 래리 맥고완이 병으로 앓았다는 것도 몰랐다. 과거 수년간 두 사람 사이는 적조했기 때문이다. 그러나 그의 시선이 검은 타이틀 기사 위에 떨어진 그 순간에 냉정한 마음은 그러한 것이 지난날 존재하지 않았던 것처럼 사라지고 말았다. 그리고 현실로서 남아 있는 것은 청년시대의 불타오르던 커다란 우정이며 함께 보냈던 학생시대였다—. 무엇보다도 그것은 어제의 일과 같았다. 그는 누가 눈을 뜨는 것을 겁내는 것과 같이 신문을 살며시 아래로 놓았다. 그에게는 웬일인지 자기 자신의 부보訃報를 읽은 것 같은 기분이었다. 무엇이? 그것과 같은 기분이라고? 그런 것이 아니라 틀림없이 그것은 자기의 주검 그것이었다.

그 사망기사는 자기들 두 사람에게 대해서 써진 것이라고 말할 수가 있다. — 두[112] 사람이 보낸 즐거웠던 시대에 대하여.

지금까지 '세바스찬'에 대해서 그의 청춘은 영원히 다시는 어찌할 수 없을 정도로 사라지고 말았다고 생각하게 하는 것은 아무 하나도 없었다. '자기만은 어디선가 또다시 그것을 건지게 될 것이다'고 남모르는 신념을 굳게 품고 살아왔던 것이다. 지금은 일시적인 권태와 환멸의 시기이긴 하나 그의 인생에 대한 옛날과 같은 마음이 얼마 후엔 돌아올 것이다. 그렇다. 하나의 모퉁이를 지나가면 그곳에 확연이 모습을 나타낼 것이다.

'어느 날 아침 눈을 뜨면 옛날 그대로의 모습으로 자기는 침대에서 일어날 것이다'고 그는 생각했었다. 그런데 지금 돌연히 사람들이 죽어버린 청춘을 이야기할 때에는 결코 비유적인 표현을 하고 있지 않다는 진리가 확실하게 되었다.

그가 구하고 있었던 것은 휘발유와 같은 것이 넓은 공중에 발산해 버리고 그는 텅 비고 마른 병 속 안을 바라보고 있는 것이다. 공허 — 확실히 그러한 감정이었다. 스튜디오 속의 여러 가지 물체마저 서로 떨어져 헤지고 서로가 지금까지 보다 차가운 시선으로 겨누고 있는 것처럼 생각되었다. 라리는 이렇게 하여 모든 것에[113]서 — 회색 하늘이나 쏟아지는 비나 썩어버린 애정과 같은 것에서 빠져나가고 말은 것이다. 이방이나 이 거리 이 나라의 모든 것들이 갑작스럽게 다정하지 않고 싫증이 나게 되었다.

한번 뚜껑이 열리면 모든 것이 기억 속에 살아나오고 그리고 어찌되든 모든 것이 전부 잘못된 것처럼 생각되었다. 나이가 50이 가까우나 지금 그에게는 나라도 없고 집도 없고 가족도 없고 친구도 거의 없다고 할 수 있는 경지에 놓여 있었다. 이러한 결과를 자아내게 한 경력에 대해서 어찌하여 혼자 즐거움에 빠질 수 있을까? 그는 모든 접촉 중에서 가장 깊은 것을…… 즉 대지大地 그것과의 시골과 국민과의 접촉을 놓치고 말았던 것이다.

그러한 접촉이 구한다고 얻게 되는 것이 아니고, 오랜 유구한 것이며 무의식적인 것이라는 것을 그는 알고 있었다. 그뿐만이 아니라 그것은 하나의 살아가는 방법의 문제가 아니면 안 된다. 그런데 그는 그것을 그 실체가 어떠한 것이든 간에 놓쳐 버리고 말았다. 그리고 그는 최근 그러한 것만이 인간이 가질 수 있는 만족한 것이 아닌가 하고 믿게 되었던 것이다. 그러면 우정에서는? 라리는 그가 가장 좋아했던 남자였다. 여자들과에 있어서는? 그 방면에서는 달콤한 회상에 남을만한 것은 거의 아무[114] 것도 없었다. 그는 사랑하는 여자와 결혼하여 수년간은 행복했었다. 그러나 현재에 와서는 대서양을 사이에 두고 사는 편이 피차의 기분이 유쾌했다. 두 사람 사이를 멀게 만든 것은 예술가와 그 부인 간에서 간혹 일어난다고 상상되고 있는 그러한 보통 있는 경우가 아니었다. 아마도 그것은 질투인지도 모른다. 그러나 세상에 흔히 있는 질투와는 그 유類를 달리하고 있었다.

두 사람 사이에는 어린애가 없었으므로 '세바스찬'은 어떤 재능 있는 소년을 집에 데리고 왔다. 그 소년은 집도 양친도 없고 왔을 때에는 아직 작은 어린애였다.

그의 양친이라는 분들은 두 사람이 모두 옛날 오페라 코미크喜歌劇座에서 노래하던 가수였다. 그는 귀여운 소년으로 마담 '세바스찬'을 어머니처럼 따르고 있었는데 부인은 이 소년이 참으로 싫어서 섭섭한 태도로 대해주었다.

이 소년은 민감했었고 부인을 참으로 숭배했었으므로 그의 냉엄한 태도는 거의 참혹한 감을 주었다. 일 년 반쯤 지나자 '세바스찬'은 이러한 태도를 더 이상 참을 수가 없어서 마리우스를 훌륭한 학교에 맡겨두었다. 소년은 그의 부인의 성질에서 그때까지는 꿈에도 생각지 않았던 일면을 찾아내고 말았다. 그래서 소년의 부인에 대한 감정이 완전히 변했다. 부인은 이러한 것을 알고 더욱 싫어졌다. '세바스찬'[115]은 소년이 없는 것이 섭섭히 생각되어 그를 만나기 위하여 파리로 떠날 때가 있었다. 그런데 그러한 것마저 부인에게는 마음에 들지 않았다.

그는 아메리카에 건너왔다. 그가 출생한 고향인 '시카고'에 왔다. 더욱이 그는 18세 때에 '시카고'를 떠난 이래 대부분은 해외에서 생활을 해왔

지만,

'세바스찬'은 몇 시간 동안 난로 옆에 앉아 있었다. 그의 목구멍이 깔깔해질 때까지 담배를 계속해서 피웠다.

그리고 그의 생각은 지구의 표면을 넓게 달리고 있었다. 그는 수저水底를 살펴보았으나 그곳에서 기억할 만한 것은 별로 아무것도 떠오르지 않았다. 그의 마음은 조용하게 쉴 수 있는 장소를 발견할 수가 없었던 것이다.

그는 「맥베스」의

"아, 나의 가슴속엔 동아뱀으로 가득 찼다. 나의 아내여"(「맥베스」 제3막 제2장 36행에서 인용 — 역자)라는 말을 생각했다.

단지 하나의 아름다운 더럽히지 않는 기억은 없는 것일까? 적어도 현재는 그 어디선가 살며시 가지고 와서 그 신선한 냄새를 마실 수 있는 꽃이든가 푸른 잎사귀 같은 것은 없는 것일까?[116]

그의 시선은 피아노 쪽으로 달려갔다. 그렇다. 아마 그중의 하나는 틀림없이 있다.

'세바스찬'은 일어나서 두 창문을 활짝 열어젖히고 목에다 머플러를 감고 바람이 담배 연기를 내보내는 동안 방의 이곳저곳을 왔다 갔다 했다. 그는 '루시'의 모습을 생각하고 있었다. 만일 한 시간이라도 오늘 이 자리에 그가 있어주었다면 이렇게까지 간절하게 그를 생각하지도 않았을 것인데. 자기에게 사랑을 느끼고 있는 젊은 여자에게 동정을 구하러 가는 것은 위험한 일이었다. 그러나 '루시'만은 다르다. 그는 왔다 갔다 하면서 '루시'의 감정은 지금까지 여러 가지의 가면을 쓰고 그를 둘러싸고 있던 감정과는 전혀 다른 것이라는 것을 자신에게 스스로 말해주었다.

그의 마음은 이젠 그 자체로서 충만한 것이며 한편에서만 종시 손을 내미는 것과는 다른 것 같았다. 때로는 그에게는 도리어 소년과 같은 점이 있는 것처럼도 생각되었다. '루시'는 너무도 남자와 같이 활발하였기 때문이다.

그것은 젊은 정렬이라고 말하기보다도 기사도騎士道적인 충절에 가까운 데가 있었다. 그는 젊은 사람이 허영심에서 간혹 빠지기 쉬운 그 정체를 알지 못할 엷은 배신행위 같은 것은 절대로 해본 일이 없을 것이라고 '세바스찬'은 믿고 있었다. 자기 자신에게 유리할 때에 그의 이름을 이용한다는 일은 절대로 없었다 — 말하자면 별로[117] 악의로서가 아니라도 단지 여러 학생들에게 자랑하고 싶어서 그러한 일을 했다는 것도 그에게 없었던 것 같다.

지반이 없는 세계에서 지반을 만들려고 고투하면서 자기의 생활의 길을 개척해 나가지 않으면 안 되는 젊은이들에게 있어서 그것은 참으로 용이한 이야기가 아니다.

남자이든 여자이든 간에 이러한 세심한 것을 주의하고 있는 인간을 그는 지금까지 만나본 일이 없었다. 수줍은 듯한 시선을 그에게 돌리고 그 눈동자에는 금색과 같은 빛이 반짝거릴 때 그가 그곳에서 읽은 것은 헌신의 정렬이며 상상력의 불꽃이었으며 상대방의 마음을 끌고 가든가 호소를 하는 것과 같은 점은 조금도 없었다. '루시'하고 교제하는 동안에 그가 무엇을 요구하는 듯한 모습은 전연 찾지 못했다.

더욱 그와는 반대로 그에게는 이익 같은 것은 멸시하고 전혀 돌아보지 않는 그러한 기품을 엿볼 수 있었던 것이다.

그는 갑자기 방안이 추워진 것을 느꼈다. 시계를 보니 다섯 시가 되었다. 벌써 한 시간 동안이나 방안을 오고 가고 한 것 같다. 방의 공기는 신선해지고 그리고 그의 마음속도 어딘지 신선해진 것 같았다. 마음을 졸이는 것과 같은 느낌도 입안이 텁텁하던 것도 사라졌다. 그는 창문을 닫고 옷을 갈아입기 위하여 침실에 들어갔다. 15분쯤[118] 지나자 그는 턱시도을 입고 나와 그 위에 외투를 걸쳤다. 그는 아래에 내려온 후 처음 자기 눈앞에 지나가는 자동차를 불러 타고 운전수에게 '루시'의 번지를 가르쳐주었다.

베이커리 앞에서 차에서 내리자 그는 운전수를 그곳에 기다리도록 했다.

이미 '루시'는 저녁을 먹기 위해서 아래층에 내려와 있을는지도 몰라서 그는 먼저 식당 속을 들여다보았다. 그다음 계단을 두 개 올라갔다. 그는 어떤 도어를 노크해야 좋을지 망설이고 있을 참에 다행히 뒤에서 피아노 소리가 들려왔다. 그것은 〈숭어〉라는 곡이였다. 그는 웃으며 그가 한 곡을 끝마칠 때에 비로소 조용하게 노크를 했다.

"누구십니까?"

"'게이하트' 씨, 세바스찬입니다. 좀 뵙고 싶은데요."

'루시'는 이것 참 곤란하다는 표정으로 방안을 살펴보았다. 그러나 방안은 어두웠으므로 아무것도 그에게는 보이지 않을 것이라고 생각되었다. 그는 화장옷을 단정히 입고서 문을 열었다.

"일요일까지도 당신을 귀찮게 해드리고 싶지는 않았는데 다른 데 별로 약속이[119] 없으시다면 밖에 나가 저녁을 함께 하시지 않겠습니까? 오늘은 하루 종일 우울했으므로 나는 혼자서 식사를 하는 것이 웬일인지 겁이 납니다."

"그러면 선생님 함께 가겠어요, 좀 옷을 갈아입어야겠는데 그렇게 시간은 오래 걸리지는 않겠습니다."

"별로 급히 서두르지 마시고 천천히 하십시오. 아직 시간도 대단히 빠르니깐 나는 아래에 내려가서 차 안에서 기다리겠습니다. 그리고 베이커리에 들어가 빵이나 과자를 사겠습니다. 당신이 이상한 남자와 함께 나갔다고 하지 않게 하기 위해서입니다."

'루시'는 문을 닫고 불을 켜두었다. 그는 전과 같이 한 벌밖에 없는 이브닝과 어떤 음악회나 늘상 하고 다니는 검은 네트를 했다.

그러나 만일 그가 식사를 함께 하겠다고 한 사람이 옷을 잘 입은 부인이라면 그가 초대할 수 있는 부인들은 얼마든지 있었을 것이다.

'루시'가 옷을 많이 가지고 있지 않다는 것은 그도 알고 있을 것이며 '세바스찬'이 아무렇게도 생각지 않는다면 '루시'도 그러한 것을 걱정할 필요가 없다. 그러나 역시 '루시'로서는 혹시 그를 위하여 입을 새 옷이 손에 들어온다면, 어떤[110]한 일을 해도 좋다고 생각했다.

두 사람이 호텔의 식당에 들어갔을 때 거의 사람이 없고 텅 비어 있는 것을 보고 '루시'는 즐거웠다. 그가 초라한 옷을 입은 여자를 화려한 옷을 입은 사람이 가득 차 있는 곳에 데리고 갈 필요가 없었기 때문이다. 수프를 가지고 오는 것을 기다리고 있는 동안 그는 처음으로 웃었다.

"그처럼 내가 갑자기 찾아가서 당신이 혹시 놀라시지는 않을까 걱정했습니다. 저는 하루 종일 스튜디오 속에만 있었습니다. 당신은 조간에 래리 맥고완이란 사람이 사보이의 싸나트룸에서 어제 죽었다는 기사를 보지 못했습니까? 우리들은 학교시대부터의 친구였지요."

'마담 드 비뇽'의 장례식날 일이 '루시'의 머릿속에서 생각났다. 그로서는 '세바스찬'이 나쁜 뉴스를 받게 되어 가엾게 생각된다는 외에는 할 말이 없었다.

"그런데 저는 딴 생각으로 서럽게 여겼습니다. 즉 나를 위하여 서러워했습니다. 만일 수년 전에 그러한 뉴스가 잔인한 활자로 써졌든 것을 보았다면 나는 그 자리[121]에 쓰러져서 어린애처럼 울었을 것입니다. 그런데 우리들의 우정에는 여러 가지 문제가 일어납니다 그려…… 이 세상을 살아가는데 있어서 이처럼 싫은 일은 없습니다. 젊은 사람들에게는 그것이 어떠한 일인지는 잘 알지 못할 것이지만."

웨이터가 수프와 포도주를 가지고 왔다. 그가 뒤돌아서 가자 '세바스찬'은 다시 말을 시작했다.

"우리들 두 사람은 별로 대수로운 이유도 없이 서로 사이가 멀어졌습니다. 지금으로부터 5년전 일인데 그는 나를 불란서로 찾아주었습니다. 우리들 부부는 마침 샹티에 조그마한 집을 다시 짓고 있었을 때이며 그것이 또 참으로 마음에 들었습니다. 나는 그곳에서 라리가 찾아오는 날을 매일처럼 기다리고 있었습니다. 그러나 그가 오고 보니깐 좋지 못한 일이 생겼습니다. 라리는 우리들의 집과 친구들도 그리고 아무것이나 마음에 들지 않았던 모양입니다. 거기에 그는 그러한 기분을 솔직히 얼굴에 나타냈으므로 나는 실망하고 성이 났습니다. 우리들은 섭섭하고 냉정한 마음으로 헤어졌습니다. 틀림없이 그때부터 그의 몸은 나빠졌을 것이라고 생각합니다. 매사에 좀 이상하고 상대의 기분을 나쁘게 하는 비평만 하고 있었으니[122]깐."

"그 후 그분과는 만난 일이 없으신지요."

"전혀 없었습니다. 그 후 얼마 되지 않아 여러 가지 문제가 생겼습니다. 더욱 별로 아무 의미도 없는 편지가 두세 번 오고 가고 했으나…… 신문의 통신에는 그가 사란시 위에 있는 산속의 싸나트룸에서 죽었다고 되어 있습니다. 그 사람과 나는 아직 20세 때의 어느 여름 마침 그 지방을 순시한 일이 있습니다. 그는 그 산 위에서 앓았을 때에 당시의 일을 생각했을 것입니다. 우리들은 륙색을 머리에 깔고 그곳 산속에서 자고 또는 몇 시간 동안 계속해서 그 산을 바라다보았습니다. 아침엔 언제나 일찍 일어나 아직 해가 떠오르기 전 산정의 빛이 각각 변해가고 있을 때 발코니에 나와 서로 잘 잤느냐고 말했던 것입니다. 도대체 어째서 그는 다시 한 번 나와 만나려고 하지 않았는지, 어째서 지난해 여름 나를 자기 곁으로 부르지 않았는지 나는 참으로 궁금합니다."

'세바스찬'은 자주 포도주를 마시며 그의 반생에 관해서 지금까지 보담도 많은 것을 '루시'에게 말해 주었다.

그가 처음으로 '시카고'를 떠나 연구를 하기 위해서 외국에 가는 도중 뱃속에서 라[123]리와 만났던 것이다.

그는 얼마 후 '라리'도 그와 같은 것을 공부하기 위하여 양행하는 것이며 거기에 같은 선생에게서 배우게 된다는 것도 알게 되었다. '셰르부르'에 상륙할 때에는 이미 두 사람은 친구가 되었다. 파리에서는 함께 스튜디오를 빌리고 같은 하숙에 살고 있었다.

'세바스찬'은 천천히 시간을 들여서 저녁을 먹었다. 식당은 두 사람이 그곳을 나와 '루시'가 살고 있는 방향으로 차를 탔을 때에는 아주 텅 비고 말았다.

그는 '루시'의 팔 아래로 살며시 자기의 팔을 집어넣고 참으로 감사에 넘친 표정으로 그의 손을 잡았다.

"루시 씨 오늘 밤 저를 위하여 많은 시간을 소비해주셔서 참으로 감사합니다. 저는 아무와도 이야기하고 싶었습니다. 거기에 그 아무가 다른 사람이 아니고 당신이었기를 바랐습니다 — 다른 아무 사람이 아니고……"

'루시'는 급히 그의 얼굴을 돌려보고 '세바스찬'의 소매를 잡았다.

"'세바스찬' 선생님 어떻게 하시든지 선생님이 괴로움을 잊어주시도록 저는 언제나 바라고 있습니다. 저는 선생님의 일을 생각하면 언제나 행복해집니다. 거기에 다[124]른 많은 사람들도 틀림없이 그럴 것입니다. 선생님은 다른 사람들이 애쓰며 구하려고 하는 모든 것을 지니고 계십니다. 그런데도 선생님 자신께서는 그 가치를 전혀 인정치 않으시고 계시군만요. 정말, 그렇습니다!"

거기까지 말하고 나니 그는 갑자기 말을 그치고 말았다. 자기가 못난 소리를 하고 있다는 것을 느꼈기 때문이다.

'세바스찬'은 그가 말하는데 귀를 기울이지는 않았으나 그 열렬한 젊은 소리의 근저에 흐르는 감정의 충격에는 어찌할 수가 없었다. 말소리 속에 잠겨 있는 그러한 진실한 방향이 무엇인지를 정의할 수는 없었으나 확실히 그것은 의심할 수가 없는 것이라고 그는 생각했다. 그는 자기의 소맷자락 위에 놓인 손을 잡고 그것을 자기의 두 손 사이에 두었다.

"루시 당신에게는 내가 쓸쓸한 사람으로 보입니까? 어떠한 인간에게도 실망이라는 것이 있습니다. 나는 이곳에 건너온 후부터는 때때로 고독을 느낄 때가 있습니다. 우리들이 함께 일을 하는 아침에 그런 일이 없으나…… 그때만은 나는 확실히 자기 자신과 같은 기분이 됩니다. 그리고 내일 아침은 대리인과 함께 볼 일이 있습니다. 당신은 5시경에 와주셔서 함께 차라도 마시지 않겠습니까? 제 생각은 그렇게[125] 해 주셨으면 생각합니다."

차가 길모퉁이를 지나자 베이커리의 창에서 푸른빛이 나는 흰 불빛이 보였다. '세바스찬'은 그를 계단 아래까지 데려다주었다.

"잊지 마세요. 내일은 당신은 휴일입니다. 아침에 늦잠을 자시고 좋은 꿈이라도 꾸십시오. 우리 두 사람이 20세 정도로서 불란서령領 알프스산맥 근처를 도보로 여행이라도 하는 것을 혹시 꿈에 보실지 모릅니다. 그리고 나는 새벽의 발코니에서 당신의 이름을 부르게 될는지도 모릅니다."

12

그다음 날 오후 '루시'는 '미시간' 통을 향하여 천천히 걸어갔다.

그는 지금까지 이처럼 그 거리를 좋아했던 일이 없었다 — 이곳은 인간이 자기의 청춘을 즐겁게 마음대로 보내고 자기의 비밀을 갖고 자기의 주인을 찾아서 자기 독특한 방법으로 그 사람에게 봉사하는 자유를 주는 거리였기 때문에.

어제의 비는 일종의 괴로움과 봄과 같은 냄새를 풍기고 갔다. 거리에서 그의 뺨을[126] 때리고 그의 머리 위에서 오고 가는 격렬한 공기도 오늘 저녁은 서글픈 손풍금風琴처럼 어느 정도 생각에 잠긴 것과 같은 것을 품고 있었다. 상점 쇼윈도에 걸려 있는 모피와 보석 장미와 난꽃과 같은 아름다운 것이 모두 그 앞을 지나갈 때에 그 자신의 것인 것처럼 마음이 들었다. 물론 그것은 포장되어 자기의 집에 보내게 된다는 의미는 아니다 — 그러한 것을 어디다가 둘 것인가? 그것은 그 속에서 생활한다는 의미에 있어서 그의 것이었던 것이다.

얼마 후 다섯 시가 되고 회색의 황혼이 지났다. 그는 예술회관 쪽을 향하여 발걸음을 재촉했다. 엘리베이터를 타고 올라갈 때 웬일인지 그의 마음은 겁이 났다. 그래서 그는 아무것도 생각하지 않도록 노력했다. 그는 멕카를 집어 올렸다. 그러자 '세바스찬'이 문을 열어주었다. 그가 무엇이라고 말하기 전에 아직 모자도 외투도 벗지 않은 그를 그대로 그는 포옹해 버렸다.

두 사람은 오랫동안 움직이지도 않고 외투와 스틱으로 둘러싸인 으스무레한 현관에 서 있었던 것이다. '루시'는 그가 자기의 마음속에 있는 모든 것을 빼어가는 것이 아닌가 하고 생각했다. 이제 자기에게 남겨둘 만한 것은 하나도 없이 사라지고 말았다. 그의 부드러운 깊은 한숨은 그를 그대로 몽땅 삼켜버리고 겁과 주저와 허둥지[127]둥하는 마음을 모두 빼어가는 것처럼 생각됐다. 어떤 아름다운 깨끗한 것이 그의 마음에서 '루시'의 마음속으로 흘러들어왔다. 그것은 지혜와 슬픔이었다. 만일 그가 '루시'의 비밀을 빼어갔다 하더라도 그에게서도 자기의 비밀을 그 대신으로 주었던 것이다. 그의 비밀이란 그가 인생을 체념하고 있다는 것이었다. 어떤 사람일지언정 또다시 그와 생활을 나눌 수는 없을 것이다. 그러나 인간의 낡은 아름다운 꿈에 대해서는 맑은 신념을 그는 가지고 있는 것이다. 그것을 '루시'에게 가르쳐주고 그리고 그와 함께 나누자, 두 사람은 음악실에 들어가기까지 서로 한마디도 말이 없었다.

차기茶器가 화로 옆에 놓여 있었다. 주전자의 물이 하도 끓어서 '세바스찬'은 물을 더 가지러 나갔다.

그리고 나서는 '루시' 혼자 오늘 밤에 한해서 들어갈 수가 없듯이 생각되었던 방에 남아 있었다.

피아노와 책장은 손이 닿지 않는 저 멀리 있었다. 그리고 '루시'도 그 자신에게서 먼 곳에 떨어져 있었다. 웬일인지 그에게는 모든 것이 지금이라도 사라져버리는 것과 같이 느껴졌다. 이젠 그는 모든 것을 알고 말았으니깐 '루시'를 내버릴 것을 의[128]무로 생각할는지 모른다. 그는 단 한마디로서 '루시'의 존재를 말소시킬 수도 있을 것이다.

'세바스찬'은 돌아와서 그의 앞에 섰다. 그러나 그는 이름을 부르기까지는 얼굴을 들어 올릴 수가 없었다.

"루시 씨 그렇게 겁내지 마십시오. 나는 별로 당신에게 사랑을 속삭이려고 하지 않으니깐…… 더욱이 내가 당신을 사랑하고 있다는 것은 틀림없는 사실이니깐요……."

그는 바로 '루시' 옆에 와 앉았다.

"어째서 그렇게 겁을 내면서 나를 피하려고 하십니까? 거기에 당신의 손이 왜 이렇게 찹니까? 무엇을 당신은 두려워합니까?"

"그러한 일 잘 모르겠어요 — 그러나 웬일인지 지금까지와는 모두 달라져가는 것만 같아요. 아마 선생님은 이젠 제가 이곳에 와서 반주하는 것을 바라지 않는 것처럼 생각됩니다. 어떻게 하시든지 저를 내쫓지 말아주세요. 절대로 선생님에게 폐를 끼치지 않겠으니까……"

"당신을 내쫓는다니? 마침 나는 그렇게까지 욕심이 없는 인간은 아닙니다. 정말은 아마 그렇게 해야만 되지만…… 그러나 당신은 참다운 사랑을 하고 있는 것 같지[129] 않습니다. 나는 당신의 아버지가 돼도 좋은 나이이며 당신은 이제부터 더 커질 것입니다 — 여러 가지 일이 당신의 전도에서 기다리고 있습니다. 나의 마음을 잡은 것은 틀림없이 그러한 젊음일 것이라고 생각했었습니다. 그러나 지금에 와서는 '루시' 씨 당신이 갖는 모든 것을 나는 사랑하게 되었습니다. 그전에는 이곳에서 보내는 아침 시간은 나에게는 지루한 일이었습니다. 당신은 거기에 어떤 달콤한 것을 가지고 오셨습니다. 저는 점점 저 창에서 당신이 오시는 것을 기다리고 바라보게 되었던 것입니다. 그리고 당신이 바람 속을 헤치고 오는 모습을 보게 되면 저의 가슴은 밝아졌던 것입니다. 저는 젊은 정열과 젊은 불덩어리를 사랑하고 있습니다. 전에는 우리 집에도 귀여운 소년이 있었으나 학교에 보내게 되고 말았지요. 당신은 이곳에서의 저의 생활에 얼마나 큰 변화를 가지고 오셨는지 알고 계십니까? 당신이 노크하면 봄의 계절이 문을 열고 찾아오는 것처럼 생각됩니다. 당신에게는 모든 것이 새롭고 놀라움을 지니고 있기 때문입니다. 저에게는 일에 대한 새로운 힘이 솟아올랐습니다."

'루시'는 행복의 눈물이 흐르는 것을 감추기 위해서 그의 어깨에 얼굴을 파묻었다. 그가 '세바스찬'에게 어떠한 것을 주었다는 것을 그 자신의 입에서 들었기 때[130]문이다 — 아주 조금 전까지는 그러한 일은 모든 희망

중에서 가장 힘든 일로 생각되었으며 또 너무도 우스웠기 때문에 그는 어두움 속에서도 얼굴이 붉혀지는 것을 느꼈다. 그리고 그곳에 옆으로 드러누우니깐 그는 자기 자신이 또다시 그의 호흡 속에 그의 심장의 고동 속에 녹아들어가는 것과 같이 생각되었다. 이러한 상태가 오래 계속되지 않는다는 것을 그는 알고 있었다. 곧 일어나서 또다시 원래의 자신으로 돌아가지 않으면 안 된다. 허나 또 동시에 살아 있는 한에 있어서 이것은 틀림없이 계속될 것이라고도 그는 생각했다.

문을 가볍게 노크하는 소리가 들렸다. '루시'는 재빨리 그에게서 떠나 화롯가로 갔다. '주세페'는 열쇠로 문을 열고 들어오기 전에 언제나 꼭 그러한 노크를 하는 것이었다. 그는 머리를 살짝 기웃거리며 '세바스찬'에게 옷을 갈아입을 준비가 되었느냐고 물었다.

'세바스찬'[59]은 방에 들어가 옷을 꺼내 놓으라고 그에게 말했다.

"루시 씨 사실은 만찬회에 약속이 있습니다. 그러니 가는 도중 당신을 집에까지 모셔다드리지요. 여기서 잠시 기다려 주십시오. 별로 시간은 걸리지 않습니다."

그는 '주세페'와 함께 옆방으로 들어갔다. 그래서 '루시'는 그곳에 일어나 다[131]시 의자에 앉았다. 그는 무릎 위에 두 손을 올려놓고 거리에서 겨우 들려오는 소음에 귀를 기울이며 몸 하나 움직이지 않고 앉아 있었다.

한 20분쯤 지나서 '세바스찬'은 턱시도를 입고 나왔다.

"루시 씨 당신은 이렇게 빨리 옷을 갈아입을 수 있습니까?"라고 말하며 흰 장갑을 끼고 화로 옆에 그가 서 있을 때 문에서 열쇠 소리가 잘각 들렸다. 문이 열리고 역시 턱시도를 입은 '제임스 모크퍼드'가 들어왔다. 그는 실크해트를 쓰고 손에는 스틱를 들었다. '루시'를 보자 그는 모자를 벗고 머리를 숙였다.

"지미 군 들어오게. 어디서 오는 길인가?"

---

59 원본에는 '바세스챤'으로 오기되었다.

'세바스찬'은 기분 좋게 말했다. '모크퍼드'는 이미 들어와 있었다.

이 사나이에게는 이편에서 뭐라고 말할 필요가 없다고 '루시'는 생각했다. 그가 방에 들어오는 태도에는 어딘지 사람을 무시하는 듯한 표정이 있었다.

"저의 하숙집에서 오는 길입니다. 이제부터 친구들과 저녁을 같이 하려고 합니다. 그래서 실은 당신의 차에 편승했으면 하고 찾아왔습니다."

'세바스찬'은 이 사람의 태연자약한 태도가 마음에 들었는지 껄껄 웃었다.[132]

"미안하지만 오늘 저녁만은 자네 자신이 분발해서 한 대 불러 타야만 되겠네. 나는 '게이하트' 씨를 모셔다드리게 되었으니깐, 그러나 이곳에서 기다려도 좋다면 자네를 데리러 다시 한번 와도 상관은 없는데……."

"고맙습니다. 그럼 기다리기로 하지요."

'모크퍼드'는 외투와 모자를 피아노 위에 올려놓고 절름거리며 테이블 옆으로 가서 차를 마시기 위하여 내놓은 샌드위치를 집어 먹었다.

그는 아직 쓰지 않았던 차종(컵)이 새로 나와 있는 것을 바라보고 코를 찡그렸다. '루시'는 그대로 아연히 바라다보았다. 대체 이 자는 밤이 되면 분粉이나 크림 같은 것을 얼굴에 바르는 모양이라고 그는 생각했다.

'모크퍼드'는 '세바스찬'을 보고 말했다.

"리본을 달으셨습니다 그려."

"벨기에[白耳義] 공사公使를 위해서 열리는 만찬회니깐."

이번엔 '세바스찬'의 대답이 좀 쌀쌀해졌다고 '루시'는 생각했다. 그는 그의 윗저고리에 작은 자색 리본을 단 것을 보았다. '주세페'가 외투를 가지고 왔다.

'모크퍼드'는 샌드위치를 다 먹고 나서 손을 씻었다.[133]

"얼마 동안이나 걸립니까?"

"한 20분 정도이면 자네를 데리러 올 것이네."

"돌아오시면 문지기를 여기까지 보내주시지요? 이 아픈 다리로 아래까지 내려가서 기다리게 되면 곤란하니깐. 그럼 다녀오세요. '게이하트' 씨!"

그는 '루시'가 나가려고 일어서니깐 좀 의자에서 일어섰으나 곧 그 자리에 앉고 말았다. '루시'는 밖으로 나올 때 그가 제일 깊은 의자에 드러누워 아픈 다리를 긴 의자에 뻗치고 담배를 입술에 물고 있는 것을 보았다.

"모크퍼드가 하는데 너무 신경을 쓰지 마세요."

'세바스찬'은 그의 다음에 차를 타고 도어를 닫으면서 말했다. '루시'는 별로 아무 생각도 없다고 말하자 그는 '루시'의 어깨를 턱턱 치면서 말을 이었다.

"저 '루시' 씨 나는 당신의 얼굴을 책처럼 환히 읽을 수 있습니다! 당신은 감정을 위장시킨다는 것을 잘못합니다. 지미는 때때로 철면피한 짓을 합니다 — 그것은 어렸을 때 잘 배우지 못한 까닭입니다. 그자는 사실은 빈민굴에서 자라났습니다. 내 아내가 나를 위해서 그자를 데려다주었습니다. 좀 남과 다른 재능이 있는 교활한 사나이를 발견한 것은 내 장인의 친구입니다. 그 사람도 원래는[134] 나쁜 사람이 아닌데 몸이 좋지 못하니깐 그런데서 오는 원인이 많을 것입니다. 지금 그와 나는 심리적인 투쟁을 하고 있습니다. 즉 그의 말을 빌린다면 그의 권리를 위해서 싸우고 있다는 것입니다. 누군지 어떤 친한 친구가 그의 이름을 반주자로서가 아니라 '찬조 출연자'로서 프로그램에 내놓도록 하라고 코치해준 모양입니다. 그래서 나는 그러한 일은 싫다고 말했더니 그는 지금 화를 내고 있습니다."

'루시'는 마음먹고 있는 것을 전부 이야기하고 싶었으나 겨우 다음과 같은 말밖에 입에서 나오지 않았다.

"그럼 대체적으로 보아 그분은 충실하다고 선생님은 여기십니까?"

'세바스찬'은 웃었다.

"충실하다구요? 마 제2 바이올린을 켜는 인간이 전부 충실하다는 뜻에서 말한다면 누구에게도 못지않게 충실하지요, 그 사람에게 여러 가지 일을 기대해서는 안 됩니다."

13

'루시'는 자기의 생일날이 3월이라는 것을 이전부터 섭섭하게 생각하고 있었[135]다. '시카고'에서는 그 무렵부터가 일 년 중에서 가장 불유쾌한 시절이었으며 고향인 '해버퍼드'에서도 언제나 역시 쓸쓸한 계절이었기 때문에……

'플래트'강의 얼음이 풀리거나 또는 우툴두툴해져서 스케이팅 같은 것은 생각도 못했다. 바람은 끝일 줄 모르게 불어오고 공기는 밭의 먼지와 강변에서 불어오는 사진砂塵 때문에 혼탁해졌다. 그러나 금년의 3월은 그에게 있어서 지금까지 없던 행복한 달이었다.

'세바스찬'은 동부지방에서의 4월 달의 연주 여행을 위한 프로그램을 준비하고 있었기 때문에 어떤 아침 시간도 중요했었다. 그는 이번만은 스튜디오 안에서 전 생활을 하고 있다고 해도 과언이 아니었다. 그는 방안을 꽃과 신록의 식물로서 언제나 가뜩 채웠다. '루시'가 그러한 것을 좋아한다고 그가 알았기 때문이다.

'루시'를 위하여 도어를 열어줄 때에는 그는 언제나 키스로서 그를 맞이했다. 간혹 장난삼아 할 때도 있었으나 절대로 성급하게 하지 않는 그 포옹은 그 자리에서 두 사람의 마음을 완전히 하나의 것으로 결합시키는 것이었다. 하나하나의 음音이 하나하나의 침묵이 친밀과 신뢰의 아름다움을 지니고 있었다.

그 방에서 호흡하는 공기는 세계의 어떠한 곳의 공기와도 달랐다. 그곳에는 특별한[136] 광선이 존재하고 있다고 '루시'는 생각했다 — 바깥 세계에는 안개가 갈색으로 가리고 연기가 얕게 흐리고 있어도 그 방 속에는 언제나 금색 광선이 윤하게 흐르고 있었다.

천기는 언제나 똑같이 나빴다. 호수에는 빙괴氷塊가 서로 부딪히며 흐르고 쉬지 않고 비 눈이 섞여 내려 폭풍은 가로街路에 부서진 우산을 흩어지게 하였다. 그러나 '루시'가 예술회관에 도착하면 엘리베이터는 그의 육체를 조용한 세계에 옮겨다주는 것이다.

그가 하루하루의 생활 속에서 최대의 행복을 느낄 수 있는 것은 밤 — 단 혼자서 조용하게 되었을 때 — 그것이 다 지나고 나서부터였다! 어째서 그런지 그에게는 잘 모르는 일이었으나.

어두움 속에서 그는 아침의 여러 순간을 또 한 번 복습해 보는 것이었다. 거기에는 어떠한 하나도 잃어버린 것이 없었다 — 노래의 일절도 그의 얼굴에 나타난 하나의 표정도 그의 손 하나하나의 움직임도 이러한 조용한 시간에 그는 1월 4일부터의 몇 주간이 지금까지 보낸 21년의 세월보다도 더 길었다는 것을 회고하고 여러 가지 일을 잘 생각해보는 것이었다.[137]

인생은 세월에 의하여 측량할 수 없는 것이었다.

그렇다고 하여 그것은 '루시'가 지금까지 불만을 품고 살아왔다는 뜻은 아니다. 그는 처음으로 '시카고'에 나온 후부터 쭉 행복했으며 조그마한 시골 거리에서 대도시에 빠져나와 파울 '아우어바흐'와 같은 친절하고 양심적인 분에게서 공부하게 된 자기는 행복하다고 생각했다. 그러나 그 시대도 지금엔 먼 옛날처럼 되었다. 그는 처음으로 클레멘트 '세바스찬'의 노래를 듣던 밤부터 참으로 새로운 생애에 돌입한 것이다. 그때까지 그는 어떤 미숙하고 작은 것을 가지고 지내온 것 같다.

그때부터 그는 그 생각에 있어서나 그 생활 방법에서 아니 그 용모에 있어서도 너무도 갑자기 변화했기 때문에 대체 자기 자신이 알고 있는 것일까라는 스스로 의심할 정도였다 — 단지 모든 변화가 시시각각으로 자신의 본연의 자체로 가까이 가는 방향에 있다는 것만은 확신했으나.

이젠 그는 어떠한 일도 과도하게 좋아한다든가 싫어한다는 것을 겁내지 않았다. 그것은 마치 자기 자신의 것을 받아드리고 그리고 중요하지 않은 것은 받아드리지 않겠다는 태도에 대해서 어떤 하나의 신념을 찾은 것 같았다.[138]

어느 날 아침 '세바스찬'은 〈사랑을 이야기하지 않았던 소녀〉 라는 옛날 영국 노래를 꺼내냈다. 그는 방안을 왔다 갔다 하며 혼자서 싱글싱글 웃으면서 몇 번이고 몇 번이고 그것을 반복해 가며 노래했다.

'그러나 숨겨둔 생각은

봉오리에 들어가는 벌레와 같이

장밋빛 그 뺨을

갉아버린다.'

그는 피아노 옆에서 발을 멈추고 몸을 꾸부리고 그의 얼굴을 '루시'의 얼굴에 가까이했다.

"당신의 뺨은 걱정 없겠지요?"

'루시'는 깜짝 놀라 왼손을 재빨리 뺨에 갖다 댔다.

"그러나 — 어째서 그런 일이 저에게는 아무것도 숨길 것이 없어요."

"아무것도 없어요? 가슴을 아프게 할 아무것도?"

"그러한 것을 새삼스럽게 물어보시지 마세요."

그는 놀란 것과 같은 표정으로 그를 바라보았다.[139]

"이렇게 매일 선생님의 눈앞에서 생활하고 있지 않아요."

"이렇게 밖에 나와 일하고 있어서 때로는 자기의 생활을 허비하고 계시다고 느끼지 않으십니까?"

"저에게는 절대로 그처럼 생각되지 않습니다. 이제 이것으로 그만이어요?"

"한 번만 더 부탁합니다."

'루시'는 피아노에서 일어서자 긴 한숨을 쉬었다.

"그 노래 지금까지 듣지 못했어요. 그리고 가사도 아름답고."

'세바스찬'은 웃었다.

"아, 그러세요? 아직 그런 노래는 저 책 속에 많이 있습니다."

그는 책장에 가서 한 줄로 쭉 세워놓은 빨간 가죽으로 제본한 작은 책 중에서 한권을 꺼내왔다.

"그것을 가지십시오. 지금 노래의 문구도 다른 노래도 거기 들었습니다. 아름다운 노래가 많이.”

그가 간혹 마치 ‘루시’가 어린아이인 것처럼 그런 야유를 섞인 말로 이야기할 때가 있었다.[140]

‘루시’는 얼굴을 붉혔다. 그는 그것을 읽어보았다. 그리고 그것은 누구나 외견을 위장하고 진심으로 되고 있는 자는 한 사람도 없는 도리어 터무니없는 희극이라고 생각했다. 그는 ‘세바스찬’을 위해 반주를 하기 전까지는 언어가 그 직접의 의미 이외에 어떤 다른 가치를 가지고 있다고는 알지 못했다.

14

‘세바스찬’이 동부지방으로 연주 여행을 떠나고 얼마 후 ‘루시’는 ‘해리 고든’에게서 한 통의 편지를 받았다.

그는 1주일 동안 오페라를 구경하기 위하여 ‘시카고’에 가게 되니깐 그와 전에 약속한 것을 잊지 않도록 바란다는 요지의 편지였다. 그 당시에는 뉴욕의 오페라단이 봄마다 수주 간의 흥행을 하기 위하여 ‘시카고’에 왔던 것이다.

작년에는 즐겁게 ‘해리’와 그 오페라 구경을 다닌 그였으나 그러나 이번에는 완전히 사정이 달라졌다. ‘루시’는 ‘해리’와 만나고도 싶지 않았고 ‘해버퍼드’에서나 또는 그의 지나간 날에 있어서의 모든 일은 다시 생각하고 싶지가 않았다.

그는 이제부터 매일 도서관에 나가서 ‘세바스찬’의 음악회의 비평을 보기 위해 여러[141]가지 신문을 찾아보려고 생각하고 있었던 참이다. 그러기 위해서는 상당히 시간이 걸린다. 그의 지금까지의 생활은 확실히 그가 생각하는 뜻대로 되었었는데 ‘해리’가 오게 되면 그것이 완전히 허물어질지도 모른다. 아마도 ‘해리’는 그는 꿈속에서 생활하고 있는 것을 또 그는 전과 같은 ‘루시 게이하트’며 지금까지의 생활은 전부 어리석은 것에 불과했다는 것을 그에게 향하여 증명할 수 있는 일을 해내버릴지도 모른다.

'해리'는 편지 속에서 어디서 그와 만날 수 있느냐는 것을 물었다. 그가 베이커리에 그를 부르러 오기를 싫어하는 것을 '루시'는 잘 알고 있었다. '세바스찬'은 그를 저녁 식사에 초대할 때에 아래층 식당에서 기다리는 것을 조금도 언짢게 생각지 않았으나 '해리'는 그것을 염두에 뒀다.

'루시'는 그가 숙박하게 될 호텔에 편지를 보내고 월요일 연습이 끝난 후에 '아우어바흐'의 스튜디오에 만나러 오라고 썼다. '아우어바흐'의 스튜디오는 그가 그곳에서 레슨을 해주지 않을 때에는 응접실로서 사용했다. 그의 사용의 사무실이 그 뒤에 있었다. 현관 건너편 저쪽에 북편에서 광선이 들어오는 좀 어두운 방이 있어서 그곳에서 '루시'는 젊은 제자들의 연습을 돌보아주고 시간이 틈이 나면 자기의 연습을[142] 했다.

월요일 오후 '루시'가 이 스튜디오에 나오니깐 응접실에서 '아우어바흐' 선생 자신이 '해리 고든'과 상대로 이야기하고 있었다. 그리고 두 사람은 서로가 잘 기분이 맞는 것 같은 모습이었다. '루시'가 방을 지나서 그쪽으로 걸어갈 때에 갑자기 '해리'에 대해서 호의를 느꼈다. 그는 그 신선하고 좀 붉은 얼굴에 즐거운 미소를 띠고 새로 만든 회색 양복을 잘 몸에 맞도록 입고 그를 만나러 온 것이다.

첫눈으로 본 순간 '루시'가 그에게서 가장 사랑하고 있는 것을 그는 의식했다 — 그것은 그를 훌륭하게 춤을 추게 하고 피로를 모르는 스케이트의 명수로 한 그 훌륭한 육체적 균형이었다.

'파울 아우어바흐'는 두 사람의 회합을 '루시' 자신과 똑같이 즐거워하는 것 같았다. 그는 '해리'의 방문 시간이 지나는 것을 대단히 섭섭히 생각하는 모양이었다. 그리고 또다시 찾아와 달라고 그에게 권하며 또 '루시'에게는 '아우어바흐' 부인에게 그를 소개하기 위해서 자택으로 함께 오면 어떠냐고 제안했다.

두 사람을 문턱까지 견송할 때 그는 '해리'에게 언제 '시카고'에 도착했느냐고 물었다. '해리'는 그가 '시카고'에 와서 이미 3일간이나 되었음에도 불구하고 '아침 기차[143]'로 온 길이라고 대답했다.

그는 떠나기 전에 양복점에 편지를 내고 최후의 가봉假縫은 그곳에서 하겠으니까 두벌만 준비해달라고 써 보냈는데 그것이 다 만들어져서 '호텔'까지 보내올 때까지 아무 데도 방문하지 않았다. 그는 '시카고'에서 훌륭한 복장을 한 사람들과 조금도 다름이 없는 복장을 하고 싶었기 때문이다.

두 사람이 스튜디오를 나오자 '해리'는 어디로 저녁 식사를 하러 가자고 말했다.

"이제부터 일찌감치 가볼까 그렇지 않으면 당신이 옷을 갈아입은 후에 갈까?"

"아니 내일 밤 오페라에 가기 전에도 성장한 식사는 할 수 있어요. 오늘 밤은 이야기를 할 수 있는 조용한 곳에 데려다주셨으면 해요."

"아무렇게나 당신이 좋으신 대로 합시다. 이번 주일은 실컷 즐겁게 놀려고 생각하고 있어 '루시' 씨, 그렇지 않아?"

'해리'는 어떤 즐겁게 놀려고 할 때에는 마치 폴카나 스코티시 같은 춤을 출 때에 그가 언제나 하는 것처럼 상대방을 막 끌고 가는 경향이 있다는 것을 '루시'는 생각했다.

그는 그러한 어딘지 격렬한 조약성이 있는 댄스를 그와 함께 추는 것을 좋아했다.[144]

그는 리듬에 대해서 좋은 감각을 가지고 있었으며 그의 상대는 몸이 자연히 떠오르는 것과 같은 느낌을 주는 것이었다.

그날 밤 집에 돌아왔을 때 '루시'는 '해리 고든'과 재회하는 것도 나쁘지는 않다고 생각했다. 그는 오랜 옛 친구를 버리는 것이 무엇보다도 싫었다. 그렇게 자존심이 강하지만 않으면 '해리'도 대단히 좋은 사람이 될 텐데…… 하고 그는 옷을 벗으면서 생각했다. 그것은 일종의 정신적인 근시이며 그 때문에 그는 자기에게 직접 관련한 것 이외에는 보는 능력이 없는 것이다. 그러나 오늘 밤의 '루시'에게는 그가 자기 자신에 대해서 만족하고 있는 것이 마음에 들지 않았다. 그것은 그가 다른 모든 것에도 똑같이 만족하고 있기 때문이다. 급사들이 하는 버릇이나 음식의 결점을 찾아서 이러니저러니 말하는 시골 사람의 잘못을 그는 오늘 밤은 하지 않았다. 급사인에 대해서도 점잖은 태도를 취하고 팁도 많이 줬다. 그는 또 돌아오기 전에 '미시간' 통을 드라이브 하자고 말했다 — 이것은 제법 유망한 징조였다 — 자가용의 말과 차를 가지고 있는 '고든' 가의 사람들에게 있어서 하이어는 어울리지 않는 사치이며 최단거리를 다니는 것이었기 때문에.

'루시'는 '해리'가 이야기하는 것을 듣는 것을 — 그것은 주로 그의 목소리[145] 때문이었으나 — 자기가 얼마나 좋아한다는 것을 틀림없이 잊어버렸을 것이라고 생각했다. 그가 어떠한 문제를 말하더라도 한 번 그 목소리가 갖는 여러 가지 가면을 알고만 있으면 그 소리의 변화로 그의 마음속을 다 짐작할 수가 있었다. 아주 돈이 필요한 사람에게 대부를 거절할 때에 그가 사용하는 어조는 참으로 부드럽고 친절한 것이며 거기에 유감스러운 표정을 말과 함께 나타내는 버릇을 잊지 않았다. 그리고 또 별종의 친절도 있었다 — 그것도 대체로 전언한 바와 다름이 없었으나 그러나 그것은 진실한 것이었다.

그다음 날 밤 〈아이다〉를 듣기 위하여 '해리'는 참으로 좋은 신조 연미복을 입고 나왔다. '루시'는 그날 오후에도 쭉 연습을 해주었기 때문에 저녁을 먹기 위하여 그의 호텔까지 두 사람이 차를 달리고 있을 때에는 몹시 피로했다. 그러나 그는 원기가 좋았으므로 '루시' 역시 따라서 원기를 회복했다.

오페라는 참으로 좋은 좌석을 준비해주었다. '해리'가 몇 주일 전부터 편지로 자리를 예약해 두었기 때문이다. 그는 대단히 기분이 좋았으며 그의 말을 빌리자면 '루시'가 '감상적으로 신성시한다'는 것을 단 한 번도 조롱하는 것과 같은 태도를 보이지 않았다. 그는 음악도 청중도 '루시'와 함께 있다는 것도 즐거워했[146]다. 거기에 테너에 대한 그의 열의는 마음속으로부터 우러나온 것이었다. 제3막의 2중창은 확실히 그가 생각하고 있는 의미의 음악이라고 그는 말했다. 그는 개선 마치에 합쳐서 조용하게 박자를 쳤다. 그리고 나팔 소리가 좀 틀려도 그런 것을 아무렇게도 생각지 않았다.

그가 '루시'에게 그의 하숙집 계단 아래서 잘 자라고 말했을 때 '루시'는 그와 함께 오페라에 가는 것이 즐겁다고 정직한 마음으로 알릴 수가 있었다.

15

두 사람이 〈오셀로〉(베르디의 가극 〈오셀로〉 —역자)를 들은 그다음 날 '루시'는 '해리'에게서 미술관을 안내해달라고 청을 받았기 때문에 피아노 연습은 중지했다.

그날은 조용한 햇볕이 쪼이는 아름다운 아침이며 두 사람은 '미시간' 통까지 걸어가는 도중 물건을 좀 샀다.

'루시'는 조금이라도 구실이 생기면 그것을 이용해 가지고 되도록 시간이 걸리도록 했다. 지난해 함께 미술관을 돌아보고 다닐 때에는 두 사람은 모든 것에 관하여[147] 상당한 의견의 차이를 일으키고 문을 나왔을 때에는 서로 어색해진 것을 느꼈기 때문이다.

마셜 필드(시카고의 대 백화점 —역자) 쪽이 '해리'에게는 마음이 들 만한 장소이며 그를 위하여 손수건과 넥타이를 골라주는 것은 재미도 있었다. 그러나 그는 종시 회중시계를 보고 있었으며 미술 진열관의 문이 열리자마자 '루시'를 그곳까지 끌고 갔다.

그는 '루시'의 마음을 건드릴 것 같은 비평은 하나도 하지 않으려고 주의하고 있었다. 걸음걸이도 음성까지도 경계하고 있는 것을 '루시'는 실제로 느낄 수 있었다.

지난해 봄엔 내가 몹시 분개했음이 틀림없다! 금년에는 단 한 번도 그의 눈에는 예의 날카로운 눈이 보이지 않는다. 간혹 그림 앞에서 화가가 잘못 그린 점을 높은 소리로 떠들고 싶은 것처럼 어깨를 펴고 입술을 찌푸리는 법은 있었다. 그러나 구태여 우스운 말을 하려고는 하지 않았다.

두 사람이 불란서 인상파의 다른 데서 빌려다가 출품해놓은 곳까지 오

니까 그는 결국 참지 못하여 묘사법이 틀린 초상화를 일일이 지적하기 시작했다.[148]

"루시 씨 이번만은 당신도 인정하실 것입니다……."

그는 상대를 납득시킬 수 있는 식으로 말했다.

"그것은 확실히 그렇지만 그러나 그러한 것은 문제가 아니라고 생각해요. 저는 그림에 대해서는 아무것도 모르지만 제 생각으로서는 그림 속에는 어떤 것의 모습을 그려내는 것과 단지 일종의 감정을 표현하는 것이 있지 않아요? 후자에 있어서는 정확성이라는 것은 그리 문제가 되지 않을 것이라고 봅니다."

"그러나 해부는 어디까지나 사실이며 사실은 모든 것의 근저에 존재합니다."

그는 이렇게 말했다.

'루시'는 이전 같았으면 그랬을지 모르지만 이때에는 성급히 대답을 하지 않고 단지 머리를 숙이고 그가 아무 말도 하지 못하게 침착한 소리로 말했다.

"그럴까요. '해리' 씨 저는 그렇다고 확실히 말하지 못하겠어요."

이 말에 대해서 그는 아무 소리도 하지 않았다. '루시'의 구조에는 그로 하여금 그에게 부드러운 마음을 일으키게 하는 것이 숨어 있었다. 틀림없이 '루시'는 피로해 있을 것이라고 그는 생각했다. 그는 호수로 면한 건물 뒤편에 있는 포르티코로 통한 문이 열려 있는 것을 보았다. 그리고 '루시'의 팔목을 살며시 쳤다.[149]

"저쪽 발코니에 나가 신선한 공기라도 마십시다."

아침 공기는 따뜻해졌으나 안개가 끼어 수평선을 가리고 있었다. 물은 푸르고 그 위에 있는 모든 것이 조용했다. 그 중심 부근에는 시시각각으로 변해가는 파랗고 푸른 색깔을 가진 은빛 안개가 멀리 호수 끝까지 흐르고 있었다. 회색 갈매기까지도 서글픈 날개를 펄떡이며 날아갔다. 공기는 한바탕 비를 뿌릴 것 같은 기색이다. 이러한 아침에는 '루시'는 잘 알 수 없는 고통이 치밀어 올라왔다. 그는 부드러운 봄의 징조를 보았을 때 봄은 지상에 나타나기 전에 이미 하늘빛에 나타나고 있었다. 무어라 말할 수 없는 갈망이 그의 온몸 안에 깃들고 가슴을 빠개[60]는 듯한 느낌을 가졌다. 요 얼마 전에 발견했던 그 행복은 지금 어디 있는 것일까? 모든 것들이 그것을 위협하고 세상의 습관이 그것을 반대하고 있다. 그것은 그의 손가락 사이에서 빠져나가고 말았다. 그것은 마치 지난날 들어본 일이 있는 매혹적인 멜로디에 대해서 그 리리시즘과 그것이 주고 간 즐거움은 기억하고 있어도 곡 자체는 확실히 생각할 수 없는 것과 같은 것이었다. 그러한 것과는 완전히 다른 지금의 세계 이러한 곳에서는 그는 호흡조차도 할 수가 없었다. 그것은 그를 질식시키고 그의 마음에 미칠 듯한 공포를 이 세계에 영원이 되돌아오게 하는 것과 같은 공포를 일으키는 것이[150]었다.

아 만일 사람이 그 생명과 육체를 잃고 원망 이외에는 아무것도 남지 않았다면 만일 다른 것이 전부 사라져버리고 그 원망만이 남고 파랗고 푸른 저쪽 하늘가에 갈매기와 함께 떠날 수만 있다면!

그의 뒤에서 점심을 먹자는 소리가 들렸다.

'루시'는 깜짝 놀라 자기의 본정신으로 돌아갔다.

"싫어요. 웬일인지 머리가 아파요. 될 수 있으면 빨리 집에 가고 싶어요. 만일 오늘 저녁에도 함께 간다면 좀 집에서 쉰 후에 가겠어요."

그날 오후 '루시'는 자기 방에서 쉬고 있었다. '해리 고든'의 휴가를 최후까지 잘 돌보아주자 그를 위해서 전력을 다해 주자고 그는 자신에게 타일렀다. 나중에 후회될 만한 기분이 조금이라도 남아서는 안 된다. '루시'가 그렇게 변해버린 것은 별로 그의 잘못에 의한 것이 아니었다. 도대체 그를 처음부터 오게 한 것이 잘못이라고 그는 생각했다. 허나 이미 이렇

60 원본에는 '빼기는'으로 표기되었다.

게 된 이상에는 극력 선처하는 길밖에는 없는 것이다. '루시'는 매일처럼 네 가지의 오페라를 즐겁게 구경했다. 지금까지 그는[151] 별로 오페라를 들은 일이 없었다. 너무 바빴고 거기에 가난했기 때문이다. 그들은 상등석에 자리를 잡고 모든 것에 만족하여 그곳에 앉아 있는 두 젊은이처럼 오페라에 열중했다.

오늘 밤 두 사람은 〈라트라비아타〉를 듣고 명 토요일은 밤의 홍행을 보는 대신 〈마티네〉(주간 공연)을 보기로 했다. 그것은 '루시'가 〈로엔 그린〉을 지금까지 들은 일이 없었으며 특히 그것을 듣고 싶어 했기 때문이다.

16

토요일은 바람은 세게 불었으나 일기는 맑은 4월 초하루였다. 거리에서는 남자 어린애들이 수선水仙을 팔고 있었으며 모든 손풍금(바렐 오르간)은 〈오 솔레 미오〉(아 나의 태양)를 틀고 있었다. '루시'도 마음이 명랑해져서 즐거운 결말을 확신했다 — '해리'는 내일 '시카고'를 떠나기로 되어있다.

'루시'는 〈로엔 그린〉에 있어서도 오케스트라로 연주하는 것을 들은 일이 없었으므로 처음 몇 절에서 이미 놀래버리고 말았다. 제1막이 절반도 끝나기 전에 그는 혼자되고 싶어서 애를 썼다.[152]

이것은 '해리'와 함께 들을만한 종류의 오페라가 아니었다. 그는 자기도 모르는 사이 될 수 있는 한 '해리'에게서 몸을 피하고 있었다. 이 음악을 듣고 있으니깐 그가 '세바스찬'의 스튜디오에서 느낀 것이 — 말하자면 눈에는 보이지 않고 침범할 수 없는 세계에 대한 신념과 같은 것이 또다시 나타나는 것이었다.

1막이 끝나고 불이 켜졌을 때 그의 눈에는 아직도 눈물이 빛나고 있었다.

혹시 '해리'가 놀려대는 말을 한다 치더라도 그러한 것은 지금엔 문제가 되지 않을 것이라고 믿었다. 그런데 '해리'는 아무 말도 하지 않았다. 곁눈으로 슬쩍 그를 보고 나서 자기의 프로그램에 시선을 떨어트리고 있다. 얼마 후 그는 마지못해 이렇게 말했다 —

"그 테너 참 잘하는데…… 거기에 연기도 좋고."

"그래요 틀림없이 신념을 가지고 있을 것이에요."

'루시'는 조용하게 말했다.

이날의 그의 태도에는 조금도 나쁜 데가 없었으나 그는 웬일인지 '해리'에 대해서 차차 적의敵意에 가까운 감정을 느꼈다. 그러나 '해리'는 그가 깊이 감동한 것을 이해해주었다. 그런 종류의 일은 남자에게 있어서는 좀 못난 말이기는 하지만[153] 여자의 경우에 있어서는 도리어 매력이 있다고 그는 생각했는지도 모른다.

제2막이 끝나고 막이 내렸을 때 '루시'는 앉은 채로 몸을 움직이면서 사방을 돌아다보았다. 같은 줄의 저편 왼쪽에서 한 남자가 일어나서 '루시'를 바라보고 있다. 빨간 얼굴과 흥분으로 땀이 밴 미소 그는 깜짝 놀라 '주세페'라고 불렀다. 상대방은 그의 소리가 들릴 정도로 가까이 있지는 않았으나…….

'루시'는 몸을 앞으로 내밀고 손수건을 흔들었다. 그는 몇 번씩 몇 번씩 머리를 수그렸는데 별로 잘 안다는 체도 비굴한 모습도 없이 그저 애정과 경의에 찬 태도였다.

그의 모습을 보자 즐거움이 일시에 그의 전신에 넘쳤다. 웬일인지 몸이 떨리고 두 손이 차가워졌다. 그의 다른 세계에 있어서 그처럼 자르려야 자를 수 없는 일부분을 이루고 있는 사람이 지금까지 그곳에 쭉 앉아 있었다니! 틀림없이 어떠한 것도 사라지지 않고 있다. 모든 것이 필연 또다시 옛날처럼 돌아올 것이라는 마음으로 그는 오페라가 끝날 때까지 그 자리에 앉아 있었다. 청중의 갈채에 답례하기 위하여 가수들이 무대에서 쭉 섰을 때 그는 그쪽을 보지 않고 '주세페'를 바라보고 있었다.

그는 일어서서 두 손을 앞으로 내밀고 한참 박수를 쳤다. 검고 흰 무늬가 있는 그의[154] 명주 머플러는 거의 그의 무릎까지 내려와 있었다. 강철로 된 막이 내리자 그는 모자와 외투를 들고 사람으로 혼잡한 입구에 사라지고 말았다. '루시'는 '해리'가 인내성 있게 들고 있었던 외투를 두 손으로 받았다.

“저 열성적인 친구는 누구지요.” 그는 극장 입구까지 ‘루시’를 안내하면서 별 생각 없이 그렇게 물었다.

“그분은 제가 반주하러 가는 스튜디오에서 일보는 이태리인이에요.”

“그러면 음악생인가요?”

“아니에요. 단지 그저 고용인이어요. 그러나 대단히 음악을 좋아해요.”

‘해리’는 웃었다.

“확실히 그렇게 보입니다.”

두 사람이 혼잡한 휴게실을 지나갈 때 ‘해리’는 자꾸만 〈로엔 그린〉의 백조에 대한 이별의 노래를 중얼거렸다. ‘루시’는 그에게 주의하라는 듯이 말을 걸었다. 그러나 ‘해리’는 그 노래가 좋아서 별로 그만두려고 하지 않았다. 두 사람이 4월 달의 오후의 별로 따뜻하지도 않은 일광 아래 나왔을 때 그는 차를 불렀다.

“좀 드라이브라도 하면서 바깔 공기를 쏘입시다? 저녁을 먹기까지는 좀 이르고……[155] 여보 운전수 한 시간 정도 공원 쪽으로 데려다주구려. ‘루시’ 씨 당신을 데리고 갈만한 장소는 차를 타고 가야만 되지.”

그는 ‘루시’와 함께 나란히 앉아 긴 다리를 펴고 조용하게 웃었다.

“그 조그마한 이태리인은 어딘지 재주가 좀 다른 데가 있었어! 나는 사람들이 즐거워하는 것을 보는 것이 좋아. 그러나 용케도 그런 사람이 그렇게 좋은 자리를 살 돈이 있었단 말이야?”

그는 어딘지 마음에 거리끼는 모습으로 이야기했다.

“그러나 그 사람들은 무엇이나 자기가 좋아하는 것이 있다면 돈 같은 것은 안중에 없어요!”

그는 되도록 무심하게 얘기하려고 애썼다.

그는 머리를 옆으로 흔들었다.

“허나 역시 언제든지 셈을 다 치러야 할 날이 오는 법이야. ‘루시 미오’.”

‘루시’는 입술을 물었다. 그 두 말이 모두 ‘해리 고든’이라는 인간을 잘 표현하고 있지 않은가! 그는 일주일 동안이나 계속해서 이태리의 오페라를 들으러 왔기 때문에 이젠 잘 알게 되었다. '루시 미오!'('미오'는 이태리말로 '나[156]의'라는 뜻 — 역자)라니!

그리고 조금 전에는 테너의 아리아(서정조)를 중얼거렸지 않은가. '루시'는 차창에서 밖을 바라보며 안개 낀 푸른 하늘과 비둘기 빛 같은 물결에 주의를 집중하려고 했다. 멀리 등대에서 희미하게 불빛이 보였다.

'해리'는 그의 침묵을 별로 눈치채지 않았다. 그는 '루시'를 매년 오페라에 데리고 가려고 생각하고 있었다. 그러나 같은 일이라면 뉴욕까지 가서 보는 편이 좋을지 모른다. 그렇게 하면 시골의 장사가 한산한 겨울에 갈 수가 있다. 그의 머릿속은 여러 가지 계획으로 가득 찼다. 그리고 그에게는 자기의 미래가 광휘 있는 것처럼 생각되었다.

그에게는 사람들 앞에서 너무 잘난 것처럼 생각하며 살아가는 것을 부끄럽게 여기는 일면이 있었는데, (그는 센치멘털한 사나이는 싫었다) 그러한 일면을 되도록 '루시'를 통해서 살릴 수 있다고 생각하고 있었다. 그는 차 안의 의자에 깊숙이 앉아서 그의 팔에 기대어 또다시 백조의 노래를 중얼대는 것이었다.

'루시'는 몸을 좀 돌리고

"아니 거기는 이렇지 않아요?"[157]

그는 머리를 끄덕거리며 웃었다.

"아참 그랬어…… 이제부터 방향을 바꾸고 저녁이나 먹으러 갈까?"

공회당 호텔의 식당에 그들이 들어갔을 때 손님들이 가득 차 있었다. 밤 흥행 전에 그곳에서 저녁을 먹는 사람들이 참으로 많았다.

'해리'는 자기의 취미에 맞는 테이블을 발견하고 다른 때 같았으면 빨리 가져올 필요가 없다고 했을 텐데 샴페인과 수프를 함께 가지고 오라고 주문했다.

"내 자신의 집만 갖게 된다면 샴페인을 많이 저축해두겠어 — 어떤 특별한 때를 위해서."

그는 식사를 하면서 여러 가지로 말을 많이 했다. 그리고 내일 가는 것은 싫으나 은행에서 볼일이 있는데 아버지를 대신해서 하지 않으면 안 된다고 말했다. 그의 부친은 류머티즘 때문에 온천에 가려고 하기 때문이었다. 그는 '루시'에게 대해서 이렇게 많은 시간을 할애해 준 것은 참으로 감사한 일이라고도 말했다.

"당신이 없었으면 음악 같은 것은 나에게는 그리 의미가 없었을 거야…… 당신을 생각하는 것 이외에는."

'루시'는 그에게 미소를 보냈다. 그는 다른 때보다 안색이 나빴다. 너무도 피로[158]했었다. 고마운 일로서는 이러한 일은 오늘 밤으로 마지막이다. 그로서는 지금까지 모든 정력을 다 기울여가며 도와주었다. 이제부터는 자기만의 생활에 돌아가고 싶어졌다.

식사는 이것저것 시간이 오래가고 '디저트' 코스에 들어갔으나 끝날 것 같지도 않았다. '해리'는 리큐르를 주문하고 여수연에 불을 붙였다. 그는 테이블 너머로 몸을 내밀고 '루시'의 접시 옆에 놓여 있었던 그의 장갑을 손에 잡았다.

"저 루시 씨……."

그의 음성 속에 포함된 부드럽고도 고압적인 말투가 그다음에 나오는 것에 대해서 '루시'의 마음을 싸우도록 준비하게 했다.

"이젠 서서히 여러 가지 일을 안정시킬 때가 아닐까? 우리들은 서로가 잘 상대방을 알고 있으며 나도 해보고 싶은 것을 조금씩은 해왔고…… 당신은 세상을 보겠다고 말할 것인데 나와 함께 있는 편이 훨씬 세상을 보게 되지 않을까 하는데 이젠 이 이상 시간을 허비할 이유가 없지 않아요? 지금 4월이니…… 어떠세요. 5월 달에 결혼하면 좋을 것 같은데 — 마 당신의 형편이라면 6월경이라도 좋습니다. 그러나 가부간 또다시 여름을 넘기는 것은 좋지 않을 것 같은데……."[159]

'루시'는 눈살을 찌푸리고 상대방의 시선을 피했다.

"무슨 말씀이세요? 해리 씨 저는 아직 어떤 사람과도 결혼할 생각은 추호도 없어요. 결혼 같은 것 하고 싶지 않아요 — 당분간은."

그는 펴고 있던 손바닥을 철썩 테이블 위에 떨어트렸다.

"그런데 나는 하고 싶습니다……. 참으로 그렇게 마음먹고 있습니다. 거기에 우리들은 어느 때에는 그렇게 될 것이라고 처음부터 생각하고 있지 않았습니까? — 서로가."

'루시'는 빙긋 웃음을 띠었다.

"그렇던가요? 그러나 당신 역시 요전까지는 자신이 확실하지 않으셨지요?"

'해리'는 생각난 듯이 뜻 있는 웃음을 했다.

"그래도 대체적으로는 확실했지요."

그다음 그는 기묘한 솔직성으로 보통 때는 안경처럼 그의 눈 위에 번쩍이고 있던 예의 직업적인 친절성을 완전히 버리고 '루시'를 똑바로 보고 있었다.

"처음부터 내 마음은 확실했었지요. 나는 당신 없이는 어떠한 종류의 행복한 생활도 믿을 수가 없었습니다. 그것은 진실한 내 마음입니다."

'루시'도 그것은 틀림없는 일이라고 생각했다. 그래서 그로서는 대답할 이야기[160]를 갖지 못했다.

"처음부터 끝까지 당신이 소망하는 대로 될 것입니다. 당신의 마음에 맞는 집도 세울 수 있을 것이며 당신이 좋아하는 친구들과도 교제를 시키지요. 나로서는 당신이 자연히 당신 자신으로 이루어갈 수 있는 생활을 바라고 있습니다 — 그것이 내가 마음으로부터 원하고 있는 유일한 생활이니깐."

그는 말하자면 잡혀 있는 것과 같은 상태였다. '해리'는 꼿꼿이 바라보고 꼿꼿이 말하고 있었다. 이렇게 되니깐 그는 '해리'가 무서워졌다. 그로서는 그곳에 앉아서 눈앞에서 그의 표경한 가면을 그대로 벗기고 아마도 지금까지 어떠한 사람에게도 나타내지 않았던 적나라한 남자의 모습을 보게 되었다는 것은 참으로 감당하기 힘이 들었다. 이 이상 조금이라도 그가 더 나오기 전에 그를 잡아두지 않으면 안 된다. '루시'는 두 손을 테이블 위에 내놓았다.

"해리 씨 제발 그만두세요……. 모두가 소용없는 일이에요. 모든 것이 이 겨울동안에 변하고 말았습니다. 저의 생활은 어떤 다른 사람과 맺어지고 말았습니다. 이제 다시 옛날로 돌아갈 수가 없습니다. 저로서는 따로 어찌할 길이 없습니다. 저는 다른 사람을 사랑하고 있습니다."[161]

'해리 고든'은 처음에는 그의 말을 이해하지 못하는 것 같았다.

"그러나 — 그것이 무슨 말입니까? 다른 사람이라고요? 그렇다면 그 남자가 당신과 내가 일주일 동안이나 놀러 돌아다니는 것을 방인해 둔단 말입니까? 당신은 나를 희롱하고 있지요? '루시'……."

그는 대단히 성난 얼굴로 '루시'를 바라보았다.

그래서 '루시'는 함정에 빠지고 말았다. 어떻게 하든지 거기에서 빠져나가 그것을 극복하지 않으면 안 된다.

"아니에요. 희롱하고 있는 것이 아니에요! 그분은 지금 '시카고'에 계시지 않아요. 그 사람이라는 것은 저에게 일을 시키고 있는 분입니다. 즉 제가 반주해드리고 있는 분입니다. 지금의 저는 이젠 옛날의 제가 아닙니다. 이러한 것을 아무에게도 이야기하고 싶지 않았습니다마는 당신이 이것저것 계획하고 계시므로 저로서는 가만히 있을 수 없었습니다."

그가 이렇게 말하고 있는 동안 '고든'의 험악한 표정은 차차 부드러워졌었다. 마치 비밀의 열쇠라도 발견한 것처럼 그의 눈은 빛났다.

그는 자신도 모르게 '루시'의 손위에 자기 손을 올려놓고 그가 손을 빼려고 하[162]는 것을 꼭 붙잡고 놓지 않았다.

"저 '루시' 씨 어떠한 소녀라도 음악선생에게는 사랑을 하는 법입니다. 그러나 당신만은 무사하게 빠져나올 수가 있어서 잘됐습니다!"

'루시'는 성이 나서 양쪽 빰이 활짝 불타오르는 것을 느꼈다.

"그분은 저의 음악선생 같은 것이 아니에요! 위대한 예술가예요."

그는 이렇게 말했으나 그 말이 너무도 어린애처럼 들렸기 때문에 더욱

화가 치밀어 올랐다.

"그렇습니까. 그것에는 나도 별로 반대를 할 수가 없군요. 위대하다면 위대할수록 좋습니다. 그러나 '루시' 씨 그러는 사이에 눈을 뜨게 됩니다."

그는 곤란하다는 모습을 보이긴커녕 관용과 미덕을 얼굴에 나타내는 것이었다. '루시'는 도전적挑戰的[61]인 눈으로 그를 흘겨보고 겨우 손을 빼고 말았다. '해리'는 잠시 동안 무엇을 생각하고 있었으나 좀 앞으로 나와 놀려대는 구조로 부드럽게 말했다.

"어떻습니까. '루시' 씨 이 난센스는 어느 정도까지 진첩되고 있습니까?"

식당이 흔들흔들 '루시'의 눈앞에서 흔들렸다.[163]

"어느 정도라구요?" 그는 경멸과 분노에 차서 침을 뱉듯이 크게 말했다.

"어느 정도요? 이미 갈대로 다 가고 말았지요! 지금 새삼스럽게 뒤돌아설 수는 없습니다. 당신은 아무것도 모르는 사람이구먼요?"

그에게는 '해리'의 얼굴이 보이지 않았다. 용광로 속을 바라다보는 것처럼 그의 눈은 정신을 잃었다. 그러나 그가 일어나서 테이블을 떠난 것만을 알았다.

조금 정신을 차렸을 때 그는 식당의 저편에서 급사장給士長과 무슨 이야기를 하고 있는 '해리'의 모습을 보았다. 그는 그 남자의 손에 무엇을 쥐여주고 식당에서 썩썩 나가버렸다.

'루시'는 아이스 워터를 천천히 마셨다. 그는 함부로 아무렇게나 지껄인 것을 부끄럽게 생각했다.

그로서는 처음에 거짓 없는 마음을 그대로 이야기하려고 생각했었으나 그러한 마음을 보인댔자 그에게는 아무 소용이 없다는 것을 알게 되었다.

외부적인 사정을 나타내 보이지 않으면 그의 머리에는 납득되지 않았다.

'루시'로 하여금 자기 자신을 잃게까지 만든 것은 다른 것이 아니라 '해리'의 조야한 선량성이며 어떠한 것이라도 참으로 명예에 관련되는 것이

---

61 원본에는 '조전적(挑戰的)'이라고 오기되었다.

아니라면 아주 보[164]잘 것 없는 어린애의 숨바꼭질 정도로 생각지도 않는 그의 태도이다라고 그는 생각했다. 그것은 예를 들어 말한다면 마침 형태를 갖지 않는 다른 어떠한 것 — 신념이라든가 열의 같은 것을 조소嘲笑하기 위해서 그는 그 체력의 전부를 그 커다란 씩씩한 육체의 전부를 끌고서 달려든 것과 다름이 없었다.

그가 그러한 인간이라는 것을 처음부터 알고 있으면서도 어째서 그에게 친절하게 대하려고 했단 말인가? 아, 그러나 그러한 것은 이미 끝나고 만 것이다. 이제는 그것으로써 그 사람의 지나친 생각에 못을 하나 박은 것으로 치면 된다. 돌아오지 않는 것을 보니까 아마 효과가 있었던 모양이다.

15분쯤 지나서 급사장이 그의 테이블에 왔다. 그리고 몸을 숙이면서 이 어색한 장면을 평상과 다름없는 아무렇지도 않은 경우에 전환시키려는 태도로 그에게 말했다.

"자 고든 씨로부터의 전언이 온 바 혹시 그분께서 10분이 지나도록 돌아오시지 않을 때에는 더 기다려주시지 말아달라는 말씀입니다. 단지 그렇게 말씀 올리면 댁에서는 다 알고 계시다고 말씀하고 계셨습니다."

"그렇습니까? 대단히 죄송합니다."[165]

'루시'는 장갑과 돈이 한 푼도 들어 있지 않은 핸드백을 손에 잡았다.

"계산은 얼마지요?"

그는 더듬거리며 물었다.

"벌써 다 치르셨습니다. 차를 불러올까요?"

"네 부탁합니다."

급사장은 보이에게 차를 부르라고 명하고 자기는 그의 외투를 들었다.

"밖에는 여름철의 저녁처럼 참 따뜻합니다. 금년의 오페라 시즌은 작년과 달라 일기가 좋아서 많은 혜택을 보았습니다."

그가 이야기하는 말에는 외국 말투는 없었으나 그 음성이나 태도가 틀림없는 이태리인이었다.

그는 어떤 훌륭한 사람을 안내해주는 것처럼 아주 점잖은 태도로 그의 앞에 서서 긴 식당을 지나서 현관문까지 오자 그는 다시 보이에게 '루시'를 차에 태워드리도록 지시했다. 그는 차를 불러와 준 보이에게 줄 25센트의 은화를 가지고 있지 않았다. '해리 고든'은 그가 아무렇게라도 저 좋을 대로 가라는 듯이 그렇게 나가버리고 말았다. 얼마나 비겁하고 너절한 남자란 말인가! 다행히 집에 돌아가면 책[166]상 서랍 속엔 얼마간 돈이 들어있으니깐 되기는 하지만 만일 그것이 없었다면 어찌 될 뻔했는지? 싫어도 걸어서 집에 돌아갈 수밖에 길이 없지 않은가.

차가 베이커리 앞에 와 섰을 때 그는 운전수에게 요금을 위에까지 와서 받아가달라고 말했다.

"너무 피곤해서 아래까지 다시 내려올 수가 없어요."

"좋습니다. 나는 힘이 세니깐 위에까지 올라가지요.'

그는 '루시'를 이층까지 데려다주고 돈을 받고 좋아하면서 고맙다고 말했다.

17

다음 날 아침 '루시'는 눈을 뜨자마자 가슴이 아프고 몸이 쑤셨다. 그는 단 한순간도 혼자 있는 것이 싫었으므로 일찌감치 '아우어바흐'의 스튜디오에 나갔다.

— 아마도 선생께서는 한 레슨 정도는 그를 위하여 보아줄 시간이 있을 것으로 생각했기 때문에…….

'아우어바흐' 선생은 왼쪽 손에 신문을 들고 '루시'를 맞이해 주었다.[167]

"루시 씨, 이것을 좀 보시오. 클레멘트가 5월 3일 뉴욕에서 두 번째의 리사이틀을 열게 되었다는 광고가 나와 있습니다. 그는 이곳에 돌아오자마자 또 떠나게 됩니다. 대단히 훌륭한 성과를 거두고 있는 것 같습니다."

그것은 참으로 대단한 일이었다. 그의 가슴은 갑자기 밝아졌다. '세바스찬'에게 있어서 모든 일이 잘된다면 다른 것은 아무 걱정이 없었다. '아우어바흐' 선생 자신도 어느 때보다도 눈이 빛나 보였다. 그리고 그다음부터 수일간은 다른 때 같았으면 별로 무심이 여길 주의와 비판을 '루시'에게 해주었던 것이다. 그의 농후한 가정적인 기질과 중년자가 가질 수 있는 만족한 생활 태도 속에는 일종의 예민한 음악적인 예지라고 할 수 있는 것이 숨어 있었다 — 그것은 너무 표면에 나타나는 일은 별로 없었지마는 —

'루시'는 그 무엇을 잊기 위하여 일에 열중했었다. 그러나 간혹 '해리 고든'을 상대로 연출한 그 가슴이 아파질 것 같은 정경이 머리에 떠올라와 화가 치밀어 오르고 창피한 마음이 들었다. 그는 그때까지 별로 거짓말을 해본 일이 없었다 — 그의 마음이 그것을 허락하지 않았기 때문이다. 그런데 그때의 거짓말은 너무도 값싼 속이 들여다보이는 것이 아니었던가! 그것은 마치 그가 '세바스찬'에 대해서 권리[168]을 가지고 있는 것을 자랑하는 것과 같은 일이었다 — 그러한 것은 전혀 갖고 있지도 않으면서도. 선생의 이름을……. 선생에게는 이야기할 수 없으면서도 끌어내놓고 말았다 이러한 짓을 생각하니깐 그의 귀는 어느 틈에 붉어지는 것이었다. 어쩌면 그러한 말을 할 수 있었단 말인가!

'루시'는 '해리'에게 편지를 내고 자기 말한 것을 취소하려고 생각도 했으나 그것은 힘든 일이었다.

그는 밤에 잠을 자면서 그러한 편지를 머릿속에서 몇 번이고 써보았다. 허나 다음 날 아침 일어나면 그러한 것을 암만해도 쓸 생각이 되지 않았다.

어느 날 저녁……. 그는 저녁을 먹기 위해서 아래층으로 내려가 보니깐 '주세페'가 바깥문이 있는 계단 아래서 서슴거리고 있었다. 그는 검은 저고리를 입고 점잖은 태도였다. 그는 재빨리 모자를 벗고 그 자리에 멈춰서며 아주 빠른 말소리로 '루시'에게 말했으나 무슨 말인지 전혀 알아들을 수가 없었다. 단지 와이스 보우른 씨가 어떤 급한 용건으로 스튜디오에 와 있다는 것 밖에 의미를 잡지 못했다. '루시'는 손을 들면서 좀 천천히 말해달라고 그에게 부탁했다.

"죄송합니다."[169]

그는 모자를 쓰고 다시 처음부터 말을 시작했다. 아마도 '세바스찬'한테서 와이스 보우른 씨에게 편지가 왔는데 그의 예정이 완전히 변경되어 버렸다는 것을 써 보낸 것 같다. '세바스찬'은 영국에서 받은 초대를 승낙하고 뉴욕에서 열리는 제2회 리사이틀이 끝나는 다음 날 즉 5월 4일에 출범하게 되었다는 것이다.

여기서 '루시'는 말을 꺼냈다.

"허나 주세페 씨 오늘이 4월의 마지막 주간이지요. 선생님은 이젠 전혀 이곳에 돌아오시지 않으십니까?"

"아니에요. 3일간은 여기 계십니다."

'세바스찬'은 내일 금요일에 돌아와서 월요일 밤에 '시카고'를 떠나기로 되어 있다. '주세페'는 그와 동행하여 영국에 있어서의 계약이 끝날 때까지 그와 함께 있고 그 후 부친을 만나기 위해서 이태리에 가기로 되었다. 그는 여름 동안 스튜디오를 닫아두기 위해서 하루 종일 짐을 꾸렸다. 와이스 보우른 씨는 '루시'에게 이러한 일을 전해 달라는 부탁은 하지 않았으나 '루시'로서도 여러 가지 타협할 것과 예정의 변경을 하지 않으면 안 될 것이라고 생각해서 자기 마음대로 알려주기 위해서 온 것이라고 그는 말했다.[170]

"아니에요. 주세페 씨 별로 타협할 만한 것은 없어요. 저에게는 예정 같은 것이 없으니까요. 단지 저도 당신네들과 함께 갔으면 하고 생각해요."

"저로서도 이대로 있었으면 좋겠다고 생각합니다. 그러나 우리들이 10월경에 돌아오면 또다시 전과 같아지지요. 거기에 여름철은 곧 지나가고 맙니다."

'루시'는 '주세페'를 그대로 보내버리고 싶지 않았다. 그가 가지고 온 뉴스에 좀 더 이해가 갈 때까지 그를 놓고 싶은 생각이 없었다. '루시'는 그의 여러 가지 준비와 짐을 꾸리는 것에 관해서 쓸데없는 일을 이것저것 물어보면서 같은 가구街區를 여러 번씩 왔다 갔다 했다.

"피아노도 가지고 가십니까?"

"아니에요. 피아노에 대해서는 아무 지시도 받지 않고 있다"라고 그는 대답했다.

그때는 마침 '시카고'에서도 가장 번잡한 부분의 가장 번잡한 시각이었으며 모든 사람들이 일이 끝나 집에 돌아가는 때였다. 그와 '주세페'는 땅이 질은 보도를 지나가는 화차의 덜커덩거리는 소음 때문에 서로의 대화가 잘 들리지 않을 지경이었다.

롤러스케이트를 타고 있는 어린애들이 키 — 키 — 소리를 내면서 거리를 한 줄로 서서 달리어왔으나 '루시'는 그들에게 거의 눈을 돌리지 않았다. 그는 '주세페'[171]에게 바짝 기대서서 떨어지지 않으려고 했다. 그리고 그들 주위에 있는 것은 어떠한 것도 존재하고 있지 않는 것처럼 생각되었다.

하나의 커다란 공동空洞이 그의 주위를 둘러싸고 있었다. 이 마음이 고운 작은 사나이를 제외하면은 그의 일을 걱정해줄 인간이 없는 것처럼 생각되었다. 거기에 이 사람 역시 마음속으로는 외국을 향하고 있는 것이다. 그는 자기들 일행이 타기로 한 '빌헬름 데어 그로세 호'라는 배에 관해서 그에게 말을 시작했다 — 그 배의 길이와 톤수와 어떠한 사람들이 타게 된다는 것을.

그는 주인과 함께 먼저 영국에 가서 그다음 불란서에 건너가고 플로렌스로 떠나기 전에 그는 샴에 있는 주인의 집을 찾아가 주인의 애견愛犬과 '세바스찬' 부인에게 만나게 될 것이라고 말했다. 부인은 영국의 미롤卿의 따님이라는 것을 '루시' 씨는 알고 있느냐고 물었다.

여러 번이나 그 이웃을 돌아다닌 후 다시 먼젓번 길목에 나왔을 때 '루시' 몹시 피곤했기 때문에 자기 쪽에서 먼저 "편안히 쉬세요"라고 말했다. 그는 우정 와 준 것에 대해서 그에게 고맙다고 인사를 할 것을 잊어버리고 말았다. 그날 밤은 저녁을 들기 위하여 식당에 들어가지 않고 그는 우울한 발걸음으로 자기 방으로 그대로 올라가고 말았[172]다.

이렇게 되고 보니 이젠 그 사람은 돌아오지 않을 것이다. 또다시 이별의 슬픔을 맛보게 될 것이다. 이러한 일이었다면 처음부터 '세바스찬'을 만나지 않았던 것이 좋았을 것 같다.

단지 그분의 노래를 듣고 멀리서 그분의 모습을 보고 개인적인 실망에 흐리게 하지 않을 기억을 그대로 가슴에 품고 떠나가는 것이 좋았을 것 같은데. 지금 자기가 보내고 있는 생활에는 어떠한 하나라도 확실한 것이나 안전한 것이 없다. 어린애들의 종이 새[鳥]처럼 단지 공중을 날아온 것에 지나지 않는다. 바람이 잠잠해지면 그 종이 새는 더러운 거리의 마차와 롤러스케이트 사이에 떨어지지 않으면 안 된다.

창밖에는 3월의 비바람이 몰아치고 있었는데 자기만은 금빛 천장 아래서 봄의 꽃에 싸여 지내온 그 한 달 동안도 있었다. 그 무렵에는 어떠한 참혹한 돌발 사건이 일어나도 자기만은 무섭지 않다고 생각했다. 아마도 그때가 이 세상에서 가질 수 있는 것을 허락받았던 모든 것이었는지도 모른다. 어떤 사람들에게 겨우 얼마밖에 되지 않는 것을 주게 되니깐…….

모든 것이 자기의 손가락 사이에서 빠져나가는 것을 느끼면서도 허덕거릴 힘도 없고[173] 막을 권리도 갖지 못한다는 것은 참으로 미묘한 일이다. 단지 두 손을 들고서 그러한 것 전부 도망쳐버리는 것을 바라다보아야만 한다. 필경 우리들은 자기가 놓여 있는 수준보다 높은 곳에 살 수가 있다. 운이 좋으면 겨우 몇 분간 더한층 힘에 찬 공기 속에 내 자신을 지탱할 수도 없을 것이나 또다시 먼저 자리에 떨어지고 만다 — 점점 편편한 곳에 추락해 버리고 그것은 처음부터 그곳에 머물러 있었던 것보다도 나빠지고 마는 것이다. 그가 6월에 출범하게 되어 있다는 것을 그는 최초부터 알고 있었다 — 그러나 그것은 몇 년 후에 일처럼 생각되어왔었다. 그는 그러한 것을 단 한순간 이상도 생각해 본 일이 없었다. '세바스찬'이 떠난 후 그는 벌써 하루하루의 생활을 어떻게 처리하면 좋을 것인지 알 수 없게 되었다.

토요일 아침 '루시'는 '세바스찬'의 스튜디오에 앉고 있었다. '세바스찬'과 '아우어바흐'의 두 사람도 그곳에 있었다. 그들은 '루시'를 맞이하기 전에 잠시 그곳에서 상담하고 있었던 것이다. 두 사람은 그에게 관해서 그를 중심으로 말하고 있었다. 그는 간혹 귀를 기울여 들을 때도 있었으나 또는 간혹 듣지 않을 때도 있었다. '아우어바흐'가 그곳에 있었으므로 그는 모든 것에 무관심 했다.[174]

'루시'는 이 두 사람의 남자의 한 사람을 그렇게도 오랫동안 그리고 또 한 사람을 그렇게도 친하게 알아왔었는데 — 지금이야말로 그는 두 사람에게 대해서 참으로 미지의 인간인 것처럼 생각되었다. 그에게는 자기가 어떠한 것을 구하러 와서 더욱이 그것을 얻지 못할 것 같은 때의 기분을 느꼈다. 거기에 그는 그것이 어떠한 것일지언정 그러한 것은 필요하다고 생각하지 않았다. 그의 가슴 속에는 어떠한 희망도 어떠한 원망도 있지 않았고 그들이 말하는 것을 전혀 믿을 생각이 없었다.

그에게 찾아든 최초의 쇼크는 '세바스찬'이 이번 겨울은 '시카고'가 아니라 뉴욕으로 돌아올 것이라고 말하였을 때였다. '루시'는 11월에 그곳까지 가서 지금까지 이곳에서 해온 것처럼 그와 함께 일을 하게 된다고 그들은 말했다. 그는 이번 여름 '시카고'에 머물러 있으면서 다음 시즌의 준비 때문에 연습하지 않으면 안 된다고 두 사람은 정했다.

'아우어바흐' 자신은 아무 데도 가지 않기로 되어있다. 내년에 그는 가족을 외국에 데리고 가기 위해서 절약을 하고 있기 때문이다. 이 스튜디오는 이미 집세를 지불했으므로 10월까지는 빌릴 수가 있었다. '세바스찬'은 자기가 떠난 후 '루시'가 이곳에 이사하면 어떠냐고 제안했다 — 그가 지금 살고 있는 데보다 여기가 훨씬 선선[175]한 때문이라는 것이다.

'루시'는 아무 말도 하지 않고 그들의 말을 듣고 있었는데 이때 처음으로 입을 열었다.

"아니에요. 세바스찬 선생님. 저는 암만해도 그 집을 떠날 수가 없습니다. 오래 있어서 그런지 익숙해졌고 정이 들었습니다."

"그러나 이곳으로 옮기게 되면 호수에서 선선한 바람이 불어옵니다. 여름철의 '시카고'는 참으로 더우니깐요. 거기에 좀 지나면 여기도 정이 드는 법입니다. …… 아마도 지금까지는 낯이선지는 몰라도."

그는 머리를 옆으로 흔들었다.

"그러나 암만해도 저로서는 그렇게 할 수가 없습니다. 이곳에 옮겨오면 웬일인지 자기가 자기와 같은 생각이 들지 않을 것 같아요."

'아우어바흐'는 그를 설복시키고 싶었지마는 '세바스찬'이 그것을 도중에서 가로막고 말았다.

"저 파울 군 그러한 일은 너무 강요해서는 안 돼. 그렇지요 '루시' 씨. 당신은 틀림없이 이 장소를 스튜디오로서 반갑게 써주시겠지요? 마침 좋은 피아노를 여기서 그[176]대로 놀려두시지는 않으실 게고……."

"네, 그것은 고맙게 선생님의 피아노만은 사용하겠습니다. 그러나 이 문제는 좀 더 생각해 볼 작정이니 저에게 좀 시간을 주시면 좋겠습니다."

"그러나 '루시' 씨 우리들은 지금 별로 시간이 없습니다. 저로서는 당신을 그대로 떠 있는 상태로 남겨두고 떠날 생각은 없습니다. 이번 여름은 당신으로서도 시골에 돌아가셔서 가만히 있을 수는 없을 것입니다. 파울에게는 당신이 지금 무엇을 가장 필요로 생각하고 있는지 내가 알고 있다는 것을 잘 알고 있으며 그리고 당신에게 대해서 충분히 뒷일을 보아줄 것을 약속해 주었습니다."

이때 '아우어바흐'는 일어서서 나가려고 했다. 그는 모자를 손에 들고 잠시 멈춰 서서 미소를 띠고 '루시'의 침착한 얼굴을 내려다보았다.

"루시 씨 당신은 틀림없이 클레멘트가 말하는 것을 들어주시겠지요. 뉴욕의 겨울은 반드시 당신에게 있어서 훌륭한 경험이 될 것입니다. 그리고 봄이 되면은 저의 가족들과 함께 빈(비엔나)에 가게 될 것입니다. 저의 아내는 항상 당신이 아이들과 같이 가게 되면은 얼마나 좋겠느냐고 말하고 있습니다."

두 사람은 함께 엘리베이터까지 나갔다. 그들이 아직도 그의 말을 하고 있는 것을[177] '루시'는 알고 있었다. 그는 두 사람이 어디로 나가버리고 자기를 이곳에서 마음껏 울 수 있게 해주면 좋겠다고 생각했다. 그들이 그에게 해달라고 희망하는 것은 모든 것이 그의 손으로서는 이루지 못할 것처럼 생각되었다.

'세바스찬'은 돌아와서 소파의 구석에 힘없이 앉아 있는 그의 옆에 기대섰었다.

"에이 오늘 아침은 재수가 없어! 우선 파울이라는 자는 잘 알아채지 못하고 거기에 '루시' 씨도 왜 그렇게 몰라주십니까? 당신은 어째서 조금이라도 좋으니 즐거워 해주지 않습니까? 이 이상 저를 위해서 반주하고 싶지 않으시지요? 그렇지 않으면 '시카고'가 너무 좋아서 다른 데는 가지 못하겠다는 말씀입니까?"

"다음 겨울은 참으로 멀구먼요."

'루시'는 눈을 올리면서 빙그레 웃었다. 이젠 훨씬 그의 기분은 좋아졌다.

"거기에 5월 달도 가까워졌고 저는 틀림없이 그 일 개월이라는 것은 잃어버리고 허둥지둥합니다."

"아 그러나 5월 달이라 해도 이틀간으로 충분히 할 수 있는 준비를 단지 쓸데없이 길게 끌게 했는지도 모르지요! 이번 여름은 당신에게 있어서 솔직히 말하면 준비의[178] 제 일보입니다. 다음 시즌은 저에게는 중요한 의의를 갖게 될 것이며 당신에게도 같은 말을 할 수가 있습니다. 당신과 같은 나이로 뉴욕의 겨울을 경험한다 — 거기서 어떠한 것이 당신을 기다리고 있는지를 아마 당신은 모를 것입니다. 거기에 저의 새로운 반주자와 함께 일을 하게 되는 것도 좋아질 것이고."

"허나 모크퍼드 씨는요?"

"이젠 돌아오지 않습니다."

'세바스찬'은 책상 옆에 가서 무엇을 찾으면서 어깨너머로 그에게 말했다.

"모크퍼드 자신은 아직 그러한 것을 모르고 있습니다마는 영국에 가서 모든 것을 다 이야기하려고 합니다. 저는 그를 되도록 어디 좋은 자리에 두려고 생각했습니다마는 아마 저와는 너무 오랫동안 있었던 것 같습니다. 그는 와이스 보우른과 한 패가 되어 저에게 조그마한 음모를 계획하고 있었다는 것을 알게 되었습니다. 그래서 저는 대리인과 반주자를 바꿀 생각입니다. 그것은 그렇다 하고 이번 연주 여행에서 가장 커다란 수확은 인생에 대한 흥미의 부활이었습니다 — 즉 이 가슴 속에서지요."

그는 그렇게 말하면서 자기의 가슴을 가볍게 쳤다.[179]

"저는 아직 인생에 흥미를 잃고 있지 않습니다. 실로 많은 옛적 친구들을 만났습니다. 그러한 일은 감염感染하는 법이더구먼요."

그는 한 통의 편지를 포켓 속에 집어넣고 소파에 돌아왔다.

"아 이제야 겨우 전과 같은 '루시' 씨처럼 되었습니다. 제가 당신 때문에 생각했던 여러 가지 일을 점점 믿게 되실 겁니다."

"아니에요. 저는 그러한 것을 생각하지 않았습니다. 단지 선생님의 일만 생각하고 있었어요. 선생님에게는 어떤 좋은 일이 생기신 모양이세요."

"아 '루시' 씨!"

오래간만에 처음으로 그는 그를 껴안았다.

"지금 비로소 나에게는 어떤 좋은 일이 일어났소! 그리고 어떤 좋은 것이 나에게 돌아왔습니다."

18

최후의 밤 '루시'가 예술회관에 도착했을 때에는 마침 '제임스 모크퍼드'가 소화물 운반차를 뒤 세우고 차로 그곳에 이르렀을 무렵이었다. 여행의 화물 이외에 그[180]는 녹슨 브리키로 만든 트렁크와 커다란 긴 의자를 가지고 와서 하숙집을 내놓기로 되었으니깐 그 물건은 '세바스찬'에게 맡아달라고 부탁했다.

'모크퍼드'가 들어왔기 때문에 다소 불편이 생겼다. '주세페'는 그 트렁크를 침실에 끌고 들어가면서 '루시'에게 손짓을 하면서 뒤를 따라오라는 눈짓을 했다.

'루시'가 그렇게 더러운 의자를 보지 않도록 좀 있다가 그러한 것은 잘 보이지 않는데 처리해두겠다고 그는 작은 소리로 그에게 말했다. 음악실을 고물상과 혼돈하지 않도록 그를 위해서 아주 깨끗하게 해놓고 갈 작정이라고도 말했다.

'루시'는 전부터 '주세페'도 '모크퍼드'를 싫어하고 있는 것을 눈치챘다. 그전에 '세바스찬'이 사랑하고 아끼던 시가렛 케이스가 보이지 않았을 때 그 방의 책임은 자기에게 있으니깐 자기 이외에는 어떤 사람에게도 절대로 딴 사람에게는 앞문 열쇠를 가지지 못하게 하겠다고 그의 예민한 눈을 반짝반짝거리며 '루시'에게 말한 것이 있다.

'모리스 와이스보우른'이 도착하고 일동이 음악실로 모이자 마음부터 즐겁게 하고 있는 것은 '모크퍼드'뿐이었다.

그는 '시카고'를 떠나게 되는 것이 너무도 즐거워서 '루시'에게까지도 좋은 말을[181] 했다. '세바스찬'은 피아노 뒤에 놓은 책장에서 높이 쌓아올린 악보를 뒤적거리고 있었다. 고국을 향하여 떠나게 되고 커다란 배에 탄다는 것을 그렇게도 즐거워했던 '주세페'는 이미 그 열이 꺼지고 말았다. 그는 뒤에 둔 트렁크 사이에 서서 마치 관棺이 운반돼 나가는 것을 기다리고 있는 것처럼 두 손을 서로 움켜쥐고 얼굴을 찌푸리고 가만히 있다. 물론 그들은 짐을 가지러 올 인부가 오는 것을 기다리고 있는 참이었다. 방 안의 공기는 좀 무더운 것 같았다 — 창문은 전부 열려 있었으나 바람이 조금도 불지 않는다. 호숫가의 저쪽 하늘은 시커멓게 어둡고 때때로 낮은 번개소리가 들렸다.

'세바스찬'은 '루시'를 자기가 있는 옆으로 오라고 부르고 여러 가지 얘기를 했다. 그는 그의 말을 잘 들으려고 애를 썼으나 자기들이 말하는 것을 여러 사람들에게 들리도록 하려는 것처럼 큰 소리로 떠들어대는 '와이스보우른'과 '제임스 모크퍼드' 때문에 방해가 되어 잘 알아듣지 못했다.

그 두 사람의 사나이들은 창가에 앉아서 마지막 남은 한 병의 포도주를 다 마시고 있었다. '와이스보우른'은 이곳에 오기 전에 술을 마시고 왔는지 창백한 얼굴이 부은 것처럼 보이고 눈이 찌프르하게 작아졌다. 함께 앉은 순간부터 두 사람은 완전히 마음이 맞는 모양이며 지금까지 서로 협의하여 일을 해온 두 사람의 책사策士의 얼굴에서 발광[182]하는 것과 같은 애정을 주고받고 하였다.

"그러면 자네가 수술할 때에는 해저전신海底電信을 꼭 쳐주게 알았지?"

'세바스찬'은 피아노의 뒤에 앉아서 두 사람들 쪽을 보고 괴상한 놈들이라고 하는 듯한 시선을 힐끗 던졌다.

'루시'는 두 사람의 술잔이 — 한쪽은 호박과 같은 손이고 또 한쪽은 희고 죽은깨 투성이의 손에 쥐여져서 — 철컥 합치면서 소리를 내는 것을 보았다.

바로 그때 문밖에서 무거운 발소리와 노크가 들려왔다. '주세페'가 뛰어나가 수명의 수화물 계원들을 데리고 들어왔다.

"이것 참 고맙습니다."

'세바스찬'은 중얼거렸다. 트렁크를 전부 아래층으로 내려가자 그는 외투를 입으면서 '모크퍼드'와 '와이스보우른' 쪽을 바라보았다.

"여러분 나는 두세 군데 방문할 곳도 있고 '게이하트' 씨를 모셔다드려야만 되겠으니깐 조금 먼저 실례하겠습니다. 이곳에는 다시 돌아오지 않겠으니 정거장에서 만나도록 합시다. '주세페'는 열한시에 수화물을 내리도록 되어 있어 열쇠는 현관 수부에다 맡기도록 하게."[183]

'세바스찬'이 언제나 타고 다니는 차가 벌써 30분이나 밖에서 기다리고 있었다. 그는 운전수에게 창을 열고서 공원 쪽으로 가달라고 말했다.

"당신은 너무 떠들썩하는 바람에 피로하신 모양이구먼요. 나도 그렇습니다."

가로수 길을 차가 달려가고 있을 때 '세바스찬'은 말했다. 그는 살며시 '루시'에게 입을 맞췄다.

"자 눈을 감으시고 쉬십시오. 이제부터 세 시간 동안은 우리 두 사람만의 시간입니다."

그는 힘껏 '루시'의 부드러운 허리를 끼어 잡았다. 그리고 그의 온몸이 그의 몸짓과 같은 곡선을 그리는 것을 느꼈다. '루시'는 잠들은 유아처럼 가벼운 숨을 쉬고 있었다. 그도 눈을 감았다. 따뜻한 밤바람이 두 사람의 얼굴에 살살 불어왔다. 잠시 후 공기는 수목과 잘라놓은 풀냄새를 풍겨주었다. 그리고 혼돈한 거리의 소음이 배후에 사라져갔다.

'세바스찬'은 얼굴에 차가운 빗방울이 떨어지는 것을 느꼈다. 창밖으로 손을 내놓아보니 조금 비가 내리고 있다. 그리고 맹렬한 봄날의 소낙비가 쭉쭉 쏟아져왔다.

"루시 씨 잠이 오세요?"

"아니에요."[184]

"밖으로 나와서 좋으시지요? 그러나 저는 그 스튜디오가 참으로 좋아졌습니다. 그곳이 한여름 동안 그대로 적막하게 먼지투성이가 되지 않고 당신이 아침 저녁 출입할 것이라고 생각하니 참 즐겁습니다. 나는 언제나 당신을 생각하고 있을 것입니다. 항해 중에도 매일 아침 시계를 꺼내서 시간의 차이를 계산하고 아마 지금쯤은 당신이 피아노 뚜껑을 열 시각이라고 혼잣말을 할 것입니다."

'루시'는 얼굴을 더 푹 숙이고 그의 어깨 위에 올려놓은 손으로 목을 휘감았다. 눈물이 한없이 쏟아져 나오는 것을 '루시'는 암만해도 막을 수가 없었다.

"이래서는 안 되겠다고 생각합니다만 참 용서해 주세요."

그의 말소리는 떨리고 있었다.

"아니 괜찮습니다. 울고 싶으면 우세요. 나 역시 아마 당신과 함께 울는지 모르겠어요."

"저는 웬일인지 참으로 걱정이 돼요."

"또 걱정을 하고 있소? 무엇이 걱정이란 말이요?"

"선생님이 또다시 돌아오시지 않을 것만 같이 생각이 들어요. 웬일인지 그러한 예감이 생깁니다."[185]

"그것은 당신에게는 아직 처음의 경험이고 이별이라는 것을 잘 알지 못한 때문에 그렇소. 어떤 때에는 몇 번이고 경험해보아도 이별은 괴로운 것이니깐."

'세바스찬'은 가슴이 무거워지는 것을 느꼈다. 그러나 그것이 '루시'를 위한 것인지 그렇지 않으면 자기를 위한 것인지 확실하지는 않았으나.

그는 지금의 생활에서 벗어날 어떤 방법이 없는가 하고 생각했다 — 음악회나 호텔에서 '모크퍼드'나 아내나 불란서에 있는 자기 집에서 영국에 있는 친구들로부터 자기가 현재 있는 모든 곳에서 또 현재 가지고 있는 모든 것에서 그의 전도에 널려 있는 모든 것 중에는 그가 마음으로부터 바라고 있는 것은 하나도 없었다. 거기에 이 청춘과 애정도 이번에 돌아올 때에는 같은 그대로 남아 있지는 않을 것이다 — 이렇게 그는 생각했다. 지금 자기의 가슴에 품고 있는 것은 오늘 저녁만의 것이다. 이것은 또 만날 수가 없는 두 사람 간의 이별일 것이다.

'루시'는 그가 무엇을 생각하고 있는가를 잘 알고 있었다. 그리고 일종의 희망 없는 절망을 느끼었던 것이다. 가로등 옆을 지나갈 때 흘깃 바라보니 그 불빛 속에서 그의 얼굴이 떠올랐다. 아 그것을 본 순간 그때의 일이 '루시'의 가슴에 돌아왔다. 그가 〈이별의 노래〉를 부르고 그가 그의 생애에 어떠한 것을 작용했다고 깨달은 그날[186]밤의 일이.

그러한 예감은 무의미한 것이 아니다 — 미래에서 태어나는 것이니깐.

참으로 그날의 이야기는 이 서러움을 위한 것일까.

그렇다. 두 사람은 지금 어떠한 것을 잃어버리게 되었다. 그들은 함께 그 어떠한 것에 그리고 서로가 간직하여온 모든 것을. 그러나 두 사람은 암만해도 그것을 잃어버릴 운명에 있는 것이다.

얼마 후 '세바스찬'은 차를 멈추게 하고 잠시 그곳에서 기다리고 있으라고 운전수에게 명했다. 그는 '루시'의 팔목을 잡고 꾸불꾸불한 길을 이곳 저곳 오랫동안 걸었다. 어디서인지 라일락의 푸른 새잎의 강한 향기가 두 사람의 얼굴로 달려들었다.

비는 그쳤으나 나뭇가지의 물방울이 쉴 새 없이 그들에게 떨어졌다. 손과 얼굴은 흠뻑 젖었으나 선선해져서 기분이 좋았다. 아직 별은 하나도 보이지 않았으나 그들의 머리 위를 둘러싼 검은 하늘은 이곳저곳에 흩어져 있는 공원의 등불 사이에서 푹신한 비로드와 같은 감각을 주었다.

'세바스찬'은 아마도 내년 여름은 이곳에서 멀리 떨어진 밤하늘 아래서 두 사람이 산보를 하게 될지 모른다고 '루시'에게 말했다. 만일 '루시'가 '아우어바흐' 일가[187]와 외국에 가게 된다면 그는 빈(비엔나)에서 그를 만나게 될 것이다.

'루시'에게 처음으로 보여주고 싶은 것이 참으로 많다 — 정원이라든가 삼림이라든가 또는 아름다운 산과 같은 것이…….

비에 젖은 자갈길을 사뿐히 밟으면서 그는 기다리게 해놓은 자동차 쪽으로 걸어갔다. 그는 등불 아래로 왔을 때 회중시계를 꺼내보았다. '루시'에게는 아무 말도 하지 않고 운전수를 향해 그가 살고 있는 거리의 번지를 말했다. 두 사람은 처음으로 이곳에 왔을 때와 같이 묵묵히 거리의 중심지를 향해서 차를 달리게 했다.

베이커리 입구에서 '세바스찬'은 차에서 내리자 '루시'의 뒤를 따라 두 층계를 올라간 후 그의 방문 앞에까지 왔다. 창밖에서 흘러오는 희미한 불빛 속에서 '루시'의 얼굴을 두 손으로 누르고 오랫동안 눈이 빠지도록 들여다보았다. '루시'는 또다시 보통 때와 같은 공포에 빠지고 말았다.

다시 만날 날이 먼 것을 생각하고.

'루시'는 더 이상 참을 수가 없었다.

"아 이만 가주세요."[188]

이렇게 그는 말했다.

입을 맞추고 그리고 다음 순간에는 '세바스찬'의 모습이 아주 꺼져버리고 말 것이라는 생각이 그의 머리를 점령하고 있었다. 그는 '루시'를 힘껏 껴안고…… 그리고 놓아주었다.

'루시'는 도어 옆에 기대선 채로 '세바스찬'의 빠르고 무거운 구두 소리가 제1 계단 제2 계단을 내려가고 있는 것을 그다음, 자동차의 도어가 철컥 닫치는 것을 귀로 들었다.

'세바스찬'은 '루시'가 귀를 기울이고 있다는 것을 알았다. 그래서 '루시'의 미련을 더욱 끊기 위하여 우정[62] 요란하게 도어를 닫친 것이다. 그것은 최후의 신호였다. 그는 좌석에 깊숙이 앉아 자동차가 달리자마자 눈을 감았다. 요란한 차바퀴 소리를 멀리하게 하는 듯이 그는 소리를 내고 혼잣말을 했다. 그것은 다음과 같은 말이었다—

"아름다운 별 하나 나의 밤하늘에 나타나도다."[189]

19

5월 중순경의 어느 무더운 아침 '루시'는 양복장 서랍 속에 좀이 먹지 못하게 하기 위해서 새 '라벤더' 주머니를 넣어두었다. 접어놓은 모스린 내의를 들어보니까 개봉하지 않은 한 통의 편지가 나왔다—그것은 '해버퍼드'에 있는 '폴린'에게서 온 것이었다. 그는 스스로 우습기도 해서 웃어보았으나 심중으로는 부끄럽다고 생각했다. 그것은 거의 일주일 전 조금 안정하지 않으면 안 되겠다고 생각해서 '세바스찬'의 스튜디오에 가서 피아노 연습을 시작했을 때에 온 것으로서, 그 무렵에는 어느 정도 마음에 거리끼게 하는 것에 손을 대기를 두려워했었다.

'폴린'에게서 오는 편지는 언제나 그러한 효과를 초래시키는 것이었기 때문에 그는 잠시 동안 눈에 띄지 않는 곳에 그 편지를 집어넣어버리고, 그다음부터는 완전히 그 편지에 관해서는 잊어버리고 말았다. 지금 그것을 손에 들고 겉봉투만 보고서도 이것을 잊어버린 편이 훨씬 좋았을 것이라고 생각했다.

62 '일부러'라는 뜻의 강원도 방언이다.

그 편지는 웬일인지 두터웠다(이것은 별로 좋은 징조는 아니다). 그리고 봉투의 필적은 보통 때 보다 한층 난필이고 언덕을 굴러 내려가는 계란과 같은 모습으로 보였다. '폴린'은 독일인의 특성을 참으로 많이 계승하고 있었으나 — 독일 문자의 서체를 본받지 못했다는 것은 실로 서운한 일이다.[190]

'루시'가 편지를 펼쳐 보자 신문지를 오려 넣은 종이가 몇 장 떨어졌다. 이미 그것으로서 '폴린'이 무엇을 써 보냈다는 것을 알고 말았다. '해리 고든'이 결혼을 하고 말았다! 세인트조의 아크라이트 양과 결혼하고 두 사람은 알래스카를 향하여 신혼여행을 떠났다는 것이었다.

'해버퍼드'의 거리에서는 그 소문으로 들썩거렸다. '해리'는 '루시'를 참으로 곤경에 빠트렸다고 하는 것이 평판이 되었다. 그것은 '루시'의 옛적부터의 친구들에게 큰 쇼크를 주었다. 그들은 '해리'의 구혼이 진심으로부터 우러난 것이라고 처음부터 믿고 있었기 때문이다. 그들은 '폴린'에게 와서, 어떤 일이 있었느냐고 물었으나, 그로서는 어떻게 대답을 하면 좋을지를 몰랐다. 이러한 때 '루시'는 어떻게 대답해 주었으면 좋으냐? 그것을 알려주기 바란다는 것이었다.

'루시'는 그 편지를 갈래갈래 찢어서 쓰레기통에 내던지고 말았다. 그렇다면 '해리'는 자기에게 보이고 싶어서 이러한 짓을 했단 말인가? 이처럼 급해서는 아크라이트 양 역시 다소 놀랐을 것이다. 그러나 '해리'로서는 원수만 갚으면 어찌되어도 좋았을는지 모른다. 틀림없이 일주일쯤 전에 통지했을 것이다! 세인트조지프 가제트 지에는 두 사람이 장차 '해버퍼드'에 살게 될 것이라고 보도되고 있다. 그렇게[191] 된다면 신부는 다소 불편할 것이다. '루시'는 신문지 조각도 역시 구겨버리고 쓰레기통에 던졌다.

만일 '해리'가 아크라이트 양보다도 나 때문에 그분과 결혼을 하게 되었다면 그것이야말로 어리석은 짓이 될 것이다.

그는 스스로 자신에게 말해주었다.

그는 우스워져서 그대로 웃고 말았다. 그러나 역시 그 소식은 좋지 않은 기분을 남기었다. 스튜디오까지 걸어갈 준비를 하면서 그는 옛 친구를 한 사람 잃은 것을…… 그리고 자기를 가엾게 여기게 할 거짓말을 그에게 말해 버린 것을 생각하고 있었다.

예술회관에 이르렀을 때 왼손을 모자 옆에까지 올리고 빙그레 웃는 현관지기의 얼굴을 보니 그의 상념은 다른 색채로 변해지고 말았다. 엘리베이터 보이인 조지는 우정 엘리베이터를 멈춰놓고 지금 폭풍이 덜루스 방면에서 진행 중이라는 것을 그에게 말해주었다. 이 건물의 사용인들은 '세바스찬'에게도 잘 따랐으나 '루시'도 숭배하고 있었다. 그것은 유쾌한 일이었다. 이들은 '루시'가 나갔다 들어갔다 하는 것을 즐거워했다. 이곳 스튜디오는 거의 다 지금은 비어 있었기 때문에.[192]

'루시'는 모자와 재킷을 그전에 겨울옷을 걸었던 같은 장소에 걸었다.

'주세페'는 '세바스찬'의 레인코트를 한 벌 현관 옆에 걸어둔 채로 두고 우산을 세워두는 곳에는 단장을 많이 남겨두고 갔다. 그는 음악실에 들어가 창문을 전부 열고 신선한 공기를 마시면서 반짝반짝 빛나는 푸른 호수를 바라다보았다.

그는 '세바스찬'이 출발하고 즉시로 이곳에 오지 않았다. 배 위에서 쓰고 그리고 통선通船이 가지고 온 '세바스찬'으로부터의 편지를 받고 처음으로 이곳에 올 마음이 생겼다.

그의 편지에는 다음과 같은 내용이 쓰여 있었다.

지금 여기는 열한 시입니다. 즉 당신이 마침 스튜디오에 가셔서 피아노를 열고 계실 때입니다. 귀를 잘 기울이고 있으면 당신이 열심히 피아노를 치고 있는 것이 들릴지도 모릅니다. 나는 아직 그곳에 있는 것 같은 생각이 듭니다.

그 편지를 받고 나서 한 시간 후에는 그는 처음으로 앞문의 열쇠를 사용했던 것이다. 방에 들어가 보니 쓸쓸한 사람이 없는 것과 같은 느낌은 조금도 없었다. 방의 구석구[193]석이 그분의 존재로서 가득 차 있는 것처럼 그에게는 생각이 들었다. 그분과의 접촉이 이곳에 그대로 유폐되고 미래의 생활이 이미 그곳에서 솟아나는 것 같았다 — 그로서는 도저히 믿을 수가 없는 미래가. 그는 그의 희망으로 이곳에 온 것이다. 이 방의 적막과 마음 편한 느낌은 모두다 '세바스찬'의 마음에서 우러난 덕분이었다. 그는 그의 따뜻한 마음씨로서 이처럼 무더운 거리에서 빠져나와 있는 높은 곳에 있게 되었다. 아직 청명하고 강렬한 초하의 공기는 일을 하기에는 참으로 기분이 좋은 것이다. 아직까지 '루시'는 이처럼 훌륭한 피아노로 자기 마음대로 써 본 일도 없었으며 이처럼 확실한 목표를 놓고 일을 해 본 적도 없다.

× × ×

일 주간 이 주간씩 시간은 날개를 타고 지나갔으나 '루시'의 마음은 그것보다도 더 빨리 날려가는 것이었다. 7월의 염열炎熱이 쪼이더라도 그의 활력은 고갈할 줄을 몰랐다. '루시'는 도회지에서 여름을 지내는 것은 이번이 처음이었으나 도시의 여름도 자극이 있어서 나쁘지는 않다고 생각했다. '해버퍼드'보다 절대로 더 덥지도 않았고 훨씬 심심하지도 않았다. 웬일인지 강의 물줄기에 몸을 맡겨 흘러가서 강기슭의 아름다운 모든 것에 쉴 새 없이 인사하는 것과 같은 기분이었다. 물론 멈춰 서[194]서 그 아름다운 것을 확실히 볼 수는 없었으나 틀림없이 이쪽저쪽에서 번쩍이는 아름다운 것이 있었다. 오전 중의 시간이 지나고 몸이 몹시 피로했을 때 '루시'는 즐거이 일을 그만두고 염열이 내리쬐는 거리를 지나서 하숙집에 돌아와 바느질도 하고 잠옷에 리본을 붙이기도 했다.

'아우어바흐'는 여름이 되면 제자들이 많이 없었으므로 '루시'에게 많은 시간을 할당해주었다. 그는 '루시'와 함께 있는 것을 좋아했으므로 주말에는 그의 가족들과 지내도록 그에게 권했다. 그는 사우스쇼어[南岸]에 자기의 집과 정원을 가지고 있었다. 봄의 새싹이 나올 무렵부터 그는 아침 일찍이 일어나서 거리에 있는 스튜디오에 나가기 전에 두 시간쯤 정원을 가다듬었다. 부인도 어린애들이나 식모가 눈을 뜨기 훨씬 전에 일어나서 남편을 위하여 조반을 만들었다. 부인은 '루시'에게 대해서 여자는 나이를 먹으면 이미 남편을 위해서 해줄 일이 없어지므로 최소한도 아무도 일어나기 전에 남편을 위해서 맛있는 조반이라도 만들어주는 것이 즐거운 일이라고 말하는 것이었다.

'아우어바흐'는 때때로 '해리 고든'의 이야기를 물었다. 그는 그 청년이 마음에 들었으며 '루시'가 장차 그와 함께 살게 되면 좋을 것이라고 희망도 했었다. 루[195]시는 아직 그가 결혼했다는 것을 '아우어바흐'에게 이야기도 하지 않았던 것이다. 그는 그 문제에 대해서 경멸적인 태도를 취하는 것과 같이 가장했었으나, 내심으로는 마음이 아팠다. '해리'에게는 다른 여자와 결혼할 하등의 권리 같은 것이 실제 없다. 그는 여러 해 동안 '루시 게이하트'의 것이었으니깐!

어느 일요일 아침, 그들은 '아우어바흐'의 정원에 있는 포도넝쿨 아래에 앉아 있었다. 윗저고리를 벗은 '아우어바흐'는 '루시'에게 질문을 시작했다.

"루시 씨 당신은 아마 마음이 변하신 것 같습니다. 당신은 어린애들에게 가르쳐주는 것보다는 클레멘트를 위하여 일하는 것을 더 계속해서 하고 싶지요?"

'루시'는 대답을 하지 않았으므로 그는 말을 계속했다.

"클레멘트는 참으로 예외라는 것을 잊지 말아 주십시오. 대개의 가수는 함께 일을 해도 재미가 없고 금전 지출이 좋지 않습니다. 거기에 스테이지에는 언제나 남자가 서기로 되어있으니."

그래도 '루시'는 아직 가만히 있었다. 그는 입술을 물고 포도넝쿨 끝에서 노란 오이꽃을 바라다보고 있었다. '아우어바흐'는 미소를 띠었다.

“아마도 당신에게는 어떤 또 하나의 다른 생각이 있지 않아요? 즉 그 커다란 서부[196]의 청년에 관해서? 나로서는 그쪽과 성공해주었으면 즐겁겠습니다.”

“그것은 ‘아우어바흐’ 선생님 틀린 일이에요. 그것은 단순한 우정이니깐요.”

“아마, 그럴는지도 모릅니다. 그러나 나는 그것이 어떤 다른 것으로 발전해 가도 나쁘다고는 생각지 않을 것입니다. 음악이란 직업에는 여러 가지로 실망할 일이 있으니깐요. 조그마한 거리에 어여쁜 집과 뜰이 있고, 걱정하지 않아도 좋을 만큼 돈이 있고 거기에 어린애라도 생기면 — 아마 그것 이상 훌륭한 생활은 없으니까요.”

“그것은 선생님이 큰 도회지에 사시니깐 그렇게 생각하실 거에요. 조그만 거리의 가정생활이란 참으로 비참한 것이에요. 그것은 마치 저기 심은 인삼처럼 땅 위에 심었을 따름이라고 생각돼요. 저는 그보다는 차라리 뽑아져서 내버리는 편이 훨씬 좋다고 생각합니다.”

‘아우어바흐’는 머리를 옆으로 흔들었다.

“아닙니다. 그럴 리는 없을 것입니다. 나는 젊은 사람들이 그렇게 말하는 것을 전에도 들은 일이 있습니다. 그러나 살아간다는 것이 우선 제일 중요하다는 것을 얼마 있으면 알게 됩니다.”

‘루시’는 그에 대해서 살아가기 위해서도 여러 가지로 살아가는 방법이 있지 않[197]겠느냐고 물었다.

“루시 씨, 당신과 같은 여자분은 그렇게 많이 있지 않습니다 — 당신은 너무 아름다우니까. 커다란 재능과 큰 야심을 가진 부인에게 있어서도 — 자 어떨는지 모릅니다. 그중에는 훌륭한 성공을 이룬 사람도 있는 것 같으나 나는 그러한 사람들을 부럽다고 생각지 않습니다.”

그다음 날 아침, 스튜디오의 창을 열고 호수 쪽을 바라다보았을 때, ‘루시’는 이제는 다시 ‘아우어바흐’의 집에는 가지 않겠다고 자신에게 일러주었다. 그런 곳에 가면은 마음이 좋지를 않다고 생각하였다.

그는 뼈다귀까지도 둔중鈍重한 독일인의 음악 교사이며 그곳에서 조금도 앞으로 발전되어 있지를 않다.

20

'루시'는 간혹 길고 무더운 여름 저녁을 '세바스찬'의 음악실에서, 커다란 창문을 전부 열어젖히고 불을 끄고 소파 위에 옆으로 드러누워서 지냈던 것이다. 암만해도 그가 어떻게 해가며 그곳에 있다는 것은 수상한 일이었다. 아직 요전 크리스마스[198]에 고향에 돌아가기 전에는 이 방에 들어와 본 일이 한 번도 없었을 뿐만 아니라 아래 현관 입구에서 '세바스찬'의 모습을 잠깐 보는 것만으로도 자기는 행복하다고 생각했을 것이다.

이번 여름에는 이미 시골 마을의 원만한 보조에 자기 발을 맞추는 일도 없을 것이다. 마을의 이곳저곳을 몇 시간씩 몇 시간씩이나 달빛을 받으며 산보한다는 것 — 우편국 있는 데까지 가서 다시 집에 돌아오든가 북쪽에 있는 루터교회까지 걸어서 다니는 일은 없을 것이다. 이러한 시각에는 가끔 교회의 단 위에 올라가 앉아 머나먼 달을 바라다보았던 것이다. 그 부근은 모든 것이 잠잠해버리고 자기의 몸 안에서는 전부가 크게 눈을 뜨고 있었다. 이젠 이 이상 더 가만히 앉아 있을 수가 없으면 먼저 왔던 길을 다시 재빠른 걸으므로 되돌아가는 수밖에 없었다.

조금도 움직이지 않는 두터운 나뭇잎 아래의 검은 그림자의 장막 속에 들어간 줄로만 생각하자마자 또다시 흰 월광 속으로 나오는 것이다. '루시'는 언제나 되도록이면 사람들을 만나지 않으려고 했다. '해리'나 거리의 청년들이 대강 어디 있다는 것은 알고 있었으나 그로서는 이러한 밤은 혼자서 있는 것이 좋았다.

루터교회나 옛날 고등학교 부근의 보도에는 아마도 그의 발자취가 남아 있는 것처[199]럼 생각되었다. 여름의 밤하늘을 배경으로 하여 그의 눈이 그릴 수 있는 인간의 모습이 하나도 없고 또 혼자서 우물 아래와 같은 곳에서 달빛을 바라다보고 있던 그처럼 긴 휴가 동안 — '루시'의 심장은 용케도 째지지 않았던 것이다. 그는 자기 자신의 조그마한 거리를 사랑하고 있었다. 그러나 그것은 대답할 수가 없는 사인死人을 사랑하는 것처럼 가슴이 터지는 사랑이었다.

그러나 지금 세계는 저기 옆으로 뻗쳐 있는 호수와 같이 자유롭고 넓어진 것처럼 생각된다. 지금의 그는 그 어떠한 것을 적으로 돌리고 꼭 싸울 필요를 느끼지 않는다. 아니 그는 자기보다도 훨씬 강한 어떠한 것과 함께 걸어가고 있는 것이다. 그렇다고 하여 이 아름다운 생애에 전혀 고통이 없다는 것은 아니었다. 허나 거기에는 공허한 무의미한 것은 하나도 없었고 생각해서 즐겁지 않았던 것도 하나도 없었다. 물방울이 떨어지는 나무 밑 길을 걸으며 두 사람이 함께 쓰디쓴 어두움을 마시던 그 최후의 밤이라도 지금 생각해보면 즐거운 일이었다.

도대체 처음부터 그의 이 사람에 대한 사랑에는 어떤 슬픔과 음영이 덮여지고 있었던 것이다—'루시'가 전혀 그를 알기 전부터 이미 그러했다. 간혹 길거리에서 예술회관의 돌층계에서 또는 사원에서 나오는 것을 멀리 건너다보았을 때 그의 마음을[200] 그에게 끌리게 한 것은 그의 얼굴에 넘쳐흐르고 있는 고독과 실의의 표정이었다. 그가 먼 곳으로 떠나버리고 말은 현재 '루시'는 가끔 생각한 것처럼 전에 '마담 드 비농'의 장례식이 거행되고 '세바스찬'이 그렇게도 오랫동안 열렬하게 기도하는 것을 본 일이 있는 그 교회당에 들어가 보는 수가 있었다. 그곳은 '루시' 자신이 절대로 알지를 못했던 여러 가지 슬픔에 대해서 신성한 장소였다. 그러나 그는 지난날 '세바스찬'이 무릎을 꿇고 앉았던 그 자리에 다시 앉아 그를 위하여 기도를 올리는 것이었다.

가끔 '세바스찬'한테서 편지가 왔었으나 그것은 짧은 편지이며 사랑의 편지가 아니었다. 그의 사업상의 계약이나 '루시' 자신의 공부를 위해서 짧게 써 보내는 것이었다. 그러나 언제나 그 편지 속에는 '루시' 혼자만 읽어 달라는 것이 부기되어 있었다. 그것은 일화든가 회상이든가 그의 마음을 감동케한 지방의 묘사 같은 것으로서 모두가 따뜻한 인간적인 말이었다. 거기에 '세바스찬'은 항상 자기의 행방을 보고해 주었으므로 '루시'는 지금 그가 어디 있다는 것을 확실히 알고 있었다. 그는 뮤닛히에 있어서의 여름 일이 일단락되어 이제부터 이태리의 호수를 순회하고 휴가를 즐기려고 하는 참이었다.[201]

21

어느 날 아침, '파울 아우어바흐' 부인이 정원에 나가서 조반 준비가 다 되었다고 남편에게 알렸다. 때는 9월이며 그는 포도나무를 손질하고 있었다.

부인이 커피를 가지고 오는 동안 그는 앉아서 조간朝刊을 펴들고 있었다. 부인은 남편이 부르는 소리를 들었으나 그 음성의 감정으로 판단하여 어떤 놀랄만한 사건이라도 일어났음에 틀림없다고 생각했다 부인은 허둥지둥 식당으로 뛰어 들어갔다. 파울은 아무 말도 하지 않고 식탁 위에 펴놓은 신문을 가리켰다. '아우어바흐' 부인은 그 타이틀 기사에 눈을 떨어뜨리자 남편 옆 의자에 털썩 주저앉았다. 두 사람은 밀라노발의 해외통신을 읽었다.

작일 '클레멘트 세바스찬'과 '제임스 모크퍼드'는 코모호[湖] 상에서 돌풍의 습래를 받아 배가 전복하여 익사를 하고 말았다는 것이다. 배에는 '세바스찬'과 그의 반주자와 벨기에의 바이올린니스트 '구스타브 위르츠만' 등 세 사람이 타고 있었다. 이 춘사를 호반에서 본 사람들은 카데나비아에서 즉시 두 척의 보트를 끌고 나갔으나 구조된 사람은 '구스타브 위르츠만'이었다. 이러한 사건에 관하여[202] '위르츠'는 다음과 같이 말하고 있다—

미풍이 아주 멈추었다. 그러나 그들은 돛대를 내리지 않았었다. 그러자 돌연 태풍이 불어와 배는 즉시로 전복해버렸다. '위르츠' 자신은 돛대에 마저 꽤 먼 거리에까지 떨어져 나갔다. 그는 일단 물속에 빠지고 다시 떠올랐을 때에는 그의 두 친구가 물의 표면에서 허덕이고 있는 것을 보았다. 헤엄을 잘 치는 '세바스찬'에 대해서는 걱정하지 않았으나 '모크퍼드'는 헤엄을 치지 못했고 공포로 인하여 얼굴을 돌리지 못하고 있었다. 그는 '세바스찬'의 목에 두 팔을 돌리고 죽으라고 매달리고 있었다. '위르츠'는 '세바스찬' 정도면 그러한 가벼운 남자 한 사람쯤은 쉽게 끌어낼 것이라고 믿고 구조하러 오는 보트를 향하여 헤엄쳤다. 물이 너무 찼기 때문에 그의 전신은 이미 바스러질 정도로 떨려서 뒤를 다시 돌아다볼 수도 없었다. 그가 최초의 보트에 구조되었을 때에는 두 사람의 머리는 수중에 빠지고 말았다. 제2의 구조대는 두 사람이 전복한 범선에 매달리고 있을지도 모른다고 생각하고 그곳까지 가보았으나 아무도 없었다. '모크퍼드'는 틀림없이 상대에게 꼭 매달려 목을 잡아서 '세바스찬'을 가라앉게 했을 것이다.

'아우어바흐'는 시계를 보았다.[203]

"여보 미나 나는 이제부터 곧 '루시'한테 갔다 오겠소. 그 애가 이 신문을 보기 전에. 아직 일곱 시도 되지 않았어. 여덟 시 전에는 절대로 아래로 내려오지 않을 테니까 걱정 없어."

"좀 기다려 주세요. 나도 함께 갈 테니깐. 이대로 외투만 입고 가면 돼요. 아 참으로 불쌍한 '루시'예요."[204]

제2부

1

곤벽紺碧과 금색의 긴 가을은 그해의 '플래트' 하천 유역에 한없이 계속되는 것처럼 생각되었다.

11월 중은 아직 여자들은 1902년에 유행한 남자용으로 만든 모직복에다 목에는 조그마한 모피를 다는 정도로서 '해버퍼드'의 거리를 오고 가고 있었다.

겨울 외투를 입으려고 생각하는 사람은 아직 한 사람도 없었다.

시멘트를 깔은 보도 위에 덮인 나뭇가지에는 노란 잎이 한참이었다.

강가의 큰 버드나무는 여름보다는 훨씬 부드럽게 보이는 푸른 창공에 하얗게 은색으로 비치고 있다.

공기 그 자체에도 어떤 일종의 정숙한 감이라고 할까 그런 것을 느낄 수가 있었다.[205]

비가 얼마 내리지 않아 옥수수가 꽃으로 시들어버리는 것을 당연한 불평으로 생각하고 있는 사람들도 매일 아침같이 마당에 나와 내년에는 만사가 더 잘되겠지 인생은 즐거운 도박사라고 마음으로 생각하는 것이었다.

그러한 아침에 '해버퍼드' 제일가는 일가라고 불리는 집의 미망인 '앨릭 램지' 부인은 객실의 넓은 창 앞에 있는 안락의자에 앉아 있었다.

부인은 죽어도 좋은 나이이며 마을 사람들은 알지 못했으나 거의 일흔 살은 확실히 되어 있을 것이다.

기나긴 동안 거리의 사람들의 생활의 중심에 서 있던 사람으로 정말 나이보다도 훨씬 젊어 보이는 편이었다.

키가 훨씬 크고 아름다우며 태도나 몸가짐에 위엄이 있었다.

거리의 사람들은 부인이 해가 바뀔 적마다 따뜻한 감이 늘어가며 반성적으로 되며 감정적으로 되었다고 말하였다.

10년 전만 하더라도 청명한 가을 아침 아홉 시경에 두터운 쿠션이 달린 의자에 앉아 있을만한 사람이 아니었다.

필연코 시골로 드라이브를 한다든가 또는 메인 스트리트에서 물건을 사러다닌다[206]든가 당일 행으로 물건을 사러 오마하로 가는 급행열차에라도 타고 있었을 것이다.

지금도 오후에는 드라이브라든가 산책으로 나가는 일도 있었으나 오전 중에는 대체로 조용히 집에 들어앉아서 지난날에는 그칠 줄 모르는 샘과 같이 생각되었던 정력을 절약하고 있는 것 같았다.

부인은 지금은 이전보다도 더한층 타인의 그리고 모든 사람들의 일상사에 관심을 가지게 되었다.

오늘 아침은 학교에 가는 어린아이들 — 런닝에 반바지를 입은 소년들과 빳빳하게 풀을 먹인 목면복의 소녀들을 창에서 내다보고 있었다.

“더 빨리 뛰어오너라. 몰리야 빨리…….”

때마침 최후의 종소리를 들으며 뛰어오는 살찐 키가 자그마한 소녀에게 부인은 그렇게 말하며 소리를 질렀다.

종이 울리는 것이 끝나자 거리의 아이들이 모두 무사히 세 개의 붉은 벽돌집인 교사로 수용될 무렵 어른들은 집을 나와서 아침 우편물을 찾으러 우편국으로 가는 것이었다.[207]

마르고 싶어서 산책을 즐기는 ‘브리지먼’ 의사의 뚱뚱한 부인 토요일 예배교파의 목공수인 제리 슬리스 또한 가톨릭의 목사인 매코맥 신부 또 장례식이나 여러 가지 의식이 있을 때에 잘 노래를 부르는 작은 잭맨 부인 등.

다음에서 다음으로 부인의 집 앞인 보도를 아직 나뭇잎이 무성한 아치형의 느티나무 밑으로 지나가는 것이었다.

‘램지’ 부인은 의자에 걸터앉은 채 오마하에서 놀러온 딸인 ‘마지 노월’에게 말을 걸었다.

‘노월’ 부인은 대학에 다니고 있는 아들의 스웨터를 짜며 긴 두 칸짜리인 객실 뒷방에 있었던 것이다.

“마지야 루시 게이하트 양이 지나간다. 불쌍하게도 저 애는 저렇게도 변해버리고 길에서 만나도 너는 누군지 모를 것이다. 전에는 언제나 우리 집에 다녀갔는데.”

보도를 이곳으로 걸어오는 가냘픈 여자는 좌우도 보지 않고 그렇다고 하여 앞을 보고 가는 것 같이 보이지도 않았다.

저 사람의 눈은 어느 곳도 보지 않고 있는 것처럼 ‘노월’ 부인에게 생각되었다. 앞으로 수그리고 어깨를 좁히고 거니는 자세는 사람에게 띄지 않고 몰래 도망이나 치[208]려고 생각하는 것 같이 보인다.

'램지' 부인은 지금도 청명하게 은빛같이 투명하고 사파이어와도 같이 푸른 그 아름다운 눈동자에다 수심에 쌓인 듯한 걱정스러운 내색을 띠고 차차 멀어져가는 여자의 뒤를 바라보고 있었다.

'루시'는 언제나 빨리 걷는 여자였었다. 그러나 그것은 지금 걷고 있는 것과는 다른 것이었다.

지난날의 그는 언제든지 무엇이든지 즐거운 것을 따르고 있는 것 같은 조금도 가만히 있을 수 없다는 듯한 모습이었다.

그러나 지금은 그 무엇에서 멀어지려는 또한 거닐 수 있을 때까지 걸어서 몸을 피로하게 하자는 것 같았다.

'노월' 부인은 이쪽 방으로 와서 모친의 어깨너머로 밖을 내다보았다.

"대체 어찌된 셈일까? '시카고'에서 연애 사건이라도 일으킨 때문이라고 말하는 사람도 있는 것 같으나, 그런가 하면 거기서 일이 안됐기 때문이라고 하는 사람도 있고, 그러나 나에게는 저 애가 저렇게 괴로워하는 이유를 모르겠어."

이렇게 '램지' 부인은 중얼거린다.[209]

"그리고 또 다른 사람들은"이라고 딸이 계속한다.

"해리 고든이 저 애를 버리고 아크라이트하고 결혼한 탓이라고 말하는 사람도 있지요?"

"그것은 당치도 않은 소리야……"

'램지' 부인은 지난날의 열정을 조금 비치는 듯이 머리를 돌리면서 말했다.

"버린 것은 '루시' 쪽이란다. 남자 쪽은 '루시'와 같이 되기만 하면 소원대로 되는 것이니까. 나는 그 부부를 첫 번 보았을 때 그 남자는 분한 김에 그 턱이 긴 여자와 결혼한 것이라는 것을 곧 알 수가 있었단다. '루시'는 확실히 '해리'에게는 과한 여자였으니까."

"그러나 해리 역시 훌륭한 실업가이고 또한 상당히 품격도 좋지 않아요?"라고 조금 비웃는 듯이 '노월' 부인은 말했다.

"그야 좋은 남자인지도 모르지. 거죽으로 보면. 그러나 나 같으면 그런 것은 볼썽만 좋다고 말하고 싶다. 마음속은 전혀 품위[63] 없는 스코틀랜드 사람이니깐. 그러한 남자는 스코틀랜드에 가면 흔히 있단다. 대단히 빼기고 풍만 떨고 그러면서도 한 실링에도 치를 떠는 남자란다."[210]

'노월' 부인은 싱글싱글 웃으면서 스웨터를 계속해서 짰다.

'램지' 부인은 창밖으로 지나가는 사람들을 보고 있었다.

얼굴을 이곳으로 돌리는 사람들에게는 머리를 끄덕여 보이고 미소를 짓고 있었으나 마음속에서는 무엇인지 다른 것을 생각하고 있었다.

잠시 후에 그는 한숨지으며 혼잣말 비슷하게 말했다.

"글쎄 그것이 무엇이든 간에 아무 일도 일어나지 말아주었더라면 좋았을 것을 참으로 '루시'는 불쌍하다!"

'노월' 부인은 일하던 손을 잠시 쉬고 힐끗 쳐다보았다.

모친의 목소리 속에 숨은 어떤 아름다운 것에 놀랐기 때문이다.

그것은 어머니가 언제나 앓는 어린아이나 곤란한 사람들에게 표시한 그 재빠른 격렬한 연민의 정과는 다른 것이었다.

더한 개인에서 떠난 초연한 것이었다.

어딘지 모르게 신의 자비에 가까운 것이 있었다.

전에는 그렇게도 자아가 강한 어머니였었는데.

나이를 먹는다는 것이 사람의 목소리와 이해력에게 이러한 변화를 가져오[211]는 것이라면 사람은 늙는다는 것을 그다지 겁낼 필요가 없다고 딸은 생각하고 있었다.

'루시 게이하트'는 다른 길을 지나서 집으로 급히 간다는 것 이외에는 아무것도 생각지 않았다.

메인 스트리트에서 옛날 하이스쿨까지 가서 그리고 '램지' 부인의 집에서 북쪽으로 네 구역가량 가서 서쪽으로 꼬부라지려고 생각하고 있었다.

---

63 원본에는 '품이'로 표기되었다.

'루시'는 '램지' 부인을 지금까지 쭉 사랑하여 왔고 존경도 하여 왔다.

그러므로 더 지금은 그 사람을 만나기 싫은 생각이었다.

9월에 고향으로 돌아와서 '루시'는 한 번 '램지' 부인의 집을 방문한 적이 있었다.

그러나 잠시 동안 그곳에 앉아 있는 것으로서 그는 다한 것처럼 생각되었다.

어쩐 일인지 목이 여위는 것 같았고 마음은 딱딱하게 얼어붙은 것 같았다. 지금은 옛 동무 중에서 그를 협조해줄 수 있는 사람은 없었다. '해버퍼드'에서 그를 도와줄 수 있는 사람은 단 한 사람밖에는 없었다.

그 한 사람에 만날 수 있을는지도 모른다고 생각이 되어서 그는 지금까지 여러 아침을 그렇게 해온 것처럼 지금도 우편국으로 가는 길이었다.[212]

아침 아홉 시 반경에는 상인들은 모두 우편물을 받으러 그곳으로 가는 습관이 있었다.

학교 종이 벌써 전에 친 것을 급히 그는 생각했었다.

그리고 늦어서는 안 되겠다고 생각하면서 한층 발을 빠르게 그는 걸어갔다

우편국의 양쪽으로 열린 문은 햇볕이 따뜻했으므로 뒤로 젖혀 눌려 있었다. 사람들이 나갔다 들어갔다 하고 있다. '루시'는 아버지의 우편함으로 가서 열쇠로 열고 있었으나 시간을 걸리게 하느라고 일부러 틀려서 돌려보고 하였다. 그는 그 누구를 기다리고 있었던 것이다. 얼마 후에 '해리 고든'이 들어왔다.

'제이콥 게이하트'의 그것보다 조금 속으로 있었다. 그는 '루시'에게는 눈도 던지지 않고 그 뒤를 돌아서 자기 집의 우편함을 열고 가지고 온 가죽가방에서 서장書狀을 집어넣고 그곳을 나가려고 돌아섰다.

그때 '루시'는 그의 정면으로 막아섰다.

"해리 씨 안녕하세요."

그는 눈을 들고 모자를 급히 벗으며 이렇게 말했다—

"야, 루시 씨가 아녜요? 안녕하세요."

그것은 이런 곳에서 그에게 만나서 대단히 놀란 것 같기도 하고 '루시'가 거리[213]에서 떠난 일도 없으며 거리에 돌아온 것 같지도 않은 것 같고 또 두 사람 사이에는 지금까지 하등의 특별한 우정 같은 것이 없었던 것 같이 보였다. 그것은 자기에게는 과히 중한 손님도 아닌 그 집의 여자들에게 대하는 것 같은 성의 없는 정중한 목소리였다.

돈은 빌려주고 있으나 한시라도 속히 손을 떼고 싶다고 원하고 있는 농장의 딸에게 대하는 것 같은 인사였다.

안경은 쓰지 않았는데 마치 도가 많은 안경 속에서 들여다보는 것 같은 눈치로 그는 '루시'를 보고 있었다.

빙주氷柱와도 같이 차고 번쩍이며 예리하게 비치는 엷은 푸른 눈이었다. 별로 딱딱해지지도 않고 전혀 아무렇지도 않은 것처럼 하고 있었다. 그리고 그는 우편국에서 나가서 척척 거리 있는 곳으로 걸어가고 말았으나 그것은 그 지난날 야구를 잘하던 시대에 '플래트'강 유역의 일류 투수로서 다이아몬드에 모습을 나타낸 때의 침착하고 자신만만한 걸음걸이와 꼭 같았다—당시 '루시'는 아직 조그만 소녀였고 정면에 있는 스탠드에서 그것을 보고 있었던 것이다.

'루시'가 '해버퍼드'에 돌아와서 오늘까지 몇 번이고 두 사람은 이와 같이 만나고 그리고 언제나 똑 같은 것이었다.[214]

상대의 음성이 갖는 모든 음영을 알아차리고 있던 '루시'에게는 언제나 같은 놀란 것 같은 보임이었고 같은 표정이며 같은 음성이었다. 혹시 그가 곤란한 모양을 하든가 당황하는 말투라도 하면 '루시'로서는 다른 말을 꺼낼 여지가 있었을는지도 모른다.

그러나 '해리'가 이렇게 그의 독특한 태도를 취하고 나오는 데는 절대로 가까이 할 수가 없었다.

상대에게는 조금도 이익을 주지 않고 자신에게만 이익을 다 갖춘다는 취지를 제의提議하여도 '해리'가 가지고 있는 태도에 걸리면 가엾은 백성들은 아무 말도 못하는 것이었다.

그의 천성인 쾌활성에는 그 활발한 안색과 꼭 같이 사람을 신복시키는 힘이 잔재하고 있었다.

그는 개방적이며 구두쇠와 같은 태도는 조금도 나타내지 않았으므로 머리가 재빨리 돌지 않는 사람들은 계약이 끝나고 집으로 돌아가는 마차를 몰기 전에 자기가 엉뚱한 계약을 한 것에 조금도 눈치채지 못하는 상태였다.

그 사람에게 편지를 쓸 수가 있었으면 하고 '루시'는 걸어오면서 생각하였다.[215] 그가 원하고 있는 것은 거리에서 서로 얼굴을 대할 때에 동무 같은 표정만이라도 하여주었으면 — 아무 생각 없는 쾌활한 얼굴을 하여주었으면 하는 것이었다.

혹 가다 길모퉁이에서 극히 몇 사람만이 들었던 그의 본성인 음성으로 재미있는 이야기의 한 토막이라도 해주었으면 언제나 두 사람이 만났을 때 두 사람만의 암호와도 같은 그 진실성이 풍기는 친절한 마음으로 나를 보아주었으면 — '루시'는 이제는 그것만으로도 충분하였다.

'폴린'이 아침 신문을 기다리고 있는 것은 알고 있었지만 '루시'는 똑바로 집으로 가지는 않았다.

그는 거리의 북쪽 끝에 있는 작은 루터교회까지 가서 그곳 층계에 앉았다. 그곳은 '해버퍼드'에서 제일 높은 장소로 안계眼界가 넓은 토지의 일단에 있었으므로 얕은 언덕의 갈색으로 무르익은 보리밭 저쪽으로 '플래트' 하천의 굽이쳐 흐르는 수류水流가 보이는 것이었다.

피로하였으므로 그곳에 주저앉은 그는 시간이 흐르는 것도 잊어버렸다.

태양이 나무로 만든 계단 위를 따뜻하게 쪼이고 있었다.

꽃나무로 된 판장이 그곳 가까이 있는 한 집과 경계로 되어 있는 그 장소는 조용하고[216] 무엇인지 모르게 친밀감을 주었다. 어디선지 종소리가 들리어왔다 — 그것은 학교의 종소리였다. 그러면 벌써 열한 시가 된 것이다. 그는 급히 집으로 돌아왔다.

'폴린'은 부엌에서 식사 준비를 하고 있었다.

'루시'는 곧 언니 곁으로 갔다.

"언니 신문을 곧 가지고 오는 것을 잊어버려서 미안해. 잠깐 산보를 했더니 나도 모르게 어느 틈에 멀리까지 가고 말았어요."

"그래 괜찮아."

'폴린'은 어느 때나 변치 않은 쾌활한 목소리로 말한다. 그러나 사실은 그것이 조금 좋지 않은 것을 의미하고 있다는 것을 '루시'는 알고 있었다.

'루시'는 신문을 그곳에 놓고 곧 이층에 있는 자기 방으로 올라갔다. 어찌하여 나는 이렇게도 사람들의 말소리에까지도 예민해졌을까? 나를 만나는 사람들은 모두 예의를 차리고 용의주도하게 이야기를 한다. 이 거리에서 자기 자신의 자연스러운 어조로 나를 대해주는 사람은 아버지 한 분일 것이다.

'폴린'이 점심을 차려놓았다고 불러준다.

'루시'는 밑으로 내려와 언니와 같이 마주 앉아 식사를 한다.[217]

아버지는 언제나 거리로 나가서 보헤미안인이 경영하는 비어홀에서 런치를 잡수는 것으로 되어 있다.

'폴린'은 굵게 썬 양육(마톤 촙프)을 커다란 접시에 담아서 가지고 왔다.

커피세트와 야채는 벌써 식탁 위에 놓여 있다. '폴린'은 "어떤 소중한 편지가 오지 않았니?"하고 자리에 앉으며 물었다.

"소중한 편지? 없었어."

'루시'는 '시카고'에서 오라고 하는 편지를 언니가 의미하고 이야기한 것으로 생각해서 그렇게 대답했던 것이다.

'폴린'은 한참 이야기를 했다. '루시'는 어렸을 때부터 혹시 언니가 이야기를 한참 하면은 묵묵히 귀를 기울이지 않는 수련을 해왔던 것이다.(이미 그때부터 여자란 너무 재잘거리는 것이라고 '루시'는 생각했었다) 이때도 그 무렵과 같이 '루시'는 어떤 집안 이외의 것을 생각하기로 노력했었다. 단 두 사람만 있게 되면 '폴린'은 예의 없이 음식을 먹는 버릇이 있었다.

이야기에 열중만 하면 식사하는 것을 전혀 잊어버리고 나중에 생각이 나서 막 먹는 버릇이 있었다. 그러한 때에도 지금까지 해온 것처럼 아무렇게나 생각하지는 않는 루[218]시였다. 그것이 이상하게도 마음을 상하게 하여 그는 온 몸이 조여드는 것 같았다.

돌연 '폴린'은 사실은 처음부터 말하려고 생각했었던 문제를 꺼냈다. 이번엔 '루시'가 귀를 기울였다.

"그래. 그래 아주 잊어버리고 있었어. 저 '램지' 부인으로부터 전화가 왔었는데, 오늘 밤에 꼭 너보고 와달라고 하더라. 나는 저번 주일 마지 부인이 온 다음 날에 갔었으니까 이번엔 너만 꼭 만나고 싶대. 마지 부인은 누구에게나 친절한 분이야, 그분에게는 벌써 금년에 대학에 들어간 아들이 있지."

"그래 나도 잘 알고 있어요. 우리들 간에서는 토디라고 불렀어. 정말 이름은 아마 시어도어라고 하지? 그것은 그렇다 치고 내가 꼭 찾아가 뵈어야 하지?"

"물론이고말고, 너는 어렸을 때부터 부인의 마음에 들었으니깐."

'폴린'은 특히 어조를 세게 말했다. 동생은 그렇게 말해 주는 언니의 호의를 고맙게 여겼다. '램지' 부인은 언제나 '폴린'은 '폴린'으로 '루시'는 '루시'로서 다르게 취급해왔던 것이다. 그러나 호의라는 것은 우정 짜낼 때가 고마운 것일까? 그것은 자비한 마음과 부드러운 이슬과도 같이 자연스럽게 솟아나는 것이 아[219]닐까? '루시'의 명상은 언니의 말소리로 부서졌다.

"저 너는 또 입맛을 잃었구나? 그래서 안색이 나빠지지 않니. 창백한 얼굴빛을 내는 것은 너답지 않아. 거기에 이번에 새로 만든 간유肝油도 있으니 먹어 보렴. 그래도……."

'루시'는 언니의 말을 가로막았다.

"언니 처음 집에 돌아왔을 때 그것을 먹은 것은 언니를 즐겁게 하려고 생각했기 때문이에요. 내 입에 맞아서 먹은 것이 아니에요. 그런 것을 먹는다 해도 배가 고프지 않는 사람에게는 밥이 맛있게 넘어간다고는 할 수 없어요. 이번 여름에 너무 일을 많이 했기 때문에 여름이 다 지나간 무렵에는 신경쇠약처럼 되고 말았어요. 지금 내 몸에 가장 좋은 것은 단지 잠시 동안 혼자서 조용하게 있는 외에는 별로 없다고 생각해요. 정말 그래서 나는 집에 돌아온 것이며 아무와도 만나지 않기로 하고 있어요. 과수원을 그대로 두어달라고 언니에게 부탁한 것도 사실은 그 때문이었어요. 어떤 동무가 상상하고 있는 것처럼 별로 내가 직업을 떠난 것은 아니니깐요. 내가 이곳에 오고 말았으므로 '아우어바흐' 선생님은 대단히 곤란하신 모양인 것 같아요. 허나 선생님으로서는 몸이 좋지 않은 나를 일을 시킨다는 것은 암만해도 어려운 일이라고 하시[220]지만."

"아, 그랬어?"

'폴린'은 접시를 치우면서 말했다.

"그것은 지금까지 들은 얘기 중에서 가장 이치가 통하는 것 같구나. 물론 나는 네가 기분이 좋아지기 위해서는 어떠한 일이라도 해주려고 생각하고 있단다. 그러나 너는 다른 사람에게서 원조를 받고 싶으면 좀 더 정말 얘기를 터놓고 말해야 한단다. 너는 지금까지 아무 말도 하지 않았으므로 우리들에게는 어떤 일인지 전혀 알 수가 없지 않았니."

"그것은 나도 잘 알고 있었어."

'루시'는 미안하다는 듯이 말했다. 그러나 전보다도 더욱 자기 자신의 마음속으로 도망쳐버리고 시선을 마룻바닥에 떨어트렸다.

"나라는 인간은 참으로 허황된 인간이에요. 그래서 지금까지 언니에게 많은 폐만 끼치고 왔어요. 허나, 이번만은 조금 안정된 것처럼 생각하고 있어요."

'폴린'은 아직까지 부드럽게 얘기하여왔었다. 그리고 더욱 친절하게 해주려고 이야기를 계속했다.[221]

"애, 루시야. 집안사람들에게는 어떤 일이나 확실히 터놓고 말하지 않으면 안 된단다. 눈치 같은 것을 보지 말고, 내가 그렇게 나쁜 인간이 아니니 그러지 말아라."

"언니 잘 알고 있어요."

'루시'는 작은 소리로 대답했다. 그는 별로 노하지는 않았으나 언니를 다시 바라보지도 않고 자기 방으로 가버렸다.

그리고서 얼마 후 손에 마차 복을 들고 정원 뒤에 있는 능금 과수원 쪽으로 가버리는 '루시'의 모습을 언니는 보았던 것이다.

2

'루시'는 오후에는 가지가 얕게 내린 능금나무 아래의 잔디밭에 가 드러누워 햇볕을 쪼이고 있었다. 과수원은 약 3에이커 정도의 넓이이며 언덕은 사면으로 되고 있었다. '루시'는 그가 옆으로 드러누웠던 먼 끝에서 쭉 서 있는 나무들의 열을 통해서 아래쪽을 바라다보았다. 조그맣고 빨간 능금과 회녹색의 입사귀가 아직도 얼마 나뭇가지에 달려 있었다. 이미 오랫동안 손질을 하지 않았던 과수원이었기 때문에 과실은 채집할 만한 가치가 없는 것이었다. 이처럼 길고 조용하고 언제까지나 떠[222]나지 않는 것과 같은 가을 한동안을 그는 대개의 시간을 이곳에 나와 지냈던 것이다.

마음대로 자랄 대로 방치해둔 오랜 능금나무의 모습에는 마음을 위로시켜 주는 것이 있었다. 이곳에서 '루시'는 자기 자신에 일어났던 것을 상기하면서 생각할 수도 있었으며 또 그것을 이해하려고도 했던 것이다. 그날 아침(이미 오랜 옛날 일처럼 생각되었으나) 친절한 '아우어바흐' 선생님 부처가 그를 자기들의 집으로 데려가려고 오셔주신 모습도 생각했던 것이다.

선생은 한마디도 말을 듣기도 전에 '루시'가 '시카고'를 떠나서 고향에 가지 않으면 안 된다는 것을 그리고 두 번 다시 '시카고'를 보고 싶지 않다는 것을 이해해 주었다.

'아우어바흐' 부인이 그의 짐을 전부 잘 꾸려주었다. 그리고 베이커리

집 사람들에게는 사정을 이야기하고 기차표까지 사서 주며 '루시'를 정거장까지 데려다주었다. 변호사가 와서 소지물을 전부 정리하기 전에 부인은 '세바스찬'의 스튜디오에서 '기념'을 위한 작은 보따리까지 만들어주었던 것이다. 서랍 속에 남겨두었던 손수건 수 매와 장갑 한 켤레 그리고 친구들과 함께 찍은 '세바스찬'의 사진 몇 권의 서적 그가 노트 같은 것을 한 악보가 그것이었다. '루시'에게는 아무것도 상담하지 않고 그런 것을 꺼내가지고 '해버퍼드'에 급행열차 편으로 보내주었다. 지금 그것은 전부 루[223]시의 트렁크 속에 들어있다.

그에게는 그러한 것은 하등의 의미도 없었다. 보기가 딱했던 때문이다.

그 사건이 거의 일순간에 그의 마음을 얼게 하고 그의 사는 세계를 파괴시키고 말았던 것이다 — 단지 그러한 것만을 이야기하는 기념이었다. 다음에 남은 세계에서는 그는 긴 호흡을 할 수도 없었고 마음 놓고 동작도 할 수가 없었다. 지금은 단지 옛일을 생각하며 살아가는 세계에 있는 '루시'였다.

그것은 지난날 존재하고 지금에 와서는 이미 존재하지 않은 세계였다. 어려서부터 자라난 이 집 부근을 바라다보아도 이젠 완전히 딴 것으로 되어버리고 지금에 와서는 어떠한 것도 만져보고 싶지 않은 기분이었다. 자기의 침대 속에서도 그는 언제나 아름다운 꿈을 부수지 않으려고 애쓰고 그것은 환상에 불과하지 않았다고 생각하는 것을 겁내며 마음을 졸이고 드러누워 있었다. 허나 이 과수원 속만이 그의 마음을 안식시킬 수 있는 장소였다. 그전에 그의 생활의 저부底部를 흐르고 있었던 감정이 또다시 솟아오르는 곳은 단지 여기뿐이었다.

옛날엔 아버지의 집은 마음이 편했다. 그것을 언제나 자랑하고 있었던 자신을 그는 회상했다. 허나 서부의 거리의 목조의 건물은 모두 싸게 청부되었으며 신경을 갖지[224] 않고 있는 사람들을 위해 만들어진 것처럼 그에게는 생각되었다. 칸을 막은 벽은 얇았고 특히 이층의 방들은 더욱 그랬다. 그의 방은 '폴린' 방 옆에 있었으므로 우는 것이나 전등을 켜는 것

그리고 잠자며 몸을 움직이는 것까지 모두 언니에게 알려지고 말았다.

밖에 있는 이 과수원에서는 혼잣말도 할 수 있었다. 그것이 무엇보담 위로가 되었다. 그는 '세바스찬'의 노래의 몇 절을 여러 차례 속으로 외어 보는 것이 좋았다. 그리고 그의 말하는 어조와 악절의 구분하는 법을 정확하게 생각하려고 했다. 몇 가지의 노래를 노래하려고도 했다. 그것은 또다시 '루시'를 울리게 하였을 뿐인데 그러나 그것은 그의 가슴을 두껍게 얼게 한 얼음을 녹이고 다른 어떤 것보다도 그의 마음 가까이 또다시 '세바스찬'을 느끼게 하여주는 것이다. '루시'가 연주한 최초의 소곡小曲 〈아내가 알았다면…… 그대 지금 어데 있느냐〉를 그는 몇 번이고 조용하게 열정을 들여서 눈물로 가슴이 젖을 때까지 노래했던 것이다. 그러나 지금 이러한 문구를 소리로 내고 자기의 가슴에 반복해보는 것은 '세바스찬'의 어떤 일부가 아직껏 이 세상에 남아 있는 것처럼 그의 마음에 힘을 주는 것이었다. 잠들고 있는 동안에 간혹 그의 노래 소리를 듣고 두 사람이 이 세상과는 다른 아름다움과 즐거움에 매혹당할 때가 있었다. 꿈에서 그[225]의 노래 소리를 들을 때에는

"그들의 하늘인 아버지의 나라에 가면은 옳은 자는 태양과도 같이 빛나리"라는 노래의 구절과 같은 마음으로 되는 것이었다.

그러나 '루시'는 가끔 잠자는 것이 무서웠다. 그러할 때에는 이부자리 속에 들어가지 않고 창변의 작은 의자에 몇 시간씩 일어나서 앉아 있었다. 의식을 잃고 얼음과 같이 차가운 호수에 빠져가는 남자를 매달리고 있는 흰 것에서 떼어주려고 애를 쓰며 허덕이던 일이 여러 밤이나 있었다. 남자의 눈은 언제나 이미 죽은 것처럼 감기고 있었다. 그러나 그의 어깨 뒤에 있는 푸른 눈은 공포와 탐욕에 가득 차서 눈을 뜨고 바라보고 있었다. 이 비겁하게도 매달리기만 하는 남자를 떼어놓으려고 애를 쓰면 결국 '루시'는 언제나 새파랗게 질리고 피로한 끝에 꿈에서 깨는 것이다. 그리고 그 후부터 언제나 잠을 이루지 못하고 하룻밤 동안을 떨고 말았다.

어째서 자기는 '세바스찬'에 대해서 이 남자가 그 분을 반드시 멸망시킬 운명을 갖고 있다는 것을 알리지 않았던 것인가? 어째서 그의 발아래 몸을 쓰러트리고 '모크퍼드'에게 조심하세요. '모크퍼드'는 비열하고 질투가 강하고 악랄하다는 것을 그리고 자기가 그것을 잘 알고 있었다는 것[226]을 알리지 않았던 것인가!

이렇게 무서운 몇 밤을 지내고 나서 '루시'는 이젠 아무도 믿을 수 없는 마음이 생겼다. 아주 조그만 일에도 마음의 평정이 뒤흔들리고 마는 것이다. 참혹한 생각과 겨우 싸운 후 으스스한 마음으로 언제나 이 과수원 능금나무 아래로 오는 것이다. 그러면 조금씩 공포는 사라지고 가슴속에 가득 차 있는 딱딱한 덩어리도 부드럽게 되고 마는 것 같았다. 얼마 있으면 이 과수원의 나무들은 벌목되고 말 것이다. 이 가을에 그 최후의 태양의 빛을 오랜 수목들은 받고 있는 것이다.

과수원 바로 뒤에는 '게이하트' 씨가 말을 길렀을 무렵에 풀을 먹이던 목장이 있었다. 2년 전에 '폴린'은 이곳을 갈아서 스페인 파玉葱를 심었던 것이다. 그것을 시장에 내다 파니까 대단히 이익이 남아서 그는 과수원까지도 나무를 잘라버리기로 했다.

고향에 돌아와서 아직 겨우 2, 3주일도 지나지 않은 어느 날 아침 '루시'는 도끼 소리로 눈을 떴다. 잠시 동안은 걱정스러운 마음으로 그 소리에 귀를 기울이고 있었으나, 그다음 돌연 그는 그것이 장작을 패는 소리가 아니라는 것을 알았다. 장작을 패는 것과는 전혀 다른 소리다. 그것은 전혀 반향이 없는 소리였다. 도끼가 어떤 살아 있는 것을 향해 잘라 들어가는 소리였다. 그는 침대에서 뛰어 일어났다. 재빨리 화장옷을[227] 갈아입고 집 뒤에 있는 과수원과 정원에 면한 아버지의 커다란 방에 달려 들어갔다. 아버지는 목욕탕에서 면도를 하고 있었다. 그 방 창으로는 과수원에서 한 남자가 능금나무를 모조리 자르고 있는 것이 보였다.

'루시'는 뒤 계단을 뛰어올라가 '폴린'이 조반 준비를 하고 있는 부엌으로 갔다. 그리고 어떤 사람이 나무를 자르고 있으니까 빨리 가서 그만두게 해달라고 부탁했다.

'폴린'은 그 조그마한 눈으로 곁눈질을 하면서 '루시'를 바라보았다. 그리고 아무 일도 없는 것처럼 대답할 작정이었으나 그의 목소리는 다른 때와는 조금 달랐다.

"폴에게 오늘 와 달라고 말해두었는데, 이렇게 빨리 오라고는 하지 않았단다. 너를 잠을 깨게 해서 미안하다."

"그러나 저 나무가 어쨌단 말이야? 저 사람은 어째서 나무를 자르고 있소?"

'폴린'은 프라이 냄비에다 계란을 깨트려 넣었다.

"저 오래된 과수원을 없애기로 했단다. 너에게는 아직 얘기를 하지 않았던가?"

"뭐 없애기로 한다니?…… 아버지는 지금 어디 계실까?"

광기와 같은 동생의 목소리에 놀라서 '폴린'은 냄비를 스토브 뒤에 옮겨
[228] 놓고 돌아다보았다.

"아버지도 그것을 찬성하고 계신단다. 얘, 루시야 이 집을 끌고 나가기 위해서는 아버지가 혼자서 벌어서는 모자란단다. 요전에 내가 만든 스페인 파의 수확이 대단히 도움이 되어서 이번 가을에는 과수원을 없애버리고, 그곳을 갈아서 그다음 봄이 되면 스페인 파와 감자를 심을 작정이란다. 농장 같으면 하루 종일 내가 나가지 않으면 안 되고 소작인에게 꼭 속아 넘어가지만 여기 같으면 언제나 눈에 뜨이니까 잘될 것으로 생각된다. 이 집을 가난하나마 끌고 가기 위해서는 여러 가지로 이랬다저랬다 해야만 된단다."

"그러나 언니 꼭 비니깐 이번 가을만은 자르지 말아줘요. 금년만은 나는 지금 참으로 쓰라린 심경이에요."

"얘, 루시야 말을 좀 알아들어라. 벌써 그렇게 하기로 되어 있단다. 이번 연기하면 일 년의 수확이 아주 날아가 버리고 만단다."

'루시'는 아직 눈을 뜨지 않고 있는 사람과 같았다. 그는 '폴린'의 살이 찐 둥근 손을 잡고서 미친 것처럼 말하는 것이었다.

"나는 도저히 참을 수가 없어요. 안 돼요. 지금 온 세계에서 나에게 남아 있는 것은 저[229]것뿐이에요. 금년만 남겨둬요. 손해는 틀림없이 내가 후에 물어놓겠으니 정말이에요. 좀 있으면 나도 돈을 벌게 돼요. 일 센트도 남기지 않고 꼭 갚아드리겠으니, 언니 제발 좀 가서 저 사람을 도로 보내주세요. 네 좀 들어보세요. 나무가 또 하나 쓰러졌어요. 이번은 다음 나무 차례구먼……. 아, 어쩌면 좋단 말인가!"

라고 하며 '루시'는 의자에 털썩 주저앉아 부엌 테이블 위에 두 팔을 내던지고 머리를 푹 숙였다. 두 갈래로 땋아서 어깨에서 내려뜨린 머리털은 헐떡거리는 숨 때문에 흔들리고 있었다. '폴린'은 우울한 안색을 했다. 그러나 그 자신의 두 눈에서도 눈물이 흘러나왔다. '루시'의 절망적인 슬픔을 의심할 수는 없었다. 그러할 정도로 동생은 완전히 정신을 잃은 것처럼 보였다. 이 애는 어렸을 때부터 다른 사람에게 이처럼 부탁해본 일이 전혀 없었다. '폴린'은 테이블에 몸을 꾸부리고 어색하게 발작적으로 동생을 껴안았다.

"자 이젠 됐다. 네가 그렇게까지 고통할 줄은[64] 나는 생각지 않았다. 내년 가을까지 저대로 두기로 한다. 얘, 그러나 그때까지는 지금과 같은 마음을 제발 고쳐주지 않으면 곤란하다."

'루시'는 얼굴을 들었다.[230]

"아마 그때까지 나는 이곳에 있지 않을 거야. 어디든지 가서 생활을 위한 길을 개척해야지. 아버지가 너무 구두쇠가 돼서 언니가 얼마나 고생하고 있다는 것을 나도 잘 알아요."

그는 낮은 목소리로 그렇게 말하고 입에 남아 있는 침을 꿀꺽 삼켰다.

"금년만 제 마음대로 할 것을 용서해주세요. 그렇다고 해서 언니는 필연 후회는 하지 않으실 테니깐. 어느 때고 언니도 알게 될 것이라고 생각돼요."

---

64 문맥상 의미는 '고통스러워할 줄은'이라는 뜻이다.

"아, 이젠 됐다. 내가 가서 폴을 보내고 오겠다. 자 이층에 올라가서 옷을 갈아입고 오너라. 그동안에 이 커피라도 마시면 되지 않니."

'루시'는 고맙다고 말하고 나서 그것을 손에 들고 뒤 계단을 조용하게 올라갔다. 그것은 세간에서 잘 말하는 매를 맞고 완전히 자아를 버리고 마른 어린애와 같았다.

계단 위의 자기의 침실 앞에 역시 '폴린'을 겁내고 있는 한 남자가 서 있었다. 그는 깨끗이 면도를 하고 새 와이셔츠를 입고 그 회색 머리와 입수염에 향수를 뿌리고 서 있었다. 그리고 '루시'에게서 커피 찻잔을 받아들고 그것을 화장경대 위에 놓고 그를 포옹해주었다. 그다음 다른 때와 마찬가지로 애정에 넘친 얼굴로 '루시'[231]의 입술과 눈과 머리에 입을 맞췄다. 그것이 끝나자 그는 아무 말도 하지 않고 커피를 들고 방문을 향하여 나갔다.

3

해가 지기 조금 전에 '루시'가 과수원에서 돌아와 보니깐 '폴린'은 뒤 현관에서 케이프를 어깨에 올려놓고 기다리고 있었다.

"루시야, 너 감기 든다. 네 시가 지나도록 외투도 입지 않고 밖에 외출하면 안 되지 않니. 어렸을 때에는 옷을 많이 입기를 싫어했는데 너는 지금도 변하지 않았구나. '램지' 부인한테서 또 전화가 왔는데 얘기할 것이 있으니 꼭 와달라고 하더라. 오늘 저녁엔 어떤 일이 있더라도 꼭 가야해."

'루시'는 그렇게 하지 않으면 안 될 것이라고 대답했다. 그는 밤이 되면 꼭 한 가지 하고 싶은 일이 있었다. 그것은 아버지가 가게에서 돌아와서 언제나 그와 함께 모차르트의 소나타를 연주하는 것이었다. 아버지의 바이올린은 좀 귀에 거슬리는 소리를 냈으나, 아버지는 그 합주를 대단히 즐거워하시는 것 같아서 '루시'도 역시 그것을 즐거움으로 하고 있었다.[232]

저녁 식사를 한 후 '루시'는 거리에 나가 '램지' 부인이 한편 쪽에 그리고 '해리 고든'이 다른 편에 살고 있는 거리의 사람들이 농담 삼아 저택가邸宅

街라고 부르고 있는 거리를 걷고 있었다. '램지' 부인은 정면의 커다란 창가에 있는 높은 의자에 앉아 있었다. 집은 거리(보도)에서 가깝고 그곳을 지나가는 사람들이 속을 들여다볼 수가 있었는데 또한 그렇게 해두는 것이 부인이 하는 방법이었다. 근처에 사는 사람들은 마치 부인이 마을의 사람들을 '접대'하고 있는 것 같다고 간혹 말했다. 어렸을 때 '루시'는 이 집에 오는 것이 참으로 좋았다. 고풍한 가구에다 부드럽고 꽃 모양을 수놓은 주단을 깔은 참으로 기분이 좋은 방이었기 때문에, 이 집은 객실과 부엌이 뚝 떨어져 있고 '루시'의 집처럼 두 가지가 함께 있는 것 같지 않는 데가 좋았다. '램지' 부인은 그 무렵 거리에서 침모를 두 사람씩 쓰고 있는 유일한 주부였었다. 지금에 와서는 '해리 고든'의 부인도 심부름하는 부부를 쓰고 있다고 '폴린'이 언젠가 '루시'에게 말을 했는데.

'루시'는 '램지' 부인의 볼에다 입을 맞추고 그 옆에 앉았다. 그것은 '루시'가 털실을 짜는 것을 배웠던 무렵에 언제나 앉아 있었던 빨간 클로스를 한 참대 의자였다. 이 집은 그 후 조금도 변함이 없었다. 오래간만에 그곳에 돌아온 사람의 마[233]음에 즐거움을 주는 것과 같은 어떠한 것이 그 주변에 떠돌고 있었다. 이 집에는 일종의 현실적인 맛과 색채와 따뜻한 맛이 있었다. 왜냐하면 그 집을 만들고 그리고 그곳을 지배해온 부인이 태어날 때부터 그러한 것을 자기의 몸에 지니고 있기 때문이다.

"자, 루시 씨 내가 이젠 아주 늙었기 때문에 당신은 옛날처럼 나에게 대해 주지 않으십니까?"

기분이 좋지 않을 때에는 좀처럼 친지들을 방문하고 싶지 않았기 때문이라고 '루시'는 작은 소리로 그 말에 대답했다. '시카고'에 있었을 때 한여름 동안 일을 했기 때문에 몸을 좀 버렸다고도 말했다.

"가을이 되니깐 저는 아무것도 하지 못하게 되었어요. 선생님 부인께서 저의 짐까지 돌보아주셨습니다. 그러한 것까지도 부탁을 하고 저는 옆에서 보고 있었으니까요. 제가 그러할 정도였었어요!"

'램지' 부인은 그의 손을 가볍게 만져주셨다. 그러면 다른 사람들이 말하고 있는 것처럼 '루시'는 선생님의 기분을 상하게 하고 돌아온 것이 아닌지 모른다고 부인은 생각했다.[234]

"그럼 말하는 것이 싫으면 가끔 집에 와서 나에게 피아노라도 들려주면 좋지 않소. 당신이 돌아왔다는 소식을 듣고 곧 피아노를 조율시켜놓았지. 자 저기 그대로 있지 않소. 우리 집 마지란 년은 만져보지도 않으니……."

'루시'의 얼굴은 즐거워졌다.

"정말 좋습니까? 저 치고 싶어요. 저의 집에는 구식竪形 피아노 밖에 없어요. 아버지가 계신 가게에 있는 것은 조금 좋으나, 거기는 사람들이 많이 출입하기 때문에 마음에 들지 않아요. 처녀 시절에는 그러한 것을 마음에 꺼리는 성질이 아니었는데."

"처녀 시절이라니? 참 당신은 지금 무슨 것을 생각하고 있소? 하나 들려주시구려. 그리고 집에서 너무 연습하지 않는 편이 좋겠소. 이제부터 시골 공기를 많이 쉬고 충분히 휴양하지 않으면 안돼요. 이 '플래트'의 계곡처럼 공기가 좋은 곳은 없다오. '덴버'(로키 산록의 고원에 있으며 남플래트강에 임한 콜로라도주의 수부 — 역자)는 너무 높고 '시카고'는 얕으니깐. 여기처럼 좋은 가을은 어느 곳에 가든지 없을 것이요. 이렇게 말하고 보니깐 우리들이 스코틀랜드에서 보내던 가을 일은 이젠 나의 생활과는 연이 없어지고 말았군. 내 남편이 살아 있었을 때 어떻게 하든지 그곳 가을을 맛[235] 보고 싶다고 말했었으나 이젠 다 허사가 된 것 같구려."

고향에 돌아오게 된 것은 즐겁다고 '루시'는 대답했다. '시카고'의 거리에서는 일 년 동안을 그대로 보낸다는 것은 참으로 참을 수 없는 일이었다.

"그러나 즐거운 일 년 동안이었지요? 일도 틀림없이 재미있었을 것이고, 그렇지도 않다면 벌써 돌아오셨을 것이야. 거기에 즐거운 일도 많이 있었소? 나는 젊은 재능 있는 분은 너무 그 재능을 진심으로 생각하지 않는 편이 좋지 않을까 생각하오. 짧은 인간의 일생이니깐. 즐길 수 있을 때 마음껏 즐거워야지. 필시 당신에게도 즐거웠던 일이 좀 있었겠지?"

"네 조금 있었어요."

'루시'는 어리광이나 하는 듯이 대답하는 것이었다.

"루시 씨 될 수 있는 한 즐겁게 살아야지요. 무엇보담도 중요한 것은 뭐니뭐니해도 생활이니깐. 참으로 살아갈 재미가 있는 생활을 해야 해요. 나는 나이를 먹었으니까, 그러한 일은 잘 안답니다. 재예才藝는 인생의 장식 같은 것이고 생활의 다음에 오는 것이 아닌가 생각해요. 때로는 다른 사람에게 실망도 하고 또 자기 자신에 환멸을 느낄 때도 있으나 가장 중요한 것은 뭐라 해도 인생을 즐겁게 보[236]내는 것인가 하오. 당신 같은 사람은 아직 이제부터인데 지나간 봄의 일 때문에 걱정을 하고 마음을 쓴다는 것은 우습지 않습니까? 또 이제부터서도 긴 여름이 있으니깐 그러는 동안에 모든 일이 전과 같이 돼 올 거요."

오래전부터 잘 아는 분에 대해서 어째서 이렇게 한마디도 자기에 관한 지나간 말을 하지 못하는지 스스로 의문하면서 '루시'는 그곳에 앉아 있었다. 오늘 밤 여기까지 오는 도중 그는 이러한 것을 생각하고 있었던 것이다 — '램지' 부인에게 부탁해서 어느 날 오후에라도 '해리'를 그 집 응접실에 불러와(그의 부탁을 들어주지 않았던 사람은 지금까지 한 사람도 없었다) 그와 이야기를 할 기회를 만들어주시고 그 회합에 입회해 달라고 하자. 그런데 막상 되고 보면 그러한 일은 도저히 할 수가 없다는 것을 그는 알았다. 한숨을 쉬고 일어서자 그는 피아노 쪽으로 걸어갔다.

한 시간 동안쯤 피아노를 쳤다. 그리고 그는 다음에 이 피아노를 다시 한 번 쳐보겠다고 생각했다. 그것은 이 마을에서는 가장 좋은 유일한 피아노였다. '램지' 부인은 높은 의자에 앉아 오른발을 왼쪽 무릎 위에 올려놓고 머리를 가볍게 손가락에 기대고 있었다.

만일에 그때 '램지' 부인이 뒤로 돌아서 창밖을 내다보았으면 부인은 키가 큰 남[237]자가 약간 점잖게 걸어서 지나가는 것을 보았을 것이다.(커튼은 아직 내려져 있지 않았다. 불을 켠 방의 내부가 그곳을 지나가는 사람들에게는 마치 극장 장내를 어둡게 했을 때의 무대장치처럼 잘 보였다) 그 남자는 거리의 모퉁이까지 오더니, 자기 집으로 가는 길을 똑바로 북쪽으로 가지 않고 서편으로 꼬부라져서 '램지' 부인 댁의 화단과 마차고馬車庫 사이에 있는 보도를 걸어갔다. 그는 똑바로 정면 현관에서 응접실에 들어가려는 억제 할 수 없는 충동에 걸려 — 자칫하면 그러할 뻔했다. 그러나 겨우 단념하고 이번에 그 일 구역을 돌아서 그 정경을 다시 한번 보려고 생각했다. 허나 서쪽 모퉁이에 이르렀을 때 그는 겨우 자신에 돌아와 있었다. 그리고 다시 북방으로 향하는 길을 걸어갔다. 자기가 다니는 길에서 단지 한 구역만 정신없이 방황한 데 불과하다. 별로 대수로운 미혹迷惑도 아니었다고, 그는 자랑스럽게 그 자신에게 일러주는 것이었다.

조그마한 거리에서는 사람의 일생은 서로가 닿을락 말락하는 곳을 움직이고 지나가는 법이다. 사랑과 증오가 퍼덕거리며 그날개는 서로 접촉될 것 같다. 밖을 걸어 다니면 사람들은 왕래하는 길가에서 때때로 자기를 배반한 사람이나, 한없이 생각하며 사랑하고 있는 여자와 겨우 수 인치의 간격을 두고 지나가지 않으면 안 된다.[238]

여자의 스커트가 남자에게 스칠 때도 있고, 단지 아침 인사만 하고 지나가고 마는 일도 있다. 그것은 실로 위기일발한 때를 피하는 것이다. 그러나 넓은 세계에서는 그러한 아슬아슬한 일은 없다.

4

'루시'는 '램지' 부인을 방문하고 시원하고 즐거운 기분으로 집에 돌아와 침대에 들어갔는데 새벽 네 시경 '폴린'은 옆의 방에서 일어난 공포의 소리 때문에 눈을 떴다. 그것은 공포와 탄원歎願의 절규였다. 그다음을 이어 일어난 질식하는 것처럼 흐느껴 우는소리 — '폴린'은 그것을 들으니 몸서리가 쳤다. 집 앞에서 얼마 전에 마차에 강아지가 치여 한 번 그러한 소리를 낸 일이 있었다. '루시'가 자는 동안에 소리를 낸 것은 이번이 처음은 아니었다. 언제나 '폴린'은 곧 눈을 떴다. 그러면 '루시'가 다시 옆으로 돌아누워 베개를 고치는 것이 들리는 것이었다. 그러나 동생에게 말을 하러 그의 방에 들어가 본 일은 아직 한 번도 없었다. '폴린'에게는 사실 그것이 무서웠던 것이다. 동생이 어떠한 처지에 있다는 것은 의심할 여지가 없는 일이었다. 그래서 능금 과수원을 그대로 해둔 것을 잘했다고 생각했다. 그곳에 나가 햇[239]빛을 쪼인다는 것은 '루시'를 위해서 좋은 일인 것에 틀림없었기 때문에.

간혹 밉고 보기 싫다고 생각한 순간도 있었을 것이나. '폴린'은 자기류流로 동생을 사랑하고 있었던 것이다. 개인적인 증오와 가족적인 애정은 양립하지 않는 것은 아니다. 그것이 서로 자라서 성장되어 갈 때가 간혹 있다. '루시'에게 있는 가장 개성적인 특징에 대해서 '폴린'은 반감을 가지고 있었다. 그러나 '게이하트' 일가의 특유한 것이라고 생각하는 것에 대해서는 어떠한 일이라도 진심으로부터 사랑하는 것이었다. '루시'의 피아노를 누가 잘 친다고 칭찬하면 '폴린'은 언제나 꼭 같은 말을 하는 것이다.

"'게이하트' 집 사람들은 모두 음악에 재능이 있지요. 나의 목소리도 공부만 하면……."

'폴린'은 소프라노로서 루터교회의 성가대의 지도자였다.

'폴린'은 동생보다도 훨씬 복잡한 성격의 소유자였다. 그는 항상 수선스러웠다. 터놓고 지내는 태도는 격렬했으나 조금도 사람들의 마음에 꾹 찌르는 반향이 없었다. 그의 질 때의 기분과 의견이란 — 만일 그것이 어떠한 것이었을지라도 — 그 외견은 전혀 관계가 없는 것처럼 타인에게는 보이는 것이다. 그의 본래의 모습을 말하자[240]면 언제나 그의 외견의 뒤에 숨어 있는 것처럼 보였다. 성가대의 연습에 가는 도중이나 오후의 오찬회에서 볼 수 있는 비대하고 말이 많은 '폴린'은 그가 본래의 재기 앞에 내놓은 인형과 같은 것이었다. 그 배후에 숨어 있는 그의 정말 모습은 어떠한 사람에게도 보이지 않는 것이었고, 그 제2의 인간이 어떠한 모습을 하고 있는지 아는 사람은 없었던 것이다. 사실 '폴린'은 '간판을 내걸고 걸어간다'고 자식에게도 일러주고 있었으나 그에게는 그렇게 하는 것이 자기에게는 꼭 필요한 것처럼 생각되는 것이었다.

아버지는 좀 변인變人이며 조금도 거리의 상인과 같지 않았으며 '루시'

도 확실히 다른 사람들과는 달랐다. 그중 누구나 한 사람 '보통의 인간'으로 되어, 사회에 있어서의 가족의 체면을 유지하지 않으면 안 되는 것이었다.

'루시'가 아직 어렸을 때에 '폴린'은 동생을 여간 귀여워하고 마치 '루시'가 자기의 몸의 장식이었으며 신용을 더욱 얻는 것처럼 자랑으로 하고 있었다.

어머니가 돌아가신 후에는 동생에 관한 일은 모두 자기가 돌보아주지 않으면 안 되게 되었던 그 무렵 '폴린'은 아직 18세였다. 동무들이나, 이웃에 사는 사람들은 작은 어린 계집애를 거두는 '폴린'의 태도를 언제나 칭찬하고 있었다. 어린애가 몹[241]시 말을 듣지 않고 뭐라고 야단을 치면 멀리 도망을 가버리는 나쁜 버릇에는 언니도 대단히 속이 상하였으나, 그는 동생을 돌보아주는 것이 무한히 기뻤다. '폴린'이 동생에게 질투하기 시작한 것은 동생이 하이스쿨女學校에 다니게 된 때부터였다. 그때에는 누구나 할 것 없이 더욱 루터파派의 목사나 목사부인에 이르기까지도 동생과 '폴린'에게 대해서 색다른 태도를 취하게 되었다. '램지' 부인도 '해리 고든'도 이러니저러니 구실을 만들어가지고 '루시'를 부르러 사람을 보냈다. '폴린'이 그분들의 집에 초대되어가는 것은 교회의 만찬회라든가 소방부消防夫 위안의 저녁 같은 데 국한되어 있었다. 그런데 아버지마저 '루시'에게는 눈이 어두웠었다. 그것이 '폴린'에게는 하나의 질투가 되지 않을 수가 없었다.

아침을 들을 때 오늘은 하교에서 파하면 똑바로 곧 집에 돌아와서 다리미질을 함께 하자고 그가 말하면 아버지는 먼저 내 가게에 들러서 피아노 연습을 끝마친 뒤에라도 좋다고 말해주는 것이 언제나 같은 말이었다.

몇 달 동안이나 생각한 결과 어느 일요일 날 오후 '폴린'은 아버지의 방에 들어가 좀 말씀드릴 일이 있다고 말했다. '루시'는 이젠 집안일을 돌보아도 좋을 나이가 되었는데도, 어째서 자기 혼자만 집안일을 하게 되고 그리고 걱정해야만 되는지? 그[242]것이 그에게 있어서 공평한 일이란 말인가? 또한 '루시'에게 있어서도 좋은 일이라고 할 수 있을까? 그것이 '폴린'의 의견이었다.

'게이하트' 씨는 읽고 있던 신문을 아래에 놓고, 의자에 앉은 채로 돌아다보며 딸을 쳐다보았다.

"내가 보는 바로서는 그 애는 피아노 앞에 앉혀서 음악 공부를 시키는 편이 그것보담도 훨씬 중요한 일이라고 생각한다. 집에 할 일이 많으면 콜마이어의 딸 하나를 오라고 해서 심부름을 시키면 되지 않느냐. 하루에 일 불씩만 내면 쓸 수 있지 않니."

'폴린'은 자기에 관한 것을 생각하고 있는 것이 아니라, '루시'의 장래를 생각한 때문이라고 항변했다.

그렇게 편하게 하고 있고, 언제나 사람에게 폐만 끼치고 있는 것은 계집애로서 과연 좋은 일일 것인가?

"나로서는 루시를 피아노 공부를 실컷 시키고 싶다. 그 방면에서 그 애는 성공할 인간이며 그것이 그에게는 제일 적합한 일인 것 같다."

'게이하트' 씨는 이렇게 말하고 다시 신문을 들었다.

"그렇지. 그 피아노는 응접실에 있으니깐."[243]

자기 방에 돌아오는 도중 '폴린'은 투덜거렸다.

"언제나 그렇단 말이야. 마치 응접실의 고양이와 부엌의 고양이 같아."

'게이하트' 씨는 언니를 상식이 원만한 여자라고 생각하고 있었다. '루시'는 보통사람과는 다르다는 것을 '폴린'도 알고 있지 않으면 곤란하다. 누구나 모두 인정하고 있는 일이니깐. 괜히 언니가 떠들어댈 필요가 없는 것이다.

'해리 고든'은 '게이하트' 씨처럼 둔하지는 않았다. 그는 '폴린'이 질투하고 있는 것을 알고 있었다. 그래서 거리에서 만날 때나 용건으로 '폴린'이 은행에 왔을 때에는 특별히 언니에게 대해서 친절하게 해주었으며 크리스마스가 되면 언제나 꼭 커다란 과자 상자를 보내주었다. 혹시 '루시'를 만날 때에도 집으로 방문한다는 법은 별로 없으며 드라이브를 권할 때나, 댄스에 데리고 갈 때에 부르러 갈 정도였다.

'폴린'은 자기가 혹시 '루시' 정도로 아름다웠으면 동생에게 지지 않게 마을의 인기를 얻을 수 있었을 것이라고 생각하고 있었다. 사실 '폴린'도 평판은 나쁘지 않았다.[244]

마을 사람들은 "폴린은 야근 계집애"라고 말하며 칭찬해줬다. 그것은 그가 스스로 그렇게 나타내 보인 것이며, 그렇게 말을 들어도 '폴린'으로서는 별로 불평은 하지 않을 것이다. 그런데 그것도 '폴린'에게는 지극히 불평이 되었다. 마을 사람들이 그를 거리에서 부를 때에는 언제나 반드시 '루시'는 언제 '시카고'에서 돌아오느냐고 물어보기 때문이었다.

나이 먹은 여자들은 얼마나 '루시'가 아름다워졌을 것이냐고 웃으면서 말을 □르며 그것을 들은 '폴린'은 당연히 즐거운 미소를 띤 것이라고 기대하는 듯한 눈으로 그를 바라보는 것이었다. '폴린'은 될 수 있는 한 즐거운 표정을 해 보였으나 그것은 어딘지 쓸쓸하고 어색한 미소였다.

'루시'는 언니의 이러한 흉측스러운 감정에 대해서는 참으로 분간력이 없었다. 그는 집안 외의 것을 생각하고 대단히 즐거웠기 때문이다. 그것이 일기日氣에 관한 것이라 해도 좋았다. 언제나 어떤 일에 흥분하고 있는 '루시'였다. 언니 '폴린'이 실제에 있어서는 어떠한 인간이라는 것 같은 것은 조금도 생각해본 일이 없었으며, 생각하려고도 하지 않았다. '폴린'은 자기를 길러주었고 병이 나면 간호를 해주고 생일날이나 크리스마스에는 '루시'를 위하여 초대연을 베풀어주는 분이였다. 언[245]니는 소위 '좋은 분'이었다. 그리고 좋은 분은 대개 말이 많고, 다소 싱거운 인간이라고 '루시'는 생각하고 있었다. 그에게 있어서 집은 웬일인지 지붕 아랫방과 과수원 외에는 마음으로부터 자유로운 기분이 되지 않는 곳이었다. '루시'로 하여금 말을 시키자면 절대로 그러한 일은 없다고 반대했을 것이나 실제에 있어서 '폴린'의 집안을 다스리는 방법은 보는 것처럼 훌륭한 것은 아니었다. 언제나 분주한 것 같았으나 역시 '폴린'과 아버지는 서로 같은 게으름뱅이였다.

한가지의 고통이 있는 곳에는 언제나 많은 고통이 일어나는 법이다. 아버지에게 '루시'를 공부시킬 정도로 여유가 있다고는 '폴린'으로서는 도저히 생각할 수가 없었다. '루시'는 '시카고'에서 지낸 두 겨울 동안에 조금도 돈을 벌지 않았다. 그뿐인가. 수업료와 생활비도 전부 아버지가 송금해 주는 것이었다. 그 때문에 아버지는 언제나 금전의 부자유를 느끼고 있었으며 '폴린'은 스페인 파玉葱를 만들어야만 되었다. '루시'가 미안하다고 생각해서 조금이라도 좋으니 절약을 했었으면 언니 눈에서 그렇게까지 나쁘게는 보이지 않았을 것인데 '루시'에게는 전혀 그러한 점이 없었다. 돈 같은데 관해서는 전혀 염두를 하지 않는 '루시'였다. 돈이 좀 생기면 척척 써버리고 다소 남겨두는 것은 싫은 성질이었다. 가족의 이러한 무절제를 참[246]어 가며 '루시'가 하는 것을 묵인한 것은 '폴린'으로서는 하나의 지목하고 있는 것이 있기 때문이었다. '루시'를 위하여 지불한 희생에 대해서, 그가 할 수 있는 보답의 길은 단 한 가지가 있었다. 그것은 그가 '해리 고든'과 결혼하는 일이었다. '폴린'은 그것을 바라보고 있었다. 그런데 지금이야말로 그 소원도 헛된 일이 되고 — 아니 그것보다도 더 악화되어버리고 말았다.

세간에서는 '게이하트' 가의 사람들을 불쌍하게 여겼다. '폴린'은 지지 않는 태도를 보였으나, 동생이 남자에게 버림을 받았다고 생각하면 그의 마음의 자랑은 어딘지 손상되는 것이다. 그는 '루시'에게 대해서 질투하고 있었으나 또 동시에 '루시'를 위하여 질투하고 있었던 것이다.

5

'루시'는 거리의 중앙 통을 지나 플래트 밸리 은행 쪽으로 걸어가고 있었다. 손가방 속에는 '시카고'에서의 예금 잔액의 수령[65]이 들어있었다.

65 원본에는 '수형'으로 표기되었다.

그는 그것을 가지고 벌써 이래저래 일 주간 이상이나 은행 앞을 왔다갔다 했다. 현금 지불구에 급히 얼굴을 내밀고 '해리 고든'이 사용을 보기 위한 사무실로 들어가[247]기 전에 그를 잡으려고 그는 생각하고 있었다. 오늘 아침에도 이미 한 번 그 앞을 지나 걸어가면서 속을 들여다보았다. 그때에는 젊은 출납계원 밀턴 체이스가 들창 앞에 앉아 있었다. '루시'는 우정 중앙통 끝까지 걸어서 유니온 퍼시픽 철로의 정거장에 들어갔다.

대합실에서 잠시 멈춰서 포스터를 읽은 후에 또 은행 쪽으로 돌아갔다. 이번엔 '해리'가 창구에 나와 있었다. 그것은 어느 때고 꼭 일어나지 않으면 안 되는 일이었다. '루시'는 재빨리 안으로 들어가 똑바로 창구에까지 걸어갔다.

"안녕하세요. 해리 씨, 얼마 되지 않습니다마는 제가 이곳에 있는 동안 예금하고 싶습니다."

"네, 고맙습니다. 여보게, 밀턴 군!"

하고 어깨너머로 출납계를 불렀다.

"조금 기다려주십시오."

밀턴이 가까이 오자, '해리'는 옆으로 비키고, 밀턴에 대해서 이곳 창구에 앉으라고 지시했다. 그다음 그는 직접 밀턴에 향하여 예의 항상 쓰는 장사투의 어조로 말했다.[248]

"'게이하트' 씨가 예금을 하셔주시겠다네. 통장을 만들어드리시오. 따님에게는 특히 친절하게 해드리시고 우리로서 될 수 있는 일이라면 어떠한 일이나 즐겁게 해드릴 수 있도록 자네에게 부탁해두니깐 잘 알았지요."

그 말만 하자[66] 그는 창구에서 떠나 척척 저쪽으로 가버렸다.

'루시'에게는 그다음부터 어떠한 일이 일어났었는지 전혀 기억이 없었다.

통장과 소절수 책을 손가방에 집어넣고 은행을 나온 것밖에 기억하고

66 문맥상 의미는 '그 말이 끝나자마자'이다.

있지 않다. 이렇게 되어 이 계획도 실패에 그치고 말았다. 그는 창구에서 '해리'를 만나면 용기를 내서 조금 잠시라도 좋으니, 그의 사용을 위한 사무실에서 만나달라고 부탁할 작정이었다. 그리고 그는 그에게 말할 작정이었다 — 그것이 과연 어떠한 일이었는지는 '루시' 자신에게도 확실하지는 않았으나, 아마도 '시카고'에서의 그날 밤 공회당의 식당에서 그에게 말한 것은 전혀 거짓말이었다고 그에게 말하자, 그리고 자기의 입장을 양해하도록 하자, 그 옛날의 정으로 친절하게 해달라, 길거리에서 만날 때에도 친절하게 말을 걸어주기 바란다고 애원해보자, 그렇게 그는 생각하고 있었을 것이다. 그의 소원은 단지 그것뿐이었다. 그러나 그것이 그에게 있어서는 중대한 일이였었다.[249] 정신없는 눈으로 집에 돌아가는 길을 걸어가면서, 그는 마음속으로 의심하는 것이었다 — 단지 그것밖에 되지 않는 일을 어째서 그렇게 중요한 일로서 생각하는 것일까? 그에게는 어떤 셈인지 알 수가 없었다. 한번 고향에 돌아가기만 하면, 그 고통도 가벼워질 것이다라고 '시카고'에 있었을 때에는 생각했던 것과 같이 이것 역시 환상에 지나지 않는 것일까? '해리'는 키가 크고, 씩씩하고, 거기에 다소 무정하기 때문인지도 모른다. 그는 이 지방의 누구보다도 세상을 잘 알고 있으며, 상상력도 훌륭하다. 그는 일어서다가 또한 쓰러지면서도, 아직 살아서 일하고 있다. 절대로 한 군데만 머물러 있는 남자가 아니다. 그는 태만한 성분에도 또 유순柔順한 기질에도 연이 먼 남자다. 한 달 동안의 대부분은 자부심이 세고 어떠한 일에도 속지 않는 남자이긴 하나 때때로 그의 몸에서는 정체가 알 수 없는 것이 팍 퍼져 뛰어나온다. 그 여러 겹으로 쌓아올린 조심성 아래에는 한 사람의 사나이가 숨어 있는 것이다. 그는 그렇게 보여도 심芯은 보통 인간이 아니다. 그가 소위 '루시'에게 접촉되든가, 그렇지 않으면 그가 '루시'의 눈을 똑바로 들여다보고, 옛날의 암호暗號가 비치게 된다면 그에게 숨어 있는 어떠한 것이 뒤흔들려 그땐 비로소 필시 '루시'를 운반해 갈 기계가 운전을 시작한다는 것은 틀림없는 일이다. 그것을 '루시'는 믿고 있었던[250] 것이다.

6

체격이 적고 미치광이 같은 '페어리 블레어'가 감사절 때문에 집에 돌아왔다, 푸른색 모자에 같은 빛깔인 스웨터를 입고 그는 마을에 도착한 그날 거리에서 '루시'의 모습을 발견하자마자 뒤에서 쫓아왔다.

"루시 씨, 오래간만이야. 좀 기다려 줘."

그는 말을 건넸다. 따라오자 '루시'의 팔목을 잡고,

"함께 걷지 않을래요, 당신한테 난 한 턱 먹을 일이 있어. 학생 구락부의 동무의 형님이며 '아우어바흐' 선생님한테서 연구하고 있는 분이 있는데 — 그분 성함은 시드니 길크리스트라고 해요. 당신도 알고 있는지? 그분이 말하는데, '아우어바흐' 선생님이 당신 일로서 큰 걱정이시라구. 당신은 생도들 중에서도 가장 인기가 있었다고 만나는 사람들마다 말해요. 즐겁지 않아요? 참 언제나 당신은 으스댔단 말이야. 그리고 저 이태리에서 익사하신 센트 '세바스찬'이란 분 말이야 — 그분의 반주를 당신이 했지요?"[251]

'시카고'를 떠나온 이래 그분의 이름을 다른 사람 입으로 들은 것은 이때가 '루시'에게는 처음이었다.

"네 그분이었지요."

페어리의 날카롭고 장난꾼 같은 작은 시선을 '루시'는 느꼈다.

"참 무서운 일이에요. 절름발이를 구조하시려고 하다가 익사하셨다고 신문에 보도되었지요. 당신도 많이 비관했지요? 그런 분을 위해서 반주를 한다는 것은 틀림없이 즐거웠겠지요. 시드니는 당신은 그것만으로서도 대단한 출세였다고 말하고 있었어요."

이 거리에서는 '루시'가 도대체 어떻게 된 셈인지 알지 못하고 있다는 것을 듣고 있었으므로 페어리는 자기가 미궁의 열쇠를 쥐고 있는 것과 같은 기분이었다.

페어리는 그날 오후, '폴린'에게 전화를 걸고 티파티에[67] 그를 초대했다.(티파티라고 하지만 그들은 언제나 커피와 케이크뿐이었다) 페어리는 코모호湖

에서 일어난 사건을 쭉 말한 후 시드니 길크리스트가 그의 여동생에게 보내는 편지의 내용을 말해주었다. 그것은 '루시'가 '세바스찬'을 열렬히 사랑하고 있었으므로 '아우어바흐' 선생은 '루시'가 혹시 미치지나 않는가 하고 걱[252]정하고 있었다는 것이었다.

겨우 안심하고 '폴린'은 집에 돌아왔다. '루시'가 돌아와서 벌써 3개월이나 되었으나 '폴린'이 동생의 몸에 어떠한 일이 있었다는 것을 알게 된 것은 이번이 처음이었다. 하여튼 그렇다면 어떤 사람들이 생각하고 있는 것처럼 불명예한 일은 아니었다. 남자에게 버림을 받거나 걷어차이지 않았기 때문이다. '폴린'과 같은 여자에게는 걷어차인다는 것이 여자에게 있어서도 가장 심한 불명예였다. 이것으로서 야반에 간혹 들려오는 그 슬픈 비명의 의미도 양해된다. 그런 정도의 쇼크라면, 반드시 악몽으로 되어, 틀림없이 나타날 것이라고 그는 생각했다.

'폴린'은 동생이 가여워졌다. 세상에 나와 처음으로 동생을 어렵게 생각하게 되었다. '폴린'과 같은 여자는 모든 로맨틱한 일에는 언제나 숨은 경의를 표하는 까닭이다. '루시'는 훌륭했다고 그는 생각했다. 물론 언니인 자기에게는 터놓고 얘기해도 좋았을 성싶다고 생각했으나 자기의 괴로움을 타인에게 이야기하고 돌아다니는 일은 하지 않았으니깐. 확실히 '루시'의 태도는 좀 수상스러웠다. 그러나 '폴린'은 자기도 그러한 경우에 놓이게 되면 아마도 틀림없이 그렇게 할 것이라고 믿고 있었다. 확실히 그러하다. '루시'는 틀림없는 '게이하트' 가家의 인[253]간이었다고 그는 생각했다.

'폴린'은 집안에 들어가면 어느 때나 매일반으로 쾌활한 소리로 동생에게 말을 걸었다. 허나 웬일인지 부자연스러운 것을 느끼는 것이었다.

'루시'는 저녁 식사를 준비하고 있었다. '폴린'은 식당에 들어가자 잠시 동안 앉아 조용히 있었다.

---

67 원본에는 '티파티에게'로 표기되었다.

"너 오늘 밤에 무슨 특별한 일이 있니?"

그는 물었다.

"램지 부인 댁에 가서 피아노를 쳐 드리려고 생각하고 있어. 오늘 밤은 토요일이니깐. 아버지는 저녁을 잡수시면 가게에 다시 나가시겠지요."

"얘, 루시야"

'폴린'은 아주 툭 터놓은 말투로 얘기를 꺼냈다.

"난 참 해리 고든 씨 부인 때문에 골치를 앓고 있단다."

"골치를 앓는다니? 도대체 어떠한 의미예요?"

"내가 찾아갔는데도 아직 돌려주지 않기 때문이야. 어찌된 셈인지 이유를 알지 못하겠어. 그전에 네가 찾아갈 것을 기다리고 있는 것처럼 생각되는데. 그분은 이지[254]에 다른 곳에서 시집을 왔고. 우리들은 옛날부터 여기서 살고 있지 않아. 틀림없이 여러 사람들이 찾아와 줄 것을 기다리고 있는 것처럼 난 생각된단다."

"아버지까지도?"

"그런 되지도 않은 말 하지도 말아라. 여하튼 이곳에 살고 있는 이상엔 그러한 일을 생각하지 않을 수 없단다."

"그야 알고 있으나…… 그쪽에서 언니를 만나러 오기 전까지는 나는 가고 싶지 않아요. 그대로 내버려둡시다."

7

'루시'는 노래로 몸을 망친 것처럼 또 노래로 구원을 받게 되었다. 크리스마스의 2주일 전 지방 순회의 가극단歌劇團이 시즌을 이용하기 위하여 '덴버'에 흥행을 하러 가던 도중 '해버퍼드'에도 들려 하룻밤 흥행을 하게 되었다. 별로 멈춰 서서 읽어보지는 않았으나, 거리를 왕래하는 동안에 '루시'는 그 포스터를 보았다. 어느 날 밤 저녁을 먹을 때, 아버지가 석 장三枚의 청권靑卷을 주머니에서 꺼냈다.[255]

"어떠냐. 우리 모두 다음 주일 〈보헤미안 걸〉을 들르러 가자."

'루시'에게는 아버지가 이 흥행을 마음으로부터 기다리고 있다는 것을 그 태도에서 바로 알게 되었다. 아버지는 그가 '시카고'에서 들은 오페라에 관한 이야기를 해달라고도 말했다. '폴린'은 '토지의 명인'들이 2월에 피나포어를 하게 되었다고 말했다.

"저 길버트 설리번이 하는 것 — 그러한 것은 대단치 않지."

라고 '게이하트' 씨는 말했다.

"가볍고 재미있는 것이라면 〈디 플레데르마우스蝙蝠〉가 있단다. 그렇지 않으면 〈라 벨 헬렌(아름다운 헬렌)〉이지. 루시 너는 듣지 못했을 것이지만, 나는 어렸을 때 참으로 그것에 열중했단다. 〈보헤미안 걸〉은 다소 낡아빠졌다고 할는지 몰라도 그러나 참 좋을 것이다."

음악회 날 '게이하트' 씨는 저녁때 빨리 집에 돌아왔다. 목욕탕에 들어가 곱게 면도를 하고 거기에 오랫동안 입지 않았던 까만 양복에 흰 조끼를 입고 에나멜 구두를 신었다. 아버지는 저녁 식사 때문에 아래층에 내려왔을 때 깨끗하고 멋이 있다고 칭찬을 받고 싶은 듯한 표정을 하고 있는 것이 딸에게도 짐작되었다.[256]

"루시 너는 꼭 새 야회복을 입어라. 아버지가 좋아하시니까."

방으로 들어가면서 '폴린'은 '루시'의 귀에 속삭였다.

두 번 다시 그 옷을 안 입겠다고 마음에 굳게 서약하고 있는 '루시'였으나, 오늘 밤은 결국 지고 말았다. 현재의 아버지에게는 별로 다른 즐거움이란 없을 것처럼 생각되어서.

모두가 나갈 차례를 끝마칠 무렵, 밖에는 솔솔 눈이 내리기 시작했다. '게이하트' 씨는 에나멜 구두를 참으로 걱정하고 있었다. '루시'의 흰 피부를 내놓은 어깨에 참으로 애정에 넘친 손을 올려놓으며 그는 말했다.

"솔의 작은 것이나 어떤 것을 가지고 가는 것이 좋지 않으냐. 감기가 들면 큰일이니깐."

'루시'는 아버지의 검은 넥타이를 똑바로 매드린 후 잠깐 동안 자기 팔을 아버지 목에 감았다. 시계 속을 안경을 쓰고 들여다보면서 그의 피아노를 잘 듣고 있었던 그 가게에 있어서의 아버지의 일을 그는 회상하고 있었다.

'게이하트' 씨는 양쪽 팔에 딸들을 끼고 펄펄 내리는 눈 속을 걸어갔다. 아버지는 오페라 하우스(서부의 소도시에는 당시 어떠한 극장도 '오페라 하우스'라고 부르고 있었다)에 일찌감치 가서 다음에 오는 사람들을 바라다보는 것이 좋았다. 관舘[257]의 지배인이 오래된 목재의 키가 큰 의자를 집어치우고 접는 의자로 고친 것 그 이외에는 4년 전에 그가 졸업식 때 처음으로 무대에서 연주했을 때와 조금도 변하지 않았다 등을 아버지는 도중에서 '루시'에게 말해주었다.

피아니스트를 겸하고 있는 지휘자가 무대에 나타나자 '게이하트' 씨는 몹시 만족한 듯이 의자에 허리를 기댔다. 막이 오르자마자 사냥하는 장면이 나타났다. 합창은 제법 훌륭했으며 테너에게도 좋은 점이 없지는 않았으나, 최초의 막이 아직 끝나기도 전에 세 사람의 '게이하트' 가의 사람들은 소프라노에 적지 않은 흥미를 가졌다. 그 여자는 피부가 희고 좀 마른 편인 참으로 얌전한 사람이었는데 나이는 이미 절대로 젊은 편이 아니었다. 그 노래가 너무도 훌륭했기 때문에 이 여자는 어째서 이런 조그마한 유랑流浪 일좌一座에 들어갔는지 하고 '루시'는 대단히 의문이 여겼다. 그 용모와 똑같이 그의 소리도 이미 흩어져 있었다. 그리고 육성肉聲의 아름다움은 별로 남아 있지는 않았다. 그러나 거기에는 또 다른 아름다움이 있었다. 동정과 깊은 이해력 — 이러한 것을 생각게 하는 것이 거기에는 있었다. 낡아빠진 노래, 극히 흔히 하는 진부한 노래를 그는 살려가면서 노래하는 것이었다.

"대리석 넓은 뜰에 잠들은 꿈을."[258]

이라고 노래하였을 때 여자는 그 귀측이 바른 양음陽音을 미묘하게 노래 부르고 그 음률을 기묘하게 바꾸어갔다. 가사를 미묘하게 노래 부르기 때문에 그 형편 없는 낡은 말에도 청명한 감흥을 주는 것이었다. 또 모질게 쥐면 산산이 흩어지는 책갈피 속에 넣은 꽃을 귀중히 만지듯이 여자는 조용히 가사의 정서를 노래하였다.

이 여자는 왜 이러한 짓을 하고 있는 것일까. '루시'는 이상하게 생각이 들었다.

흥미 없는 노래를 일 없는 사람들에게 노래하여서 무슨 소용이 있을까? 청춘도 미모도 지위도 그 음성의 높은 음률도 모두 상실해버린 가련한 가수. 그러나 이 여자의 노래는 대단히 훌륭한 것이었다. '루시'는 무대 위로 뛰어올라가서 여자를 구해주고 싶은 충동을 느끼었다.

그는 일종 광렬狂烈한 흥분에 사로잡히었다. 어느 기차라도 좋으니 그것을 타고 그 여자가 전락轉落해 온 세계 그 탁월한 것을 추궁할 세계로 지금 이날 밤 곧 뛰어가고 싶었다.

그날 밤 그는 자리에 누워서도 좀체로 잠이 들지를 않았다. 유랑의 여자 가수는 '루시'의 심금을 언제까지나 울리고 있었다. 그 무엇인지도 모르는 희망에 뛰는 마음을 '루시'는 진정할 수가 없었다.[259]

다음 날 아침 잠이 깨서도 그 음향을 잊을 수가 없어서 그의 심장은 다른 별개의 심장에서 일어나는 것 같은 고동을 하고 있다. 그 후의 며칠을 두고 그것은 계속되었다. 억지로 다른 일을 생각하려고 하여도 역시 언제나 그 일을 잊어버릴 수가 없었다.

무엇인가의 제일 첨단에 서서 깊은 곳으로 뛰어 들어가는 때와도 같은 또한 어디로나 정처 없이 떠나려는 직전인 것 같은 그러한 심정에 사로잡히고만 있게 되었다.

8

크리스마스의 전날은 심한 눈보라가 밤새도록 퍼부었다. '게이하트' 씨의 집사람들이 창으로 내다볼 때는 지상은 모두 흰 눈으로 덮여 있었다. 현관에도 집을 둘러싼 담에도 눈은 소복이 쌓여 있다.

아침 여섯시에 난로 불을 일으키러 거리에 나갔을 때도 벌써 전부터 눈이 내리고 있었던지 눈이 쌓여 있었다고 아침 식사 때 '게이하트' 씨가 말하였다.

오전 중에는 '폴린'의 심부름을 하고 '루시'는 눈 속으로 여기저기 걸어 다니었다. 크리스마스 선물을 옛날 동무들에게 갖다 주기도 하고 상자에 든 푸딩을 거리의 북쪽에 살고 있는 루터과 교회의 목사님한테도 가지고 갔다. 그곳에는 눈이[260] 길을 덮어버리어서 그는 깊이 쌓인 눈 속으로 걸어가지 않으면 안 되었다.

솜같이 쌓여 있는 눈은 '루시'의 마음속에 어렸을 때 맞이하던 크리스마스 기분을 회상하게 해주었다. 무엇인지 기적이 나타나서 천사가 지상으로 가까이 오게 되고 길거리에 피어 있는 이름조차 모르는 풀들이 돌연 장미나 크리스마스트리로 변하여지는 것 같이도 생각되었다.

'루시'가 옛날로 돌아온 것을 보고 '폴린'은 기뻐하였다. 그는 여러 가지로 일할 것을 찾아서는 '루시'를 시키기도 하였다. 그러나 저녁때가 되어서는 동생이 피로한 것 같이 보여서 '폴린'은 저녁 식사 때까지 자기 방에서 누워있다 오라고 그를 이층으로 보내었다. '루시'는 피로를 느낀 것은 아니었다. 다만 흥분과 공중에 넘쳐 있는 신비한 감동으로 가슴이 울렁대고 있었던 것이다. 커튼을 젖히고 안락의자에 걸터앉아서 이웃집 그리고 수목들 정원에 소리도 없이 퍼붓고 있는 눈을 쳐다보고 있다. 그는 이층에 홀로 앉아 있었다. 방으로 스며드는 햇빛은 몽롱해지고 차츰 어두워지고 있다. 길 저편에 있는 집의 불빛이 눈 속으로 희미하게 비치기 시작하였다. 조용히 마음을 가라앉히려고 하여도 전신의 신경은 오랫동안 잊어버리고 있던 초조 때문에 떨리고 있었다.[261]

지나간 어느 봄날의 아침 과수원으로 뛰어 들어가 거리를 지나서 비록 눈으로는 보이지 않으나 마음속으로는 알고 있던 그 무엇을 얼마나 자주 따라가며 찾고 있었던가! 그것은 솔솔 불어오는 봄바람 속에 또한 맹렬한 태양 속에 존재하는 것이었다. 꽃이 피는 능금나무 가지 속으로 숨어서 이웃집 정원을 지나서 언제나 그의 앞을 달려가는 것이었으나 그것은 도저히 그에게는 잡을 수 없는 것이었다.

'클레멘트 세바스찬'은 그 잡을 수 없는 서광을 현실에서 내 것으로 하여줄 수 있는 사람이었다. 그와 함께 있을 때 그는 그 약속이 실현하는 것으로 알게 되며 또한 그것은 사람의 일생에 있어서 귀중한 것으로 될 수 있다는 것을 알았다. 말로 표현하여서 그에게 그것을 이야기하는 그는 아니었으나 그 자신이 '루시'의 마음의 창도 되어주며 또한 인생의 도표도 되어서 그로 하여금 그 지식 속으로 인도해주는 것이었다.

오늘 밤은 아름다운 황혼의 햇빛을 받아서 그의 전신 깊이 스며든 것이 모두 출현되어 앞으로 전진하는 것을 원하고 있는 것 같다. 지금 그는 삶의 생명이 넘쳐흐르며 왕래하는 복잡한 가로街路와 장미꽃 민들레꽃으로 가득히 장식한 유리창 외에는 아무것도 상상할 수가 없었다. 그는 그런 것의 전부를 자기 양손으로 껴안[262]고 거기에 자기 얼굴을 파묻어보고 싶었다.

꽃과 음악과 매혹 또한 사상 — '세바스찬'과 더불어 처음으로 알 수 있었던 모든 것을 그의 마음은 요구하였다. 또다시 재생하고자 원하는 — 도대체 그것은 어떤 의미의 것일까? 자기 홀로 살아갈 수 있는 몸이라고나 생각하고 있는 것일까? 별안간 짐작되는 것이 있다. 그것은 외부에서 그리고 이 깊은 적막의 심연에서 솟아오르는 것 같이 명확하게 그에게는 느껴지는 것이었다.

만약에 '인생' 그것이 애인이었으면? 그리고 그 애인이 멀리 떨어진 도회지에서 그를 그리워하며 기다리고 있다면? 그것은 푸른 바다 저 건너서 기다리고 있으며 그를 부르고 또 그를 이끌며 신비한 마력으로 그를 포박지우는 듯이 생각되었다. 창을 살금이 열고 싸늘한 공기를 흡수하면서 그는 창가에 엎디었다.

바람에 날리는 눈이 그의 손과 상기上氣한 두 뺨으로 녹아들어오는 것을 그는 느끼게 되었다. 아 — 그렇다 알 수 있다!

무슨 일이 있더라도 그것을 잡지 않으면 안 된다. 도저히 놓칠 수는 없는 것이다. '세바스찬'이 그러한 인간이 되게 한 모든 것을 힘이 자라는 한 끝끝내 쫓아가 내 것을[263] 하기 위하여 넓은 세계로 돌아가지 않으면 안 된다. 그의 광채는 아직도 이 세상에 존재하고 있는 것이다. 그것은 찾아내어서 싸워서래도 내 것으로 만들어야 하는 것이다. '진심으로 구하면 그대는 필연코 주를 대할 수 있을 것이다.'

그가 처음 '세바스찬'을 방문하였을 때 그렇게 노래하지 않았던가. '루시'에게는 지금 처음으로 그 노래의 뜻을 알 수 있었다. 그는 더한층 창 가까이 몸을 기대고 엎디어 눈 속으로 무엇인지는 모르나 눈 속에 스며드는 것을 향해 두 손을 뻗치는 것이었다.

모든 것이여 오너라. 또다시 내 앞으로 돌아오너라! 비록 또 한 번 배반당하고 조소당하고 가슴을 찢기는 한이 있더라도 어디까지나 내 것으로 만들어야 하는 것이다.

크리스마스 날 '루시'는 '파울 아우어바흐'에게 연시장年始狀을 쓰고 혹 그에게 될 수 있는 일이 있다면 다시 그곳으로 가고 싶다고 써서 보내었다. '자기 자신의 마음에서 도피할 도리가 없다는 것을 잘 알았습니다'라고도 그는 적었다. '나에게 남아 있는 유일의 길은 지금까지 하고 온 것을 더한층 열심히 다시 해보는 것입니다.'

답서는 그다음 주일에 받을 수가 있었다. 기다란 친절한 편지이며 그것을 쓰시느라고 선생님은 일요일의 오전은 소비했을 것이다. 선생님과 그 부인은 '루시'가 이[264]러한 마음의 변화를 일으킨 것을 듣고 안심을 해주었다.

그때 급히 돌아오게 된 '루시'의 후임으로 생도를 맡아준 청년은 내년 4월 1일까지의 계약이었다. 그 청년은 그때에는 외국으로 연구차 여행을 하게 되었으니 혹시 그가 3월 중순경에 '시카고'로 올 수 있다면 선생님 댁에 유숙하며 나중에 선생 부인이 유숙할 곳을 구해서 일을 시작하기 전에 자리를 잡을 수 있게 해준다고 하는 것이다.

"당신의 옛 친구이며 교사인 사람의 집에서 당신은 따뜻한 환영을 받을 것이요.

파울 아우어바흐"

'루시'는 그때 곧 가고 싶었다. 3월까지에는 또 용기가 없어지고 낙심해질지도 모른다. 그러나 '폴린'이 눈을 크게 뜨고 감시를 하고 있는 앞에서는 아버지에게서 여비를 타낼 수는 없었다.

이제부터는 나 자신을 잘 감시하지 않으면 안 된다. 필연코 그러한 것쯤은 할 수 있다. 어떻든지 때를 기다리지 않으면 안 되는 일이니까.[265]

9

새로 또다시 연습을 하지 않으면 안 된다고 깨달은 '루시'는 아버지 점포로 나가서 오래된 견본으로 놓고 있는 피아노를 치곤하였다. 그러나 '제이콥 게이하트' 씨는 옛날같이 귀를 기울이고 들어주지는 않았다. 아버지는 이제는 음악 방면에는 흥미를 잃은 것 같이 보인다. 장기將棋에만 열심이고 음악에는 무관심하게 생각을 하고 있다. '루시'와 함께 저녁때에는 언제나 같이하던 이중주도 크리스마스 이후에는 하지 않게 되었다. 밤늦게까지 가게 일이 있다고 아버지는 말씀하셨으나 딸들은 그것이 거짓말이었다는 것을 알 수가 있었다. 북北플래트로 조카를 찾아온 장기의 명수와 전화로 장기를 하고 있었던 것이다. 확실히 그러한 명수를 상대로 장기를 할 수 있는 기회는 아버지로서는 또다시 없을 것이다.

'게이하트' 씨의 점포는 먼지가 쌓여 있어서 피아노의 연습도 즐거운 마음으로 할 수는 없었다. 피아노의 주위에는 파괴된 악보대와 닦아보지도 못하였을 유기로 된 악기 등이 산란하게 늘어져 있고 벽에는 먼지투성인 악대의 제복이 걸려 있다.

몇 주일 전에 수선하여둔 회중시계와 벽시계를 인수하러 손님들이 찾으러 오게 되면 '루시'는 어쩔 줄을 모르게 되는 것이다.[266]

집에서 연습을 할려도[68] 그곳도 그를 곤란하게 하는 조건들이 많았다.

그는 이제는 전혀 침착성이라는 것은 잊어버리게 되고 사소한 것까지에도 신경이 예민해지는 것이다. 나 자신의 방은 깨끗이 정돈을 해놓아도 얇은 벽 하나 사이인 언니의 방이 난잡하게 늘어놓은 채로 있는 것이 신경에 거슬려져서 못 견딜 지경이다.

'폴린'이 문을 열어놓았기 때문에 그에게 그 난잡한 것이 눈에 뜨이는 것이다. 낮에까지도 이부자리를 깔은 채로 두는 것도 '폴린'의 버릇이었다. 아침에 일어날 때 그대로 두기 때문에 자기의 몸 모양대로의 이불이 그대로 되어 있는 것이다

"루시야, 너는 요새 좀 이상하구나 — 이불도 걷고 매일 아침 방 소제도 하고. 전에는 그런 것에 조금도 마음을 쓰지 않더니."라고 어느 날 아침에 '폴린'이 말하였다.

"어떤 조그만 이태리인이 이부자리의 정돈하는 것을 나에게 알려주었어요. 작년 겨울에 나는 음악 이외에도 조금 다른 것도 배운 것이 있었어요."라고 '루시'는 2층으로 올라가면서 대답하였다.

'폴린'이 눈을 흘긴다. 그 말에 그는 성을 내고 감정을 상해버리었다. 그것을 생각할 때마다 '폴린'은 그 후 며칠을 두고 성을 내고 있었다.[267]

'루시'는 오전 중에는 점포에 있는 피아노로 될 수 있는 한의 연습을 하였다. 그리고 오후에는 매일 산책을 하기로 하였다. 거리를 지나서 도로에서 북쪽으로 빠지어 '플래트'의 계곡을 내려다볼 수 있는 조금 높은 곳으로 가는 것이었다. 전에는 마음에도 들지 않는 이 근처의 경치가 지금은 차차 그의 마음을 끌게 되어왔다. 그는 '올 겨울 말에는 이 토지와도 이별을 하지 않으면 안 된다'라고 마음속 깊이 믿고 있다. 여러 가지의 일이 그의 눈에 뜨인 것은 그 때문인지도 모른다. 그중에서도 어떤 한 가지를 오후가 되면 매일처럼 그는 탐구하게 되는 것이다. 그것은 저녁놀이 서산에 떨어지기 직전 무엇인지는 모르나 분홍색으로 된 광채가 중천과 지평

68 문맥상 의미는 '연습을 하려고 해도'이다.

선 사이로 되는 동쪽 하늘에 나타나는 것이었다. 확실히 구름은 아니고 또한 저녁놀 같은 진한 빛깔도 아닌 엷은 엽서 같은 빛이었다.

청명한 날의 오후가 되면 그것이 꼭 그곳에 나타나서 말하자면 새파란 하늘이 빰에 연지를 찍은 듯이 붉은빛으로 변해버린다. 아버지가 여름에 그곳에서 악단의 지휘를 하고 있던 거리의 공원의 가지를 넓게 핀 높은 백양나무 위에 이 광채가 나타나는 것을 그는 창 너머로 바라본 일이 있었다. 이 분홍색 빛깔은 그 옛날 그가 거리를 뛰어다니며 놀던 때부터 그곳에 있었던 것일까? 그렇지 않으면 그것은 태[268]양의 빛이 요즈음 변하여지는 새로운 습관이라고도 할까?

그것을 그에게 설명해 줄 수 있는 사람이 만약에 이 '해버퍼드'에 있다고 하면 그 사람은 '해리 고든'일 뿐이다. 그러한 일을 찾아내는 사람은 이 거리에는 그이 이외에는 없었다. 그는 그런 일에도 깊이 마음의 충동을 일으키는 다감한 사나이다. '루시'가 그와 함께 사냥을 하러 갔을 때도 눈에 뜨이는 수목과 꽃들 풀잎 등의 이름을 모두 '해리'가 알고 있었던 것을 그는 발견할 수가 있었던 것이다. '해리'는 이 자기의 일면을 결코 다른 사람에게는 알리지를 않았다. 자기가 모든 일에 깊이 감동한다는 것을 전혀 알리지를 않은 것은 그의 강렬한 성격인 때문이었다. 만일에 이러한 힘을 적에게는 돌리지 않고 나 자신의 몸만을 지킬 수 있다면! 그것은 육체의 힘 이상의 것이 될 수 있었던 것이다. 최후의 끝까지도 이끌고 갈 수 있는 붙들면 결코 놓치지 않는 강렬한 힘이었다. 그러한 힘이 전혀 없던 '루시'에게는 그것을 생각해보는 것만으로도 마음이 다소 강해지는 것 같다.

언제든 간에 필연코 두 사람이 다시 친해질 수 있는 날이 올 것이다. '그 사람은 자존심이 강하고 남의 말을 듣지 않는 성격이기는 하나 차차 인생이라는 것을 알 수 있을 것이다'라고 그는 믿고 있었다. 그는 평범한 주위 사람들보다는 더 깊이가 있는 성격이[269]므로 자기 자신이 좋지도 않은 것을 좋아하는 척하고 있는 사람과는 다르니깐. 절대로 그런 사람은 아니다.

평범한 사람처럼 흉내는 내고 있으나 결코 그런 사람은 아니다. 조용하게 움직이기는 하나 그러나 항상 움직이고 있는 정력이 넘쳐흐르는 사나이다. 이 힘이야말로 다른 사람으로 하여금 어떤 일이라도 성취시키고야 마는 힘이라고 그는 생각하였다. 그러한 힘이 없는 사람은 예를 들자면 자기 아버지 같은 뛰어난 취미를 가지고는 있으나 결국은 아무것도 만들어놓지는 못할 것이다.

10

'플래트'의 계곡에서는 수주일 간의 날이나마 얼마나 허무하게 지내게 된다는 것을 '루시'는 알았다. 조그마한 거리에서 겨울날 갇혀 있게 되는 것은 함정에 빠진 것 같은 기분을 준다. 그 긴 조용한 우수에 잠긴 가을은 마음씨 아름다운 친구 같기도 하다. 그러나 이제 와서 시골 생활의 가혹한 현실이 절실하게 그의 몸을 싸고 드는 것이다.

찬바람이 불고 추위가 닥쳐왔다. 거리도 그 부근의 시골도 내다보이는 곳마다 시멘[270]트 색으로 변해버리었다. 넓은 세계로 흐르는 인생의 모든 풍조는 이곳까지는 결코 침범하지는 않을 것이다. 이곳에서는 자기라는 것을 넘어서 전진할 수도 없고 자기 자신을 망각한다는 것도 전혀 안 된다. 사람들의 마음은 집집이 죽 늘어서 있는 것과도 같이 문을 닫아버리고 숨이 막힐 지경이다.

1월도 월말이 되었을 때 심한 눈보라가 내리었다. 그 후 일주일 동안은 눈이 쌓이고 몸을 여위는 것 같은 추위가 닥쳐왔다. 거리도 도로도 정원도 과수원도 어느 곳이나 얼어붙은 빙판과 눈으로 변해버리었다. '아우어바흐' 선생에게서 이제는 오라는 소식이 있을 때도 되었는데? 또 한 번 그 예술회관 앞을 지나다니며 문지기와도 만나기도 하고 또 그 엘리베이터계係의 조지하고도 만날 수가 있다면! 처음으로 '세바스찬'의 노래를 듣던 그 음악당에도 가서 한구석에 주저앉아 지나간 날의 회상도 할 수 있다면! 그동안에 어느 때고 그 '세바스찬'의 스튜디오를 빌릴 수가 있겠지. 그러면 인제는 언제까지래도 그곳에서 살기로 하자. 돈을 모은다는 방법은 얼마든지 이 세상에 있을 것이다. 지금까지 본심으로 해본 일은 없었으나 이번에는 진심으로 일해보자. 이렇게 그는 결심해본다.

메소지스트 교회의 여자들 틈에 끼어서 교회의 지하실에서 하고 있는 계육鷄肉과[271] 와플의 저녁 식사 준비를 하기 위하여 어떤 날 아침 '폴린'은 나가고 없는 틈에 '루시'는 집에서 피아노의 연습을 하였다. 그에게는 혼자 있을 때는 집에서도 연습을 할 수 있다는 것을 알았다. 그날 낮경에 '폴린'은 기분이 좋아서 집으로 돌아왔다.(언니는 지금은 같이 살기에는 매우 딱딱한 성미의 여자로 되어버렸다) 동생이 기뻐할 줄로 믿고 둘이서 식탁에 자리 잡은 때 언니는 훌륭한 뉴스라도 말하듯이 이렇게 말하였다.

"루시, 나는 오늘 아침 너를 위해서 참으로 좋은 일을 해주었다. 피아노를 배울 생도를 둘이나 약속을 하고 왔단다."

'루시'는 얼굴을 들고 새빨개졌다.

"생도라니요? 나는 생도 소용없어요. '해버퍼드' 같은 곳에서는 가르칠 마음은 없으니깐요."

'폴린' 쪽은 빨개지지 않고 새파래졌다.

"그러나 너만은 아무 일도 하지 않아야 좋다고 그렇게 생각하고 있는 것은 아니겠지? 아버지의 빚은 자꾸만 많아질 뿐이고 너를 공부시키느라고 우리들이 어떤 희생을 했는지도 너는 모른단 말이냐? 그러기에 나는 네가 그동안에 얼마라도 벌어[272]서 돌려줄 줄 알고 있었다."

"그것은 어느 때고 그러하려고 생각은 하고 있지만. 희생이라고는 하나 누구에게나 그리 큰 희생은 아니었지요. 나는 대개의 음악생보다는 절약하고 지냈었는데요."

그의 아무렇지도 않아 보이는 말 때문에 '폴린'은 대단히 성이 나게 되었다.

"그 최초의 2년 동안에 너는 천육백 불 이상이나 쓰고 있단다. 소절수장小切手帳을 가지고 있으니까 나는 다 알고 있단다."

"그렇게도 많았어요?"라고 묻고 있으나 '루시'는 여전히 무관심한 표정이다.

"우리들에게는 그것은 큰돈이란다. 너에게 그러한 마음만 있다면 네가 벌게 되면 조금쯤은 갚아주어도 좋을 듯 하지 않느냐?"

"나도 그것은 생각해보았어요. 그러나 나의 옷을 사버렸어요. 생도를 가르치려면 복장도 잘 입어야 할 것 아니에요."

둘이 다 식사는 하지 않고 커피를 마시는 척하고 있었다. '루시'의 기분이 다소 좋아졌으므로 조금쯤은 생도를 가르치고 싶어 '해리'라고 생각한 것을 '폴린'은 될 수 있는 한의 조용한 음성으로 타이르기 시작하였다.

"이곳 사람들은 모두 너의 잘하는 것을 알고 있으면서 지금까지 부탁이 없었다는 것[273]이 오히려 이상한 노릇이지. 아마 모두 '페어리 블레어'가 말한 것을 어느 정도까지 알고 있었던 것이야."

'루시'는 그저 아무 말을 하지 않으면 된다고 생각은 하였으나 한쪽으로는 이제는 어찌되든 좋다는 마음이 들어서 '그것은 무슨 말이에요?'라고 냉정하게 물었다. 시어빠진 밀크에다 뜨거운 물을 부어서 오란다 치즈를 만드는 때와도 같은 표정이 '폴린'의 얼굴에 나타났다. 그 안면 근육이 고결固結되고 거칠어졌다.

"너와 그 가수의 말이다. 그러한 일이 언제까지나 소문이 안 나고 있겠니. 더군다나 '페어리'는 남의 말 잘하는 여자인데. 지금은 모두들 수군대고 있단다."

"해리는 올봄에 '시카고'에 가서 일절을 알고 나서 너를 버리게 된 것이라고 모두 이야기하고 있단다."

'루시'는 불유쾌하게 웃었다.

"그 사람이 나를 버렸다고? 어느 말이나 다 같군요. 사람들의 소문쯤 나는 아무렇지도 않아요. 역시 그렇군요. 언니는 아버지의 소절수 책을 떼어놓았군요. 참으로 언니 같은 데요! 그러나 그렇게 걱정 안 해도 좋아요. 나는 또 '아우어바흐' 선생한테서 일하게 되었어요. 몇 주일 전부터 작정하고 있어요. 3월에 가기로 되었으나 더 속히[274] 가도 괜찮고." 그렇게 말하고 그는 창에서 들어오는 햇빛을 뒤로 받으며 일어났다.

'폴린'은 밉살스럽게 생각하며 말한다. "루시, 어째서 너는 그런 비열한 여자냐? 왜 그렇게 나에게 감추고 있었니? 꼭 우리들을 남들같이 생각하니."

"그저 그렇게 하고 싶어서요."

'루시'는 뒤에 있는 이층 계단으로 올라가며 말하였다.

'폴린'은 식기를 씻으면서 한참이나 울었다. 너무 분해서 눈물을 뚝뚝 떨어뜨리었다. 그 애를 기르고 자기는 노예와도 같이 일만 하고 '루시'에게는 고운 옷도 입혀 주었으나 일은 모두 내가 도맡고 저에게는 하고 싶은 대로 즐거운 것을 시키어왔다.(방에 있는 고양이와 부엌에 있는 고양이!) 그리고 결국은 이렇구나. 계급이 다른 사람같이 어리광으로 길러주어도 저에게는 내가 가정부같이만 생각하고 있다. 전에는 저를 나에게도 자랑으로 알고 있었는데.

'폴린'은 부엌에서 나와서 방으로 돌아왔다. 사람이 지나가는 것 같아서 창밖을 내다보니 뜻밖에도 그것은 '루시'였다. 그는 모자를 쓰고 외투를 입고 밖으로 뛰어나와서 거리로 나와 시골 가는 쪽으로 급히 가는 것이었다. 그는 검은 가방에 무엇인지 가지고 있었다. 스케이트 구두가 아닐까?[275]

'폴린'은 신을 집어 들고 마당으로 뛰어나왔다.

"루시." 그는 불렀다. 그리고 "'루시', 기다려라!"라고 더한층 소리를 높여 불러보았다.

그러나 '루시'는 돌아보지도 않았다. 그리고 더 빨리 걸어가는 것 같이 생각되었다.

'폴린'은 집으로 들어왔다. '어린아이 시절에 도망가던 때와 똑같구나.'라고 중얼거리며 '폴린'은 신을 벗었다.

올봄에 강물이 몰려서 전의 스케이트장이 파괴된 것을 저 애는 알고 있을까? 저런 곳에까지 가도 소용이 없는데. 설마 그런 곳에까지 가서 스케이트를 할만치 마음이 이상해지지는 않았을 테지. 장마 때 둑이 무너져서 지금은 세찬 물줄기가 전에 얕았던 곳에까지 온다는 것쯤은 누구에게도 알 수 있지. '폴린'은 마차 있는 곳에 전화를 걸고 마차로 '루시'를 따라가서 그런 곳에서는 스케이트를 할 수 없다고 일러달라고 할까 생각하였다. 그러나 그러한 방해를 하면 도리어 '루시'는 성이 날는지도 모른다. 걸어가는 것만으로 기분이 상쾌해질는지도 모른다. 그는 전에 '루시'가 집을 뛰어나가는 것을 보고 안 본 척하고 있었던 것을 생각하였다. 큰[276] 길로 나가면 언제나 기분이 풀어지는 것이었지만 골리기라도 하려고 어떤 때 집에다 가두어두면 점점 성이 더 나는 것이 그 애의 버릇이었다.

11

'루시'는 몹시 걸어가는 데 힘이 들었다. 도로는 일전에 눈이 녹을 때 차륜車輪의 자국이 남아서 골짜기가 깊이 패여 있으므로 거기에 걸리는 것이다. 그 골짜기의 양쪽은 진흙이 얼어붙어서 돌같이 딱딱하게 되어 있다. 어제부터 외출한 사람은 아마 전혀 없었던 것 같다. 말도 그 길을 걸어가지는 않은 것 같다. 걸어가면서 오늘같이 발이 얼어오는 것을 느낀 일은 없었다. 그러나 그는 걸어가는 것이 아니라 다리를 끌고 억지로 가는 것이다.

그는 바람을 피해서 서쪽으로 가고 있다. 가끔씩 숨을 쉬기 위하여 잠시 동안 멈춰 서서는 뒤를 돌아다보게 된다. 거리에서 1마일쯤 떨어지기까지 아직 단 한대의 썰매도 짐을 실은 마차도 만날 수가 없었다. 시골에서 거리를 아침에 나온 농부들이 마차를 타고 집에 돌아가기에는 아직 시간이 빠르다. 사방은 모두 지나치게 황막荒漠한 풍경이다. 태양이래도 좀 쨍쨍하게 비쳐주며는 좋을 듯하지만 얇게 내려온 잿빛[277] 하늘에는 겨우 그것을 알 정도의 흰 원형이 보일뿐이고 냉랭한 빛깔 속에서는 조금 전에 내린 눈도 잿빛으로 보이고 얼어빠진 잡초가 그 눈 속에서 빳빳하게 서 있다. 들에 피는 매화나무가 얕은 언덕과 언덕 사이의 골짜기에 푹 쌓인 눈을 배경으로 거무스레한 형체로 보인다.

최초의 1마일을 걸어가는 동안에 '루시'는 심한 피로를 느끼게 되었다. 이 넓은 광야에서는 바람은 더한층 불어오고 그 때문에 눈물이 쉴 사이 없이 나와서 길을 확실히 분간하기에 '루시'는 자꾸만 눈물을 씻어야만 되었다. 결국은 그는 기진맥진하여서 비록 거리로 돌아가는 마차라도 좋으니, 처음에 온 마차에 태워 달라고 하고 싶었다. 너무나 추워서 스케이트도 못 할 것 같다. 그리고 집으로 가기에는 너무나 길이 멀다.

그 앞으로 또 1마일쯤 갔을 때 후방에서 썰매의 방울 소리가 들려왔다. 그는 바람을 등으로 막고 귀를 기울이었다. 이 근방에서 저러한 방울을 가지고 있는 것은 단 한 사람뿐이다. 필경은 '해리 고든'이 틀림없을 것이다. 몸을 숨길 장소도 없고 또 숨을 마음도 들지 않았다. 필연코 이런 기회를 그는 오랫동안 기다리고 있었을는지도 모른다. 전주 뒤로 걸어가서 그는 기다리고 있었다. 추위가 더한층 몸에[278] 스며들어서 심장의 고동이 더 빠르게 된다. 그는 역시 두려워하고 있었던 것이다.

'해리'는 소형의 썰매를 타고 언덕 끝에 나타났다. 그리고 한 번 언덕 밑으로 보이지 않게 되었으나 어느덧 그의 서 있는 언덕 위에 나타났다. 도로의 중앙으로 그리고 그의 눈앞으로 나아간 '루시'는 한 손을 들었다. 그는 말의 끈을 잡아당기고 썰매를 멈추었다.

"해리 씨 톰슨의 목장까지 나를 좀 태워다주세요. 아주 걸어갈 수가 없어요."

바람이 불어오기 때문에 스커트는 날고 뺨에다 머프를 대고 있는 그는 홀쭉하게 여위고 더한층 외롭게 보인다.

'해리'의 눈은 추위로 눈물이 어려 보인다. 그는 다른 때보다 더한 냉정한 표정으로 '루시'를 본다. 겉으로는 쾌활하고 친절하게도 보이나 그러고도 아무런 성의도 없고 놀라는 척한 목소리로 그는 이렇게 말하는 것이다.

"허! 그것은 안됐군요. 나는 전혀 방향이 다른 곳으로 가는 것이에요.

저 모퉁이에서 북쪽으로 빠지면 되지요. 좀 급한 일로 할렘 사람과 만날 약속이 있어서 — 그런데 한 시간이나 늦어져서 급히 가는 길이라서 그럽니다."

그는 모피 모자까지 손을 올리고 썰매를 몰고 가버린다.[279]

"해리!" '루시'는 단 한마디 불렀다. 그 목소리는 그를 부르는 무슨 권리라도 가지고 있는 것 같은 노여움이 가득 찬 압력 있는 부르짖음이었다. 그러나 '해리'의 커다란 몸은 꼼짝도 안 하고 말굽 소리만 높이고 방울 소리만 울려가며 말은 가버리었다.

그리고 백 야드쯤 앞서 있는 구간의 모퉁이까지 가서는 북으로 돌아가 버린다.

다음으로 '루시'가 쉰 곳은 강이 돌아가는 모퉁이까지 가까이 가서였다. 그 저쪽에 있는 전주를 붙들고 그는 잠시 동안 발을 멈추었다. 맹렬한 가슴의 괴로움과 분노의 폭풍이 그의 전신을 싸고 있는 탓으로 그다음에 있는 군郡까지는 걸어갈 것 같은 힘을 돋우어준 것 같이 생각되었다. 혈기는 전신을 강렬히 오르내리어서 추위 같은 것은 전혀 잊어버리고 말았다. 어디를 걸어가는 것까지도 모르게 되었다. 어디까지나 발이 닿는 대로 아무렇게나 걸어가면 된다고 생각하였다.

그는 이런 무례와 모욕을 받을 줄은 꿈에도 생각할 수가 없었다. 나는 아직 젊다. 신체도 건강하다. 모두들 나를 눌러버리려고 하여도 그렇게는 될 수 없다는 것을 보이고 싶다. 가혹하고 둔하고 길 위에 얼어붙은 진흙과도 같은 사람들에게서 멀리 떠나가고 싶다. 모든 일을 생각하면 울고 싶다. 그런 것에 지면 안 된다. 속히 가[280]자. 강가에 도달했을 때는 지금까지의 구두를 벗고 스케이트가 달린 구두로 신기가 바쁘게 보였다. 두 손이 떨려서 가죽끈을 매는 것이 어려웠다. 자기 자신에 대해서도 공연히 속이 상해지는 것이었다. 시카코에서 그날 밤 식당에다 자기를 놓아두고 가버린 때와도 같이 또한 '해리'에게 노상에 자기를 놓고 가는 것 같은 기회를 주었다는 것이 분하였다. 그러나 그런 태도로 대할 줄은 누가 예기했을까?

옆에 있는 나무를 잡고 일어나서 두어 걸음 크게 걸어서 강기슭 근처로 나갔다. 그는 자기 자신의 주위를 살펴보지도 않았다. 아무것도 그의 눈에는 보이지를 않았다 — 이 얼어붙은 시골과 얼음과 같이 냉혹한 사람들에게서 한시라도 속히 떨어져서 그네들에게는 절대로 알 수 없는 광명과 자유의 세계로 돌아가 버리자. 뒤도 돌아보지도 않고 아무 생각도 안 하고 그는 빤들한 얼음을 찾아서 강의 중앙으로 향하였다. 얇은 얼음이 쪼개지는 소리가 돌연 그의 정신을 차리게 하였다. 전면의 얼음 위에 가느다란 선이 그려져 가는 것이 보인다. 그는 곧 돌아섰다. 그러나 또 앞의 얼음에 금이 갔다. 한 장의 얼음판이 쪼개져서 떨어지자 옆으로 차디찬 물속으로 그의 몸은 허리까지 들어가고 말았다.

'루시'는 놀라는 것보다 도리어 흥분을 느꼈다. 순간 곤란하게 되었다고 생각[281]하였다. 이제는 침착해져야겠다. 물은 깊지는 않을 테니. 두 무릎은 얼음 위에 있다. 발이 속에 닿기만 하면 어떻게 되겠지.(이곳이 강의 본줄기라는 것은 전혀 모르고 있었다) 그는 용의주도하게 강 밑을 찾았다. 그때 돌연 무엇에 발이 걸렸다. 스케이트가 봄장마 때에 모래 속에 반쯤 파묻혀 있던 나뭇가지에 걸렸다. 쪼개진 얼음이 그의 팔 밑으로 빠져서 그의 몸은 가라앉아 버렸다.

세시 반경 바람이 몹시 심하게 불어 왔으므로 '폴린'은 아버지에게 전화를 걸고 마차를 내놓아서 '루시'를 서쪽 가도街道에서 데리고 오시라고 부탁을 하였다.

'게이하트' 씨는 점포에서 사오 집 건너에 있는 마차 집으로 가서 마차 끄는 걸퍼드에게 두 필의 끄는 썰매를 준비하고 타고 가게 되었다. '게이하트' 씨는 미리 짐작으로 걱정하는 사람은 아니었으나 아무리 마차를 몰고 가도 '루시'가 보이지 않으므로 조금 불안을 느끼게 되었다.

젊은 사람들이 언제나 스케이트를 타러 가는 곳으로 되어 있는 강기슭으로 가까이 가서 보고 그들은 강 얼음 위에 선이 가고 쪼개져 있는 것을 알게 되었다. '루시'가 이런 곳에 주저하고 있을 리가 없다. 필경은 다른 길로 돌아갔거나 그렇지 않으면 어느[282] 농가로 놀러 갔을 것이라고 생각하였다. 그때 마차 끄는 사람이 얼음 쪼개진 틈으로 무엇이 있는 것이 눈에 뜨이며 그것은 붉은 스카프 같다고 말한다. '게이하트' 씨는 썰매에서 뛰어내렸다. 걸퍼드에게 그런 것은 보이지 않는다고 말은 하고도 또 한번 자세히 보아달라고 하며 얼음 위에로 나가서 보라고도 부탁을 한다.

"그런 곳까지 나가기는 좀 무서워요. 그러나 너무 흥분하지 말고 그곳에서 기다리고 계시오. 내가 보고 올 테니."

걸퍼드는 천천히 강 가장자리로 걸어가면서 어떻게 할 것인가 생각을 하였다.

저곳에 보인 것은 확실한 스카프였었다고 믿고 있다. 그는 멈춰 서서 몸을 굽혔다. 저쪽으로 버드나무 밑에 한 켤레의 오버슈즈를 낀 구두를 찾아낸 것이다. 그는 같이 간 마차 주인인 슈나이더를 부르고 자기가 썰매를 몰고 근처에 있는 농가로 구원대를 부르러 갔다가 올 테니 그동안 '게이하트' 씨와 함께 있으라고 말하였다.

한 시간이 못되어서 농장의 마차와 썰매 끈 칸텔라 같은 것을 싣고 강 쪽으로 급히 달려왔다. 한 대의 마차에는 출수出水시에 쓰는 무거운 배가 태워 있었다.

이제는 아주 캄캄해졌기 때문에 모여든 사람들은 밤이 밝을 때까지는 손을 댈 수가 없다고 말하였다. '게이하트' 씨는 제발 지금 해보아 달라고 하며 자기는 아침까지[283] 이곳에서 한 발도 떠나지 않겠다고 말한다.

나이 많은 사람들이 수군대고 있을 때에 네 사람의 젊은이들이 오래된 배를 내려서 파괴된 얼음까지 끌고 가서 나무때기 같은 것으로 찾기 시작하였다. 시간은 과히 걸리지 않았다. '루시'의 스케이트가 걸린 파묻힌 나무는 또 그의 몸을 그곳에 걸린 채로 있게 하였다. 그는 물줄기로 떠내려가지는 않았었다.

'해리 고든'은 그날 밤 할렘에서 썰매의 방울 소리를 울리면서 언덕 위에로 왔을 때 얼음 위로 기어가는 것 같은 등불과 마차를 따라서 그 열로 좇아왔던 것이다. 그 마차들 속의 사람들은 '루시 게이하트'를 태워서 집으로 데리고 가는 것이었다.[284]

제3부

1

'루시 게이하트'가 죽고 25년이라는 세월이 흐른 어느 겨울의 오후 '해버퍼드'의 선량한 시민들은 또 하나의 장례식 때문에 묘지로 모여들었다. 수술을 받기 위해서 가 있었던 '시카고'의 병원에서 '게이하트' 씨의 유해遺骸가 고향으로 돌아온 것이다. 오후 4시라면 장례식에는 맞지 않는 시간이기는 하나 그것은 기차의 도착 시간으로 정해진 것으로 유해는 영구 자동차(1927년의 일이었으니 아직 최초의 일이다)로 이동되어서 급행열차에서 루터교회로 운반되었다. 그곳에서 간단한 식이 있은 후 묘지로 이동되였던 것이다.

그것은 사람들이 지금까지에는 아직 보지도 못하였을 정도의 굉장한 장례였다. 노老 '게이하트' 씨(벌써 수년 전부터 그렇게 불러왔다)에게는 친구들이 많이 있었다. 5년 전에 '폴린'이 죽고 나서는 노인은 동리의 여자 하나를 가정부로 두고 자[285]기 집에서 살고 있었다. 그러나 점포는 여전히 계속하고 있었으며 숨이 약해졌다는 것을 말하면서 클라리넷은 가끔씩 불고 있었다. 여름날 일요일에는 그 후 아직 베어버리지[69] 않고 두었던 옛날 과수원으로 나가서 연습을 할 때도 있었다.

장지로 향해서 제각기 걸으며 또한 자동차로 천천히 가면서 사람들은

69 원본에는 '비어버리지'로 오기되었다.

생각을 한다. '노 '게이하트' 씨는 오래 살았으며 훌륭한 일생을 보낸 사람' 이라고. "해버퍼드'의 시계로는 그의 손을 조금도 빌리지 않은 사람은 없었다'라고 말해도 좋을 것이다. 확실히 그의 일은 느린 것이었으나 최후까지 그는 좋은 일을 했다. '게이하트' 씨의 예부터의 단골 사람들은 어젯밤 시계를 감는 손을 놓고 회상하였다. 손에 든 조그마한 시계는 뚝딱하는 소리를 내며 시간을 가리키고 있으나 노 '게이하트' 씨는 이제는 시각을 가리킬 줄 모르는 저 세상 사람이 되어버리고 만 것이라고.

오후 네 시가 되면서부터는 묘지는 회장會場 온 사람들과 그 자동차로 가득하였다. 자동차는 조금 직전에서 떨어져 둥글게 모여 있었다. 그리고 타고 온 사람들은 노인과 병약한 자를 제하고는 모두 차에서 내려서 새로 파놓은 묘굴 주위로 모여왔다. 머리가 백발이 섞인 상인들도 그 옛날에는 그의 악대의 한 사람이었다. '게이하트' 씨가 거리의 악대의 지휘를 그만두고 나서도 청년들은 그 노인에게 음악을 배우고 있었[286]다. 옛날부터의 제자들은 근엄한 태도를 하고 머리를 수그리고 있었다. 그렇게도 장수를 하고 계속되는 불행에 낙심도 안 하고 평생을 즐겁게 지내온 이 음악교사를 둘러싸고 사람들의 젊은 날의 추억이 얼마나 많았을 것인가! 그리고 또 일가족의 최후의 한 사람이 죽어서 묻히는 것을 본다는 것은 슬픈 일이었다. 이야기는 끝을 맺고 그 옛날의 친하던 이름조차 어느덧 사람들의 기억에서 사라지고 말 것이다. 그 조그마한 사각형의 토지에는 '게이하트' 씨의 집 사람들이 모두 묻혀 있는 것이다. 새로운 묘지는 아직 열리고 있다. '게이하트' 씨는 먼 옛날에 죽은 처와 '루시'와의 사이에 묻히게 되었다. '루시'의 일을 젊은이들은 이제는 아무도 모르고 있었다. '폴린'은 아직 사람들의 기억 속에 남아 있으나. 그는 '루시'의 왼편에 묻혀 있었다. 그 일곽에는 그 외의 또한 둥근 조그만 묘가 두 개 있다. 그것은 어린아이 때에 죽은 아들들의 것이라고 전해지고 있다. 이제는 이것으로 만사는 마지막이다. 손자도 없고 다만 있다면 완전한 망각 그것뿐이다.

기도가 계속되는 사이에 그 누가 웬일인지 '루시'의 묘지가 열린 것 같다고 속삭이었다. 그 장례를 보고 있으니 그와 같이 젊고 아름답고 그리고 어렴풋이 누구나 다 알고 있던 것 같이 불행한 운명을 지고 있던 그가 이곳에 묻혀버린 먼 옛날이 되고[287]만 겨울날의 기억이 사람들의 마음에 선명하게 소생하는 것이었다. 그것은 마침 태양으로 향해 날아가 버린 참새가 떨어진 것 같은 것이었다. 이곳 묘지에서 노유남녀 모두 회장한 장례 중에서 그의 장례같이 슬픈 것은 없었다고 동리의 사람들은 생각하는 것이었다.

묘 위에 흙이 덮이고 꽃이 쌓일 때에는 벌써 석양이 떨어져 붉은 저녁놀은 대초원의 푸름으로 가라앉아버렸다. 광막한 들판에 굳은 눈이 장미색으로 변하였다. 조용하게 자동차가 후진[70] 시작한다. 걸어온 사람들도 귀로에 올랐다.

동리를 향해서 걸어가는 사람들 틈에서 한 사나이가 그 천천히 가는 열을 떨어졌다. 그는 도로를 떨어져서 목장을 지나가고 있다.

튼튼한 체격에 키가 큰 사나이로 무엇인지 생각에 잠기어서 두 손은 외투 속 깊이 넣고 머리를 똑바로 가슴을 펴고 걸어가는 것이다. 모르는 사람들에게는 그 모양은 고독과 힘 — 시련을 겪어서 차차 단련을 한 힘 — 이라는 인상을 줄 것이다. 그에게는 그 힘이 필요한 것이다. 이제부터도 더 많은 시련을 겪고 나가야 할 몸이었으므로.

2

'해리 고든'은 묘지에서 똑바로 은행으로 돌아와서 그곳에서 집으로 전화를 걸었다. 여종이 전화를 받는다. 장례식에 참례하느라고 밀려버린 일이 있어서 오늘 저녁은 호텔에서 식사를 가져오게 할 테니 집에는 늦어서야 가게 될 것이라고 처에게 전해달라고 부탁하였다.

그러고 나서 그는 낭하를 지나서 개인용으로 되어 있는 사무실로 들어

70 원본에는 '빠크를'으로 표기되었다.

갔다. '해버퍼드'에 있는 '고든'은행은 최초에는 목조 건물이었다. 그 후에 벽돌로 지은 때는 '해리'의 아버지는 이전의 목조 건물을 뒤에 있는 마당으로 옮겨놓고 몇 년 동안이나 그것을 창고로 쓰고 있었다. 결혼 후 '해리'는 그것을 서재와 자기 전용의 사무실로 고쳐버리었다. 처음에는 웬일인지 시골의 변호사 사무실같이 보였다. 나무로 만든 테이블 그리고 낡은 대차대조표貸借對照表와 회계 보고서를 넣은 장이 있었을 뿐이다. 그러나 그는 그곳을 차차 차근차근히 자기에게 살기 좋은 장소로 만들어가서 해마다 자기 시간을 점점 많이 이곳에서 지내게 되었다. 방은 은행의 난방로로 따뜻해지게 되어 있었으나, 집무시간 후 스팀이 적어졌을 때의 용의로 코크스를 때는 벽로를 만들어두었다.

오늘 밤 이 방으로 들어온 그는 외투를 벗기도 전에 우선 불을 때기 시작하였다. 그[289]리고 장 속에 있는 위스키와 소다의 사이펀을 꺼내가지고 불 앞에 걸터앉았다. 그리고 그는 자작으로 천천히 마시기 시작한다. 그리고 궐련에 불을 붙이고 의자에 깊이 들어앉으면서 깊은 한숨을 내뿜는다. 그 묵직한 건강한 신체는 힘이 빠져서 텅 빈 것 같다. 가죽으로 만든 의자에 앉은 모양은 몹시 피로해 보이고 기운이 없어 보인다.

그는 이 세상에서 가장 최후의 친한 친구를 매장한 것이었다. 준엄한 미소를 띠고 그는 생각에 잠긴다. 이제는 55세가 되어서 이제 앞으로 새로운 친구를 만든다는 것은 필경은 없을 것이다.

젊은 날의 '해리 고든'이 평판의 인커브를 던지기 위하여 다이아몬드로 발을 옮기어 무대[71]관람석에서 모든 소년 소녀의 환성을 받았을 때 설계한 그의 생애와 이 현실의 생애와는 어쩌면 이렇게도 틀린 것으로 되어버렸을까!

이 8년이라는 동안 그는 '게이하트' 씨와 자주 이틀 저녁 사흘 저녁은 장기를 하고 왔다. 상당히 늘어서 '게이하트' 씨와는 좋은 상대였었다. '폴

---

71 원본에는 '무개'로 오기되었다.

린'이 죽고 노인 혼자가 되고 나서 '해리'는 잠시나마 매일 노인 가게로 들르기로 하고 있었다. 그의 장기는 어느 틈에 빠질 수 없는 습관으로 되어버리었다. 그러나 언제나 '게이하트'[290] 씨의 점포에서 하기는 하나 '해리' 자신의 집에서 하는 일은 전혀 없었다. '해리'는 대전 중에 국제 선수권 경기의 승부를 본 일이 있었다. '게이하트' 씨는 '해리'가 그것을 되풀이 몇 번이고 이야기하는 것을 듣고 있었던 것이다.

세계대전이 끝이 날 때 생활이 심심하고 공허하였을 때 사람들은 모두 그러하였으나 '해리'도 또한 열광적으로 전쟁 일에 적십자라든가 식료 보존의 일을 문자 그대로 열심히 종사하였다.

최후에 그는 자기가 그 재정 방면에서 진력한 야전병원반과 같이 출정까지도 한 것이었다. 그는 8개월간 종군하였다. 그 기간 중 부인이 은행의 두취로서의 또 그 외의 다른 사업의 지배인으로서도 일을 한 몸에 인수하여 남편의 대리를 보았다. 그때가 부인에게는 제일 행복한 시대였을는지 모른다. 그는 처음부터의 실무가였었으니까. '고든' 자신에게도 그 집에서 떨어져 있었던 기간은 커다란 이의를 가졌을 때였다. 돌아온 후의 그는 동리 사람들의 눈에도 다른 사람같이 보였다. 노 '게이하트' 씨와의 교제도 더한층 친절감과 따뜻함이 더해져서 꼭 자식이 부모에게 대하는 것에 틀림이 없었다.

자택에서도 자기가 해야 할 역할을 전보다 더 훌륭하게 해치웠다. 근처 사람들의 눈[291]에도 부인과의 사이도 좋아진 것 같이 보였다. 둘이서 동부인도 해서 외출도 하고 손님을 만찬에 초대를 할 때도 있었다. 낭하가 매끄럽고 목욕탕이 많은 커다란 저택에서도 전과 같은 냉랭한 공기는 없어진 것 같았다. 사업상으로도 전에보다 착실성 있게 되었다. 출전하기 전의 수년간은 그는 변태성인 사람이라는 평판까지도 듣게 되었으니. 그 때문에 다소 신용을 떨어뜨리기도 하였다.

어느 때는 교활하게도 하고 또 억지로 법률을 피할 지경의 위험한 일도 있었다. 어느 때는 전혀 장사에 싫증이 나서 될 대로 되라는 태도를 취할 때도 있었다.

딱딱한 사람들은 차차 '해리'의 이성을 의심하는 눈으로 보는 사람도 있게 되었다.

불란서에서 돌아온 그는 아버지가 한 것 같이 은행사업에 진심을 기울이게 되었으며 성격까지도 차차 아버지를 닮아 오는 것이다. '이제는 되었다'라고 '밀튼 체이스'도 확실히 그렇게 말하게 되었다. 이 출납계인 그가 '고든'의 엉터리 같은 명령에 골치를 앓고 머리는 희어빠지고 몸은 말라버렸을 때도 한동안 있었다.

'밀튼 체이스'는 그의 주인을 어느 누구보다도 더 잘 알고 있었을 것이나 일부로 주인의 마음을 모르는 척 가장하고 있었다. 그에게는 '고든' 부인에게서 일하는 것이[292] 얼마나 편한 것인지 모른다. 부인은 모든 일에 이해성 많은 여자였다. 무엇이든 새로운 일이 일어날 때도 그에게서 사실을 늘어놓기만 하면 부인이 그 문제에 대해서도 어떤 생각을 가질는지 미리 대강 이쪽에서 알 수 있는 것이었다. 그러나 '해리'는 당치도 않은 소리를 꺼내서 그를 당황하게 만들어놓는 것이 일쑤였다. '해리'와 출납계와의 사이는 다른 사람들의 눈에는 완전한 의지의 소통이 있을 것 같으면서도 실은 '밀튼'은 언제나 속으로는 주인을 신용할 수 없는 괴로움을 가지고 있다. 이 이기주의뿐인 사나이가 휴가를 준다면 모르지만 돈까지도 가지고 가서 적십자사에 기부하기 시작하였을 때 '밀튼'은 이유를 모르게 되어버렸다. 그러나 그것뿐이 아니다. '해리'는 어느 날 아침 '밀튼'을 은행 뒤에 있는 방으로 불러놓고 야전병원반과 같이 불란서로 출정한다고 말하였다. 그때에는 참으로 출납계도 놀래서 도저히 자기에게는 뒤의 책임은 질 수가 없으니 사오 일 동안의 생각할 여가를 달라고 대답을 하였던 것이다.

그 수년 동안에 '밀튼'이 설명할 수 없는 이상한 일이 은행사업에는 있어서는 안 되는 일이 가끔 일어났던 것이다. 일례를 들면 '닉 웨이크필드'의 저당 취소권을 약탈할 때의 무서운 소란이 그것이었다. '닉'은 명랑한 젊은이로서 '루시'[293]와도 놀러 뛰어다닌 일이 있는 사나이였다. 상당히 큰 농장을 부친에게서 상속을 받았으나. '닉'은 동리의 아이로 힘든 일을 하기 싫어하였으므로 농업에는 실수해버리었다. 은행에서 그를 쫓아냈을 때에 그는 술을 잔뜩 마신 기운으로 '해리 고든'에게 결말을 짓자고 달려왔던 것이다. 승부는 났으므로 '닉'은 말하고 싶은 것을 해도 좋다고 생각하였다. 그러나 이런 일은 장소가 장소이므로 보기 좋은 일은 아니었다. 그는 싫도록 욕을 퍼붓고 때리지는 않았으나 추악한 비난을 '해리'에게 퍼부었다. '밀튼'은 자기 자리에서 쪼그리고 앉았으나 최후의 욕을 들었을 때는 이마의 진땀을 어찌할 줄 몰랐다.

"너는 망하려는 나를 골리려고 지금까지 기다리고 있었지"라고 주먹을 쥐고 '해리'에게로 향해왔다. "이 비겁한 놈아 몸집만은 커가지고 너는 말할 수 없는 비겁한 놈이다. 불쌍한 '루시'의 장례식에 무서워서 못 나갔지. 어떠냐, 너는 덴바까지 도망가지 않았느냐. 필경 도망하지 않으면 안 될 이유가 있었던 것이지."

'밀튼'은 '해리'가 큰 소리로 천장이 떨어질 것 같은 호령을 할 줄 알았다 ― 또 그것을 절망하고 있었다. 그러나 이상한 일이 일어났다. '고든'은 잠시 동안 책상 메모 위에 무엇인지를 숫자로 쓰고 있더니 의자에 앉은 채로 '닉'이 있는 쪽으로 돌[294]아보았다. 그리고 진심으로 친절하게 경멸적인 놀리는 기색은 전혀 보이지도 않고 "나 같으면 취해 있어도 그런 나쁜 소리는 안 하겠다. 자네는 너무 지나치게 취하고 있다. 내일이 되면 필경은 후회를 할 것이다. 그러고 나서 한 번 더 와서 무엇이든지 말하고 싶은 것을 말해주게."

은행에서는 '닉 웨이크필드'의 저당물을 팔아버리고 말았다. 그러나 조건은 '밀튼'이 정당하다고 생각한 것보다도 더 관대하였다.

3

'해리'는 난로불 앞에 한 시간쯤이나 앉아 있었다. 그리고 전등의 스위치를 돌려서 여관으로 전화를 걸고 샌드위치를 가지고 오게 하였다. 그는 그것을 먹고 나서는 쟁반을 옆방으로 갔다 두었다. 오늘 밤은 최상의 밤이다. 그는 그 옛날의 추억이 새삼스럽게 떠오르는 것을 느꼈다. 수년 전까지의 생각하지 않으려고 작정을 하고 왔었으나 요새는 가끔 지나간 것을 회상하며 암담한 즐거움을 느끼게끔 되었다. 자기의 생애에 대한 이해가 전보다는 진보되어온 것이다. 고향으로 돌아온 '루시'에게 대하여 왜 자기는 그렇게도 잔혹한 태도를 취하였을까 — 그 이유를 알고 있는 것은 [295] 그 자신 하나뿐이다. 그것은 두 사람이 '시카고'에서 오페라를 보고 난 뒤의 그날 밤 그가 말한 것 때문에는 아니었다.

일주일도 지나지 않았을 때 그는 자기의 잘못된 결혼을 후회하였던 것이다. 아니 결혼할 때에 벌써 후회하고 있었다. 타인을 괴롭게 하고자 도리어 자기 자신을 괴롭히고 있다는 것을 그는 알게 되었던 것이다. 자기 자신의 마음에 맹세하고 이것만은 절대로 하지 않겠다고 한 것을 자기는 하고 만 것이었다. 아름답지 않은 여자 인생의 기쁨을 느낄 수 없는 추한 여자와는 결혼을 안 하기로 작정하였는데. 해리엇 아크라이트에게도 조금쯤은 좋은 점도 있었다. 기품도 구비하고 있었고 세상사에는 능숙하였다. 현명하기도 하고 또한 인자하고 부지런하였다. '해버퍼드'에다 그들의 새로운 집을 건축한 것은 그가 한 것이다. 목수와 직공들을 순서 있게 잘 부리고 전부 하고 싶은 대로의 가구도 비치해 놓고 금전 지불도 해놓았다. 집이라는 것은 서로의 즐거움이었고 끝이 났을 때는 두 사람의 마음에 들었다. 그는 이해성이 많아서 마음에 거슬리는 점도 없었다. 그러므로 같이 화합할 수 있겠다고 '해리'는 생각하고 있는데 '루시'가 돌아왔던 것이다.

우편국에서 그를 처음으로 보았을 때에 '해리'는 자기가 조금도 예와 다름이[296] 없다는 것을 알았다. 전보다도 더한층 그는 자기가 '루시'를 요구하고 있다는 것을 절실하게 느꼈다. 그는 너절한 남자들 틈에 끼어서 담배 연기가 자욱한 속에서 천천히 아버지의 우편함의 열쇠를 돌리고 있었다. 문에서 그의 모양을 응시하였을 순간 그는 자기의 심장의 고동이 끊어지는 것 같은 것을 느꼈다. 가느다란 몸이 아름답고 양순하게 보이는 것이다. 그는 곧 뒤로 돌아서서 빠른 걸으므로 걸어가고 말았다. 그 속으로 들어가서 그와 같이 얼굴을 마주칠 수가 없었던 것이다. 그러나 그때 한번 본 그의 모양 한 손을 들고 서 있는 그 옆얼굴만으로도 그에게는 충분하였다.

그 후로는 매일매일 그는 '루시'를 멀리에서 보는 것만으로 만족하고 동리에서는 모른 척하고 지나가지 않으면 안 되었다. 아무 거리낌도 없이 명랑하였던 전에 비하면 얌전하게 하고 있을 때가 더한층 정숙하게 생각되었다. 그는 속세에 떨어지는 것을 허락할 수 없는 어떠한 것이 잡아당기고 거기에 기대고 있는 것 같이 보였다. 머리를 조금 앞으로 숙이고 주위를 돌아다보지도 않고 거리를 걸어가는 그 자태는 어느 때는 긴 병을 치르고 나서 처음으로 외출한 사람과도 같은 힘이 없는 것 같이 보인다. 그러나 그에게는 어딘지 모르게 가까이 할 수 없는 데가 있었다. 몹시 생각하며 괴로움이 쌓여 있는 것 같은 그 모양은 이와 같은 젊은 여자에게 있어서는 보는 사람으로 하[297]여금 가슴을 아프게 해주는 것이다. 그러나 그것이 그의 몸을 지키고 나 혼자만으로 다른 사람을 곁에 올 수 없게 하고 있는 것이었다. 전에는 언제나 같이 댄스를 하며 놀러 다니며 하던 청년들도 지금은 모두 그를 만나러 가는 것을 두려워한다. 그의 두 눈이 현재의 순간에 빛을 내고 무엇인가를 요구하는 광채를 띤 것은 '해리 고든'을 만났을 때뿐이었다. 그는 쳐다볼 때의 그의 눈은 언제나 '해리'에게 따뜻한 정을 애원하는 것이었다.

그는 '루시'가 불행하게 되었다는 것을 또한 그의 힘을 바라고 있다는 것을 잘 알고 있었다. 보통 때의 아침의 인사에도 말로는 표현할 수 없는 애조를 품고 있었다 — 그는 '루시'에게 그 이상의 말을 할 기회를 주지 않았던 것이다. 그는 충동이 일어나는 대로 움직이는 여자로서 자기의 마음을 감춘다는 것을 조금도 모르는 여자라는 것을 그는 알고 있었다. 필경 '루시'로서는 감추려는 것도 없었을 것이다. 그가 무엇인가의 용건으로 몹시 자기를 만나고 싶어 하는 것도 '해리'에게는 알고 있었다. 이렇게 우연히 만난 후 그는 책상 앞으로 가서도 언제까지나 그의 생각을 잊어버릴 수가 없었다. 이 동리 사람들이 말하고 있는 것 같이 그가 '말썽을 일으켜서' 남자에게 버림을 받았다는 것은 진실한 이야기일까? 그에게는 아무 말도 말할[298] 수 없었으며 또 그런 것은 아무렇지도 않았다. 잠시 동안이라도 그와 단 둘이 되어서 그 언제나 다름없는 눈초리로 그가 나에게 애원을 해오면 이제는 그에게 그를 벌을 줄 용기를 없애고 만다는 것을 알고 있었다. 그러나 그는 당연히 벌을 받을 만한 짓을 하고 있었던 것이다.

그것은 그의 공허한 결혼(그것은 모든 의미에서 공허하였다. 부인은 어린애를 낳지 않았다)의 제 일 년만에는 그의 머릿속에서는 혹시 그가 '루시'와 결혼을 하였더라면 어떤 생활을 하였을 것인가라는 것이 언제나 잊어버릴 수 없을 때였다. 모든 것을 다만 한 토막의 마음으로만 또한 눈물겨운 센티멘털리즘 때문에 파괴하고만 것은 '루시' 그 자신이었었다. 그도 그의 보수로서 괴로움을 받아야 할 것이다. 자기가 고민해온 것은 하느님만이 알고 있다. 거리 모퉁이에서 자기를 전송하는 그를 돌아보지도 않고 가버릴 때에는 언제나 그렇게 생각하였던 것이다. 그러나 그러한 원망과 징벌하려는 굳은 결심 속에는 전혀 그와는 반대의 깊은 신념이 들어있는 것이다. 그 신념은 너무나 깊이 있었으므로 그 자신에게도 확실히는 모르게 되었다. 그러나 두 사람이 충분한 벌을 받고 난 후에는 필연코 무엇인지 일어날 것이다. 어떤 것으로 — 그것은 그에게도 모르는 것이었다. 그러나 때가 오면 이 동리도 장래에 대한 모든 장[299]해에서도 모두 벗어나서 자기와 '루시'와는 결합될 것이다.

젊고 건강한 사람들은 자기들의 장래를 생각하는 것이다. 자기의 모자란 것으로 하고 싶은 것을 하지 못했다고 하여도 실패는 일시적인 것에 지나지 않는다. 매일 아침 외출할 때에는 그 가슴속에서는 언제든지 한번은 단연코 자기 소원을 성취하고 말겠다는 신념을 가졌던 것이다. 지금까지의 실패를 모두 배후로 버리고 마는 힘이 자기 자신에게는 있다고 생각한다. '루시'가 하다훠드로 돌아온 이후의 수개월 동안 '해리'는 결국에는 온다는 것을 믿고 있었다. 자기 스스로가 계획하지 않아도 오고야 만다 — 어찌 되었든 그리되지 않으면 안 되게 되어 있는 것이다. 거리에서 그와 지나칠 때 우편국에서 아침 인사를 하게 될 때 그 끝으로 오는 승리를 단연코 가질 수 있다는 신념이 생생하게 마음에 솟아나는 것을 느꼈다. 그때가 오면 어느 누구도 자기를 막을 사람은 없을 것이다.

'램지' 부인의 창 앞을 지나서 '루시'가 피아노를 타고 노부인이 손으로 머리를 짚고 열심히 듣고 있는 광경을 보는 그날 밤 그는 그대로 돌아갈 마음이 들지를 않았다. 곧 집 속으로 들어가고 말 뻔하였다. 혹시 그렇게 되었더라면 '루시'를 자기 집으로 데리고 왔을 것이다. 그리고 만사는 전과 같이 되었을 것이다.[300]

이러한 무서운 이상한 생각이 왜 이다지도 용의주도한 사나이의 머리에 떠올랐을 것인가? 그렇게 말하자면 그날 저녁에 '할렘'에서 돌아오는 길에 사방이 몇 마일이나 되는 들판에서 그는 그 칸델라르와 마차의 조그만 행렬이 눈 위로 천천히 전진하는 것을 만나지 않으면 안 되었을까? 왜 그 행렬 속에 그는 자기 썰매도 끼지 않으면 안 되었을까? 차를 세우고 일어난 사건이 무엇인지를 알고 난 이상에는 그는 그 길로 지나쳐버릴 수는 없었다. 썰매에서 종을 떼어버리고 마차 뒤를 따라서 동리까지 말을 끌고 갔다. 그렇게 하는 외에 아무런 방도도 없었던 것이다. 그날 밤 집으로 돌아와서 그는 곧 서재로 들어갔다. 그의 처가 그곳에서 편지를 쓰고 있었다. 그는 뒤의 문을 닫히고 강에서 일어난 일을 알고 있느냐고 물어보았다. "알고 있어요. 그 일이 동리에 알려지자 곧 밀턴이 당신에게로 전화를 걸어왔어요. 그래서 내가 그 전화를 받았어요"라고 그는 대답한다.

"나는 오늘 밤 2시에 유니온 퍼시픽 철도로 서쪽으로 갔다가 오겠소. 장례가 끝이날 때까지는 돌아오지 않을 작정이요. 사실은 조금 전에 나는 그 여자에게 냉혹한 태도를 취했다오. 그가 돌아와서는 한 번도 나는 친절한 말을 걸어주지도 않았어. 장례에는 좀처럼 나갈 수가 없소. 그런 위선자로는 될 수가 없어. 그러나 너는[301] 가주었으면 하오. 두 사람이 모두 참례를 하지 않으면 그 가족 사람들이 이상히 여길 테니."

'고든' 부인은 잠시 눈을 찡그리었다. 그는 언제나 침착한 성질로 소동을 일으키거나 그러한 여자는 아니었다. 그때도 냉정하게 가라앉은 목소리로 말한다—"당신이 오늘 밤 동리를 떠나시면 대개 거리 사람들의 소문에 오르고 말 것이에요. 그리고 나만이 장례식에 간다는 것은 의미가 없을 것이고."

"이것은 나로서 너에게 처음으로 원하는 것이오."

"그렇게 말씀 안 하셔도 좋아요. 나는 그 사람들은 모르지마는 당신이 그렇게 하지 않으면 안 된다고 하시면 나야 물론 가겠어요."

"해리엇 고맙소." 그는 여행 도구를 챙기러 자기 방으로 가고 말았다.

얼음이 깔린 시골길의 그 전주 옆에서 일어난 그와 '루시'와의 회견을 아는 사람은 온 세상에 한 사람도 없었다. 그가 '덴버'에서 돌아온 후의 며칠 동안도 또 몇 주일까지도 사람들은 그 비극—(이라고 사람들은 부르고 있었다)에 대하여 이야기하였다. 그는 사람들이 자기 앞에서 고의로 그 이야기를 하는 것이나 아닌가 하고 의심[302]이 들기도 하였다. 그리고 혹시 자살은 아닐까 하는 소문도 나게 되었다. 손과 팔에 생긴 상처는 그가 얼음에 매달리느라고 생긴 상처이다. 그러나 들어가고 나서는 무서워진 것같이도 생각되었다.

생전의 그의 모습을 최후로 본 것은 스웨덴 사람인 농부로서 그 사나이가 거리에서 약 1마일쯤 떨어진 서쪽 거리에서 '루시'와 지나치게 되었다. 고향으로 돌아와서의 그는 기운이 없고 옛날같이 명랑하지도 않다는 것으로 모두들 알고 있었다. '페어리 블레어'는 '루시'가 사랑을 하였던 어떤 가수가 여름날 이태리에서 익사한 이야기를 하였다. 그렇게 생각을 하면 같은 방법으로 그가 생명을 끊으려고 하였다고 생각이 든다. 강 밑이 올봄 이후로 변해버렸다는 것은 타인이 알려주지 않아도 스스로가 알았을 것이 아닌가? 서쪽으로 된 둑은 모두 무너져 있었고 섬도 연변에서 멀리 떨어져 있었으니까.

'해리 고든'은 그러한 의논에는 한마디도 말을 하지 않았다. '루시'가 집으로 운반되어 간 그날 밤, 왜 별안간에 '덴버'에 가게 되었는가 하고 물어보는 사람은 하나도 없었다.

"참 해리 씨 당신도 '루시'를 운반하는 사람들을 도중에서 보셨지요?"라고[303] 하는 것이 그에게 대한 제일 대담한 질문이었다.

'고든'은 난로에다 코크스를 집어넣고 나서 창 가까이 걸어가 그곳에 서서 겨울날 밤의 반짝이는 별을 쳐다보았다. 무한한 하늘을 쳐다보고 있으니까 그가 지금까지 생각하고 있었던 일이 모두 문제도 되지 않는 일 같이 생각이 들었다. 그리고 이 지상에 있어서 때는 이미 존재를 상실하고 말았다. 미래는 급속도로 과거와 융합되어서 현재라는 것이 사실 무로 돌아간 것이다. 동리의 어떤 늙은 방랑자에게도 거절할 줄 모르는 예의를 '루시 게이하트'에게 거절한 그날 이래로 수다한 왕국이 멸망하고 인간의 낡은 신앙이라는 것이 산산이 파괴되고 말았다. 그가 '루시'에게 대한 가혹한 세계는 이제는 존재치도 않는 것이다.

'루시'가 죽은 뒤에 만약에 그와 '루시'와의 최후의 회견 이야기를 누구에게나 털어놓을 수 있었다면 확실히 그에게는 인생은 더 안락한 것으로 되어 있었을 것이다. 겨울날 밤에 집으로 돌아오는 길에서 그는 몇 번이고 '해리'라는 바람을 타고 들려오던 최후의 부르짖음을 들을 수가 있었다. 그는 '해리'가 그러한 예의 모르는 짓을 하는 것을 허락지 않는 것 같은 격분과 경악 또한 권위[304]에 충만된 목소리이었다.

그렇다. 생각하면 그는 긴 고문에 눌려서 온 것이다. 그는 늠름한 사나이였으나 그 고민도 상당히 강력한 것이었다. 그에 있어서 단 한 가지 다행한 것으로는 20세기라는 말을 듣자마자 곧 자동차라는 것이 발명된 일이다. 그는 이 군郡에서 제일 처음으로 그것을 매입하고 또 차가 개량되어

가는 대로 차차 새로운 차를 사들였다. 농장은 멀리 넓게 산재하고 있었으므로 그는 자동차를 타고 생활해 온 것 같았다. 가끔씩 주말에도 '덴버'로 '악마와 같이' 자동차를 달리는 것이었다. 그는 드라이브를 하면서 혼잣말을 하는 버릇이 생기었다. 그것뿐이 아니고 자기 자동차의 엔진에게 말을 거는 버릇도 있었다. 한 번은 자기 부인과 동승하고 있으면서 "참 정말로 종신징역이다"라고 말을 한 일도 있었다.

그는 사실 그런 생각을 하고 있었던 것이다. '루시'는 수시간 수주간 고민하였을 뿐이다. 그러나 그의 괴로움은 언제까지도 계속하는 것 같이 나중에 남아 있었다.

그가 어째서 강줄기의 변화를 짐작 못하였던가 하는 것도 그에게는 잘 알고 있었다. 고통과 격분이 그에게 어떤 영향을 주었던가 하는 것에도 그는 잘 알고 있었다. 그의 강렬한 맹목적인 정열과 그 단 한 가지의 충동으로 전신을 이끌려서 전후의 견해를 전[305]혀 잊어버리고 마는 그의 매력으로 되어 있는 그것 때문이었을 것이다. 한번 불이 붙으면 그 앞에 무엇이 있든가 눈도 떠보지 않고 쏜살같이 뛰어가는 '루시'였다.

그러한 마음의 암담한 회상에도 불구자가 의족義足으로 세상을 걸어가는 것에 습관이 되어버리는 것과도 같이 시간이 흐르고 날이 가는 동안에 그는 예사로워졌다. 그는 큰 부자가 되었으며 그에게는 농담 기분으로 토지 가치가 점점 내려가므로 광대한 토지를 매입했다. 마음을 돌리려면 그렇게 분주하게 움직이고 있는 것이 제일이었다. '게이하트' 씨와의 교제도 하나의 위로가 되었다. 그것은 일종의 죄의 보답 같은 것이었다. 장기를 두는 저녁때가 그에게는 가장 즐거운 시간으로 되었다. 거리의 어디보다도 노인의 점포가 좋아지게 되었다. 두 사람이 다 같이 '루시'의 이야기는 하지 않았으나 그가 전에 연습으로 치고 있던 피아노는 아직도 그대로 되어 있었다.

'게이하트' 씨의 장례식날 밤 서재에 앉아서 '고든'은 생각에 잠기었다

— 그의 마음의 무거운 짐이었던 죄의 의식이 해가 바뀌어가는 것과 같이 차차 가벼워져간다는 것에 대하여. 수년간은 '루시'의 일은 전혀 생각을 안 하기로 노력해왔다. 그러나 요새는 오랫동안 그의 생각을 하는 것이 즐거움으로 되어 있다. 그렇게도 젊[306]고 너무나 지나치게 젊었던 일생에서 제일 좋은 삼분의 일을 그는 가졌었으니, 나머지 삼분의 이의 생애를 상실하였더라도 과히 큰 손실은 아닐 것이다. 물론 그는 최초에 만났던 배우라든가 가수에게 사랑을 하게 되어서 그 일을 공연하게 선전할 것이다. 그러나 그것은 어느덧 지나가고 말 것이다 — 그러한 모험이 '루시'의 몸 위에 일어난다는 것쯤은 그의 눈을 보고, 또한 조용하게 자기 스스로 돌아가게 하는 나지막한 풍부한 곤트랄트한 웃음을 들은 사람에게는 의미도 없이 예언 할 수 있었을 것이다. 그의 웃음은 소리를 높인 흥분하는 웃음은 아니었다. 무엇인지 모르는 거품이 일어나는 따뜻함이 있는 웃음이었다. '루시' 때문에 겪어온 그 많은 불행이 있음에도 불구하고 그에게는 '루시'만큼 즐거운 회상을 주는 사람은 없었다. 지나간 날에 추억을 할 때 그곳에는 신비하게도 아름다운 단 하나의 얼굴이 또한 하나의 자태가 있을 뿐이다. '루시'와 비교해보면 그가 알고 있는 한의 사람들은 남자나 여자나 그 자신과 비슷한 사람들뿐이었다.

그와 함께 날이 새기도 전에 강가로 사냥을 하러 갔던 아침의 일을 그는 생각해본다 — 이슬에 젖은 풀들로 가득한 깊은 침묵, 물이 흐르는 소리, 어느덧 동쪽 하늘에 떠오르는 서광, 백양나무 잎 사이로 불어오는 바람, 진주색으로 된 하늘로 날아가는 참[307]새들, 그리고 그의 곁에는 그에게는 따를 수도 없이 재치 있는 행복한 사람이 있었던 것이다.

아무것도 아닌 사소한 일에 자신을 잊어버리고 즐길 수 있는 것은 타고나는 성질이라고 그는 생각하였다. 그것을 그는 타고나지 못하였으며 비록 허락되었다고 하여도 그런 것을 선택할 마음은 없었을 것이다. 그러나 일순간 그것을 '루시'에게서 받고 그것이 자기 자신을 스치고 지나간다는 것을 느낀다는 것은 즐거운 일이었다. 두 사람이 같이 새들이 나는 것을 또한 태양이 뜨는 것을 기다리고 있을 때 '루시'가 옆에서 가슴을 울렁대고 있다는 것을 생각하면 그의 전 신경은 고동을 하며 그의 전신의 근육은 심한 봄날의 소낙비를 맞는 것 같은 마음이 되는 것이었다. 그러한 때는 그 자신의 육체도 놀랄 만치 자유롭게 되며 경쾌해지는 것이었다.

밤은 깊은 정적 속에(벌써 12시 가까이 되었다) '고든'은 은행의 전화 종소리를 몇 번이고 들을 수가 있었다. 처에게서 어째서 돌아오지 않느냐고 하는 전화일 것이다. 그는 전화에는 대답도 안 하고 코크스가 최후로 붉게 피어오른 덩어리에다 재를 덮고 외투를 입고 귀로에 오른다.

그는 회한의 정 때문에 고민을 받는 사나이는 아니었다. 그것은 이제는 옛날[308]에 끝이 난 것이다. 지금은 부귀와 건강을 즐기고 있는 '해리'이다. 벌써 '루시 게이하트'는 얼음과도 같은 바람 속에 멈추고 애원의 눈초리를 그에게 보내는 그 절망의 심연 속에 들어있는 소녀는 아니다. 벌써 그는 '해리'의 근처에 썰매 앞에 있는 것은 아니다. 영원이 변할 수 없는 젊은 날의 모든 아름다운 것과 같이 그도 함께 먼 지평선 너머로 가고 만 것이다.

4

'게이하트' 씨의 장례식 다음 날은 일요일이었다. '해리'와 출납계인 '밀튼 체이스'는 미리 약속을 해놓고 은행에서 만나서 산책을 나갔다. 거리의 사람들은 두 사람이 지나가는 것을 창에서 내다보았다. '밀튼'이 '해리'보다도 늙어 보이는 것은 모두들 알고 있는 사실이었다. 그의 젊은 날의 미모도 나이를 먹을수록 얼굴의 살은 없어지고 콧날은 길기만 해 보인다. 그는 짧은 다리로 비틀비틀 걸며 꼭 무엇을 하려다 잊어버린 사람 같다. '해리'는 그가 이 동리의 거리를 평생토록 왕래해온 그 튼튼하고 침착한 보조로 걸어가고 있었다.

두 사람의 사나이는 '게이하트' 씨의 집으로 가는 도중이었다. 이 25년 동안[309]에 동리는 발전도 못하고 도리어 전보다도 퇴보를 해온 것이다.

그 낡은 '게이하트' 씨의 저택은 지금도 태반은 농장으로 되어 있고 '해버퍼드'의 서쪽 끝으로 되어 있으며 그곳에서 보도가 끝이 되고 있었다. 그곳에서 더 앞은 시골길로 되어 있다. 그곳은 '고든'이 일요일 날의 오후이면 잘 거니는 산책길로 되어 있다.

그가 아직 젊고 '해버퍼드'에 부친과 같이 왔었을 때의 어떤 여름날 저녁 그 길을 자전거로 달리고 있었다. 그곳에서는 시멘트를 만지는 인부들이 하루 종일토록 일을 하며 이곳에서는 더 나가지 않는 이 보도를 만들고 있었다. 그들은 젖은 시멘트의 판석을 펴고[72] 나서는 통행인에게 그곳을 밟지 못하게 하기 위하여 그 둘레에다 나무를 박고 줄을 쳐놓고 저녁 식사를 하러 집으로 가고 말았다. '해리'가 자전거로 그곳에 왔을 때에 남자아이의 저고리를 걸친 계집아이가 맨발로 화원의 주위를 뛰면서 고무 호스를 길게 늘이고 물을 주고 있었다. 그는 곧 그가 스케이트장에서 빨간 스웨터를 입고 음악에 맞춰서 얼음을 타고 있었던 소녀이라는 것을 알았다. 그는 자전거에서 내리고 그것을 밀면서 걸어갔다. 소녀에게는 그가 그곳까지 왔다는 것을 아직 모르고 있었다. 돌연 그는 호스를 버리고 집 있는 쪽을 돌아보고 아무도 보지 않고 있다는 것을 알고는 밖으로 뛰어갔다. 그는 석공들이 쳐놓은 줄을 넘어서[310] 그 젖은 판석 위를 뛰었다 — 한 발자국 두 발 세 발 그리고 길가에 있는 잡초 속으로 나왔으나 그곳이 바로 '해리'가 서 있는 직전이었다. 소녀는 그를 쳐다보며 웃었다.

"이르지 말아주세요. 네!" 그리고 그는 먼지투성이인 길을 바쁘게 뛰어서 차도의 옆에 있는 '게이하트' 가의 마당으로 들어가고 말았다.

그 후의 몇 년이 지나도 이 세 발자국은 없어지지 않고 그 보도 위에 있었다. 그것은 잿빛 색으로 된 시멘트 속에 명확하게 새겨진 13세의 소녀의 조그마한 하고도 단려한 발이다. 세월이라는 것도 그것은 없애버릴 수가 없었던 것이다. 사실은 이곳까지 나오는 사람은 얼마 없었으므로 그

---

72 원본에는 '피고'로 표기되었다.

길은 한가하였다. 동리 사람들은 '게이하트' 가를 방문할 때가 아니면 이런 곳까지는 나오지 않아도 좋게 되어 있었다. '고든'은 아무도 이 발자국 이야기를 하는 것을 들은 적이 없었다. 또한 누가 이것을 만들어놓은 것인지 아는 사람도 없을 것이다. 그것은 가볍게 몹시 얕게 배겨져 있는 것이다. 그렇게 알고 찾지 않으면 전혀 찾아낼 수도 없는 것이다. '게이하트' 씨의 토지는 오랫동안 수리를 하지 않고 두었었다. 여름이 되면 해바라기가 거리의 양쪽으로 퍼져서 길을 덮고 있는 현상이다. 근처에 있는 목장에서 날아와서 퍼진 잡초들이 그곳에 무성하고 들에서 열리는 풋콩들이 보라빛으로 된 꽃을 가느다란 가지에 피우고, 해마[311]다 그곳에 무성해져서 해바라기를 따러 올라가서 이 발자국이 새겨진 두 개의 판석 주위에 담을 쌓아놓은 것 같이 되어 있었다. '고든'의 눈에는 이 발자국이 급하게 뛰어가는 것 같이 보였다. 발뒤꿈치보다도 발끝이 깊이 되어 있었다. 발뒤의 자국은 살짝 찍어졌으므로 꼭 산사람의 발이 잠시 동안 보도의 표면을 스치고 지나간 것 같다. 그 발자국에는 과연 재빠른 움직임을 보이는 무엇인지 사람을 망설이게 하는 암시가 숨어 있는 것일까? 그렇지 않으면 그에게 언제나 그의 조그마한 발이 앞일을 가리키는 신神 머큐리같이 조그마한 날개를 가지고 있는 것 같은 민속하고도 경쾌함을 생각하게 하는 것은 '해리'가 그것을 만들 때를 보았기 때문일까? '고든'은 잘 그렇게도 생각하는 것이다.

이렇게도 선명하게 그의 그림자를 비록 일순간이나마 생각나게 해주는 것은 없었다. 때때로 그곳에 멈출 때에는 그는 잠시나마 그의 감촉을 잡을 수가 있었다. 그것은 그의 가장 가까이 느끼는 충동이며 그의 뺨을 스치고 가는 숨결같이도 느껴지며 봄날의 소낙비에도 닮은 경쾌함과 상쾌함이었다.

'고든'과 '밀튼 체이스'는 그날 일요일의 오후 '게이하트' 씨의 집 앞에 있는[312] 목장까지 걸어 다녔다. 이 집은 지금은 모두 '고든'의 것으로 되어 있었다. 그것은 '게이하트' 씨의 만년에 은행이 빌려준 돈의 담보로 들어 있었던 까닭이다. 만약에 오늘날 그것을 팔아버린다 하여도 은행에서 그것을 저당으로 하고 가져간 금액의 3분의 일에도 되지 않는 것이다. 두 사람이 모두 그것을 잘 알고 있었다. 그래서 '밀튼 체이스'에게 이 집을 맡아서 죽을 때까지 무상으로 이곳에서 살고 있게 하겠다는 것이 '고든'의 의사였었다.

그들은 말라버린 잡초와 시든 잔디를 밟아가면서 과수원은 어떻게 할 것인가 낡은 창고를 어떻게 해서 개러지로 만들 것인가 하고 의논하다가 현관 있는 계단에 앉아서 궐련에 불을 붙인다.

"해리 씨 친절은 대단히 고맙습니다만." '밀튼 체이스'는 이렇게 말하는 것이다.

"나로서는 이곳을 전부 양보해주는 것이 더욱 좋게 생각하고 있는데요. 나는 지금까지 쭉 셋집을 지내왔으므로 지금에 와서는 좀 내 집을 지니고 살아보고 싶어요." 그렇게 말하는 그의 구조[73]에는 외롭게 보인다.

"그러면 '밀튼' 군 내일이라도 휘트니를 불러서 나를 위해서 새로 유언장을 써달[313]라고 해서 내가 죽으면 부동산의 부채 같은 것은 일체[74] 없애버리고 이것을 자네에게 남겨주기로 하지. 그러면 현금 같은 것은 내지 않아도 좋을 것이니."

'밀튼'은 모자를 벗고 머리를 쓰다듬는다. 그것은 아무래도 만족할 수 없다는 표정이었다. 피로해 보이고 슬픈 모양이었다.

'해리'는 잠시 동안 생각하고 있었으나 잠시 후에 상대를 달래는 듯하게 이렇게 말한다 — "밀튼 군 만약에 자네가 이 집을 사고 자네가 나보다 먼저 죽는다는 일이 있다면 뒤에 남은 아들들이 이 장소를 팔아버릴는지도 모른다 — 그것도 누구에게 파는지도 모를 것이 아닌가. 만약에 저 우둔한 농부의 손에라도 넘어가면 이곳은 닭을 치는 곳으로 변해버릴지도 모

73 문맥상 의미는 '얼굴'이다.

74 원본에는 '일절'로 표기되었다.

르는 일이지. 밀튼군 나는 일단 이것을 자네 손에 넘기면 간섭은 일체 안 할 테요. 과수원을 없애버리든가 창고를 파괴하든가 자네 좋을 대로 해주게. 다만 내가 원하는 것은 내가 살아 있는 한 말하자면 이 집의 후견인이라고 한 역할을 버리고 싶지 않다는 — 다만 그런 것뿐이요."

'밀튼'은 그래도 시원하지 않은 얼굴을 하고 있었다. 그렇지만 '해리'는 상대방에서 자기 말에 이의가 없다는 것으로 혼자 정하고 말았다. "그리고 또 잠깐 나하고 이리 좀 와주게. 꼭 자네에게 정신을 차려달라고 할 것이 하나 있다네." 두 사람[314]은 잔디를 지나서 시멘트의 보도 있는 곳으로 왔다. 그곳에서 '해리'가 발을 멈춘다. "이것은 아무도 모르는 일이니 아무에게도 말하지 말아주게. 저기 시멘트 위에 남아 있는 발자국은 '게이하트' 씨의 딸이 아직 어렸을 때 만든 것인데 그 두 개의 발자국에다 내가 살아 있는 한에는 아무 일도 일어나지 않도록 특히 자네에게 지켜달라는 것이오." '고든'은 조금 목소리를 높여서 심중하게 말한다. "시멘트는 충분히 굳어진 것 같으나 단 한 가지 걱정되는 것은 그것이 물에 씻겨버리지는 않을까 하는 것이야. 폭풍우라도 퍼부으면 양쪽의 흙이 씻겨 내려와서 덮일는지도 모를 것이오. 그것을 잘 주의해 주면 좋겠소."

"네 주의하겠습니다." '밀튼'은 은행에서 명령을 받은 때와도 같이 대답하였다.

'해리'는 지금부터는 집 속으로 들어가서 노인의 비밀 서류를 치고 와야 하겠으므로 또 내일 아침 은행에서 만나기로 하고 헤어졌다. '밀튼'은 천천히 집으로 돌아갔다. 집에 와서 그는 술을 마시었다. 그래도 그는 추위를 느꼈다. 그리고 마음속까지도 추위를 느끼게 되며 기분이 나빴다. 그는 주인에게 조금 이상한 곳이 있는 것 같은 — '그가 남몰래 두려워하던 이상하게 변한 곳이 있는 것이 아닐까. 그리고 지금까지 있었던 것이 아닐까'라고 생각이 들어서 불유쾌하였다. 그 보도 옆에서 주고받은 회[315]화 같은 기분이 우울해지는 것이었다. 어째서 그런 생각이 들었는지는 그에게는 확실히는 몰랐었다. 그때에 그는 급속도로 늙은 것 같이 생각이

들며 인생이 두렵고 짧고 그리고 그다지 중대한 것도 아닌 것 같이 생각되었다.

'해리'는 그 출납계의 우수를 띤 뒷모습이 거리의 저쪽으로 사라지는 것을 보고 있는 중에 웬일인지 우스운 것 같이 생각이 들었다.

그는 포켓에서 열쇠를 꺼내어 비어 있는 컴컴한 집으로 들어갔다. 그는 방의 커튼을 젖히고 색이 변해버린 주단과 먼지가 쌓여버린 가구 위에 오후 네 시의 햇볕을 쪼이게 하였다. 그리고 그는 이층으로 올라갔다. '폴린'이 '루시'의 방을 그 겨울날 스케이트를 하러 갔을 때의 그대로 해두었다라고 '게이하트' 씨가 언젠가 말하고 있었다.(사실 그 일은 동리에서 모르는 사람이 없었다) '폴린'이 죽고 나서 노인은 그 방에 열쇠를 채워놓고 그와 같이 아니면 가정부도 그곳에 들어가서 소제를 못하게 하고 있었다.

'고든'은 그 집의 열쇠를 모두 가지고 있었다. 그는 모자를 벗고 또한 열쇠로 잠긴 방을 열었다. 커튼을 치고 있었으나 창에 꼭 맞지를 않았으므로 남쪽 창에서 몇 줄기의 오렌지색을 한 양광이 들이쪼이고 희미한 방 속은 촛불을 켜놓은 것 같이 훤하[316]다. 벽장의 문은 열어놓은 채로 되어 있고 그 속에는 외출복과 또한 화장복들이 일렬로 되어 걸려 있었다.

'이런 것은 태워버리는 것이 좋지나 않을까' 그는 생각하였다. 그의 책상 옆에는 책과 악보들이 가득 찬 책장이 있었다. 이러한 것은 은행에 있는 자기 사용의 서재에 있는 상자에라도 넣어두는 것이 제일 좋다. 그러면 가끔 그것을 볼 수도 있을 것이니까. 그의 화장 도구는 화장대 위에 쭉 늘어놓여 있으며 은빛으로 된 사진틀에는 '클레멘트 세바스찬'의 사진이 끼어 있고 그 위에 독일어로 무엇인지 쓰여 있었다. 이것을 '고든'은 주머니에 넣었다. 그가 손을 댄 것은 그것뿐이었다. 잠시 후 그는 문을 뒤로 조용히 닫고 열쇠를 채웠다.

그가 집에서 밖으로 나오니 겨울날의 강렬한 석양이 밑의 동리 전체에 내려쪼이고 있었으며 무성한 숲과 교회의 첨탑은 동색으로 비치고 있었다.

결국 자기는 이 '해버퍼드'를 떠나지는 않겠다고 그는 생각하였다. 이곳에서 너무나 많은 경험을 쌓아왔으므로 영원히 이곳을 떠나고 싶지는 않았던 것이다. 고향의 동리라고는 하지만 자기로 하여금 허다한 실망에 부닥치고 또한 그것에 이겨나간다는 것을 가르쳐 준 곳은 이 장소 이외에 또 다른 곳이 어디 있을 것인가? 그는[317] '게이하트'의 집을 떠나면서 지금까지도 언제나 몇 번이고 그렇게 한 것 같이 무의식중에 보도에 서서 뛰어가는 세 개의 가벼운 발자국을 또 한 번 바라보는 것이었다.

『離別』(法文社, 1959.10.10)

기행

소련의 내막[1]

존 스타인백2

1. 무슨 이유로 러시아에 갔던가?

우선 이번의 여행과 이 보고를 쓰게 된 경위, 그리고 그 의도하였던 것이 무엇인가를 설명할 필요가 있다. 작년 3월 말일이 가까웠던 어느 날 나는 동 40번가에 있는 베드포드호텔 주장酒場으로 갔었다.

네 번이나 고쳐서 완성된 희곡을 겨우 손을 떼여서 그런 다음에는 무엇을 하면 좋을까하고 생각하면서 주장의 탁자에 기대어 있었다. 그때 약간 우울한 얼굴로 나타난 것이 로버트 · 카파[3]였다. 그도 수개월이나 걸려서 열심히 하여왔던 일을 신문사에 보낸 뒤였으므로 그때에는 별로 이렇다 할 일도 없었던 몸이었다.

이 주장에는 워리라는 바텐더가 있다. 아주 남의 기분을 잘 알아주는 남자로 우리들의 얼굴을 보고서 아무 말도 하지 않았는데, 눈치를 채어 스윗세 칵테일을 만들어 주는 것이었는데 그 만드는 수법에 있어서도 지금까지의 세계에 드문 솜씨를 가지고 있었다.

당시 우리들은 뉴스 그 자체에 관해서는, 그러할 정도는 아니었으나, 뉴스의 취급방식에는 한탄하지 않을 수 없었다.

즉, 여러 사람들의 주의를 야기시킨다는 것이, 뉴스라는 이유에서 말한다면, 그 무렵의 뉴스는 취급하는 방법에 의해서 벌서 뉴스라고는 말할

---

1 존 스타인벡이 1947년 7월 말부터 약 2개월간 소련을 영행한 이후 펴낸 책이다.

2 존 스타인벡John Ernst Steinbeck(1902~1968)은 미국의 소설가이다. 대표작으로 『분노의 포도*The Grapes of Wrath*』, 『에덴의 동쪽*East of eden*』 등이 있다.

3 이 글의 저자인 존 슈타인베크와 함께 1947년 7월말부터 약 2개월간 소련을 방문한 사진작가이다.

수 없는 것으로 되어버리고 말았던 것이다. 뉴스는 박식한 사람들만의 문제로 되어버리고, 워싱턴이나 뉴욕에서, 데스크에 앉아 있는 사람만이 전신電信을 읽고, 그것을 그의 두뇌의 형과 논조에 맞춰서, 재정리하고 말아버린다.

이렇게 되면 우리들이 뉴스라고 생각하고 읽고 있는 것은, 실은 뉴스도 그 아무것도 아니며, 반半다스 정도의 박식한 사람들의 그 누구 한 사람의 의견에 불과하며, 그 뉴스가 가지고 있는 본래의 의미는, 이미 상실되어버리고 마는 것이다.

위리가 두 컵 째의 푸른빛깔이 섞인 녹색 스윗세 칵테일을 두 사람 앞에 내놓았을 때부터 우리는 현재의 세계에 남아 있는 사업 중에서, 성실하고 자유로운 남자로서 일할 수 있는 것은 무엇인가라는 문제에 관해서 의논을 하기 시작했다.[16]

매일의 신문지상에는 현지에 가본 일도 없는 사람들이 러시아에 관해 당치도 않는 자수字數를 나열하고, 스탈린의 사고와 소련 최고 간부의 계획,[4] 소련군의 배비원자配備原子 무기의 연구 또는 무선 조종 장치의 실험 등등을 쓰고 있는데, 거기에 그 의거하고 있는 것이야말로 참으로 비난하기 위한 비난 이상의 것이 아닌가라는 대화를 하여오다가, 러시아에는 아직도 누구 한 사람도 쓴 일이 없는 것, 그것만이 독자의 대다수에 있어서 가장 흥미 깊은 것이다라고, 말할 수 있는 것이 틀림없이 있을 것이라고 결론지었다.

러시아인들은 어떠한 의복을 입고 있는가?
저녁때의 식사는 어떠할까?
사교적인 집합을 하고 있는가?

---

4 원본에는 '계화計畫'로 표기되었다. 이하 원본의 '計畫'는 모두 '계획'으로 표기한다.

어떤 종류의 식물이 있는가?

어떠한 방법으로 연애를 하며 어떠한 주검을 하고 있는가?

매일 어떠한 이야기를 서로 하는가?

춤추며 노래도 하며 유희遊戲를 하고 있는지 않는지?

어린애들은 학교에 다니는지?[17]

이러한 것에 관해 실정을 보러가고 사진을 찍고 기사를 쓰고 하는 것만이 앞에서 말하였던, 의미로 보아, 의의 있는 일처럼 생각 되었다.

러시아의 정치가 중요한 문제인 것은, 아메리카의 정치가, 중요하다는 것과 동일한 일이며, 소련에도 정치 이외에 여러 가지 중요한 면이 있는 것은 이것 역시 아메리카에 있어서와 변함이 없는 일이다.

러시아국민에게도 자기 자신의 사적생활이 있을 것은 틀림없는데, 아무도 그것에 관해서 쓴 기사를 읽지 못하였다는 것은 지금까지 쓴 사람도 없었으며, 사진으로 찍은 자도 없었던 때문이다.

다음 째 칵테일을 만들어놓은 위리도 우리들에게 찬의贊意를 표하고 이상과 같은 사항에 그도 역시 흥미를 가지고 있으며 읽어보고 싶다고 생각한다고 말하는 것이었다.

그리하여 우리 두 사람은 이사업 즉, 사진으로 협조하는 순수한 보도라는 일을 하여보자고 결심하고 두 사람만이 할 것, 정치라든가 비교적 큰 일은 피하자는 것, 크레믈리의 요인과 군수 관계자, 군사계획 등에는 가까이하지 말자는 것, 될 수 있으면 러시아 민중에게 접촉하는 것에 치중하기로 하였다.[18]

우리들의 계획인 이 일을 하기 위해서는 다른 것은 고사하고 러시아에 입국하지 않으면 안 되겠는데, 그럼 입국할 수 있는가 없는가? 이것이 두 사람에게는 알 수가 없었다.

우인友人들을 만나 말하여보면 그들은 모두 불가능하다고 확신하고 있었다.

우리들은 다음과 같은 계획을 세웠다. 만일 러시아에 가게 된다면, 좋은 일이며 좋은 기사를 쓰게 된다. 반대로 가지 못한다 해도 쓸 수는 있다. 입국할 수 없었다는 기사를 쓸 수 있을 것이다.

여기에있어서 우리 두 사람은 조지 코닛슈George Cornish 군을 찾아 뉴욕헤럴드・트리분사로 갔다. 함께 점심을 먹어가며 계획을 말하였더니 코닛슈 군은 좋은 계획이라고 찬성하고 어떠한 방법으로서도 원조하겠다고 말하였다. 세 사람이 이야기를 하면서 우선 쓸데없는 선입감을 가지고 가면 안 된다. 비판적이거나 영합적이라도 안 된다. 충실한 보고가 제일이며 논설의 재료와는 다른 것을 견문하자는 것, 잘 알지 못하는 것에 대해서는 결론을 결정하고 대하지 않을 것, 모스크바거나 워싱턴을 불문하고 세계 중 어디든지 있는 관료계급의 공통한 특징인 슬로모션에 골내면 안 된다는 것 등 여러 가지 점에 서[19]로 의견이 동일하다는 것을 알게 되었다.

이해할 수 없는 것과 좋아질 수 없는 일, 또는 우리들을 불유쾌히 할 수 있는 일이 러시아에도 있을 것인데, 이것은 처음으로 가는 타국에서는 항상 그러하다. 거기서 만일 비판한다고 하면 잘 알은 다음에 하지 않으면 안 된다. 그러한 점에도 세 사람의 의견은 같았다.

뉴욕의 러시아 영사관에 가보니 총령사가,

"좋은 일이라는 점에서는 자기는 이의가 없는데, 어째서 카메라맨을 데리고 가는가. 소련에도 카메라맨은 많이 있는데…"라고 한다.

그래서 나는 이렇게 말했다.

"그러나 러시아에는 카파가 없다. 이왕 이 일을 하려면 공동제작으로서의 완벽한 것을 작성하지 않으면 안 된다."

카메라맨을 소련에 입국시킨다는 것에는 난색難色이 있었다. 기자의 입국을 허가하면서 카메라맨을 거부한다는 것은 나로서 보면 기묘한 일이었다. 검열당국은 필름이라면 아무렇게나 할 수 있으나, 관찰자의 심정을 좌우할 수 있다는 것은 불가능[20]하기 때문이다. 그러나 여행을 통해서 알게 된 새로운 사실을 일언하면 카메라는 참으로 근대병기 중 가장 무서운 것의 하나인 것이다. 특히 전쟁으로 하여 폭격 받고 포격을 당한 국민들에게 있어서는 더욱 그러하다. 폭격의 배후에는 꼭 사진이 있었다. 황폐한 도시 시가 공장의 뒤에는 틀림없이 카메라에 의한 조감도가 있고 스파이의 촬영이 있다. 이것은 사후에는 알 수 있으나 사전에는 절대로 알지 못한다.

그럭저럭 하는 동안 우리들의 여권을 모스크바에 보내고 별로 기다릴 새도 없이 먼저 나의 사증이 나왔다. 카메라는 무서운 도구였기 때문에 그 소유자는 어느 곳을 가든지 의심을 당하고 감시를 받는다. 독자제군이 만일 이러한 일을 양해할 수 없다면, 오그릿터나 파나마 운하 이외 여러 실험지대부근이라도 좋으니 카메라를 휴대하고 가보면 잘 알 수 있을 것이다. 현재 대다수의 사람들은 카메라를 황폐의 선구로서 생각하며 의혹의 눈으로 본다. 그리고 사실상 그러하다.

카파와 상의한 이후 두 사람이 하려고 결정한 일이 성수될 수 있다고 생각해본[21] 일은 나에게는 한 번도 없었다. 따라서 그것이 될 수 있다고 결정되었을 때에는 다른 사람들과 마찬가지로 자신도 모르게 놀랐던 것이다.

카파의 사증도 나오고 두 사람분이 나란히 손에 들어왔을 때에는 참으로 놀랐었다. 그래서 예의 주장酒場에서 위리도 한 몫 끼어 간소한 장도壯途의 축하를 하였었는데, 그때문의 돌발사고로 나는 발을 부러뜨려 2개월간이라는 것을 드러누워서만 지내었던 것이다.

카파는 그동안 사진기구 재료의 구입 때문에 참으로 번망繁忙하였다.

소련에는 오래 전부터 카메라의 보험제도는 없었고 금후에 있어서도 있을 가망이 없다. 그 결과로서 카파는 분실될 때에 준비해서 최상등의 기구, 재료를 전부 두 짝 식 준비했다. 전쟁 중에 사용하였던 콘택크스와 로라이후렉크스는 물론 이것도 예비를 준비했다. 그 외예비품이 또 상당한데다가 더욱 대량의 필름과 섬광전구, 이것저것 等으로 그가 대서양 횡단 비행기에 지불한 중량초과요금은 놀랄 만치 300불!

그러나 이것도 겨우 서막으로서 돌아올 때에는 카파가 3000장의 네가티브 필름,[5] 내가 수백 페이지의 노트를 들고 돌아왔던 것이다.[22]

이 여행기를 쓰는데 있어 무엇부터 쓰기 시작하면 좋을까 하고 망설이다가 둘이서 상의하고 무슨 일이든 일어난 대로 날짜를 따라 체험한 순서, 관찰의 전후 그대로를 쓰기로 하고 부문별제는 선택하지 않기로 하였다. 본 대로 들은 대로 이를 나열하여 결론은 모두 독자의 마음에 맡기기로 한다. 이것이 현대 저널리즘의 행방에는 반대되는 것을 잘 알고 있지마는 이렇게 하는 것이 가장 마음이 편하다. 해석도 하지 않고 이것을 읽고 이러니저러니 한다고 생각하여 달라고도 말하지 않는다. 단지 지금부터 쓰는 것이 우리 둘이 소련에서 마주친 것이며 일인 것이다. 이것은 단지 러시아 견문기일 뿐 러시아지誌는 아니니다.[23]

2. 러시아의 여객비행

뉴욕헤럴드 트리분지 모스크바 지국장 조세프 뉴만 군에게 스톡홀름에서 전보를 치고 모스크바 도착의 예정시간을 알리고 자동차로 나와 달

5 네가 필름negative film이란 사진기에 사용되는 일련의 투명한 플라스틱 필름을 말하며, 네가티브란 그 필름을 이용하여 사진을 촬영하면, 플라스틱 필름위에 생기는 이미지며, 이미지의 밝은 부분일수록 실제로는 가장 어두운 부분이며, 가장 어두운 부분일수록 실제로는 가장 밝은 부분이다.

라는 것과 호텔의 방을 예약하여 주면 좋겠다는 것을 부탁하여 두었다.

우리들의 코스는 스톡홀름에서 헬싱키, 레닌그라드를 지나 모스크바에 가기로 되어있었는데, 외국의 정기항공로가 소련에 들어가 있는 것이 하나도 없으므로 헬싱키에서 러시아의 비행기를 타지 않으면 안 되었다. 매일처럼 닦아서 오점하나 없고 번질번질 빛나는 스웨덴 여객기가 발틱해 핀란드만을 건너서 두 사람을 헬싱키 상공에 옮겨주었다. 귀여운 스웨덴의 서비스걸이 맛있는 스웨덴의 음식을 우리들에게 먹게 해주었다.

순조롭고 쾌적한 하늘의 여행을 끝마치고 장대한 건물이 참으로 새로운 헬싱키. 신비행장에 착륙하고 러시아 여객기가 오는 것을 기다리면서 식당에서 2시간쯤 앉아 있으니 하늘을 얕게 나르며 그 비행기가 왔다 갈색전시도[24]료를 칠한 낡은 C-47이다. 착륙하는 순간에 뒤 타이어가 펑크하였으므로 땅 위에 착 가라앉아버린 그 뒤 타이어를 끌면서 활주로를 메뚜기처럼 뛰며 가까워온다. 이것은 소련체재 중에 본 유일한 사고였는데, 러시아에 입국하자마자 본 이 사고는 약간 우리들의 신뢰감을 저하시키었다. 그 후에 상처투성이며 곰보로 된 갈색의 도료, 부정不淨한 그 발착륙發着陸은 번쩍번쩍 빛나던 스웨덴기機, 핀란드기와 비교하여 좋은 대조라고 말할 수 있다.

잠시간 후 정지선에 도착하니 그 비행기의 성난 동체로부터 모피를 사러온 아메리카 상인의 일군이 내려왔다. 그 무렵 소련에서 열리었던 모피시장에서 돌아오는 길인데, 매매부진으로 기분이 상한 그들은 이 비행기가 모스크바를 출발하여 헬싱키에 이를 때까지 100미터 이상의 고도를 취한일이 없었다고 투덜투덜 대고 있었다. 승무원인 소련인까지도 분개하여 펑크가 난 뒤 타이어를 한번 발길질하고 흔들흔들 건물 속으로 들어갔다. 그 후 얼마 있어 예정대로 그날 오후에는 출발할 수 없다는 말을 들었기 때문에 우리들은 밤을 보내기위해 헬싱키의 거리로 나갔다.[25]

헬싱키, 별로 즐거울 것 같지 않다

카파는 10개의 수하물을 정돈하고 이것저것을 어미닭처럼 점검했다. 그것은 자물쇠가 걸린 실내에서였다. 그는 여러 번 비행장의 소련관헌에게 그 수하물에는 호위護衛를 두어야 한다고 경고도 하였고, 일순간이라도 그 옆을 떠날 때에는 주의하며 지나다녔다. 언제나 명랑하고 쾌활한 남자인데 카메라에 대해서는 폭군으로 변하고 고뇌성으로 되어버린다.

헬싱키는 비참하고 즐거움이 없는 시가처럼 보였다. 그리 폭격도 받지 않았으나 복구는 상당히 급속하다.

호텔은 슬픔에 가라앉고 레스토랑도 정적 이상이다. 시중의 광장에는 밴드대가 그리 즐겁지도 않는 곡을 연주하고 있었다. 거리를 걸어가는 병사는 너무 젊어서 소년처럼 보이고 안색은 창백한데다가 시골티가 난다.

인상을 말하면 혈기가 없고 즐거움이 있을 듯 없을 듯한 시가이다. 두 번의 전쟁과 6년에 걸친 전투, 투쟁을 경과한 헬싱키는 확실히 재기할 수가 불가능한 거리로 생각되었다. 사실, 재기할 수가 있는지 없는지 경제적사정은 나는 모른다. 그러나 헬싱키가 나에게 준 인상은 이상과 같다.[26]

거리에 나가서 렛셀 힐 군과 비르 애드웃드 군을 만났다. 모두 뉴욕헤럴드 트리뷴의 기자로서 소위 철의 커튼의 배후에 있는 이 나라의 사회적, 경제적 연구를 하고 있다. 두 사람은 보고문 적은 책자, 조사록 사진 등으로 가득 찬 호텔의 일실에 함께 거주하고 있는데, 단 한 병의 스카치위스키를 갑자기 새길 축하를 위해서 저축하여 두었었다.

우리들 두 사람의 도착이 생각지도 않던 축하로 되어 병의 마개는 열렸다. 위스키는 꽤 오래갔다. 한참 즐긴 다음 카파는 일전 한 푼 생기지 않는 실없는 트럼프 장난에 손을 내밀고, 하는 동안에 우리들은 침대 위에 올라섰다.

아침 10시 또다시 어제 내렸던 비행장으로 갔다. 예의 비행기 뒤 타이어는 이미 갈아냈으나 아직 2번 발동기를 수리하고 있는 중이었다.

언제나 C-47

그 후 2개월이라는 동안 우리들은 러시아의 비행기로 이곳저곳을 돌아다녔는데, 우리들이 탄 비행기는 그 모두가 이 비행기와 흡사하다는 것이 눈에 띄었다. 참으로 이 비행기가 그 후에 탄 여러 비행기의 대표인 것처럼 생각되었다. 그러[27]할 정도로 우리들이 소련에서 타고 돌아다닌 비행기는 모두 갈색 전시도료를 칠한 C-47이었다. 무기 대여법에 의해서 소련에 남겨두었던 것의 잔물이었다.

새로운 형의 것도 비행장에 있기는 했다. 3차륜의 러시아식 C-47인데 이것에는 한번도 타지 못했다. 아메리카에서 온 C-47은 실내장치이나 다소 오래 묵은 카펫에 한해서는 과로된 것처럼 보였으나, 엔진은 아직 힘이 좋고 승무원들은 모두들 기분이 좋은 듯하다.

이 비행기에는 아메리카에서 볼 때 보담도 승무원이 많다. 조종실까지는 가보지 않았으므로 거기서 그들이 무엇을 하고 있는지는 모르나 도어가 열렸을 때 본 것으로는 여급사까지 합쳐 언제든지 6, 7명은 있는 것 같다.

여급사라도 그들이 무엇을 하고 있는지 알 수 없다. 비행기는 승객들을 위한 식료물은 아무것도 적재하지 않았으므로 아마 승객과는 하등의 관련도 없는 듯하다. 더욱 그러하므로 승객은 각자가 방대한 식료물을 휴대하고 있다. 이 여급사에게는 아마 다른 임무가 있는지 모르나 우리들이 목격한 것으로는[28] 비르 소다수 사과 등을 조종실 안의 인간에게 갖다 주는 것이 그들의 최대임무인 것 같았다.

또 소련에서 탄 비행기의 통풍공은 예외 없이 기능을 정지하고 있었으므로 외부부터의 신선한 공기는 조금도 들어오지 않았다. 그러므로 식료품의 냄새라든가 무엇이든 간에 가슴을 악화시키는 것이 기내에 확대되면 처치할 수가 없다. 이러한 낡은 아메리카제의 비행기는 새로운 러시아산의 비행기가 제작되어 교체될 때까지는 계속 사용된다고 한다.

소련의 여객비행에는 아메리카인에게 있어서는 기묘하게 느끼게 되는 습관이 있다. 우선 안전벨트가 없다. 비행 중은 금연이며 착륙하면 즉시 기내에서 모두 담뱃불을 붙인다. 야간 비행이라는 것이 없고 만일 날이 저물 때까지 다음 공항까지 도착할 수가 없게 된다면 좌석에 앉은 채 비행기 속에서 다음 아침까지 기다리게 된다. 폭풍우 이외의 때는 아메리카의 비행기보담 상당한 저공을 날고 있다. 이것은 참으로 안전하다. 토지는 전혀 평탄하며 저공을 비행하고만 있으면 만일의 경우에는 적당한 착륙장소를 발견하기가 용이하게 된다. 그리고 착륙할 수 있는 장소는 어느 곳에나 얼마든지 있다.

러시아식의 하물의 적재방식도 우리나라와는 다르며 승객들이 좌석에 앉[29]는 것을 기다리고 좌석과 좌석의 사이인 통로에 싸 올린다. 생각하건대, 이 초일의 가장 큰 근심은 비행기가 외관에 유래하는 것이었다. 그러나 엔진이 쾌조하며 참으로 잘 뜨는 것을 보고 걱정거리는 모두 없어졌다.

또, 아메리카의 비행기의 번쩍번쩍한 광택이 꼭 비행기를 더욱 잘 비행시키는 것이라고는 말할 수 없다. 내가 잘 알고 있는 어떤 남자의 부인은 자동차를 닦으면 잘 달리는데 하고 말하고 있는데, 여러 가지 사물에 대해 인간은 어째 이와 같은 사고방법을 하고 있는지 모르겠다.

원래 비행기의 본질은 그것이 공중을 떠서 목적한 장소에까지 도착하는데 있는데 이 점, 러시아인은 다른 사람들처럼 잘 이해하고 있는 모양이다.

모스크바에의 하늘의 여행에는 승객이 적지 않았다. 애교 있는 아이슬란드 외교관과 그의 처자, 작은 보따리를 가진 불란서 대사관의 서기, 말없고 소성素性을 알 수 없는 네 사람의 남자, 이 4명은 끝까지 입을 열지 않았는데 무엇을 하는 사람인지 알 수 없었다.[30]

그때까지 카파는 아직 본질을 발휘하지 않았다. 이리 말하는 뜻은 카파는 러시아어 이외의 모든 언어를 말하며 그 언어 이외에 방언까지 말하는 것이었다. 헝가리 방언의 스페인어 , 스페인 방언의 불란서어, 불란서방언의 독일어 그리고 어디서 나왔는지 모르는 영어 등인데 러시아어만을 알지 못한다. 1개월 러시아어 두세 가지를 알게 되었으나, 그 악센트에 이르러서는, 우즈베크어가 아닌가하고 생각할 정도의 것이었다.[31]

3. 세관통과

11시에 출발하여 레닌그라드로 향했다. 공중에서는 장기간이나 계속된 전쟁의 상흔이 지상에 산견되었다. 참호와 산병호散兵壕와 폭탄이 작렬한 구멍은 겨우 표면에 생긴 풀로 가려지는 하였지만, 이러한 전쟁의 상흔은 레닌그라드에 가까워짐에 따라 심각성을 증대하고 파괴가 확실히 보이고 흑초黑焦로 된 농가의 벽이 돌입되어 사면의 전망을 난잡하게 하였다. 격전이 벌어졌던 곳으로 생각되는 지점에는 참담한 상흔이 나타나며, 달의 표면을 연상시키는 정도이다. 더욱 레닌그라드의 근교에 도달하니 파괴의 도는 더욱 더욱 심하였다.

참호와 거점의 기총機銃진지가 무서운 형상을 나타내고 공중으로부터 똑똑히 보이었다. 레닌그라드의 상공에 들어가 보니까, 교외지역은 분쇄되었음에도 불구하고 시중은 그러한 정도의 손해를 입은 것 같지는 보이지 않았다. 여기서 세관을 통과하지 않으면 안 됨으로 우리들은 걱정하고 있었다. 수하물이 13개나 된다. 수천 개의 섬광전구 수백 본의 노루휘일림이 있다.[32] 엉켜진 코드도 있다.

적어도 수일은 걸릴 것이며 또 이러한 신식 사진 기구에는 막대한 관세를 사정査定할지도 모른다고 생각하고 있었다.

비행기는 경쾌히 레닌그라드 공항의 초원에 착륙하여 정지선에 달했다. 이곳에는 공항관리에 관계된 건물뿐이고 다른 건물은 하나도 없다.

병사가 2명 번들번들한 총검을 메고 비행기 곁으로 온다. 세관리가 비행기에 올라왔다. 주임 같은 자는 미소를 띠고 있다. 은근한 태도인 것은 몸집으로 반짝반짝 빛나는 강철과 같은 이의 소유자이다. 그는 'YES'라는 영어를 단 한마디 알고 있었다. 우리는 'DA'라는 러시아어를 단 한마디만 알고 있다. 그래서 그가 '예스'라고 말할 때마다 우리가 '다'라고 대답함으로 대화는 그대로가 첫 번 문답으로 돌아가고 만다.

여권과 소지금의 조사가 끝나고 수하물 차례가 되기에 기내의 통로에서 수하물 전부를 열지 않으면 안 된다. 기외에 가지고 나갈 수는 없다. 세관리는 극진히 점잖고 친절하다.

가방을 전부 열어 보이니 그는 물품을 일일이 조사하기 시작했다. 그 조사하는 방식을 보고 있는 동안에 그들이 가방 속에 들은 물품을 특히 조[33]사하고 있지 않다는 것을 알았다. 단지 흥미를 느끼고 있을 따름이다.

번쩍 번쩍대는 사진 기구를 처음부터 끝까지 보고 나서 가지고 싶은 듯이 손으로 만져보기도 하였다.

노루필름도 하나하나씩 꺼내어 보았으나 별로 질문도 하지 않았다.

단지 외국물품에 흥미만을 느끼고 있을 따름이지 그들에게는 시간의 제한도 없는 것처럼 보이었다.

그러는 동안 그들은 우리들에 대해 예의를 표했다. 적어도 그들이 우리에 대해 말한 것을 우리들은 그러하다고 생각했다.

그런데 또 하나의 문제가 일어났다 아메리카에서 가지고 온 용지류에 통관 스탬프를 찍는 것이다.

그는 짬바의 주머니에서 구깃구깃된 신문지로 싼 것을 꺼내어 그 속에서 통관 고무도장을 꺼냈다. 그러나 꺼내었을 뿐이지 아무것도 하지 않았다. 스탬프 잉크대를 가지고 있지 않다. 그리고 그가 지금까지 잉크대를 가진 체험이 없었다는 것을 간단히 짐작할 수가 있었다. 그의 행동은 조심스러운 기교이며 계획적인 것이었다.[34]

또한 주머니에서 닳아빠진 연필을 꺼낸 그는 고무도장을 핥고 나서 그 연필을 갈아 그것으로 용지류에다 도장을 찍으려고 한다.

그런 것으로 고무도장이 찍힐 리는 절대로 없다. 또 찍었다하더라도 아무 소용이 없다.

결국, 이 관사의 심부름을 하기로 하고 우리들도 헐어빠진 만년필을 꺼내가지고 잉크를 찍어 우선 자기의 손을 적시고 그것을 스탬프에다 칠해주었다. 이것으로 겨우 끄는 선명한 도장을 찍을 수가 있었다.

예의 신문지에 먼저 번처럼 스탬프를 싼 그는 그것을 주머니에 넣고 나서 애정에 넘친 악수를 하고 비행기에서 내려갔다.

우리는 하물을 먼저대로 다시 모아 좌석 하나에 쌓아 놓았다.

개방된 비행기의 출입구로 이번엔 한대의 트럭이 후진하면서 가까이 왔다. 그 트럭에 산적한 하물 중에는 신품 현미경이 150대식이나 들어있는 상자가 몇 개 있었다. 그리고 한 사람의 여인부가 트럭에서 비행기로 건너 왔다. 그 여자는 강륵強勒한 주신紬身으로 바로틱형의 넓은 얼굴을 하고 있으나, 이 여자는 지금까지 우리가 본 여자 중에서 제일 힘이 있는 여자였다. 그 여자는 중량의 하물을 트럭에서 비행기의 전부前部 탑승원 실에 운반해 놓고 그 현미경의 상자를 트[35]럭에서 비행기로 가지고 가서 좌석과 좌석 간의 통로에 쌓아 놓았다. 슥크 구두에 청색 코트를 입고 청색 보자기로 머리를 싼 그 여자는 남자 이상의 힘을 가지고 있었다. 그리고 이 여자도 또한 세관리와 같은 스테인리스・스틸같이 번쩍이는 이를 가지고 있고, 그러므로 그 여자는 인간으로 보이지 않고 오히려 기계같이도 보이는 것이었다.

생각해보면, 우리들은 여기까지 오기에 불유쾌한 심정이 될 것을 각오하고 있었다. 대개 어느 나라의 세관이고 세관이라 하는 것은 사권모독私權冒瀆을 특권으로 하고 있는 까닭이다. 그리고 이곳 레닌그라드의 세관들은 처음 보는 사람들의 이야기를 신용하고 냉대를 받던가, 모욕적인 언동으로 대하게 되는 것으로만 알고 있었다. 그러나 그러한 것은 조금도 없었다. 결국은 적하積荷를 마친 그 비행기는 또 공중에 올라 한없이 평탄한 대지의 상공을 모스크바로 달리고 있었는데, 지상에는 삼림이 있고 광막한 농장도 있고, 페인트칠도 하지 않은 인가의 부락도 보이고, 또한 밀집을 싸놓은 것이 보였다.

참으로 고도는 알았으나, 이것도 구름이 내려 덮였을 때뿐이지 구름이 오면 그 위로 나아가야만 되었고 그럴 때에는 빗방울이 창에 부딪혔다. 비행기에 있는 여급사는 몸집이 크고 금발이며 유방이 큰 것으로 보면 모친[36]인 것 같으나, 그 여급사의 유일한 임무는 현미경이 들은 상자를 넘어 담홍색을 한 소다수 병을 승무실에 있는 사람에게 가지고 가는 것인데, 흑빵 한 덩어리를 가지고 가는 것도 본 일이 있다.

아침부터 식사를 하지 못한 우리들은 공복을 느끼게 되었다 그러나 식사를 하는 도리가 있을 것 같지도 않다. 언어가 통한다면 여급사에게 부탁도 해보고 부탁하면 그 여자는 흑빵 조각이나마 갖다 주었을 것인데, 그러나 우리 두 사람에게는 어찌할 길이 없었다.

네 시쯤 되어서 운우를 뚫고 강하해보니 좌방으로 거대한 모스크바의 시가가 보인다. 시가를 중단中斷하여 모스크바 강이 흐르고 있다.

공항 그것만도 대단히 큰 것이었다. 활주로에도 포장된 곳과 잔디를 깔은 데도 있었다.

이곳에는 문자 그대로 수백의 비행기가 열을 지어있고, 수송기 O-47 또 수대의 번쩍번쩍 번쩍이는 아르미제로 된 3차륜 식의 신형 러시아아기 등이었다.

우리가 타고 온 비행기가 새롭고 인상적인 공항 사무소 앞을 가까이 활주하게 되자 우리들은 창밖을 내다보며 지인을 찾았다. 누구든지 간에 기다리고[37] 있을 듯해서.

그날은 비가 내렸다. 비행기에서 내려 우중에서 하물을 추리었는데 참으로 적적한 감을 느끼었다. 누구 하나 우리들을 기다려주는 자는 없었다. 낯익은 얼굴도 없었다. 물어볼 수도 없고 러시아통화는 한 푼도 없고 어디로 가야 좋을지를 망설였다.

헬싱키에서 존 뉴만 군에게 하루 늦게 모스크바에 도착할 것을 통지해 놓았다 그 '존'도 나와 있지 않다. 우리들을 위해 나온 자는 한 사람도 없었다.

힘센 남자의 포터들은 우리 둘의 하물을 공항사무소 전까지 운반해 놓고 기다리고 있었다. 지불해 줄 것을 기다리면서. 그러나 지불할 금전이 없다. 버스가 줄을 이어 지나가는 것을 보고 있으면서 그 방향 표시판도 읽지 못하는 자기의 신세를 발견하게 된다. 버스는 만원이었고 문 밖에도 방울처럼 객을 매달고 있다. 둘이서 13개의 하물을 가지고 차를 탄다는 것은 생각도 못할 일이다. 포터들이… 이것은 상당한 걱정이었다. 지불을 기다리고 있다.

우리들은 더욱 공복을 느끼게 되고 비에 의복은 젖고 걱정이 되고 크[38] 나큰 고독을 느끼게 되었다.

이때 서류가방을 들고 나온 것이 예의 불란서대사관으로 가는 서기였는데 포터들에게 지불하는 금전을 내준 한편 자기를 데리러온 자동차에 13개의 하물을 실어 주었다. 그는 참으로 인상 좋은 남성이며 자살까지 할 지경이었던 우리 두 사람을 구해주었다.

혹은 그가 이 기술을 읽을지도 모르므로 여기서 재차 사의를 표하기로 한다. 그는 우리를 메트로폴 호텔까지 데려다 주었다.[39]

4. 모스크바의 제1 인상

모스크바 시중에는 레스토랑이 2종류로 나누어져 있다. 하나는 배급 레스토랑으로 이곳에 가면 배급표로 상당히 싸게 식사할 수가 있다. 또 하나는 상업식당으로 식사에는 대차大差가 없으나 값은 깜작 놀랄 만큼 비싸다.

호텔 메트로폴에 있는 상업식당은 대단히 훌륭하다.

실내의 중앙에서는 분수가 올라가고 천정은 3층 만한 높이다. 댄스후로아도 있고 1단 높게 밴드석도 있다.

밴드, 이것에는 그리 감탄할 수는 없다 아메리카의 재즈를 연주하고 있으나 지금까지 들어보지도 못한 조잡한 것이었다. 러시아의 사관과 함께 온 부인들 비교적 수입이 좋은 일반시민들이 분수 주위에서 춤추고 있다. 이 밴드의 북치는 사람은 단번에 굴빠의 아류라는 것을 짐작할 수 있었다. 자신을 광열의 경지에 빠지게 한다는 뜻으로 발撥를 던지 허공에서 손재주를 부려 보인다.

클라리넷을 불고 있는 자는 아마 베니 굿맨의 레코드에서 배운 것같이 가끔 굿맨식의 삽입음을 넣고 있다. 피아니스트의 한 사람은 부규기 유인 것 같다. 도취의 경지에서 상당히 노련한 손짓으로 부규기 조로 누르고[40] 있다.

만찬은 큰 그릇에 담은 캬버나와 호배추의 스프 포테이토를 넣은 비후 스테이크 치즈에 포도주 두 병과 워커가 4백 그램이다. 이것이 5인 분이며 값은 1불 대 12루블의 외교관 레트로 환산하여 110불이 된다.

이것만의 요리가 나오는데 약 2시간 반이 걸리는데 이것은 우리들에게는 경악 이상의 것이었다. 후일에 알게 된 것인데 이것이 러시아의 규칙이고 그 이유도 확실하였다.

원래 소련에서는 모든 영업이 국영 혹은 국가가 승인한 독점적 기업체의 관리 하에 있으므로 부기의 방식이 상당히 대규모이다.

예를 들면, 우선 보이가 손님의 주문을 받으면 꼼꼼히 장부에 기입하는데 그렇다고 해서 직접으로 그 요리를 가지러 가는 것이 아니라 기장계로 간다. 기장계는 그 주문을 자기장부에 기입하고 나서 조리장으로 주문 전표를 띤다. 이조장理調場에서도 이것을 장부에 기입해 놓고 나서 주문한 요리를 만든다. 조리가 되면 조리한 것을 기입한 전표가 조리장에서 보이에게로 나간다. 그 후에도 직접 보이가 객석에 요리를 가지고 가는 것이 아니다. 보이는 그 조리전표를 기장계에 주고 기장계는 주문한 요리가 된 것을 기장하고 나서 새[41]로 전표를 떼어 보이에게 준다. 보이는 이 전표를 가지고 조리장에 가서 요리를 받은 다음 또 그 위에 자기의 장부에다 주문 당한 요리가 나온 것을 기입하고 나야 겨우 주문주의 식탁에 가지고 가는 것이다.

이러한 순서로 기장하는데 상당한 시간이 걸린다. 어떠한 태도로서 식사를 해 보아도 식사가 끝나기까지의 시간보담도 기입하는 시간이 더 걸린다. 저녁 식사를 하는데 성급한 것은 금물이다. 모든 세상일은 성미가 급해서는 안 되는 것이며, 순서를 바꿀 수도 없다. 이럭저럭하는 사이 밴드는 〈Roll out the Borrel〉 과 〈In the moon〉을 연주하고 있었으나, 테너 가수는 마이크로훤 앞에 나아갔다 그러나 그의 성량은 그 실내에서는 충분하였다. 노래한 것은 시나트라 유 〈Old Black Magic〉, 〈I'm in the mood for Love〉, 〈Old man River〉의 러시아판이었다.

날이 지날수록 모스크바에 있는 신문 특파원들로부터 모스크바에서 기대할 수 있는 것과 기대하지 말 것 등에 관해 이야기를 들었는데 이것은 대단히 고마운 일이었다.

최초에는 외무성 내에 있는 신문과의 신뢰를 얻으려고 생각해서는 안 된다는[42] 것이다. 이유는 그 신문과에는 어느 종의 규칙이 있으므로 신뢰를 얻으려고 하는 사람은 무엇보담도 모스크바를 떠나려고 생각해서는 안 된다는 것이다.

그밖에도 조건은 있었으나 우리에 관한한 이점이 가장 중요하였다. 이유는 우리 둘은 모스크바에 오래도록 있을 마음은 없고 시골에 가서 농촌 사람들의 생활을 볼 생각이었다.

나는 1936년에 모스크바에서 수일간 체재한 일이 있으나, 그때를 본 지금의 변함은 상당한 것이었다.

시가는 당시에 비하면 무척 청결해졌다. 그때 지척거리고 먼지 많던 가로는 포장되었다. 11년간에 이루어진 건설은 양과 질 그 모두 상당한 것으로 수백의 새로운 고층건축 모스크바 강에 걸린 다리, 그리고 도로는 폭이 확대되고 어느 곳이나 기념상이 서있다.

모스크바 구시가의 좁고 지저분하던 구역은 모두 자태를 감추고 그 자리는 주택구역으로 되었고 공공 건축물이 건설되어 있다.

이곳저곳에 폭격으로 파괴된 곳도 있었으나 그리 많지는 않다. 독일군이 모스크바 상공침입에 성공하지 못하였던 것이 확실히 알 수 있다. 전쟁 중 모스크바[43]에 있었던 어떤 신문특파원의 말에 의하면 모스크바의 대공방비는 상당히 훌륭하였으며, 전투기의 수도 많았으므로 독일공군은 막대한 희생을 내가면서 수회에 걸쳐 침입을 하였으나 결국 모스크바 폭격을 단념하였다한다. 폭탄은 약간 떨어졌으나 그 중의 1발이 크렘린 궁전에 명중되고 몇 발은 교외에 떨어졌다. 런던공습에 전력을 기울이고 있었으므로 독일공군도 강고한 방비도시의 공격에는 언제든지 동반되는 큰 희생을 내려고 하지 않았다.

시가의 외관을 보기 좋게 하기 위해 애쓴 노동의 자취에도 주의하여 보았는데 고층건물에는 모두 사다리가 놓여 있고 페인트칠도 하고 파손된 곳을 수리하고 있었다. 이것은 모스크바 개시 800백년 기념일이 수주일 후에 닥쳐오며 이 기념일이 여러 가지 제전과 장식으로 성대하게 축하하기로 되어 있고 더욱 수개월 후에는 11월 혁명의 삼십 주년 기념일을 갖게 되는 까닭일 것이다.

전기공들이 공공건축물 크렘린 몇 곳의 큰 다리에 전등선을 끌고 있었다. 공사는 저녁이 되어도 그치지 않고 조명을 사용하여 밤을 새우면서 계속하고 있으며 모스크바 시 전체가 도장 또는 수리 등으로서 수년 만에 맞이하는 평화스러운 경축일을 준비하고 있었다. 이 준비의 번망繁忙과 시가의 즐거움에도 불[44]구하고 모스크바 시민에게는 피로함이 보였다. 부인들을 보니 전혀 화장을 하지 않았던가, 또는 약간 하고 있다는 정도의 것이 대다수이며 복장은 괜찮은 것이 있는데, 그리 아름답다고는 말할 수 없다. 거리에서 보는 남자들 중에는 제복을 착용하고 있는 자가 참으로 많은데, 그렇다고 해서 군무軍務에 관계하고 있는 것이 아니다. 복원자이며 제복을 입고 있을 뿐이지 견장도 붙이고 있지 않고 휘장도 없다.

카파는 카메라를 사용치 못했다. 그 이유는 어떤 특파원이 경관에게 발견되면 마지막이며 정규의 허가증 없이는 즉시 끌려가 심문을 받게 되니까, 허가증 없이는 카메라를 사용하면 안 된다고 말하였기 때문이다. 우리 둘은 점점 마음이 떨리기 시작하였다.

감시를 당하고 추격되며 미행을 당하는 것이 싫어서 어딘가 가볼까 생각하여도 함께 갈 상대가 없다. 모스크바의 관료들에게도 다소의 변화가 보였으나, 그렇다 해도 워싱턴에 있어서 겨우 신인信認된 것과 같은 정도에 불과하다. 수백 본의 필름과 사진 기구를 걸머지고 타인의 방을 여기저기로 피해 다니는 것이 참으로 귀찮게 되었다.

러시아식 장기라는 말을 들은 일이 있다. 도리어 나는 러시아식 지명이라고 말하는 것이 좋을 성 싶으나 이것은 절대로 지지 않는 방법인 것이다. 손짓[45]하는 것도 참으로 간단하다.

그대들이 정부 부내의 어떤 사람에게 회견하려면 그 상대는 부재不在가 아니면 병에 걸렸다. 이 입원하지 않았으면 휴가로 다른 곳에 가있다. 그리고 이것이 1년간이나 계속할 때도 있다. 그래서 그대들이 공격의 상대를 바꾸어 다른 사람과 만나려고 하면은 그 사람도 역시 또 부재이다. 입원하고 있다든가, 휴가로 어디인지 떠나고 있다.

어떤 헝가리인 중매인이 신청할 일이 있어서… 나의 상상으로는 이 용건이 그리 환영받을만한 성질의 것은 아니었을 거다. 모스크바에 오게 되었다. 3개월간 기다렸다. 모스크바에 올 때에는 특정한 사람에게 면회를 신청하였으나 종국에는 아무래도 좋다. 만날 수만 있다면 좋다고 생각하였다 그러나 아무와도 면회하지 못했다.

또 아메리카에서 어떤 교수가 교환학생의 계획을 품고 모스크바에 도착했다. 당당한 인텔리이며 거기에 또한 선량한 인간이었다. 그런데도 수주간 기다리게 되었다. 종국엔 이 교수도 아무와도 회견하지 못하고 귀국하였다.

이러한 방법에 걸리면 큰일이다. 또 관용 이외에 이러한 방법에 대해서는 방비할 길이 없는 것이다.[46]

5. 소련의 관료, 작가, 신문기자

오후에 소련대외문화협회에서 한 대의 차가 와 우리들을 그 본부에 데리고 갔다. 그때까지 내 생각으로서는 우리들을 접대하는 책임을 작가연맹이 하는가, 대외문화협회에서 하는가에 관해 결정을 보지 못했으므로 늦은 모양이다. 결국 후자가 그 책임을 지게 된 모양이다. 그 본부는 참으로 아름다운 작은 궁전풍인 건물 속에 있었는데 옛날에는 호상豪商의 저택이었던 것이다.

우리들은 가라가노후 씨에게 접대되어 그 사무실에 들어갔는데, 총유재總楢材의 판장에 스탠드・그라스의 천창이 붙어 있으며 사무를 보기에는 참으로 쾌적한 실내였다. 가라가노후 씨는 아직 젊고 갈색머리에 세심한 신경의 소지자로 느리기는 하나 정확한 영어를 말하며, 책상에 마주앉아 여러 가지 것을 질문하면서, 한쪽은 푸른 한쪽은 빨간 색연필로 앞에 놓인 용지에 부호를 조금조금 식 기입하였다.

거기서 또 이번 소련여행의 계획을 설명하고 정치적인 것에 관해서는 일절 피하나 소련의 농민, 노동자, 상인들과 만나 이야기해서 그들을 이해하고, 그[47] 생활을 보고 그 사태를 정확하게 아메리카 국민에게 알리는 것이 목적이라고 말하고, 그렇게만 되면 어느 정도 이해를 깊이는데 도움이 될 것이라고 말하였다. 그는 조용히 듣고 있으면서 V자 형의 기호를 기입했다.

"지금까지도 그러한 일을 하겠다고 말하여 온 사람이 있었다"고 그는 말하고 소련에 관한 서적을 쓴 아메리카인 저자의 이름을 쭉 들며 다음과 같이 계속했다.

"그들도 이 본부에 찾아왔다. 그러나 여기서 말한 것과 아메리카에 돌아가 쓴 것과는 전혀 판이했다. 우리들이 적지 않은 의혹의 눈으로 보는 것도 이러한 경위 때문이다."

거기서 나는 대답했다.

"우리들이 호의를 가지고 왔다든가 그렇지 않으면 그 반대이라는 것을 생각할 필요가 없다. 소련에 온 것은 만일 허락된다면 보도를 하기 위한 것이며, 우리들의 의향으로서는 보는 그대로 정확하게 글을 쓰고 사진을 찍고 싶다. 마음에 들지 않는 것과 이해할 수 없는 일이 있으면 그것을 쓸 작정이다. 그러나 우리들의 목적은 기사의 재료를 찾는 데 있다.

구하는 재료를 찾지 못하면 물론 기사를 쓴다. 만일 할 수 없다 해도 기사[48]로는 되는 것이다."

그는 오랫동안 생각하고 나서

"그러하다면 신용합시다. 그러나 오늘 날까지 소련을 방문하였을 때에는 극단적으로 친소적이고 아메리카에 돌아가면 손바닥을 돌린 것처럼 극단적으로 반소적으로 되는 사람들에게는 참으로 골머리를 앓고 있다. 그러한 경험이 참으로 많았다."

라고 말하고 좀 사이를 두고 계속했다.

"이 대외문화협회는 그리 큰 권력도 세력도 없다. 그러나 당신들이 희망하고 있는 일이 성수되도록 될 수 있는 한은 돕겠다."

그 다음 질문을 아메리카에 관한 것에 옮기고 여러 가지 것을 물었다.

"아메리카의 여러 신문은 대소전쟁에 대해서 크게 떠들고 있는데 아메리카 국민은 소련과의 전쟁을 희망하고 있는가."

"그러한 일은 없다고 생각한다. 대체 어떠한 국민들도 전쟁을 원하고 있지 않다고 보는데 그러나 그 점은 알 수 없다."

"그럼 어떤 이유로 신문은 전쟁, 전쟁하고 그렇게 떠들고 있는가."

"우리들은 정치가는 아니다. 그러므로 이유는 알 수 없다. 생각하건데 어느[49] 정도는 요다음에 오는 대통령선거에 관련이 있을 것이다 그러나 그것이 어느 정도까지인지는 알지 못 한다."

이번에는 여기서 질문했다.

"소련의 국민 또는 국민의 어떤 일부 혹은 소련정부의 어떤 일부는 전쟁을 하겠다고 생각하고 있는가."

이 질문을 받자 그는 어깨를 쭉 피고 연필을 손에서 띠었다.

"이것은 명확하게 대답할 수 있다. 소련국민도 소련정부의 여하한 부문도 절대로 전쟁을 욕망치 않는다. 더욱 말하면 소련국민은 전쟁회피를 위해서는 어떠한 것이라도 한다. 이것은 단언할 수 있다."

연필을 또다시 들고 용지에 동그란(◯) 기호를 기입하고 나서 다음과 같이 말했다.

"그러면 아메리카의 저자에 관해 말합시다. 우리들에게는 아메리카의 소설가는 이미 아무것도 믿지 않게 되었다고 생각되는데 이러한 생각은 타당할 것인가."

나는 단 한마디로 '알 수 없다.'

"최근의 당신 자신의 작품은 거지반 회의주의적(시니컬)인데."[50]

"회의주의는 아니다"라고 나는 대답했다.

"작가의 일의 하나는 그 시대를 될 수 있는 한 정확하게 이해해서 쓸 것이라고 믿는다. 내가 노력하고 있는 것은 항상 그러하다."

이어 그는 아메리카의 작가에 관해서 질문을 하고, 콜드웰과 포크너에 대해 물어보고 헤밍웨이는 언제쯤 신서新書를 내느냐고 물었다. 그리고 신인작가의 대두는 어떠한가라고 물었다. 이것에 답하여 "신인은 2, 3인 나타났다. 그러나 그들에게 큰 기대를 하기에는 너무도 빠르다. 신인들은 붓을 들고 있어야할 이 4년간을 군대에서 보냈다. 그 경험은 그들 자신을 상당히 뿌리 깊은 데서부터 동요시키고 있는 것 같다. 그들이 그 경험이나 생활에서 빠져나와 안전하게 자리를 잡고 쓰기까지에는 시일이 필요할 것이다."이와 같이 설명하였다. 그는 아메리카에 있어서 작가들이 서로 단결하지 않고 협력하지 않는데 좀 놀란 것 같다. 소련에서는 작가는 상당히 중요한 국민이다. 스탈린 수상의 말을 옮기면 러시아의 작가는 정신의 기술자이다.

아메리카에서는 작가의 처지는 소련과는 전혀 다른 것이라고 그에게 설명했다. 아메리카의 작가는 곡예사曲藝師와 해표海豹의 중간처럼 생각하고 있다. 그러나 이것은 참으로 좋은 일이다. 작가가 너무도 높이 평가된다면 마치 신문에서 칭[51]찬을 받는 영화배우처럼 앞길이 막히게 된다. 아메리카의 작가가 고난의 생활을 하는 것은 결국 좋은 약이 된다고 생각한다고.

소련의 국민과 미영의 국민 간에는 심이적인 면에서나 지식적인 면에서도 그 정부에 대한 감정에 근본적인 상위相違가 있다는 것을 알았다. 소련의 국민은 교육, 훈련, 선전을 통해서 자기들의 정부가 가장 좋은 것이며, 그 여하한 부문도 좋은 것이고 국민의 생업은 여러 가지의 방법으로서 정부의 생명을 신장하고 지지하는 것이라고 철두철미 믿도록 되어있다. 이것에 반하여 아메리카인이나 영국인은 어떠한 정부도 하여간 위험한 것이며 정부라는 것을 될 수 있는 대로 작게 해두어야 할 것이며, 정부의 권력 강화는 어떠한 때에 있어서 나쁜 것이며 어느 때의 정부에 대해서도 항상 감시의 눈이 향할 필요가 있고 통렬하게, 그리고 철저하게 비판하는 것이라는 감정을 마음속에 품고 있다.

후에 있어서의 이야기인데, 소련의 농장에서 농민들과 식탁을 둘러싸고 이야기하였을 때, 아메리카의 정부는 어떻게 운영되어 가느냐고 질문을 받았다. 거기서 우리들의 정부는 국내적인 힘의 균형으로 성립되어 있고, 세계의 일국민인 우리들은 정부가 그 지위든가 또는 가지고 있는 권력을 절대로 다른 것에 빼앗기지 않으려고 획책하든가, 노력하는 것과 같은 일은 없는가하고, 항[52]상 위구危懼하고 있다고 설명하여 이해를 시키려고 했다. 그리고 또 아메리카 국민은 정부를 만들고 그것을 유지하고 있는데, 독재적인 권력이라는 것을 두려워함으로 어떤 훌륭한 지도자가 출현하였을 때에도 그에게 정권을 주고 새로운 지도를 시키지 않고 도리어 더 나아가 그 지도자를 물리칠 것이라고 말했다. 그러나 그들에게 완전히 이해시키었다고는 생각지 않는다. 소련국민은 자기들의 지도자들도 좋고 그 지도도 좋은 것이라고 머릿속에 뿌리 깊이 박혀져 있는 까닭이다. 여기에 논의의 여지는 없다. 마치 두개의 틀린 제도가 서로 융합되지 못하는 것과 동일하다.

가라가노후 씨의 용지는 적과 청색의 기호로 가득했다. 그는 최후에 말했다.

"하고 싶은 것과 보고 싶은 것의 리스트를 만들어 나에게 제출하면은 그것이 허가될 수 있는지 없는지를 검토하여 보겠다."

우리들은 가라가노후 씨가 참으로 마음에 들었다. 그는 모든 것을 솔직하게 감추지 않고 말할 수 있는 남자이다. 그 후 여러 사람들로부터 허식된 말과 누구나 다할 수 있는 일반론을 들었는데, 가라가노후 씨로부터는 그와 같은 것은 일절 귀에 듣지 못했다. 우리들도 그에 대해서 조금도 우리들을 위선僞善시켜 보이려고 절대[53]로 하지 않았다. 우리들은 어느 선입관념과 아메리카인으로서의 견해와 그에 대한 약간의 편견을 가지고 있었다. 그러나 이와 같은 것은 그에게 우리들에의 증오와 의념疑念을 만들기보다도 이것 때문에 그는 한층 더 우리들을 신용한 것처럼 생각되었다.

러시아인의 대외적인 선전은 세계에서 가장 졸렬하다. 외국 특파원의 예를 들어보자. 보통 신문기자가 모스크바에 올 때에는 선의만을 가지고 오고 보는 것을 이해하려는 욕구에 빠진다.

그러나 즉시로 자기가 증오의 눈으로 감시되어 있고 신문기자의 일을 하지 못하고 있는 것을 알게 된다. 그리고 차차 변화되어간다. 점점 그 제도에 증오감을 갖게 된다. 어떤 하나의 제도를 미워하고 있는 것이 아니다. 일을 할 수 없다는 단순한 이유로 그 제도를 미워하는 것이다. 한번 그렇게 되면 인간이 그 제도에 관한 모든 것을 밉게 보는 것이 극히 빠르다. 통상적으로 증오의 염念에 불탄 신문기자는 신경질로 되고 마음씨가 나쁜 자로 된다. 근원을 밝히면 파견된 목적을 성수하지 못하였기 때문이다. 일의 목적을 이루지 못한 인간은 그 안 되는 원인을 증오하는 것이다. 대사관원과 특파원은 고독을 느끼며 격리된 것처럼 적요를 느끼고[54] 있다. 이러한 사람들은 소련의 중심지에 있는 고도孤島의 주민인 것이다. 그러므로 그들이 고독감에 사로잡혀 한층 신랄하게 되는 것은 조금도 불가사의한 일이 아니다.

정식 모스크바 특파원에게는 이 대외문화협회이나 또는 외무성의 신임증명이 당연 교부된다.

우리들은 그와 같이 특파원에게 허락되어 있지 않는 다른 많은 것을 할 수가 있었는데, 특파원과 같은 통신보도의 일을 하고 있었으면 외무성의 관할 하에 들어가 모스크바를 절대로 떠나지 못했을 것이다.[55]

6. 키예프, 폐허의 거리

우리들이 한걸음 모스크바를 떠나면 갑자기 모양이 변하야 모스크바와 같은 엄격함도 긴장도 없다는 말을 들었는데 그것은 사실이었다.

키예프 비행장에 도착하니 소련작가동맹 키예프 지방[6] 지부에서 많은 우크라이나인이 마중을 나와 주었다.

그들은 참으로 잘 웃는다.

---

6 원본에는 '지방'의 한자 '地方'에서 '地'가 가로로 인쇄되었다.

그들은 모스크바에서 만난 사람들보다도 즐겁게 보이고 여유를 가지고 있었고 솔직함과 성실성이 있었다. 큰 편이고 거지반 금발이며 회색눈동자를 가지고 있다. 우리들을 비행장에서 키예프의 거리로 데려가기 위해 자동차를 준비하여 주었다. 키예프는 지난날엔 틀림없이 아름다운 거리였을 게다.

모스크바 보담도 더욱 오랜 역사의 거리로 러시아 각 도시의 어머니였다.

차를 달리다가 평원에 떨어져 가는 도니에플 강변 언덕 위에 우리들은 머물러 앉았다. 그곳에서 보이는 승원僧院, 성채城砦, 교회는 모두 오랜 11세기 이래의 세월을 거쳐 온 것이다. 여기는 또 옛날엔 쓰아 마음에드른[7] 보양지保養地였으며 그[56]것 때문에 궁전도 있다. 이 거리에 있는 여러 공공건축물은 러시아 전토全土에 알려져 있다. 또 종교의 중심지이기도 하다. 그것이 지금은 거지반 폐허로 되어버렸다. 이 거리는 독일인들이 파괴한 것을 완연히 나타내고 있다.

모든 관전, 도예관圖藝館, 극장과 유명한 영원한 경기장까지도 파괴되었다. 총화에 의에서가 아니고 전투 중에도 아니고 화염과 다이너마이트를 사용해서 그리 되었다.

키예프대학도 회신灰燼으로 돌아가고 각종의 학교는 폐허로 되었는데, 이것도 전투를 위한 때문이 아니고 키예프시가 가지고 있는 문화적 기능과 1000년간이나 높이 솟아올랐던 아름다운 건축물의 거의 전부를 파괴하려고 했던 광폭한 파괴욕에 의해서이다. 여기서 독일문화가 그것에 알맞은 일을 하였던 것이다. 공정한 보수라는 것은 세상에 드문 일인데 독일인의포로들이 자기들이 감행한 파괴와 혼돈의 뒤처리를 하고 있는 것은 그 하나이라고 말할 수 있을 것이다.

안내역인 우크라이나인은 아레크세 볼타락키 군인데 레닌그라드에서 받은 전상 때문에 좀 절음거리는 체격이 큰 남자였다. 그는 훌륭한 영문

7 문맥상 의미는 '옛날에 쓰던 마음에 들었던'이다.

으로 글을 쓰는 우크라이나 작가이며 유머의 감각도 상당한 것이며 온정이 있고 또 친애감을 가질 수 있는 사람이었다.[57]

호텔에 가는 도중 우리들은 누구나 다 그러한 것처럼 우크라이나 처녀들의 아름다움에 마음을 던지었는데, 그들은 거지반 금발이며 여자다운 훌륭한 자태를 갖고 있었다. 몸차림이 아름답고 활발하게 활보하며 참으로 잘 웃는다.

복장은 모스크바의 부인들처럼 좋은 것을 입고 있지 않으나 효과적으로 입은 점에서는 그들보다도 나은 편이다.

키예프의 거리는 말할 수 없이 파괴되어있으나 모스크바는 그렇지는 않았다. 그럼에도 불구하고 키예프의 사람들은 모스크바의 사람들처럼 피로하지 않다.

보행할 때에도 수그리고 다니지 않는다. 어깨를 뒤에 딱 펴고 노상에서도 즐겁게 웃는다. 이것은 물론 인종의 이유에서 오는지도 모른다. 우크라이나인은 슬라브 인종부터 특별된 인종이긴하나 러시아민족은 아니다.

언어의 점에서는 여러 우크라이나인이 러시아어를 말하고 읽기도 하다. 우크라이나인 자신의 언어는 분파의 또 분파로서 러시아어라기보다도 도리어 남슬라브어에 가까운 것이다. 우크라이나인 특히 농민들이 사용하고 있는 농업상의 언어는 헝가리어와 비슷한 것으로 그 중의 여럿은 또 체코어 그대로이며 러시아어에는 연이 멀다.

우크라이나인이 인쓰리스트 호텔에서 성대하게 점심을 베풀어 주었다. 참[58]으로 잘 익은 신선한 토마토, 오이와 어류의 요리도 내놓고 큰 그릇에 가득 담은 캐비아 물론 워커도 있었다. 도니에풀 강에서 잡은 생선 후라이 비후가스 아름답게 요리된 우크라이나의 야채 거기에 조지아산인 포도주에 맛있는 우크라이나 소시지라는 호화로운 요리로 주인 격인 우크라이나인은 기분이 좋고 충분한 호의를 나타내주었다.

오후 모두들 호텔의 아름다운 정원을 산보하였는데, 이 정원은 도니에

풀 강을 바라보는 애상崖上으로 되어있다.

여기에는 거목이 있고 독일군이 태운 음악당은 치워버리고 새로운 것이 신축되어 있다. 큰 나무와 나무사이 이곳저곳에 이 시가를 지킨 사람들의 묘가 있고 풀이 나서 녹색인 무덤에는 용사들에게 바친 풀꽃이 빨갛게 피어 있었다. 적은 극장도 있었고 휴식하기 위한 벤치도 여러 곳에 놓여 있었다.

내려다보면 도니에풀 강 물줄기의 흐름은 이 단애斷崖에 따라 구부러지며 강을 중단시키는 것 같은 넓은 사주砂洲가 있다. 여기서는 내려 쪼이는 태양 아래 드러누운 사람도 있고 강에서 수영을 하고 있는 사람도 있었다. 좀 멀리 보이는 평지에는 황폐한 시가가 보이며 그곳은 시가전 때문에 완전히 파괴되어버렸다. 부서진 기[59]왓장과 검게 불탄 자국과 얼마 안 되는 벽만이 서로 서있을 따름이다. 그 거리는 독일군이 점령한 것을 적군이 탈환한 것이다.

공원에서는 오케스트라가 연주되어 어린애들이 벤치에 걸터앉아 그것을 듣고 있었다. 강 위에는 돛배와 작은 발동기정이 뜨고 사람들이 수영하고 있다.

우리들이 바위 비탈에 걸린 보교를 건너면서 내려다보니 밑에는 버스 정류소가 있었다. 그곳에 정차된 버스 앞에서 부인의 화려한 싸움이 전개되어있었으므로 잠시 보기로 했다. 순번을 기다리는 행렬의 규칙은 러시아에서는 참으로 엄격하다. 누구든지 전차나 버스를 타기 위해서는 행렬을 하지 않으면 안 되는데, 예외는 임부姙婦, 어린애를 데리고 있는 부인, 노인, 불구자로 이들은 열에 끼지 않아도 괜찮다. 차가 오면 이러한 사람들이 먼저 타고나서 다른 사람은 열의 순서로 승차하기로 되어있다. 우리들이 보고 있으니 아래서는 지금 막 어떤 남자가 열에 가까이와 열의 맨 앞에 선 때였다. 이것을 보고 분개한 한 부인이 성난 태도로, 열의 맨 뒤로 가라고 소리쳤다. 남자는 완고하게 선두에 섰다가 버스에 올라탔다. 여기에 있어서 예의 부인은 격분하여 버스에 올라가 남자를 끌어내려 열의 후부에 끌고 가서 세워놓았다. 부인은 실로 맹렬하였다 그가 남자를 끌어내려 열의 맨 뒤에 끌고 가는 것을 보고 행렬속의 사[60]람들은 그 부인에게 성원하였다. 이것은 우리들이 이번 여행을 통하여 목격한 얼마 안 되는 폭력행위의 하나인데, 그러할 때마다 러시아인들은 믿지 못할 정도로 서로 인내하고 있었다.

전날 밤 얼마 잠을 자지 못해서 그날 밤의 만찬회에서는 피로를 느껴 점심때 먹은 취분醉分이 돌을 때까지는 워커에 대한 정열까지도 쇠퇴되었다.

주인 격인 사람들은 우리들로부터 여러 가지를 듣고 싶어 했다. 우선 아메리카를 알기 위해서 국토의 범위와 수확물, 정책 등을 질문하였는데 우리들은 아메리카라는 국가가 참으로 설명하기 힘든 나라라는 것을 그들에게 해득解得시키려고 했다. 아메리카에 관해서 우리들 아메리카인에게도 모르는 것이 많이 있다. 정부라는데 관해서 아메리카인이 생각하는 방식을 설명하고, 아메리카 정부에서는 정부의 각 부문이 서로 제약하고 있다는 것을 말하고, 독재라는데 관한 아메리카인의 위구危懼를 설명하였다. 너무도 큰 권력을 가진 지도자는 아메리카에 있어서는 위구의 근원이며 아메리카의 정부는 어떤 사람에게도 너무도 큰 권력을 장악하려고 생각하거나 장악하든가 또는 장악시키지 못하게 하는 조직으로 되어 있다는 것을 설명하였다. 그리고 이러한 이유로 다분히 아메리카의 국가기능은 슬로모션으로 되어있으나 동시에 견실하게도 되어있다고 말하니[61] 그들도 이 견해에 동의하였다.

노동임금과 생활수준에 관한 질문도 나왔다. '노동자가 어떠한 생활을 하고 있는가, 일반 사람들도 자동차를 가지고 있는가, 어떠한 주택에 살고 있는가, 그들의 어린애들은 학교에 다니는가, 학교는 어떠한가' 등이 그들의 질문이었다.

또 원자폭탄의 이야기도 나와 그들은 원자폭탄을 무서워하지 않는다고 말했다. 스탈린은 금후의 전쟁에는 절대로 원자폭탄이 사용되지 않는다고 말했는데, 이 우크라이나인도 스탈린의 말을 그대로 믿고 있었다.

그중의 한 사람은 만일 원자폭탄이 사용된다하더라도 그것은 단지 시가를 파괴할 따름이라고 말했다.

"우리들의 거리는 이미 파괴되어버렸다. 이 이상 어찌할 수는 없을 것이다"라고 말하고

"거기에 만일 우리들이 침략될 때에는 독일과의 싸움에서 한 것처럼 자기 자신을 방위한다. 눈과 삼림 속에서 광야에 있어서 방위할 수 있다." 전쟁에 대해서는 걱정하는 듯이 말하고 있었는데 사실 상당히 걱정하고 있다. 그들은 또 질문했다.[62]

"아메리카는 러시아를 공격할 것인가? 우리들은 일생 동안에 또 한 번 이 나라를 방위하지 않으면 안 될 것인가?"

우리들은 대답했다.

"절대로 아메리카가 제군의 나라를 공격할 것으로는 생각되지 않는다. 사실인즉 잘 모르나 아메리카에서 누구하나 그러한 말을 하고 있는 자는 없다. 아메리카인이 어떠한 나라라도 다른 나라를 공격하려고 생각하고 있다고는 믿을 수 없다." 여기서 우리들은 그들에게 아메리카가 소련을 공격할지도 모른다는 생각은 어디서 들은 것이냐고 물어보았다.

그런데 참으로 그들의 대답은 신문을 읽고 그렇게 생각하게 되었다는 것이다.

아메리카에서는 이 신문은 러시아를 부셔라!라고 매일 혼자서 떠들고 있다. 또 약간의 신문은 매일처럼 전쟁을 예방하기 위한 전쟁에 관한 것을 대서특기하고 있다. 그러나 예방을 위한 전쟁도 전쟁이라는데 있어서는 다른 여하한 전쟁과도 다른 것이 없다라고 우크라이나 사람들은 말한다. 여기에 대해서는 그들이 들은 아메리카의 여러 신문이 쓰고 있는 것을 우리들은 믿고 있지도 않고, 또 전쟁에 관한 것만 쓰는 논설기자가 아메리카 국민을 대표하는 것이라고는[63] 생각지도 않는다. 또 아메리카 국민이 그 누구와 전쟁을 하기 위해서 싸우러 나가고 싶어 한다고는 믿지

않는다고 대답하여 두었다. 오랜 이야기며 또 잘 나오는 말이기는 하나 오랜 예의 말이 여기서도 나왔다.

"그러하다면 아메리카 정부는 어째서 그와 같은 신문과 전쟁이 일어날 말만 하는 사람들을 억압치 않는가?"

거기서 우리들은 이곳에 오기 전에도 이곳저곳에서 몇 번 말한 것처럼 우리들이 신문 통제에 신뢰를 두고 있지 않다는 것을 설명하지 않으면 안 되었다. "언제나 진리가 승리한다는 것, 신문통제는 단지 나쁜 것을 지하에 떨어뜨릴 뿐이라는 것과 아메리카에서는 국민들도 억압되어 암흑 속에서 몰래 독을 마시게 되는 것보다는 오히려 공연하게 죽든가 쓴다는 것을 좋아하는 것 같다"라고 말했다. 이러한 말은 이번의 여행 중 제 3, 제 4에 걸쳐 말하지 않을 수 없었다.[64]

7. 희망의 거리, 키예프

키예프는 옛날에는 참으로 아름다운 거리였음에 틀림없는데, 틀림없이 또다시 장래에는 그 아름다움을 나타낼 것이라고 생각된다. 나는 포도鋪道를 걸어가는 여자들을 보았는데, 그들의 걸음걸이는 무용하는 여자들처럼 가볍고 아름다우며 그들의 대부분은 극히 아름다운 모습을 갖고 있다. 이 사람들에게 여러 차례 재해가 덮이었던 것은 결국 이 지방의 토지가 풍요하며 수확이 많은 때문에 옛날부터 정복자들에게 주목되었던 까닭이었다. 그런데 아메리카의 뉴욕 주로부터 캔자스 주까지가 완전히 파괴되었다고 상상하여 본다면 대개 우크라이나가 받은 파괴의 정도를 알 수가 있다. 만일 더욱 소련국민의 1할 5분을 차지하는 병사들을 제외하고 600만인이 피살되었다고 상상한다면, 대략 우크라이나의 사상자가 어느 정도였다는 것도 추찰할 수 있다고 생각한다. 물론 병사들도 합하면 더욱 더욱 많이 되는데 하여간 민간인 4500만인 중 600만이 피살되었던 것이다. 독일군이 수만이라는 사체를 매장하기 위하여 사용할 수 없게 된 탄광도 있는 것이다. 우크라이나에 있던 기계란 기계는 파괴되었든가, 또는 철수해[65] 갔으므로 현재에 있어서는 어떠한 일이든 간에 손으로 하지 않으면 안 된다. 불도저가 없는 까닭에 석괴도 벽돌의 파편도 손으로 들어 올려 운반하지 않으면 안 된다. 더구나 우크라이나는 소련의 곡창임으로 우크라이나의 사람들은 시가의 재건에 노력하면서 동시에 식량을 생산하지 않으면 안 된다.

이곳에서는 수확기에는 휴일이라는 것이 없다고 들었는데, 마침 지금은 수확기로 일요일도 없을 뿐더러 그 밖의 휴일도 없었다.

그들의 앞길에는 해야만 할 일이 산더미처럼 있는데, 그러나 그 일에는 명일에의 꿈이 있었다. 재건설해야 할 건물은 우선 부수지 않으면 안 되었는데 불도저로 하면 2, 3일로 할 수 있는 일을 손으로 수주일간이나 걸리는 것은 큰 노동이다. 거기에 그들은 지금까지도 불도저 없이 이러한 일을 하고 있다. 모든 것이 재건되지 않으면 안 되고 거기에 그것은 일각이라도 빨리 행해지지 않으면 안 된다.

우리들은 전후에 잔인한 독일인들이 교수형에 처한 거리를 지나고 폭격으로 파괴된 거리의 중심을 통하여 박물관에도 가 보았다. 거기에는 새로이 건설될 도시의 설명도 같은 것이 있었다. 이러한 것을 볼 때마다 러시아인이라는 것이 얼마나 희망, 명일은 오늘 보담은 좋게 될 것이라는 희망에 살고 있다는 것을 먼[66]저 통렬히 느끼었다. 여기에는 또 석고로 만든 새로운 도시의 모형이 있었는데, 끝없이 광대한 도시가 고전적인 도로도, 거대한 건물도, 원주圓柱도, 돔도, 아치도, 호장豪壯한 기념비도 모두 백색 대리석으로 만든 것처럼 보였다. 새로 만들어진 도시의 석고모형도 그것만으로서 한 방의 대부분을 차지하고 있었다.

박물관의 관리인이 하나하나의 건물을 지시하면서 설명하여준다.

러시아인이 모여 드는 곳은 옛날이나 지금이나 박물관인 것이다. 카파의 말에 의하면 박물관은 러시아인들에게 있어서는 교회라는 것이다. 대체로 러시아인은 호장하고 화미華美한 건물을 좋아하는 것 같고 사치스러운 것을 좋아한다. 예를 들면, 모스크바와 같이 지면이 넓고 무제한이며 거기에 평탄하고 마천루를 세울 필요가 없는데도 러시아인은 뉴욕식의 마천루를 세우려고 계획하고 있다. 그들은 개미들처럼 꾸준히 근기根氣 좋게 이를 도시를 틀림 없이 건설해나갈 것이다. 거기에 그와 같은 앞날 일은 따로 하고 지금의 사람들은 남자나 여자나 어린애들까지도 파괴된 건물사이를 지나 이 박물관에 모여와 미래의 도시인 석고모형을 보는 것이 유일한 즐거움인 것이다. 소련에 있어서는 생각되는 것은 항상 미래인 것이다. 내년은 풍작일 것이다. 10년만 지나면 생활은 즐겁게 되겠지 의류도 오래지 않아 제조할 수 있을 것이라고 생각하고 있다. 희망에서 에너지[8] [67] 끌어내는 사람, 그것은 러시아인이다.

우리들은 이 미래의 새로운 도시 모형을 본 후에 이번에는 언덕 위에 있는 고승원을 보러 갔다. 이 승원은 옛날에는 러시아 사원의 중심점을 이루고 러시아 최고의 종교 건축의 하나였으며, 건축도 채화彩畵도 12세기 이래의 것으로 그 아름다움을 자랑하였던 것이었다. 그런데 독일군이 침입하여 올 때 이 사원은 그전부터 세계의 진보珍寶의 저장고로 되어 왔으므로 실물을 거지반 전부 도출盜出한 그들이 거리를 철퇴撤退할때에 죄상을 감추기 위하여 건물을 폭파시키고 말았던 것이었다. 현재에는 일면에 파괴된 석괴와 허물어진 돔이 산재해 있으며 벽화의 파편이 그 사이로 보였다. 아마 재건하기에는 불가능하다. 수세기나 걸쳐 건조된 사원은 지금은 폐허로 돌아가고 말았다. 황폐한 정원에는 잡초가 무성하였다. 반이상이나 부서진 예배당의 제단 앞에 불쌍하고 초라하게 보이는 한 여자가 땅에 엎드려 있는 것이 보였다. 그런가하면 한편에는 쓰아만이 옛날엔 통용하던 문을 흐리멍덩한 눈의 광녀狂女가 뜻있게 십자를 그으며 무어라 중얼거리면서 들어가는 것이었다.

8 원본에는 '에네르기'로 표기되었다.

승원의 일부분은 아직도 남아 있다. 거기는 수세기동안 쓰아와 귀족만 이[68] 사용할 수 있었던 예배당이며 장중한 채색을 한 어둡고 음울한 장소이다. 극히 엄격한 종파에 속하며 예배자들은 각각 자기의 성명을 조각한 의자를 가지고 있다. 향연에 그윽하게 천력天力과 번쩍거리는 금엽金葉의 장식아래서 그 옛날의 귀현貴顯이 아득한 미래와 아득한 하늘, 틀림없이 이 사원처럼 음울한 하늘이었을 텐데를 기원하면서 앉아 있었던 광경이 내 눈 앞에 떠오르는 것이었다.

카파의 말에 의하면 '모든 좋은 사원이라는 것은 음울한 것이며 음울한 그것이 좋다'는 것이다.

키예프에는 또 하나 오래된 사원이 있으며 1034년에 야로슬라브[9] 현제賢帝가 세운 것으로서 세계 최고의 사원의 하나이다. 아직도 건재한 것은 아마 도출해갈 가치 있는 것이 이 사원에 없었던 모양이며 독일군도 손을 대지 않고 그대로 남겨놓았다. 여기도 역시 음울한 곳이었다.

소예배당 안에 있는 대리석가형석관에 이 사원을 세운 야로슬라브 현제의 유해가 들어있다. 옛날 야로슬라브 현제가 전쟁에서 한 편 다리를 부러뜨려졌다는 말이 전해주고 있는데, 그의 사후 그 유해는 천년이나 가까이 이 석관 속에 안치되어 있다. 그리고 최근 석관을 여러 보았는데, 유해는 사실 한편 다리가 부러져 있으므로 틀림없는 야로슬라브 현제였다고 모두들 좋아했다는 것이다.[69]

음울한 사원의 인상은 우리들까지 완전히 음울하게 하여 버렸다. 그러함에도 불구하고 점심때 볼타락키 씨는 전시 중의 독일군의 행동과 수만의 사람들이 피살되었던 이야기를 시작하였다.

전쟁은 키예프에 있어서는 그리 진기珍奇로운 것이 아니고 달조韃靼인[10]

---

9 11세기 초에 키예프 대공국의 야로슬라프 1세 대공이 이 도시를 건설했다. 몽골 제국의 지배를 받았으며 15세기 말에 모스크바 대공국의 영토로 들어갔다. 그 후에는 러시아 제국의 영토로 합병되었다. 18세기 말에, 예카테리나 2세 황제가 지방 행정을 개혁한 뒤부터 야로슬라블 현의 중심지로 발전했다. 1917년 러시아 혁명으로 소비에트 정권이 성립되자, 이 도시는 그 후 공업 도시로 발전했다.

의 침공도 이 지역을 습격하였던 것이다. 수 천년동안 전쟁에 휩쓸려온 지역인 것이다.

그러나 아직까지 독일군과 같이 계획적 잔학과 파괴를 가하고 철없는 어린애처럼 전 국토를 황폐화시킨 침입자는 없었다. 현재 독일군 군복을 입은 포로들의 일렬이 나란히 서서 자기들이 파괴한 건물의 잔적을 치우러 거리를 행진하는데 우크라이나의 사람들은 이 행진을 보면서도 안 본 척한다. 그들은 포로들의 열에 흘깃 눈을 던지나 곧 얼굴을 돌리어 맞대놓고 보려고 하지 않는다. 아마 이것이 독일군 포로에게 가하는 그들 최대의 징벌의 의미일 것이다.[70]

8. '러시아의 의문'에 답하여

그날 오후 나는 우크라이나의 어느 문학잡지로부터 인터뷰를 받았다. 그것은 극히 장시간에 걸쳐 고통을 느낄 정도이었으며 매서운 얼굴로 똑똑하게 보이는 편집자가 2장이나 걸릴 정도의 긴 질문을 하였다. 질문은 통역을 통해서 되었는데 내가 끝 부분을 요해了解할 때에는 벌써 최초의 부분을 잃어버리고 말았었다.

그 질문에 대해서 나는 될 수 있는 한 회답을 하였고 그것이 또다시 편집자에게 통역되면 전부를 필기하는 것이었다. 질문은 극히 복잡한 문학적인 것으로서, 나의 대답이 완전하게 통역되었는지 다소 의심스럽다. 즉, 거기에는 두 가지의 난점이 있었던 것으로 하나는 상대와 나의 백그라운드가 근본적적으로 상위相違되는 것이고, 또 하나는 나의 영어가 너무도 국어적이었으므로 아카데믹한 영어로 조잡調橤된 통역자에게는 충

10 몽고족의 한 갈래. 원이 망한 뒤 몽고족의 일부가 북으로 옮아가 홍안령 서남 지방에 북원국을 세워 일컫던 이름. 명나라 이후에 몽고 전체의 이름으로 쓰였다. 현재는 남부 러시아에서 시베리아 중부에 걸쳐 분포하는 북방 터키 계통 주민을 이른다.

분하게 해득치 못하였다는 점에 있다. 나의 의미한 것이 과연 정확하게 전해졌는지, 그 여부를 확실하게 하기 위해서 러시아어의 번역을 또다시 한번 영어로 번역시키었다. 확실히 나의 대답은 상대가 요구했던 대답에 완전히[71] 일치되었다고는 생각할 수 없었다. 이것은 물론 고의로 한 것이 아니고 또 상이 되는 언어 사이에 의사를 통하게 하는 곤란에서 온 것도 아니다. 그것은 언어 이상의 문제이며, 말하자면 어느 한 종류의 사상을 다른 종의 그것으로 번역하는 곤란에 있었다. 상대한 사람들은 극히 기분이 좋은 정직한 사람들이었으나, 우리들은 진실로 서로 모든 것을 터놓고 말할 수는 없었다. 그리고 이것이 내가 받은 최후의 인터뷰로 되었다. 모스크바에서 한번 인터뷰를 받았었는데, 그때 나는 질문을 서면으로 제출하여 준다면 충분히 생각하여 대답할 수가 있고 번역과도 조회照會할 수가 있으니, 그렇게 하면 어떠냐고 말해주었는데 그러나 이것은 결국 취소되고 그 후로는 인터뷰를 받은 일이 없다.

어느 곳을 가든지 우리들이 받는 질문에는 어떤 공통점이 있었으므로 그러한 것이 모두 하나의 근원에서 출발되어 있다는 것이 차차 알게 되었다. 우크라이나의 인텔리는 '프라우다'지의 논설을 읽고 있으며, 그들의 질문은 정치적인 것도 문학적인 것도 모두 이것에 기반 되어 있는 것이었다. 그러므로 종국엔 대체 그들의 질문의 기반으로 될 만한 논설을 짐작할 수 있고 질문을 받기 전에 그 질문이 어떠한 것인가를 알게 되었다.

언제나 물어보는 하나의 문학적 질문이 있는데, 우리들은 이 질문이 나올듯하면 곧 알게 되었다. 그것은 상대자가 이 질문을 입에서 꺼내려고 하면 틀림없이 신[72]체를 앞에 내밀며 우리들을 열심히 쳐다보는 까닭이다. 상대자가 이러한 태도로 나오면 또 예의 시모노프[11]작의 극 "「러시아의

11 콘스탄틴 시모노프Konstantin Milhailovich Simonov(1915~1979)는 소련의 시인 · 소설가 · 극작가 · 평론가이다. 고리키 문학 대학 졸업하였다. 독 · 소 전쟁에 종군 기자로 활약하고, 전장戰場에서 보고 들은 것을 토대로 희곡『러시아 사람들』(1942)과 스탈린그라드의 공방전을 그린 소설『주야晝夜를 가리지 않고』(1943~1944)를 발표한 후 작가로서의 위치를 확보하고, 휴머니즘을 기반으로 한 많은 작품을 각종 장르에 걸쳐 집필하여, 그의 풍부한 재능을 인정

의문」[12]을 어떻게 생각하는가?"라는 질문이 나올 것으로 느끼는 것이다.

시모노프는 아마 현재 소련에서 가장 인기 있는 작가일 것이다. 최근 그는 잠깐 미국에 왔는데 귀국하는 동시 이 희곡 「러시아의 의문」을 쓴 것이다. 이것은 아마 현대에 있어 가장 많이 상연된 희곡의 하나이며, 소련의 3백 이상의 극장에서 동시에 초연된 것이었다. 그 희곡이라는 것은 미국의 저널리즘에 취재한 것으로서 여기에 그 짧은 경개梗概를 기술해야 할 필요가 있다.

무대의 일부는 뉴욕 시가이며 다른 일부는 롱아일랜드와 같은 장소이다. 뉴욕의 장면은 헤럴드 트리뷴 빌딩 옆에 있는 부리크 테스트란과 같은 세트이다.

스토리는 대개 다음과 같은 것이다.

수년 전에는 러시아에 있었고 러시아에 호의를 나타낸 서적을 한권 저술한 일이 있는 그 아메리카 신문기자가 돈이 많고 조야粗野하고 횡폭하고 주의도 없고 도덕도 없는 신문계의 '보스'에게 고용되어 있다. 그 보스는 선거전에서 승리하기 위해 그의 신문을 통하여 러시아인이 아메리카에게 도전을 하려고 하는 것을 입증시키려고 한다. 거기서 그는 그 기자를 소련에 특파하여 아메리카에 돌아와서 러시[73]아인이 어떻게 대미전對美戰을 희망하고 있는가의 보고를 쓰게 하려고 한다. 거기서 그는 기자에게 3만 불이라는 대금을 내놓고 만일 이것을 실행하면 장래의 안전한 보증을 해준다고 말한다. 거의 적빈赤貧으로 된 그 기자는 이 돈으로 결혼하여 롱아일랜드에 작은 집이라도 하나 가지려고 생각한다. 그래서 그는 일을 맡아가지고 러시아에 간다. 가보아서 알게 된 것은 러시아인은 아메리카와 전쟁할 것을 절대로 희망하고 있지 않다는 것이었다. 귀국한 그는 비밀히 보스가 원한 것과는 전혀 반대의 보고문을 쓴다.

받았다.

12 「러시아의 의문」은 콘스탄틴 시모노프의 희곡으로서, 보통 「러시아의 의문」보다는 「러시아의 문제」로 잘 알려져 있다.

한편 그는 받은 선금으로 벌써 결혼하고 롱아일랜드의 시골에 집을 샀으며, 어느 정도 생활의 보장이 되어 있었다. 그의 보고문을 받은 보스는 물론 그것을 거부하였을 뿐만 아니라 어떠한 출판사에서도 출판할 수 없도록 해버린다. 보스의 세력이 강해진 결과 그 기자는 그 후 직업을 얻을 수 없게 되었고, 과거의 저작도 그리고 그 이후에 저술하는 것도 일절 출판할 수 없게 되었다. 시골집도 없어지고 생활의 보증을 잃은 아내도 떠나버린다. 그러할 때 그의 친구(어떤 이유로 극에는 나타나지 않는다)가 비행기 사고로 타사墮死한다. 그 기자는 '지금은 비탄의 구렁텅이 속에 빠지고 있으나 자신은 진실을 말한 것이며, 그렇게 하는 것만이 가장 좋은 것이다'라는 신념만은 잃어버리지 않았다.[74]

이것이 우리들이 간혹 질문을 받게 되는 「러시아의 의문」의 경개이다. 그리고 우리들의 대답은 언제나 다음과 같은 것이었다.

1. 이것은 언어의 문제를 별문제로 치고 절대로 좋은 극은 아니다.

2. 아메리카인으로 출연한 배우의 대사법台詞法이 조금도 아메리카인 같지 않고 우리들이 본 것으로는 동작도 아메리카인으로 되어있지 않다고 생각한다.

3. 아메리카에는 악덕 출판사도 있으나 그 세력에 있어서는 이 극에 나타난 보스 세력과 같은 것으로 좌우될만한 것은 아니다.

4. 아메리카의 출판사는 어떠한 사람에게서도 지시를 받지 않는다. 그 증거로 시모노프 씨 자신의 저서가 아메리카에서는 출판되어 있다.

5. 우리들은 아메리카 저널리즘에 관한 좋은 극이 써질 것을 희망하고 있으나, 이 작품은 아주 나쁘다. 이 희곡은 러시아에게 아메리카라든가 아메리카인을 이해시키는 데 있어 역할을 하는 것보다도 역효과를 줄 것이다.

너무 여러 번 이 극에 관하여 질문을 받았기 때문에 종국엔 우리들 쪽에서 「아메리카의 의문」이라는 스토리를 만들어 그것을 반대로 질문자에게 읽어 주기로 하였[75]다.

우리들이 만든 스토리라는 것은 시모노프 씨가 프라우다지로부터 특파원으로 아메리카에 건너가 아메리카가 얼마나 서구적 퇴폐와 부패데모크러시의 국가라는 것을 입증하는 논설을 쓰도록 명령을 받는다. 시모노프 씨가 아메리카에 와보니 아메리카는 퇴폐와 타락의 국가가 아닐뿐더러 관점이 모스크바에 있지 않다면, 서구적이 아니라는 것도 알게 된다.

그는 귀국하여 남몰래 아메리카는 퇴폐한 데모크러시의 나라가 아니라는 신념을, 논설로 쓴다. 그리고 그 초고를 프라우다지에 보낸 즉시 저술조합에서 추방되어 버린다. 그는 집을 잃고 참다운 코뮤니스트인 그의 아내마저 떠나 자기가 쓴 극의 주인공처럼 기아와 절망의 심연에 떨어지고 만다.

이 스토리를 읽은 다음이면 언제나 질문자들 사이에는 웃음소리가 일어난다. 거기서 우리들은 말하는 것이다.

"만일 이것이 우습다고 생각되면 시모노프 씨의 「러시아의 의문」도 동일한 것이다. 두 작품이 모두 같은 이유로 절대로 좋은 극은 아니다."

우리들이 만든 스토리가 격렬한 논쟁에까지 되었던 것이 한두 번은 있었으나, 대개는 웃음으로 그치고 화제를 전환시키는 기인이 되었다.[76]

키예프에 칵테일 바라고 부르는 곳이 있다. 러시아 문자로 써져 있기 때문에 우리들은 읽을 수 없으나 칵테일 바라고 발음하고 있다. 마치 아메리카의 칵케일 바와 같은 곳으로서 원형의 바를 둘러 의자가 놓여 있고 작은 테이블이 그 앞에 놓여 있다. 키예프의 청년들은 밤이 되면 이곳에 모여 칵테일이라고 불리는 강한 술을 마신다. 이것이 또 훌륭한 술로서 키예프 칵테일, 모스크바 칵테일, 치후리스 칵테일 등이 있으며, 기묘한 것은 모두가 다 핑크색이며 그레나틴의 강한 맛이 난다.

러시아인은 칵테일을 만들 때 여러 주류를 혼합하면 할수록 좋은 칵테일이 된다고 믿고 있는 모양이다. 우리들도 한번은 12종의 술을 혼합한 칵테일을 맛본 일이 있었다. 이 칵테일의 이름은 잃어버리고 말았으나, 별로 기억하려고도 하지 않았다. 칵테일이라는 것은 극히 데카당(퇴폐)적인 음료물이기 때문에 러시아에 칵테일 바가 있다는 것을 알고 약간 놀랐다. 거기에 키예프 칵테일이든가, 모스크바 칵테일 같은 것은 지금까지 맛본 칵테일 중에서 가장 데카당적인 칵테일이었다.[77]

9. 우크라이나의 집단농장

그날 아침 우리들은 기상하면서 무심히 캘린더를 쳐다보니 9월 9일이었다. 그러면 소련에 와서 불과 9일 밖에 지나지 않았는데, 우리들이 받은 여러 인상과 우리들이 본 여러 가지의 광경으로 미루어 실제보담도 더욱 오랫동안 체재한 것 같은 기분으로 되어 있었다.

카파는 아침이면 언제나 번데기에서 나비로 되는 것처럼 극히 유유히 눈을 뜨고 1시간 동안은 일어나는 것도 아니고 자는 것도 아닌 침사묵고에 빠지는 것이 일상이었다. 거기에 그가 일어나서 목욕탕에 들어갈 때, 한권의 책이나 신문이라도 가지고 들어가기만 하던 1시간이 지나지 않으면, 절대로 나오지 않기 때문에 여기에도 나는 대단히 고심하였다. 그래서 나는 1계計를 만들어 매일 아침 일어나면 그의 두뇌를 요동시켜 확실히 깨우기 위해서 그에게 세 가지의 지적 질문(사회학적인 것도 있고 사학적인 것도 철학적인 것도 있고 생물학적인 것도 있는데)을 제출하기로 하였다.

이것을 생각해냈던 최초의 날에 나는 그에게 다음과 같은 질문을 하였다. '살라[78]미스전에 참가하였던 희랍의 비극작가는 누군가?', '곤충의 손발은 몇 개냐?', '그레고리안 성가[13]를 편찬한 법왕의 이름은?' 내가 이 질문을 하자마자 카파는 얼굴을 찡그리며 침대에서 뛰어 일어나 잠시 동안 창을 응시하였다가 읽지도 못하는 러시아어의 신문을 끼고 목욕탕에 들어가고 말았는데 그만 1시간 반 동안이나 나오지 않았다.

13 원본에는 '그레고리 안 송가'로 오기되었다.

그 후부터 2주일간이라는 것은 나는 매일 아침 그를 위해 질문을 만들었는데, 그는 한 번도 그것을 대답한 일이 없고 하루 동안 중얼 중얼대며 못마땅해서 매일 아침 어떤 질문이 나올까 걱정이 되어 불면증에 걸리게 되었다고 말하였다. 특히 그렇게 말은 하지만 밤에 잠을 이루지 못하는 것처럼은 보이지는 않았으나, 그는 나의 질문에 대한 잠재적 공포가 그를 적어도 열 살은 젊게 하였고, 40세의 지능을 도로 찾게 되었다고 말하고 있다.

그런데 그날 8월 9일 우리들은 '세브첸코' 라는 농촌에 나갔다. 그 후에 우리들이 방문한 또 하나의 농촌도 세브첸코라는 이름이었기 때문에(이것은 국민에게 사랑을 받는 우크라이나 시인의 이름에 따라 붙인 것이었다) 이날 찾아간 곳을 우리들은 편의상 '제일 세브첸코'라고 부르기로 했다. 우리들은 약 23마일 포장된 도로를 지나 바른쪽으로 꾸부러진 울퉁불퉁한 길을[79] 거치고 송림을 빠져 참혹한 전쟁이 있었던 원야에 나왔다. 도처에 싸움의 자취가 엄연히 남아 있고 솔나무란 나무는 기총탄으로 부러져 있었다. 참호, 기총탄 전차의 궤적, 포탄의 구멍이 보이고 이곳저곳에 녹슨 병기의 파편과 불타버린 전차와 파괴된 트럭이 굴러 있었다. 이 지방은 견고하게 방비되어 있었으나, 결국엔 함락되고 그리고 또 반격이 촌토를 분투하면서 진행되었던 것이다.

'제일 세브첸코'는 그 지질이 그리 좋은 편이 아니었기 때문에 우수한 농촌이라고 할 수는 없었으나, 3백 62호가 있으며 전전戰前에는 상당히 번영하였던 것은 사실이다. 그것이 독일군이 이곳을 통과하였을 때에는 불과 8호 그것도 지붕이 불타 버린 민가가 남아 있었을 뿐이고 촌민의 다수는 피살되어 겨우 남은 자는 삼림에 들어가 유격대(빨치산)로서 싸우고 그들의 어린애들이 어떻게 되었는지는 신만이 알 따름이었다. 싸움이 끝나고 사람들은 마을에 돌아와 새로운 집을 짓기로 되었는데, 마침 그때는 수확기였으므로 집을 짓는 것은 밭에 나가기 전에나 집에 돌아와서 하지 않으면 안 되었고 밤중에도 램프 불빛으로 일하고 있었다. 남녀 모두가 협력하여 자기들의 작은 집을 만들기 시작하였는데, 우선 하나의 방을 만들어 그곳에 살고 살아가면서 다른 방을 만들어간다는 그러한 방식이 있다. 우크라이나의 겨울은 참으로 추워서, 벽은 통나무를 댄 위에 무거운 못을 치고 거기에[80] 임박으로부터 옻칠 두껍게 하고 한기를 방지하게 되어있다. 겨울에 준비해서 입구와 저장고를 겸한 홀이 있고 그곳을 지나서 벽돌로 만든 솟과 불 아궁이가 있는 흰 칠을 한 부엌으로 통하게 되어 있다. 그곳과 불 아궁이는 방바닥부터 약 4척이나 높은 것인데, 여기서 넓적하고 갈색인 참으로 맛있는 우크라이나 식 빵이 제조되는 것이다. 이것에 계속되어 사교실 '코뮤날 룸'이라는 것이 있다. 이것은 일종의 '파라'이며 테이블이 있고, 벽에는 조화造花가 아니면 성화聖畵 그렇지 않으면 죽은 사람의 사진이든지, 그 집에서 나간 병사의 훈장으로 장식되고 창에는 한기를 피하게 하는 겹 문이 붙어 있다.

이방 옆에는 가족의 인수人數에도 따르나 대개 하나가 아니면 두 개의 침실이 있다. 이지방의 사람들은 전쟁 때문에 모든 것을 잊어버리고 말아서, 침구는 담요조각이나 양 껍질과 같은, 요要는 몸을 따스하게 할 수 있는 것이 있으면 손에 들어 닥치는 대로 무엇이든지 사용하고 있다. 우크라이나인은 극히 청결을 좋아하기 때문에 집안 속은 깨끗하게 하고 있다.

우리들은 이전에는 집단농장의 사람들은 공동숙사 속에서 살고 있다고 들었는[81]데 이것은 전혀 틀리며 각 가정은 각자 자기의 집을 갖고 그 주위에는 화단이나 야채원 또는 꿀벌의 상자 집 같은 것이 있는, 1에이커 정도의 정원을 가지고 있었다. 독일군이 과수를 전부 만들지 못하게 한 다음부터는 사과나 배나무 앵화나무 같은 것을 새로운 이곳저곳의 정원에 식목하고 있었다.

우리들은 먼저 새로 건축된 정회의사당에 가보았는데, 거기에는 전쟁으로 한편 팔을 잃은 관리인과 복원한지 얼마 안 되는 군복을 입은 서기와 세 사람의 의원이 마중해주었다. 우리들은 수확기이므로 모두 번망하실 줄 생각합니다만 우리들에게 수확의 현장을 한번 보여 주었으면 고맙겠다고 부탁하였다.

거기서 그들은 먼저 농장의 과거와 현재를 말하여 주었는데 독일군이 침입하였을 때, 7백두의 소가 있었는데 현재는 가축 전부를 합쳐서도 겨우 2백두밖에 없다는 것과 커다란 가솔린엔진 2대, 트럭 2대, 트랙터 13대, 타곡기가 2대나 있었으나, 현재는 작은 가솔린엔진 1대와 작은 탈곡기가 1대밖에 없고 트랙터를 사용하게 될 때에는 일일이 가까운 곳에 있는 트랙터스테이션에서 끌고 오지 않으면 안 된다는 것, 40두나 되는 말이 지금은 4두밖에 없다는 것, 한참 일할 수 있는 남자 50명, 그 외의 사람 50명을 잃고 불구자로 된 사람도 많으며 어린애들 중에도 발과 눈을 잃은 자가 있다는 것, 그러나 농촌은 고[82]양이 손까지 빌릴 정도로 바쁘기 때문에 모든 남자들에게 할 수 있는 범위의 일을 맡기고 현재 가솔린엔진을 움직이고 있는 남자는 왼쪽 손의 손가락이 한 개도 없으며, 조금이라도 일할 수 있는 불구자는 전부 일을 시키고 있는데, 그것이 도리어 그들에게 농촌생활 속에서 생활의 힘을 느끼게 하였기 때문인지 불구자들에게 항상 많이 있는 신경통환자가 거지반 없어졌다는 등을 말해 주었다.

농장에서는 밀, 조, 옥수수도 수확되나 원래 모래가 많은 토지이므로 주요한 작물은 오이, 감자, 토마토, 해바라기 같은 것이며, 꿀벌도 이 지방의 산물의 하나다. 해바라기의 종자로 만든 기름은 여러 가지로 사용되었다. 이 마을의 사람들은 음기가 아니고 항상 웃음과 농담과 노래에 넘쳐흐르는 생활을 하고 있었다.

우리들이 가본 농장은 여자와 어린애들이 오이를 따고 있었는데, 생각한 바와 같이 여러 갈래로 나누어져 서로 수확 경쟁을 하고 있었다. 여자들은 밭을 갈아 줄을 지어 웃고 떠들며 서로 노래를 불러 가며 일하고 있었다. 그들의 복장은 긴 스커트와 블라우스에 수건으로 머리를 둘렀는데, 구두는 귀중품이기 때문에 밭에서는 신고 있는 사람이 없었다.[83]

어린애들은 아래바지만의 복장이며 귀여운 몸은 여름의 태양에 새까맣게 태워졌다. 밭 가장자리에는 모아 놓은 오이의 산더미가 트럭이 오는 것을 기다리고 있었다. 마침 그때에 밀짚모자를 쓴 어린애 — 구리샤라는 이름 — 가 어머니한테 달려가서 이상스러운 얼굴로 말하는 것이었다. "응, 어머니 이 아메리카의 사람들도 우리와 같은 인간인데요."[84]

10. 농가의 향연

우리들이 소련에서 돌아와서 여러 사람들로부터 들은 말은 '아마 러시아인은 자연스러운 본연의 모습을 너희들에게 보이지 않고 표면만을 만들어 보이었을 것이다'라는 것이었다. 그런데 우리들이 질문했던 이 농촌의 사람들은 우리들에게 대해서 절대로 표면만을 허식虛飾하지 않았고, 마치 아메리카의 캔자스 주의 농부들이 마지해주는 것과 같은 느낌이었다. 구라파의 사람들은 '아메리카인은 계육(치킨)을 상식常食으로 하고 있다'는 정도이고, 아메리카의 농가에서는 빈객을 환영할 때에 언제나 닭고기를 내놓는데, 러시아의 농가도 대체 이와 같은 것이었다.

확실히 그 농가의 사람들도 우리들에게 대해서 어느 정도는 표면을 허식하였던 것은 사실이었다. 농장에서 시꺼멓게 되어 돌아온 남자들은 우선 목욕탕에 들어가 몸을 씻고 가장 좋은 의복을 입으면, 한편 여자들은 트렁크 속에서 청결한 머리 수건을 꺼내 쓰고 발을 씻고 장화를 신으면 깨끗이 세탁한 스커트와 블라우스를 입는다. 소녀들은 꺾어온 꽃을 화병에 끼고 잘 소제된 식당에 가지고 온다. 그리고 이웃 여러 집에서는 어린애들의 대표가 각자의 컵, 접시, 스푼을 가지고 온다.[85] 한 여자가 자랑꺼리인 피클 항아리와 동리에서 기부한 위스키 병을 가지고 오면 한 남자가 신에게 바치기 위하여 남겨 두었던 조지아산의 샴페인주을 내놓는다.

부엌에서는 여자들이 바쁘게 하얀 새 솥을 시뻘겋게 달궈가며 보리로 빵 과자를 만들고 계란 요리를 만들며 러시아 스프를 끓이고 있었다. 밖에는 비가 내리기 때문에 우리들은 번망繁忙한 수확의 방해하고 있지 않다는 점에서 마음이 편했다.

사교실(코뮤날 룸)을 겸한 식당의 한 구석에는 손으로 만든 레이스 아래에 금색 틀 속에 들은 마리아(성모)와 기독의 성상이 있었다. 성상은 꽤 낡아 빠진 것으로 독일군이 침입하였을 때에는 그들은 이것을 전부 땅 속에 묻어 두었을 것이다. 그 외 회조부모會祖父母의 색채사진이 걸리고 전쟁으로 죽은 두 아들의 군복 입은 사진도 벽에 걸려 있었는데, 참으로 젊고 엄연하며 거기에 참으로 시골풍인 모습이었다. 이 집의 주인은 50세 전후로 안골顏骨이 높고 머리는 금발로 뻔쩍이는 벽안을 가진 풍우에 시달린 얼굴이었다. 윗저고리 위에는 빨치산 시대의 폭 넓은 피혁 베르트를 매고 있었는데 그 얼굴에는 어디서 큰 부상을 입었는지 상처가 있었다.

곧 식사준비가 되었다. 그것만으로서 일식할 수 있는 우크라이나의 고기 덩어리,[86] 스프, 딱딱하게 구은 달걀, 거기에 베이컨, 신선한 토마토와 오이, 얇게 자른 양마늘, 또 소맥제인 따뜻한 빵 과자, 꿀 과실, 소시지 등이 식탁 위에 놓였다. 주인은 고추가 들은 향기 높은 위스키를 각자의 잔에 따른 다음 아내와 죽은 자식들의 두 며느리를 테이블에 불러 위스키의 글라스를 주었다.

식사가 끝나니 우리들이 기다리고 있었던 그들에 대한 여러 가지 질문을 서로 할 수 있는 시간이 왔다. 이번에는 농부자신이 농부에 대해서 농촌에 관해서 말하는 것을 들을 수 있었다. 그 점 우리들에는 더욱 흥미가 깊었다. 이야기를 해본 결과 그들은 극히 호기적好奇的인 복잡한 생각을 가지고 있다는 것을 알게 되었다. 아메리카에서는 농부는 어떠한 방식으로 생활하고 있는가. 농장은 어떠한 종류의 것이냐는 질문에 대답하기에는 좀 난처하였다.

북은 극지에서 남은 열대에 이르기까지 여러 가지 기후 아래 모두 다른 인종과 언어를 가지고 있는 러시아라는 것은 우리들 아메리카인은 상상하기 좀 힘이 들 정도이다.

이 지방의 농부가 말하는 것은 소위 러시아어가 아니고 우크라이나어였다. '아메리카에서는 농부는 어떠한 방식으로 생활하고 있는가'라고 그들이 묻는데 대해서 우리들은 아메리카도 러시아처럼 여러 종류의 농장이 있다는 것을 설명하려고[87] 애썼다. 일 두의 당나귀로 경작할 수 있는 5에이커 밖에 안 되는 농장으로부터 마치 소련의 국가농장과 같은(국유가 아니라는 점은 틀리나) 큰 협동농장까지 있고, 아메리카에도 여기와 흡사한 농장 자치부락도 있으며 토지가 공공의 소유가 아니라는 점을 제외하면 그 사회생활도 대체 이곳과 같다는 것, 아메리카에서는 하상河床의 양질한 100에이커 토지가 지미地味 빈약한 1000에이커의 토지보다도 가격이 비싸다는 것 등을 말했다. 그들도 농부인 관계로 이러한 점은 잘 이해할 것 같으며 아메리카라는 나라에 대한 인식을 경신한 것 같았다.

그들은 다음에 가장 관심을 가지고 있는 아메리카의 농장의 기술적 방면에 관해서 물어보기 시작했다. 농업연합조합의 건, 목축업자의 건, 면화의 건, 시비施肥의 건, 신종 곡류연구에 관한 것, 내한耐寒 곡류에 관한 것, 소맥창병제외小麥錩病除外에 대해서 트랙터의 비용, 소농물을 경영하고 있는 개인도 구입할 수 있는가 등을 그들은 물었다.

테이블 구석 쪽은 농부가 소련정부는 농장에 자금을 대부하고 있으며, 농장에 집을 세우려고 하는 자에게는 저리로 돈을 대여하고 있다는 것을 자랑스럽게 말하고, 소련 정부에서는 농촌에 관한 모든 정보를 수집하고 있다는 것을 말했다.

거기서 우리들은 그것은 아메리카에서도 똑같이 하고 있다고 말하였더니, 그들에게는 전혀 금시초문인 듯하며 아메리카 농무성이 농가에 대부를 해주고 있다는[88] 것은 전혀 알지 못하며, 이러한 시스템(제도)은 그들 자신이 안출案出한 것처럼 생각하고 있었던 모양이다.

길을 넘어선 저쪽에서는 두 남녀가 비를 맞아가면서 새로 세우는 집의 기둥을 열심히 들어 올리고 있었다. 노상에서는 어린애들이 목장에서 외양간으로 소를 몰고 가는 것이 보였다.

청결한 머리 수건을 쓴 여인들은 부엌문에서 나와 우리들의 대화를 듣고 있었다. 화제가 외교정책에 이동하면 우리들은 이 문제에 관해서는 그리 잘 알지 못함으로 충분히 대답하지 못했는데 질문은 극히 날카로운 것이었다.

한 농부의 질문은 '만일 소련정부가 데모크러시의 신장을 조지阻止한다는 정당한 이유에서 멕시코에 차관과 군사원조를 한다면 아메리카정부는 어떻게 하겠는가'라고 말하였다. 우리들은 잠시 동안 생각한 다음 '아마 틀림없이 아메리카는 선전포고를 할 것이라고 믿는다'고 대답했다. 그러나 그는 '그러나 아메리카는 소련과 인접되어있는 터키土耳其에 소련제도의 신장을 조지할 목적으로 차관을 주었는데, 소련은 선전포고를 하지 않았는가'라고 반박하여 왔다.

거기에 주인도 입을 열어서 '아메리카 국민은 민주주의의 국민이라고 생각[89]하는데 어째서 아메리카 정부는 서반아의 프랑코 정권과 도미니카의 트루이리요 정부와 또한 군사독재의 터키와 부패군주제인 희랍과 같은 반동정부와 우호적 관계를 계속하고 있는가'라고 말했다.

우리들도 이러한 문제에 이르면 충분한 지식이 없고 거기에 아메리카의 외교정책 입안자에 대해서도 신뢰를 가지고 있는 터도 아니므로 회답할 수가 없었다. 우리들은 단지 현재 아메리카에서 문제로 되어 있는 일, 공산당의 '발칸'지배, 유엔에 있어서의 소련의 거부권행사에 관한 비난, 소련신문이 아메리카를 중상욕설하고 있는 문제책을 그들에게 말했다.

이러한 쌍방의 응수는 서로 비슷하게 보였으며 그들 역시 자국의 외교정책에 관해서는 우리들이 아메리카의 그것을 모르는 이상으로 알지 못하는 것 같았다.

그들의 질문에는 하등 악의가 있는 것이 아니고 단지 의문을 풀어보겠다는 마음이 있을 뿐이었다. 최후에 주인이 일어나 글라스를 쳐들고 말했다.

"이 모든 문제의 어느 곳에는 하나의 대답이 포함되어있을 것이다. 거기에 또한 속히 그 답이 나타나 올 것이라고 믿는다. 세계는 평화를 갈망하고 있는 고로 대답은 틀림없이 찾아낼 수 있을 것이다. 그 맑은 희망을 위해 자 잔을 들기로 합시다."[90] 그리고 나서 그는 기둥을 올려 열심히 지붕을 만들고 있는 두 사람을 창 너머로 가리키며, "이 겨울 저 두 사람은 1941년 이래 처음으로 집을 가지게 되는 것입니다. 그들을 위해서도 평화가 계속되지 않으면 안 된다. 그들에게는 자기들의 집이 필요한 것이다. 그들의 적은 세 자식들은 아직까지 집 속에서 살아본 일이 없었다. 그들을 또다시 지하의 움 속에 끌고 갈려고 하는 고약한 자가 이 세계에 살고 있다고는 생각 할 수 없다"라고 말했다.

주인은 샴페인의 병마개를 뜯고 귀중한 술을 각인의 글라스에 조금씩 따른 다음에 일좌一座는 칭위靜爲하게 되었다.

우리들은 글라스를 올렸는데 누구하나 잔을 올리는 자도 없었다. 우리는 말없이 샴페인을 마셨다. 잠시 후 우리는 주인에게 마음껏 사의를 표하고 그 집을 나왔는데, 또다시 황폐한 원야에 자동차를 달리면서 저 농가의 주인의 희망이 실현될까 어떨까, 새로 세운 작은 집을 파괴하고 어린애들을 또다시 지하 속 움에 죽치게 할 자가 진실로 없을까 어떤가를, 조용히 생각하고 있었다.[91]

11. 농민의 춤과 연극

그날 저녁 우리들은 마을을 거쳐 연못가를 지나 촌의 집회당(크럽하우스)로 걸어갔다. 연못가를 지날 때에 연못 위에 떠있는 보트에서 일종 기묘한 지금까지 듣지 못했던 음악이 흘려왔다. 악기는 발라라이카와 작은 심바루가 붙은 조그마한 북과 손풍금이며, 이것이 이 마을의 댄스 음악대인 것 같고 악사들은 보트로 연못을 건너 집회당 앞에까지 온 다음 배에서 내려왔다.

우리들이 집회 당으로 들어갔을 때는 2, 3인이 모여 서양장기를 하고 있을 따름이며, 그리 사람들이 모이지 않았었는데, 이것은 젊은이들이 밭에서 돌아와 저녁을 먹은 후 1시간 정도 휴식하든가 또는 드러누웠든 후에야 모여드는 때문이었다.

무대는 그날 밤 공연할 소극을 위해 장식되어 있고 커다란 화병이 놓여 있[92]는 테이블과 삼각의자가 있고 위쪽에는 우크라이나 공화국인민위원회의장의 큰 초상화가 걸려 있었다. 세 사람으로 편성된 작은 오케스트라가 들어와 연주를 시작하니 맨발인 건장한 처녀들이 차차 모여들었다. 그들의 얼굴은 세수한 직후의 활기가 나타나 있다. 젊은 남자는 극히 적었다.

잠시 후 처녀들은 한데 모여 춤을 추기 시작했는데, 그들의 복장을 보니 화려하게 물들인 드레스를 입고 채색한 명주와 털로 만든 머리 수건을 쓰고 다리는 거의 전부 누구나 할 것 없이 맨발이었다. 극히 활발한 춤으로 음악도 북과 심바루로 박자를 맞추어 급속조로 연주되고 벌거벗은 발이 마룻장을 퍼덩퍼덩 울리고 있었다. 젊은 남자들은 단지 주위에 서서보고 있을 뿐이므로 한 여자를 잡아 어째서 남자들과 춤추지 않느냐고 물어보니 "저 청년들은 결혼의 상대로서는 절대로 나쁘지는 않으나, 전쟁 이래 너무도 남자들이 적어졌으므로 춤추는 상대로 선택하게 된다면, 여자 동무들 사이에 하나의 근심꺼리가 생기게 됩니다. 거기에 저 사람들은 대단히 수줍어합니다"라고 말한 다음 웃으면서 춤추는 속에 끼어들어 갔다.

이러한 정도로 결혼적령기의 청년들은 적었다. 아주 어린 소년들은 많이 있었는데 여기서 여자들과 함께 춤 출 수 있는 연배의 청년은 많이 죽어버리고 말았던[93] 것이다.

이들 처녀들의 정력이란 짐작할 수 없는 것으로서 문자 그대로 새벽해가 오르면 함께 나가서 하루 종일 쉬지 않고 밭에서 일하고 돌아와서도 겨우 1시간 정도나 휴식하면 밤을 새워가며 춤 출 수 있는 힘을 돌리게 된다. 테이블을 둘러싼 남자들의 한패는 주위의 즐거움도 모르는 듯이 서양장기를 두고 있었다.

한편 당야當夜 공연을 할 일행들은 무대준비에 여념이 없고 카파는 열심히 사진의 라이트준비를 하고 있다.

얼마 후 음악이 중지되었는데 처녀들의 얼굴에는 만족하지 못한 불만의 기색이 보였다. 연극을 시작하기 위해 춤을 중지해 버린 것이 싫었던 모양이다.

그 연극이라는 것이 일종의 선전극이었는데, 극히 소박하고 즐거운 것이었다. 대략의 스토리를 할라면[14] 어느 농장에 한 처녀가 있었는데, 그는 상당히 태만한 자로 일을 하려고 하지 않는다. 그는 거리에 나가 손톱爪을 빨갛게 칠하고 입에는 루즈칠을 하는 데가 단적인 타락한 생활을 하고 싶었다. 막이 열리면 그는 농가에서의 훌륭한 성적에 의해 훈장을 받았고 또 한 반장인 한 여자와 논쟁을 하고 있다. 손톱을 빨갛게 만들고 싶어 하는 처녀는 건들건들 무대를 걸어 다니며 일견하여 불량한 것 같고, 한편 반장은 두 팔을 떡 몸에 붙이고 우뚝[94] 직립하여 자기의 의견을 당당히 토하고 있다. 제3의 역은 남성다운 트랙터를 조종하는 청년이다. 재미난 것은 이 역을 하는 것은 정말 트랙터, 조종자이며 그가 작업을 그치고 트랙터의 뒤처리를 끝마칠 때까지 기다리려고 막을 여는 것이 1시간 반쯤 지연되었던 것이다. 이 트랙터, 조종자의 역의 극적기교라는 것은 단 하나이며 그것은 즉 담배를 피워 물고 무대를 걸어 다니면서 자기의 의견을 말하는 것이었다. 얼마 후 트랙터, 조종자는 손톱을 빨갛게 칠하고 싶어 하는 불량 처녀와 사랑에 빠져 그 처녀 때문에 몸도 정신도 잃어버릴 지경에 이른다. 결국 극의 진행에 따라서 사람들의 도움이 되는 트랙터의 작업까지도 내던지고 시가에 나가 아파트의 일실에서 불량 처녀와 사랑의 보금자리를 만들고 싶다는 그의 마음이 명백히 나타나게 된다. 그런데 예의 반장처녀는 엄연히 직립하여 그에게 대해서 설교를 시작한다.

지금 마음의 갈 곳을 잃은 그에게 있어서는 이 설교는 하등의 효력도 없고 자타락한 처녀와의 사랑에 마음을 빼앗기고 있다. 그러는 동안 그의 마음이 미로에 헤매게 된다. 사랑하는 여자를 단념할 것인가? 그렇지 않

---

14 문맥상 의미는 '스토리를 말한다면'이다.

으면 그 여자와 함께 거리에 나가 불량자로 떨어져버릴 것인가? 분간 못하게 된다.

여기서 불량 처녀는 반장과 트랙터, 조종자를 남기고 퇴장하고 만다. 그러[95]니 반장은 여자다운 수단으로 불량 처녀는 진실로 그를 사랑하고 있는 것이 아니고 단지 우수한 트랙터, 조종자인 그와 결혼하고 싶은 때문이며 곧 그는 실증날 것이 틀림없다고 말한다. 그런데 트랙터, 조종자는 이 말을 믿지 않는다. 거기서 문득 좋은 방법을 생각한 반장은 말한다. "참으로 좋은 방법이 있습니다. 당신이 나를 사랑하고 있는 것처럼 그에게 보입니다. 그러면 그가 우리들을 보는 태도로 그가 어느 정도 당신을 사랑하고 있는 가를 알 수 있습니다." 이 방법은 즉시 대행으로 옮겼다. 잠시 후 손톱을 홍색으로 염색한 그 여자가 등장하여 트랙터, 조종자가 반장을 포옹하고 있는 것을 보고…. 여기서 너무도 독자제위의 상상에 반하여 그는 사회주의경제의 일원으로서 일할 결심을 하고 마는 것이다. 그는 그 분노의 첫 분풀이를 반장에게 향하여 말했다. "나는 나의 반을 조직하여 일할 테야. 우수하다고 칭찬을 듣고 훈장을 받게 되는 것은 당신뿐인 줄만 알아 나도 반장이 되어 훈장을 받아보일걸."

여기서 트랙터, 조종자의 고뇌 애정과 사회경제의 양편의 고민이 해소되어 버리고 모든 것이 잘 되어 즐거운 가운데 막은 끝나는 것이다.

이것이 연극의 대략의 스토리인데 그러나 실제에 있어서는 그리 제대로[96] 연극이 되었다고는 말 할 수 없는 것이다.

왜 그러냐하면 트랙터, 조종자가 무대를 4, 5보 걸어 겨우 내용이 시작되었을 때였다. 카파가 첫 장의 사진을 찍기 위해 플래시를 터트리었는데, 이것으로 연극은 완전히 구멍을 뚫게 되었다. 놀란 불량 처녀는 양치를 심은 화분 뒤에 뛰어들어 그만 나오지 않았고 트랙터, 조종자는 대사를 잊어버리고 반장은 반장으로서 얼이 빠져 어떻게 처음처럼 고치려고 애를 썼으나 틀려버리고 말았다. 따라서 그 이후는 거의 전부 푸롬프다가 대사를 불러주기에 마치 산울림처럼 중복되어 들리며 또한 푸롬프다, 복스에서 대사를 불러주는 소리 쪽이 배우의 음성보담도 큰 정도였다. 거기에 배우가 푸롬프다에게서 대사를 받으면 그때그때 틈을 비지 않고 카파가 새 플래시를 터트리고 있었다.

관객은 대단히 좋아하며 플래시가 터질 때마다 폭풍과 같은 박수갈채를 보내고 있었다.

불량 처녀의 방랄放埒한 성격은 빨간 손톱과 유리로 만든 비스의 목걸이 등 뻰쩍이는 보석세공품으로 나타내고 있었으나 그는 너무도 플래시에 놀라서 비스를 부서뜨려 무대 위에 비스 알玉을 흩트리고 말았다. 결국 연극은 얼토당토않게 되고 겨우 학교 교사인 푸롬프다의 구원으로 하여튼 간에 끝마치게 되었[97]던 것이다.

특히 후에 주역의 여자로부터 상세하게 설명을 듣기까지는 우리들에게는 무엇이 일어났는지 전혀 몰랐다. 하여간 막이 내릴 때에는 소란스럽게 박수갈채가 일어났다.

관중들에게는 이번의 공연이 지금까지 한 것 보다는 훨씬 즐겁게 생각되었던 모양이다. 연극이 끝나니 관중은 우크라이나의 노래를 두 가지 부르고 여자들은 자꾸 춤을 추고 싶어서 안전하지 못했다. 곧 오케스트라가 먼저 번 위치에 돌아가 춤은 또다시 시작되었다. 그들의 감독은 이젠 집에 돌아가 자도록 여자들에 권고하고 있었다. 이미 시각은 오전 2시를 지났고 다음 아침에는 5시 반에 일어나서 농장에 작업을 하러가지 않으면 안 되는데, 그들은 그리 귀가하려고 하지 않고 허락된다면 밤을 새워가면서도 춤 출 것처럼 보였다.[98]

12. 스탈린그라드의 폐허

스탈린그라드로 향하는 길은 국내에서 가장 기복이 심한 길이다. 비행장에서 시가까지는 불과 수마일 밖에 안 되는 도로인데, 도리어 도로 아닌 곳이 평탄한 정도이며 석괴와 구멍투성이고 거기에 군데군데 크고 깊은 분유갱噴油坑과 같은 물이 고인 곳도 있는 험악한 길이며, 물론 포장은 되어있지 않고 최근에 내린 비가 이곳저곳에 연못을 만들고 있다.

일망천리의 대초원에는 산양과 소의 대군이 풀을 뜯고 있었다. 도로에 병행한 철도선로를 따라 전시 중 불타버려 파괴된 유개화차有蓋貨車와 무개화차가 여러 개나 쓸어져 있다.

참으로 스탈린그라드 주위 수마일 일대는 불타버린 전차 부서진 트럭 대포의 잔해와 같은 전쟁의 잔재가 장소가 좁을 지경으로 흩어져 있다. 현재 정리반이 이 일대를 걸어 다니며 이러한 쇄편碎片을 회수하고 있으며 그것을 스탈린그라드의 트랙터, 공장에 모아 부셔서 스크탑프로 만들고 있는 것이다. 버스가 이 시골길을 덜커덕덜커덕 뛰고 있는 동안 우리들은 두 손으로 신체를 의지하지 않으[99]면 안 될 기회이었다.

대초원은 한없이 뻗히고 있었는데 겨우 작은 언덕 너머로 스탈린그라드의 시가가 보이고 그 배후에 볼가 강의 강물이 보이기 시작하였다.

도시의 주변에는 수백의 적은 새집들이 우후죽순모양 나란히 서있었는데 한발 시내에 발을 들여놓으니 아직까지도 파괴의 자취뿐이었다. 스탈린그라드는 볼가강변의 기다란 지역으로서 그 길이는 약 20마일에 이르고 있는데 폭은 가장 넓은 곳이 불과 2마일쯤이었다. 우리들은 지금까지 여러 곳의 파괴된 시가를 보고 왔으나 그들의 대부분은 폭격으로 파괴당한 것이며 이 스탈린그라드와는 좀 달랐다. 폭격된 거리에는 가옥의 벽면이 다소라도 남아 서있는데 이 시가는 로켓탄과 폭탄에 의해 파괴된 것으로 수개월이나 전투가 계속되고 여러 번 적군에게 점령당했고 탈환하고 해서 거의 모든 벽은 부서져버리고 말았다. 남아 있는 벽도 기총의 탄흔으로 형편없이 되어버리고 말았다. 이 시가의 파괴상태는 지금까지 보아온 거리와는 전혀 틀리었다. 지난 날 스탈린그라드가 믿을 수 없을 정도로 견고하게 방위되었다는 것을 읽어본 일이 있는데, 이 파괴되어버린 시가를 쳐다보고 느끼게 되는 것은 하나의 시가가 공격을 받고 건물이 파괴되어 버리면, 부서진 건물은 방위군에게 있어서는 강한 엄호물로 되고 [100] 공격군이 이러한 장소에 숨어있는 자를 완전히 구축하는 것이 지극히 곤란하게 된다는 것이었다. 즉 스탈린그라드의 폐허가 전쟁을 역전시키었던 일요소로 된 것이다.

수개월에 걸친 점령과 공격과 탈환이 반복하는 사이에 독일군은 포위, 포착되어버리고 어떻게 우둔한 독일군이라 할지라도 패배되었다고 자신 느끼지 않을 수 없었던 것이다.[15]

시가의 이곳저곳에 있는 공지에는 각종의 독일군 병기와 자동차가 녹이 슬어 흩어져 있다. 중앙광장에는 커다란 데파트먼트의 붕괴된 자취가 있었는데 여기가 독일군이 최후까지 남아 결국엔 항복하게 되었던 곳이었다. 훤 파우르스가 체포되었던 것도 여기이며 포위선이 완전히 파쇄破碎되었던 것도 여기였다. 도로를 건너 저쪽에는 우리들이 숙박한 인쓰리스트호텔이 보였다.

우리들은 그 호텔에서 두 개의 큰 방과 콘크리트제의 목욕실을 쓰게 되었다. 창에서 아래를 내려다보니 부서진 벽돌 가루로 되어버린 그릇이 일면에 흩어져 있고 파괴된 장소에는 언제든지 자라있는 무엇인지 알 수 없는 꺼먼 잡초가 무성하였다. 스탈린그라드에 체재하여 날이 지날수록 우리들은 이 일망의 폐허에 일종의 매력을 느끼게 되었다. 그것은 이 폐허 속에서도 인간의 생활이 있었[101]던 것이며 폐허 아래에는 지하실이나 룸이 있어 수많은 사람들이 살고 있었던 것이다. 스탈린그라드는 대도시로 옛날에는 아파트가 여러 개나 있었는데, 현재엔 시가의 주변에 신축된 것을 제외하고서는 하나도 남아 있지 않고 시민은 옛날 아파트의 남아 있는 지하실이나 움 속에서 살고 있는 것이다. 아침 아파트의 창에서 내다보니 부서진 벽돌의 산 뒤에서 근무 나가는 소녀가 마치 아메리카의 소녀들이 하는 것처럼 머리를 빗으로 좀 빗으며 나타났다. 짤막하고 청결한 옷을

15 문맥상 의미는 '아무리 우둔한 독일군이라 할지라도 자신들이 패배했다는 것을 느끼지 않을 수 없었던 것이다'이다.

입고 잡초를 밟아 디디며 일을 하러 나가는 것이다. 그 여자들이 지하의 굴이나 움 속에 살면서도 아직도 청결을 지키며 자랑을 잃지 않고 여자다움을 켓이[16] 않았던 것에는 감격하지 않을 수 없었다. 다른 움에서 부인들이 나와 '마켓'로 가는데 그들은 하얀 머리 수건을 쓰고 물건 살 보자기를 들고 있었다. 이것이야말로 현대생활의 일종 불가사의한 것이며, 또한 영웅적인 희화戲畵가 아니고 무엇이랴.

그러나 이러한 광경과는 다른 극히 변한 도리어 무시무시한 것에 부딪친다. 바로 호텔 뒤 우리들의 창에서 보이는 곳에 메론 찍게거며[17] 수육의 뼈다귀 또는 감사의 껍질을 버리는 쓰레기 모으는 곳이 있고, 그 뒤 한 두간 되는 곳에 두더지 굴巢과 같이 둥그렇게 흙을 쌓아 올린 굴이 있었는데, 매일 아침 이 굴에서[102] 한 젊은 여자가 밖으로 나온다. 그 여자는 긴 다리에 맨발이며 팔을 가늘게 펴져 있는데 머리는 헝클어져 불결했다. 그는 쓰레기에 잔뜩 덮여서 시꺼멓게 보이고 얼굴을 쳐드는 것을 보니 그때 놀란 것은 지금까지 내가 본 여자들 중에서 가장 아름다운 얼굴의 하나였다. 눈은 여우 눈과 같이 교활하게 보였고 보통사람의 눈이 아니며 얼굴은 잘 발육하여 절대로 백치와 같이는 않았다. 아마 전화戰火의 공포 속에서 어떠한 '쇼크'가 그의 지성을 빼앗고 망각의 세계에 몸을 맡기게 하여 버렸던 모양이다. 그 여자는 털거덕 땅에 주저앉아 수박 껍질도 먹고 스프 찌꺼기의 뼈다귀를 갈고 있었다. 배가 가득 찰 때까지 언제나 2시간쯤 앉아서 먹고 있는데 다 먹고 나면 잡초 속에 들어가 드러누워 해를 맞으며 낮잠을 잔다. 그 여자의 얼굴은 조각한 것처럼 아름답고 긴 다리로 야수와 같이 우미하게 걷고 있었다. 이 지역의 지하실의 주인들은 절대로 그에게 말을 걸지 않았었는데, 어떤 날 아침 한 여자가 다른 굴에서 나와 그에게 한 조각의 빵을 주는 것을 보았다. 빵을 준 여자가 굴속으로 들어가기까지 들개野犬모양 시의猜疑 깊은 눈으로 쳐다보고 있었는데, 곧 흑빵

16 문맥상 의미는 '여자다움을 잃지'이다.
17 '메론 찌꺼기이며'를 뜻한다.

에 눈을 옮겨 짐승처럼 이곳저곳을 흘겨보기 시작했다. 빵을 입으로 물었을 때 더러워진 젊은 젖乳房을 가리고 있던 다 떨어진 숄 끝이 흘러 떨어졌는데, 그는 본능적으로 쇼르ー을 잡아서[103] 가슴에 대고 무엇을 침사하는 여자들처럼 가볍게 씌 담고 있었다.

환희와 고통과 자기보존만을 위한 황야를 방황하던 원시인의 생활에 돌아가 버리고 이미 20세기의 생활에 견디지 못하게 된 마음, 이러한 비참한 예가 또 얼마나 있을 것이냐. 그 소녀의 얼굴은 오래도록 나의 뇌리에서 떠나지 않았다.

저녁때 광장을 지나서 강변에 가까운 공원에 가보았다. 공원에 돌로 세운 커다란 베리스크方尖碑 아래에는 붉은 꽃이 핀 화원이 있고 그 밑에 스탈린그라드를 수비하였던 수많은 용사가 파묻혀 있었다. 공원에는 사람들의 모습이 있으며 한 여자가 벤치에 걸터앉았고 5, 6세쯤 된 남아가 울타리에 기대어 꽃을 쳐다보는 것이 보였다. 그 아이가 너무도 오래도록 서서 쳐다봄으로 우리들은 동행인 치마르스키 군에게 무엇을 하고 있는지 물어보아 달라고 청했다. 치마르스키 군이 러시아어로 "너는 여기서 무엇을 하고 있니"하고 물으니 그 애는 아무 감상도 없이 극히 자연스러운 말투로 "나는 아버지를 만나러왔어요. 매일 밤마다 옵니다"라고 대답했다. 그것은 애수도 아니며 감상도 아니고 단지 사실을 말한데 불과하였다. 벤치의 여자는 우리들을 흘깃 쳐다보고 잠시 후에 어린애를 데리고 공원을 빠져서 폐허의 거리 쪽으로 사라져 버렸다.[104]

13. 스탈린그라드의 재건

목적하였던 공장은 교외에 있어 자동차가 가까이 도달함에 따라 임립하여 있는 커다란 굴뚝에서 흑연이 끝임 없이 토해지는 것이 보였다. 그 부근 일대의 토지는 여러 갈래로 파열되어 있고 트랙터, 공장의 건물도 거의 반은 파괴되었다. 정문에 도착하니 두 사람의 수위가 나왔는데, 카파가 버스 속에 둔 카메라를 쳐다보고 돌아가 전화를 걸자마자 다른 수위들이 여럿이 모여들어 카메라를 보고 또다시 전화를 걸었다. 규칙은 실로 엄중하다 버스에서 사진기를 가지고 나오는 것조차 허락되지 않았다.

커다란 문에 들어가니 이 공장은 보통 공장과는 달라 일반의 공원은 단철소鍛鐵所와 쇄철기碎鐵機 앞에서 작업하고 있었는데, 다른 일반은 폐허의 재건을 하고 있는 중이었다. 건물은 하나도 남지 않고 손해를 받고 있으며 대부분의 지붕은 날아가고 완전히 파괴된 것도 그중에는 있었다. 부흥은 진척되어가고 있으며 또 다른 쪽에서는 트랙터의 제작이 끝나 완성되어 있다. 독일의 대형 탱크와 대포의 부분품이 견철肩鐵로 되어 용광로에 투입된 후 압연기에 걸리고 있다. 주조 압연 완성[105] 부분품의 연마 등의 공정을 보며 걸어 다녔는데, 제작 작업을 끝마치는 곳에서는 완성된 트랙터가 도장되고 닦아지고 그리고 운전되어 주차장에 운반되어서 농장으로 가는 화차貨車를 기다리고 있었다.

반괴半壞된 건물 안에서는 철골, 양철, 유리 등의 자재를 운반하는 노동자들이 모여 공장을 재건하고 있었다. 요컨대 공장의 정비를 기다려 생산을 재개할만한 여유가 없다.

이 공장 촬영을 어째서 허가 못하는지 그 이유를 알 수 없다. 공장 속을 다녀보니까 기계류는 전부 아메리카제이며 거기에 현재의 제작방식은 아메리카의 기사가 가리켜 주었다고 한다. 그러므로 그 아메리카의 기술자들은 이 공장에서는 무엇을 하고 있는지를 당연히 알고 있을 것이며 아메리카에서 이 공장을 폭격한다는 준비가 있다면 정보는 필연코 제공된다고 생각하는 것이 정당할 것이다. 그렇건만 공장의 촬영은 엄금되었다.

이 공장의 사진은 별로 바라지 않았으나 거기서 일하는 남녀 노동자의 모습은 꼭 카메라로 찍을 수 있다. 여자 노동자라면 스탈린그라드 트랙터, 공장의 일의 대부분은 여자들의 손으로 행해지고 있다. 그러나 엄금에 빠져나갈 길[106]은 없고 결국 사진을 찍을 수는 없었다. 카메라를 무섭게 여기는 것은 실로 철저하였고 거기에 또한 맹목적이었다.

카파는 촬영할 수 없을 때에는 언제나 틀림없이 비탄에 잠기는데 이때는 특히 그러했다. 도처에서 그의 눈은 절호의 콘트라스트와 앵글을 발견하고 의미 이상의 의미를 갖는 화면을 거기에 그려내고 있었다.

그는 실심하여 "여기서 사진을 두 장만 찍게 되면 말로는 도저히 표현할 수 없는 것을 보여줄 수 있겠는데"하고 말했다.

카파는 정오까지 기분이 상해 슬픈 얼굴을 하고 있었으나 차차 얼굴빛도 풀어져 오후 보트를 타고 볼가 강을 돌아다녔을 때에는 완전히 기분이 회복되었다.

볼가는 애착을 가질 수 있는 참으로 넓은 조용한 강으로 그것은 또한 이 지역의 운송로서도 상당한 역할을 하고 있다.

작은 탁그보트(밧줄로 끄는 배)와 라이타(강변에서만 사용하는 작은 배)가 곡물, 철광, 재목, 석유 등을 산적하여 왕래하고 훼리보트(강을 건너 주는 배)와 유람보트가 이곳저곳에 떠 있다. 강 위에서는 시가의 파괴된 상황을 한눈에 볼 수 있다.[107]

우리들은 키예프 때처럼 스탈린그라드의 신도시계획을 취급하고 있는 건축국을 방문했다. 스탈린그라드시를 볼가 강의 위쪽이나 아래쪽으로 이동시킨 안이 대두했었으나 파괴된 시가의 잔해를 치우는 것이 큰일이므로, 그 건설에는 전혀 손을 대지 못하고 있었다. 신규로 시가를 건설하는 편이 먼저 번 장소에 다시 세우는 것보다 쉬우며 거기에 □□할 것인데 도시의 이동에 대해서는 두 가지의 반대론이 있었다. 그 이유는 실제 문제로서 하수도와 지하 전기시설의 대부분이 그대로 남아 있다는 것과 감정적으로 어떠한 일이 있든 간에 스탈린그라드는 먼저 번 토지에 부흥하지 않으면 안 된다는 마음인 것이다. 그리고 이 마음이 아마 가장 중요한 이유였었다. 이 절실한 감정에 대해서 잔해를 치울수록 무위한 노력이 필요하다고는 의견을 도저히 싸울 상대가 되지 못하는 것 같았다.

도시 부흥에는 대체 5종의 건설계획이 있고 모든 것이 아직 승인되지 못해서 석고의 신 도시계획의 모형은 만들어져 있지 않았다. 이 5종의 건설계획에는 공통된 2개의 계획이 있어 키예프의 계획과 같아 장대한 관청가를 시의 중심에 만들고, 여러 개의 거대한 기념비를 세워 대리석으로 커다란 제방을 싸고, 거기에 볼가 강에 내려가는 층계를 붙이고 기타 공원과 열주列柱, 피라미드, 방첨탑, 스탈린, 레닌의 거대한 동상 등이다. 이러한 것은 화도畵圖, 투영도, 설계도[108] 등에 나타나 있다.

거기서 또다시 마음에 떠오른 것은 아메리카인과 러시아인은 두 가지의 점으로 참으로 공통되어있는 것이었다. 이 양국민은 거대한 건축물을 좋아한다. 러시아인이 아메리카에 와서 가장 칭찬하는 두 가지는 언제나 휘드 공장과 엠파이어 스테이트 빌딩이다.

스탈린그라드 시에서는 파괴된 건물 아래 지하실에서 살고 있는 사람들의 모습을 여러 번 보았는데, 이러한 것을 건축국 주임에 말한 뒤 그들은 어째서 집이 세워져 있는 교외에 옮기지 않으냐고 물었다. 그는 그 질문을 잘 알았다는 듯이 미소를 띠우며 말했다.

“현재 지하실에서 사는 사람들은 파괴되었던 그 건물에 살고 있었다. 그곳에서 움직이기 싫고 또한 절대로 움직이지 않겠다고 남아 있는 이유는 두 가지가 있다. 그 하나는 오래도록 살았으므로 그곳을 좋아한다. 건물이 파괴되어 버렸을 때에도 다른 곳으로 가는 것을 싫어했던 정도이다. 또 하나의 이유는 교통문제에 관계가 있다. 아직 현재로서는 시내에는 버스가 충분치 않고 전차는 한 대도 움직이지 못함으로 만일 주거를 옮기면 근무의 왕래에 상당한 거리를 걷지 않으면 안 된다. 그것은 상당한 노력이다.”[109]

거기서 또 물었다.

“그러면 도대체 어떻게 해 줄 작정인가.”

“옮겨 줄 집이 되면 어떻게 해서라도 옮겨 준다. 그때까지는 전차도 버스도 부활될 것이며 그렇게 되면 ‘발’의 문제는 해결될 것이다.”

건설국에 머물었을 때 거기에 한 관사가 와서 스탈린그라드로 보내온 세계 각국으로부터의 증정품을 보겠느냐고 우리들에게 물었다. 그리 마음은 없었으나 보지 않을 수는 없었다.

좀 휴식하기 위해서 호텔에 우선 돌아갔는데 거기에 이르자마자 도어를 노크함으로 문을 열어보니 사람들이 일렬로서 들어오며 상자와 케이스와 서류가 들은 여러 종류를 운반하였다. 그것이 각국에서 보내온 스탈린그라드 시민에게의 증정품이었다. 에티오피아 황제로부터는 금사직金絲織 레이스를 씌운 붉은 벨뱃트의 시일드(방패), 아메리카정부로부터는 플랭클린 루즈벨트대통령이 서명한 차갈색 문자를 쓴 양피지 두루마지, 찰스 드골장군으로부터의 금패, 영국왕으로부터의 스탈린그라드의 검 등등, 그리고 영국 소도시 1,105명의 부인의 이름을 수놓은 테이블 크로스가 있었다. 이러한 물품을 우리들의 실내에까지 반입하게 된 것은 스탈린그라드 시에 아직 박[110]물관이 없는 까닭이다.

커다란 서류가 들은 상자도 여러 보지 않을 수 없었는데, 그 속에는 전부 세계 중의 각종 각색의 문자가 망라된 각국의 정부, 수상, 대통령으로부터의 서한이 들어 있으며, 스탈린그라드 시민에게 보내온 축사가 씌워져 있다.

나는 거기서 참을 수 없이 슬픈 정감이 되어버리고 말았다. 그것은 각국 원수와 정부수뇌자의 증정물, 중세의 검이라든가 고대 시일드의 모조품, 양피지에 쓴 축사 등의 불쾌감 때문이었다. 각 부장簿帳에는 '세계의 영웅들'이라든가 '문명의 방위자들'이라는 문자가 가득 차 있었는데, 이러한 것은 모두 극히 대수롭지 못한 것이 축하할 때에 사용되는 호기롭고 남성적인 불쾌한 그리고 참으로 어리석고 못난 찬사이다.

우리들의 머리에 떠오르는 것은 트랙터, 공장의 타오르는 용광로에 전신을 태워가며 노동하는 남자들의 철의 얼굴, 지하의 움에서 나와 머리를 빗는 젊은 여자들, 저녁때가 되면 공동묘지에 파묻힌 아버지를 꼭 찾아보는 소년, 이와 같은 사람들의 모습이었다. 그들은 어리석지 않았다. 그리고 옛 이야기에 나타나는 것과 같은 인물은 아니다. 그들은 공격을 받고 자기 자신을 지켜온 적은 사[111]람들이다.

중세의 검과 금시일드가 못난 것은 그 증정주 상상력의 빈곤성에서 오는 것이다. 스탈린그라드가 6대의 불도저를 욕망하고 있을 때, 세계는 한 개의 위조 상패를 그 가슴에 장식하였던 것이다.[112]

14. 어느 곳에든지 있는 스탈린

아메리카에는 초대 대통령 조지 워싱턴이 숙박하였던 집이 수백 군데나 되는데 러시아에서는 조셉 스탈린의 일하였던 곳이 많이 있다.

치플리스역 구내매점에는 그 아예 흙을 쌓아올린 화단이 있는데, 그 속에 있는 이 상점에서 이전에 스탈린이 일하고 있었다고 쓴 커다란 석비가 서 있다.

스탈린은 '조지아'(트란스코 카자흐공화국)출생으로 그 출생지는 '치플리스'에서 약 70킬로 떨어져 있는 '고리'라는 곳인데, 지금엔 그 곳은 국가의 성지로 되어 있고 우리들은 '고리'를 구경하러 갔다.

지프는 보통 때보다 속력을 내고 있었던 모양이나 도착하기까지는 상당히 지루했다. 곡절이 심한 도로를 지나 계곡을 여러 군데 거처 길을 여러 번 바꾸어 겨우 '고리'의 거리에 도착했다. 사방이 산에 둘러싸인 일종 특이한 시가이다. 높고 정적한 느낌을 주는 둥근 산이 시가 전체를 비예睥睨하며 중앙에 솟은 산봉에는 커다란 성이 있으며, 예전에는 거리를 방어하여 사람들을 비호하는 역할을 하였었으나 현재에는 황폐로 돌아가고 말았다. 스탈린은 이 거리에서 출생하여[113] 여기서 소년시대를 보냈다.

'아브라함 링컨'이 살던 오막살이집은 그대로 송두리째 박물관에 이관되어 있는데, 스탈린의 생가는 먼저 장소에 그대로 남겨두고 있으며, 비와 바람을 막기 위해서 커다란 대리석 건물이 그 집 전체를 싸고 지붕은 스탠드글라스였다. 그 생가는 목재와 돌로 만든 조그마한 1층 집이며 간

수間數는 단 2개 집 정면에는 좁고 작은 현관이 있다. 그러나 스탈린의 가정은 너무도 가난하였으므로 실제에는 그 집의 반 즉, 방 하나만 사용하고 살았던 것이다.

그 방의 입구에는 밧줄이 하나 걸려있는데 내부를 보는 데는 하등 지장이 없고 침대, 좁은 반다지, 작은 책상, 사물함, 기울어진 램프 등이 놓여있다. 그리고 이 방은 가족들에게 있어서는 부엌이고 침실이었던 것이다. 이 건물 사방에는 금색 대리석의 각주가 서 있고 전체를 둘러쌓은 스탠드 그라스의 지붕을 받치고 있으며, 또한 이 건물 전체가 장미를 심은 커다란 정원 속에 있었다. 이 정원의 한 구석에는 스탈린박물관이 있으며, 스탈린의 소년시대로부터 청년시대에까지 관계되어 있는 수집품은 전부 이곳에 보존되어 젊은 날의 몇 장의 사진과 도서류, 체포되었을 때 경찰에서 찍은 사진 등이 있다. 청년시대는 예민하고 야성적인 눈을 가진 미남자였다. 벽에는 커다란 지도가 걸려 있으며 방랑하였던 곳, 체포당했던 감옥[114], 유형 되었던 시베리아의 거리 등이 기입되어있다. 기타 읽은 서적, 사용하였던 노트류와 지방신문에 썼던 기사 등이 있는데, 이러한 자료를 보고 느끼게 되는 것은 사회에 뛰어들은 그 시초부터 현재에 이르기까지 그의 생애는 한 줄의 선을 그은 것처럼 종시일관 되어 있는 것이다.

모든 역사를 통하여 그의 생애처럼 경의를 표할 가치가 있는 것은 찾아낼 수 없다. 이러한 점에서 생각할 수 있는 것은 '시사'뿐인데 시사에 있어서도 그의 생애에 스탈린과 같은 정도의 위신威信과 숭배와 신격을 국민들로부터 받았는지? 참으로 의심스럽다.

스탈린의 한마디의 말은 그것이 만일 자연의 법칙에 모순되는 것이라 할지라도 그의 국민들에게 있어서는 철칙이다. 그의 출생지는 지금엔 순례지로 되어 있으며 우리들이 그곳에 있는 동안에도 여러 사람들이 방문하였는데, 그들은 작은 소리로 말하며 소리가 나지 않게 조용조용히 걷고 있었다. 우리들이 찾아간 날은 참으로 귀여운 소녀가 그 박물관의 일을 보고 있으며 우리들 일행에게 여러 가지로 설명해준 다음, 정원에 들어가

장미꽃을 꺾어 와서 우리들 가슴에 꽂아 주었다. 그 다음 그 장미꽃을 성지의 기념으로서 소중하게 해 달라는 것이었다. 모든 역사를 통해 보아 이러한 것이 필적할만한 그 아무것도 모르고 있다.[115]

스탈린이 살아 있는 동안에 이와 같은 권력을 장악할 수가 있다고 하지만 그가 죽은 다음에는 어떻게 될 것인가?

러시아에서 들은 여러 연설에는 강연자가 급히 스탈린의 연설일절을 인용하는 것을 여러 번 들었다. 스탈린의 연설은 그 논거를 아리스토텔레스의 학설에 둔 중세의 학자의 독단과 일맥 통하고 있는데, 러시아에서는 스탈린이 한 말은 일언반구라도 가부여하를 논할 수 없고 그가 말한데 대해서는 절대로 반박이 없다. 이러한 것은 선전, 훈련, 부단不斷의 전색詮索, 도처에 걸려있는 초상 등에 의한 것인데, 그렇다고 해서 그것이 사실이라는 데는 변함이 없다.

"스탈린은 틀린 일이 없다. 그의 생애에 있어서 단 한번이라도 틀린 일은 없다"라는 말을 수차 들은 다음 처음으로 이 힘의 의미를 알 수 있다. 스탈린의 말은 의논이 아니고 따라서 반박할 수 없다는 자는 참으로 그것을 진실한 것으로 믿고 그리고 실제에 의논을 초월한 것으로서 말하고 있는 것이다.

스탈린의 커다란 유화의 초상은 거의 대개 군복을 입은 모습이며 있는 모든 훈장을 차고 그 수는 참으로 많다. 커라 밑에는 소비에트 사회주의 노동자의 최고 훈장인(금성장 골드스타)왼쪽 가슴에는 소련국민이 가장 갈망하는 영웅 금성장, 이것은 아메리카의 의회명예훈장과 같은 것이다. 왼쪽 가슴 아래에는 전공戰功[116]장이 쭉 걸려 있으며, 바른쪽 가슴 아래는 여러 별과 붉은 에나멜의 별이 번쩍이고 있다. 아메리카 군대의 전공수戰功綬 대신 소비에트 군대에서는 스탈린그라드, 모스크바, 로스토프 등의 대전투 때마다 전공장이 나왔는데 스탈린은 그것을 전부 붙이고 있다. 소련군 원수로서 그 모든 전투를 지휘하였던 것이다.

소비에트에서는 스탈린의 조각과 초상의 시선을 받지 않고서는 어떠한 일도 할 수가 없다. 그의 초상은 모든 박물관이라기보다 모든 박물관의 모든 실내에 걸려 있으며, 석고제, 동제, 대리석제의 그의 조각은 모든 공공건물의 정면에 장식되어 있고 그의 흉상은 모든 비행장, 철도, 역, 버스정류장 정면에 꼭 놓여 있다. 또한 그것은 모든 학교의 교실에 있고 거기에 그 바로 뒤에 그의 초상화가 걸려 있는 것도 여러 번 보았다. 공원에서는 석고제 벤치에 걸터앉아서 레닌과 협의하고 있다. 그의 자수상刺繡像은 학교생도가 만들고 있으며 상점에서는 수백만이나 되는 그의 얼굴을 팔고 있고 어느 가정이라도 그의 초상화는 적어도 한 장은 가지고 있다.

스탈린의 초상화는 석고화, 철상, 메달, 자수상 등의 제작은 소련의 대공업의 하나로 틀림 없이 칠 것이다. 스탈린은 도처에서 모든 것을 보고 있다. 어떠한데도 꼭 얼굴을 내 놓고 있다. 한 사람의 남자에게 장악된 권력과 그 영속을 극도로 무서워하며 미워하는 아메리카인에게 있어서는 이러한 것은 공포恐怖하여야할 것[117]이며 또한 증오하지 않을 수 없다.

축제 때의 스탈린의 초상은 참으로 크며 높이는 8층 정도이고 폭은 50피트나 된다. 모든 공공건물은 놀랄만한 정도로 거대한 그의 초상을 건다. 러시아인이 이유를 말해주어 나는 몇 가지의 답을 얻었다. 그것을 순서대로 쓰면, 1. 러시아국민은 로마노프왕조의 각 황제와 그 가족의 초상에 관습 또한 친애하여 왔던 때문에 니코라이 2세가 제위에서 추방되었을 때 황제의 초상에 대신 되는 그 무엇을 필요로 하였다. 2. 초상을 좋아하는 것은 러시아에서는 오래전부터 있는 습관이며 스탈린의 초상도 그 하나이다. 3. 러시아인은 스탈린을 참으로 좋아서 항상 신변에 있는 것을 원하고 있다. 4. 스탈린 자신은 이러한 것을 싫어하지 말라고 말 하고 있다. 이상의 네 가지인데 그러나 스탈린이 그 초상과 입상과 흉상을 증가시킨다면 몰라도 그것을 없애려고 생각하고 있다고는 생각 할 수 없다.

이유는 여하튼간에 때로 웃고 때로 침사沈思하고 때로는 쳐다보고 있는 스탈린 수상의 눈을 피해서 한 시각이라도 지낼 수는 없다. 이것은 도저히 아메리카인에게는 이해할 수 없는 하나이다.

스탈린 이외에도 수 명의 초상과 동상이 있다. 이들 지도자의 초상은 스탈[118]린과의 밸런스 여하로 그들 중에서 누가 계승자인가를 대개 예측할 수가 있다.

1936년 초상의 크기에서 스탈린 다음이었던 것은 '보로시로프'이며 현재는 '토로도프'이다.[119]

15. 조지아의 농민

이 차茶공장의 관리인은 일견 45세 정도의 부인이며 농업학교 졸업생이었다.

그의 공장에서는 최상의 차에서 시베리아에 보내는 최하등의 차에 이르기까지 여러 가지 종류의 차를 제조하고 있었다. 차는 러시아인의 가장 중요한 음료이며 러시아 남부의 차의 재배와 그 제조는 가장 중요한 지방 산업의 하나로 볼 수 있다.

이 공장의 설비는 전부 자동적으로 조업되어 있고 차는 분해기에서 잘라지고 산화되어서 벨트로 끊임없이 건조실에 들어가고 있다. 돌아올 때에 그 부인 관리인은 최상품의 커다란 주머니를 한 개씩 우리에게 주었는데 참으로 훌륭한 차였다. 커피는 맛이 없으므로 오랫동안 입에 대지 않고 그 대신 차를 마시고 있었으므로 조반을 먹을 때에 얻은 차를 두어보았는데 그때까지 산 어떠한 것보다도 훌륭했다.

조그마한 탁아소에 들르니 어린애들이 50~60명 풀 위에서 춤을 추고 있었다. 어머니는 차밭에서 일하고 있는 것이다. 카파는 머리털이 곱슬곱슬한 눈[120]이 크고 참으로 아름다운 소녀를 보고 여러 차례 사진을 찍으려고 했는데, 그 소녀는 잠시 어쩔 줄 모르다가 결국에 울어서 아무리 달래도 듣지 않았다. 카파는 또 다른 소년에게 카메라를 향했는데 그 애도 역시 울고 말았다. 카파는 원래 어린애들을 좋아하는 사나이다. 이 어린애들의 선생의 말에 의하면 그 소녀는 조지아의 어린애가 아니므로 달래는 것이 힘들다는 것이며, 그는 우크라이나의 고아로 조지아의 어느 농가에 양녀로서 와있는데 아직 조지아의 말을 할 줄 모르므로 사람들에게 낯익지 못하고 있다는 것이었다. 조지아의 여러 집에서는 전재지구의 아동들을 맡아가지고 기르고 있는데, 이 부유한 조지아 지방은 전혀 전쟁의 피해가 없었으므로 주민은 다른 지방에 대해서 책임을 느끼고 있는 것이다.

이곳저곳의 여러 농가에 들리었는데 어느 집이나 정원과 과수원을 가지고 있고 꼭 음식물을 내놓았다. 손에 가득 하젤의 열매 치즈와 흑빵, 한 개의 껍질 벗긴 배, 포도 한 아름, 한 잔의 포도주 등 끊일 새 없이 먹고 왔는데 그래도 권하면 거절할 수가 없었다.

조지아 워커도 마셨다. 이것은 아무에게도 권할 수 없는 것이다. 신관장치信管裝置가 참으로 위험스럽게 되었기 때문이다. 로켓주라고 할 만한 것으로 우리들의 위장에는 도저히 맞는 것이 아니다. 실제에 있어 이것은 워커가 아니고 통칭 '그[121]랏펠'이라고 부르는 일종의 증류주이다. 하여튼 너무 강렬했다.

배가 가득 불렀을 때 농장 감독을 만났다. 그는 우리들을 잡고 놓지 않았다. 이 남자는 키가 크고 정직한 한인閑人이며 빨치산 복에다 네모진 모자를 쓰고 있었다. 그리고 자기 집에 들러서 꼭 좀 음식을 먹어 달라고 청했다. 신이여 구조해주십시오. 차마르스키와 또 한 사람의 통역을 통해서 한 입만 먹게 되면 배가 파열할 지경이라고 전했는데, 그는 단념하기는커녕 먹는 것은 단 한입만이라도 좋으니, 집에 가서 서로 술 한 잔씩 마시게 된다면 그 이상 즐거운 일은 없겠다고 말했다. 러시아의 비밀무기, 적어도 손님에 대한 비밀무기는 음식이라고 나는 이때 생각하였다. 그러나 한 입만이라도 좋다는 데는 거절할 수가 없어서 그와 함께 언덕 위에 있는 아담스럽고 깨끗한 그의 집으로 갔었다.

그 집에 들어가 보니 우리들의 예상과는 전혀 달랐다. 현관 앞 깨끗이 자른 잔디 뜰에서 여러 사람들이 마중하고 있으며, 이 인수로 보더라도 한입이나 한잔의 의리로서는 끊을 수가 없었다. 두 소녀가 집안에서 물을 떠다 우리들 손에 부어주므로, 그것으로 얼굴과 손을 씻으니 가장자리를 빨갛게 선을 두른 흰 수건을 주었다. 그 다음 집안에 안내되어 낭하를 지나 커다란 실내에 들어갔다.

그 실내에는 호화로운 색채의 직물이 걸려있고 그 어느 모양은 인도산의 모포[122]를 연상하게 했다. 마루에는 일종의 맛트가 깔려 있는데 멕시코산의 것과 비슷하다. 식탁 위에는 보기만 해도 숨이 막힐 정도였다. 길이 40피트의 식탁에 음식이 산더미처럼 쌓여 있고 20여명의 손님들이 먼저 와 있었다. 그 향연은 음식으로서나 서비스의 점으로나 참으로 지금까지의 백미이고 프라이드치킨, 전차前茶(올다불)이며 거기에 이 전차는 닭 한 마리의 반쯤 되었다. 골드 그린소스를 칠한 참으로 맛난 냉계육 치즈 스테이크와 일년감 샐러드와 조지아의 김치, 맛있고 진한 소스를 칠한 양육시츄, 일종 기름으로 튀긴 치즈, 포카칩과 같은 보리빵 등 식탁의 중앙에는 포도, 배, 사과 등의 과실이 쌓여 있고 어느 것을 먹어도 놀랄만하게 맛이 있다. 하여간 전부 맛보려고 했으나 너무 과식하여 죽을 지경이었다. 카파는 허리가 32인치인 것을 자랑하고 어떠한 일이 있어도 절대 벨트를 풀지 않는데 여기서는 목이 메일정도로 먹어서 다소 핏대 선 눈을 하고 있었다. 한편 나는 이렇게 배가 부르면 배가 고플 때까지 2, 3일은 아무것도 먹지 않고 견딜 수 있다고 생각하였다. 30인의 손님이 소개되니 또 절실한 문제가 일어났다. 먹지 않고 있으면 자꾸 권하여 한입 먹으면 접시는 또다시 가득 찬다. 그러는 사이에도 이 지방산의 포도주를 돌리고 있었는데, 참으로 입맛이 좋고 향기가 나서 이 때문에 생명이 구조되는 감이 있었다.

두세 잔[123]의 포도주가 일동에게 돌았을 적에 이 집 주인인 농장감독은 일어섰다. 그의 아내도 부엌에서 나와 그 옆에 섰는데 거무죽죽한 눈에 고단한 얼굴빛이었다. 감독은 우리들의 건강을 축복하며 잔을 올리고 또다시 아메리카합중국을 위해 잔을 들었다. 그 다음 그의 친우를 테이블

마스터로 지명했다. 집주인이 우인을 테이블 스피치의 마스터로 지명하는 것은 조지아의 오랜 관습이라고 한다. 테이블 마스터가 지명되면 마음대로 축하의 말을 할 수 없게 되고 말하고 싶은 자는 그 뜻을 마스터에게 전하지 않으면 안 된다. 우선 축사는 테이블 마스터로부터 시작했다. 이 때의 테이블 스피치는 실로 길었는데, 한마디 한마디씩 조지아어에서 러시아어로 그리고 또다시 영어로 통역하지 않으면 안 되었으므로 짧은 말이라도 당연 길게 걸리는 것이다. 이러한 때에는 연설도중에서 본인이 말한 것이 행방불명으로 되며 혼돈되는 것은 어찌할 수 없다. 그 테이블 마스터는 이 지방의 농업경제를 연구하고 있으며 처음엔 평범한 인사를 말하였는데, 얼마 후 그의 독특한[18] 자랑이 시작되었다. 그는 아메리카인과 러시아인을 이반시키고 있는 여러 가지 사건과 오해를 슬퍼하고 이것을 타개하는 길은 무역뿐이라고 조적措摘하고 러시아와 아메리칸 간에 통상조약을 체결하지 않으면 안 된다고 말하며, 이어 러시아는 아메리카에서 제조되는 농업기계, 트랙터, 트럭, 기관차 등을[124] 절실히 필요로 하고 있다고 말했다. 그리고 한편 아메리카에서도 러시아에서 생산되고 있는 어느 종의 자료를 틀림없이 필요로 할 것이라고 전언하고, 그 러시아의 생산품으로서 보석, 금 ,대재 펄프, 크롬, 텅스텐 등을 들었다. 그는 오랫동안 이 문제에 관해서 틀림없이 열심히 사고하였을 것이다. 그와 같은 협정이 체결되기 위해서는 그 중도에 허다한 곤란이 가로놓여 있다는 것을 그가 알지 못하는 것도 무리가 아니며, 우리들도 사실에 있어서 그것을 모른다고 말 할 수밖에 없었다.

우리들은 외국인이며 테이블 마스터에서 기입한 종이를 줄 수는 없었으나, 우리들의 의사를 표시하지 않아도 그의 축배의 언사에 보답할 것이 허락되었다. 거기서 나는 모든 종류의 커튼 철의 커튼, 나일론의 커튼, 정치의 커튼, 허위의 커튼, 미신의 커튼을 일절 폐지해야만 된다고 우선 말

18 원본에는 '獨得한'으로 오기되었다.

하고, 커튼 그것은 전쟁의 선구先驅가 되는 것이며 만일 전쟁이 발생되었다고 하면, 그것은 두 가지 이유의 하나 우둔이 아니면 또는 목적인 그 어느 것에 의한 것이다. 만일 그것 지도자 측의 목적에 의한 것이라면 그러한 지도자는 두들겨 추방할 필요가 있고, 그것이 우둔에의 한 것이라면 그 원인을 일층 엄밀히 조사하지 않으면 안 될 것이라고 말했다. 그리고 여하한 자라도 만일 얼마나 우둔하고 호전적인 자라도 근[125]대 전쟁의 성질상, 단 한 사람의 힘으로 승리를 얻을 수 있다고는 생각하지 않으므로, 전쟁을 일으키려고 하는 지도자는 어떠한 국가의 어떠한 자라 할지라도 범죄인으로서 처벌하고 석방하지 않으면 안 된다고 말했다.

카파는 참으로 많은 전쟁을 보고 왔으며 나도 다소 그러한 경험이 있으므로 이 점에 대해서는 통절히 느끼고 있다.[126]

16. 크렘린의 표정

크렘린궁은 일반인의 구경이 허락되어 있으며 그 전부터 한번 가보고 사진으로도 찍으려고 생각하였는데, 겨우 허가가 나고 보니 사진 촬영만은 허가되지 않았다. 촬영은 물론 사진기를 휴대할 수도 없었다. 구경도 특별한 도순이 아니고 일반인과 같았는데 우리들로서는 결국 그러한 편이 좋았다. 치마르스키 군 이 또 안내자로 되었는데 이채스러운 그는 그때까지 한 번도 크렘린궁에 들어와 본 일이 없었다. 경계가 엄중한 크렘린궁으로 향한 길을 걸어가니 입구에는 경비병이 서서 우리들의 이름을 기입하고 허가증을 검시한 다음 벨을 누르니 호위병 하나가 앞에 서서 문을 통해주었다.

정부의 각 성省은 크렘린궁 깊은 곳에 있어서 거기까지 가 볼 수는 없었는데, 그리 가보고 싶지도 않았다. 넓은 광장을 지나 오래된 대가람 속에 들어가니 거기는 박물관으로 되어있는데, 여기는 이왕 대제大帝로부터 적색혁명까지의 러시아 황제들이 사용하였던 커다란 궁전이다 박물관에는 갑주, 무기, 도기, 접시, 의상, 500년간의 왕궁에 증정품 등이 진열되어 있다. 다이아와 에메랄드를 가득 박은 커다란[127] 왕관, 카데리나 여왕의 창과槍戈, 옛날 병사들의 모피, 외투와 진묘한 갑주 등이 수백 년 동안에 러시아 황제에게 보내온 제 외국왕실로부터의 증정품, 엘리자베스 여왕이 보낸 커다란 은으로 만든 개犬 테오도릭, 대왕이 카데리나 여왕에게 보낸 독일의 은과 도기 그 외에 명예의 검, 군주국의 거짓말을 가득채운 것 같이 과포過褒의 언사로 충만 되어 있는 서한류 등, 왕실 박물관을 보면 군주정치 하에서는 악취미를 싫어했었던 것이 아니고 둘도 없이 필요한 것이었다는 것을 알 수 있다. 이왕 대제시대의 병사가 그려져 있는 화랑에는 부인의 출입을 금하고 있다.

긴 층계를 올라가던 큰 거울이 있는 실내에 이른다. 거기는 최후의 러시아 황제와 그 가족들이 사용하였던 방인데, 너무도 가구가 많고 장식투성이로 방 전체가 검은 광택을 내어 무척 불쾌한 곳이다. 어렸을 때 이와 같은 어리석은 수집품과 함께 크고 일상을 보내게 된다면 아마 상규를 벗어난 일종의 변인變人으로 틀림없이 될 것이다. 그러나 왕자들의 성격을 더 한층 잘 알기 위해서는 그들이 이와 같이 머리가 변할만한 분위기에서 어떠한 생활을 하지 않으면 안 되었던가를 알 필요가 있다.

나이 어린 러시아의 왕자가 철총을 가지고 싶었을 때 22미리 구경의 소총을 가질 수가 있었는가? 아니 그가 가졌던 것은 20세기에서는 약간 고古[128]물物인 상아와 보석을 박아 외관을 장식한 나팔총이다. 그들은 산야에 나가 토끼를 잡을 수가 없었다. 단지 잔디 뜰에 앉아서 그가 잡기 위해 기르고 있는 백조를 쏘는 것이다.

아, 궁전에서 꼭 2시간을 보냈는데 너무도 기분이 불쾌하여 하루 동안 그 기분을 떨어 버릴 수가 없었다. 그 원인은 궁전 속에 어떤 생애를 상상하였기 때문이다.

하여간 궁전을 본 것은 즐거운 일인데, 절대로 두 번 갈 마음은 없다.

세계 중에서 가장 음울한 장소이다. 궁전 내부의 여러 실내와 층계를 보며 걸어 다니니, 자식이 부모를 부모가 자식을 죽였던 이유와 참으로 외관만의 생활이 얼마나 내용적으로 공소空疎한 것이었는가를 용이하게 상상할 수 있다. 궁전의 창에서는 크렘린의 외벽 너머로 시가가 보인다. 바로 아래인 붉은 광장에는 큰 대리석 대가 놓여 있으며 거기는 러시아 황제가 신하의 목을 자른 곳인데 그것도 아마 황제 자신의 공포에 의한 것일게다. 언덕길을 지나서 엄중한 경호의 문밖으로 나오니 처음으로 구출된 기분을 가질 수 있었다. 크렘린궁에서 즉시 호텔 메트로폴에 돌아와 헤럴드 트리뷴 지국에 가서 예전부터 아는 기자를 카바레에 억지로 끌어내서 워커 40그람과 런치를 주문하였다. 그러나 크렘린에서 받은 불쾌한 기분을 떨어버리는 데는 오랫동안 걸렸다.[129]

크렘린궁 속에 있는 정부건물에는 가보지 않았는데 거기는 관객을 절대로 들여보내지 않는 곳이므로 어떠한 외관인지도 모른다. 그러나 그 건물의 첨단尖端만이 외벽 위에서 보이었다. 그 외벽의 내부는 그곳에 거주하고 있는 정부 고관들과 그 하인 문지기 관리인 호위하는 자들로서 한 사회를 형성하고 있다고 한다. 사람들의 말에 의하면 스탈린은 크렘린에서 살고 있지 않고 다른 곳에 거주하고 있다는데, 아무도 그것이 어디 있는지도 모르고 또 그다지 그런 것에 관심을 갖고 있지 않는 듯하다. 1947년의 가을인 현재 스탈린은 상하常夏의 기후인 흑해 연안에 있다고 한다.

아메리카의 한 특파원은 스탈린이 어느 날 시가를 자동차를 타고 지나가는 것을 보았다고 이렇게 말했다.

“그때 스탈린은 후부 좌석에 앉아 이상스러운 방향으로 어깨를 기대고 있었는데, 그의 얼굴은 부자연하게 경직하여 있어 실제로 스탈린 본인인지 그렇지 않으면 상인지 알 수 없었다. 하여튼 신사의 얼굴로는 보이지 않았다.”

모스크바 작가동맹은 우리들을 명향회鳴饗會에 초대했는데 이때는 놀랐다. 그 회에는 스탈린이 ‘러시아혼의 기술자’라고 부르는 인텔리와 작가들이 일당에 모여 있어 참으로 놀랄만한 위관이었다. 만찬회에서의 연설은 길고 또한 여[130]러 가지였다. 출석자의 대부분은 영어나 불란서어나 독일어로 말할 수 있었다.

그들은 우리들의 러시아 여행이 유쾌한 것이며 충분한 견문을 하기 바란다는 것을 말했다. 우리들의 건강을 위해 재삼, 재사 축배를 올렸다. 우리들은 그들에게 향해서 이번 러시아 여행의 목적은 정치기구를 보기 위한 것이 아니고, 러시아의 여러 사람에 접촉하기 위한 것이라고 말하고, 이미 여러 사람들과 이야기를 교환하였으므로 우리들이 러시아에서 견문한 데 관해서 정확하게 그 진실을 전할 수 있다고 생각하는 바라고 말했다.

에렌부르그가 일어나서 진실을 전해 준다면 그 이상 유쾌한 일은 없다고 말했다. 그러니 테이블 구석에 앉았던 남자가 일어나서 진실에는 여러 종류가 있으므로 러시아인과 아메리카인의 관계를 좋게 할 수 있는 진실을 써달라고 말했다. 여기서 논쟁이 벌어졌다. 에렌부르그가 번쩍 뛰어 일어나서 노한 구조口調로 어떠한 것을 쓰라고 작가에게 말하는 것은 모욕이라고 말했다. 작가가 진실을 쓰고 평판을 받으면 그 위에 무엇을 더욱 쓸 필요가 있느냐고 말했다. 그는 상대의 얼굴에 손짓을 하고 군의 태도는 나쁘다고 책망하였는데, 그 남자는 입으로만 무어라 항변하고 있었다. 시모노프 씨는 종시 에렌부르그 편에 가담하여 그 상대를 비난했다. 치마르스키 군은 빈번이 말을 하려고 하였는데 의논이 비등하여[131] 그가 입을 열을 여유가 없었다. 러시아의 작가들 사이에는 참으로 엄격하게 협조가 되어 있어 논쟁은 일절 허락되어 있지 않다고 들었는데, 이 만찬회의 공기는 그 소문이 사실이 아니라는 것을 말하고 있는 것처럼 보였다.

가라가노후 군이 양자의 절형折衡을 시키는 것과 같은 연설을 하고 그리하여 의논은 끝났다. 나는 축배로 워커를 하지 않고 그 대신 포도주를 마셨기 때문에 뱃속이 참으로 쾌적하였다. 아마 사람들의 눈에는 서투르게 보였겠지만 몸을 위해서 자중하였던 것이다.

워커는 내 입에 맞지 않는다. 이 만찬회가 끝나기는 11시경이며 먼저 번의 논쟁은 이미 자취도 없이 안개처럼 사라지고 기분 좋게 산회하였다 우리들의 들 것에 대해서 무어라고 말하는 자는 한 사람도 없었다.[132]

17. 모스크바의 외국인들

모스크바는 활기에 들뛰고 있었다. 국가의 영웅들의 포스터와 초상화가 주르륵 건물에 걸려 있었다. 다리는 전구를 주산 알처럼 만든 이로미녀이숀으로 장식되어 있다. 크렘린궁은 조명에 빛나서 첨탑에서 외벽 프레이트까지 완연하게 보였다. 어느 광장에도 무용장이 신설되었고 또 다른 광장에는 러시아의 옛 동화의 그림에 있는 것과 같은 외관의 작은 매점을 세우고 과자와 아이스크림 등을 팔고 있었다. 공식의 기념장으로 조그만 메달은 만들어 양복 단추 구멍에 걸도록 되어 있었는데 모두 그것을 붙이고 있었다. 모스크바 800년 제축전에 참석하기 위해 각국 대표는 거의 시간마다 모스크바에 도착하고 있었다.

버스도 기차도 초만원이다. 속속 모스크바에 밀려드는 사람으로서 도로는 가득 찼는데, 이 사람들은 모두 입을 것과 함께 수일간의 식량을 준비하고 있었다. 배가 고파도 사람들 속에서는 몸 움직임도 자유롭게 못할 때가 간혹 있기 때문에 누구든지 손에는 2, 3개의 빵을 갖고 있다. 어떠한 건물일지라도 깃발과 조화를 세워 놓고 지하 철도회사는 모스크바의 지하철도의 대지도를 걸어 놓았는데[133] 그 밑을 달리는 지하철도의 작은 차량에는 군중들이 밤늦도록 밀리고 있다. 하차荷車와 트럭은 야채, 메론, 토마토, 오이 등의 식료품 실고 시가에 들어온다. 800년제를 축하하여 모스크바에 보내온 집단농장의 선물이다. 모든 건물은 전기를 환하게 켜고 있다. 거리를 걸어가는 모든 사람들이 전쟁을 회상하는 메달과 리본과 훈장을 붙이고 있다. 거리는 활기에 비등하고 있었다.

헤럴드 트리뷴 지국에 가니 조뉴만 군으로부터 전언의 종이쪽지가 놓여 있었다. 그는 스톡홀름에 출장하였고 전언에는 초대되어 있는 파티에 대신 출석하여 달라고 씌어 있었다.

카파는 사진 필름에 열중되어 있으며 현상의 결과를 혼자 이러니 저러니 비평하고 있었다. 이미 많은 '네가'가 되어 있고 창에 기대어 필름을 만져가며 몇 시간씩 현상하고 있었다.

나와 카파는 소비에트 대외문화협회의 사무실로 가라가노후 씨를 방문하여 러시아를 떠날 때, 어떠한 필름을 가지고 가면 좋은지 확실한 것을 가르쳐 달라고 청했다. 어떠한 형식으로서도 틀림없이 검열이 있을 것이라고 생각되었기에, 그 용의用意를 하기 위해 사전에 충분이 알아두려고 생각하였다. 그는 곧 조사하여 알리겠다고 약속하여 주었다.[134]

기념제 전날 밤 볼쇼이 극장에 초대되었었는데, 어떤 것을 상연하고 있는지 알지 못했다. 그리고 다른 일로 그곳에 가지 못했는데 참으로 운이 좋았다. 후에 들으니 6시간을 계속하여 연설이 있었는데, 정부 각료들이 와 있었기에 아무도 도중에 나가지 못했다는 것이다. 지금까지 한 번도 없었던 운 좋은 일의 하나다.

레스토랑과 카바레는 사람들로 가득 혼잡하였으며, 거기에 대부분은 소련연방 각 공화국 대표들 때문에 대용되어 있었기 때문에 출입하기가 도저히 불가능했으며, 또한 실제 문제로서 그날 밤 저녁을 먹는 것이 참으로 곤란하였다. 시가는 인산인해를 이루어서 걷는지 걷지 않는지 모를 지경으로 발을 옮기고 광장에 이르면 멈춰 서서 잠시간 음악을 듣고 또 다음 광장으로 완만한 흐름이 계속해간다. 걷는 줄도 모르게 걸어가고 그리하여 멈춰 서서보고 듣고 또 천천히 걷기 시작하여, 그리고 또다시 멈춰 서게 되는 가두풍경이 이곳저곳에서 한없이 계속되고 있다.

시골에서 상경한 사람들은 눈을 둥그리고 있다. 모스크바를 처음 구경한다. 그러나 이렇게 화려한 빛나는 빛의 홍수의 시가를 보게 되는 것은 누구에게 있어서도 처음일 것이다.

박물관도 만원의 성황이며 도저히 속에 들어 갈수가 없었다. 극장이란 극[135]장은 살인적인 혼란이다.

어떠한 건물에도 스탈린의 커다란 초상화가 적어도 한 장은 걸려 있으며 초상의 크기에서 스탈린의 다음가는 것은 모로로프였다. 그 밖에도 각 공화국인민위원회의 의장의 큼직한 초상과 소련의 영웅들의 초상이 있었는데 이들은 차차 적어졌다.

그날 저녁 늦게 아메리카의 한 특파원 집에서 열린 파티에 출석하였다. 이 특파원은 오랫동안 러시아에 있어서 러시아어 회화와 독서를 능숙하게 할 수 있었는데, 현재 러시아에서 집 한 채를 유지해 나간다는 것이 참으로 고생이라는 것을 말하였다. 그것은 마치 여관의 숙박과 같은 것이며, 그 귀찮은 일은 대부분 관료제도의 무능에 의한 것이며, 참으로 많은 기록을 하게 되고 장부를 쓰게 되는데, 그 귀찮은데 대해서 하등의 보수되는 것이 없다.

식사가 끝난 후 그는 책장에서 책 한 권을 뽑아 들고 "이러한 것을 읽어 드리겠오"라고 말하며 러시아어를 영어로 번역하면서 천천히 읽기 시작했다. 그것은 다음과 같은, 그렇다고 하여 정확한 전문은 아닌데, 것이었다. "외국인은 항상 비밀경찰에 감시를 당하므로 러시아 사람들은 외국인에 대해서 참으로 의혹의 눈을 보인다. 어떠한 사소한 일에도 주의를 받게 되고 본부에 끌려가기 때문에[136] 러시아인은 외국인을 자기 집에 초대하는 일은 절대로 없으며, 외국인과 말하는 것조차 참으로 겁을 내는 모양이다. 정부의 어떤 관료에게 편지를 내어도 대개는 회답이 오지 않는다. 또다시 내어도 역시 매 일반이다. 강경히 면회를 청하면 그 각료는 지금 모스크바에 없다든가 병중이라고 한다. 외국인의 러시아내 여행 허가가 허락될 때까지는 참으로 귀찮은 수속이 필요하며, 거기에 여행 중은 항상 감시의 눈이 비치고 있다. 그 냉정함과 의혹 때문에 러시아인은 외국인들은 서로 동지들끼리 결속하게 된다." 그는 다 읽고 나서 얼굴을 들고 말했다.

“이것을 어떻게 생각하느냐.” 거기서 우리들은 말하였다.

“그 서적은 검열에 통과된 것이 아닐 것이다.” 그러니 그는 큰 소리로 웃으며 말했다. “그러나 이 책이 저술되기는 1634년이다. 저자는 아담 오레이류스이며 『모스크바 탈라리 페리시아 旅行記』의 일절이다.” 그리고 또 웃으며 “그럼 모스크바 회의의 보고서를 들어주겠다.”

그는 다른 책을 꺼내어 읽었다.

“러시아인은 외교상 다른 국가와 잘 협조하려고 하지 않는다. 만일 누가 안을 내면 그들은 꼭 다른 안을 꺼내서 그것을 반대한다. 러시아의 외교관들은 넓[137]은 세계에서 훈련되어 있지 않고 러시아를 떠나본 일이 없는 자들이다. 사실 불란서에 사는 러시아인은 불란서 인으로 생각하고 독일에 살고 있는 자는 독일인으로서 생각하고 만다. 이들 재외 거주자는 러시아 국내에서는 신용되어 있지 않다. 러시아인의 외교는 직선상으로 진행하는 법이 없다. 그들은 점에 도달하지 못하고 언제나 그 주변을 돌면서 의논한다. 그리고 곧 말마디를 잡아서 응수하고 어떤 회의도 결론을 짓지 않고 그치고 만다.” 여기서 좀 쉬어 “이상은 불란서의 외교관 오규스탄 메이엘부르그 남작이 1661년에 쓴 것이다”라고 말하고 더욱 계속하였다. “이러한 것은 현재의 정체政體로 되어도 조금도 변하지 않았고 러시아인 역시 그러한 점에서 그리 변했다고 나는 생각지 않는다. 제외국의 대사와 외교관은 600년 동안 러시아에서 마음마저 변하면서 지내왔다.”[138]

18. 러시아여 잘 있거라

여행은 거의 끝났으나 다소 마음이 꺼리는 것이 없지 않다. 먼 곳에까지 와서 보며 또한 듣고 싶었던 것을 모두 견문하였는지 우리들에게는 알 수 없다.

하여튼 여러 가지 것을 보았다. 언어가 틀리는 것이 안타까웠다. 여러 러시아인과 접촉은 하였는데, 우리들이 듣고 싶어 했던 점에 대해서 진실한 대답을 얻었는지도 모르겠다.

매일처럼 회화를 하면서 후에 정리할 때를 위해서 상세한 것은 기호를 썼고 일기까지도 '메모'하였다. 그러나 그것이 너무도 미세하였기 때문에 무엇을 획득하였는지 모르겠다.

아메리카의 신문이 떠들고 있는 것과 같은 러시아의 군비, 원자력연구, 노예노동, 크렘린의 사기정치에 관해서는 아무것도 알지 못했고 이러한 것에 관해서는 아무 정보도 얻지 못했다.

독일군이란 파괴의 적처跡處를 정리하기 위해 노동하고 있는 수많은 독일군 포로의 모습은 확실히 보았는데, 이것은 그리 부정하다고 말 할 수는 없었다. 포로들은[139] 과중노동을 당하고 있는 것처럼은 보이지 않고 영양부족같이도 보이지 않았다. 물론 자세한 대부분까지 알 수 없다. 대규모의 전쟁 준비도 혹은 진행되고 있는지도 모른다. 그러나 우리는 그런 것을 보지 못했다. 병사들이 다수 있기는 했다. 그러나 우리들은 스파이의 사명을 띠고 이곳에 온 것이 아니다.

최후에는 모스크바에서 여러 가지 것을 보려고 학교에도 가 보았고 근로부인, 여배우, 학생들과 말해보았다. 상점에도 가보았는데 어떠한 것이라도 살려면 열을 짓고 있었다. 축음기 레코드의 발매가 알려지면 행렬이 생겨 레코드는 즉시 매절된다. 신간서적이 발매될 때도 이와 같은 것이 일어난다. 우리들이 체류한 2개월 간 복장의 점을 그리 좋지 못했고 모스크바의 신문은 빵, 야채, 감자, 어느 종의 섬유제품의 가격인하를 보도하고 있었다.

어떠한 상점에도 금속제품을 사러 원객顧客들이 밀려들고 있다는 신문기사도 읽었다. 실지의 경험을 말하면 러시아에서는 어느 곳을 가든지 상점에는 손님들이 밀려들고 매출되는 물품에는 어떠한 것이라도 애쓰고 산다. 전시산업에 중점을 두었던 러시아의 경제는 속도는 느리나 평시경제로 전환되어가며 민중들이 일용품을 쟁탈하고 있었다. 실용품이든 사

치품이든 간에 사는 사람들로서 상점은 참으로 혼잡하였다.[140]

아이스크림을 상점에서 팔기 시작하면 여러 줄의 열이 생긴다. 아이스크림이 들은 상자를 가지고 있는 남자점원은 습격을 당하는 모습이고 즉시 물품이 매진됨으로 아이스크림보다도 먼저 돈을 받는 것이 힘들 정도다. 러시아인이 아이스크림을 좋아하는 것은 아메리카인 이상인데 러시아 전국에서 먹을 수 있는 아이스크림이 없다.

카파는 매일 자기가 촬영한 사진에 관한 것을 들으러 갔다. 그때까지 약 3000장의 네가를 만들고 있었는데, 그때 그는 병이라도 생기지 않는가 하고 자신 걱정하고 있었다. 들으러 갈 때마다 근근 처치를 결정하기로 되었으니 걱정할 것 없다고 말한다. 러시아를 출발할 일자는 이미 결정되어 3일 이내로 국경을 넘기로 되어 있었는데, 사진의 건만은 아직 해결되어 있지 않았다. 카파는 불길한 일이 발생될 것을 상상하여 심려하고 있었다.

대사관의 직원과 특파원 제군에게 감사한다. 최대한의 편의를 도모해 주었을 뿐만이 아니라 지도도 해주었다. 그들은 시련과 곤란의 조건하에서 훌륭한 일을 해나간다고 생각한다. 아마 현재의 세계에서 제일 취급하기 곤란한 정치적 지위 상태에 있을 것이며 즐거움에는 인연이 없다. 그들 모든 사람들에게 마음속[141]으로부터 찬사를 올리지 않을 수 없다. 대사를 위시해서 대사관 전신계電信係에 있는 사람들까지에도.

일요일 아침 출발하기로 되었었는데, 금요일 날 밤 볼쇼이극장에 발레 구경을 하러가서 나와 보니, 작가동맹에 있는 가라가노후 군은 3000장의 네가를 현상하기 위해서 곧 사람을 준비한다는 것이다. 어떻게 이것을 전부 현상하는가를 우리들은 의심했다.

외무성에서는 카파의 필름이 이미 현상되어 있다는 것을 알지 못했던 것이다. 카파는 필름을 포장해 버렸다. 다음 날 아침 일찍이 사람이 와서 그것을 가지고 갔다. 하루 종일 카파는 걱정이 되어 들썩들썩했다. 어미닭이 꾸꾸꾸 하면서 잃어버린 병아리를 찾아 돌아다니는 것처럼 왔다 갔다 했다. 그는 일책의 예약도 취소하였다. 필름을 떠난 후에 보내주겠다는 것은 승낙할 수 없다는 것이다. 징얼징얼하면서 방 안을 돌아다니고 있다. 두세 번식 머리를 씻었는데 목욕탕에 들어가는 것은 전혀 잊어버리고 말았다.[142]

외무성도 나의 노트를 요구해 오지 않았다. 이것은 요구해보았자 전혀 도움이 되지 못할 것이다. 이 노트는 아무도 읽을 수 없을 뿐만 아니라 내 자신도 읽기에는 곤란할 지경이다.

하여튼 카파는 필름에 무슨 이변이 생기면 반혁명의 음모를 기도하든가 그렇지 않으면 차라리 자살하려고 생각하고 있다. 붉은 광장의 사형 집행대에서 자기의 목을 자른다는 것이 카파에게 할 수 있는지 의문이다.

그날 밤 우리들은 그랜드호텔에서 슬픈 만찬회를 열었다. 음악을 지금까지 들은 것보다 더욱 숨 가쁘고 우리들이 시챠스(빨리) 양이라고 별명진 바의 여급은 더 한층 느린 것처럼 보였다.

다음 아침 일어나자마자 아직 희미하게 밝은 길을 걸어 공항으로 갔다. 아, 이젠 최후다. 이 최후를 기다리면서 두 사람은 스탈린 초상 아래 걸터앉았다. 훈장을 찬 스탈린이 우리들의 눈에는 빈정대는 미소를 주고 있는 것처럼 보였다. 예의 러시아 차를 마시고 있을 때 카파는 갑작이 일어섰다. 심부름꾼이 카파에게 상자를 주었다. 두꺼운 종이로 만든 튼튼한 상자다. 엄중하게 실로 찍어맸으며 실 위에는 작은 봉인이 붙어 있다.

플러그에 향하는 우리들은 소련 최후의 비행장인 키예프를 출발할 때까지[143] 봉인에 손을 댈 수가 없다.

가라가노후, 치마르스키, 조뉴만의 제군이 환영해 주었다. 양복, 재킷, 수개의 카메라, 남았던 섬광전구와 필름 등 사람들에게 줄 수 있는 한은 주고 말았으므로 수하물은 올 때에 비하면 훨씬 가볍다. 비행기에 올라타 자리는 잡았다. 키예프까지 4시간이나 걸린다. 카파는 예의 종이상자에서 손을 떼지 않는다. 봉을 찢으면 국경을 통과할 수 없기 때문에 열어 볼 수가 없었다. 카파는 소중히 껴안고 있다.

“가벼운데”라고 섭섭한 모양이다.

“반 정도인가?”라고도 말한다.

“아마 돌멩이라도 집어 두었겠지. 필름 같은 것은 전혀 들어 있지 않을지도 모른다”라고 나는 말했다.

카파는 상자를 흔들며

“소리는 필름 같은데.”

“옛날 신문일지도 모른다.”

“자네!”라고 카파는 나를 불렀으나 다음을 자문자답으로 “검열에서는 어떤 사진을 뺐었을까. 별로 소련을 위해 좋지 못한 사진은 없[144]었는데.”

“그들은 카파의 사진 그 자체가 싫었는지도 모른다”고 나는 장단을 맞추었다.

그 이후 카파는 한마디도 말하지 않고 비행기는 삼림과 평야와 꾸불꾸불한 은빛 강물이 흐르는 평원 위를 날고 있었다. 아름다운 날씨였다. 땅 위에는 파랗고 진한 가을의 안개가 가득 차 있었다. 여급사가 핑크 빛 소다수를 승무원에게 갖다 주고 돌아온 다음 한 병을 열어 혼자 마시고 있었다.

정오경 이전에도 와본 키예프비행장에 착륙하였다. 세관의 수하물 검사는 참으로 엉성했다. 예의 필름상자는 곧 눈에 띄었다. 그 상자를 맨 실을 자르는 것을 카파는 끌려가는 양과 같은 얼굴로 쳐다보고 있다. 세관리들은 모두 미소를 띠우며 카파와 악수를 하고서 비행기에서 나간다. 도어가 닫히고 엔진이 발동하였다. 상자를 열어 보는 카파의 손은 떨고 있었다. 필름은 전부 들어 있었던 모양이다.

카파는 빙그레 웃더니 머리를 의자에 기대어 비행기가 상승하기도 전에 잠들고 말았다. 검열에서 빼앗긴 필름도 몇 장 있었는데 불치不値한 것이었다. 지세地勢를 나타낸 것과 스탈린그라드의 광녀를 촬영한 망원사진이 빠져 있으며, 죄인[145]의 사진도 없었는데 이러한 종의 것은 빠졌다 해도 그리 대수로운 일은 없다. 농장과 얼굴 러시아 민중의 사진은 손대지 않고 그대로 있다. 이러한 것만이 우리들이 낯익지 못한 곳에 가서 입수하려고 생각하였던 목적이었다. 비행기는 국경을 넘어 오후 일찍이 플러그에 착륙하였다. 나는 카파를 일으키지 않으면 안 되었다.

하여간 상기한 바와 같으며 대개 여행의 목적은 이루었다고 생각하는데, 그 전에도 약간 알고 있었던 바와 같이 러시아의 민중도 민중인 이상은 타국의 민중과 다름없이 유쾌하다. 서로 이야기 하여 보면 모두 전쟁을 싫어하고 더욱 좋은 생활, 쾌적, 안전보장, 평화를 희구하고 있는 것도 다른 민중과 동일하다. 이 여행이 좌익 교회주의자들에게도 우익 룸펜들에게도 만족을 주지 못한다는 것은 이미 잘 알고 있다. 전자는 이것을 반러시아적이라고 말할 것이며 후자는 친러시아라고 말할 것이다.

표면적인 것이라는 것도 사실인데 그렇다고 이것을 다른 것으로 고쳐 쓴다 해도 어찌 할 수가 없을 것이다.

우리들은 러시아의 민중도 세계 중의 다른 민중과 동일하다는 이외의 결론을 끌어낼 수는 없었다. 거기에는 악인이 있다는 것도 사실이나 참다운 선인이 훨씬 많았다.[146]

『쏘聯의 內幕』(白鳥社, 1952. 5. 15)

제5부 『박인환 문학전집 1 : 시』 보유

시

가을밤 거리에서[1] (정본)

바람 속에 자동차가 굴러갔다
다리 위에서 나는 최후의 사람을 기다리고 있다

최후의 사람은 오지 않았다
가을밤 거리에 나는 서 있다

내일부터 겨울이 시작되어 간다
아 나의 낙엽과 같은 쓸쓸한 신세를 누구에게 맡겨야 하나

가을밤 거리에서 휘파람을 부니
지나가는 여자가 웃는다

지나가는 시간이여
부서진 청춘이여

모든 지붕이 가을바람 속에 잠겨 있다
다리 위에서 나는 별을 쳐다보고 있다

---

1 이전의 작품집이나 전집에는 실려 있지 않은 새롭게 발굴된 작품이다.

아 최후의 사람은 죽어 버렸다
가을밤 거리에서 나는 울었다

해마다 이러한 정막靜寞의 계절이
고층건물 아래로
쓰라린 바람을 던져 올 때
오지 않는 사람이여
죽어 버린 벗이여
또다시 가을밤 거리에는
내가 서 있는 줄 알아라

가을밤거리에서 (원본)

바람속에 自動車가 굴러갓다
다리우에서 나는 最後의사람을 기다리고잇다

最後의사람은 오지안엇다
가을밤거리에 나는서잇다

내일부터 겨울이 시작되여간다
아 나의 落葉과가튼 쓸쓸한 신세를 누구에게 맥겨야하나

가을밤 거리에서 휘ㅅ바람을 부니
지나가는 여자가 웃는다

지나가는 시간이어
부서진 청춘이어

모든집웅이 가을바람속에 잠겨잇다
다리우에서 나는 별을 처다보고잇다

아 最後의사람은 죽어버렷다

가을밤거리에서 나는 우럿다

해마다 이러한 靜寞의季節이
高層建物아래로
쓰라린 바람을 던저올때
오지안는 사람이어
죽어버린 벗이여
쏘다시 가을밤 거리에는
내가 서 잇는줄 아러라

『國民日報』(1948.10.25)

書籍と風景[1][2] (원본)

書籍は荒廢した人間の風景に光彩を送る.
書籍は幸福と自由とある智慧を人間に知らせる.

いまは殺戮の時代.
侵害された土地では人間が死に,
書籍のみが限りない歷史を物語る,
久しい間, 社會が成長する間,
活字は技術と行列の混亂を起した.
風にはためく色々な頁,
その間には自由フランス共和國の樹立, イギリスの產業革命, ルーズヴェルト氏の微笑とともに,
ニューギニアと沖繩を經て戰艦ミズーリ號にいたる人類の道程があらわれる,
すべての苛酷な回想をともなつて,

私は, 昔, 偉大な反抗を企圖したとき,

2 「서적과 풍경」은 「書籍と風景」이란 제목으로 일문(『詩學』 7권 5호(통권 49호), 岩谷書店, 1952. 5, 50쪽~51쪽)으로 먼저 발표되었다. 김경린金暻麟의 「午後と禮節」이 함께 게재된 점과 편집 후기에 "한국의 두 시인을 소개함에 있어 『국제 타임즈』에 있던 시인 이봉래 씨 외의 지원을 받았다韓國の二人の詩人の紹介にあたつては元『國際タイムス』にゐた詩人李奉來氏その他の援助を受けた" 라고 기록된 점을 참고하면 박인환은 김경린과 이봉래 등의 주선으로 이 잡지에 작품을 발표한 것으로 짐작된다.

書籍は, 白晝の薔薇のごとく,
蒼然として美しい, 風景を胸に與えた.
ソ聯から歸つたアンドレ・ジイド氏,
彼は眞理と尊厳に顔を輝やかせ,
自由な人間の風景の中で最も重要な要素である,
われわれは永遠なる風景のため自由を擁護しよう, と語り,
韓國での戰爭が熾烈の高潮に達したとき,
彼は侮蔑と煉獄の風景を凝視して出發した.

一九五一年の書籍,
私は探知した, 疲勞した躬で, 白雪を踏みながら,
この暗黑の世代をとりまくまた一つの戰慄がどこにあるかを.

永い間, 人間の力で, 人間であるがために,
現代の異邦人, 自由の勇士は世界の寒村韓國で斃れる,
共産主義の深淵から危機に逢着した人間の最後を救おうとして.
スコツトランドで愛人と別れたR・ジミー君.
チヤン・ク[3]クの傳記を書いたペルチナンド氏.
太平洋の密林と様々な湖沼の疾病と闘い,
バタンとコレヒドールの峻烈な神話を誇つたトム・ミチヤム君.
彼らは一個の人間ではない,
神の祭壇で,

---

3 「서적과 풍경」(『민주경찰』 32호, 1953.4)을 참고하면 ダ의 오자 또는 오식이다.

人類のみの果敢な行動と憤怒をもつて,
愛も祈禱もなく,
無名高地や無名溪谷で死んだ.

私は眼を閉じ,
平和であつた日の私の書齋に限りなく群集する書籍の名を諳んずる.
一卷と一卷が人間のような個性があり,
死んでいつた兵士のやうに,
私に淚と不滅の精神を訓えた無數の書籍の名を……
これらは集つて,
人間が生活した原野と山と海と雲のごとく,[50]
印象の風景を私の胸に投影してくれる.
今, 爭いは續けられる,
書籍は炎え上る,
しかし, 書籍と印象と風景よ,
汝の久遠の言葉と表情は汝のみのものではない.
ルーズヴェルト氏が逝き,
ダグラス・マッカーサーが陸地に上るとき,
正義の炬火を吐いた諸々の艦艇と機銃と太平洋の波濤は波打つ.
かかる時間と歷史は,
また再び自由な人々が眞に保障されるときに反覆されるべきである.
悲慘なる人類の新らしいミズーリ號への過程よ,
わが書籍と風景は, わが生命を賭けた鬪いの庭になる.[51]

『詩學』7-5호(1952.5.30)

서적과 풍경 (번역본)[4]

서적은 황폐한 인간의 풍경에 광채를 보낸다.
서적은 행복과 자유와 어떤 지혜를 인간에게 알려 준다.

지금은 살육의 시대.
침해된 토지에서는 인간이 죽고,
서적만이 한없는 역사를 이야기해 주고,
오래도록, 사회가 성장하는 동안,
활자는 기술과 행렬의 혼란을 일으켰다.
바람에 펄럭이는 여러 페이지,
그 사이에는 자유 프랑스 공화국의 수립, 잉글랜드의 산업혁명, 루즈벨트 씨의 미소와 함께,
뉴기니와 오키나와를 거쳐 전함 미주리호에 이르는 인류의 전 도정道程이 나타나고,
모든 가혹한 회상을 동반하며,

내가, 옛날, 위대한 반항을 기도企圖할 때,
서적은, 백주白晝의 장미같이,

---

4 일문으로 발표된 「書籍と風景」과 국문으로 최초 발표된 「서적과 풍경」(『민주경찰』 32호, 1953.4) 간에 나타나는 이본적 차이점을 밝히기 위해 번역본을 수록한다. 번역은 엮은이가 담당했으며, 원문대로 직역하는 것을 원칙으로 삼았다.

창연하고 아름다운, 풍경을 마음속에 주었다.
소련으로부터 돌아온 앙드레 지드 씨,
그는 진리와 존엄에 얼굴을 빛내고
자유는 인간의 풍경 속에서 가장 중요한 요소이며,
우리는 영원한 풍경을 위해 자유를 옹호하자, 말하고,
한국에서의 전쟁이 치열의 고조에 달했을 때,
그는 모멸과 연옥煉獄의 풍경을 응시하며 출발했다.

1951년의 서적,
나는 탐지했다, 피로한 몸으로, 백설을 밟으면서,
이 암흑의 세대를 둘러싼 또 하나의 전율이 어디에 있는가를,

오래도록, 인간의 힘으로, 인간이기 때문에,
현대의 이방인, 자유의 용사는 세계의 한촌寒村 한국에서 죽고,
공산주의의 심연으로부터 위기에 봉착한 인간의 최후를 구하려다.
스코틀랜드에서 애인과 이별한 R・지미 군,
잔 다르크의 전기를 쓴 페르디난트 씨,
태평양의 밀림과 여러 호소湖沼의 질병과 싸우고,
바탄과 코레히도르의 준열한 신화를 자랑하던 톰・미첨 군.
그들은 한 개의 인간이 아니라,
신의 제단에서,
인류만의 과감한 행동과 분노를 지니고,
사랑도 기도도 없이,
무명고지나 무명계곡에서 죽었다.

나는 눈을 감고,
평화로웠던 날의 내 서재에 한없이 군집한 서적의 이름을 외운다.
한 권 한 권이 인간처럼 개성이 있고,
죽어 간 병사처럼,
나에게 눈물과 불멸의 정신을 가르친 무수한 서적의 이름을……
이들은 모여서,
인간이 생활했던 원야原野와 산과 바다와 구름 같은,
인상의 풍경을 나의 마음속에 투영해 준다.
지금 싸움은 계속되고,
서적은 불타오르고,
그러나 서적과 인상과 풍경이여,
너의 구원久遠한 이야기와 표정은 너만의 것은 아니다.
루즈벨트 씨가 죽고,
더글러스 맥아더가 육지에 오를 때,
정의의 횃불을 토하던 여러 함정과 기총과 태평양의 파도는 물결쳤다.
이러한 시간과 역사는,
또다시 자유로운 인간들이 참으로 보장될 때 반복될 것이다.
비참한 인류의 새로운 미주리호에의 과정이여,
내 서적과 풍경은, 내 생명을 건 싸움의 마당이 된다.

목마와 숙녀[1][5] (원본)

한잔의 술을 마시고
우리는 바-지니아 · 울프의 生涯와
木馬를 타고 떠난 淑女의 옷자락을 이야기 한다
木馬는 주인을 버리고 그저 방울소리만 울리며
가을 속으로 떠났다 술병에서 별이 떠러진다
傷心한 별은 내가슴에 가벼웁게 부서진다
그러한 잠시 내가 알던 少女는
庭園의 草木옆에서 자라고
文學이 죽고 人生이 죽고
사랑의 진리마저 愛憎의 그림자를 버릴 때
木馬를 탄 사랑의 사람은 뵈이지 않는다
세월은 가고 오는 것
한 때는 孤立을 피하여 시들어 가고
이제 우리는 作別하여야한다
술병이 바람에 쓰러지는 소리를 드르며
늙은 女流作家의 눈을 바라다 보아야한다
…燈台에…
불이 뵈이지 않어도

---

5 최초 발표본(「(『국제보도』 33호, 1954.5)이 새롭게 발굴된 작품이다.

그저 간직한 페시미슴의 未來를 위하여 우리는
처량한 木馬소리를 記憶하여야 한다
모든 것이 떠나던 죽던
그저 가슴에 남은 흐미한 意識을 붙잡고 우리는
바—지니아 · 울프의 서러운 이야기를 드러야한다
두개의 바위틈을 지나 靑春을 찾을 뱀 과 같이
눈을 뜨고 한잔의 술을 마셔야한다
人生은 외롭지도 않고
그저 雜誌의 表紙처럼 通俗하거늘
한탄할 그무엇이 무서워서 우리는 떠나는 것일가
木馬는 하늘에 있고
방울소리는 귀전에 출렁거리는데
가을 바람소리는 내 쓰러진 술병속에서 목메여 우는데[63]

『國際報道』 33호(1954.5.25)

대하大河[6] (정본)

큰 물[7]이 흐른다
역사와 황혼을 품안에 안고
인생처럼
그리고 지나간 싸움처럼
굽이치며 노도怒濤하며
내 가슴에 큰 물이 흐른다.

신비도 증오도
피라미드도 불상도 그 위에 흐르고
내가 살던 아크로폴리스 마을에
큰 물이 흐른다.

어느 산줄기에 그 수원水源이 있는가
어느 가슴 아픈 인간의 피눈물인가

---

6 이전의 작품집이나 전집에는 실려 있지 않은 새롭게 발굴된 작품이다.

7 국어 어문규정에 따르면 '큰 물'은 '큰물'로 표기하는 것이 맞다. 그런데 현대 국어 '큰물'은 '비가 많이 와서 강이나 개천에 갑자기 크게 불은 물'을 뜻하므로 이 시의 문맥과는 맞지 않는다. 이 시에서 '큰 물'은 '대하' 즉 '큰 강'을 의미하기 때문이다. 따라서 이 시에 사용된 '큰 물'은 모두 '큰 물'로 적는다. 다만 4연의 '큰물'은 현대 국어의 '큰물'과 같은 의미로 사용되었고, 원본에도 '큰물'로 표기되었으므로 '큰물'로 적는다.

나는 보았다
썩은 다리와 고목들이
큰물에 씻겨 나가는 것을
벼루와 서책이 출렁거리는 것을

큰 물이 흐른다
목메어 우는 사람과
고달픈 역사와 황혼을 품안에 안고
침울한 큰 물이 흐른다.

과거는 잠자고
오직 대하가 있다.

대하大河 (원본)

큰 물이 흐른다
歷史와 黃昏을 품안에 안고
人生처럼
그리고 지나간 싸움처럼
구비치며 怒도하며
내가슴에 큰 물이 흐른다.

神秘도 憎惡도
피라미ㅅ트도 佛像도 그위에 흐르고
내가 살던 아크로 포리스 마을에
큰 물이 흐른다.

어느 산줄기에 그水源이 있는가
어느 가슴아픈 人間의 피 눈물인가

나는 보았다
썩은 다리와 古木들이
큰물에 씻쳐 나가는 것을
벼루와 書冊이 출렁거리는 것을

 『박인환 문학전집 1 : 시』 보유

큰 물이 흐른다
목메여 우는 사람과
고달프은 歷史와 黃昏을 품안에 안고
沈鬱한 큰 물이 흐른다.

過去는 잠자고
오직 大河가 있다.

『國都新聞』(1956.1.29)

3 · 1절의 시詩[8] (정본)

즐겁게 3 · 1절을 노래했던 해부터 지금 십 년이 지났다
독립이 있었고
싸움이 있었고
눈보라 치던 피난을 겪으며
고난과 서러움의 십 년이 지났다.

변함없이 푸르른 하늘
그때의 사람과
그때의 깃발을
하늘은 잊지 않는다.
아니 내 아버지와 내 가슴에
저항의 피가 흐른다.

지금 우리는 소리 없이 노래 부른다.
노래를 부르지 않아도 좋다
그것은 무거웁게[9] 민족의 마음에

---

8 최초 발표본(『향학』 2호, 1956.3)이 새롭게 발굴된 작품이다. 이 작품은 『아리랑』 3-4호(1957.4)에 '유고'로 다시 실리면서 「3 · 1절의 노래」로 개제되었다. 따라서 이 작품의 정본은 최초 발표본을 바탕으로 다시 확정하였다.

9 국어 어문규정에 따르면 '무겁게'가 맞지만 원본의 느낌을 살리기 위해 '무거웁게'로 적는다.

간직되어 있고
우리는 또한 싸움의 십 년을 보냈다.

우리는 보지 못했어도
저 하늘은 선열의 주검을 보았고
그때의 태양은
지금의 태양

삼월 초하루가 온다.
맑은 하늘과 우리의 마음에
독립과 자유를 절규하던
그리운 날이 온다.

삼일절의 시詩[1] (원본)

즐겁게 三一節을 노래했든 해 부터 지금 十年이 지냈다
독립이 있었고
싸움이 있었고
눈보라 치던 피난을 겪으며
고난과 서러움의 十年이 지냈다.

변함 없이 푸르른 하늘
그때의 사람과
그때의 깃빨을
하늘은 잊지 않는다.
아니 내 아버지와 내 가슴에[15]
저항의 피가 흐른다.

지금 우리는 소리 없이 노래 부른다.
노래를 부르지 않어도 좋다
그것은 무거웁게 민족의 마음에
간직되어 있고
우리는 또한 싸움의 十年을 보냈다.

우리는 보지 못했어도
저 하늘은 선렬의 주검을 보았고
그때의 태양은
지금의 태양

三월 초하루가 온다.
밝은 하늘과 우리의 마음에
독립과 자유를 절규하던
그리운 날이 온다.[14][10]

『向學』 2호(1956.3.1)

---

10 수록 지면의 면수는 왼쪽에서 오른쪽으로 이어지지만, 이 작품의 표기는 오른쪽 면(15쪽)에서 시작하여 왼쪽 면(14쪽)에서 마무리된다.

부록

작품 연보

I. 시

1. 시 작품 연보에는 정본 90종의 이본 150편을 수록했다.
2. 작품명은 부제까지 적되, 출전의 원 표기를 따른다.
3. 출전은 원본대로 적되, 단행본은 책명만 표기한다. 단행본의 구체적인 서지사항은 다음과 같다.

- 『純粹詩選』, 八月詩會 青年文學家協會詩部, 1946.6.20.
- 新詩論同人會(金暻麟, 金景熹, 金秉旭, 朴寅煥, 林虎權), 『新詩論』 第一輯, 珊瑚莊, 1948.4.20.
- 新詩論同人會(金暻麟, 林虎權, 朴寅煥, 金洙暎, 梁秉植), 『새로운 都市와 市民들의 合唱』, 都市文化社, 1949.4.5.
- 康世均 編, 『愛國詩三十三人集』, 大韓軍事援護文化社, 1952.3.5.
- 李相魯 編, 『蒼穹』, 空軍本部政訓監室, 1952.5.
- 趙鄕 編, 『現代國文學粹』, 自由莊, 1952.11.5.
- 李漢稷 編, 『韓國詩集』 上, 大洋出版社, 1952.12.31.
- 金容浩 李雪舟 共編, 『現代詩人選集』 下, 文星堂, 1954.2.5.
- 柳致煥 李雪舟 共編, 『1954年刊詩集』, 文星堂, 1955.6.20.
- 金宗文 編, 『戰時 韓國文學選 詩篇』, 國防部政訓局, 1955.6.25.
- 朴寅煥, 『選詩集』, 珊瑚莊, 1955.10.15.
- 朴寅煥, 『木馬와 淑女』, 槿域書齋, 1976.3.10.

4. 기존에 알려지지 않은 작품을 새로이 찾은 경우에는 '작품 발굴'로, 이본들 중에서 최초로 발표된 작품을 찾은 경우에는 '최초 발표본 발굴'로, 최초 발표본 이외의 이본을 찾은 경우에는 '이본 발굴'로, 정본을 찾은 경우에는 '정본 발굴'로 비고란에 표시한다.
5. 『박인환 문학전집 1 : 시』 간행 이후 「가을밤 거리에서」(『국민일보』, 1948.10.25.)와 「대하大河」(『국도신문』, 1956.1.29)가 새로 발굴되었고, 「서적과 풍경」의 일문 최초 발표본 「書籍と風景」(『詩學』 7-5호,1952.5.30)과 「목마와 숙녀」의 최초 발표본(『국제보도』 33호, 1954.5.25) 및 「3 · 1절의 노래」의 최초 발표본 「3 · 1절의 시」(『향학』 2호, 1956.3.1)도 새로 찾았다. 이 중 「3 · 1절의 시」는 『박인환 문학전집 1 : 시』 제1부의 일러두기 3항에 의거하여 이것을 정본으로 삼고, 『박인환 문학전집 1 : 시』에서 정본으로 소개했던 「3 · 1절의 노래」는 이본으로 정정한다.
6. 『목마와 숙녀』에 실린 「가을의 유혹」과 「세월이 가면」은 '참고본'으로 비고란에 표시한다.
7. 근대서지학회 회원들(김현식, 박태일, 서상진, 신현수, 오영식, 윤대석, 이순욱,

이윤정, 최철환)과 아단문고에서 원본 자료의 일부를 제공받았다. 도움을 주신 분들의 호의에 감사드린다.

연번	작품명	출전	발행연월일	비고
1	斷層[1]	純粹詩選	1946.6.20	최초 발표본 발굴
	不幸한 산송	選詩集	1955.10.15	
2	仁川港[1]	新朝鮮 改題3호	1947.4.20	
	仁川港[2]	새로운 都市와 市民들의 合唱	1949.4.5	
3	南風[1]	新天地 2-6호	1947.7.1	
	南風[2]	새로운 都市와 市民들의 合唱	1949.4.5	
4	사랑의 Parabola[1]	새한민보 11호	1947.10.10	
	사랑의 Parabola[2]	選詩集	1955.10.15	
5	나의生涯에 흐르는時間들[1]	世界日報	1948.1.1	
	나의 生涯에 흐르는 時間들[2]	選詩集	1955.10.15	
6	인도네시아 人民에게 주는 詩[1]	新天地 3-2호	1948.2.1	
	인도네시아人民에게주는詩[2]	새로운 都市와 市民들의 合唱	1949.4.5	
7	地下室[1]	民聲 4-3호	1948.3.1	
	地下室[2]	새로운 都市와 市民들의 合唱	1949.4.5	
8	골키-의달밤	新詩論 1집	1948.4.20	
9	가을밤거리에서[2]	國民日報	1948.10.25	작품 발굴
10	동시 언덕	自由新聞	1948.11.25	
11	田園詩抄[1]	婦人 17호	1948.12.15	
	田園[2]	選詩集	1955.10.15	
12	列車[1]	開闢 81호	1949.3.25	
	列車[2]	새로운 都市와 市民들의 合唱	1949.4.5	
	列車[3]	現代國文學粹	1952.11.5	이본 발굴
13	精神의 行方을 찾아	民聲 5-4호	1949.3.26	
14	一九五〇年의挽歌	京鄕新聞	1950.5.16	
15	回想의 긴 溪谷[1]	京鄕新聞	1951.6.2	
	回想의 긴 溪谷[2]	現代國文學粹	1952.11.5	이본 발굴
	回想의 긴 溪谷[3]	韓國詩集 上	1952.12.31	이본 발굴
	回想의 긴 溪谷[4]	選詩集	1955.10.15	

1 이 작품은 편자들에 의해 발굴된 박인환의 최초 발표작이다. 『選詩集』에는 「不幸한 샨송」으로 개제, 개작되어 수록되었다. 「斷層」과 「不幸한 샨송」은 이본 관계에 있지만 작품명이 상이하기 때문에 따로 [1], [2] 표시는 하지 않는다. 「斷層」에 대한 서지 분석은 작가 연보의 1946년 항목을 참고하기 바란다.

2 『박인환 문학전집 1 : 시』 간행 이후 새로 발굴된 작품이다. 원본과 정본은 『박인환 문학전집 2 : 산문 · 번역』 제5부 보유에 싣는다.

연번	작품명	출전	발행연월일	비고
16	最後의會話[1]	新調 2호	1951.7.25	
	最後의 會話[2]	愛國詩三十三人集	1952.3.5	이본 발굴
	最後의 會話[3]	現代國文學粹	1952.11.5	이본 발굴
	最後의 會話[4]	現代詩人選集 下	1954.2.5	이본 발굴
	最後의 會話[5]	選詩集	1955.10.15	
17	舞踏會[1][3]	京鄕新聞	1951.11.20	
	舞踏會[2]	選詩集	1955.10.15	
18	問題되는것－虛無의作家光洲兄에게	釜山日報	1951.12.3	최초 발표본 발굴
	問題되는 것－虛無의 作家 金光洲에게	選詩集	1955.10.15	
19	검은神이여[1]	週刊國際 3호	1952.2.15	최초 발표본 발굴
	검은 神이여[2]	韓國詩集 上	1952.12.31	이본 발굴
	검은 神이여[3]	戰時 韓國文學選 詩篇	1955.6.25	이본 발굴
	검은 神이여[4]	選詩集	1955.10.15	
20	書籍と風景[1][4]	詩學 7-5호	1952.5.30	일문 최초발표본 발굴
	書籍과 風景[2]	民主警察 32호	1953.4.15	국문 최초발표본 발굴
	書籍과 風景[3]	選詩集	1955.10.15	
21	西部戰線에서[1]	蒼穹	1952.5[5]	
	西部戰線에서－尹乙洙神父에게[2]	選詩集	1955.10.15	
22	信號彈[1]	蒼穹	1952.5	
	信號彈[2]	選詩集	1955.10.15	
23	終末[1]	新京鄕 4-1호	1952.6.1	
	終末[2]	現代國文學粹	1952.11.5	이본 발굴
	終末[3]	選詩集	1955.10.15	
24	약속	學友 2年生 2호	1952.6.25	작품 발굴
25	未來의娼婦－새로운神에게[1]	週刊國際 10호	1952.7.15	
	未來의 娼婦－새로운 神에게[2]	選詩集	1955.10.15	
26	바닷가의 무덤	財界 2호	1952.9.1	작품 발굴
27	구름과 장미	學友 2年生 3호	1952.9[6]	작품 발굴

3 '舞踏會'는 '舞蹈會'의 일본식 한자 표기이다.

4 『박인환 문학전집 1 : 시』 간행 이후 최초 발표본이 새로 발굴된 작품이다. 「書籍と風景」[1]을 일문 최초 발표본으로 삼고, 「서적과 풍경」[2]를 국문 최초 발표본으로 수정한다. 「書籍と風景」[1]의 원본과 번역본은 『박인환 문학전집 2 : 산문 · 번역』 제5부 보유에 싣는다.

5 「西部戰線에서」[1]과 「信號彈」[1]이 수록된 『蒼穹』의 판권지에는 발행연월만 기록되어 있다.

6 열람한 『學友 2年生』 3호의 판권지가 낙장되어 정확한 발행일을 확인하지 못했다.

연번	작품명	출전	발행연월일	비고
28	살아 있는 것이 있다면[1]	受驗生 2-3호	1952.11.1	
	살아 있는 것이 있다면[2]	選詩集	1955.10.15	
29	資本家에게[1][7]	現代國文學粹	1952.11.5	이본 발굴
	資本家에게[2]	選詩集	1955.10.15	
30	落下[1]	現代國文學粹	1952.11.5	이본 발굴
	落下[2]	選詩集	1955.10.15	
31	세사람의 家族[1]	韓國詩集 上	1952.12.31	이본 발굴
	세사람의 家族[2]	選詩集	1955.10.15	
32	부드러운 목소리로 이야기 할때[1]	現代詩人選集 下	1954.2.5	이본 발굴
	부드러운 목소리로 이야기할 때[2]	選詩集	1955.10.15	
33	눈을 뜨고도[1]	新天地 9-3호	1954.3.1	
	눈을 뜨고도[2]	1954年刊詩集	1955.6.20	이본 발굴
	눈을 뜨고도[3]	選詩集	1955.10.15	
34	現代感傷詩抄 미스터 諜의 生과 死[1]	現代藝術 창간호	1954.3.1	
	미스터諜의 生과死[2]	選詩集	1955.10.15	
35	봄은왔노라	新太陽 3-3호	1954.3.1	
36	木馬와 淑女[1][8]	國際報道 33호	1954.5.25	최초발표본 발굴
	木馬와 淑女[2]	1954年刊詩集	1955.6.20	이본 발굴
	木馬와 淑女[3]	詩作 5집	1955.10.9	
	木馬와 淑女[4]	選詩集	1955.10.15	
37	밤의 未埋葬[1]	現代藝術 2호	1954.6.1	
	밤의 未埋葬[2]	選詩集	1955.10.15	
38	센치멘탈 · 쨔-니 -洙暎에게[1]	新太陽 3-7호	1954.7.1	
	센치멘탈 · 쨔-니[2]	1954年刊詩集	1955.6.20	이본 발굴
	센치멘탈 · 쨔아니[3]	選詩集	1955.10.15	
39	가을의 誘惑[1]	民主警察 43호	1954.9.15	최초 발표본 발굴
	가을의 誘惑[2]	木馬와 淑女	1976.3.10	참고본

7 「資本家에게」[1], 「落下」[1], 「세 사람의 가족」[1], 「부드러운 목소리로 이야기 할때」[1] 등은 다른 이본보다 먼저 발표되었기 때문에 편의상 [1]로 표기했지만 최초 발표본은 아닌 것으로 추정된다. 이 점에 대해서는 『박인환 문학전집 1 : 시』 제2부 원본의 각 작품 제목에 달린 각주를 참고하기 바란다.

8 『박인환 문학전집 1: 시』 간행 이후 최초 발표본이 새로 발굴된 작품이다. 원본은 『박인환 문학전집 2 : 산문 · 번역』 제5부 보유에 싣는다.

연번	작품명	출전	발행연월일	비고
40	幸福[1]	東亞日報	1955.2.17	
	幸福[2]	戰時 韓國文學選 詩篇	1955.6.25	이본 발굴
	幸福[3]	選詩集	1955.10.15	
41	봄(春)이야기	아리랑 2호	1955.4.1	
42	아메리카詩抄 새벽한時의詩[1]	韓國日報	1955.5.14	
	새벽 한時의 詩[2]	選詩集	1955.10.15	
43	아메리카詩抄 充血된눈동자[1]	韓國日報	1955.5.14	
	充血된 눈동자[2]	選詩集	1955.10.15	
44	週末	詩作 4집	1955.5.20	
45	旅行[1]	希望 5-7호	1955.7.1	
	旅行[2]	選詩集	1955.10.15	
46	太平洋에서[1]	希望 5-7호	1955.7.1	
	太平洋 에서[2]	選詩集	1955.10.15	
47	어느날[1]	希望 5-7호	1955.7.1	
	어느날[2]	選詩集	1955.10.15	
48	아메리카詩抄 水夫들[1]	아리랑 6호	1955.8.1	
	水夫들[2]	選詩集	1955.10.15	
49	아메리카詩抄 에베렛트의日曜日[1]	아리랑 6호	1955.8.1	
	에베렛트의 日曜日[2]	選詩集	1955.10.15	
50	十五日間[1]	新太陽 4-10호	1955.10.1	
	十五日間[2]	選詩集	1955.10.15	
51	永遠한 日曜日	選詩集	1955.10.15	
52	일곱개의 層階	選詩集	1955.10.15	
53	奇蹟인 現代	選詩集	1955.10.15	
54	不幸한 神	選詩集	1955.10.15	
55	밤의 노래	選詩集	1955.10.15	
56	壁	選詩集	1955.10.15	
57	不信의 사람	選詩集	1955.10.15	
58	一九五三年의 女子에게	選詩集	1955.10.15	
59	疑惑의 旗	選詩集	1955.10.15	
60	어느날의 詩가 되지 않는 詩[1]	選詩集	1955.10.15	
	어느날의 詩가 되지않는 詩[2][9]	아리랑 10호	1955.11.1	
61	다리 위의 사람	選詩集	1955.10.15	

9 『選詩集』의 판본은 두 가지이다. 첫 번째는 1955년 10월 15일 詩作社에서 출간될 예정이었으나

연번	작품명	출전	발행연월일	비고
62	透明한 바라이에티[1]	選詩集	1955.10.15	
	透明한 바라이티에[2]	現代文學 11호	1955.11.1	
63	어린딸에게	選詩集	1955.10.15	
64	한줄기 눈몰도 없어	選詩集	1955.10.15	
65	잠을 이루지 못하는 밤	選詩集	1955.10.15	
66	검은江	選詩集	1955.10.15	
67	故鄕에가서	選詩集	1955.10.15	
68	새로운 決意를 위하여	選詩集	1955.10.15	
69	植物	選詩集	1955.10.15	
70	抒情歌	選詩集	1955.10.15	
71	植民港의 밤	選詩集	1955.10.15	
72	薔薇의 溫度	選詩集	1955.10.15	
73	구름	選詩集	1955.10.15	
74	舞姬가 온다 하지만	地方行政 4-11호	1955.11.1	작품 발굴
75	하늘아래서	코메트 18호	1956.1.15	작품 발굴
76	大河[10]	國都新聞	1956.1.29	작품 발굴
77	幻影의사람	民主警察 60호	1956.2.15	작품 발굴
78	卷頭詩 三・一節의 시[11]	向學 2호	1956.3.1	최초발표본, 정본 발굴
	三・一節의 노래	아리랑 3-4호	1957.4.1	유고
79	봄의 바람속에	民主新報	1956.3.9	작품 발굴
80	麟蹄	朝鮮日報	1956.3.11	

발행 직전에 제본소의 화재로 회진되어, 이 판본의 실물은 아직까지 확인되지 않고 있다. 두 번째는 1956년 1월 중에 珊瑚莊에서 간행되었는데, 이 판본은 시작사 본의 발행연월일을 그대로 좇아서 발행했기 때문에 판권지의 간행 기록과 실제 발행 시기가 일치하지 않는다. 현전하는 『選詩集』은 산호장 발행본으로 『아리랑』 10호와 『現代文學』 11호보다 사실상의 발행연월일이 뒤지기는 한다. 하지만 『選詩集』의 최초 판본이 1955년 10월에 인쇄까지 마친 상태였고, 산호장 발행본은 시작사 판본을 다시 간행한 것이므로 「어느날의 詩가 되지 않는 詩」와 「透明한 바라이에티」는 시집에 수록된 작품을 [1]로, 『아리랑』 10호와 『現代文學』 11호에 게재된 작품을 [2]로 표기한다.

10 『박인환 문학전집 1 : 시』 간행 이후 새로 발굴된 작품이다. 원본과 정본은 『박인환 문학전집 2 : 산문・번역』 제5부 보유에 싣는다.

11 『박인환 문학전집 1 : 시』 간행 이후 최초 발표본 및 정본이 새로 발굴된 작품이다. 원본과 정본은 『박인환 문학전집 2 : 산문・번역』 제5부 보유에 싣는다.

연번	작품명	출전	발행연월일	비고
81	歲月이 가면[1]	週刊希望 12호	1956.3.12	최초 발표본 발굴
	歲月이 가면[2]	週刊希望 16호	1956.4.13	이본 발굴
	歲月이 가면[3]	아리랑 2-6호	1956.6.1	정본 발굴(유고)
	歲月이 가면[4]	木馬와 淑女	1976.3.10	참고본
82	죽은 아포롱-李箱 그가떠난날에	韓國日報	1956.3.17	
83	瀨戶內海	文學藝術 3-4호	1956.4.1	유고
84	침울한 바다	現代文學 2-4호	1956.4.1	유고
85	異國港口	京鄕新聞	1956.4.7	유고
86	옛날의 사람들에게-物故作家追悼會의밤에	韓國日報	1956.4.7	유고
87	五月의 바람	學園 5-5호	1956.5.1	유고
88	거리[12]	木馬와 淑女	1976.3.10	유고
89	이 거리는 歡迎한다-反共靑年에게 주는 노래	木馬와 淑女	1976.3.10	유고
90	어떠한 날까지-李 中尉의 輓歌를 대신하여	木馬와 淑女	1976.3.10	유고

12 이 작품의 『國際新報』(1946.12) 발표설은 문헌학적으로 어떠한 근거도 찾을 수 없다. 이 점에 대해서는 『박인환 문학전집 1 : 시』 제1부 정본의 각주 174와 작가 연보를 참고하기 바란다. 이 전집에서는 「거리」를 『木馬와 淑女』에 처음 수록된 것으로 간주한다.

II. 산문 및 번역

1. 산문 및 번역 작품의 연보에는 산문 123편과 번역 8편(번역서 2책 포함)을 수록했다. 그 분류 방식은 다음과 같다.

- 평론 : 문학 · 영화 · 연극 · 미술 · 사진
- 수필 : 수상 · 시평 · 수기 · 기행 · 서간
- 산문 기타 : 전기 · 설문 · 좌담 · 기사
- 번역 : 시 · 소설 · 희곡 · 기행

2. 작품명은 부제까지 적되, 맞춤법과 띄어쓰기는 현행 국어 어문규정을 따른다.
3. 출전은 원본대로 적되, 단행본은 책명만 표기한다. 단행본의 구체적인 서지사항은 다음과 같다.

- 新詩論同人會(金暻麟, 金景熹, 金秉旭, 朴寅煥, 林虎權), 『新詩論』 第一輯, 珊瑚莊, 1948.4.20.
- 新詩論同人會(金暻麟, 林虎權, 朴寅煥, 金洙暎, 梁秉植), 『새로운 都市와 市民들의 合唱』, 都市文化社, 1949.4.5.
- 존 스타인벡 저, 朴寅煥 역, 『쏘聯의 內幕』, 白鳥社, 1952.5.15.
- 朴寅煥, 『選詩集』, 珊瑚莊, 1955.10.15.
- 趙豊衍 편, 『世界의 印象』, 進文社, 1956.5.20.
- 윌러 캐더 저, 朴寅煥 역, 『이별』, 法文社, 1959.10.10.
- 金光均 외, 『歲月이 가면』, 槿域書齋, 1982.1.15.

4. 기존에 알려지지 않은 작품을 새로이 찾은 경우에는 '작품 발굴'로, 사후에 발표된 작품은 '유고' 또는 '유저'로 비고란에 표시한다.
5. 『박인환 문학전집 1 : 시』 간행 이후 평론(영화) 「영화 감상을 위한 상식」(『희망』 5-11호, 1955.11.1), 「J. L. 맨키위츠의 예술」(『예술세계』 2호, 1956.6.1), 수필(수상) 「제야유감除夜有感」(『신태양』 2-16호, 1953.12.1), 「크리스마스와 여자」(『신태양』 4-12호, 1955.12.1)와 기타(설문) 「남북요인회담 요청이 일부에서 농숙濃熟한 모양인데 이에 대한 기대는 어떠하십니까」(『새한민보』 14호, 1947.11.15), 「설문」(『국제보도』 33호, 1954.5.25.), 기타(기사) 「'콩가루 자루' 메고」(『경향신문』, 1951.2.13) 등이 새로 발굴되었기 때문에 이것을 목록에 추가한다. 한편 평론(문학) 「이상 유고」의 발표연월일은 1953년 11월 22일로, 평론(영화) 「한국 영화의 신구상」의 발표연월일은 1956년 4월 1일로 정정한다.
6. 원본을 확인하지 못했지만 출판된 것이 분명한 번역 소설집 『욕망의 이름이라는 전차』(테네시 윌리엄스 원작)는 목록에 포함시키고, 기존의 전집에 수록되었지만 박인환의 저술 여부 및 출전이 불분명한 『신협 잡감』은 목록에서 제외한다.
7. 근대서지학회 회원들(김현식, 박성모, 서상진, 오영식, 이순욱, 이윤정, 전지니)과 아단문고에서 원본 자료의 일부를 제공받았다. 도움을 주신 분들의 호의에 감사드린다.

1. 평론

분류	작품명	출전	발행연월일	비고
문학	詩壇 時評	新詩論 1집	1948.4.20	
	(『新詩論』 1집) 後記	新詩論 1집	1948.4.20	
	新刊評 金起林 詩集 『새노래』 評	朝鮮日報	1948.7.22	
	사르트르의 實存主義	新天地 3-9호	1948.10.1	
	書評 金起林 長詩 『氣象圖』・展望	新世代 4-1호	1949.1.25	작품 발굴
	(『새로운 都市와 市民들의 合唱』 서문) 薔薇의 溫度	새로운 都市와 市民들의 合唱	1949.4.5	
	新刊評 趙炳華 詩集 『버리고 싶은 遺産』	朝鮮日報	1949.9.27	작품 발굴
	現代詩의 不幸한 斷面	週刊國際 9호	1952.6.16	
	趙炳華의 詩	週刊國際 13호	1952.9.27	
	S. 스펜더 별見 詩의 社會的 效用을 爲하여(上,下)	國際新報	1953.1.30~31	
	李箱 遺稿	京鄕新聞	1953.11.22	작품 발굴
	BOOK REVIEW 現代 詩와 本質 炳華의 「人間孤島」	詩作 2집	1954.7.30	
	世界의 女流作家 群像 버지니아 울프 人物과 作品	女性界 3-11호	1954.11.1	
	世界 名作 解說 事件의 核心(그레이엄 그린)	民主警察 44호	1954.11.15	작품 발굴
	一九五四年의 韓國 詩 『詩作』 一, 二輯에 發表된 作品	詩作 3집	1954.11.20	
	詩壇 時評 現代 詩의 變貌	新太陽 4-2호	1955.2.1	
	古典 紅樓夢의 受難 作品을 둘러싼 思想의 對立(上,中,下)	自由新聞	1955.3.18~20	
	學生 懸賞 文藝作品 選後感 大體로 滿足	新太陽 4-8호	1955.8.1	
	(選詩集) 후기	選詩集	1955.10.15	
	詩에 對한 몇 가지 생각 『사랑이 가기 전에』와 『童土』에서(上,下)	朝鮮日報	1955.11.28~29	
	스코비의 자살	歲月이 가면	1982.1.15	유고
영화	아메리카 映畵 試論	新天地 3-1호	1948.1.1	
	設問 아메리카 映畵에 對하여	新天地 3-1호	1948.1.1	
	戰後 美英의 人氣 俳優	民聲 5-11호	1949.11.1	
	美 英 佛에 있어 映畵化된 文藝 作品	民聲 6-2호	1950.2.1	
	人氣 女優에게 보내는 便紙 로렌・바콜에게	新京鄕 2-6호	1950.6.1	작품 발굴
	그들은 왜 密航하였나? 樂劇界의 彗星 孫牧人・申카나리아・朴丹馬 등 10餘 名 問題의 密渡日 眞想記	財界 창간호	1952.8.1	
	自己 喪失의 世代 映畵 「젊은이의 陽地」에 關하여	京鄕新聞	1953.11.29	
	영화 평 〈終着驛〉 感想 '데 시카'와 '셀즈닉'의 영화	朝鮮日報	1953.12.19	작품 발굴
	〈제니의 肖像〉 感賞	太陽新聞	1954.1.9	
	로버트・네이선과 W・디터리 映畵 〈제니의 肖像〉의 原作者와 監督	映畵界 창간호	1954.2.1	작품 발굴

분류	작품명	출전	발행연월일	비고
	1953 각계에 비친 Best Five는?	映畵界 창간호	1954.2.1	작품 발굴
	韓國映畵의 現在와 將來 無稅를 契機로 한 印象的인 展望	新天地 9-5호	1954.5.1	
	韓國映畵의 轉換期 映畵 〈코리아〉를 契機로 하여	京鄕新聞	1954.5.2	
	앙케트	신태양 3-8호	1954.8.1	
	映畵 感賞 特輯 英國映畵	現代女性 2-7호	1954.8	
	映畵 時評 沒常識한 考證-〈韓國 戰亂의 孤兒〉	韓國日報	1954.9.6	작품 발굴
	鑑賞과 批評 〈물랭루주 MOULIN ROUGE〉	新映畵 창간호	1954.11.1	
	作品과 人物 硏究 존・휴스턴	新映畵 2호	1954.12.1	작품 발굴
	鑑賞과 批評 〈深夜의 脫走〉	新映畵 2호	1954.12.1	작품 발굴
	〈챔피언〉	映畵世界 창간호	1954.12.1	
	外畵 本數를 制限 映畵審委 設置의 矛盾性	京鄕新聞	1955.1.23	
	最近의 外國映畵 水準	映畵世界 4호	1955.3.1	
	紹介와 展望 最近의 國內外 映畵	코메트 13호	1955.4.20	작품 발굴
	一九五四年度 外國映畵 베스트 텐	新太陽 4-6호	1955.6.1	작품 발굴
	映畵 時評 시네마스코프의 문제	朝鮮日報	1955.7.24	
	産苦 中의 韓國映畵들 〈春香傳〉의 影響	新太陽 4-9호	1955.9.1	
	回想의 名畵選 〈鐵路의 白薔薇〉 〈西部戰線 異常 없다〉 〈密會〉	아리랑 8호	1955.9.1	
	西歐와 美國 映畵 〈로마의 休日〉 〈마지막 본 巴里〉를 主題로(上,下)	朝鮮日報	1955.10.9・11	
	映畵 鑑賞을 爲한 常識	希望 5-11호	1955.11.1	
	映畵 常識[13]	週刊希望 창간호~13호	1955.12.26~ 1956.3.19	작품 발굴
	三人 鼎談會 1955年度의 總決算과 新年의 展望	映畵世界 7호	1956.1.1	작품 발굴
	現代映畵의 感覺 錯雜한 思考와 心理 描寫를 中心하여	國際新報	1956.1.27	
	回想의 名畵選 〈선 라이즈〉 〈어느 날 밤에 생긴 일〉 〈自轉車 盜賊〉	아리랑 2-3호	1956.3.1	
	韓國映畵의 新構想 映畵 全般에 걸친 對談	映畵世界 9호	1956.3.1	작품 발굴
	伊太利 映畵와 女俳像	女苑 2-6호	1956.6.1	유고
	J.L. 맨키위츠의 藝術 〈맨발의 伯爵夫人〉을 주제로	藝術世界 2호	1956.6.1	작품 발굴 유고
	회상의 명화 〈白雪公主〉 〈情婦 마농〉[14]	아리랑 2-7호	1956.7.1	유고
	절박한 인간의 매력	歲月이 가면	1982.1.15	유고
연극	演劇 評 〈黃金兒〉(Golden-boy)	京鄕新聞	1952.4.21	
	테네시・윌리엄스 雜記 그의 作品 世界를 理解하는 길	韓國日報	1955.8.24	
미술	鄭鍾汝 東洋畵 個人展을 보고	自由新聞	1948.12.12	작품 발굴

분류	작품명	출전	발행연월일	비고
사진	報道寫眞 雜考	民聲 4-11호	1948.11.20	

2. 수필

분류	작품명	출전	발행연월일	비고
수상	故邊君	京畿公立中學校 學友會誌 7호	1940.6.20	작품 발굴
	유머 美學 女性美의 本質 코	婦人 4-3호	1949.4.30	
	失戀記	靑春 창간호	1951.8.1	작품 발굴
	除夜有感	新太陽 2-16호[15]	1953.12.1	작품 발굴
	내 고장 자랑 江原道篇 原始林에 새소리 金剛은 國土의 자랑	新太陽 3-4호	1954.4.1	
	泉筆	民主警察 41호	1954.7.15	작품 발굴
	新綠에 붙여서 즐겁지 않은 季節	서울신문	1955.5.29	
	크리스마스와 女子	新太陽 4-12호	1955.12.1	작품 발굴
시평	內外 時事 自由에서의 生存權 東部 百林 反共 暴動의 眞相	首都評論 3호	1953.8.1	
	女性에게	京鄕新聞	1954.1.8	
	現代 女性에게 보내는 메시지 여자여! 거짓말을 없애라!	女性界 3-4호	1954.4.1	
	美談이 있는 社會	家庭 창간호	1954.12.24	
	直言春秋 社會 全般에 걸친 批判·建議·意見	新太陽 4-5호	1956.4.1	유고
수기	三八線 現地 視察 報告(上, 中, 下)	自由新聞	1949.4.26~28	작품 발굴
	서울 再奪還	司正報 14호	1951.4.9	작품 발굴
	戰線 畵첩 1 산·산·산	京鄕新聞	1951.11.21	작품 발굴
	追憶의 서울 서울驛에서 南大門까지	新太陽 1-4호	1952.11.1	
	動亂 手記 暗黑과 더부러 三個月	女性界 3-6호	1954.6.1	
	꿈같이 지낸 신생활	女性界 4-10호	1955.10.1	
	回想 우리의 約婚 時節 환경에의 유혹	女苑 2-2호	1956.2.1	작품 발굴

13 「映畵 常識」은 『週刊希望』에 10회 연재되었다. 연재 내용은 '비스타 비전'(창간호, 1955.12.26), '금룡상을 제정'(2호, 1956.1.2), '영화 법안'(3호, 1956.1.9), '영화 구성의 기초'(4호, 1956.1.16), '몽타주'(5호, 1956.1.23), '아메리카의 영화 잡지'(6호, 1956.1.30), '시나리오 ABC'(8호, 1956.2.13), '다큐멘터리 영화'(11호, 1956.3.5), '세계의 영화상'(12호, 1956.3.12), '옴니버스 영화'(13호, 1956.3.19) 등이다.

14 원본에는 「白雪公主」와 「情婦 마농」에 대한 해설 뒤에 「自由夫人」과 「流轉의 哀愁」에 대한 신영화 소개가 이어지고 있다. 기간의 전집에서는 「自由夫人」과 「流轉의 哀愁」에 대한 소개 글까지 더불어 수록했다. 그러나 '回想의 名畵'라는 부제와 영화의 개봉일자(「自由夫人」 1956년 6월 9일, 「流轉의 哀愁」 1956년 7월 25일)를 염두에 둔다면 「自由夫人」과 「流轉의 哀愁」는 박인환의 글이 아니라고 판단되어 제외한다. 두 영화가 개봉되기 이미 3개월 전에 이미 박인환이 사망했기 때문이다.

분류	작품명	출전	발행연월일	비고
	밴 플리트 장군과 시	歲月이 가면	1982.1.15	유고
기행	十九日 間의 아메리카 (上, 下)	朝鮮日報	1955.5.13 · 17	
	아메리카 雜記 西北 美洲의 港口를 돌아	希望 5-7호	1955.7.1	
	特種 記事 美國에 사는 韓國 移民 그들의 生活과 意見	아리랑 11호	1955.12.1	
	몇 가지의 노트	世界의 印象	1956.5.20	유고
서간	이정숙에게	歲月이 가면	1982.1.15	유고
	사랑하는 아내에게	歲月이 가면	1982.1.15	유고
	사랑하는 나의 정숙이에게	歲月이 가면	1982.1.15	유고
	정숙, 사랑하는 아내에게	歲月이 가면	1982.1.15	유고
	정숙이	歲月이 가면	1982.1.15	유고
	정숙이	歲月이 가면	1982.1.15	유고
	무제	歲月이 가면	1982.1.15	유고
	정숙이	歲月이 가면	1982.1.15	유고
	정숙이	歲月이 가면	1982.1.15	유고
	무제	歲月이 가면	1982.1.15	유고
	무제	歲月이 가면	1982.1.15	유고
	이봉구 형	歲月이 가면	1982.1.15	유고
	이봉구 학형	歲月이 가면	1982.1.15	유고

3. 산문 기타

분류	작품명	출전	발행연월일	비고
전기	英雄 傳記 成吉思汗 칭기즈 칸	野談 5호	1955.11.1	
설문	南北要人會談 要請이 一部에서 濃熱한 模樣인데 이에 대한 期待는 어떠하십니까	새한민보 14호	1947.11.15	작품 발굴
	說問 五月달에 당신은?	女性界 3-5호	1954.5.1	
	說問	國際報道 33호	1954.5.25	작품 발굴
좌담	男性이 본 現代 女性	女性界 3-6호	1954.6.1	
기사	서울 突入!	京鄉新聞	1951.2.13	
	果敢 六一八五 部隊 沈着, 餘裕 있는 進攻	京鄉新聞	1951.2.13	
	地下壕에 숨은 老幼 하루바삐 國軍의 入城만을 苦待	京鄉新聞	1951.2.13	작품 발굴
	'콩가루 자루' 메고 식량이라면 모조리 탈취	京鄉新聞	1951.2.13	작품 발굴
	一月 末 現在 서울의 物價 小斗 한말에 二萬 二千 圓	京鄉新聞	1951.2.13	작품 발굴

15 2-16호에서 2는 발간 2년차를, 16호는 통권 호수를 의미한다.

분류	작품명	출전	발행연월일	비고
	道路 沿邊은 거의 破壞相 鷺梁津 近方 山밑은 若干의 被害	京鄕新聞	1951.2.13	작품 발굴
	六一八五 部隊 漢江 沿岸 待機 서울 奪還 命令을 苦待	京鄕新聞	1951.2.18	
	혁혁한 戰果 六一八五 部隊 勇戰	京鄕新聞	1951.2.18	
	我軍 進擊 뒤이어 기쁨에 疲勞에도 姑捨! 情든 땅 찾는 從軍 避難民	京鄕新聞	1951.2.18	
	極度로 시달리는 食糧難 住民은 거의 饑餓 狀態	京鄕新聞	1951.2.18	
	漆黑의 강물 건너 우렁찬 對敵 肉聲의 傳波	京鄕新聞	1951.2.18	
	彼我 永登浦 漢南洞 間 對峙 敵은 兵力 補充에 汲汲	京鄕新聞	1951.2.20	작품 발굴
	짓밟힌 '民族 마음의 故鄕 서울' 首都 再奪還에 總蹶起하자!	京鄕新聞	1951.2.20	
	의복과 총을 바꾼 오랑캐 盜取品 메고 市街를 行步	京鄕新聞	1951.2.20	
	永登浦 鷺梁津은 不變 서울 市內는 이제부터	京鄕新聞	1951.2.20	
	中共軍 서울 退却? 傀儡軍만 最後 發惡	京鄕新聞	1951.2.21	
	裝備 없이 出戰한 오랑캐 '手榴彈에 볶은 쌀가루'뿐	京鄕新聞	1951.2.21	
	居昌事件 遂 言渡!	京鄕新聞	1951.12.18	
	兵器廠 放火犯 一黨 八名 主犯은 鄭芝漢	京鄕新聞	1952.1.3	작품 발굴
	例年에 없는 旱害 松皮나 먹도록 해 주오	京鄕新聞	1952.1.6	작품 발굴

4. 번역

분류	작품명	출전	발행연월일	비고
시	都市의 女子들을 위한 노래(알렉스 컴포트)	詩作 2집	1954.7.30	
소설	現代 探偵小說 選集 새벽의 死線(윌리엄 아이리시)	希望 2-8호	1952.9.1	
	名作 解說 우리들은 한 사람이 아니다(제임스 힐튼)	新太陽 3-5호	1954.5.1	
	名作 紹介 바다의 殺人(어니스트 헤밍웨이)	新太陽 3-12호	1954.12.1	
	探偵小說 白書의 惡魔(아가사 크리스티)	아리랑 2-2호	1956.2.1	
	名作 그림 이야기 자랑스러운 마음(펄 벅)	女苑 2-2호	1956.2.1	
	이별(윌러 캐더)	단행본(法文社)	1959.10.10	유저
희곡	慾望의 이름이라는 電車(테네시 윌리엄스)	미상,[16] 『離別』의 판권지 참고	미상	
기행	쏘聯의 內幕(존 스타인벡)	단행본(白鳥社)	1952.5.15	

16 박인환은 1955년 극단 신협의 제38회 공연 작품인 「慾望이라는 이름의 電車」를 번역한 바 있다. 또한 사후에 출간된 번역 소설집 『離別』의 판권지에는 『慾望의 이름이라는 電車』가 역서로 기록되어 있기도 하다. 하지만 『慾望의 이름이라는 電車』의 원본을 확인하지 못했기 때문

에 이것이 공연 대본이었는지 아니면 단행본으로 출간되었는지 등에 관한 구체적인 서지 사항은 알 수 없다.

작가 연보

1. ▶부분은 작가 연보를 구성하는 주요 사실들이다. 한글 표기를 원칙으로 하되 필요한 경우(사건명, 인명, 단체명, 작품명, 도서명 등)에는 한자를 부기한다.
2. [문헌]은 작가 연보를 구성하는 주요 사실에 대한 1차 증빙자료이다. 원문을 현행 국어 어문규정에 따라 한글로 적되 필요한 경우에는 한자로 표기한다.
3. [주석]은 작가 연보를 구성하는 주요 사실에 대한 보충 해설과 논평이다. 한글 표기를 원칙으로 하되 필요한 경우에는 한자로 표기한다.
4. 도판은 작가 연보와 관련된 자료를 보여주거나 [문헌]의 내용을 대신할 필요가 있을 때 제시한다. 자료명과 출전명은 원문대로 표기한다.

1926년 1세

▶ 8월 15일 강원도 인제군 인제면 상동리 159번지에서 아버지 박광선朴光善과 어머니 함숙형咸淑亨의 4남 2녀 중 장남으로 출생하다.

1933년 8세

▶ 인제공립보통학교에 입학하다.

1936년 11세

▶ 경성으로 이주하여 종로구 내수동에서 얼마간 지낸 후 종로구 원서동 134번지로 이사하다.

▶ 덕수공립보통학교 4학년에 편입하다.

1938년 13세

▶ 3월 제3차 조선교육령(칙령 제103호) 개정에 따라 교명이 덕수공립보통학교에서 덕수공립소학교로 변경되다.

1939년 14세

▶ 3월 18일 덕수공립소학교를 졸업하다.

▸ 4월 2일 경기공립중학교(5년제)에 입학하여 1학년 1반一年一組에 편성되다.

[주석] 「각 교 입시 합격자」(『매일신보』, 1939.3.20) 기사의 경기중학교 합격생 명단에서 박인환의 이름이 확인된다. 경기공립중학교 1939학년도 교지인 『학우회지』 7호를 참고하면 입학식은 4월 2일에 열렸으며, 이 책에 수록된 「고 변 군故邊君」의 서두에는 박인환의 학반이 '一年一組'로 기록되어 있다.

1940년 15세

▸ 종로구 원서동 215번지로 이사하다.

▸ 6월 20일 경기공립중학교 『학우회지』 7호(1939학년도 교지)에 수필 「고 변 군故邊君」을 발표하다.

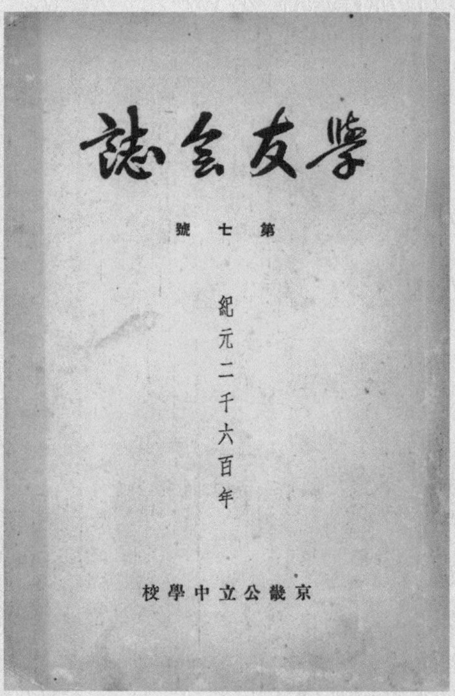

『學友會誌』 7호(京畿公立中學校, 1940.6.20)의 앞표지

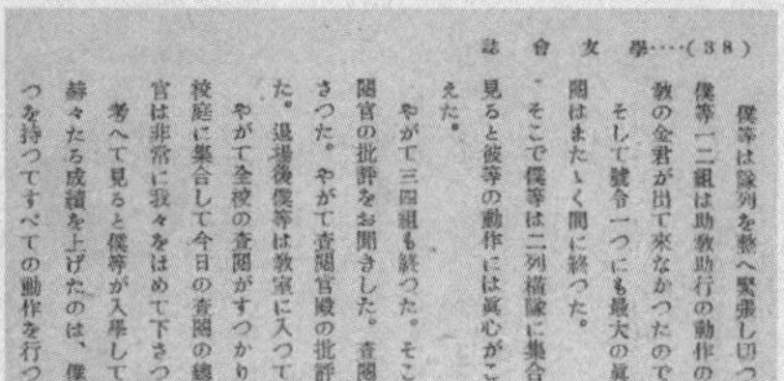

學友會誌……(38)

僕等は隊列を整へ緊張し切つた氣持で校庭に出た。そして僕等一二組は助教助行の動作の査閲を受けた。僕等の班は助教の金君が出て來なかつたので僕が代理助手になつた。

そして號令一つにも最大の眞心をこめて掛けた。僕等の査閲はまたゝく間に終つた。

そこで僕等は二列横隊に集合して三四組の動作を見學した見ると彼等の動作には眞心がこもつてゐるのがあり／＼と見えた。

やがて三四組も終つた。そこで三四組も二列に集合して査閲官の批評をお聞きした。査閲官殿は非常に我々をほめて下さつた。やがて査閲官殿の批評も終つたので僕等は退場した。退場後僕等は教室に入つて授業を受けた。

やがて全校の査閲がすつかり終つたので全校の生徒全體が校庭に集合して今日の査閲の總批評を受けた。その時も査閲官は非常に我々をほめて下さつた。

考へて見ると僕等が入學して第一回目の査閲にかくの如き赫々たる成績を上げたのは、僕等がたゞ無念無想唯々眞心一つを持つてすべての動作を行つた爲であらうと思はれる。他の事はさて於ても今度の査閲だけは僕の一生涯忘れられない事であらう。 終り

故邊君

一年一組 朴寅煥

今年七月十七日は邊君が溺死した日だ。七月十八日、私は野外教練をすまして家に歸つて來た。洋服は、汗でびつしよりである。家の門に入ると、母と叔母とが何事かもあつたように、互に話をしてゐたが私が入ると急に止める。私は不思議に思つて、あわただしく母に尋ねて見た。母はなにも言はぬが叔母が言ふ「あのうね……邊君が溺死したので、徽文中學校で校葬をしたのです」と言ふ。私は嘘であると思つて「本當ですか」と又聞いた。すると母は首を前方にふつた。なんと言ふ悲しいことであらう！ 邊君は私の唯一の親しい友達であり私も彼の最善の友達であつた。私は右往左往ともせずすぐさまに家を出掛た。それから徽文中學校に行つて彼の死んだわけを聞いて見た。そちに居らつしやつた先生も涙をぐ

「故邊君」(『學友會誌』 7호, 38~39쪽)의 본문 첫째 면

1941년 16세

▸ 3월 16일 경기공립중학교를 자퇴하고, 한성학교 야학에 다니다.

1942년 17세

▸ 황해도 재령의 명신중학교 4학년에 편입하다.

1944년 19세

▸ 명신중학교를 졸업하고, 관립 평양의학전문학교(3년제)에 입학하여 해방 무렵까지 2년 동안 수학하다.

[문헌] 「집필시인약력」(강세균 편, 『애국시삼십삼인집』, 대한군사원호문화사, 1952.3.5, 140쪽)

> 학력 평양의전 이년 수업.

1945년 20세

▸ 광복 후 평양의학전문학교를 중퇴하고 상경하다.

▸ 1945년 말 종로 3가 2번지에 서점 마리서사茉莉書舍를 개업하다.

[주석1] 유족과 김수영의 증언에 따르면 박인환은 1945년 말에 마리서사를 개업하여 1948년 초까지 만 2년여 정도 운영한 것 같다. 서점의 상호에 대해 유족 측은 프랑스의 여류화가 '마리 로랑생'의 이름을 따왔다고 증언한 반면, 김수영은 일본의 모더니즘 시인인 안자이 후유에(安西冬衛, 1898~1965)의 시집 군함마리軍艦茉莉에서 차용했다고 회고한 바 있다.

[문헌1] 편집부, 「마리서사와 마리 로랑생」(김광균 외, 『세월이 가면』, 槿域書齋, 1982, 272~276쪽)

> 해방되던 해를 넘기기 전의 일로 알려지고 있는데, 아버지한테서 돈 3만 원과 작은 이모에게서 돈 2만 원을 얻어 가지고 종로 3가 2번지 — 파고다 공원 정문에서 동대문 쪽으로 약 60미터 거리인 낙원동 입구 — 에서 이모부의 포목점 바로 옆 자리에다 서점을 열었다. 그가 책방을 경영한 가장 큰 동기는 '책을 좋아했기 때문'이었다고 한다. (…중략…) 마리서사의 '마리'에 대하여 부인 이정숙 여사는 다른 이야기를 들려주었다. 부인은 "마리 로랑생인지 하는 프랑스의 여류 예술가가 있었는데, 그 여자를 좋아해서 그녀의 이름

마리를 붙였다고 한 말을 들었다." 이렇게 한마디로 이야기해 주었다.

[문헌2] 김수영, 「茉莉書舍」(이병도 외, 『고요한 기대』, 창우사, 1965, 64~65쪽)

죽은 인환이가 해방 후에 종로에서 한 이년 동안 책가게를 한 일이 있었다. 그가 자유신문사에 들어간 것이 책가게를 집어치운 후였고, 명동에 진출한 것이 『경향신문』에 들어갔을 무렵부터이었으니까 문단의 어중이떠중이들은 — 인환이하고 가장 가까운 체하는 친구들까지도 — 그의 책가게 시대를 잘 모른다. (…중략…) 요즘의 소위 '난해시'라는 것을 그는 벌써 그 당시에 해방 후 처음으로 본격적으로 시작하고 있었다. 그의 책방에는 그 방면의 베테랑들인 이시우 조우식 김기림 김광균 등도 차차 얼굴을 보이었고, 그 밖에 이흡 오장환 배인철 김병욱 이한직 임호권 등의 리버럴리스트도 자주 나타나게 되어서 전위예술의 소굴 같은 감을 주게 되었지만, 그때는 벌써 마리서사가 속화의 제일보를 내딛기 시작한 때이었다. 인환의 최면술의 스승은 따로 있었다. 박일영朴一英이라는 화명畵名을 가진 초현실주의 화가였다. 그때 우리들은 그를 '복쌍'이라는 일제 강점기의 호칭을 그대로 부르고 있었다. (…중략…) 말리서사의 '말리'를 시집 『軍艦말리』에서 따 준 것도 이 복쌍이었다.

[주석2] 편자들은 『횃불—해방기념시집』(우리문학사, 1946.4.20)의 면지에 찍힌 마리서사의 서점인을 확인했다. '茉莉書舍 서울鍾路三街二'라는 서점인을 통해 박인환이 1946년 봄 무렵 실제로 마리서사를 운영했으며, 그 주소도 유족의 증언대로 종로3가 2번지였음을 알 수 있다. 한편 박인환은 마리서사를 서적 총판매소로도 활용했다. 우영禹映이 편집한 『신인문학』 1집(조선문학신인회서기국출판부, 1947.10.25)의 판권지에는 마리서사가 총판매소로 기록되어 있다.

茉莉書舍의 서점인

『新人文學』 제1집(朝鮮文學新人會書記局出版部, 1947.10.25)의 앞표지

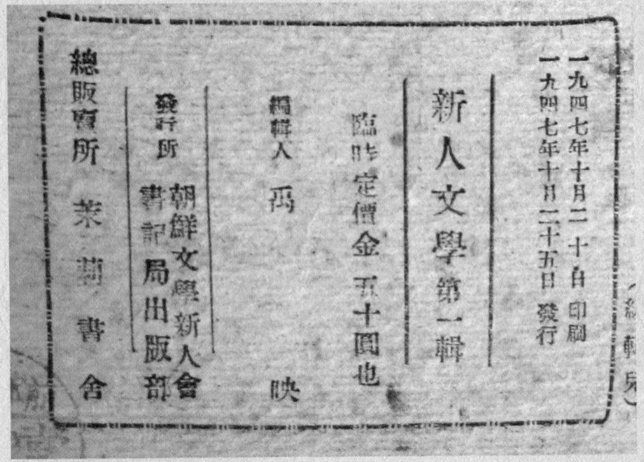
一九四七年十月二十日 印刷
一九四七年十月二十五日 發行
新人文學 第一輯
臨時定價金 五十圓也
編輯人 禹 映
發行所 朝鮮文學新人會 書記局出版部
總販賣所 書舍

『新人文學』 제1집의 판권지

1946년 21세

▸ 6월 20일 조선청년문학가협회 시부가 주최한 '예술의 밤'에 참여하다. 예술의 밤 낭독시집인 『순수시선』(팔월시회 청년문학가협회시부 발행)에 시 「단층斷層」을 발표하고 이를 낭독하다.

[주석] 「단층」(『순수시선』, 팔월시회 청년문학가협회시부, 1946.6.20)은 현재까지 확인된, 박인환이 발표한 최초의 실물 작품이다. 「단층」은 「불행한 샨송」으로 개제, 개작되어 『선시집』에 수록되었다.

「단층」이 발굴되기 전까지만 해도 박인환의 최초 발표작은 「거리」(『국제신보』, 1946.12)로 알려져 왔다. 가장 최근에 발행된 전집인 『박인환 전집』(맹문재 편, 실천문학사, 2008)의 작품 연보에서도 「거리」를 최초 발표작으로 인정하고, 그 서지사항을 '거리 국제신보 1946.12 『목마와 숙녀』(槿域書齋, 1979)에 근거'라고 정리했다. 그러는 한편 편자는 발표지면인 『국제신보』의 정체에 대해 다음과 같은 의문을 제기하기도 했다.

> 지금까지 박인환은 1946년 12월 『국제신보』에 「거리」를 발표하면서 등단했다고 알려져 있다. 그렇지만 필자가 확인해 본 결과 정답처럼 알고 있는 이 사실은 재고되어야 한다. 『국제신문』의 전신 『국제신보』는 1947년 9월 1일 『산업신문』이라는 제호로 창간되었다. 『국제신보』는 한국전쟁 동안인 1950년 8월 19일 바꾼 제호이다. (…중략…) 이와

같은 사실로 볼 때 박인환의 등단 연도, 등단 매체, 등단 작품은 정확하게 알 수 없다. 「거리」를 등단작으로 인정한다고 치더라도 1946년에 존속하지 않은 『국제신보』를 등단 매체라고 할 수는 없는 것이다.(맹문재 편, 『박인환 전집』, 실천문학사, 2008, 652~653쪽)

이 논의의 핵심은 「거리」의 발표 지면이 불분명하다는 점을 지적한 데 있다. 1950년부터 발행된 『국제신보』에 「거리」가 발표되었을 리 없다는 편자의 지적은 일면 타당성을 지닌다. 하지만 「거리」의 출전에 관한 편자의 논의는 두 가지 점에서 모순과 오류를 범하고 있다. 편자 스스로 『국제신보』에 「거리」가 게재되었을 가능성이 희박하다고 추론했음에도 불구하고 작품 연보에서는 여전히 출전을 『국제신보』로 적고 있으며, 그 출전의 근거로 『목마와 숙녀』(槿域書齋, 1979)를 들고 있기 때문이다. 즉 전자는 논리적 모순성을, 후자는 문헌학적 오류를 드러낸다. 특히 후자의 경우에는 『목마와 숙녀』 그 어디에도 「거리」가 『국제신보』에 발표되었다는 기록이 없다는 점에서 서지 정보를 왜곡했다는 비판을 면하기 어렵다.

「거리」가 문헌에 처음 등장한 것은 박인환 사후 20주기를 추모하여 유족들이 엮은 『목마와 숙녀』(槿域書齋, 1976)에서이다. 이 시집에는 『선시집』에 수록된 56편의 시 작품 중 「자본가에게」와 「문제 되는 것」 등 2편이 제외되고 「거리」, 「지하실」, 「이국항구」, 「이 거리는 환영한다」, 「어떠한 날까지」, 「세월이 가면」, 「가을의 유혹」 등 7편이 추보되어 총 61편의 시 작품이 수록되었다. 「거리」가 실린 지면을 살펴보면, 작품 말미에 '一九四六年 十二月'만 표기되어 있을 뿐 발표지면 등 다른 사항은 기록되어 있지 않다. 만약 게재지가 함께 소개되었다면 '1946년 12월'은 발표연월로 보는 것이 맞지만, 작품 말미에 연월만 표기되어 있을 경우 이는 창작연월로 간주하는 것이 마땅하다.

그렇다면 「거리」의 '1946년 12월 『국제신보』' 발표설은 어떻게 생산되고 유포된 것일까. 그것은 박인환의 연보를 작성하는 과정에서 몇 단계의 윤색을 거쳐 사실의 왜곡이 심화되었기 때문에 빚어졌다. 먼저 『세월이 가면』(槿域書齋, 1982)의 작가 연보에서는 '1946년 12월'이 창작 시기가 아닌 발표 시기로 바뀌게 된다. 그런 다음 박인환 30주기를 맞이하여 발행된 『박인환 전집』(문학세계사, 1986)의 작가 연보를 통해 '「거리」, 『국제신보』, 1946년 12월 발표'설이 본격적으로 대두되었다. 문제는 이 견해가 어떠한 문헌학적 근거도 갖추지 않은 자의적인 주장이라는 점에 있다. 그럼에도 불구하고 『박인환

전집』의 발행 이후 『국제신보』 발표설을 무의식적으로 받아들인 연구들이 다수 수행됨으로써 박인환의 등단에 관한 잘못된 정보가 널리 퍼지게 된 것이다. 문학세계사 발행본 이후의 전집들도 이러한 왜곡을 심화시키는 데 가세했다. 문승묵 편집본과 맹문재 편집본은 「거리」의 『국제신보』 발표설을 받아들이면서 그 출전으로 『목마와 숙녀』를 들었다. 하지만 『목마와 숙녀』에는 '1946년 12월'이라는 창작연월만 표기되어 있을 뿐 발표지면 등의 다른 서지 정보는 제시되지 않고 있다. 즉 편자들에 의해 근거 없는 출전이 임의대로 만들어진 것이다. 이처럼 「거리」의 서지정보는 발표연도, 발표지면, 출전(인용 근거)의 순으로 왜곡이 점점 심화되는 양상을 띤다.

「단층」의 발굴로 「거리」가 박인환의 최초 발표작이 아님이 분명해졌다. 또한 앞서 밝힌 것처럼 「거리」의 『국제신보』 발표설도 설득력이 없는 주장에 불과할 따름이다. 『목마와 숙녀』의 「거리」 말미에 있는 '一九四六年 十二月'은 발표연월이 아닌 창작연월을 표기한 것이며, 『국제신보』 또한 1946년 12월에 발행된 적이 없기 때문이다. 그렇다면 「거리」는 「이 거리는 환영한다」, 「어떠한 날까지」와 마찬가지로 『목마와 숙녀』에 처음 발표된 작품으로 간주하는 것이 마땅하다.

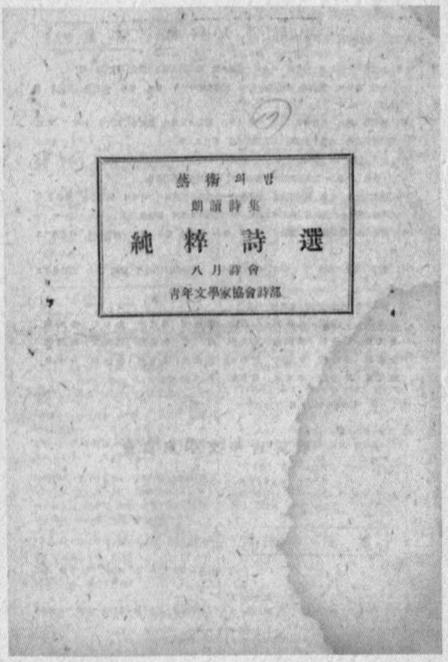

『純粹詩選—藝術의 밤 朗讀詩集』(八月詩會 靑年文學家協會詩部, 1946.6.20)의 앞표지

[문헌] 「예술의 밤 개최」(『동아일보』, 1946.6.15) 기사

조선청년문학가협회 시부에서는 오는 6월 20일 오후 6시부터 조선기독교청년회관에서 백조 시대 이래의 시단 악단의 권위 총망라로 '예술의 밤'을 개최하리라는데 이에 참가할 시인 음악가의 씨명은 다음과 같다고 한다.

◇시단 박월탄 양주동 오상순 조운 변영로 김영랑 김광섭 정지용 이병기 이하윤 김달진 유치환 서정주 신석초 윤태웅 박두진 박목월 조지훈 이한직 김수돈 조연현 이정호 조인행 송돈식 이상로 박인환 모윤숙 김오남

◇악단 김형로 안병소 김순애 김자경 경기여고합창단

八月詩會★青年文學家協會詩部主催
大韓演奏家協會★民主日報社後援

藝術의 밤 順序

6月20日 下午6時30分 • 鍾路YMCA會館

司會 柳致環

1. 開會辭 趙芝薰

第1部

2. 合唱 京畿高女合唱團
   ①忠誠歌 鄭圓隱詩 朴股用曲 ②그리운江南 金石松詩 安基永曲
   ③榮光 모찰트曲
3. 故人詩朗讀
   진달래꽃 金素月 辛錦善
   나의寢室로 李相和 金順愛
   山居 韓龍雲 朴喜緖
   떠나가는배 朴龍喆 辛錦善
   五月의花壇 吳一島 朴喜緖
4. 바이오린獨奏 安柄玿
5. 自作詩朗讀
   日月•植木祭 柳致環
   僧舞•芭蕉雨 趙芝薰
   산그늘•閏四月 朴木月
   霧夜行 趙仁行
   落花賦 金宗吉
   騈儷體 李漢稷
   꿈•諦念 金達鎭
   나홀로가는길 趙演鉉
   忍冬의노래 宋敦植
6. 獨唱 金慈璟
   ①또하나다른太陽 鄭芝溶詩 金順愛曲 ②憂愁 金珖燮詩 金順愛曲
   ③落花 趙芝薰詩 金順愛曲
7. 自作詩朗讀
   史論•朝鮮의脈搏 梁柱東
   고향 異河潤
   白鹿潭 鄭芝溶
   모란•五月 金永郞
   海愁•마음 金珖燮

第2部

8. 純粹詩의思想 金東里
9. 피아노獨奏 金順愛
10. 自作詩朗讀
    歸蜀道•復活 徐廷柱
    나무 尹泰雄
    바라춤 申石艸
    斷層 朴寅煥
    해•墓地頌 朴斗鎭
    玉笛 李正鎬
    召燕歌 金洙敦
    五月 李相魯
11. 自作詩朗讀
    나는王이로소이다 洪露雀
    靑磁賦•白磁賦 朴鍾和
    아시아의마지막 밤風景 吳相淳
    땅거미길때•꿈팔아외롭사서 卞榮魯
    파랑새•監房 李秉岐
12. 獨唱 金炯魯
    ①幻想 金珖燮詩 金順愛曲 ②다른하늘 鄭芝溶詩 金順愛曲
    ③밤 金順愛詩 同人曲
13. 合唱 京畿高女合唱團
    ①알로하오에 널리워칼라니曲 ②流浪의무리 슈만曲
    ③花爛春城 金順愛曲
14. 詩人賞創定披露 朴斗鎭
15. 閉會

「藝術의 밤 順序」

▸ 7월 20일 김병욱, 양병식, 김수영, 박일영, 송기태, 이한직 등과 '전후 세계의 현대시의 동향과 새 시인 소개'라는 문학 행사를 개최하려고 기획했으나 무산되다.

[문헌] 박인환, 「'전후 세계의 현대시의 동향과 새 시인 소개' 초안 메모」(김광균 외, 『세월이 가면』, 槿域書齋, 1982, 화보)

20日. July. 46

Sat. 6.30-10.00 p.m.

金秉旭 梁秉植 朴寅煥 金洙暎 朴一英 宋基態 李漢稷

사회 : 이한직

선언문 낭독 : 송기태

현 시단에 보내는 메시지 : 박인환

번역시 낭독 : 박인환 김수영

원시 낭독 : 김수영 김병욱 이한직

자작시 낭독 : 회원

강연 : 이한직

Print 낭독시집 Program

1947년 22세

▸ 5월 10일 발생한 시인 배인철裵仁哲 사망 사건과 관련하여 중부경찰서에서 조사를 받다.

[문헌] 「남산에서 남녀 권총 살해 사건」(『경향신문』, 1947.5.13) 기사

10일 오후 6시 반경 시내 필동 3가 부근 남산에서 살인 사건이 있었다. 피해자는 모 대학 교수 배인철(裵寅鐵=28 가명) 씨와 모 여자대학생 김명자(金明子=21 가명) 양으로 이 두 사람은 이날 서울극장에서 영화 구경을 하고 남산을 산보하던 중 돌연 괴한이 나타나서 권총을 발사하여 전기 배 씨는 머리에 관통상을 입어 즉사하고 김 양은 왼쪽 배에 부상을 입은 것인데 소관 중부서에서는 치정 관계로 인정하고 서적상을 경영하는 박 모 외 남자 대학생 약간 명을 구속 취조 중에 있다 한다. 한편 이 살인 사건은 치정 관계가 아니라 전기 배 씨가 모 단체의 소속원이므로 반대 측에서 정치적인 대립 관계로 살해한 것이라는 말도 있다.

[주석] 신문 기사의 당사자인 裵寅鐵의 본명은 배인철(裵仁哲, 1920~1947)로 인천에서 출생하여 인천제일공립보통학교와 중앙고보를 거쳐 일본대학 영문과에서 수학했다. 1944년 징용을 피해 중국 상해로 피신하였다가 충남 서산으로 잠입하여 은거하던 중 해방을 맞이했다. 그는 해방 직후 인천에서 신예술가협회를 조직하여 오장환, 함세덕, 김영건, 조규봉, 김만형, 최재덕, 서정주 등과 친교하며 몇 차례의 문화강연회(문학 : 임화 김남천 이원조, 미술 : 김주경, 연극 : 안영일, 영화 : 김정혁)를 개최하기도 했다. 1946년 이후 박인환이 경영하는 마리서사를 드나들며 김기림, 김광균, 오장환, 김병욱, 이한직, 임호권 등과 교유하는 한편 조선문학가동맹에 가담하여 본격적인 문학 활동을 전개했다. 해양대학에 재직하던 1947년 5월 불의의 총격사고로 의문사함으로써 그의 작품 활동은 매우 한정적일 수밖에 없지만, 흑인들의 피압박 현실과 해방기 조선의 신식민지적 실상을 절묘하게 매개시킴으로써 당대 시단의 주목을 끌었다. 배인철이 남긴 시 작품에는 「노예해안」(『독립신보』, 1947.1.1), 「흑인녀」(『백제』 3호, 1947.2), 「쪼・루이스에게」(『문화창조』 2호, 1947.3; 『신천지』 4-1호, 1949.1), 「인종선—흑인 쪼-손에게」(『연간조선시집』, 조선문학가동맹, 1947.4), 「흑인부대」(조병화, 「흑인부대와 배인철」, 『현대문학』 98호, 1963.2) 등이 있다. 박인환의 「남풍」과 「인도네시아 인민에게 주는 시」 등은 약소민족의 역사적 상황에 견줘 해방기 현실을 풍유적으로 묘파했다는 점에서 배인철의 흑인시와 그 발상법을 같이한다.

한편 신문 기사의 또 다른 당사자인 金明子의 본명은 김현경金顯敬으로 1950년 시인 김수영과 결혼했다.

▸ **연말 무렵 김경린金璟麟, 김경희金景熹, 김병욱金秉旭, 임호권林虎權과 시 동인 '신시론新詩論'을 결성하다.**

[주석] 시인 장만영은 해방기에서부터 1960년대 말까지 출판사인 산호장을 운영했다. 산호장에서 발행된 주요 출판물로는 『빈처』(현진건, 1947.12.13), 『소녀의 노래』(릴케, 윤태웅 역, 1947.12.13), 『맹인과 그의 형』(슈니츨러, 김진섭 역), 『소월민요집』(장만영 편, 1948.1), 『블레익시초』(블레이크, 임학수 역, 1948.7.20), 『원유회』(맨스필드, 장서언 역, 1948.8.10), 『배신자』(메리메, 전창식 역, 1948.10.10) 등의 산호문고를 비롯하여 시집 『기상도』 재간본(김기림, 1948.9.20), 『유년송』(장만영, 1948.10.30), 『추풍령』(김철수, 1949.1.15), 『버리고 싶은 유산』(조병화, 1949.7.1), 『하루만의 위안』(조병화, 1950.4.13), 『인간고도』(조병화, 1954.3.20),

『나비와 광장』 초판본(김규동, 1955.10.20), 『선시집』(박인환, 1955.10.15. 1955년 10월 15일은 시작사 판본의 발행 예정일이고, 현전하는 『선시집』은 산호장에서 1956년 1월에 간행됨. 산호장 판본은 시작사 판본의 발행연월일을 그대로 따랐기 때문에 판권지의 기록과 실제 간행연월이 일치하지 않음. 이 점에 대해서는 작가 연보의 1955년 항목을 참조하기 바람), 『다시 살아나는 생명』(김봉룡, 1957.4.20), 『황혼가』(김광균, 1957.7.1 초판 / 1969.12.30 재판), 『나아드의 향유』 재판본(김남조, 1959.6.30), 『와사등』 개정본(김광균, 1960.9.30) 등과 수필집 『예루살렘의 닭』(유치환, 1953.4.20), 그리고 시론서 『현대시감상』(장만영, 1952.12.10), 『시의 원리』(조지훈, 1953.6.20), 『새로운 시론』(김규동, 1959.7.30) 등이 있다. 이외에 인천지역의 문학동인지인 『소택지대』(1955.4.15)도 발행했다. 이처럼 장만영은 해방 이후 1950년대까지 꾸준하게 출판 활동을 벌였기 때문에 『신시론』 제1집의 간행에도 기여할 수 있었다. 이 점은 박인환의 증언(「후기」, 『신시론』 제1집, 산호장, 1948.4.20, 16쪽)에서도 여실히 확인된다. 박인환의 증언처럼 장만영의 지원으로 동인 결성이 활성화되었다면, 신시론의 결성 시기는 장만영이 출판 활동을 벌인 직후일 가능성이 짙다. 산호장의 최초 간행물(산호문고1 『빈처』, 산호문고2 『소녀의 노래』)은 1947년 12월 13일 발행되었고, 산호장의 정식적인 출판사 등록은 1947년 12월 31일에 이루어졌다. 이런 점으로 미루어보아 신시론 동인의 결성 시기는 1947년 연말쯤으로 추정할 수 있다.

신시론의 결성 시기와 아울러 문학사에서 자주 혼동되고 있는 신시론의 동인 구성 문제도 명확하게 확정될 필요가 있다. 가장 최근에 작성된 『박인환 전집』(맹문재 편, 실천문학사, 2008, 672쪽)과 『약전으로 읽는 문학사』(근대문학100년 연구총서 편찬위원회, 소명출판, 2008, 173~176쪽)의 「박인환 연보」에는 박인환 이외에 양병식, 김차영, 김규동, 김수영, 김경희, 김병욱 등이 신시론 동인으로 참여했다고 소개되어 있다. 그러나 이러한 기술은 "우리는 김수영, 임호권, 양병식 등과 함께 1948년 4월에 『신시론』 1집을, 1949년 4월 앤솔로지 『새로운 도시와 시민들의 합창』을 발간하기에 이르렀다"(김경린, 「인환과 나와 그리고 현대시 운동」, 김광균 외, 『세월이 가면』, 槿域書齋, 1982, 175쪽)라는 증언을 검증 없이 수용했거나 신시론 동인과 후반기 동인을 혼동했기 때문에 빚어진 결과이다. 박인환과 김경희가 작성한 『신시론』 제1집의 「후기」에는 박인환, 김경린, 김경희, 김병욱, 임호권 등 5인이 신시론 초기 동인으로 적시되어 있다. 즉 김수영과 양병식은 『새로운 도시와 시민들의 합창』(1949.4.5)에 관여한 신시론의 후기 동인으로 『신시론』

제1집(1948.4.20)이 간행될 당시의 초기 동인은 아니었다. 한편 김차영과 김규동은 후반기 동인으로 신시론 활동과는 무관한 시인들이다.

[문헌1] 박인환, 「후기」(『신시론』 제1집, 산호장, 1948.4.20, 16쪽)

어느 날 다방에서 T. S. 엘리엇의 「황무지」의 번역에 관하여 이야기하고 있는 분을 쳐다보았더니 그가 내가 잘 아는 C의 친우인 김경희 씨라는 것을 알게 되었다. 며칠 후 前記 다방에서 잡담 비슷한 동인지의 말을 하고 있었는데 우연히도 나타나신 분이 장만영 씨이다. 장 씨는 곧 당신네들이 새로운 시 운동을 끝끝내 하신다면 넉넉지 못한 재정이나마 힘자라는 데까지 협력을 하여 주겠다는 믿을 수 없는 선의의 말이었다. 그리하여 그길로 임호권 씨 김경린 씨를 찾았다. 얼마 되어 김경린 씨가 부산에 내려가 김병욱 씨에게 연락을 하였다. 참으로 우연한 소 사건이었다. 이리하여 신시론이라는 제호는 탄생하였다. 신시론은 절대로 상업 잡지가 아니다. 시와 문화의 새로운 발전을 위해서 上記의 시인들이 먼저 동인이 되고 거기에 새로운 시와 시론의 기고를 기재할 뿐이다.

[문헌2] 김경희, 「후기」(『신시론』 제1집, 산호장, 1948.4.20, 16쪽)

인환이가 결혼할 날도 멀지 않았다. Will-Mrs. 와 함께 거니는 그의 모습은 댄디스럽다. 계산기와 같은 경린의 미소가 이층 아래로 그들을 따라간다. 거북이 같은 호권이가 한 잔의 위스키에 얼근하여 그에게 설교한다. 노가다를 했다는 병욱이는 여학생들을 앞에 두고 무슨 말을 하는지. 나는 봄이 되어 제주 바다 넘어서 돌아올 病妻를 위해 조그만 준비를 하느라고 바쁘게 돌아다니고 있다.

1948년 23세

- 입춘을 즈음하여 마리서사를 폐업하다.
- 4월 20일 김경린, 김경희, 김병욱, 임호권과 동인지 『신시론』 제1집을 산호장에서 간행하다. 여기에 시 「골키-의 달밤」과 평론 「시단시평」을 발표하다.

[문헌1] 「시지 『신시론』 제1집을 발간」(『경향신문』, 1948.4.3) 기사

예쁘장스러운 문고 출판으로 특색을 가진 서울 산호장에는 이번에 詩誌『신시론』 제1집을 내게 되었다는데 그 편집위원은 김병욱 박인환 임호권 외 수인이라고 한다.

『新詩論』 제1집(珊瑚莊, 1948.4.20)의 앞표지

[주석] 장만영에게서 『신시론』 1집의 발행 약속을 얻어낸 것 이외에 박인환이 초기 동인 활동의 중심 역할을 맡았음을 알 수 있는 또 다른 근거는 『신시론』 1집의 표지 장정이다. 할스먼(Philippe Halsman, 1906~1979)의 인물 사진 〈Lauren Bacall was named "The Look"〉을 활용한 『신시론』 1집의 표지 장정은 당대 박인환의 예술적 관심을 그대로 드러낸다. 할스먼은 유명인들의 인물 사진을 주로 찍은 사진작가로 그의 초기 대표작으로는 초현실주의 화가인 달리의 기괴한 포즈를 담은 사진집 『달리의 콧수염(*Dali's Mustache*)』(1954)이 널리 알려져 있다. 김수영의 회고에 의하면 박인환은 할스먼의 이 사진을 마리서사에 걸어 놓을 정도로 그의 작품을 선호했다고 한다(김수영, 「茉莉書舍」, 이병도 외, 『고요한 기대』, 창우사, 1965, 64쪽). 할스먼의 사진 작품 〈Lauren Bacall was named "The Look"〉의 모델인 로렌 바콜(Lauren Bacall, 1924~2014) 역시 박인환이 좋아했던 여배우이다. 박인환은 자신의 예술적 기호에 따라 로렌 바콜을 찍은 할스먼의 사진으로 『신시론』 1집의 표지를 장정했던 것이다. 전집 편찬 과정에서 새롭게 발굴된 「로렌 바콜에게」라는 산문(『신경향』 2-6호, 1950.6.1)을 통해 박인환의 그녀에 대한 호감과 『신시론』 1집의 표지 장정에 얽힌 비화를 엿볼 수 있다.

[문헌2] 박인환, 「로렌 바콜에게」(『신경향』 2-6호, 1950.6.1, 48쪽)

처음 바콜을 발견하였을 때의 나의 환희는 하늘을 나는 천사와도 같았고 연못가에서 사랑을 고할 때와도 같은 치밀어 오는 즐거움을 느꼈었습니다. 수만리를 떨어져 사는 비극으로 지상紙上에서 사진으로 볼 수밖에 없었는데 그 사진을 촬영한 사람은 현대 아메리카 사진 예술가로서는 제일자인 '필립 할스먼'이었습니다. 그는 '윌리키' '버그만' 미술가 '달리'의 긴 수염이 특징인 얼굴과 음악가 '레오폴드 스토코프스키' 그리고 당신의 허즈번드 '험프리 보가트' 등 여러 인상적이며 사실적인 프로필을 보여주는 한편 '로렌 바콜'의 이름은 '룩(LOOK)'이라는 설명문을 걸고 오늘의 근대적 시각을 상징하고 있는 불안의 의혹에 넘친 지성적인 눈과 황폐한 현대문명에서 떠나간 과거에의 노스탤지어를 회상케 하는 당신의 원시적(야성적이라는 것이 지당할 지도 모름)인 자태를 소개하였던 것입니다. 나는 그 무렵 우리들의 비상업적인 동인 시지 『신시론』의 표지 구성에 부심하였을 때인 만큼 동인들과 당신의 포트레이트(이는 할스먼 작품이라는 데 더욱 의의가 있었다)를 우리 잡지의 겉장으로 하자고 주장하였는데 이들의 대부분은 영화 잡지가 아닌 순수한 시지의 표지를 여배우의 얼굴로 조화시킨다는 것은 저속한 일이라고 거부했으나 수일 후 당신의 얼굴이 발산하는 페시미스틱한 어떠한 영감이 우리의 시 정신과 흡사하며 우리의 문명 비판적 시각이 당신의 근대적인 눈의 모색과 복합이 빚어내는 환상의 감정과 공통된다는 데 의견의 일치를 보고 우리 잡지는 바콜의 얼굴과 함께 인습의 거리에 나타났습니다. 일반은 물론 여러 문화인의 비난의 소리는 높았고 표지에 대한 공격은 전개되었습니다. 이 잡지는 이 호로 절명되어 버렸고 비난이 고조할수록 나의 당신에 대한 애호감은 가일층 점고漸高되었습니다. 이것이 당신을 처음으로 우리나라에 소개한 나에 대한 박해이었습니다.

▸ **4월경 덕수궁에서 이정숙李丁淑과 결혼하고, 종로구 세종로 135번지로 이거하다.**

[주석] 김경희의 「후기」를 참조하면 박인환의 결혼 시기는 『신시론』 제1집 발간 무렵이 된다. 편자들에 의해 새롭게 발굴된 「환경에의 유혹」(『여원』 2-2호, 1956.2)에도 박인환의 결혼 시기는 1948년 4월로 밝혀져 있다. 「환경에의 유혹」은 박인환이 자신의 약혼 시절을 회상한 글이다. 한편 전향 「성명서」(『자유신문』, 1949.12.4) 및 「시인 박인환씨 사망」 기사(『경향신문』, 1956.3.22)에 기재된 주소가 '서울시 종로구 세종로 135'인 것으로 보아 박인환은 결혼 이후 사망 시까지 줄곧 이곳에 거주했음을 알 수 있다.

[문헌] 박인환, 「환경에의 유혹」(『여원』 2-2호, 1956.2.1, 245쪽)

1947년 초겨울에 약혼을 하였습니다. (…중략…) 그 다음해 4월에 결혼을 하기까지 약혼 시절을 5, 6개월 보낸 것 같습니다.

▸ 11월 이전에 자유신문사 문화부 기자로 입사하다.

[주석] 박인환과 같이 근무한 적이 있는 이혜복은 박인환이 1948년 자유신문사에 입사했다고 증언했다.

> 시인 박인환 씨를 알게 된 것은 내가 풋내기 기자로 뛰어다니던 시절이었다. 그러니까, 1948년의 일, 햇수로 33년 전의 일이다.(이혜복, 「박인환 씨와 자유신문 시절」, 김광균 외, 『세월이 가면』, 槿域書齋, 1982, 175쪽)

그런데 박인환은 『자유신문』에 동시 「언덕」(1948.11.25)을 발표한 후, 문화 기사 「정종여 동양화 개인전을 보고」(1948.12.12)를 잇달아 게재한 바 있다. 이러한 사실과 '進呈 自由新聞 朴寅煥 先生'이라는 문구가 앞표지에 적힌 『민성』 5-1호(1948.12.30)의 실물을 참고하면 박인환의 자유신문사 입사 시기는 1948년 11월 이전으로 추정할 수 있다.

『民聲』 5-1호(高麗文化社, 1948.12.30)의 앞표지

1949년 24세

▶ **4월 5일 김경린金璟麟, 임호권林虎權, 김수영金洙暎, 양병식梁秉植과 동인시집 『새로운 도시와 시민들의 합창』을 도시문화사에서 간행하다. '장미의 온도'라는 소제목 아래 시 「열차」, 「지하실」, 「인천항」, 「남풍」, 「인도네시아 인민에게 주는 시」를 수록하다.**

[주석1] 1948년 12월 26일 자 『경향신문』에는 김병욱, 임호권, 박인환, 김경린, 김종욱이 동인이 되어 1949년 1월 20일에 『새로운 도시와 시민들의 합창』을 발간할 것이라는 기사가 실려 있다. 그러나 신시론 동인들 간에 발생한 사상적 대립으로 인해 동인이 교체되고 간행 시기도 1949년 4월로 늦춰지게 되었다. 즉 현실주의를 문학적 토대로 삼았던 김병욱 등은 해방기 민족의 현실을 직시하고 이에 대응하는 시운동을 벌이려고 했던 반면, 김경린은 '언어의 구상성'에 관심을 기울여 문학의 정치적 참여에 반대했다. 결국 양측은 『새로운 도시와 시민들의 합창』의 간행을 둘러싸고 이념적으로 충돌하게 된다. 그 결과 조선문학가동맹에 가담했던 김병욱, 김종욱이 신시론에서 탈퇴하고 김수영과 양병식이 새로운 동인으로 충원되었다. 김경린의 『새로운 도시와 시민들의 합창』「후기」, 이진섭의 「후반기 동인 노트」, 김수영의 회고 등에서 이러한 문학적 갈등 양상을 확인할 수 있다.

[문헌1] 「신시론 동인 앤솔러지 발간」(『경향신문』, 1948.12.26) 기사

> 새로운 시의 발전을 위해 애써오던 신시론 동인 金秉旭 林虎權 朴寅煥 金璟麟 金宗郁 제씨는 이번 최초의 앤솔러지 「새로운 도시와 시민들의 합창」을 발간키로 되었다는 바 편집 겸 발행자는 洪性普 씨이며 명년 정월 20일에 발매되리라 한다.

[주석2] 「신시론 동인 앤솔러지 발간」(『경향신문』, 1948.12.26) 기사를 참조하면, 『신시론』 1집 간행 이후 동인 구성에 약간의 변화가 있었음을 알 수 있다. 즉 김경희 대신 金宗郁이 새로운 동인으로 참여한 것이다. 그러나 김종욱은 실제적인 동인 활동을 펼치지는 못했다. 동인들 간의 사상적 대립으로 인해 『새로운 도시와 시민들의 합창』의 발행이 지연되자 신시론을 탈퇴했기 때문이다. 김종욱은 '흑인문학특집'(『신천지』 4-1호, 1949.1.1)에 「흑인시초」를 번역하여 게재했으며, 우리나라 초유의 흑인시 번역시집인 『강한 사람들』(민교사, 1949.1.10)을 간행하기도 했다. 흑인시를 창작한 배인철과 흑

인시를 번역한 김종욱이 박인환 및 신시론 동인들과 직간접적으로 연관된 사실은 초기 신시론의 정체성을 규명하는 주안점이 될 수 있다.

『새로운 都市와 市民들의 合唱』(都市文化社, 1949.4.5)의 앞표지

[문헌2] 「신간소개」(『자유신문』, 1949.5.17) 기사

새로운 도시와 시민들의 합창(신시론 시집) 김경린 임호권 박인환 김수영 양병식 5인 시집=도시문화사 발행=價 350원

[문헌3] 김경린, 「후기」(『새로운 도시와 시민들의 합창』, 도시문화사, 1949.4.5, 95쪽)

'신시론'을 어떠한 시인들의 모임이라고 평하는 것도 자유다. 그러나 우리들은 어떠한 정치적인 세력에 공헌하기 위한 모임이 아님은 자명한 일이다. 정치도 현실인 이상 그리고 시인이 현실 위에 서 있는 이상 새삼스러이 정치를 말함은 위선적인 행위임이 틀림없다. 우리들은 우리들의 앞에 놓여 있는 현실을 어떠한 각도로서 관찰하는가 그리하여 얻은 경험을 어떠한 방법으로 구상화하는가에 시간과 공간이 동위적 가치에 서 있는 것이다. 그리고 또한 우리는 '신시론'의 멤버를 고정하여 두고 싶지도 않다. 이론과 인간성이 합하는 데 스스로 모이고 이론과 인간성에 간격이 생하는 데 스스로 흩어지고 그러나 이러한 유동과 함께 '신시론'이 발전하여 나아갈 수 있는 계기를 갖는다면 새로운 시가 전진하는 한 모멘트가 될 것이다.

[문헌4] 이진섭, 「후반기 동인 노트」(『주간국제』 9호, 1952.6.16, 19쪽)

후반기의 처음 출발은 신시론에 있었다. (…중략…) 당시의 동인은 김경린, 김병욱, 박인환, 김경희, 임호권 등이었으며 시인 장만영 씨의 물심양면의 원조로써 1948년 4월에 1호를 발간한 이후 동인 간의 사상적인 불일치로 인하여 김병욱, 김경희 등은 신시론에서 이탈하였고 (…중략…) 『새로운 도시와 시민들의 합창』을 1949년 4월에 발간할 시에는 김수영, 양병식 등이 나머지 동인들과 보조를 같이 하고 있었다.

[문헌5] 김수영, 「연극하다가 시로 전향」(『시여 침을 뱉어라』, 민음사, 1975, 58쪽)

인환이가 『새로운 도시와 시민들의 합창』을 계획했을 때, 병욱도 처음에는 한몫 끼일 작정을 하고 있었는데, 경린이와의 헤게모니 다툼으로 병욱은 빠지게 되었다. 그렇지 않아도 인환의 모더니즘을 벌써부터 불신하고 있던 나는 병욱이까지 빠지게 되었다는 말을 듣고, 나도 그만둘까 하다가 겨우 두 편을 내주었다.

▸ 4월 26~28일 자유신문사 특파원으로 「삼팔선현지시찰보고」를 연재하다.

[주석] 이 기사는 「삼팔선현지시찰보고(상) ― 절망의 삼팔선상 이북 산천도 눈물로 젖어」(『자유신문』, 1949.4.26), 「삼팔선현지시찰보고 (중) ― 북천을 바라보며 향수에 우는 경비대원」(『자유신문』, 1949.4.27)과 「삼팔선현지시찰보고 (하) ― 부역과 기부금에 주민생활 극도로 피폐」(『자유신문』, 1949.4.28) 등 3회 연재되었다.

▸ 7월 16일 국가보안법 위반 혐의로 내무부 치안국에 체포되었다가 석방되다.

[문헌1] 「1949년 7월 19일 자 서울(무초)에서 국무장관에게, "신문기자 체포" Seoul(Muccio) to Secretary of State, 19 Jul 49, "Arrest of newspaper reporters"」(『유엔의 한국문제처리에 관한 미 국무부의 문서』, 한국사데이터베이스에서 재인용)

FROM : Seoul

TO : Secretary of State

NO : 884, July 19, 2pm.

REEMBTEL 881, July 18.

Following arrest Choi Yung Sik Saturday, four other newspaper reporters arrested later same day : Lee Moon Nam, reporter Korea Press; Pak In Hwan, reporter CHA YOO SHIN MOON; Sim Rai Sup, reporter KOOK TO SHIN MOON; Huh Moon Taek, reporter CHO SUN CHONG ANG DAILY. All five arrested assigned cover UNCOK press conferences and presumed to have prepared Communist-slanted questionnaire handed UNCOK delegate

Singh July 14, copy of which being air pouched. Lee Ho, Director National Police, informed AP correspondent today all five have since confessed membership SKLP, Communist underground organization South Korea. Arrested men heid incommunicado since arrest despite requests US reporters and UNCOK secretariat see arrested men.

[문헌2] 「한위 출입 기자 3명 송청」(『조선중앙일보』, 1949.8.4) 기사

유엔 한위에 출입하는 도하 서울타임스 기자 崔永植, 고려통신 기자 李文南, 조선중앙일보 기자 許汶澤, 국도신문 기자 沈來燮, 자유신문 기자 朴寅煥, 공립통신 기자 鄭仲安은 과반 돌연 내무부 치안국에 구속되어 그 동안 문초를 받고 있었는데 재작 2일 국가보안법 위반 혐의로 1건 서류와 같이 전기 최(서울타임스)·이(고려통신)·허(조선중앙일보) 3명은 구속으로 서울지방검찰청에 송청되어 李柱永 검사의 취조를 받고 있는데 작 3일에는 담당 검사가 형무소에 출장하여 취조를 하리라 하며 이에는 공보처와 유엔위원단에서도 입회하리라 한다.

[주석] 당시 신문을 비롯한 여러 기록에 따르면 자유신문 기자였던 박인환은 1949년 7월 16일에 다른 기자들과 함께 내무부 치안국에 체포되었다. UNCOK, 즉 유엔한국위원회에 소속되어 있던 이들 기자들은 남로당의 평당원normal member으로서 국가보안법 2항을 위반한 혐의를 받았던 것이다. 결국 서울타임스 기자 최영식, 고려통신 기자 이문남, 조선중앙일보 기자 허문택 등 3인은 8월 2일 구속되었고, 박인환과 국도신문 기자 심래섭은 석방되었다.

▸ 여름 무렵부터 김경린, 조향 등과 시 동인 후반기의 결성을 준비하다.

[주석] 후반기의 결성 시기에 대해서는 여러 가지 설이 있으나 주요 동인이었던 조향의 증언에 따르면 1949년 여름 무렵부터 결성 준비가 이루어졌음을 알 수 있다. 『새로운 도시와 시민들의 합창』의 발행을 둘러싸고 신시론 동인 간에 사상적인 대립이 발생하여 더 이상의 동인 활동이 어렵게 되자 박인환은 김경린을 매개로 하여 조향과 새로운 모더니즘 시 동인의 결성을 논의하게 된 것이다.

[문헌] 조향, 「인환과 '후반기'」(김광균 외, 『세월이 가면』, 槿域書齋, 1982, 116~118쪽)

1949년 여름 방학 때 나는 서울로 가서 고 이한직을 만나 보기로 마음을 굳히곤 상경했다. (…중략…) 이한직의 가락 높은 서정시는 현대시에로의 반전이 의외로 쉬울 것이라고 내 나름대로 생각했기 때문에 한직과 상의해 보기로 작정했던 것이다. 한직과 만나서 의논했더니 대뜸 좋은 시인이 있다는 것이다. 둘이서 찾아간 곳이 서울시 수도국이었다. (…중략…) 비좁은 사무실에서 만난 사람이 바로 김경린이었다. 나의 모더니즘 운동 전개에 대해서 경린은 전적으로 찬성이었다. 나는 그를 통해 「새로운 도시와 시민들의 합창」이라는 앤솔러지가 나와 있는 것을 알았다. 경린은 또 나에게 인환을 동인으로 삼자면서 소개했다. 경린과 함께 인환의 집으로 찾아갔다. (…중략…) 인환은 그즘 자유신문사의 기자라고 들었다. 인환의 집 방 안에서 동인회의 명칭이 거론되었는데, 인환이 後半紀가 어떠냐고 내놓았는데, '20세기 후반'이라는 뜻이었다. 모두 찬성했으며, 편집은 한 사람씩 돌아가면서 하기로 결정을 본 다음, 창간호 편집은 인환이 맡기로 했었다. 인환은 고 이상로 형을 동인으로 넣자고 제의했다. (…중략…) 인환의 제의가 또 있었다. 김차영과 배 모를 넣자는 것이었다. 모두들 찬성이었다. 그렇게 해서 동인 구성은 김경린, 박인환, 이상로, 이한직, 조향, 그리고 준 동인으로 김차영, 배모 이렇게 7명으로 출발을 다짐했던 것이다.

▸ **9월 30일 임호권林虎權, 박영준朴榮濬, 이봉구李鳳九와 조선문학가동맹을 탈퇴하는 성명서를 발표하다.**

[문헌] 임호권 박영준 박인환 이봉구, 「성명서」(『자유신문』, 1949.10.2)

본인 등이 해방 직후 가맹한 '조선문학가동맹'을 비롯한 좌익 계열에서 탈퇴하는 동시 앞으로 대한민국의 발전에 적극 참여할 것을 자玆에 성명함. 단기 4282년 9월 30일 임호권 박영준 박인환 이봉구

▸ **11월 30일 전향 성명서를 발표하다.**

[문헌] 박인환, 「성명서」(『자유신문』, 1949.12.4)

해방 후 본인이 가맹한 문학가동맹을 비롯한 좌익 계열에서 탈퇴한 지는 이미 오래이나 일반의 의혹이 있으므로 재차 탈퇴함을 성명하며 대한민국에 충성을 다할 것을 굳게 맹서함. 단기 4282년 11월 30일 서울시 종로구 세종로 135 박인환

▸ 12월 17일 한국문학가협회 결성식에 추천위원으로 참가하다.

[문헌] 「한국문학가협회 결성식」(『경향신문』, 1949.12.14) 기사

종래의 전국문학가협회 문학부와 한국청년문학가협회를 중심으로 그 밖에 일반 무소속 작가 및 전향 문학인을 포함한 전 문단인의 총 결속하에 대한민국을 대표하는 유일한 문학 단체로서 『한국문학가협회』를 다음과 같이 결성키로 되었다는 바 준비위원과 추천회원은 다음과 같다고 한다.

◇일시 12월 17일(토) 하오 1시 정각

◇장소 남대문로 1가 문총회관

◇준비위원

위원장 박종화

부위원장 김진섭 염상섭

위원 이헌구 김광섭 김동리 계용묵 김영랑 서정주 오종식 김억 이하윤 최정희 조지훈 조연현 김송 홍구범 임옥인 구상 백철 주요섭 박목월 홍효민 유치진 무순

◇추천회원

강신재 강노향 강학중 계용묵 곽하신 곽종원 고정옥 구자균 구상 권명수 김광섭 김진수 김진섭 김영랑 김용호 김동명 김동리 김동인 김동사 김내성 김달진 김태오 김말봉 김윤성 김춘수 김기림 김광주 김광균 김을윤 김수영 김영일 김억 김송 김영수 김사엽 김상옥 김경린 김형원 김삼규 김현승 김해강 김상원 김소운 김소엽 김을한 노천명 모윤숙 민영식 박인환 박종화 박노춘 박연희 박영준 박목월 박두진 박화목 박용덕 박용구 박태원 박계주 박노갑 박화성 방기환 방종현 변영만 변영로 백철 방인근 손소희 설창수 서정태 서정주 서항석 신석정 신석초 신서야 손우성 여상현 염상섭 엄홍섭 오영수 오영진 오종식 오상순 유치환 유치진 윤백남 윤석중 윤영춘 윤곤강 윤복진 윤태웅 윤금숙 유동준 안수길 양운한 양주동 유진오 이한직 이봉구 이은상 이석훈 이선구 이상로 이정호 이숭녕 이윤수 이경순 이하윤 임옥인 임긍재 이호우 이춘인 이인수 이시우 이서구 이상필 이원섭 이원수 이종산 이양하 이광래 이무영 이헌구 이희승 이병기 이해문 이기현 이재욱 임학수 임호권 임원호 임영빈 안석주 안응렬 임서하 피천득 공중인 장서언 정인택 정인보 정지용 정인섭 전영택 장만영 장덕조 정비석 조윤제 조지훈 조연현 조영암 조향 조진대 정훈 전숙희 조병화 조용만 조풍연 전희복 조희순 조경희 주요섭 정규창 정래동 전홍준

조영흠 최병화 최정수 최독견 최정희 최태응 최인욱 최영수 채만식 한무숙 한흑구 허윤석 홍효민 홍구범 홍재범 황순원 현동염 무순

1950년 25세

▶ 1월 8일부터 10일까지 보도연맹에서 주최한 '국민예술제전'에 참여하다.

[문헌] 「국민보도연맹, 제1회 국민예술제전을 개최」(『서울신문』, 1950.1.8) 기사

국민보도연맹에서는 동 연맹 문화실 소속 각계 문화인을 총동원하여 제1회 국민예술제전을 8일부터 10일까지 3일 간 시공관에서 개최키로 되었는데 하루에 오전 10시 반, 오후 2시 반, 오후 6시 반씩 세 차례에 걸쳐 공연한다고 하며 제전 순서는 다음과 같다 한다.

◇강연

제1일(8일) : 정갑 김기림 송지영

제2일(9일) : 인정식 설의식 홍효민

제3일(10일) : 최진태 전원배 김병규

◇음악

제1일(8일) : A. 현악합주－이계성 외 8명 B. 바이올린 독주－문학준 C. 2중창－한평숙 노광욱

제2일(9일) : A. 테너 독창－신용대 B. 현악합주－동상 C. 테너 독창－박은용 D. 중창－이순애 신용대

제3일(10일) : A. 현악합주－동상 B. 테너 독창－이창식 C. 알토 독창－김혜란

◇시 낭독

제1일(8일) : 설정식 양주동 박인환 임학수

제2일(9일) : 송돈식 정지용 김용호 김상훈

제3일(10일) : 임호권 김병욱 여상현 박거영

◇무용 : A. 무용시 〈영원한 조국〉 B. 발레－한동인 외 서울발레단 C. 군무－최가야 무용단 D. 〈유상〉－장추화 무용연구소 E. 〈구하자〉－박남호 박나비 무용단 F. 〈나는 재미있어요〉－김막인 무용클럽 G. 〈미정〉－정인방 무용단

◇메시지낭독

제1일(8일) : 안기영 정인택 정현웅

제2일(9일) : 김정혁 엄홍섭 김용환

제3일(10일) : 박노갑 김막인 신막

◇연극 : 박로아 작 〈돌아온 사람들〉

▸ 1월 이후 자유신문사를 퇴사하고 경향신문사에 입사하다.

[주석] 두 번의 전향 「성명서」(『자유신문』, 1949.10.2 / 12.4)를 동지에 게재한 점과 1950년 1월의 「문단소식」(『신경향』 2-1호, 1950.1.1)을 참고할 때 박인환은 1950년 1월 무렵까지는 자유신문사에 근무한 것으로 보인다. 시 「1950년의 만가」(『경향신문』, 1950.5.16)가 발표된 시기까지 염두에 둔다면, 박인환은 1950년 1월 이후에 자유신문사를 퇴사하고 5월 이전에 경향신문사에 입사한 것으로 추정할 수 있다.

[문헌] 「문단소식」(『신경향』 2-1호, 1950.1.1)

박인환 씨(시인) 자유신문 기자

▸ 5월 상순 김경린金璟麟, 김수영金洙暎, 이상로李相魯, 이한직李漢稷, 임호권林虎權, 조향趙鄕 등과 동인지 『후반기』 제1호를 발행하려고 했으나 무산되다.

[문헌1] 「시지 『후반기』 발행」(『경향신문』, 1950.4.12) 기사

今般 도시문화사에서는 시를 중심으로 한 해외 문학지 월간 『후반기』를 발행하게 되었다는 바 동인은 임호권 김경린 박인환 이한직 조향 이상로 외 제씨이며 5월 상순에는 제1호가 발간되리라 한다.

[문헌2] 「시지 『후반기』 발행」(『자유신문』, 1950.4.12) 기사

今般 도시문화사에서는 시를 중심으로 한 해외 문학지 월간 『후반기』를 발행하게 되었다는 바 동인은 김수영 이한직 이상로 임호권 김경린 박인환 외 제씨이며 5월 상순에는 제1호가 발간될 것이라 한다.

[주석] 김차영의 회고에 따르면 박인환은 『후반기』에 「세 사람의 가족」, 「서적과 풍경」, 「최후의 회화」, 「회상의 긴 계곡」, 「자본가에게」, 「검은 신이여」 등을 발표할 예

정이었다고 한다.

『선시집』 맨 앞의 '서적과 풍경'으로 모은 작품 중 「세 사람의 가족」, 「서적과 풍경」, 「최후의 회화」, 「회상의 긴 계곡」, 「자본가에게」, 「검은 신이여」 등 (…중략…) 6편은 당초 6·25 전에 계획된 『후반기』에 넣을 작정으로 쓴 것이다.(김차영, 「박인환의 높은 시 미학의 위치」, 김광균 외, 『세월이 가면』, 槿域書齋, 1982, 79쪽)

▸ **6월 한국전쟁 발발 後 서울에서 소설가 김광주, 이봉구 및 시인 김경린, 김광균과 밀회하며 숨어 지내다. 8월 말 부산으로 피신하려 했으나 뜻을 이루지 못하고 서울로 돌아와 9·28 서울 수복을 맞이하다.**

[문헌1] 박인환, 「암흑과 더불어 삼 개월」

(『여성계』 3-6호, 1954.6.1, 158~161쪽)

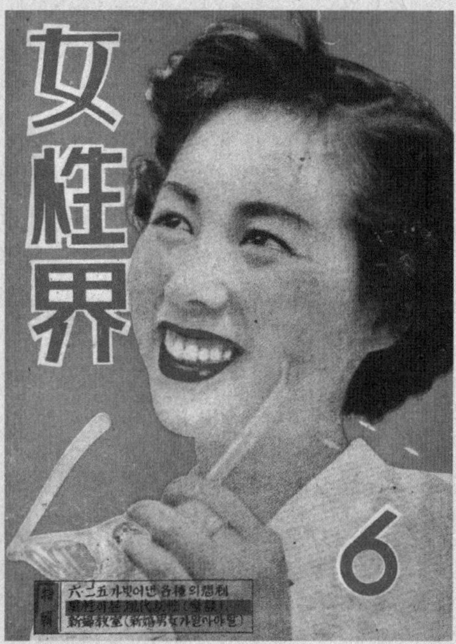

『女性界』 3-6호(1954.6.1)의 앞표지

7월 18일 소설가 김광주 씨와 만났다. 그래서 우리 두 사람은 반가웠다. 앞으로 살아가기 위한 방도를 이 이야기 저 이야기 하며 그 전날 '유엔' 공군에 의하여 폭격된 서울역과 용산 일대를 두 사람이 산보했다. (…중략…) 소설가 이봉구 시인 김경린 김광균 씨 등은 그동안 가장 친했고 자주 만난 사람들이었다. (…중략…) 8월 말경 친구 세 사람과 서울을 탈출하여 부산으로 갈 것을 약속하고 30일날 아침에 출발했다. (…중략…) 동대문에서 기동차를 타고 광나루에서 내린 다음 하루에 백 리를 걸었다. 그 다음날은 팔십 리 폐허가 된 집터에서 자고 나서는 아직도 안개 짙은 새벽길을 떠나 칠십 리를 지났고 9월 23일 결국엔 소위 보안대원에게 세 사람이 잡혀 이천 보위부에서 밤새도록 취조를 받은 후 겨우 석방되었다. 그간

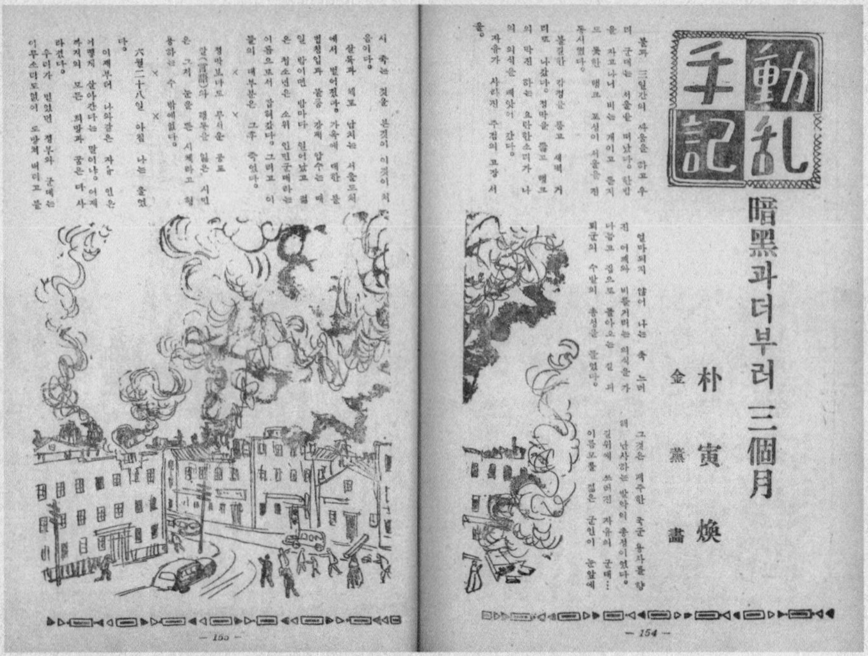
動亂手記

暗黑과 더부러 三個月

朴寅煥

金薰 畵

불과 三일간의 싸움을 하고 우
리 군대는 서울을 떠났다. 한밤
을 자고나니 비는 개이고 물지
드 못한 탱크 포성이 서울을 진
동시켰다.
불길한 감정을 품고 새벽 거
리로 나갔다. 정말을 들고 탱크
의 딱진 하는 요란한소리가 나
의 의식을 빼앗어 갔다.
자유가 사라진 수겁의 고장 서
울.

얼마되지 않어 나는 축 느러
진 어제와 비틀거리는 의식을 가
나갑고 집으로 돌아오는 길 퇴
퇴군의 수많의 총성을 들었다.

그것은 패주한 국군 용사를 향
해 난사하는 괴뢰의 총성이였다.
길위에 쓰러진 자유의 군대…
이름모를 젊은 군인이 눈앞에

— 154 —

시 죽는 것을 본것이 이것이 처
음이다.
살육과 체포 납치는 서울로서
에서 벌어졌다. 가옥에 대한 불
법침입과 물품 강제 압수는 매
일 밤이면 밤마다 일어났고 젊
은 청소년은 소위 인민군대라는
이름으로서 끌려갔다. 그리고 이
들의 대부분은 그후 죽었다.
× ×
정막보다도 무서운 공포
말(言語)과 행동을 잃은 시민
은 그저 눈을 뜬 시체라고 형
용하는 수 밖에없다.
× ×
六월二十八일 아침 나는 울었
다.
이제부터 나와같은 자유인은
어떻게 살아간다는 말이냐. 어제
까지의 모든 희망과 꿈은 다 사
라졌다.
우리가 믿었던 정부와 군대는
아무소리도없이 도망쳐 버리고 불

— 155 —

「暗黑과 더부러 三個月」(『女性界』 3-6호, 158~161쪽)의 본문 첫째 면과 둘째 면

의 경위를 여기에 적을 필요는 없고 다시 서울로 오는 수밖에 도리가 없었다.

[문헌2] 김기영, 「소감 일주년(중)」(『경향신문』, 1952.4.9)

9·28이 돌아오기 전야에 놈들의 감시와 살육이 서울의 거리와 골목골목을 휩쓸 때 우리 편집국원은 마치 나무뿌리처럼 태양을 보지 못하였으나 그러나 힘차게 땅속에서 서로 연락하였던 것이다. (…중략…) 김문용 박성환 황태열 이원교 네 국우들은 남하했고 그 나머지 국우들의 얼굴을 더듬는다. (일)박운대 씨는 창동 촌으로 나가서 피신 (이)임순묵 씨가 통 연락이 두절 (삼)민 국장은 체포되었다는 비보 (사)신태민 씨는 누님과 동생이 납치된 후로 시내 모처에 피신 (오)박홍섭 씨는 한번 잡히었다가 이층에서 내려 뛰어 도망 피신 (육)이혜복 씨는 양평 부근 산촌에서 농사꾼으로 변신 (칠)이형백 씨는 시중에서 두부 비지로 겨우 한 끼를 때우고 있다고 (팔)박인환 씨는 부산으로 도망가다 충청도 모처에서 잡히었다가 간신히 빠져 서울로 돌아왔다고 (구)한기찬 씨는 동소문 밖 모처에서 숨고 이러한 정보 수집과 연락은 주로 이지찬 씨가 했다.

▸ 12월 가족들을 대구로 피난시키고, 서울의 경향신문사로 돌아오다.

1951년 26세

▸ 1월 1·4후퇴로 인해 대구로 내려오다.

▸ 2월 민재원, 박성환 등과 함께 경향신문사 특파원 자격으로 육군 6185 부대의 서울 재탈환 작전에 참여하다. 안양과 과천 일대에 머물며 한강의 최전선에 종군하여 「서울 돌입!」, 「과감 6185부대 침착, 여유 있는 진공」, 「지하호에 숨은 노유 하루바삐 국군의 입성만을 고대」, 「일월 말 현재 서울의 물가 소두 한말에 이만 이천 원」, 「도로 연변은 거의 파괴 상 노량진 근방 산 밑은 약간의 피해」(1951.2.13), 「6185부대 한강 연안 대기 서울 탈환 명령을 고대」, 「혁혁한 전과 6185부대 용전」, 「아군 진격 뒤이어 기쁨에 피로에도 고사! 정든 땅 찾는 종군 피난민」, 「극도로 시달리는 식량난 주민은 거의 기아 상태」, 「칠흑의 강물 건너 우렁찬 대적 육성의 전파」(1951.2.18), 「피아 영등포 한남동 간 대치 적은 병력 보충에 급급」, 「짓밟힌 '민족 마음의 고향 서울' 수도 재탈환에 총궐기 하자!」, 「의복과 총을 비꾼 오랑캐 도취품 메고 시가를 행보」, 「영등포 노량진은 불변 서울 시내는 이제부터」(1951.2.20), 「중공군 서울 퇴각? 괴뢰군만 최후 발악」, 「장비 없이 출전한 오랑캐 수류탄에 볶은 쌀가루뿐」(1951.2.21) 등의 기사를 쓰다.

[문헌] 박인환, 「서울 재탈환」(『사정보司正報』 14호, 1951.4.9, 2쪽)

서울이 我 국군 6185 부대에 의하여 재탈환되었다는 것을 나는 병석에서 들었다. 지난 이월 초순에서 월말에 걸쳐 나와 2명의 동료는 탱크대의 砂塵이 자욱하고 쉴 새 없이 포성이 요란한 서부전선 특히 안양과 과천 부근에서 보낸 일이 있었다. (…중략…) 2월 9일 저녁 한강 최전선에 도달한 국군 장병은 매일처럼 서울 돌입의 상부의 명령만 기다렸으나 상부에서는 전연 그러한 명령을 내리지 않아 종군했던 우리들 일행도 기다리는 지루함에 그대로 대구로 귀환하지 않으면 안 되게 되었다.

▸ 5월 26일 대구 아담다방에서 개최된 '육군종군작가단' 결성식에 참여하다.

[문헌] 최독견, 「육군종군작가단」(한국문인협회 편, 『해방문학20년』, 정음사, 1966.2.20, 89~90쪽)

1951년 5월 26일 오후 6시 대구에 있는 아담다방에서 '육군종군작가단'은 결성되었다. 그 장소에 참석한 인사들은 당시의 육군 정훈감이었던 박영준 대령을 비롯하여, 작가 장덕조, 최태응, 조영암, 김송, 정비석, 이덕진, 김진수, 박영준, 정운삼, 성기원, 박인환, 방기환, 최상덕 등 제씨이었다.

▸ 10월 경향신문사 본사를 따라 부산으로 이주한 후, 특파원으로 대구를 왕래하며 기사를 쓰다.

[주석] 「대구고등군법회의, 거창사건 피고인들 언도공판 진행」 기사(『경향신문』(전선판), 1951.12.18)는 '대구에서 본사특파원 朴寅煥 16일 특전'으로 시작된다. 이외에도 「병기창 방화범 일당 팔명 주범은 정지한」(『경향신문』, 1952.1.3), 「예년에 없는 한해 송피나 먹도록 해 주오」(『경향신문』, 1952.1.6) 등의 기사가 확인된다.

1952년 27세

▸ 2월 21일 「작가 김광주 씨의 인치 구타사건에 대한 在邱 문화인의 성명서(특히 문화인의 인권과 창작 행동의 자유 옹호를 위하여…)」에 서명하다.

[문헌] 「국민 앞에 사과하라 「나는 너를 싫어한다」 사건 또 확대 在邱 문인들 분개 성명」(『경향신문』, 1952.2.25) 기사

창작「나는 너를 싫어한다」의 작가 김광주 씨의 수난사건의 여파는 영남의 문화도시 대구에서 하나의 강경한 당국과 전 국민에 대한 성명으로서 확대되었는 바 동 성명에 서명한 분은 김영수 마해송 정비석을 위시한 저명 문화인 사십오 명이다. 즉 이들 재구 문화인 성명서는 「문화인의 인권과 창작 행동의 자유 옹호를 위하여」라는 부제 아래 다음과 같은 것이다.

「작가 김광주 씨의 인치 구타사건에 대한 재구 문화인의 성명서」(특히 문화인의 인권과 창작 행동의 자유 옹호를 위하여…)

지난 17일 오후 3시 현 공보처장 이철원 씨 저택 내에서 소설가 「김광주」 씨가 이 씨 측근자에게 불법 인치 구타당하였다는 지난 20일부 부산 발행 신문 보도에 접하여 재구 문화인 일동은 일 작가에 가한 불법 폭력일 뿐 아니라 언제 발생할지도 모르는 위기와 전 문화인의 인권 급 예술 창작 운동의 자유를 옹호하기 위해서 아래와 같이 성명을 전 국민에게 발표하는 동시에 요로 당국에도 이를 지상 전달함으로써 적절한 조치가 있기를 바란다.

일. 당국은 인권 옹호의 존엄한 정신에 입각하여 폭행자를 엄벌하라.

이. 당국은 월간잡지 「자유세계」에 소재된 김광주 작 소설 「나는 너를 싫어한다」의 전문 삭제 사유를 해명하라

삼. 이철원 공보처장 부인인 이 씨는 피해자 김광주 씨를 비롯하여 전국 문화인에게 신문 지상을 통하여 사죄하라 당국은 진정한 민주 예술의 발전과 보장을 위하여 금번 사건을 철저히 규명하는 동시 예술 활동에 대한 행정 태도를 명백히 표명하라.

단기 사이팔오년 이월 이십일일

재구 문화인(무순) 마해송 장만영 전숙희 이상로 박기준 김팔봉 박영준 이상범 최정희 김영수 박두진 유주현 최재서 한병용 양명문 윤방일 박훈산 이호우 조지훈 박목월 방기환 김용환 이순재 이윤수 최인욱 이정수 김동사 정비석 김동원 이해랑 유계선 황정순 최은희 김정환 강성범 박경주 박상익 송재노 김승호 홍성유 백낙종 이목우 고설봉 곽하신 박인환

▸ 3월 5일 강세균이 편집한 『애국시삼십삼인집』(대한군사원호문화사 발행)에 시 「최후의 회화」가 수록되다.

▸ 5월 15일 존 스타인벡의 『쏘련의 내막』(백조사 발행)을 번역하여 간행하다.

『愛國詩三十三人集』(康世均 編, 大韓軍事援護文化社, 1952.3.5)의 앞표지

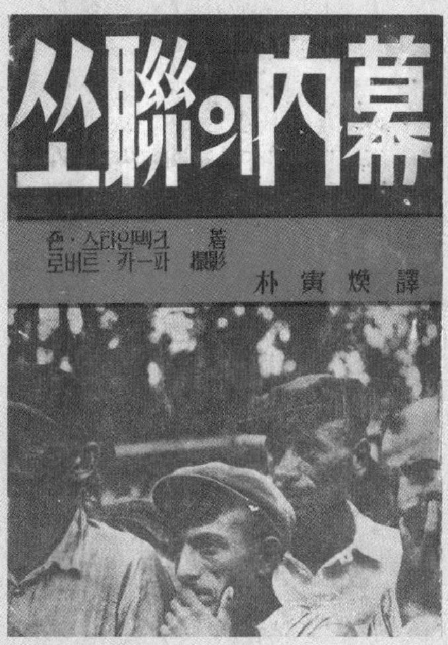

『쏘聯의 內幕』(白鳥社, 1952.5.15)의 앞표지

[문헌] 「신간소개 소련의 내막」(『경향신문』, 1952.5.30) 기사

소련의 내막(존 스타인벡 저 박인환 역) 방금 전국 유명 각 서점에서 판매 중=정가 육천 원

『蒼穹』(李相魯 編, 空軍本部政訓監室, 1952.5)의 앞표지

▸ **5월 이상로가 편집한 시집 『창궁』**(공군본부정훈감실 발행)**에 시 「서부전선에서」와 「신호탄」이 수록되다.**

▸ **5월 30일 일본의 시 전문지 『시학』 7-5호에 「書籍と風景」을 발표하다.**

[주석] 「서적과 풍경」은 「書籍と風景」이란 제목으로 일문(『詩學』 7권 5호(통권 49호), 岩谷書店, 1952.5. 50쪽~51쪽)으로 먼저 발표되었다. 김경린(金暻麟)의 「午後と禮節」이 함께 게재된 점과 편집 후기에 "한국의 두 시인을 소개함에 있어 『국제 타임즈』에 있던 시인 이봉래 씨 외의 지원을 받았다(韓國の二人の詩人の紹介にあたつては元『國際タイムス』にゐた詩人李奉來氏その他の援助を受けた)"라고 기록된 점을 참고하면 박인환은 김경린과 이봉래 등의 주선으로 이 잡지에 작품을 발표한 것으로 짐작된다. 이러한 사실은 한국전쟁기 한일 간 문학 교류의 가능성을 시사한다는 점에서 문학사적 의의를 지니며, 1955년 3월 박인환이 미국 여행 도중 일본에 들렀을 때 일본 문인들의 환영을 받았다는 진술에 신빙성을 더한다.

▸ **5월 이후 경향신문사를 퇴사하고, 대동신문사 문화부장으로 이직하다.**

[주석] 유족들이 작성한 「박인환 시인의 해적이」에는 박인환이 1952년 경향신문사를 퇴사했다고 기록되어 있을 뿐, 정확한 퇴사 시기는 밝혀져 있지 않다.(김광균 외, 『세월이 가면』, 槿域書齋, 1982, 281쪽) 다만 『애국시삼십삼인집』이 발행된 3월까지는 경향신문사 사회부에 재직한 것이 분명하며, 『경향신문』에 발표된 박인환의 글이 「演劇評 黃金兒(Golden-boy)」(『경향신문』, 1952.4.21)를 끝으로 1952년에 더 이상 게재되지 않고 있는 점으로 미루어 볼 때 그의 퇴사 시기는 5월 이후로 추정할 수 있다.

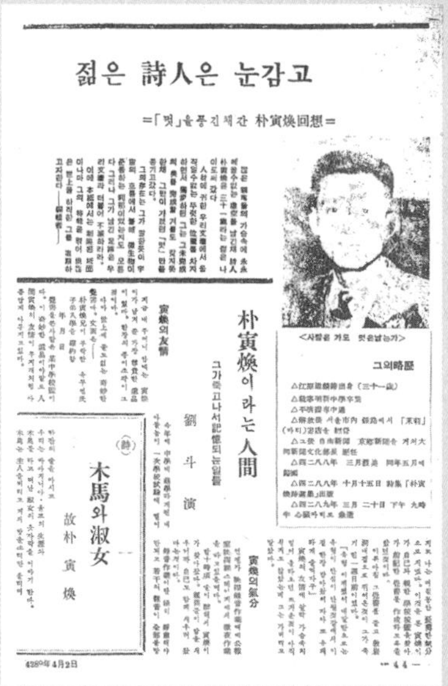

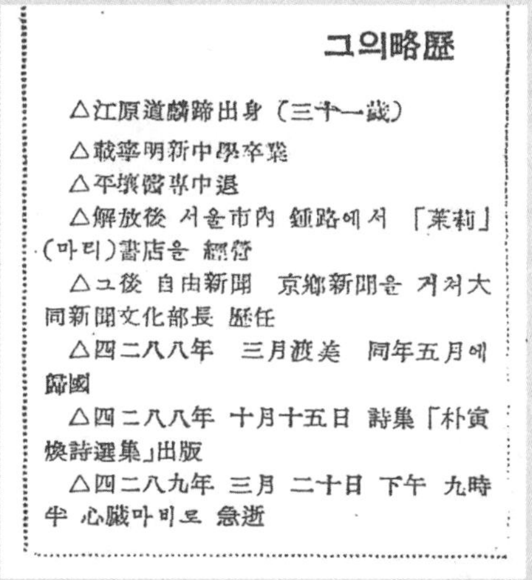

그의略歷

△江原道麟蹄出身（三十一歲）
△載寧明新中學卒業
△平壤醫專中退
△解放後 서울市內 鍾路에서 「茉莉」(마리)書店을 經營
△그後 自由新聞 京鄕新聞을 거쳐大同新聞文化部長 歷任
△四二八八年 三月渡美 同年五月에 歸國
△四二八八年 十月十五日 詩集「朴寅煥詩選集」出版
△四二八九年 三月 二十日 下午 九時半 心臟마비로 急逝

「젊은 詩人은 눈감고—멋을 풍긴 채 간 朴寅煥 回想」(『週刊希望』 제15호, 1956.4.2, 44쪽)의 본문 첫째 면과 '그의 약력'

한편 박인환의 사망 직후에 작성된 최초의 약력(「젊은 시인은 눈감고—멋을 풍긴 채 간 박인환 회상」, 『주간희망』 제15호, 1956.4.2, 44쪽)과 당대 문단의 기록(「시인약력」, 『한국문학전집 35—시집』 하, 민중서관, 1959.11.20)을 통해서는 박인환이 경향신문사를 퇴사한 후, 1952년 말 대한해운공사에 입사하기 전까지 잠시 동안 대동신문사 문화부장을 역임했음을 알 수 있다.

[문헌1] 「집필시인약력」(강세균 편, 『애국시삼십삼인집』, 대한군사원호문화사, 1952.3.5, 140쪽)

박인환 현직 경향신문사 사회부 기자

[문헌2] 「시인약력」(『한국문학전집 35—시집 하』, 민중서관, 1959, 1959.11.20, 36쪽)

1948년 이정숙 씨와 결혼하다. 동년 이래 6년 간 『자유신문』 기자로 『자유신문』, 『경향신문』을 거쳐 『대동신문大同新聞』 문화부장을 역임하다.

▸ 6월 16일 『주간국제』 제9호의 '후반기 동인 문예'에 평론 「현대시의 불행한 단면」을 발표하다.

[주석] '후반기 동인 문예'에는 이봉래의 「현대시의 발상의 경지」(평론), 김경린의 「화장한 연대를 위하여」(시), 김차영의 「내일의 오늘」(시), 조향의 「투명한 오후」(시), 박인환의

『週刊國際』 제9호(國際新報社, 1952.6.16)의 앞표지

「현대시의 불행한 단면」(평론), 김규동의 「밤의 계제에서」(시) 등이 수록되었다. 이 특집은 집단적으로 행해진 후반기 동인들의 최초이자 최후의 문학적 발언이며, 조향, 김경린, 김차영, 이봉래, 박인환, 김규동 등이 후반기의 실제 동인이었음을 확인할 수 있다는 점에서 의의를 지닌다. 한편 『주간국제』 9호의 목차에는 박기준朴琦俊도 후반기 동인인 것처럼 소개되어 있다. 그러나 "전호에서 박기준朴琦俊 씨를 '후반기 동인'으로 취급된 듯 된 것은 편집의 오차로 이에 사과한다"라고 차호의 「편집후기」(『주간국제』 10호, 1952.7.15, 34쪽)에서 밝힌 점을 감안하면 후반기 동인은 박인환 등 6명이 분명하다.

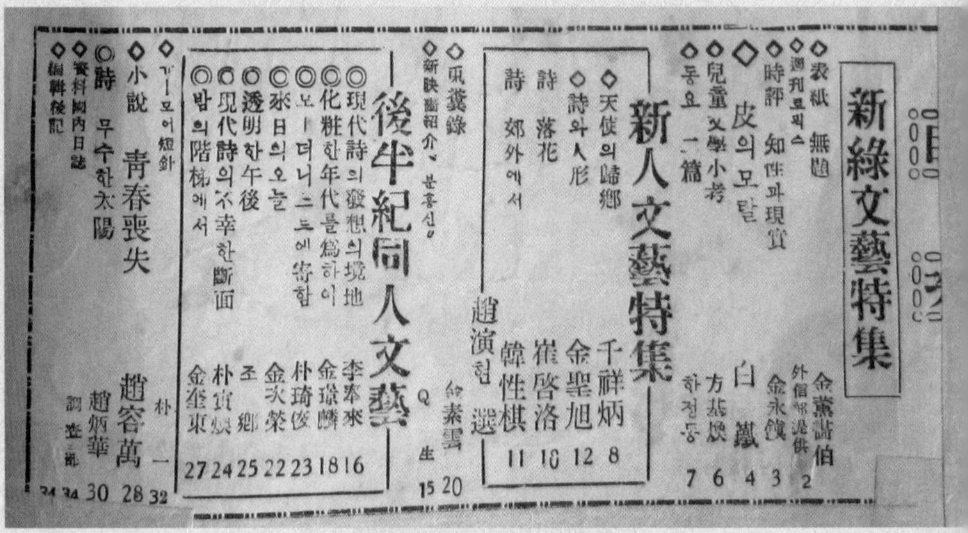
新綠文藝特集
◇表紙 無題 金薰詩伯
◇週刊토픽스 外信部提供 2
◇時評 知性과現實 金永鎭 3
◇皮의모랄 白鐵 4
◇兒童文學小考 方基煥 6
◇동요 二篇 한정동 7
新人文藝特集
◇天使의歸鄕 千祥炳 8
◇詩와人形 金聖旭 12
詩 落花 崔啓洛 10
詩 郊外에서 韓性棋 11
趙演鉉 選
◇風聞錄 金素雲 20
◇新映畵紹介 "분홍신" Q 生 15
後半紀同人文藝
◎現代詩의發想의境地 李奉來 16
◎化粧한年代를爲하여 金璟麟 18
◎보ー드레ー르에寄함 朴琦俊 23
◎來日의오늘 金次榮 22
◎透明한午後 조鄕 25
◎現代詩의不幸한斷面 朴寅煥 24
◎밤의階梯에서 金奎東 27
◇가ー모어短針 朴一 32
◇小說 靑春喪失 趙容萬 28
◎詩 무수한太陽 趙炳華 30
◇資料國內日誌 調査部 34
◇編輯後記 34

『週刊國際』 제9호의 목차

▸ 6월 28일에 결성된 자유예술인연합自由藝術人聯合에 가입하다.

[문헌] 「부록 1. 선언」(『자유예술』 창간호, 1952.11.15, 121～122쪽)

선언

오늘 우리는 국제적으로 연결된 반공투쟁 속에서 정치적 위기와 사회적 혼란에 봉착하고 있다.

민족의식이 자유세계를 향하여 민주적으로 발전하여 나아가는 이 위대한 시련 과정에 처하여 우리는 과거의 예술의식에서 한정된 전통과 유산에 안한安閑히 사로잡혀 신을 대신하여 거창한 세기의 사업을 진행시키고 있는 민중의 행렬에서 과연 이탈할 수 있을 것인가. 아니다. 우리는 사색하며 행동하는 혁신적인 신흥사회의 형성 속에서 예술인의 지위를 차지하고 있는 민족의 순수한 아들로서 민중의식의 전위에 엄연히 서서 일체의 예술 활동을 국가와 민족에게 봉사하면서 신흥사회의 건설과 제도에 우리의 문화의식을 반영시키고자 한다.

그리하여 우리는 다음과 같은 공동 주장 아래 '반공자유예술인연합'을 조직한다.

일. 예술은 인류사적 체계에 있어서 정치, 경제, 종교, 과학과 더불어 문화 영역의 기본적 지위에 있다.

이. 우리의 예술 활동의 당면 과제는 역사적 현실의 필연성을 일체의 예술 형상에 반영시키는 데 있다.

삼. 예술은 개성의 자유를 완성하며 인간의 존엄성을 침해하는 전체주의적 일체의 압력을 배격한다.

사. 예술은 진정한 민주주의적 세계 정신에 입각하여 유물론의 독재적 지배를 분쇄함으로써 신세대의 휴머니즘을 전취戰取한다.

『자유예술』 창간호(1952.11.15)의 앞표지

오. 예술은 퇴영退嬰적인 현실 방기放棄의 자기도취를 지양하고 민족적 자아의식을 앙양함으로써 세계의 평화와 인류의 복리에 기여한다.

1952년 6월 28일

회원(무순)

오상순 김경린 최태응 김규동 박인환 김유경 박연희 노천명 박기준 조영암 전창근 공중인 윤금숙 유계선 김광섭 윤백남 안수길 양명문 유주현 윤영춘 강소천 최은희 박성환 박남수 조병화 김내성 이봉구 박계주 조풍연 양주동 염상섭 임진수 이무영 이상범 변관식 최인욱 이은상 유치진 한형석 장호강 김천애 이인석 박태현 최독견 이진순 김종문 이영순 김송 임옥인 윤고종 이상춘 장수철 안종화 정재인 고봉인 김찬희 백철 박영준 김홍수 김대현 김훈 임긍재 윤극영 김세종 구상 김성민 최성진 이준 김순애 최요한 임원식 박용덕 윤석중 강영수 박귀송 한승권 김상화 백영수 권옥연 이봉래 조영식 김해연 김중희 이건혁 김팔봉 조흔파 허승균, 임만섭, 양병식, 이순섭

[주석] 자유예술인연합은 김광섭의 주도로 문화예술인 90명이 참여하여 1952년 6월 28일 조직되었고, 그 기관지인 『자유예술』 창간호는 1952년 11월 15일 발행되었다. 부산 정치파동의 와중에 자유예술인연합이 조직된 점이나 「선언」 및 『자유예술』의 창간사 격인 김광균의 「자유예술 창간에 제하여」(『자유예술』 창간호, 1952.11.15, 6~9쪽)를 참고하면 이 단체는 반공을 앞세워 이승만 정권을 옹호하려고 했던 관변단체로서의 성격이 매우 짙다. 한편 김광섭은 한국문학가협회 내부의 세대 갈등을 거치면서 1954년 4월 한국자유문학자협회의 결성을 주도하게 되는데, 자유예술인연합은 이 단체의 모체 격에 해당한다.

후반기의 입장에서 본다면 김경린 김규동 박인환 이봉래 등은 자유예술인연합에 참여하고, 조향은 불참함으로써 동인들 간에 정치적 입장 차이가 발생하게 되는데, 이 점은 후반기 해체의 주요한 원인으로 작용한다.

▸ 7월 하순 반공통일연맹의 창립 1주년 기념대회에 참가하여 시 낭송을 하다.

[문헌] 장수철, 『격변기의 문화수첩』(현대문화, 1991, 87~88쪽)

1952년 6월 25일, 공보처 주최로 '북한예술인대회'가 개최됐는데 '문총 북한지부' 멤버

들이 거의 참가했다. (…중략…) 7월 하순에는 반공통일연맹의 창립 1주년 기념대회가 부산극장에서 성대히 열렸다. 시낭송에는 조영암 박인환 손동인 이한직 등이 참여했다.

▸ **8월 무렵 부산에서 후반기 동인이 해체되다.**

[주석] 후반기의 해체 과정에 대해서는 여러 가지 설이 있으나, 주요 동인이었던 조향의 증언에 따르면 1952년 여름 무렵 정치적인 갈등으로 인해 해체가 결정되었음을 알 수 있다. 그가 해체 논의의 배경으로 언급한 '부산정치파동'은 1952년 5월 25일에 발생하여 7월 28일에 일단락된 사건이다. 이 사건의 와중에 여당 입장에 서느냐 마느냐는 문제를 둘러싸고 동인들 간에 입장 차이가 발생하여 후반기는 결국 해체에 이르게 된다. 즉 조향의 반대에도 불구하고 김경린 김규동 박인환 이봉래 등 동인 대부분이 자유예술인연합에 가담했던 것이다. 박인환은 이때 자유예술인연합에 가입하는 한편 반공통일연맹의 창립 1주년 기념대회에 참여하여 시를 낭독하는 등 여당의 선전 공세에 적극 참여했다.

[문헌] 조향, 「인환과 '후반기'」(김광균 외, 『세월이 가면』, 槿域書齋, 1982, 120~121쪽)

임시 수도 부산에서는 정치 파동이 있었다. '땃벌떼'가 온 부산의 거릴 매일같이 휩쓸던 공포 시대였다. (…중략…) 그 즈음 이 박사의 공보비서였던 고 김광섭 씨가 문총구국대의 대장이었다. 그런 관계도 있고 해서 거의 모든 문인 예술가들이 여당 편에 서게 되었다. '후반기' 동인들도 그런 예에서 벗어나질 못했었다. 나는 동인들의 그런 행동을 받아들일 수가 없었다. (…중략…) 그런 파동이 가라앉은 어느 날, 녹원다방 옆에 있던 온달다방 2층에서 나, 경린, 인환, 봉래가 한 자리에 모였다. (…중략…) 거기에서 여러 가지 복합된 원인으로 '후반기' 해체론이 나왔다. 대체로 찬성이었다. (…중략…) 그러나 인환만은 완강히 해체론에 반대하고 나섰다.

▸ **11월 5일 조향이 편집한 『현대국문학수』(자유장 발행)에 시 「열차」, 「최후의 회화」, 「자본가에게」, 「종말」, 「낙하」, 「회상의 긴 계곡」이 수록되다.**

▸ **12월 이전 처삼촌인 이순용李淳鎔이 사장으로 있던 대한해운공사에 입사하다.**

[주석] 박인환의 처삼촌인 이순용은 한국전쟁 중에 6대 내무부장관(1951.5~1952.1), 3

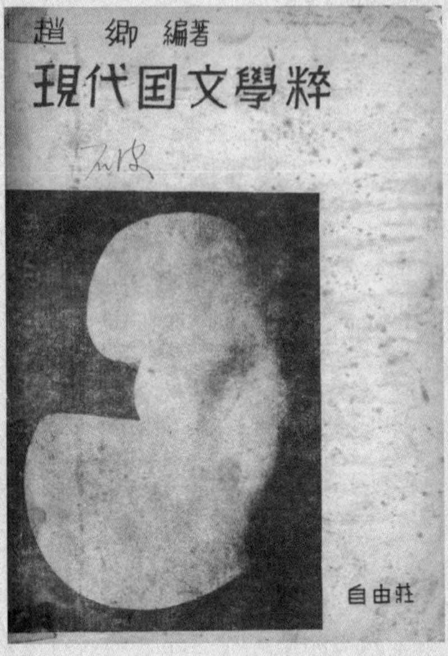

『現代國文學粹』(趙鄉 編著, 自由莊,1952.11.5)의 앞표지

대 체신부장관(1952.1~1952.3), 2대 대한해운공사사장(1952.5~1953.5), 초대 외자청장(1953.5~1956.1) 등을 역임했다. 박인환이 한국전쟁 중에 부인 이정숙에게 보낸 서간을 참조하면 그는 이순용에게 대단한 호의를 지녔음을 알 수 있다.

그리고, 끝으로는 이순용 장관을 위해 최후까지 같이할까 합니다. 내려오던 날 밤(17일), 그 다음 다음 날(19일), 오늘 밤(21일), 세 번 만나고 있는데, 3, 4일간의 대화가 의견의 일치를 보고 있습니다. 그 분은 당신의 삼촌이라기보담 나의 존경하는 분입니다. (…중략…) 앞으로 2개월 후면 늦어도 2개월 반이면 좋은 소식이 있을 것입니다. 진리는 그의 뒤를 따르고, 그는 인간으로서 성실한 분입니다. (…중략…) 체신부 장관은 얼마 하지 않을 것이며, 다른 곳으로 가게 될 것입니다.(「정숙, 사랑하는 아내에게」, 김광균 외, 『세월이 가면』, 槿域書齋, 1982, 216쪽)

한편 다음의 문헌들을 참고하면 박인환은 이순용이 사장으로 재직하고 있던 1952년 12월 이전에 대한해운공사에 입사하여, 1954년 일시 퇴사와 재입사를 거쳐 미국에 다녀온 직후인 1955년 6월 이후에 완전히 퇴사한 것으로 짐작된다.

[문헌1] 「수록시인 약력」(이한직 편, 『한국시집』 상, 대양출판사, 1952.12.31, 224쪽)

박인환 현재 해운공사 사원

[문헌2] 「자유에서의 생존권—동부 백림 반공폭동의 진상」(수도평론』 3호, 1953.8.1)의 본문 말미

대한해운공사 조사역

[문헌3] 「수록시인 약력」(유치환 이설주 공편, 『1954연간시집』, 문성당, 1955.6.20. 532쪽)

박인환 대한해운공사원(현재)

▸ 12월 31일 이한직이 편집한 『한국시집』 상(대양출판사 발행)에 시 「세 사람의 가족」, 「검은 신이여」, 「회상의 긴 계곡」이 수록되다.

『韓國詩集』 上(李漢稷 編, 大洋出版社, 1952.12.31)의 앞표지

1953년 28세

▸ 4월 15~16일 시인의 집(박거영) 주최로 부산의 이화여대에서 열린 제2회 '시의 밤'에 참가하여 시 낭독을 하다.

[주석] 2면의 제1부 프로그램과 3면의 제2부 프로그램에 제시된 행사 참석자는 다음과 같다. 사회 이하윤 송지영, 개회사 오상순, 축사 국회의장 신익희 문교장관 김법린, 제1부 자작시 낭독 박인환 외 25명, 제2부 자작시 낭독 오상순 외 25명, 신 작품 낭독 김구용 외 13명 등이다. '현 시단 총등장'이란 포스터의 문구처럼 60여 명이 넘는 시인이 참가했다는 점에서 이 시 낭독회는 전쟁 중에 개최된 문학 행사 중 가장 큰 규모였을 것으로 짐작된다.

▸ 7월 중순 무렵 가족들과 서울로 돌아오다.

▸ 11월 22일 이상李箱의 유고시 「이유 이전理由以前」을 발굴하여 게재하다.

[문헌] 박인환, 「이상 유고 이유 이전」(『서울신문』, 1953.11.22)

고 이상 씨의 이 미발표 유고는 그 가족(누구인지 알 수 없다)의 손에서 고 윤곤강 씨의 손으로 넘어간 것이었는데 윤 씨는 당시의 『시학』 지에 싣기 위하여 김정기 씨(시학사 주간)에게 주었으나 계속 발간을 보지 못하여 여기 이십년이라는 세월을 김 씨의 세간살이 한 구석에 잊어버린 채 있었던 것이다. (…중략…) 김정기 씨의 맏아들 즉 시인 金浩 군(시집 수액의 저자)의 호의로써 그의 유고가 세상에 또다시 나타나게 된 것을 우리들은

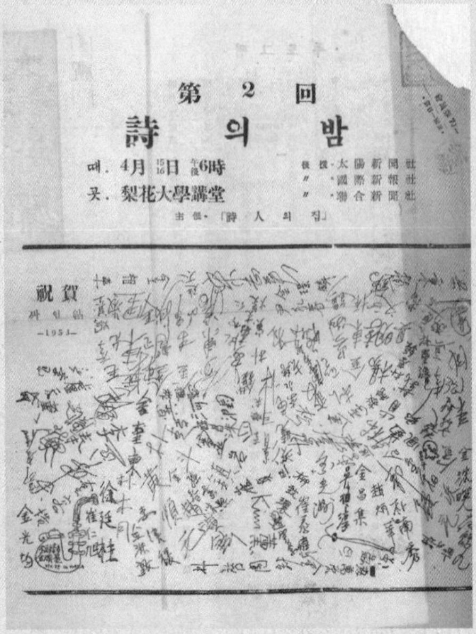

第2回 '詩의 밤' 안내지 1면의 표지와 2면의 제1부 프로그램

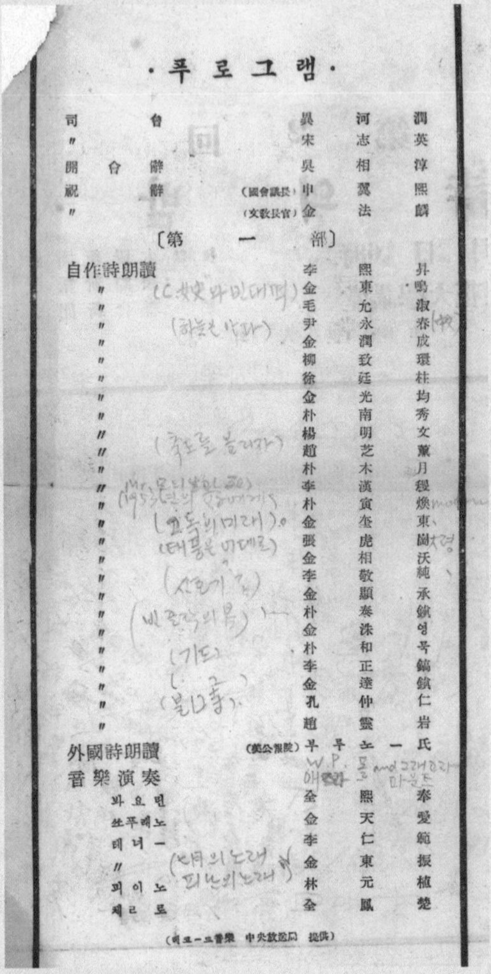

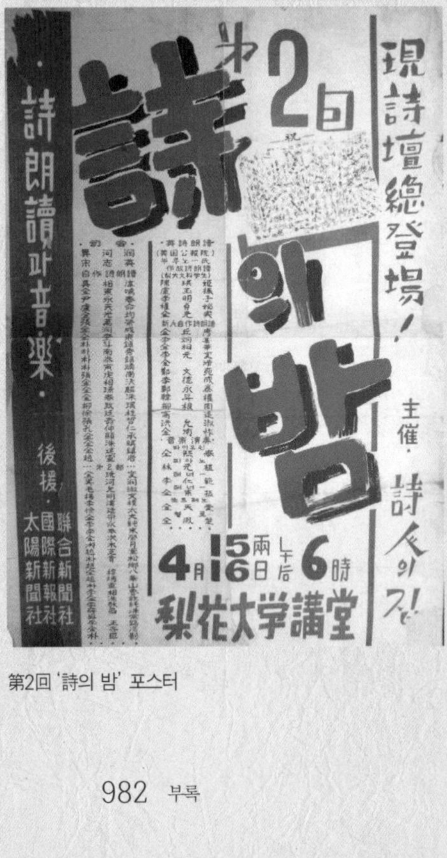

第2回 '詩의 밤' 포스터

즐거워하여야만 될 것이다.

1954년 29세

▶ 1월 31일 한국영화평론가협회 상임간사에 취임하다. 이후 『영화계』(1954년 2월 1일 창간), 『신영화』(1954년 11월 1일 창간), 『영화세계』(1954년 12월 1일 창간) 등의 영화 잡지에 영화평론을 활발히 발표하다.

[문헌] 「회장에 오종식 씨 영화평론가협회」(『경향신문』, 1954.2.3) 기사

한국영화평론가협회에서는 지난 1월 31일 「귀거래」 그릴에서 제2회 정기총회를 개최하였다는 바 이번 새로이 회장에는 오(吳宗植)씨가 취임하였으며 규약 개정과 아울러 다음과 같이 역원의 개선을 보았다.

회장 오종식

상임간사 유두연 박인환

간사 이봉래 허백년 김소동

『映畵界』 창간호(1954.2.1)의 앞표지 : 「로버―트 · 네이산과 디 · 타―레 : 제―니 肖像의 監督과 原作者」 수록

『映畵世界』 창간호(1954.12.1)의 앞표지 : 「참피온」 수록

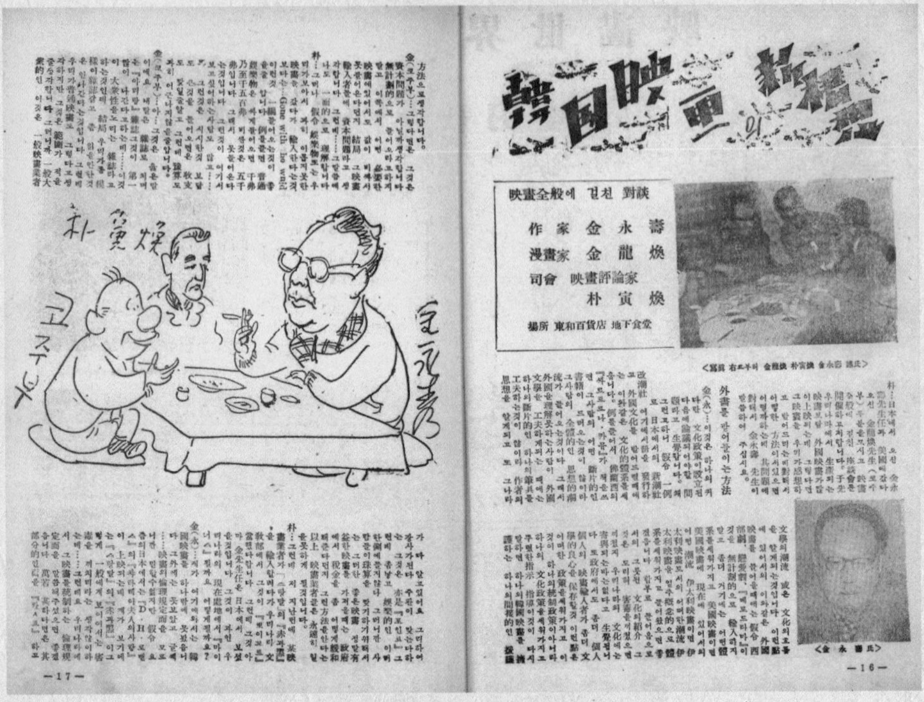

「座談 韓國映畫의 新構想」(『映畫世界』 3-4호, 1956.4.1)에 수록된 박인환의 캐리커처

『現代詩人選集』 下(金容浩 李雪舟 編, 文星堂, 1954.2.5)의 앞표지

- 2월 5일 김용호와 이설주가 공편한 『현대시인선집』 하(문성당 발행)에 시 「최후의 회화」와 「부드러운 목소리로 이야기 할 때」가 수록되다.
- 5월부터 동문사에서 『검은 준열의 시대』라는 제목으로 시집 출판을 준비했으나 간행되지 못하다.

[주석] 박인환의 회고를 참조하면 그는 한국전쟁 발발 후 서울에서 숨어 지내며 시 「검은 준열의 시대」를 창작했다고 한다. 하지만 이 시는 아직까지 발표 여부조차 확인되지 않고 있다.

『女性界』 3-5호(女性界社, 1954.5.1)의 앞표지

7월 말도 흐지부지 지나고 마음의 고통만이 늘었다. 집에서 시를 한 편 썼다. 제목은 「검은 준열의 시대」라는 것이다. 그러나 시가 나를 위로해주는 것도 아니며 자유를 가지고 오지 못했다.(「암흑과 더불어 삼 개월」, 『여성계』 3-6호, 1954.6.1, 158쪽)

한편 『여성계』와 『신태양』에 게재된 광고들로 미루어 볼 때 박인환은 1954년 5월 이후 『검은 준열의 시대』라는 표제로 시집을 간행하려고 했음을 알 수 있다.

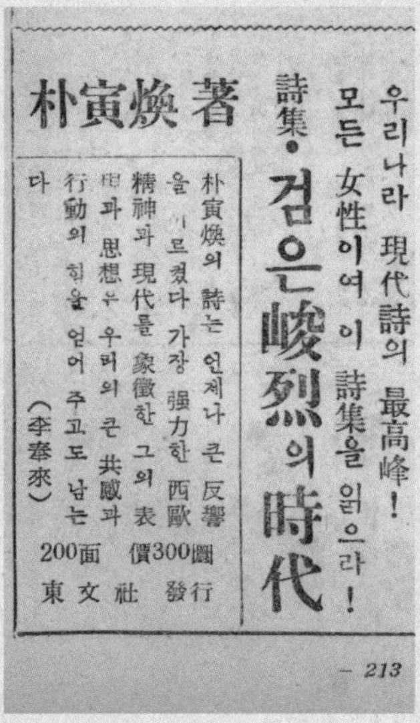

朴寅煥 詩集 『검은 峻烈의 時代』 광고
(『女性界』 3-5호, 1954.5.1, 213쪽)

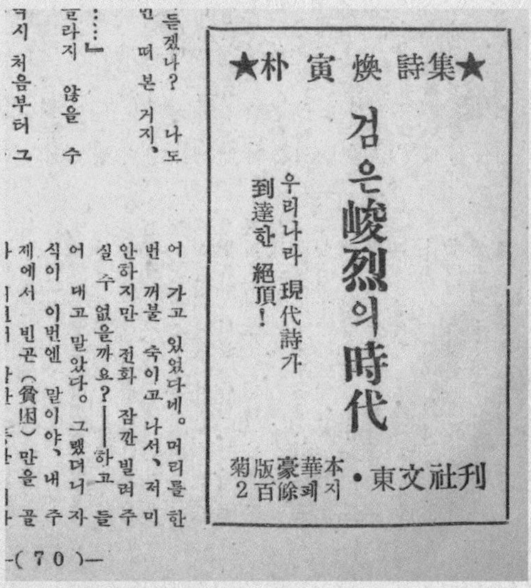

朴寅煥 詩集 『검은 峻烈의 時代』 광고(『新太陽』 3-9호, 1954.9.1, 70쪽)

『詩作』 2집(詩作社, 1954.7.30)의 앞표지

▸ 7월 30일 시인 고원이 주재한 계간 시지 『시작』 2집에 평론 「현대시와 본질-병화의 인간고도」와 번역시 「도시의 여자들을 위한 노래」를 발표하다. 이후 평론 「1954년의 한국시-시작 일, 이집에 발표된 작품」(『시작』 3집, 1954.11.20), 시 「주말」(『시작』 4집, 1955.5.20), 시 「목마와 숙녀」(『시작』 5집, 1955.10.9)를 연이어 게재하다.

▸ 11월 경 대한해운공사에 재입사하다.

[문헌] 「아메리카雜記 西北 美洲의 港口를 돌아」 (『희망』 5-7호, 1955.7.1, 180쪽)

사실 그 무렵 나는 무척 우울했다. 돌아온 지금 역시도 그때와 다름은 없으나 우두커니 회사에 나가 어떠한 부서에도 소속되어 있지 않은 '책상', 그것도 회사에서는 제일 낡은 물품을 앞에 놓고, 남들이 일하는 것을 보고 있는 것 외에는 할 일이 없는 일을 근 3개월간 지속해 왔다. 이것은 참으로 어리석고 그리고 용이한 일이 아니었다. 하지만 회사에 나가는 길밖에 어찌할 도리가 없다. 몇 줄의 시나 영화 평론을 들고 이 신문, 저 잡지사를 돌아다닌댔자 생활을 영위해 나갈 수도 없고, 더욱이 우리나라에서는 문필은 사회적인 직업으로 알아주지 않았기 때문에 어떤 큰 회사의 사원이라는 것이 도리어 체면을 만든다면 어찌 나로서는 피할 수 없는 일이 아니겠는가? 여하튼 남궁 사장과 개인적인 친면이 있기도 해서 해공에 나가기로 했던 것이다. 2, 3만 환만 회사에서 얻으면 이 험난한 세상에서 겨우 가족의 생계는 해결되겠지, 분야는 다르지만 전에도 근무해 본 일이 있는 회사니깐 좀 실무를 배워 가지고 안정해 보자는 이런 '각오'로 지난해부터 3개월 이상을 그 책상 옆을 지켰다.

1955년 30세

▸ 1월 18일부터 1월 27일까지 미도파화랑에서 열린 〈이중섭 작품전〉을 관람하고 방명록에 이진섭, 박태진 등과 서명하다.

▸ 2월 25일 대한해운공사 사장 남궁련으로부터 미국 여행에 대한 권유를 받고, 3월 5일 남해호에 승선하여 부산항을 출발하다.

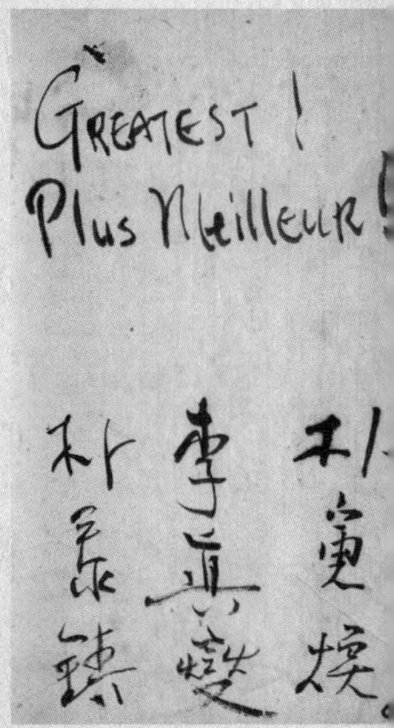

〈이중섭 작품전〉(1955.1) 방명록의 박인환 서명 부분

[문헌1] 「아메리카잡기 서북 미주의 항구를 돌아」(『희망』 5-7호, 1955.7.1, 180쪽)

지난 3월 5일 부산을 출항하여 아메리카로 향하는 기선 남해호를 타기까지 나는 불과 1주일간의 여유가 있었다. 즉 2월 25일 저녁, 필자가 생활을 위하여 근무하고 있던 대한해운공사(海公) 사장은 월급날인 그날의 월급 대신에 한번 미국 구경을 하지 않겠느냐는 말을 던졌다. 참으로 영문 모를 이야기에 잠시 놀랐다. 하지만 박 형처럼 문학을 전공하는 분으로서 한번은 태평양을 넘어 미국의 풍물을 보는 것이 도움이 될 것이라는 사장의 부언에는 많은 그의 진의를 엿볼 수 있었다. …중략… 원외員外 사무장이란 직함으로 선원수첩을 해사국에서 얻고, 3월 3일부터 남해호의 한 인원이 되었다.

[문헌2] 「19일간의 아메리카」 상(『조선일보』, 1955.5.13)

모든 일을 선의로 해석하자는 것이 나의 금년에 들어서의 신조였다. 회사에 하루 종일 나가 있는 댔자 신통한 일도 없고, 잠시나마 이곳을 벗어나는 것은 별로 불쾌한 일은 아니다. 그러면 떠나자. 여기저기서 빚을 얻어 가지고 몇 푼의 미화美貨로 바꾸고, 3일 후인 3월 5일에는 부산항과 작별을 했다.

[문헌3] 「아메리카잡기 서북 미주의 항구를 돌아」(『희망』 5-7호, 1955.7.1, 180~181쪽)

원래는 4일 밤 부산을 떠날 것인데, 배의 전기사電氣師가 개인적인 사정으로 출항 시까지 승선하지 못했기 때문에 5일 정오에 기선은 기적을 울렸다.

[주석] 남해호는 대한해운공사 선적으로 1950년대 한국에서 가장 큰 배였다.

『希望』 5-7호(희망사, 1955.7.1)의 앞표지와 수필 「아메리카 雜記 西北 美洲의 港口를 돌아」, 시 「旅行」, 「太平洋에서」, 「어느 날」(『희망』 5-7호, 180~185쪽)의 본문

162 고속도 교통기관

남해호 7,607톤으로서 현재 우리나라에서 가장 큰 배

『宇宙時代의 科學』(學園社, 1959.2.25)에 수록된 남해호 사진

[문헌4] 「고속도 교통기관」(『우주시대의 과학』, 학원사, 1959.2.25., 162쪽)

현재는 대한해운공사에서 가지고 있는 남해호가 7,607톤으로 제일 크고 다음에는 극동해운공사의 신라호가 7,476톤, 해운공사의 동해호와 서해호가 7,176톤, 극동해운의 고려호가 6,800톤이라는 순서로 되어 있다.

▸ 3월 5일 저녁 8시 경 시모노세키와 모지 간을 거쳐 3월 6일 새벽 5시 세토 나이카이(瀨戶內海)를 지나 오전 11시 경 일본 고베 항에 입항하다. 4일 동안 고베, 오사카, 교토 등지를 전차를 타고 여행하다.

[문헌] 「아메리카잡기 서북 미주의 항구를 돌아」(『희망』 5-7호, 1955.7.1., 181쪽)

배는 현해탄을 6시간에 걸쳐 16마일의 속도로 달리고 있었다. 몹시 롤링이 심하여 머리가 아프다. 그러나 뱃멀미는 별로 하지 않는 셈이다. 저녁 8시경 시모노세키와 모지 간을 지났다. 사방은 어둡고 거대한 남해호는 이 암흑을 조용히 뚫고 나가고 있다. 멀리 일본의 촌락에서 불이 빛난다. 그 불은 나에게 잠을 가리키는 것이다. …중략… 새벽 5시경 나는 처음으로 세토 나이카이(瀨戶內海)의 풍물을 접할 수가 있었다. 바다는 아직 잠든 듯이 조용하다. 현해탄의 노기에 비하면 이것은 천사의 얼굴이다. 많은 섬과 어선들이 좁은 바다에 아름답게 떠 있고, 멀리선 붉은 태양이 점잖이 모습을 나타낸다. 배의 진로에 따라, 태양은 바다에서 떠오르는 것 같고 또는 섬의 산봉우리에서 하늘에 올라가는 것 같다. …중략… 오전 11시, 부산을 떠난 후 23시간 후 남해호는 고베에 입항했다. …중략… 4일간은 일본 구경을 했다. 고베, 오사카, 교토(京都) 등지를 편리한 전차를 타고 왔다 갔다 했다.

[주석] 이때의 경험을 바탕으로 창작된 것이 유고시 「뇌호내해瀨戶內海」(『문학예술』 3-4호, 1956.4.1.)이다.

▸ **3월 9일 밤 고베 항을 출발하여 태평양을 14일 간 항해한 후 3월 22일 오전 11시 45분 미국의 첫 기항지인 올림피아에 입항하다. 상륙 수속 때문에 배에서 하루를 머문 후 3월 23일에 하선하다.**

[문헌1] 「19일 간의 아메리카」 상(『조선일보』, 1955.5.13)

그 익일인 6일에는 일본 신호항神戶港(고베 항) 기항, 9일 야반夜半에 내가 탄 배는 태평양으로 나갔다.

한국의시인은태평양을건너미국에서무엇을보았나? 술, 여자, 유학생!

☆아메리카雜記☆

西北美洲의港口를돌아

朴寅煥

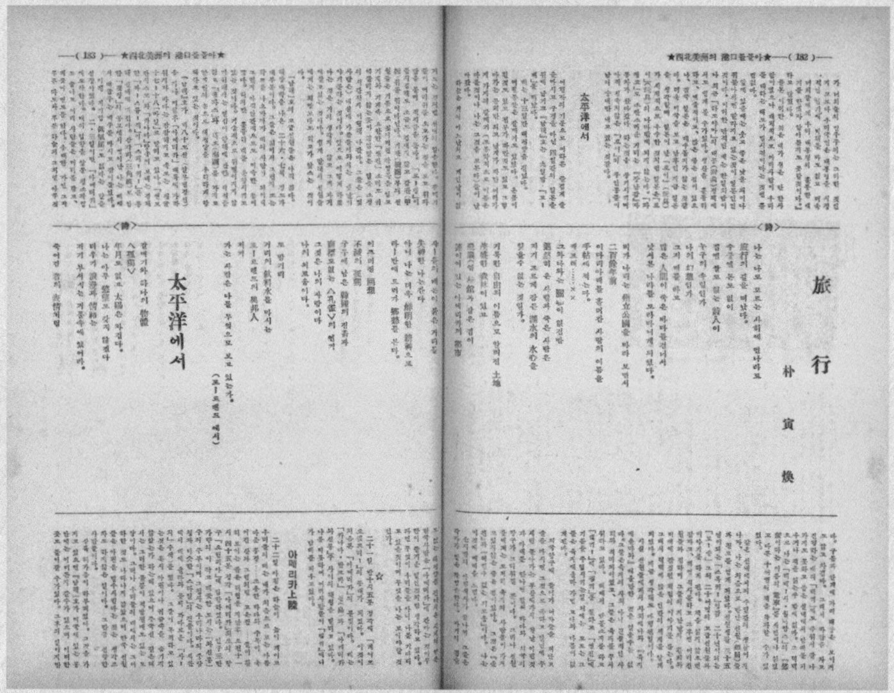
—(183)— ★西北美洲의 港口를돌아★
〈詩〉
太平洋에서
★西北美洲의 港口를돌아★—(182)—
〈詩〉
旅行
朴 寅 煥
아메리카上陸

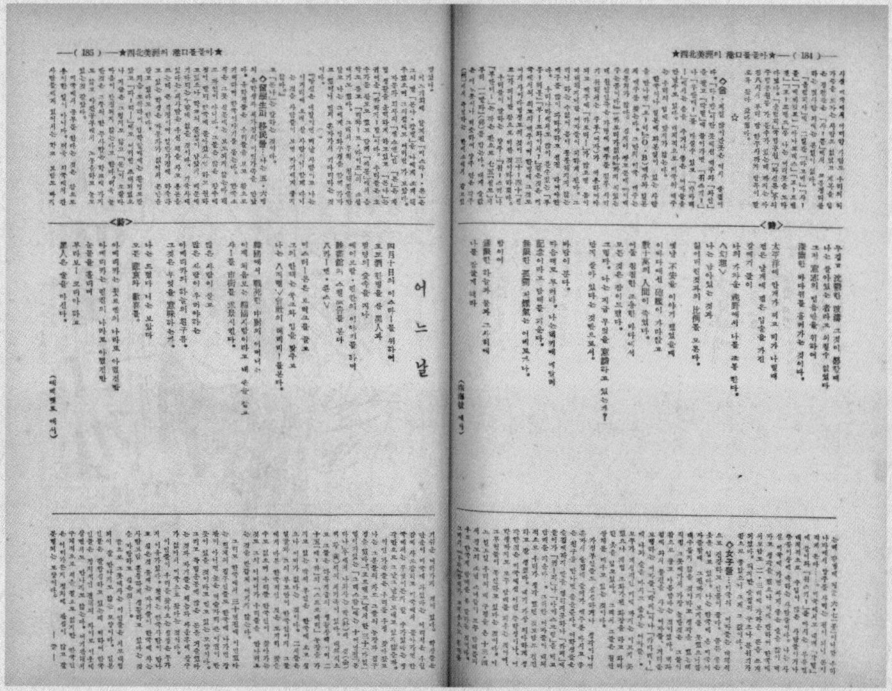
—(185)— ★西北美洲의 港口를돌아★
〈詩〉
어 느 날
★西北美洲의 港口를돌아★—(184)—
〈詩〉

[문헌2] 「아메리카잡기 서북 미주의 항구를 돌아」(『희망』 5-7호, 1955.7.1., 182쪽)

하늘은 거의 어느 날치고 갠 날이 없다. 구름과 안개에 가려 태양은 보이지도 않고 차갑다. 그래서 바람을 차고 진행하는 배의 덱에도 추워서 잘 나가지도 못하고 좁은 실내에서 담배를 피우거나 책을 읽는 수밖에 없다. 그 덕택으로 나는 테네시 윌리엄스의 「욕망이라는 이름의 전차」를 세 번이나 읽었고, 다른 10여 권의 책을 독파할 수가 있었다.

같은 선내에서의 수일간의 생활이 지나자, 나는 처음으로 만난 선원들과 친교를 얻게 되었다. 선원 생활 35년이 되는 스토커 영감, 20년이 되는 보승, 그 외 20여 명의 고급 선원들과 이야기를 하게 된다. 책을 읽지 않으면 잠자고, 깨면 식사를 하고, 그 후엔 여러 선원들과 접하며 그들의 지난날의 환희와 비애에 잠겼던 체험의 이야기를 듣는다. 그래서 덕택에 많은 인간의 세계를 알게 되었다. 지금 생각해도 다행한 일이다.

[주석1] 항해 중에 박인환은 테네시 윌리엄스의 『욕망이라는 이름의 전차』를 세 번이나 읽었으며, 이 밖에도 10여 권의 책을 더 읽었다. 그리고 스토커와 보승을 비롯한 20여 명의 고급 선원들과 친분을 쌓는다. 한편 이때의 경험을 바탕으로 시 「태평양에서」(『희망』 5-7호, 1955.7.1), 「수부들」(『아리랑』 1-6호, 1955.8.1), 「십오일 간」(『신태양』 4-10호, 1955.10.1)을 창작했다.

[문헌3] 「정숙이」(『세월이 가면』, 槿域書齋, 1982. 222~223쪽)

22일 새벽 네 시, 우리들의 배는 빅토리아 섬과 워싱턴 주의 좁은 해협을 통과했습니다. 그 지점은 붉고 푸른 등화燈火로써 배의 진로를 가리켜 주는 케이프 플레터리라는 곳이며 캐나다와 미국과의 접경 사이를 배는 지나가는 모양입니다. …중략… 배는 먼저 올림피아 시로 가기로 했습니다. 그래서 길게 뻗쳐져 있는 시애틀 항 앞을 지나가고 있습니다. 아침 여덟 시의 태양은 그 거리의 고층 건물을 내리쬐고 있고, 우리들은 추위도 모르고 황홀히 그곳을 바라다봅니다. 해변 가에 꿈에 나타나는 집처럼 아름다운 미국의 농촌이 보입니다. 택시가 어느 집마다 그 뜰 앞에 한두 대는 꼭 있습니다. 한 한 시간쯤 시간이 지나간 후 정확히 말하자면 9시 35분, 배는 섬과 육지 사이에 가로놓인 길이 2천 미터가량 되는 다리 아래를 지나갔습니다. 그 웅장하고 우미한 다리의 모습은 뭐라고 표현할 길이 없습니다.

22일 오전 11시 45분에 올림피아에 도착했습니다. 이곳은 워싱턴 주의 수부首府이며, 인구는 그리 얼마 많지 않은 곳입니다. 비가 내리고 있습니다. 상륙 수속 때문에 하루를 배에서 자고 23일 상륙했습니다.

[주석2] 올림피아에 상륙한 경험을 바탕으로 창작된 것은 시 「충혈된 눈동자」(『한국일보』, 1955.5.14)이다.

▸ **3월 23~24일까지 올림피아를 돌아본 다음 터코마, 시애틀, 에버렛을 여행하고, 3월 28일 에버렛을 떠나 3월 30일 아나코테스에 도착한다.**

[문헌1] 「아메리카잡기 서북 미주의 항구를 돌아」(『희망』 5-7호, 1955.7.1, 184쪽)

올림피아에 2일간, 터코마, 시애틀, 에버렛, 아나코테스, 포트앤젤, 포틀랜드 등, 나는 여러 곳을 돌아다녔다. 올림픽 국립공원, 워싱턴 주의 주립공원 등, 가 볼 수가 있는 데까지는 아침 8시부터 밤 한두 시까지 발목이 닳도록 왔다 갔다 했다.

[문헌2] 「무제」(『세월이 가면』, 槿域書齋, 1982. 225쪽)

28일 에버렛을 떠나 지금은 아나코테스라는 도시에 와 있습니다. 다음은 포트앤젤레스, 포틀랜드이며 4월 10일경에는 미국을 떠날 것이며, 한국에는 늦어도 4월 이십오륙일경에는 도착할 것입니다.…중략…3월 30일

[문헌3] 「아메리카잡기 서북 미주의 항구를 돌아」(『희망』 5-7호, 1955.7.1, 185쪽)

어느 기회에 알게 된 미스터 몬은 그의 딸 도나 캠벨을 나에게 소개해 주었으며, 그의 집에도 여러 번 가 보았다.

자동차 회사의 세일즈맨인 몬은 제법 생활을 윤택하게 하고 있고, 도나는 귀여운 칼리지 걸이다. 우리들은 호숫가를 산보도 했고, 함께 살롱에서 음악도 듣고, 리처드 라이트의 소설 얘기도 했다. 그래서 무척 친해진 줄만 알고 나는 그에게 영화 구경을 함께 가자고 했더니, 먼저 혼자 가서 기다리라는 것이다.

"당신은 내일이면 떠날 사람이고, 나는 이 거리에 오래 살 사람이니, 함께 다니는 것을 사람들이 보면 자기에게 좋지 않다."

『아리랑』 1-6호(아리랑사, 1955.8.1)의 앞표지

◇…아메리카詩抄…◇

<…詩…> 아메리카詩抄

朴 寅 煥

水夫들

水夫들은 甲板에서
갈매기와 이야기한다
…너희들은 어데서 왔니…
和蘭섬냥으로 담배를 부치고
싱가폴 밤거리의 女子
지금도 생각이 난다
銅像처럼 서서 埠頭에서 기
다리겠다는
얼굴이 까만 입술이 짙은 女子
波濤여 꿈과 같이 부서지라
헤아릴수없는 純白한 밤이면
하모니카 소리도 처량하고나
포-트랜드 좋은 고장 술집
이 많어
구레용 칠 한 듯이 네온이 밝
은밤
「아리랑」소리나 한번 해보자
(포-트랜드에서…이詩는 겨우
우리말을 할수있는 어떤 水夫
의 것을 내 이메-지로 고쳤다)

에베렛트의 日曜日

芬蘭人 미스터-·몬은
自動車를 타고 나를 데리러
왔다。
에베렛트의 日曜日
와이샤스도 없이 나는 韓國
노래를 했다。
그저 쓸쓸하게 간얇으게
노래를 부르면 된다。
파파·레브스·맙보…
춤을 추는 몬나
개와 함께 어울려 湖
水가를 걷는다。
데베비촌모 처음보고
카르티-가없는 맥주
도 처음 마시는
마음만의 紳士
즐거운 일인지 또는
슬픈 일인지
여기서 알려주는 사람
은 없다 夕陽。
浪漫을 연상케하는 時
間。
미칠듯이 故鄕 생각이
난다。
그래서 몬과 나는
이야기할 것이 없었다
이젠 헤져야 된다。
(에베렛트에서)

—(215)—

「水夫들」, 「에베렛트의 日曜日」(『아리랑』 1-6호, 215쪽)의 본문

[주석] 에버렛에서의 경험을 바탕으로 창작된 것은 시 「어느 날」(『희망』 5-7호, 1955.7.1), 「에버렛의 일요일」(『아리랑』 1-6호, 1955.8.1), 「어느 날의 시가 되지 않는 시」(『아리랑』 1-10호, 1955.11.1) 등이고, 아나코테스에서의 경험을 바탕으로 창작된 것은 시 「다리 위의 사람」(『선시집』, 1955.10.15)이다. 한편 에버렛에서 박인환은 자동차 회사의 세일즈맨인 미스터 몬의 딸 도나 캠벨에게 연정에 가까운 감정을 느낀다. 이 점은 유고시 「이국 항구」(『경향신문』, 1956.4.7)에 잘 나타나 있다.

▸ 4월 3일 미국에서의 마지막 도시 포틀랜드에 도착하여 4월 9일까지 머물다. 4월 10일경 미국을 출발하여 4월 말에서 5월 초 사이에 귀국하다. 귀국한 지 얼마 후에 대한해운공사에서 퇴사하다.

[문헌] 「무제」(『세월이 가면』, 槿域書齋, 1982. 226쪽)

4월 3일 마지막 도시 포틀랜드에 도착했습니다. 여기서 3, 4일 있다가 한국으로 떠납니다. 그러하니 18일경 본사에 조회하면 부산이나 인천에 도착하는 일차(日次)를 알게 될 것입니다. (…중략…) 4월 4일

[주석] 부인 이정숙에게 보낸 엽서에 따르면 박인환의 귀국 시기는 4월 27～28일경으로 추정할 수 있다. 하지만 「젊은 시인은 눈감고-멋을 풍긴 채 간 박인환 회상」(『주간희망』 제15호, 1956.4.2. 44쪽)의 〈그의 약력〉에는 귀국 시기가 5월로 기록되어 있다. 박인환이 부산항을 출발하여 미국에 도착할 때까지 걸린 기간이 18일 정도였음을 감안하면 4월 10일쯤 미국을 출발한 그가 한국에 도착한 시기는 4월 27～28일 경이 되어야 한다. 만약 『주간희망』 제15호에 실린 기록이 맞는다면 박인환은 귀국 중에 일본에서 좀 더 많은 시간을 보냈을 것으로 추정할 수 있다.
포틀랜드에서의 경험을 바탕으로 시 「여행」(『희망』 5-7호, 1955.7.1), 「새벽 한 시의 시」(『한국일보』, 1955.5.14), 「투명한 버라이어티」(『현대문학』 11호, 1955.11)를 창작했고, 한국인 이민자 박용현 씨의 딸을 만나 그녀의 집을 방문한 후 한국인 이민자들의 실상을 다룬 「미국에 사는 한국 이민 그들의 생활과 의견」(『아리랑』 1-11호, 1955.12.1)을 쓰기도 했다.

▸ **5월 20일 간행된 『시작』 4집 및 『시작』 5집(1955.10.9)의 편집위원으로 활동하다.**

[문헌] 「社告」(『시작』 4집, 1955.5.20, 32쪽)

본지의 편집 내용을 쇄신 강화하기 위하여 제4집부터 다음 칠 명으로 구성된 편집 위원제를 채택하였습니다. 여러 선배 동지들의 더욱 큰 편달을 바라 마지않습니다.

고원 박인환 박태진 이봉래 장호 전봉건 조병화 (가나다順)

▸ **6월 20일 유치환과 이설주가 공편한 『1954연간시집』(문성당 발행)에 「눈을 뜨고도」, 「목마와 숙녀」, 「센티멘털 저-니」가 수록되다.**

▸ **6월 25일 김종문이 편집한 『전시 한국문학선 시편』(국방부정훈국 발행)에 「행복」과 「검은 신이여」가 수록되다.**

▸ **7월 16일 한국자유문학자협회 문총중앙위원으로 선출되다.**

[문헌] 「자유문협회 총회 문총 중앙위원 선출」(『동아일보』, 1955.7.19) 기사

『1954年刊詩集』(柳致煥 李雪舟 編, 文星堂, 1955.6.20)의 앞표지

『戰時 韓國文學選 詩篇』(金宗文 編, 國防部政訓局, 1955.6.25)의 앞표지

한국자유문학자협회에서는 지난 16일 하오 3시부터 동회 사무실에서 총회를 개최하여 문총 중앙위원으로 정비석, 박인환, 모기윤, 김종문, 노천명, 양주동, 박계주, 송지영, 주요섭, 조병화 등 10명을 선출하였다.

▶ **8월 26일부터 31일까지 『욕망이라는 이름의 전차』를 번역하여 극단 신협에서 공연하다.**

[문헌] 「신협 제38회 공연」 광고(『경향신문』, 1955.8.24)

〈욕망이라는 이름의 전차〉

테네시 윌리엄스 작

박인환 역

유치진 연출

박석인 장치

8월 26일부터 31일 시공관

[주석] 극단 신협의 제38회 공연 작품인 〈욕망이라는 이름의 전차〉는 1955년 8월 26일

「신협 제38회 공연」 광고(『경향신문』, 1955.8.24)

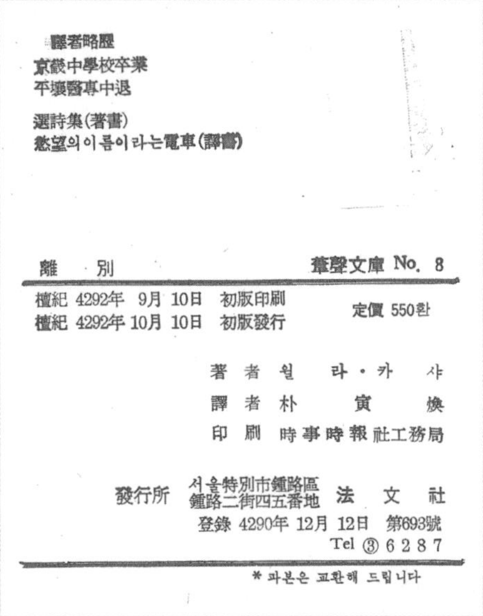

譯者略歷
京畿中學校卒業
平壤醫專中退

選詩集(著書)
慾望의 이름이라는電車(譯書)

離　別　　葦聲文庫 No. 8

檀紀 4292年 9月 10日 初版印刷
檀紀 4292年 10月 10日 初版發行
定價 550환

著 者 윌　라・카　샤
譯 者 朴　寅　煥
印 刷 時事時報社工務局

發行所 서울特別市鍾路區 鍾路二街四五番地 法　文　社
登錄 4290年 12月 12日 第693號
Tel ③ 6287

* 파본은 교환해 드립니다

『이별』(박인환 역, 법문사, 1959.10.10)의 판권지

부터 31일까지는 시공관에서, 9월 1일부터는 성남극장에서, 12월 21일부터는 동양극장에서 각각 공연되었다. 박인환은 〈욕망이라는 이름의 전차〉 공연에 앞서 「테네시 윌리엄스 잡기－그의 작품 세계를 이해하는 길」(『한국일보』, 1955.8.24)을 발표한 바 있다. 또한 사후에 출간된 『이별』(윌러 캐더, 박인환 역, 법문사, 1959.10.10)의 판권지를 참고하면, 박인환은 『욕망의 이름이라는 전차』라는 번역서까지 발행한 것 같지만 아직까지 원본을 확인하지는 못했다.

▸ **10월 9일 시작사에서 주최한 제1회 '시 낭독회'에 참여하여 「목마와 숙녀」를 낭독하다.**

[문헌] 「詩作社 '시 낭독회'」(『동아일보』, 1955.10.7) 기사

시작사 주최 제1회 시 낭독회는 오는 9일(일) 하오 7시 배재 강당에서 개최하는데 백철 씨의 문학 강연과 구상 김광섭 김규동 김남조 김수영 김용호 김종문 김차영 박거영 박귀송 박인환 박태진 박훈산 석계향 양명문 오상순 유정 이덕진 이봉래 이상로 이용상 이인석 이활 장호강 장호 정한모 조병화 함윤수 제씨의 시 낭독과 이헌구 씨의 강평이 있으리라고 하며 회원권(100환)은 명동 문예서림 삼문사 대학사서점에서 예매를 하고 있으며

낭독 작품은 『시작』 5집에 수록하리라고 한다.

▸ 10월 15일 시작사에서 시집 『선시집』을 간행하려고 했으나 불의의 사고로 출판을 완료하지 못하다.

[주석] 현전하는 『선시집』의 판권지에는 이 시집이 1955년 10월 15일에 발행된 것으로 기록되어 있다. 그러나 신간도서 소개 및 신간평이 게재되고 출판기념회가 열린 때는 1956년 1월이다. 이러한 시차가 발생하게 된 것은 1955년 10월 15일에 간행될 예정이었던 『선시집』(이하 '첫 번째 『선시집』'으로 표기)이 불의의 사고로 출판을 완료하지 못하자, 1956년 1월 시집을 재발행(이하 '두 번째 『선시집』'으로 표기)한 데서 연유한다. 그 사정에 대해서는 박인환과 비슷한 시기에 『바다와 광장』(산호장, 1955.10.20)을 간행한 김규동의 증언을 참고할 만하다. 그는 첫 번째 『선시집』이 제본소의 화재로 대부분 소실되었다고 회고한 바 있다.

> 1955년 가을에 나는 첫 시집 『나비와 광장』을 내었다. 이 시집의 출판기념회에서 인환은 나의 시 「보일러 사건의 진상」을 낭독해 주었다. 뒤따라 이 해에 인환이 또한 시집을 내었다. 아직 풀이 마르지 않은 『박인환 선시집』 견본을 가지고 한국일보사 2층 좁은 계단을 황급히 달려 올라오던 그의 상기된 모습이 지금도 눈에 선하다. 그런데 『박인환 선시집』은 제본소에서 책을 다 찾기도 전에 화재를 당해 灰塵되고 만 것이다. 운이 나빴던 것이다. 그래서 시집은 냈지만, 이 시집을 받아 본 사람은 많지 않다.(김규동, 「한 줄기 눈물도 없이」, 김광균 외, 『세월이 가면』, 槿域書齋, 1982, 59쪽)

그렇다면 첫 번째 『선시집』의 출판을 담당했던 곳은 어디일까? 화재로 회진되어 부전하는 이 시집은 시작사에서 출간될 예정이었다. 그 유력한 근거는 『시작』 5집(1955.10.9)의 뒤표지 안쪽 면에 게재된 『선시집』의 발행 광고이다. 여기에는 "朴寅煥著 選詩集 菊版 250面 模造洋裝 값 700환 詩作社 發行"이라는 내용이 수록되어 있다.

시작사는 본래 고원이 시 잡지 『시작』을 발행하던 곳이었지만 1950년대에 몇 권의 시집을 펴내기도 했다. 『이율의 항변』(고원, 1954.12.15), 『호흡』(이덕성, 1954.12.20), 『종려』(석용원, 1955.2.29), 『선시집』(박인환, 1955.10.15), 『하나의 행렬』(박치원, 1955.10.15), 『파

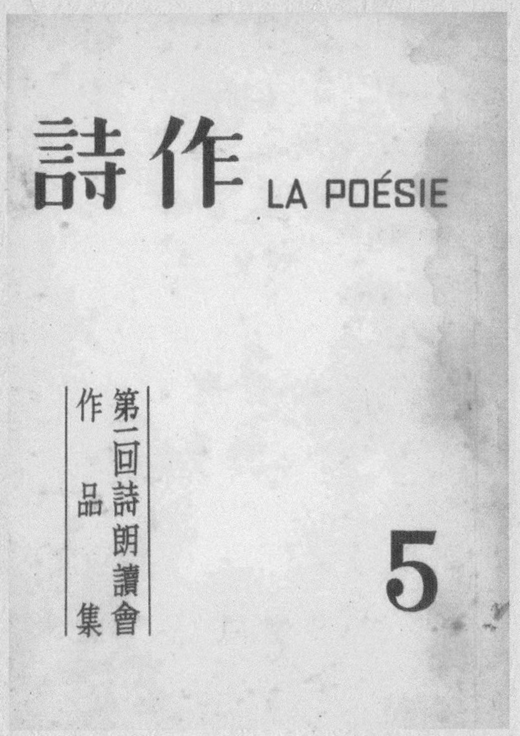
詩作 LA POÉSIE

第二回詩朗讀會
作品集

5

『詩作』 5집(1955.10.9)의 앞표지

四二八八年一〇月五日 印刷
四二八八年一〇月九日 發行
詩作 第五輯
(許可番號四〇九)
編輯兼發行人 高遠
發行所 서울市乙支路一街九五
詩作社
(臨時連絡所●小公洞 유네스코事務局)
〈값 一〇〇환〉

『詩作』 5집의 판권지

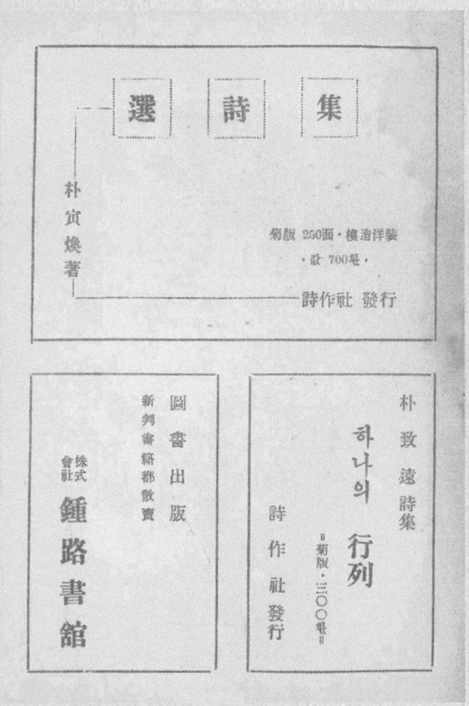
選 詩 集
朴寅煥 著
菊版 250面・模造洋裝
・값 700환・
詩作社 發行

圖書出版
新刊書籍都散賣
株式會社 鍾路書館

朴致遠詩集
하나의 行列
=菊版・三〇〇환=
詩作社 發行

朴寅煥 著『選詩集』 발행 광고(『詩作』 5집, 뒤쪽 면지)

충류의 합창』(장호, 1957.12.5), 『회색의 거리를 걸어간다』(김경옥, 1958.1.10) 등이 그것이다. 이 시집들의 저자들은 『시작』을 주재(고원)했거나, 편집위원(박인환, 장호)이었고, 필진(이덕성, 석용원, 박치원, 김경옥)으로 참여했다는 공통점이 있다. 박인환의 경우 『시작』 2집에서 5집까지 매호 시와 평론을 발표했으며, 특히 4집과 5집은 편집위원으로도 활동했다. 이런 연유로 해서 박인환은 시작사에서 『선시집』을 간행하게 된 것이다. 물론 광고의 게재 여부를 시집의 발행 문제와 무조건적으로 등식화할 수는 없다. 1954년 간행될 예정이었던 박인환의 『검은 준열의 시대』가 그 대표적인 사례이다. 그러나 주목해야 할 것은 『선시집』의 발행 광고가 이 시집과 발행소가 같은 『시작』 5집에 게재되었고, 『시작』 5집과 『선시집』의 발행일도 불과 6일밖에 차이나지 않는다는 사실이다. 이것은 『시작』 5집이 발행될 즈음 『선시집』 역시 출간 준비가 완료되었음을 의미한다. 더욱이 『시작』 5집에는 『선시집』 이외에 "朴致遠 詩集 하나의 行列 菊版 300환 詩作社 發行"이라는 광고도 함께 게재되었다. 흥미로운 사실은 『선시집』과 『하나의 행렬』의 발행일이 동일하다는 점이다. 같은 출판사에서 같은 날 나오기로 한 시집이 불과 6일 사이에 어느 것은 원래대로 출간되고, 어느 것은 출판사(珊瑚莊)를 바꾸어 발행되었을 리는 없다. 이처럼 출판이 완료되지는 못했지만, 첫 번째 『선시집』의 발행처는 시작사였던 것이다.

제작 과정의 불찰로 인해 시작사 간행본 『선시집』의 현물이 존재하지 않게 되자 박인환은 장만영의 도움을 얻어 1956년 1월 산호장에서 두 번째 『선시집』을 간행했다. 산호장 간행본은 원래의 발행일자인 '1956년 10월 15일'을 고수한 채 양장본과 호부장본 두 종으로 제작되었다. 현전하는 『선시집』은 산호장 간행본들로 대부분 호부장본이고, 양장본은 현재까지 한 책 정도만 소장처가 확인된다. 그런데 양장본의 소장자는 자신의 소장본이 1955년 10월 15일에 간행된 것이고, 여타의 호부장본들은 1956년 1월에 간행된 것이라는 주장을 펼친 바 있다.

> 원래 1955년 10월 15일에 발행된 『선시집』은 책이 서점에 배포되기 직전에 제책소 화재로 모두 소실되었다. 그리고 그 다음해 1월 초쯤 다시 책을 발행하면서 처음의 紙型 그대로 인쇄하였다. 이 책이 지금 우리가 1955년 10월 15일 발행된 것으로 알고 있는 호부장 제책의 『선시집』이다. 엄밀히 말해 이 책은 1955년 10월 15일이 아니라 1956년 1월 초쯤에

두 번째로 발행한 책이다. 실제로 1955년 10월 15일 발행된 『선시집』의 첫 번째 판은 지금까지 알려진 것으로는 유일하게 내가 소장하고 있는 책 한 권뿐이다. 이 책은 일반적으로 알려진 호부장 제책이 아닌 양장 제책으로 본문을 실로 엮었다. 당시로서는 호화판으로 만들었다.(박대헌, 『한국 북디자인 100년』, 21세기북스, 2013, 77~79쪽)

이 논의에서 가장 크게 문제가 되는 것은 제책 방식(양장, 호부장)의 차이를 가지고 간행 시기를 특정할 수 없다는 점이다. 발행일자가 같고 장정 도안이 동일하더라도 양장본과 호부장본이 모두 간행된 경우가 더러 있기 때문이다. 그 대표적인 사례로 산호장에서 출간한 시집인 『추풍령』(김철수, 1949.1.15)을 들 수 있다. 통상적으로 양장본은 호부장본과 견줄 때 특장본 또는 호화본의 의미로 간주될 뿐이다. 한편 양장본의 소장자는 이 책의 "앞면지와 속표지 그리고 뒷면지에는 김광주, 이진섭, 송지영, 박거영, 차태진, 김광식, 조영암 등의 친필 메시지와 함께 '1956년 1월 16일' 기록이 있다"(박대헌, 위의 책, 79쪽)라고도 밝혔다. 그런데 이 일자는 출판기념회 11일 전으로 『선시집』에 대한 최초의 서평(부완혁, 「강인성과 긍지-박인환 선시집」, 『한국일보』, 1956.1.16)이 발표된 날이기도 하다. 서평은 실물을 보고 쓰는 것이 상례이다. 그렇다면 1956년 1월 16일 자 신문에 서평이 게재되었다는 사실은 이날 이전에 두 번째 『선시집』(산호장)이 발행되었다는 결정적인 증좌일 수밖에 없다. 실제로 『선시집』의 발행 소식은 1956년 1월 12일 자 『경향신문』의 신간도서 난을 통해 처음 보도되고 있다. 즉 1956년 1월 12일 즈음에 『선시집』이 간행되고 1월 16일에 서평까지 게재되자 박인환과 김광주 등은 정식적인 출판기념회에 앞서 조촐한 모임을 가졌던 것이다. 참석자들이 이 자리에서 특장본 격인 양장본 시집에 축하 글귀를 썼기 때문에 그 서명 날짜는 '1956년 1월 16일'로 기록될 수밖에 없었다.

또한 장만영은 박인환의 부탁에 의해 자신이 『선시집』을 간행했다고 회고한 바 있다. 그런데 이 증언에서 정작 중요한 점은 장만영이 산호장에서 『선시집』을 발행한 직후에 출판기념회가 열렸다는 사실이다. 따라서 『선시집』의 출판기념회가 1956년 1월 27일에 개최되었다는 점은 두 번째 『선시집』이 1956년 1월 초순 무렵에 산호장에서 간행되었음을 입증하는 논거가 된다.

어느 날 좀체 안 나가는 명동에 나갔다가 우연히 그를 만났더니 마침 잘 나왔다 하면서, 이번에 『선시집』을 내는데, 꼭 산호장 이름으로 내고 싶다고 한다. 그때 내가 가지고 있는 출판사 산호장은 등록뿐으로 별로 출판을 하지 못하고 있었다. 허나 그가 여기서 꼭 책을 내겠다는 그 마음을 이해할 수 있어 쾌히 승낙했던 것이다. 얼마 뒤에 책은 나왔고, 우리는 그를 위해 출판 기념회를 마련했었다. 그날 밤 부인이랑 애들을 데리고 나온 그는 몹시 행복해 보였다. 그러나 이것이 처음 겸 마지막 출판기념회가 될 줄을 누가 알았으랴.(장만영, 「박인환 회고」, 『그리운 날에』, 한일출판사, 1962.12.5, 191~192쪽)

▸ **11월 13일 김규동의 시집 『나비와 광장』**(산호장, 1955.10.20) **출판기념회에 참석하여 시 낭독을 하다.**

[문헌] 「『나비와 광장』 출판기념회 13일 밤 성황」(『경향신문』, 1955.11.16) 기사

김규동 시집 「나비와 광장」의 출판을 기념하는 「비평의 밤」은 지난 30일 하오 6시부터 동방문화회관 강당에서 열렸는데 이날 김종문 씨의 "김규동 씨는 노래하는 시보다 생각하는 시를 지향했다"라는 말과 이봉래 씨의 "김규동 씨의 시는 새로운 시에의 전환을 가져올 것이다"라는 요지의 말이 있었고 오상순 씨의 축시 낭독을 비롯한 유광열, 박성환, 이무영, 정비석, 김용호, 구상 제씨의 축사와 유정, 김차영, 박인환 씨 등의 시 낭독이 있은 다음 이헌구 씨의 개평으로 이 밤의 행사를 마쳤는데 특히 서울대학교 문리대생 이연영 군을 비롯하여 참석한 문학도의 솔직한 논평이 이채를 띠었다.

▸ **12월 26일 발행된 『주간희망』 창간호부터 13호**(1956.3.19)**까지 「영화상식」을 10회 연재하다.**

[주석] 연재된 「영화상식」의 항목들은 '비스타 비전'(『주간희망』 창간호, 1955.12.26), '금룡상을 제정'(『주간희망』 2호, 1956.1.2), '영화 법안'(『주간희망』 3호, 1956.1.9), '영화 구성의 기초'(『주간희망』 4호, 1956.1.16), '몽타주'(『주간희망』 5호, 1956.1.23), '아메리카의 영화 잡지'(『주간희망』 6호, 1956.1.30), '시나리오 ABC'(『주간희망』 8호, 1956.2.13), '다큐멘터리 영화'(『주간희망』 11호, 1956.3.5), '세계의 영화상'(『주간희망』 12호, 1956.3.12), '옴니버스 영화'(『주간희망』 13호, 1956.3.19) 등이다.

▸ **12월 28일 제1회 금룡상 심사위원회 위원으로 선임되어 심사에 참여하다.**

[문헌] 「金龍賞 첫 수상자 결정」(『주간희망』 3호, 1956.1.9. 24쪽)

지난 해 12월 28일에 개최되었던 제1회 금룡상 심사위원회는 김관수 오영진 송지영 한형모 허백년 안종화 최완규 박인환 유두연 전택이 이봉래 이진섭 구상 복혜숙 김소동 이청기 김일해 한림 이한종 씨 등 19위원 참석 아래 개최되어 1955년도 제1회 수상자로서 연출상에 이강천(피아골) 연기상에 노경희(막난이 비사) 녹음상에 이경순을 각각 선출하였다.

1956년 31세

▸ 1월 초순 산호장에서 시집 『선시집』을 재간행하다.

[문헌] 「신간도서」(『경향신문』, 1956.1.12) 기사

박인환 선시집=산호장 발행 값 700환

[주석] 1954년 동문사에서의 시집 발행은 좌절되었고, 1955년 시작사에서 출간하려고 한 책은 화재로 소실되는 등 박인환은 1956년 산호장에서 『선시집』을 간행하기까지

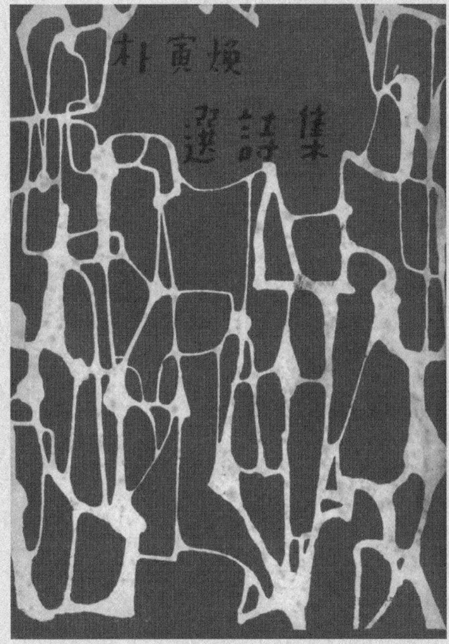

『選詩集』(珊瑚莊, 1955.10.15)의 앞표지

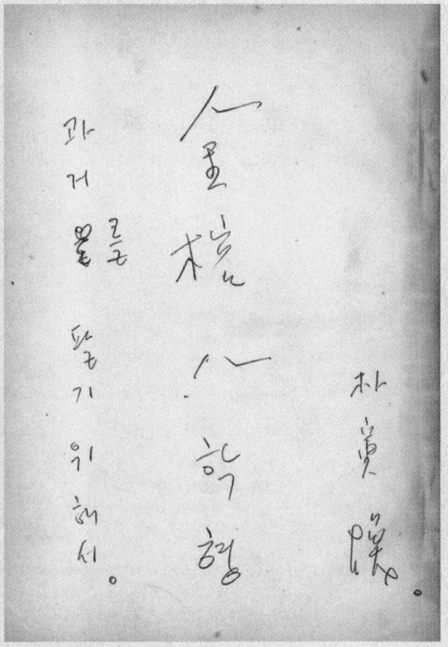

『選詩集』 속표지의 박인환 서명

많은 우여곡절을 겪었다. 그래서인지 각종 신문과 잡지에는 지인들의 서평이 연속적으로 게재되었다. 부완혁의 「강인성과 긍지—박인환 선시집」(『한국일보』, 1956.1.16)을 위시하여 이봉래의 「박인환 저 선시집」(『동아일보』, 1956.1.20), 홍효민의 「젊은 세대의 심금—박인환 선시집을 읽고」(『조선일보』, 1956.1.22), 조병화의 「장미의 온도—박인환 선시집」(『경향신문』, 1956.1.23), 김광주의 「건방진 '멋'—박인환 선시집에 부치는 글」(『주간희망』 2-6호, 1956.2.6) 등이 이어졌다.

▸ 1월 27일 『선시집』 출판기념회를 갖다.

[문헌1] 「박인환 선시집 27일 출판기념회」(『경향신문』, 1956.1.27) 기사

박인환 씨의 『선시집』 출판을 기념하는 모임을 금 27일 하오 5시 반 시내 동방문화회관 3층에서 갖는다고 한다.

[문헌2] '출판기념회' 초청장(문승묵 편, 『박인환 전집—사랑은 가고 과거는 남는 것』, 예옥, 2006.8.20, 화보에서 재인용)

초청장

선생 귀하

박인환 씨의 『선시집』 출판을 기념하기 위하여 다음과 같이 모임을 갖고자 하오니 부디 참석하여 주십시오

시일 1956년 1월 27일 하오 5시 반 정각

장소 명동 소재 동방문화회관 3층

회비 200원

1956년 1월 일

발기인(무순) 박영준 송지영 이봉구 전창근 이순재 김경린 이덕진 장만영 이봉래 이진섭 김광주 김종문 홍효민 조경희 조병화 유두연 김규동 부완혁 김수영 조연현 전택이

▸ 1월 28일 한국자유문학자협회에서 개최한 '회원 합동 출판 기념회'에 참석하다.

[문헌] 「자유문협 회원 주최 회원 합동 출판 기념회」(『동아일보』, 1956.1.28) 기사

한국자유문학자협회에서는 동 회원들의 저간의 출판을 기념하고자 금 28일(토) 하오 5시

문총회관에서 축연(회비 300원)을 갖게 되었다는데 그 회원과 저작은 다음과 같다. 백철(『세계문학사전』) 이무영(장편소설 『삼년』) 박계주(장편소설 『자유 공화국 최후의 날』) 곽하신(제일 창작집 『신작로』) 안수길(장편소설 『화환』) 양명문(시집 『화성인』) 조병화(시집 『사랑이 가기 전에』) 김종문(시집 『시사시대』) 박인환(시집 『박인환 선시집』) 박거영(시집 『인간이 그립다』 장호강(시집 『항전의 조국』) 조경희(수필집 『우화』) 정비석(『비석문학독본』)

▸ **2월 21일 제3회 자유문학상의 최종심에 올랐으나 수상자로 선정되지 못하다.**

[문헌] 「4씨에게 수상 확정」(『동아일보』, 1956.2.28) 기사

다시 한 부문에 3명 이내로 축소시키는 투표를 통한 결과 시에 서정주 박목월 박인환 소설에 염상섭 김동리 최정희 평론에 백철 곽종원 등 8명의 작품으로 축소되었다. 여기에서 각 위원들의 의견 교환으로서의 토론이 시작되었는데 2시간여에 긍하는 신랄한 작품 비평이 진격하게 전개된 끝에 금년도 수상자를 4명으로 결정을 하고 최종 투표를 한 결과 득점 순으로 염상섭 서정주 김동리 박목월 등 4씨가 당선되었다.

[주석] 한국문학가협회(1949년 12월 9일 결성)의 헤게모니를 둘러싼 세대 간 갈등은 1954년의 예술원 파동으로 표면화되었다. 1954년 3월 25일 창건된 예술원의 초대 회원으로 뽑힌 문학계 인사는 염상섭, 박종화, 김동리, 조연현, 유치환, 서정주, 윤백남 등 7명이었다. 김광섭, 이헌구, 이하윤, 박계주, 모윤숙 등 문단의 원로급 인사들이 탈락하고 비교적 젊은 세대인 김동리, 서정주, 조연현이 선출된 것이다. 한국문학가협회의 상급 단체인 전국문화단체총연합회의 주도권을 장악하고 있던 문단의 원로들은 이에 격분하여 한국문학가협회를 문총 산하 단체에서 제명하고, 김동리의 문총 회원 자격까지 박탈했다. 이후 사태는 더 악화되어 김광섭, 이헌구, 이하윤, 모윤숙 등이 한국문학가협회를 탈퇴하고 1955년 4월 한국자유문학자협회를 결성함으로써 문단은 이원화될 수밖에 없었다. 제3회 자유문학상 수상 결과는 이러한 한국문학가협회와 한국자유문학자협회의 갈등을 더욱 증폭시키게 된다. 수상자 모두가 한국문학가협회 회원이었기 때문이다. 1955년도의 주요 작품집인 『선시집』과 『바람 속에서』를 펴낸 한국자유문학자협회 소속의 박인환과 최정희가 모두 최종심에서 탈락함으로써 이 사건은 1956년의 대표적인 문학 권력 논쟁으로 비화되었다.

▸ 3월 초순 박인환 작시, 이진섭 작곡의 「세월이 가면」이 완성되어 널리 애창되다.

[주석] 「세월이 가면」은 박인환의 이름으로 작품이 발표되기 이전, 송지영의 수필 「명동의 '샹송'」(『주간희망』 12호, 1956.3.12)과 시가 노래로 만들어지는 과정을 소개한 글인 「세월이 가면, 명동 '샹송'이 되기까지」(『주간희망』 16호, 1956.4.13)에 먼저 소개되었다. 그런 다음 '모더니스트 박인환의 유작(시)'으로 『아리랑』 2-6호(1956.6.1)에 정식 발표되었다. 이 세 이본들은 일부 시어의 맞춤법(湖水가/호숫가, 펜치/펜취)이 다른 점과 행 배열 및 연 구성에 다소의 차이가 있는 점을 제외하면 원문의 표기가 거의 같다. 최초의 원본이 동일하기 때문인데, 이것에 대한 자세한 내력은 「세월이 가면, 명동 '샹송'이 되기까지」에 밝혀져 있다. 글의 필자가 특정되지는 않았지만 「세월이 가면」이 시와 노래로 창작되는 과정을 소상히 기록하고 있어서 박인환과 가까운 사람이 쓴 것으로 여겨진다. 이 글의 핵심적인 내용은 다음의 두 가지이다. 첫째는 박인환이 시 「세월이 가면」을 쓴 것은 3월 초이며, 시와 악보를 『아리랑』에 함께 발표할 계획으로 이진섭에게 작곡을 부탁했고, 완성된 노래가 주변인들에게 좋은 평판을 얻자 박인환은 실제로 시와 악보의 원본을 『아리랑』에 기고했다는 점이다. 박인환 사후에 '모더니스트 박인환의 유작(시)'으로 발표된 「세월이 가면」이 그것인데, 이러한 사실은 발표지인 『아리랑』 2-6호의 편집 후기에서도 확인된다. 둘째는 「세월이 가면」의 노래가 완성된 3월 10일 무렵 동방살롱에서 조촐한 발표회가 개최되었으며, 이 자리에 참석했던 송지영이 악보의 사본을 바탕으로 자신의 수필 「명동의 '샹송'」에 시 「세월이 가면」을 최초로 소개했다는 점이다. 그리고 「명동의 '샹송'」이 게재된 직후 박인환이 사망하자 「세월이 가면, 명동 '샹송'이 되기까지」를 통해 시 「세월이 가면」이 재수록되는 한편 「세월이 가면」의 악보가 최초로 공개되기도 했다.

이 전집에서는 발표순에 따라 「명동의 '샹송'」에 수록된 것을 「세월이 가면」[1]로, 「세월이 가면, 명동 '샹송'이 되기까지」에 수록된 것을 「세월이 가면」[2]로, 『아리랑』 2-6호에 수록된 것을 「세월이 가면」[3]으로 정리했다. 원칙적으로는 제1부 정본의 일러두기 3항에서 밝힌 것처럼 작품집에 실리지 않은 작품의 경우 최초 발표작을 정본으로 삼는 것이 타당하다. 하지만 「세월이 가면」의 경우에는 박인환이 실제로 발표하려고 했던 작품이 「세월이 가면」[3]인 만큼 예외적으로 이것을 정본으로 삼는다. 한 가지 더 부연할 것은 「세월이 가면, 명동 '샹송'이 되기까지」와 『아리랑』 2-6호에 수록된 악보가 상이한 점이다. 「세월이 가면, 명동 '샹송'이 되기까지」에 수록된 것이 먼저 발표되기는 했으나, 이것은 수록 지면에 소개된 바와 같이 음반 취입을 위해 대중가요 작곡가 전오승이 블루스로 편곡한 악보이다. 박인환이 사망한 직후인 1956년 5월 전오승의 여동생 나애심은 이 악보를 바탕으로 신신레코드에서 음반(일련번호 S438)을 발매하기에 이른다. 하지만 이 음반의 라벨지에 작곡가 이진섭과 편곡자 전오승의 이름은 맞게 표기된 반면 작사가의 이름은 박헌환朴憲煥으로 오기되어 있다. 한편 샹송으로 작곡된 이진섭의 원곡은 『아리랑』 2-6호에 박인환의 유고시와 함께 수록되었다. 기본적인 선율은 유사하지만 이진섭의 원곡은 4/4박자로, 전오승의 편곡은 6/8박자로 구성된 점에서 차이점이 두드러진다. 〈세월이 가면〉은 나애심 이후 현인(1959), 현미(1968), 조용필(1972), 박인희(1976) 등이 가사 일부를 수정하고 악곡도 3/4박자 계열로 재편곡하여 거듭 취입하기도 했다. 일례로 현인이 라라레코드에서 취입한 음반(R646B)의 라벨지를 살펴보면 작사가인 박인환과 작곡가인 이진섭의 이름은 올바로 표기되었지만, 곡명은 〈세월은 가고〉로 바뀌어 있다.

[문헌1] 「세월이 가면, 명동 '샹송'이 되기까지」(『주간희망』 16호, 1956. 4. 13, 48~49쪽)

쓸쓸한 3월초 어느 날 고 박인환 시인과 친우 이진섭 씨 사이에 이러한 대화가 있었다.

박 : 오늘은 유달리 거리가 쓸쓸하구나.

이 : 비단 오늘만이 아니지.

박 : 아냐 비인 성냥곽 같아.

이 : 소모품의 비애 같은 거겠지.

박 : 야! 그래도 옛날엔 이렇지 않았어. 발걸음 하나하나가 뭣에 다르고, 눈에 들어오는 것이 모두가 따뜻했단다. 참 슬픈 일이야.

이 : 너 오늘 너무 센티멘털하구나.

박 : 송장 지나간 길 같아. 메마르고 차디차고, 술 한 잔 마시면 가슴이 더 미어지는 거 같아.

이 : 그걸 시로 읊으려무나.

박 : 그래 내가 해 보지.

이 : 그럼 그걸 내가 작곡해 볼까?

박 : 너 작곡할 줄 아니? 야 됐다! 그럼 샹송조로 해 봐라! 그걸 부르며 쓸쓸한 이 명동을 후줄근히 적셔 보자. 내일 가지고 올게.

이래서 박 시인은 이튿날 슬픈 시 「세월이 가면」을 써 가지고 동방살롱에 나타났다.

박 : 야 진섭아, 오늘 '아리랑'에 들렀더니 이번 편집계획에 몇 사람의 시를 작곡가에게 작곡시켜서 내기로 했다는구나. 그래서 어제 우리 얘기를 했더니 좋다고 그러더라. 응, 어때 잘 됐지?

이 씨는 그날 그의 시를 받아가지고 십 일 만에 완성했다. 악보를 들고 박 시인과 몇 명의 친구가 어느 대폿집으로 들어가 한잔 마시면서 이 씨가 노래 불러 주었다. 이때 한자리에 앉아 있었던 테너 가수 임만섭 씨가 호응하여 같이 불렀다.

박 : 야! 참 멋있다. 그래 정말 이거 네가 했니? 인마 똑똑히 말해. 나는 다 알아.

이 : 넌 그게 탈이야. 괜히 넘겨잡고 그러지 마라! 남 애쓴 생각도 못 하고서니.

박 : 참 잘 됐어. 정말 샹송조로 그럴듯해.

박 시인이 신바람이 나서 여러 번 다 같이 노래 부르게 했다. 이때 마침 희망사의 주간 송지영 씨가 들어와 노래를 듣고, 또 '명동을 적시기 위한 뜻'을 듣고 좋은 일이라고 하며 극찬했다. 박 시인은 곧 그 악보를 들고 '아리랑'사로 성급히 뛰어가고 남은 사람들은 寫本을 보고 술집이 떠나가라고 모두들 합창했다. 여기에 또 명동 남작이라는 별명이 붙은 소설가 이봉구 씨와 김광주 씨가 합세하고, 점차 동방살롱에 모인 문인들 사이에 퍼지게 되었다. 본지 3월 12일 12호에 송 주간이 「명동 샹송」이란 글을 싣자 더욱 노래 부르는 명동의 문인 동족들이 모여들었으며, 또 여배우이며 가수인 나애심 양이 자진 부르고 싶다고 해서 그 후 나 양의 오빠인 작곡가 전오승 씨의 편곡 지휘로 서울 방송국을 통해서 방송하는 동시에 레코드로 취입하게 되었다 한다.

[문헌2] 「편집을 마치고」(『아리랑』 2-6호, 1956.6.1, 306쪽)

한국이 낳은 새로운 시인 박인환 씨의 작고는 독자 여러분과 더불어 슬픔을 금치 못할 사실입니다. 그런데 불행 중 다행히도 작고 수일 전에 본사에 기고한 시 한 편이 이번 6월호에 수록됨은 뜻깊은 일이며 특히 고인과 죽마고우인 이진섭 씨가 작곡하고 둘도 없는 문우인 이봉래 씨가 인물평을 가하여 애독자와 더불어 감상하여 읊게 됨은 기꺼운 일입니다.

▶ **3월 17일 '이상 추모의 밤'을 열고, 추모시 「죽은 아포롱—이상 그가 떠난 날에」**(『한국일보』, 1956.3.17)**를 발표하다.**

[주석] 「죽은 아포롱」은 박인환이 생전에 마지막으로 발표한 작품이다.

▶ **3월 20일 자택에서 사망하여 3월 22일 망우리에 안장되다.**

[문헌] 「시인 박인환 씨 사망」(『경향신문』, 1956.3.22) 기사

전 본사 사원이었던 시인 박(朴寅煥) 씨는 20일 하오 9시 시내 세종로 135 자택에서 심장마비로 별세하였다. 발인은 22일 오전 11시이며 장지는 망우리 공동묘지라 한다. 그런데 박인환 씨는 한국자유문학자협회의 간부이었으며 한국영화평론가협회 회원이었다. 저서에는 「박인환 선집」이 있고 유가족에는 부인과 4남매가 있다.

▶ **4월 1일 유작으로 시 「뇌호내해」**(『문학예술』 3-4호, 1956.4.1)**와 「침울한 바다」**(『현대문학』 16호, 1956.4.1)**가 발표되다. 뒤이어 시 「이국항구」**(『경향신문』, 1956.4.7), **「옛날의 사람들에게—물고 작가 추도회의 밤에」**(『한국일보』, 1956.4.7), **「오월의 바람」**(『학원』, 1956.5.1), **「세월이 가면」**(『아리랑』 2-6호, 1956.6.1) **등도 게재되다.**

▶ **4월 7일 '해방 후 물고 작가 추념제'가 거행되다.**

[문헌] 「해방 후 물고 작가 추념제」 기사(『경향신문』, 1956.4.6)

8·15 이후 작고한 김동인 씨 외 11명의 작가를 위한 합동 추념제는 한국자유문학자협회

『世界의 印象－三十人의 紀行文』(趙豊衍 編, 進文社, 1956.5.20)의 앞표지

『이별』(박인환 역, 법문사, 1959.10.10)의 앞표지

주최로 오는 7일 하오 6시부터 시내 명동대성당 내의 문화관에서 거행하리라는데 물고 작가의 명단은 다음과 같다. 김동인(소설) 윤백남(소설) 안석주(시나리오) 오일도(시) 윤곤강(시) 김상용(시) 홍노작(시) 채만식(소설) 함대훈(희곡) 김영랑(시) 박인환(시)

- 5월 20일 조풍연이 편집한 『세계의 인상－삼십 인의 기행문』(진문사 발행)에 수필 「몇 가지의 노오트」가 수록되다.
- 9월 19일 추석에 문우들에 의해 망우리 묘소에 시비가 세워지다.

1959년 3주기

- 1959년 10월 10일 번역소설 『이별』(윌러 캐더, 법문사 발행)이 간행되다.

1975년 19주기

- 『문학사상』 36호(1975.9.1)에 〈박인환 초상〉(김용기 그림)이 표지화로 실리다.

1976년 20주기

- 3월 10일 20주기를 추모하여 유족들에 의해 『목마와 숙녀』(槿域書齋 발행)가 발행되다.

[주석] 『목마와 숙녀』는 박인환의 20주기를 맞이하여 유족들이 편집하여 간행한 추모시집이다. 여기에는 『선시집』에 수록된 56편의 시 작품 중 「자본가에게」와 「문제 되는 것」 등 2편이 제외되고 「거리」, 「지하실」, 「이국항구」, 「이 거리는 환

영한다」, 「어떠한 날까지」, 「세월이 가면」, 「가을의 유혹」 등 7편이 추보되어 총 61편의 시 작품이 수록되었다.

〈朴寅煥 肖像〉(『文學思想』 36호, 1975.9.1 앞표지)

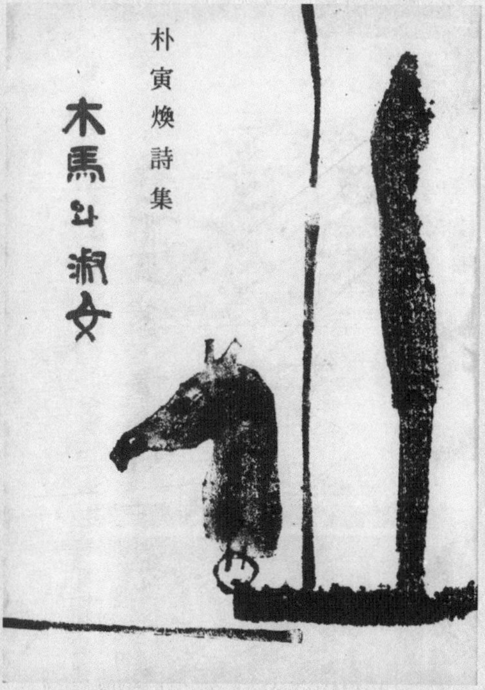

『木馬와 淑女』(槿域書齋, 1976.3.10)의 앞표지

1982년 26주기

▸ 1월 15일 추모문집 『세월이 가면—시인 박인환과 문학과 그 주변』(槿域書齋 발행)이 발행되다.

[주석] 『세월이 가면』에는 지인 16명(김경린, 김규동, 김차영, 박태진, 양병식, 이봉래, 조향, 김광균, 김영택, 송지영, 이봉구, 이진섭, 이혜복, 장만영, 전봉건, 조병화)의 회고문 및 박인환의 서간문 13편과 산문 6편 등이 수록되었다.

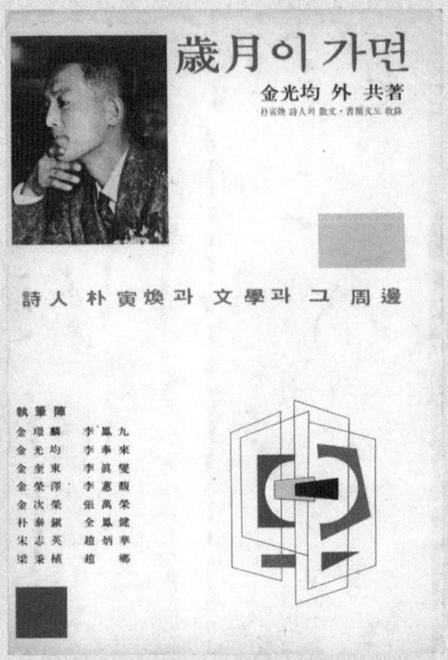

『歲月이 가면』(金光均 외, 槿域書齋, 1982.1.15)의 앞표지

『朴寅煥 全集』(文學世界社, 1986.5.22)의 앞표지

1986년 30주기

▸ 5월 22일 30주기를 맞이하여 『박인환 전집』(문학세계사 발행)이 발행되다.

[주석] 『박인환 전집』에는 시 70편, 산문 8편, 지인 5명(김광균, 장만영, 조병화, 김규동, 조향)의 회고문이 수록되었다.

2006년 50주기

▸ 8월 20일 50주기를 맞이하여 문승묵에 의해 『박인환 전집—사랑은 가고 과거는 남는 것』(예옥 발행)이 발행되다.

[주석] 『박인환 전집—사랑은 가고 과거는 남는 것』에는 시 80편, 산문 70편이 수록되었다.

2008년 52주기

▸ 3월 15일 맹문재에 의해 『박인환 전집』(실천문학사 발행)이 발행되다.

[주석] 『박인환 전집』에는 시 81편, 산문 83편, 번역시 1편이 수록되었다.

2015년 59주기

▸ 8월 15일 엄동섭과 염철에 의해 『박인환 문학전집 1—시』(소명출판 발행)가 발행되다.

[주석] 『박인환 문학전집 1—시』에는 정본 88편과 원본 145편의 시가 수록되었다.

인명 색인

ㄱ

가드너, 에바 Ava Gardner (1922~1990) 미국의 영화배우.
가르보, 그레타 Greta Garbo (1905~1990) 스웨덴 출신의 미국 영화배우.
가슨, 그리어 Greer Garson (1904~1996) 영국 출신의 미국 영화배우.
가필드, 존 John Garfield (1913~1952) 미국의 영화배우.
갈랜드, 주디 Judy Garland (1922~1969) 미국의 대중가요 가수, 영화배우.
강스, 아벨 Abel Gance (1889~1981) 프랑스의 영화감독.
강일매 姜一邁 (1906~1959) 기업가.
거슈윈, 조지 George Gershwin (1898~1937) 미국의 작곡가.
게이너, 자넷 Janet Gaynor (1906~1984) 미국의 영화배우.
게이블, 클라크 Clark Gable (1901~1960) 미국의 영화배우.
고갱, 폴 Paul Gauguin (1848~1903) 프랑스의 화가.
고링, 마리우스 Marius Goring (1912~1998) 영국의 영화배우.
고운봉 高雲峰 (1920~2001) 대중가요 가수.
고원 高遠 (1925~2008) 시인. 『시작』 발행인.
골드윈, 새뮤얼 Samuel Goldwyn (1879~1974) 미국의 영화 제작자.
골즈워디, 존 John Galsworthy (1867~1933) 영국의 시인, 소설가, 극작가.
곽말약[궈모뤄] 郭沫若 (1892~1978) 본명 개정(開貞). 중국의 시인, 극작가, 역사학자.
구르몽, 레미 드 Gourmont de Remy (1858~1915) 프랑스의 평론가, 시인
구상 具常 (1919~2004) 본명 구상준(具常浚). 시인.
구종석 具宗石 (생몰 연도 미상) 본명 구석윤. 영화배우.
굴딩, 에드먼드 Edmund Goulding (1891~1959) 영국의 영화감독, 시나리오 작가.
굿맨, 벤저민 데이비드 Benjamin David Goodman (1909~1986) 미국의 클라리넷 연주자, 스윙 재즈 음악가.

그라본, 가브리엘 드 Gabriel de Gravone (1887~1972) 프랑스의 영화배우.

그레이엄, 글로리아 Gloria Grahame (1923~1981) 미국의 영화배우.

그리스, 헨리 Henry Gris (1904~1996) 라트비아 출신의 미국의 저널리스트.

그리슨, 러셀 Russell Gleason (1907~1945) 미국의 영화배우.

그리어슨, 존 John Grierson (1898~1972) 영국의 영화감독,

그리피스, 레이먼드 Raymond Griffith (1895~1957) 미국의 영화배우.

그린, 그레이엄 Graham Greene (1904~1991) 영국의 소설가.

그린, 프레데릭 로렌스 Frederick Lawrence Green (1902~1953) 영국의 소설가.

그림 형제 Grimm brothers; Jacob Grimm (1785~1863), Wilhelm Grimm (1786~1859) 독일의 작가, 언어학자.

기시, 릴리안 Lillian Gish (1893~1993) 미국의 영화배우.

김경린 金璟麟 (1918~2006) 시인, 문학 평론가. 신시론, 후반기 동인.

김경희 金景熹 (생몰 연도 미상) 시인, 번역가. 신시론 동인. 한국 전쟁 중 월북.

김관수 金寬洙 (1905~?) 연극인, 영화 제작자.

김광섭 金珖燮 (1905~1977) 아호 이산(怡山). 시인.

김구 金九 (1876~1949) 본명 김창수(金昌洙), 아호 백범(白凡). 독립운동가, 정치인.

김규동 金奎東 (1925~2011) 시인, 문학 평론가.

김기림 金起林 (1908~?) 아호 편석촌(片石村). 시인, 문학 평론가. 한국 전쟁 중 납북.

김기영 金綺泳 (1919~1998) 영화감독, 시나리오 작가, 영화 제작자.

김남조 金南祚 (1927~) 시인.

김내성 金來成 (1909~1957) 아호 아인(雅人). 소설가.

김동진 金東振 (1913~2009) 작곡가.

김말봉 金末峯 (1901~1962) 소설가.

김명제 金明濟 (1920~?) 영화감독, 촬영감독.

김병욱 金秉旭 (생몰 연도 미상) 시인, 번역가. 신시론 동인. 한국 전쟁 중 월북.

김삼화 金三和 (1935~?) 한국 무용가, 영화배우.

김성민 金聖珉 (1915~1969) 본명 만익(萬益). 소설가, 시나리오 작가, 영화감독.

김소동 金蘇東 (1911~1988) 영화감독, 시나리오 작가, 영화 평론가.

김소월 金素月 (1902~1934) 본명 정식(廷湜). 시인.

김수돈 金洙敦 (1917~1966) 아호 화인(花人). 시인.

김수선 金壽善 (1911~1972) 정치인.

김승호 金勝鎬 (1918~1968) 본명 해수(海壽). 연극배우, 영화배우.
김신재 金信哉 (1919~1998) 영화배우.
김영삼 金永三 (1923~1994) 시인.
김영수 金永壽 (1911~1977) 소설가, 극작가, 방송 작가.
김용호 金容浩 (1912~1973) 아호 야돈(野豚). 시인.
김용환 金龍煥 (1912~1998) 만화가.
김용환 金龍煥 (1928~?) 방송 음악가, 영화 음악가.
김일해 金一海 (1906~2004) 본명 정석(正錫). 영화배우.
김정기 金正琦 (생몰 연도 미상) 시인. 시지『맥』,『시학』발행인.
김종길 金宗吉 (1926~) 본명 치규(致逵). 시인, 문학 평론가.
김종문 金宗文 (1919~1981) 시인, 군인.
김진규 金振圭 (1922~1998) 영화배우, 영화감독.
김차영 金次榮 (1923~1997) 시인, 언론인. 후반기 동인.
김춘수 金春洙 (1922~2004) 아호 대여(大餘). 시인.
김학성 金學成 (1913~1982) 촬영감독.
김한일 金漢日 (1921~1975) 영화감독, 영화 제작자. 영화감독 김소동의 동생.
김현승 金顯承 (1913~1975) 아호 다형(茶兄). 시인.
김호 金浩 (생몰 연도 미상) 시인.

ㄴ

나애심 羅愛心 (1930~) 본명 전봉선(全鳳仙). 대중가요 가수, 영화배우.
나운규 羅雲奎 (1902~1937) 영화감독, 영화배우.
나이팅게일, 플로렌스 Florence Nightingale (1820~1910) 이탈리아의 간호사.
네골레스코, 진 Jean Negulesco (1900 - 1993) 루마니아 출신의 미국 영화감독.
네그리, 폴라 Pola Negri (1897~1987) 폴란드 출신의 독일 영화배우.
네이선, 로버트 Robert Nathan (1894~1985) 미국의 소설가, 시인.
노경희 盧耕姬 (1929~1995) 본명 숙진(淑鎭). 영화배우.
노사[라오서] 老舍 (1899~1966) 본명 수칭춘(舒慶春). 중국의 소설가, 극작가.
노신[루쉰] 魯迅 (1881~1936) 본명 주수인(周樹人). 중국의 소설가, 문학 평론가.

노영란 盧映蘭 (1924~1991) 본명 현(賢). 시인, 소설가.

노재신 盧載信 (1916~2003) 본명 갑순(甲順) 영화배우.

노천명 盧天命 (1911~1957) 시인.

논개 論介 (? ~1593). 조선 중기의 의기(義妓).

놀런, 로이드 Lloyd Nolan(1902~1985) 미국의 영화배우.

뉴턴, 로버트 Robert Newton (1905~1955) 영국의 영화배우.

니글, 안나 Anna Neagle (1904~1986) 영국의 영화배우.

니장, 폴 Paul Nizan (1905~1940) 프랑스의 소설가.

님, 로널드 Ronald Neame (1911~2010) 영국의 영화감독.

ㄷ

다넬, 린다 Linda Darnell (1923~1965) 미국의 영화배우.

달리, 살바도르 Salvador Dali (1904~1989) 스페인의 화가.

더글러스, 커크 Kirk Douglas(1916~) 미국의 영화배우.

데그질, 프레보 Prevost d'Exiles (1697~1763) 이명 아베 프레보(Abbe Prevost). 프랑스의 소설가.

데밀, 세실 B. Cecil B. DeMille (1881~1959) 미국의 영화감독.

데시카, 비토리오 Vittorio De Sica (1901~1974) 이탈리아의 영화감독.

데이루이스, 세실 Cecil Day-Lewis (1904~1972) 영국의 시인, 문학 평론가.

데이비스, 베티 Bette Davis (1908~1989) 미국의 영화배우.

데카르트, 르네 Rene Descartes (1596~1650) 프랑스의 철학자.

데필리포, 에두아르도 Eduardo De Filippo (1900~1984) 이탈리아의 영화감독.

도팽, 클로드 Claude Dauphin (1903~1978) 프랑스의 영화배우.

둘리틀, 힐다 Hilda Doollitle (1886~1961) 약칭 H. D. 미국의 여류 시인.

뒤비비에, 줄리앙 Julien Duvivier (1896~1967) 프랑스의 영화감독.

듀모리에, 다프네 Daphne Du Maurier (1907~1989) 영국의 소설가, 극작가.

드가, 에드가 Edgar De Gas (1834~1917) 프랑스의 화가.

드라고, 엘레오노라 로시 Eleonora Rossi Drago (1925~2007) 이탈리아의 영화배우.

드라이저, 시어도어 Theodore Dreiser (1871~1945) 미국의 소설가.

드레빌, 장 Jean Dreville (1906~1997) 프랑스의 영화감독.
드뷔시, 클로드 Claude Debussy (1862~1918) 프랑스의 작곡가.
드하빌랜드, 올리비아 Olivia De Havilland (1916~) 미국의 영화배우. 조안 폰테인의 언니.
디터리, 윌리엄 William Dieterle (1893~1972) 독일 출신의 미국 영화감독.
디트리히, 마를레네 Marlene Dietrich (1901~1992) 독일 출신의 미국 영화배우.

ㄹ

라드너, 링 Ring Lardner (1885~1933) 본명 링골드 라드너(Ringgold Lardner). 미국의 소설가.
라디게, 레몽 Raymond Radiguet (1903~1923) 프랑스의 소설가.
라 뮈르, 피에르 Pierre La Mure (1899~1976) 프랑스의 소설가.
라이언, 캐슬린 Kathleen Ryan (1922~1985) 미국의 영화배우.
라이트, 리처드 Richard Wright (1908~1960) 미국의 소설가
라인하르트, 막스 Max Reinhardt (1873~1943) 독일의 연극배우, 연극 연출가.
라콩브, 조르주 Georges Lacombe (1902~1990) 프랑스의 영화감독.
라토프, 그레고리 Gregory Ratoff (1897~1960) 러시아 출신의 미국 영화감독.
라플린, 제임스 James Laughlin (1914~1997) 미국의 시인, 출판사 회장.
랑, 프리츠 Fritz Lang (1890~1976) 오스트리아 출신의 미국 영화감독.
랭보, 아르튀르 Arthur Rimbaud (1854~1891) 프랑스의 시인.
램핀, 조르주 Georges Lampin (1901~1979) 러시아 출신의 프랑스 영화감독.
랭커스터, 버트 Burt Lancaster (1913~1994) 미국의 영화배우.
랭크, 조지프 아서 Joseph Arthur Rank (1888~1972) 영국의 영화 제작자.
러셀, 버트란트 Bertrand Russell (1872~1970) 영국의 논리학자, 분석 철학자.
레마르크, 에리히 마리아 Erich Maria Remarque (1898~1970) 독일 출신의 미국 소설가.
레믈리, 칼 Carl Laemmle (1867~1939) 미국의 영화 제작자.
레이, 존 John Wray (1987~1940) 미국의 영화배우.
레이건, 로널드 Ronald Reagan (1911~2004) 미국의 영화배우, 제40대 대통령.
레이너, 루이제 Louise Raine (1910~2014) 오스트리아 출신의 미국 영화배우.
레이몬드, 시릴 Cyril Raymond (1899~1973) 영국의 영화배우.

레인스, 클로드 Claude Rains(1889~1967) 영국의 영화배우.

레자니, 세르주 Serge Reggiani (1922~2004) 프랑스의 영화배우.

로렌, 소피아 Sophia Loren (1934~) 이탈리아의 영화배우.

로렌스, 데이비드 허버트 David Herbert Lawrence (1885~1930) 영국의 소설가, 시인, 문학 평론가.

로먼, 루스 Ruth Roman (1922~1999) 미국의 영화배우.

로메로, 세자르 Cesar Romero (1907~1994) 미국의 영화배우.

로방, 다니 Dany Robin (1927~1995) 프랑스의 영화배우.

로뱅, 장 마리 Jean-Marie Robain(1913~2004) 프랑스의 영화배우.

로버츠, 마이클 Michael Roberts (1902~1948) 영국의 시인, 문학 평론가.

로보슨, 마크 Mark Robson (1913~1978) 캐나다의 영화감독.

로빈슨, 에드워드 G. Edward G. Robinson (1893~1973) 루마니아 출신의 미국 영화배우.

로셀리니, 로베르토 Roberto Rossellini (1906~1977) 이탈리아의 영화감독.

로셔, 찰스 Charles Rosher (1885~1974) 미국의 촬영감독.

로스탕, 에드몽 Edmond Rostand (1868~1918) 프랑스의 극작가, 시인.

로이드, 프랭크 Frank Lloyd (1988~1960) 영국 출신의 미국 영화감독.

로저스, 월터 Walter Rogers (1906~1943) 미국의 영화배우.

로저스, 진저 Ginger Rogers (1911~1995) 마국의 영화배우.

로제이, 프랑소와 Francoise Rosay (1891~1974) 프랑스의 영화배우.

로치몽, 루이 드 Louis de Rochemont (1899~1978) 미국의 영화감독, 시나리오 작가, 영화 제작자.

로트레아몽 백작 Lautreamont, Comte de(1846~1870), 본명은 이시도르 루시앙 뒤카스 Isidore, Lucien Ducasse. 프랑스의 시인.

로트레크, 툴루즈 Toulouse-Lautrec(1864~1901) 프랑스의 화가, 판화가.

롤로브리지다, 지나 Gina Lollobrigida (1927~) 이탈리아의 영화배우.

루비치, 에른스트 Ernst Lubitsch (1892~1947) 독일 출신의 미국 영화감독.

루소, 앙리 Henri Rousseau (1844~1910) 프랑스의 화가.

루이스, 싱클레어 Sinclair Lewis (1885~1951) 미국의 소설가.

루이스, 윈덤 Windham Lewis (1982~1957) 영국의 화가, 미술 평론가, 소설가.

루인, 앨버트 Albert Lewin(1894~1968) 미국의 영화감독, 시나리오 작가, 영화 제작자.

루카스, 폴 Paul Lukas (1891~1971) 헝가리 출신의 미국 영화배우.

뤼미에르 형제 Lumiere brothers; Auguste Lumiere (1862~1954), Louis Lumiere (1864~1948) 프랑스의 발명가, 영화의 시조.
르누아르, 피에르 오그스트 Pierre-Auguste Renoir (1841~1919) 프랑스의 화가.
리, 비비언 Vivien Leigh (1913~1967) 영국의 영화배우.
리드, 캐럴 Carol Reed (1906~1976) 영국의 영화.
리드, 허버트 Herbert Read (1893~1968) 영국의 시인, 예술 평론가.
리빙스턴, 마거리트 Margaret Livingston (1900~1984) 미국의 영화배우.
리스킨, 로버트 Robert Riskin (1897~1955) 미국의 시나리오 작가, 영화 제작자.
리트박, 아나톨 Anatole Litvak (1902~1974) 러시아 출신의 미국 영화감독.
린, 데이비드 David Lean (1908~1991) 영국의 영화감독.
린드포스, 비브카 Viveca Lindfors (1920~1995) 스웨덴의 영화배우.
릴케, 라이너 마리아 Rainer Maria Rilke (1875~1926) 독일의 시인.
림, 카를로 Carlo Rim (1905~1989) 프랑스의 영화감독.

ㅁ

마그니어, 피에르 Pierre Magnier (1869~1959) 프랑스의 영화배우.
마냐니, 안나 Anna Magnani (1908~1973) 이탈리아의 영화배우.
마레, 장 Jean Marais (1913~1998) 프랑스의 영화배우.
마르샹, 콜레트 Colette Marchand (1925~2015) 프랑스의 영화배우.
마르케, 알베르 Albert Marquet (1875~1947) 프랑스의 화가.
마르크스 4형제 Marx brothers; 치코 Chico (1887~1961), 하포 Harpo (1888~1964), 그루초 Groucho (1890~1977), 제포 Zeppo (1901~1979) 미국의 영화배우.
마물리안, 루벤 Rouben Mamoulian (1897~1987) 러시아 출신의 미국 영화감독.
마예어, 칼 Carl Mayer (1894~1944) 오스트리아의 시나리오 작가.
마일스톤, 루이스 Lewis Milestone (1895~1980) 러시아 출신의 미국 영화감독.
말렌코프, 게오르기 Georgy Malenkov (1902~1988) 소련의 정치인.
말스, 세브랑 Severin-Mars (1873~1921) 프랑스의 영화배우.
망가노, 실바나 Silvana Mangano (1930~1989) 이탈리아의 영화배우.
맥나마라, 매기 Maggie McNamara (1929~1978) 미국의 영화배우.

맥니스, 루이스 Louis MacNeice (1907~1963) 영국의 시인.
맥스웰, 마릴린 Marilyn Maxwell (1920~1972) 미국의 영화배우.
맥코믹, F. J. McCormick (1890~1947) 본명 피터 저지(Peter Judge). 영국의 영화배우.
맨키위츠, 조셉 Joseph Mankiewicz (1909~1993) 미국의 영화감독.
머서, 베릴 Beryl Mercer (1876~1939) 미국의 영화배우.
머추어, 빅터 Victor Mature (1913~1999) 미국의 영화배우.
먼로, 마릴린 Marilyn Monroe (1926~1962) 미국의 영화배우.
메이슨, 제임스 James Mason (1909~1984) 영국의 영화배우.
멜빌, 장 피에르 Jean-Pierre Melville (1917~1973) 프랑스의 영화감독.
모건, 데니스 Dennis Morgan (1908~1994) 미국의 영화배우.
모기, 레오니드 Leonide Moguy (1899~1976) 러시아 출신의 프랑스 영화감독.
모르강, 미셸 Michele Morgan (1920~) 프랑스의 영화배우.
모리드, 로저 Roger Moride (1927~) 프랑스의 촬영감독, 영화감독.
모리아크, 프랑수아 Francois Mauriac (1885~1970) 프랑스의 소설가.
모순[마오둔] 茅盾 (1896~1981) 본명 심덕홍(沈德鴻). 중국의 소설가.
모윤숙 毛允淑 (1910~1990) 아호 영운(嶺雲). 시인.
모터쇼, 프랭크 Frank Mottershaw (1882~1932) 영국의 영화감독, 촬영감독.
모틀리, 윌라드 Willard Motley (1909~1965) 미국의 소설가.
모파상, 기 드 Guy de Maupassant (1850~1893) 프랑스의 소설가.
몬투오리, 카를로 Carlo Montuori (1885~1968) 이탈리아의 촬영감독.
몸, 서머싯 William Somerset Maugham (1874~1965) 영국의 소설가, 극작가.
무니, 폴 Paul Muni (1895~1967) 오스트리아 출신의 미국 영화배우.
무르나우, 프리드리히 빌헬름 Friedrich Wilhelm Murnau (1889~1931) 독일의 영화감독.
무솔리니, 베니토 Benito Mussolini (1883~1945) 이탈리아의 정치가.
미넬리, 빈센트 Vincente Minnelli (1903~1986) 미국의 영화감독.
미슐레, 쥘 Jules Michelet (1798~1874) 프랑스의 역사가.
미스라키, 폴 Paul Misraki (1908~1998) 터키 출신의 프랑스 음악감독.
미첼, 마거릿 Margaret Mitchell (1900~1949) 미국의 소설가.
미치너, 제임스 앨버트 James Albert Michener (1907~1997) 미국의 소설가.
민재정 閔載禎 (생몰 연도 미상) 언론인.
민충정공 閔忠正公(1861~1905) 본명 민영환. 조선 말기의 문신, 순국지사.

밀스, 존 John Mills (1908~2005) 영국의 영화배우.

ㅂ

바콜, 로렌 Lauren Bacall (1924~2014) 미국의 영화배우.
박경주 朴景柱 (1916~?) 연극배우, 영화배우.
박계주 朴啓周 (1913~1966) 아호 서운(曙雲). 소설가.
박기원 朴琦遠 (1908~1978) 아호 야청(也靑). 시인.
박남옥 朴南玉 (1923~?) 한국 최초의 여성 영화감독.
박단마 朴丹馬 (1921~1992) 대중가요 가수.
박목월 朴木月 (1915~1978) 본명 영종(泳鍾). 시인, 아동문학가.
박성환 朴聖煥 (생몰 연도 미상) 언론인.
박영준 朴榮濬 (1911~1976) 소설가.
박청허 朴聽虛 (생몰 연도 미상) 시인.
박태진 朴泰鎭 (1921~2006) 시인.
박화목 朴和穆 (1924~2005) 본명 은종(銀鐘). 시인.
박훈산 朴薰山 (1919~1985) 본명 유상(裕相). 시인.
발레리, 폴 Paul Valery (1871~1945) 프랑스의 시인, 문학 평론가.
배빗, 어빙 Irving Babbitt (1865~1933) 미국의 문학 평론가.
뱅키, 빌마 Vilma Banky (1901~1991) 헝가리의 영화배우.
버그먼, 잉그리드 Ingrid Bergman (1915~1985) 스웨덴 출신의 미국 영화배우.
버그먼, 로버트 Robert Bergmann (생몰 연도 미상) 프랑스의 영화음악가.
버넌, 하워드 Howard Vernon (1914~1996) 프랑스의 영화배우.
버렐, 레옹 앙리 Leonce-Henri Burel (1892~1977) 프랑스의 촬영감독.
벅, 펄 Pearl Buck (1892~1973) 미국의 소설가.
베넷, 이넉 Enoch Bennett (1867~1931) 영국의 소설가.
베렛, 엘리자베스 Elizabeth Barrett Browning (1806~1861) 영국의 시인. 로버트 브라우닝의 부인.
베르그송, 앙리 Henri Bergson (1859~1941) 프랑스의 철학자.
베르코르 Vercors (1902~1991) 본명 장 마르셀 브륄레르(Jean Marcel Bruller). 프랑스의

소설가.

베리모어, 에델 Ethel Barrymore (1879~1959) 미국의 영화배우.

베이크웰, 윌리엄 William Bakewell (1908~1993) 미국의 영화배우.

베이커, 조세핀 Josephine Baker (1906~1975) 미국의 무용수, 가수.

베케르, 자크 Jacques Becker (1906~1960) 프랑스의 영화감독, 시나리오 작가.

벨, 바네사 Vanessa Bell (1879~1961) 영국의 화가, 실내 장식가

벨, 줄리안 Julian Bell (1908~1937) 영국의 시인.

벨, 클라이브 Clive Bell (1881~1964) 영국의 미술 평론가.

변순제 邊順濟 (1920~?) 영화 제작자, 영화감독, 시나리오 작가.

보가트, 험프리 Humphrey Bogart (1899~1957) 마국의 영화배우.

보들레르, 샤를-피에르 Charles-Pierre Baudelaire (1821~1867) 프랑스의 시인.

보세, 루시아 Lucia Bose (1931~) 이탈리아의 영화배우.

보와이에, 샤를르 Charles Boye (1899~1978) 프랑스의 영화배우.

복혜숙 卜惠淑 (1904~1982) 본명 복마리. 영화배우.

부알로, 니콜라 Nicolas Boileau (1636~1971) 프랑스의 시인, 문학 평론가.

부완혁 夫琓爀 (1919~1984) 언론인, 관료, 기업인.

불팅, 존 John Boulting (1913~1985) 영국의 영화감독, 영화 제작자.

브라우닝, 로버트 Robert Browning (1812~1889) 영국의 시인.

브라지, 로사노 Rossano Brazzi (1916~1994) 이탈리아의 영화배우.

브란도, 말론 Marlon Brando (1924~2004) 미국의 영화배우.

브로트, 막스 Max Brod (1884~1968) 이스라엘의 소설가, 문학 평론가.

브롬필드, 루이스 Louis Bromfield (1896~1956) 미국의 소설가.

브룩스, 리처드 Richard Brooks (1912~1992) 본명 루벤 색스(Ruben Sax). 미국의 영화감독, 시나리오 작가

브르통, 앙드레 Andre Breton (1896~1966) 프랑스의 시인.

비오브, 헤르만 Hermann Biow (1803~1850) 독일의 사진가.

비첨, 토머스 Thomas Beecham (1879~1961) 영국의 지휘자.

비토, 펠리스 Felice Beato (1832~1909) 이탈리아 출신의 영국 사진가.

ㅅ

사르트르, 장 폴 Jean Paul Sartre (1905~1980) 프랑스의 소설가, 극작가, 철학자.

사티, 에릭 Erik Satie (1966~1925) 프랑스의 작곡가.

산타야나, 조지 George Santayana (1863~1952) 미국의 철학자.

서월영 徐月影 (1904~1973) 본명 영관(永琯). 연극배우, 영화배우.

석금성 石金星 (1907~1995) 영화배우.

성삼문 成三問 (1418~1456) 조선 전기의 문신. 사육신의 한 사람.

셀즈닉, 데이비드 David Selznick(1902~1965) 미국의 영화 제작자.

셰베리, 스벤 에릭 알프 Sven Erik Alf Sjoberg (1908~1980) 스웨덴의 연극 연출가, 영화감독.

손목인 孫牧人 (1913~1999) 본명 득렬(得烈). 대중가요 작곡가.

손세일 孫世一 (1935~) 언론인, 정치인.

송미령[쑹메이링] 宋美齡 (1897~ 2003) 중국 정치가 장개석(蔣介石)의 부인.

송억 宋億 (1918~?) 본명 송윤식. 연극배우, 영화배우.

송지영 宋志英 (1916~1989) 언론인, 소설가

숌므, 알프레드 Alfred Chaume (1889~1976) 프랑스의 영화감독.

수포, 필리프 Philippe Soupault (1897~1990) 프랑스의 시인, 소설가.

쉐리던, 앤 Ann Sheridan (1915~1967) 미국의 영화배우.

쉐어리, 도어 Dore Schary (1905~1980) 미국의 영화감독, 시나리오 작가, 영화 제작자.

스마트, 랠프 Ralph Smart (1908~2001) 영국의 영화감독, 시나리오 작가.

스커러스, 스파이로스 Spyros Skouras (1893~1971) 그리스 출신의 미국 영화사 경영인.

스켈턴, 레드 Red Skelton (1913~1997) 미국의 영화배우. 시나리오 작가.

스타이올라, 엔조 Enzo Staiola (1939~) 이탈리아 영화배우.

스타인, 거트루드 Gertrude Stein (1874~1946) 미국의 시인, 소설가.

스타인벡, 존 John Steinbeck (1902~1968) 미국의 소설가.

스탕달 Stendhal (1783~1842) 본명 앙리 벨르(Henri Beyle). 프랑스의 소설가.

스탠윅, 바바라 Barbara Stanwyck (1907~1990) 미국의 영화배우.

스턴버그, 요제프 폰 Josef von Sternberg (1894~1969) 오스트리아 출신의 미국 영화감독.

스테판, 니콜 Nicole Stephane (1923~2007) 프랑스의 영화배우.

스토우니, 조지 월터 George Walter Stonie (1903~1985) 영국의 소설가, 문학 평론가.

스토코프스키, 레오폴드 Leopold Stokowski (1882~1977) 영국의 지휘자.

스튜어트, 제임스 James Stewart (1908~1997) 미국의 영화배우.

스트러스, 칼 Karl Struss (1886~1981) 미국의 촬영 감독.

스트레이치, 자일스 리턴 Giles Lytton Strachey (1880~1932) 영국의 전기문학 작가.

스트린드베리, 아우구스트 August Strindberg (1849~1912) 스웨덴의 극작가, 소설가.

스티븐, 레슬리 Leslie Stephen (1832~1904) 영국의 문학 평론가, 철학자.

스티븐스, 알프레드 Alfred Stevens (1823~1906) 벨기에의 화가.

스티븐스, 워렌 Warren Stevens (1919~2012) 미국의 영화배우.

스티븐스, 조지 George Stevens (1904~1975) 미국의 영화감독.

스펜더, 스티븐 Stephen Spender (1909~1995) 영국의 시인, 문학 평론가.

시드니, 배질 Basil Sydney (1894~1968) 영국의 영화배우.

시먼스, 진 Jean Simmons (1929~2010) 영국의 영화배우.

시어스, 테드 Ted Sears (1900~1958) 미국의 애니메이터.

시트웰, 데임 이디스 Dame Edith Sitwell (1887~1964) 영국의 시인.

신경균 申敬均 (1912~1982) 영화감독, 영화 제작자.

신동집 申瞳集 (1924~2003) 아호 현당(玄堂). 시인.

신상옥 申相玉 (1926~2006) 본명 태서(泰瑞). 영화감독, 영화 제작자.

신석정 辛夕汀 (1907~1974) 본명 석정(錫正). 시인.

신카나리아 (1912~2006) 본명 신경녀(申景女). 대중가요 가수.

신현돈 申鉉燉 (1903~1965) 정치인.

실드크라우트, 조셉 Joseph Schildkraut (1896~1964) 오스트리아의 영화배우.

실베스터, 로버트 Robert Sylvester (1907~1975) 미국의 시나리오 작가.

심농, 조르주 Georges Simenon (1903~1989) 벨기에의 영화배우.

ㅇ

아나킨, 켄 Ken Annakin (1914~2009) 영국의 영화감독.

아라공, 루이 Louis Aragon (1897~1982) 프랑스의 시인, 소설가.

아르멘다리즈, 페드로 Pedro Armendariz (1912~1963) 멕시코의 영화배우.

아이리시, 윌리엄 William Irish (1903~1968) 미국의 소설가.

아이셔우드, 크리스토퍼 Christopher Isherwood (1904~1986) 미국의 소설가, 극작가.

아일머, 펠릭스 Felix Aylmer (1889~1979) 영국의 영화배우.
안경호 安慶浩 (생몰 연도 미상) 영화감독, 촬영 감독.
안종화 安鍾和 (1902~1966) 본명 용희(龍熙). 연극 연출가, 영화감독, 시나리오 작가.
알레그레, 이브 Yves Allegret (1907~1987) 프랑스의 영화감독.
알렉산더, 벤 Ben Alexander (1911~1969) 미국의 영화배우.
알브라이트, 롤라 Lola Albright (1925~) 미국의 영화배우.
애덤스, 새무얼 홉킨스 Samuel Hopkins Adams (1871~1958) 미국의 소설가, 언론인.
애봇, 조지 George Abbott (1887~1995) 미국의 극작가.
애스터, 메리 Mary Astor (1906~1987) 미국의 영화배우.
앤더슨, 맥스웰 Maxwell Anderson (1888~1959) 미국의 극작가.
앤더슨, 셔우드 Sherwood Anderson (1876~1841) 미국의 소설가.
앤드루스, 델 Del Andrews (1894~1942) 미국의 극작가.
앨런, 윌리엄 허비 William Hervey Allen (1889~1949) 미국의 소설가.
양명문 楊明文 (1913~1985) 아호 자문(紫門). 시인
엄앵란 嚴鶯蘭 (1936~) 본명 인기(仁基). 영화배우.
에드슨, 아서 Arthur Edeson (1891~1970) 미국의 촬영 감독.
에이레스, 류 Lew Ayres (1908~1996) 미국의 영화배우.
엘뤼아르, 폴 Paul Eluard (1895~1952) 프랑스의 시인.
엘리소폰, 엘리엇 Eliot Elisofon (1911~1973) 미국의 촬영 감독, 영화 평론가.
엘리엇, 토머스 Thomas Eliot (1888~1965) 미국 출신의 영국 시인, 극작가, 문학 평론가.
엠프슨, 윌리엄 William Empson (1906~1984) 영국의 시인, 문학 평론가.
염석주 廉石柱 (생몰 연도 미상) 영화배우.
예렌부르크, 일리야 Ilja Erenburg (1891~1967) 구소련의 소설가.
예이츠, 윌리엄 버틀러 William Butler Yeats (1865~1939) 아일랜드의 시인, 극작가.
오데츠, 클리퍼드 Clifford Odets (1906~1963) 미국의 극작가, 시나리오 작가.
오드리, 재클린 Jacqueline Audry (1908~1977) 프랑스의 영화감독.
오든, 위스턴 Wystan Auden (1907~1973) 영국 출신의 미국 시인.
오리크, 조르주 Georges Auric (1899~1983) 프랑스의 작곡가, 음악 감독.
오브라이언, 조지 George O'Brien (1899~1985) 미국의 영화배우.
오브리, 세실 Cecile Aubry (1928~2010) 프랑스의 영화배우.
오상순 吳相淳 (1894~1963) 아호 공초(空超). 시인.

오스틴, 제인 Jane Austen (1775~1817) 영국의 소설가.

오스틴, 존 John Austin(1911~1960) 영국의 철학자, 언어학자.

오영진 吳泳鎭 (1916~1976) 아호 우천(又川). 극작가, 시나리오 작가, 영화 평론가.

오클레르, 미셸 Michel Auclair (1922~1988) 프랑스의 영화배우.

오탕라라, 클로드 Claude Autant-Lara (1901~2000) 프랑스의 영화감독.

오퓔스, 막스 Max Ophuls (1902~1957) 독일의 영화감독.

오 헨리 O. Henry (1862~1910) 본명 윌리엄 시드니 포터(William Sydney Porter). 미국의 소설가.

올딩턴, 리처드 Richard Aldington (1892~1962) 영국의 시인, 소설가.

올리버, 해리 (1888~1973) 미국의 영화 미술 감독.

올리비에, 로렌스 Laurence Olivier (1907~1989) 영국의 연극배우, 연극 연출가, 영화배우. 영화감독.

올컷, 루이자 메이 Louisa May Alcott (1832~1888) 미국의 소설가.

와그너, 월터 Walter Wanger (1894~1968) 미국의 영화 제작자.

와일드, 오스카 Oscar Wilde (1854~1990) 미국의 소설가.

와일러, 윌리엄 William Wyler (1902~1981) 미국의 영화감독.

와일리, 필립 Philip Wylie (1902~1971) 미국의 소설가, 시나리오 작가.

왈드, 제리 Jerry Wald (1911~1962) 미국의 시나리오 작가, 영화감독.

울란드, 노만 Norman Wooland (1910~1989) 독일의 영화배우.

울프, 레너드 Leonard Woolf (1880~1969) 영국의 정치 이론가, 출판인.

울프, 버지니아 Virginia Woolf (1882~1941) 영국의 소설가.

울프, 제임스 James Woolf (1919~1966) 영국의 영화 제작자.

울하임, 루이스 Louis Wolheim (1880~1931) 미국의 영화배우.

워, 에블린 Evelyn Waugh (1903~1966) 영국의 소설가, 평론가.

워너, 렉스 Rex Warner (1905~1986) 영국의 시인, 소설가, 고전 어학자.

워드, 메리 제인 Mary Jane Ward (1905~1981) 미국의 소설가.

워커, 조셉 Joseph Walker (1892~1985) 미국의 촬영 감독.

월리스, 할 Hal Wallis (1899~1986) 미국의 영화 제작자.

윌리엄스, 테네시 Tennessee Williams (1911~1983) 미국의 극작가.

윌콕스, 허버트 Herbert Wilcox (1890~1977) 영국의 영화감독, 영화 제작자.

웨스턴, 제시 Jessie Weston (1850-1928) 영국의 인류학자.

웰스, 오손 Orson Welles (1915~1985) 미국의 영화배우, 영화감독.
웰스, 허버트 조지 Herbert George Wells (1866~1946) 영국의 소설가, 문학 평론가, 역사학자.
위고, 빅토르 Victor Hugo (1802~1885) 프랑스의 시인, 소설가, 극작가.
위트릴로, 모리스 Maurice Utrillo (1883~1955) 프랑스의 화가.
윌리엄스, 에스더 Esther Williams (1921~2013) 미국의 영화배우.
유계선 劉桂仙 (1923~?) 영화배우.
유동준 俞東濬 (1921~2014) 아호 하산(霞山). 문학 평론가.
유두연 劉斗演 (1920~1972) 영화감독, 시나리오 작가, 영화 평론가.
유정 柳呈 (1922~1999) 시인.
유치진 柳致眞 (1905~1974) 아호 동랑(東朗). 극작가, 연극 연출가.
유치환 柳致環 (1908~1967) 아호 청마(靑馬). 시인.
유평백[위핑보] 兪平伯 (1900~1990) 중국의 시인, 문학 평론가.
유현목 俞賢穆 (1925~2009) 영화감독.
윤곤강 尹崑崗 (1911~1949) 본명 붕원(朋遠). 시인.
윤봉춘 尹逢春 (1902~1975) 아호 금원(琴園). 영화배우, 영화감독.
윤일봉 尹一峰 (1934~) 영화배우.
이강천 李康天 (1920~1993) 영화감독.
이경순 李敬純 (1905~1985) 아호 동기(東騎). 시인.
이광수 李光洙 (1892~1950) 아호 춘원(春園). 소설가.
이규동 李奎東 (생몰 연도 미상) 영화감독.
이규환 李圭煥 (1904~1982) 연극 연출가, 영화감독, 시나리오 작가.
이금룡 李錦龍 (1906~1955) 영화배우.
이민 李敏 (1921~?) 본명 시중(時中). 영화배우.
이병일 李炳逸 (1910~1978) 영화감독, 영화 제작자.
이봉구 李鳳九 (1916~1983) 소설가.
이봉래 李奉來 (1922~1998) 시인, 문학 평론가, 시나리오 작가, 영화 평론가. 후반기 동인.
이만흥 李萬興 (1922~2016) 영화감독.
이상 李箱 (1910~1937) 본명 김해경(金海卿). 시인, 소설가.
이상로 李相魯 (1916~1973) 아호 소향(素鄕), 필명 이오류(李午柳). 시인, 언론인.
이순용 李淳鎔, (1897~1988) 공무원.

이승만 李承晩 (1875~1965) 아호 우남(雩男). 독립운동가, 정치인.
이설주 李雪舟 (1908~2001) 본명 용수(龍壽). 시인.
이예춘 李藝春 (1919~1977) 영화배우.
이용민 李庸民 (1916~1982) 영화감독.
이운방 李雲芳 (1906~1957) 시나리오 작가.
이원경 李源庚 (1916~2010) 연극 연출가, 시나리오 작가.
이인수 李仁秀 (1928~2003) 시인.
이재명 李載明 (1908~1987) 영화 제작자.
이정선 李貞善 (1921~?) 시나리오 작가.
이제하 李祭夏 (1938~) 시인, 소설가, 화가.
이중한 李重漢 (1938~2011) 시인, 출판인, 언론인.
이진섭 李眞燮 (1922~1983) 아호 청재(靑齋). 시나리오 작가, 방송 작가, 영화 평론가, 번역 문학가.
이집길 李集吉 (1923~1955) 영화배우.
이철원 李哲源 (1900~1979) 독립운동가, 관료, 정치인.
이철혁 李喆爀 (?~1958) 연극 평론가, 영화 제작자. 영화배우 조미령의 남편.
이청기 李淸基 (1919~1994) 시나리오 작가.
이태환 李泰煥 (1910~?) 시나리오 작가, 영화감독.
이택균 李澤畇 (1926~?) 영화배우. 영화배우 석금성의 아들.
이헌구 李軒求 (1905~1982) 아호 소천(宵泉). 문학 평론가.
이활 李活 (1925~?) 시인.
이희철 李禧哲 (1930~?) 아호 오천(梧泉). 시인.
임병직 林炳稷 (1893~1976) 아호 소죽(小竹). 독립운동가, 외교관.
임하수 林河守 (1927~1960) 시인.
임호권 林虎權 (1916~?) 시인. 신시론 동인. 한국 전쟁 중 월북.

ㅈ

잠, 프랑시스 Francis Jammes (1968~1938) 프랑스의 시인.
장만영 張萬榮 (1914~1975) 아호 초애(草涯). 시인. 출판사 산호장 운영.

장석윤 張錫潤 (1904~2004) 아호 춘봉(春峰) 독립운동가, 관료, 정치인.
장수철 張壽哲 (1916~1993) 아호 산명(山鳴). 시인, 아동 문학가.
장송, 앙리 Henri Jeanson (1900~1970) 프랑스의 시나리오 작가.
장윤우 張潤宇 (1937~) 시인.
장현 章鉉 (1928~2003) 본명 안장현(安章鉉). 시인, 수필가.
장호 章湖 (1929~1999) 본명 김장호(金長好). 시인.
전봉건 全鳳健 (1928~1988) 시인, 문학 평론가.
전숙희 田淑禧 (1919~2010) 수필가.
전택이 田澤二 (1912~1998) 본명 용탁(溶鐸). 영화배우, 영화감독.
전창근 全昌根 (1907~1972) 영화배우, 영화감독, 시나리오 작가.
정령[딩링] 丁玲 (1904~1986) 본명 장위(蔣偉). 중국의 소설가.
정몽주 鄭夢周 (1337년~1392년) 고려 후기의 문신, 학자.
정민 鄭珉 (1923~?) 본명 동민(東珉). 연극배우, 영화배우.
정영태 鄭永泰 (1928~2005) 시인.
정종여 鄭鍾汝 (1914~1984) 아호 청계(靑谿). 화가.
정준 鄭濬 (1915~2000) 정치인.
정지용 鄭芝溶 (1902~1950) 시인.
정진업 鄭鎭業 (1916~1983) 아호 월초(月礁). 시인.
정충량 鄭忠良 (1916~1991) 언론인, 교육자.
정화세 鄭和世 (생몰 연도 미상) 영화 제작자.
조미령 趙美鈴 (1929~) 본명 제순(濟順). 영화배우.
조병화 趙炳華 (1921~2003) 아호 편운(片雲). 시인.
조이스, 제임스 James Joyce (1882~1941) 아일랜드의 소설가.
조정호 趙晶鎬 (1919~?) 영화감독.
조항 趙恒 (1928~1968) 본명 항의(恒義). 영화배우. 영화 제작자.
조향 趙鄕 (1917~1985) 본명 섭제(燮濟). 시인, 문학 평론가.
조흔파 趙欣坡 (1918~1980) 본명 봉순(鳳淳). 소설가.
존스, 제니퍼 Jennifer Jones (1919~2009) 미국의 영화배우.
존슨, 밴 Van Johnson (1916~2008) 미국의 영화배우.
존슨, 셀리아 Celia Johnson (1908~1982) 영국의 영화배우.
존슨, 앤드류 Andrew Johnson (1808~1875) 미국의 제17대 대통령.

졸라, 에밀 Emile Zola (1840~1902) 프랑스의 소설가.
주더만, 헤르만 Hermann Sudermann (1857~1928) 독일의 극작가.
주선태 朱善泰 (1921~1989) 영화배우.
지드, 앙드레 Andre Gide (1869~1951) 프랑스의 소설가.
진네만, 프레드 Fred Zinnemann (1907~1997) 오스트리아 출신의 미국 영화감독.

ㅊ

차라, 트리스탕 Tristan Tzara (1896~1963) 프랑스의 시인, 수필가, 행위 미술가.
채터튼, 러스 Ruth Chatterton (1893~1961) 미국의 영화배우.
채플린, 찰리 Charles Chaplin (1889~1977) 영국의 영화배우, 영화감독, 영화 제작자.
처칠, 프랭크 Frank Churchill (1901~1941) 미국의 작곡가, 음악 감독.
최남현 崔湳鉉 (1918~1990) 영화배우.
최순주 崔淳周 (1902~1956) 관료, 정치인.
최영수 崔永秀 (1909~?) 소설가, 장정가, 삽화가, 만화가. 한국 전쟁 중 납북.
최완규 崔完奎 (1905~?) 영화 제작자. 영화감독 최인규의 형.
최은희 崔銀姬 (1926~) 연극배우, 영화배우.
최인규 崔寅奎 (1911~?) 영화감독. 한국 전쟁 중 납북.
최인욱 崔仁旭 (1920~1972) 소설가.
치코니니, 알렉산드로 Alessandro Cicognini (1906~1995) 이탈리아의 영화음악 작곡가.
칭기즈 칸 Chingiz Khan (1162~1227) 본명 보르지긴 테무친. 몽골 제국의 제1대 왕.

ㅋ

카날레, 지안나 마리아 Gianna Maria Canale (1927~2009) 이탈리아의 영화배우.
카디프, 잭 Jack Cardiff (1914~2009) 영국의 촬영 감독.
카렐, 리아넬라 Lianella Carell (1927~2000) 이탈리아의 영화배우.
카르네, 마르셀 Marcel Carne (1906~1996) 프랑스의 영화감독.
카야트, 안드레 Andre Cayatte (1909~1989) 프랑스의 영화감독.

카잔, 엘리야 Elia Kazan (1909~2003) 터키 출신의 미국 연극 연출가, 영화감독.
카파, 로버트 Robert Capa (1913~1954) 헝가리 출신의 유태인이자 미국인 사진 작가.
카프카, 프란츠 Franz Kafka (1883~1924) 독일의 소설가.
칼레이아, 조셉 Joseph Calleia (1887~1975) 미국의 영화배우.
캐럴, 매들린 Madeleine Carroll (1906~1987) 영국의 영화배우.
캐롤, 마르틴 Martine Carol (1920~1967) 프랑스의 영화배우.
캐프라, 프랭크 Frank Capra (1897~1991) 미국의 영화감독.
컴포트, 랜스 Lance Comfort (1908~1966) 영국의 영화감독.
컴포트, 알렉스 Alex Comfort(1920~2000) 영국의 작가, 시인, 의사.
케네디, 아서 Arthur Kennedy (1914~1990) 미국의 영화배우.
케인, 제임스 James Cain (1892~1977) 미국의 소설가
켈리, 그레이스 Grace Kelly (1929~1982) 미국의 영화배우, 모나코 레니에 3세의 왕비.
켈리노, 파멜라 Pamela Kellino (1916~1996) 이명 파멜라 메이슨(Pamela Mason). 영국의 영화배우, 시나리오 작가.
코다, 알렉산더 Alexander Korda (1893~1956) 헝가리 출신의 영국 영화감독, 영화 제작자.
코르너, 헨리 Henry Koerner (1915~1991) 미국의 화가, 그래픽 디자이너.
코스터, 헨리 Henry Koster (1905~1988) 독일 출신의 미국 영화감독.
코워드, 노엘 Noel Coward (1899~1973) 영국의 극작가, 연극배우.
코튼, 조셉 Joseph Cotten (1905~1994) 미국의 영화배우.
콕토, 장 Jean Cocteau (1889~1963) 프랑스의 시인, 소설가, 극작가, 영화감독.
콜드웰, 어스킨 Erskine Caldwell (1903~1987) 미국의 소설가.
콜레트, 시도니 가브리엘 Sidonie-Gabrielle Colette (1873~1954) 프랑스의 소설가.
콜먼, 로널드 Ronald Colman (1981~1958) 미국의 영화배우.
콜베르, 클로데트 Claudette Colbert (1903~1996) 프랑스의 영화배우.
쿠퍼, 게리 Gary Cooper (1901~1961) 미국의 영화배우.
크라스커, 로버트 Robert Krasker (1913~1981) 호주의 촬영 감독.
크라우더, 보슬리 Bosley Crowther (1905~1981) 미국의 저널리스트.
크랍트리, 아서 Arthur Crabtree (1900~1975) 영국의 영화감독.
크레이머, 스탠리 Stanley Kramer (1923~2001) 미국의 영화감독, 영화 제작자.
크로닌, 아치볼트 조셉 Archibald Joseph Cronin (1896~1981) 영국의 소설가.
크로스비, 빙 Bing Crosby (1903~1977) 미국의 가수, 영화배우.

크로포드, 조안 Joan Crawford (1905~1977) 미국의 영화배우.
크리스티, 댐 아가사 Dame Agatha Christie (1890~1976) 영국의 추리 소설 작가.
크리스티앙, 자크 Christian-Jaque (1904~1994) 본명 크리스티앙 모데(Christian Maudet). 프랑스의 영화감독, 시나리오 작가.
클러먼, 해럴드 Harold Clurman (1901~1980) 미국의 연극 연출가.
클레르, 르네 Rene Clair (1898~1981) 프랑스의 영화감독, 시나리오 작가.
클레망, 르네 Rene Clement (1913~1996) 프랑스의 영화감독, 시나리오 작가.
클레멘트, 윌리엄 William Clement (1779~1852) 영국의 신문 『The Observer』지의 사주.
클로즈, 이비 Ivy Close (1890~1968) 영국의 영화배우.
클루조, 앙리 조르주 Henri-Georges Clouzot(1907~1977) 프랑스 영화감독.
클리프트, 몽고메리 Montgomery Clift(1920~1966) 미국의 영화배우.
킹, 헨리 Henry King (1886~1982) 미국의 영화감독.

ㅌ

탠디, 제시카 Jessica Tandy (1909~1994) 영국 출신의 미국 영화배우.
터너, 라나 Lana Turner (1921~1995) 미국의 영화배우.
테일러, 엘리자베스 Elizabeth Taylor (1932~2011) 미국의 영화배우.
토마스, 딜런 Dylan Thomas (1914~1953) 영국의 시인.
톤, 프랑코트 Franchot Tone (1905~1968) 미국의 영화배우.
톨스토이, 레프 Lev Tolstoy (1828~1910) 러시아의 소설가.
트루아야, 앙리 Henri Troyat (1911~2007) 프랑스의 소설가.
티라르, 아르망 Armand Thirard (1899~1973) 프랑스의 촬영 감독.
티옴킨, 디미트리 Dimitri Tiomkin (1899~1979) 러시아 출신의 미국 영화음악 감독.

ㅍ

파도바니, 레아 Lea Padovani (1920~1991) 이탈리아의 영화배우.
파스칼, 가브리엘 Gabriel Pascal (1894~1954) 루마니아 출신의 영국 영화감독, 영화 제작자.

파스퇴르, 루이 Louis Pasteur (1822~1895) 프랑스의 화학자, 미생물학자.

파운드, 에즈라 Ezra Pound,(1885~1972) 미국의 시인, 문학 평론가.

파웰, 마이클 Michael Powell (1905~1990) 영국의 영화감독.

팜파니니, 실바나 Silvana Pampanini (1925~2016) 이탈리아의 영화배우.

패서스, 존 더스 John Dos Passos (1896~1970) 미국의 소설가.

페레, 호세 Jose Ferrer (1912~1992) 푸에르토리코 출신의 미국 영화배우, 영화감독.

페르난데스, 에밀리오 Emilio Fernandez (1903~1986) 멕시코의 영화배우, 영화감독.

페르난델 Fernandel (1903~1971) 본명 페르낭 콩타댕(Fernand Contadin). 프랑스의 영화배우.

페리, 장 Jean Ferry (1906~1974) 프랑스의 시나리오 작가.

페어뱅크스, 더글라스 Douglas Fairbanks (1883~1939) 미국의 영화배우, 영화 제작자.

펜튼, 로저 Roger Fenton (1819~1869) 영국의 사진가.

펠리저, 앤서니 Anthony Pelissier (1912~1988) 영국의 영화배우, 영화감독.

포데스타, 로산나 Rossana Podesta (1934~2013) 이탈리아의 영화배우.

포드, 존 John Ford (1894~1973) 미국의 영화감독.

포먼, 칼 Carl Foreman (1914~1984) 미국의 시나리오 작가.

포스터, 에드워드 모건 Edward Morgan Forster (1879~1970) 영국의 소설가.

포크너, 윌리엄 William Faulkner (1897~1962) 미국의 소설가.

폰다, 헨리 Henry Fonda (1905~1982) 미국의 영화배우.

폰테인, 조안 Joan Fontaine (1917~2013) 미국의 영화배우.

폰팅, 허버트 Herbert Ponting (1870~1935) 영국의 사진작가, 영화 촬영 기사.

풍설봉[펑쉐펑] 馮雪峰 (1904~1976) 중국의 시인, 문학 평론가.

프란시스, 케이 Kay Francis (1905~1968) 미국의 영화배우.

프란코, 풀비아 Fulvia Franco (1931~1988) 이탈리아의 영화배우, 모델.

프레스버거, 에머릭 Emeric Pressburger (1902~1988) 영국의 영화감독, 시나리오 작가.

프렌치, 해럴드 Harold French (1900~1997) 영국의 영화감독.

프루스트, 마르셀 Marcel Proust (1871~1922) 프랑스의 소설가.

플라허티, 로버트 Robert Flaherty (1884~1951) 미국의 영화 제작자, 탐험가.

플로레, 로베르 Robert Florey (1990~1979) 프랑스의 영화감독.

플로베르, 귀스타브 Gustave Flaubert (1821~1880) 프랑스의 소설가.

플론, 수잔 Suzanne Flon (1918~2005) 프랑스의 영화배우.

피카비아, 프랜시스 Francis Picabia (1879~1953) 프랑스의 화가, 시인.
피카소, 파블로 Picasso Pablo (1881~1973) 스페인 출신의 프랑스 화가.
피터스, 진 Jean Peters (1926~2000) 미국의 영화배우.
필드, 레이첼 Rachel Field (1894~1942) 미국의 소설가, 시인, 아동 문학가.
필리피, 찰스 Charles Philippi (1898~1954) 미국의 애니메이터.

ㅎ

하워드, 레슬리 Leslie Howard (1893~1943) 영국의 영화배우.
하워드, 시드니 Sidney Howard (1891~1939) 미국의 극작가, 시나리오 작가.
하워드, 트레버 Trevor Howard (1913~1988) 영국의 영화배우.
한하운 韓何雲 (1919~1975) 본명 태영(泰永). 시인.
한형모 韓瀅模 (1917~1999) 영화감독, 촬영감독, 영화 제작자.
할로우, 존 John Harlow (1896~1977) 영국의 영화감독.
할스먼, 필립 Philippe Halsman (1906~1979) 라트비아 출신의 미국 사진가.
함윤수 咸允洙 (1916~1984) 아호 목운(牧雲). 시인.
해밋, 대실 Dashiell Hammett (1894~196) 미국의 소설가.
해서웨이, 헨리 Henry Hathaway (1898~1985) 미국의 영화감독.
허백년 許柏年 (생몰연도 미상) 영화 평론가, 시나리오 작가, 번역가.
허시, 존 John Hersey (1914~1993) 미국의 소설가, 저널리스트.
헌레이드, 폴 Paul Henreid (1908~1992) 오스트리아 출신의 미국 영화배우, 영화감독.
헌팅턴, 로렌스 Lawrence Huntington (1900~1968) 영국의 영화감독, 시나리오 작가.
헤밍웨이, 어니스트 Ernest Hemingway (1899~1961) 미국의 소설가.
헤스턴, 찰턴 Charlton Heston (1923~2008) 미국의 영화배우.
헤이워드, 리타 Rita Hayworth (1918~1987) 미국의 영화배우.
헤인스, 윌리엄 위스터 William Wister Haines (1908~1989) 미국의 시나리오 작가.
헬먼, 릴리언 Lillian Hellman (1905~1984) 미국의 극작가.
헵번, 오드리 Audrey Hepburn (1929~1992) 벨기에 출신의 미국 영화배우.
헵번, 캐서린 Katharine Hepburn (1907~2003) 미국의 여배우.
호건, 스티븐 헨리 Stephen Henry Horgan (1854~1941) 미국의 사진가.

호적[후스] 胡適 (1891~1962) 중국의 철학자.
호프, 밥 Bob Hope (1903~2003) 영국 출신의 미국 영화배우.
혹스, 하워드 Howard Hawks (1896~1977) 미국의 영화감독.
홀든, 윌리엄 William Holden (1918~1981) 미국의 영화배우.
홉킨스 미리암 Miriam Hopkins (1902~1972) 미국의 영화배우.
홍성기 洪性麒 (1924~2001) 영화감독.
홍윤숙 洪允淑 (1925~2015) 시인.
홍찬 洪燦 (1909~1964) 영화 제작자.
황남 黃男 (1921~2008) 영화배우.
황성수 黃聖秀 (1917~1997) 정치인, 법조인, 학자.
황현진 黃賢鎭 (1939~) 예명 황해남(黃海男). 영화배우.
후아레스, 베니토 파블로 Benito Pablo Juarez (1806~1872) 멕시코의 초대 대통령.
휴스, 하워드 Howard Hughes (1905~1976) 미국의 영화 제작자.
휴스턴, 도날드 Donald Houston (1923~1991) 영국의 영화배우.
휴스턴, 월터 Walter Huston (1883~1950) 캐나다의 영화배우,
휴스턴, 존 John Huston(1906~1987) 미국의 영화감독.
흄, 토머스 Thomas Hulme (1883~1917) 영국의 시인, 문학 비평가, 철학자.
히치콕, 앨프레드 Alfred Hitchcock (1899~1980) 영국 출신의 미국 영화감독.
히틀러, 아돌프 Adolf Hitler (1889~1945) 독일의 정치인.
힐턴, 제임스 James Hilton (1900~1954) 영국 출신의 미국 소설가.